बीमा सिद्धान्त एवं व्यवहार

बीमा सिद्धान्त एवं व्यवहार

(Insurance Principles & Practice)

डॉ. महानारायण मिश्र
प्रोफेसर, वाणिज्य विभाग
बनारस हिन्दू विश्वविद्यालय
वाराणसी

लोकभारती प्रकाशन
पहली मंजिल, दरबारी बिल्डिंग, महात्मा गांधी मार्ग, इलाहाबाद-1

लोकभारती प्रकाशन
पहली मंजिल, दरबारी बिल्डिंग, महात्मा गांधी मार्ग
इलाहाबाद-211 001
वेबसाइट : www.lokbharatiprakashan.com
ईमेल : info@lokbharatiprakashan.com
शाखाएँ : 1-बी, नेताजी सुभाष मार्ग, दरियागंज
नई दिल्ली-110 002
अशोक राजपथ, साइंस कॉलेज के सामने
पटना-800 006 (बिहार)

प्रथम संस्करण : 1979
तृतीय संस्करण : 2004
पूर्णतया संशोधित पंचम संस्करण : 2010

आवरण : लोकभारती स्टूडियो

इण्डियन प्रेस प्रा.लि.
36, पन्नालाल रोड
इलाहाबाद-211002 द्वारा मुद्रित

INSURANCE PRINCIPLES & PRACTICE
by Dr. Mahanarayan Mishra

ISBN : 978-81-8031-558-9

मूल्य : 695.00

परम पूज्य पिता जी
एवं पूज्या पाद्या माता जी के
कमलवत चरणों पर
सादर समर्पित

—महानारायण मिश्र

पंचम संस्करण का प्राक्कथन

प्रस्तुत पुस्तक विशेष रूप से भारतीय विश्वविद्यालयों के बी०काम०, एम०काम०, एवं एम०बी०ए० विद्यार्थियों के लिए लिखी गयी है तथापि बीमा अभिकर्ता तथा फेडरेशन ऑफ इन्श्योरेन्स इंस्टीट्यूट्स के परीक्षार्थी भी इससे लाभान्वित हो सकते हैं। उच्चस्तरीय अध्ययन के लिए अधिक-से-अधिक विषय-सामग्रियों के समावेश का प्रयास तथा भाषा को सरल, सुबोध और व्यावहारिक बनाने का प्रयत्न किया गया है।

बीमा आदिकाल से किसी-न-किसी रूप में वर्तमान था। पहले व्यक्ति आपत्तियों में एक-दूसरे का सहयोग बिना किसी प्रतिफल के किया करते थे जो बाद में चलकर पारस्परिक संस्थाओं में परिवर्तित हो गया। तत्पश्चात् संयुक्त स्कन्धीय प्रमण्डल का रूप लिया और अन्त में निगम के रूप में अखिल राष्ट्रीय स्तर पर व्याप्त हो गया। लगभग सात हजार वर्ष प्राचीन ग्रन्थ ऋग्वेद में योगक्षेम शब्द मिलता है जिसका अर्थ उस समय सर्वकल्याण और सुरक्षा के लिए प्रयोग किया जाता था। आज भी इस शब्द को जीवन बीमा निगम अपने व्यापारिक चिह्न के रूप में प्रयोग करता है, यद्यपि यह शब्द श्रीमद्भगवद्गीता पर आधारित है जो नवें अध्याय के बाईसवें श्लोक में इस प्रकार है—

अनन्याश्चिंतयन्तो मां ये जनाः पर्युपासते।
तेषां नित्याभियुक्तानां योगक्षेमं वहाम्यहम्।।

अर्थात्

जो अनन्यभाव से मेरे में स्थित हुए भक्तजन मुझ परमेश्वर को निरन्तर चिन्तन करते हुए निष्काम भाव से भजते हैं उन नित्य एकीभाव से मेरे स्थित चित्त वाले पुरुषों का **योगक्षेम** मैं स्वयं प्राप्त कर देता हूँ 'योग' से तात्पर्य अप्राप्य को प्राप्त करना तथा 'क्षेम' से तात्पर्य प्राप्त हुए की रक्षा करना है।

इसी प्रकार जीवन बीमा निगम एक निश्चित प्रव्याजि के बदले वे सुविधाएँ प्रदान करता है जो अन्यथा उपलब्ध नहीं हैं तथा उपलब्ध सुविधाओं को जोखिम से रक्षा करता है; जैसे—एक निश्चित समय में एकत्रीकृत धन प्रदान करना और जोखिम के समय आर्थिक सहायता करना। अतः योगक्षेम का प्राचीन अर्थ आज भी सत्य है।

भारत में जीवन बीमा के साथ-साथ सामुद्रिक बीमा, अग्नि बीमा और विविध बीमा का भी विशेष महत्त्व है। इनका वर्णन पुस्तक में तीन भागों में किया गया है। सामुद्रिक बीमा की उन तमाम शर्तों और प्रावधानों का विशेष उल्लेख है जो वर्तमान समय में अपनाये जाते हैं। विविध बीमा में फसल और पशु बीमा **एक अपना** महत्त्व रखते हैं जिनका समुचित वर्णन किया गया है। राष्ट्रीयकरण के पक्ष और विपक्ष में तर्क देते हुए सामान्य बीमा निगम के कार्य और संगठन पर प्रकाश डाला गया है। इस प्रकार सामान्य बीमा और जीवन बीमा निगम की विशेष कार्य-विधियों को यथास्थान बताने का प्रयास किया गया है, साथ ही निजी कार्यों की प्रगति का भी विस्तृत वर्णन है।

जीवन बीमा का सम्पूर्ण अध्ययन पाँच अंशों में किया गया है। पहले अंश में बीमा इतिहास, अधिनियम और प्रसंविदा का समुचित अध्ययन है। दूसरे अंश में बीमापत्र और वृत्तियों के भेद, बीमापत्र की शर्तें, जीवन बीमा की आवश्यकता एवं महत्त्व और पिछड़े वर्ग का जीवन बीमा बताया गया है। तीसरे अंश में बीमा कराने की विधि, मृतक तालिका का निर्माण, प्रव्याजि निर्धारण और अधो-प्रामाणिक जीवन के बीमा पर प्रकाश डाला गया है। संचय, कोष का विनियोग, समर्पित मूल्य, मूल्यांकन और जीवन बीमा का पुनर्बीमा चौथे अंश में दर्शाया गया है। पाँचवें अंश में जीवन बीमा निगम की प्रगति का संक्षिप्त वर्णन है। सिद्धान्तों के साथ जीवन बीमा निगम के व्यवहारों का भी अध्ययन है। आइ०आर० डी०ए० के अनुसार प्रस्तुत विकास समीक्षा भी की गयी है इसके साथ ही सामुद्रिक बीमा, अग्नि बीमा और विविध बीमा के सिद्धान्त एवं व्यवहार पर विशेष प्रकाश डाला गया है।

अन्त में पाठकों से मेरा अनुरोध है कि इस पुस्तक में उपलब्ध त्रुटियों को बताने की कृपा करेंगे जिससे इस पुस्तक को और अधिक उपयोगी बनाया जा सके।

—महानारायण मिश्र

वाराणसी
मकर संक्रान्ति 2066
जनवरी 14, 2010

प्रथम संस्करण का प्राक्कथन

प्रस्तुत पुस्तक विशेष रूप से भारतीय विश्वविद्यालयों के बी० काम० एवं एम० काम० विद्यार्थियों के लिए लिखी गयी है तथापि बीमा अभिकर्त्ता तथा फेडरेशन आफ इन्श्योरेन्स इन्स्टीट्यूट्स के परीक्षार्थी भी इससे लाभान्वित हो सकते हैं। उच्चस्तरीय अध्ययन के लिए अधिक-से-अधिक विषय-सामग्रियों के समावेश का प्रयास तथा भाषा को सरल, सुबोध और व्यावहारिक बनाने का प्रयत्न किया गया है।

बीमा आदिकाल से किसी-न-किसी रूप में वर्तमान था। पहले व्यक्ति आपत्तियों में एक दूसरे का सहयोग बिना किसी प्रतिफल के किया करते थे जो बाद में चलकर पारस्परिक संस्थाओं में परिवर्तित हो गया। तत्पश्चात् संयुक्त स्कन्धीय प्रमण्डल का रूप लिया और अन्त में निगम के रूप में अखिल राष्ट्रीय स्तर पर व्याप्त हो गया। लगभग सात हजार वर्ष प्राचीन ग्रन्थ ऋग्वेद में योगक्षेम शब्द मिलता है जिसका अर्थ उस समय सर्वकल्याण और सुरक्षा के लिए प्रयोग किया जाता था। आज भी इस शब्द को जीवन बीमा निगम अपने व्यापारिक चिह्न के रूप में प्रयोग करता है यद्यपि यह शब्द श्रीमद्भगवद्गीता पर आधारित है जो नवें अध्याय के बाईसवें श्लोक में इस प्रकार है—

अनन्याश्चिन्तयन्तो मां ये जनाः पर्युपासते।
तेषां नित्याभियुक्तानां योगक्षेमं वहाम्यहम्।

अर्थात्

जो अनन्यभाव से मेरे में स्थित हुए भक्तजन मुझ परमेश्वर को निरन्तर चिन्तन करते हुए निष्काम भाव से भजते हैं उन नित्य एकीभाव से मेरे स्थित चित्तवाले पुरुषों का **योगक्षेम** मैं स्वयं प्राप्त कर देता हूँ। योग से तात्पर्य अप्राप्त को प्राप्त करना तथा क्षेमं से तात्पर्य प्राप्त हुए की रक्षा करना है।

इसी प्रकार जीवन बीमा निगम एक निश्चित प्रव्याजि के बदले वे सुविधाएँ प्रदान करता है जो अन्यथा उपलब्ध नहीं हैं तथा उपलब्ध सुविधाओं को जोखिम से रक्षा करता है; जैसे—एक निश्चित समय में एकत्रीकृत धन प्रदान करना और जोखिम के समय आर्थिक सहायता करना। अतः योगक्षेम का प्राचीन अर्थ आज भी सत्य है।

भारत में जीवन बीमा के साथ-साथ सामुद्रिक बीमा, अग्नि बीमा और विविध बीमा का भी विशेष महत्त्व है। इनका वर्णन पुस्तक में तीन भागों में किया गया है। समुद्रिक बीमा की उन तमाम शर्तों और प्रावधानों का विशेष उल्लेख है जो वर्तमान समय में अपनाये जाते हैं। विविध बीमा में फसल और पशु बीमा अपना एक अलग महत्त्व रखते हैं जिनका समुचित वर्णन किया गया है। राष्ट्रीयकरण के पक्ष और विपक्ष में तर्क देते हुए सामान्य बीमा निगम के कार्य और संगठन पर प्रकाश डाला गया है इस प्रकार सामान्य बीमा और जीवन बीमा निगम की विशेष कार्य विधियों को यथास्थान बताने का प्रयास

किया गया है।

जीवन बीमा का सम्पूर्ण अध्ययन पाँच अंशों में किया गया है। पहले अंश में बीमा इतिहास, अधिनियम और प्रसंविदा का समुचित अध्ययन है। दूसरे अंश में बीमापत्र और वृत्तियों के भेद, बीमापत्र की शर्तें, जीवन बीमा की आवश्यकता एवं महत्त्व और पिछड़े वर्ग का जीवन बीमा बताया गया है। तीसरे अंश में बीमा कराने की विधि, मृतक तालिका का निर्माण, प्रव्याजि निर्धारण और अधो-प्रामाणिक जीवन के बीमा पर प्रकाश डाला गया है। संचय, कोष का विनियोग, समर्पित मूल्य, मूल्याकंन और जीवन बीमा का पुनर्बीमा चौथे अंश में दर्शाया गया है। पाँचवें अंश में जीवन बीमा निगम की प्रगति का संक्षिप्त वर्णन है। सिद्धान्तों के साथ जीवन बीमा निगम के व्यवहारों का भी अध्ययन है।

इस पुस्तक की रचना के लिए मैं सर्वप्रथम स्व० डॉ० ए० एन० अग्रवाल का स्मरण करता हूँ जिन्होंने मुझे इलाहाबाद इन्श्योरेन्स इन्स्टीट्यूट, इलाहाबाद से परिचित कराया और पुस्तक लिखने का पथ-प्रदर्शन किया। वाणिज्य एवं प्रशासन विभाग के अध्यक्ष तथा वाणिज्य संकाय के डीन, प्रो० बी० एन० अस्थाना का हृदय से आभारी हूँ जिन्होंने मुझे इस पुस्तक को लिखने के लिये व्यक्तिगत रूप से प्रेरणा दी। मैं अपने पूज्य गुरु जी डॉ० बी० सी० टन्डन का अत्यन्त ही कृतज्ञ हूँ, आप मुझे हर स्तर पर पुस्तक लिखने में आने वाली कठिनाइयों को दूर किया करते थे। मैं अपने अन्य गुरुजनों का भी ऋणी हूँ जो मुझे एक समग्र और संतुलित पुस्तक लिखने के लिए प्रेरित किया।

जीवन बीमा निगम, शाखा कार्यालय (प्रथम), इलाहाबाद के प्रबन्धक और कार्यकर्त्ताओं का मैं अत्यन्त कृतज्ञ हूँ जो मुझे समय-समय पर जीवन बीमा निगम के व्यवहारों से अवगत कराते रहे। इनमें से मैं श्री जी० डी० अग्रवाल और श्री जी०सी० श्रीवास्तव का बहुत ही आभारी हूँ जिन लोगों ने अपनी व्यक्तिगत असुविधाओं के बावजूद भी मेरी सहायता निरन्तर की। मैं अपने अन्य मित्रों, सहयोगियों और विद्यार्थियों का भी आभारी हूँ जिन्होंने मुझे पुस्तक लिखने के लिए लगातार प्रेरित किया।

अन्त में पाठकों से मेरा अनुरोध है कि इस पुस्तक में उपलब्ध त्रुटियों को बताने की कृपा करेंगे जिससे इस पुस्तक को और अधिक उपयोगी बनाया जा सके।

—महानारायण मिश्र

ए/8, युनिवर्सिटी टीचर्स कॉलोनी
चेथम लाइन्स
इलाहाबाद
वसंत पंचमी, 2036 विक्रमी

पुस्तक के विषय में

बीमा प्रबन्ध एवं प्रशासन

प्रस्तुत पुस्तक वैश्वीकरण के सन्दर्भ में अति उपयोगी है। जब बाजार अर्थव्यवस्था सम्पूर्ण विश्व को संचालित कर रही है, बीमा व्यवसाय में विशिष्ट ज्ञान की आवश्यकता बढ़ गयी। नयी तकनीकी और ज्ञान से बीमा व्यवसाय का विकास किया जा सकता है। समाज को सही विकास की ओर उन्मुख कर सकते हैं। विकास को स्थायी रखने के लिए बीमा की अति आवश्यकता है जिससे क्षतियों से होने वाली हानियों को पूरा किया जा सके। वर्तमान समय में यह पुस्तक इन्हीं सब बातों को ध्यान में रखकर लिखी गयी है। इसके सभी 45 अध्याय विशिष्ट रूप से तैयार किये गये हैं जिससे बीमा व्यवसायी को लाभ हो सके। विद्यार्थी जो बीमा को अपना पेशा मान रहे हैं, उन्हें इन्हीं सभी अध्यायों का गहन अध्ययन करना चाहिए। बीमा ने रोजगार के अवसर बढ़ा दिये हैं। विद्यार्थी बीमा विषय से स्नातक होने पर बीमा कम्पनियों में प्रत्यक्ष अभिकर्ता बन सकते हैं। प्रशिक्षण उपरान्त वे स्थायी कार्यकर्त्ता बन जायेंगे। पुराने अभिकर्ता इस पुस्तक के अध्ययन के उपरान्त बीमा अनुज्ञापन प्राप्त करने में सफल होंगे। प्रबन्धकों को भी यह पुस्तक पूर्णरूपेण सहायक होगी। वे अपने बीमा-ज्ञान को बढ़ाकर उसके सही उपयोग की दिशा प्राप्त कर सकेंगे। प्रबन्धक के लिए यह पुस्तक गीता और बाइबिल की तरह मार्गदर्शक है। इसमें बताये गये सिद्धान्तों का प्रयोग करके उन्हें अपनी समस्याओं को समाधान करने का मौका मिलेगा। बाजार, वित्त, व्यक्ति, विचार और व्यवहार—ये पाँच व्यवसाय की सफलता के प्रमुख अंग हैं। इनका उपयोग कैसे किया जाय कि व्यवसाय सफलतापूर्वक बढ़ता रहे, इस पुस्तक के अध्ययन से स्पष्ट हो जायेगा। सफल और प्रभावशाली नेतृत्व पाने के लिए इस पुस्तक को एक डिक्शनरी के रूप में प्रयोग किया जा सकता है, हर समस्या का निदान इसमें उपलब्ध है। बीमा सेवा व्यवसाय है जिसमें कुछ ही लोग विशेषता प्राप्त कर पाते हैं। यह पुस्तक प्रबन्धीय विशिष्टता प्रदान करती है।

लेखक के विषय में

लेखक प्रोफेसर महानारायण मिश्र का जन्म जुलाई, 1945 में उत्तर प्रदेश के सुल्तानपुर जिले के एक गाँव में हुआ, जहाँ पर उन्होंने पारिवारिक संस्कारों में सुसंस्कृत हो कर प्रयाग विश्वविद्यालय में प्रवक्ता के रूप में 1967 में कार्य शुरू किया। जनवरी, 1980 में बनारस हिन्दू विश्वविद्यालय में रीडर हुए और कुछ ही समय में प्रोफेसर बन

गये। आजकल सेवानिवृत्त हैं। उन्होंने 100 से ज्यादा शोध-पत्र लिखे। लगभग 20 शोधकार्यकर्ता अपनी डिग्री प्राप्त कर उच्च पदों पर आसीन हैं। विदेशों में श्री मिश्र का योगदान सराहनीय रहा है। कई बार वे विदेशों में अपने शोध-पत्र प्रस्तुत करके प्रशंसा प्राप्त कर चुके हैं।

वे विश्वविद्यालय में अध्यक्ष, संकाय प्रमुख और विद्वत् परिषद् के सदस्य रहे। अनेक विश्वविद्यालयों और सेवा आयोगों के सदस्य रहे। उन्होंने 9 पुस्तकें लिखी हैं, जो प्रबन्ध एवं प्रशासन शिक्षा में अति उपयोगी हैं।

अनुक्रम

भाग 1
बीमा-परिचय

भाग 4

अग्नि बीमा

भाग 5

विविध बीमा एवं बीमा विधान

अध्याय 1

बीमा की परिभाषा एवं स्वभाव

बीमा का विकास आदि सभ्यता से लेकर आज तक होता आया है। इसका मुख्य उद्देश्य व्यक्तियों को जोखिमों से सुरक्षा प्रदान करना है, इसी उद्देश्य की पूर्ति के लिये यह विभिन्न रूपों में संयुक्त परिवार प्रथा से लेकर सरकारी संस्थाओं के रूप में विकसित हुआ और भविष्य में भी सुरक्षा की विभिन्न आवश्यकताओं को पूरा करने के लिये उपयुक्त विकास एवं परिवर्तन होते रहेंगे। बीमा की आवश्यकता केवल जोखिम से सुरक्षा प्रदान करने तक ही सीमित न रहकर विनियोग एवं उत्पादन में वृद्धि करने तक बढ़ती जा रही है जिससे बीमा के कार्यों में विविधता होती जा रही है।

परिभाषा—बीमा को दो प्रकार से परिभाषित किया जाता है : (1) बीमा के कार्यों के अनुसार और (2) बीमा-प्रसंविदा के अनुसार।

1. बीमा के कार्यों के अनुसार बीमा की परिभाषा (Functional Definition)—"बीमा को एक सहकारी पद्धति के रूप में परिभाषित करते हैं जिसके अन्तर्गत किसी विशेष जोखिम के कारण होने वाली हानि को कई व्यक्तियों, जो इससे सम्बन्धित हैं और जो इस जोखिम के प्रति बीमित होना चाहते हैं, में विभाजित किया जाता है।"

इस प्रकार बीमा (1) जोखिम को विभाजित करने का एक तरीका है जिसमें (2) कई व्यक्तियों जो इस पद्धति से बीमित हैं एक विशेष जोखिम से होने वाली हानि से सुरक्षा मिलती है। इस पद्धति में सम्भावना और अधिकांश संख्या के सिद्धान्तों को अपनाकर हानि को विभाजित करने का प्रयास किया जाता है जिससे भविष्य में होने वाली हानि को पूरा करने के लिये वर्तमान में उपयुक्त प्रीमियम (मूल्य) लिया जा सकता है जो हानि का हिस्सा होता है। ध्यान रहे कि बीमा जोखिम को वितरित करने का तरीका नहीं है क्योंकि जोखिम को वितरित नहीं किया जा सकता है। यह जोखिम से होने वाली हानि को वितरित करने का तरीका है। इस सम्बन्ध में जोखिम का अर्थ समझ लेना आवश्यक है।

जोखिम का अर्थ

जोखिम (Risk) का अर्थ वित्तीय हानि की अनिश्चितता से है। इसको संकट (Hazard) से अलग समझना चाहिए क्योंकि संकट हानि बढ़ाने की सम्भावना है, हानि के प्रति संशय नहीं है। जोखिम हानि का अनिश्चितता या संशय है। इसे आपदा (Peril) से भी अलग समझना चाहिए क्योंकि आपदा हानि का कारण है स्वयं हानि की अनिश्चितता नहीं है। अन्त में जोखिम को हानि से भी अलग समझना क्योंकि हानि का आशय मूल्य (Value)

में अनैच्छिक कमी (Unintentional Decline) से है जो किसी दी हुई घटना के कारण होती है। इस प्रकार जहाँ भी विषय-वस्तु के हानि के प्रति सम्भावना होगी, वहीं पर जोखिम (Risk) होगी जिसका बीमा किया जाता है। जहाँ पर हानि निश्चित है अर्थात् हानि का समय और हानि की मात्रा निश्चित है, जहाँ पर जोखिम नहीं मानी जाती है और वहाँ बीमा नहीं होता है।

बीमा का कार्य जोखिम से होने वाली हानि को उन व्यक्तियों में विभाजित करना है जो इस जोखिम के प्रति बीमित है। हानि कभी भी, किसी भी व्यक्ति को अनिश्चित मात्रा में हो सकती है। अतः उससे सुरक्षा पाने के लिए बीमा किया जाता है और जो व्यक्ति हानि सहता है उसे अन्य व्यक्तियों द्वारा हानि पूर्ति की जाती है। चूँकि हानि की पूर्ति प्रसंविदा के बाद हानि के समय ही की जाती है और हानि के वितरण के लिये रकम की प्राप्ति प्रीमियम (प्रव्याजि) के रूप में प्रसंविदा के समय ली जाती है, इसलिये सम्भावना सिद्धान्त अपनाकर उस हानि का पूर्वानुमान करते हैं और तदनुसार प्रव्याजि की गणना करते हैं। जितने ही अधिक बीमित व्यक्ति होंगे उतने ही प्रव्याजि का मूल्यांकन सही होगा क्योंकि हानि को अधिक व्यक्तियों में विभाजित किया जा सकेगा।

इस प्रकार बीमा की एक दूसरी परिभाषा भी दी जा सकती है, **''बीमा एक ऐसी सहकारी पद्धति है जिसमें किसी एक व्यक्ति या उसके परिवार को होने वाली हानि को उन तमाम व्यक्तियों में वितरित किया जाता है जो इस हानि से सुरक्षित होने के लिये बीमा कराये हैं।''**

इस परिभाषा को विभिन्न विद्वानों ने अलग-अलग परिभाषित किया है—

"बीमा एक ऐसा तरीका है जिसमें कुछ व्यक्तियों की हानियों को कई व्यक्तियों में बाँटा जाता है।" **—डिन्सडेल**

"बीमा एक ऐसी योजना है जिसमें कई व्यक्ति मिलकर किसी एक व्यक्ति के ऊपर होने वाली हानि को बाँटते हैं।" **—जे०एच० मैगी**

"बीमा एक प्रक्रिया है जिसमें अनिश्चितता के स्थान पर निश्चितता स्थापित की जाती है।" **—मैक्र गिल**

2. प्रसंविदा के अनुसार बीमा की परिभाषा (Contractual Definition)—प्रसंविदा के अनुसार दी गयी बीमा की परिभाषा में उन तत्वों को शामिल किया जाता है जो प्रसंविदा के अंग हैं। "बीमा के अन्तर्गत बीमाकर्ता द्वारा एक निश्चित घटना के घटित होने पर होने वाली हानि को प्रव्याजि के प्रतिफल में भुगतान करने का वादा करता है।" ई० डब्ल्यू० पैटरसन के अनुसार, "बीमा एक प्रसंविदा है जिसमें एक पक्ष, प्रतिफल जिसे प्रव्याजि कहते हैं, के बदले में दूसरे पक्ष या उसके नामांकिकी या विशिष्ट व्यक्ति को एक निर्धारित आकस्मिक घटना के होने पर एक निश्चित रकम भुगतान करने का वादा करता है।" इस प्रकार बीमा प्रसंविदा में कई अंग हो गये :—(1) बीमाकर्ता या बीमादाता (Insurer), (2) बीमादार या बीमित व्यक्ति (Insured), (3) प्रीमियम या प्रव्याजि (Premium), (4) बीमित जोखिम (Insured Risk), (5) भुगतान की रकम (Claim amount), बीमाकर्ता वह

व्यक्ति है जो प्रतिफल अर्थात् प्रीमियम (प्रव्याजि) के बदले में बीमित जोखिम से होने वाली हानि पर एक निश्चित रकम के भुगतान का वचन देता है। यह व्यक्ति, संस्था या संगठन के रूप में कार्य कर सकता है। बीमित व्यक्ति वह है जो बीमा लेता है लेकिन कभी-कभी प्रस्तावक और बीमित व्यक्ति दो अलग व्यक्ति हो सकते हैं जब बीमा किसी दूसरे के जीवन में लिया जाता है। भुगतान प्राप्तकर्ता वही होगा जिसका नाम बीमापत्र में स्पष्ट रूप से उल्लिखित कर दिया जाता है। प्रव्याजि रुपये या रुपये के समान किसी रूप में दी जा सकती है जीवन बीमा में प्रथम प्रव्याजि ही प्रतिफल है और आगामी प्रव्याजि प्रसंविदा को चालू रखने की शर्त है। बीमित रकम का भुगतान निश्चित होता है। इसके अन्तर्गत बीमित रकम या हानि जो भी कम है उसका भुगतान किया जाता है। गैर-जीवन बीमा में हानि न होने पर भुगतान नहीं होता है; परन्तु जीवन बीमा में भुगतान निश्चित होता है। जो बीमित रकम और बोनस यदि कोई हैं, का भुगतान किया जाता है। बीमाकर्ता भुगतान तभी करता है जब हानि निर्धारित घटना या जोखिम के कारण हो और जिसके प्रति बीमा किया गया है। इस प्रकार बीमा की एक दूसरी परिभाषा इस प्रकार हो सकती है—

"बीमा दो पक्षों के बीच एक ऐसा प्रसंविदा है जिसमें एक पक्ष जिसे बीमाकर्ता (Insurer) कहते हैं, दूसरे पक्ष जिसे बीमित व्यक्ति (Insured) कहते हैं, को या उसके लाभाकारी (Beneficiary) को एक निश्चित प्रतिफल जिसे प्रव्याजि (Premium) कहते हैं, के बदले में उल्लिखित आकस्मिक घटना (Given contingency) जिसके प्रति बीमा है, के घटित होने पर एक निश्चित रकम (Insured Sum) के भुगतान करने का वचन देता है।"

बीमा का स्वभाव

बीमा के निम्नलिखित लक्षण जीवन बीमा, सामुद्रिक बीमा, अग्नि बीमा और सामान्य बीमा में दिखाई देते हैं—

1. हानि का विभाजन—बीमा वित्तीय हानि को विभाजित करने की पद्धति है जिससे किसी व्यक्ति, परिवार या संस्था को एक निश्चित घटना पर होने वाली क्षति की पूर्ति की जाती है। यह निश्चित घटना जीवन बीमा में जीवन या मृत्यु, सामुद्रिक बीमा में सामुद्रिक जोखिम, अग्नि बीमा में अग्नि, दुर्घटना बीमा में दुर्घटना, फसल बीमा में प्राकृतिक प्रकोप आदि होते हैं जिनके कारण होने वाली हानि की पूर्ति की जाती है। बीमा के माध्यम से सभी बीमित व्यक्तियों से प्रव्याजि के रूप में इस हानि को विभाजित किया जाता है। हानि को पूर्वानुमान करके उसे प्रारम्भ में ही प्रव्याजि के रूप में सभी बीमित व्यक्तियों से ले लिया जाता है। बिना प्रव्याजि दिये बीमा नहीं हो सकता है।

2. उल्लिखित जोखिम—बीमा में उन्हीं हानियों का विभाजन किया जाता है जिनके कारणों या जिन जोखिमों को बीमा के लिए उल्लिखित कर लिया जाता है। हानियों के कई रूप होते हैं, उन सभी का बीमा नहीं होता है। कुछ विशेष हानियों और जोखिमों का ही बीमा होता है। बीमाकर्ता केवल बीमित जोखिम से होने वाली हानि का ही भुगतान करता है। इस संदर्भ में जोखिमों के वर्गीकरण और जोखिम के समाधान के विभिन्न तरीकों को समझ लेना चाहिए।

जोखिमों का वर्गीकरण—जोखिम का मूल वर्गीकरण दो भागों में किया गया है : (1) शुद्ध जोखिम (Pure Risks) और (2) परिकल्पी जोखिम (Speculative Risks)। शुद्ध जोखिम वह है जिसमें हानि ही की सम्भावना रहती है, लाभ की सम्भावना नहीं होती है। परिकल्पी जोखिम में लाभ एवं हानि सभी की सम्भावना रहती है। बीमा केवल शुद्ध जोखिम का ही होता है क्योंकि इसमें हानि का सुरक्षा का उद्देश्य रहता है। लाभ देने का उद्देश्य बीमा का नही है, इसलिये परिकल्पी जोखिम का बीमा नहीं होता है। बाजार-भाव से वस्तु के मूल्य में कमी या वृद्धि का बीमा नहीं होता क्योंकि इसमें मूल्य वृद्धि पर लाभ की सम्भावना रहती है। इसलिये लाभ बीमा के अन्तर्गत मूल्य में कमी आ जाने के कारण होने वाली हानि का बीमा नहीं होता है, हाँ लाभ बीमा में सम्पत्ति के जल जाने या नष्ट हो जाने के कारण होने वाली हानि का बीमा होता है।

शुद्ध जोखिम को तीन भागों में बाँटा गया है—(1) व्यक्ति सम्बन्धी जोखिम (Personal Risks), (2) सम्पत्ति सम्बन्धी जोखिम (Property Risks) और (3) दायित्व सम्बन्धी जोखिम (Liability Risks)। व्यक्ति सम्बन्धी जोखिम में दुर्घटना, वृद्धावस्था, मृत्यु, रोग आदि आते हैं जिसके लिए जीवन बीमा, स्वास्थ्य बीमा आदि हैं। बेरोजगारी सम्बन्धी हानि को पूरा करने के लिए बेरोजगारी बीमा होता है। सम्पत्ति सम्बन्धी जोखिम में सम्पत्ति के नष्ट, क्षति या गायब हो जाने सम्बन्धी जोखिम आती है और उनका बीमा होता है। दायित्व सम्बन्धी जोखिम में एक व्यक्ति का दूसरे व्यक्ति के प्रति दायित्व उत्पन्न होने वाली जोखिम आती है जिसके लिये दायित्व बीमा लिया जाता है। जोखिम का समय और जोखिम से होने वाली हानि का मूल्य पहले से मालूम नहीं रहता है।

जोखिम का समाधान—इन जोखिमों के समाधान के अनेक तरीके हैं, परन्तु बीमा उनमें सर्वश्रेष्ठ है। (1) जोखिम के समाधान का पहला तरीका जोखिम कम करने का उपाय है जिसके अन्तर्गत कुछ ऐसे प्रयास किये जाते हैं जिससे जोखिम कम हो जाय। जैसे जीवन सम्बन्धी जोखिम में स्वास्थ्य सम्बन्धी सुविधायें, आर्थिक प्रगति सम्बन्धी कार्य आदि आते हैं इनसे मृत्यु दर कम होती है और मृत्यु पर होने वाली जोखिम घट जाती है। इसी प्रकार अग्नि सम्बन्धी जोखिम में आग लगने की सम्भावना कम करने का उपाय या आग लगने पर उसे बुझाने का उपाय आदि किये जाते हैं। बीमाकर्ता इन सब कार्यों को अप्रत्यक्ष रूप से करता है जो विनियोग सम्बन्धी कार्यों से सम्बन्धित है। इन कार्यों से जोखिम सम्बन्धी हानि का पूर्ण समाधान नहीं होता है। निवारक कार्य जोखिम कम कर सकते हैं परन्तु समस्त हानि का क्षतिपूर्ति नहीं कर सकते हैं उसके लिये बीमा ही उपयुक्त है। (2) जोखिम के समाधान का दूसरा उपाय स्वयंकृत बीमा (Self Insurance) है। इसके अन्तर्गत व्यक्ति होने वाली हानि के प्रति अलग से संचय करते हैं और हानि होने पर उसका प्रयोग करते हैं परन्तु उसके दो मुख्य दोष हैं। पहला यह संचय हानि के बराबर नहीं किया जा सकता है और किया भी गया तो हानि को स्वयं सहन करने से उसकी आर्थिक स्थिति में कोई सुधार नहीं हुआ। दूसरा दोष यह है कि संचय का प्रयोग अन्यत्र किया जा सकता है, परन्तु इसके अन्तर्गत हानि की पूर्ति के लिये किया गया संचय बेकार पड़ा रहता है। (3) जोखिम के समाधान का तीसरा तरीका यह है कि जोखिम का हस्तान्तरण (Transfer of Risks) कर दिया जाय; परन्तु यह तरीका केवल परिकल्पी जोखिम में ही सम्भव है। शुद्ध जोखिम में हानि को हस्तान्तरित नहीं किया

जा सकता है। (4) जोखिम के समाधान का चौथा तरीका बीमा (Insurance) है। बीमा के माध्यम से बड़ी से बड़ी जोखिमों के प्रति हानि के भुगतान का आश्वासन हो जाता है। कई व्यक्तियों द्वारा बीमा लेने पर पर्याप्त प्रव्याजि आ जाती है जिसका प्रयोग हानि भुगतान के लिए किया जाता है। इस प्रकार बीमा के माध्यम से हानि का भुगतान सम्भव हो जाता है और व्यक्ति को हानि के पूर्व स्थिति में रखा जा सकता है। बीमा योग्य जोखिम के अन्तर्गत केवल शुद्ध जोखिम, आकलन योग्य जोखिम, वास्तविक जोखिम, महत्त्वपूर्ण जोखिम उचित लागत की जोखिम और अधिकांश व्यक्तियों की जोखिम को शामिल किया जाता है। इनके अलावा बीमा में अन्य किसी जोखिम का बीमा नहीं होता है।

3. सहकारी पद्धति—बीमा का तीसरा महत्त्वपूर्ण लक्षण सहकारिता के आधार पर हानि को विभाजित करना है। बीमा थोड़े व्यक्तियों के बीच सम्भव नहीं है क्योंकि हानि का प्रति व्यक्ति हिस्सा अधिक होगा और व्यक्ति को मिलने वाली सुरक्षा प्रव्याजि से कम रहेगी। अतः यह आवश्यक है कि बीमा के अन्तर्गत अधिकांश व्यक्ति आयें और सभी व्यक्तियों पर हानि का हिस्सा विभाजित किया जा सके जिससे प्रति व्यक्ति हानि का हिस्सा अर्थात् प्रव्याजि कम हो सके। बीमाकर्ता हानि को स्वयं नहीं सहन करता, बल्कि वह हानि विभाजन करने का एक तरीका है जिसके अन्तर्गत प्रत्येक बीमित व्यक्ति को प्रव्याजि के रूप में हानि को सहन करना पड़ता है। बीमाकर्ता व्यक्तियों से प्रव्याजि प्राप्त करने, बीमा बेचने, भुगतान करने तथा अन्य सहायक कार्यों के लिये खर्चे भी बीमापत्रधारियों से लेता है जिसमें उसका लाभ भी सन्निहित है। इस प्रकार सभी बीमापत्रधारियों को एक जगह मिलाकर सहकारिता के आधार पर उन्हें हानि का भुगतान करता है जो हानि सभी बीमापत्रधारियों से प्रव्याजि के रूप में प्राप्त करता है। इस सेवा के लिए वह कुछ लाभ भी लेता है जो इस व्यापार में कोष के विनियोग से वह प्राप्त करता है।

4. जोखिम का मूल्यांकन—हानि को विभाजित करने के लिए प्रव्याजि के रूप में रकम प्राप्त की जाती है परन्तु प्रव्याजि की प्राप्ति संविदा के प्रारम्भ में होती है और हानि के भुगतान संविदा होने के बाद घटना घटने पर होता है। इससे यह आवश्यक है कि हानि का पूर्वानुमान किया जा सके जिससे प्रव्याजि प्राप्त करके भविष्य में उसका भुगतान किया जा सके। भुगतान करने के लिए जो प्रव्याजि प्राप्त होती है, उसे शुद्ध प्रव्याजि कहते हैं। बीमाकर्ता अपने खर्चे पूरा करने के लिए प्रीमियम में कुछ रकम जोड़ देते हैं और उसी प्रव्याजि (प्रीमियम) को बीमापत्र से प्राप्त करते हैं, इसे सकल या वास्तविक प्रव्याजि भी कहते हैं।

जोखिम का मूल्यांकन एक दक्षता का कार्य है जिसके अन्तर्गत (1) सम्भावना सिद्धान्त, (2) महांक सिद्धान्त और (3) वर्तमान मूल्य सिद्धान्त का प्रयोग किया जाता है। सम्भावना सिद्धान्त के अन्तर्गत मृत्यु-दर या जीवन-दर का मूल्यांकन किया जाता है। मृतक तालिका के आधार पर यह सम्भव हो जाता है कि किसी बीमापत्र के मृत्यु-दर और जीवन-दर का मूल्यांकन किया जाय। इसी प्रकार अग्नि बीमा और सामुद्रिक बीमा में भी पिछले अनुभव के आधार पर यह पता लगाया जाता है कि जोखिम की क्या सम्भावना है? जोखिम की सम्भावना पिछले अनुभव पर वर्तमान स्थिति और भविष्य की सम्भावना को ध्यान में रखकर किया जाता है। महांक सिद्धान्त के अन्तर्गत अधिकांश संख्या का महत्त्व है जितने

अधिक व्यक्ति होंगे, प्रव्याजि उतनी ही कम होगी। इसलिये विस्तृत क्षेत्र में अधिकांश व्यक्तियों को बीमित करने का प्रयास किया जाना चाहिए जिससे प्रति व्यक्ति प्रव्याजि की रकम कम हो सके। प्रव्याजि को प्रसंविदा के समय प्राप्त करते हैं और अग्रिम रूप से प्रतिवर्ष प्राप्त करते जाते हैं। इस प्रकार संचित प्रव्याजि को विनियोजित किया जाता है जिससे बीमा संस्था को आय मिलती है। पिछले अनुभव के आधार पर यह तय हो जाता है कि विनियोग से आय (ब्याज) कितनी होगी, उसी ब्याज दर के आधार पर भविष्य की हानि का वर्तमान मूल्य निकाला जाता है और वही प्रव्याजि होती है।

जोखिम का मूल्यांकन प्रव्याजि निर्धारण के लिये ही आवश्यक है जितनी जोखिम होगी उतनी ही प्रव्याजि होगी और इसी जोखिम (भविष्य की हानि) का वर्तमान मूल्य शुद्ध प्रव्याजि होती है। जिसमें खर्चे जोड़कर सकल प्रव्याजि निकाली जाती है जिसको बीमापत्रधारियों से प्राप्त किया जाता है।

5. उल्लिखित घटना पर भुगतान—बीमा द्वारा समस्त हानि का भुगतान नहीं किया जाता है, बल्कि उसी हानि का भुगतान होगा जो उल्लिखित घटना के कारण हो। इस उल्लिखित घटना को बीमित जोखिम भी कहते हैं। ये घटनायें अर्थात् बीमित जोखिम वास्तविक हैं इनका घटित होना सम्भव है; परन्तु इनके घटित होने का समय निश्चित नहीं होता है। इस प्रकार जब बीमित समय के अन्दर उल्लिखित घटना घटेगी तो बीमा द्वारा निर्धारित रकम का भुगतान कर दिया जायगा। जीवन बीमा में मृत्यु या जीवन है जिसके घटित होने पर भुगतान होगा। अग्नि और सामुद्रिक बीमा में उल्लिखित घटनायें घट सकती हैं और घट भी नहीं सकतीं। यदि ये घटनायें नहीं घटती हैं तो भुगतान नहीं होगा। जीवन बीमा में अस्थाई और शुद्ध बन्दोबस्ती बीमा को छोड़कर भुगतान की निश्चितता होती है। अस्थायी बीमा (Temporary or Term Insurance) में निर्धारित समय के अन्दर मृत्यु होने पर ही भुगतान होता है। यदि मृत्यु न हुई तो भुगतान नहीं होगा। इसी प्रकार शुद्ध बन्दोबस्ती बीमा में यदि बीमित व्यक्ति निर्धारित अवधि तक जीवित रहा तभी भुगतान होगा अन्यथा भुगतान नहीं होगा। इन दोनों को छोड़कर जीवन बीमा में एक निश्चित रकम का भुगतान अवश्य होता है।

6. भुगतान की रकम—बीमा में एक निर्धारित रकम का ही भुगतान होगा। जीवन बीमा में बीमापत्र में लिखी गयी रकम और उस पर बोनस यदि है तो भुगतान कर दिया जाता है, परन्तु गैर जीवन बीमा में बीमित रकम तक हानि का भुगतान होगा। यदि हानि की रकम बीमित रकम से अधिक है तो केवल बीमित रकम तक ही भुगतान होगा, परन्तु यदि हानि की रकम बीमित रकम से कम है तो केवल हानि का ही भुगतान होगा। यदि हानि नहीं हुई तो कुछ भी भुगतान नहीं होगा। दी गयी प्रव्याजि भी लौटायी नहीं जायगी। जीवन बीमा में हानि के प्रति कोई प्रावधान नहीं है केवल बीमित रकम का ही भुगतान होता है। ध्यान रहे कि हानि का भुगतान केवल उन्हीं जोखिम के होंगे जो बीमित हैं। गैर-बीमित जोखिम से होने वाली हानि का भुगतान नहीं किया जाता है।

7. अधिकांश व्यक्ति सिद्धान्त—बीमा का यह महत्त्वपूर्ण लक्षण है कि अधिकांश व्यक्ति बीमित होने चाहिए जिससे प्रति व्यक्ति हानि का हिस्सा (बीमा लागत) कम हो सके और बीमा व्यवसाय चल सके। यदि बीमा लागत बीमा-सुरक्षा से अधिक है तो व्यक्ति बीमा

नहीं करायेंगे। अतः यह आवश्यक है कि बीमा के अन्तर्गत अधिकांश व्यक्ति शामिल किये जायँ जिससे बीमा लागत कम रहे और अधिक से अधिक व्यक्ति बीमित हो सकें। जीवन और गैर-जीवन बीमा सभी में अधिकांश व्यक्तियों का होना आवश्यक है तभी बीमा व्यवसाय चल सकेगा।

8. बीमा जुआ नहीं है—बीमा और जुए को अधिकांश व्यक्ति एक समझते हैं क्योंकि दोनों दशाओं में सामान्य घटनाओं पर ही भुगतान होता है, परन्तु इसका मतलब यह नहीं है कि ये दोनों एक हैं। इन दोनों की समानता और असमानता समझ लेना चाहिए।

समानता—बीमा और जुआ को एक बताने वाले निम्नलिखित समानतायें बताते हैं—

(i) घटना की सम्भावना—बीमा और जुए दोनों में एक निश्चित घटना पर ही भुगतान किया जाता है जिसके घटने या न घटने की अनिश्चितता रहती है। जैसे अग्नि बीमा में यह जरूरी नहीं है कि आग अवश्य लगे, उसी प्रकार जुए में भी यह सम्भव नहीं है कि दाँव लगेगी ही।

(ii) घटना पर निश्चित भुगतान—बीमा और जुए दोनों में घटनाओं पर निश्चित भुगतान होता है। भुगतान की अधिकतम रकम तय हो जाती है और उसी के अन्दर ही भुगतान होता है। जुए में भी भुगतान दाँव लगने पर ही होगा।

(iii) भुगतान के प्राप्तकर्ता और देयता—जिस प्रकार बीमा में बीमाकर्ता भुगतान देता है और दूसरा पक्ष अर्थात् बीमापत्रधारी भुगतान प्राप्त करता है उसी प्रकार जुए में भी एक व्यक्ति जो दाँव हार जाता है, भुगतान करता है और जो दाँव जीत जाता है भुगतान प्राप्त करता है।

(iv) एक को हानि दूसरे को लाभ—बीमा में भी प्रव्याजि देने वाले को यदि हानि न हुई तो उसे भुगतान नहीं मिलता है। दी गयी प्रव्याजि जब्त हो जाती है। इसी प्रकार जुए में भी जो दाँव हार जाता है उसका दाँव लगाना व्यर्थ हो जाता है।

अन्तर—उपरोक्त समानताओं के बावजूद भी बीमा और जुए में विपरीत का सम्बन्ध है जो निम्नलिखित तथ्यों से स्पष्ट है—

(i) बीमा योग्य हित—बीमा संविदा में बीमायोग्य हित होना आवश्यक है यदि बीमायोग्य हित नहीं होगा तो बीमा नहीं होगा। जिस सीमा तक बीमायोग्य हित होगा, उस सीमा तक बीमा होगा उससे अधिक का बीमा नहीं होगा और न भुगतान होगा। बीमायोग्य हित एक आर्थिक सम्बन्ध से जिसमें बीमित विषय वस्तु के रहने पर बीमित व्यक्ति को आर्थिक लाभ और बीमित विषय वस्तु के न रहने पर आर्थिक हानि होती है। जुए में ऐसे हित और सम्बन्ध का होना जरूरी नहीं है बल्कि जुए वहीं होते हैं जहाँ पर हित नहीं रहता। इस प्रकार बीमायोग्य हित बीमा का आवश्यक अंग है जबकि यह हित जुए से बिल्कुल अलग है।

(ii) क्षतिपूर्ति सिद्धान्त—बीमा के अन्तर्गत लाभोपार्जन की सम्भावना बिल्कुल नहीं रहती है जबकि जुए का उद्देश्य मनोरंजन और लाभोपार्जन है। बीमा में वास्तविक क्षति तक ही रकम प्राप्त की जा सकती है उससे अधिक भुगतान नहीं मिल सकता है। यदि

भुगतान मिला भी तो वह बीमाकर्ता द्वारा प्रत्याशित कर लिया जायगा। लेकिन जुए में क्षति कुछ भी नहीं है और भुगतान अधिक मिलता है। लाभोपार्जन के लिए एक व्यक्ति क्षति उठाता है और दूसरा उसे प्राप्त करता है। बीमा में बीमाकर्ता क्षति न उठाकर भी क्षति की पूर्ति बीमापत्रधारी को कर देता है।

(iii) जोखिम—बीमा में जिन जोखिमों का बीमा कराया जाता है, वे पहले से मौजूद रहती हैं; जैसे—मृत्यु, वृद्धावस्था, अग्नि, चोरी, दुर्घटना सामुद्रिक जोखिम आदि। बीमा हो या न हो ये जोखिम हो सकती हैं। जोखिम होने पर व्यक्ति को हानि होगी, लेकिन जुए में जोखिम रहती नहीं है बल्कि पैदा की जाती है। यदि जुआ न हुआ तो दाँव हारने वाले को कोई भी हानि नहीं होगी। जुआ खेल कर एक व्यक्ति जोखिम उठाता है और दूसरा लाभ। बीमा में कोई भी जोखिम या लाभ नहीं उठाते। बीमा में लोग भाग्य अजमाते हैं और बीमा न रहने पर अभागे हो जाते हैं क्योंकि उन्हें हानि होती है; जबकि जुए में लोग दुर्भाग्य बुलाते हैं और जुआ न रहने पर भाग्यशाली बने रहते हैं।

(iv) सुरक्षा—बीमा में बीमापत्र और बीमाकर्ता दोनों सुरक्षित रहते हैं क्योंकि सहकारिता के आधार पर हानि का विभाजन सभी बीमित व्यक्तियों में कर दिया जाता है जबकि जुए में दोनों पक्ष हानि पर रहते हैं यदि कोई पक्ष कुछ समय तक दाँव जीता तो दूसरे समय वह सब हार जाता है। इस प्रकार देखा गया है कि करोड़पति भी जुए से भिखमंगे हो गये जबकि बीमा से गरीब भी सम्पत्तिशाली बने रहे। जो व्यक्ति बीमा नहीं खरीदते वे अपनी सम्पत्ति से जुआ खेलते हैं। बीमा न रहने पर जुआ होगा।

(v) वैधानिकता—बीमा वैधानिक है। इसको न्यायालय की मान्यता प्राप्त है जबकि जुआ व्यर्थ (Void) है। न्यायालय में इसकी कोई मान्यता नहीं है। इंगलैण्ड में जुआ अवैधानिक है और दण्डनीय है। भारत में जुआ अमान्य और व्यर्थ (Void) है।

९. बीमा दान नहीं है—दान वह भुगतान है जिसमें प्रतिफल नहीं होता है लेकिन बीमा बिना प्रतिफल के सम्भव नहीं है। प्रतिफल के बदले में बीमित व्यक्ति और उसके परिवार को सुरक्षा मिलती है। दान में दानकर्ता को कुछ भी नहीं मिलता। बीमा एक व्यवसाय हो गया है क्योंकि बीमाकर्ता अपनी सेवाओं के लिए उचित लाभ लेते हैं। जबकि दान केवल सहायता है व्यवसाय नहीं है।

बीमा के कार्य

बीमा के कार्यों को दो भागों—(अ) प्राथमिक (Primary) और (ब) गौण (Secondary) कार्यों में बाँटा गया है।

(अ) प्राथमिक कार्य (Primary Function)

1. निश्चितता प्रदान करना—बीमा हानि की अनिश्चितता के प्रति हानि की पूर्ति की निश्चितता प्रदान करता है। व्यक्ति हानि के प्रति कुशल नियोजन करके निश्चित हो सकता है, परन्तु इसमें अनेक कठिनाइयाँ हैं जबकि बीमा व्यक्तियो को इन कठिनाइयों से दूर करके हानि के प्रति निश्चितता प्रदान करता है। स्वतः बीमा में कठिनाइयों के अलावा खर्चे

भी अधिक होते हैं जिससे बीमा का स्थान कोई स्वतः बीमा से नहीं ले सकता है। जोखिम हानि की अनिश्चितता है जिसमें हानि कब होगी, कैसे और कितनी होगी—का कुछ पता नहीं रहता है। यदि जोखिम हो गयी तो व्यक्ति को हानि होगी और उसके पहले वह हानि के प्रति हमेशा चिन्तित रहता है, परन्तु बीमा से इस प्रकार की चिन्ता समाप्त हो जाती है और हानि की पूर्ति के लिए व्यक्ति निश्चिन्त हो जाता है। इसके लिए व्यक्ति को बहुत थोड़ी प्रव्याजि देनी होती है जो हानि का बहुत छोटा अंग होता है।

2. सुरक्षा प्रदान करना—बीमा का मुख्य कार्य सम्भाव्य हानि से सुरक्षा प्रदान करना है। हानि का समय और रकम अनिश्चित होता है। यदि बीमा नहीं है तो जब भी हानि होगी व्यक्ति को कष्ट होगा और उसे अनेक आपत्तियों का सामना करना पड़ सकता है परन्तु बीमा हानि के भुगतान का वादा करता है और इस प्रकार व्यक्तियों को कठिनाइयों से सुरक्षित करता है। बीमा जोखिम को रोक नहीं सकता है, परन्तु जोखिम से होने वाली हानि का भुगतान अवश्य करता है। इस प्रकार बीमा हानि से सुरक्षा प्रदान करता है।

3. हानि-विभाजन—बीमा का तीसरा प्रमुख कार्य जोखिम से होने वाली हानि का विभाजन है। आपदा या जोखिम को बाँटा नहीं जा सकता है, परन्तु उनसे होने वाली हानियों को उन व्यक्तियों में बाँटा जा सकता है जो इन हानियों से सुरक्षित होना चाहते हैं। आदि काल में हानि का विभाजन जोखिम के समय किया जाता था; परन्तु अब बीमा प्रसंविदा के अन्तर्गत उन हानियों का भुगतान बाद में किया जाता है जिसके लिए बीमित व्यक्तियों से उनके हानि का अंश प्रव्याजि के रूप में पहले से लिया जाता है। प्रव्याजि की गणना हानि की सम्भावना के अनुसार की जाती है।

(ब) गौण कार्य (Secondary Function)

उपरोक्त प्रमुख कार्यों के अलावा बीमा निम्नलिखित गौण कार्य भी करता है—

1. हानि की रोक—बीमा हानि को स्वयं नहीं रोकता (Prevent) है, बल्कि उन व्यक्तियों और संस्थाओं का साथ देता है जो हानि को रोकने के लिए कार्य कर रहे हैं। यदि हानि में कमी हो जायगी या हानि रुक जायगा, तो बीमाकर्ता कम भुगतान करेगा और इस प्रकार उसे अधिक हानि नहीं सहनी पड़ेगी। हानि की कमी से प्रव्याजि दर में भी कमी की जा सकती है और इस प्रकार बीमा विकास में सहायता मिल सकती है। अधिक व्यापार से प्रति व्यक्ति लागत कम होगी और प्रव्याजि में पुनः कटौती की जा सकती है जिससे सस्ती प्रव्याजि होने के कारण व्यापार में और विकास होगा तथा समाज के अधिकांश व्यक्ति बीमा के लाभ उठा सकेंगे। बीमा संस्थायें इसीलिए अग्निरोधक संस्थाओं, अस्पताल, शिक्षा-संस्थाओं, नगर-पालिकाओं तथा अन्य संस्थाओं को वितीय सहायता देकर हानि को रोकने का प्रयास करते हैं।

2. पूँजी की पूर्ति—बीमा समाज को पूँजी की पूर्ति करता है। बीमा के पास पर्याप्त रकम प्रव्याजि के रूप में आती रहती है जिसको विनियोजित करके उत्पादन में वृद्धि की जाती है। समाज में पूँजी की कमी को पूरा किया जाता है। भारत जैसे देश में जहाँ पूँजी की अपर्याप्तता है बीमा के इस कार्य का विशेष महत्त्व है। बीमा द्वारा पूँजी की गतिशीलता दो

प्रकार से सुलभ होती है, प्रथम बीमा के अभाव में प्रत्येक व्यक्ति, व्यवसायी या संस्था सम्भावी हानियों को पूरा करने के लिये कुछ संचय रखते हैं जिसका कोई उपयोग नहीं हो पाता है, परन्तु बीमा रहने से उस संचित रकम का प्रयोग उत्पादन कार्यों में किया जा सकता है क्योंकि हानि की पूर्ति का वचन बीमा करता है। इस प्रकार सम्भाव्य-संचय रखने की आवश्यकता न रहने पर उसका उत्पादन में पूँजी के रूप में प्रयोग होता है। दूसरी तरफ बीमा द्वारा प्रव्याजि के रूप में एकत्रित राशि उत्पादन कार्यों में पूँजी, ऋण या अन्य रूपों में प्रयोग की जाती है। इस प्रकार बीमा पूँजी के रूप में सहायता देता है।

3. कार्यक्षमता में वृद्धि—व्यवसाय में अनेक जोखिमें होती हैं जिसकी सुरक्षा के लिए बीमा कराया जाता है। पर्याप्त सुरक्षा रहने पर व्यवसाय के कार्य सुचारु रूप से चलते हैं, इस प्रकार कार्यक्षमता में वृद्धि होती है। बीमा रहने पर व्यक्ति भविष्य के प्रति निश्चिन्त हो जाता है और अपने कार्यों को एकाग्रता से करता है जिससे उसकी कार्यक्षमता बढ़ती है और उसे अधिक लाभ मिलता है जिसको पाने के लिए उसे अधिक निरन्तर प्रेरणा मिलती रहती है। प्रत्येक व्यक्ति की कार्यक्षमता में वृद्धि होने पर सम्पूर्ण समाज की कार्यक्षमता बढ़ती है और राष्ट्रीय विकास में योगदान मिलता है।

4. आर्थिक प्रगति में सहायता—बीमा से समाज की अनेक हानियों के प्रति सुरक्षा मिलती है। समाज की सम्पत्ति और व्यक्ति आदि के न रहने पर विशेष अभाव नहीं महसूस होता है। क्षति और मृत्यु से होने वाली जोखिम पर हानि की पूर्ति होने पर व्यक्ति निश्चिंत कार्य करता है। इस प्रकार बीमा समाज की विभिन्न सम्पत्तियों की सुरक्षा करता है, व्यक्तियों को निश्चिंत रखकर उनकी क्षमता में वृद्धि करता है तथा पूँजी के अभाव को दूर करके पूंजी की मात्रा में वृद्धि करता है। इस प्रकार बीमा समाज के सर्वोन्मुखी विकास में सहायता देकर देश की प्रगति में हाथ बँटाता है।

बीमा की उपयोगिता

बीमा की उपयोगिता का अध्ययन तीन भागों—व्यक्तिगत, व्यावसायिक और सामाजिक लाभों में करेंगे।

व्यक्तिगत उपयोगिता

1. बीमा सुरक्षा प्रदान करता है—बीमा निर्धारित जोखिम से होने वाली हानि के प्रति सुरक्षा प्रदान करता है। जीवन बीमा में मृत्यु या जीवन या दोनों जैसा भी हो, घटित होने पर बीमित रकम का भुगतान कर दिया जाता है। यदि व्यक्ति कम दिन जीवित रहा तो बीमा से उसके परिवार को सुरक्षा मिलती है और यदि अधिक जीवित रहा तो स्वयं उसे भुगतान होता है; जीवन की अनेक आवश्यकताओं के लिए अलग-अलग प्रकार के बीमापत्र खरीदे जाते हैं। इसी प्रकार सम्पत्ति बीमा में सम्पत्ति की सुरक्षा निर्धारित जोखिम से होती है। बीमित जोखिम के घटित होने पर भुगतान कर दिया जाता है। सम्पत्ति के नष्ट होने, क्षति होने या गायब हो जाने पर होने वाली हानि का भुगतान बीमा के द्वारा किया जाता है। दायित्व सम्बन्धी हानि का भी भुगतान सामान्य बीमा द्वारा किया जाता है। इस प्रकार बीमा के द्वारा

प्रायः सभी क्षेत्रों में शुद्ध जोखिम से होने वाली हानि का भुगतान किया जाता है जिससे हानि से सुरक्षा मिलती है।

2. बीमा व्यक्ति को चिन्ता विमुक्त करता है—सुरक्षा मनुष्य का मुख्य प्रेरक है। यदि व्यक्ति भविष्य की जोखिमों से असुरक्षित है तो उसे हमेशा चिन्ता लगी रहती है और कार्य में मन नहीं लगता है; परन्तु हानि के प्रति सुरक्षा रहने पर व्यक्ति उस हानि से चिन्ता विमुक्त हो जाता है क्योंकि वह समझता है कि जोखिम से उसके परिवार को कोई नुकसान नहीं होगा; कारण कि हानि का भुगतान बीमा द्वारा कर दिया जाता है। यह हानि जीवन, सम्पत्ति और दायित्व के सम्बन्ध में हो सकती है जिसके लिए बीमा अलग-अलग रूपों में मौजूद है। इस प्रकार बीमा अनिश्चित जोखिम को निश्चित भुगतान के रूप में बदल कर व्यक्ति को चिन्ता विमुक्त कर देता है। जोखिम को रोका नहीं जा सकता है परन्तु जोखिम से होने वाली हानि को पूरा किया जा सकता है। जोखिम से सुरक्षा न रहने पर मनुष्य को चिन्ता हतोत्साह, मानसिक कमजोरी आदि रहती है। परन्तु बीमा इन सब कमजोरियों को दूर करके मनुष्य को उत्साही बना देता है।

3. बीमा बन्धक-सम्पत्ति को सुरक्षित करता है—व्यक्ति की मृत्यु से बंधक पर रखी गयी सम्पत्ति श्रणदाता की हो जाती है और परिवार को कष्ट होता है। दूसरी तरफ ऋणदाता ऋण देने के पहले सम्पत्ति को बीमित करने के लिये जोर डालता है क्योंकि सम्पत्ति के नष्ट हो जाने, आग लग जाने, चोरी हो जाने आदि के कारण बंधक-ऋण का भुगतान प्राप्त करना सम्भव नहीं रहता है और श्रणदाता को हानि होती है। लेकिन यदि इस सम्पत्तियों का बीमा होता है तो क्षतिग्रस्त, चोरी आदि हो जाने पर ऋण का भुगतान ऋणदाता को कर दिया जाता है। इस प्रकार बीमा-बंधक सम्पत्ति को सुरक्षित करने का प्रयास करता रहा है।

4. बीमा सहायक के रूप में कार्य करता है—परिवार के मुखिया की मृत्यु पर परिवार के अन्य सदस्यों को अकथनीय हानि होती है। इस प्रकार सम्पत्ति की हानि पर परिवार को अत्यन्त कठिनाई होती है, परिवार को इन सब आपदाओं से अधिक कष्ट होता है। आर्थिक स्थिति कमजोर हो जाती है। सम्पत्ति के नष्ट हो जाने पर जीविकोपार्जन का साधन नष्ट हो जाता है। परिवार में पत्नी और बच्चे दूसरे के आश्रित हो जाते हैं। उन्हें अपने पति और पिता के अलावा अन्य व्यक्ति अधिक उपकारी प्रतीत होते हैं। बीमा इन सभी कठिनाइयों से छुटकारा देकर एक सहायक के रूप में कार्य करता है। मृत्यु पर स्त्री और बच्चे को कुछ रकम प्रदान करके उनकी सहायता करता है। सम्पत्ति के नष्ट हो जाने, दुर्घटना होने, व्यापार बन्द हो जाने आदि अनेक जोखिम के होने पर बीमा उन्हें पर्याप्त रकम देता है जिससे परिवार को कोई आर्थिक कठिनाई नहीं होती है।

5. बीमा बचत को प्रोत्साहित करता है—जीवन बीमा में बचत एवं सुरक्षा दोनों मिलती है जबकि गैर जीवन बीमा में केवल सुरक्षा तत्त्व ही सन्निहित है। जीवन बीमा में बचत एवं विनियोग का लाभ मिलता है। बचत करके व्यक्ति वृद्धावस्था की कठिनाइयों से सुरक्षित हो जाते हैं और यदि मृत्यु असामयिक हो गयी तो उसमें भी सहायता मिलती है क्योंकि उस दशा में भी एक निश्चित रकम का भुगतान कर दिया जाता है। इसके अलावा बीमा से बचत के कुछ अतिरिक्त लाभ भी हैं। (1) क्रमिक बचत सम्भव हो जाती है क्योंकि प्रव्याजि का निरन्तर भुगतान करना आवश्यक है। इसके विपरीत बैंक में बचत ऐच्छिक है जब तक बचत

कराने चाहे तब तक बचत किया अन्यथा बचायी रकम को निकाल कर खर्च कर दिया; इस सुविधा के कारण बैंक की बचत में वृद्धि नहीं हो पाती है। लेकिन बीमा में बचत करके प्रीमियम देना अनिवार्य है जिससे पर्याप्त बचत हो जाती है। (2) बीमा में बचायी गयी रकम को निकालना आसान नहीं है क्योंकि बीमित रकम का भुगतान केवल एक निश्चित समय या घटना पर ही किया जायगा। इस घटना के पूर्व समर्पित मूल्य प्राप्त करना आसान नहीं है और लाभकारी भी नहीं है जिससे बीमापत्रधारी अपनी रकम निर्धारित अवधि के पहले वापस प्राप्त नहीं करते हैं। इसके विपरीत बैंक की बचत को निकालकर कभी भी समाप्त किया जा सकता है। (3) मृत्यु के समय बीमा में बीमित रकम का भुगतान कर दिया जाता है, चाहे उतनी रकम बचायी गयी हो या नहीं; जबकि बैंक से केवल बचायी गयी रकम का ही भुगतान मिलेगा। (4) आवश्यक बचत से प्रीमियम का भुगतान किया जाता है प्रथम वर्षों में इस प्रकार की बचत करने में कुछ कठिनाई होती है, परन्तु बाद में यह भी एक खर्च का रूप धारण कर लेती है और बचत करने में कष्ट नहीं महसूस होता है।

6. बीमा लाभकारी विनियोग है—जीवन बीमा में भुगतान अवश्य मिलता है। बीमित रकम के साथ-साथ बोनस का भी भुगतान होता है। बीमाकारी अपने एकत्रित कोष को विनियोजित करता रहता है और प्राप्त हुई आय से खर्चे और संचय निकालकर शेष रकम बीमापत्रधारी (लाभ सहित) को दे देता है। बीमाकर्ता जितना ही लाभ प्राप्त करेगा। बीमापात्र को उतना ही बोनस मिलेगा। इस प्रकार का लाभ बीमापत्रधारी स्वयं नहीं कर सकता है—कारण कि उसकी विनियोग क्षमता क्षीण होती है। इसके अलावा सभी प्रकार के बीमा में दी गयी प्रव्याजि पर आयकर से छूट मिलती है और वह भी एक बचत का साधन बन जाता है। बीमा सुरक्षा के साथ-साथ लाभकारी विनियोग भी बन गया है।

7. पारिवारिक आवश्यकताओं की पूर्ति—बीमा से पारिवारिक आवश्यकताएँ; जैसे—मृत्यु पर सहायता, वृद्धावस्था में बचत, पुनर्समन्वन आवश्यकता, विशेष आवश्यकता अन्तिम आवश्यकता, सम्पत्ति की सुरक्षा आदि अनेक आवश्यकताओं की पूर्ति होती है। इनका विस्तृत वर्णन सम्बन्धित अध्यायों में किया गया है।

व्यावसायिक उपयोगिता

1. व्यावसायिक हानियों की अनिश्चितता कम हो जाती है—बीमा अनेक जोखिमों से होने वाली हानि को पूरा करता है जिनके लिए अलग-अलग बीमा की सुविधाएँ दी जाती हैं। व्यावसायिक जगत में अत्यधिक मानवीय और भौतिक सम्पत्ति का उपयोग किया जाता है। थोड़ी से लापरवाही से एकदम नष्ट-भ्रष्ट हो सकती है और अरबों की सम्पत्ति और जन-शक्ति क्षणों में समाप्त हो सकती है। इन जोखिमों के अलावा तीसरे पक्ष को भी जोखिम हो सकती है जिसका भुगतान करना व्यवसाय की जिम्मेदारी हो जाती है। यदि हानि की इन अनिश्चितताओं को देखा जाय तो कोई भी व्यक्ति व्यवसाय में जोखिम उठाना नहीं चाहेगा। न तो व्यक्ति व्यापार प्रारम्भ करें और न अधिक दिन तक चालू ही रख सकेंगे। इन सभी हानियों अर्थात् कर्मचारियों को शारीरिक चोट, मृत्यु, सम्पत्ति की हानि, वस्तुओं के आवागमन में होने वाली हानि आदि के लिये कई प्रकार के बीमा प्रचलित हैं; जैसे—जीवन बीमा, सामुद्रिक बीमा, अग्नि बीमा, दुर्घटना बीमा, दायित्व बीमा आदि। प्रत्येक प्रकार के

बीमा में कई अन्य तरह की सुविधाएँ उपलब्ध हैं। इन हानियों को पूरा करने के लिए अलग से संचय करना, पर्याप्त और सम्भव नहीं होगा। अतः बीमा से ही इन हानियों को पूरा किया जाता है तथा अनिश्चितताओं को समाप्त करके भुगतान की निश्चितता दी जाती है जिससे व्यापार वृद्धि में सहायता मिलती रहती है।

2. बीमा से व्यावसायिक दक्षता बढ़ जाती है—व्यवसाय की हानियों के प्रति निश्चिन्त होने पर व्यवसायी मन लगाकर कार्य करता है और उसे अन्य हानि बचाने वाले कार्यों को भी नहीं करना पड़ता है जिससे उसे कार्य के प्रति अधिक समय मिल जाता है। व्यवसाय में संलग्न व्यक्ति, सम्पत्ति आदि के बीमा रहने पर व्यवसाय समाप्त भी नहीं होता क्योंकि हानि होने पर बीमा द्वारा पूर्ण क्षति पूर्ति कर दी जाती है। व्यवसाय बन्द हो जाने की सम्भावना समाप्त हो जाती है। इस प्रकार व्यवसाय में निरन्तर कार्य होते रहते हैं और व्यवसायी को हानि होने पर बीमा से उसकी पूर्ति हो जाती है जिससे व्यवसायी को निश्चिन्तता हो जाती है।

3. महत्त्वपूर्ण कर्मचारी का बीमा—महत्त्वपूर्ण कर्मचारी वह है जिसके जीवित रहने पर व्यापार को लाभ और मृत्यु पर व्यापार को हानि हो और उस हानि को तुरन्त पूरा न किया जा सके। व्यावसायिक सम्पत्ति की तरह महत्त्वपूर्ण कर्मचारी भी आवश्यक है अतः सम्पत्ति चाहे भौतिक हो या मानवीय दोनों के सुरक्षित रहने पर व्यवसाय चलता रहता है। महत्त्वपूर्ण कर्मचारी का बीमा करा लेने पर उसकी मृत्यु पर व्यवसाय बन्द होने या हानि होने की सम्भावना समाप्त हो जाती है।

इसी प्रकार व्यवसाय में लगे अन्य कर्मचारियों का भी बीमा होता है जिनकी मृत्यु पर उन्हें देय रकम बीमाकर्ता से मिल जाती है और व्यवसाय को अलग से भुगतान की आवश्यकता नहीं पड़ती है।

4. साख में वृद्धि होती है—बीमा रहने पर साख में वृद्धि हो जाती है क्योंकि ऋणदाता यह समझते हैं कि ऋणी की मृत्यु या बन्धक पर रखी गयी सम्पत्ति नष्ट हो जाने पर भी उन्हें भुगतान बीमा के माध्यम से हो सकता है। अतः ऋणदाता कभी भी ऋण देने में संकोच नहीं करता है। ऋण प्राप्त करने की क्षमता में वृद्धि हो जाने पर व्यवसाय बढ़ाया जा सकता है और बीमा की मात्रा में तथा विविधता में वृद्धि करके साख में और अधिक वृद्धि हो सकती है।

5. व्यवसाय चलता रहता है—बीमा से व्यापार चालू रहने की सम्भावना बढ़ जाती है क्योंकि सम्पत्ति चाहे वह भौतिक हो या मानवीय के नष्ट होने पर हानि का भुगतान मिल जाता है जिससे व्यवसायी अपनी पूर्ववत स्थित में रहता है। जीवन बीमा और सम्पत्ति बीमा का इस क्षेत्र में विशेष महत्त्व है। जन शान्ति की हानि जीवन बीमा और भौतिक सम्पत्ति की हानि सम्पत्ति बीमा से पूरी हो जाती है। इस प्रकार हानि की सम्भावना न रहने पर व्यापार चलता रहता है।

6. कर्मचारी कल्याण की सुविधा है—कर्मचारियों की मृत्यु पर उनके परिवार को कुछ रकम देनी पड़ती है जिसके लिए बीमा खरीदकर उन्हें भुगतान किया जा सकता है। कर्मचारियों के निवास स्थान आदि के प्रबंध के लिए बीमा से ऋण भी मिल जाता है। कर्मचारियों की अयोग्यता वृद्धावस्था और मृत्यु पर बीमा से भुगतान किया जा सकता है।

सामाजिक उपयोगिता

1. समाज की सम्पत्ति की सुरक्षा रहती है—समाज की मानवीय एवं भौतिक सम्पत्ति की सुरक्षा जीवन बीमा और सम्पत्ति बीमा से होती है। यदि मानवीय सम्पत्ति शिक्षित निश्चिंत और स्वस्थ है तो वह उत्पादन कार्य में अधिक सहयोग दे सकता है। जीवन बीमा के द्वारा यह सम्भव है कि समाज का प्रत्येक व्यक्ति अपनी भविष्य की जोखिम के प्रति निश्चिंत हो जाय। शिक्षा बीमा ले लेने से बच्चों को शिक्षा दी जा सकती है। स्वास्थ्य संस्थाओं में बीमा द्वारा विनियोग करके मानवीय सम्पत्ति की कार्यक्षमता में वृद्धि की जा सकती है। इस प्रकार पूरे समाज को लाभ मिलता है। मानवीय सम्पत्ति के साथ-साथ भौतिक सम्पत्ति का बीमा होने पर सम्पत्ति की सुरक्षा; जैसे—मकान, मशीन, फर्नीचर, फसल, पशु आदि की सुरक्षा रहती है क्योंकि इनके नष्ट होने पर हानि का पूर्ण भुगतान हो जाता है। यदि समाज की मानवीय सम्पत्ति, वृद्धावस्था, मृत्यु, अपंगता आदि के प्रति बीमित है और भौतिक सम्पत्ति नष्ट होने, क्षति होने और गायब होने के प्रति बीमित है तो उस समाज में हानि नहीं होगी और विकास कार्य कभी भी विपरीत दिशा में प्रगति नहीं करेंगे। समाज की कृषि उद्योग, व्यापार एवं यातायात में प्रगति होने पर समाज की प्रगति होती रहेगी। समाज के वर्तमान तथा भविष्य की मानवीय और भौतिक सम्पत्ति सुरक्षित रहने पर समाज का विकास होता है।

2. देश की प्रगति में सहायता मिलती है—देश के विकास के लिए जनशक्ति और भौतिक संसाधन पर्याप्त और प्रभावशाली होने चाहिए। यदि जनसंख्या प्रशिक्षित, स्वस्थ और कुशल है तथा भौतिक संसाधन की क्षति नहीं होती, उनका दोहन प्रभावशाली है तब देश की प्रगति में सहायता मिलती है। इन साधनों के सुरक्षित और कुशल रहने पर कृषि, उद्योग, व्यापार, यातायात एवं वित्तीय सुविधाओं का सुचारु रूप से विकास होता है जो विकास कार्यों के लिये अत्यन्त आवश्यक होता है। सामान्य विकास के साथ-साथ सन्तुलित विकास भी बीमा के माध्यम से सम्भव है क्योंकि प्रत्येक पिछड़े क्षेत्र में बीमा की सुविधाएँ देकर उन्हें विकसित किया जा सकता है। कर्मचारियों के कल्याण में वृद्धि करके देश का विकास किया जा सकता है क्योंकि कर्मचारियों की कार्यक्षमता में वृद्धि हो जाती है और वे मन लगाकर देश की प्रगति में हाथ बटा सकते हैं। बीमा के माध्यम से देश की सम्पत्ति सुरक्षित रहती है। विनियोग के लिए पर्याप्त रकम मिल जाती है जिससे प्रगति में सहायता मिलती है।

3. मुद्रा प्रसार में कमी—बीमा मुद्रा प्रसार में दो प्रकार से कमी करता है—(i) प्रीमियम की रकम एकत्र करके मुद्रा-पूर्ति में कमी करता है। समाज में मुद्रा की मात्रा कम हो जाने से मुद्रा प्रसार में कमी आ जाती है। (ii) दूसरी तरफ एकत्रित प्रीमियम (प्रव्याजि) को विनियोजित करके उत्पादन में वृद्धि की जा सकती है। दोनों कार्यों के परिणामस्वरूप मुद्रा-प्रसार अवकाश (Inflationary Gap) में कमी आती है और मुद्रा प्रसार में कमी होती है।

बीमा के सिद्धान्त

बीमा दो प्रमुख सिद्धान्तों—(1) सहकारिता सिद्धान्त (Principle of Co-operation) और (2) सम्भाविता सिद्धान्त (Therory of Probability) पर आधारित है।

1. सहकारिता सिद्धान्त—बीमा एक सहकारी पद्धति है जिसमें हानि कई बीमित व्यक्तियों में विभाजित किया जाता है। यदि कोई व्यक्ति अकेले अपनी हानि को सहन करता है तो वह बीमा नहीं होगा। बीमा में कई व्यक्ति मिलकर हानि को विभाजित करते हैं। जब से बीमा प्रारम्भ हुआ तब से लेकर आज तक व्यक्ति सहकारिता सिद्धान्त अपनाते रहे। प्रारम्भ में व्यक्ति मिलकर हानि होने पर उसको विभाजित कर लेते थे और आज भी बीमापत्रधारी प्रव्याजि देकर हानि को वितरित करते हैं। अन्तर केवल इतना है कि पहले हानि होने पर उसका विभाजन किया जाता था, परन्तु आज हानि का पूर्वानुमान करके उसका विभाजन होता है। म्युच्युल इंसुरेन्स सोसाइटी भी अपने सदस्यों में हानि को विभाजित करके अर्थात् हानि की रकम सभी सदस्यों से लेकर उस व्यक्ति को सौंप देते हैं जो हानि सहन करता है। धीरे-धीरे बाद में चलकर हानि का अनुमान लगाया जाने लगा और व्यक्तियों को तभी शामिल किया जाता था जब वे अपने हानि का हिस्सा प्रारम्भ में दे दें। यदि वे हानि का हिस्सा (प्रव्याजि) नहीं देते हैं तो उन्हें बीमित सदस्यों के साथ शामिल नहीं किया जायगा। आगे चलकर प्रव्याजि प्राप्त करना और हानि का भुगतान करना एक व्यवसाय हो गया और जो व्यक्ति इस कार्य को करने लगे वे बीमाकर्ता कहे जाने लगे। बीमा व्यवसाय का संचालन इस प्रकार आजकल भी सहकारिता सिद्धान्त पर आधारित है जिसमें हानि का निर्धारण पहले कर लिया जाता है और प्रत्येक से उसकी हानि का हिस्सा प्रव्याजि के रूप में लिया जाता है। इस प्रकार प्रव्याजि को हानि का सहकारी हिस्सा भी कहते हैं।

2. सम्भाविता सिद्धान्त—हानि का सहकारी वितरण प्रव्याजि के रूप में किया जाता है। हानि बाद में होती है और प्रव्याजि का भुगतान पहले किया जाता है। इस प्रकार प्रव्याजि निर्धारण करना आवश्यक है जिसमें सम्भाविता सिद्धान्त अपनाते हैं। इसके द्वारा यह निश्चय किया जाता है कि पिछले वर्ष का अनुभव आगे वर्षों में भी लागू होगा। सम्भाविता सिद्धान्त गणित का एक महत्त्वपूर्ण सिद्धान्त है जिसमें घटना के होने या न होने की सम्भावना का मूल्यांकन किया जाता है जैसे यदि 1000 व्यक्ति जो 30 वर्ष के हैं उनके मृत्यु की सम्भावना मालूम करनी है तो घटना को कुल संख्या से भाग देकर मालूम कर लेते हैं; उदाहरणार्थ यदि 30 वर्ष के 5 व्यक्ति एक वर्ष में मर जाते हैं तो 1000 में सम्भाविता 5/1000 अर्थात् मृत्यु-दर 0.005 होगी और जीवन-दर (1 – 0.005) = 0.995 होगी। इस प्रकार की गणना जोखिम सूचनाओं को प्राप्त करने के बाद की जाती है। जोखिम को प्रभावित करने वाले जितने तत्त्व हैं उन सभी का मूल्यांकन करके यह पता लगा लिया जाता है कि जोखिम कुल कितनी होगी? समस्त जोखिम में से कितनी जोखिम एक तरह की है उसकी सम्भाविता क्या है उसे विशेष जोखिम को समस्त जोखिम से भाग देने पर पता लगता है और उसी आधार पर प्रव्याजि की गणना की जाती है। जोखिम की अनिश्चितता का मूल्यांकन करके उसे निश्चितता में बदला जाता है जिससे पता लगता है कि कुल कितनी जोखिम हुई है और इसी प्रकार भविष्य में भी जोखिम होने की सम्भावना होगी। बीमाकर्ता को उतनी ही प्रव्याजि लेनी चाहिए जितनी कि हानि भुगतान के लिए आवश्यक है उससे कम लेने पर बीमाकर्ता को हानि उससे अधिक लेने पर बीमा-पात्र को हानि होगी। अतः बीमा न लाभ और न हानि सिद्धान्त पर चलता है और जोखिम का सही-सही मूल्यांकन करना आवश्यक है।

जोखिम का सही मूल्यांकन महांक जड़ता सिद्धान्त (Inertia of Large Number) पर आधारित है जो सम्भाविता सिद्धान्त का सहायक सिद्धान्त है। अतः यह आवश्यक है कि सम्भाविता सिद्धान्त अपनाते समय महांक जड़ता सिद्धान्त अपनाया जाय। यह सिद्धान्त यह बताता है कि यदि किसी घटना को बड़ी संख्या में मूल्यांकित किया जाय, तो उसका परिणाम सत्य के समीप होगा। जितनी अधिक संख्या ली जायगी उतनी अधिक सत्यता होगी। बीमा व्यवसाय में प्रव्याजि गणना के लिए यह आवश्यक है कि विस्तृत क्षेत्र का मूल्यांकन किया जाय जिससे अधिक संख्या का मूल्यांकन करके परिणाम सत्यता के समीप रखा जा सके।

इस प्रकार सम्भाविता सिद्धान्त को बड़े पैमाने पर अपनाकर हानि को सहकारिता के आधार पर प्रव्याजि के रूप में वितरित किया जाता है। प्रव्याजि उतनी ही ली जाती है जितना हानि भुगतान के लिए कुल मिलाकर पर्याप्त हो। न अधिक और न कम प्रीमियम ली जाती है। इस प्रकार सहकारिता सिद्धान्त और सम्भाविता सिद्धान्त बीमा के दो प्रमुख सिद्धान्त हैं।

□□□

अध्याय 2

बीमा का विकास एवं संगठन

बीमा की उत्पत्ति सभ्यता से जुड़ी हुई है। प्राचीन काल में सामुद्रिक व्यापार में ऋण या प्रसंविदा के साथ बीमा का तत्त्व जुड़ा हुआ है। पुराने साहित्यों से पता चलता है कि बीमा भारत और बेवीलोनिया में सर्वप्रथम प्रचलित था। ऋग्वेद का 'योगक्षेम' शब्द आज भी प्रयोग किया जाता है जिसका अर्थ है कि सुरक्षा और कल्याण का आश्वासन दिया गया है। 'हम्मुरबी' और 'मनुस्मृति' में भी भविष्य की हानियों के प्रति सुरक्षा का प्रावधान किया गया है। विभिन्न प्रकार के बीमा का विकास अलग-अलग समयों में हुआ है।

1. **सामुद्रिक बीमा**—बीमा का प्राचीनतम रूप सामुद्रिक बीमा है। बॉटमरी बॉण्ड के अन्तर्गत ऋण और हित का विशेष विकास हुआ है जिसमें हानि से सुरक्षा के तरीके स्पष्ट रूप से बताये गये हैं। प्रारम्भ में सामुद्रिक यातायात के साथ बीमा को अनिवार्य बना दिया गया था जिससे उधार दिये गये ऋण और ब्याज सामुद्रिक क्षति होने पर भी मिल सकें अन्यथा जहाज डूबने या नष्ट होने पर ऋणदाता को ऋण और ब्याज की हानि होगी। इस कारण प्रारम्भ में सामुद्रिक यात्रा में तभी ऋण दिया जाता था जबकि उसका बीमा होता था। बीमा को सामुद्रिक यात्रा का एक अंग बना दिया गया था। मनु ने स्पष्ट रूप से बता दिया था कि सामुद्रिक बीमा में भारतीय लोग 'औसत' एवं 'अंशदान' में विश्वास करते थे और उसके अनुसार बीमा व्यवसाय करते थे। बीमा की प्रव्याजि भाड़े में शामिल रहती थी जो मौसम और यात्रा के अनुसार बदलते रहते थे। उस समय यात्रा की सफलता मौसम पर अत्यधिक आधारित थी। सामुद्रिक और स्थलीय यात्राएँ जोखिम पूर्ण रहती थीं। सामुद्रिक डकैती और राहजनी अत्यन्त प्रचलित थी। कभी-कभी दुश्मनों द्वारा जहाजों का अपहरण कर लिया जाता था, गहरे समुद्र में डूब जाते थे तथा अनेक प्रकार के अन्य जोखिम होते थे जिनका एक व्यक्ति अकेले सहन नहीं कर सकता था। कई व्यक्ति मिलकर उसकी हानि को पूरा करते थे। सामूहिक सद्भावना प्रचलित थी। सहकारी पद्धति का विकास किया गया और लोग मिलकर एक-दूसरे की सहायता करने लगे और होने वाली हानि को अपने-अपने हित के अनुसार सहन करने लगे।

आधुनिक सामुद्रिक बीमा का प्रथम बीमापत्र चौदहवीं शती के प्रारम्भ में बर्जियन द्वारा निर्गमित किया गया। बर्जियन के अनुरोध पर फ्लेण्डर के काउन्ट ने 1310 में बीमा के चार्टर की स्थापना की जिसके द्वारा सामुद्रिक व्यापारी अपने मालों का सामुद्रिक जोखिम से बीमा करा लेते थे। बीमा का विकास चौदहवीं शती तक लोम्बार्ड और हन्सा तक सीमित न रहकर स्पेन, पुर्तगाल, फ्रांस, हालैण्ड और इंगलैण्ड तक फैल गया। लोम्बार्ड व्यापार बीमा क्षेत्र में काफी सफल रहे और वे लन्दन में बस गये। वे वहीं पर रहने लगे और लोम्बार्ड

स्ट्रीट के नाम से उस स्थान को प्रसिद्ध कर दिया और व्यापार में वृद्धि करते थे। इसी क्षेत्र में लुम्बाई आकर लायड के कॉफी-हाउस में एकत्र होते थे और अपने अनुभव की चर्चा करते थे जिससे एडवर्ड लायड काफी अनुभवी हुए और आगे चलकर सामुद्रिक बीमा जगत में उन्होंने एक संघ तैयार कर दिया जिसमें बीमा सम्बन्धी अनुभव एकत्र किये जाते थे और लोगों को उचित सलाह दी जाती थी। आज भी यह संघ लायड एसोसियन के नाम से प्रसिद्ध है।

2. अग्नि बीमा—सामुद्रिक बीमा के बाद अग्नि बीमा वर्तमान रूप में विकसित हुआ। इसका सर्वप्रथम विकास एंग्लो सेक्शन गिल्ड रूप में तैयार हुआ जिसमें अग्नि से पीड़ित व्यक्तियों को व्यक्तिगत सहायता दी गयी। सोलहवीं शताब्दी के प्रारम्भ में यह जर्मनी में विकसित हुआ। 1666 के प्रकाण्ड अग्निकाण्ड के बाद अग्नि बीमा का विकास हुआ। लगभग 85 प्रतिशत घर जल कर राख हो गये और 10 करोड़ की सम्पत्ति पूर्णतया नष्ट हो गयी थी। इन सबके परिणामस्वरूप 1681 में इंगलैण्ड में अग्नि बीमा कार्यालय की स्थापना की गयी। साम्राज्यवाद के विकास के साथ-साथ अग्नि बीमा का प्रचार अन्य देशों में भी हुआ। उस समय सन फायर आफिस Sun Fire Office एक सफल संस्था थी।

भारत में 1850 में कलकत्ता में ट्रिटोन इन्सोरेन्स (Triton Insurance) की स्थापना हुई। 1861 में 'नार्थ ब्रिटिश' (North British) और 'मरकेन्टाइल' (Mercantile) द्वारा सामान्य बीमा की आवश्यकतायें पूरी की जाने लगी। भारत में सामान्य बीमा की प्रगति बहुत अधिक नहीं हो पायी, इसका मुख्य कारण भारत में बड़े पैमाने के उद्योगों और व्यापार की कमी थी।

3. जीवन बीमा—जीवन बीमा का आधुनिक रूप सोलहवीं शताब्दी में इंगलैण्ड में विकसित हुआ। पहला व्यक्ति जिसके जीवन में बीमा हुआ था, वे थे श्री विलियम गिब्बोन्स (William Gybbons) जिन्होंने 18 जून 1653 में बीमा लिया था। इसके पहले इंगलैण्ड में एन्युटी का प्रचलन बहुत था और उसके तीन हजार वर्ष पहले सामुद्रिक बीमा का विकास हुआ था। प्रारम्भ में जीवन बीमा इक्सचैन्ज एली (Exchange-Alley) में विकसित हुआ। इंगलैण्ड में प्रथम अनुबन्धित बीमा कार्यालय 'हैण्ड इन हैण्ड सोसाइटी' (Hand is Hand Society) 1696 में स्थापित हुई। 1706 से प्रसिद्ध एमीकेविल सोसाइटी निरन्तर बीमा कार्यालय के रूप में विकसित हुआ। 18वीं शताब्दी में बीमा का विकास अधिक नहीं हो पाया क्योंकि मृत्यु-दर में अत्यन्त उच्चावचन थे। 1800 के बाद इंगलैण्ड में सम प्रव्याजि योजना (Level Premium Plan) के कारण जीवन बीमा का विकास तेजी से हुआ। भारत में भी कुछ यूरोपियन के द्वारा जीवन बीमा का विकास किया गया। 1818 में ओरियन्ट जीवन बीमा कम्पनी की स्थापना कलकत्ता में की गयी। 1870 के बाद भारत में जीवन बीमा की निरन्तर वृद्धि होने लगी। 1871 में बाम्बे म्युच्युल जीवन बीमा समिति (Bombay Mutual Life Assurance Society) की स्थापना हुई। दूसरा महत्त्वपूर्ण कार्यालय ओरियन्टल सरकारी सुरक्षा। जीवन बीमा कम्पनी (Oriental Government Security Like Assurance Co. Ltd.) था जो 1874 से कार्य करना शुरू किया। 1900 के बाद भारत में जीवन बीमा व्यवसाय बढ़ता रहा।

4. विविध बीमा—इंगलैण्ड में औद्योगिक क्रान्ति के साथ विविध बीमा का विकास

19वीं शती के दूसरे भाग से प्रारम्भ हुआ। दुर्घटना बीमा, निष्ठा बीमा, दायित्व बीमा और चोरी बीमा आदि महत्त्वपूर्ण बीमा विकसित हुए। लायड संघ महत्त्वपूर्ण बीमा संस्था थी। धीरे-धीरे पशु बीमा, फसल बीमा, लाभ बीमा आदि का विकास होता रहा। समाज के विकास के साथ विविध बीमा का विकास होता रहा।

बीमा के प्रकार

बीमा का वर्गीकरण दो दृष्टिकोणों—(1) व्यावसायिक दृष्टिकोण और (2) जोखिम दृष्टिकोण से किया गया है।

व्यावसायिक दृष्टिकोण से बीमा का वर्गीकरण

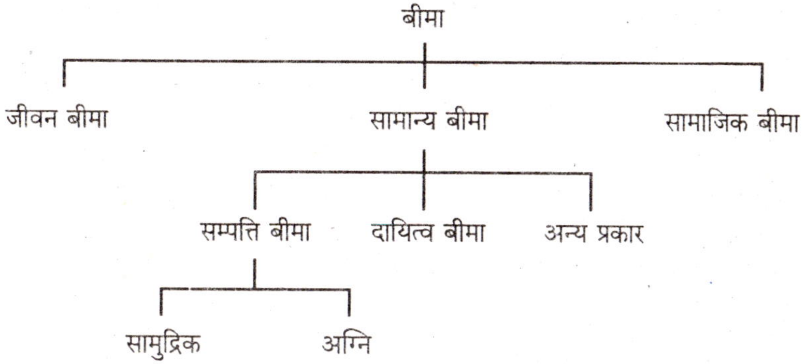

(अ) व्यावसायिक दृष्टिकोण

व्यावसायिक दृष्टिकोण से बीमा को तीन भागों में बाँटा गया है—(1) जीवन बीमा, (2) सामान्य बीमा और (3) सामाजिक बीमा।

1. जीवन बीमा—जीवन बीमा में बीमित विषय वस्तु व्यक्ति का जीवन है। बीमाकर्ता बीमित व्यक्ति की मृत्यु पर एक निश्चित रकम का भुगतान करता है। जीवन बीमा व्यक्ति अधिक दिन जीवित रहने पर भुगतान करता है। जीवन बीमा की विविधता बढ़ती जा रही है क्योंकि बीमा जीवन की आवश्यकताओं से सम्बन्धित हो गया है। समाज के विकास के साथ प्रत्येक व्यक्ति को जीवन बीमा की आवश्यकता महसूस होने लगी है। जीवन बीमा आकस्मिक मृत्यु पर पर्याप्त रकम देता है, इसी प्रकार अधिक दिन जीवित पर वृद्धावस्था में सहायता मिलती है। दुर्घटना के समय भी भुगतान करने का प्रावधान है। जीवन बीमा केवल सुरक्षा ही नहीं बल्कि एक लाभकारी विनियोग भी हो गया है। समय-समय अनेक प्रकार के बीमापत्र निर्गमित किये जाने लगे हैं। वर्तमान समय में भारत में जीवन बीमा निगम ने इस दिशा में काफी प्रगति की है।

2. सामान्य बीमा—सामान्य बीमा के अन्तर्गत सम्पत्ति बीमा, दायित्व बीमा और अन्य प्रकार के बीमा आते हैं। अग्नि और सामुद्रिक बीमा को स्पष्ट रूप से सम्पत्ति बीमा

कहते हैं। मोटर, चोरी, निष्ठा, मशीन आदि बीमा में कुछ अंश तक सम्पत्ति बीमा और कुछ अंश तक दायित्व बीमा शामिल है। दायित्व बीमा में स्पष्ट रूप से निष्ठा बीमा आता है जिसमें तीसरे पक्ष के दायित्व को भुगतान के लिए बीमा कराया जाता है। सामान्य बीमा के तीन मुख्य प्रकारों का वर्णन नीचे किया जा रहा है।

(i) सम्पत्ति बीमा—सम्पत्ति बीमा में व्यक्ति की सम्पत्ति किसी जोखिम के प्रति बीमित रहती है। जोखिम सामुद्रिक जोखिम, अग्नि, चोरी, सम्पत्ति की क्षति आदि हो सकती है जिनका अलग-अलग बीमा होता है।

(अ) सामुद्रिक बीमा—सामुद्रिक बीमा में सामुद्रिक जोखिम के प्रति बीमा कराया जाता है। सामुद्रिक जोखिम में जहाज का टकराना, शत्रुओं द्वारा हमला, अग्नि, डाकुओं द्वारा हमला, जहाज का डूबना आदि आता है। इन जोखिमों से सम्पत्ति की क्षति, नष्ट और गायब होने की सम्भावना रहती है। जहाज, माल, किराया आदि के सम्बन्ध में पूर्णतया या आंशिक हानि हो सकती है। दूसरे पक्ष के दायित्व की भी जोखिम उत्पन्न हो सकती है जिसके लिये बीमा होना आवश्यक हो गया है। धीरे-धीरे सामुद्रिक बीमा के अन्तर्गत अनेक प्रकार की जोखिमों को संवृत्त करने लगे हैं। इनकी जोखिमों को दो भागों में बाँटते हैं—(1) सामुद्रिक जोखिम और (2) स्थलीय जोखिम। जिस यात्रा में सामुद्रिक और स्थलीय दोनों साधनों का प्रयोग किया जाता है उस यात्रा में स्थलीय और सामुद्रिक जोखिम को भी सामुद्रिक बीमा में संवृत्त करते हैं। स्थलीय जोखिम में विक्रेता के स्थान से लेकर बन्दरगाह तक की जोखिम आती है और सामुद्रिक जोखिम एक बन्दरगाह से अन्तिम बन्दरगाह तक की जोखिम शामिल होती है।

(ब) अग्नि बीमा—अग्नि बीमा में अग्नि जनित जोखिम को शामिल किया जाता है। अग्नि बीमा के अभाव में अग्नि में नष्ट होने वाली सम्पत्तियाँ बढ़ती जायँगी जिससे समाज और व्यक्ति दोनों को हानि होगी। अग्नि बीमा की सहायता अग्नि जनित हानियों को पूरा कर दिया जाता है जिससे व्यक्ति और समाज अपने पूर्व स्थिति में रहता है। हानि की सम्पूर्ण रकम का भुगतान होने के कारण उसे जोखिम से सुरक्षा मिलती है। इस प्रकार समाज में सम्पत्ति की कमी नहीं होने पाती है। इस बीमा में सम्पत्ति के साथ-साथ सम्पत्ति से नष्ट होने पर होने वाली हानि का भी भुगतान किया जाता है। दंगे, युद्ध आदि जोखिमों को भी इसके अन्दर बीमित किया जाता है।

(स) विविध बीमा—विविध बीमा में अनेक प्रकार के बीमा; जैसे चोरी, पशु, फसल, मोटर-मशीन आदि आते हैं जिसमें वस्तुओं की क्षति, नष्ट और गायब होने पर हानि का भुगतान किया जाता है। इनमें सम्पत्ति बीमा के साथ दायित्व बीमा और व्यक्तिगत बीमा भी आते हैं।

(ii) दायित्व बीमा—सामान्य बीमा के अन्तर्गत दायित्व बीमा भी आते हैं जिसमें व्यक्ति तीसरे पक्ष को भुगतान के लिए होने वाले दायित्व की रकम बीमा से प्राप्त कर लेता है। निष्ठा बीमा, मोटर बीमा, मशीन बीमा आदि में इस प्रकार का बीमा होता है।

(iii) अन्य बीमा—सामान्य बीमा के अन्तर्गत सम्पत्ति बीमा और दायित्व बीमा के अतिरिक्त अन्य प्रकार के भी बीमा आते हैं। इसमें निर्यात-साख बीमा प्रमुख हैं। राज्य

कर्मचारी बीमा भी इसमें आता है। इस प्रकार का बीमा अब धीरे-धीरे विकसित हो रहा है।

3. सामाजिक बीमा—सामाजिक बीमा के अन्तर्गत पिछड़े हुए वर्ग को बीमा की सुविधा दी गयी है, ये व्यक्ति अधिक प्रव्याजि देने में असमर्थ रहते हैं। इनके लिये अलग से बीमा की सुविधाएँ दी जाती हैं। पेन्शन योजना, अयोग्यता लाभ, बेरोजगारी, बीमारी, औद्योगिक बीमा आदि आते हैं। सामाजिक विचारधाराओं के विकास के साथ-साथ इस प्रकार के बीमा का विकास होता जा रहा है। सामाजिक बीमा प्रदान करने की जिम्मेदारी सरकार की होती है।

जोखिम के दृष्टिकोण से बीमा का वर्गीकरण

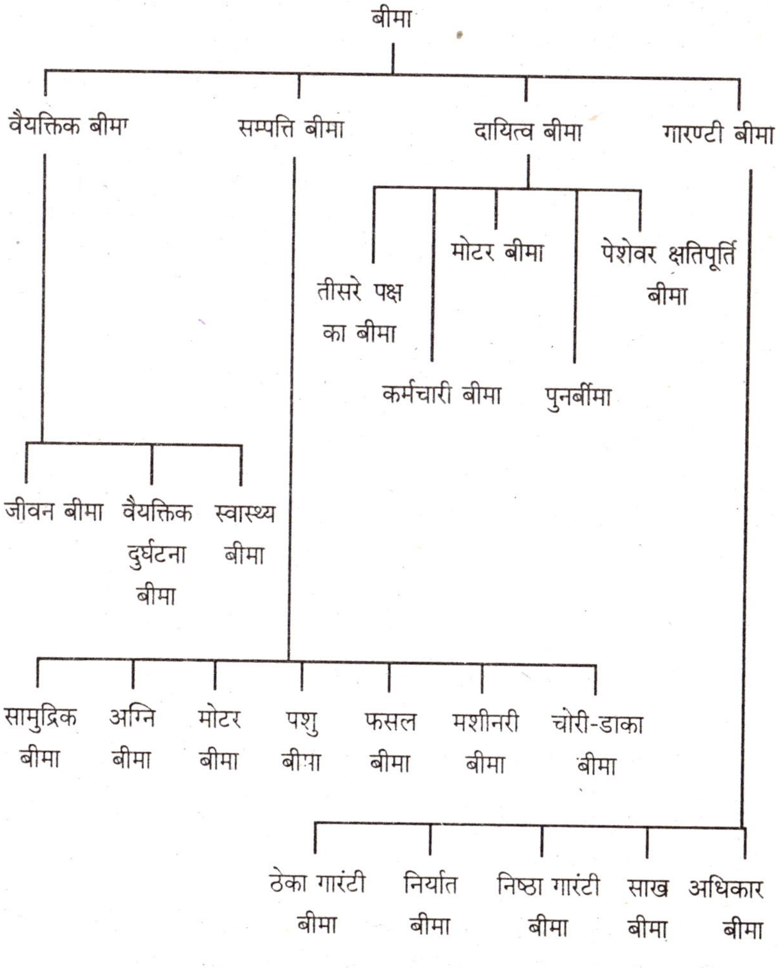

1. वैयक्तिक बीमा—इस बीमा में मानवीय जीवन सम्बन्धी बीमा होता है; जिसमें मृत्यु, दुर्घटना, बीमारी और वृद्धावस्था के प्रति बीमा होता है और इन घटनाओं पर एक निर्धारित रकम का भुगतान कर दिया जाता है। वैयक्तिक बीमा के तीन भेद हैं—जीवन बीमा, वैयक्तिक दुर्घटना बीमा और स्वास्थ्य बीमा। जीवन बीमा का विकास हो चुका था, परन्तु अब वैयक्तिक दुर्घटना और स्वास्थ बीमा का विकास धीरे-धीरे होता जा रहा है।

2. सम्पत्ति बीमा—सम्पत्ति बीमा में सम्पत्ति का बीमा होता है; जिससे अग्नि, सामुद्रिक जोखिम, प्राकृतिक प्रकोप, मशीन के टूटने और नष्ट होने तथा सम्पत्ति की चोरी और गायब होने का बीमा होता है। इन जोखिमों से समाज और व्यक्ति दोनों को हानियाँ होती हैं। इसके अन्तर्गत सामुद्रिक बीमा, अग्नि बीमा, मोटर बीमा, पशु बीमा, फसल बीमा, मशीनरी बीमा और चोरी बीमा आते हैं। सामुद्रिक बीमा और अग्नि बीमा का विकास काफी सन्तोषपूर्ण है। बाकी बीमा का विकास क्रमशः होता जा रहा है।

3. दायित्व बीमा—दायित्व बीमा के अन्तर्गत तीसरे पक्ष के प्रति उत्पन्न दायित्व का बीमा होता है। कर्मचारियों की क्षतिपूर्ति, किसी व्यक्ति को चोट, शारीरिक क्षति या मृत्यु के कारण बनने पर होने वाले दायित्व का भुगतान इसके अन्दर बीमित है। दायित्व बीमा के अन्तर्गत तीसरे पक्ष का दायित्व बीमा, कर्मचारी दायित्व बीमा, मोटर बीमा, पुनर्बीमा और ठेकेदार के दायित्व बीमा शामिल होते हैं। इनका विकास औद्योगिक विकास से सम्बन्धित है। जैसे-जैसे उद्योगों का विकास हो रहा है, ये बीमा भी विकसित होते जा रहे हैं।

4. गारण्टी बीमा—गारण्टी बीमा के अन्तर्गत कर्मचारी या किसी पक्ष द्वारा की गयी बेईमानी गायब होना और अकृतज्ञता आदि के कारण होने वाली हानि का बीमा होता है, किसी पक्ष द्वारा की गयी हानि तभी बीमित होगी जब वह बीमित व्यक्ति से प्रसंविदा के अन्तर्गत सम्बन्धित हो। ऐसे पक्षों के कारण व्यक्ति को हानि होती है और तीसरा पक्ष उसे पूरा करा रहा है। उदाहरण के लिए निर्यात व्यापार में निर्यातक को आयातक से आय का भुगतान न मिलने पर बीमा कम्पनी द्वारा उसका भुगतान कर दिया जाता है। इसके अन्तर्गत निष्ठा गारण्टी बीमा, साख बीमा, अधिकार बीमा, ठेका गारण्टी बीमा और निर्यात बीमा आते हैं।

बीमा-संगठन के प्रकार

बीमा के विकास के साथ-साथ बीमा संगठन का भी विकास होता रहा है। इनका वर्णन नीचे किया जा रहा है।

1. स्वयंकृत बीमा संगठन—व्यक्ति भविष्य में होने वाली हानियों को पूरा करने के लिए कुछ कोष संचित करते जाते हैं जिनका प्रयोग उस समय किया जाता है जब हानि होती है। हानियों को पूरा करने के लिये पहले से ही प्रावधान करना पड़ता है। वास्तव में इस प्रकार का प्रावधान बीमा नहीं है क्योंकि इसमें सहकारिता सिद्धान्त नहीं है। इसमें हानि का विभाजन कई व्यक्तियों द्वारा नहीं किया जाता है तथापि इसे बीमा के उद्देश्य के अन्तर्गत रखते हुए बीमा की श्रेणी में रख सकते हैं क्योंकि बीमा का उद्देश्य सुरक्षा प्रदान करना है। इसी प्रकार स्वयं व्यक्ति अपनी जोखिमों को पूरा करने के लिए पहले से प्रावधान करता है।

इस प्रकार का बीमा तभी सफल हो सकता है जब कई व्यक्तियों; जैसे—परिवार या कर्मचारियों के हित के लिए प्रावधान हो। प्रति व्यक्ति जोखिम कम होगी और सभी व्यक्तियों के लिए परिवार के मुखिया या नियोक्ता द्वारा संचय किया जाय। वह इस प्रकार संचित रकम को विनियोजित करके आय भी कमा सकता है। इस प्रकार के बीमा में कमीशन और अन्य कई प्रकार के खर्चों में बचत हो जाती है। इसमें विनियोग से आय भी अधिक मिलेगी और खर्चे भी कम हो जायेंगे।

स्वयंकृत बीमा वहीं सफल होगा; जहाँ—(1) कई व्यक्ति और बहुत सम्पत्ति है, (2) सम्पत्ति और व्यक्ति कई स्थानों पर वितरित हैं, (3) ये कई जोखिमों से सम्बन्धित है और (4) जोखिम एक जगह कम है और दूसरी जगह अधिक है। इस प्रकार एक जहाजी कम्पनी जिसके पास बहुत जहाजी-बेड़े हैं। कई कर्मचारी कार्य कर रहे हैं और अनेक स्थानों पर कार्य कर रहे हैं, स्वयंकृत बीमा अपना सकते हैं। इसी प्रकार बड़ी औद्योगिक इकाइयाँ जो अपनी जोखिम का मूल्यांकन कर सकती हैं, स्वयंकृत बीमा से लाभान्वित हो सकते हैं। जहाँ पर हानि की सम्भावना का मूल्यांकन नहीं किया जा सकता है वहाँ पर स्वयंकृत बीमा का प्रयोग नहीं किया जा सकता है। प्रावधान किये गये संचय हानि को पूरा करने में अनुपयुक्त होंगे।

2. **एकल बीमा संगठन**—अन्य व्यवसाय की तरह बीमा व्यवसाय को एक व्यापारी चला सकता है, परन्तु यह अत्यधिक जोखिम-पूर्ण होगा और उसे हानि हो सकती है। इसलिए वर्तमान समय में एकल बीमा कर्ता का कोई स्थान नहीं है।

3. **साझेदारी बीमा संगठन**—साझेदारी संगठन भी बीमा का व्यवसाय कर सकता है। साझेदारी संगठन भी बीमा व्यवसाय में सफल नहीं हो सकता है क्योंकि साझेदारों के दायित्व असीमित होते हैं। हानि होने पर उन्हें अपने पास से हानि पूर्ति करने होते हैं जिसके कारण साझेदारी कभी भी सफल नहीं हो सकती है। संयुक्त स्कन्ध प्रमण्डलों के विकास के पहले साझेदारी संस्था का विकास हुआ था और वे अनुबन्धित रहकर बीमा व्यवसाय करते थे, लेकिन उनके दायित्व सीमित रहते थे। साझेदारी में बीमापत्रधारियों को भी भाग लेने का मौका मिलता था। इस प्रकार साझेदार और बीमापत्रधारी दोनों मिलकर बीमा व्यवसाय करने लगे थे। इस प्रकार के बीमा संगठन संयुक्त प्रमण्डल के विकास के साथ समाप्त हो गये।

4. **संयुक्त स्कन्ध प्रमण्डल**—संयुक्त स्कन्ध प्रमण्डल अंशधारियों द्वारा निर्मित किये जाते हैं और उनकी दायित्व सीमा अंश की रकम तक ही होती है। अंशधारी कम्पनी के वास्तविक स्वामी हैं और उनके द्वारा संचालक मण्डल का चुनाव होता है जो बीमा व्यवसाय का प्रबन्ध करते हैं। संयुक्त स्कन्ध प्रमण्डल व्यवसाय करते हैं और बीमापत्रधारियों को इनके प्रबन्ध और संगठन से कोई मतलब नहीं रहता है। हाँ, जीवन बीमा में ये लाभ का कुछ हिस्सा बोनस के रूप में प्राप्त करते हैं। बीमापत्रधारियों को अधिकार है कि वे अपने प्रतिनिधि चुनकर संचालक मण्डल में भेंजे। बीमा अधिनियम 1938 के प्रावधान के फलस्वरूप अब बीमापत्रधारियों को अपने प्रतिनिधि को भेजकर प्रबन्ध में हिस्सा लेने का अधिकार सौंप दिया गया है। प्रमण्डल को अपने पार्षद सीमा नियम और पार्षद अन्तर्नियम के अन्तर्गत ही कार्य करना होता है। अंशधारियों में लाभ का अधिक से अधिक 5 प्रतिशत हिस्सा दिया जाता है और बीमापत्रधारियों में बाकी रकम बोनस के रूप में बाँट दी जाती है।

5. पारस्परिक कम्पनियाँ—पारस्परिक कम्पनियाँ (Mutual Companies)—कुछ व्यक्तियों द्वारा आपस में मिलकर बनायी जाती हैं। इसमें बीमापत्रधारी ही अंशधारी हो सकता है अर्थात् अंशधारी ही बीमा खरीद सकता है। अंशधारी ही बीमाकर्ता और बीमित व्यक्ति दोनों होता है। उन्हें लाभ लेने और प्रबन्ध में भाग लेने का पूरा अधिकार है। यदि खर्चे आय से कम हैं तो प्रव्याजि में कटौती कर दी जाती है और यदि खर्चे आय से अधिक हैं तो प्रव्याजि में वृद्धि कर दी जाती है। इस प्रकार बीमा व्यवसाय में प्रव्याजि में परिवर्तन होते रहते हैं। इस प्रकार के बीमा संगठन अधिक सफल नहीं हो सके। ये भारतीय कम्पनी अधिनियम के अन्तर्गत अनुबन्धित हौंती थीं। राष्ट्रीयकरण के बाद ये समाप्त हो गयीं।

6. सहकारी बीमा संगठन—सहकारिता के आधार पर बीमा संगठन तैयार किये गये थे। भारत में सहकारी बीमा संगठन वे हैं जो भारतीय सहकारी समिति अधिनियम 1912 के अन्तर्गत अनुबन्धित हैं। सहकारी बीमा संगठन अपने-अपने सदस्यों की बीमा करते हैं और सस्ते से सस्ते बीमा बेचने के लिए तैयार होते हैं जिससे बीमा की लागत कम हो सके। भारतीय बीमा अधिनियम 1938 में सहकारी बीमा संगठन को संचालित करने का प्रावधान था, परन्तु राष्ट्रीयकरण के बाद वे समाप्त हो गये।

7. लायड्स संघ—(Lloyd's Association)—लायड्स संघ विश्व का सबसे बड़ा बीमा संघ है। उसका विकास **एडवर्ड लायड** के कॉफी हाउस से हुआ जहाँ बीमाकर्ता आकर एकत्र होते और अपने-अपने अनुभव को बताते थे। एडवर्ड लायड ने एक संघ 1688 में स्थापित किया जिसमें सामुद्रिक बीमा सम्बन्धी अनुभवों का आदान-प्रदान होता था। उन्होंने 1676 से लायड्स न्यूज प्रकाशित करना शुरू किया था जिसमें सामुद्रिक बीमा सम्बन्धी अनेक समाचार रहते थे। लायड का कॉफी हाउस धीरे-धीरे बीमाकर्ताओं का कार्यालय बन गया। 1734 से लायड्स लिस्ट का प्रकाशन हुआ। 1769 में बीमाकर्ताओं ने पूर्व संस्था को लायड्स कारपोरेशन के नाम से संगठित किया। 1774 में इसका टावर स्ट्रीट से बदलकर रायल एक्सचेंज कर दिया गया। 1871 में लायड्स अधिनियम पास किया गया जिसके फलस्वरूप यह एक समामेलित संस्था के रूप में स्थापित हो गयी जिसका सतत उत्तराधिकार और सार्व-मुद्रा है। इस प्रकार इस संस्था का व्यवसाय सामुद्रिक बीमा से बढ़कर अन्य बीमा और गारण्टी बीमा तक बढ़ गया है। लायड्स संघ के अन्तर्गत व्यक्तिगत बीमा संस्थाओं को सदस्य बनाया गया जिन्हें अभिगोपक के नाम से पुकारते हैं।

लायड्स संघ की विशेषताएँ—लायड्स एसोसियन की निम्नलिखित विशेषताएँ हैं—

1. लायड्स एसोसियन बीमा इकाइयों का एक संघ है जिनमें बीमा इकाइयाँ कुछ शुल्क देकर सदस्य बन जाते हैं, इन बीमा इकाइयों को सिन्डीकेट या नाम या अभिगोपक की संज्ञा से पुकारा जाता है। बीमा का व्यवसाय स्वयं लाड्स संघ नहीं करता, बल्कि बीमा इकाइयाँ कार्य करती हैं। यह संघ अपने सदस्यों को अनेक सुविधाएँ देता है; जैसे—(i) सदस्यों की आर्थिक स्थिति का परीक्षण करना, (ii) समुद्री व्यापार और बीमा सम्बन्धी सूचनायें प्रकाशित करना, (iii) बीमा सदस्यों को सुझाव देना आदि हैं।
2. लायड्स के सदस्य अपनी निजी हैसियत से बीमा व्यवसाय करते हैं। वे अपने-

अपने व्यवसाय के लिए अलग-अलग जिम्मेदार होते हैं। लायड्स संघ इसके लिए जिम्मेदार नहीं हैं।

3. लायड्स के सदस्यों की साख उच्च कोटि की होती है क्योंकि उनकी सदस्यता के नियम बड़े कठोर हैं। प्रत्येक सदस्य से जमानत के तौर पर 15 हजार पौण्ड जमा कराया जाता है। इसके अलावा ट्रस्ट फण्ड में भी कुछ जमा करना होता है जिसकी रकम कुछ विशेष कार्यों के लिए ही निकाली जा सकती है। विभिन्न तरीके अपनाकर लायड्स अपने सदस्यों को शोधक्षम बनाये रखने का प्रयास करता है।
4. सदस्यों को लायड्स संघ के नियमों के अनुसार ही कार्य करना होता है। सदस्यों को नियन्त्रित करने के लिए उन्हें गुट (Syndicate) में बाँट देते हैं। गुट के सदस्य स्वयं कार्य न करके दलाल के मार्फत कार्य करते हैं। दलाल इस प्रकार के संगठन में महत्त्वपूर्ण स्थान रखता है, वही व्यवहार की स्वीकृति और भुगतान में हाथ बँटाता है। लायड्स संघ सम्पूर्ण विश्व में कार्य कर रहा है और प्रत्येक देश के अपने अलग-अलग कार्य संचालन होते हैं।

8. राजकीय बीमा संगठन—राजकीय बीमा संगठन का प्रचलन अब बढ़ता जा रहा है जिसके अन्तर्गत सरकार बीमा संस्थाओं का स्वामी होता है। बीमा का संचालन जनहित में किया जाता है जिससे कम से कम लागत पर अधिक से अधिक लाभ बीमापत्रधारियों को दिया जा सके। फ्रांस में 1946 में अधिकांश बीमा इकाइयों का राष्ट्रीयकरण कर दिया गया। ब्राजील, जापान, मेक्सिको में भी राष्ट्रीयकृत बीमा संस्थायें हैं। पहले केवल उन्हीं संस्थाओं का राष्ट्रीयकरण किया गया जो जनहित में अत्यन्त आवश्यक थीं। बाद में अन्य बीमा संस्थाओं का राष्ट्रीयकरण किया गया। सामाजिक सुरक्षा, बेरोजगारी, फसल बीमा, युद्ध जोखिम, निर्यात, हवाई जहाज बीमा संस्थायें राज्य के अधीन हो गयीं। भारत में जीवन बीमा संस्था का राष्ट्रीयकरण 1956 और सामान्य बीमा का राष्ट्रीयकरण 1972 में किया गया। आजकल भारत में जीवन बीमा और सामान्य बीमा केन्द्रीय सरकार के अधीन हैं, यद्यपि कि कुछ संस्थाओं को इन बीमा व्यवसायों को संचालित करने की अनुमति दी गयी है।

भारत में बीमा-संगठन

1. विभागीय संगठन—भारत में केन्द्रीय सरकार एवं राज्य सरकार के विभिन्न विभागों में विभागीय बीमा संगठन प्रचलित हैं; जैसे पोस्ट आफिस में अपने कर्मचारियों को बीमित करने का अलग तरीका अपनाया है। इसके अलावा पोस्ट आफिस वस्तुओं के भेजने में भी बीमा की सुविधा दी है। राज्य सरकारों ने भी अपने कर्मचारियों को अलग से बीमा की सुविधाएँ दी हैं जिसमें मृत्यु, वृद्धावस्था, बीमारी, मातृत्व, अपंगता, चिकित्सा, पेन्शन आदि पर कुछ रकम का भुगतान किया जाता है।

2. निगम—भारत में निगम स्वायत्त संस्था के रूप में बीमा व्यवसाय कर रहे हैं। ये निम्न हैं—

(i) जीवन बीमा निगम—जीवन बीमा व्यवसाय का राष्ट्रीयकरण करके 1956 में

जीवन बीमा निगम (Life Insurance Corportation of India) की स्थापना की गयी जिसका मुख्य कार्य जीवन बीमा, वृत्ति बीमा, पूँजी संशोधन बीमा और सामान्य बीमा व्यवसाय करना था 1972 से सामान्य बीमा व्यवसाय के राष्ट्रीयकरण पर सामान्य बीमा का कार्य जीवन बीमा निगम ने बन्द कर दिया। इसके द्वारा विदेशों में भी बीमा व्यवसाय किया जा रहा है।

(ii) सामान्य बीमा निगम—सामान्य बीमा निगम (General Insurance Corporation of India) की स्थापना 1972 में की गयी। यह निगम एक प्रधान कम्पनी के रूप में कार्य कर रहा है और इसकी सहायक कम्पनियाँ—(1) नेशनल बीमा कम्पनी (National Insurance Companies Ltd.), (2) ओरियन्टल अग्नि और सामान्य बीमा कम्पनी (Oriental Fire and General Insurance Companies Ltd.), (3) न्यु इण्डिया इन्सुरेन्स कम्पनी (New India Insurance Companies Ltd.), और (4) युनाइटेड इण्डिया अग्नि और सामान्य बीमा कम्पनी (United India Fire and General Insurance Companies Ltd.); सामान्य बीमा के कार्य कर रही हैं। इन कम्पनियों को अपना अलग अस्तित्व है, लेकिन वे सामान्य बीमा निगम से नियन्त्रित होती हैं। इनके अपने लाभ और हानियाँ होगी। प्रतिस्पर्धात्मक रूप से व्यापार करने के लिए इन्हें अलग-अलग अस्तित्व दिया गया है। सामान्य बीमा निगम का इन पर पूरा अधिकार और नियन्त्रण है लेकिन निगम इनकी हानियों आदि के प्रति जिम्मेदार नहीं है।

(iii) राज्य कर्मचारी बीमा निगम—राज्य कर्मचारी बीमा निगम (State Employees Insurance Corporation) की स्थापना 1948 में की गयी जो प्रत्येक राज्य में फैक्टरी कर्मचारियों को बीमारी, मातृत्व, अयोग्यता, चिकित्सा आदि पर भुगतान करता है। यह 400 रुपये से कम वेतन पाने वाले कारखाना कर्मचारियों को सुविधा देता है।

(iv) निक्षेप बीमा निगम—निक्षेप बीमा निगम (Deposit Insurance Corporation) की स्थापना 1962 में की गयी। इस निगम द्वारा बैंक के जमाकर्ताओं को भुगतान की गारण्टी दी जाती है। यदि बैंक फेल हो जायँ तो प्रत्येक जमाकर्ता को 10000 रुपये या जमा की रकम जो भी कम हो तब भुगतान कर दिया जाता है।

3. सरकारी कम्पनी—भारतीय कम्पनी अधिनियम के अन्तर्गत सरकारी कम्पनियों की स्थापना करके बीमा व्यवसाय करने का अधिकार दिया गया। निर्यात एवं साख गारण्टी निगम (Export and Credit Guarantee Corporation of India) की स्थापना इसी के अन्दर की गयी है जो 1964 से निर्यात व्यापार में बीमा का कार्य कर रहा है।

इस प्रकार वर्तमान समय में सम्पूर्ण बीमा संस्थायें सरकाराधीन हैं और व्यक्तिगत संस्थाओं का अन्त हो गया। सरकार बीमा विकास में सक्रिय कार्य कर रही है।

□□□

अध्याय 3

बीमा प्रसंविदा

बीमा दो पक्षों के बीच प्रसंविदा है जिसमें एक पक्ष जिसे बीमाकर्ता कहते हैं, एक निश्चित प्रतिफल जिसे प्रव्याजि कहते हैं—के बदले में, दूसरे पक्ष जिसे बीमित व्यक्ति कहते हैं, को एक निर्धारित घटना के घटित होने पर एक निश्चित रकम भुगतान करने का वादा करता है। चूँकि बीमा एक प्रसंविदा है इसलिये इसमें भारतीय प्रसंविदा अधिनियम की कुछ धारायें लागू होती हैं। इस अधिनियम की धारा 10 के अनुसार सभी समझौते प्रसंवदि होते हैं। यदि उनमें दोनों पक्षों की स्वतन्त्र सहमति हो, वे प्रसंविदा के योग्य हों और वैधानिक प्रतिफल तथा वैधानिक उद्देश्य हो और जो यहाँ पर विवर्जित (Void) न किया गया हो। बीमा प्रसंविदा में साधारण प्रसंविदा के तत्त्व के साथ-साथ कुछ बीमा के विशिष्ट तत्त्व भी शामिल होते हैं। इनका वर्णन नीचे किया जा रहा है।

बीमा प्रसंविदा के आवश्यक तत्त्व

1. साधारण प्रसंविदा के तत्त्व (Features of General Contract)
2. बीमा योग्य हित (Insurable Interest)
3. परम सद्विश्वास (Utmost Good Faith)
4. क्षतिपूर्ति-सिद्धान्त (Doctrine of Indemnity)
5. प्रत्यासन-सिद्धान्त (Doctrine of Subrogation)
6. समाश्वासन (Warranties)
7. सन्निकट कारण (Proximate Cause)
8. अभिहस्तांकन और हस्तांतरण (Assignment and Transfer)
9. प्रव्याजि की वापसी (Return of Premium)

1. साधारण प्रसंविदा के तत्त्व

किसी भी मान्य प्रसंविदा के लिए यह आवश्यक है कि उसमें भारतीय प्रसंविदा अधिनियम 1872 की धारा 10 के सभी तत्त्व मौजूद हों जो कि निम्न प्रकार हैं :—

1. समझौता (प्रस्ताव और स्वीकृति) (Agreement Offer and Acceptance)
2. वैधानिक प्रतिफल (Legal Consideration)
3. पक्षों की प्रसंविदा योग्य क्षमता (Competent to make contract)

4. पक्षों की स्वतन्त्र सहमति (Free Consent of parties)
5. वैधानिक उद्देश्य (Legal object)

1. समझौता—समझौता के लिए यह आवश्यक है कि उसमें प्रस्ताव और स्वीकृति हो। सामान्य एक पक्ष प्रस्ताव करता है और दूसरा पक्ष स्वीकृति देता है, लेकिन यह जरूरी नहीं है कि ऐसा ही हो। कभी-कभी प्रस्तावक ही स्वीकारक हो जाता है। बीमा में प्रस्ताव बीमापात्र द्वारा सामान्य किया जाता है और बीमाकर्ता द्वारा उसकी स्वीकृति दी जाती है। लेकिन कभी-कभी प्रस्ताव बीमाकर्ता करता है और स्वीकृति बीमापात्र करता है। इसका वर्णन जीवन बीमा में अच्छी तरह किया गया है। प्रसंविदा होने के लिए यह आवश्यक है कि प्रस्ताव की स्वीकृति अवश्य हो। स्वीकृति के पहले जो भी कार्य होगा उसे प्रस्ताव या प्रति प्रस्ताव कहते हैं और जो कार्य प्रस्ताव या प्रति प्रस्ताव के पहले आती है उसे प्रस्ताव का आमन्त्रण कहते हैं। बीमा में प्रविवरण (Prospectus) का प्रकाशन, बीमा एजेन्ट द्वारा बीमा कराने का सुझाव प्रस्ताव का आमंत्रण है। जब बीमापात्र बीमा खरीदने की इच्छा व्यक्त करता है तो उसे प्रस्ताव कहते हैं। यदि उस प्रस्ताव में कोई परिवर्तन होता है तो उसे प्रति-प्रस्ताव कहते हैं। यदि इस प्रति प्रस्ताव की स्वीकृति प्रस्तावक द्वारा कर ली जाती है तो उसे स्वीकृति कहेंगे। प्रति प्रस्ताव के अभाव में प्रस्ताव की स्वीकृति बीमाकर्ता द्वारा की जाती है। जिस समय स्वीकृति पत्र दिया जाता है, उस समय से प्रस्ताव की स्वीकृति हो जाती है और बीमाकर्ता को इन वादों को निभाना पड़ता है।

2. वैधानिक प्रतिफल—बीमाकर्ता एक निर्धारित घटना के घटित होने पर निश्चित रकम का भुगतान करता है, परन्तु इसके लिए वह कुछ प्रतिफल चाहता है। बिना प्रतिफल के प्रसंविदा मान्य नहीं होगा। प्रतिफल का वैधानिक होना आवश्यक है। इसमें यह जरूरी नहीं है कि प्रतिफल मुद्रा में ही हो। यह किसी भी रूप में हो सकता है, परन्तु उसे मूल्य युक्त होना चाहिए। प्रथम प्रव्याजि प्रतिफल है, बिना उसके प्रसंविदा चालू नहीं होगा। प्रसंविदा प्रारम्भ हो जाने के बाद दी जाने वाले प्रव्याजि प्रसंविदा की शर्त होती है, वह प्रतिफल नहीं होते हैं।

3. दोनों पक्षों की क्षमता—प्रसंविदा को दोनों पक्षों को प्रसंविदा करने के योग्य होना चाहिए। प्रत्येक व्यक्ति प्रसंविदा के योग्य होता है; जो (1) वयस्क हो, (2) स्वस्थ मस्तिष्क हो और (3) जो किसी अधिनियम के अन्तर्गत अयोग्य सिद्ध न किया गया हो। एक अवयस्क प्रसंविदा के योग्य नहीं है। अवयस्क केवल अपनी आवश्यकताओं के लिए ही बीमा करा सकता है। एक अवयस्क प्रसंविदा के लिये हस्ताक्षर नहीं कर सकता है। जिस समय व्यक्ति प्रसंविदा में शामिल हो रहा है उस समय उसे स्वस्थ दिमाग का होना चाहिए, बाकी समयों में उसे स्वस्थ दिमाग के होने की कोई आवश्यकता नहीं होती है। जो व्यक्ति अक्सर अस्वस्थ दिमाग का होता है और कभी-कभी स्वस्थ दिमाग का हो जाता है उसे उस समय प्रसंविदा करना चाहिए जब वह स्वस्थ दिमाग का हो और अपने हित के विषय में विवेकपूर्ण ढंग से सोच सके। एक विदेशी दुश्मन, अदत्त दिवालिया और अपराधी प्रसंविदा में सम्मिलित नहीं हो सकते हैं। अयोग्य व्यक्तियों द्वारा किया गया प्रसंविदा विवर्जित होता है।

4. पक्षों की स्वतन्त्र सहमति—जो पक्ष प्रसंविदा में शामिल हो रहे हैं उनकी स्वतन्त्र

सहमति होनी चाहिए। कोई भी सहमति स्वतन्त्र समझी जायगी जब उसमें निम्न बातें न हों—(1) उत्पीड़न (Coercion), (2) अनुचित प्रभाव (Undue-Influence), (3) कपट (Fraud), (4) भ्रान्तवर्णन और (5) गलती। यदि इनमें से एक भी तत्त्व मौजूद रहा तो प्रसंविदा मान्य नहीं होगा। कपट की दशा में प्रसंविदा विवर्जित (Void) होता और अन्य दशाओं में विवर्जनीय होता है। यदि दूसरा पक्ष जिसे इनके कारण हानि हुई है चाहे तो प्रसंविदा चल सकता है। कपट की दशा में दोनों पक्षों के चाहने पर भी प्रसंविदा चल नहीं सकता। स्वतन्त्र सहमति के लिए दोनों पक्षों द्वारा लिखित प्रमाण देना चाहिए।

5. वैधानिक उद्देश्य—प्रसंविदा को मान्य होने के लिए यह आवश्यक है कि उसका उद्देश्य वैधानिक हो। उद्देश्य कानून द्वारा अमान्य न हो, अनैतिक न हो, जननीति के विरुद्ध न हो और किसी विधान के प्रावधानों को अमान्य न ठहराता हो। प्रस्ताव प्रपत्र में उद्देश्य पूछे जाते हैं, उसे स्पष्ट रूप से लिखा जाता है और उसी के अनुसार यह तय होता है कि प्रसंविदा वैधानिक है या नहीं। यदि बीमा प्रसंविदा का उद्देश्य गैर कानूनी हुआ तो वह विवर्जित समझा जायगा।

2. बीमायोग्य हित

किसी भी बीमा संविदा को वैध होने के लिए यह आवश्यक है कि बीमित वस्तु में बीमादार (बीमा खरीदने वाले) का बीमायोग्य हित (Insurable Interest) हो। बिना बीमायोग्य हित के बीमा प्रसंविदा जुए का प्रसंविदा होगा। बीमायोग्य हित से तात्पर्य एक ऐसे हित से है जिसमें बीमित वस्तु की सुरक्षा से बीमापात्र को आर्थिक लाभ रहे और उस वस्तु के नष्ट हो जाने पर आर्थिक हानि हो। बीमायोग्य हित आर्थिक हित है जिससे बीमापात्र बीमित वस्तु के मौजूद रहने पर आर्थिक लाभ प्राप्त करता है और जिसके नष्ट होने या मृत्यु पर आर्थिक हानि होती है। यह न्यायोचित हित है अर्थात् यह सम्बन्ध वैधानिक है। भारतीय सामुद्रिक बीमा अधिनियम 1963 की धारा 7(2) में बीमायोग्य हित की परिभाषा इस प्रकार है, "समुद्री उपक्रम में किसी व्यक्ति का बीमायोग्य हित तब रहता है जब उस उपक्रम या बीमायोग्य सम्पत्ति से उसका वैधानिक या न्यायोचित सम्बन्ध हो कि उसकी सुरक्षा से या उसके समय से आ जाने से वह लाभान्वित होता हो अथवा उसकी हानि, क्षति या रुकावट से उस पर प्रतिकूल प्रभाव पड़े अथवा उस पर दायित्व आये।"

बीमायोग्य हित की निम्न आवश्यकताएँ होती हैं—

1. बीमा के लिए बीमित वस्तु या विषय वस्तु होना चाहिए। जैसे जीवन बीमा में जीवन, सम्पत्ति बीमा में सम्पत्ति आदि।
2. बीमापत्रधारी विषय वस्तु (Subject Matter) से मौद्रिक सम्बन्ध रखे। प्रेम स्नेह सम्बन्धी हित से बीमा योग्य हित नहीं होता है।
3. बीमापत्रधारी और विषय वस्तु का सम्बन्ध कानून द्वारा मान्य हो। दूसरे शब्दों में बीमापत्रधारी और विषय-वस्तु में अवैधानिक सम्बन्ध नहीं होना चाहिए।
4. जिस घटना के लिए बीमा कराया गया है, उसके घटित होने पर आर्थिक हानि और मौजूद या जीवन रहने पर आर्थिक लाभ हो।

5. बीमापत्रधारी और विषय-वस्तु में इस प्रकार का सम्बन्ध हो जिससे बीमापत्रधारी को विषय-वस्तु नष्ट हो जाने पर आर्थिक हानि और विषय-वस्तु के मौजूद या जीवन रहने पर आर्थिक लाभ हो।

बीमायोग्य हित केवल विषय-वस्तु से सम्बन्धित है, यदि विषय-वस्तु न रहा तो बीमायोग्य हित नहीं रहेगा। बीमायोग्य हित आवश्यक रूप से आर्थिक हित होता है अर्थात् बीमित वस्तु के नष्ट होने पर आर्थिक हानि और मौजूद रहने पर आर्थिक लाभ होते हैं। भावनात्मक, पारिवारिक हित या सम्बन्ध से ही बीमायोग्य हित नहीं रहता है। चिन्ता, दुःख आदि से बीमा योग्य हित नहीं माना जाता है। घटना निर्धारित रहती है कि उसके घटने पर आर्थिक हानि हो और उस घटना के न होने पर आर्थिक लाभ होता रहे। लाभ या हानि की सम्भावना मात्र से ही बीमा योग्य हित नहीं होता है।

बीमा हित का उपस्थित रहना दो उद्देश्यों से आवश्यक है—(1) बीमित वस्तु में बीमा योग्य हित न रहने पर लोग उसे नष्ट करके लाभ लिया करेंगे। जिससे सामाजिक बुराईयाँ बढ़ती जायेंगी और बीमा समाज में सुरक्षा देने के बजाय सम्पति और जीवन नष्ट करने के लिये प्रोत्साहन करता रहेगा। (2) बीमा योग्य हित न रहने पर बीमित वस्तु एक जुए की विषय-वस्तु बन जायेगी जो जनहित के प्रतिकूल है। यदि बीमित वस्तु में उसका इस प्रकार का हित नहीं है कि बीमित वस्तु के मौजूद रहने पर आर्थिक लाभ और बीमित वस्तु के नष्ट हो जाने पर आर्थिक हानि हो तो कोई भी व्यक्ति उस सम्पत्ति को सुरक्षित रखने का प्रयास नहीं करेगा। उसे नष्ट करके लाभ ही प्राप्त करना चाहेगा। इस प्रकार बीमा का कोई महत्त्व नहीं रहेगा। अतः बीमायोग्य हित बीमा प्रसंविदा में रहना अत्यन्त आवश्यक है।

जीवन बीमा में बीमायोग्य हित बीमा कराने के समय जरूरी है उसके बाद इसमें परिवर्तन हो सकते हैं। सामुद्रिक बीमा में बीमायोग्य हित हानि के समय होना चाहिए बीमा कराते समय कोई आवश्यक नहीं है। अग्नि बीमा में बीमा योग्य हित दोनों समय अर्थात् बीमा कराते समय और हानि के समय होना आवश्यक है, जिससे नैतिक जोखिम को बढ़ावा न मिल सके।

3. परम सद्विश्वास सिद्धान्त

परम सद्विश्वास सिद्धान्त के अन्तर्गत महत्त्वपूर्ण तथ्यों का वर्णन होना सन्निहित है। यह सिद्धान्त हर एक बीगा में लागू होता है। प्रसंविदा के समय दोनों पक्ष एक ही विभाग के होने चाहिए अर्थात् जिस भाव और उद्देश्य से बात कही जा रही है, उसी भाव और उद्देश्य से उसे सुना भी जा रहा है। इस सिद्धान्त के अन्तर्गत भ्रान्त वर्णन, अप्रकटीकरण और कपट नहीं होना चाहिए। बीमा के अन्तर्गत "विक्रेता सावधान" (Caveat Emptor) लागू नहीं होता। इसके अन्तर्गत बीमा खरींदने वाले अर्थात् बीमापात्र की यह जिम्मेदारी है कि वह बीमित वस्तु से सम्बन्धी सभी महत्त्वपूर्ण बातों का वर्णन करें। बीमा विक्रेता अर्थात् बीमाकर्ता क्री भी जिम्मेदारी है कि विषय वस्तु एवं प्रसंविदा सम्बन्धी सभी बातों का स्पष्ट एवं पूर्ण वर्णन करें। इस प्रकार बीमा में विक्रेता को सभी आवश्यक बातें बतानी होती हैं जबकि अन्य विक्रय प्रसंविदा में विक्रेता को विषय वस्तु के बारे में पूरी जानकारी देना आवश्यक नहीं है। इस प्रकार बीमा प्रसंविदा में क्रेता सावधान (Caveat Emptor) नियम

लागू न होकर परम सद्‌विश्वास सिद्धान्त लागू होता है जिसमें महत्त्वपूर्ण तथ्यों का पूर्ण एवं स्पष्ट वर्णन करना आवश्यक है। इस प्रकार परम सद्‌विश्वास सिद्धान्त महत्त्वपूर्ण तथ्यों का पूर्ण एवं सही वर्णन है।

महत्त्वपूर्ण तथ्य—महत्त्वपूर्ण तथ्यों का वर्णन दोनों पक्षों के लिए आवश्यक है। नियम यह है कि चाहे वह बीमित वस्तु की जोखिम को जानता हो या नहीं उसे सभी महत्त्वपूर्ण तथ्यों का वर्णन करना चाहिए। महत्त्वपूर्ण तथ्य से आशय ऐसे तथ्यों से है जो दोनों पक्षों को प्रसंविदा में प्रवेश करने में प्रभावित करते हों। महत्त्वपूर्ण तथ्य वे हैं जो प्रसंविदा के निर्णय को प्रभावित करें अर्थात् प्रसंविदा चालू हो या न हो या चालू हो तो किन शर्तों पर आदि बातों के निर्णय को प्रभावित करने वाले तथ्य महत्त्वपूर्ण तथ्य कहलाते हैं। ये बीमित विषय-वस्तु की जोखिम को प्रत्यक्ष रूप से प्रभावित करते हैं। जोखिम को प्रभावित करने वाले सभी तत्त्व महत्त्वपूर्ण तथ्य में आते हैं; जैसे जीवन बीमा में उम्र, निवास, पेशा, स्वास्थ्य, आय आदि। सम्पत्ति बीमा में सम्पत्ति की बनावट, प्रयोग, स्वामित्व आदि आते हैं। इन सभी तथ्यों का पूर्ण और सत्य वर्णन आवश्यक है।

पूर्ण एवं सत्य वर्णन—परम सद्‌विश्वास के अन्तर्गत महत्त्वपूर्ण तथ्यों का पूर्ण एवं सत्य वर्णन अति आवश्यक है। तथ्य जिस रूप में हों उसी रूप में स्पष्ट वर्णन करना चाहिए। पूर्ण एवं सत्य वर्णन तभी होगा जब वर्णन में अप्रकटीकरण, दुराव, छिपाव, भ्रान्तवर्णन, गलती और कपट आदि न हो। उसमें किसी प्रकार का गलत वर्णन नहीं होना चाहिए। किसी प्रकार की अर्द्धसत्यता या चुप रहना नहीं होना चाहिए। अनजाने या असावधानी के कारण भी यदि महत्त्वपूर्ण तथ्यों का पूर्ण एवं सत्य वर्णन नहीं किया जाता है तो प्रसंविदा विवर्जनीय समझा जायगा। इसलिये यह कहा गया है कि बीमापात्र और बीमाकर्ता दोनों को चाहिए कि वे महत्त्वपूर्ण तथ्यों का वर्णन प्रसंविदा के समय अवश्य कर दें चाहे वे महत्त्वपूर्ण तथ्यों को जानते हों या न जानते हों।

दोनों पक्षों की जिम्मेदारी—महत्त्वपूर्ण तथ्यों का वर्णन करना दोनों के लिए अति आवश्यक है; लेकिन बीमा प्रसंविदा मुख्य रूप से बीमित-वस्तु की जोखिम पर आधारित है; अतः महत्त्वपूर्ण तथ्य के प्रकटीकरण की जिम्मेदारी बीमापात्र पर अधिक होती है। बीमाकर्ता के निरीक्षण और परीक्षण के बावजूद भी बीमित वस्तु की कुछ महत्त्वपूर्ण बातें स्पष्ट नहीं हो पाती हैं जिससे महत्त्वपूर्ण तथ्यों का पूर्ण एवं सत्य वर्णन स्पष्ट नहीं हो पाता है। इसी प्रकार बीमाकर्ता के लिए भी यह आवश्यक है कि वह बीमापात्र को बीमा सम्बन्धी सुविधाओं, शर्तों और निमयों का पूर्ण, स्पष्ट एवं सत्य वर्णन करें। दोनों पक्षों की जिम्मेदारी है कि वे एक-दूसरे से सम्बन्धित महत्त्वपूर्ण बातों का सही-सही और पूर्ण वर्णन करें।

वे तथ्य जिनको प्रकट करना आवश्यक नहीं है

निम्न तथ्यों को प्रकट करना बीमापात्र के लिए आवश्यक नहीं है—

1. वे तथ्य जो जोखिम को कम करते हों।
2. वे तथ्य जो जन-साधारण जान सकता है।
3. वे तथ्य जो दी गयी सूचनाओं से मालूम की जाती हैं।
4. वे तथ्य जिनके विषय में बीमाकर्ता ने सूचना नहीं माँगी है।
5. वे तथ्य जो बीमाकर्ता के शर्तों में आते हैं।

4. क्षतिपूर्ति-सिद्धान्त

क्षतिपूर्ति सिद्धान्त (Doctrine of Indemnity) से तात्पर्य ऐसे सिद्धान्त से है जिसके अन्तर्गत बीमाकर्ता केवल क्षति की ही पूर्ति करता है; हानि से अधिक की पूर्ति नहीं की जा सकती है। भारतीय प्रसंविदा अधिनियम को धारा 124 के अनुसार क्षतिपूर्ति प्रसंविदा उसे कहते हैं जिसके अन्तर्गत एक पक्ष दूसरे पक्ष को हानि की पूर्ति करने का वचन देता है। बीमा का मुख्य उद्देश्य बीमापात्र को हानि से बचाना है अर्थात् बीमित जोखिम के कारण यदि उसे बीमित अवधि में हानि हो तो बीमाकर्ता उस हानि की रकम तक भुगतान कर देगा यदि उतनी रकम तक बीमा लिया गया है। इसके अन्तर्गत बीमाकर्ता बीमादार को हानि होने पर उसे उसी स्थिति में रखता है जिस स्थिति में वह हानि होने के पहले था। वास्तविक अर्थों में केवल हानि का भुगतान ही क्षतिपूर्ति का सिद्धान्त है। हानि से अधिक का भुगतान नहीं किया जाता है और उससे कम का भी भुगतान नहीं होता है। लेकिन आजकल हानि के साथ-साथ कुछ लाभ के भुगतान का भी प्रावधान है।

क्षतिपूर्ति सिद्धान्त की आवश्यकता

1. क्षतिपूर्ति सिद्धान्त बीमा का एक महत्त्वपूर्ण सिद्धान्त है। इसमें क्षति की पूर्ति का ही प्रावधान है। क्षति से अधिक की पूर्ति नहीं की जाती। यदि यह सिद्धान्त न होता तो बीमा एक जुआ हो जाता और व्यक्ति अपनी सम्पत्ति के मूल्य से अधिक का बीमा करा लेते और उसे नष्ट करके लाभ उठाते। इस सिद्धान्त में केवल क्षति तक ही भुगतान होता है यदि उतने रकम तक बीमा किया गया है। यदि हानि बीमित रकम से कम है तो केवल हानि का भुगतान होता है और यदि हानि बीमित रकम से अधिक है तो केवल बीमित रकम का भुगतान होता है। इस प्रकार अधो-बीमा (Under-Insurance) तथा अधिबीमा (Over-Insurance) दोनों का समावेश नहीं होता है।
2. बीमा से सामाजिक विरुद्ध कार्यों को प्रोत्साहन नहीं मिलना चाहिए, परन्तु यदि क्षतिपूर्ति सिद्धान्त न अपनाया जाता तो सामाजिक दुर्गुण उत्पन्न होते रहते और समाज में सुरक्षा के बजाय असुरक्षा और पतन के कार्य होते रहते। क्षतिपूर्ति सिद्धान्त से बीमित व्यक्ति को केवल हानि की रकम यदि उतने तक बीमा है, का भुगतान किया जाता है। यदि इससे अधिक का भुगतान होता तो व्यक्ति अपनी सम्पत्ति का बीमा कराके उसे नष्ट करते और अधिक लाभ कमाते। इस प्रकार सभी व्यक्ति अपनी सम्पत्ति का बीमा उसके मूल्य से अधिक कराके सम्पत्ति नष्ट करके ज्यादा लाभ कमाते। इस प्रकार की पद्धति प्रचलित रहने पर समाज में अन्याय और अत्याचार ही फैलते। कोई विशेष सुधार और सुरक्षा न होती। इसलिये क्षतिपूर्ति सिद्धान्त अपनाया गया कि बीमाकर्ता केवल हानि या बीमित रकम जो भी कम हो, उसी का भुगतान करेगा उससे अधिक नहीं। अतः बीमा अपने मुख्य उद्देश्य अर्थात् हानि से सुरक्षा में सफलत होता रहता है।
3. क्षतिपूर्ति सिद्धान्त के कारण यह सम्भव है कि प्रव्याजि की रकम कम से

कम हो जाय। क्षति की रकम से अधिक रकम भुगतान करने पर लोग अनावश्यक रूप से बीमा लेते हानि होती रहती जिससे प्रव्याजि की रकम में भी वृद्धि होती और जितनी वृद्धि होती उतनी ही अधिक रकम के लिए लोग बीमा कराते और लाभ लेते जिससे प्रव्याजि में निरनतर वृद्धि होती और अन्त में बीमा व्यवसाय ठप हो जाता। इस कारण यह नियम बीमा व्यवसाय को चलते रहने देता है और प्रव्याजि की रकम कम करके व्यापार-वृद्धि का कार्य करता रहता। क्षतिपूर्ति सिद्धान्त से केवल क्षति या हानि का ही भुगतान होगा उससे ज्यादा कभी भी भुगतान नहीं होगा जिससे लोग अपनी सम्पत्ति को सुरक्षित करने का प्रायास करते, कारण कि हानि होने पर उन्हें किसी प्रकार का लाभ नहीं होता है। अतः हानि को कम करने का प्रयास बीमाकर्ता और बीमापात्र दोनों करते हैं जिसके फलस्वरूप प्रव्याजि कम हो जाती है। प्रव्याजि कम रहने पर लोग बीमा अधिक लेंगे जितने अधिक व्यक्ति बीमा लेंगे प्रव्याजि उतनी ही कम होगी। इस प्रकार बीमा व्यवसाय बढ़ता रहता है।

क्षतिपूर्ति सिद्धान्त की शर्तें—क्षतिपूर्ति सिद्धान्त लागू करने के लिए निम्नलिखित शर्तों को पूरा होना आवश्यक है :—

1. बीमापात्र को यह सिद्ध करना पड़ता है कि उसे बीमित घटना के घटित होने पर वास्तविक और मौद्रिक हानि होगी।
2. क्षतिपूर्ति की रकम बीमित होनी चाहिए अर्थात् बीमित रकम से अधिक का भुगतान नहीं होगा।
3. यदि बीमित व्यक्ति क्षति से अधिक भुगतान पाता है तो अतिरिक्त रकम बीमाकर्ता द्वारा ले ली जायगी।
4. यदि बीमापात्र क्षति भुगतान के बाद तीसरे पक्ष से रकम प्राप्त करता है तो वह रकम बीमाकर्ता की हो जायगी बशर्ते कि तीसरे पक्ष से क्षतिपूर्ति प्राप्त करने का अधिकार बीमापात्र को हो।
5. क्षतिपूर्ति सिद्धान्त वैयक्तिक बीमा (Personal Insurance) में लागू नहीं होता है क्योंकि हानि का मूल्यांकन करना सम्भव नहीं है। इसी कारण जीवन बीमा में केवल बीमित रकम का ही भुगतान होता है।

5. प्रत्यासन सिद्धान्त

प्रत्यासन सिद्धान्त क्षतिपूर्ति सिद्धान्त का सहायक सिद्धान्त है जिसके अन्तर्गत तीसरे पक्ष द्वारा क्षति के सम्बन्ध में प्राप्त रकम बीमाकर्ता की हो जाती है। तीसरा पक्ष वह है जो बीमित वस्तु को क्षति पहुँचाता है या किसी अन्य प्रसंविदा द्वारा उसे प्रभावित करता है। प्रत्यासन सिद्धान्त यह बताता है कि क्षति या हानि से अधिक रकम बीमाकर्ता या तीसरे पक्ष से प्राप्त होने पर हानि से अधिक रकम बीमाकर्ता द्वारा ले ली जाती है। क्षतिपूर्ति सिद्धान्त इस सिद्धान्त के कारण ही सफलतापूर्वक लागू होता है।

विशेषता

1. प्रत्यासन सिद्धान्त की महत्त्वपूर्ण विशेषता यह है कि यह क्षतिपूर्ति सिद्धान्त का सहायक सिद्धान्त है। यदि क्षति पूर्ति करने के बाद बीमापात्र के पास कोई बीमित रकम बच जाती है या किसी दूसरे बीमाकर्ता से या तीसरे पक्ष से अतिरिक्त रकम प्राप्त होती है तो वह अतिरिक्त रकम भुगतान करने वाले बीमाकर्ता की हो जायगी। यदि ऐसा न किया जाता तो बीमापात्र को बची हुई सम्पत्ति तीसरे पक्ष या अन्य बीमाकर्ता से प्राप्त होने वाली रकम तक लाभ होता जो क्षतिपूर्ति सिद्धान्त के प्रतिकूल है। अतः क्षतिपूर्ति सिद्धान्त को पूर्णतया लागू होने के लिए यह भी सिद्धान्त बनाया जाय कि जो रकम क्षति से अधिक प्राप्त हो वह क्षतिपूरक को वापस हो जानी चाहिए तभी बीमित व्यक्ति को क्षति तक ही पूर्ति होगी इसलिये प्रत्यासन सिद्धान्त का लागू होना आवश्यक हो गया।

2. **प्रत्यासन सिद्धान्त प्रतिस्थापन है**—भुगतान करने के बाद बीमाकर्ता बीमित वस्तु के विषय में पूर्ण अधिकार प्राप्त कर लेता है यदि सम्पत्ति का पूरी रकम तक बीमा है। यदि बीमाकर्ता ने उस सम्पत्ति के विषय में पूरी हानि का भुगतान कर दिया है, तो वह बची हुई बीमित वस्तु पर अपना अधिकार जमा लेता है। इसी प्रकार तीसरे पक्ष द्वारा प्राप्त होने वाली रकम पर भी बीमाकर्ता का अधिकार हो जाता है क्योंकि बीमाकर्ता ने समस्त हानि का भुगतान पहले ही कर दिया है।

3. **भुगतान की रकम तक ही प्रत्यासन**—बीमाकर्ता भुगतान करने के बाद बीमित वस्तु के अधिकार, अध्यर्थन (claims), उपचार, प्रतिभूति आदि पर अधिकार कर लेता है, परन्तु वह केवल भुगतान की गयी रकम तक ही प्रत्यासित कर सकता है, भुगतान से अधिक रकम बीमाकर्ता प्राप्त नहीं कर सकता। भुगतान प्राप्त करने में यदि बीमाकर्ता ने कोई खर्च किया है तो वह बीमापात्र से प्राप्त कर सकता है। यदि भुगतान से अधिक रकम प्राप्त हुई है। भुगतान की रकम तक किये गये खर्चे बीमाकर्ता को स्वयं सहन करने पड़ते हैं, क्योंकि उस रकम तक बीमापात्र हानि पूर्ति करने का अधिकार रखता है।

4. **भुगतान के पहले प्रत्यासन**—हानि भुगतान करने के पहले भी प्रत्यासन सिद्धान्त अपनाया जा सकता है।

5. **वैयक्तिक बीमा**—क्षतिपूर्ति सिद्धान्त वैयक्तिक बीमा का अंग नहीं है, इसलिये प्रत्यासन सिद्धान्त भी वैयक्तिक बीमा में लागू नहीं होता है।

6. समाश्वासन

बीमा प्रसंविदा में कुछ ऐसी शर्तें होती हैं, जिन्हें समाश्वासन कहा जाता है। समाश्वासन बीमापत्रधारी द्वारा की गयी प्रतिज्ञाएँ होती हैं जिनके अनुसार किसी बात को करने या न करने या किसी शर्त को पूरा करने का वचन होता है। सामुद्रिक बीमा अधिनियम में समाश्वासन की परिभाषा दी गयी है। "समाश्वासन वह है जिसमें बीमित व्यक्ति कुछ विशेष कार्य के करने या न करने या किसी विशेष शर्त को पूरा करने या किसी विशेष तथ्य के मौजूद रहने या न रहने का वर्णन करता है।" समाश्वासन दो प्रकार के होते हैं—(1) लिखित समाश्वासन (Express Warranties), (2) उपलक्षित समाश्वासन (Implied

Warranties)। लिखित समाश्वासन वे हैं जो बीमापत्र में स्पष्ट रूप से वर्णित होते हैं और उपलक्षित समाश्वासन वे हैं जो बीमापत्र में लिखे हुए नहीं रहते हैं, परन्तु लिखे हुए समझे जाते हैं। बीमा के प्रसंविदा में समाश्वासन का विशेष महत्त्व है। प्रतिज्ञा की दृष्टिकोण से समाश्वासन के दो भाग किये जाते हैं—(1) स्वीकारात्मक (Affermative) और (2) प्रतिज्ञात्मक (Promisory)। स्वीकारात्मक समाश्वासन वे हैं जो कुछ प्रश्नों के उत्तर होते हैं और प्रतिज्ञात्मक समाश्वासन वे हैं जो प्रतिज्ञा अर्थात् वचन देते हैं कि किसी कार्य को किया जायगा या नहीं या किसी शर्त को पूरा किया जायगा या नहीं।

बीमा में समाश्वासन का पालन करना बहुत आवश्यक है। बिना उसके पालन किये हुए संविदा विवर्जित होगा। समाश्वासन के पालन न होने पर बीमाकर्ता अपने दायित्व से मुक्त हो जाता है। इसलिये यह बहुत आवश्यक है कि बीमापात्र समाश्वासनों का पूर्णतया पालन करे चाहे वे जोखिम के सम्बन्ध में महत्त्वपूर्ण हो या न हों। प्रसंविदा तभी चालू रहेगा जब समाश्वासन पूरे किये जायँ। यदि समाश्वासन का पालन नहीं किया गया, तो प्रसंविदा दूसरे पक्ष द्वारा रद्द कर दिया जायगा चाहे जोखिम समाश्वासन के रद्द होने के कारण हुई हो या नहीं। बीमा प्रसंविदा में समाश्वासन का अक्षरशः पालन करना आवश्यक है अन्यथा प्रसंविदा दूसरे पक्ष द्वारा रद्द कर दिया जायगा। हाँ, जहाँ समाश्वासन अवैध घोषित हुआ हो वहाँ पर समाश्वासन के पालन न होने पर प्रसंविदा भंग नहीं होता है।

7. आसन्न कारण

बीमा प्रसंविदा के अन्तर्गत हानि के आसन्न कारण (Proximate Cause) को देखा जाता है, दूर के कारण (Remote Cause) को नहीं देखा जाता है। यदि आसन्न कारण बीमित है तो बीमाकर्ता द्वारा भुगतान किया जायगा अम्यथा नहीं। आसन्न कारण हानि का वास्तविक कारण है। "सन्निकट कारण देखिये दूर के कारण नहीं (See Cause Proxima non-remote spectature)" कहावत बीमा में पूर्णतया चरितार्थ होती है। आसन्न कारण का तात्पर्य यह नहीं है कि बीमाकर्ता वास्तविक कारण को ध्यान में ही न रखे। आसन्न कारण वह है जो घटनाओं का कारण है जिसके कारण हानि होती है। हानि के समय की परिस्थितियों को ध्यान में कर आसन्न कारण का निर्धारण किया जाता है। हानि के समय एक कारण हो सकता है या कई कारण हो सकते हैं। उनके अनुसार ही सन्निकट कारण का निर्धारण किया जाता है। एक कारण दूसरे कारण को प्रभावित भी कर सकते हैं, इस दशा में उन्हें शृंखलाबद्ध कारण कहते हैं। कुछ कारण कई कारणों के बीच में अबीमित हो सकते हैं। इस प्रकार आसन्न कारण का सही-सही निर्धारण बहुत आवश्यक है। सन्निकट कारण निकटतम कारण को नहीं कहते हैं, बल्कि हानि के वास्तविक कारण को कहते हैं।

सिद्धान्त—सन्निकट कारण में निम्नलिखित विशेषताएँ आती हैं :—

1. यदि हानि का एक ही कारण है तो वही सन्निकट कारण होगा। यदि उसका बीमा किया गया है तो बीमाकर्ता द्वारा भुगतान कर दिया जायगा अन्यथा नहीं।
2. यदि कुछ संगामी कारण हैं तो **बीमित** कारण और अबीमित कारण को

अलग करना पड़ता है। संगामी कारण (Concurrent Causes) दो प्रकार के हो सकते हैं—(1) विच्छिन्न (Separable) और (2) अविच्छिन्न (Non-Separable)। विच्छिन्न कारण वे हैं जो एक-दूसरे से अलग किये जा सकते हैं और अविच्छिन्न कारण को एक-दूसरे से अलग नहीं कर सकते हैं। विच्छिन्न कारणों से सम्बन्धित जोखिम को जाना जा सकता है और अविच्छिन्न कारणों की जोखिम से होने वाली हानि को अलग नहीं कर सकते। विच्छिन्न कारणों में हर प्रकार के कारणों से होने वाली हानि को निर्धारण कर सकते हैं। केवल उसी हानि का भुगतान किया जायगा जो बीमित है। यदि हानि अबीमित है तो उसके द्वारा होने वाली हानि का भुगतान नहीं किया जायगा। यदि परिस्थितियाँ ऐसी हैं कि अविच्छिन्न कारण ऐसे हैं कि उनसे सम्बन्धित हानियों को अलग नहीं किया जा सकता है तो बीमाकर्ता भुगतान नहीं देगा।

3. शृंखलाबद्ध कारणों में एक कारण दूसरे कारण को प्रभावित करते हैं। ये भी दो प्रकार के हो सकते हैं—(i) जिस दशा में शृंखला तोड़ी जा सके, (ii) जिस दशा में शृंखला तोड़ी न जा सके। यदि शृंखला टूटने वाले कारण हैं तो उनकी हानियों को अलग-अलग समझा जा सकता है और बीमित होने पर भुगतान भी किया जा सकता है। यदि शृंखला तोड़ी न जा सके और कारण एक-दूसरे से सम्बन्धित हैं तो उस दशा में हानि के तुरन्त पहले वाला कारण यदि बीमित है तो भुगतान होगा लेकिन यदि हानि के पहले वाला कारण बीमित नहीं हो तो भुगतान नहीं होगा।

संक्षेप में सन्निकट कारण के अन्तर्गत हानि के वास्तविक कारण को जाना जाता है। यदि वास्तविक कारण बीमित है, तो बीमाकर्ता द्वारा भुगतान होगा।

8. अभिहस्तांकन और हस्तांतरण

अभिहस्तांकन और हस्तांतरण के अंतर्गत—(1) बीमित वस्तु के हस्तांतरण, (2) बीमापत्र के हस्तांतरण और, (3) बीमित रकम के हस्तांतरण नियमों को समझना आवश्यक है।

सामुद्रिक और जीवन बीमापत्रों का निर्बाध रूप से हस्तांतरण किया जा सकता है। लेकिन अग्नि बीमा और दुर्घटना बीमा में बीमाकर्ता की पूर्व अनुमति के बिना हस्तांतरण सम्भव नहीं है। केवल वसीयत (Will) या विधान के परिणामस्वरूप ये मान्य हैं। इसके साथ यह आवश्यक है कि बीमित व्यक्ति के हित में परिवर्तन होने के पहले बीमापत्र का हस्तान्तरण कर दिया जाय। यदि उसने अपना बीमायोग्य हित समाप्त कर दिया तो उसका प्रसंविदा रद्द समझा जायगा क्योंकि अग्निबीमा और दुर्घटना बीमा में बीमायोग्य हित शुरू से अन्त तक होना आवश्यक है। बीमायोग्य हित जैसे ही समाप्त होता है, अग्निबीमा प्रसंविदा रद्द हो जाता है।

जीवन बीमापत्र को स्वतन्त्रतापूर्वक हस्तान्तरित किया जा सकता है क्योंकि उसमें बीमायोग्य हित केवल शुरू में रहना आवश्यक है, प्रसंविदा प्रारम्भ होने के बाद बीमा योग्य

हित की आवश्यकता नहीं रहती है। जीवन बीमापत्र अक्सर अभिहस्तांकित और हस्तांतरित किया जाता है। जीवन बीमापत्र एक मूल्यांकन प्रतिभूति भी है जिसके जमानत पत्र ऋण लिया जा सकता है। इसी प्रकार सामुद्रिक बीमापत्र को भी स्वतन्त्रतापूर्वक अभिहस्तांकित या हस्तांतरित किया जा सकता है, यदि इसे स्पष्ट रूप से मना नहीं किया गया है। इसे हानि के पहले या बाद में भी हस्तान्तरित कर सकते हैं। सामुद्रिक बीमापत्र का हस्तांतरण अभिलेखन (Endorsement) या अन्य परिपाटी ढंग से किया जाता है। इसे अर्द्धबेचान लेख (Quasi Negotiable Instrument) कहते हैं। इससे सामुद्रिक बीमा में वस्तुओं के आदान-प्रदान में बहुत सुविधा मिलती है।

अग्नि बीमा में बीमापत्र का हस्तान्तरण बिना पूर्व अनुमति के नहीं हो सकता है। अग्नि बीमापत्र में हित का परिवर्तन नहीं हो सकता है। अभिहस्तांकन या हस्तांतरण अग्नि बीमा में बिल्कुल सम्भव नहीं है, यदि ऐसा करना ही है तो नया प्रसंविदा किया जाता है।

9. प्रव्याजि की वापसी

साधारणतः प्रव्याजि के एक बार भुगतान हो जाने पर पुनः उसकी वापसी नहीं होती है, लेकिन निम्न दशाओं में प्रव्याजि को वापस प्राप्त किया जा सकता है—

1. **बीमापत्र में समझौता के अनुसार**—बीमापात्र और बीमाकर्ता आपस में समझौता कर सकते हैं कि यदि किसी निश्चित घटना के घटने या न घटने पर आंशिक या पूर्ण प्रव्याजि लौटा दी जायगी। जैसे विशिष्ट पैकिंग से जोखिम कम हो जाती है।

2. **न्याय के दृष्टिकोण से—(i) जोखिम प्रारम्भ न होने पर**—यदि बीमित वस्तु के सम्बन्ध में आंशिक या पूर्णरूपेण जोखिम शामिल न हुई तो प्रव्याजि को आंशिक या पूर्ण रूप से लौटाया जा सकता है; जैसे यदि एक निश्चित अवधि में मृत्यु न होने पर अस्थायी बीमापत्र जिसमें प्रव्याजि लौटाने का प्रावधान हो।

(ii) एक खुले बीमापत्र की अघोषित रकम—यदि बीमापत्र में कोई हित न हो तो उससे सम्बन्धित प्रव्याजि को लौटा दी जाती है।

(iii) प्रव्याजि भुगतान के आधार पर—यदि बीमा के सम्बन्ध में कुछ रकम तक हित नहीं है तो जिस रकम तक बीमापात्र का हित न होगा उस रकम तक वह प्रव्याजि लौटाने का अधिकारी होता है। जैसे सामुद्रिक यात्रा में विभिन्न-स्तरों का अलग-अलग बीमा लिया गया है तो जिस स्तर तक यात्रा नहीं होती है उस स्तर से सम्बन्धित प्रव्याजि लौटा दी जायगी।

(iv) बीमा योग्य हित के अभाव में—जहाँ पर बीमा योग्य हित नहीं है वहाँ पर प्रव्याजि को लौटा दिया जाता है, बशर्ते यह जुए का कार्य न रहा हो। जैसे यदि सामुद्रिक बीमा में विक्रेता ने बीमा लेकर क्रेता को सौंप दिया, परन्तु क्रेता को उस माल के अधिकार न मिलने के कारण वे बीमा योग्य हित नहीं मिला और वह, यदि प्रव्याजि दी है, तो उसे वापस पाने का अधिकारी है।

(v) यात्रा में विलम्ब—यदि यात्रा प्रारम्भ होने में अनुचित विलम्ब होता है, तो उसे प्रव्याजि लौटाने का पूरा अधिकार है। प्रव्याजि को वापस लेकर प्रसंविदा रद्द कर सकता है।

(vi) जहाँ पर बीमित व्यक्ति अमूल्यांकित बीमापत्र में अधि-बीमित है, वहाँ पर अनुपातन प्रव्याजि वापस प्राप्त करने का अधिकार बीमापत्रधारी को है।

3. दोहरा बीमा के कारण अधिबीमा—यदि दोहरे बीमा के कारण अधिबीमा है तो आनुपातिक रूप से प्रव्याजि पाने का अधिकार बीमापात्र को है। लेकिन यदि जान-बूझकर दोहरा बीमा लिया गया है तो कोई प्रव्याजि वापस नहीं की जायगी।

साधारण प्रसंविदा और बीमा प्रसंविदा में अन्तर

1. साधारण संविदा में बीमायोग्य हित की कोई आवश्यकता नहीं है, परन्तु बीमा प्रसंविदा में बीमा योग्य हित अति आवश्यक है। बिना बीमा योग्य हित के प्रसंविदा नहीं होता है।
2. साधारण प्रसंविदा में क्रेता सावधान का नियम लागू होता है, परन्तु बीमा प्रसंविदा में परम सद्विश्वास सिद्धान्त लागू होता है जिसमें दोनों पक्षों को महत्त्वपूर्ण तथ्यों का सही और पूर्ण वर्णन करना आवश्यक है।
3. साधारण प्रसंविदा लाभ के लिये अधिकतर होते हैं, परन्तु बीमा प्रसंविदा क्षतिपूर्ति के लिये है; लाभ प्राप्त करना इसका उद्देश्य कभी नहीं होता। लाभ प्राप्त करना बीमा प्रसंविदा के विपरीत है।
4. साधारण प्रसंविदा में प्रन्यासन सिद्धान्त नहीं लागू होते, जबकि बीमा प्रसंविदा में प्रत्यासन सिद्धान्त अवश्य लागू होता है।
5. साधारण प्रसंविदा में समाश्वासन भंग होने पर प्रसंविदा भंग नहीं होता है, लेकिन बीमा प्रसंविदा में समाश्वासन सिद्धान्त भंग होने पर प्रसंविदा भी भंग हो जाता है।

जीवन बीमा प्रसंविदा और क्षतिपूर्ति प्रसंविदा में अन्तर

बीमा प्रसंविदा को दो भागों में बाँटा गया है—(1) जीवन बीमा प्रसंविदा या वैयक्तिक प्रसंविदा और (2) क्षतिपूर्ति प्रसंविदा।

1. जीवन बीमा प्रसंविदा या वैयक्तिक प्रसंविदा (Personal Insurance Contract)—इसके अन्तर्गत व्यक्ति के जीवन या मृत्यु सम्बन्धी बीमा होते हैं। इसमें जीवन बीमा और वैयक्तिक दुर्घटना बीमा आते हैं। इनमें क्षतिपूर्ति का प्रश्न नहीं उठता। केवल बीमित रकम का ही भुगतान किया जाता है। इसके अन्तर्गत हानि का मूल्यांकन न होने के कारण हानि की पूर्ति का प्रावधान नहीं होता है। इसी कारण वैयक्तिक बीमा में हानि पूर्ति के लिए नहीं बल्कि एक निश्चित रकम के लिए बीमा कराया जाता है।

2. क्षतिपूर्ति प्रसंविदा—क्षतिपूर्ति प्रसंविदा के अन्तर्गत सामुद्रिक बीमा, अग्नि बीमा तथा विविध बीमा आते हैं। ये संविदायें क्षतिपूर्ति के उद्देश्य से ही होते हैं। इनके अन्तर्गत यह नियम होता है कि केवल हानि का ही भुगतान करना है, उससे अधिक का भुगतान नहीं करना है। हानि की पूर्ति के लिए ही भुगतान प्रसंविदा किये जाते हैं। यदि हानि नहीं हो तो भुगतान का प्रश्न नहीं उठता और प्रव्याजि भी वापस नहीं की जाती है।

अन्तर

वैयक्तिक (जीवन) बीमा प्रसंविदा में अन्तर

1. जोखिम—जीवन बीमा में भुगतान होना निश्चित होता है क्योंकि मृत्यु निश्चित है तो जब मृत्यु होगी, भुगतान भी किया जायगा। यदि मृत्यु न होकर जीवन है तो एक निश्चित अवधि व्यतीत हो जाने पर भुगतान होगा।

क्षतिपूर्ति प्रसंविदा के अन्तर्गत हानि हो भी सकती और नहीं भी हो सकती है। यदि हानि होगी तो भुगतान किया जायगा अथवा नहीं, हानि की सीमा, यदि उतनी रकम तक बीमा है, तक भुगतान किया जाता है।

2. बीमित रकम—जीवन बीमा में एक व्यक्ति अपने या अपनी पत्नी के जीवन में असीमित रकम तक बीमा करा सकता है क्योंकि इन दशाओं में बीमा योग्य हित की सीमा नहीं है। जीवन बीमा में भी अन्य दशाओं में बीमायोग्य हित की सीमा होती है और उसी सीमा तक बीमा कराया जा सकता है। बीमित रकम का ही भुगतान जीवन बीमा में किया जाता है। जीवन बीमा में क्षतिपूर्ति सिद्धान्त लागू नहीं होता है।

क्षतिपूर्ति बीमा प्रसंविदा में बीमित रकम हानि की अधिकतम सीमा निश्चित करती है, उससे अधिक का भुगतान नहीं किया जा सकता है। बीमित रकम के अन्दर हानि की रकम तक ही भुगतान किया जा सकता है। क्षतिपूर्ति बीमा प्रसंविदा में क्षतिपूर्ति सिद्धान्त और प्रत्यासन सिद्धान्त लागू होते हैं।

3. जोखिम का मूल्यांकन—वैयक्तिक बीमा में जोखिम का मूल्यांकन करना आसान है, लेकिन क्षतिपूर्ति बीमा प्रसंविदा में जोखिम का मूल्यांकन करना आसान नहीं है।

4. बीमायोग्य हित का समय—वैयक्तिक बीमा में केवल बीमा प्रसंविदा के समय ही बीमायोग्य हित का होना आवश्यक है। उसके बाद बीमायोग्य हित की आवश्यकता नहीं होती है।

क्षतिपूर्ति संविदा में बीमायोग्य हित का अलग-अलग समय होता है; जैसे अग्नि बीमा में बीमायोग्य हित दोनों समय आवश्यक है, सामुद्रिक बीमायोग्य हित हानि के समय जरूरी है। संक्षेप में क्षतिपूर्ति बीमा प्रसंविदा में बीमायोग्य हित क्षति के समय अति आवश्यक है। यदि उस समय बीमा योग्य हित न रहा तो बीमाकर्ता क्षति की पूर्ति नहीं करेगा।

5. बीमा का समय—वैयक्तिक बीमा प्रसंविदा दीर्घकालीन हुआ करता है, जबकि क्षतिपूर्ति बीमा प्रसंविदा थोड़े वर्ष के होते हैं और जिन्हें पुनः नवीकृत कर सकते हैं।

6. सुरक्षा एवं विनियोग—वैयक्तिक बीमा विशेष करके जीवन बीमा में सुरक्षा और विनियोग तत्त्व शामिल होता है क्योंकि बीमित रकम का भुगतान अवश्य किया जाता है। यदि असामयिक मृत्यु हुई तो उस समय बीमित रकम का भुगतान कर देते हैं। क्षतिपूर्ति बीमा प्रसंविदा केवल सुरक्षा के प्रसंविदा है, इनमें विनियोग तत्त्व नहीं रहता है। यदि हानि होगी तभी भुगतान किया जायगा और यदि हानि न हुई तो भुगतान नहीं किया जायगा।

7. प्रव्याजि—जीवन बीमा में प्रव्याजि में अधिक अन्तर नहीं होता है, जबकि

क्षतिपूर्ति बीमा प्रसंविदा में प्रव्याजि अलग बीमापात्रों से अलग-अलग ली जा सकती है। जीवन बीमा में कई किस्तों में प्रव्याजि का भुगतान हो सकता है और क्षतिपूर्ति प्रसंविदा में एक किस्त में ही भुगतान होता है।

8. **विषय-वस्तु**—जीवन बीमा में विषय-वस्तु जीवन है, जिसके नष्ट होने की सम्भावना समय के साथ बढ़ती जाती है जबकि क्षतिपूर्ति प्रसंविदा की विषय-वस्तु को मरम्मत और नवीनीकरण आदि जोखिम में कमी की जा सकती है।

9. **नैतिक जोखिम**—जीवन बीमा में नैतिक जोखिम की सम्भावना कम होती है, जबकि क्षतिपूर्ति बीमा प्रसंविदा में नैतिक जोखिम की सम्भावना अधिक होती है।

दोहरा बीमा, अधिबीमा और अल्पबीमा

दोहरा बीमा (Double Insurance)—जब बीमापात्र अपनी बीमित वस्तु का एक से अधिक बीमाकर्ताओं से बीमा कराता है, तो उसे दोहरा बीमा कहते हैं। एक बीमाकर्ता से उस बीमित वस्तु के सम्बन्ध में एक से अधिक बीमापत्र लेने को भी दोहरा बीमा कहते हैं। जीवन बीमा में कुल बीमित रकम तक भुगतान प्राप्त किया जा सकता है, परन्तु क्षतिपूर्ति बीमा में सभी बीमाकर्ताओं से प्राप्त होने वाली रकम हानि की रकम से अधिक नहीं होना चाहिए।

लक्षण

1. एक ही बीमित वस्तु के लिए एक से अधिक बीमापत्र लिये जाते हैं।
2. बीमित वस्तु में कई बीमापत्र एक ही जोखिम और एक ही समय में होने चाहिए। यदि जोखिम या समय में अन्तर हुआ, तो दोहरा बीमा नहीं होगा।
3. बीमापत्र केवल एक हित (Same Interest) से ही सम्बन्धित होना चाहिए। यदि बीमाहित अलग-अलग हैं तो वह दोहरा बीमा नहीं होगा।
4. दोहरे बीमा के अन्तर्गत सभी बीमापत्र एक ही जोखिम, एक ही समय और एक ही बीमा वस्तु से सम्बन्धित हों। यदि किसी बीमापत्र की जोखिम प्रारम्भ नहीं हुई तो उस बीमापत्र को दोहरा बीमा नहीं कहेंगे।

अधिबीमा—बीमित सम्पत्ति से अधिक बीमा होने पर अधिबीमा होता है। अधिबीमा एकल बीमा और दोहरे बीमा दोनों में हो सकते हैं। अधिबीमा उस दशा में होता है, जब बीमायोग्य हित से अधिक बीमा हो जाय। इस प्रकार की सम्भावना दोहरे बीमा में अधिक होती है क्योंकि एकल बीमा में बीमायोग्य हित से अधिक का बीमा नहीं हो सकता है। लेकिन यह आवश्यक नहीं है कि दोहरे बीमे के कारण ही अधिबीमा हो। एकल बीमा में भी अधिबीमा हो सकता है। सामुद्रिक बीमा में मूल्यांकित बीमापत्र की दशा में मूल्य घट जाने पर अधिबीमा हो जाता है।

अल्पबीमा—अल्पबीमा उस दशा में होता है, जब बीमित रकम बीमायोग्य हित अर्थात् सम्पत्ति के मूल्य से कम होती है। जीवन बीमा में अधिबीमा और अल्पबीमा का प्रश्न

नहीं उठता, क्योंकि बीमायोग्य हित की सीमा निश्चित करना सम्भव नहीं है। जीवन बीमा में जितनी रकम चाहे वह अधिबीमा या अल्पबीमा का बीमा होता है, उतनी रकम का भुगतान किया जाता है।

क्षतिपूर्ति प्रसंविदा में अल्पबीमा रहने पर हानि का आनुपातिक भुगतान हो पाता है। हानि के पूरे भुगतान के लिए यह आवश्यक है कि सम्पत्ति के पूरे मूल्य तक बीमा कराया जाय अल्पबीमा में बीमापत्र धारी बीमित रकम और सम्पत्ति की कुल रकम के अनुपात में हानि का भुगतान प्राप्त करता है। बाकी हानि वह स्वयं सहन करता है, इसलिये इसे सह-बीमा भी कहते हैं।

□□□

भाग 2

जीवन बीमा

अध्याय 4

जीवन बीमा प्रसंविदा (1)

जीवन बीमा प्रसंविदा एक ऐसी प्रसंविदा है जिसमें दोनों पक्षों में से एक पक्ष एक विशेष घटना जो मानव जीवन पर आश्रित है, के घटित होने पर तुरन्त दी गयी रकम या किश्तों में भुगतान की जाने वाली सामयिक रकम के बदले में एक निश्चित रकम का भुगतान दूसरे पक्ष को किया जाता है। इस प्रकार बीमा प्रसंविदा बीमाकर्ता और बीमादार के बीच की प्रसंविदा है। इस प्रसंविदा को मान्य होने के लिए यह आवश्यक है कि इसमें प्रसंविदा सन्नियम के सारे तत्त्व उपस्थित हों। भारतीय प्रसंविदा अधिनियम 1872 की धारा-10 के अनुसार एक मानवीय प्रसंविदा में निम्न तत्त्व होने चाहिए :—

1. प्रस्ताव तथा स्वीकृति
2. पक्षों की स्वतन्त्र सहमति
3. पक्षों की प्रसंविदा करने की क्षमता
4. वैध प्रतिफल
5. वैध उद्देश्य

1. प्रस्ताव तथा स्वीकृति

प्रस्ताव—प्रस्ताव एक प्रज्ञापन (Intimation) है जिसे एक व्यक्ति दूसरे व्यक्ति को किसी काम को करने या मना करने के अभिप्राय से दूसरे व्यक्ति के करने या मना करने की राय लेने के लिए प्रकट करता है। जीवन में यह प्रस्ताव बीमापात्र या बीमा कम्पनी द्वारा किया जा सकता है। प्रस्ताव एक व्यक्ति विशेष के सामने रखा जाता है या सारे विश्व के सामने। प्रायः प्रस्ताव बीमापात्र द्वारा किया जाता है और उसकी स्वीकृति बीमाकर्ता करता है। लेकिन स्वीकृति के पहले किये गए कार्य प्रस्ताव या प्रति-प्रस्ताव होते हैं और प्रस्ताव के पहले किये गये कार्य 'प्रस्ताव के आमन्त्रण' होते हैं। बीमाकर्ता प्रस्ताव फार्म को इस प्रकार बनाता है जिससे सारी सूचनाएँ उसे मिल जायँ। जीवन बीमा में प्रस्ताव फार्म चार रूपों में मिलता है—(1) बीमा का प्रस्ताव, (2) डाक्टरी सूचना जिसमें दो भाग होते हैं, (3) अभिकर्ता या एजेन्ट की सूचना, (4) मित्रों की सूचना। बीमा प्रस्ताव प्रपत्र और डाक्टरी सूचना बहुत महत्त्वपूर्ण प्रपत्र है जिसके आधार पर जीवन बीमा प्रसंविदा आधारित है। बीमा-पात्र इस प्रपत्र में अपने हस्ताक्षर करके यह घोषणा करता है कि सभी सूचनाएँ पूर्णतया सही हैं, मित्रों की सूचना अन्य सूचनाओं की जाँच के लिए लाभप्रद। अभिकर्ता की सूचनाएँ बहुत सही और विश्वस्त नहीं कही जा सकतीं, क्योंकि बीमापत्र के विरुद्ध बातें

लिखने पर योग्य बीमापात्र की कमी पर कमीशन की रकम अधिक नहीं होगी। लेकिन बीमा अभिकर्ता पूर्ण और सही सूचना देने के लिए बाध्य है। वह नैतिक जोखिम और बीमापात्र के चरित्र पर उचित प्रकाश डाल सकता है।

प्रस्ताव को एक विशेष कार्य द्वारा प्रेषित किया जाता है। जैसे प्रस्ताव प्रपत्र को भरकर पत्रालय द्वारा भेजने का कार्य। लेकिन व्यवहार में बीमा अभिकर्ता प्रस्ताव को भराकर और आवश्यक सूचनाओं के साथ स्वयं बीमा कम्पनी के किसी कार्यालय में भेजता है, जहाँ पर डाक्टरी सूचना आवश्यक है। डाक्टरी परीक्षण करके प्रस्ताव प्रपत्र को भेज दिया जाता है। प्रस्ताव तब पूर्ण होता है जब यह उस व्यक्ति की जानकारी में आ जाय, जिसे प्रस्ताव किया गया है।

स्वीकृति—स्वीकृति वही व्यक्ति कर सकता है, जिसके सामने प्रस्ताव रखा गया हो। स्वीकृति तभी मानी जायगी जबकि वह व्यक्ति अपनी स्वीकृति की राय दे दे। प्रस्ताव प्रपत्र प्राप्त होने पर बीमा कार्यालय इसकी पूर्णतया जाँच करता है और जब कार्यालय इस प्रस्ताव को उचित और सही रूप में प्राप्त करता है तब वह एक पत्र, जिसे स्वीकृति पत्र कहते हैं, के द्वारा प्रस्ताव को स्वीकार कर लेता है। जीवन बीमा में स्वीकृति एक प्रपत्र द्वारा किया जाता है जिसमें प्रस्ताव की शर्तों को उल्लिखित करते हुए स्वीकृति दी जाती है। कभी-कभी स्वीकृति पत्र में कुछ विशेष शर्तें लिख दी जाती हैं और जब वह शर्तें प्रस्तावक को स्वीकार होती हैं तो प्रसंविदा तय हो जाती है। प्रसंविदा होने के लिए प्रव्याजि का भुगतान आवश्यक है। प्रव्याजि प्रस्ताव के साथ या बाद में दी जा सकती है।

प्रस्ताव के साथ प्रव्याजि का भुगतान—प्रस्ताव के साथ प्रव्याजि का भुगतान होने पर स्वीकृति स्वतः नहीं हो जाती। स्वीकृति के पहले बीमाकर्ता बीमापात्र की सूचनाओं की पूर्णतया जाँच करता है और इन सूचनाओं के आधार पर यदि बीमापात्र बीमा योग्य पाया जाता है तो स्वीकृति पत्र निर्गमित कर दिये जाते हैं।

प्रस्ताव के बाद प्रव्याजि का भुगतान—प्रस्ताव की प्राप्ति पर बीमाकर्ता बीमापात्र को सूचना देता है कि एक निश्चित समय के अन्दर प्रव्याजि की एक निश्चित रकम भुगतान कर दे। प्रव्याजि के भुगतान के पहले जोखिम में जो परिवर्तन हो उसकी सूचना बीमाकर्ता को देना आवश्यक है जिससे वह प्रसंविदा की शर्तों को पुनः तय कर सके अथवा बीमाकर्ता बीमा प्रसंविदा से बाध्य नहीं होगा और प्रसंविदा रद्द की जा सकती है। कभी-कभी यह बात स्पष्ट रूप से प्रस्ताव प्रपत्र में लिख दी जाती है कि बीमापात्र की आर्थिक दशा, सामान्य स्वास्थ्य और पारिवारिक दशा में जो कुछ भी परिवर्तन प्रस्ताव तिथि के बाद से लेकर प्रव्याजि के भुगतान की तिथि तक हो, उसे बीमाकर्ता को देना आवश्यक है अन्यथा यह प्रसंविदा रद्द समझा जायगा। एक उदाहरण में यह देखा गया है कि प्रस्ताव की तिथि के बाद और स्वीकृति होने के पहले बीमापात्र की बीमारी को नहीं बताया गया जिससे यह आश्वासन (Warranty) भंग समझा गया और बीमाकर्ता ने कोई जिम्मेदारी नहीं ली।

बीमाकर्ता स्वीकृति पत्र देने के बाद भी तब तक जिम्मेदार नहीं होगा, जब तक प्रथम प्रव्याजि का भुगतान न कर दिया जाय। यदि प्रव्याजि का पूर्णतया भुगतान एक निश्चित समय में नहीं किया जाता तो स्वीकृति अनुग्रह दिवस के व्यतीत होने पर स्वास्थ्य की जाँच करने के बाद उचित और ठीक दशा होने पर ही स्वीकृत की जा सकती है, बशर्ते इस बढ़ी

हुई अवधि में प्रथम प्रव्याजि का भुगतान कर दिया जाय। प्रव्याजि के भुगतान न करने पर संविदा रद्द समझा जायगा। स्वीकृति की सूचना पत्र देने से हो सकती है। जिस व्यक्ति को सूचना देनी होती है, उसके नाम पत्र डाल कर स्वीकृति पूर्ण हो सकती है; बशर्ते कि स्वीकृति पत्र स्वीकारक की पहुँच के बाहर हो गया हो। स्वीकारक के लिए, स्वीकृति तभी पूर्ण होती है जब प्रस्ताव को स्वीकृति पत्र मिल जाय।

प्रस्ताव का आमन्त्रण, प्रस्ताव, प्रतिप्रस्ताव और स्वीकृति पत्र—सामान्य अवस्था में जब प्रस्ताव प्रपत्र के साथ उचित प्रथम प्रव्याजि का भुगतान कर दिया जाता है तथा सामान्य शर्तों और परिस्थितियों के आधार पर स्वीकार कर लिया जाता है तो प्रस्ताव प्रपत्र और प्रव्याजि का भुगतान प्रस्ताव समझा जायगा और स्वीकृति पत्र स्वीकृति समझी जायगी। इस दशा में प्रविवरण और अन्य प्रपत्र जो प्रस्ताव करने के लिए पेश किये जाते हैं, प्रस्ताव का आमन्त्रण समझा जायगा। परन्तु जब प्रस्ताव के साथ प्रथम प्रव्याजि का भुगतान नहीं किया जाता, यह प्रस्ताव केवल प्रस्ताव का आमन्त्रण है। प्रथम प्रव्याजि का निश्चित समय में भुगतान करने के लिये जो पत्र बीमाकर्ता देगा, वह प्रस्ताव समझा जायगा और उस निश्चित समय में प्रव्याजि का भुगतान स्वीकृति समझी जायगी। जब बीमाकर्ता प्रस्ताव प्राप्त होने पर उसकी स्वीकृति कुछ विशेष शर्तें और दशाओं को पूरा करने पर ही करता है तब इन शर्तों और दशाओं को बताने वाला पत्र प्रस्ताव होगा। यदि प्रथम प्रव्याजि का भुगतान नहीं किया गया है और यदि प्रथम प्रव्याजि का भुगतान कर दिया गया है तो यह पत्र प्रतिप्रस्ताव होगा। यदि शर्तों को मान करके उचित प्रथम प्रव्याजि का भुगतान निश्चित समय में कर दिया जायगा तो यह स्वीकृति होगा 'स्वीकृति पत्र' से सन्देह उत्पन्न होने लगते हैं। स्वीकृति पत्र स्वीकृति के रूप में तभी होता है जब प्रस्ताव के साथ प्रथम प्रव्याजि का भुगतान किया गया हो और सामान्य शर्तों पर प्रस्ताव को स्वीकार किया गया हो।

स्वीकृति के ढंग और समय—स्वीकृति एक उचित और सामान्य तरीके से की जानी चाहिए जब तक कि प्रस्ताव स्वीकृति करने का तरीका निर्धारित न करें। प्रस्ताव की स्वीकृति यदि बताये गये तरीके से नहीं की जाती तो प्रस्तावक एक निश्चित समय में स्वीकार करने के तरीके बताकर उस पर जोर डाल सकता है। प्रस्ताव के प्राप्त होने पर उसे निम्नलिखित तरीके से विभाजित कर सकते हैं :—

1. सामान्य दर पर स्वीकृति।
2. अतिरिक्त प्रव्याजि पर स्वीकृति या अन्य प्रकार से स्वीकृति।
3. एक निश्चित समय व्यतीत हो जाने पर बीमापात्र का पुनः परीक्षण।
4. बीमा अयोग्य जीवन की अस्वीकृति।

उपर्युक्त तत्त्वों में प्रथम और चतुर्थ श्रेणी पर विशेष निर्णय की आवश्यकता नहीं है क्योंकि जो बीमा अयोग्य हैं, वे अस्वीकार कर दिये जायेंगे और जो बीमा योग्य हैं, उन्हें सामान्य शर्तों पर स्वीकार किया जायगा। तृतीय श्रेणी में प्रस्ताव की स्वीकृति डाक्टरी जाँच या अन्य जोखिम के अन्य तत्त्वों के परीक्षण के बाद उन्हें स्वीकार किया जा सकता है या अस्वीकार किया जा सकता है या उन्हें द्वितीय श्रेणी में रखा जा सकता है। द्वितीय श्रेणी के अन्तर्गत उन बीमापात्रों को शामिल करते हैं, जिन्हें अतिरिक्त प्रव्याजि पर अन्य किसी प्रकार

की शर्तों के अनुसार ही बीमापत्र निर्गमित किये जायेंगे। प्रस्ताव प्राप्त होने पर बीमाकर्ता प्रस्तावक को यह सूचना देता है कि एक निश्चित समय में शर्तों के अनुसार प्रव्याजि का भुगतान कर दे जैसे ही प्रव्याजि का भुगतान कर दिया जायगा, वैसे ही प्रस्ताव स्वीकृति हो जायगा; जहाँ समय का निर्धारण नहीं होता वहाँ प्रव्याजि को एक उचित समय में दे देना आवश्यक है। उचित समय परिस्थिति के आधार पर निश्चित किया जाता है।

प्रस्ताव और स्वीकृति का निरसन—भारतीय प्रसंविदा अधिनियम की धारा-6 के अनुसार प्रस्ताव का निम्नलिखित तरीके से निरसन किया जाता है :—

1. प्रस्तावक के द्वारा निरसन की सूचना पत्र द्वारा दूसरे पक्ष को देकर।
2. प्रस्ताव में स्वीकार करने के लिये निर्धारित समय के व्यतीत हो जाने पर या निर्धारित समय की अनुपस्थिति में उचित समय के व्यतीत हो जाने पर स्वीकृति पत्र न देने पर।
3. स्वीकर्ता के स्वीकार करने के पहले दी गयी शर्तों को पूरा न करने पर।
4. प्रस्तावक की मृत्यु और पागल हो जाने पर यदि मृत्यु और पागलपन की सूचना स्वीकर्ता को स्वीकृति के पहले मिल जाती है।

उपर्युक्त अधिनियम की धारा-4 के अनुसार निरसन का पत्र-व्यवहार निम्न दशाओं में पूर्ण हो जाता है :—

1. प्रेषक के लिए पत्र-व्यवहार तब पूर्ण होगा, जब प्रेषक के द्वारा पत्र-पत्रालय में डाल दिया जाय और यह पत्र प्रेषक की पहुँच के बाहर हो जाय।
2. प्रेषी के लिये यह तब पूर्ण होगा जब पत्र उसके ज्ञान में आ जाय।

धारा-5 के द्वारा यह स्पष्ट हो जाता है कि प्रस्ताव स्वीकृत होने के पहले कभी भी निरसित हो सकता है। दूसरे शब्दों में स्वीकर्ता द्वारा स्वीकृति पत्र पत्रालय में डालने के पहले, प्रस्ताव का निरसन हो सकता है। लेकिन जब स्वीकृति पत्र स्वीकर्ता द्वारा पत्रालय में डाल दिया जाता है तो प्रस्तावक प्रस्ताव को निरसित नहीं कर सकता है।

स्वीकृति को स्वीकृति का पत्र-व्यवहार पूर्ण होने के पहले कभी भी स्वीकर्ता द्वारा निरसित किया जा सकता है। लेकिन जैसे ही स्वीकृति पत्र प्रस्ताव को मिल जाता है, वह उसे निरसित नहीं कर सकता।

जोखिम शुरू होने का समय—1. जिस समय प्रसंविदा शुरू होता है, उसी समय जोखिम भी शुरू हो जाती है। प्रसंविदा शुरू होने के विषय में पहले बताया जा चुका है। संक्षेप में यहाँ पर इन परिस्थितियों को तीन भागों में बाँटा जा सकता है—

(i) प्रथम प्रव्याजि के बिना आवेदन-पत्र—आवेदन पत्र के प्राप्त होने पर बीमाकर्ता प्रथम प्रव्याजि की रकम एक निश्चित समय में भुगतान करने के लिए आग्रह करता है। यदि इस समय तक प्रथम प्रव्याजि का भुगतान हो जाता है तो जिस दिन प्रथम प्रव्याजि का भुगतान होगा, उसी दिन से जोखिम प्रारम्भ हो जाती है।

(ii) आवेदन पत्र के साथ प्रथम प्रव्याजि का भुगतान—यदि आवेदन पत्र प्राप्त होने

पर बीमाकर्ता बीमापात्र को बीमा योग्य पाता है तो वह स्वीकृति पत्र जारी करता है। स्वीकृति पत्र के निर्गमन करने की तिथि से जोखिम प्रारम्भ हो जाती है। आवेदन के साथ प्रव्याजि देने पर स्मारक रसीद (Memorandum Receipt) ही निर्गमित किये जाते हैं और यह रसीद जोखिम की तिथि तब तक नहीं दे सकती जब तक कि अन्तिम रसीद न मिल जाय।

(iii) प्रव्याजि का पूर्व भुगतान—इस परिस्थिति के अन्तर्गत प्रव्याजि का भुगतान पहले कर दिया है। इसलिए जिस दिन स्वीकृति पत्र निर्गमित किया जायगा, उसी दिन से जोखिम प्रारम्भ होती है।

2. **पक्षों की स्वतंत्र सहमति**—भारतीय प्रसंविदा अधिनियम की धारा-14 के अनुसार सहमति उस समय स्वतंत्र कही जायगी, जब वह निम्न कारणों से न हुई हो। सहमति दोनों पक्षों के द्वारा स्वतंत्र रूप से दी गयी हो।

(i) बल प्रवर्तन (Coercion)

(ii) अनुचित-प्रभाव (Undue Influence)

(iii) कपट (Fraud)

(iv) भ्रान्त वर्णन (Misrepresentation)

(v) गलती (Mistake)

(i) बल प्रवर्तन—किसी ऐसे कार्य के करने या उसके करने की धमकी देने को जो भारतीय दण्ड विधान द्वारा मना है या अवैधानिक रूप से किसी सम्पत्ति को रोकने या रोकने की धमकी देने को जो दूसरे व्यक्ति को संविदा में शामिल करने के इरादे से किये गये हों, बल प्रवर्तन कहते हैं। इसके लिए यह आवश्यक नहीं कि बल प्रवर्तन उन स्थानों में किया जाय जहाँ भारतीय दण्ड विधान लागू हो। बल प्रवर्तन द्वारा प्रोत्साहित प्रसंविदा व्यर्थनीय होता है और उस व्यक्ति द्वारा, जिसके ऊपर बल प्रवर्तन किया गया है, यह प्रसंविदा रद्द किया जा सकता है।

(ii) अनुचित प्रभाव—अनुचित प्रभाव का प्रयोग प्रसंविदा में उस समय कहा जाता है, जब पक्षों का आपस का सम्बन्ध इस प्रकार हो कि एक पक्ष दूसरे पक्ष की इच्छा को प्रभावित करने की स्थिति में हो और वह पक्ष दूसरे से अनुचित लाभ प्राप्त करने के लिए उस स्थिति का प्रयोग करता हो।

विशेष रूप से, उपरोक्त नियम के प्रतिकूल न होने पर, एक व्यक्ति निम्न स्थितियों में दूसरों की इच्छा को प्रभावित करने की स्थिति में समझा जायगा—

(1) जब वह दूसरों के ऊपर वास्तविक और प्रत्यक्ष अधिकार रखता हो या जब वह दूसरों से न्यासधारी सम्बन्ध रखता है;

(2) जब वह ऐसे व्यक्तियों से प्रसंविदा करता है जिसकी मानसिक शक्ति स्थायी या अस्थायी रूप से उम्र, बीमारी, मानसिक या शारीरिक आपत्तियों से प्रभावित है।

जहाँ एक व्यक्ति जो दूसरों की इच्छा को प्रभावित करने की स्थिति में है, दूसरों से

प्रसंविदा करता है और यह प्रसंविदा ऊपर से या प्रमाण से अनुचित लगता है तो इसके विपरीत सिद्ध करने की जिम्मेदारी उस व्यक्ति की है जो दूसरों की इच्छा को प्रभावित करने की स्थिति में है।

अनुचित प्रभाव द्वारा किये गये प्रसंविदे व्यर्थनीय होते हैं।

(iii) कपट—कपट से तात्पर्य कोई ऐसा कार्य है जिसमें एक पक्ष या उसके अभिकर्ता का दूसरे पक्ष या उसके अभिकर्ता को धोखा देने के इरादे से मिथ्या वर्णन करता है या प्रसंविदा करने के लिये प्रेरित करता है। इसमें निम्न कार्यों में से कोई भी कार्य हो सकता है :—

(1) किसी तथ्य का सुझाव देना जो कि असत्य हो और बताने वाला भी जिसे असत्य समझता है।

(2) किसी तथ्य का वास्तविक छिपाव जिसको इस तथ्य का विश्वास और ज्ञान है।

(3) किसी प्रतिज्ञा को उसको पूरा करने के इरादे के बिना करना।

(4) अन्य कोई कार्य धोखा देने की इच्छा से करना।

(5) कोई ऐसा कार्य और परिलोप जिसे कानून ने कपट बताया है।

(6) मौन रहना उन परिस्थितियों में कपट होता है, जब तथ्यों के आधार पर ऐसा साबित हो जाता है। मौन रहना हमेशा कपट नहीं कहलाता।

जीवन बीमा में 'क्रेता सावधान' का नियम लागू नहीं होता, क्योंकि इस प्रसंविदा में दोनों पक्षों में से एक पक्ष को वस्तु-विषय का पूर्ण ज्ञान रहता है और दूसरा पक्ष इससे अनभिज्ञ रहता है। प्रस्तावक का यह कर्त्तव्य होता है कि वह महत्त्वपूर्ण तथ्यों का पूर्ण और सही रूप से प्रकटीकरण करे।

कपट से प्रभावित प्रसंविदा व्यर्थ होता है। इसके अन्तर्गत कपट करने वाला लाभ नहीं उठा सकता। उसे दूसरे व्यक्ति को जिसे कपट द्वारा हानि हुई है, क्षतिपूर्ति करना पड़ सकता है।

(iv) भ्रान्त वर्णन—भ्रान्त वर्णन से तात्पर्य निम्नलिखित तथ्यों से होता है :—

(1) जब कोई व्यक्ति ऐसे कार्य या कथन में, जो उसके कहने वाले या करने वाले व्यक्ति की जानकारी से प्रतिपादित नहीं हो, किसी ऐसी बात का निश्चयात्मक कार्य या कथन जो सत्य नहीं हो, किन्तु वह उसके सत्य होने का विश्वास करता हो।

(2) बिना कपट के अभिप्राय से, वह कर्त्तव्य भंग जिससे कर्त्तव्य भंग कर्ता को अथवा उसके अधीन अधिकार रखने वाले व्यक्ति को, किसी दूसरे व्यक्ति को अथवा उसके अधीन अधिकार रखने वाले व्यक्ति को हानिप्रद रूप से भुलावा देकर, सुविधा प्राप्त होती हो।

(3) कितनी ही निर्दोषपूर्ण रीति से संविदा से सम्बन्धित किसी पक्ष से ऐसी वस्तु

के सारतत्त्व के विषय में जो संविदा का विषय हो, गलती करा देना।

जब संविदा से सम्बन्धित राय भ्रान्त वर्णन के द्वारा दी गयी हो तो प्रसंविदा उस पक्ष द्वारा व्यर्थनीय होगा, जिसकी राय भ्रान्त वर्णन से ली गयी है। भ्रान्त वर्णन और कपट में अन्तर है। भ्रान्त वर्णन में कपटयुक्त वर्णन नहीं किया जाता, लेकिन कपट में धोखा देने के इरादे से वर्णन होता है।

(v) गलती—जब दोनों पक्ष संविदा के आवश्यक तथ्यों के लिए गलती में हों तो प्रसंविदा व्यर्थ होता है। गलती में विचार के नकारात्मक होने से प्रसंविदा के निर्माण में रुकावट आती है, लेकिन संविदा के विषय-वस्तु की भ्रान्तिमूलक बातें गलती नहीं समझी जातीं। गलतियाँ कई प्रकार हो सकती हैं, जिनसे प्रसंविदा व्यर्थ हो सकता है।

(1) एक पक्ष बिना जाने-बूझे, बिना इच्छा के प्रसंविदा कर लेता है।

(2) पक्षों में आपस में प्रसंविदा किसी तथ्य के होने के गलत अनुमान पर हो जाय।

(3) बीमा विषय से सम्बन्धित गलती। इसमें दो गलतियाँ हो सकती हैं—(अ) तथ्य की गलती, (ब) सन्नियम की गलती।

3. पक्षों की प्रसंविदा करने की क्षमता—प्रसंविदा में प्रायः दो पक्ष होते हैं। प्रसंविदा वैध तभी होगा जब दोनों पक्ष या अधिक प्रसंविदा करने के योग्य हों। जीवन बीमा में हम बीमाकर्ता और बीमादार की प्रसंविदा करने की क्षमता तो देखते हैं :—

बीमाकर्ता—बीमाकर्ता बीमा प्रसंविदा करने के योग्य तभी होगा जबकि उसने एक विशेष नियम के अन्तर्गत बीमा-व्यापार करने के लिए अनुज्ञा-पत्र प्राप्त कर लिया हो। भारत में बीमा अधिनियम 1938 के अन्तर्गत अनुज्ञा-पत्र दिया जाता है। इस अधिनियम की धारा-2(स) के अनुसार ऐसी संस्था ही किसी प्रकार का बीमा-व्यवसाय कर सकती है जो सार्वजनिक कम्पनी हो या रजिस्टर्ड सहकारी समिति हो या किसी विदेशी विधान द्वारा समामेलित संस्था हो, किन्तु व्यक्तिगत कम्पनी न हो और इन संस्थाओं ने नियम के अनुकूल निक्षेप की रकम जमा की हो। विदेशी बीमा कर्ताओं के सम्बन्ध में यह बात स्मरण रखनी चाहिए कि ऐसी विदेशी सार्वजनिक कम्पनियों को बीमा व्यवसाय भारत में करने दिया जायगा जिनके देश में भारतीय बीमा-कर्ताओं को विधान के अनुसार या व्यवहार में बीमा करने दिया जाता है।

बीमादार—सभी व्यक्ति बीमापत्र खरीदने के योग्य हैं और वे बीमाकर्ता से बीमा प्रसंविदा कर सकते हैं, बशर्ते कि वे उस स्थान के अनुसार वे अवयस्क न हों या अस्वस्थ दिमाग के न हों या उनमें राजनैतिक अयोग्यता न हो या किसी कानून जिससे वे सम्बन्धित हों, के अनुसार प्रसंविदा के अयोग्य न ठहराये गये हों।

1. अवयस्कता—वयस्कता तब प्राप्त होती है जब व्यक्ति 18 वर्ष की उम्र पूरी कर ले। लेकिन अवयस्कता की अवधि कुछ दशाओं में बढ़ाकर 21 वर्ष की गयी है, जब व्यक्ति के संरक्षक (Guardians) सम्पत्ति न्यायालय द्वारा नियुक्त किये गये हों या प्रतिपालक

अधिकरण (Court of wards) ने उसके 18 वर्ष प्राप्त होने के पहले उसकी सम्पत्ति को संरक्षित किया हो; लेकिन यहाँ पर मुकदमे के लिए संरक्षक की नियुक्ति शामिल नहीं है। जब व्यक्ति भारत के बाहर अधिवासी है तो अवयस्कता का निर्धारण उस देश के नियमानुसार किया जायगा।

एक अवयस्क प्रसंविदा के अयोग्य है, उसके द्वारा किया गया प्रसंविदा केवल उसकी आवश्यक आवश्यकताओं या उसके रोजगार को छोड़कर व्यर्थ होता है। अवयस्कता के समय किये गये प्रसंविदे, वयस्क होने पर सुधारे नहीं जा सकते। अवयस्क के साथ किये गये प्रसंविदे से उसके विपरीत लाभ नहीं उठाये जा सकते। अवयस्क व्यक्ति वयस्कता प्राप्त होने के पहले या उसके बाद एक उचित समय के अन्दर प्रसंविदे को किसी भी समय रद्द कर सकता है। यदि एक अवयस्क को जीवन बीमापत्र निर्गमित किया गया है तो बीमाकर्ता उस बीमापत्र से तब तक बाध्य होगा जब तक अवयस्क बीमा प्रसंविदा को परित्याग न करे। अवयस्कता के अन्दर किये गये प्रसंविदा का परित्याग करने पर भुगतान की गयी प्रव्याजि या उसमें से कुछ खर्चे की रकम काटकर जैसा उस समय नियम हो उस अवयस्क को लौटाना पड़ता है। प्रत्येक जीवन बीमा कार्यालय आवेदक से उम्र का प्रमाण-पत्र माँगते हैं क्योंकि अवयस्क प्रस्ताव पर अपनी हैसियत के अनुसार हस्ताक्षर नहीं कर सकता।

आजकल जीवन बीमा निगम के द्वारा बाल विलम्बित बन्दोबस्ती बीमा (The Children's Deferred Endowment Assurance) निर्गमित किये जाते हैं। इसके द्वारा माता-पिता या संरक्षक को प्रव्याजि की निम्न दर पर उनके बच्चे के हित के लिये बीमापत्र मिल जाते हैं। लेकिन यहाँ पर बच्चे नहीं, बल्कि माता-पिता या संरक्षक प्रस्ताव रखते हैं।

2. अस्वस्थ मस्तिष्क वाले व्यक्ति—अस्वस्थ मस्तिष्क का व्यक्ति प्रसंविदा करने के अयोग्य है, यद्यपि न्यायालय द्वारा नियुक्त किये गये संरक्षक उनके पक्ष में प्रसंविदा कर सकते हैं। संरक्षकता के अन्दर किये गये प्रसंविदा व्यर्थ होते हैं, परन्तु संरक्षकता के बिना किये गये प्रसंविदा अस्वस्थ व्यक्ति की इच्छा पर व्यर्थनीय होते हैं। स्वस्थ मस्तिष्क का व्यक्ति वह है जो प्रसंविदा करने के लिए, प्रसंविदा करने के समय, इसको समझने की योग्यता रखता हो और अपने हित के विवेकपूर्ण निर्णय लेने में समर्थ हो। एक पागल प्रसंविदा करते समय दूसरे पक्ष को उनके पागलपन का पता नहीं था तो उनके द्वारा प्रसंविदा व्यर्थनीय होगा। जो व्यक्ति हमेशा स्वस्थ दिमाग का है पर यदि प्रसंविदा करते समय उसका मस्तिष्क अस्वस्थ है तो वह प्रसंविदा उस समय नहीं कर सकता।

प्रसंविदा करते समय यदि व्यक्ति स्वस्थ दिमाग का है और बाद में अस्वस्थ मस्तिष्क का हो जाता है तो प्रसंविदा इस आधार पर रद्द नहीं किया जा सकता। यदि प्रसंविदा करते समय आवेदक के अस्वस्थ मस्तिष्क का पता बीमाकर्ता को नहीं है तो प्रसंविदा बाद में बीमाकर्ता द्वारा इस तथ्य पर व्यर्थ नहीं किया जा सकता। इस अवस्था में जो अस्वस्थ दिमाग का है उसे यह सिद्ध करना होगा कि प्रसंविदा करते समय वह अस्वस्थ दिमाग का था।

एक पागल ने अपने जीवन के लिए दो वार्षिकी खरीदा। बीमा कम्पनी को इसके पागलपन का ज्ञान नहीं था। वार्षिकी खरीदने वाले की मृत्यु के बाद उसके उत्तराधिकारी से भुगतान की गयी वार्षिकी को बीमाकर्ता वापस नहीं पा सका (Molton vs. Camroux

1849) इस अभियोग से स्पष्ट हो गया कि बीमा कम्पनी को बीमा प्रसंविदा करते समय आवेदक के मस्तिष्क अयोग्यता पर छूट नहीं दी जा सकती। बीमा कम्पनी ऐसे प्रसंविदा से बाध्य होगी।

3. अन्य अयोग्यतायें—(अ) विदेशी—विदेशी व्यक्तियों द्वारा किये गये बीमा प्रसंविदा मान्य हैं, परन्तु विदेशी शत्रु द्वारा किये गये बीमा प्रसंविदा व्यर्थ हैं। युद्ध के समय विदेशी व्यक्ति जब शत्रु हो जाते हैं तो उनके प्रसंविदे स्थगित कर दिये जाते हैं या समाप्त कर दिये जाते हैं। न्यायालय के निर्णय इस विषय पर भिन्न हैं। कुछ अभियोगों में प्रसंविदा जब्त हो गये, स्थगित हो गये या समाप्त हो गये। जब प्रसंविदा समाप्त हो जाता है तो शान्ति स्थापित होने पर बीमादार अपने बीमापत्र पर संचय की रकम प्राप्त करने का अधिकारी हो जाता है। स्थगन में बीमा को शान्ति होने पर पिछली प्रव्याजि ब्याज सहित देकर पुनः जारी किया जा सकता है। 1939 में भारत रक्षा नियम के अन्तर्गत एक विदेशी बीमा कम्पनी को व्यापार स्थगित करना पड़ा और जनता के हित के लिए उसके कोष को एक प्रबन्धक द्वारा नियन्त्रित किया गया।

(ब) दिवालिया—एक दिवालिया व्यक्ति प्रसंविदा नहीं कर सकता। दिवालिया घोषित हो जाने पर उसकी सम्पत्ति सरकारी प्राप्तकर्ता या अधिकारी द्वारा ले ली जाती है और ऋण के सम्बन्ध में वही सम्पत्ति का प्रयोग कर सकता है।

(स) कैदी—कैदी कारागार की अवधि में प्रसंविदा नहीं कर सकता। कारागार में जाने के पहले किया गया प्रसंविदा रद्द नहीं हो सकता, वह कैदी के विकल्प पर जारी रह सकता है।

(द) नशे की अवस्था—यदि प्रसंविदा करते समय आवेदक नशे से इतना पीड़ित है कि वह प्रसंविदा के स्वभाव और विषय-वस्तु को नहीं समझ सकता तो प्रसंविदा उसके विकल्प पर व्यर्थनीय होगा। लेकिन बीमा प्रसंविदा को व्यर्थ करने के लिए नशा दूर होने के एक उचित समय के अन्दर प्रसंविदा को निरसित करना चाहिए। यदि वह प्रसंविदा को नशे के दूर होने पर उचित समय में रद्द नहीं करता तो बीमा प्रसंविदा उन शर्तों के अनुकूल चालू समझा जायगा और बीमादार उसे बाद में रद्द नहीं कर सकता।

4. वैध प्रतिफल—एक वैधानिक प्रसंविदा के अन्तर्गत वैध प्रतिफल का होना आवश्यक है। वचनदाता जो बीमाकर्ता है, वह प्रसंविदा के अन्तर्गत अपने वचन के बदले में कुछ प्रतिफल आवश्यक प्राप्त करता है। यह प्रतिफल मुद्रा ही नहीं हो सकती, बल्कि कोई मूल्य युक्त वस्तु होना आवश्यक है। यह एक पक्ष का अधिकार, ब्याज, लाभ और अनुलाभ या दूसरे पक्ष का त्याग, कमी, हानि और जिम्मेदारी हो सकती है। यह आवश्यक है कि प्रतिफल होने के लिये वस्तु में मूल्य हो, इसके लिये यह आवश्यक नहीं है कि वह प्रतिफल पूर्ण ही हो।

जीवन बीमा में आवेदन पत्र के समय प्रथम प्रव्याजि प्रतिफल कहलाता है। लेकिन बाद में दी जाने वाली प्रव्याजि प्रसंविदा को चालू रखने की एक शर्त है, इसे प्रतिफल नहीं कहा जाता है। बिना प्रथम प्रव्याजि के प्रसंविदा मान्य नहीं होगा और बाद की प्रव्याजि के

बिना प्रसंविदा जारी नहीं रह सकता। प्रतिफल भूत, वर्तमान या भावी हो सकता है, साधारण रूप से प्रव्याजि पूर्वदत्त रहता है।

5. वैध उद्देश्य—बीमा प्रसंविदा जुए के लिए नहीं होता। इसमें कोई वास्तविक जोखिम होना चाहिए। जीवन बीमा में एक व्यक्ति की मृत्यु पर या आर्थिक कठिनाई में परिवार को आर्थिक हानियों से बचा सकने का उद्देश्य होता है। इसके लिये यह आवश्यक है कि जो व्यक्ति बीमापत्र चाह रहा है, वह बीमा योग्य या आगोप्य हित (Insurable Interest) रखता हो। यदि वह बिना आगोप्य हित के बीमा कराना चाहता है तो वह अवैध उद्देश्य होगा और जुए का बीमा होगा। चूँकि जुए का प्रसंविदा जनता के हित के प्रतिकूल है और व्यर्थ है, इसलिये बीमा प्रसंविदा बिना आगोप्य हित के व्यर्थ है।

□□□

अध्याय 5

जीवन बीमा प्रसंविदा (2)

जीवन बीमा प्रसंविदा में सामान्य प्रसंविदा की विशेषताओं के अतिरिक्त कुछ और विशेष बातें हैं जिनका उल्लेख नीचे किया जा रहा है। सामान्य प्रसंविदा के आवश्यक तत्त्व पिछले अध्याय में बताये जा चुके हैं। इस अध्याय में बताई जाने वाली विशेषताओं के बिना प्रसंविदा मान्य नहीं होगा। इन आवश्यक तत्त्वों के अतिरिक्त जीवन बीमा प्रसंविदा की कुछ विलक्षणतायें भी बताई जायेंगी।

1. बीमा योग्य या आगोप्य हित (Insurable Interest)
2. पूर्ण सद्भावना या परम सद्विश्वास (Utmost Good Faith)
3. आश्वासन या समाश्वासन (Warranties)
4. अन्य विशेषतायें

1. आगोप्य हित (Insurable Interest)

आगोप्य हित ऐसे आर्थिक हित को कहते हैं, जिससे बीमित वस्तु के सुरक्षित रहने पर बीमादार को आर्थिक लाभ मिलता है और उस वस्तु के नष्ट या क्षतिग्रस्त हो जाने पर उसे आर्थिक हानि होती है। यदि बीमित वस्तु के नष्ट होने पर बीमादार को आर्थिक हानि नहीं होती तो यह माना जायगा कि उसका उस विषय वस्तु में आर्थिक हित नहीं था। अतएव उसका उस वस्तु में आगोप्य हित भी नहीं था। इसी प्रकार बीमित वस्तु के सुरक्षित रहने पर आगोप्य हित होने के लिए उसे आर्थिक लाभ मिलना चाहिये। वस्तुतः आगोप्य हित की कोई सर्वांगीण परिभाषा नहीं दी जा सकती तथापि उपर्युक्त परिभाषा के आधार पर आगोप्य हित के आवश्यक अंगों की व्याख्या करना आवश्यक है।

1. बीमा का विषय-वस्तु,
2. बीमित वस्तु में हित,
3. हित का आर्थिक एवं वैधानिक होना,
4. एक निश्चित घटना,
5. बीमादार को आर्थिक हानि या आर्थिक लाभ

इस प्रकार यह कहा जा सकता है कि बीमादार का बीमित विषय-वस्तु में ऐसा आर्थिक एवं वैधानिक हित हो कि एक निश्चित घटना जिसके लिए बीमा कराया गया है, के घटित होने पर उसको आर्थिक हानि और न घटित होने पर आर्थिक लाभ प्राप्त हो।

1. बीमा का विषय-वस्तु—बीमा का विषय-वस्तु जीवन, सम्पत्ति या अधिकार हो सकता है। जीवन बीमा में विषय वस्तु अपना जीवन या दूसरे का जीवन हो सकता है। बिना विषय-वस्तु के बीमा नहीं कराया जा सकता है।

2. बीमित वस्तु में हित—बीमादार का बीमित वस्तु में हित होना आवश्यक है। बीमादार दूसरे व्यक्ति की वस्तु का बीमा नहीं करा सकता क्योंकि उस वस्तु में उसका कोई हित नहीं रहता। जीवन बीमा में बीमा में बीमादार उन्हीं व्यक्तियों के जीवन में बीमा खरीद सकता है जिसके जीवन में बीमादार का हित हो।

3. हित का आर्थिक एवं वैधानिक होना—बीमादार का बीमित विषय में आर्थिक हित होना चाहिए। कोई अनार्थिक हित बीमा का आधार नहीं हो सकता। पारिवारिक या मैत्री सम्बन्ध बीमा के लिये व्यर्थ होता है। केवल प्रेम और स्नेह के बन्धन के द्वारा बीमा नहीं हो सकता। एक व्यक्ति अपने मित्र के जीवन में बीमा नहीं खरीद सकता जब तक कि उसके जीवित रहने पर बीमादार को आर्थिक लाभ न हो और उसकी मृत्यु पर आर्थिक हानि न हो।

वैधानिक हित बीमा योग्य होने के लिए अत्यावश्यक है। अवैधानिक हित से बीमादार का बीमा-वस्तु पर कोई अधिकार नहीं प्राप्त हो सकता, चाहे उसे वस्तु के नष्ट हो जाने पर आर्थिक हानि ही क्यों न हो! एक अभियोग (Halford vs. Kymer 1830) में पुत्र की मृत्यु पर पिता ने बीमापत्र की रकम की प्राप्त के लिये दावा किया, परन्तु पिता को बीमित रकम को प्राप्त करने का अधिकार इसलिये नहीं हुआ कि पुत्र न तो उसके खर्चे लौटाने का जिम्मेदार है और न वर्तमान समय पिता पूर्ण रूप से पुत्र पर आश्रित है जिससे पुत्र के मरने पर उसे आर्थिक हानि हो।

4. एक निश्चित घटना—जिस घटना के लिये बीमा कराया गया है, उसे घटित होने पर ही बीमा की रकम का भुगतान किया जाता है। बीमादार को यदि आर्थिक हानि किसी दूसरी घटना से हो तो बीमा कम्पनी उसके लिये जिम्मेदार नहीं है। यदि बीमादार ने अपनी स्त्री के जीवन पर बीमा कराया है तो बीमादार को उसकी मृत्यु पर ही बीमित रकम का भुगतान होगा। स्त्री की बीमारी पर जो आर्थिक हानि होगी बीमा कम्पनी उसके लिये जिम्मेदार नहीं होगी।

5. बीमादार को आर्थिक हानि या आर्थिक लाभ—एक निश्चित घटना के घटित होने पर बीमा-वस्तु यदि नष्ट होती है तथा बीमादार को आर्थिक हानि होती है तो बीमा कम्पनी उसके लिये जिम्मेदार होगी। यदि बीमादार को आर्थिक हानि न हो तब बीमा कम्पनी जिम्मेदार नहीं होगी।

उपरोक्त व्याख्या से स्पष्ट है कि बीमा योग्य हित होने के लिये सभी अंगों का होना आवश्यक है।

आगोप्य हित का सामान्य सिद्धान्त

आगोप्य हित के निम्नलिखित मुख्य सिद्धान्त हैं—

1. यह निश्चित होना चाहिए—भविष्य में लाभ प्राप्ति की आशा आगोप्य हित नहीं होता। जिस समय प्रसंविदा हो रहा है, उस समय बीमा-वस्तु में बीमादार का निश्चित रूप से

आगोप्य हित होना चाहिए। Halford vs. Kymer के निर्णय से यह स्पष्ट हो गया कि पिता अपने पुत्र के जीवन में भविष्य में लाभ की आशा के कारण आगोप्य हित नहीं रखता। बिल्कुल इसी प्रकार Hebdon vs. West में देनदार ने बैंक के एक प्रबन्धक साझेदार के जीवन पर जीवन बीमा खरीदा। वह साझेदार देनदार को 600 पौण्ड प्रति माह वेतन पर सात वर्ष तक नौकरी देने को राजी हुआ था, साझेदार के जीवित रहने तक देनदार ऋण का भुगतान नहीं करेगा। इस अभियोग में साझेदार जीवन की आशा में प्राप्त होने वाला आर्थिक लाभ के कारण बीमा योग्य हित नहीं है क्योंकि यह अनिश्चित है।

2. यह मूल्यांकन योग्य होना चाहिए—आगोप्य हित में मूल्यांकन की योग्यता होनी चाहिए। यह मूल्यांकन निश्चित मूल्य बता सकने की क्षमता रखता हो। Simcock vs. Scottish Imperial (1902) में एक नियोक्ता ने अपने फोरमैन के जीवन में प्राविडेन्ट लाइफ से 250 पौण्ड और स्काटिश इम्पीरियल से भी बाद में 250 पौण्ड का और बीमा खरीदा। फोरमैन की मृत्यु पर प्राविडेन्ट लाइफ से 250 पौण्ड मिल गया, परन्तु स्काटिश इम्पीरियल ने भुगतान यह कहकर नहीं किया कि आगोप्य हित का अभाव है। न्यायालय ने यह निर्णय दिया कि फोरमैन की सेवा मूल्यवान और आर्थिक हित रखने के कारण आगोप्य हित उपस्थित है लेकिन उसकी सीमा एक सप्ताह की सेवा के मूल्य के बराबर है, परन्तु आजकल ऐसी दशाओं में आगोप्य हित की सीमा निर्धारण में कोई एकरूपता नहीं है।

3. प्रसंविदा इस प्रकार का होना चाहिए जिससे कानून इसको वैध और मान्य समझे—Hebdon vs. West में वैधानिक महत्त्व और मान्यता के अभाव में प्रसंविदा आगोप्य हित नहीं रख सका।

यदि एक भाई अपनी विधवा बहिन का पालन-पोषण करता है और उसकी बहिन भाई पर अपने जीवन निर्वाह के लिये एकमात्र आश्रित है तो बहिन अपने भाई के जीवन में आगोप्य हित रखती है और उसके जीवन में बीमा करा सकती है। Opitz vs. Karel 1903 में बिना वैधानिक रूप से विवाह किये हुये पति और पत्नी एक साथ रहते थे। पति के ऊपर पत्नी पूर्ण रूप से आश्रित है; अतः व्यावहारिक रूप से पति-पत्नी वास्तविक सम्बन्ध रखते हैं जिससे पत्नी अपने इस पति के ऊपर आगोप्य हित रखती है।

4. वैधानिक अधिकार होना चाहिए—Hebdon vs. West में चूँकि संविदा अवैध था, इसलिये साझेदार की मृत्यु पर देनदार के किसी कानूनी अधिकार का अन्त नहीं हो सका। दूसरे शब्दों में जब कानूनी अधिकार ही नहीं है तो उसके अन्त का प्रश्न ही नहीं उठता।

5. वैधानिक जिम्मेदारी होनी चाहिए—वैधानिक जिम्मेदारी के कारण आगोप्य हित उत्पन्न होता है। यदि एक व्यक्ति दूसरे व्यक्ति के लिए वैधानिक रूप से व्यय करने का जिम्मेदार है तो वह व्यक्ति दूसरे के जीवन पर अपने खर्चे की रकम तक वैधानिक रूप से आगोप्य हित रखता है। लेकिन जहाँ पर जिम्मेदारी केवल नैतिक है, आगोप्य हित नहीं होगा। Harse vs. Pearl 1903 में पुत्र अपनी माता के जीवन में अन्तिम संस्कार के खर्चे के लिए कोई आगोप्य हित नहीं रखता, क्योंकि पुत्र नैतिक रूप से खर्चे करने के लिए जिम्मेदार है। इसी प्रकार Halford vs. Kymer में पिता अपने पुत्र के जीवन में आगोप्य हित

इसलिए नहीं रखता कि पिता ने पुत्र की शिक्षा और पालन-पोषण के लिए व्यय किया, ऐसे खर्चे नैतिक रूप से किये जाते हैं; यद्यपि कि यदि पिता निराश्रित होकर अपने पुत्र के ऊपर आश्रित है। पुत्र ही एकमात्र पालक है तो पिता अपने पुत्र के ऊपर आगोप्य हित रखता है।

उपरोक्त नियमों के आधार पर कुछ उदाहरण नीचे दिये जा रहे हैं :—

1. गृह कार्य करने के लिए कोई आगोप्य हित नहीं होता—Harse vs. Pearl में माता के जीवन में बीमा इसलिये नहीं लिया जा सकता कि माता ने घरेलू कार्य किया।

2. केवल सम्बन्ध होने से आगोप्य हित नहीं होता—पति और पत्नी के सम्बन्ध छोड़कर किसी भी पारिवारिक सम्बन्ध के कारण आगोप्य हित नहीं समझा जाता। पति और पत्नी का सम्बन्ध ऐसा है कि आगोप्य हित अपने आप मौजूद रहता है। इस प्रकार एक पिता अपने पुत्र या पुत्र अपने पिता के जीवन में आगोप्य हित तब तक नहीं रखता जब तक कि कोई आर्थिक हित न हो। Shilling vs. Accidental Death 1858 में एक पुत्र अपने पिता के जीवन में कोई आगोप्य हित नहीं रखता क्योंकि पिता स्वयं पुत्र के द्वारा पोषित होता था, पिता एक भिखारी था। Harse vs. Pearl 1903 में एक पुत्र ने अपनी माता के जीवन पर बीमा खरीदा जबकि पुत्र माता का पालन-पोषण करता था। अतः पुत्र माता के जीवन में कोई आगोप्य हित नहीं रखता क्योंकि माता के मरने के उपरान्त उसे कोई आर्थिक हानि नहीं होगी।

3. अन्तिम संस्कार के खर्चे देने मात्र से आगोप्य हित नहीं होता—एक व्यक्ति अपनी स्त्री और बच्चों के अन्तिम संस्कार के लिए वैधानिक रूप से जिम्मेदार है। अतः इन सम्बन्धियों के अन्तिम संस्कार के खर्चे तक एक व्यक्ति इन व्यक्तियों के जीवन में आगोप्य हित रखता है। इसके अतिरिक्त अन्य सम्बन्धियों के लिये अन्तिम संस्कार की जिम्मेदारी केवल नैतिक होती है। Harse vs. Pearl के अभियोग से यह बात स्पष्ट हो गयी है कि माता के अन्तिम संस्कार के खर्चे के लिये पुत्र बीमा नहीं करा सकता।

4. बच्चों के जीवन पर बीमा—बच्चों के जीवन में माता-पिता आर्थिक हित के अभाव में आगोप्य हित नहीं रखते। अतः बच्चों के जीवन पर वैधानिक रूप से बीमा नहीं कराया जा सकता, परन्तु आजकल बच्चों के जीवन में एक विशेष नियम द्वारा बीमा दिया जाता है।

5. शिक्षा या पालन-पोषण के खर्चे से आगोप्य हित नहीं होता—माता-पिता अन्य ऐसे व्यक्तियों द्वारा बच्चों के पालन-पोषण तथा शिक्षा के खर्चे करने मात्र से आगोप्य हित नहीं होता, यद्यपि कि इन खर्चों का भविष्य में भुगतान की अत्यधिक आशा है। लेकिन जहाँ पर वह व्यक्ति वैधानिक रूप से शिक्षा और पालन-पोषण के खर्चे करता है वह व्यक्ति बच्चों के जीवन में आगोप्य हित रखता है क्योंकि इन खर्चों को वापस पाने का वैधानिक रूप से इसे अधिकार है।

यहाँ पर जो व्यक्ति पालन-पोषण करता है उसके जीवन में वह व्यक्ति आगोप्य हित रखता है जिसका पालन-पोषण हो रहा है, इन दशाओं में आगोप्य हित की सीमा पालन-पोषण और शिक्षा के खर्चों तक सीमित है। Barnes vs. London Edinburgh & Glasgow 1912 में एक अपरिचित व्यक्ति एक लड़के का पालन-पोषण उनकी माता के

आग्रह पर किया। वह व्यक्ति पालन-पोषण की रकम तक आगोप्य हित रखता था।

6. **विवाहित स्त्री**—एक विवाहित स्त्री अपने पुत्र के जीवन में आगोप्य हित रखती है। विवाहित स्त्री अधिनियम के अन्तर्गत एक व्यक्ति अपने जीवन में अपने स्त्री या बच्चों या दोनों के हित के लिए बीमापत्र खरीद सकता है और यह बीमापत्र स्त्री या और बच्चों की सम्पत्ति होगी। इस प्रकार स्त्री अपने पति के जीवन में बीमा खरीद सकती है।

आगोप्य हित का समय

जीवन बीमा में आगोप्य हित प्रसंविदा करते समय होना चाहिए। बीमापत्र के परिपक्व होने के समय आगोप्य हित होने की आवश्यकता नहीं। जीवन बीमा प्रसंविदा क्षतिपूर्ति का प्रसंविदा नहीं है; अतः बीमापत्र की अविध या मृत्यु के समय क्षति की रकम जानने की आवश्यकता नहीं होती। उस समय यह जानना आवश्यक नहीं होता कि बीमादार को कितनी आर्थिक हानि हुई है। Dalby vs. The India and London Life (1854) ने यह सिद्ध कर दिया कि जीवन बीमा क्षतिपूर्ति का बीमा नहीं है। बीमा कम्पनी ने भुगतान देने को मना किया क्योंकि भुगतान के समय आगोप्य हित मौजूद नहीं था। लेकिन न्यायालय ने यह निर्णय दिया कि—(1) आगोप्य हित की कोई आवश्यकता नहीं है, (2) आगोप्य हित प्रसंविदा के समय होना आवश्यक है, (3) प्रसंविदा में आगोप्य हित दर्शाने की आवश्यकता नहीं है। Law vs. London Indisputable में बीमादार को शर्तों के आधार पर बीमापत्र का भुगतान किया गया क्योंकि यहाँ पर पुत्र के जीवन में पिता का निश्चित आर्थिक हित था और प्रसंविदा के समय आगोप्य हित था।

आगोप्य हित का अनुमान

बीमा-विषय में हमेशा आगोप्य हित माना जाता है जब तक इसके विपरीत न दिया गया हो। आगोप्य हित परिस्थिति के आधार पर निर्णय किया जाता है।

जब बीमापत्र दूसरे के जीवन में खरीदा जाता है तो उस व्यक्ति की राय लेना आवश्यक है। इस नियम का अपवाद कुछ दशाओं में देखा जाता है—पति का पत्नी के जीवन में, पिता का अवयस्क बच्चे के जीवन में, नियोक्ता का कर्मचारी के जीवन में।

आगोप्य हित के रूप

आगोप्य हित को विभिन्न रूपों में पाया जाता है। उनको हम दो भागों में विभाजित कर सकते हैं—(1) स्वतः जीवन में, (2) दूसरे जीवन में।

1. **स्वतः जीवन में**—एक व्यक्ति अपने जीवन में आगोप्य हित रखता है। सिद्ध करने की कोई आवश्यकता नहीं। Wainwright vs. Bland 1835 ने यह सिद्ध कर दिया कि एक व्यक्ति अपने जीवन में आगोप्य हित रखता है। इस अभियोग में एक प्रतिनिधि ने बीमा की रकम बीमादार की मृत्यु पर प्राप्त करने का दावा किया। बीमाकर्ता ने यह तर्क रखा कि वास्तव में बीमापत्र प्रतिनिधि का ही था, बीमादार का नहीं और उसी ने प्रव्याजि की रकम का भुगतान किया। यह प्रतिनिधि बीमा प्रसंविदा में कोई आगोप्य हित नहीं रखता। दूसरा तर्क यह है कि यदि यह मान लिया जाय कि बीमादार ही ने बीमा खरीदा तो यह बात सत्य

है कि बीमादार का अपने जीवन में कोई आगोप्य हित नहीं था क्योंकि उसकी कोई सम्पत्ति नहीं थी, केवल 10 पौण्ड वार्षिक की पेन्शन उसके पास थी। न्यायालय ने यह निर्णय दिया कि वास्तव में बीमापत्र किसका है, इसका पहले निर्णय हो। यदि विचार किया जाय तो बीमापत्र बीमादार का था क्योंकि उसने अपने जीवन में अपने हित के लिए बीमा खरीदा, यह असंगत है कि उसके प्रतिनिधि ने प्रव्याजि की रकम दी। प्रव्याजि की रकम कोई भी दे सकता था लेकिन यदि बीमादार का केवल नामकरण करके बीमापत्र प्रतिनिधि द्वारा खरीदा गया तो यह कपटपूर्ण प्रसंविदा हुआ, लेकिन ऐसा नहीं था। इस अभियान में न्यायाधीश लार्ड एबिन्जर (Lord Abinger) ने कहा था कि चूँकि बीमापत्र केवल एक सीमित समय के लिये था; अतः यहाँ पर अपने आप सिद्ध है कि उस बीमादार का बीमा में कुछ हित था। साथ ही साथ यदि एक व्यक्ति अपने सम्पूर्ण जीवन में कोई आर्थिक हित रखता है तो वह सम्पूर्ण जीवन एक आगोप्य हित रख सकता है। इस विषय पर बनयान (Bunyon) ने कहा कि प्रत्येक व्यक्ति अपने जीवन में आगोप्य हित रखता है, ऐसा मान लिया गया है क्योंकि जीवन को बीमित करने से वह अपनी सम्पत्ति की रक्षा कर सकता है जिससे असामयिक मृत्यु के कारण भविष्य में प्राप्त होने वाले लाभ और बचत की हानि हो सकती है, साथ ही साथ चूँकि इसकी कोई सीमा नहीं है; अतः आगोप्य हित की भी कोई सीमा नहीं है।

स्वतः जीवन में आगोप्य हित की कोई सीमा नहीं है, परन्तु बीमा कम्पनी कुछ दशाओं में काफी सतर्क रहती है और असीमित रकम तक बीमा निर्गमित नहीं किया जा सकता। जहाँ पर उसकी आय और बीमा की रकम में पर्याप्त अन्तर पाया जाता है, वहाँ पर बीमा कम्पनी पर्याप्त जाँच-पड़ताल करती है। स्वास्थ्य, उद्देश्य और सम्पत्ति आदि को देखते हुए बीमापत्र निर्गमित किये जाते हैं। बीमापत्र की रकम तथा अवधि इन बातों पर आधारित है। जीवन बीमा में प्रव्याजि की रकम कोई भी दे सकता है।

2. दूसरे जीवन में—दूसरे के जीवन में आगोप्य हित दो प्रकार से होता है—(1) वह दशा जिसमें यह मान लिया जाता है कि आगोप्य हित मौजूद है, (2) वह दशा जिसमें आगोप्य हित के प्रमाण देने की आवश्यकता है।

वे दशायें जिनमें आगोप्य हित साबित करने की आवश्यकता नहीं है

वे दशायें जिनमें आगोप्य हित साबित करने की आवश्यकता नहीं है, निम्न प्रकार की हैं :—

1. स्त्री का अपने पति के जीवन में—स्त्री का अपने पति के जीवन में बीमा योग्य हित माना जाता है, कारण कि पति स्त्री के पालन-पोषण के लिए वैधानिक रूप से जिम्मेदार है, उसके जीवन के साथ उसका सम्बन्ध है तथा सम्पत्ति में समान अधिकार है। मैरीड विमेन्स प्रापर्टी एक्ट के अनुसार कोई भी विवाहित स्त्री अपनी ओर से अपने पति के जीवन का बीमा करा सकती है और बीमापत्र पर अपना पूर्ण अधिकार रख सकती है, यहाँ पर आगोप्य हित की कोई सीमा नहीं है क्योंकि स्त्री के अपने पति के जीवन में आर्थिक हित की कोई सीमा नहीं है। Reed vs. Royal Exchange के अभियोग में यह निर्णय हो गया कि स्त्री को पति के जीवन में आगोप्य हित सिद्ध करने की आवश्यकता नहीं है।

2. पति का अपनी स्त्री के जीवन में—पति का अपनी पत्नी के जीवन में आगोप्य हित रहता है क्योंकि वह उसकी जीवनसंगिनी है, उसको सम्पत्ति देखने का वैधानिक अधिकार और जिम्मेदारी प्राप्त है। पत्नी की मृत्यु के बाद पति की सम्पत्ति और घरेलू वस्तुओं को क्षति पहुँचेगी और आर्थिक हानि होगी। इसमें आगोप्य हित की कोई सीमा नहीं है क्योंकि एक-दूसरे की उपस्थिति रुपयों में नहीं आँकी जा सकती। Griffiths vs. Fleming में पति और पत्नी का 500 पौण्ड का बीमा कराया गया और प्रथम मृत्यु पर बीमा की रकम देय थी। पत्नी की मृत्यु पर बीमाकर्ता ने आगोप्य हित का अभाव बताकर बीमा की रकम देने को मना कर दिया। पति ने तर्क दिया कि वह पत्नी द्वारा की गई सेवाओं से वंचित हो गया और आर्थिक हित की हानि हुई। इस अभियोग में यह साबित हुआ कि एक पति अपनी पत्नी के ऊपर बिना किसी प्रमाण के आगोप्य हित रखता है।

दूसरे के जीवन में जब आगोप्य हित सिद्ध करने की आवश्यकता होती है

इस श्रेणी में दो प्रकार के आगोप्य हित हो सकते हैं—(1) व्यावसायिक सम्बन्ध और (2) पारिवारिक सम्बन्ध।

व्यावसायिक सम्बन्ध—इस श्रेणी में वे आगोप्य हित शामिल किये जाते हैं, जो प्रसंविदायिक सम्बन्धों के कारण उत्पन्न होते हैं। इसमें आगोप्य हित आर्थिक मूल्यों तक सीमित है, इस प्रकार के आगोप्य हित के कुछ रूप नीचे दिये जाते हैं—

1. एक लेनदार और अपने देनदार के जीवन में—लेनदार अपने देनदार के जीवन में आगोप्य हित रखता है। बीमा ऋण की रकम, उस पर ब्याज और बीमा की प्रव्याजि तक कराया जा सकता है। देनदार की मृत्यु पर लेनदार को आर्थिक हानि होगी। अतः देनदार के जीवन में लेनदार का आगोप्य हित है। लेनदार का आगोप्य हित देनदार की सम्पत्ति में नहीं है। यदि लेनदार के अनेक कर्जदार हैं तो वह उनमें से किसी के जीवन पर सम्पूर्ण-ऋण के लिए बीमा करा सकता है।

ऋण की दशा में देनदार की ईमानदारी और सच्चाई ही जमानत होती है और सभी चीजें केवल गौण हैं। ऋण की जमानत प्रायः आंशिक ही होती है यदि जमानत पूर्ण होती है तो वैधानिक कठिनाइयों का सामना करना पड़ता है।

इन सबके अतिरिक्त ऋणी की मृत्यु की दशा में उसे आर्थिक हानि उठानी पड़ती है। इस प्रकार ऋणी के जीवन में ऋणदाता को आर्थिक लाभ होता है। अतः ऋणदाता ऋणी के जीवन में आर्थिक हित और आगोप्य हित रखता है। उसे अपने ऋण को साबित करना पड़ता है। ऋण की रकम के आधार पर आगोप्य हित का निर्धारण होता है।

आगोप्य हित की सीमा निम्न प्रकार से मालूम करते हैं :—

(i) ऋण की रकम जो देय है,
(ii) एक निश्चित दर पर ब्याज-बीमापत्र खरीदने के दिन से लेकर ऋणी की सम्भाव्य आयु तक की अवधि के लिए निश्चित दर पर ब्याज,
(iii) बीमापत्र खरीदने की प्रव्याजि।

इन तीनों रकम के योग तक आगोप्य हित की सीमा है। बीमा कराते समय आगोप्य हित की रकम और ऋण की रकम में विशेष अन्तर नहीं होना चाहिए।

इस दशा में अध्यर्थन के भुगतान में बीमा करायी गयी पूरी रकम का भुगतान करना पड़ता है क्योंकि यह क्षतिपूर्ति का प्रसंविदा नहीं है, यह जीवन बीमा है। इसमें सम्पूर्ण बीमा की रकम का भुगतान किया जाता है, चाहे ऋण की पूरी रकम और ब्याज बीमापत्र के परिपक्व होने के पहले ऋणदाता को वापस दे दी गयी हो। लेनदार के इस बीमा से बीमा सिद्धान्त की आलोचना हो सकती है क्योंकि लेनदार बीमा की रकम और ऋण दोनों रकम पाकर लाभ में रहेगा। परन्तु जीवन बीमा सिद्धान्त के पालन में ऐसा हो सकता है। कनाडा में इस बात को रोकने के लिए बीमा कम्पनी से उतनी ही रकम का भुगतान होता है जितनी रकम ऋणी से वापस नहीं मिल पायी है। लेकिन जीवन बीमा एक निश्चित रकम का बीमा है, इसमें परिवर्तन नहीं होते।

इस आपत्ति के लिए एक सुझाव यह दिया गया है कि देनदार अपने जीवन में बीमापत्र खरीदकर उसे लेनदार के नाम में हस्तांतरित कर दे और लेनदार का ऋण सुरक्षित हो जायगा।

Anderson vs. Edie में यह सिद्ध हो गया है कि बीमा प्रसंविदा करते समय ऋण, ब्याज और प्रव्याजि की रकम तक आगोप्य हित की सीमा होती है।

2. एक जमानतदार का अपने जमानती के जीवन में—जमानतदार वह व्यक्ति है जो कि जमानती के ऋण और ब्याज देने को जिम्मेदार होता है, यदि ऋणी ऋण और ब्याज को रकम के भुगतान करने में असमर्थ है या भुगतान नहीं करता है। इस सम्बन्ध में यदि जमानती (ऋणी) की मृत्यु हो जाती है तो जमानतदार को भुगतान न की गयी रकम और ब्याज का भुगतान करना पड़ेगा। दूसरे शब्दों में जमानतदार को ऋण और ब्याज की रकम तक आर्थिक हानि होती है। इसीलिये जमानतदार का जमानती के जीवन में आगोप्य हित होता है। आगोप्य हित की सीमा प्रसंविदा करते समय भुगतान न की गयी ऋण की रकम और ब्याज तक सीमित है। (Lea vs. Hinton 1856) के अभियोग में यह निश्चित हो गया कि जमानतदार का जमानती के जीवन में जमानत की रकम तक आगोप्य हित होता है।

3. एक साझेदारी में प्रत्येक साझेदार के जीवन में—साझेदार व्यापार में किसी साझेदार की मृत्यु पर व्यापार बन्द हो सकता है और इस प्रकार जीवित साझेदारों को भविष्य में मिलने वाले लाभ से वंचित रहना पड़ सकता है। दूसरी बात यह है कि किसी साझेदार की मृत्यु पर अन्य साझेदारों को मृतक साझेदार की पूँजी, ख्याति का हिस्सा, संचय और संचित लाभ का हिस्सा उसके उत्तराधिकारी को वापस देना पड़ता है। इस प्रकार व्यापार से पर्याप्त रकम चली जायगी और व्यापार को आर्थिक हानि हुई। अतएव साझेदार का अपने साझेदारों के जीवन में आगोप्य हित रहता है। इसी तर्क के आधार पर प्रत्येक साझेदार अपने सहसाझेदार के जीवन में आगोप्य हित रखता है। आगोप्य हित की सीमा प्रत्येक साझेदार द्वारा दी गयी पूँजी तथा ख्याति के हिस्से और यदि प्रसंविदा के समय संचय या संचित लाभ है तो उसके हिस्से के बराबर है।

4. एक नियोक्ता का अपने विशिष्ट कर्मचारियों के जीवन में—विशिष्ट कर्मचारियों

के विशेष ज्ञान और कुशलता के कारण नियोक्ता को उनकी मृत्यु पर आर्थिक हानि का सामना करना पड़ता है तथा उनके जीवित रहने पर आर्थिक लाभ होता है। उनकी मृत्यु पर नियोक्ता को उनकी सेवाओं से वंचित होने के साथ दूसरे ऐसे कर्मचारियों की पुनर्स्थापना में आर्थिक कठिनाइयाँ होती हैं। जैसे थियेटर के किसी मैनेजर ने किसी अच्छे अभिनेता को नियुक्त किया तो उसकी मृत्यु पर ऐसे कुशल अभिनेता को प्राप्त करने, उसे प्रशिक्षित करने तथा पुराने अभिनेता के उत्तराधिकारी को भुगतान आदि तक आर्थिक हानि होती है। Simcock vs. Scottish Imperial (1902) में एक नियोक्ता का उसके विशिष्ट कर्मचारी के जीवन में आगोप्य हित होता है। इस अभियोग में आगोप्य हित की सीमा फोरमैन की एक हफ्ते की सेवा के मूल्य के बराबर है, परन्तु यह कोई निश्चित सीमा नहीं है। इस दशा में आगोप्य हित की सीमा बताने का प्रयास निम्न प्रकार से किया गया है :—

(1) कर्मचारी की मृत्यु पर उसके उत्तराधिकारी को भुगतान,

(2) नये कर्मचारी आने तक का सम्भाव्य हानि,

(3) नये कर्मचारी की नियुक्ति, प्रशिक्षण तथा उसे पुराने कर्मचारी के तुल्य बनाने के लिये किये गये खर्चे तक,

5. न्यासी का ऐसे व्यक्ति के जीवन में—आगोप्य हित होता है जिसने उसके न्यासित व्यक्तियों को वार्षिकी देने को वचन दिया हो।

6. बीमाकर्ता का बीमादारों के जीवन में—एक बीमाकर्ता का अपने बीमादारों में आगोप्य हित होता है। बीमादार की मृत्यु पर बीमाकर्ता को अध्यर्थन का भुगतान करना पड़ता है; अतएव बीमाकर्ता को आर्थिक हानि उठाने के कारण उनके जीवन में आगोप्य हित रहता है। इसी कारण से बीमाकर्ता अपने बीमादारों के जीवन में पुनः बीमा खरीद सकता है।

पारिवारिक सम्बन्ध के आधार पर आगोप्य हित

पारिवारिक सम्बन्ध के आधार पर आगोप्य हित मौजूद रह सकता है, परन्तु इसके लिए बीमा कराने वाले को यह प्रमाणित करना होगा कि जिस सम्बन्ध का बीमा कराया जा रहा है उसके जीवन में उसका आर्थिक हित है और उस आर्थिक हित की सीमा तक ही बीमा कराया जा सकता है। कुछ लोगों का विचार है कि चूँकि प्रेम और स्नेह का मूल्यांकन रुपयों में नहीं किया जा सकता इसलिये आगोप्य हित ऐसी दशाओं में असीमित हो सकता है। दूसरी बात प्रेम और स्नेह जहाँ पर है वहाँ पर आगोप्य हित का होना अपने आप सिद्ध है क्योंकि प्रेम और स्नेह आर्थिक हित को लेकर होता है, परन्तु इन दोनों बातों का विवेकपूर्ण अध्ययन करने से मालूम हो जाता है कि परिवार में हमेशा प्रेम और स्नेह आर्थिक कारणों से नहीं होता, साथ ही साथ प्रेम और स्नेह मात्र से आगोप्य हित नहीं होता। इसके लिये आर्थिक हित का मौजूद होना आवश्यक है। केवल आशा मात्र से आगोप्य हित नहीं हो जाता। जिस सीमा तक आर्थिक हित विद्यमान होगा, उस सीमा तक आगोप्य हित होगा। Grisby vs. Russel U.S. 149 (1911) में यह निर्णय हुआ कि जीवन बीमा एक पक्षीय प्रसंविदा होने के कारण आगोप्य हित का मुख्य उद्देश्य जुएबाजी के सौदे को रोकना है। प्रेम और स्नेह के आधार पर विश्व को दूसरों के जीवन पर जुए खेलने का मौका नहीं होना चाहिए।

न्यायालयों के निर्णय से यह निश्चित हो गया कि केवल रक्त का सम्बन्ध अथवा प्रेम या स्नेह होने से ही आगोप्य हित का मौजूद रहना नहीं मान लिया जाता। साधारणतः सम्बन्धितों का जीवन-बीमा कराते समय यदि यह प्रमाणित किया जा सके कि बीमा कराने वाले का उस व्यक्ति से ऐसा सम्बन्ध है कि यह उस पर आश्रित है और अपने भरण-पोषण के लिए उसके ऊपर वैधानिक रूप से बाध्य है तब आगोप्य हित के मौजूद रहने की बात मानी जा सकती है। पारिवारिक सम्बन्ध के आधार पर आगोप्य हित के कुछ उदाहरण नीचे दिये जा रहे हैं—

1. पिता का अपने पुत्र के जीवन में यदि पिता पुत्र पर पूर्णतया आश्रित है—एक पिता अपने जीवन निर्वाह के लिए जब अपने पुत्र या इसी प्रकार के सम्बन्धी पर आश्रित है तो पिता पुत्र के जीवन में आगोप्य हित रखता है क्योंकि पुत्र की मृत्यु पर पिता को आर्थिक हानि होगी। Halford vs. Kymer 1830 में एक पिता अपने वयस्क पुत्र पर आगोप्य हित नहीं रखता, क्योंकि पिता पुत्र पर आश्रित नहीं था।

2. पुत्र का पिता के जीवन में यदि पुत्र पिता पर आश्रित है—पिता की मृत्यु पर पुत्र को आर्थिक हानि होगी। उसके भरण-पोषण का सहारा नहीं रहेगा। पिता के जीवित रहने पर पुत्र को लाभ होता रहेगा। Shilling vs. Accidental Death (1858) में पुत्र ने पिता के जीवन में बीमा खरीदा जबकि पिता एक भिखारी था और पुत्र पर आश्रित था। अतः यहाँ पर आगोप्य हित का अभाव था। एक दत्तक पुत्र अपने दत्तक पिता पर आगोप्य हित रखता है क्योंकि पुत्र पिता पर आश्रित है। एक अवैधानिक पुत्र अपने पिता पर आश्रित है इसलिये वह पिता पर आगोप्य हित रखता है।

3. एक अवैधानिक रूप में विवाहित स्त्री अपने पति के जीवन में—चूँकि वह स्त्री पति पर पूर्ण आश्रित है, अतः वह स्त्री पति पर आगोप्य हित रखती है।

4. पुत्र अपनी माता के जीवन में यदि पुत्र अपनी माता पर आश्रित है—पुत्र अपनी माता पर आश्रित है। माता की मृत्यु पर पुत्र को आर्थिक हानि होगी। अतः माता के जीवन में पुत्र आगोप्य हित रखता है। Harse vs. Pearl 1903 के अभियोग में पुत्र अपनी माता पर आश्रित नहीं था, अतः पुत्र माता के जीवन में आगोप्य हित नहीं रखता।

आगोप्य हित की आवश्यकता

बीमा प्रसंविदा में आगोप्य हित की आवश्यकता 18वीं शताब्दी के दूसरे चरण में महसूस हुई। उसके पहले कोई व्यक्ति किसी भी व्यक्ति के जीवन में बीमा करा सकता था। सट्टेबाज राजा के परिवार के व्यक्तियों के जीवन पर अधिकारियों और डाकुओं आदि के जीवन पर अल्प समय के लिये बीमापत्र बिना किसी आगोप्य हित के खरीद लिया करते थे और उनकी मृत्यु पर बीमाकर्ता से बीमित रकम पाकर लाभ उठाते थे। उस समय सट्टे और जुए अवैधानिक नहीं समझे जाते थे, बशर्ते कि शान्ति भंग प्रोत्साहित न हो या अनैतिक कार्य न हो व सामान्य सिद्धान्त के प्रतिकूल न हो। इसीलिये बीमा आगोप्य हित के बिना व्यर्थ नहीं समझा जाता था। इससे बीमा प्रसंविदे का दुरुपयोग होने लगा था, समाज में अन्याय और बुराइयाँ फैलने लगीं। आत्महत्या, कत्ल का जोर हो गया था। बीमाकर्ता दिवालिया होने लगे थे।

अतः इंगलैण्ड में सन् 1745 में सामुद्रिक बीमा अधिनियम पारित किया गया जिससे जहाज तथा उसके ऊपर लदी हुई वस्तुओं के बीमे के लिए आगोप्य हित होना आवश्यक हो गया। यह अधिनियम सामुद्रिक बीमा को क्षतिपूर्ति का बीमा बताया। 1774 में जीवन बीमा अधिनियम पारित हुआ जिसे जुए का अधिनियम (Gambling Act) भी कहते हैं क्योंकि इसके द्वारा किसी भी जीवन का बीमा तब तक नहीं होगा जब तक "आगोप्य हित नहीं हो।" जीवन बीमे से सम्बन्धित यह महत्त्वपूर्ण अधिनियम है—

(1) कोई भी जीवन-बीमा बिना आगोप्य हित के नहीं हो सकता।

(2) जहाँ पर आगोपित के हित का मूल्य निश्चित किया जा सके, वहाँ पर बीमाकर्ता से उससे अधिक राशि न प्राप्त हो सकेगी।

1778 में प्रत्येक बीमापत्र में आगोप्य हित रखने वाले का नाम भी लिखा जाने लगा।

अब बिना आगोप्य हित के बीमा नहीं खरीदा या बेचा जा सकता क्योंकि यह जुए और सट्टे का प्रसंविदा होगा, जो अमान्य है।

बीमा प्रसंविदा और जुआ में अन्तर

बीमा सिद्धान्त को न समझने वाले व्यक्ति बीमा प्रसंविदा और जुआ में निम्न कारणों से अन्तर नहीं समझते—

(1) बीमा और जुआ दोनों में ही हानि अनिश्चितता और सम्भावना होती है।

(2) दोनों में घटना के घटित होने की अनिश्चितता है। बीमादार यह नहीं कह सकता है कि जिस घटना के लिये बीमा कराया गया है, वह अवश्य घटित होगी या उसके घटित होने का समय निश्चित होगा। बिल्कुल इसी प्रकार एक जुआ खेलने वाला यह नहीं कह सकता कि जिस बात पर उसने दाँव लगाया है वह अवश्य घटित होगी।

(3) दोनों में अमुक घटना घटने पर लाभ होगा क्योंकि जुआरी और बीमादार दोनों को उस घटना के घटने पर सफलता मिलेगी और यदि वह घटना घटित नहीं हुई तो दोनों असफल रहे तथा हानि हुई क्योंकि दाँव और प्रव्याजि लगाना व्यर्थ रहा।

इन समानताओं को सही नहीं कहा जा सकता क्योंकि जुआ और बीमा प्रसंविदा में अन्तर है—

1. घटना का घटित होना—बीमा जिन जोखिमों के लिये कराया गया है, उन जोखिमों में घटित होने पर भुगतान किया जायगा। घटना के घटित होने के कारण ही भुगतान नहीं होता, बल्कि घटना के घटित होने से बीमादार को हानि होती है; परन्तु जुआ में घटना के केवल घटित होने पर ही भुगतान किया जाता है। इस घटना से जुआरी को कोई हानि नहीं होती।

2. आगोप्य हित—बीमा प्रसंविदा में जिसके लिये बीमा कराया गया है, उसके कारण बीमादार को आर्थिक हानि होती है। इसी को आगोप्य हित की मौजूदगी कहते हैं, परन्तु जुआ में आगोप्य हित विद्यमान नहीं रहता क्योंकि जुआरी को कोई हानि नहीं होती, घटना का चाहे जो परिणाम हो।

3. जोखिम की मौजूदगी—बीमा प्रसंविदा में जोखिम पहले से विद्यमान रहती है चाहे उसका बीमा कराया गया हो या नहीं। यदि बीमा नहीं कराया गया है तो जोखिम के दुष्परिणामों को व्यक्ति स्वयं सहेंगे। जुआ के अन्तर्गत जोखिम पहले से मौजूद नहीं रहती, परन्तु जुआ में जोखिम बनाई जाती है।

4. बीमा प्रसंविदा में प्रव्याजि का भुगतान करने पर ही प्रसंविदा चलता रहता है, परन्तु जुआ में प्रतिफल की कोई आवश्यकता नहीं है।

5. क्षतिपूर्ति सिद्धान्त—बीमा का उद्देश्य हानि को पूरा करना है, यद्यपि कि जीवन बीमा में हानि की पूरी रकम का भुगतान नहीं किया जाता क्योंकि हानि का सही मूल्यांकन नहीं हो सकता, परन्तु जुआ में लाभ कमाना मुख्य उद्देश्य है।

6. सुरक्षा—बीमा प्रसंविदा में बीमाकर्ता और बीमादार दोनों ही सुरक्षित रहते हैं। बीमादार प्रव्याजि देकर भविष्य की अनिश्चितता से मुक्त हो जाता है। बीमाकर्ता भी इन्हीं प्रव्याजि आदि के कोषों में से अपना खर्च चलाकर लाभ कमाता है, किन्तु बीमा प्रसंविदा में से एक को हानि और दूसरे को लाभ होता है।

7. वैधानिकता—बीमा प्रसंविदा में वैधानिकता रहती है, परन्तु जुएबाजी अवैध है। जुए के सम्बन्ध में न्यायालय में कोई अभियोग नहीं चलाया जा सकता है।

2. परम सद्विश्वास (Utmost Goodfaith)

सामान्य प्रसंविदा में यह नियम है कि प्रसंविदा के पक्ष एक ही विचार के हों। जीवन बीमा में दोनों पक्ष, बीमाकर्ता और आवेदक, मस्तिष्क में वही जीवन रखते हों जिनका कि बीमा करना है और वही बीमा के प्रकार समझते हों जिसके अन्तर्गत बीमा प्रसंविदा होगा। बीमा प्रसंविदा परम सद्विश्वास का प्रसंविदा है। क्रय-विक्रय के संविदा में 'क्रेता-सावधान' का नियम लागू होता है। क्रेता को क्रय करते समय वस्तुओं की जाँच पड़ताल करना आवश्यक है। परन्तु बीमा प्रसंविदा दोनों पक्षों को संविदा के विषय में समस्त आवश्यक तथ्यों को पूर्णरूपेण प्रकट करना पड़ता है। यह बात भारतीय सामुद्रिक बीमा अधिनियम 1963 के आधार पर और अधिक स्पष्ट हो जाती है, "सामुद्रिक बीमा संविदा परम सद्विश्वास पर आधारित संविदा है और यदि किसी भी पक्ष द्वारा सद्विश्वासपूर्ण आचरण न हो तब संविदा दूसरे पक्ष द्वारा व्यर्थनीय होगा।" यह नियम सभी प्रकार के बीमा प्रसंविदा में लागू होता है। दोनों पक्ष समस्त आवश्यक तथ्यों को एक-दूसरे को स्पष्ट प्रकट करें। आवश्यक तथ्यों से तात्पर्य ऐसे तथ्यों से जो बीमा प्रसंविदा को प्रभावित करें। बीमा प्रसंविदा बीमापत्र के स्वभाव, स्वास्थ्य, आय और उम्र तथा बीमाकर्ता की शर्तों और दशाओं आदि से प्रभावित होता है।

दोनों पक्षों का कर्त्तव्य

दोनों पक्षों का यह कर्त्तव्य है कि वह परम सद्विश्वास के सिद्धान्त का पालन करें और आवश्यक तथ्यों का स्पष्टीकरण करें, किसी बात को छिपाये नहीं। Anstey vs. British Natural Premium Life Association 1908 के अभियोग ने इसे सिद्ध किया कि बीमाकर्ता को परम सद्विश्वास का पालन करना उतना ही आवश्यक है जितना कि बीमादार को। बीमाकर्ता को अपने द्वारा निर्गमित बीमापत्र की शर्तों और दशाओं को पूर्ण रूप से प्रकाशित करके रखना चाहिए। इस अभियोग में बीमाकर्ता ने प्रविवरण में यह प्रकाशित किया था कि यदि कोई बीमापत्र बिना खण्डन के दो वर्ष तक चालू रहा तो कपट के अतिरिक्त अन्य किसी आधार पर बीमापत्र निर्विवाद हो जायगा। बीमादार की दो वर्ष बाद मृत्यु हो गयी। बीमाकर्ता ने इस आधार पर बीमित रकम देने से इन्कार किया कि दो बातें गलत रूप से दी गयी थीं। न्यायाधीश ने बीमादार के पक्ष में निर्णय दिया और बीमाकर्ता को भुगतान करना पड़ा। निर्णय यह था कि प्रविवरण में दी गयी शर्तों का पालन हुआ था। बीमाकर्ता का तर्क आधारहीन था।

बीमादार का प्रकटीकरण करने का महत्त्वपूर्ण स्थान है क्योंकि बीमा विषय का ज्ञान उसे अधिक होता है। बीमा विषय सम्बन्धी बातें बीमादार बताने के लिए वैधानिक रूप से जिम्मेदार है चाहे वह इसे आवश्यक या महत्त्वपूर्ण समझता हो या नहीं। Wheeltor vs. Hardisty 1817 में यह निर्णय दिया गया कि बीमित व्यक्ति केवल उन्हीं प्रश्नों का सही उत्तर नहीं देगा जो उसके सामने रखा गया है या पूछा गया है, बल्कि स्वयं वह उन तमाम तथ्यों को प्रकट करेगा जिन्हें वह जानता है और जो बीमाकर्ता के लिए आवश्यक हैं।

बीमा प्रसंविदा एक साथ (Pari-Passue) का प्रसंविदा कहलाता है जिसमें परिस्थितियों के ज्ञान में साथ-साथ दोनों पक्षों में वृद्धि होती है। यदि कोई पक्ष अपने कर्त्तव्य से च्युत होगा तो प्रसंविदा व्यर्थ होता है। यद्यपि कि यह दोनों पक्षों का कर्त्तवय है कि आवश्यक तथ्यों का प्रकटीकरण करें और इन दोनों में से जो तथ्य को न प्रकट करे वह दोषी ठहराया जा सकता है तथापि व्यवहार में बीमादार (Insured) का विशेष रूप से यह कर्त्तव्य है कि वह सभी महत्त्वपूर्ण और आवश्यक तथ्यों को जो जानता है या उसके जानने की आशा की जाती हो, प्रकट करे जो कि डाक्टरी जाँच या परीक्षण आदि से बीमाकर्ता नहीं जान सकता है।

पूर्ण और सत्य कथन

पूर्ण सद्विश्वास में यह आवश्यक है कि महत्त्वपूर्ण तथ्यों का अप्रकटीकरण (Non-Disclosure), छिपाव (Concealment), भ्रान्त वर्णन (Misrepresentation), कपटपूर्ण भ्रान्त वर्णन (Frudulent-Misrepresentation) और मिथ्या कथन (Mis-statement) न हो। दूसरे शब्दों में प्रस्तावक सभी महत्त्वपूर्ण तथ्यों को पूर्णतया और सही-सही स्पष्ट या प्रकट करे। किसी प्रकार की गलत प्रस्तुति या अर्द्धवर्णन या महत्त्वपूर्ण तथ्यों पर मौन धारण नहीं करना चाहिए। संक्षिप्त रूप से महत्त्वपूर्ण तथ्य चाहे ज्ञात हो या न ज्ञात हो, या चाहे महत्त्वपूर्ण समझता हो या न समझता हो, सभी प्रकार के तथ्य प्रकट किये जाने चाहिए।

यदि कोई भी तथ्य पूर्णरूपेण प्रकट नहीं है तो बीमादाता की जोखिम प्रभावित हो

सकती है। दूसरे शब्दों में दोनों पक्षों का दिमाग एक ही प्रकार की जोखिम समझने में भेद न रखे। लेकिन प्रकटीकरण के इस कठिन कर्त्तव्य से बीमादार को कठिनाई हो सकती है। एक बीमापात्र जिसे बीमा विषय पर कुछ भी ज्ञान नहीं है, उससे यह आशा करना बेकार है कि सभी महत्त्वपूर्ण तथ्यों को प्रकट करेगा।

प्रकटीकरण करने की सीमा

बीमाकर्ता का यह कर्त्तव्य है कि वह या उसके प्रतिनिधि जो कुछ बातें बीमापात्र को बतायें वह सही-सही और स्पष्ट रूप से बतायें। धोखा देने या अनजाने में अतिशयोक्ति, मिथ्यावर्णन या गोपन न करें। यदि प्रसंविदा करते समय कोई नयी सूचना एजेन्ट या अभिकर्ता को मिलती है तो उसे बीमादार को बता देनी चाहिए क्योंकि बीमादार इसे नहीं जानता। यदि कोई बात प्रसंविदा करने के अयोग्य बीमाकर्ता को मिलती है तो बीमादार को बता दिया जाय जिससे बीमादार अनायास प्रसंविदा न करे अन्यथा बीमादार प्रव्याजि पाने का अधिकारी होगा।

बीमाकर्ता जितनी सूचनायें चाहता है, उसे प्रस्ताव-पत्र में छपा देना चाहिए क्योंकि बीमापात्र उन्हीं सूचनाओं का ही उत्तर देगा। स्वतः उसकी ओर से कितनी सूचनायें मिलेगी इसकी कोई आशा नहीं की जा सकती। इस प्रस्ताव-पत्र में बीमापात्र का पूर्ण विवरण, आय, स्वास्थ्य, उम्र, पारिवारिक इतिहास, उद्देश्य आदि लिखे रहते हैं। इस प्रस्ताव पत्र के प्रत्येक प्रश्न का उत्तर स्पष्ट, पूर्ण, सत्य और ईमानदारी के साथ देना चाहिए। किसी प्रकार का गोपन, मिथ्या-प्रदर्शन आदि नहीं होना चाहिए अन्यथा प्रसंविदा अमान्य होगा। यदि बीमापात्र या आवेदक ने इन प्रश्नों का उत्तर सही दिया है तो उसने अपने कर्त्तव्य का पालन किया, बशर्ते कि उसे और महत्त्वपूर्ण तथ्य मालूम न हो जिसे स्पष्ट करना आवश्यक था, अतः बीमापात्र का प्रस्ताव-पत्र के प्रश्नों के सही और पूर्ण उत्तर देने तक उसके कर्त्तव्य की सीमा है, बशर्ते कि उसे आवश्यक तथ्य मालूम न हो।

ऐसे तथ्यों के सम्बन्ध में जिसे बीमाकर्ता ने न पूछा हो तो यह मान लिया जाता है कि या तो बीमाकर्ता उसे आवश्यक नहीं समझता है या अन्य सूचनाओं को हटाना चाहता है। उदाहरण के लिए जब पिता किसी बीमारी से पीड़ित है तो बीमाकर्ता भाई या बहिन की बीमारी के विषय में पूछना अनावश्यक समझता है। अस्पष्टीकरण की दशा में प्रस्तावक यह नहीं कह सकता कि उससे लापरवाही के कारण या गलती से या भूलकर आवश्यक तथ्यों का निर्णय नहीं किया।

समय

प्रस्ताव-पत्र में लिखे गये प्रश्नों का उत्तर पूर्ण और सत्य दे देने से ही स्पष्टीकरण का कर्त्तव्य नहीं समाप्त होता है। यह उस समय तक चलता रहता है जब तक प्रसंविदा तय न हो जाय। प्रसंविदा पहली प्रव्याजि के भुगतान के समय या प्रस्ताव की स्वीकृति के समय यदि पहली प्रव्याजि का भुगतान किया गया है, पूर्ण होता है। यदि प्रस्ताव और स्वीकृति के बीच कोई परिवर्तन होता है तो उसे बताना आवश्यक है। उदाहरण के लिए स्वीकृति के पहले और प्रस्ताव के बाद में किसी व्यक्ति को यदि कोई घातक बीमारी या चोट लग जाय तो इसे

बताना आवश्यक है। Looker and Another vs. Law Union & Rook Insurance Co. 1928 में प्रस्ताव 10 जुलाई 1926 को किया गया और 15 जुलाई को स्वीकार हुआ। 21 जुलाई को बीमादार बीमार हो गया। 24 जुलाई को प्रथम प्रव्याजि का भुगतान चेक द्वारा किया गया, जो 22 जुलाई को लिखा गया था। चेक 26 जुलाई को प्राप्त हुआ और स्वीकार किया गया। बीमादार को 23 तारीख को न्यूमोनिया हो गया तथा 27 जुलाई को मृत्यु हो गयी। 26 जुलाई के पहले स्वीकृति का प्रश्न ही नहीं था, क्योंकि प्रथम प्रव्याजि का भुगतान नहीं किया गया था। इस अभियोग में यह स्पष्ट हो गया कि स्वीकृति के पहले आवश्यक तथ्यों के परिवर्तन को नहीं बताया गया; जिससे बीमादार के प्रतिनिधि को भुगतान नहीं किया गया।

स्पष्टीकरण का कर्त्तव्य प्रसंविदा के निर्णय हो जाने पर समाप्त हो जाता है और प्रसंविदा के निर्णय के बाद आवश्यक तथ्यों को बताने की आवश्यकता नहीं होती। यदि ऐसा न होता तो बीमापात्र को परेशानी होती और बीमाकर्ता कभी भी बीमा इस आधार पर रद्द कर सकता था। जीवन बीमा प्रसंविदा दीर्घकालीन होने के कारण ऐसी कठिनाई होने से हमेशा के व्यर्थ हो जाया करता।

ऐसे तथ्य जिन्हें स्पष्ट करना आवश्यक नहीं है

कुछ आवश्यक तथ्य जिन्हें प्रस्तावक को स्पष्ट करना आवश्यक नहीं है, वे निम्न प्रकार से हैं :—

(1) ऐसी परिस्थितियाँ जो जोखिम को कम करती हैं।

(2) ऐसे तथ्य जो कि बीमा कम्पनी को मालूम हैं या उन्हें मालूम होने चाहिए।

(3) ऐसे तथ्य जो कि व्यापार की अवधि में मालूम रहनी चाहिए।

(4) ऐसे तथ्य जिन्हें बीमाकर्ता को दी गयी विस्तृत सूचना के आधार पर मालूम करना चाहिए।

(5) ऐसे तथ्य जिसके विषय में बीमादार सूचना नहीं चाहता।

(6) ऐसे तथ्य जिसका स्पष्टीकरण किसी समाश्वासन के कारण प्रकट करना अनावश्यक है।

परम सद्विश्वास के पालन न होने पर वैधानिक परिणाम

परम सद्विश्वास का भंग या तो जान-बूझकर या अनजाने में किया जायगा। जब जान-बूझकर परम सद्विश्वास का पालन नहीं होगा, तब प्रसंविदा प्रारम्भ से रद्द हो जायगा क्योंकि यह कपटपूर्ण प्रसंविदा है। जब अनजाने में परम सद्विश्वास का पालन नहीं होता तब यह प्रसंविदा दूसरे पक्ष द्वारा व्यर्थनीय होगा। दूसरे पक्ष को जब यह मालूम हो कि परम सद्विश्वास का पालन नहीं हुआ तो वह इसे व्यर्थ कर सकता है, परन्तु यदि उसने ऐसे प्रसंविदे को एक बार मान्यता दे दी है तो बाद में वह व्यर्थ नहीं कर सकता, Hemmings vs. Sceptre Life 1905 में बीमाकर्ता ने दो प्रव्याजि स्वीकार किया। लेकिन बाद में

बीमाकर्ता को बीमादार की उम्र की गलती मालूम हुई। बीमाकर्ता ने इस गलती पर विवाद किया, परन्तु प्रसंविदा व्यर्थ नहीं किया गया क्योंकि बीमाकर्ता ने जब एक स्वीकार कर लिया तो उसे बाद में रद्द नहीं किया जा सकता।

आवश्यक तथ्यों का प्रकटीकरण वहीं पर होता है, जहाँ पर अप्रकटीकरण (Disclosure), छिपाव (Concealment), भ्रान्त वर्णन (Misrepresentation), कपटपूर्ण वर्णन (Fraudulent-Misrepresentation) नहीं होता। इन सबका प्रभाव नीचे दिया गया है।

कपटपूर्ण वर्णन (Fraudulent-Misrepresentation)—जब किसी आवश्यक तथ्य को कपट रूप से वर्णन किया जाता है, तब प्रसंविदा व्यर्थ होगा और जिस पक्ष को हानि हुई है, वह व्यक्ति दूसरे पक्ष से दी गई रकम (प्रव्याजि) वापस पाने का अधिकारी होगा; कपटपूर्ण वर्णन के आधार पर प्रसंविदा को कभी भी रद्द किया जा सकता है। बीमापत्र की अवधि कुछ भी हो सकती है, इससे कोई मतलब नहीं है।

अप्रकटीकरण (Disclosure), छिपाव (Concealment) और भ्रान्तवर्णन (Misrepresentation)—इन दशाओं में आवश्यक तथ्यों का वर्णन बिना जाने हुए किया जा रहा है। यदि परम सद्विश्वास का पालन जान-बूझकर नहीं किया जाता तो वह कपटपूर्ण वर्णन होगा जैसे पहले बताया गया है। अप्रकटीकरण, छिपाव और भ्रान्त-वर्णन में जब अनजाने में कार्य होता है तो इस आधार पर प्रसंविदा को रद्द करने के लिए केवल दो वर्ष के अन्दर ही विवाद उठाया जा सकता है।

भारतीय बीमा अधिनियम 1938 की धारा 45 के आधार पर बीमादार के हित को सुरक्षित रखा गया है और बीमापत्र के दो वर्ष व्यतीत हो जाने के बाद कपट के अतिरिक्त अन्य किसी आधार पर विवाद नहीं किया जा सकता।

3. समाश्वासन (Warranties)

समाश्वासन बीमा प्रसंविदा का एक अंग है, जिसका पालन करना अत्यावश्यक चाहे वह आवश्यक तथ्य हो या नहीं। यह एक प्रकार की शर्त या प्रतिज्ञा है जिसका पालन करना दोनों पक्षों के लिए आवश्यक है। उदाहरण के लिये बीमादार को प्रव्याजि का भुगतान निश्चित अवधि में करना आवश्यक है जिससे प्रसंविदा चलता रहे। प्रस्ताव-पत्र में दिये गये प्रश्नों के उत्तर वैधानिक दृष्टि से अभ्यावेदन (Representation) हो सकते हैं या समाश्वासन (Warranty)। अभ्यावेदन प्रस्ताव या डाक्टरी परीक्षण के सम्बन्ध में प्रस्ताव द्वारा लिखित या मौखिक वर्णन है। यह स्पष्टीकरण बीमापत्र में लिखना आवश्यक नहीं है। समाश्वासन वह विवरण है जिसके अनुसार बीमादार किसी विशेष कार्य करने या न करने अथवा किसी शर्त के पूरा करने या किसी तथ्य के होने या न होने का वचन देता है। इस परिभाषा से स्पष्ट है कि प्रस्ताव-पत्र के उत्तर ही समाश्वासन नहीं होते, बल्कि किसी कार्य के करने या न करने या किसी शर्त को पूरा करने का वचन भी इसमें सम्मिलित हैं। इसको पूरा करना उसका कर्त्तव्य है। समाश्वासन और अभ्यावेदन में अन्तर निम्नलिखित हैं :—

	अभ्यावेदन	समाश्वासन
1.	अभ्यावेदन सारभूत (Substantially) रूप से सत्य होना चाहिए।	समाश्वासन कठोरता से और अक्षरशः सत्य होना चाहिए।
2.	यह प्रसंविदा का अंग नहीं होता।	यह लिखित प्रसंविदा का एक अंग है।
3.	जोखिम के सम्बन्ध में इसे महत्त्वपूर्ण होना चाहिए।	इसे जोखिम के सम्बन्ध में महत्त्वपूर्ण होने की आवश्यकता नहीं है।
4.	प्रसंविदा के लिये यह एक प्रोत्साहन के रूप में है।	समाश्वासन प्रसंविदा के तय होने पर ही आता है, उसके पहले नहीं।
5.	मिथ्यावर्णन पर विश्वास रखकर प्रसंविदा को रद्द किया जा सकता है।	समाश्वासन के भंग होने पर बीमाकर्ता अपने दायित्व से मुक्त हो जाता है और बीमादर प्रव्याजि वापस पाने का अधिकारी नहीं है।
6.	अभ्यावेदन के पालन न होने पर प्रसंविदा तभी रद्द होगा, जबकि महत्त्वपूर्ण तथ्य का छिपाव या भ्रान्त वर्णन हुआ है।	समाश्वासन में तथ्य के मिथ्या कथन से ही प्रसंविदा रद्द हो जाता है चाहे वह तथ्य महत्त्वपूर्ण हो या नहीं।
7.	अभ्यावेदन को बीमा-पत्र में लिखना आवश्यक है।	समाश्वासन का बीमा-पत्र में रहना आवश्यक है, चाहे लिखित या प्रसंग द्वारा।

समाश्वासन के दो भेद हैं :—

1. स्वीकृति सूचक (Affirmative)
2. प्रतिज्ञा युक्त (Promissory)

स्वीकृत सूचक समाश्वासन वह है जिन्हें बीमा कराते समय होने या न होने की सूचना आवेदक, बीमाकर्ता को देता है बीमाकर्ता उस वर्णन को स्वीकार करता है। प्रतिज्ञायुक्त आश्वासन वह है जिसके अन्तर्गत बीमापत्र में आवेदक कुछ शर्तों को पूरा करने या न करने की प्रतिज्ञा करता है। बीमादार एक इस बात का विश्वास दिलाता है कि बीमापत्र की अवधि के अन्तर्गत जो स्थितियाँ उपस्थित होंगी, उन्हें या अन्य शर्तों को पूरा करेगा।

दूसरे प्रकार से समाश्वासन के दो भेद पुनः किये जा सकते हैं—

1. प्रत्यक्ष (Express)
2. उपलक्षित (Implied)

प्रत्यक्ष आश्वासन वे हैं जो बीमापत्र में स्पष्ट रूप से लिख दिये जाते हैं। उपलक्षित

आश्वासन वे हैं जो प्रसंग द्वारा समझे जाते हैं बीमापत्र में लिखे नहीं रहते। वे ध्वनित कहलाते हैं। बीमादार द्वारा उनके पालन किये जाने की आशा की जाती है।

Asian Assuronce Co. Ltd. vs. Asa Ram में बीमाकर्ता अपने दायित्व से मुक्त हो गया क्योंकि समाश्वासन का पालन नहीं किया। बीमित व्यक्ति ने अपनी बीमारी के विषय में कुछ बातें नहीं बताया। दूसरी बात बीमित व्यक्ति ने केवल एक बहिन बताया जबकि उसके तीन बहिनें थीं। सत्य वर्णन की प्रतिज्ञा और आश्वासन था, परन्तु असत्य वर्णन करने के लिए प्रसंविदा रद्द हो गया यद्यपि कि कपट का कोई स्थान नहीं था।

समाश्वासन बनाने का तरीका

बीमादार द्वारा प्रस्ताव-पत्र के प्रश्नों का उत्तर देकर हस्ताक्षर किया जाता है और यह घोषणा करता है कि दिये गये उत्तर प्रसंविदा के आधार हैं तथा बीमापत्र को स्वीकार करेगा। बीमापत्र में प्रस्ताव-पत्र के उत्तर तथा घोषणा-पत्र को शामिल किया जाता है। अभ्यावेदन या उत्तरी को समाश्वासन बनाने के लिये तथा प्रसंविदा के अंग होने के लिये इसका बीमापत्र में या किसी अन्य पत्र में जो बीमापत्र के साथ नत्थी किये जायेंगे में लिख दिया जाता है। यदि समाश्वासन को मौलिक प्रसंविदा या बीमापत्र में शामिल नहीं किया जाता था तो बाद में बीमापत्र संशोधित किया जाता है।

जब तक संशोधन नहीं होता तब तक बीमाकर्ता इस पर विश्वास नहीं कर सकता, यद्यपि कि इसे अभ्यावेदन के रूप में मान सकता है। कोई ऐसी दशायें भी हो सकती हैं जिसमें प्रस्तावक प्रस्ताव-पत्र में हस्ताक्षर नहीं करता तथा यह कथन और घोषणा बीमापत्र में शामिल किया गया तो हस्ताक्षर न होने पर भी यह मान्य रहेगा क्योंकि बीमापत्र में लिखा गया है और बीमापत्र को बीमादार ने स्वीकार किया है। समाश्वासन बीमापत्र के मुख पर या हाशिये पर या पीछे या अन्य किसी प्रपत्र पर लिख दिया जाता है। जब बीमापत्र के पीछे समाश्वासन लिख जाता है तो बीमापत्र के मुख पर इसका संकेत कर देना चाहिए। समाश्वासन के लिये किसी प्रावैधिक शब्द की आवश्यकता नहीं है न तो समाश्वासन शब्द लिखने की आवश्यकता है।

समाश्वासन की विशेषताएँ—समाश्वासन की निम्न विशेषताएँ हैं—

(i) आवश्यक तथ्य की आवश्यकता नहीं—समाश्वासन को आवश्यक तथ्य के रूप में होने की आवश्यकता नहीं है। कथन को समाश्वासन का रूप देकर तथ्य को आवश्यक सिद्ध करने की आवश्यकता नहीं रह गयी। इसमें केवल यह जानने की आवश्यकता है कि तथ्य सही या गलत है। ज्ञान की कमी या भूल आदि की कोई क्षम्यता नहीं है।

(ii) समाश्वासन का कठोरता से पालन होना चाहिए—समाश्वासन का कठोरता से पालन करना चाहिए। इसके लिये यह आवश्यक नहीं है कि जोखिम को प्रभावित करे। यह शाब्दिक रूप से अपनाया जाना चाहिए।

(iii) समाश्वासन भंग होने से बीमाकर्ता अपने दायित्व से मुक्त हो जाता है चाहे भंग के कारण हानि हुई हो या नहीं—जैसे पहले कहा जा चुका है कि समाश्वासन शाब्दिक रूप से अपनाया जाय। यदि शाब्दिक रूप से नहीं अपनाया जाता तो बीमाकर्ता अपने

दायित्व से मुक्त हो जाता है चाहे आश्वासन भंग से बीमादार को हानि हुई हो या नहीं।

(iv) एक बार समाश्वासन भंग हो जाने पर पुनः उसके पालन से प्रसंविदा चालू नहीं होता—बीमाकर्ता अपने दायित्व से उसी दिन मुक्त हो जाता है जिस दिन आश्वासन भंग हुआ है। उसके बाद यदि आश्वासन का पालन हो तब भी बीमाकर्ता अपने दायित्व से मुक्त रहता है। लेकिन प्रसंविदा तय होने के पहले यदि आश्वासन भंग हो जाता है तो बाद में आश्वासन का पालन होने पर प्रसंविदा चल सकता है। कुछ दशाओं में आश्वासन भंग पर नया प्रसंविदा नये आश्वासन और शर्तों के आधार पर किया जा सकता है। जीवन बीमा ऐसा प्रसंविदा है जो आजीवन चलता रहता है। यदि बीमाकर्ता द्वारा किसी समाश्वासन के भंग होने पर भी प्रव्याजि स्वीकार की जाती है तो यह भंग का उपाय नहीं समझा जायगा क्योंकि हो सकता है कि भंग का कोई ज्ञान बीमाकर्ता को न हो।

समाश्वासन भंग का परित्याग (Waiver of Breach of Warranty)

समाश्वासन के भंग होने पर प्रसंविदा हमेशा रद्द या व्यर्थ नहीं होता। बीमाकर्ता इस भंग को परित्याग कर सकता है या अनजाने में छोड़ सकता है। समाश्वासन भंग का परित्याग लिखित रूप से या प्रसंग से किया जा सकता है।

परित्याग के लिए निम्नलिखित दशायें भी होती हैं—

1. परित्याग के लिये लिखित या उपलक्षित कार्य, परिलोप (Omission) या व्यवहार होना चाहिए।
2. समाश्वासन भंग के कारण कोई अधिकार उत्पन्न होना चाहिए।
3. उस अधिकार को त्याग करने के लिये लिखित या उपलक्षित राय होनी चाहिए।
4. जहाँ पर बीमाकर्ता आश्वासन भंग से परिचित नहीं है।

4. अन्य विशेषताएँ

जीवन बीमा-प्रसंविदा भाग्याधीन (Aleatory), एकपार्श्विक (Unilateral), शार्तिक (Conditional), स्थिरता (Adhesion) और निश्चित रकम (Stated Sum) का प्रसंविदा है।

1. भाग्याधीन (Aleatory)

जीवन बीमा में प्रसंविदा भाग्याधीन (Aleatory) प्रसंविदा है, विपर्यय (Commutative) का प्रसंविदा नहीं है। विपर्यय प्रसंविदा में प्रत्येक पक्ष दूसरे पक्ष से लगभग उतनी ही रकम प्राप्त करने की आशा करता है जितना कि वह देता है। इस प्रकार एक सम्पत्ति क्रेता लगभग उतनी ही रकम की सम्पत्ति प्राप्त करने की आशा करता है जितना कि वह रकम देता है और सम्पत्ति विक्रेता लगभग उतनी ही रकम प्राप्त करना चाहती है जितने की उसकी सम्पत्ति है। दूसरे शब्दों में दोनों पक्ष लगभग एक ही मूल्य के बराबर सौदा करते हैं।

भाग्याधीन संविदा में एक पक्ष भाग्य के आधार पर पर्याप्त रकम प्राप्त कर सकता

है। भाग्याधीन संविदा में भाग्य, मौका और अनिश्चितता का तत्त्व शामिल रहता है, भाग्याधीन संविदा का प्रमुख उदाहरण जुआ का प्रसंविदा है, परन्तु जुआ और बीमा प्रसंविदा में अन्तर है जैसा पहले बताया जा चुका है। जुआ और बीमा में समानता केवल इसी तत्त्व के कारण है। जीवन बीमा में भुगतान कभी भी किया जा सकता है जब अवधि या मृत्यु का अवसर आ जाय। मृत्यु अवधि के पहले हो सकती है और प्रव्याजि का पूर्ण भुगतान नहीं किया जा सकता है। इस दशा में थोड़े से प्रव्याजि के बदले अधिक बीमित रकम प्राप्त करेगा। परन्तु एकल प्रव्याजि में भविष्य में भुगतान की जाने वाली रकम का वर्तमान मूल्य प्राप्त कर लिया जाता है।

चूँकि जीवन बीमा प्रसंविदा में भाग्याधीन और अधिक रकम का भुगतान होता है, इसलिये इस प्रसंविदा में कपट और अवैध कार्य की सम्भावना अधिक रहती है। इन दुष्परिणामों को रोकने के लिये आगोप्य हित, परम सद्विश्वास और समाश्वासन सिद्धान्तों को अपनाया गया है। यह कहना अतिशयोक्ति नहीं होगा कि भाग्याधीनता के दुष्परिणामों, को बचाने लिये इन सिद्धान्तों को जीवन बीमा में अपनाया गया है।

2. एकपार्श्विक (Unilateral)

व्यापार में प्रायः प्रसंविदा द्विपक्षीय होता है। इसका तात्पर्य यह है कि दोनों पक्ष एक-दूसरे पक्ष को वैधानिक वचन देते हैं क्योंकि इन प्रसंविदाओं में आपसी वचनों का लेन-देन होता है। उदाहरण के लिये थोक और फुटकर क्रेता तथा विक्रेता लगभग बराबर रकम का आदान-प्रदान करता है।

एकपार्श्विक प्रसंविदा वह है जहाँ एक ही पक्ष वचन देता है तथा दूसरा पक्ष प्रसंविदा को जारी करने के लिए कुछ शर्त का पालन करता है। जीवन बीमा प्रसंविदा एकपार्श्विक प्रसंविदा है क्योंकि बीमाकर्ता भविष्य में भुगतान करने का वचन देता है। बीमित व्यक्ति प्रव्याजि देने के लिए प्रसंविदा चलने के लिए राजी होता है, परन्तु यदि प्रव्याजि का भुगतान न कर सके तो कोई वैधानिक जिम्मेदारी नहीं होगी। यह हो सकता है कि बीमाकर्ता अपने वचन को पूरा न करे, परन्तु वह दी गयी प्रव्याजि को जब्त नहीं कर सकता। जीवन बीमा में यदि सभी प्रव्याजि का भुगतान पहले कर दिया जाय तब बीमापत्र सौंपा जाय तो यह द्विपक्षीय संविदा होगा।

3. शार्तिक (Conditional)

जीवन बीमा प्रसंविदा शार्तिक प्रसंविदा है। कुछ शर्तों के पूरा करने पर ही जीवन बीमाकर्ता अपने वायदे को पूरा करता है। इसका यह अर्थ नहीं है कि यह प्रसंविदा द्विपक्षीय है। वचनदाता के लिए शर्त लाभदायक है और वचन-गृहीता के लिए अलाभकारी होता है। शर्तयुक्त प्रसंविदा द्विपक्षीय में ही हो सकता है, बशर्ते कि दोनों पक्षों को मान्य हो। शर्तें प्रसंविदा के कर्त्तव्य या वचन के पहले या बाद में भी हो सकती हैं। शर्त और वचन में अन्तर है। शर्त के पालन न करने पर उससे होने वाला लाभ नहीं मिल सकता, परन्तु वचन के न पालन करने पर वैधानिक जिम्मेदारी उत्पन्न हो जाती है।

बीमाकर्ता अपने वचन को पूरा करने के लिये बाध्य है यदि शर्तों का पालन किया गया है।

4. स्थिरता (Adhesion)

जीवन बीमापत्र स्थिरता का प्रसंविदा है। आपसी शर्तों और सौदे के आधार पर प्रसंविदा साधारण दशाओं में होता है, परन्तु जीवन बीमा में शर्तें नियम आदि पहले से तय रहते हैं तथा प्रविवरण में सब बातें लिखी रहती हैं। यदि आवेदक को यह शर्तें और नियम स्वीकार होंगी तो प्रसंविदा तय हो जायगा अथवा नहीं, सौदेबाजी आदि की कोई आवश्यकता नहीं है। दी गयी शर्तें उसे मान्य है तो प्रसंविदा होगा अथवा नहीं।

जीवन बीमा की स्थिरता की प्रकृति बहुत ही महत्त्वपूर्ण है, यही कारण है जब बीमापत्र में कोई अस्पष्टता है तब उसकी व्याख्या बीमादार के हित को देखते हुए की जाती है।

5. निश्चित रकम (Stated Sum)

गैर जीवन बीमा प्रसंविदा क्षतिपूर्ति का प्रसंविदा है। इसमें केवल हानि की वास्तविक रकम ही प्राप्त की जा सकती है, चाहे बीमापत्र की कोई रकम ही क्यों न हो बशर्ते कि हानि की रकम बीमापत्र की रकम से अधिक न हो।

परन्तु जीवन बीमा प्रसंविदा क्षतिपूर्ति का प्रसंविदा नहीं है। इसके अन्तर्गत बीमापत्र की वास्तविक रकम का भुगतान किया जाता है, यह रकम पहले से निश्चित रहती है, इसमें कमी या वृद्धि नहीं की जा सकती। यह इसलिए है कि मृत्यु में हानि की कोई सीमा नहीं है। यह बीमा असीमित रकम का नहीं हो सकता। अतः बीमित रकम का भुगतान किया जाता है जो प्रसंविदा के समय निश्चित की गई है।

□□□

अध्याय 6
बीमापत्र के भेद

जीवन बीमा में विभिन्न व्यक्तियों की अनेकों आवश्यकताओं के लिए कई प्रकार के बीमापत्र निर्गमित किये जाते हैं। भविष्य की आर्थिक आवश्यकताएँ तब स्पष्ट होती हैं, जब आय-अर्जक या तो शीघ्र काल कवलित होता है या अत्यधिक दिन तक जीवित रहता है। शीघ्र मृत्यु पर आय के स्रोत समाप्त हो जाते हैं और आश्रित व्यक्तियों का महान् आर्थिक संकट सहन करने पड़ते हैं। इसी तरह ज्यादा दिन जीवित रहने से रोजगार समाप्त हो जाने से आय में कमी हो जाती है; वृद्धावस्था की आपदाओं का सामना करने के लिए पर्याप्त रकम नहीं रहती और कभी-कभी अपंगता और अस्वस्थता चरम सीमा तक पहुँच जाती है, जिससे मनुष्य को नाना प्रकार की यातनाओं को सहन करना पड़ता है। इन्हीं तमाम आवश्यकताओं को देखते हुए विभिन्न प्रकार जीवन बीमापत्र सामने आते हैं। कोई भी बीमापत्र सभी व्यक्तियों के लिए सर्वोत्तम नहीं कहा जा सकता है क्योंकि प्रत्येक बीमापत्र की उपयोगिता और लागत अलग-अलग है। जहाँ पर उपयोगिता और जोखिम अधिक है लागत अर्थात् प्रव्याजि का अधिक होना स्वाभाविक है। इस अध्याय में बीमापत्रों को समय, लाभ विभाजन, बीमित व्यक्तियों की संख्या, प्रव्याजि अध्यर्थन भुगतान के तरीकों के आधार पर विभाजित किया गया है।

समय के अनुसार बीमापत्र

अवधि के अनुसार बीमापत्र के तीन भेद हैं—पहला आजीवन, दूसरा निश्चित अवधि और तीसरा संभाव्य बीमापत्र। आजीवन बीमापत्र का वर्णन सबसे पहले किया जायगा।

(क) आजीवन बीमापत्र—आजीवन बीमापत्र बीमित व्यक्ति के जीवन पर्यन्त चलता रहता है तथा बीमापत्र की रकम का भुगतान केवल उसकी मृत्यु पर किया जाता है। इसका अपवाद केवल उस समय देखा गया है जहाँ बीमापत्र दूसरे के जीवन में खरीदा गया हो क्योंकि ऐसी दशा में बीमापत्रधारी को बीमित व्यक्ति की मृत्यु पर भुगतान कर दिया जायगा यदि बीमापत्रधारी उस समय तक जीवित रहा। इसके अन्तर्गत प्रव्याजि का भुगतान बीमित व्यक्ति के जीवित रहने तक किया जाता है; लेकिन साधारणतया एक अधिकतम उम्र तक प्रव्याजि का भुगतान करना होगा, उसके बाद भी यदि बीमित व्यक्ति जीवित रहा तो प्रव्याजि का भुगतान नहीं करना पड़ता।

इस बीमापत्र का लाभ यह है कि स्थायी और सतत सुरक्षा प्रदान करता है जब तक

व्यक्ति जीवित रहता वह बीमित रहता है। बन्दोबस्ती बीमा की भाँति उसे एक समय के बाद बीमा के नहीं रहना पड़ता है। दूसरी तरफ इस बीमापत्र की लागत बहुत कम होती है, क्योंकि प्रव्याजि भुगतान का समय अपेक्षाकृत अधिक होता है। यह बात निम्न तालिका से स्पष्ट हो जायगी।

तालिका

वार्षिक प्रव्याजि (लाभ रहित) प्रति हजार

बीमापत्र निर्गम के समय आयु	आजीवन बीमापत्र	आजीवन 25 वर्षीय सीमित प्रव्याजि बीमापत्र	25 वर्षीय बन्दोबस्ती बीमापत्र
25	18.31	24.94	35.94
30	21.37	27.62	36.75
35	25.44	31.06	38.31

उपरोक्त तालिका से स्पष्ट है कि 25 वर्ष की आयु पर आजीवन बीमापत्र पर प्रव्याजि 18.31 रुपया है जबकि 25 वर्षीय सीमित प्रव्याजि जीवन बीमापत्र पर यह 24.94 रुपया और 25 वर्षीय बन्दोबस्ती बीमापत्र पर यह 35.94 रुपया है। इसी प्रकार अन्य आयु पर भी आजीवन बीमापत्र सस्ता पड़ता है। यह बात अवश्य है कि 25 वर्षीय बन्दोबस्ती बीमापत्र पर बीमित रकम 25 वर्ष के अन्त में मिल जायगी पर आजीवन बीमापत्र में भुगतान मृत्यु के समय ही होगा। यहाँ पर यह निर्विवाद सत्य है कि 25 वर्ष की अवधि में जब तीनों प्रकार के बीमापत्र में एक ही प्रकार की सुरक्षा है आजीवन बीमापत्र न्यूनतम प्रव्याजि ले रहा है। इसलिए यह बीमापत्र नये व्यापारी या जिनकी आय कम है, को अधिक उपयुक्त है। इन व्यक्तियों को थोड़ी प्रव्याजि के बदले अधिक रकम के लिए सुरक्षा हो जाती है। तीसरा लाभ यह है कि बचत को प्रोत्साहन मिलता है। बीमापत्रधारी बाध्य होकर प्रव्याजि की रकम देता रहता है जिससे दी गयी प्रव्याजि संचित होती रहती है जो सामान्य संचय में सम्भव नहीं है। यदि संचय करना सम्भव भी हो तो मृत्यु के समय इच्छित रकम संचित नहीं हो पाती, परन्तु जीवन बीमा के इस बीमापत्र से इच्छित रकम का भुगतान मृत्यु पर कर देता है; यद्यपि उतनी रकम की प्रव्याजि नहीं दी रहती। इस तरह यह बीमापत्र सुरक्षा और बचत दोनों प्रदान करता है, लेकिन इस बीमापत्र के प्रदत्त होने पर प्रदत्त बीमा की रकम अपेक्षाकृत कम होगी। अन्तिम लाभ भुगतान विकल्प के सम्बन्ध में है। इस बीमापत्र के अन्तर्गत मृत्यु के पहले किसी भी समय भुगतान विकल्प को अपनाया जा सकता है जो अन्य बीमापत्र में केवल अवधि के व्यतीत होने के पहले ही सम्भव है।

इस बीमापत्र का सबसे बड़ा अवगुण यह है कि बीमापत्रधारी को जीवन पर्यन्त प्रव्याजि का भुगतान करना पड़ता है। वृद्धावस्था में आय-अर्जन की शक्ति क्षीण हो जाने पर

यह जिम्मेदारी अत्यन्त कष्टप्रद होती है। इस आर्थिक कठिनाई से बचने के लिए जीवन बीमा निगम ने यह निश्चित किया है, प्रव्याजि का भुगतान करने की जिम्मेदारी 80 वर्ष की उम्र या 35 वर्ष तक प्रव्याजि भुगतान कर चुकने पर (दोनों में जो पहले हो) समाप्त हो जाएगी। दूसरी हानि यह है कि बीमापत्रधारी अपने जीवन में इस रकम का प्रयोग नहीं कर सकता। वृद्धावस्था में तमाम आर्थिक कठिनाइयाँ आती हैं, लेकिन वह इस संचित रकम से कुछ भी लाभ नहीं प्राप्त कर पाता है और आपत्तियों से गुजरने के लिए बाध्य हो जाता है। इस बीमापत्र के समर्पित या प्रदत्त मूल्य अधिक नहीं होते, जिससे उसे बीमा का विशेष लाभ नहीं हो पाता। पहले इस बीमापत्र का प्रचलन बहुत था, लेकिन अब जीवन बीमा निगम इस बीमापत्र को बेचने के लिए ज्यादा प्रयास नहीं करती तथापि जीवन बीमा निगम आजीवन बीमापत्र (सलाभ और अलाभ) बेचती है।

(ख) आजीवन सीमित प्रव्याजि बीमा-पत्र (Whole Life Limited Payment Policy)—इस बीमापत्र में बीमित रकम का भुगतान मृत्यु पर होता है, परन्तु प्रव्याजि का भुगतान केवल एक निश्चित समय तक ही करना होता है। प्रव्याजि भुगतान की सीमा वार्षिक प्रव्याजि की संख्या या बीमित व्यक्ति की उम्र के अनुसार निश्चित की जाती है। इस सीमा के बाद प्रव्याजि देने की आवश्यकता नहीं है, लेकिन बीमापत्र की पूरी रकम इस तिथि को नहीं मिलेगी। इस तिथि के बाद बीमापत्र पूर्ण प्रदत्त हो जाता है, परन्तु परिपक्व नहीं होता। बन्दोबस्ती जीवन बीमापत्र में इस तिथि पर बीमापत्र परिपक्व हो जाता है। यहाँ दोनों में आधारभूत अन्तर है। सीमित प्रव्याजि आजीवन बीमापत्र में प्रव्याजि की सीमा के बाद और मृत्यु के पहले समर्पित मूल्य की रकम ही मिल पाती है। सलाभ बीमापत्र इस तिथि के बाद भी लाभ में पहले की तरह हिस्सेदार रहते हैं। जीवन बीमा निगम द्वारा निर्गमित आजीवन सीमित प्रव्याजि बीमा-पत्र की प्रव्याजि भुगतान की सीमा इस प्रकार निश्चित की गयी है, जिससे बीमापत्रधारी को अधिक से अधिक उसकी उम्र के 70 वर्ष तक प्रव्याजि देनी पड़े।

यह बीमापत्र पारिवारिक सुरक्षा के लिए अत्युत्तम बीमापत्र है, क्योंकि प्रव्याजि का भुगतान आय-अर्जन के समय ही कर दिया जाता है तथा मृत्यु के समय आश्रित व्यक्तियों को बीमित रकम मिल जाती है। आजीवन बीमापत्र की तुलना में इस बीमापत्र में समर्पित मूल्य या प्रदत्त मूल्य अधिक होते हैं। दूसरे शब्दों में विनियोग तत्त्व ज्यादा लागू होते हैं और सुरक्षा का तत्त्व कम रहता है। प्रव्याजि की रकम आजीवन बीमापत्र की तुलना में अधिक होती है और बन्दोबस्ती बीमापत्र की तुलना में कम रहती है।

प्रव्याजि की रकम कम होने के कारण छोटी आय वाले व्यक्ति भी इसे खरीद कर अपने परिवार की सुरक्षा के लिए संचित कर सकते हैं और दूसरी तरफ अपनी आय-अर्जन अवधि के अनुसार प्रव्याजि भुगतान को सीमित कर सकते हैं।

(ग) एक प्रव्याजि आजीवन बीमा-पत्र (Single Premium whole Life Policy)—यह बीमापत्र सीमित प्रव्याजि आजीवन बीमापत्र का एक रूप है जिसके अन्तर्गत प्रव्याजि का भुगतान एक ही बार में अग्रिम रूप से सदा के लिए किया जाता है। इसमें प्रव्याजि भुगतान के बाद फिर भुगतान नहीं करना पड़ता। बीमित रकम का भुगतान मृत्यु पर ही किया जाता है। इस प्रकार सुरक्षा का तत्त्व कम है और विनियोग का तत्त्व अधिक है। इसे केवल

विनियोग के दृष्टिकोण से ही खरीदा जाता है। इसमें बीमित व्यक्ति को बार-बार प्रव्याजि के भुगतान से छुट्टी मिल जाती है, परन्तु इसकी राशि अधिक होने से केवल धनी व्यक्ति या जिन्हें अचानक अत्यधिक आय हो जाय, वही व्यक्ति खरीद सकते हैं। इसके अन्तर्गत बीमापत्रधारी को हमेशा एक निश्चित प्रत्याभूत समर्पित मूल्य मिल सकता है। इस बीमापत्र को दान या उपहार के रूप में खरीदा जा सकता है, जहाँ बीमित व्यक्ति की मृत्यु के बाद उत्तराधिकारी या लाभापेक्षी (Beneficiary) उस रकम को प्राप्त कर लेगा।

एक प्रव्याजि कभी भी किस्ती प्रव्याजि (Level premium) का कटौती मूल्य (Discounted Price) नहीं है क्योंकि एक प्रव्याजि में ब्याज की कटौती के साथ मृत्यु-दर को भी शामिल किया जाता है। एक लाभप्रद विनियोग और आकस्मिक आय की सुरक्षा के अलावा इस बीमापत्र का तीसरा लाभ मृत्यु-कर के भुगतान के लिये पर्याप्त रकम केवल एक ही बार के जमा करने से प्राप्त हो जाती है। इसका अगला लाभ यह है कि बच्चों के लिए या उत्तराधिकारियों के लिए यह दान स्वरूप रहता है। लेकिन प्रव्याजि की रकम अधिक होने के कारण इसे बहुत कम व्यक्ति खरीदते हैं। दूसरी हानि यह है कि यदि बीमित व्यक्ति की मृत्यु शीघ्र होती है तो अन्य बीमा-पत्र की प्रव्याजि की तुलना में इसकी प्रव्याजि बहुत अधिक होगी।

(घ) परिवर्तनीय आजीवन बीमापत्र (Convertible whole Life Assurance Policy)—इस प्रकार के आजीवन बीमापत्र में बीमापत्रधारी को यह विकल्प रहता है कि वह एक निश्चित समय में, जो जीवन बीमा निगम के 5 वर्ष है, बन्दोबस्ती बीमापत्र में बदल सकता है। यदि इस तिथि को विकल्प अपनाया जायगा तो यह बीमा आजीवन बीमापत्र न रहकर विकल्प के अनुसार बन्दोबस्ती बीमा होगा और यदि विकल्प नहीं अपनाया जाता तो यह आजीवन बीमापत्र की भाँति चलता रहेगा। बन्दोबस्ती बीमा के रूप में इसकी अवधि शुरू से 10 वर्ष से लेकर 54 वर्ष तक होगी तथा बीमापत्र की परिपक्वता बीमापत्रधारी की 70 वर्ष की आयु तक हो जानी चाहिए। यदि विकल्प नहीं अपनाया गया तो प्रव्याजि भुगतान की सीमा बीमापत्रधारी के 70 वर्ष की आयु तक होगी। सलाभ बीमापत्र 70 वर्ष तक ही नहीं, बल्कि जीवन पर्यन्त बोनस को प्राप्त करने का अधिकारी है। बन्दोबस्ती बीमा में परिवर्तन के समय बोनस की दर भी बन्दोबस्ती बीमा के अनुसार बदल जायगी।

इस बीमापत्र को ऐसे व्यक्तियों के लिए विशेषतया तैयार किया गया है जो आय अर्जन के लिए अभी जीवन में उतरे हैं और जिनकी आय इतनी ज्यादा नहीं है कि बन्दोबस्ती बीमा खरीद सकें; दूसरी तरफ पारिवारिक जिम्मेदारी अत्यधिक होने के कारण बीमा की आवश्यकता बहुत है। इसलिए ऐसे व्यक्तियों को कम प्रव्याजि पर अधिक बीमा देने का एक सफल तरीका है। इन व्यक्तियों को परिवर्तन के समय बढ़ी हुई प्रव्याजि पर पिछले समय की अतिरिक्त प्रव्याजि और ब्याज नहीं देना पड़ता। विकल्प के समय उनकी उम्र के अनुसार बन्दोबस्ती बीमा की जो प्रव्याजि होगी उससे थोड़ा अधिक ही देना पड़ता है। इस प्रकार 5 वर्ष तक तो इन्हें आजीवन बीमापत्र की सस्ती प्रव्याजि देना रहता है और उसके बाद बन्दोबस्ती प्रव्याजि की कुछ अधिक बढ़ी हुई प्रव्याजि देना होगा, यह बन्दोबस्ती बीमा से थोड़ा अधिक प्रव्याजि की वसूली पिछली प्रव्याजि को वसूल करने के लिये की जाती है। उसी कारण से बोनस की रकम बदली हुई बन्दोबस्ती बीमापत्र पर शुरू से दी जाती है। यदि

ऐसा बीमापत्र न खरीदा गया होता तो बीमापत्रधारी को विकल्प के समय बीमा खरीदने के लिए चिकित्सा परीक्षा देनी पड़ती, साथ-साथ पिछली न दी हुई प्रव्याजि को ब्याज सहित इकट्ठे देना पड़ता। ये सारी कठिनाइयाँ इस बीमापत्र के खरीद लेने से विकल्प के समय नहीं आती। परिवर्तनशील आजीवन बीमा-लाभ सहित बीमा बन्द हो गया और परिवर्तनशील आजीवन बीमा-लाभ रहित की शर्तों में परिवर्तन हो गया है।

(ङ) विशिष्ट आजीवन बीमापत्र (Special whole-Life Policy)—कुछ समय तक बीमा कम्पनियाँ विशिष्ट आजीवन बीमापत्र उन व्यक्तियों को बेचती थीं जिनकी मृतक दर सामान्य दर से कम होने की सम्भावना रखती थी। परिणामस्वरूप प्रव्याजि की दर, सामान्य प्रव्याजि की दर से कम हुआ करती थी। इस बीमापत्र को अधिमानित जोखिम बीमापत्र (Proferred Risk Policy) भी कहते हैं क्योंकि यह बीमापत्र अधिमानित या श्रेष्ठ जीवन (Super Standard Life) पर निर्गमित किये जाते थे, जहाँ जोखिम की सम्भावना सबसे कम रहती है। परन्तु अधिमानित जोखिम पर कम प्रव्याजि लेने से सामान्य जोखिम की दर ऊँची हो जायगी और फिर सामान्य व्यक्ति भी इसके लिए प्रयत्नशील रहेगा जिसके वर्गीकरण के लिए कोई सही और उचित आधार नहीं रहेगा। चिकित्सा परीक्षा की जिम्मेदारी बढ़ जायेगी। साथ ही अनुमानित मृतक दर हमेशा वास्तविक मृतक दर से मेल नहीं खायेगी। इसके परिचयन (Selection) और अवास्तविक जोखिम के कारण इस बीमापत्र की भी लागत बढ़ जायेगी। इस बीमापत्र को बीमा की रकम अधिक रहने पर भी निर्गमित किया जाता है।

जीवन बीमा निगम द्वारा एक विशिष्ट प्रकार का आजीवन बीमापत्र निर्गमित किया जाता है जिसमें प्रव्याजि की रकम अतिरिक्त प्रव्याजि को छोड़कर बीमित रकम के बराबर ही देना पड़ता है, चाहे बीमापत्र सलाभ क्यों न हो? प्रव्याजि का भुगतान करना उस दिन अपने आप बन्द हो जाता है, जब दी हुई प्रव्याजि बीमित रकम के बराबर हो जाती है। यह बीमापत्र ज्यादा प्रचलन में नहीं है।

(च) न्यूनतम प्रव्याजि बीमापत्र—इस बीमापत्र के अन्तर्गत प्रव्याजि की रकम एक न्यूनतम रकम तक बीमा कराने के कारण कम कर दी जाती है। इसका कारण यह है कि बहुत से व्यय ऐसे हैं जो प्रव्याजि या बीमित रकम के अनुसार नहीं होते। ये खर्चे बीमापत्र पर एक बार हो जाते हैं, चाहे बीमित रकम कितनी ही क्यों न हो? इसलिए अधिक रकम के बीमापत्र खरीदने वाले व्यक्तियों को इस बचत का लाभ होना चाहिए जो दूसरे व्यक्तियों को इस अतिरिक्त रकम के नये बीमापत्र पर खर्च करने पड़ते। इन खर्चों में से प्रशासनिक खर्चे, चिकित्सा व्यय, निरीक्षण व्यय, बीमापत्र की सेवा के व्यय, प्रव्याजि वसूली के व्यय आदि मुख्य हैं। ये खर्चे जैसे-जैसे बीमापत्र की रकम बढ़ती जाती है, प्रत्येक 1000 रुपये पर कम होते जाते हैं। यही कारण है कि एक न्यूनतम रकम तक प्रव्याजि कम होगी और न्यूनतम रकम से कम का बीमा कराने से सामान्य प्रव्याजि देना होगा। जीवन बीमा निगम ने इस प्रकार के बीमापत्रों को तीन वर्गों में विभाजित किया है—प्रथम वर्ग में वे बीमापत्र आते हैं जिनकी रकम 5000 या उससे अधिक है, परन्तु 10,000 से कम है। इस प्रकार के बीमापत्र की बीमित रकम पर पचास पैसा प्रति हजार की दर से प्रव्याजि की रकम कम करते हैं। दूसरे वर्ग में वे बीमापत्र आते हैं जिनकी रकम 10,000 या उससे अधिक है, परन्तु

20,000 से कम है, प्रव्याजि कटौती की दर 0.75 प्रति हजार है। तीसरे वर्ग में उस बीमापत्र को शामिल किया जाता है जिनकी रकम 20,000 या उससे अधिक है, प्रव्याजि कटौती की दर बीमित रकम के प्रति एक हजार पर एक रुपया है। इस प्रकार की कटौती केवल आजीवन बीमापत्र पर ही लागू नहीं होती, बल्कि वार्षिकी, बहु-उद्देश्यीय बीमा-पत्र, शिक्षा बीमापत्र, शुद्ध बन्दोबस्ती बीमापत्र तथा शिशु विलम्बित बीमापत्र को छोड़कर अन्य सभी प्रकार के बीमापत्रों पर लागू होती है।

प्रव्याजि कटौती की दर वार्षिक और अर्द्धवार्षिक प्रव्याजि पर क्रमशः 75 पैसा और 50 पैसा प्रति हजार है, बशर्ते कि एक न्यूनतम रकम का बीमापत्र लिया गया हो। इस न्यूनतम रकम की सीमा विभिन्न प्रकार के बीमापत्रों में अलग-अलग हैं।

(छ) संशोधित आजीवन या प्रारम्भिक ह्रासित प्रव्याजि बीमापत्र (Modified Life or Early Reduced Premium Policy)—इस प्रकार के बीमापत्र के अन्तर्गत प्रव्याजि का वितरण इस प्रकार किया जाता है कि प्रथम तीन या पाँच वर्षों में प्रव्याजि की रकम सामान्य प्रव्याजि की दर से कम होती है और उसके बाद सामान्य प्रव्याजि की दर से अधिक होती है, परन्तु इस उम्र पर क्रय किये जाने वाले बीमापत्र से कम होती है। संशोधित बीमापत्र में प्रव्याजि वितरण का एक तरीका और हो सकता है जिसके अन्तर्गत प्रव्याजि प्रथम वर्ष में न्यूनतम होगी और 5 वर्ष तक क्रमशः बढ़ेगी और उसके बाद सामान्य स्तर पर आ जाएगी जिसके बाद वृद्धि होना सम्भव नहीं है।

यह बीमापत्र उन बीमापात्रों के लिये उपयुक्त है जिनको बीमा की आवश्यकता अधिक है, परन्तु आय कम है तथा भविष्य में 4-5 वर्ष बाद आय में वृद्धि होने की सम्भावना है। यह सावधि बीमा की तरह प्रव्याजि कम लेता है, परन्तु उसके विरुद्ध स्थायी बीमा प्रदान करता है तथा वार्षिक प्रव्याजि देने का समझौता रहता है।

2. सावधि बीमापत्र—यह बीमापत्र केवल एक निश्चित समय के लिये लिया जाता है। यदि इस अवधि के अन्तर्गत दी गई घटना (मृत्यु आदि) घटित हो जाती है तो प्रसंविदा उसी समय समाप्त हो जाता है। सावधि बीमापत्र दो प्रकार का होता है—(i) अवधि बीमापत्र (Term Insurance Policy), (ii) बन्दोबस्ती बीमापत्र (Endowment Insurance Policy)।

(i) अवधि बीमापत्र—इसके भी कई भेद होते हैं, जो निम्नलिखित हैं—

(क) साधारण अवधि बीमापत्र (Ordinary Term Policy)—इस बीमापत्र के अन्तर्गत बीमित रकम का भुगतान तब होगा जब बीमित व्यक्ति की मृत्यु दी गई अवधि (Term) के अन्तर्गत होती है। यदि मृत्यु न हुई और बीमित व्यक्ति उस अवधि तक जीवित रहा तो बीमाकर्ता बीमित रकम का भुगतान नहीं करेगा। इसे अस्थायी बीमा (Temporary Assurance) भी कहते हैं क्योंकि यह थोड़े समय के लिए ही बीमा प्रदान करता है। जीवन बीमा निगम द्वारा निर्गमित अवधि बीमा दो वर्ष के लिये ही होता है। केवल एक ही प्रव्याजि अग्रिम रूप से देनी पड़ती है। यदि अवधि के अन्दर बीमित व्यक्ति की मृत्यु होती है तब बीमा निगम बीमित रकम का भुगतान लाभ-रहित करता है, क्योंकि यह बीमापत्र सलाभ नहीं होता है। यदि मृत्यु नहीं होती है तो प्रव्याजि की रकम भी वापस नहीं की जायगी। इस बीमापत्र के अन्तर्गत कोई ऋण या समर्पित मूल्य नहीं दिया जाता। इस बीमापत्र को खरीदने

का समय 30 वर्ष की आयु से लेकर 60 वर्ष की आयु तक है। इसमें केवल सुरक्षा का तत्त्व होता है—विनियोग का तत्त्व नहीं होता, इससे प्रव्याजि की दर बहुत कम होती है। इस बीमापत्र को निर्गमित करते समय चिकित्सा परीक्षा गहराई से की जाती है अन्यथा जोखिम की अधिक सम्भावना रहेगी। यह एक अनिश्चितता का बीमा है।

यह बीमा उन व्यक्तियों के लिए अधिक लाभप्रद है जो जोखिम को अधिक समझे रहते हैं तथा बीमा खरीदने के लिये पर्याप्त आय नहीं है। ऋण प्राप्तकर्ता को अपने परिवार को मृत्यु के समय ऋण से मुक्त कराने के लिये यह उपयुक्त बीमा है। बच्चों की शिक्षा के लिए पिता की कम आयु पर मृत्यु के समय यह बीमा लाभप्रद होगा। व्यापारी जो अपना नया व्यापार प्रारम्भ कर रहा है या शोध-कार्य में संलग्न है, इस बीमा से महत्त्वपूर्ण कर्मचारी का बीमा कराकर उसकी मृत्यु पर व्यापार वृद्धि की हानि को कम करवा सकता है। वह व्यापारी अपने जीवन का बीमा कराकर व्यापार को समाप्त होने से रोक सकता है। संक्षेप में यह बीमा वहाँ अत्युत्तम है, जहाँ एक निश्चित समय में मृत्यु पर हानि की अधिक सम्भावना है। यहाँ बीमा थोड़ी आय में अत्यधिक सुरक्षा प्रदान करता है जो अन्य किसी बीमापत्र में संभव नहीं है। विद्यार्थियों, अन्य केकाल-सैनिकों और मृत्यु की सम्भावना रखने वाले व्यक्तियों के लिये यह बीमा बहुत ही लाभप्रद है। जो व्यक्ति अपनी सम्पत्ति को उपहार में देते हैं, वे इस बीमा को खरीदकर उपहार के दो वर्ष के अन्दर मृत्यु पर मृत्यु-कर के लिये पर्याप्त रकम उपलब्ध करा देते हैं।

स्थायी बीमा के लिये यह बीमापत्र उपयुक्त नहीं है। इसके अन्तर्गत अवधि के बाद बीमित व्यक्ति अबीमित हो जाता है और उसके बाद आने वाली मृत्यु की जोखिम से कठिनाई होती है। प्रव्याजि की राशि मृत्यु न होने पर जब्त हो जाती है, उसे कोई रकम वापस नहीं मिलती। वृद्धावस्था की सुरक्षा के लिये यह बिल्कुल नहीं है। बचत-योजना की अनुपस्थिति के कारण इसे लाभप्रद नहीं कहा जा सकता, क्योंकि अन्य बीमापत्रों में बचत तत्त्व मौजूद रहने से व्यक्तियों को ब्याज के लाभ के साथ आयकर आदि से भी बचत होती है। वार्षिकी से होने वाले लाभों को यह बीमा प्रदान नहीं करता। समर्पित मूल्य और प्रदत्त बीमा के अभाव में बीमापत्रधारी को हानि सहनी पड़ती है।

(ख) परिवर्तनीय अवधि बीमापत्र—इस बीमापत्र के अन्तर्गत बीमापत्रधारी को यह अधिकार रहता है कि वह एक निश्चित समय के अन्दर इस बीमापत्र को बिना बीमायोग्यता की जाँच के प्रव्याजि के उचित समायोजना पर स्थायी बीमा में बदल सकता है। परिवर्तन का अधिकार बीमापत्र के पूरे समय तक या प्रथम कुछ वर्षों तक ही सीमित रहता है। परिवर्तन सीमित प्रव्याजि बीमापत्र या बन्दोबस्ती बीमापत्र में हो सकता है। परिवर्तन के बाद प्रव्याजि की रकम प्राप्त उम्र के अनुसार निर्धारित की जाती है, यानी परिवर्तन के समय बीमित व्यक्ति की उम्र के अनुसार प्रव्याजि का निर्धारण होगा। बीमा खरीदते समय उम्र को कुछ बीमाकर्ता ध्यान में रखते थे, ऐसा करने से बीमापत्रधारी को कम उम्र का लाभ हो जाता है और प्रव्याजि की दर कम रहती थी। पिछली प्रव्याजि को ब्याज सहित ले लिया जाता था। इसका लाभ यह था कि उस अवधि बीमा के समय को भी स्थायी बीमा में शामिल करने का मौका मिल जाता था। कुछ बीमा कम्पनियाँ स्वतः परिवर्तन की सुविधा देती थीं और अवधि व्यतीत होने पर प्रसंविदा समाप्त करने का विकल्प भी मौजूद रहता था।

यह बीमापत्र उन व्यक्तियों के लिये लाभप्रद है जो प्रारम्भ में अधिक प्रव्याजि देने में असमर्थ हैं और भविष्य में आजीवन या बन्दोबस्ती बीमा के लिए अधिक प्रव्याजि देने में समर्थ हो सकते हैं। यह उस समय भी खरीदा जाता है जब बीमा की योजना का निर्णय बाद में लिया जायगा। जैसे ही बीमापत्रधारी को महसूस हो कि इस बीमा से कोई लाभ नहीं है, वैसे ही वह इस बीमापत्र को आजीवन या बन्दोबस्ती या किसी भी प्रकार के स्थायी बीमा में बदल सकता है, बशर्ते अवधि व्यतीत होने में केवल 2 वर्ष रह गये हों।

जीवन बीमा निगम के द्वारा यह बीमापत्र केवल पुरुषों को जिनकी 40 वर्ष से अधिक उम्र नहीं है, निर्गमित किया जाता है। साथ ही साथ चिकित्सा परीक्षण के बाद पारिवारिक और व्यक्तिगत इतिहास के अनुसार पेशा जीवन स्तर आदि देखते हुए सर्वश्रेष्ठ जीवन पर ही निर्गमित किया जाता है। जोखिमपूर्ण और सेना में कार्य करने वाले व्यक्तियों को यह निर्गमित नहीं किया जाता है। यह बीमापत्र उन्हीं व्यक्तियों को निर्गमित किया जाता है जो सरकारी या अर्द्ध सरकारी या किसी प्रसिद्ध व्यापारिक संस्थाओं में कार्य करते हैं। बीमा परीक्षण की लागत प्रस्तावक द्वारा ही दी जायगी। इसके अन्तर्गत न्यूनतम बीमा की रकम 5000 रुपये है और बीमा अवधि (Term) 5, 6 और 7 वर्ष है। उम्र का प्रमाण-पत्र देना अत्यावश्यक है। प्रव्याजि वार्षिक या अर्द्धवार्षिक हो सकती है। मासिक और त्रैमासिक प्रव्याजि का भुगतान नहीं किया जायगा, अधिक रकम का बीमा और अर्द्धवार्षिक प्रव्याजि के लिये कोई कटौती नहीं है। इस बीमापत्र पर समर्पित मूल्य, ऋण, प्रदत्त-मूल्य, दुर्घटना या अयोग्यता अनुलाभ नहीं दिये जाते हैं। एक खण्डित बीमापत्र को प्रथम अदत्त प्रव्याजि के भुगतान पर दो वर्ष के अन्दर पुनर्जीवित किया जा सकता है।

(ग) ह्रासित अवधि बीमा या बन्धक मोचन बीमापत्र (Decreasing Term Insurance or Mortgage Redemption Policy)—इस बीमापत्र में बीमित रकम प्रतिवर्ष एक निश्चित अनुपात में घटती जाती है। वह प्रव्याजि भी घटती जाती है जो पूरी अवधि तक भुगतान करनी होती है अथवा सम प्रव्याजि को बीमापत्र की अवधि के आधे या दो-तिहाई समय तक सीमित कर देते हैं। जब जोखिम घटने वाले प्रकृति की होती है तब सम प्रव्याजि की रकम सम्पूर्ण अवधि तक न देकर बीमित व्यक्ति अपने इस अवधि बीमा को समाप्त कर सकता है, जिससे बीमाकर्ता को विपरीत चयन (Adverse Selection) की हानि होगी। इसी कारण से सम प्रव्याजि योजना में यह बीमा अवधि के एक हिस्से तक ही दी जाती है। इस बीमापत्र में अवधि के अन्तर्गत मृत्यु पर ही भुगतान किया जाता है। यदि बीमित व्यक्ति अवधि से ज्यादा जीवित रहा तो कुछ भी भुगतान नहीं होगा। समर्पित मूल्य या ऋण नहीं दिये जाते हैं। अवधि के अन्त में इस बीमा का मूल्य शून्य हो जाता है।

इस बीमापत्र को ऋण प्राप्त करने के लिये जमानत के रूप में लिया जा सकता है। गृह क्रय-ऋण में बन्धक गृह को मृत्यु के समय बचाने के लिये ऋण की मात्रा तक इस बीमापत्र को खरीदा जा सकता है। मृत्यु के समय आश्रित व्यक्तियों को ऋण चुकाने के लिये पर्याप्त रकम मिल जाती है जिससे बन्धक पर रखी गई सम्पत्ति (मकान आदि) बच जाते हैं। जब हर वर्ष ऋण और ब्याज का भुगतान किस्तों में होता रहता है तो बकाया ऋण में कमी आती जाती है। इसलिये ऋणदाता ह्रासित बीमा रकम में रुचि रखता है। जो किसी भी बकाया ऋण और ब्याज के बराबर होना चाहिए, इसे बन्धक मोचन बीमा-पत्र भी कहते हैं

क्योंकि मृत्यु के समय ऋण के भुगतान हो जाने से बन्धक रखी गयी सम्पत्ति बन्धक से मुक्त हो जाती है। बीमापत्र की अवधि ऋण की अवधि के अनुसार निश्चित की जाती है। इस पर कोई समर्पित मूल्य या ऋण नहीं दिया जाता है।

(घ) नवीकरण अवधि बीमापत्र—इस बीमापत्र के अन्तर्गत अवधि के व्यतीत हो जाने पर अवधि बीमापत्र का नवीकरण किया जा सकता है। नवीकरण या पुनः उसी प्रकार के अवधि बीमापत्र के लिए चिकित्सा परीक्षा की आवश्यकता नहीं होती। प्रव्याजि की राशि नवीकरण के समय प्राप्त आयु के अनुसार निश्चित की जायगी। अतः प्रव्याजि हर नवीकरण पर बढ़ती रहेगी। उम्र या नवीकरण अवधि बीमापत्र की संख्या के अनुसार नवीकरण को सीमित कर दिया जाता है। जहाँ पर नवीकरण की सुविधा उपलब्ध नहीं है, बीमित व्यक्ति को खराब स्वास्थ्य, जोखिमपूर्ण पेशे, उम्र आदि के कारण बीमा कराने की सुविधा उपलब्ध नहीं हो पाती। अवधि के व्यतीत होने पर वह बीमा रहित हो जाता है जबकि बीमा की आवश्यकता उस समय अधिक होती है। अतः नवीकरण अवधि बीमा व्यक्तियों की आवश्यकता पूरा करने के लिये बिना बीमा योग्यता जाँच के सुरक्षा प्रदान करता है। बीमाकर्ता के लिये इस प्रकार के बीमा पर लागत अधिक है क्योंकि स्वस्थ व्यक्ति बढ़ी हुई प्रव्याजि पर इसे चालू नहीं रखना चाहेगा जबकि अस्वस्थ और बीमा अयोग्य व्यक्ति बढ़ी हुई प्रव्याजि पर भी बीमा को चालू रखना चाहेगा। इस प्रकार बीमाकर्ता के पास अत्यधिक जोखिम वाले व्यक्ति ही रहेंगे। इसको दूर करने के लिए प्रव्याजि प्रायः भारित (Loaded) की जाती हैं या लाभांश और बोनस कम दिये जाते हैं और बीमा की उम्र अधिकतम 55, 60 या 65 वर्ष कर दी जाती है। यह बीमापत्र उन दशाओं में उचित होगा, जहाँ पर अवधि बीमा की आवश्यकता एक निश्चित समय से ज्यादा के लिये समझी जा रही है।

(ii) बन्दोबस्ती बीमापत्र (Endowment Policy)—अवधि बीमा की तरह से यह भी एक निश्चित अवधि (Endowment) के लिए निर्गमित किया जाता है, परन्तु इसको अवधि बीमा से ज्यादा समय के लिए निर्गमित करते हैं तथा इसके अन्तर्गत भुगतान होना प्रायः निश्चित होता है। इसके विभिन्न भेदों को नीचे स्पष्ट किया गया है।

(क) साधारण बन्दोबस्ती बीमापत्र (Ordinary Endowment Policy)—यह बीमापत्र अत्यधिक प्रचलन में है क्योंकि इसके अन्तर्गत सुरक्षा और विनिमय दोनों तत्त्व मौजूद रहते हैं। बीमित रकम का भुगतान अवधि (Endowment) के व्यतीत हो जाने पर या मृत्यु पर जो दोनों में पहले हो, किया जाता है। सलाभ बीमापत्र में बीमित रकम के साथ बोनस का भी भुगतान किया जाता है। इसमें आजीवन बीमापत्र तथा अवधि बीमापत्र पर प्रव्याजि की तुलना में प्रव्याजि की रकम अधिक होती है। अवधि का समय जितना लम्बा होगा प्रव्याजि की रकम उतनी ही कम होगी। प्रव्याजि का भुगतान अग्रिम रूप से एक ही बार दिया जा सकता है या किस्तों में अवधि के समय तक दिया जा सकता है। कभी-कभी प्रव्याजि भुगतान की जिम्मेदारी अवधि के पहले समाप्त करने के लिये सीमित प्रव्याजि वाला बन्दोबस्ती बीमापत्र खरीदा जाता है। यह बीमापत्र अवधि बीमापत्र और शुद्ध बन्दोबस्ती बीमापत्र का सम्मिश्रण है, क्योंकि जब अवधि के अन्तर्गत मृत्यु पर भुगतान होता है—अवधि बीमापत्र का तत्त्व लागू होता है और जब अवधि के व्यतीत हो जाने पर भुगतान होता है, तब शुद्ध बन्दोबस्ती का तत्त्व लागू होता है। यही कारण है कि साधारण बन्दोबस्ती

बीमापत्र की शुद्ध प्रव्याजि का मूल्य अवधि बीमापत्र की शुद्ध प्रव्याजि और शुद्ध बन्दोबस्ती बीमापत्र की शुद्ध प्रव्याजि के योग के बराबर होता है। साधारण बन्दोबस्ती बीमापत्र किसी भी अवधि के लिए लिया जा सकता है, परन्तु उसकी अधिकतम अवधि बीमापात्र की एक निश्चित आयु से जैसे 60, 65 या 70 वर्ष से अधिक नहीं होनी चाहिए। इस बीमापत्र का सर्वप्रथम लाभ यह है कि बचत के लिये प्रोत्साहन मिलता है। इसके द्वारा नियमबद्ध बचत की जा सकती है। प्रायः बहुत से व्यक्ति अपनी आय का कोई हिस्सा बचत नहीं करते या वर्तमान खर्चों को देखते हुए बचत नहीं कर पाते, जिससे भविष्य में आवश्यकता के समय कुछ भी रकम एकत्रित नहीं कर पाते। परन्तु इस प्रकार के बीमापत्र खरीदने से उनको बाध्य होकर बचाना पड़ता है, क्योंकि ऐसा न करने से उनका बीमापत्र खण्डित हो जायगा और बीमा का लाभ नहीं मिल पायेगा। ऐच्छिक बचत में अधिक रकम नहीं बच पाती क्योंकि बचायी हुई रकम को निकालने का विकल्प रहता है, थोड़ी भी आवश्यकता में वे इस संचित रकम को व्यय कर सकते हैं। वृद्धावस्था के लिये संचय करने का यह सर्वोत्तम तरीका है। बीमापात्र अपनी आय अर्जन करने की क्षमता और समय का अनुमान लगाकर उतने समय के लिए इसे खरीद सकता है और उसे कार्य से मुक्त होने पर वृद्धावस्था के लिये पर्याप्त रकम मिल जायगी। इस प्रकार बीमा एक व्यक्ति को शीघ्र मृत्यु पर ही सुरक्षा प्रदान न करके बल्कि अधिक दिन जीवित रहने पर आय भी प्रदान करता है। वृद्धावस्था में संचित रकम न रहने पर आय की समाप्ति पर व्यक्तियों को अत्यधिक आर्थिक कठिनाइयों का सामना करना पड़ता है, चाहे उनके बच्चे मदद करने के लिये भरसक प्रयत्नशील क्यों न हों? आजकल प्रायः यह देखा गया है कि सेवामुक्ति के समय व्यक्तियों की जिम्मेदारियाँ पूरी नहीं हुई रहतीं उन्हें बच्चों की शिक्षा, विवाह आदि की महत्त्वपूर्ण जिम्मेदारियाँ निभानी रहती हैं। इन सब कार्यों के लिये उन्हें उस समय संचित रकम इस बीमापत्र से मिल सकती है जो अन्य दूसरे प्रकार के संचय से सम्भव नहीं है। आजीवन बीमापत्र का सबसे बड़ा दोष यही है कि वृद्धावस्था में रकम नहीं मिल पाती, यह इस बीमापत्र से दूर हो जाता है। तीसरा लाभ यह है कि निश्चित किया हुआ संचय मृत्यु के कारण कम नहीं होता, क्योंकि इस बीमापत्र से कितनी रकम संचय करना है, उतने का बीमा कराके उसे प्राप्त करने की निश्चितता हो जाती है। अन्य प्रकार के संचय से यह संभव नहीं है क्योंकि मृत्यु की अनिश्चितता और ऐच्छिक संचय की असफलता ऐसा करने से रोकती है। चौथा लाभ यह है कि एक विशेष उद्देश्य के लिए एकत्रित रकम मिल जाती है, बच्चों को जीवन प्रवेश के लिए पर्याप्त रकम मिल जाती है जिससे वे अपना एक स्वतंत्र कार्य कर सकते हैं। वृद्धावस्था के समय अवशेष जिम्मेदारियों को पूरा किया जा सकता है।

जीवन बीमा निगम द्वारा साधारण बन्दोबस्ती बीमापत्र निर्गमित किये जाते हैं जिनकी कोई भी अवधि हो सकती है, परन्तु वह अवधि इस प्रकार ही होगी कि बीमापत्र की अधिकतम अवधि, बीमापात्र की 70 वर्ष की आयु से ज्यादा न हो। सीमित प्रव्याजि बीमापत्र के बन्दोबस्ती अवधि (Endowment Period) 15, 20 और 25 वर्ष होगी और प्रत्येक दशा में बन्दोबस्ती अवधि (Endowment) के पूरा होने के 5 वर्ष पहले तक ही प्रव्याजि देने होंगे।

(ख) शुद्ध बन्दोबस्ती बीमापत्र (Pure Endowment Policy)—इस बीमापत्र के

अन्तर्गत बन्दोबस्ती अवधि (Endowment Term) के व्यतीत हो जाने पर बीमित व्यक्ति के जीवित रहने पर ही भुगतान किया जाता है। यदि बीमित व्यक्ति की मृत्यु इस अवधि के अन्तर्गत होती है, तो बीमाकर्ता कुछ भी भुगतान नहीं करेगा; लेकिन कभी-कभी दी हुई प्रव्याजि को लौटाने का प्रावधान किया जाता है। इस प्रकार यह बीमापत्र व्यक्तियों को अधिक दिन तक जीवित रहने पर पर्याप्त रकम देता है, जिससे वृद्धावस्था अभिशाप नहीं बन सकती। कुछ लोगों का यह कथन कि सही अर्थों में यह बीमा नहीं है। उचित नहीं जान पड़ता क्योंकि बीमा केवल शीघ्र मृत्यु से ही आर्थिक हानि में सहायता नहीं देता बल्कि व्यक्तियों के ज्यादा दिन तक जीवित रहने पर भी आय प्रदान करती है। यह अवधि बीमा (Term Insurance) का बिल्कुल उल्टा है क्योंकि अवधि बीमा में केवल मृत्यु पर ही भुगतान किया जाता है और इसमें केवल जीवित रहने पर भुगतान किया जायगा। शुद्ध बन्दोबस्ती बीमा केवल एक निश्चित समय के लिये ही निर्गमित किया जाता है और इतने समय तक, यदि बीमित व्यक्ति जीवित रहा तो संचय हो जाता है तथा अवधि पर उस संचित रकम का भुगतान कर दिया जाता है। यही कारण है कि ऐसा बीमापत्र निर्गमित करते समय चिकित्सा परीक्षा की आवश्यकता नहीं होती। प्रव्याजि का निर्धारण उम्र के अनुसार न करके किया जाता उसकी अवधि के अनुसार है। शुद्ध बन्दोबस्ती बीमा बीमित व्यक्तियों के स्वयं अपने लाभ के लिए होता है। यह बीमापत्र उन व्यक्तियों के लिए विशेष रूप से लाभप्रद है जो चिकित्सा परीक्षा नहीं देना चाहते या जिनका स्वास्थ्य इतना खराब है कि साधारण बीमा नहीं प्राप्त करा सकते, जिससे वे वृद्धावस्था के लिए संचय नहीं कर पाते। यह उन व्यक्तियों के लिए भी लाभप्रद है जो अपनी मृत्यु के बाद परिवार के लिए कुछ छोड़ना नहीं चाहते। कुछ व्यक्ति यह सोचते हैं कि वे एक निश्चित अवधि तक पर्याप्त आय अर्जित करेंगे लेकिन उसके बाद उनकी आय में तुरन्त कमी आ जायेगी, उनके लिए यह बहुत लाभकारी सिद्ध होगा। अविवाहित व्यक्तियों के लिये इस बीमापत्र का काफी महत्त्व है। परन्तु उपरोक्त प्रकार के व्यक्तियों की कमी है जिससे यह बीमापत्र ज्यादा प्रचलन में नहीं है।

जीवन बीमा निगम द्वारा ऐसे बीमापत्र भी निर्गमित किये जाते हैं जिनसे बच्चों एवं वयस्कों को बचत करने की प्रवृत्ति पड़ जाती है तथा उन्हें एक निश्चित समय बाद एक निश्चित रकम मिल जाती है। यह 5 से 25 वर्ष की अवधि के लिए निर्गमित किये जाते हैं। जीवन बीमा निगम में प्रव्याजि को मृत्यु के समय लौटाने का प्रावधान है। प्रव्याजि को एक बार में अग्रिम या कई किस्तों में दिया जा सकता है। एकल प्रव्याजि पर उसके 90 प्रतिशत तक समर्पित मूल्य दिये जा सकते हैं। दो वर्ष प्रव्याजि का भुगतान करने के बाद दी गई प्रव्याजि की रकम को 95% तक नकद समर्पित मूल्य प्राप्त-हो सकते हैं। बच्चों को बीमापत्र प्रस्तावक की मृत्यु पर बन्द नहीं होते, बल्कि वे चलते रहेंगे और उस पर प्रव्याजि लगातार देना होगा। बच्चे की मृत्यु पर उसी परिवार के दूसरे बच्चे को इस बीमापत्र के अन्दर शामिल किया जा सकता है।

(ग) दोहरा बन्दोबस्ती बीमापत्र (Double Endowment Policy)—इस बीमापत्र के अन्तर्गत बन्दोबस्ती अवधि (Endowment Period) के व्यतीत होने के पहले यदि बीमित व्यक्ति की मृत्यु हो जाती है तो उसे केवल बीमित रकम का ही भुगतान किया जाता है; परन्तु यदि बीमित व्यक्ति उस अवधि तक जीवित रहा हो उसे बीमित रकम की दोहरी

रकम दी जाती है। यह साधारण बन्दोबस्ती (Endowment Assurance) तथा शुद्ध बन्दोबस्ती बीमा (बिना प्रव्याजि लौटाये हुए) है। इसलिए प्रव्याजि की रकम भी इन दोनों बीमों की प्रव्याजि की रकम के योग के बराबर होती है। अतः प्रव्याजि की रकम इन दोनों से निश्चित रूप से अधिक होगी, परन्तु अवधि के अन्दर मृत्यु के समय केवल बीमित रकम का ही भुगतान किया जाता है जो साधारण बन्दोबस्ती बीमापत्र के अन्दर सम्भव है। चूँकि बीमित व्यक्ति के जीवित रहने पर ही बीमित रकम की दोहरी रकम मिलती है इसलिये इस बीमापत्र के अन्तर्गत अन्य बीमापत्रों की तुलना में अधिक समर्पित मूल्य एकत्र होता रहता है और कुछ समय बाद बीमित रकम से अधिक समर्पित मूल्य हो जाता है; फलतः समर्पण में लाभ होने लगता है जिसको रोकने के लिए बीमाकर्ता समर्पण पर रोक लगा देते हैं। यह बीमापत्र उन व्यक्तियों के लिए महत्त्वपूर्ण है, जो स्वास्थ्य के कारण बीमा नहीं खरीद सकते। यह बीमापत्र वे लोग भी खरीदते हैं जो एक निश्चित अवधि तक जीवित रहने की आशा करते हैं, परन्तु उसके बाद उनको अधिक रकम की आवश्यकता होती है। यह बीमापत्र किसी भी व्यक्ति के लिये लाभप्रद हो सकता है, क्योंकि मृत्यु पर परिवार की सुरक्षा और जीवित रहने पर वृद्धावस्था में दोहरी रकम मिल जाती है।

जीवन बीमा निगम इस बीमापत्र को निर्गमित करता है जिसके अन्तर्गत प्रव्याजि आयु के अनुसार नहीं, बल्कि अवधि के अनुसार निर्धारित की जाती है। प्रव्याजि का भुगतान मृत्यु या अवधि व्यतीत होने के समय जो दोनों में पहले हो, तक ही करना पड़ता है। 65 वर्ष की आयु से अधिक अवधि का बीमापत्र निर्गमित नहीं किया जाता। बन्दोबस्ती की अवधि 10 वर्ष से लेकर 40 वर्ष तक हो सकती है। इस बीमापत्र को लाभ में हिस्सा नहीं मिलता है।

(घ) प्रत्याशित बन्दोबस्ती बीमापत्र (Anticipated Endowment Assurance)—यह बीमापत्र साधारण बन्दोबस्ती बीमापत्र के समान है, अन्तर केवल इतना है कि बीमित रकम का कुछ हिस्सा समय-समय पर बीमा अवधि के अन्दर दिया जाता है और शेष रकम अवधि की पूर्णता पर दी जाती है। यदि मृत्यु इस अवधि के अन्तर्गत होती है तो दी गई पूर्व रकम के समन्वय बिना सम्पूर्ण बीमित रकम दे दी जाती है। यह बीमापत्र उन व्यक्तियों के लिए लाभप्रद होगा जो पारिवारिक सुरक्षा के साथ अपनी आवश्यकताओं को पूरा करने के लिये सामयिक भुगतान प्राप्त करना चाहते हैं। विवाह, शिक्षा या अन्य आवश्यकताओं को पूरा करने के लिये यह सामयिक रकम काफी लाभदायक होगी। साथ-साथ यदि अवधि के अन्तर्गत मृत्यु हो जाती है तो सम्पूर्ण बीमित रकम का भुगतान कर दिया जाता है।

जीवन बीमा निगम द्वारा यह बीमापत्र 15, 20 और 25 वर्ष के लिये निर्गमित किया जाता है जिसमें प्रव्याजि निर्धारित अवधि तक या इस अवधि के व्यतीत होने के पहले मृत्यु तक भुगतान करने होते हैं। यह बीमापत्र सलाभ और अलाभ दोनों प्रकार का हो सकता है। सलाभ बीमापत्र में बोनस बीमित रकम पर संचित होता रहता है जो निर्धारित अवधि पर या निर्धारित अवधि की समाप्ति के पहले मृत्यु पर देय होता है। इस बीमापत्र में भुगतान निम्न प्रकार से किया जाता है :—

(i) बीमित रकम का प्रथम पाँचवाँ हिस्सा अवधि के व्यतीत होने के 10 वर्ष पहले,

(ii) बीमित रकम का द्वितीय पाँचवाँ हिस्सा अवधि के व्यतीत होने के 5 वर्ष पहले,

(iii) बीमित रकम की बाकी रकम यानी बीमित रकम का 3/5 हिस्सा अवधि के व्यतीत होने पर भुगतान किया जाता है।

लेकिन यदि इस अवधि के अन्तर्गत मृत्यु होती है तो बीमित रकम की सम्पूर्ण रकम बिना किसी कटौती के भुगतान कर दी जाती है।

(ङ) प्रत्याभूत त्रिलाभ बीमापत्र (Guaranteed Triple Benefit Policy of Pure Endowment Combined with Whole Life)—इस बीमापत्र के अन्तर्गत बीमा अवधि (Endowment) के व्यतीत हो जाने पर यदि उस समय तक मृत्यु नहीं हुई है, तदुपरान्त मृत्यु के समय दोनों समय भुगतान किये जाते हैं, जिससे इसे शुद्ध बन्दोबस्ती और आजीवन सीमित प्रव्याजि बीमापत्र दोनों कहते हैं। यदि अवधि के अन्तर्गत बीमित व्यक्ति की मृत्यु हो जाती है तो उस समय भुगतान करने के बाद फिर भुगतान नहीं किया जाता है। यदि अवधि व्यतीत होने पर वह जीवित रहा तो उस समय भुगतान देने के साथ उसके उपरान्त मृत्यु के समय भुगतान दिया जाता है। इस प्रकार एक ही बीमापत्र में दोनों प्रकार (शुद्ध बन्दोबस्ती और आजीवन बीमापत्र) मिल जाता है। तीसरी प्रकृति यह है कि अवधि के समय जीवित रहने पर वह चाहे तो वह सम्पूर्ण रकम ले सकता है या चाहे तो सम्पूर्ण रकम को आजीवन बीमापत्र में बदल सकता है जिससे इसे त्रिलाभयुक्त बीमापत्र या प्रत्याभूत त्रिलाभ बीमापत्र कहते हैं। इसका सबसे बड़ा लाभ यह है कि एक ही बीमा-पत्र में बीमित व्यक्ति दो प्रकार का बीमा—आजीवन बीमा और शुद्ध बन्दोबस्ती बीमा प्राप्त कर लेता है। साथ ही प्रव्याजि भुगतान की अवधि सीमित कर दी जाती है, यह उन व्यक्तियों के लिए अत्यधिक लाभदायक है जो पारिवारिक सुरक्षा के साथ वृद्धावस्था के लिए संचय करना चाहते हैं। आजीवन बीमापत्र का मुख्य यह अवगुण कि बीमित व्यक्ति को उसके जीवन में बीमित रकम नहीं मिलती, इस बीमापत्र से दूर हो जाता है। साथ ही सुरक्षा का तत्त्व भी इसमें बन्दोबस्ती बीमा से अधिक है क्योंकि अवधि व्यतीत हो जाने पर भी आश्रितों को बीमित व्यक्ति की मृत्यु पर कुछ रकम प्राप्त होती है, परन्तु बोनस की रकम केवल अवधि तक ही दी जाती है। अन्त में बन्दोबस्ती अवधि के समाप्त होने पर पूर्ण प्रदत्त बीमा या अभिवृद्धि नकद रकम के विकल्प मौजूद रहने से बीमित व्यक्ति को एक और स्वतन्त्रता हो जाती है कि वह अवधि के पूर्ण होने पर बीमित रकम का इच्छानुसार प्रयोग कर सकता है। इसमें प्रव्याजि की रकम अन्य बीमापत्रों की तुलना में अधिक होता है।

जीवन बीमा निगम द्वारा निर्गमित किये जाने वाले प्रत्याभूत त्रिलाभीय बीमापत्र की विशेषताएँ निम्नलिखित लाभ हैं : बीमापत्र के चालू रहने पर निम्नलिखित (Benefits) दिये जाते हैं :—

(a) बीमित व्यक्ति की मृत्यु जब निश्चित अवधि (Fixed Endowment) के अन्दर ही हो तो—

(i) मूल बीमित रकम, और

(ii) एक प्रत्याभूत बोनस 25 रुपया प्रति हजार वार्षिक की दर से पूरी बीमित रकम पर प्रथम वर्ष को छोड़कर दिये गये वार्षिक प्रव्याजि की संख्या के आधार पर भुगतान किया जाता है।

यह एक लाभरहित (Non-Participating) बीमापत्र है, जिसमें बोनस की रकम निश्चित (Guaranteed Bonus) रहती है। बीमाकर्ता के लाभ की रकम का इस बोनस पर कोई प्रभाव नहीं पड़ता।

(b) यदि बीमित व्यक्ति निश्चित अवधि (Term) तक जीवित रहा तो—

(i) मूल बीमित रकम का नकद भुगतान, और

(ii) एक उतनी रकम का पूर्ण प्रदत्त आजीवन बीमा जो इसके बाद मृत्यु पर देय होगा, का प्रावधान किया गया है।

(c) इस अवधि पर बीमित व्यक्ति को निम्नलिखित विकल्प उपलब्ध हैं :

(i) एक अभिवृद्ध (Increased) नकद भुगतान, और

(ii) एक अभिवृद्ध बीमित रकम का या पूर्ण प्रदत्त आजीवन बीमापत्र।

इस विकल्प में दूसरे विकल्प को प्राप्त करने के लिए चिकित्सा परीक्षा की आवश्यकता नहीं है।

प्रत्याभूत समर्पित मूल्य भी इस बीमापत्र में उपलब्ध है जो प्रथम प्रव्याजि को छोड़कर दी हुई सभी प्रव्याजि का कम से कम 35 प्रतिशत है। इस बीमापत्र की अवधि 15, 20 और 25 वर्ष ही है जो सर्वोत्तम जीवन पर तथा अधिकांशतः पुरुषों के जीवन पर ही निर्गमित किये जाते हैं। बीमा की कम से कम रकम 1000 रुपया है और अधिक रकम का बीमा 1000 रुपये के गुणक से ही होना चाहिए। यह बीमा पत्र 1 अप्रैल 1980 से बन्द कर दिया गया।

(च) संतान शिक्षा बन्दोबस्ती बीमापत्र (Children's Educational Endowment Policy) **या शिक्षा वृत्ति बीमापत्र** (Educational Annuity Policy)—शिक्षा बन्दोबस्ती बीमापत्र के अन्तर्गत संतान को एक निश्चित समय (Endowment) के बाद एक निश्चित समय के लिए एक निश्चित रकम का भुगतान किया जाता है। इस बीमापत्र में बीमा खरीदने का प्रस्ताव माता-पिता या अभिभावक अपने बच्चों के जीवन में करते हैं। वह ही प्रव्याजि का भुगतान करते हैं। प्रव्याजि का निर्धारण प्रस्तावक की आयु के अनुसार निश्चित किया जाता है। यह बीमापत्र भी कुछ ही समयों के लिए निर्गमित किया जाता है। इसी समय या अविध (Endowment) के अन्दर यदि प्रस्तावक की मृत्यु होती है तो प्रव्याजि भुगतान जिम्मेदारी समाप्त हो जाती है परन्तु बीमा की यथा निश्चित राशि लाभार्थी (Beneficiary) की अवधि के व्यतीत होने पर ही मिलेगी। इसका लाभ यह है कि संतान को उसके पिता या माता या अभिभावक की मृत्यु पर एक निश्चित रकम निश्चित अवधि के लिए मिलती रहेगी, इस प्रकार वह संतान अपनी शिक्षा सम्पन्न कर सकता है। प्रस्तावक के जीवित रहने पर भी उसके संतान को यह लाभ मिलता रहेगा जिससे प्रस्तावक को शिक्षा का बोझ कम हो जाता है। यदि नामांकित संतान की मृत्यु हो जाती है तो प्रस्तावक को यह अधिकार है कि वह अपने परिवार की दूसरी संतान को उसके लिए बिना किसी चिकित्सा परीक्षा के प्रतिस्थापित कर दे। यदि लाभार्थी (Beneficiary) को नामांकित न किया जा सका तो प्रथम प्रव्याजि के अतिरिक्त सभी प्रदत्त प्रव्याजि को लौटा दिया जाता है। यह बीमापत्र बिना लाभ के होता है।

जीवन बीमा निगम द्वारा इस बीमापत्र को प्रस्तावक के चिकित्सा परीक्षा के बाद यदि वह 55 वर्ष से अधिक नहीं और 18 वर्ष से कम नहीं है, अधिक से अधिक 25 वर्ष और कम से कम 5 वर्ष के लिए निर्गमित किया जाता है, बशर्ते प्रस्तावक (जो बीमित व्यक्ति भी होगा) की आयु अवधि के पूरा होने पर 70 वर्ष से अधिक न हो। इस बीमापत्र में सन्तान को जो लाभार्थी (Beneficiary) है, 5 वर्ष तक बन्दोबस्ती अवधि के बाद अर्द्धवार्षिक किस्तों में भुगतान करना होता है। प्रथम किस्त का भुगतान बन्दोबस्ती अवधि की समाप्ति पर किया जाता है और उसके बाद सभी किस्तों का भुगतान लगातार किया जाता रहेगा और उस सन्तान की मृत्यु पर यह बन्द नहीं होगा।

(छ) सावधि (विवाह) बन्दोबस्ती बीमा [Fixed Term (Marriage) Endowment Policy]—सन्तान के विवाह हेतु यह सर्वोत्तम बीमापत्र है क्योंकि इससे माता-पिता या अभिभावक को बच्चों की शादी के लिये पर्याप्त रकम मिल जाती है। यह बन्दोबस्ती बीमा से इस प्रकार भेद रखता है कि इसमें केवल अवधि के व्यतीत हो जाने पर भुगतान किया जायगा उसके पहले प्रस्तावक या लाभार्थी की मृत्यु पर भुगतान नहीं किया जाता है। इस बीमापत्र और शिक्षा बीमापत्र में अन्तर है कि इस बीमापत्र में बीमित रकम का एकत्रित भुगतान किया जायगा जबकि दूसरे बीमापत्र में किस्तों में भुगतान दिया जाता है। इसमें भी प्रस्तावक (जैसा ऊपर शिक्षा बीमापत्र में बताया जा चुका है) बीमापत्र निर्गमित किया जाता है। प्रव्याजि का भुगतान पूरी अवधि तक या उसके पहले प्रस्तावक की मृत्यु तक ही सीमित है। जीवन बीमा निगम पूर्व वर्णित शर्तों के अनुसार निश्चित अवधि [Fixed Term (Marriage) Endowment Policy] के लिए बीमापत्र निर्गमित करता है। यहाँ यह ध्यान देने की बात है कि ये बीमापत्र प्रस्तावक के जीवन में होते हैं, सन्तान केवल लाभार्थी होती है।

(ज) सन्तान विलम्बित बीमापत्र (Children's Deferred Assurance Policy)—कभी-कभी माता-पिता या अभिभावक या घनिष्ठ सम्बन्धी बच्चों के जीवन में सस्ती प्रव्याजि हेतु बीमा खरीद लेते हैं जिसके अन्तर्गत प्रथम कुछ वर्षों में प्रस्तावक प्रव्याजि देता है और उसके बाद बीमित व्यक्ति (सन्तान) को प्रव्याजि देना पड़ता है। चिकित्सा जाँच की प्रायः आवश्यकता नहीं पड़ती। इस बीमापत्र का सर्वप्रमुख लाभ न्यूनतम प्रव्याजि दर का है। वयस्क होने के पहले जो प्रव्याजि दर रहती है, वही प्रव्याजि दर इस बीमापत्र में वयस्कता के बाद भी चलती रहती है, परन्तु यदि दूसरे प्रकार का कोई बीमापत्र वयस्कता के बाद खरीदा जाता है तो उसकी प्रव्याजि दर अधिक होगी। इस प्रकार अभिभावक या माता-पिता सन्तान को सस्ता बीमा खरीद कर देने में समर्थ रहते हैं, जिससे सन्तान को बन्दोबस्ती अवधि तक न्यूनतम प्रव्याजि का लाभ होता रहता है। दूसरी तरफ बच्चों को बचत करने की आदत पड़ जाती है। यदि विकल्प अवधि पर बच्चे इस बीमापत्र को चलाना नहीं चाहते हैं जो उस समय उनकी शादी और शिक्षा के लिये पर्याप्त रकम मिल जाती है।

जीवन बीमा निगम द्वारा इस प्रकार का बीमापत्र निर्गमित किया जाता है जिसमें बीमापत्र को दो हिस्सों में अवधि के अनुसार इस प्रकार विभाजित किया गया है। प्रथम अवधि बीमापत्र खरीदने की तिथि से लेकर विलम्बित तिथि (Deferred Date) तक है अर्थात् बीमापत्र खरीदने की तिथि से लेकर जोखिग के प्रारम्भ के दिन तक है। इस बीमापत्र

में जोखिम का प्रारम्भ बीमित सन्तान के वयस्कता प्राप्त करने के दिन से होता है। उसके पहले बीमाकर्ता संतान की मृत्यु पर भुगतान नहीं करता, बल्कि दी हुई प्रव्याजि को, यदि दूसरी संतान को प्रतिस्थापित न किया गया तो लौटा दिया जाता है। दूसरी अवधि जोखिम प्रारम्भ के दिन से लेकर उस समय तक जब तक बीमापात्र की मृत्यु या अवधि के व्यतीत होने पर अध्यर्थन देय (Claim due) हो जाता है। साधारणतः एक वर्ष के बच्चे से लेकर 18 वर्ष की आयु प्राप्त करने के पहले तक यह बीमापत्र निर्गमित किया जाता है। जोखिम प्रारम्भ की आयु 18 वर्ष (पूर्ण) से लेकर 21 वर्ष (पूर्ण) तक है। जहाँ पर विलम्बन (Deferment) अवधि 10 वर्ष या अधिक है, चिकित्सा परीक्षा की आवश्यकता नहीं होती है। 10 वर्ष से कम विलम्बन अवधि के लिए बच्चे की चिकित्सा परीक्षा आवश्यक है। चार वर्ष से कम विलम्बन अवधि में यह बीमापत्र निर्गमित नहीं किया जाता है। बीमा की कुल अवधि अधिक से अधिक 70 वर्ष है जो 25 वर्ष की अवधि से प्रारम्भ होता है और 5 वर्षों के अन्तर पर निश्चित किया जाता है। नाबालिक लड़कियों के जीवन में यह बीमापत्र तभी निर्गमित किया जायगा जब उसका सामाजिक, सांस्कृतिक और शैक्षिक स्तर अनुकूल हो और उनके माता-पिता पर्याप्त बीमा कराये हों तथापि विलम्बित अवधि से लड़कियों पर अतिरिक्त प्रव्याजि ली जा सकती है। जो बीमा की अवधि तक जारी रह सकती है। विलम्बित तिथि पर बीमापत्र को जारी रखने का विकल्प दिया जाता है जो भी विकल्प अपनाना हो, बच्चों को वयस्कता प्राप्त करने पर, परन्तु जोखिम तिथि (विलम्बित तिथि) के पहले लिखित देना आवश्यक है। यदि बीमित व्यक्ति (The assured child) ने बीमापत्र को चालू रखने का विकल्प दिया है तो विलम्बित तिथि से यह प्रसंविदा बीमाकर्ता और इस बीमित व्यक्ति के बीच हो जायगा, प्रस्तावक का उस पर कोई अधिकार नहीं रहेगा। यदि विकल्प बीमापत्र को जारी न रखने का लिया गया तो उस पर उपलब्ध रकम का भुगतान (Cash Payment) दिया जायगा, जो शिक्षा या विवाह या अन्य कार्य के लिये महत्त्वपूर्ण रकम रहेगी। विलम्बित तिथि के पहले बीमित व्यक्ति की मृत्यु पर सभी दी गई प्रव्याजि बिना किसी कटौती के लौटा दी जाती है। यदि बीमित व्यक्ति ने उस तिथि पर बीमापत्र को जारी रखने का कोई विकल्प नहीं दिया तो केवल नकद भुगतान को ही लौटाया जायगा, अस्तु बीमापत्र को जारी रखने के लिये विकल्प का लिखित देना आवश्यक है। बीमित व्यक्ति के इस तिथि पर, किसी जोखिमपूर्ण कार्य में, संलग्न होने से बढ़ी हुई प्रव्याजि देना पड़ता है जिससे जोखिम प्रारम्भ के दिन उसे पेशे का बताना आवश्यक रहता है। विलम्बित तिथि के पहले किसी प्रकार का ऋण नहीं मिलता और लाभ में कोई हिस्सा नहीं दिया जाता।

यह ध्यान देने की बात है कि साधारण दशाओं में प्रस्तावक की मृत्यु पर प्रव्याजि देने की जिम्मेदारी समाप्त नहीं होती। प्रव्याजि का सतत भुगतान आवश्यक है। यदि प्रस्तावक निलम्बन अवधि में मृत्यु के कारण प्रव्याजि भुगतान से छुटकारा लेना चाहता है तो वह एक अतिरिक्त प्रव्याजि देकर ऐसा कर सकता है। अतिरिक्त प्रव्याजि का निर्धारण प्रस्तावक की स्वास्थ्य परीक्षा के बाद उसकी उम्र के अनुसार निश्चित किया जाता है। विलम्बन अवधि के अन्दर बच्चे की मृत्यु पर लौटाई जाने वाली प्रव्याजि में इस अतिरिक्त प्रव्याजि को शामिल नहीं करते हैं। इस बीमापत्र में त्रैमासिक और मासिक प्रव्याजि भुगतान स्वीकृत नहीं हैं। उम्र का प्रमाण-पत्र देना आवश्यक है, बिना उसके प्रसंविदा तय नहीं होगा। इस बीमापत्र की न्यूनतम रकम 2000 रुपया है।

(झ) संयुक्त जीवन बन्दोबस्ती बीमापत्र (Joint Life Endowment Assurance Policy)—यह बीमापत्र दो या दो से अधिक व्यक्तियों का बीमा संयुक्त रूप से करता है जिसमें निर्धारित अवधि (Stipulated term) के व्यतीत होने पर या इस अवधि के अन्तर्गत बीमित व्यक्तियों में से किसी एक की मृत्यु होने पर बीमित रकम का भुगतान किया जाता है। उक्त घटनाओं में पहले होने वाली घटना पर ही प्रव्याजि भुगतान कर दिया जाता है। इस निर्धारित अवधि के अन्दर मृत्यु होने पर जीवित बीमित व्यक्ति को भुगतान किया जायगा और यदि दोनों व्यक्तियों की साथ मृत्यु हो जो सम्भव नहीं है तो उनके उत्तराधिकारियों या बीमापत्र की शर्तों के अनुसार भुगतान किया जायगा। निर्धारित तिथि पर दिये जाने वाले भुगतान प्रायः सभी बीमित व्यक्तियों को दिये जाते हैं।

इस संयुक्त बीमापत्र को प्रायः दो व्यक्तियों के जीवन पर ही निर्गमित करते हैं। दोनों व्यक्तियों की चिकित्सा परीक्षा ली जाती है तथा उनकी आयु के अनुसार प्रव्याजि का निर्धारण किया जाता है। प्रस्ताव इन दोनों व्यक्तियों से माँगे जाते हैं। जब एक प्रस्ताव स्त्री होती है तो उससे अतिरिक्त प्रव्याजि कुछ दशाओं में लेना आवश्यक है। बीमापत्र व्यापारिक साझेदारी के लिये अधिक उपयुक्त है क्योंकि एक साझेदारी की मृत्यु पर दूसरे साझेदार को मृतक के आश्रितों को उसके हिस्से लौटाते रहेंगे तथा साझेदारी को पुनः जीवित करने के लिए अतिरिक्त रकम की आवश्यकता होगी। स्त्री और पुरुषों के लिए यह बीमापत्र काफी लाभप्रद रहते हैं। संयुक्त जीवन बीमापत्र आजीवन बीमा के सम्बन्ध में निर्गमित किये जा सकते हैं, परन्तु बन्दोबस्ती बीमापत्र का ज्यादा प्रचलन है।

संयुक्त जीवन बन्दोबस्ती बीमा केवल दो व्यक्तियों पर जीवन बीमा द्वारा निर्गमित किया जाता है जिसके अन्तर्गत बन्दोबस्ती अवधि के व्यतीत होने पर या उसके अन्दर बीमित व्यक्तियों में किसी की मृत्यु पर बीमित रकम का भुगतान किया जाता है। चूँकि दोनों व्यक्तियों की उम्र के अनुसार प्रव्याजि का निर्धारण होता है, इसलिये विभिन्न उम्र के सभी व्यक्तियों के लिए प्रव्याजि की तालिका बनाना सम्भव नहीं है। अस्तु प्रव्याजि निर्धारण के लिये दोनों व्यक्तियों की उम्र का अन्तर ले लिया जाता है, उसी अन्तर के अनुसार सबसे कम आयु वाले व्यक्ति की उम्र में एक निश्चित संख्या जो तालिका से मालूम करते हैं, जोड़कर कम आयु वाले व्यक्ति के लिए प्रव्याजि निर्धारण की आयु मालूम कर लेते हैं। इसी आयु के अनुसार प्रव्याजि का निर्धारण इस बीमापत्र के लिये कर दिया जाता है। स्त्री पुरुषों के संयुक्त जीवन पर बीमापत्र केवल कुछ निर्धारित जीवन पर ही निर्गमित किये जाते हैं। यह बीमापत्र अलाभ और सलाभ दोनों हो सकता है। इसकी कम-से-कम अवधि 10 वर्ष है और अधिकतम 30 वर्ष है तथा न्यूनतम बीमा की रकम 2000 रुपये है।

3. उत्तरजीवी बीमा—उत्तरजीवी बीमा दो प्रकार का हो सकता है, जिसका वर्णन नीचे किया गया है—

(क) अन्तिम उत्तरजीवी बीमापत्र (Last Survivor Policy)—इस बीमापत्र के अन्तर्गत दो या अधिक व्यक्तियों का संयुक्त रूप से बीमा किया जाता है, परन्तु बीमित रकम का भुगतान अन्तिम मृत्यु पर किया जायगा। इस बीमापत्र और पूर्व वर्णित बीमापत्र में यह अन्तर है कि इस बीमापत्र में सभी व्यक्तियों की मृत्यु पर भुगतान होता है जबकि दूसरे बीमापत्र में सर्वप्रथम मृत्यु पर भुगतान होता है। इस बीमापत्र में अधोवर्ती (Inferior) जीवन

भी शामिल किया जा सकता है, परन्तु एक जीवन अच्छा और स्वस्थ होना चाहिए और इसी व्यक्ति की चिकित्सा परीक्षा की जायगी। अधोवर्ती जीवन की चिकित्सा परीक्षा आवश्यक नहीं है। स्वस्थ व्यक्ति की उम्र के आधार पर प्रव्याजि का निर्धारण किया जाता है। इस बीमापत्र पर समर्पित मूल्य प्रदान किया जाता है। इसमें संयुक्त बीमापत्र की तुलना में प्रव्याजि की रकम होती है। यह उन लोगों के लिए लाभदायक है जो अपने व्यक्तियों की मृत्यु पर आश्रित व्यक्तियों को कुछ रकम देना चाहते हैं जब तक ये व्यक्ति जीवित रहेंगे तब तक परिवार के लिए पर्याप्त रकम प्राप्त करते रहते हैं, परन्तु मृत्यु के उपरान्त आश्रितों को अत्यधिक आर्थिक कष्ट उठाने की सम्भावना है। इसमें बीमित व्यक्तियों की संख्या की वृद्धि के अनुसार प्रव्याजि घटती रहती है। ये सलाभ या अलाभ बीमा हो सकते हैं। ये आजीवन या बन्दोबस्ती बीमा भी हो सकते हैं। जीवन बीमा निगम इस प्रकार का बीमापत्र निर्गमित नहीं करता है।

(ख) संभाव्य उत्तरजीवी बीमापत्र (Contingent Survivior Policy)—इस बीमापत्र में यदि बीमित व्यक्ति की मृत्यु एक निर्धारित व्यक्ति की प्रति जीवन (Counter Life) मृत्यु के पहले होती है तो बीमित रकम का भुगतान किया जाता है। परन्तु यदि उस निर्धारित व्यक्ति की मृत्यु पहले होती है और बीमित व्यक्ति की मृत्यु बाद में होती है तो कुछ भी भुगतान नहीं होगा तथा प्रसंविदा उसी दिन समाप्त हो जायेगा। यह बीमा उस नवयुवकों के अनुकूल है जो वृद्धों का पालन-पोषण करते हैं। यदि नवयुवक की मृत्यु हुई तो इन वृद्ध माता-पिता या अन्य कोई व्यक्ति को आर्थिक हानि होगी तथा यदि उन वृद्धों की मृत्यु हुई तो इस नवयुवक को कोई आर्थिक हानि नहीं होगी। इस सम्भावना से हानि को बचाने के लिए वह नवयुवक अपने जीवन का बीमा करा लेगा और उसकी मृत्यु यदि इन वृद्ध व्यक्तियों से पहले हुई तो वृद्धों को बीमित रकम का भुगतान हो जायगा। यदि वृद्धों की मृत्यु पहले हुई तो उस नवयुवक को कोई भुगतान नहीं होगा। इसी प्रकार प्रत्याशी और वसीयत प्रसंविदाओं में संभाव्य बीमापत्र लिये जा सकते हैं। यह बीमापत्र लाभ सहित नहीं होते। इस प्रसंविदा में यदि प्रति जीवन की आयु कम है तो प्रव्याजि की दर कम होगी। बीमित व्यक्ति की चिकित्सा परीक्षा होना आवश्यक है। जीवन बीमा निगम द्वारा इस प्रकार का बीमापत्र निर्गमित नहीं किया जाता है।

लाभ विभाजन के अनुसार बीमापत्र के भेद

बीमापत्र को लाभ विभाजन के अनुसार ये तीन भागों में बाँटते हैं :—(1) लाभ-रहित (Without Profits or Non Participating Policies); (2) लाभ-सहित (With Profits or Participating Policies), (3) प्रत्याभूत अधिलाभांश बीमापत्र (Guaranteed Bonus Policy)।

1. लाभ-रहित बीमापत्र—यह बीमापत्र वह है जहाँ पर बीमापत्रधारी को बीमाकर्ता के लाभ में हिस्सा लेने का अधिकार नहीं रहता। उसे केवल बीमित रकम ही वापस मिलती है, उसके अतिरिक्त उसे और कुछ नहीं दिया जाता है। बीमाकर्ता के लाभ से उसे कोई मतलब नहीं रहता है। पहले वर्णित बीमापत्रों में कुछ बीमापत्र लाभरहित होते हैं और कुछ लाभ-सहित एवं लाभ-रहित दोनों होते हैं। दोहरा बन्दोबस्ती बीमापत्र, शुद्ध बन्दोबस्ती

बीमापत्र, द्विवर्षीय अस्थाई बीमा, परिवर्तनीय अवधि बीमा, निश्चित अवधि (विवाह) बन्दोबस्ती बीमा और शिक्षा वृद्धि बीमापत्र लाभ-रहित होते हैं।

2. लाभ सहित बीमापत्र—इस बीमापत्र में बीमापत्रधारियों को लाभ में हिस्से लेने का अधिकार होता है, जिसे वे प्रव्याजि की रकम कुछ अधिक देकर प्राप्त करते हैं, क्योंकि प्रव्याजि की रकम अधिलाभांश (Bonus) से भारित होती है जो लाभ-रहित बीमापत्र में नहीं होता है। इस प्रकार बीमापत्रधारी को बीमित रकम के साथ बोनस या अधिलाभांश भी दिया जाता है। अधिलाभांश की रकम निश्चित नहीं होती, क्योंकि बीमा व्यवसाय में लाभ या अतिरेक की रकम हमेशा समान नहीं रहती है। जिस वर्ष बीमाकर्ता लाभ नहीं प्राप्त करता, वह अधिलाभांश देने के लिये बाध्य नहीं किया जा सकता है जिससे बीमापत्रधारी इस प्रकार के बीमा के चुनाव में सचेत रहते हैं। बीमाकर्ता भी इन कारणों से प्रव्याजि निर्धारण में सावधान रहते हैं जिससे उन्हें हानि न हो। उसे यह अधिकार है कि यदि लाभ न हो या बहुत कम हो तो वह अधिलाभांश घोषित न करे। लाभ के कुछ हिस्से को वह संचित रखना चाहता हो या अंशधारियों में विभाजित करना चाहता हो तो वह ऐसा कर सकता है। जीवन बीमा के राष्ट्रीयकरण के पहले कुल वितरण योग्य लाभ का केवल 7½ प्रतिशत अंशधारियों को वितरित किया जा सकता था और बाकी 92½ प्रतिशत लाभ-सहित बीमापत्रों में विभाजित करना आवश्यक था। राष्ट्रीयकरण के बाद जीवन बीमा निगम को अपने लिये वितरण योग्य लाभ का केवल 5 प्रतिशत रखकर, बाकी 95 प्रतिशत इन लाभ सहित बीमापत्रधारियों में वितरण करना आवश्यक है। लाभ में हिस्सा प्राप्त करने का अधिकार तब तक रहता है जब तक बीमापत्र सम्पूर्ण बीमित रकम के लिये चालू रहता है। ह्रासित या प्रदत्त बीमापत्र पर आधे लाभांश प्राप्त करने का अधिकार बीमापत्र के प्रदत्त होने के बाद समाप्त हो जाता है। जीवन बीमा निगम द्वारा निर्गमित बीमापत्रों के प्रत्याशित बन्दोबस्ती और सन्तान विलम्बित बीमापत्र लाभ सहित ही होते हैं। आजीवन, साधारण बन्दोबस्ती, संयुक्त जीवन बन्दोबस्ती, परिवर्तनीय आजीवन बीमा एवं बहुउद्देश्यीय बीमापत्र लाभ-सहित एवं लाभ-रहित दोनों होते हैं।

अधिलाभांश भारित के कारण लाभ-सहित बीमापत्रों पर अधिलाभांश वितरित न होने पर बीमाकर्ता की अयोग्यता सिद्ध होती है क्योंकि यह अतिरिक्त प्रव्याजि (Bonus Loading) इसीलिये ली जाती है जिससे कि कम से कम कुछ अधिलाभांश अवश्य वितरित किया जा सके। यदि किसी वर्ष बीमाकर्ता लाभ नहीं प्राप्त करता तो अधिलाभांश वितरण न करने के कारण बीमापत्रधारियों को हानि होगी। अस्तु, यह कहा जाता है कि जिस हिस्से तक ये बीमापत्रधारी हानि सहन करते हैं, बीमाकर्ता के साझेदार होते हैं। लाभ-रहित बीमापत्र केवल लागत ही देते हैं, उन्हें लाभ से कोई मतलब नहीं। इन बीमापत्रों पर लागत में यदि कोई कमी आती है तो वह अतिरेक लाभ-सहित बीमापत्र लेते हैं क्योंकि यदि लागत में वृद्धि होती है तो यही हानि भी सहन करते हैं। ये बीमापत्र हानि और आर्थिक कठिनाइयों में ज्यादा प्रव्याजि देकर न्यूनतम अधिलाभांश से सन्तुष्ट होते हैं। इस प्रकार ये बीमाकर्ता की मदद करते हैं, यद्यपि कि लाभ और समृद्धि के समय में ये अधिक लाभांश भी पाते हैं। प्रत्यावर्ती अधिलाभांश बिना चिकित्सा परीक्षा के अधिक रकम का बीमा भी प्रदान करते हैं। इस प्रकार ये लाभ-रहित बीमा-पत्रों से अधिक लाभप्रद हैं।

3. प्रत्याभूत लाभांश बीमापत्र—यह बीमापत्र सलाभ-बीमापत्र की भाँति है, लेकिन अन्तर केवल इतना है कि इसमें अधिलाभांश की रकम निश्चित रहती है। इस रकम में बीमाकर्ता के लाभ या हानि से वृद्धि या कमी नहीं आती है। जो अधिकार लाभांश की दर प्रारम्भ में निश्चित हो जाती है, उसी दर से लाभांश बीमापत्र के चालू रहने के समय तक दिया जाता है।

इस बीमापत्र से यह लाभ है कि एक निश्चित अधिलाभांश हमेशा मिलेगा उसमें कमी नहीं आयेगी, चाहे बीमाकर्ता को हानि ही क्यों न हो? इसे गैर-भागीदार (Non-Participating) बीमापत्र भी कहा जाय तो अनुचित नहीं होगा, क्योंकि बीमाकर्ता के लाभ और हानि में यह भागीदार नहीं है। इस बीमापत्र में बीमित रकम एक निश्चित दर से बढ़ती रहती है और इस प्रकार बीमित रकम के अतिरिक्त एक अलग प्रदत्त-बीमा की सुविधा होती है। जीवन बीमा निगम के द्वारा निर्गमित प्रत्याभूत त्रिलाभ बीमापत्र में यह सुविधा है कि जितने वर्ष तक प्रव्याजि पहली प्रव्याजि को छोड़कर दी गयी रहती है, उतने वर्ष के लिए बीमित रकम पर प्रति वर्ष 25 रुपया प्रति हजार की दर से देय बीमित रकम बढ़ जाती है। इस अभिवृद्धि से बीमापत्रधारी के आश्रितों को केवल बीमित रकम ही नहीं मिलती, बल्कि वह बढ़ी हुई रकम भी उसके साथ मिल जाती है। उपरोक्त दर से यह लाभांश केवल बीमित व्यक्ति की मृत्यु पर दिये जाते हैं। यदि बीमापत्र चालू न रहा तो सम्पूर्ण बीमा पर यह अधिवृद्धि बीमा (Increased Assurance) अर्थात् अधिलाभांश नहीं मिल पायेगा, बल्कि प्रदत्त बीमा के अनुपात में यह कम हो जायगा। बीमित व्यक्ति के अवधि पर जीवित रहने से इस अधिलाभांश का रूप परिवर्तित हो जाता है और बीमित रकम के बराबर या उससे वृद्धि हुई नकद रकम का एक प्रदत्त बीमा मिल जाता है।

एक बीमापत्र में बीमित व्यक्तियों की संख्या के आधार पर बीमापत्र के भेद

एक बीमापत्र में शामिल किये जाने वाले व्यक्तियों के आधार पर इसके दो भेद हैं—(i) एक जीवन बीमापत्र (Single Life Policy), और (ii) बहु जीवन बीमापत्र (Multiple Life Policy)।

(i) एक जीवन बीमापत्र—बीमापत्र जब एक ही व्यक्ति की जोखिम को शामिल करता है, तब उसे एक जीवन बीमापत्र कहेंगे। जीवन बीमा-निगम द्वारा निर्गमित अधिकांश बीमापत्र इसी श्रेणी में आते हैं। इसमें प्रस्तावक या तो अपने जीवन में बीमापत्र खरीदते हैं या घनिष्ठ व्यक्तियों (बच्चे, स्त्री, पुरुष या साझेदारों) के जीवन में। लेकिन एक ही व्यक्ति को इस बीमापत्र के अन्दर शामिल करते हैं। इस बीमापत्र में प्रत्येक बीमित व्यक्ति को यह स्वतन्त्रता रहती है कि बीमापत्र की रकम का किस प्रकार से प्रयोग करे। बीमापत्र खरीदने, चलाने और भुगतान प्राप्त करने आदि में दूसरे व्यक्तियों पर आश्रित नहीं रहना पड़ता।

(ii) बहु जीवन बीमापत्र—इस बीमापत्र में एक से अधिक व्यक्तियों को शामिल करते है। इसके भी दो हैं और उसी प्रकार बीमा-प्रसंविदा होता है।

(क) संयुक्त जीवन बीमापत्र—संयुक्त जीवन बीमापत्र के अन्तर्गत बीमित रकम का भुगतान बीमित व्यक्तियों में से किसी की मृत्यु पर किया जाता है। यह बीमापत्र तब तक चलेगा जब तक दो या अधिक व्यक्ति संयुक्त रहें। चूँकि प्रथम मृत्यु पर भुगतान किया जाता है, इसलिये सभी बीमित व्यक्तियों की चिकित्सा परीक्षा आवश्यक है। मृत्यु के उपरान्त दूसरे बीमित व्यक्ति को यदि वह जीवित रहा तो भुगतान करेंगे और अन्यथा बीमित व्यक्ति के कानूनी उत्तराधिकारी को भुगतान किया जाता है।

जैसा बताया जा चुका है कि ये बीमा-पत्र पति-पत्नी या व्यापार के साझेदारों के लिए ज्यादा उपयुक्त हैं। साझेदारी में किसी साझेदार की मृत्यु पर उसके बच्चों (आश्रितों) को उसके लाभ, पूँजी, ख्याति तथा संचित रकम के हिस्से के लिये पर्याप्त रकम मिल जाती है, जिससे व्यापार तथा अन्य जीवित साझेदारों को हानि नहीं होने पाती। साझेदार, एक साझेदार की मृत्यु के बाद पुनः आपस में मिलकर एक संयुक्त बीमापत्र खरीद सकते हैं। पति-पत्नी के लिये यह बीमापत्र काफी लाभदायक है, क्योंकि एक की मृत्यु पर दूसरे को पर्याप्त रकम मिल जाती है। विशेषतया जब पति की मृत्यु पहले होती है। संयुक्त जीवन बीमापत्र आजीवन या बन्दोबस्ती हो सकता है। संयुक्त आजीवन बीमा-पत्र में बीमित रकम बन्दोबस्ती अवधि (Endowment Period) समाप्त होने पर या उसके पहले प्रथम मृत्यु पर देय होगी। व्यावहारिक रूप से यह बीमापत्र केवल दो व्यक्तियों के जीवन में लिया जाता है, परन्तु सैद्धान्तिक दृष्टि से दो या दो से अधिक जीवन पर लिया जा सकता है। जीवन बीमा निगम द्वारा केवल दो व्यक्तियों पर यह बीमा पत्र निर्गमित किया जाता है। प्रव्याजि का निर्धारण औसत आयु के अनुसार निश्चित किया जाता है जिसके लिए एक विधि है जिसे निगम ने तालिका के रूप में प्रकाशित किया है। पति-पत्नी के जीवन में हमेशा यह बीमापत्र निर्गमित नहीं किया जाता। केवल कुछ चुने हुए व्यक्तियों का ही बीमा किया जाता है।

(ख) उत्तरजीवी बीमापत्र (Last Survivor Policy)—इस बीमापत्र में भी दो या अधिक व्यक्तियों का बीमा कराया जाता है, जिसके अनुसार बीमित रकम केवल अन्तिम मृत्यु पर ही दी जाती है। जितने व्यक्तियों का बीमा कराया गया रहता है, यदि सभी की मृत्यु हो जाती है तो बाद में हुई मृत्यु के समय ही भुगतान नामांकित व्यक्तियों को किया जाता है, यह बीमापत्र उन व्यक्तियों के लिए लाभदायक है जो यह समझते हैं कि जब तक वे सभी जीवित रहेंगे तब तक पर्याप्त आय मिलेगी और मृत्यु के बाद वह आय समाप्त हो जायगी। इस बीमापत्र में प्रव्याजि की दर कम आयु वाले की उम्र के अनुसार निश्चित की जाती है, जिससे प्रव्याजि की दर प्रायः कम हुआ करती है।

प्रव्याजि भुगतान के तरीकों के अनुसार बीमापत्र के भेद

प्रव्याजि भुगतान के अनुसार बीमापत्रों को कई भागों में विभाजित किया जाता है, जो नियमित, सीमित भुगतान, एक प्रव्याजि, ह्रासित एवं वृद्धि प्रव्याजि हो सकते हैं।

1. नियमित प्रव्याजि बीमापत्र—प्रव्याजि भुगतान करने का सबसे ज्यादा प्रचलित तरीका यही है कि प्रव्याजि तब तक नियमित रूप से दी जायगी जब तक बीमापत्र चालू रहेगा। प्रव्याजि की एक ही दर पूरी बीमा अवधि तक रहती है। प्रविवरण में छपी दर वार्षिक प्रव्याजि होती है और इसी अवधि के अन्तर से नियमित रूप से प्रव्याजि दिया जाता है। यह

अवधि अर्द्धवार्षिक, त्रैमासिक या मासिक हो सकती है। अर्द्धवार्षिक प्रव्याजि, वार्षिक प्रव्याजि का आधा नहीं होता, बल्कि उस रकम में कुछ और जोड़ दिया जाता है। यह अतिरिक्त रकम ब्याज की हानि, प्रबन्ध-व्यय में वृद्धि तथा मृत्यु के समय कुछ प्रव्याजि की हानि के लिए जोड़ी जाती है। इसी आधार पर त्रैमासिक और मासिक प्रव्याजि का निर्धारण किया जाता है। वर्तमान पद्धति के अनुसार जब प्रव्याजि वार्षिक तथा अर्द्धवार्षिक होती है तो उसमें कुछ छूट दे दी जाती है। वार्षिक और अर्द्धवार्षिक प्रव्याजि भुगतान पर तालिकाबद्ध प्रव्याजि में 75 पैसा और 50 पैसा प्रति हजार की दर से छूट दी जाती है जबकि मासिक प्रव्याजि में 5 प्रतिशत और जोड़ दिया जाता है, यद्यपि कि यह कुछ दशाओं में क्षम्य है। नियमित प्रव्याजि की दर में प्रायः छोटी रकम का भुगतान करने से बीमापत्रधारियों के लिए अधिक उपयुक्त है, परन्तु आजीवन बीमापत्र में यह कठिनाई उत्पन्न कर देती है, क्योंकि बीमापत्रधारी को आय के साधनों में कमी आ जाने पर भी वृद्धावस्था में प्रव्याजि देते रहना पड़ता है। इसी कठिनाई को दूर करने के लिए नियमित प्रव्याजि देने की अवधि को कम कर देते हैं।

2. सीमित प्रव्याजि भुगतान बीमापत्र (Limited Premium Payment Policy)—इस प्रकार के बीमापत्र में प्रव्याजि भुगतान की संख्या सीमित कर देते हैं या बीमापत्रधारी की उम्र के अनुसार प्रव्याजि भुगतान बन्द कर देते हैं। आजीवन सीमित प्रव्याजि बीमापत्र के अन्तर्गत प्रव्याजि भुगतान की संख्या सीमित कर देते हैं जो 5 वर्ष से लेकर 43 वर्ष तक हो सकता है, बशर्ते कि बीमापत्रधारी की उम्र 70 वर्ष से अधिक न हो। यदि बीमित व्यक्ति की मृत्यु एक निश्चित अवधि के अन्दर होती है तो प्रव्याजि का भुगतान उसी दिन तक देना होता है। प्रव्याजि भुगतान की संख्या सीमित कर देने से इसकी दर आजीवन प्रव्याजि से अधिक होती है, क्योंकि सम्पूर्ण प्रव्याजि को थोड़े समय में ही देना रहता है। यही कारण है कि प्रव्याजि की दर प्रव्याजि भुगतान की अवधि के बढ़ने के साथ कम हो जाती है। प्रव्याजि भुगतान की अवधि सीमित कर देने से बीमापत्रधारी को यह लाभ होता है कि वह अपने आय-अर्जन के समय तक प्रव्याजि के देने की जिम्मेदारी लेकर मृत्युपरान्त परिवार को सुरक्षा प्रदान करने में समर्थ हो जाता है। प्रव्याजि भुगतान को केवल आजीवन बीमा में ही सीमित नहीं करते, बल्कि बन्दोबस्ती बीमा में भी सीमित करने का प्रावधान जीवन बीमा निगम में दिया गया है। सीमित प्रव्याजि योजना में सुरक्षा का तत्त्व कम और विनियोग का तत्त्व अधिक होता है। प्रव्याजि भुगतान की जिम्मेदारी शीघ्र समाप्त होने के बावजूद भी कुछ लोग लगातार प्रव्याजि भुगतान को ज्यादा पसन्द करते हैं क्योंकि इसमें प्रव्याजि दर कम होती है।

उपरोक्त दोनों प्रकार की बीमा सम प्रव्याजि योजना (Level Premium Plan) के अन्तर्गत आते हैं, क्योंकि दोनों में लगातार एक समान प्रव्याजि का भुगतान होता है।

3. एक प्रव्याजि बीमापत्र (Single Premium Policy)—इस बीमापत्र के अन्तर्गत केवल एक ही प्रव्याजि देना पड़ता है और वह भी प्रसंविदा के प्रारम्भ में। यह सीमित प्रव्याजि योजना एक चरम रूप है जिसमें बीमापत्रधारी को एक ही प्रव्याजि देना पड़ता है जिससे प्रव्याजि की रकम बहुत बड़ी होती है, परन्तु यदि उपर्युक्त योजनाओं की सम्पूर्ण प्रव्याजि की रकम को देखा जाय तो यह बहुत कम होती है। इसमें सुरक्षा का तत्त्व बिल्कुल कम होता है और विनियोग का तत्त्व अपेक्षाकृत अधिक होता है। इस बीमा-पत्र का लाभ यह है कि बार-

बार प्रव्याजि देने से छुटकारा हो जाता है तथा उस पर ब्याज आदि का लाभ बीमापत्रधारी को मिल जाता है। यह उन लोगों के लिए लाभदायक है जो बीमापत्र खरीदने के समय पर्याप्त रकम रखते हैं जिसकी बाद में मिलने की सम्भावना नहीं है। उदाहरण के लिए—सट्टे के व्यापारी, पैतृक सम्पत्ति के अधिकारी या लाटरी की रकम प्राप्त करने वाले व्यक्तियों के लिये यह लाभदायक होगी। जो व्यक्ति ज्यादा दिन तक जीवित रहते हैं, उनके लिए बीमा लाभदायक है। शीघ्र मृत्यु पर यह मँहगा पड़ेगा। जीवन बीमा निगम में ऐसे बीमापत्र बहुत कम हैं, जहाँ पर आवश्यक रूप से एक प्रव्याजि योजना हो। केवल द्विवर्षीय अस्थायी बीमापत्र में एक प्रव्याजि देना आवश्यक है।

4. प्रारम्भिक ह्रासित बीमापत्र (Early Reduced Premium Policy)—इस बीमापत्र में प्रारम्भ में प्रव्याजि की दर कम होती है और वह कुछ समय तक बढ़ती जाती है तथा उसके बाद एक बढ़े स्तर पर पहुँचकर स्थायी हो जाती है। इसके अन्तर्गत प्रायः 3 से 5 वर्षों में न्यूनतम प्रव्याजि दर बढ़ती हुई प्रव्याजि दर होती है और उसके बाद एक स्तर पर पहुँच कर वृद्धि रुक जाती है, जिसके उपरान्त प्रव्याजि की दर बीमापत्र की अवधि तक समान रहेगी। इस बीमापत्र में ह्रासित अवधि के समय प्रव्याजि की दर साधारण प्रव्याजि की दर से कम होती है, लेकिन इस अवधि के बाद साधारण प्रव्याजि की दर से अधिक हो जाती है। पहले समय के न्यूनतम लागत को बाद के वर्षों से प्रव्याजि बढ़ाकर पूरा करते हैं। यह उन व्यक्तियों के लिये लाभप्रद है जो अपना जीवन-यापन जल्दी ही शुरू किये हैं, जिनके लाभ या आय बढ़ने की सम्भावना बाद में अधिक है। अस्तु, प्रथम कुछ वर्षों में थोड़ी प्रव्याजि से अधिक रकम का बीमा कराने में समर्थ होते हैं। इस प्रकार के बीमापत्रों में परिवर्तनीय आजीवन बीमापत्र जीवन बीमा निगम में महत्त्वपूर्ण है, जिसके अन्तर्गत बीमापत्र प्रथम पाँच वर्षों में आजीवन बीमापत्र रहता है और बाद में यह बन्दोबस्ती बीमापत्र में परिवर्तित किया जा सकता है। पहली दशा में प्रव्याजि की रकम कम होती है, परन्तु बाद में बन्दोबस्ती में परिणत कराने से प्रव्याजि की दर बढ़ जाती है।

5. वृद्धोत्तर प्रव्याजि बीमापत्र (Increasing Rate Policy)—इस बीमापत्र में प्रव्याजि की दर प्रति वर्ष बढ़ती रहती है। यह स्वाभाविक प्रव्याजि योजना के समान हो सकता है जिसके अन्तर्गत प्रव्याजि की रकम जोखिम के साथ-साथ बढ़ती जाती है, परन्तु वृद्धोत्तर प्रव्याजि बीमा-पत्र और स्वाभाविक प्रव्याजि बीमापत्र में भेद इस प्रकार है कि प्रथम में प्रव्याजि दर में बीमापत्र की प्रव्याजि देने की क्षमता के अनुसार वृद्धि होती है जबकि दूसरे में मृतक दर के अनुसार प्रव्याजि में वृद्धि होती है। यह उन नवयुवकों के लिए उपयुक्त है जिनकी आय प्रतिवर्ष बढ़ती रहती है जिसके परिणामस्वरूप प्रव्याजि देने की क्षमता भी बढ़ती है, लेकिन यह वृद्धि कुछ समय के बाद रुक जाती है या कम हो जाती है, क्योंकि बाद में पारिवारिक जिम्मेदारियाँ बढ़ती जाती हैं, उस समय उसे बढ़ी हुई प्रव्याजि के अलावा कम प्रव्याजि ही उपयुक्त होगी।

6. घटोत्तर पदक्षेप प्रव्याजि बीमापत्र (Decreasing Step Rate Policy)—इस बीमापत्र के अन्तर्गत प्रव्याजि भुगतान को कई हिस्सों में बाँट दिया जाता है और प्रत्येक हिस्से या पदक्षेप (Step) में एक ही प्रकार की प्रव्याजि होगी, लेकिन आने वाले सभी पदक्षेप में प्रव्याजि की दर घटती जायगी। यह एक प्रकार का सीमित प्रव्याजि बीमापत्र है, क्योंकि एक

प्रव्याजि दर एक ही पदक्षेप में लागू रहता है। यह इसलिये किया गया है कि बहुत से लोग पारिवारिक जिम्मेदारी बढ़ने के साथ वर्तमान प्रव्याजि की रकम का भुगतान करने में असमर्थ रहते हैं, लेकिन इस बीमापत्र के अन्तर्गत उनके प्रव्याजि देने का भार कम होता जायगा। लेकिन यह बीमापत्र व्यक्तियों को ज्यादा लाभ नहीं दे सकता, क्योंकि प्रारम्भ में प्रव्याजि की दर साधारण प्रव्याजि की दर से कहीं अधिक है।

बीमापत्र के भुगतान के तरीके के आधार पर बीमापत्र के भेद

बीमापत्र का भुगतान कई प्रकार से किया जाता है। बीमित व्यक्ति के आश्रितों या स्वयं बीमित व्यक्ति को उनकी आवश्यकतानुसार बीमा की रकम प्राप्त करने की सुविधा दी जाती है। इस विकल्प के मौजूद रहने से बीमापत्रधारियों या उनके आश्रितों को बहुत लाभ होता है। इस प्रकार के बीमापत्र नीचे स्पष्ट किये गये हैं।

1. **नकद या एकमुश्त बीमापत्र** (Cash or Lump Sum Policy)—इस बीमापत्र में बीमित रकम का भुगतान एक मुश्त नकद में किया जाता है। इसी पद्धति का प्रयोग भुगतान करने के लिए अन्य विकल्प की अनुपस्थिति में किया जाता है। मृत्यु या परिपक्वता (Maturity), जैसा भी संविदा हो, के समय बीमा की सभी राशि का भुगतान एकत्रित कर दिया जाता है। यह बीमापत्र उस समय उचित होगा जब लाभार्थी (Beneficiary) वयस्क और होशियार हो तथा इस समस्त रकम को पाकर अपना व्यापार या अन्य कोई कार्य सफलतापूर्वक कर सकता है। वृद्धावस्था में इस रकम का प्रयोग बीमित व्यक्ति तभी कर सकेगा, जब वह अभी स्वस्थ हो तथा अपने कार्यों की उचित रूप से देख-रेख कर सकता है। यह उस लाभार्थी के लिए उचित नहीं होता जो अवयस्क है तथा जिसे इतनी बड़ी रकम सम्भालने की चतुरता नहीं आयी है। साधारण दशाओं में वृद्धावस्था के लिये यह पर्याप्त और उचित तरीका होगा, क्योंकि उस समय किस्तों में रकम मिलने से अपने अन्तिम जीवन के लिये यह एक पेन्शन का कार्य करेगा।

2. **ब्याज भुगतान बीमापत्र** (Interest Only Policy)—इस बीमापत्र में बीमित रकम बीमाकर्ता के पास छोड़ दी जाती है और वह इस पर अर्जित ब्याज बीमित व्यक्ति को या उसके लाभार्थियों को समय-समय पर देता रहता है। ब्याज की दर एक पूर्व निश्चित या लाभ अर्जन के अनुसार प्राप्त रकम के आधार पर तय की जायगी। मूलधन का भुगतान या तो प्रथम लाभार्थी की मृत्यु पर उसके आश्रित दूसरे लाभार्थी (Second Beneficiary) को किया जायगा या प्रथम लाभार्थी को एक निश्चित अवधि पर मिल जायेगा। बीमित व्यक्ति यह आदेश दे सकता है कि उसकी मृत्यु के बाद उसके आश्रित या आश्रितों को बीमित रकम का भुगतान तभी किया जाय जब वे वयस्क हो जायँ तथा बीच के समय के लिए बीमाकर्ता उन्हें ब्याज देता रहे। इसे **निक्षेप बीमापत्र** (Deposit Policy) के नाम से भी पुकारा जाता है, क्योंकि यह जमा के तुल्य कार्य करती है। कभी इस बीमापत्र में बीमित रकम का कुछ हिस्सा निकालने की अनुमति दे दी जाती है। इस प्रकार यह बीमापत्र अबोध और अचतुर लाभार्थियों को ब्याज देकर मदद करता है और उनकी वयस्कता पर सम्पूर्ण रकम देकर उनके जीवन कार्य के लिए रकम मिल जाती है, उन्हें आवश्यकता के समय बीमित रकम की कुछ

रकम भी मिल जाती है। इस बीमापत्र को ऋण पत्र बीमापत्र भी कहते हैं, क्योंकि मूलधन का भुगतान एक निश्चित तिथि के बाद किया जाता है और इस अन्तर्वर्ती काल में एक निश्चित दर से ब्याज दिया जाता है, इसे बॉण्ड बीमापत्र, आय एवं मूलधन बीमापत्र भी कहते हैं।

3. निश्चित अवधि किस्तदार या प्रभाग बीमापत्र (Fixed Period Instalment Policy)—यह 'किस्त निश्चित' (Instalment Certain) या 'समय बीमापत्र' भी कहलाता है, क्योंकि इसके अन्तर्गत बीमित रकम का भुगतान एक निश्चित अवधि तक किस्तों या प्रभागों में किया जायगा। यह भुगतान वार्षिक, अर्द्धवार्षिक, त्रैमासिक या मासिक प्रभागों में हो सकता है, जिसके अन्तर्गत मूलधन और एक निश्चित ब्याज का भुगतान किया जायगा। यह भुगतान लाभार्थी की मृत्यु पर बन्द नहीं होगा। यदि निश्चित अवधि पूरी होने के पहले लाभार्थी की मृत्यु हो जाती है तो उसके दूसरे लाभार्थी को इसका भुगतान उस निश्चित अवधि तक होता रहेगा। प्रत्येक प्रभाग की रकम का निर्धारण बीमा की समाप्ति पर देय रकम, निश्चित अवधि, ब्याज की दर और प्रभाग की संख्या के आधार पर किया जाता है। यदि बीमाकर्ता को इस ब्याज दर से ऊँची ब्याज मिलती है, तो वह अन्त में उस लाभार्थी को दी जा सकती है। यह बीमापत्र वहाँ लाभदायक है, जहाँ एक निश्चित अवधि तक रकम की आवश्यकता है; जैसे—शिक्षा या जीवन वृत्ति के लिये।

4. निश्चित रकम प्रभाग बीमापत्र (Fixed Amount Instalments)—इस बीमापत्र के अन्तर्गत एक निश्चित रकम का मासिक भुगतान तब तक किया जाता है, जब तक सम्पूर्ण देय रकम और उस पर ब्याज समाप्त नहीं हो जाता है। इस प्रकार प्रत्येक प्रभाग की रकम के अनुसार भुगतान की अवधि निश्चित की जायगी। बोनस या अन्य आय जिससे बीमित रकम बढ़ जाती है, के कारण प्रभाग की संख्या बढ़ जायगी। इस बीमापत्र का लाभ यह है कि जब चाहे बीमा की प्राप्त रकम को एक मुश्त में या प्रभाग बड़ी रकम में प्राप्त किया जा सकता है, जिससे लाभार्थियों को उनको अपने खर्चे चलाने के लिए उचित रकम मिल जाती है। इसका अवगुण यह है कि बीमा की राशि एक समय में एकबारगी समाप्त हो जाती है।

5. जीवन वृत्ति बीमापत्र (Life Income Policy)—इस बीमापत्र में बीमा की देय रकम बीमाकर्ता के पास रहती है और उसके बदले बीमाकर्ता एक निश्चित रकम वार्षिक, त्रैमासिक या मासिक तब तक देता रहेगा जब तक कि प्राप्तकर्ता की मृत्यु नहीं होती है। इसे एक निश्चित अवधि और उसके उपरान्त जब तक प्राप्तकर्ता जीवित रहेगा, तब तक देने का प्रावधान किया जा सकता है। इसके भी निम्नलिखित भेद हो सकते हैं—

(क) साधारण जीवन वृत्ति समझौता (Ordinary Life Income Settlement)—इसमें बीमापत्र की रकम तब तक दी जायगी, जब तक प्राप्तकर्ता जीवित रहेगा। चूँकि मूलधन के लौटाने की कोई बात नहीं रहती। इसलिए प्रत्येक प्रभाग की रकम अधिक रहती है। इसी कारण बहुत से व्यक्ति इस समझौते को पसन्द नहीं करते, क्योंकि वे शीघ्र मृत्यु पर संचित धन को खोना नहीं चाहते। इसके अतिरिक्त प्रायः व्यक्ति अपनी मृत्यु के बाद परिवार वालों के लिए कुछ रकम छोड़ना चाहते हैं।

(ख) प्रत्यर्पण जीवन आय (Refund Life Income)—इस बीमा समझौते के अन्तर्गत अदत्त रकम (Outstanding Insurance Proceeds) को, जिसे लाभार्थी के मृत्यु

के कारण नहीं दिया जा सकता था; उसके आश्रितों को एक मुश्त में या किस्तों में दिये जाने का प्रावधान होता है। प्रथम समझौते की तुलना में यह समझौता इसलिये लाभदायक है कि प्राप्तकर्ता को अपनी बीमित रकम का पूर्ण लाभ होता है। शीघ्र मृत्यु पर होने वाली जब्ती को बचाया जा सकता है।

(ग) जीवन वृत्ति अवधि निश्चिता के साथ—इसके अन्तर्गत बीमा की देय रकम एक निश्चित अवधि तक देय होती है। यदि इसके लाभार्थी (Beneficiary) की उस अवधि के अन्तर्गत मृत्यु हो जाती है तो बीमा की देय रकम जब्त नहीं होती और न बाकी रकम को एक मुश्त में लौटाया ही जाता है, बल्कि उस अवधि के अन्तर्गत देय किस्त जारी रहेगी। इस रकम का भुगतान तब तक जारी रहेगा जब तक उसकी निश्चित अवधि पूरी नहीं हो जायगी। साथ ही साथ यदि लाभार्थी इस अवधि से ज्यादा दिन तक जीवित रहता है तो इस रकम का भुगतान तब तक होता रहेगा, जब तक उसकी मृत्यु नहीं होती। इस कारण से यह बीमा के भुगतान का समझौता काफी लोकप्रिय और लाभदायक है। वृद्धावस्था में होने वाली कठिनाइयों को दूर करने के साथ शीघ्र मृत्यु पर होने वाली दुर्दशा को दूर करने का अच्छा साधन है।

(घ) संयुक्त एवं उत्तरजीवी बीमा समझौता (Joint and Survivorship Life Settlement)—इस समझौते के अन्तर्गत दो या अधिक व्यक्तियों को सामयिक भुगतान दिया जाता है। यह भुगतान तब तक चलता रहेगा जब तक इस संयुक्त बीमा के सभी व्यक्तियों की मृत्यु नहीं हो जाती है। हालाँकि प्रत्येक मृत्यु पर किस्त की रकम घटती रहती है। यह स्त्री पुरुषों के जीवन में अत्यन्त लाभकारी समझौता हो सकता है। प्रत्येक किस्त की रकम व्यक्तियों की संख्या और उनकी उम्र के अनुसार निश्चित होती है।

जीवन बीमा निगम द्वारा उपरोक्त प्रकार के बीमापत्र निर्गमित नहीं किये जाते, परन्तु यदि बीमादार चाहता है तो वह बीमापत्र के परिपक्व हो जाने के पहले उपरोक्त विकल्प प्राप्त कर सकता है, लेकिन शर्त यह है कि मासिक भुगतान 20 रुपया और वार्षिक भुगतान 100 रुपये से कम न हो; इनके लिए चिकित्सा परीक्षा की आवश्यकता नहीं है, केवल उम्र का प्रमाण-पत्र पर्याप्त होगा। किस्तों को जीवन भर या 5, 10, 15 और 20 वर्षों की निश्चित अवधि तथा उसके बाद जीवन भर (यदि इस अवधि के बाद लाभार्थी जीवित रहा) तक भुगतान किया जाता है। यदि बीमादार चाहता है तो वह बीमा की देय रकम बीमाकर्ता के पास छोड़ दे और एक निश्चित दर से ब्याज लेता रहे, लेकिन बीमाकर्ता के पास केवल 25 वर्ष तक ही यह रकम रखी जायगी। वर्तमान ब्याज दर प्रायः दिये जाते हैं।

अन्य प्रकार के बीमापत्र

(1) बहुउद्देश्यीय बीमापत्र (The Multi-Purpose Policy)

बीमापत्र बीमादार के अनेक उद्देश्यों के लिए उपयुक्त हैं। इसे 'परिवार आय बीमापत्र' या 'परिवार संरक्षण बीमापत्र' कहा जाय तो अनुपयुक्त न होगा, क्योंकि इसके द्वारा परिवार की प्रायः सभी आवश्यकताओं को पूरा करने का प्रयास किया जाता है; जैसे—वृद्धावस्था,

पारिवारिक सुरक्षा, शिक्षा एवं विवाह व्यवस्था तथा अन्य प्रकार के ऐसे संचय और सुरक्षा प्रदान किये जाते हैं। एक ही बीमापत्र में शीघ्र मृत्यु पर विस्तृत संरक्षण प्राप्त किये जाते हैं— (1) परिवार के संरक्षण के लिए मृत्यु के बाद व बीती हुई अवधि तक एक नियमित आय। (2) मृत्यु पर एक मुश्त रकम जो बीमित जीवन के अन्तिम समय में चिकित्सा व्यय, धार्मिक खर्च और वैधानिक खर्च चलने के लिए उपयुक्त होगी। (3) मृत्यु के समय से लेकर एक निश्चित समय तक पारिवारिक आर्थिक कठिनाइयों को समन्वित करने के लिए एक निश्चित रकम, (4) अवधि के अन्त में शेष बीमित रकम का भुगतान। यह बीमापत्र एक निश्चित अवधि के लिये लिया जाता है और अवधि के व्यतीत होने पर बीमित व्यक्ति के जीवित रहने पर बीमित रकम का बोनस के साथ यदि लाभ सहित है तो भुगतान किया जाता है। यह उन विवाहित व्यक्तियों के लिए लाभप्रद है, जो शीघ्र मृत्यु पर अपने परिवार की सभी आवश्यकताओं को पूरा करने के लिए उत्सुक हैं।

जीवन बीमा निगम ऐसे बहुउद्देश्यीय बीमापत्र की निर्गमित करता है, जिसमें बीमित रकम कम से कम 2000 रुपया है और यदि अनुपूरक लाभ प्राप्त करने की इच्छा है, तो कम से कम 5000 रुपया होना चाहिए। यह पूरक लाभ अतिरिक्त प्रव्याजि देकर प्राप्त किया जाता है, बीमापत्र लाभ-सहित या लाभ-रहित हो सकते हैं। यह बीमापत्र प्रथम श्रेणी के विवाहित स्त्री और पुरुष जिनकी अर्जित आय है (Earned Income) मिलती है, निर्गमित किये जाते हैं। यह बीमापत्र 30 वर्ष से कम और 10 वर्ष से अधिक किसी भी अवधि के लिये निर्गमित किया जाता है, परन्तु अवधि व्यतीत होने की उम्र 60 वर्ष से ज्यादा नहीं होनी चाहिए। 1000 रुपये बीमित रकम पर निम्नलिखित लाभ प्राप्त होता है :—

1. निर्धारित अवधि के अन्दर मृत्यु होने पर—
   (क) मृत्यु के समय 100 रुपया नकद भुगतान,
   (ख) मृत्यु के समय से लेकर अवधि के व्यतीत होने तक 12.50 रु. प्रति माह की दर से भुगतान,
   (ग) मृत्यु के समय से लेकर दो वर्ष तक या अवधि के व्यतीत होने तक यदि मृत्यु परिपक्वता के दो वर्ष के अन्दर हुई है; 12.50 रु० प्रतिमाह की दर से भुगतान,
   (घ) अवधि की समाप्ति पर 900 रुपये का नकद भुगतान बोनस के साथ यदि यह है।

2. निर्धारित अवधि तक जीवित रहने पर—
   (क) बोनस के साथ यदि है, तो 1000 रुपये का नकद भुगतान

   या

   (ख) एक निश्चित अवधि के लिए वार्षिकी, जो 25 वर्ष से ज्यादा नहीं होगी या जीवन भर जीवन वृत्ति या एक निश्चित अवधि तक प्रत्याभूत जीवन वृत्ति

   या

   (ग) एक मुश्त प्रदत्त लाभ रहित बीमापत्र जो मृत्यु पर देय हो।

1. अनुपूरक लाभ (Supplementary Benefits)—जब मूल बीमित रकम 5000 रुपये या उससे अधिक है तो बीमित व्यक्ति निम्नलिखित लाभों में से सभी या कोई लाभ अतिरिक्त आवश्यक प्रव्याजि देकर प्राप्त कर सकता है :—.

(क) स्कूल शिक्षा व्यवस्था (School Education Provision)—पिता के मृत्यु दिन से लेकर बच्चे के 17 वर्ष होने तक 100 रुपया प्रतिमाह की दर से भुगतान किया जायगा जो प्रत्येक बच्चे के लिए लिया जा सकता है।

(ख) कालेज शिक्षा व्यवस्था (College Education Provision)—बच्चे के 17 वर्ष हो जाने पर या पिता की मृत्यु पर जो दोनों में बाद में हो, से लेकर 21 वर्ष की अवधि तक 200 रुपया प्रतिमाह की दर से भुगतान किया जायगा, जो प्रत्येक बच्चे के लिये लिया जा सकता है।

(ग) लड़की की विवाह-व्यवस्था (Marriage Provision for Daughter)—लड़की की 19 वर्ष आयु होने के पहले यदि पिता की मृत्यु हो जाती है तो उसके 19 वर्ष होने पर एक निश्चित रकम का एक मुश्त भुगतान, जो बीमित रकम के 10 प्रतिशत तक हो सकता है; यह प्रत्येक लड़कियों के लिए लिया जा सकता है।

(घ) लड़के के जीवन प्रवेश की व्यवस्था (Start in Life Provision)—लड़के के 21 वर्ष होने के पहले यदि पिता की मृत्यु हो जाती है तो उसके 21 वर्ष होने पर एक मुश्त रकम का भुगतान, जो बीमित रकम के 10 प्रतिशत से ज्यादा नहीं हो सकती। यह व्यवस्था प्रत्येक लड़के के लिए की जा सकती है।

उपर्युक्त व्यवस्था का लाभ लिये बिना यदि किसी बच्चे की मृत्यु हो जाती है, तो बीमादार को यह अधिकार है कि वह अपने दूसरे बच्चे को उन लाभों के लिए नियुक्त कर सकता है। जहाँ पर अनुपूरक लाभ लेने हैं, वहाँ प्रस्तावक और लाभार्थियों के उम्र प्रमाण-पत्र आवश्यक हैं। ह्रासित या प्रदत्त बीमा पर अनुपूरक लाभ नहीं मिलते।

2. भू-सम्पत्ति कर बीमापत्र (Estate Duty Policy)—भू-सम्पत्ति कर भुगतान करने के लिए भू-सम्पत्ति स्वामी स्वयं अपने जीवन में यह बीमापत्र खरीदता है, जिससे भू-सम्पत्ति कर का भुगतान करने के लिए पर्याप्त रकम मिल जाय। यदि मृत्यु के समय कोई नकद रकम इस कर को भुगतान करने के लिए नहीं रही तो सम्पत्ति को बेचने या ऋण लेने की आवश्यकता पड़ेगी जिससे लाभार्थी को हानि होगी। लेकिन ऐसी कठिनाइयों का सामना इस बीमापत्र को खरीद कर आसानी से किया जा सकता है। इसके अतिरिक्त इस बीमापत्र की रकम एक सीमा तक इस कर से मुक्त है, बशर्ते कि यह बीमापत्र इसी उद्देश्य के लिये लिया गया हो, यद्यपि कि बीमापत्र की इस रकम को कुल सम्पत्ति में औसत दर निकालने के लिये जोड़ देते हैं। यदि प्रस्तावक इस उद्देश्य के लिये बीमापत्र लेना चाहता है, तो उसे प्रस्ताव-पत्र में इसको साफ स्पष्ट कर देना होता है। भू-सम्पत्ति कर के बाद बची रकम को प्राप्त करने के लिए किसी व्यक्ति को नामांकित किया जा सकता है। इस उद्देश्य के लिए विशेष वाक्यों का प्रयोग किया जाता है, जो सरकारी अधिकारियों को मान्य है। यह बीमापत्र भारत के राष्ट्रपति को एक विशेष प्रकार से अभिहस्तांकित किया जाता है और इसके निर्गमन के तीन महीने के अन्तर्गत भू-सम्पत्ति कर नियन्त्रक को जमा करना पड़ता है।

बीमित व्यक्ति बीमा प्रसंविदा की शर्तों में किसी प्रकार का परिवर्तन नहीं कर सकता; उसे केवल नामांकिकी, प्रव्याजि भुगतान के तरीके या देय तिथि में परिवर्तन करने का अधिकार है, क्योंकि ये प्रतिबन्धों का उल्लंघन नहीं समझे जाते हैं। उधार लेने और अभिहस्तांकन करना सख्त मना है क्योंकि ऐसी दशा में सरकार उस पर अधिकार खो बैठेगी। किसी भी प्रकार के परिवर्तन के लिए भू-सम्पत्ति कर नियन्त्रक की अनुमति आवश्यक है।

इस बीमापत्र पर भू-सम्पत्ति कर 50,000 रुपये तक मुक्त है, इसके अतिरिक्त निम्न बीमापत्रों पर भी भू-सम्पत्ति कर मुक्त है :

(1) माता-पिता या प्राकृतिक संरक्षक अपने जीवन में बीमापत्र खरीद कर किसी ऐसी सम्बन्धित लड़की के विवाह के लिए सौंप सकते हैं, जो उनके ऊपर अपनी जीविका चलाने के लिए पूर्णतया निर्भर हो। ऐसे बीमापत्र की रकम पर 10,000 रुपये तक भू-सम्पत्ति कर नहीं देना पड़ता है, बशर्ते कि यह बीमापत्र विवाह के उद्देश्य के लिए लिया गया हो। यह बीमापत्र या तो बीमापत्र निर्गमन के समय या उसके बाद लिखित सूचना देकर विवाह के उद्देश्य के लिए सौंपा जा सकता है। यदि यह बीमापत्र एक बार इस उद्देश्य के लिए निश्चित कर दिया गया तो फिर उसे किसी को अभिहस्तांकित नहीं किया जा सकता है या उस पर किसी प्रकार का ऋण नहीं लिया जा सकता है। यह बीमापत्र केवल उस सम्बन्धित लड़की के नाम नामांकित किया जा सकता है।

(2) भू-सम्पत्ति के स्वामी के जीवन पर लिये गये बीमापत्र के 5000 रुपये तक भू-सम्पत्ति कर मुक्त है।

(3) विवाहित स्त्री सम्पत्ति अधिनियम के अन्तर्गत लिये गये बीमापत्र भू-संपत्ति कर से मुक्त है, क्योंकि यह उसी की (विवाहित स्त्री) सम्पत्ति समझी जाती है।

(4) वे बीमापत्र जो दान के रूप में अभिहस्तांकित किये गये हैं, बशर्ते कि दानकर्ता दान करने के 2 वर्ष बाद तक जीवित रहे और अभिहस्तांकन के बाद प्रव्याजि की रकम अभिहस्तांकिकी ही भुगतान करे।

3. विवाहित स्त्री सम्पत्ति अधिनियम के अन्तर्गत निर्गमित बीमापत्र—इस अधिनियम की धारा 6 के अन्तर्गत निर्गमित यह बीमापत्र एक व्यक्ति को अपने स्त्री या बच्चे या स्त्री और बच्चों के लाभ के लिए जो स्पष्ट रूप से बीमापत्र पर लिख दिया जाता है—प्रन्यास के रूप में है, जिस पर उसका व्यक्तिगत रूप से अधिकार नहीं रह जाता। इस प्रकार यह स्त्री और बच्चों के लिए वैधानिक प्रबन्ध है, जिससे उनको इसका लाभ प्राप्त करने की निश्चितता हो जाती है, जो अन्य प्रकार के बीमा में सम्भव नहीं है। उस व्यक्ति की मृत्यु पर यह बीमा-पत्र भू-सम्पत्ति करके लिए उसकी सम्पत्ति में शामिल नहीं की जायगी, बल्कि यह एक अलग सम्पत्ति मानी जायगी जिस पर भू-सम्पत्ति कर अलग से लगेगा यदि यह बीमा से अधिक हुई। यदि इस बीमापत्र की रकम एक लाख रुपये से अधिक होती है तो उस पर कर लगेगा, लेकिन वह भी एक निम्न दर से। यदि इसी प्रकार के कई बीमापत्र हैं तो सभी बीमापत्र एक अलग सम्पत्ति समझे जायेंगे और उन पर उसी तरह से कर लगेगा। इस प्रकार यह बीमापत्र परिवार के प्रबन्ध के लिए उपयुक्त बीमापत्र है।

भारत में स्थित सभी व्यक्तियों के प्रस्ताव स्वीकृत हो सकते हैं, परन्तु विदेशी व्यक्तियों के प्रस्ताव विनिमय नियंत्रण से आधार पर स्वीकृत किये जायेंगे। विवाहित व्यक्तियों में विधुर या विवाह-विच्छेदित व्यक्तियों को शामिल किया जाता है। लाभार्थियों में किसी व्यक्ति को भी शामिल कर सकते हैं, जो बच्चे या स्त्री की परिभाषा में आता हो। बच्चे से तात्पर्य अपने निजी बच्चे से है, गोद लिये गए बच्चे को शामिल नहीं किया जाता है। गैर-मुसलमान परिवारों के लिए बीमित व्यक्ति प्रन्यासी के रूप में पूरे वर्ग के लिए या नामजद स्त्री या और नामजद बच्चे के लिए हो सकता है। संयुक्त लाभार्थियों में जीवित व्यक्ति लाभार्थी हो सकते हैं, जिनका अंश निश्चित किया गया होगा या वह बच्चे और स्त्रियों के लिए संयुक्त रूप से प्रन्यासी नियुक्त कर सकता है, जो इन सबके लिये बीमा की देय रकम प्राप्त करने का अधिकार होगा, मुसलमान व्यक्ति केवल नामजद लाभार्थी बना सकते हैं। बच्चे और स्त्री एक वर्ग के रूप में शामिल नहीं किये जा सकते। इस प्रकार मुसलमान लोग बीमा कराने के समय मौजूद बच्चों को ही लाभार्थी बना सकेंगे, बाद में पैदा होने वाली संतान को इसमें शामिल नहीं किया जाता। इन लाभार्थियों में कोई परिवर्तन नहीं किया जा सकता है। यदि बीमा की रकम प्राप्त करने के लिए कोई प्रन्यासी नियुक्त नहीं किया गया है, तो बीमा की रकम राज्य के सरकारी प्रन्यासी को दी जायगी जो लाभार्थियों को विभाजित की जायगी। इस बीमापत्र पर ऋण नहीं किया जा सकता है, परन्तु यदि प्रन्यासी को ऐसा करने का अधिकार दिया गया है तो वह सभी लाभार्थियों की राय से, यदि सभी वयस्क और प्रसंविदा करने की क्षमता रखते हैं, उनके लाभ के लिए ऋण प्राप्त कर सकता है।

(2) शताब्दी बीमापत्र (Century Policy)

यह बीमापत्र भारतीय जीवन बीमा शताब्दी की स्मृति में उन व्यक्तियों के लिए निर्गमित की गयी जिनकी आय घटती बढ़ती रहती है। इसका मुख्य उद्देश्य ग्रामीण क्षेत्रों में बीमा की सुविधा देना है।

हितलाभ—बीमापत्र के चालू रहते हुए मृत्यु होने पर या बीमा की निर्धारित अवधि पूरा होने पर बीमे की रकम दी जाती है। यदि तीन वर्ष की प्रव्याजि देने के बाद अगला प्रीमियम न चुकाया गया तो इस दशा में भी बीमा संरक्षण जारी रहता है। भुगतान के समय बीमित रकम में बकाया प्रव्याजि और उस पर ब्याज घटाकर भुगतान कर दिया जाता है। तीन वर्ष के बाद प्रत्येक तीन वर्ष के कालखण्ड के लिए एक बार यह सुविधा मिल सकती है। न चुकाये गये प्रीमियम का भुगतान रियायती दिनों के भीतर करना होगा।

रकम—इस बीमापत्र के अन्तर्गत न्यूनतम बीमाधन 1,000 रु० है। किसी एक जीवन पर 5,000 रु० तक का बीमापत्र जारी किया जा सकता है। बीमे की रकम 1,000 रु० के गुणज में होगी, कोई भी व्यक्ति चाहे उसने पहले से बीमापत्र ले रखा हो—शताब्दी बीमापत्र ले सकता है। बशर्ते कि उसकी पहली लिये हुए बीमापत्र साधारण दरों पर स्वीकार किये गये हों।

प्रीमियम भुगतान करने की अवधि वार्षिक है। बीमा-अवधि 15, 20 या 25 वर्ष की है। न्यूनतम आयु 18 वर्ष और अधिकतम आयु 55 वर्ष है, बीमा अवधि की समाप्ति

पर अधिकतम आयु 70 वर्ष है। यदि बिना स्वास्थ्य परीक्षा (साधारण या विशेष) योजना के अन्तर्गत जारी की जाने वाली बीमापत्र की शर्तें पूरी होती हों तो स्वास्थ्य परीक्षा कराने की कोई आवश्यकता नहीं है।

बकाया किस्तों का भुगतान—बीमादार अनुमोदित बकाया किस्त का भुगतान 7½ ब्याज सहित देय तिथि से एक वर्ष की अवधि के भीतर किसी भी समय कर सकता है। एक वर्ष की अवधि बीत जाने पर जीवन बीमा निगम सम्बन्धित किस्त 7½ छमाही चक्रवृद्धि ब्याज के साथ एवं अच्छे स्वास्थ्य का सन्तोषजनक प्रमाण प्रस्तुत करने पर ही बीमाधन की कटौती की पुनः स्थापना करने के लिये तैयार होगा।

कालातीत बीमापत्रों का पुनर्चालन कालातीत होने की तिथि से 7½ प्रतिशत प्रतिवर्ष की दर से छमाही चक्रवृद्धि ब्याज के सहित न चुकाये गये प्रीमियमों की भुगतान करके तथा दूसरे बीमापत्र पर लागू होने वाले स्वास्थ्य सम्बन्धी अन्य शर्तों को पूरा करने पर किया जा सकता है।

समर्पित मूल्य एवं ऋण—कम से कम तीन वर्षों के प्रीमियम चुकाने के बाद यह बीमापत्र नकद मूल्य के लिए समर्पित किया जायगा। इस बीमापत्र के अन्तर्गत कम से कम नकद समर्पित मूल्य प्रथम वर्ष के प्रीमियम को छोड़कर कुल चुकाये गये प्रीमियमों का 30 प्रतिशत एवं संलग्न बोनसों का नकद मूल्य होगा जिसमें से कुल अनुमोदित (न चुकाई गई) प्रीमियम राशि का 70 प्रतिशत काट लिया जायेगा।

इस बीमापत्र के अन्तर्गत कम से कम पाँच वर्षों की प्रीमियम किस्तों का भुगतान कर देने पर ऋण प्राप्त हो सकेगा। समर्पित मूल्य के 90 प्रतिशत तक की रकम ऋण में दी जा सकती है, किन्तु उसमें से एक प्रीमियम किस्त की रकम काट ली जायेगी ताकि अगला प्रीमियम न चुकाने के कारण होने वाली संभावित अनुमोदित अनियमितता का निराकरण हो सके। चुकता बीमापत्र के अन्तर्गत समर्पित मूल्य का 85 प्रतिशत ही दिया जायेगा। यह बीमापत्र 1 अप्रैल 1980 से बन्द हो गया।

(3) बन्धक विमोचन बीमा-पत्र (लाभ रहित)
(Capital Redemption Policy—Without Profit)

इस बीमापत्र के द्वारा ऋण लेने वाले की मृत्यु के बाद ऋण का भुगतान बीमाकर्ता द्वारा कर दिया जाता है। इस योजना के अन्तर्गत ऋण देते समय निश्चित की गयी व्यवस्थानुसार बीमापत्र के चालू रहने की अवधि में किसी भी समय, वर्ष के आरम्भ में बकाया ऋण राशि ही हितलाभ (Benefit) के रूप में देय होगी, जो मृत्यु होने पर ही दी जायगी। इस हेतु प्रारम्भ में ही निश्चित ब्याज की दर के अनुसार एक तालिका बनायी जायगी जिसमें हर वर्ष के प्रारम्भ में बकाया होने वाली ऋणराशि लिखी होगी।

योग्यता—बीमापत्र 50 वर्ष की आयु तक के पुरुषों के जीवन पर ही केवल इस आधार पर जारी की जायेगी कि बीमा संरक्षण की अवधि किसी भी दशा में 65 वर्ष की आयु से अधिक न हो अर्थात् जो भी ऋण प्राप्तकर्ता की आयु 65 वर्ष होने तक अदा हो जाये।

बीमा रकम—इस योजना के अन्तर्गत कम से कम 10,000 रु० का बीमापत्र दिया जायगा, किन्तु सहकारी गृहों, बन्धक समितियों पर यह नियम लागू नहीं होता है।

प्रीमियम—प्रीमियम एक मुश्त या वार्षिक किस्तों में दी जा सकती है। यदि प्रीमियम मासिक विधि से दी जाती है, तो इसके लिए वार्षिक प्रव्याजि पर 5 प्रतिशत अधिक प्रीमियम देना पड़ता है; प्रस्तावक को अपनी स्वास्थ्य परीक्षा करानी होगी। वार्षिक या मासिक विधि से देय प्रीमियम पर कोई समर्पित मूल्य (Surrender Value) नहीं दिया जायगा।

(4) प्रत्याशित अवधि धनागम बीमा-पत्र (लाभ सहित) (Money Back Policy)

व्यक्तियों की आवश्यकताओं को देखते हुए इस बीमापत्र का निर्गमन किया गया है। यह बीमापत्र की श्रृङ्खला में एक कड़ी है। यह बीमापत्र 12 वर्ष, 15 वर्ष और 20 वर्ष की अवधि के लिए निर्गमित किया जाता है। इस योजना के अन्तर्गत कम से कम 5,000 रु० का बीमापत्र निर्गमित किया जाता है। न्यूनतम आयु 16 वर्ष और अधिकतम आयु 58 वर्ष है। 70 वर्ष की आयु पूर्णावधि है जिसके पहले बीमापत्र परिपक्व हो जाना चाहिए, प्रीमियम किस्तों का भुगतान निश्चित वर्षों की अवधि तक या बीमादार की पूर्व मृत्यु तक करना पड़ता है।

बोनस—बोनस पूरे बीमाधन पर मिलेगा जिसका भुगतान निश्चित वर्षों की अवधि के अन्त में अथवा बीमादार की पूर्ण मृत्यु पर किया जाता है।

प्रदत्त बीमा—यदि तीन वर्ष तक लगातार प्रव्याजि दी जाती रही तो इस बीमापत्र को प्रदत्त बीमा में बदल सकते हैं। इसके अन्तर्गत ऋण नहीं दिया जाता है।

हितलाभ—

(i) 12 वर्षीय प्रत्यासित अवधि धनागम बीमापत्र में—

1. 4 वर्ष के अन्त में जीवित रहने पर 200 रुपया
2. 8 वर्ष के अन्त में जीवित रहने पर 200 रुपया
3. 12 वर्ष के अन्त में जीवित रहने पर 600 रुपया
4. 12 वर्ष के अन्दर मृत्यु होने पर 1000 रुपया

(ii) 15 वर्षीय प्रत्यासित अवधि धनागम बीमापत्र में—

1. 5 वर्ष के अन्त में जीवित रहने पर 250 रुपया
2. 10 वर्ष के अन्त में जीवित रहने पर 250 रुपया
3. 15 वर्ष के अन्त में जीवित रहने पर 500 रुपया
4. 15 वर्ष के अन्दर मृत्यु होने पर 1000 रुपया

(iii) 20 वर्षीय प्रत्यासित अवधि धनागम बीमापत्र में—

1. 5 वर्ष के अन्त में जीवित रहने पर 200 रुपया

2. 10 वर्ष के अन्त में जीवित रहने पर 200 रुपया
3. 15 वर्ष के अन्त में जीवित रहने पर 200 रुपया
4. 20 वर्ष के अन्त में जीवित रहने पर 400 रुपया
5. 20 वर्ष के अन्दर मृत्यु होने पर 1000 रुपया

(iv) 25 वर्षीय प्रत्याशित अवधि धनागम बीमापत्र में—

1. 10 वर्ष के अन्त में जीवित रहने पर 200 रुपया
2. 15 वर्ष के अन्त में जीवित रहने पर 200 रुपया
3. 20 वर्ष के अन्त में जीवित रहने पर 200 रुपया
4. 25 वर्ष के अन्त में जीवित रहने पर 400 रुपया
5. 25 वर्ष के अन्त में जीवित रहने पर 1000 रुपया

(5) आवश्यकता पूर्ति एवं संरक्षण बीमापत्र
(Cash and Cover Policy)

इस योजना में एक बीमापत्र के द्वारा दो हितों का लाभ होता है—(1) बीमापत्र राशि की शीघ्र वापसी और (2) उसके परिवार के हित के लिए पर्याप्त बीमा संरक्षण। नया बीमापत्र मूलतः आजीवन सीमित भुगतान बीमापत्र एवं पाँच वर्षीय अन्तरालों में प्रत्याशित भुगतानों की व्यवस्था का मिश्रित स्वरूप है। यह बीमापत्र बीमादार परिवार के लिये तथा पाँच वर्षीय भुगतानों के द्वारा बच्चों की शिक्षा एवं विवाह जैसी विभिन्न पारिवारिक आवश्यकताओं को पूरा करता है।

हितलाभ—यदि बीमादार निर्धारित अवधि तक जीवित रहा तो बीमित रकम की आधी राशि प्रत्येक पाँच वर्षों के अन्त में, समान किस्तों में निर्धारित अवधि पर प्राप्त करेगा। यदि बीमादार की मृत्यु निश्चित अवधि के बीच हो जाती है, तो किस्तों के रूप में पहले चुकायी गयी राशि को घटाकर शेष बीमा धन का भुगतान कर दिया जाता है। निश्चित अवधि के अन्त तक जीवित रहने पर प्रीमियम देना बन्द हो जाता है और बीमापत्र आधे बीमा रकम के लिए आजीवन बीमापत्र के रूप में पूर्णतया चुकता हो जायेगा। यह राशि बीमादार की मृत्यु पर देय होगी।

इस बीमापत्र पर आजीवन बीमा योजना की दर से बोनस प्राप्त होता है, जिसका भुगतान केवल मृत्यु पर देय होता है। इस बीमापत्र की विशेषता है कि इसके अन्तर्गत बीमाधन की आधी रकम का भुगतान कर दिये जाने के बाद तथा प्रीमियम देने की अवधि बीत जाने के बावजूद बीमादार की मृत्यु होने तक पूरे बीमाधन पर बोनस मिलता रहेगा।

इस योजना के अन्तर्गत न्यूनतम रकम 10,000 रुपये है। इस योजना के अन्तर्गत केवल 20 वर्ष और 25 वर्ष तक की अवधि के लिये बीमापत्र निर्गमित किया जाता है। अधिकतम बीमा आयु क्रमशः 50 वर्ष और 45 वर्ष है। बीमा लेने के समय कम से कम आयु 16 वर्ष होनी चाहिए।

यदि बीमापत्र कम से कम 5 वर्ष तक चलता रहा तो उसके बाद प्रीमियम बन्द कर देने पर भी बीमापत्र चुकता बीमा रकम में बदल जायगा जिसका भुगतान बीमेदार की मृत्यु पर देय होगा। इस योजना के अन्तर्गत कोई ऋण नहीं दिया जाता है। यह बीमापत्र 1 अप्रैल `1980 से बन्द हो गया।

(6) समृद्धि अनुरूप संरक्षण बीमापत्र
(Progressive Protection Policy)

व्यक्ति की आयु वृद्धि के साथ ही पारिवारिक दायित्वों की वृद्धि और आय वृद्धि के संतुलन को बनाये रखने के लिए, बीमा संरक्षण में वृद्धि करने की आवश्यकता अनुभव होती है; वर्तमान संदर्भों में यह आवश्यकता बढ़ती जा रही है। बहुत से व्यक्ति स्वास्थ्य क्षीण हो जाने के कारण ऐसी आवश्यकताओं को पूरा करने में अपने को असमर्थ पाते हैं अथवा यदि प्रयास पूरा भी होता है, तो उन्हें अतिरिक्त बीमा संरक्षण के लिए अपना स्वास्थ्य क्षीण होने के कारण अतिरिक्त प्रीमियम देना पड़ता है। इस बीमापत्र का निर्माण इस प्रकार किया गया है कि निर्धारित अंतरालों के बाद बीमा-रकम में स्वतः वृद्धि होती जाती है जिसके लिए प्रीमियम भी पहले से निश्चित होती है। बीमा-रकम में वृद्धि के समय स्वास्थ्य प्रमाण की आवश्यकता नहीं पड़ती है। यह योजना उन व्यक्तियों के लिए भी उपयोगी है जो प्रारम्भिक अवस्था में हैं और उनकी आय में धीरे-धीरे वृद्धि हो रही है। उनका स्वास्थ्य जैसा भी हो उनके बीमा संरक्षण में धीरे-धीरे वृद्धि होती जाती है और बढ़ती हुई प्रीमियम देने में समर्थ होते हैं।

हितलाभ—समृद्धि अनुरूप संरक्षण बीमापत्र मूलत; एक बढ़ती रहने वाली लाभ सहित बन्दोबस्ती बीमापत्र है। 5 वर्ष व्यतीत हो जाने पर बिना इस बात का विचार किये कि बीमेदार का स्वास्थ्य कैसा है, मूल बीमाधन स्वतः ड्योढ़ा हो जाता है। दस वर्षों के अन्त में बीमाधन में प्रारम्भिक बीमाधन की आधी राशि के बराबर पुनः वृद्धि हो जायगी और इसके लिये भी नये स्वास्थ्य प्रमाण की माँग नहीं की जायेगी, उसके बाद बीमापत्र के हित लाभ दुगुने हो जायेंगे जिनका भुगतान निर्धारित अवधि के अन्त तक जीवित रहने पर या अवधि के भीतर मृत्यु होने पर देय होगा। प्रथम पाँच वर्षों की प्रीमियम किस्तें प्रारम्भिक बीमाधन पर देनी पड़ती है। पाँच वर्षों के अंत में प्रीमियम किस्त बढ़ जाती है और अगले पाँच वर्षों तक बढ़े हुए बीमा-रकम (प्रारम्भिक के 1½ गुने) के अनुसार देय होगी, तत्पश्चात् 10 वर्ष के अन्त में प्रीमियम में फिर वृद्धि होगी जो प्रारम्भिक बीमाधन की दुगुनी राशि के लिये होगी और निश्चित अवधि पर्यन्त देय रहेगी। बीमा-रकम में वृद्धि के साथ ही बोनस का भुगतान निश्चित अवधि के अन्त में अथवा बीमादार की पूर्व मृत्यु होने पर देय होगा।

बीमा-रकम—इस बीमापत्र के अन्तर्गत न्यूनतम रकम 5,000 रुपये और अधिकतम रकम 50,000 रुपये है।

बीमा की अवधि—बीमा चार अवधि..... 20, 25, 30 और 35 वर्ष के लिए जारी की जायगी। बीमा लेने के समय अधिकतम आयु 45 वर्ष और बीमापत्र परिपक्वता अवधि 65 वर्ष है।

(7) गृहलक्ष्मी बीमापत्र
(Grih Lakshmi Policy)

यह बीमापत्र विवाहित स्त्रियों के हितों को ध्यान में रखकर निर्गमित किया गया है। विधवा होने पर उन्हें जो कष्ट सहने पड़ते हैं, वे शोचनीय हैं। जीवन बीमा निगम ने इसलिये इस आवश्यकता की पूर्ति के लिए इसका निर्माण किया है, जिसके द्वारा कोई भी पति अपनी पत्नी के लिए नियमित मासिक भुगतान की समुचित व्यवस्था कर सकता है। ये भुगतान पत्नी की 55 वर्ष की आयु होने पर अथवा इसके पहले पति की मृत्यु हो जाने पर, पत्नी को मृत्यु पर्यन्त मिलते रहेंगे।

इस योजना में यह प्रावधान है कि यदि 55 वर्ष की आयु होने के पहले ही पत्नी की मृत्यु हो जाये तो चुकाये गये सभी प्रीमियम धनों की राशि लौटा दी जायेगी। योजना में इसके अलावा यह भी प्रावधान है कि मासिक किस्तों का भुगतान आरम्भ हो जाने पर, यदि पत्नी की मृत्यु हो जाये तो कुल मासिक भुगतानों की राशि कम से कम योजना के अन्तर्गत चुकाये गये कुल प्रीमियमों की राशि के बराबर अवश्य हो।

बीमापत्र में स्पष्ट रूप से लिख दिया जाता है कि बीमापत्र पत्नी के हित लाभ के लिए है, इस बीमापत्र को विवाहित स्त्री सम्पत्ति अधिनियम 1884 की धारा 6 के अन्तर्गत जारी की हुई मानी जाती है। पत्नी के हितों के लिये एक ट्रस्ट की स्थापना होती है।

हितलाभ—

1. पत्नी को 55 वर्ष की आयु होने के बाद पड़ने वाली बीमापत्र वर्ष गाँठ से उसे निश्चित राशि की वृत्ति दी जायगी।
2. पत्नी को 55 वर्ष की आयु होने के पूर्व पति की मृत्यु हो जाने पर वृत्ति राशि के भुगतान पति की मृत्यु होने के तिथि से आरम्भ हो जायेंगे, बशर्ते कि मृत्यु तिथि को बीमापत्र चालू स्थिति में हो।
3. दोनों ही स्थितियों में, वृत्ति भुगतान निश्चित अवधि के लिए गारन्टीयुक्त होंगे। कुल हितलाभ, कम से कम कुल चुकाये गये प्रीमियम के बराबर अवश्य होंगे तथा उसके बाद भी, जब तक पत्नी जीवित रहेगी तब तक वृद्धि भुगतान चालू रहेंगे।
4. वार्षिक, छमाही, तिमाही या मासिक जिस विधि से भी वृद्धि दिये जाने की इच्छा व्यक्त की जायेगी उसी के अनुसार, वृत्ति निहित होने की तिथि के बाद वृद्धि की प्रथम किस्त वार्षिक, छमाही, तिमाही या मासिक विधि से दी जायेगी।
5. वृत्ति निहित होने के पूर्व यदि पत्नी की मृत्यु हो जायेगी तो चुकाये गये प्रीमियमों की राशि लौटा दी जायेगी, बशर्ते कि मृत्यु होने की तिथि को बीमापत्र या तो पूरी रकम के लिए या चुकता राशि के लिये चालू स्थिति में हो। लेकिन यदि कोई राशि अतिरिक्त प्रीमियम की होगी, तो वह नहीं लौटाई जायेगी।

प्रीमियम—इस बीमापत्र के अन्तर्गत प्रव्याजि का भुगतान पति की 55 वर्ष की आयु होने तक अथवा अवधि के अन्दर उसकी पूर्व मृत्यु हो जाने तक करना पड़ता है। यदि पत्नी पति से अधिक आयु की है तो प्रीमियम देने की अवधि पत्नी की आयु 55 वर्ष की होने तक ही सीमित रहेगी। प्रीमियम देने की अधिक़तम अवधि 25 वर्ष है।

बीमा लेने के समय पति या पत्नी की अधिकतम आयु 45 वर्ष है, कम से कम आयु क्रमश; 18 व 15 वर्ष स्वीकार होगी।

न्यूनतम वृत्ति—यदि वृत्ति मासिक रूप से दी जाती है, तो 30 रुपये से कम की मासिक किस्त के लिए जारी नहीं की जायेगी या यदि वृत्ति किस्त वार्षिक है तो 360 रुपये से कम की राशि के लिए जारी नहीं की जायेगी।

इस बीमापत्र के अन्तर्गत कोई बोनस नहीं मिलता है। ऋण भी नहीं दिये जाते हैं। इस बीमापत्र का अभिहस्तांकन और नामांकन नहीं किया जाता है। बीमापत्र को केवल पत्नी के नाम अभ्यर्पण किया जा सकता है। यह बीमापत्र 1 अप्रैल 1980 से बन्द हो गया।

□□□

सुरक्षा और निवेश का अनूठा संगम - नई जीवन श्री

"नई जीवन श्री" एक अनूठी पॉलिसी है जो समाज के उन लोगों के लिए विशेष रूप से लाँच की गई है जिन्होंने उच्च समाज की उच्च प्रतिष्ठा हासिल की है और उसी प्रतिष्ठा को अक्षुण्ण बनाये रखने के लिए यह पॉलिसी उनकी 'बीमा आवश्यकता' बन कर आयी है। हमारे प्रतिष्ठित अभिकर्तागण प्रतिष्ठित 'नई जीवन श्री' को निम्नलिखित विशिष्टताओं के आधार पर समाज के प्रतिष्ठित लोगों को सफलतापूर्वक प्रस्तावित कर सकते हैं :—

योजना की कुछ खास बातें

तालिका क्रमांक	151	न्यूनतम अवधि	:	5 वर्ष
न्यूनतम आयु सीमा	18 वर्ष	अधिकतम अवधि	:	25 वर्ष
अधिकतम आयु सीमा	60 वर्ष	ऋण उपलब्धता	:	है
निम्नतम बीमाधन	5 लाख	अधिकतम परिपक्वता आयु	:	70 वर्ष
अधिकतम बीमाधन	सीमा रहित			

पॉलिसी अवधि प्रीमियम भुगतान अवधि

(वर्ष)	(वर्ष)
05	1, 2 या 3
10	1, 2, 3, 4 या 6
15	1, 2. 3, 4, 6, 8 या 10
20	1, 2, 3, 4, 6, 8, 10 या 12
25	1, 2, 3, 4, 6, 8, 10, 12 या 16

(एकल प्रीमियम 5 वर्ष से 25 वर्ष के सभी अवधि के लिये लागू)

हमारे संभावित प्रतिष्ठित ग्राहक

"नई जीवन श्री" जीवन में हर सफल व्यक्ति जैसे व्यावसायिक उद्योगपति परामर्शदाता, ठेकेदार, व्यवसायी, बड़े किसान, भू-स्वामी, स्वरोजगार व्यक्ति, अप्रवासी भारतीय, एन०आर०आई०, माडल, फिल्मी सितारे, बिल्डर्स, थोक विक्रेता, वितरक इत्यादि को

अपनी प्रतिष्ठा के अनुरूप बीमा सुरक्षा की आवश्यकता होती है। समाज के इसी उच्च वर्ग को उच्च जोखिमों के विरुद्ध सुरक्षा कवच प्रदान करने के लिए भारतीय जीवन बीमा निगम ने लॉच की है एक अनूठी पॉलिसी "नई जीवन श्री"।

यह नई पॉलिसी उन नियोक्ताओं के लिए भी सर्वथा उपयुक्त है जो अपने वरिष्ठ प्रबन्धकों तथा 'की मैन' जिनके आकस्मिक निधन से संस्था की आय प्रभावित होती है, के जीवन पर सुरक्षा कवच प्रदान करना चाहते हैं।

अनूठी पॉलिसी की अनूठी रणनीति

इसमें अनेक ऐसी खूबियाँ हैं; जिसके आधार पर इसका विपणन सफलतापूर्वक किया जा सकता है। कृपया देखें।

1. पॉलिसी ऋण से लाभ में अभिवृद्धि

इस योजना में एल०आई०सी० से सीधे 10.5 प्रतिशत की रियायती ब्याज दर पर ऋण प्राप्त कर पुनर्निवेश के जरिये अधिक लाभ अर्जित किया जा सकता है।

एक पॉलिसी वर्ष पूर्ण होने के बाद ऋण उपलब्ध हो जाता है। बशर्ते कि पॉलिसी में प्रीमियम भुगतान अवधि के 1/10वें भाग का भुगतान किया जा चुका हो और कम से कम एक वर्ष का प्रीमियम चुका दिया गया हो।

अतिरिक्त किश्त देने पर

टर्म राइडर की सुविधा	:	25 लाख तक
दुर्घटना हित लाभ	:	10 लाख तक उपलब्ध है।

2. परिपक्वता लाभ किश्तों में उपलब्ध

इस योजना में परिपक्वता लाभ किश्तों में (अधिकतम पाँच किश्त) प्राप्त करने का विकल्प उपलब्ध है। इस विकल्प के माध्यम से वरिष्ठ कार्यकारी सीनियर एक्जीक्यूटिव नियोजित ढंग से पेंशन लाभ क्रय कर सकते हैं जो आयकर की दृष्टि से भी अत्यधिक लाभदायक है।

3. सुनिश्चित लाभ (गारण्टीड एडीशन्स)

प्रत्येक पॉलिसी वर्ष में 70 रु० प्रति हजार देय।

4. विशेष लाभ (लायल्टी एडीशन्स)

वास्तविक लायल्टी एडीशन्स निगम के कार्य अनुभवों पर आधारित होगी। जो समय-समय पर घोषित किया जायेगा।

5. बड़ी बीमा राशि के लिये छूट :

10 लाख से अधिक परन्तु 20 लाख से कम बीमा राशि पर	रु0 0.50
20 लाख व अधिक बीमा राशि पर	रु० 0.75

एकल प्रीमियर पॉलिसी के अन्तर्गत भी उपरोक्त दर से बड़ी बीमा राशि के लिए छूट दी जायेगी।

6. 'की मैन' बीमा के लिए यह योजना उपलब्ध :

7. अन्य विशेषतायें :

क. अन्य पॉलिसियों की तरह भुगतान किये गये प्रीमियम पर धारा 88 के अन्तर्गत 20 प्रतिशत की आयकर में छूट।

ख. पॉलिसी से प्राप्त सम्पूर्ण राशियाँ धारा (10डी) के अन्तर्गत आयकर से मुक्त।**

ग. फर्म द्वारा "**की मैन**" के अन्तर्गत देय प्रीमियम को सेक्सन 37(1) के अन्तर्गत आयकर अधिकारी के विवेकानुसार व्यय माना जायेगा।

घ. यह पॉलिसी सम्पत्ति पर "वेल्थ टैक्स" से पूर्ण मुक्त।

8. विशेष आकर्षण :

इस पॉलिसी में सीमित अवधि तक प्रीमियम भुगतान करके भी अधिक समय तक जीवन बीमा सुरक्षा का लाभ प्राप्त किया जा सकता है।

9. निवेश आकर्षण :

विभिन्न व्यक्तियों द्वारा ली गयी नई जीवन श्री पॉलिसी के अध्ययन में इस बात की पुष्टि होती है कि इस पॉलिसी पर निवेश लाभ इन्वेस्टमेंट रिटर्न अधिकतम है और साथ में अभेद्य जीवन सुरक्षा कवच। अतः यह पॉलिसी जहाँ एक ओर अभेद्य सुरक्षा कवच प्रदान करती है वहीं दूसरी ओर यह बुद्धिमानी पूर्ण किया गया एक लाभप्रद एवं सुरक्षित निवेश भी है।

New Jeevan Shree

Example-I

आयु	: 25 वर्ष		
बीमाधन	: 500000	प्रीमियम भुगतान करने की अवधि	: 16 वर्ष
पॉलिसी अवधि	: 25 वर्ष	वार्षिक प्रीमियम	: रु० 30,919

** 10 (10डी) बीमा पॉलिसी के अन्तर्गत प्राप्त धन आय में नहीं जोड़ा जायेगा।

Year	Age	Risk Cover	Annual Premium	Tax Saved 20%	Nett. Premium	New Loan Available	Total Loan Available
2002	25	500000	30919	6184	24735	0	0
2003	26	535000	30919	6184	24735	15067	15067
2004	27	570000	30919	6184	24735	12124	27191
2005	28	605000	30919	6184	24735	13857	41048
2006	29	640000	30919	6184	24735	15770	56818
2007	30	675000	30919	6184	24735	17926	74744
2008	31	710000	30919	6184	24735	20297	95041
2009	32	745000	30919	6184	24735	22927	117968
2010	33	780000	30919	6184	24735	25841	143809
2011	34	815000	30919	6184	24735	29061	172870
2012	35	850000	30919	6184	24735	32674	205544
2013	36	885000	30919	6184	24735	36729	242273
2014	37	920000	30919	6184	24735	41048	283321
2015	38	955000	30919	6184	24735	45851	329172
2016	39	990000	30919	6184	24735	51270	380442
2017	40	1025000	30919	6184	24735	57100	437542
2018	41	1060000	0	0	0	41843	479385
2019	42	1095000	0	0	0	46872	526257
2020	43	1130000	0	0	0	52924	579181
2021	44	1165000	0	0	0	59880	639061
2022	45	1200000	0	0	0	68231	707292
2023	46	1235000	0	0	0	83985	791277
2024	47	1270000	0	0	0	93519	884796
2025	48	1305000	0	0	0	104603	989399
2026	49	1340000	0	0	0	116985	1106384
			494704	98944	395760	1106384	

कुल शुद्ध देय प्रीमियम : रु० 395760

पूर्वावधि पर प्राप्त राशि

बीमाधन : रु० 5,00,000

सुनिश्चित लाभ : रु० 8,75,000

योग : रु० 13,75,000 + Loyalty Addition

Yield on Investment 7.07% without loyalty Addition.

Net yield will be much more if loyalty Addition is included.

●●●

कोमल जीवन

बच्चों के लिए एल०आई०सी० की एक नई प्रस्तुति

(तालिका क्र० 159) **(बिना लाभ के)**

आज जीवन अत्यधिक प्रतिस्पर्धात्मक बन गया है। पढ़ाई और जीवन आरम्भ के लिए अधिक धन की जरूरत होती है। अतएव माता-पिता को बच्चों की अच्छी पढ़ाई के लिए आरम्भ में ही प्रावधान करने की आवश्यकता है। बच्चों को अच्छे व्यवसाय या वृत्ति आरम्भ करने के लिए भी आर्थिक सहायता की आवश्यकता पड़ती है।

इन्हीं जरूरतों को पूरा करने के लिए भा०जी०बी०नि० एक नई पॉलिसी प्रस्तुत कर रहा है। **कोमल जीवन**—जिसमें बच्चे को 18 वर्ष की आयु के बाद पड़ने वाली पॉलिसी वर्षगांठ तक ही प्रीमियम भुगतान करना होता है। जोखिम सुरक्षा के साथ-साथ इस योजना में बीमा राशि का 18, 20, 22 और 24 वर्ष की आयु पूरी करने पर किस्तों में भुगतान तथा 26 वर्ष होने पर सुनिश्चित योग लाभ तथा सहभागिता लाभ के भुगतान की सुविधा है।

लाभ

यदि पॉलिसी चालू अवस्था में हो तो निम्नलिखित लाभ प्राप्त होंगे :

1. किस्त लाभ :

बीमा राशि का किस्तों में निम्नानुसार भुगतान किया जायेगा :—

18 वर्ष की आयु के बाद की पॉलिसी वर्षगांठ पर 20%
20 वर्ष की आयु के बाद की पॉलिसी वर्षगांठ पर 20%
22 वर्ष की आयु के बाद की पॉलिसी वर्षगांठ पर 30%
24 वर्ष की आयु के बाद की पॉलिसी वर्षगांठ पर 30%

2. सुनिश्चित योग लाभ :

प्रत्येक पॉलिसी वर्ष के पश्चात् 75 प्रति हजार बीमा राशि का सुनिश्चित योग लाभ प्राप्त होगा; जैसे—1,00,00/- बीमा राशि की पॉलिसी के लिए यह योग लाभ रु० 7,500/- प्रति वर्ष होगा। यह (i) परिपक्वता अर्थात् पॉलिसी धारक के 26 वर्ष पूरा करने के बाद पड़ने वाली वर्षगांठ या (ii) मृत्यु, जो भी पहले हो, पर देय होगा।

3. मृत्यु हित लाभ :

पॉलिसी अवधि के बीच जोखिम सुरक्षा के आरम्भ होने, परन्तु परिपक्वता के पहले दुर्भाग्यपूर्ण मृत्यु पर सुनिश्चित योग लाभ के साथ पूरी बीमा राशि का भुगतान देय होगा; चाहे क्यों न कितने ही किस्त लाभ प्राप्त किये जा चुके हों।

4. सहभागिता लाभ :

परिपक्वता की अवस्था में पॉलिसी पर सहभागिता लाभ दिया जायेगा, जो पॉलिसी

की अवधि और बीमा राशि पर निर्भर करेगा या जोखिम सुरक्षा आरम्भ होने के पश्चात् मृत्यु होने पर सहभागिता लाभ का भी भुगतान किया जायेगा, जिसकी दरें निगम के अनुभवों के आधार पर समय-समय पर घोषित की जायेंगी।

प्रतिबंध :

प्रीमियम भुगतान विधि	एकल, वार्षिक, अर्द्धवार्षिक, तिमाही, वे०ब०यो०।
प्रवेश के समय न्यूनतम आयु -	0 वर्ष (पिछली जन्म तिथि)
प्रवेश के समय अधिकतम आयु -	10 वर्ष (पिछली जन्म तिथि)
परिपक्वता आयु -	26 वर्ष (पिछली जन्म तिथि)

न्यूनतम और अधिकतम बीमा राशि :

पॉलिसी सिर्फ 25,000 के गुणकों में जारी की जायेगी। न्यूनतम बीमा राशि 1,00,000 होगी तथा अधिकतम बीमा राशि 25,00,000 होगी।

छूट :

(अ) भुगतान विधि के लिए छूट :

वार्षिक	- तालिका प्रीमियम का 2%
अर्धवार्षिक	- तालिका प्रीमियम का 1%

(ब) बड़ी बीमा राशि के लिए छूट :

रु० 2,00,000 और अधिक	रु० 1 प्रति हजार बीमा राशि

पॉलिसी के लिए योग्यता :

इस योजना के अंतर्गत 10 वर्ष की आयु (अंतिम जन्मदिन) के बच्चे की बीमा के लिए प्रस्ताव किया जा सकता है। सामान्यतः पिता प्रस्तावक हो सकता है, परन्तु यदि माँ की अपनी आमदनी हो तो वह भी इस योजना के अन्तर्गत प्रस्तावक बन सकती है। यदि माता-पिता दोनों ही जीवित न हों, तो कानूनी अभिभावक प्रस्तावक बन सकता है।

यह पॉलिसी नजदीकी रिश्तेदारों; यथा—दादा-दादी, नाना-नानी, भाई, बहन, चाचा या मामा द्वारा एकल प्रीमियम पॉलिसी द्वारा उपहार के रूप में दी जा सकती है। परन्तु इस अवस्था में भी पॉलिसी पिता, माता या कानूनी अभिभावक द्वारा ही प्रस्तावित की जाएगी।

अन्य विशिष्टताएँ

जोखिम सुरक्षा का आरम्भ :

इस योजना के अन्तर्गत जोखिम सुरक्षा, पॉलिसी जारी होने की तिथि से दो वर्ष पश्चात् या बच्चे के सात वर्ष की आयु के बाद पड़ने वाली पहली वर्षगांठ से, जो भी बाद में हो, से शुरू होगी।

निहित होना :

पॉलिसी बीमाधारक के व्यस्क होने के तुरन्त पश्चात् पड़ने वाली पॉलिसी वर्षगांठ पर अपने आप बीमाधारी में निहित हो जायेगी और तत्पश्चात् कोई भी प्रीमियम भुगतान नहीं करना होगा।

दुर्घटना हितलाभ और ऋण :

इस योजना में दुर्घटना या स्थायी अपंगता हितलाभ नहीं है। इस योजना के अन्तर्गत कोई ऋण स्वीकृत नहीं किया जायेगा।

प्रीमियम भुगतान छूट का लाभ (ऐच्छिक) :

इस योजना के अन्तर्गत प्रस्तावक कुछ अतिरिक्त प्रीमियम का भुगतान कर प्रीमियम भुगतान छूट का लाभ प्राप्त कर सकता है। सिर्फ 50 वर्ष की आयु (निकटतम जन्मदिन) तक के व्यक्ति (मानक जीवन) ही इस लाभ के योग्य होंगे यदि वे सामान्य बीमाकरण आवश्यकताओं को पूरा करते हों।

प्रस्तावक को इस पॉलिसी के अन्तर्गत एक अतिरिक्त राशि का भुगतान करने पर बीमा राशि के 20 प्रतिशत तक की ऐच्छिक बीमा सुरक्षा (रु० 1,00,000 से अधिक नहीं) भी प्रदान की जायेगी। यह लाभ उस अवस्था में भुगतान योग्य होगा, जब प्रस्तावक की, उस पॉलिसी वर्षगांठ जिस पर बच्चा 18 वर्ष का हो जायेगा, के पहले मृत्यु हो जाती हो। सिर्फ 50 वर्ष की आयु (निकटतम जन्मदिन) तक के व्यक्ति (मानक जीवन) ही इस लाभ के योग्य होंगे यदि वे सामान्य बीमाकरण आवश्यकताओं को पूरा करते हों।

आयु प्रमाण-पत्र :

5 वर्ष और अधिक उम्र के बच्चों के लिए विद्यालय अभिलेख से प्रमाणित उद्धरण ही स्वीकृत होंगे। अन्य स्थितियों में नगर पालिका अभिलेख से प्रमाणित उद्धरण आयु प्रमाण-पत्र के रूप में देना होगा।

चिकित्सीय परीक्षण :

बीमाधारक के चिकित्सीय परीक्षण की आवश्यकता नहीं है।

●●●

सुरक्षा और निवेश का अनूठा संगम - सीमित भुगतान बन्दोबस्ती पॉलिसी T-48

सीमित भुगतान बन्दोबस्ती पॉलिसी, भारतीय जीवन बीमा निगम का एक अनूठा उत्पाद है जिसमें कम प्रीमियम पर अधिक जोखिम एवं आकर्षक Return उपलब्ध है। यह समाज के सभी वर्गों के लिए उपयुक्त है।

योजना की कुछ खास बातें

तालिका क्रमांक	: 48	न्यूनतम अवधि	: 5 वर्ष
न्यूनतम आयु सीमा	: 12 वर्ष	अधिकतम अवधि	: 25 वर्ष
अधिकतम आयु सीमा	: 60 वर्ष	ऋध उपलब्धता	: हाँ
		अधिकतम परिपक्वता आयु	: 70 वर्ष

पॉलिसी अवधि (वर्ष)	प्रीमियम भुगतान अवधि (वर्ष)
15	5 अथवा 10
20	5, 10 अथवा 15
25	5, 10, 15 अथवा 20

हमारे संभावित प्रतिष्ठित ग्राहक :

वैसे तो यह पॉलिसी सभी वर्गों के लिए बहुत उपयोगी है; फिर भी व्यावसायिक उद्योगपति, परामर्शदाता, ठेकेदार, व्यवसायी, बड़े किसान, भू-स्वामी, स्वरोजगार व्यक्ति, अप्रवासी भारतीय, एन०आर०आई०, माडल, फिल्मी सितारे, बिल्डर्स, थोक विक्रेता, वितरक इत्यादि के लिए विशेष रूप से आकर्षक है।

अब यह पॉलिसी "Key Man Insurance" के अन्तर्गत भी ली जा सकती है।

इस पॉलिसी के अन्तर्गत दुर्घटना हितलाभ अधिकतम 10 लाख तक उपलब्ध है। पूर्ण अपंगता हितलाभ तथा पूर्ण अपंगता की स्थिति में Premium Waiver Benefit की सुविधा भी उपलब्ध है। यह तीनों सुविधाएँ मात्र 1 रु० प्रति हजार देने पर उपलब्ध है।

पॉलिसी ऋण :

इस पॉलिसी में 10.5% ब्याज की दर से ऋण की सुविधा भी उपलब्ध है।

परिपक्वता लाभ :

(क) यह पॉलिसी लाभ सहित है और इसमें आकर्षक बोनस दिया जाता है। विशेष कर 25 वर्ष की अवधि वाली पॉलिसी बहुत अधिक लाभदायक है क्योंकि इसमें वर्तमान बोनस दरें 72/- रु० प्रति हजार है, जो बन्दोबस्ती पॉलिसियों में सर्वाधिक है।

(ख) Final Additional Bonus—इस पॉलिसी के अन्तर्गत रु० 5 लाख के बीमाधन एवं 25 वर्ष अवधि वाली पॉलिसी में रु० 475/- प्रति हजार की दर से अतिरिक्त बोनस का भुगतान किया जाता है जो बहुत ही आकर्षक राशि है। पिछले वर्ष यह 460/- प्रति हजार थी।

अन्य आकर्षण :

परिपक्वता धनराशि का भुगतान आयकर से मुक्त होता है। भुगतान किए जाने वाले प्रीमियम पर धारा 88 के अन्तर्गत आयकर से छूट प्राप्त होती है। Key Man Policy के अन्तर्गत भुगतान किये गये प्रीमियम को आयकर एक्ट की धारा–37(1) के अन्तर्गत व्यवसाय के व्यय के रूप में छूट प्रदान की जाती है। वार्षिक प्रीमियम भुगतान करने पर 3% की छूट दी जाती है। अधिक बीमाधन पर रु० 2.00 प्रति हजार प्रीमियम में छूट दी जाती है।

Example-I

आयु : 25 वर्ष | बीमाधन : 500000

पॉलिसी अवधि : 25 वर्ष | प्रीमियम भुगतान अवधि : 15 वर्ष

Year	Age	Risk Cover: Normal	Risk Cover: Accident	Annual Premium	New Loan Available	Total Loan Available
2002	25	536000	1036000	24865	0	0
2003	26	572000	1072000	24865	0	0
2004	27	608000	1108000	24865	13157	13157
2005	28	644000	1144000	24865	6579	19736
2006	29	680000	1180000	24865	6578	26314
2007	30	716000	1216000	24865	43693	70007
2008	31	752000	1292000	24865	17345	87352
2009	32	788000	1288000	24865	18754	106105
2010	33	824000	1324000	24865	20317	126423
2011	34	860000	1360000	24865	22043	148466
2012	35	896000	1396000	24865	23980	172446

2013	36	932000	1432000	24865	30298	202744
2014	37	968000	1468000	24865	34543	237287
2015	38	1004000	1504000	24865	38590	275877
2016	39	1040000	1540000	24865	43158	319035
2017	40	1076000	1076000	0	48073	367108
2018	41	1112000	1112000	0	47153	414261
2019	42	1148000	1148000	0	52882	467143
2020	43	1184000	1184000	0	59758	526901
2021	44	1220000	1220000	0	67727	594628
2022	45	1256000	1256000	0	77299	671927
2023	46	1292000	1292000	0	94362	766289
2024	47	1328000	1328000	0	105967	872256
2025	48	1364000	1364000	0	119417	991673
2026	49	1400000	1400000	0	134528	1126201
2027	50	0	0	0	0	0
				372975		

कुल भुगतान किया गया प्रीमियम	:	रु०	372975
पूर्णावधि पर प्राप्त राशि	:		
बीमाधन	:	रु०	5,00,000
बोनस	:	रु०	9,00,000
अन्तिम अतिरिक्त बोनस	:	रु०	2,37,500
कुल योग		रु०	16,37,500

Yield on Investment 8.22%

आयकर की धारा 88 के अन्तर्गत छूट प्राप्त होने पर निवेश पर YIELD और अधिक आकर्षक होगी।

नोट : उपर्युक्त तीनों उदाहरणों की परिपक्वता राशि की गणना वर्तमान बोनस दरों को दृष्टिगत रखते हुए की गई है; इसमें भविष्य में सरकार की नीतियों या बाजार की परिस्थितियों से प्रभाव पड़ सकता है।

Example-II

आयु : 30 वर्ष

पॉलिसी अवधि : 20 वर्ष

बीमाधन : 500000

प्रीमियम भुगतान अवधि : 10 वर्ष

Year	Age	Risk Cover Normal	Risk Cover Accident	Annual Premium	New Loan Available	Total Loan Available
2002	30	533000	1033000	37936	0	0
2003	31	566000	1066000	37936	0	0
2004	32	599000	1099000	37936	20215	20215
2005	33	632000	1132000	37936	10108	30323
2006	34	665000	1165000	37936	10108	40431
2007	35	698000	1198000	37936	58177	98608
2008	36	731000	1221000	37936	24159	122767
2009	37	764000	1264000	37936	26033	148800
2010	38	797000	1297000	37936	29176	177976
2011	39	830000	1330000	37936	36519	214495
2012	40	863000	863000	37936	41093	255588
2013	41	896000	896000	0	41569	297157
2014	42	929000	929000	0	46760	343917
2015	43	962000	962000	0	52906	396823
2016	44	995000	995000	0	60204	457027
2017	45	1028000	1028000	0	68803	525830
2018	46	1061000	1061000	0	83480	609310
2019	47	1094000	1094000	0	94316	703626
2020	48	1127000	1127000	0	106558	810184
2021	49	1160000	1160000	0	120335	930519
2022	50	0	0	0	0	0
				379360		

कुल भुगतान किया गया प्रीमियम :	रु०	379360
पूर्णावधि पर प्राप्त राशि		
बीमाधन :	रु०	5,00,000
बोनस :	रु०	6,60,000
अन्तिम अतिरिक्त बोनस :	रु०	1,00,000
कुल योग	रु०	12,60,000

Yield on Investment 7.89%

आयकर की धारा 88 के अन्तर्गत छूट प्राप्त होने पर निवेश पर YIELD और अधिक आकर्षक होगी।

Example-III

आयु : 35 वर्ष — बीमाधन : 500000

पॉलिसी अवधि : 15 वर्ष — प्रीमियम भुगतान अवधि : 5 वर्ष

Year	Age	Risk Cover Normal	Risk Cover Accident	Annual Premium	New Loan Available	Total Loan Available
2002	35	533000	1030000	78288	0	0
2003	36	560000	1060000	78288	0	0
2004	37	590000	1090000	78288	42006	42006
2005	38	620000	1120000	78288	21002	63008
2006	39	650000	1150000	78288	21003	84011
2007	40	680000	680000	0	84061	168072
2008	41	710000	710000	0	38264	206336
2009	42	740000	740000	0	40456	246792
2010	43	770000	770000	0	43097	289889
2011	44	800000	800000	0	46175	336064
2012	45	830000	830000	0	54836	390900
2013	46	860000	860000	0	75242	466142
2014	47	890000	890000	0	85637	551779
2015	48	920000	920000	0	97326	649105
2016	49	950000	950000	0	110502	759607
2017	50	0	0	0	0	0
				391440		

कुल भुगतान किया गया प्रीमियम : रु० 391440

पूर्णावधि पर प्राप्त राशि

बीमाधन : रु० 5,00,000

बोनस : रु० 4,50,000

कुल योग रु० 9,50,000

Yield on Investment 7.02%

आयकर की धारा 88 के अन्तर्गत छूट प्राप्त होने पर निवेश पर YIELD और अधिक आकर्षक होगी।

□□□

अध्याय 7

वृत्तियाँ

वृत्तियों से तात्पर्य बीमाकर्ता और इसके ग्राहकों—जिसे वृत्तिग्राही (Annuitant) कहते हैं—के बीच ऐसे प्रसंविदा से है, जिसमें बीमाकर्ता, एक निश्चित प्रतिफल (Consideration) के बदले में निश्चित समय तक एक निश्चित रकम नियमित रूप से नियत काल पर वृत्तिग्राही को अदा करने का वचन देता है। इस प्रकार वृत्ति प्राप्त करने के लिये प्रसंविदा चालू होने के पहले वृत्तिग्राही को एक निश्चित क्रम-मूल्य, जिसे प्रव्याजि, प्रतिफल या वृत्ति-मूल्य कहते हैं, वृत्ति विक्रेता को देना आवश्यक है, जिससे वह उसे वृत्ति का भुगतान एक निश्चित समय तक कर सके। निश्चित समय का मतलब वृत्ति में जीवन काल तक ही लगाया जाता था, लेकिन यह कोई आवश्यक नहीं है कि वृत्ति का भुगतान वृत्तिग्राही की मृत्यु पर बन्द कर दिया जाय। यह भुगतान उसके मरने के बाद भी उसके आश्रितों को दिया जा सकता है। वृत्ति में एक निश्चित रकम का भुगतान तय कर लिया जाता है और इसी रकम को लगातार दिया जाता है, परन्तु जहाँ पर एक से अधिक वृत्तिग्राही होंगे इस निश्चित रकम में परिवर्तन हो सकता है। वैसे तो वृत्ति एक निश्चित वार्षिक भुगतान को कहते हैं, परन्तु वृत्ति का विस्तृत अर्थ ऐसे सभी भुगतानों से है जो सामयिक रूप से दिये जायँ, इस प्रकार नियत काल का अर्धवार्षिक के अतिरिक्त अर्द्धवार्षिक, त्रैमासिक और मासिक से भी हो सकता है।

वृत्ति का उद्देश्य एवं आवश्यकता—वृत्ति का मुख्य उद्देश्य संचित की हुई रकम का जीवन के शेष भागों में निश्चित रूप से प्रयोग करने से है। बहुत से व्यक्ति यह चाहते हैं कि उनके द्वारा अर्जित किया हुआ धन वे स्वयं अपने जीवन में प्रयोग कर लें। परिवार के लिए संचय करने का विचार इस रकम के प्रयोग करने तक नहीं कर सकेगा, लेकिन उसके लिए वृद्धावस्था में एक आय निश्चित हो जायेगी। यदि वृत्ति न खरीद कर दूसरी जगह इस रकम का विनियोग करते हैं तो उन्हें सभी रकम के उपभोग करने की अनिश्चितता के साथ जीवन के शेष भाग में लगातार आय मिलने में सन्देह रहेगा। यदि उन्होंने इस संचित रकम का वितरण इस प्रकार किया कि उनकी मृत्यु के पहले सभी रकम समाप्त हो गयी, तो अन्तिम समय में आय न रहने से बड़ी ही दयनीय स्थिति होगी दूसरी तरफ यदि उनकी मृत्यु पहले हो गयी तो वे सारी रकम का प्रयोग अच्छी तरह न कर पायेंगे। इसका अर्थ यह होगा कि जितने आराम से रह सकते थे, उससे कम आराम में जीवन बिताया। उसके लिए अन्यत्र विनियोग तभी उचित होगा जब वह मृत्यु का सही अवलोकन कर सके जो असम्भव है। लेकिन बीमाकर्ता (वृत्ति विक्रेता) को इस प्रकार के बहुत से प्रसंविदा मिलने के कारण वे मृत्यु तक भुगतान करने का वादा करते हैं।

दूसरा उद्देश्य मृत्यु के बाद भी एक निश्चित समय तक, यदि पूर्व निर्धारित समय के अन्दर है, आश्रितों को एक निश्चित रकम का भुगतान करने से है, जिससे आश्रितों को अपने पैर पर खड़े होने तक एक निश्चित रकम मिलती रहेगी। यहाँ पर यह पहले ही निश्चित कर लिया जाता है कि आश्रितों को जीवन यापन करने में कितना समय लगेगा, उस समय के लिए वृत्ति ले ली जाती है, यदि इसके अन्तर्गत वृत्तिग्राही की मृत्यु हुई तो बाकी समय के लिये भी वृत्ति का भुगतान करके आश्रितों की मदद की जा सकेगी। इस प्रकार से वृत्ति का प्रतिफल वृत्तिग्राही की उम्र, वृत्ति का समय और उसके प्रकार पर निर्भर है। वृत्तिग्राही की चिकित्सा (स्वास्थ्य) परीक्षा की कोई आवश्यकता नहीं है।

वृत्ति और जीवन बीमा प्रसंविदा में अन्तर

1. **भुगतान**—भुगतान के तरीके के आधार पर वृत्ति और जीवन बीमा प्रसंविदा बिल्कुल एक-दूसरे का उल्टा है। बीमे में (आजीवन बीमापत्र में) हमें जीवन पर्यन्त प्रव्याजि देनी होती है और मृत्यु के पश्चात् बीमित रकम मिलती है, जबकि वृत्ति में प्रारम्भ में इकट्ठी रकम देनी पड़ती है, जो प्रव्याजि की तरह से वृत्तिग्राही को जीवन पर्यन्त मिलती रहती है।

2. **आश्रितों के लिये संचय**—जीवन बीमा में आश्रितों को लाभ पहुँचाने के लिये प्रसंविदा किया जाता है, जबकि वृत्ति संचित रकम के स्वयं प्रयोग के लिए ली जाती है।

3. **उद्देश्य**—जीवन बीमा में सम्पत्ति को बनाने का उद्देश्य होता है, क्योंकि प्रव्याजि के रूप में थोड़ी-थोड़ी रकम जमा करके अन्त में एक बड़ी रकम एकत्रित हो जाती है, जिसको विनियोग करके ब्याज या सम्पत्ति प्राप्त कर सकते हैं। दूसरी तरफ वृत्ति में संचित रकम या सम्पत्ति का निस्तारण (Liquidation) करते हैं, जिससे मृत्यु पर वह रकम अवशेष न रहे।

4. **मृत्यु**—जीवन बीमा में असामयिक मृत्यु से होने वाली आर्थिक हानि को पूरा करने का प्रयास किया जाता है, लेकिन वृत्ति में आय-अर्जन के समय से अधिक दिन तक जीवित रहने का प्रयास है। इस प्रकार पहला शीघ्र मृत्यु और दूसरा दीर्घ जीवन के प्रति सुरक्षा है।

5. **चिकित्सा परीक्षा**—जीवन बीमा में चिकित्सा परीक्षा की बहुत आवश्यकता है, क्योंकि इसी के आधार पर जोखिम की मात्रा निश्चित करके प्रव्याजि का निर्धारण किया जाता है। वृत्ति प्रसंविदा में जोखिम की वृद्धि (मृत्यु की संभावना) से बीमाकर्ता को लाभ ही होता है, अतः चिकित्सा परीक्षा का कोई अर्थ नहीं है। वहाँ पर केवल उम्र प्रमाण-पत्र की आवश्यकता रहती है, जिससे यह तय किया जा सके कि वृत्तिग्राही की जीवन-आशा कितनी है?

6. **प्रव्याजि**—जीवन बीमा में प्रव्याजि की दर किस्तों में और प्रायः छोटी किस्तों में होती है, जबकि वृत्ति की प्रव्याजि प्रायः एकमुश्त और बड़ी होती है। जीवन बीमा में प्रव्याजि की दर कम आयु में कम और बड़ी आयु में ज्यादा होती है, परन्तु वृत्ति में बिल्कुल इसका उल्टा है, वहाँ पर कम आयु में अधिक और बड़ी आयु में कम प्रव्याजि देनी होती है, क्योंकि कम आयु में उसी प्रव्याजि से कम भुगतान और अधिक आयु में ज्यादा भुगतान होता है।

7. दायित्व—जीवन बीमा में बीमाकर्ता का दायित्व मृत्यु पर या अवधि के व्यतीत हो जाने पर जो दोनों में पहले हो, समाप्त हो जाता है, लेकिन वृत्ति में यह दायित्व मृत्यु तक अवश्य चलता है। दूसरे शब्दों में इसके अन्तर्गत अवधि के व्यतीत होने पर दायित्व समाप्त नहीं होता, बशर्ते कि इसके भीतर मृत्यु न हुई हो।

8. समर्पण मूल्य—जीवन बीमा में प्रदत्त मूल्य, ऋण, समर्पण और प्रत्याभूत समर्पण मूल्य आदि का नियम होता है, परन्तु वृत्ति में ये सब कुछ नहीं मिलते हैं।

9. बीमा योग्य हित—जीवन बीमा में बीमा योग्य हित के मौजूद रहने की अत्यन्त आवश्यकता है, बिना इसके प्रसंविदा अमान्य होगा, परन्तु वृत्ति प्रसंविदा में ऐसा कोई नियम नहीं है।

जीवन बीमा और वृत्ति में सहायता

1. जीवन—दोनों ही प्रसंविदाओं में व्यक्तियों के जीवन पर प्रसंविदा किया जाता है। एक में शीघ्र मृत्यु पर दूसरे में दीर्घ जीवन के लिये प्रसंविदा होते हैं।

2. जोखिम विभाजन—जिस प्रकार जीवन बीमा में जोखिम का विभाजन कई व्यक्तियों में किया जाता है, एक व्यक्ति के अर्जित ब्याज और प्रव्याजि को दूसरे व्यक्तियों की शीघ्र मृत्यु पर काम में लाते हैं, उसी प्रकार वृत्ति में एक व्यक्ति की शीघ्र मृत्यु पर संचित रकम दूसरे व्यक्ति के दीर्घ जीवन पर काम में लाते हैं।

3. सम्भावना सिद्धान्त—बीमा-कोष या वृत्ति-कोष संचय के लिए सम्भावना सिद्धान्त को लागू करते हैं। पहले में शीघ्र मृत्यु की सम्भावना और दूसरे में दीर्घ जीवन की सम्भावना आँकते हैं।

4. बीमाकर्ता—दोनों ही प्रसंविदाओं को एक ही बीमाकर्ता निर्गमित करता है।

5. आय की सुरक्षा—जीवन बीमा की भाँति वृत्ति आय की सुरक्षा और उसके अधिकतम प्रयोग का अवसर प्रदान करता है। जीवन बीमा में शीघ्र मृत्यु पर ऐच्छिक संचय को संचित करके परिवार या वृद्धावस्था के लिये व्यवस्था होती है, वृत्ति में ज्यादा दिन जीवित रहने पर आय की हानि या कमी को पूरा किया जाता है।

वृत्तियों के भेद

वृत्तियों का विभाजन—(1) प्रव्याजि देने के तरीके, (2) व्यक्तियों की संख्या, (3) भुगतान प्रारम्भ का समय और (4) भुगतान करने के तरीके के आधार पर किया गया है।

1. प्रव्याजि-भुगतान के आधार पर वृत्तियों के भेद

प्रव्याजि भुगतान करने के आधार पर वृत्तियों के निम्न प्रकार हो सकते हैं—

(क) एक प्रव्याजि वृत्ति (Single Premium Annuity)—इस वृत्ति के अन्तर्गत केवल एक ही बार में समस्त क्रय-मूल्य को दे दिया जाता है और उसके बाद प्रव्याजि के भुगतान की आवश्यकता नहीं होती है, परन्तु अधिकांश व्यक्ति इस प्रकार प्रव्याजि नहीं दे

पाते हैं क्योंकि इसकी रकम ज्यादा होती है। आकस्मिक आय प्राप्त करने वाले व्यक्तियों के लिए यह एक लाभदायक संचय होगा और भविष्य में होने वाली हानि या लाभहीनता को बचाया जा सकता है। सट्टा व्यापारियों को यह बहुत ही लाभदायक सिद्ध हो सकती है और भविष्य में आय न प्राप्त होने के समय यह उनकी काफी मदद करता है।

(ख) वार्षिक प्रव्याजि वृत्ति (Annual Premium Annuity)—वृत्ति प्राप्त करने के लिए पहले से ही थोड़ी-थोड़ी रकम समान किस्तों में वृत्ति विक्रेता के पास जमा करते रहते हैं और इस रकम के उपलक्ष्य में बाद में वृत्ति दी जाती है। इस प्रकार की वृत्ति में प्रव्याजि का सामयिक भुगतान एक निश्चित समय तक किया जाता है। इस सामयिक भुगतान को 'बचत प्रसंविदा' के नाम से पुकारते हैं, क्योंकि इस अवधि में प्रव्याजि को एकत्रित किया जाता है, उसके बदले में प्रसंविदा प्रारम्भ नहीं हुआ रहता है। अस्तु, इस अवधि के अन्दर जमा की हुई प्रव्याजि को वापस पाया जा सकता है या एक प्रदत्त वृत्ति में बदला जा सकता है। इस अवधि के अन्दर वृत्तिग्राही की मृत्यु पर उसके परिवार वाले समर्पित मूल्य को नकद पा सकते हैं।

(ग) जीवन बीमा-राशि से वृत्ति—जीवन बीमा में बीमित रकम प्राप्त करने का यह विकल्प होता है कि उसे वृत्ति में बदला जा सके। अधिकांश बीमापत्रधारियों के लिये वृद्धावस्था में इस प्रकार की वृत्ति लाभदायक होगी। जीवन बीमा राशि का अधिक से अधिक लाभ उठाने के लिये लोग इसे एक निश्चित अवधि और मृत्यु या निश्चित अवधि के लिए लेते हैं। निश्चित अवधि के अन्दर यदि मृत्यु होती है तो वृत्ति का भुगतान अवधि तक होता रहेगा और अवधि व्यतीत होने पर मृत्यु तक इसका भुगतान चला करता है। एक बार अधिक देने से वृत्ति की रकम ज्यादा मिलती है, जिससे बीमापत्रधारियों के लिए यह लाभदायक वृत्ति है।

2. व्यक्तियों की संख्या के अनुसार वृत्ति के भेद

(क) एक जीवन वृत्ति (A Single Life Annuity)—यह वृत्ति स्त्री या पुरुष के एक ही जीवन के लिए निर्गमित की जाती है। व्यक्ति अपने जीवन में इस वृत्ति को खरीदकर वृद्धावस्था के लिए निश्चिंत हो जाते हैं और दूसरे व्यक्तियों के आश्रय की आवश्यकता नहीं होती है। मृत्यु के बाद ये व्यक्ति अपने उत्तराधिकारियों या स्त्री के लिए कुछ रकम नहीं छोड़ना चाहते और संचित आय को जीवन के अन्तिम समय तक अकेले प्रयोग में लाना चाहते हैं।

(ख) बहु जीवन वृत्ति (A Multiple Life Annuity)—इस वृत्ति में एक से अधिक व्यक्तियों को एक ही वृत्तिपत्र के अन्दर शामिल करते हैं। उन व्यक्तियों के जीवन के आधार पर भुगतान की रकम निश्चित की जाती है। यह दो प्रकार की होती है—

(i) संयुक्त जीवन वृत्ति (A Joint Life Annuity)—इसके अन्तर्गत दो या दो से अधिक व्यक्तियों को जो प्रसंविदा में शामिल रहते हैं, एक निश्चित रकम का भुगतान तब तक किया जाता है जब तक उन दो या अधिक व्यक्तियों में से किसी एक की मृत्यु न हो। दूसरे शब्दों में इस वृत्ति का भुगतान प्रथम मृत्यु पर बन्द हो जाता है। यह उन व्यक्तियों के लिए लाभदायक है जहाँ पर पर्याप्त आय है, परन्तु एक व्यक्ति के लिये समुचित प्रबन्ध की

आवश्यकता है, चूँकि प्रायः ऐसा कम होता है, इसलिए कम प्रव्याजि के बावजूद भी इसका प्रचलन बहुत कम है।

(ii) संयुक्त एवं उत्तरजीवी वृत्ति (A Joint and Last Survivor Annuity)—यह वृत्ति उस समय तक चलती है जब तक सभी वृत्तिग्राहियों की मृत्यु न हो जाय। इस प्रकार इसमें भुगतान अन्तिम मृत्यु तक चालू रहता है। भुगतान की रकम हमेशा समान हो सकती है या प्रथम मृत्यु पर उनका हिस्सा कम हो सकता है। उदाहरण के लिये यदि इस प्रसंविदा में दो व्यक्ति शामिल हैं तो प्रथम मृत्यु पर दूसरे व्यक्ति को वृत्ति की आधी रकम मिलेगी, यदि तीन व्यक्ति हैं तो दो-तिहाई रकम दी जायेगी। इसके अतिरिक्त वृत्ति में कमी पूर्व समझौते के अनुसार भी हो सकती है। स्पष्टतः यह वृत्ति उस समय लाभदायक है जब परिवार या सम्बन्धियों को भी मृत्यु के बाद कुछ रकम चाहिए। विशेष करके पति-पत्नी के संयुक्त जीवन के लिए पूर्णतया लाभकारी है, क्योंकि एक की मृत्यु के पश्चात् दूसरे को आय का सहारा बना रहता है। पूर्व वर्णित वृत्ति में ऐसी सुविधा उपलब्ध नहीं है।

(ग) वर्ग वृत्ति (Group Annuity)—एक वर्ग के प्रत्येक व्यक्तियों को वृत्ति प्रदान करने के लिए वर्ग वृत्ति निर्गमित की जाती है। प्रसंविदा के अनुसार एक वर्ग के सदस्यों की एक निश्चित उम्र होने पर उन्हें एक निश्चित रकम दी जाती है और यह भुगतान उनकी मृत्यु तक चालू रहेगा। प्रव्याजि का भुगतान या तो नियोक्ता द्वारा या उसके कर्मचारियों या दोनों के द्वारा किया जा सकता है। प्रत्येक के द्वारा दी गयी प्रव्याजि एक निश्चित कोष में जमा होती रहती है और इसी कोष से कर्मचारियों के वेतन के अनुसार वृत्ति दी जाती है क्योंकि प्रव्याजि का भुगतान भी वे उसी के अनुसार किये रहते हैं। यदि किसी कर्मचारी की मृत्यु सेवामुक्ति के पहले हो जाती है या कर्मचारी त्याग पत्र देता है या उसको सेवा से मुक्त कराया जाता है तो उसके द्वारा जमा की गयी प्रव्याजि को लौटा दिया जाता है। इस वृत्ति से कर्मचारियों को वृद्धावस्था में जीवन-यापन के लिए समुचित रकम मिल जाती है।

3. वृत्तियों के भुगतान प्रारम्भ की अवधि के अनुसार वृत्ति के भेद

भुगतान प्रारम्भ के समयानुसार वृत्तियों को मुख्य दो भागों में विभाजित करते हैं—(क) साधारण वृत्ति (Ordinary Annuity) और (ख) वृत्ति दातव्य (Annuity Due)।

(क) साधारण वृत्ति (Ordinary Annuity)—इस वृत्ति के अन्तर्गत प्रसंविदा करने के बाद वृत्ति अवधि के व्यतीत होने पर भुगतान शुरू किया जाता है; जैसे—यदि वृत्ति भुगतान का समय वार्षिक है तो वृत्ति का प्रथम भुगतान प्रसंविदा के एक वर्ष बाद शुरू होगा, यदि अर्द्धवार्षिक है—(i) तात्कालिक वृत्ति (Immediate Annuity), (ii) आस्थगित वृत्ति (Deferred Annuity)।

(i) तात्कालिक वृत्ति (Immediate Annuity)—यह एक सरलतम वृत्ति है जिसे सामान्य जीवन वृत्ति भी कहते हैं जिसमें वृत्ति का भुगतान प्रव्याजि दे देने के बाद एक वर्ष, छः महीने, तीन महीने या एक माह के बाद वृत्ति का भुगतान शुरू होगा, यदि वृत्ति वार्षिक, अर्द्धवार्षिक, त्रैमासिक या मासिक है। सम्पूर्ण प्रव्याजि का भुगतान एक मुश्त में प्रसंविदा के

शुरू में ही दिया जाता है। वृत्ति भुगतान की अवधि जितनी अधिक होगी, प्रव्याजि की रकम उतनी ही ज्यादा होगी। इस वृत्ति को केवल जीवन पर्यन्त या एक निश्चित अवधि तक लिया जा सकता है। पहले प्रकार की वृत्ति साधारण एवं सरल है। यह वृत्ति उन लोगों के लिए उपयुक्त है, जो अपने जीवन में अपनी पूर्ण संचित रकम का उपभोग करना चाहते हैं। वृत्ति में उसकी पूँजी और ब्याज में से एक निश्चित रकम लगातार जीवन पर्यन्त मिलती रहेगी। ये सुविधाएँ किसी अन्य प्रकार से विनियोग में नहीं होंगी। उन व्यक्तियों के लिए यह वृत्ति लाभकारी है जो अपनी सम्पत्ति का समुचित प्रबन्ध नहीं कर पाते। वृत्ति के विपरीत यह तर्क दिया जाता है कि वृत्तिग्राही के आश्रित को पैतृक सम्पत्ति की रकम नहीं मिल पाती, लेकिन इसका भी उपचार किया जा सकता है जिसके लिए निश्चित अवधि और जीवन पर्यन्त वृत्ति उचित होगी। प्रावधिक कोष (Provident Funds) को वृद्धावस्था के लिए अच्छी तरह से वृत्ति खरीद कर विनियोजित किया जा सकता है।

जीवन बीमा निगम के द्वारा इस वृत्ति को जीवन भर के लिये खरीदा जा सकता है। हालाँकि 5, 10, 15 और 20 वर्ष की निश्चित वृत्ति और उसके बाद जीवन पर्यन्त के लिए भी खरीदा जा सकता है। यदि वृत्तिग्राही की इस अवधि में मृत्यु हो जाती है तो उसके आश्रितों को बाकी अवधि के लिए वृत्ति मिलती रहेगी और यदि वृत्तिग्राही अवधि से ज्यादा जीवित रहा तो उसे मृत्यु के समय तक वृत्ति मिलती रहेगी, मृत्यु के बाद कोई भुगतान नहीं होगा। स्त्रियों के लिए प्रव्याजि की दर ज्यादा होती है, क्योंकि मृत्यु की सम्भावना कम होती है। यह देखा गया है कि स्त्रियों की मृत्यु-दर प्रारम्भ में पुरुषों से ज्यादा होती है, लेकिन बाद में उनकी जीवन-दर में वृद्धि हो जाती है। इस वृत्ति पर किसी प्रकार का समर्पित मूल्य और ऋण नहीं दिये जाते हैं। वृत्ति की रकम कम से कम 20 रुपया मासिक और 100 रुपया वार्षिक होनी चाहिए। वृत्ति के लिए चिकित्सा परीक्षा की आवश्यकता नहीं होती। केवल उम्र का प्रमाण-पत्र पर्याप्त रहता है।

(ii) आस्थगित वृत्ति (Deferred Annuity)—इस वृत्ति में भुगतान तुरन्त आरम्भ नहीं होता, बल्कि एक निश्चित अवधि (Deferment Period) के बाद ही प्रारम्भ होता है। इसको एक प्रव्याजि देकर या किश्त प्रव्याजि देकर खरीदा जा सकता है। लोग प्रायः किस्त प्रव्याजि का भुगतान करके इस वृत्ति को खरीदते हैं। भुगतान तब तक जारी रहता है जब तक के लिए तय किया गया है या मृत्यु जो दोनों में पहले हो। यह कोई आवश्यक नहीं है कि वृत्ति भुगतान की तिथि प्रारम्भ होने तक प्रव्याजि दिया जाय। यदि विलम्बित अवधि में वृत्तिग्राही की मृत्यु होती है तो सभी दी गयी प्रव्याजि बिना किसी कटौती के वापस कर दी जाती है। यह वृत्ति उन लोगों के लिए उपयुक्त है जो एक निश्चित समय तक पर्याप्त आय प्राप्त करते हैं, लेकिन उसके बाद उसमें कमी आ जाती है। जब तक आय प्राप्त करते रहते हैं, वृत्ति की कोई आवश्यकता नहीं, लेकिन उसके बाद वृत्ति प्राप्त करना आवश्यक हो जाता है।

जीवन बीमा निगम द्वारा यह वृत्ति आजीवन हो सकती है, परन्तु एक निश्चित अवधि 5, 10, 15 या आजीवन हो सकती है। इस अवधि के अन्दर मृत्यु पर आश्रितों को शेष समय के लिए वृत्ति दी जाती रहती है। यदि वृत्तिग्राही इस अवधि के बाद जीवित रहा तो उसे जीवन पर्यन्त वृत्ति की रकम मिलती रहती है। इसके अन्तर्गत अन्तिम प्रव्याजि देने के बाद

वृत्ति की अवधि व्यतीत होने पर प्रथम वृत्ति का भुगतान किया जाता है; जैसे यदि वृत्ति वार्षिक है तो एक वर्ष बाद, अर्द्धवार्षिक है तो 6 महीने बाद वृत्ति का भुगतान शुरू होगा। विलम्बित अवधि (Deferment Period) के व्यतीत हो जाने पर वृत्तिग्राही को यह विकल्प रहता है कि वह दी गयी प्रव्याजि का नकद मूल्य लेकन प्रसंविदा चालू न करे। यदि दो वर्ष की प्रव्याजि दी जा चुकी है तो दो वर्ष के बाद प्रव्याजि की रकम न चुकाने पर प्रसंविदा प्रदत्त हो सकता है, जिससे वृत्ति की ह्रासित रकम ही मिलेगी, बशर्ते कि यह ह्रासित रकम 25 रुपया वार्षिक और 10 रुपया मासिक से कम न हो। एकल प्रव्याजि भुगतान की दशा में विलम्बित अवधि के अन्तर्गत वृत्ति-पत्र को समर्पित किया जा सकता है जिसकी रकम एकल प्रव्याजि का 90 प्रतिशत होगी। किस्त प्रव्याजि के अन्तर्गत यह समर्पित मूल्य प्रथम वर्ष की प्रव्याजि के अतिरिक्त दिये गये प्रव्याजि के 95 प्रतिशत तक होगा। जब वृत्ति का भुगतान शुरू हो गया हो तो समर्पित मूल्य नहीं दिया जायगा। भुगतान के खर्चे वृत्तिग्राही को सहन करने पड़ते हैं। आस्थगित वृत्ति 100 रुपया वार्षिक या 20 रुपया मासिक या 1000 रुपया नकद विकल्प (Cash Option) से कम नहीं होना चाहिए। इस वृत्ति के अन्तर्गत प्रव्याजि का भुगतान किस्तों में केवल वार्षिक और अर्द्धवार्षिक हो सकता है। विलम्बित अवधि 25 वर्ष से ज्यादा नहीं हो सकती।

आस्थगित वृत्ति के दो भेद होते हैं :—

1. सेवा मुक्त वृत्ति प्रसंविदा (Retirement Contract)—इस वृत्ति को इस प्रकार संतुलित करते हैं कि वृत्ति का भुगतान सेवा कार्य से मुक्त होने के समय से शुरू हो जाता है। सेवा कार्य के समय इसके लिए प्रव्याजि दी जाती है जो किस्तों या एक मुश्त में हो सकती है। विलम्बित अवधि के समय प्रव्याजि की रकम चक्रवृद्धि दर से बढ़ती रहती है और वृत्ति भुगतान के समय पर्याप्त रकम हो जाती है जिससे वृत्तिग्राही को उसके जीवन पर्यन्त पेन्शन के रूप में आय मिलती रहती है। यदि वृत्तिग्राही चाहे तो विलम्बित अवधि में दी गयी प्रव्याजि के रूप में (Cash Option) प्राप्त कर सकता है। विलम्बित अवधि के समय इस वृत्ति को किसी भी वृत्ति में परिवर्तित किया जा सकता है। वह इस एकत्रित रकम को नकद में ले सकता है या तात्कालिक वृत्ति को किसी अन्य वृत्ति में बदल सकता है।

2. उत्तरजीवी या प्रत्यावर्तित वृत्ति (Survivorship or Reversionary Annuity)—इस वृत्ति में भुगतान तब शुरू होगा जब एक व्यक्ति जिसे नामांकक (Nominator) कह सकते हैं, की व्यक्ति मृत्यु पर नामांकिती (Nominee) जीवित हो तथा इस वृत्ति का तब तक भुगतान करते रहेंगे, जब तक नामांकिती जीवित हो तथा इस वृत्ति का तब तक भुगतान करते रहेंगे, जब तक नामांकिती जीवित रहेगा। यदि नामांकिती की मृत्यु नामांकक के पहले हो जाती है तो सभी दी गयी प्रव्याजि जब्त हो जाती है। प्रव्याजि का भुगतान किस्तों या एक मुश्त में हो सकता है, चूँकि इस वृत्ति में नामांकक की उम्र में नामांकक के जीवित रहने पर भुगतान होगा अथवा नहीं। इसलिए नामांकक की चिकित्सा परीक्षा आवश्यक है, यदि उसकी उम्र और स्वास्थ्य खराब होगा तो प्रव्याजि की दर अधिक होगी। इस प्रकार इसे बीमा प्रसंविदा भी कह सकते हैं। इस वृत्ति को पति अपने पत्नी के हित के लिए या पुत्र अपने वृद्ध माता-पिता के लिए खरीदते हैं। इसका सबसे बड़ा दोष यह है कि यदि नामांकिती की मृत्यु हो गयी तो सभी प्रव्याजि जब्त हो जायगी।

(ख) वृत्ति दातव्य (Annuity Due)—वृत्ति की रकम का भुगतान प्रसंविदा होने के समय से ही शुरू हो जाता है। वृत्ति की प्रत्येक किस्त अवधि के शुरू में ही दी जाती है। साधारण वृत्ति और इसमें यह अन्तर है कि साधारण वृत्ति में प्रथम भुगतान वृत्ति किस्त अवधि (Annuity Instalment Period) के अन्त में दिया जाता है, जबकि इसमें इस अवधि के शुरू में ही भुगतान होता है। इस प्रकार जो भुगतान साधारण वृत्ति में प्रथम किस्त होगी, वही भुगतान इस वृत्ति में द्वितीय किस्त होगी। यह भी कहना ठीक होगा कि इस वृत्ति में प्रथम किस्त का भुगतान अर्थात् वृत्ति भुगतान का प्रारम्भ प्रव्याजि की समस्त रकम या अन्तिम प्रव्याजि देने के दिन से ही प्रारम्भ हो जाता है। साधारण वृत्ति की तरह से इसमें भी तात्कालिक और आस्थगित वृत्तियाँ हो सकती हैं। अन्तर केवल इतना होगा कि तात्कालिक वृत्ति में प्रसंविदा के दिन से और आस्थगित वृत्ति में विलम्बन अवधि के अन्तिम दिन से भुगतान शुरू बीमा व्यवसाय में जीवनांकिक गणना के लिए इसका प्रयोग किया जाता है। इसी के आधार पर शुद्ध एकल प्रव्याजि (Net Single Premium) में बदलते हैं।

4. भुगतान करने के तरीके के आधार पर वृत्ति के भेद

वृत्ति को कई प्रकार से वृत्तिग्राहियों में विभाजित करते हैं, उनमें से कुछ नीचे वर्णित हैं—

(क) अप्रत्यर्पण वृत्ति (Non-refund Annuity)—इस वृत्ति में वृत्तिग्राही के जीवन तक भुगतान किया जाता है, उसकी मृत्यु के बाद कुछ भी भुगतान नहीं किया जाता। वृत्ति का भुगतान मृत्यु के समय बन्द हो जाता है, चाहे वृत्तिग्राही केवल एक किस्त का भुगतान प्राप्त किये हो, चाहे वह 100 वर्ष से अधिक जीवित रहे। इसी कारण इसे सम्पूर्ण जीवन वृत्ति (Straight Life Annuity) के नाम से भी पुकारते हैं। चूँकि मृत्यु के बाद कोई रकम लौटायी नहीं जाती, इसलिए इसे अप्रत्यर्पण वृत्ति के नाम से भी पुकारते हैं। इसे शुद्ध वृत्ति (Pure Annuity) या नियमित वृत्ति भी कहते हैं, क्योंकि वृत्ति के शाब्दिक अर्थ यही कहते हैं कि जीवन पर्यन्त भुगतान किया जाय। जीवन के रहते न तो भुगतान बन्द होता है और न तो मृत्यु पर चालू रहता है। जीवन बीमा निगम में तात्कालिक और आस्थगित जीवन वृत्ति में इस प्रकार का प्रावधान है। इसका लाभ यह है कि इस प्रकार की वृत्ति से वृत्तिग्राही अपनी सम्पूर्ण आय का प्रयोग करने में समर्थ रहता है, लेकिन हानि यह है कि आश्रितों को शीघ्र मृत्यु पर कोई सुरक्षा नहीं मिल पाती। साथ ही सम्पूर्ण आय केवल एक ही किस्त के भुगतान प्राप्त करने पर ही जब्त हो जाती है, जिससे प्रायः वृत्ति-विक्रेता और वृत्तिग्राही के आश्रितों में बाद उत्पन्न हो जाते हैं।

(ख) प्रत्याभूत न्यूनतम वृत्ति (Guaranteed Minimum Annuities)—उपर्युक्त वृत्ति के दोष को दूर करने के लिए इस वृत्ति का प्रचलन हुआ है, क्योंकि इस वृत्ति के अन्तर्गत एक न्यूनतम रकम भुगतान करने का वादा किया जाता है। इस रकम का भुगतान यदि मृत्यु के पहले पूरा नहीं हो पाता, तो शेष रकम उसके उत्तराधिकारी को दे दी जाती है। इस वृत्ति के तीन भेद हैं—

(i) जीवन वृत्ति निश्चित (Life Annuity Certain)—इस वृत्ति के अन्तर्गत एक निश्चित अवधि तक भुगतान किया जाता है। यदि वृत्तिग्राही उस अवधि से ज्यादा दिन

जीवित रहा तो उसके जीवनपर्यन्त वृत्ति का भुगतान होता रहेगा, लेकिन यदि उसकी मृत्यु इस अवधि के अन्दर हो गयी तो शेष वृत्ति का भुगतान उसके नामांकिती या उत्तराधिकारी को मिल जायेगा। इस प्रकार की वृत्ति जीवन बीमा निगम द्वारा तात्कालिक और आस्थगित वृत्तियों में निर्गमित किये जाते हैं। इसका लाभ यह है कि यदि आश्रित व्यक्ति अवयस्क और आय अर्जन के अयोग्य है तो उनकी इस आवश्यकता तक के लिए वृत्ति ले ली जाती है, जिससे इस अवधि के भीतर मृत्यु होने पर उनके आश्रितों को आय अर्जन की आयु प्राप्त होने तक भुगतान होता रहेगा। दूसरी तरफ यदि वह इस अवधि से ज्यादा जीवित रहा तो वृद्धावस्था का सहारा हो जाता है। इस प्रकार आश्रितों को भी इस वृत्ति के उपयोग का अवसर मिल सकता है। अवधि व्यतीत होने के बाद वृत्तिग्राही की मृत्यु पर कोई भी भुगतान नहीं होता है।

(ii) किस्त प्रत्यर्पण वृत्ति (Instalment Refund Life Annuity)—इस वृत्ति का भुगतान तब तक चलता रहेगा जब तक कुल भुगतान क्रय मूल्य यानी प्रव्याजि के बराबर न हो जाय। यदि वह वृत्तिग्राही सभी प्रव्याजि की रकम प्राप्त करने के बाद भी जीवित रहता है, तो उसको तब तक भुगतान मिलता रहेगा जब तक उसकी मृत्यु नहीं होती है। मृत्यु के बाद किसी भी प्रकार का भुगतान नहीं होता। अतः यह एक ऐसे प्रकार की वृत्ति है जिसमें प्रव्याजि या क्रय मूल्य का पूरा भुगतान कर दिया जाता है। किसी प्रकार की रकम जब्त नहीं होती, क्योंकि यदि क्रय मूल्य की पूरी रकम का भुगतान प्राप्त किये बिना यदि वृत्तिग्राही की मृत्यु होती है तो उसके आश्रितों को बाकी क्रय मूल्य का भुगतान वृत्ति के रूप में ही किया जायगा।

(iii) नकद प्रत्यर्पण जीवन वृत्ति (Cash Refund Life Annuity)—उपर्युक्त वृत्ति में क्रय मूल्य की बाकी रकम जिसका भुगतान नहीं हो पाया है वृत्ति में लौटाई जाती है, परन्तु इस वृत्ति के अन्तर्गत बाकी रकम का भुगतान नकद रोकड़ (Cash) में होता है। यदि क्रय मूल्य का भुगतान करने के बाद भी वृत्तिग्राही जीवित रहा तो उसे तब तक भुगतान होगा जब तक वह जीवित रहेगा, परन्तु इस दशा में उसकी मृत्यु के बाद कुछ भी लौटाया नहीं जायगा। इस प्रकार यह वृत्ति वृत्तिग्राहियों के लिए ज्यादा लाभदायक है, क्योंकि शेष रकम को नकद पाकर उसे वह कहीं विनियोजित कर सकता है तथा ब्याज कमा लेगा जो किस्त प्रत्यर्पण जीवन वृत्ति में सम्भव नहीं है।

प्रत्यर्पण वृत्ति और जीवन वृत्ति निश्चित में यह अन्तर है कि पहले में शेष क्रय मूल्य का और दूसरे में बाकी वृत्ति की संख्या का भुगतान करते हैं। नकद और किस्त वृत्ति जिसे प्रत्यर्पण वृत्ति (Refund Annuity) कहते हैं, एक ही वृत्ति के दो रूप हैं।

(ग) अवधि वृत्ति (Term Annuity)—इस वृत्ति से तात्पर्य ऐसी वृत्ति से है जो एक निश्चित समय तक चलते रहते हैं, परन्तु यदि मृत्यु इस अवधि के अन्दर होती है तो मृत्यु के समय तक ही भुगतान किया जायगा। इसके पहले वर्णित वृत्ति में मृत्यु के बाद अवधि व्यतीत न होने पर अदत्त वृत्ति का भुगतान करते हैं। अवधि वृत्ति दो प्रकार की हो सकती हैं—

(i) वृत्ति निश्चित (Annuity Certain)—इस वृत्ति में भुगतान एक निश्चित समय तक अवश्य किया जायगा, मृत्यु से कोई विशेष तात्पर्य नहीं है। वस्तुतः यह वृत्ति का सही

रूप नहीं है, यह एक प्रकार का शुद्ध विनियोग है। यह जीवन बीमा की रकम को भुगतान करने का एक तरीका हो सकता है, क्योंकि वृत्ति की रकम एक निश्चित समय में वृत्तिग्राही को या उसकी मृत्यु पर उसके लाभार्थी को या उसकी भी मृत्यु पर दूसरे लाभार्थी को भुगतान की जाती हैं।

(ii) अस्थायी जीवन वृत्ति (Temporary Life Annuity)—इस वृत्ति में वृत्तिग्राही की मृत्यु पर भुगतान बन्द हो जाता है, बशर्ते कि मृत्यु निश्चित अवधि में हुई हो। दूसरे शब्दों में यह वृत्ति तब तक चलती रहती है जब तक अवधि पूरी न हो या मृत्यु न हो। इस अवधि के अन्दर मृत्यु पर किसी रकम का भुगतान नहीं दिया जाता है। इस वृत्ति के सिद्धान्त का जीवनांकिकी के लिए बहुत महत्त्व है।

□□□

अध्याय 8
बीमापत्र की शर्तें

बीमापत्र की शर्तें बीमापत्र के पिछले पन्ने पर छपी रहती हैं जो बीमा प्रसंविदा के आधार हैं। बीमित और बीमाकर्ता को इन शर्तों को पूरा करना होता है। प्रत्येक बीमापत्र की शर्तें एक-दूसरे से भिन्न होती हैं क्योंकि उनसे प्रसंविदा अलग-अलग होते हैं, जिससे किसी भी बीमापत्र को आदर्श मानकर इन शर्तों को नहीं बताया जा सकता है तथापि कुछ शर्तें सामान्य रूप से सभी बीमापत्रों पर लागू होती हैं। इन सभी शर्तों को निम्न वर्गों में अध्ययन किया जायेगा :—

1. सामान्य शर्तें या सूचनायें,
2. बीमापत्रधारी के अधिकार,
3. प्रतिबन्ध,
4. अतिरिक्त सुरक्षा,
5. अध्यर्थन का भुगतान।

सामान्य शर्तें या सूचनायें

बीमापत्र के मुख-पृष्ठ पर कुछ सूचनायें प्रसंविदा के आधार स्वरूप लिखी रहती हैं, इनमें से कुछ ही सूचनायें शर्तों की श्रेणी में शामिल की जाती हैं। शीर्षक के रूप में बीमाकर्ता का नाम, व्यापार का मुख्य स्थान और अभिस्थापन की तिथि आदि बीमापत्र के प्रमुख स्थान पर लिखा रहता है। इसके बाद प्रस्तावना लिखी रहती है जो बीमाकर्ता और बीमादार के बीच प्रसंविदा का आधार होती है, इसमें प्रस्ताव प्रपत्र और घोषणा को अनुबन्धित करते हैं। प्रथम प्रव्याजि प्राप्त की स्वीकृति भी लिखी रहती है। तत्पश्चात् प्रवर्ती वाक्य (Operative Clause) आता है जिसमें एक निश्चित प्रव्याजि के बदले प्राप्तकर्ता को देय घटना के प्रमाणित होने पर एक निश्चित रकम के भुगतान का वादा होता है। बीमापत्र की अन्य सूचनायें एक तालिका के रूप में होती हैं। एक ऐसी ही तालिका नमूना आगे दिया हुआ है। मुख्य कार्यालय और बीमापत्र की संख्या पत्र व्यवहार के लिये आवश्यक होते हैं, जिन्हें सर्वप्रथम दिया जाता है। जोखिम प्रारम्भ होने की तिथि उसके बाद लिखी रहती है। बीमादार की इच्छा के अनुसार जोखिम को एक निश्चित समय में प्रारम्भ किया जा सकता है। वैसे सामान्य दशाओं में जोखिम का प्रारम्भ स्वीकृति पत्र भेजने की तिथि या प्रथम प्रव्याजि प्राप्ति की तिथि दोनों में जो बाद में हो, से माना जाता है।

बीमापत्र की तालिका

विभागीय कार्यालय

बीमापत्र संख्या जोखिम प्रारम्भ की तिथि	बीमा की योजना	बीमित रकम रुपया	देय तिथि एवं प्रव्याजि भुगतान का तरीका	बीमापत्र के अन्य विवरण
				देय किस्त प्रव्याजि
बीमा अधिनियम 1938 की धारा 39 के अन्तर्गत नामांकन				अपंगता अनुलाभ वाक्य
प्रस्तावक एवं बीमित व्यक्ति के नाम एवं पते				प्रस्ताव की तिथि बीमित व्यक्ति की उम्र परिपक्वता की तिथि अन्तिम प्रव्याजि भुगतान की तिथि उम्र स्वीकृत है या नहीं
बीमा का प्रकार				
घटना जिस पर बीमित रकम देय है				
किसे बीमित रकम का भुगतान देय है				
प्रव्याजि देने की अवधि				
प्रव्याजि देने की तिथियाँ				
विशेष प्रावधान				

साक्षी — हस्ताक्षर

....

मुहर

बीमा की प्रत्येक योजना के लिये प्रव्याजि की अलग-अलग तालिकाएँ तैयार की गयी

हैं, इन तालिकाओं में से सम्बन्धित तालिका का नम्बर लिख दिया जाता है। बीमित रकम, देय तिथि और प्रव्याजि की रकम को भी बीमापत्र में समुचित स्थान पर लिखा जाता है। बीमा अधिनियम 1938 की धारा 39 के अन्तर्गत नामांकित व्यक्ति का नाम बीमापत्र निर्गमन के समय या उसके बाद लिखा जा सकता है। प्रस्तावक और बीमित व्यक्ति के नाम, पते और पेशे भी लिख दिये जाते हैं। अपंगता अनुलाभ, प्रस्ताव की तारीख, बीमित व्यक्ति की उम्र, परिपक्वता की तारीख, अन्तिम प्रव्याजि भुगतान की तारीख और उम्र की प्रामाणिकता आदि सूचनायें रहती हैं। बीमा का प्रकार; जैसे आजीवन बीमा, बन्दोबस्ती बीमा आदि लिखे जाते हैं। कभी-कभी प्रत्येक प्रकार के बीमा के लिए अलग-अलग बीमापत्र निर्गमित किये जाते हैं। भारत में जीवन बीमा निगम द्वारा सलाभ और अलाभ बीमापत्रों के साथ-साथ विभिन्न प्रकार के बीमापत्रों के अलग-अलग प्रारूप छापे गये हैं। यहाँ तक कि दुर्घटना अनुलाभ बीमापत्र के लागू होने और न होने वाले बीमापत्रों के लिये भी अलग-अलग प्रारूप हैं। उस घटना का भी उल्लेख होता है, जिस पर बीमाकर्ता को भुगतान करना होता है। बीमा के विभिन्न प्रकारों में यह भी विभिन्न तरह से लिखा रहता है। बीमित रकम का भुगतान किसे किया जायगा, इसका भी समुचित वर्णन होता है। प्रव्याजि के भुगतान की अवधि तथा उसके भुगतान की तिथि भी लिखी रहती है। विशेष प्रावधान के अन्तर्गत उन बातों को लिखते हैं जो बीमापत्र की तालिका में नहीं लिखी जा सकी है या जो बीमापत्र के पिछले पन्ने पर लिखी शर्तों और अधिकारों में संशोधन करने के लिये हैं। बीमापत्र निर्गमन के पहले से जोखिम प्रारम्भ हो सकती है। बीमादार के लिये यह लाभकर इसलिये है कि छोटी उम्र के कारण उसे प्रव्याजि की दर में कमी का लाभ होता है, लेकिन जीवन बीमा निगम में इसे केवल 3 महीने तक ही पीछे कर सकते हैं, उसके लिए उसे बकाया प्रव्याजि को ब्याज सहित नहीं देना पड़ता है।

बीमापत्रधारी के अधिकार

बीमापत्रधारी के अधिकार को प्रव्याजि सम्बन्धी शर्तों के अन्तर्गत बताया गया है।

प्रव्याजि सम्बन्धी शर्तें—(1) प्रव्याजि का भुगतान प्रव्याजि दर प्रति हजार वार्षिक दर के आधार पर तालिकाबद्ध कर दी जाती हैं और उसका भुगतान बीमापत्रधारी वर्ष के प्रारम्भ में ही अग्रिम रूप से करना होता है। विभिन्न बीमापत्रों के लिये अलग-अलग प्रव्याजि तालिकायें तैयार की जाती हैं और उन्हीं के आधार पर सामान्य जीवन के व्यक्तियों से प्रव्याजि ली जाती है। सामान्य जीवन वाले व्यक्तियों से तात्पर्य ऐसे व्यक्तियों से है जो चिकित्सा परीक्षा के बाद स्वस्थ पाये जाते हैं और जो किसी अतिरिक्त जोखिम से सम्बद्ध नहीं हैं। यह अतिरिक्त जोखिम, पेशे, शारीरिक रचना, निवास स्थान आदि से उत्पन्न होती है। प्रव्याजि का भुगतान सामान्य रूप से वार्षिक ही किया जाता है, परन्तु बीमापत्रधारियों की सुविधा के लिये यह अर्द्धवार्षिक, त्रैमासिक और मासिक भी हो सकता है। अर्द्धवार्षिक प्रव्याजि की गणना वार्षिक प्रव्याजि के आधे के अनुसार नहीं की जाती है, क्योंकि इसमें बीमाकर्ता के ब्याज की हानि होती है तथा अतिरिक्त खर्चे करने पड़ते हैं। इस प्रकार अन्य प्रव्याजि भी एक दूसरे से भिन्न होती हैं। इसके बावजूद अर्द्धवार्षिक, त्रैमासिक और मासिक प्रव्याजि एक इकाई 'Unit' प्रव्याजि नहीं है। ये सब वार्षिक प्रव्याजि की किस्तें हैं। जीवन बीमा निगम में वार्षिक प्रव्याजि ही एक इकाई प्रव्याजि है, अस्तु—भुगतान के समय

सम्बन्धित अदत्त वार्षिक प्रव्याजि को घटा देने के बाद ही बीमित रकम का भुगतान किया जाता है। उदाहरण के लिये यदि किसी बीमापत्र का वर्ष में भुगतान के समय केवल एक त्रैमासिक प्रव्याजि का भुगतान किया गया है और बाकी तीन त्रैमासिक प्रव्याजि का भुगतान नहीं हुआ है तो बीमाकर्ता इन तीनों प्रव्याजि को घटाकर ही भुगतान करेगा।

इस प्रव्याजि की भिन्नता के लिये हमारे देश में जीवन बीमा निगम द्वारा वार्षिक प्रव्याजि पर 75 पैसे प्रति हजार और अर्द्धवार्षिक पर 50 पैसे प्रति हजार की दर से छूट दी जाती है तथा त्रैमासिक पर कोई छूट नहीं है और मासिक प्रव्याजि पर पाँच प्रतिशत अतिरिक्त प्रव्याजि लिया जाता है, क्योंकि इन्हें वसूल करने में अतिरिक्त खर्च पड़ते हैं और ब्याज की हानि होती है। लेकिन कुछ दशाओं में; जैसे बैंक द्वारा, नियोक्ता द्वारा भुगतान करने पर यह अतिरिक्त प्रव्याजि नहीं देना पड़ता है। जीवन बीमा निगम अधिक रकम का बीमा कराने पर भी छूट देता है। जो पाँच हजार या उससे अधिक और दस हजार से कम की बीमा राशि पर 50 पैसे प्रति हजार, दस हजार या उससे अधिक पर तथा बीस हजार से कम पर 75 पैसे प्रति हजार तथा बीस हजार या उससे अधिक पर 1 रुपये प्रति हजार की दर से छूट दी जाती है। इसके विपरीत यदि बीमा रकम एक हजार से कम है तो दो रुपया प्रति बीमापत्र की दर से और लिया जायगा।

2. अनुग्रह दिवस (Days of Grace)—एक निश्चित अवधि की प्रव्याजि को उसके प्रारम्भ में ही देना पड़ता है, लेकिन बीमाकर्ता इसके भुगतान के लिए कुछ समय और देता है, जिस समय के अन्दर भुगतान न करने पर बीमा प्रसंविदा खण्डित नहीं होता है, इस समय को अनुग्रह दिवस कहते हैं। दूसरे शब्दों में इस अवधि के अन्दर बीमा प्रसंविदा बिना प्रव्याजि भुगतान के चालू रहता है, परन्तु यदि इस अवधि के व्यतीत होने तक प्रव्याजि का भुगतान नहीं किया जाता तो बीमापत्र देय तिथि से खण्डित माना जाता है। प्रव्याजि भुगतान की तिथि वह मानी जाती है, जिस दिन उसे बीमाकर्ता के कार्यालय में या उसकी ओर से रुपया प्राप्त करने वाले बैंक में जमा कर दिया जाय या जिस दिन बीमाकर्ता को धनादेश (Money Order) से भेजा हुआ रुपया मिले, यदि बीमादार ने रुपया भेज दिया है, परन्तु बीमाकर्ता को अनुग्रह दिवस में रुपया न प्राप्त हो तो ऐसी दशा में बीमाकर्ता की कोई जिम्मेदारी नहीं होती और बीमा प्रसंविदा खण्डित हो जाती है।

जीवन बीमा निगम द्वारा वार्षिक प्रव्याजि का अर्द्धवार्षिक या त्रैमासिक किस्त के भुगतान के लिए एक महीना या तीस दिन (जो भी अधिक हो) का अनुग्रह दिवस दिया जाता है। प्रव्याजि की मासिक किस्त के लिए केवल 15 दिन का ही अनुग्रह दिवस दिया गया है। यदि अनुग्रह दिवस की अन्तिम तिथि रविवार या छुट्टी के दिन पड़े तो प्रव्याजि अगले दिन दी जा सकती है। प्रव्याजि का भुगतान अनुग्रह दिवस के अन्दर न करने पर बीमा प्रसंविदा खण्डित हो जाता है। अनुग्रह दिवस व्यतीत होने के पहले और बिना प्रव्याजि के भुगतान करने पर यदि बीमादार की मृत्यु होती है तो बीमापत्र खण्डित नहीं होता तथा अदत्त प्रव्याजि की रकम घटाकर बीमित रकम का भुगतान कर दिया जाता है।

3. प्रव्याजि सूचना (Premium Notice)—बीमाकर्ता के लिए प्रव्याजि प्राप्त करने के लिए बीमादारों को सूचना देना आवश्यक नहीं है तथापि उनकी सुविधा के लिये और खण्डन (Lapsation) बचाने के लिए बीमाकर्ता देय तिथि के कुछ दिन पहले प्रव्याजि सूचना

दी जाती है। इस सूचना में प्रव्याजि की रकम, देय तिथि और अनुग्रह दिवस लिखे रहते हैं। मासिक प्रव्याजि किस्तों में इसे नहीं भेजा जाता है। अन्य किस्तों में इस प्रव्याजि सूचना को अधिक से अधिक छः महीने तक भेजा जायगा, यदि बीमादार अनुग्रह अवधि में भुगतान नहीं करता है। अदत्त प्रव्याजि देने के बाद ही प्रव्याजि की रकम स्वीकार की जायगी।

4. प्रव्याजि अभुगतान की सूचना (Premium Default Notice)—अनुग्रह दिवस के समाप्त होने के 15 दिन बाद शाखा कार्यालय द्वारा बीमादार को प्रव्याजि के प्राप्त न होने की सूचना दी जाती है। इस सूचना में यह बताया जाता है कि जब तक प्रव्याजि का पूरा भुगतान नहीं किया जायगा, बीमा के लाभों और सेवाओं से बीमादार को वंचित न रहना पड़ेगा। इससे बीमाकर्ता को भी खण्डन के दोषों को कम करने का मौका मिलता है। दूसरी सूचना अनुग्रह दिवस की समाप्ति के तीन महीने बाद भेजी जाती है। अदत्त प्रव्याजि पर 6 प्रतिशत वार्षिक ब्याज लेकर चार महीने की प्रव्याजि की रकम बताई जाती है और इस प्रकार बीमादार को प्रव्याजि भुगतान के लिए एक महीने की अवधि मिल जाती है। तीसरी सूचना विभागीय कार्यालय द्वारा देय तिथि के छठे महीने के मध्य में दी जाती है। यदि प्रव्याजि भुगतान का तरीका त्रैमासिक और मासिक है तो ब्याज सहित भुगतान करना होता है। यदि छठे महीने के अन्त में अदत्त प्रव्याजि का भुगतान नहीं हो पाता तो बीमा प्रसंविदा खण्डित हो जाता है।

चालू बीमापत्र की शर्तें

1. बीमापत्र की निर्विवादिता (Indisputability of Policies)—जीवन बीमा प्रसंविदा परम सद्विश्वास और दीर्घकालीन प्रसंविदा है, अतः बीमापत्र को किसी भी समय जब परम सद्विश्वास में कमी दिखाई पड़े, रद्द करने का मौका मिल सकता है। पुराने समय के बीमाकर्ता जान-बूझकर किसी न किसी प्रकार का दोषारोपण करके प्रसंविदा को रद्द कर देते थे और इस प्रकार बीमा के भुगतान से मुक्त हो जाते थे। यह बीमादारों और उनके लाभार्थियों के लिए बहुत परेशानी का कार्य था। कुछ दिन पश्चात् लाभार्थियों को आवेदन-पत्र और प्रस्ताव प्रपत्र की गलतियों के दुष्परिणाम से मुक्त कर दिया गया। कुछ देशों ने बीमित व्यक्तियों की सुरक्षा के लिये यह नियम बना दिये कि बीमापत्र कपट और प्रव्याजि के भुगतान को छोड़कर अन्य किसी आधार पर बीमापत्र निर्गमन के एक निश्चित और निर्धारित समय के बाद निर्विवाद होगा। इस नियम के परिणामस्वरूप बीमित व्यक्ति और उनके परिवार को बीमापत्र की निर्विवादिता पर विश्वास हो गया और अब उन्हें भुगतान प्राप्त करने के लिये न्यायालय की आवश्यकता नहीं हुई। हमारे देश में भी बीमा अधिनियम 1938 की धारा 45 के आधार पर यह निश्चित हो गया कि कोई भी बीमापत्र दो वर्ष तक लागू होने के बाद इस आधार पर विवादित नहीं होगा कि प्रस्ताव प्रपत्र या चिकित्सा परीक्षक या निदेशक (Referee) या अन्य कोई लेख जो बीमापत्र के निर्गमन को प्रभावित करते थे, गलत या झूठे थे लेकिन जब इनके कथन महत्त्वपूर्ण हों और बीमादार द्वारा कपटपूर्ण वर्णन किये गये थे तथा बीमादार इन्हें कथन के समय झूठ या गलत जानता था तब उसके आधार पर प्रसंविदा को दो वर्ष बाद निर्विवादित नहीं किया जा सकता है। यह नियम इस सिद्धान्त पर बना है कि दो वर्ष के अन्दर बीमाकर्ता को प्रस्ताव प्रपत्र आदि की सत्यता को मालूम

करने का पर्याप्त मौका मिल जायगा। उसके बाद उम्र की प्रामाणिकता जानने और उसके अनुसार प्रसंविदा में परिवर्तन करने को छोड़कर तथा उपर्युक्त अपवादों को ध्यान में रखकर अन्य किसी आधार पर विवादित नहीं होगा।

2. बीमापत्र में परिवर्तन (Alteration in Policies)—बीमापत्र के निर्गमित होने के बाद कुछ ऐसी परिस्थितियाँ उत्पन्न हो सकती हैं, जब बीमापत्र की शर्तों और दशाओं में किसी भी परिवर्तन के लिये बीमाकर्ता और बीमादार की अनुमति लेना आवश्यक है। बीमापत्र में परिवर्तन से जोखिम और प्रसंविदा पर प्रभाव पड़ता है। परिस्थितियों और आवश्यकताओं से प्रभावित होने के कारण प्रायः बीमादार को शर्तों में परिवर्तन के लिए आवेदन-पत्र देने पड़ते हैं। एक बीमादार को बीमित रकम, प्रव्याजि भुगतान के तरीके, जोखिम प्रारम्भ तिथि, बीमापत्र का विभाजन या समामेलन, अतिरिक्त प्रव्याजि का बहिष्कार, अलाभ और सलाभ बीमापत्र अध्यर्थन, भुगतान के विकल्प आदि में परिवर्तन की आवश्यकता पड़ सकती है। इनमें से अधिकांश परिवर्तनों में प्रव्याजि दर में परिवर्तन हो जाता है जिसकी गणना की आवश्यकता पड़ती है, अतः कई दशाओं में परिवर्तन शुल्क दिये जाते हैं। बीमापत्र के प्रकार और विशिष्ट शर्तों में परिवर्तन प्रायः तभी स्वीकार किये जाते हैं जब बीमापत्र चालू हों और पूर्ण प्रदत्त न हुए हों, परिवर्तन के बाद प्रव्याजि दर में कमी न हो, प्रव्याजि भुगतान की संख्या में वृद्धि न हो और बीमित व्यक्ति की उम्र 70 वर्ष से अधिक न हो। अलाभ बीमापत्र को सलाभ बीमापत्र में आगामी बीमापत्र की वार्षिकी (Anniversary) से ही बदला जा सकता है। सलाभ सीमित प्रव्याजि आजीवन बीमापत्र में सलाभ बन्दोबस्ती बीमापत्र में बदलने पर प्रव्याजि दर में कमी आने पर भी परिवर्तन किये जा सकते हैं। सलाभ बीमा को अलाभ बीमा में नहीं बदला जा सकता है क्योंकि प्रव्याजि दर में कमी आने पर संचय में कमी आ जाती है और परिणामस्वरूप जोखिम की शुद्ध रकम (Net Amount at Risk) में वृद्धि हो जाती है, जो बीमाकर्ता के लिये अलाभकर है। इसी प्रकार प्रव्याजि की वृद्धि में संचय में वृद्धि होती है और जोखिम की शुद्ध रकम में कमी आती है जो बीमाकर्ता के लिये लाभप्रद है। जब प्रव्याजि की रकम में वृद्धि होती है, तो बीमादार की पिछली प्रव्याजि में कमी को ब्याज सहित देना पड़ता है तथा भविष्य में इस बढ़ी हुई प्रव्याजि का ही भुगतान करना पड़ेगा। स्वास्थ्य के प्रति सन्देह होने में पुनः चिकित्सा परीक्षण हो सकता है जिसका शुल्क बीमित व्यक्ति को देना पड़ेगा। बीमापत्र के परिपक्व होने के पाँच वर्ष के अन्दर बीमा के प्रकार में परिवर्तन हतोत्साहित किये जाते हैं, क्योंकि ऐसी दशा में बीमादार को बकाया प्रव्याजि के रूप में अधिक रकम का भुगतान करना होगा। बीमा के कुछ निर्धारित प्रकारों में ही परिवर्तन होता है। चिकित्सा परीक्षा की भी कुछ परिवर्तनों में आवश्यकता होती है। यदि नया बीमापत्र निर्गमित करके परिवर्तन किया जा रहा है तो बीमापत्र तैयार करने के खर्च एवं टिकट शुल्क बीमादार को देने होते हैं। बीमित रकम में कमी तभी की जायगी, जब बीमापत्र की शुरू होने के छः महीने की अवधि या बीमापत्र निर्गमन की तिथि से तीन महीने की अवधि जो भी बाद में हो, के अन्दर आवेदन-पत्र प्राप्त होंगे। बीमित रकम में वृद्धि बिना चिकित्सा परीक्षा के तभी की जायगी, जब पुराने बीमापत्र के सम्बन्ध में चिकित्सा बीमा की रकम से अधिक का बीमा हो तो नवीन चिकित्सा परीक्षण की आवश्यकता होगी। बीमापत्र को शुरू होने की तिथि को उसी कलेण्डर वर्ष में पीछे कर सकते हैं, लेकिन तीन महीने से ज्यादा पीछे करने पर बकाया प्रव्याजि पर 6 प्रतिशत वार्षिक ब्याज देना होगा। यदि

परिणामस्वरूप उम्र में परिवर्तन होता है तो प्रव्याजि की दर पुनः तद्नुसार निर्धारित की जायगी। बीमापत्र की परिपक्वता के पूर्व बीमादार भुगतान प्राप्त करने के विकल्प में परिवर्तन करा सकता है। वह चाहे तो बीमित रकम का भुगतान किस्तों में जब तक वह जीवित रहे या एक निश्चित समय और उसके बाद जब तक वह जीवित रहे भुगतान होता रहेगा।

3. ऋण का अधिकार—बीमाकर्ता बीमादार को बीमापत्र की जमानत पर ऋण प्रदान करता है। ऋण प्रदान करने के बाद बीमाकर्ता को बीमापत्र के ऊपर ऋण की रकम और उस पर ब्याज तक अधिकार हो जाता है। बीमापत्र की जमानत रखने का अर्थ उस पर एकत्रित समर्पित मूल्य की जमानत से है। जीवन बीमा निगम इस समर्पित मूल्य के 90 प्रतिशत तक ऋण प्रदान करता है, हालाँकि जो बीमापत्र तीन वर्षों में परिपक्व होने हैं, उन पर 92 से 97 प्रतिशत तक ऋण प्रदान किये जाते हैं, ऋण की वापसी न होने पर बीमा निगम इस समर्पित मूल्य का प्रयोग करता है। ऋण तभी प्रदान किये जाते हैं, जब उस बीमापत्र की जमानत पर पहले से कोई ऋण न लिया गया हो। वह बीमापत्रधारी जो प्रसंविदा करने के अयोग्य है, ऋण नहीं पा सकता है। उन बीमापत्रों पर ऋण नहीं दिये जाते हैं जो मृत्युकर या सम्पदा कर भुगतान के लिये, विवाहित स्त्री सम्पत्ति अधिनियम 1874 के अन्तर्गत निर्गमित, वृत्ति बीमापत्र, संतान विलम्बित बीमापत्र, शुद्ध बन्दोबस्ती बीमापत्र, अस्थायी बीमापत्र और जनता बीमापत्र हैं। ऐसे बीमापत्र पर भी ऋण नहीं दिये जाते हैं, जिन पर विदेशी विनियम नियन्त्रण लागू होता है या जिन पर कुर्की के आदेश जारी किये गये हैं या अधिकार तथा अभिहस्तांकन स्पष्ट नहीं हैं या जहाँ पर कपटपूर्ण वर्णन का सन्देह है। दिये गये ऋण पर ब्याज की दर छः प्रतिशत वार्षिक है जो अर्द्धवार्षिक दर से चक्रवृद्धि ब्याज बनेगी। ऋण की न्यूनतम अवधि छः महीने है। इसके अन्दर भुगतान किये गये ऋण पर छः महीने का ब्याज लगेगा, लेकिन इस बीच मृत्यु और परिपक्वता पर केवल उतने समय के लिये ब्याज लगेगा।

प्रव्याजि भुगतान की तरह से ब्याज भुगतान के लिए अनुग्रह दिवस दिये जाते हैं। वैधानिक रूप से ब्याज भुगतान न करने पर बीमापत्र का समर्पण किया जा सकता है, परन्तु व्यावहारिक जीवन में ब्याज का भुगतान 2½ वर्ष तक चालू बीमापत्र में और 1½ वर्ष तक प्रदत्त बीमापत्र में न करने पर बीमापत्र का समर्पण किया जाता है। ऋण का भुगतान एक मुश्त या किस्तों में किया जा सकता है।

साधारण दशाओं में ऋण अवयस्क को नहीं प्रदान किये जाते हैं, परन्तु उसकी आवश्यक आवश्यकताओं के लिए अवयस्क अभिहस्तांकिकी को ऋण प्रदान किये जाते हैं, लेकिन इसके अभिभावक का होना आवश्यक है जो यह घोषणा कर सके कि ऋण का प्रयोग केवल उसकी (अवयस्क) आवश्यकताओं के लिये प्रयोग की जायगी और उसके लिये कोई अन्य कोष उपलब्ध नहीं है। अस्वस्थ मस्तिष्क व्यक्तियों के लिए उसके प्रबन्धक को ऋण दिये जा सकते हैं, बशर्ते कि उसे ऋण लेने का अधिकार हो। दिवालियों को तब तक ऋण नहीं मिल सकता जब तक वे मुक्त न किये जायें। विवाहित स्त्री सम्पत्ति अधिनियम के अन्तर्गत नियुक्त प्रत्याशियों को ऋण प्रदान किये जायेंगे, बशर्ते कि वे इनके लिए अधिकृत हों।

4. अधिलाभांश का अधिकार—केवल उन्हीं बीमापत्रधारियों को अधिलाभांश प्राप्त करने का अधिकार है, जो लाभ सहित बीमापत्र खरीदे हुए हैं। अधिलाभांश घोषणा के कई तरीके हैं, परन्तु जीवन बीमा निगम परिवर्तनीय अधिलाभांश घोषित करता है, जिसमें इसकी रकम का भुगतान बीमापत्र के भुगतान के समय किया जाता है। लेकिन उसके पहले बीमापत्र के समर्पण पर भी इसका भुगतान पा सकते हैं। इसके समर्पित मूल्य की गणना उसी प्रकार की जायगी, जिस प्रकार बीमापत्र के समर्पित मूल्य की की जाती है। अन्तर केवल इतना है कि अधिलाभांश में केवल घोषित अधिलाभांश का ही समर्पण मूल्य निकाला जाता है और बीमापत्र में प्रदत्त मूल्य का समर्पण मूल्य निकाला जाता है।

5. खोये हुए बीमापत्र की स्थापना—बीमापत्र जैसे ही खो जाय या नष्ट हो जाय, बीमापत्रधारी को इसकी सूचना तुरन्त जीवन बीमा निगम को देनी चाहिये। साथ ही खो जाने का कारण, परिस्थिति और उसको ढूँढ़ने का प्रयास आदि के सम्बन्ध में पूरी सूचना देनी चाहिये। बीमापत्र की हानि का सन्तोषप्रद प्रमाणपत्र प्राप्त हो जाने पर निगम एक प्रतिलिपि बीमापत्र निर्गमित करेगा, लेकिन इसके पहले बीमापत्रधारी को खोने की सूचना समाचार पत्र द्वारा देना आवश्यक है। इसके बाद बीमाकर्ता को इस सूचना की नकल देनी आवश्यक है। प्रतिलिपि बीमापत्र प्राप्त करने के लिये स्टाम्प आदि के खर्चे बीमादार को स्वयं देना होगा। नया बीमापत्र देने के पूर्व बीमाकर्ता बीमादार से क्षतिपूरक बन्ध अथवा स्वीकारोक्ति अथवा दोनों ही ले सकती है ताकि खोये बीमापत्र पर वह भुगतान न ले सके।

6. लाभार्थी बदलने का अधिकार—बीमादार बीमित रकम प्राप्त करने वाले व्यक्तियों को बदल सकता है, कुछ नये व्यक्तियों को शामिल भी कर सकता है या भुगतान प्राप्तकर्ता के अधिकारों में परिवर्तन कर सकता है, लेकिन ऐसा करने में कुछ प्रतिबन्ध है, जो आगे वर्णित है।

खण्डित बीमापत्र की शर्तें

प्रव्याजि की रकम का भुगतान अनुग्रह दिवस में न कर सकने में बीमा प्रसंविदा खण्डित (Lapse) हो जाता है तथा बीमाकर्ता अपने दायित्व से मुक्त हो जाता है और बीमादार को बीमा से मिलने वाली सुविधायें समाप्त हो जाती हैं। बीमा प्रसंविदा के खण्डित होने पर बीमाकर्ता, बीमादार और बीमा अभिकर्ता—तीनों को हानि होती है। बीमाकर्ता को भविष्य में मिलने वाली प्रव्याजि नहीं मिल पाती है, चालू व्यापार में कमी आ जाती है। किये गये व्यय व्यर्थ हो जाते हैं और जोखिम में वृद्धि हो जाती है, क्योंकि चालू व्यापार में अधो-जीवित (Sub-Standard) के बीमा अधिक रहेंगे। इन प्रत्यक्ष हानियों के विपरीत बीमा व्यवसाय को अप्रत्यक्ष हानि भी होती है। उसकी साख में कमी आती है, नया व्यापार में ज्यादा वृद्धि नहीं होती, क्योंकि लोगों की धारणा यह बनती है कि अमुक बीमाकर्ता प्रव्याजि लेकर उसे जब्त करने के पक्ष में है। बीमादार को खण्डन के कारण बीमा का लाभ नहीं मिल पाता, साथ ही दी गई प्रव्याजि वैधानिक रूप से जब्त हो सकती है, परन्तु व्यावहारिक जीवन में दी गयी प्रव्याजि का कुछ अंश लौटा दिया जाता है। बीमा अभिकर्ता को खण्डित बीमापत्र पर कमीशन नहीं मिल पाता तथा उसकी साख गिर जाती है। इन सब कारणों से बीमाकर्ता बीमा खण्डन बचाने का प्रयास करता है और खण्डन हो जाने पर दी गई सम्पूर्ण रकम को जब्त करता है।

1. स्वतः प्रव्याजि ऋण (Automatic Premium Loan)—जो बीमापत्र तीन वर्ष तक चालू रहता है, उस पर समर्पित मूल्य एकत्र हो जाता है। इसे समर्पित मूल्य का प्रयोग प्रव्याजि के भुगतान न कर सकने में किया जाता है। अनुग्रह दिवस के अन्दर प्रव्याजि भुगतान न कर सकने में प्रव्याजि का भुगतान समर्पण मूल्य से तब तक किया जाता रहेगा जब तक समर्पण मूल्य अदत्त प्रव्याजि की रकम और उस पर ब्याज के बराबर न हो जाय। स्वतः प्रव्याजि ऋण दो प्रकार से होता है—(1) सीमित तथा (2) असीमित। यदि बीमापत्र को चालू रखने के लिये एक सीमित अवधि तक समर्पण मूल्य का प्रयोग किया जाय, तब इसे सीमित स्वतः प्रव्याजि ऋण कहते हैं। दूसरी तरफ यदि समर्पण मूल्य के प्रयोग की कोई अवधि न हो तो उसे असीमित स्वतः प्रव्याजि ऋण कहते हैं। जीवन बीमा निगम में संतान विलम्बित बीमापत्र को छोड़कर अन्य बीमापत्रों पर ही यह वाक्य लागू होता है। इस पद्धति का एक दोष यह है कि समर्पित मूल्य का प्रयोग अदत्त प्रव्याजि और ब्याज चुकाने के बाद कुछ भी नहीं बचता और बीमादार समर्पित मूल्य की कोई रकम नहीं पाता, लेकिन लाभ यह है कि जब तक बीमापत्र इस प्रकार चलता रहेगा—उसे बिना प्रव्याजि भुगतान के लाभ मिलेगा। यदि बीमादार की मृत्यु इस अवधि में हो जाती है तो उसे अदत्त प्रव्याजि और ब्याज की रकम काटकर बीमित रकम का शेष भाग भुगतान कर दिया जायगा, साथ ही बीमादार को यह विकल्प रहता है कि वह अदत्त प्रव्याजि और ब्याज का भुगतान करके बीमापत्र को पुनः शुरू कर सकता है। इसके लिये चिकित्सा परीक्षण की आवश्यकता नहीं होगी। जीवन बीमा निगम के विभागीय कार्यालय द्वारा स्वतः प्रव्याजि ऋण की सूचना बीमादार को प्रायः बीमापत्र खण्डित होने के छः महीने बाद दी जाती है। उसके बाद भी समय-समय पर उसे यह सूचना दी जाती है कि समर्पित मूल्य कितना बाकी है।

2. खण्डित बीमापत्र का पुनर्चालन (Revival of Lapsed Policies)—जब प्रव्याजि का भुगतान अनुग्रह दिवस के अन्दर नहीं किया जाता तो बीमापत्र खण्डित हो जाता है, परन्तु उसे बीमित व्यक्ति के जीवन के तथा प्रथम अदत्त प्रव्याजि की देय तिथि के 5 वर्ष के अन्दर और परिपक्वता के पहले पुनर्जीवित या पुनर्चालन किया जा सकता है।

देय तिथि के 6 महीने के अन्दर बिना किसी डाक्टरी परीक्षा के बीमापत्र खण्डित हो जाता है, परन्तु उसे बीमित व्यक्ति के जीवन के तथा प्रथम अदत्त प्रव्याजि की देय तिथि के 5 वर्ष के अन्दर और परिपक्वता के पहले पुनर्जीवित या पुनर्चालन किया जा सकता है।

देय तिथि के 6 महीने के अन्दर बिना किसी डाक्टरी परीक्षा के बीमापत्र को पुनर्चालित किया जा सकता है और इसके लिये बकाया प्रव्याजि पर ½ प्रतिशत प्रति मास के हिसाब से ब्याज भी लिया जायगा, लेकिन कम से कम पचास पैसा अवश्य लिया जायगा। इस छः महीने की अवधि के बाद और देय तिशि के 5 वर्ष के अन्दर चिकित्सा परीक्षा के उपरान्त ही बीमापत्र को पुनर्चालित किया जा सकता है। चिकित्सा परीक्षण का शुल्क बीमादार को देना होगा। पुनर्चालन एक नया प्रसंविदा है, इसलिये बीमाकर्ता चाहे तो नयी शर्तें लगा सकता है।

खण्डित बीमापत्र का पुनर्चलन छः महीने के अन्दर शाखा कार्यालय द्वारा किया जा सकता है, लेकिन उसके बाद विभागीय कार्यालय द्वारा ही सम्भव है। यदि बीमापत्र की रकम दस हजार रुपये या उससे कम है तो केवल साधारण चिकित्सा सूचना की आवश्यकता होती

है; बीमापत्र की रकम दस हजार रुपये से अधिक और 25 हजार या उससे कम होने पर खण्डित तिथि के दो वर्ष बाद ही पूर्ण चिकित्सा की आवश्यकता होती है और अन्य दशाओं में हमेशा पूर्ण चिकित्सा की आवश्यकता रहती है। चिकित्सा परीक्षा के बाद यदि बीमाकर्ता सन्तुष्ट हो जाय कि उसके स्वास्थ्य, वैयक्तिक एवं पारिवारिक इतिहास तथा पेशे में कोई प्रतिकूल परिवर्तन नहीं हुआ है तो वह पुनर्चलन के लिये अपनी स्वीकृति दे सकता है। अदत्त प्रव्याजि और उस पर 6 प्रतिशत वार्षिक दर से अर्द्धवार्षिक चक्रवृद्धि ब्याज देने के पश्चात् खण्डित बीमापत्र को पुनर्चलन किया जा सकता है।

3. विशेष पुनर्चलन योजना (Special Revival Scheme)—उपरोक्त सामान्य पुनर्चालन योजना के अन्तर्गत बहुत से बीमापत्रधारी बकाया प्रव्याजि और उस पर ब्याज देने में असमर्थ रहते हैं। इस परेशानी को दूर करने और बीमापत्रधारियों को सस्ता पुनर्चालन प्रदान करने के लिये इस विशेष पुनर्चालन योजना को जीवन बीमा निगम द्वारा चलाया गया है। इस योजना के अन्तर्गत दी गई प्रव्याजि के आधार पर बीमापत्र की जोखिम तिथि को आगे किया जाता है। पुनर्चलन तिथि के अनुसार नई जोखिम तिथि की गणना की जायगी, क्योंकि इस नई तिथि का प्रारम्भ उसी दिन से होगा, जिस दिन से दी गयी प्रव्याजि पुनर्चलन तिथि तक पर्याप्त हो। इस योजना के अन्तर्गत एक नया बीमापत्र निर्गमित किया जाता है और इसकी योजना एवं अवधि वही होती है ज़ो पुराने बीमापत्र में थी, बशर्ते कि जीवन बीमा निगम द्वारा निर्धारित अधिकतम उम्र से अधिक न हो। इस नये बीमापत्र पर नयी दर से प्रव्याजि की गणना की जायगी जो नयी जोखिम तिथि पर बीमादार की उम्र पर आधारित होगी। बीमादार को इस नयी प्रव्याजि दर के आधार पर पिछली दी गयी प्रव्याजि के अन्तर को उस पर 6 प्रतिशत वार्षिक जो अर्द्धवार्षिक चक्रवृद्धि पर निश्चित की जायगी, ब्याज देना होगा और भविष्य में इसी दर से ही प्रव्याजि दी जायगी। पुनर्चलन के समय नयी प्रव्याजि दर से उसे कम से कम तीन महीने की प्रव्याजि देनी होगी। इस प्रकार उसे बकाया प्रव्याजि और उस पर ब्याज देना होगा। इस पुनर्चलन के लिये निम्नलिखित शर्तें आवश्यक हैं—

(अ) बीमापत्र पर समर्पित मूल्य प्राप्त न हुआ हो तो बीमापत्र पर 2 वर्ष की प्रव्याजि देने या प्रव्याजि की संख्या का दसवाँ हिस्सा, बशर्ते कि यह एक वर्ष की प्रव्याजि से अधिक हो, देने के बाद समर्पित मूल्य प्राप्त होता है।

(ब) खण्डन तिथि के बाद 9 महीने के कम और 2 वर्ष से ज्यादा समय व्यतीत न हुआ हो।

(स) यह पुनर्चलन एक बीमापत्र पर केवल एक बार स्वीकृत है।

नये बीमापत्र में पुराने बीमापत्र के सभी नामांकिकी या अभिहस्तांकिकी शामिल किये जायेंगे। नये बीमापत्र की संख्या भी वही होगी जो पुराने बीमापत्र की संख्या थी। सर्वप्रथम बीमादार को पुनर्चलन के लिये चिकित्सा शुल्क देना पड़ता है और बाद में बीमाकर्ता इस शुल्क को लौटा देगा, लेकिन यह सुविधा उसे केवल एक बार ही उपलब्ध है।

4. प्रदत्त बीमापत्र का अधिकार (Paid up Policies)—यदि बीमापत्रधारी प्रव्याजि भुगतान न कर सकने के कारण अपने बीमापत्र को चालू नहीं रख सकता तो वह अपने बीमापत्र को प्रदत्त बीमापत्र में बदलवा सकता है। प्रदत्त बीमापत्र की सुविधा तभी उपलब्ध

होगी जब कम से कम दो वर्ष की प्रव्याजि का भुगतान किया जा चुका है। प्रदत्त बीमापत्र में बीमा की रकम उस अनुपात में कम हो जायगी जो अनुपात दी गई प्रव्याजि की संख्या का कुल प्रव्याजि की संख्या में; बशर्ते कि इसकी रकम 100 रुपये से कम नहीं है, यदि बीमा की रकम एक हजार या उससे ज्यादा है और 50 रुपये से कम नहीं है, यदि बीमा की रकम एक हजार रुपये से कम है। प्रदत्त बीमापत्र में भविष्य की प्रव्याजि का भुगतान नहीं करना पड़ता है। इस पर देय अभिलाभांश की रकम इस बीमे से सम्बद्ध रहेगा, परन्तु भविष्य के अधिलाभांश को प्राप्त करने का अधिकार समाप्त हो जाता है। प्रदत्त बीमा की सुविधा प्रायः उन बीमापत्रों में मिलती है जहाँ प्रव्याजि की रकम निश्चित है परन्तु निगम आजीवन बीमापत्रों पर भी प्रदत्त बीमा की सुविधा प्रदान करता है। इस प्रदत्त बीमा की सुविधा स्वतः प्राप्त होती रहती है, यदि 2 वर्ष की प्रव्याजि का भुगतान किया गया है। आजीवन बीमा पर प्रदत्त मूल्य की गणना $\left(1 - \frac{\text{द}}{(\text{द} + \text{न})} \times \text{बीमित रकम}\right)$ के सूत्र द्वारा निश्चित की जाती है जिसमें द से तात्पर्य बीमा खरीदते समय प्रव्याजि दर से, (द + न) से तात्पर्य प्रदत्त के समय उम्र के अनुसार प्रव्याजि से है। जैसे यदि प्रव्याजि की रकम बीमा खरीदते समय (30 वर्ष की उम्र पर) 25 रुपये और प्रदत्त 50 वर्ष की उम्र पर) 50 रुपये है तो बीमित रकम 10 हजार रुपये होने पर $1 - \frac{25}{50} \times 10{,}000$ रुपया पर 5,000 रुपया प्रदत्त मूल्य होगा।

प्रदत्त बीमापत्र के अन्तर्गत एक विशेष सुविधा बीमापत्रधारी को प्राप्त है। यदि तीन वर्ष की प्रव्याजि का लगातार भुगतान करने के बाद आगामी प्रव्याजि का भुगतान नहीं हो पाता और बीमित व्यक्ति की मृत्यु देय तिथि के 6 महीने के अन्दर होती है तो बीमित रकम में से अदत्त प्रव्याजि और उस पर ब्याज तथा उस वर्ष की देय प्रव्याजि घटाने के बाद शेष रकम का भुगतान कर दिया जाता है। उस समय प्रदत्त बीमित रकम के भुगतान का प्रश्न ही नहीं उठता।

5. अन-आहृत-उपकार (Non-Forfeiture-Benefit)—प्रत्येक प्रव्याजि के भुगतान करने के कारण बीमाकर्ता के पास एक संचित रकम बढ़ती रहती है। यह संचित रकम अधिकांश बीमापत्रों पर एकत्र होती है। यदि बीमापत्रधारी किसी समय प्रव्याजि का भुगतान न कर सके तो सैद्धांतिक रूप से दी गयी प्रव्याजि जब्त हो जानी चाहिये, क्योंकि इस बीच यदि बीमित व्यक्ति की मृत्यु होती तो बीमाकर्ता को पूरी बीमा की रकम का भुगतान करना पड़ता। लेकिन व्यावहारिक जीवन में बीमादारों के हितों के लिये बीमाकर्ता संचित प्रव्याजि में से खर्चे घटाने के बाद प्रायः भुगतान कर दिया जाता है। भारतीय बीमा अधिनियम की धारा 113 के अनुसार कुछ ऐसे अधिकार बीमादारों को दिये गये हैं, जिन्हें अन-आहृत-अधिकार कहते हैं। बीमादारों के हितों की रक्षा के लिये प्रव्याजि भुगतान न कर सकने पर निम्नलिखित उपकार या लाभ उपलब्ध रहते हैं।

(क) नकद समर्पित मूल्य—बीमा अधिनियम के प्रावधान के अनुसार जिस बीमापत्र पर तीन वर्ष की प्रव्याजि दी जा चुकी है, समर्पित मूल्य प्राप्त करने का अधिकार

रखता है। लेकिन व्यावहारिक जीवन में केवल दो वर्ष की प्रव्याजि या कुल प्रव्याजि के 1/10 भाग जो वार्षिक प्रव्याजि से अधिक हो, देने मात्र से समर्पित मूल्य प्राप्त करने का अधिकार है। कुछ बीमापत्रों पर निश्चित या प्रत्याभूत (Guarnteed) समर्पित मूल्य दिया जाता है जिनमें से आजीवन बीमापत्र, बन्दोबस्ती बीमापत्र, दोहरा बन्दोबस्ती बीमापत्र और संयुक्त जीवन बीमापत्र मुख्य हैं। इस समर्पित मूल्य के अन्तर्गत कुल दी गयी प्रव्याजि में से प्रथम प्रव्याजि और अतिरिक्त प्रव्याजि घटा देने से बची रकम का 30 प्रतिशत नकद दिया जा सकता है। सलाभ बीमा में प्रयुक्त अधिलाभांश भी दिया जाता है। इस न्यूनतम समर्पित रकम में समय के साथ अभिवृद्धि होती रहती है, क्योंकि संचय में लगातार वृद्धि होती रहती है और खर्चों में प्रायः कमी होती रहती है।

जीवन बीमा निगम के नियमों के अनुसार समर्पित मूल्य की एक तालिका तैयार की गयी है जिसमें दी गयी प्रव्याजि और बीमापत्र के प्रकार के अनुसार समर्पित मूल्य की गणना की गयी है। समर्पित मूल्य की नकद रकम प्राप्त करने के लिये उन सभी आवश्यकताओं को पूरा करना होता है जो परिपक्वता पर भुगतान के लिये आवश्यक हैं। एक भुगतान प्रपत्र और बीमापत्र के रद्द करने का प्रपत्र तथा अभिहस्तांकन न करने की घोषणा देना आवश्यक है। समर्पित मूल्य देने के पहले यदि कोई ऋण और ब्याज बकाया है तो उसे घटाकर बाकी रकम का भुगतान किया जाता है। अभिहस्तांकन की दशा में भुगतान प्रपत्र (Discharge Form) पर हस्ताक्षर अभिहस्तांकिकी ही करता है। लेकिन यदि यह शर्त पूर्ण अभिहस्तांकन है तो बीमापत्रधारी और अभिहस्तांकिकी दोनों को हस्ताक्षर करना होता है।

कोई भी व्यक्ति जो प्रसंविदा की क्षमता रखता हो और बीमापत्र में उसका अधिकार, हित और स्वत्वाधिकार हो, बीमापत्र को समर्पित कर सकता है। इसी कारण से अवयस्क, पागल एवं अविमुक्त दिवालिये बीमापत्र को समर्पित नहीं कर सकते। लेकिन इनके हितों के लिये क्रमशः अभिभावक, नियुक्त प्रबंधक और सरकारी प्राप्तकर्ता द्वारा समर्पित किया जा सकता है। समर्पण के 6 महीने के अन्दर उस बीमापत्र को पुनर्स्थापित किया जा सकता है। इसके लिये दिया गया समर्पित मूल्य 6 प्रतिशत वार्षिक अर्द्धवार्षिक चक्रवृद्धि ब्याज पर देना पड़ता है। चिकित्सा परीक्षा की भी आवश्यकता होती है। नये बीमापत्र निर्गमन के लिये खर्चे बीमादार को सहन करने पड़ते हैं। समर्पण करने के बाद बीमाकर्ता की जिम्मेदारी समाप्त हो जाती है।

विस्तीर्ण अवधि बीमा—बीमा-पत्र के खण्डन के समय संचित रकम से बीमापत्र उतने समय तक चलता रहेगा, जितने समय के लिये वह रकम एकल प्रव्याजि के रूप में हो। बीमापत्र की रकम में कोई परिवर्तन नहीं होगा, लेकिन पर्याप्त बीमा की अवधि में परिवर्तन हो जायगा तथापि यह अवधि अधिकतम अवधि या पूर्व निर्धारित अवधि से ज्यादा नहीं होगी। यह बीमापत्र उन व्यक्तियों के लिए लाभप्रद होगी जो अपने को प्रव्याजि की रकम अदा करने में असमर्थ पाते हैं। जीवन बीमा के राष्ट्रीयकरण के पहले ऐसी शर्तें बीमापत्र में दी रहती थीं। परन्तु जीवन बीमा निगम में ऐसा नहीं है। इस बीमापत्र में अवधि के अन्दर मृत्यु होने पर ही भुगतान किया जाता है, क्योंकि यह एक अवधि (Term) बीमा होता है, हालाँकि मृत्यु न होने पर कभी-कभी थोड़ी रकम वापस दी जाती है। उदाहरण के लिए एक व्यक्ति ने 20 वर्ष तक के लिये 25 वर्ष की अवधि में 10 हजार का बीमा कराया। यदि 5 वर्ष तक

प्रव्याजि देने के बाद वह व्यक्ति 'विस्तीर्ण अवधि बीमा' लेना चाहता है तो बीमाकर्ता को यह देखना पड़ता है कि इस समय तक दी गयी प्रव्याजि के समर्पित मूल्य से 10 हजार रुपये का अवधि बीमा (Term Insurance) कितने दिन तक खरीदा जा सकता है। जितनी अवधि के लिए यह अवधि बीमा चालू रहेगा, उतनी अवधि को तथा अन्य नवीन शर्तें मूल बीमापत्र में पृष्ठांकित कर दी जायेंगी। इस अवधि के अन्दर मृत्यु होने पर बीमादार के उत्तराधिकारी को भुगतान कर दिया जाता है। यदि वह जीवित रहा तो उसे किसी भी रकम का भुगतान नहीं होगा या बहुत थोड़ी रकम का भुगतान किया जायगा। यदि बीमादार विस्तीर्ण अवधि बीमा लेने के पहले कुछ ऋण बीमाकर्ता से लिये था तो इस ऋण की रकम और उस पर ब्याज चुकता करने के बाद बची रकम से इस बीमापत्र को खरीदा जा सकता है।

इन दो दशाओं के अतिरिक्त अन-आहृत-उपकार अन्य कई प्रकार से उपलब्ध है जिसका वर्णन समर्पित मूल्य वाले अध्याय में विस्तार से किया गया है।

बीमापत्र पर प्रतिबन्ध

1. उम्र का प्रमाण-पत्र (Proof of Age)—प्रव्याजि की गणना उम्र के आधार पर की जाती है। इसलिये उम्र का प्रमाण प्राप्त करना बहुत आवश्यक है। साथ ही यदि बाद में उम्र अधिक साबित हुई तो उसके अनुसार बढ़ी हुई प्रव्याजि और उस पर ब्याज देना पड़ेगा। यदि इसका भुगतान न किया जा सका तो बीमित रकम के भुगतान के समय इस प्रव्याजि के अन्तर और उस पर 6 प्रतिशत वार्षिक अर्द्धवार्षिक चक्रवृद्धि दर से ब्याज देना पड़ेगा जो बीमादार को अत्यन्त कष्टप्रद होगा। इसके अतिरिक्त यदि उम्र को जान-बूझकर धोखा देने के लिये बहुत कम बताया गया होगा तो वह बीमा-पत्र व्यवर्जित (Void) होगा और इसके अन्तर्गत उपलब्ध सभी लाभ समाप्त हो जायेंगे तथा दी गयी सभी प्रव्याजि निगम द्वारा जब्त कर ली जायगी, बशर्ते कि उसके लिए अन्य कोई उपाय या सुविधा उपलब्ध न हो। वैसे तो उम्र का प्रमाण-पत्र अध्यर्थन के भुगतान के समय या बीमा कराते समय दिया जा सकता है, परन्तु व्यावहारिक जीवन में उपरोक्त कठिनाइयों को बचाने के लिये बीमा के शुरू में भी प्रमाण-पत्र निम्नलिखित दशाओं में बीमापत्र निर्गमन के पहले अत्यावश्यक है।

(1) जहाँ बीमित व्यक्ति की उम्र 20 वर्ष से कम या 50 वर्ष से अधिक है।

(2) संतान विलम्बित बीमापत्र

(3) वृत्ति (वार्षिक) बीमापत्र

(4) वेतन बचत योजना (Salary Savings Scheme) के अन्तर्गत निर्गमित बीमापत्र।

परन्तु शुद्ध बन्दोबस्ती बीमा के अन्दर उम्र के प्रमाण की जरूरत नहीं होती, क्योंकि प्रव्याजि की गणना इसके अन्दर उम्र पर आधारित नहीं है।

उम्र के लिये निम्नलिखित प्रमाण-पत्र स्वीकृत हैं—

(1) म्युनिसिपल कमेटी द्वारा या अन्य इसी प्रकार के लेख द्वारा जन्म के समय तैयार किये गये थे।

(2) जन्म के समय तैयार की गयी मौलिक जन्मपत्री। शादी के या यज्ञोपवीत संस्कार के समय तैयार की गयी जन्मपत्री भी स्वीकृत है। जन्मपत्री की गहराई से जाँच की जाती है क्योंकि इसमें धोखा होने का अवसर रहता है। जन्मपत्री जो बीमित व्यक्ति के उम्र प्रमाण करने के लिये बनाई गयी होगी, अमान्य है।

(3) बैपटिज्म प्रमाण-पत्र या परिवार बाइबिल से प्राप्त प्रमाण-पत्र यदि ये उम्र और जन्म तिथि को शामिल करते हों, रोमन कैथोलिक्स के लिए विवाह प्रमाण-पत्र भी स्वीकार है।

(4) स्कूल या कालेज का प्रमाण-पत्र यदि ये जन्म तिथि का उल्लेख करते हों।

(5) उन व्यक्तियों के सेवा रजिस्टर (Service Register) से प्राप्त प्रमाण-पत्र जो सरकारी या अर्द्धसरकारी या प्रसिद्ध व्यापारिक और औद्योगिक संस्थाओं में कार्य करते हों। इसके अतिरिक्त अन्य संस्थाओं द्वारा दिया गया प्रमाण-पत्र भी स्वीकृत हो सकता है, बशर्ते ये नियुक्ति के समय उम्र के प्रमाण को माँगते हों।

(6) देशान्तरण प्रमाण-पत्र यदि उसमें जन्म तिथि लिखी गयी हो।

यदि उपरोक्त में से किसी भी प्रकार का प्रमाण-पत्र न दिया जा सके तो किसी अधिवृद्धि सम्बन्धी या मित्र द्वारा की गयी उम्र घोषणा (Declaration of Age) को भी स्वीकार किया जायगा, बशर्ते यह घोषणा व्यक्तिगत जानकारी पर की गयी हो तथा इसको किसी मजिस्ट्रेट या शपथ दिलाने वाले अधिकारी के समक्ष प्रमाणित और हस्ताक्षरित किया गया हो। लेकिन यदि इस घोषणा और प्रस्ताव प्रपत्र में उल्लिखित उम्र में अन्तर हो तो अधिक उम्र ही स्वीकार की जायगी। इस घोषणा या चिकित्सा परीक्षक के प्रमाण के अन्तर्गत केवल बन्दोबस्ती बीमा 20 वर्ष के लिए निर्गमित किया जायगा, बशर्ते वह 55 वर्ष से अधिक परिपक्वता के समय न हो सके। ग्रामीण क्षेत्रों के बीमापात्रों की उम्र को तहसीलदार, विकास अधिकारी या पंचायत के सदस्य द्वारा प्रमाणित किया जा सकता है।

यदि बीमा-पत्र में उल्लिखित उम्र प्रमाणित उम्र के बराबर हो तो उम्र स्वीकृत प्रमाण-पत्र बीमादार को निर्गमित कर दिया जाता है। उम्र कम साबित होने पर एकत्र की हुई अतिरिक्त प्रव्याजि बीमापत्रधारी को लौटा दी जाती है और नयी प्रव्याजि को बीमापत्र में लिख लिया जाता है। यदि किसी कारण से बीमित व्यक्ति इस प्रकार प्रव्याजि की दर में सुधार करने को तैयार नहीं होता है तो दी गयी प्रव्याजि को खर्चे घटा करके बीमित व्यक्ति को लौटा दी जायगी। अवयस्क के सम्बन्ध में नया बीमापत्र निर्गमित किया जाता है। यदि उम्र अधिक साबित होती है तो उस बीमापत्र की तिथि को उसी वर्ष पीछे किया जा सकता है और यदि उम्र में दो वर्ष या अधिक समय का अन्तर है तो उसी प्रकार उसी वर्ष उम्र में तथा बीमा की तिथि को परिवर्तन करके प्रव्याजि की रकम में परिवर्तन किया जा सकता है। तीसरा तरीका यह है कि बीमापत्रं की तिथि वही रखी जाय, परन्तु प्रव्याजि बढ़ी हुई उम्र से लिया जाय। यदि बीमा की मौलिक अवधि अधिकतम अवधि से अधिक पड़ती हो तो उसे अधिकतम अवधि तक सीमित किया जायगा। उम्र अधिक होने तथा प्रव्याजि में परिवर्तन होने के कारण बढ़ी हुई प्रव्याजि के अन्तर को बीमा के शुरू में ब्याज सहित लिया जाता है।

जन्म तिथि में अन्तर होने पर यदि उम्र बदलती नहीं है और परिणामस्वरूप प्रव्याजि में परिवर्तन नहीं होता है तो उसको बीमापत्र में लिखा दिया जाता है और अन्य किसी प्रकार का परिवर्तन नहीं किया जाता है।

1. आत्महत्या (Suicide)—इस शर्त के कारण एक निश्चित समय में आत्महत्या करने पर बीमा व्यर्थ हो जाता है और बीमाकर्ता द्वारा दी गयी प्रव्याजि जब्त कर ली जाती है। अभिहस्तांकिकी और तीसरे पक्ष के हित के लिए बीमापत्र में यह स्पष्ट रहता है कि आत्महत्या के कारण उन व्यक्तियों का हित सुरक्षित रहेगा। जीवन बीमा निगम में इसके लिए एक वाक्य दिया हुआ है। बीमा की जोखिम शुरू होने के बाद और उसके एक वर्ष के अन्दर यदि कोई व्यक्ति आत्महत्या करता है, चाहे वह स्वस्थ या अस्वस्थ दिमाग का रहा हो, तो जीवन बीमा निगम की जिम्मेदारी उन व्यक्तियों के हित तक सीमित हो जाती है जो बीमापत्र में अपना सही और वास्तविक हित सिद्ध कर सके और जो किसी मूल्यवान प्रतिफल के बदले में प्राप्त किया गया हो तथा जिसकी सूचना निगम को मृत्यु के कम से कम एक महीने पहले दी गयी है। इस हित के अतिरिक्त अन्य किसी हित के लिये बीमा प्रसंविदा व्यर्थ हो जायगा और सभी अध्यर्थन जो किसी अनुलाभ, लाभ या हित के सम्बन्ध में होंगे समाप्त हो जायगा।

एक वर्ष की अवधि के बाद की गयी आत्महत्या का प्रसंविदा के ऊपर कोई प्रभाव नहीं पड़ता। अधिकांशतः यह देखा गया है कि कोई व्यक्ति अपने जीवन को जल्दी समाप्त नहीं करना चाहता है। लेकिन यदि कोई जान-बूझकर इस कार्य को करने के लिये बीमापत्र खरीदता है तो वह एक वर्ष के अन्दर ऐसा कर लेगा। उसके बाद उसकी सामान्य स्थिति हो जायगी और जीवन समाप्त करने में उसे भय लगेगा।

2. बीमापत्र का नामांकन (Nomination) **एवं अभिहस्तांकन** (Assignment) — बीमित व्यक्ति की मृत्यु के बाद बीमा की रकम देने के लिये बीमादार बीमा पर नामांकन या अभिहस्तांकन करा लेते हैं। यह बीमापत्र निर्गमन के समय हो सकता है या उसके बाद। परन्तु अध्यर्थन देय होने के पहले होना आवश्यक है ताकि बीमित रकम को प्राप्त करने में ज्यादा परेशानी नहीं होती। उधर बीमाकर्ता को भी भुगतान करने में आसानी होती है। इसकी अनुपस्थिति में अध्यर्थन (Claim) की रकम प्राप्त करने के लिए कभी-कभी न्यायालय का सहारा लेना पड़ता है। परन्तु इन लेखों के कारण तत्सम्बन्धी परेशानी, श्रम, समय और खर्चे से मुक्ति मिल जाती है। इसलिये बीमा लाभार्थी के नाम बीमापत्र का नामांकन या अभिहस्तांकन कर दिया जाता है।

नामांकन (Nomination)—बीमा अधिनियम 1938 की धारा 39 के अन्तर्गत नामांकन सम्बन्धी प्रावधान लिखे गये हैं, जो इस प्रकार हैं—

(1) बीमापत्रधारी अपने जीवन में निर्गमित बीमापत्र को निर्गमन या उसके बाद लेकिन बीमापत्र पर भुगतान देय होने के पहले किसी एक या अधिक व्यक्ति को नामांकित कर सकता है जिसे बीमित व्यक्ति की मृत्यु पर बीमित रकम का भुगतान किया जायगा। यदि नामांकिकी अवयस्क है तो उसके उपलक्ष में किसी व्यक्ति को अवयस्कता के समय बीमित रकम प्राप्त करने के लिए निर्धारित कर सकता है।

(2) इस प्रकार का नामांकन पृष्ठांकन द्वारा किया जायगा यदि बीमापत्र में यह पहले से उल्लिखित न हो तथा इसे बीमाकर्ता के सम्बन्धित रजिस्टर में लिखा दिया जायगा। इस प्रकार के नामांकन को बीमा का भुगतान देय होने के पहले पृष्ठांकन (Endorsement) या वसीयतनामा (Will) के द्वारा परिवर्तित या रद्द किया जा सकता है। लेकिन बीमाकर्ता इस परिवर्तन एवं समाप्ति से तब तक बाध्य नहीं होगा, जब तक उसे इसकी सूचना न दी गई हो।

(3) बीमाकर्ता एक रुपये का शुल्क लेकर इस प्रकार के अनुबन्ध (Registration), परिवर्तन (Change) और समाप्ति (Cancellation) के अनुबन्धन की लिखित स्वीकृति बीमापत्रधारी को देगा।

(4) धारा 38 के अन्तर्गत किये गये अभिहस्तांकन इस प्रकार के नामांकन को स्वतः रद्द कर देते हैं। लेकिन बीमाकर्ता को ऋण प्राप्त करने के प्रतिफल में किये गये नामांकन का अधिकार बीमाकर्ता के हित तक सुरक्षित रहता है और वह इस अभिहस्तांकन से उस सीमा तक रद्द नहीं होगा।

(5) यदि बीमित व्यक्ति के जीवन-काल में बीमा परिपक्व होता है या नामांकिकी की मृत्यु उस समय तक हो जाती है, तो बीमित रकम का भुगतान बीमापत्रधारी या उसके उत्तराधिकारी या वैधानिक प्रतिनिधि या उत्तराधिकार प्रमाण-पत्र रखने वाले व्यक्ति को किया जाता है।

(6) यदि बीमित व्यक्ति की मृत्यु के बाद नामांकिकी जीवित रहता है तो उसे बीमा की रकम देय होगी।

(7) बीमा अधिनियम की धारा उन बीमापत्रों पर लागू नहीं होगी, जो विवाहित स्त्री सम्पत्ति अधिनियम 1874 की धारा-6 के अन्तर्गत निर्गमित किये गये हैं।

नामांकन का प्रभाव

(i) नामांकिकी बीमित रकम के भुगतान को प्राप्त करने का अधिकारी होगा और वह भुगतान प्राप्त करके उसकी वैधानिक रसीद दे सकेगा, लेकिन वह ऐसा तभी कर सकता है जब भुगतान के समय बीमापत्रधारी की मृत्यु हो गई है।

(ii) नामांकन का अधिकार बीमापत्रधारी को केवल अपने जीवन बीमापत्र पर प्राप्त है। जो व्यक्ति दूसरे व्यक्तियों के बीमापत्र रखते हैं, उन्हें नामांकन का अधिकार प्राप्त नहीं है।

(iii) नामांकन से बीमापत्रधारी का बीमापत्र पर अधिकार समाप्त नहीं होता। इसके उपरान्त भी बीमापत्र बीमित व्यक्ति का रहेगा। वह अपने जीवन काल में उसका किसी भी प्रकार से प्रयोग कर सकता है। नामांकिकी का इस बीमापत्र पर कोई औपकारिक हित (Beneficial Interest) नहीं रहता है, उसे बीमापात्र की केवल मृत्यु पर भुगतान प्राप्त करने का अधिकार है।

नामांकन का तरीका—प्रस्ताव के समय सम्बन्धित प्रश्न पर उत्तर देकर नामांकन

किया जा सकता है। प्रस्ताव-प्रपत्र में यह प्रश्न रहता है कि प्रस्तावक किस व्यक्ति को नामांकित करना चाहता है। वह जिस व्यक्ति को नामांकित करना चाहे, इस प्रश्न के सामने उसका नाम, पता और उससे सम्बन्ध लिख दे। यदि प्रस्ताव प्रपत्र बीमा निगम के पास पहुँच चुका है तो प्रस्तावक एक पत्र लिख कर नामांकिकी का नाम, पता और सम्बन्ध लिखकर धारा 39 के अन्तर्गत नामांकन का अनुरोध कर सकता है। इसका पूरा विवरण बीमापत्र तैयार होने के पहले उसमें लिख लिया जायगा। यदि बीमापत्र तैयार हो चुका है तो नामांकन बीमापत्र की पीठ पर पृष्ठांकन करके बीमाकर्ता को इसकी सूचना देकर और उसे बीमाकर्ता के यहाँ अनुबन्ध कराके पूरा किया जा सकता है। बीमापत्र के अतिरिक्त अन्य किसी पत्र पर किये गये नामांकन व्यर्थ होंगे।

नामांकन के परिवर्तन—पृष्ठांकन या वसीयतनामे से नामांकन को रद्द या परिवर्तित किया जा सकता है। वसीयतनामे के आधार पर किये परिवर्तन की सूचना इसके कार्यकर्ता को बीमित व्यक्ति की मृत्यु के बाद देना पड़ता है क्योंकि वसीयतनामे का प्रभाव केवल मृत्यु के बाद ही होगा। यदि इस प्रकार सूचना प्राप्त हो चुकी है तो उसके अतिरिक्त भुगतान और अन्य प्रकार से नहीं किया जायगा। पहले नामांकिकी को दूसरे नामांकिकी से हटा सकते हैं।

नामांकिकी का अधिकार—जब एक से अधिक नामांकिकी हों तो किसी नामांकिकी की मृत्यु पर जीवित नामांकिकी को भुगतान किया जायगा। यदि कोई नामांकन निश्चित अंश में नामांकिकों का हित निर्धारित करता है तो वह नामांकन वैधानिक नहीं होगा, कारण कि ऐसी दशा में जीवित नामांकिकों को अधिनियम की धारा-39 के अनुसार भुगतान नहीं किया जा सकेगा। इसी प्रकार यदि बच्चों और स्त्रियों को एक वर्ग (Class) के रूप में नामांकन नहीं किया गया है और उनमें आने वाले सभी बच्चे शामिल हो सके तो ऐसा भी नामांकन वास्तविक अर्थ नहीं रखता है जिस कारण से बीमित व्यक्तियों को इन व्यक्तियों (नामांकिकों) के नाम लिखने के लिये सलाह दिया जाता है। क्रमिक नामांकन व्यावहारिक होता है क्योंकि इसमें दूसरे नामांकिकी को भुगतान तभी मिलेगा जब पहला नामांकिकी भुगतान न ले सके या तीसरे नामांकिकी को भुगतान तब मिलेगा जब दूसरे नामांकिकी को भुगतान न मिल सके।

नामांकिकी को भुगतान तभी मिलेगा जब बीमापत्र व्यक्ति की मृत्यु के कारण परिपक्व हो और उस समय वह जीवित हो, इन दोनों में से किसी के अभाव पर नामांकिकी को भुगतान नहीं होगा।

यदि बीमापत्र अवधि व्यतीत होने के कारण परिपक्व हो रहा है या बीमापत्रधारी एक निश्चित उम्र प्राप्त कर लेता है तो बीमापत्र की रकम बीमित व्यक्ति को भुगतान होगी, उसके नामांकिकी को नहीं होगी। यदि बीमित व्यक्ति की मृत्यु पर नामांकिकी की मृत्यु हो गई तो नामांकिकी को भुगतान नहीं दिया जायगा और बीमित व्यक्ति के उत्तराधिकारी को भुगतान का अधिकार मिल जायगा। यदि भुगतान के समय नामांकिकी और बीमित व्यक्ति दोनों की मृत्यु होती है, परन्तु नामांकिकी की मृत्यु कुछ समय बाद होती है तब नामांकिकी के उत्तराधिकारी को भुगतान किया जायगा।

प्रस्ताव के समय यदि प्रस्तावक किसी अपरिचित व्यक्ति जिसका बीमा योग्य हित नहीं

है, को नामांकित किया जाता है तो बीमा निगम उसकी जाँच करेगा और सन्तोषपूर्ण परिस्थिति में ही उसको बीमापत्र नामांकित किया जायगा।

अवयस्क नामांकिकी—बीमित व्यक्ति को यह अधिकार दिया जाता है कि वह अवयस्क नामांकिकी के लिये भुगतान प्राप्त करने हेतु किसी व्यक्ति को नियुक्त कर सकता है, यह आवश्यक नहीं है कि वह व्यक्ति संरक्षक ही हो। इस व्यक्ति को दुबारा अभिहस्तांकन की दशा में नियुक्त नहीं किया जा सकता है। ऐसे व्यक्तियों की नियुक्ति को बीमित व्यक्ति कभी भी परिवर्तित या रद्द कर सकता है, इसकी सूचना बीमा निगम को देना आवश्यक है। नामांकन के अन्तर्गत भुगतान, भुगतान के स्थान पर आधारित है। यदि बीमा-पत्र उस स्थान को स्थानान्तरित होता है जहाँ पर नामांकन या इन व्यक्तियों की नियुक्ति का नियम लागू नहीं होता है, वहाँ यह नामांकन और नियुक्ति रद्द समझी जायगी। नियुक्त व्यक्तियों को परिवर्तित या हटा सकते हैं, परन्तु इसकी सूचना बीमापत्र सहित बीमा निगम को देना चाहिए जिससे तत्सम्बन्धित सुधार किया जा सके।

नामांकन का समय—बीमापत्र लिखे हुए नामांकन बीमापत्र के आरम्भ की तिथि से शुरू होता है। पृष्ठांकन की दशा में नामांकन का प्रारम्भ उसके रजिस्ट्रेशन की तिथि से होता है। यदि ऋण प्राप्त करने के लिए बीमापत्र ऋणदाता को सौंपा गया है तो उसका नामांकन नहीं किया जा सकता है। हालाँकि यदि जीवन बीमा निगम से ऋण लिया जाता है तो नामांकन सम्भव हो सकता है।

बीमा-पत्रधारी का अधिकार—नामांकन के बाद बीमापत्रधारी के अधिकार में कोई परिवर्तन नहीं होता। नामांकिकी को उसकी मृत्यु पर ही भुगतान प्राप्त करने का अधिकार है। नामांकिकी को किसी भी समय बदला या हटाया जा सकता है, इसके लिये सूचना देने की आवश्यकता नहीं है।

नामांकन का पंजीयन (Registration)—बीमाकर्ता पर नामांकन लागू होने के लिये यह उसके द्वारा पंजीयत हो तथा उसकी स्वीकृति बीमादार को दी गई हो। इसके अभाव में बीमाकर्ता बीमापत्र की रकम को बीमित या उसके उत्तराधिकारी या अन्तिम रजिस्टर्ड नामांकिकी को दिया जा सकता है। वह नामांकिकी जिसे रजिस्टर्ड नहीं किया गया है, बीमापत्र की रकम प्राप्त करने के लिए बाध्य नहीं कर सकता है।

अभिहस्तांकन (Assignment)—बीमा अधिनियम 1938 की धारा 38 के अनुसार अभिहस्तांकन के नियमों को बताया गया है—

(1) जीवन बीमापत्र का हस्तान्तरण या अभिहस्तांकन जो किसी प्रतिफल के लिये हो या बिना प्रतिफल के लिये बीमापत्र पर पृष्ठांकन करके या किसी अलग प्रपत्र पर किया जा सकता है जो हस्तांतरक या अभिहस्तांकन या उसके द्वारा पूर्ण अधिकृत अभिकर्ता द्वारा हस्ताक्षरित होना चाहिए तथा कम से कम एक साक्षी द्वारा प्रमाणित होना चाहिए जो हस्तांतरण या अभिहस्तांकन के तथ्यों को बता सके।

(2) यह हस्तांतरण या अभिहस्तांकन तभी पूर्ण और प्रभावशाली होगा जब इस पृष्ठांकन या प्रपत्र जो पूर्ण प्रमाणित है, की लिखित सूचना और इस

पृष्ठांकन या प्रपत्र या उसकी एक प्रतिलिपि जो हस्तांतरक और हस्तांकिकी या उसके पूर्ण अधिकृत अभिकर्ता द्वारा प्रमाणित हो, बीमाकर्ता को दी गयी हो। लेकिन जब बीमाकर्ता ही हस्तांतरक या अभिहस्तांकिक होता है तो इस सूचना को देना आवश्यक नहीं है।

(3) उपरोक्त सूचना के आधार पर हस्तांतरण या अभिहस्तांकन की प्राथमिकता निश्चित की जायगी। जहाँ पर एक से अधिक प्रपत्र इसके लिये हैं, वहाँ इनके प्रेषण तिथि के आधार पर प्राथमिकता तय की जायगी।

(4) इस सूचना के प्राप्त होने पर उसमें लिखी सूचनाएँ; जैसे अभिहस्तांकिकी के नाम और उसकी तारीख बीमाकर्ता अपने यहाँ लिख लेता है और उसकी लिखित स्वीकृति एक रुपये का शुल्क प्राप्त किया जा सकेगा जो अभिहस्तांकन की स्वीकृति का एक प्रमाण होगा।

(5) उपधारा-2 में दी गयी सूचना में दी गयी शर्तों और दशाओं के अनुकूल बीमाकर्ता इस सूचना के प्राप्त होने पर उन्हीं अभिहस्तांकिकी या हस्तांकिकी को मान्यता देगा, जो इसमें लिखे हुए हैं और इस तिथि से वह बीमापत्र सम्बन्धी सभी अधिकार और दायित्व ग्रहण कर लेगा। जिसके लिए अभिहस्तांकक और हस्तांकक को पूर्व सूचना देना आवश्यक नहीं है।

(6) ऐसा अभिहस्तांकन जो बीमित व्यक्ति के जीवन पर किसी निश्चित घटना के घटित होने पर अप्रभावपूर्ण या हित में परिवर्तन करता है और किसी जीवित व्यक्ति को हस्तांतरित करता है तो ऐसा अभिहस्तांकन मान्य है। दूसरे शब्दों में बीमा अभिहस्तांकन शर्तयुक्त भी हो सकता है।

अभिहस्तांकन का प्रभाव—अभिहस्तांकन के परिणामस्वरूप बीमापत्र के सभी अधिकार और दायित्व अभिहस्तांकिकी को हस्तांरित हो जायेंगे, बशर्ते कि उस पर कोई शर्त न लगी हो। शर्तयुक्त अभिहस्तांकन मान्य है। बीमापत्र पर अधिकार और हित रखने वाला कोई भी व्यक्ति अभिहस्तांकन को पूरा कर सकता है। यह बीमापत्रधारी के अधिकार का वैधानिक हस्तांतरण है। इसीलिए अभिहस्तांकिकी बीमापत्रधारी के अधिकार से अधिक अच्छा दावा नहीं रखता। अभिहस्तांकन से बीमाकर्ता को प्रभावित करने के लिये उसके पास इसे पंजीयत (Registered) होना चाहिए तथा इसकी स्वीकृत प्राप्त कर लेना चाहिए। हालाँकि बीमाकर्ता इससे अभिहस्तांकन की वैधानिकता साबित नहीं करता, न तो यही बताता है कि बीमापत्र कमियों से मुक्त है और न ऐसे अधिकार को देता है जो अभिहस्तांकक के नहीं थे तथा न उसे उन जिम्मेदारियों से मुक्त करता है जो अभिहस्तांकक की थी।

अभिहस्तांकन के प्रकार—अभिहस्तांकन दो प्रकार से होता है—(1) पूर्ण और (2) शर्तयुक्त। पूर्ण अभिहस्तांकन वह है जिसमें अभिहस्तांकक बीमापत्र सम्बन्धित सभी अधिकार स्वायत्व और हित अभिहस्तांकिकी को मिल जाते हैं और ये उसे या उसके उत्तराधिकारी को पुनः वापस नहीं होता। इस अभिहस्तांकन के अन्तर्गत बीमापत्र पूर्ण रूप से अभिहस्तांकिकी की सम्पत्ति हो जाती है। अतः वह इस सम्पत्ति को जिस प्रकार चाहे प्रयोग कर सकता है।

शर्तयुक्त अभिहस्तांकन वह है जिसमें एक निर्धारित घटना जो बीमापत्र के स्वामी के इच्छा से प्रभावित न हो, के घटित होने पर अभिहस्तांकन पूर्णतया या आंशिक रूप से प्रभावहीन हो जाय। जैसे बीमापत्रधारी के बीमापत्र की परिपक्वता पर जीवित रहने पर या अभिहस्तांकिकी की मृत्यु पर उसके जीवित रहने पर बीमापत्र उसे पुनः प्राप्त हो जाय। बीमा अधिनियम 1938 के लागू होने के पहले या इस बीमा पत्र के वहाँ स्थानान्तरण से जहाँ यह अधिनियम लागू न हो, मुसलमान बीमापत्रधारी द्वारा शर्तयुक्त हस्तांतरण मुसलमान अधिनियम के कारण पूर्ण हस्तांतरण माना जायगा। शर्तयुक्त अभिहस्तांकन के अन्तर्गत बीमित व्यक्ति ऋण या समर्पित मूल्य प्राप्त करने के लिये बीमापत्र का प्रयोग कर सकता है, बशर्ते कि इस बीमापत्र को उसके नाम से पुनः अभिहस्तांकित किया गया हो। यदि अभिहस्तांकिकी अवयस्क और प्रसंविदा अयोग्य हैं तब इस प्रकार की कोई सुविधा नहीं मिल सकती है।

साधारण दशाओं में शर्तयुक्त अभिहस्तांकन बीमापत्रधारी को तब लौटते हैं, जब—(1) अभिहस्तांकिकी की मृत्यु बीमापत्रधारी के पहले होती है या (2) बीमापत्रधारी बीमापत्र की परिपक्वता पर जीवित रहता है। इन दोनों शर्तों में से किसी एक या दोनों शर्तों को बीमापत्रधारी मान्यता दे सकता है और उसी के अनुसार उसका अधिकार निश्चित किया जायगा।

इसके अतिरिक्त अभिहस्तांकन एक और प्रकार का है जिसे सहवर्ती अभिहस्तांकन (Collateral Assignment) कहते हैं। इसके अन्तर्गत बीमापत्र को ऋणदाता के नाम हस्तांतरित की जाती है, जिस पर उसका अधिकार केवल ऋण की मात्रा और उस पर ब्याज तक सीमित है तथा शेष रकम का भुगतान बीमापत्रधारी को किया जायगा। यह इस प्रकार एक बन्धक है जिसमें ऋण को भुगतान कर देने पर बीमापत्र अभिहस्तांकन के प्रभावों से मुक्त हो जाता है।

अभिहस्तांकन के अधिकार—जब अभिहस्तांकन पूर्ण है, तब बीमापत्रधारी का इस पर कोई अधिकार नहीं है और वह इसको वापस या रद्द नहीं कर सकता है। बीमा का भुगतान अभिहस्तांकिकी उसके उत्तराधिकारी को दिया जायगा। किसी भी दशा में वह बीमापत्रधारी या उसके उत्तराधिकारी को नहीं मिलेगा। दावा का या अभियोग का अधिकार अभिहस्तांकिकी का ही हो जाता है। इसके लिये अभिहस्तांकक के राय की आवश्यकता नहीं है और न उसे प्रसंविदा या अभियोग का पक्ष ही बनाया जायेगा।

अभिहस्तांकन की स्वतन्त्रता—जीवन बीमापत्र स्वतन्त्र रूप से अभिहस्तांकिक किया जा सकता है और इसके लिये बीमाकर्ता के अनुमति की आवश्यकता नहीं है। यह उन व्यक्तियों को भी हस्तांतरित है जो बीमायोग्य हित नहीं रखते या जो बीमा अयोग्य सिद्ध हुए हैं, बशर्ते कि बीमापत्र प्राप्त करते समय बीमा योग्य हित के अन्तर्गत यह निर्गमित किया गया था। लेकिन किसी दूसरे व्यक्ति को हस्तांतरण करने के उद्देश्य से यदि कोई बीमापत्र लिया गया हो तो वह इस आधार पर व्यर्थ होगा कि निर्गमन के समय अभिहस्तांकिकी का उसमें कोई बीमा योग्य हित नहीं था।

अभिहस्तांकन की आवश्यक शर्तें—सभी अभिहस्तांकन की निम्नलिखित शर्तें पूरा करना होगा—

(1) वह व्यक्ति जो बीमापत्र का अभिहस्तांकन कर रहा है, उस बीमापत्र में उस समय उसका पूर्ण अधिकार या हित होना चाहिए। यह अधिकार या हित उसे चाहे मौलिक बीमा प्रसंविदा से मिला हो या अभिहस्तांकन द्वारा प्राप्त हो मान्य है।

(2) अभिहस्तांकक वयस्क एवं प्रसंविदा योग्य होना चाहिए।

(3) अभिहस्तांकिकी किसी वैधानिक अयोग्यता को न रखता हो।

(4) अभिहस्तांकन वैधानिक प्रतिफल से पूर्ण हो। लेकिन स्वाभाविक प्रेम और स्नेह के कारण ऐच्छिक उपहार के लिये अभिहस्तांकन पर किसी प्रतिफल की आवश्यकता नहीं है। इसलिये जो अभिहस्तांकन बिना प्रतिफल के किया गया और उपहार भी नहीं है तो वह अभिहस्तांकन व्यर्थ होगा। हालाँकि प्रतिकूल की अपूर्णता के आधार पर इसे रद्द नहीं किया जा सकता है, बशर्ते कि यह भ्रान्तवर्णन, कपट आदि के अन्तर्गत न आता हो।

(5) उस समय के प्रचलित कानूनों के प्रतिकूल अभिहस्तांकन नहीं किया जा सकता है। उदाहरण के लिए विनिमय नियन्त्रण के प्रतिकूल अभिहस्तांकन नहीं किया जा सकता है।

(6) अभिहस्तांकन लिखित होना चाहिये जिसमें यह स्पष्टरूपेण बताया गया हो कि बीमापत्र के हित को हस्तांतरित किया गया है और वह अभिहस्तांकिकी को सौंप दिया गया है।

(7) अभिहस्तांकक अपना हस्ताक्षर अभिहस्तांकन पत्र पर अवश्य करे और उसके हस्ताक्षर कम से कम एक साक्षी द्वारा प्रमाणित होना चाहिए।

(8) यदि अभिहस्तांकन बीमापत्र पर किया गया हो तो स्टाम्प ड्यूटी लगाना आवश्यक नहीं है अन्यथा स्टाम्प ड्यूटी आवश्यक होगी।

साधारण और संयुक्त अभिहस्तांकिकी—साधारण अभिहस्तांकिकी (Tenantsin-Common) वह है जिसे अभिहस्तांकन पत्र के आधार पर एक निश्चित हित प्राप्त है; इसके साथ जितने भी अभिहस्तांकिकी होंगे, सभी का हित इसी प्रकार निर्धारण किया गया है और किसी भी अभिहस्तांकिकी की मृत्यु पर उनके अधिकार ज्यों के त्यों रहेंगे तथा मृतक अभिहस्तांकिकी के उत्तराधिकारी को ही उसका हिस्सा मिलेगा, अन्य जीवित अभिहस्तांकिकी उसे नहीं ले सकते हैं।

संयुक्त अभिहस्तांकिकी (Joint Tenants)—वे हैं, जिन्हें जीवित रहने पर ही बीमा की रकम का भुगतान जीवित अभिहस्तांकिकियों के आधार पर किया जायगा। इसके अन्तर्गत किसी एक अभिहस्तांकिकी की मृत्यु पर समस्त जीवित अभिहस्तांकिकियों के अधिकार होते हैं। मृतक अभिहस्तांकिकी का अधिकार समाप्त हो जाता है। लेकिन संयुक्त अभिहस्तांकन के लिये इस बात का स्पष्ट उल्लेख होना चाहिए अन्यथा वह साधारण अभिहस्तांकन ही रहेगा तथा किसी एक अभिहस्तांकिकी मृत्यु पर उसके उत्तराधिकारी को उसका अधिकार या हित मिल जायेगा।

बीमा अभिकर्ता को अभिहस्तांकन—एक बीमा अभिकर्ता अपने स्त्री, बच्चों और सन्निकट सम्बन्धियों को छोड़कर अन्य किसी व्यक्ति का अभिहस्तांकिकी नहीं हो सकता है। यदि इस प्रकार का अभिहस्तांकन आता है तो बीमा निगम बीमा अभिकर्ता को सलाह देता है कि वह बीमापत्र को हस्तांतरक को पुनः हस्तांकन कर दे या उसे इसके बदले में कोई प्रतिफल दे दे।

4. जोखिमपूर्ण व्यवसाय—साधारणतया जीवन बीमापत्र कुछ जोखिमपूर्ण पेशे की जोखिम को शामिल नहीं करते, यद्यपि वे अतिरिक्त प्रव्याजि देकर और तत्सम्बन्धित पृष्ठांकन करके कुछ दशाओं में शामिल की जाती है। निम्न व्यवसायों में कुछ प्रतिबन्ध के साथ बीमा बेचे जाते हैं।

(क) वायुयान और युद्ध जोखिम—कुछ समय पहले वायुयान जोखिम को जीवन बीमा से अलग किया जाता था, लेकिन वायुयान उद्योग में वृद्धि, बढ़ते सुरक्षा के उपाय और लोगों द्वारा अधिक प्रयोग के कारण बीमाकर्ता वायुयान जोखिम को भी बीमित करना प्रारम्भ कर दिये। अधिकांश बीमाकर्ता किराया देकर यात्रा करने वाले व्यक्तियों को शामिल करने लगे जो एक निर्धारित और लगातार चलने वाले वायुयानों से यात्रा करते हैं। कुछ पाइलट और वायुयान पर कार्य करने वाले व्यक्तियों को भी अब शामिल किया जाने लगा है। वायुसेना में कार्य करने वाले व्यक्तियों को कुछ प्रतिबन्ध के साथ या अतिरिक्त प्रव्याजि लेकर बीमापत्र निर्गमित किया जाता है।

वायुयान और युद्ध कार्यकर्ताओं का बीमा—जीवन बीमा निगम वायुयान कार्यकर्ताओं का बीमा निम्न में किसी एक आधार पर करता है—

(a) वायुयान या युद्ध की जोखिम पूरा करने के लिये अलग से अतिरिक्त प्रव्याजि लेकर, या

(b) सामान्य प्रव्याजि पर बीमापत्र निर्गमित करके और वायुयान एवं युद्ध की जोखिम अलग करके।

(a) अतिरिक्त प्रव्याजि—वायुयान कार्यकर्ताओं को उनके कार्यों और बीमा की योजना के अनुसार अतिरिक्त प्रव्याजि देना पड़ता है जो बीमा के अभिकर्ता के मैनुअल और बीमा प्रविवरण में दिया हुआ है।

गैर-यौद्धिक कार्यों में संलग्न कार्यकर्ताओं को अतिरिक्त प्रव्याजि यौद्धिक कार्यकर्ताओं की तुलना में कम देना पड़ता है। वायुयान चालकों को अनुभव और प्रमाण-पत्रों के आधार पर भी अतिरिक्त प्रव्याजि की दर बदलती है। व्यापारिक कार्यों में संलग्न कार्यकर्ताओं को अतिरिक्त प्रव्याजि कम देना पड़ता है। उड्डयन क्लब के सदस्यों को अपेक्षाकृत अतिरिक्त प्रव्याजि कम देना पड़ता है। जमीन पर कार्य करने वाले व्यक्तियों को प्रायः सामान्य दर बीमा निर्गमित किया जाता है। किसी व्यक्ति के उड्डयान समय के आधार पर भी प्रव्याजि बदलती रहती है। यौद्धिक कार्यों में संलग्न कुछ कार्यकर्ताओं की अतिरिक्त प्रव्याजि उम्र पर आधारित होगी। पैराट्रपर्स और ग्लाइडर चालकों को अतिरिक्त प्रव्याजि प्रायः अधिक देने होते हैं।

(b) जोखिम का विलगाव—यदि सामान्य प्रव्याजि दी जाती है तो युद्ध और वायुयान

जोखिम को अलग रखा जायगा। इसके लिये बीमापत्र में एक धारा जोड़ दी जाती है जिसके आधार पर भुगतान किया जायगा। वायुयान या वायुयात्रा में संलग्न किसी भी रूप में लेकिन पूर्ण किराया या आंशिक या गैर किराया देकर किसी एक ऐसे वायुयान जो सम्बन्धित नियमों के अनुसार निश्चित हवाई अड्डों के बीच सवारी ले जाने के लिये अधिकृत है, के द्वारा यात्रा करने वालों और जिनका कार्य समय हवाई जहाज या अड्डे पर न हो, को छोड़कर या यौद्धिक कार्यों या उसके वायुसेना या जल सेना या थल सेना में नियुक्त रहते हुए किसी दुश्मनी से, मृत्यु होने पर दी गयी समस्त प्रव्याजि जिसमें अतिरिक्त प्रव्याजि शामिल नहीं होगी, बिना किसी ब्याज के और निगम द्वारा दी गयी रकम को घटा कर या उस बीमापत्र का समर्पित मूल्य जो भी अधिक हो भुगतान किया जायगा लेकिन यह रकम कभी भी बीमित रकम से अधिक नहीं होगी।

(ख) अन्य जोखिम पूर्ण व्यवसाय—विभिन्न व्यवसायों में जोखिम की मात्रा अलग-अलग होती है, इसलिए अतिरिक्त प्रव्याजि की दर भी अलग-अलग है। इस अतिरिक्त प्रव्याजि की रकम विभिन्न बीमापत्रों में अलग-अलग है। अतिरिक्त प्रव्याजि तालिका बन्दोबस्ती योजना पर प्राप्त की जाने वाली प्रव्याजि दर को बताती है लेकिन निश्चित अवधि बन्दोबस्ती और शिक्षा वृत्ति बीमापत्र पर इसके 75 प्रतिशत, प्रत्याशित बन्दोबस्ती और प्रत्याभूत त्रिलाभीय बीमापत्र पर इसका 125 प्रतिशत तथा बहुउद्देश्यीय बीमापत्र पर इसका 250 प्रतिशत अतिरिक्त प्रव्याजि के रूप में लिया जाता है। कुछ दशाओं में बहुउद्देश्यीय बीमापत्र बिल्कुल निर्गमित ही नहीं किये जाते हैं।

5. स्त्रियों का बीमा—भारत में स्त्रियों के बीमा पर कुछ प्रतिबन्ध हैं, उनको बीमा बेचते समय उनकी अलग आय को देखा जाता है क्योंकि बीमा का मुख्य उद्देश्य अर्जित शक्ति का प्रतिस्थापन है। स्त्रियों को बीमा बेचना बिल्कुल मना नहीं किया जा सकता क्योंकि यह भी एक वस्तु का क्रय विक्रय है। विवाहित स्त्रियों को अपने बच्चों की सुरक्षा के लिये आवश्यकता होगी, अविवाहित व्यक्ति को वृद्धावस्था में आवश्यकता पड़ेगी। हालाँकि उनको बीमा बेचने में नैतिक जोखिम की ज्यादा सम्भावना रहती है। वास्तविक शारीरिक जोखिम भी बहुत होती है। इसका प्रभाव विशेषतया उस समय देखा जाता है जब किसी स्त्री चिकित्सक के अभाव में चिकित्सा परीक्षण उचित रूप से परिपूर्ण नहीं हो पाता। इसीलिये उन स्त्रियों को, जिनकी स्वयं की कोई आय नहीं है या जिन्हें बीमा की विशेष आवश्यकता नहीं है, पर्याप्त जाँच-पड़ताल के बाद बीमा बेचा जाता है। रुग्ण और शारीरिक रूप से कमजोर स्त्रियों के लिए भी यही बात है। कुछ स्त्रियों से शिक्षा और पारिवारिक ज्ञान के अभाव में अतिरिक्त प्रव्याजि ली जाती है।

स्त्रियों की नैतिक जोखिम प्रस्तावक के शैक्षिक और सामाजिक तथा आर्थिक बातों पर आधारित है। संक्षेप में स्त्रियों के बीमा के लिए उनकी आय, नियुक्ति, पेशा, शिक्षा, सामाजिक और आर्थिक आधार, वैवाहिक स्तर आदि का पूर्णरूपेण जाँच करना चाहिए। स्त्रियों के बीमा के लिए निम्नलिखित प्रतिबन्ध लगाये गये हैं—

(1) उन स्त्रियों के जीवन का प्रस्ताव स्वीकार नहीं किया जायगा जो पर्दा रखती हों।

(2) गर्भवती स्त्रियों के बीमा प्रस्ताव स्वीकार नहीं किये जायेंगे।

(3) प्रसूति के 6 महीने बाद तक प्रस्ताव इस शर्त पर स्वीकार किया जायगा कि यदि एक वर्ष में फिर गर्भावस्था आती है तो बीमाकर्ता उससे होने वाली जोखिम को पूरा नहीं करेगा।

(4) प्रसूति के 6 महीने बाद तक प्रस्ताव स्वीकार नहीं होगा।

(5) उन स्त्रियों का प्रस्ताव, जिनकी अभी तक पूर्णरूपेण गर्भावस्था पूरी नहीं हुई है—प्रथम गर्भावस्था शर्त पर बीमा निर्गमित किया जायगा अर्थात् प्रथम गर्भावस्था पर होने वाली जोखिम को जीवन बीमा निगम वहन नहीं करेगा। लेकिन इस शर्त को शिक्षित स्त्रियाँ जो प्रशिक्षित एवं अनुभवी चिकित्सकों का उस समय सहारा ले सकें, यह शर्त लागू नहीं होगी। साथ ही इसे 5 रुपया प्रति हजार अतिरिक्त प्रव्याजि देकर अमान्य किया जा सकता है।

6. संसार भर के बीमापत्र (World Wide Policies)—वह बीमापत्र जिस पर संसार भर जाने का, कोई भी व्यापार करने का, कहीं भी निवास का कोई प्रतिबन्ध नहीं है, संसार भर के बीमापत्र कहलाते हैं। जीवन बीमा निगम ऐसे ही बीमापत्र निर्गमित करते हैं, परन्तु सेनाओं में भर्ती होने के इरादे रखने वाले व्यक्तियों के लिए यह लागू नहीं होता।

अतिरिक्त सुरक्षा

जीवन बीमा निगम अतिरिक्त प्रव्याजि देने पर कुछ विशेष प्रकार की सुरक्षा प्राप्त करता है, जिनका वर्णन नीचे किया जाता है।

1. असमर्थता लाभ—असमर्थता बीमा दो प्रकार का होता है—(अ) असमर्थता लाभ और (ब) विस्तृत असमर्थता लाभ।

(अ) असमर्थता लाभ—असमर्थता लाभ बीमा के अन्तर्गत बीमा व्यक्ति के बीमारी या दुर्घटना से लाभार्जन की शक्ति क्षीण हो जाने पर प्रव्याजि की रकम का भुगतान करने से मुक्ति मिल जाती है, बशर्ते कि वह 60 वर्ष से अधिक आयु का न हो। यह सुविधा अधिक से अधिक 20,000 बीमा तक उपलब्ध है। यह सुविधा चालू बीमापत्र पर तब मिलती है जब बीमित व्यक्ति दुर्घटना के कारण जीविकोपार्जन के लिए पूर्ण और स्थायी रूप से असमर्थ हो। असमर्थ लाभ शुद्ध बन्दोबस्ती और अवधि बीमा पर लागू नहीं होता। वायुयान चालक और जोखिमपूर्ण पेशे में संलग्न व्यक्तियों के लिए यह लागू नहीं होता।

(ब) विस्तृत असमर्थता लाभ—इस बीमा में प्रव्याजि के भुगतान की मुक्ति अपेक्षाकृत अधिक रकम पर उपलब्ध होती है, किन्तु इसके साथ दुर्घटना बीमा कराना आवश्यक है और अतिरिक्त प्रव्याजि 2 रुपया प्रति हजार की दर से देना पड़ता है जिसमें 1.50 रुपया द्विगुणित दुर्घटना बीमा लाभ के लिए है और 0.50 रुपया विस्तृत असमर्थता लाभ के लिए है। इस बीमा से यदि बीमित व्यक्ति की आर्याजन शक्ति दुर्घटना के कारण स्थायी रूप से कम हो गई तो भविष्य में प्रव्याजि का भुगतान नहीं करना पड़ता है।

उपरोक्त दोनों प्रकार की सुविधाओं को प्राप्त करने के लिए निम्नलिखित शर्तों का पूरा होना आवश्यक है :—

(क) अपंगता का कारण आत्म-चोट (Self-Injury) प्रयासित आत्महत्या (Attempted Suicide), पागलपन या अनैतिकता या ऐसे समय अपंगता न हो जब बीमित व्यक्ति किसी नशे के प्रभाव में हो।

(ख) अपंगता वायुयान पर कार्य करने के कारण न हुई हो, लेकिन यात्रियों के लिये जो किराया देकर यात्रा करते हों या बगैर किराया के यह शर्त लागू नहीं होती है।

(ग) अपंगता किसी झगड़ा या दंगा या नागरिक अव्यवस्था, पुलिस कार्य, युद्ध, आक्रमण, शिकार करने, पहाड़ पर चढ़ने या किसी भी प्रकार की दौड़ के कारण न हुई हो।

(घ) बीमित व्यक्ति के किसी भी प्रकार के कानून भंग के कारण अपंगता न हुई हो।

(ङ) रोग के कारण यह अपंगता नहीं होनी चाहिए।

(च) किसी सेना में नौकर न होने पर युद्ध के कारण अपंगता नहीं होनी चाहिए।

(छ) असमर्थता लाभ के लिए कोई अतिरिक्त प्रव्याजि नहीं देना पड़ता, परन्तु विस्तृत असमर्थता लाभ के लिए 1.50 रुपया अतिरिक्त प्रव्याजि देना पड़ता है।

(ज) अपंगता किसी दुर्घटना के कारण हो और पूर्णतया स्थाई हो। इसके साथ ही इस अपंगता के कारण बीमित व्यक्ति किसी कार्य, पेशे को पर्याप्त रूप से सम्पन्न करने में असमर्थ हो। दुर्घटना के 90 दिन के अन्दर दोनों आँखें सम्पूर्ण रूप से खराब हो जायँ या दोनों हाथ या दोनों पैर या एक पैर और एक हाथ नष्ट या टूट जाने के कारण होने वाली अपंगता इसके अन्तर्गत शामिल होते हैं।

(झ) इस घटना के घटित होने पर इसकी सूचना विभागीय कार्यालय (Divisional Office) को प्रमाण सहित तुरन्त देनी चाहिए। बाद में जिन प्रमाणों की आवश्यकता पड़े, देना आवश्यक है।

2. द्विगुणित दुर्घटना लाभ—इस बीमा के अन्तर्गत दुर्घटना से मृत्यु पर बीमित रकम का दुगुना भुगतान किया जाता है। बीमापत्र के चालू रहने पर इस अतिरिक्त लाभ को तब दिया जाता है जब बीमित व्यक्ति की शारीरिक चोट दुर्घटना के कारण पहुँचे और इस दुर्घटना तिथि के 90 दिन के अन्तर्गत बीमित व्यक्ति की मृत्यु होती है, बशर्ते कि उसकी उम्र 60 वर्ष से अधिक न हो तो बीमित रकम का दुगुना भुगतान किया जायगा। इस लाभ को प्राप्त करने के लिये निम्नलिखित शर्तों का पूरा होना आवश्यक है :—

(क) बीमित व्यक्ति अधोजीवन, स्त्री और विद्यार्थी न हो। जोखिमपूर्ण पेशे में काम करने वाले व्यक्तियों को उस पेशे के कारण मृत्यु होने पर इस अतिरिक्त लाभ का भुगतान नहीं किया जाता है।

(ख) इस अतिरिक्त लाभ को प्राप्त करने के लिये बीमित रकम पर 1.50 रुपया प्रति हजार अतिरिक्त प्रव्याजि देना पड़ता है। इस अतिरिक्त प्रव्याजि को

प्रव्याजि भुगतान की अवधि या 60 वर्ष की उम्र जो भी पहले हो तक ही देना पड़ता है।

(ग) इस अतिरिक्त लाभ को प्रव्याजि भुगतान के समय तक या 60 वर्ष ही प्राप्त किया जा सकता है।

(घ) इस अतिरिक्त लाभ को तब नहीं दिया जायगा जब मृत्यु निम्न कारणों से हो—

(अ) आत्म जोखिम, आत्महत्या, आत्महत्या का प्रयास, पागलपन, अनैतिकता या किसी नशे का प्रभाव।

(ब) वायुयान कार्य में संलग्न होने के कारण, किराया या गैर-किराया के यात्री इससे परे हैं।

(स) झगड़े, दंगे, पुलिस कार्य, युद्ध, शिकार करने या पहाड़ पर चढ़ने, दौड़ में शामिल होने।

(द) बीमित व्यक्ति के किसी कानून भंग के कारण।

(य) बीमारी या सेना में कार्य करने या पुलिस में कार्य करने से सम्बन्धित कारण।

सभी प्रकार के बीमापत्रों पर अधिक से अधिक एक लाख रुपये तक यह दुर्घटना लाभ लागू होता है। शुद्ध बन्दोबस्ती और अवधि बीमापत्रों पर यह लागू नहीं होता।

3. द्विगुणित दुर्घटना लाभ और विस्तृत पूर्ण स्थायी असमर्थता लाभ—इसके अन्तर्गत उपरोक्त दोनों प्रकार के लाभ उपलब्ध हैं। दुर्घटना के कारण पूर्ण असमर्थता होने पर बीमित रकम का दुगुना भुगतान होता है, साथ ही प्रव्याजि भुगतान से मुक्ति मिल जाती है। बीमित व्यक्ति को यह लाभ तभी तक प्राप्त होता है जब तक प्रव्याजि भुगतान किया जायगा या 60 वर्ष की उम्र हो जाय जो दोनों में सबसे पहले हो। अतिरिक्त लाभ को 10 वर्षों में मासिक किस्तों में भुगतान किया जायगा। यह लाभ दुर्घटना बीमा के साथ ही प्रदान किया जायगा जिसमें 2 रुपये प्रति हजार बीमित राशि पर अतिरिक्त प्रव्याजि ली जायगी। 10 वर्षों के पहले मृत्यु होने पर शेष अतिरिक्त लाभ का भुगतान अध्यर्थन के साथ कर दिया जायगा। इसकी अन्य शर्तें ऊपर जैसी हैं।

अध्यर्थन का भुगतान

अध्यर्थन का भुगतान मुख्य रूप से मृत्यु के समय और परिपक्वता पर किया जाता है। इसके अतिरिक्त भुगतान करने का समय समर्पण, व्ययगत और वृत्ति प्राप्त करने पर किया जाता है।

मृत्यु पर भुगतान

मृत्यु के समय कुछ बीमापत्रों को छोड़कर अन्य सभी बीमापत्रों पर अध्यर्थन देय हो जाता है। मृत्यु की सूचना प्राप्त होने पर विभागीय कार्यालय को मृत्यु का प्रमाण-पत्र, उम्र

का प्रमाण-पत्र यदि पहले न दिया हो और अधिकार का प्रमाण-पत्र देना होता है। जब ये प्रमाण-पत्र सन्तोषप्रद पाये जायँ तो अध्यर्थनार्थी को एक भुगतान प्राप्ति रसीद (Discharge Voucher) भेज दिये जाते हैं, जिस पर उसके हस्ताक्षर और साक्षी की अनुमति देना आवश्यक है।

मृत्यु की सूचना—मृत्यु की सूचना लिखित रूप से विभागीय कार्यालय को देना चाहिए; जिसमें बीमापत्र की संख्या, बीमित व्यक्ति का नाम, मृत्यु की तिथि, मृत्यु का कारण, अध्यर्थनार्थी का मृतक व्यक्ति से सम्बन्ध आदि की सूचना रहती है। मृत्यु की सूचना उसी व्यक्ति से प्राप्त होनी चाहिए, जो बीमापत्र की रकम को प्राप्त करने का अधिकारी है; जैसे—नामांकिनी, अभिहस्तांकिनी या निकटतम वैधानिक उत्तराधिकारी। कभी-कभी निकटतम सम्बन्धियों से भी बीमा की सूचना प्राप्त हो जाती है, लेकिन जब तक ये व्यक्ति अधिकार, हित या दावा न रखते हों—उनसे किसी प्रकार का पत्र व्यवहार नहीं किया जायगा।

मृत्यु का प्रमाण

मृत्यु की सूचना प्राप्त होने पर जीवन बीमा निगम मृत्यु का प्रमाण-पत्र माँगता है। इस प्रमाण-पत्र में अध्यर्थनार्थी का विवरण, चिकित्सक का प्रमाण-पत्र, दाह संस्कार का या दफन करने का प्रमाण-पत्र, परिचय प्रमाण-पत्र, नियोक्ता का प्रमाण-पत्र और बीमा अभिकर्ता की सूचना माँगी जाती है।

अध्यर्थनार्थी को बीमित व्यक्ति के पेशे, सम्बन्ध, अधिकार, मृत्यु का स्थान और तिथि, अन्तिम बीमारी की अवधि, चिकित्सक का नाम एवं पते आदि की सूचना देना पड़ता है। चिकित्सक को अन्तिम बीमारी के सम्बन्ध में बहुत-सी सूचनायें देना पड़ता है। यदि म्युनिसिपैलटी या पंचायत से मृत्यु की सूचना प्राप्त हो जाती है, तो दाह एवं दफन के प्रमाणपत्र की आवश्यकता नहीं होती। परिचय-पत्र का प्रमाण-पत्र उस समय आवश्यक होता है, जब मृत्यु का प्रमाण-पत्र न मिल सके। इस परिचय-पत्र को किसी जिम्मेदार और परिचित व्यक्ति से प्रमाणित करना चाहिए। सेवा में संलग्न व्यक्तियों के लिए नियोक्ता से प्रमाण-पत्र प्राप्त किया जाता है। बीमा की रकम का भुगतान करने के पहले यह आवश्यक है कि जिस व्यक्ति की मृत्यु हुई है—वह वही है, जो बीमित था। कार्यालय को यह देखना पड़ता है कि—(1) उस बीमित व्यक्ति की वास्तव में मृत्यु हुई। (2) यह आत्महत्या का कारण नहीं है, यदि बीमा निर्गमन के एक वर्ष के अन्दर मृत्यु हो। (3) मृत्यु का कारण, बीमारी आदि के सम्बन्ध में गलत सूचना नहीं दी गयी है।

शीघ्र अध्यर्थन—यदि बीमा निर्गमन के या अन्तिम पुनर्चलन के दो वर्ष के अन्दर मृत्यु होती है तो इसे शीघ्र अध्यर्थन (Early Claims) कहते हैं। ऐसी दशा में कार्यालय यह देखेगा कि मृत्यु वास्तव में हुई, उसका कारण आत्महत्या नहीं है और वहाँ पर कोई कपटपूर्ण भ्रान्तवर्णन नहीं हुआ है। यदि ये कारण मौजूद हैं तो बीमापत्र या तो पूर्णरूपेण भुगतान अयोग्य होगा या आंशिक रूप से आत्महत्या के कारण मृत्यु की दशा में निगम की जिम्मेदारी लाभार्थी के हित तक ही सीमित होगा या प्रसंविदा व्यर्थ होगा। इसलिए शीघ्र अध्यर्थन पर काफी जाँच-पड़ताल की जाती है और इसके परिणाम के आधार पर ही भुगतान किया जायगा।

मृत्यु की वैकल्पिक प्रमाण—जब मृत्यु अचानक किसी दुर्घटना के कारण या हृदय ति रुक जाने के कारण हो तो चिकित्सक के प्रमाण-पत्र की आवश्यकता नहीं होती है, सी स्थिति में विकल्प प्रमाण-पत्र; जैसे पुलिस रिपोर्ट, पंचनामा आदि मृत्यु के प्रमाण-पत्र ाने जाते हैं। अचानक हृदय गत रुक जाने के कारण मृत्यु पर किसी असम्बन्धित व्यक्ति का माण-पत्र आवश्यक है।

अनुमानित मृत्यु—जब व्यक्ति अपने परिचित व्यक्तियों के बीच से अदृश्य हो जाता है और वह उनके द्वारा सात वर्ष के अन्दर न तो सुना और न देखा जाता है तो इसकी मृत्यु अनुमानित कर ली जाती है। ऐसी दशा में न्यायालय द्वारा इसके लिए प्रमाण-पत्र या डिक्री Decree) प्राप्त करके बीमाकर्ता के पास देना आवश्यक है। मृत्यु का दिन न्यायालय में आवेदन देने का दिन माना जायगा। इस अवधि के लिए प्रव्याजि देना आवश्यक तब तक होगा जब तक यह सिद्ध न हो जाय कि मृत्यु हुई है, बशर्ते बीमापत्र अपहरण प्रावधान के अन्दर चालू न हो और मृत्यु प्रव्याजि के देय तिथि के पहले हुई हो। यदि प्रव्याजि की रकम अतिरिक्त होती है, तो इसे ब्याज सहित लौटाना होता है।

उम्र का प्रमाण

बीमा निर्गमन के समय यदि उम्र का प्रमाण प्राप्त नहीं किया गया है तो अध्यर्थन के भुगतान के लिये उम्र का प्रमाण आवश्यक है, क्योंकि इसी के आधार पर प्रव्याजि का निर्धारण किया जाता है। यदि बीमा की रकम 300 रुपये से ज्यादा है तो उम्र के प्रमाण की आवश्यकता नहीं होती, परन्तु शीघ्र अध्यर्थन के अन्तर्गत उम्र के प्रमाण की आवश्यकता नहीं होती।

यदि उम्र पहली उम्र से अधिक सिद्ध होती है तो बीमित रकम में से कुल अतिरिक्त प्रव्याजि और उस पर 6 प्रतिशत ब्याज घटा दिये जाते हैं और यदि उम्र कम सिद्ध होती है तो अतिरिक्त दी गयी प्रव्याजि बिना ब्याज के लौटा दी जाती है।

अधिकार या स्वत्व प्रमाण-पत्र (Proof of Title)

यदि बीमापत्र का नामांकन या अभिहस्तांकन है तो उसे अधिकार प्रमाण-पत्र की कोई आवश्यकता नहीं है। यदि कोई नामांकन या अभिहस्तांकन न हो तो अध्यर्थनार्थी को इसका प्रमाण-पत्र देना आवश्यक है। कभी-कभी बीमापत्र की रकम का भुगतान क्षतिपूरक बंध (Indemnity Bond) पर किये जा सकते हैं। बीमाकर्ता का यह कर्त्तव्य है कि सही व्यक्ति को ही बीमित रकम का भुगतान किया जाय। स्वामित्व के हस्तान्तरण न होने में भुगतान सबसे सरल होता है, लेकिन यह तभी सम्भव है जबकि परिपक्वता के समय स्वामित्व में परिवर्तन न हुआ हो और बीमित व्यक्ति जीवित हो। स्वामित्व में परिवर्तन तभी पूरा होगा जब बीमाकर्ता के यहाँ इसे लिखा दिया गया होगा।

अध्यर्थनार्थी को अधिकार प्रमाण-पत्र देने के साथ-साथ मौलिक बीमा-पत्र को देना आवश्यक है। जहाँ नामांकन या अभिहस्तांकन नहीं है, अध्यर्थनार्थी को निम्नलिखित प्रमाण-पत्र देने होते हैं :—

(1) जहाँ बीमित व्यक्ति की सम्पत्ति का वसीयतनामा हो चुका हो तब न्यायालय से इसका एक प्रोबेट (Probate) और यदि वसीयतनामा न हुआ हो तो एक उत्तराधिकार प्रमाण-पत्र या प्रशासन-पत्र देना आवश्यक है।

(2) यदि बीमित व्यक्ति की कुल सम्पत्ति 2000 रुपए से ज्यादा न हो तो महा प्रशासक (Administrator General) का प्रमाण-पत्र देना आवश्यक है। इसे बहुत आसानी से प्राप्त किया जा सकता है।

प्रतिद्वन्द्वित अध्यर्थन—यदि किसी ऋणदाता द्वारा अध्यर्थन के प्रति विवाद उत्पन्न किया जाता है तो अभिहस्तांकिकी/नामांकिनी/वैधानिक उत्तराधिकारी या प्रतिनिधि को इस बात की सूचना दी जाती है। साथ ही उस ऋणदाता को भी सूचित किया जाता है कि यदि उसे अध्यर्थन को साबित करना है, तो न्यायालय द्वारा इस बात के लिए उचित आदेश प्राप्त करके 15 दिन के अन्दर भुगतान को रोकवा ले अथवा भुगतान बिना उसको सूचित किये अभिहस्तांकिकी/नामांकिकी/वैधानिक प्रतिनिधि को दे दिया जायगा।

यदि अध्यर्थन के प्रति मृतक व्यक्ति के किसी संबंधी द्वारा विवाद उत्पन्न किया जाता है तो उस सम्बन्धी को इस नामांकन और अभिहस्तांकन को रद्द करने तथा उसके अधिकार के प्रमाण की आवश्यकता होगी। यदि नामांकन और अभिहस्तांकन नहीं है तो पूर्व अध्यर्थनार्थी को सूचना दी जाती है तथा इस विवाद को न्यायालय द्वारा निर्णय करने को कहा जाता है। इस प्रकार दोनों अध्यर्थनार्थी के अधिकार न्यायालय द्वारा तय हो जाने पर ही भुगतान किया जाता है।

सम्पत्ति कर भुगतान के लिए प्राप्त सूचना अध्यर्थनार्थी को बताया जाता है। सम्पत्ति पर अधिकारियों से प्राप्त प्रमाणों के आधार पर कर की मात्रा बीमित रकम में से घटाकर शेष रकम का भुगतान अध्यर्थनार्थी को किया जाता है। यदि किसी अध्यर्थन के सम्बन्ध में प्रतिबंधित आदेश जारी किये गये हैं तो उसने सम्बन्धित भुगतान तब तक नहीं होते हैं, जब तक इस आदेश को वापस नहीं लिया जाता है।

अधिकार प्रमाण के विकल्प—जीवन बीमा निगम कुछ दशाओं में अधिकार प्रमाण प्राप्त करने में सरलता के साथ पेश आता है, बशर्ते कि बीमा-पत्र पर कोई विवाद न हो और मृतक बीमित व्यक्ति ने कोई वसीयतनामा न छोड़ा हो तथा बीमित रकम 2000 रुपया से अधिक न हो। इन दशाओं में एक क्षतिपूरक बन्ध तथा भुगतान रसीद प्राप्त करके भुगतान किया जा सकता है।

संयुक्त हिन्दू परिवार की दशा में बीमा की रकम 10,000 रुपये से अधिक न होने पर क्षतिपूरक बन्ध (Indemnity Bond) से काम चल जाता है।

परिपक्वता – अध्यर्थन (Maturity Claims)

परिपक्वता पर भुगतान तब किया जाता है जब बीमित व्यक्ति बीमा की अवधि तक जीवित रहेगा। इसके अन्तर्गत वही पद्धतियाँ अपनायी जाती हैं जो मृत्यु अध्यर्थन पर अपनायी गयी हैं। उम्र का प्रमाण-पत्र, (यदि पहले स्वीकृत नहीं है) अधिकार का प्रमाण-पत्र

(यदि बीमापत्र किसी दूसरे व्यक्ति को हस्तान्तरित किया गया है), मौलिक बीमापत्र या प्रतिलिपि बीमापत्र यदि मौलिक बीमापत्र के बदले में निर्गमित हो या अभिहस्तांकन का लेख माँगे जाते हैं।

नामांकन एवं अभिहस्तांकन—बीमित व्यक्ति के जीवित रहने पर नामांकिकी का अधिकार समाप्त हो जाता है। इसी प्रकार शर्तयुक्त अभिहस्तांकन में भी बीमित व्यक्ति के जीवित रहने पर उसे रकम मिलेगी।

अभिहस्तांकिकी जिसने मूल्यवान प्रतिफल के बदले में बीमापत्र प्राप्त किया है, को उग्र प्रमाण-पत्र प्राप्त के लिये मुक्ति मिल जाती है। पूर्ण अभिहस्तांकिकी को ही बीमित रकम का भुगतान किया जाता है। अध्यर्थन प्राप्त करने के लिए किसी उत्तरदायी व्यक्ति से परिचय-पत्र लिखवाकर भेजने पड़ते हैं, जिससे बीमाकर्ता को अध्यर्थन की विश्वसनीयता का उचित प्रमाण मिल सके। यदि बीमाकर्ता आयु के प्रमाण-पत्र, अधिकार प्रमाण-पत्र और परिचय प्रमाण-पत्र से सन्तुष्ट है तो अध्यर्थनार्थी में पास भुगतान पूर्णतया (Discharge) की रसीद भेजी जाती है जिसको भर कर लौटा देने से बीमा की रकम का भुगतान हो जाता है। परिपक्वर्ता सम्बन्धी सूचना प्राप्त होने पर, लेकिन भुगतान प्राप्त करने के पहले यदि बीमित व्यक्ति की मृत्यु हो जाती है तो यह भुगतान उसके उत्तराधिकारी को अधिकार प्रमाण-पत्र प्राप्त होने के बाद किया जायगा। आयकर, सम्पत्ति कर आदि के विषय में वही नियम लागू होगा, जो पहले बताया जा चुका है।

विवाहित स्त्री सम्पत्ति अधिनियम के अन्तर्गत निर्गमित बीमाकर्ता की रकम नियुक्त प्रत्याशी को या उसकी अनुपस्थिति में सरकारी प्रत्याशी को भुगतान किया जायगा। लेकिन यदि सभी लाभार्थी वयस्क और प्रसंविदा योग्य हैं तो निगम उन्हें बीमित रकम का भुगतान कर सकता है।

यदि बीमापत्र नष्ट या खो गया है तो उसका भुगतान एक क्षतिपूर्ति बन्ध पर ही किया जाता है, बशर्ते कि बीमाकर्ता हानि के सम्बन्ध में दी गयी सूचना से सन्तुष्ट हो।

बीमा कार्यालय द्वारा भुगतान का तरीका—जब भुगतान पूर्णतया पत्र (Discharge), अधिकार प्रमाण-पत्र, लाभार्थी घोषणा पत्र, बीमापत्र आदि प्राप्त हों, तब कार्यालय में इनकी सत्यता की पूर्ण जाँच की जाती है। भुगतान पूर्णता पत्र पर अध्यर्थनार्थी का हस्ताक्षर होना चाहिए तथा इसे किसी अधिकृत व्यक्ति द्वारा प्रमाणित किया जाना चाहिए।

यदि बीमाकर्ता इन सूचनाओं और प्रमाणों से सन्तुष्ट है तो अध्यर्थनार्थी को चेक द्वारा देय रकम का भुगतान कर दिया जाता है।

□□□

अध्याय 9

जीवन बीमा की आवश्यकता एवं महत्त्व

आवश्यकता

1. शक्य सम्पत्ति की विनश्यता पर सहायता—जीवन बीमा की आवश्यकता मनुष्यों के शक्य सम्पत्ति (Potential Estate) सुरक्षित रखने के लिये प्रतीत होती है। मनुष्य की शक्य सम्पत्ति से करीब 90 प्रतिशत जनता का पालन-पोषण होता है और शेष 10 प्रतिशत जनता प्राप्ति सम्पत्ति (Acquired Estate) से होता है। शक्य सम्पत्ति से तात्पर्य मनुष्यों की कार्यक्षमता से है, इसे समय विनियोग (Time Investment) भी कहते हैं। मनुष्यों के कार्य का परिणाम प्राप्ति सम्पत्ति है, जिसे सम्पत्ति विनियोग कहते हैं। आज की सम्पत्ति विनियोग पिछले समय का समय विनियोग ही है। इसलिये किसी भी समाज या परिवार के लिए शक्य सम्पत्ति महत्त्वपूर्ण है। इसकी सुरक्षा अत्यावश्यक है। जीवन बीमा के द्वारा शक्य सम्पत्ति की विनष्टता को रोका नहीं जा सकता और न उसको प्रतिस्थापित ही किया जा सकता है वरन् होने वाली हानि को कुछ सीमा तक पूरा कर सकते हैं। चूँकि शक्य सम्पत्ति मनुष्य के जीवन से सम्बन्धित है, इसलिए दो प्रकार से इसकी क्षति या कमी देखा गया है अर्थात् यह सम्पत्ति मनुष्य के अति दीर्घायु होने से या शीघ्र मृत्यु होने से कम या नष्ट हो सकती है।

(क) दीर्घायु से उत्पन्न जोखिम—मनुष्यों को अधिक दिन जीवित रहने पर निम्न प्रकार की जोखिम उत्पन्न हो सकती है जिसका समाधान बीमा से किया जा सकता है। इसलिए इस प्रकार की हानियों को कम करने के लिए बीमा की अत्यधिक आवश्यकता होती है।

(i) रोजगार की हानि—रोजगार की हानि होने पर एक आकस्मिक कोष (Emergency Fund) की आवश्यकता होती है जिससे आय की कमी से व्यक्ति एवं परिवार का पालन-पोषण हो सके। यह कोष इस प्रकार का हो जिसे आसानी से नकद रकम में परिवर्तित किया जा सके जिसके लिए लगातार संचय की आवश्यकता है, लेकिन इस प्रकार का संचय बीमा के द्वारा अधिक सम्भव है क्योंकि वहाँ पर संचय अनिवार्य होता है। अन्य प्रकार के ऐच्छिक संचय में संचय नहीं हो पाता। थोड़ी भी आवश्यकता पर लोग संचित रकम को निकाल लेते हैं। दूसरी तरफ जीवन बीमा में मृत्यु के बावजूद भी इच्छित रकम का संचय हो जाता है जबकि अन्य संचय में यह सम्भव नहीं है, केवल जमा की गयी रकम ही मिल पाती है।

(ii) वृद्धावस्था की जोखिम—वृद्धावस्था में आय अर्जन की शक्ति कम होने के अतिरिक्त अस्वस्थता भी एक जोखिम है जिससे यह अवस्था दोहरे रूप से हानि पहुँचाती है।

आजकल के कठिन युग में पुत्र आदि भरसक प्रयास के बाद भी अपने वृद्ध माता-पिता की समुचित देख-रेख नहीं कर पाते। प्रायः उन्हें अपमान और अनादर देखने को मिलते हैं। लेकिन बीमा के द्वारा उन्हें एक स्वतन्त्र रकम मिल जाती है, जो अन्धे की लकड़ी तुल्य सहायता करती है। बीमा के अलावा अन्य प्रकार की बचत इस प्रकार से एकत्रित नहीं हो पाती क्योंकि ऐच्छिक बचत कभी ज्यादा नहीं होती, साथ ही उसका विनियोग उचित रूप से नहीं हो पाता।

(iii) विकलांगता (Disability) **जोखिम**—मानसिक एवं शारीरिक अयोग्यता से व्यक्तियों की आय अर्जन शक्ति (Potentiality) क्षीण हो जाती है। यदि यह अयोग्यता पूर्ण और स्थायी है तब कठिनाई सदा-सर्वदा के लिये हो जाती है। यदि किसी प्रकार की बचत या विनियोग (चाहे सम्पत्ति या समय) नहीं है तो उस व्यक्ति को अपार संकट का सामना करना पड़ सकता है, बीमा के द्वारा उसको काफी सीमा तक लाभ हो सकता है। प्रव्याजि की रकम माफ हो जायगी और बीमापत्रधारी को बीमित रकम समय पर देने से उसे पर्याप्त लाभ होगा। यदि कुछ अतिरिक्त प्रव्याजि दिया गया है तो बीमित रकम के दुगुने तक भुगतान किया जायगा, यदि बीमित व्यक्ति की मृत्यु दुर्घटना (बीमारी नहीं) के ९० दिन अन्दर होती है। इस प्रकार इस जोखिम के दुःपरिणामों से बचने या कम करने के लिए बीमा की आवश्यकता है।

(ख) शीघ्र मृत्यु पर जोखिम—शीघ्र मृत्यु पर आय पूर्णतया नष्ट हो जाती है और परिवार वालों को आर्थिक कठिनाइयों का सामना करना पड़ता है। यद्यपि कि मृत्यु निश्चित है, लेकिन मृत्यु का समय अनिश्चित है। यदि पर्याप्त संचय के बिना परिवार के पोषक की मृत्यु हो जाय तो उसके परिवार के पास कुछ भी नहीं रहेगा और दूसरों का सहारा देखना पड़ेगा, परन्तु बीमा करा लेने से असामयिक मृत्यु पर बीमित रकम का भुगतान हो जायगा जिससे परिवार को एक सहारा मिल जाता है।

इन जोखिमों को देखते हुए यह निर्णय किया जा सकता है कि एक व्यक्ति को बीमा की कितनी आवश्यकता है। उसकी उम्र, आय अर्जन करने की शक्ति, परिवार के लिए उपयोगिता और भविष्य में उसकी उत्पादकता आदि के आधार पर तय हो सकता है कि उस व्यक्ति की बीमा खरीदने की अधिकतम सीमा क्या है?

2. जीवन की विभिन्न आवश्यकताओं की पूर्ति—जीवन की विभिन्न आवश्यकताओं को पूरा करने के लिए जीवन बीमा की आवश्यकता होती है। इन आवश्यकताओं का संक्षिप्त वर्णन नीचे किया गया है—

(क) पारिवारिक आवश्यकता—परिवार के आय अर्जन करने वाले व्यक्ति की यह जिम्मेदारी रहती है कि वह परिवार का पालन-पोषण समुचित रूप से करे। जीवित रहने पर व्यक्ति परिवार की देख-रेख कर सकता है, परन्तु मृत्यु या अयोग्यता के कारण परिवार को अत्यधिक कठिनाई होगी। यदि उस व्यक्ति ने समुचित प्रबन्ध नहीं किया है तो स्त्री-बच्चे दूसरों का सहारा ढूढ़ेंगे, जो उसके लिए एक दयनीय दशा और लापरवाही का प्रतीक है। यह कठिनाई संचय करने से दूर हो सकती है, परन्तु संचय न करने से तमाम कठिनाइयों का सामना करना पड़ता है। कभी-कभी संचय की शक्ति होते हुए भी व्यक्ति उसका प्रयोग नहीं कर पाते हैं। आजीवन बीमापत्र खरीदने से इन कठिनाइयों को दूर किया जा सकता है। इसी प्रकार अन्य बहुत से जीवन बीमापत्र हैं जिनके आधार पर मृत्यु के समय परिवार का प्रबन्ध

किया जा सकता है। परिवार की इन आवश्यकताओं के लिए बीमा की अत्यधिक आवश्यकता है।

(ख) वृद्धावस्था की आवश्यकता—जब व्यक्ति आय अर्जन करने के समय से ज्यादा दिन जीवित रहता है तो उसके सामने बहुत-सी समस्यायें खड़ी होती हैं। उसका स्वास्थ्य, आय, पारिवारिक सम्बन्ध आदि बातें उसे परेशान कर देती हैं। इतना ही नहीं वृद्धावस्था में आय में कमी हो जाने पर परिवार को भी कष्ट होता है। यदि उस व्यक्ति की जिम्मेदारियाँ पूरी नहीं हुई हैं तो उसे और भी क्लेश होता है। इस अवस्था में उसे उसकी स्त्री और बच्चों को जो कठिनाई होती है, एक समुचित संचय से पूरा किया जा सकता है लेकिन यह संचय साधारणं दशाओं में पर्याप्त नहीं हो पाता जिससे अपंगता, रोजगार की हानि, बढ़ी हुई जिम्मेदारियाँ आदि से व्यक्ति मजबूर हो जाता है। बीमा से एक समुचित संचय लगातार अनिवार्य रूप से होता रहता है। विभिन्न व्यक्तियों की अलग-अलग आवश्यकताओं को पूरा करने के लिये कई प्रकार के बीमापत्र निर्गमित किए जाते हैं। इस प्रकार जीवन बीमा सभी व्यक्तियों की अधिकांश आवश्यकताओं को पूरा करने को तैयार है जिसकी व्यक्ति और समाज को आवश्यकता है।

(ग) जीवन-स्तर में सन्तुलन की आवश्यकता—व्यक्तियों की मृत्यु या अपंगता पर परिवार की आय एकदम कम हो जाती है जिससे परिवार को बहुत ज्यादा कष्ट होता है। यदि उनके बाद कोई ऐसी आय या संचय रहे जिससे वे धीरे-धीरे अपने जीवन-स्तर को नीचे वर्तमान आय के बराबर ला सकें, तो उनके लिए काफी मदद हो जायगी। आय अर्जक की शक्ति की क्षति या कमी पर तमाम खर्चे असाधारण रूप से जैसी बीमारी, लड़ाई-झगड़े आदि उत्पन्न हो जाते हैं जिससे उस समय कठिनाई और बढ़ जाती है। बीमा करा लेने से इन तमाम कठिनाइयों का सामना किया जा सकता है। अतः यह स्पष्ट है कि इन आपत्तियों का सामना करने के लिए इस प्रकार बीमा जरूर खरीदा जाय।

(घ) विशेष आवश्यकताएँ—जीवन की कुछ विशेष आवश्यकताएँ हैं, जिन्हें पूरा करने की जिम्मेदारी परिवार के मुखिया और आय अर्जक के ऊपर है। इन विशेष आवश्यकताओं में से शिक्षा की आवश्यकता, विवाह की आवश्यकता, बच्चों के जीवन शुरू करने के समय की आवश्यकता आदि मुख्य हैं। व्यक्ति की मृत्यु पर ये आवश्यकताएँ बिना पूरा हुए रह सकती हैं। इसके अतिरिक्त जीवित रहने पर भी उसकी कम जिम्मेदारी नहीं है। इन कार्यों के लिये साधारण जीवन की तुलना में अधिक आय की आवश्यकता पड़ती है। आजकल के बढ़ते हुए मूल्यों में जब व्यक्तियों को अपना जीवन चलाने में कठिनाई हो रही है, ये आवश्यकताएँ वृहत्त और तीव्रतर हैं। इसके लिए पर्याप्त संचय चाहिए, लेकिन साधारण संचय अधिक नहीं हो पाता। बीमा के आधार पर इन आवश्यकताओं को पूरा किया जा सकता है, चाहे व्यक्ति की मृत्यु हो जाय या जीवित रहे।

(ङ) अन्तिम आवश्यकताएँ—व्यक्तियों के अन्तिम समय के लिए कुछ रकम की आवश्यकता पड़ती है, जिसमें से लिये गये ऋण को वापस करना, बकाये कर का भुगतान, अन्तिम संस्कार और सम्पत्ति कर आदि मुख्य हैं जिनको पूरा करना बहुत ही आवश्यक है। व्यापारियों को अपने व्यापार चलाते रहने या महत्त्वपूर्ण कर्मचारी की मृत्यु पर प्रतिस्थापन, साख की वृद्धि आदि विभिन्न आवश्यकताएँ जो बीमा से ही सम्भव है। अतः शुरू से लेकर

अन्त तक की आवश्यकताओं को पूरा करने के लिए बीमा जरूरी है।

प्रत्येक व्यक्ति की आवश्यकताएँ अलग-अलग हैं, इसलिए बीमा की आवश्यकता भी अलग होती है। बीमाकर्ता उसी बीमापत्र का सुझाव देता है जो एक व्यक्ति के लिए काफी लाभदायक हो। इन्हीं आवश्यकताओं को देखते हुए किसी व्यक्ति की अधिकतम बीमा की मात्रा का निर्धारण कर सकते हैं।

जीवन बीमा का महत्त्व

जीवन बीमा के महत्त्व को पारिवारिक, व्यापारिक और अन्य महत्त्व के अन्तर्गत अध्ययन किया जायगा।

पारिवारिक महत्त्व

1. जीवन बीमा व्यक्तियों को चिन्ता विमुक्त बना देता है—बीमा खरीदने से लोग आने वाली कठिनाइयों के प्रति निश्चिंत हो जाते हैं। उन्हें वृद्धावस्था, अपंगता और रोजगार हानि की चिन्ता कम हो जाती है, क्योंकि वृद्धावस्था में या अधिक दिन जीवित रहने पर होने वाली हानियों को पूरा करने के लिए बीमादाता एक निश्चित रकम देता है। जब व्यक्तियों को यह मालूम रहे कि उनके मरने के बाद बच्चों और स्त्रियों के लिए कुछ रकम मिल जायगी तो वे निश्चिंत होकर अपना कार्य करेंगे। साथ ही ज्यादा दिन जीवित रहने पर होने वाली आर्थिक कठिनाइयों के प्रति निश्चिंत रहने से वर्तमान आय को अपने ऊपर स्वास्थ्य-वृद्धि के लिए ज्यादा खर्च कर सकते हैं। यदि उस समय के लिए कोई प्रबन्ध नहीं है तो हमेशा चिन्ता लगी रहेगी। चिन्ता से अधिकांश व्यक्तियों का स्वास्थ्य खराब हो जाता है; कार्य करने में मन नहीं लगता—आदि बातें ऐसी हैं जो उसे अधिक परेशान कर देती हैं। यदि व्यक्ति के पास कोई सम्पत्ति नहीं है तो यह भयावह स्थिति होगी। लेकिन बीमा करा लेने से इन कठिनाइयों का सामना किया जाता है और मनुष्य को निश्चिंत होकर कार्य करने का अवसर प्राप्त होता है। इसलिए यह कहा गया है कि पर्याप्त रकम का बीमा होने से बीमापत्रधारी को बीमा अच्छा भोजन, गहरी निद्रा, वास्तविक आत्म-सन्तोष और कार्य करने का प्रोत्साहन प्रदान करता है।

2. बीमा बचत को सम्भव बनाता है—जीवन बीमा बचत करने के लिए प्रेरित करता है। कुछ लोगों का विचार है कि वे बिना जीवन बीमा के भी बचत कर लेते हैं, परन्तु ऐसे उत्साही एवं अध्यवसायी व्यक्तियों के लिए भी बीमा बचत प्रदान करता है जो कि साधारण बचत से सम्भव नहीं है, क्योंकि मृत्यु के कारण ये व्यक्ति बचत नहीं कर पायेंगे, जीवन बीमा मृत्यु होने पर कुछ इच्छित बचत को देता है, चाहे उतना जमा किया गया हो या नहीं। दूसरी बात, जीवन बीमा के अतिरिक्त अन्य बचत योजनाओं में बचत सम्भव नहीं हो पाता, क्योंकि बचत करना अनिवार्य नहीं रहता; बचत के लिए लगातार इच्छा नहीं रह पाती; आय की अपर्याप्तता प्रबल होकर सामने दिखाई पड़ती है; बचत का लगातार प्रबन्ध नहीं किया जा सकता; बचत के लिए कोई प्रोत्साहन स्वरूप सूचना नहीं प्राप्त होती और बचत की सुरक्षा का भी प्रश्न उठ सकता है। अतः लगातार बचत करना सम्भव प्रतीत नहीं होता। यदि किसी प्रकार संचय कर भी लिया तो उसका सफलतापूर्वक विनियोग करना

कठिन हो जाता है, कहीं पर लाभ कम होगा तो कहीं सुरक्षा कम होगी और कहीं तरलता कम होगी। यदि सफलतापूर्वक विनियोग करने में प्रेरणा मिलती रही तो इसे बनाये रखना ज्यादा सम्भव नहीं हो पाता। ये 'तीन यदि' (Three Ifs) यानी यदि बचत, यदि विनियोग और यदि लम्बे समय तक विनियोग किया जाता रहा तो मनुष्य को इच्छित बचत प्राप्त होगी जो अन्य बचत योजनाओं में सम्भव नहीं हो पाता। लेकिन बीमा कराने से ये अपने आप आ जाते हैं। बचत अनिवार्य रहती है, प्रव्याजि जमा करने की सूचना मिलती रहती है, बचत जमा के लिए विशेष परेशानी नहीं होती, आदि के साथ सुरक्षा का तत्त्व मौजूद रहता है। वह जानता है कि यदि एक बार प्रव्याजि की रकम जमा न की गई तो उसे बीमा का लाभ नहीं मिल पायेगा। वृद्धावस्था में पुनः बीमा खरीदने से ज्यादा प्रव्याजि देनी होगी, साथ ही मृत्यु के समय बचत समाप्त नहीं होती। इन सब कारणों से बचत को प्रोत्साहन मिलता है। आजकल के बढ़ते हुए मूल्यों के समय में लोग बचा नहीं पाते, लेकिन बीमा खरीद लेने से कुछ प्रारम्भिक कठिनाइयों के बाद यह भी एक खर्चे का रूप ग्रहण कर लेता है, जिससे बाद में बचत करने में कठिनाइयाँ उत्पन्न नहीं होती।

3. जीवन बीमा सुरक्षित एवं लाभदायक विनियोग है—जीवन बीमा में जमा की गयी प्रव्याजि सुरक्षित रहती है; उसकी बीमित रकम, समर्पित मूल्य या प्रदत्त मूल्य के रूप में लौटाया जाता है। विशेष रूप से इस विनियोग का लाभ यह है कि जितनी रकम को संचित करना है वह रकम संचित हो जायेगी, चाहे बीमित व्यक्ति की मृत्यु क्यों न हो जाय? अन्य किसी प्रकार के विनियोग में यह सुरक्षा नहीं है। बीमाकर्ता के पास जमा की गयी रकम उचित रूप से लाभदायक प्रतिभूतियों में विनियोजित किया जाता है जिससे लाभ सहित बीमापत्रों पर लाभ भी मिलता रहता है। विनियोजित रकम न केवल उसके लिए ही लाभदायक होती है, बल्कि उसके आश्रितों के लिए भी लाभदायक होगी। उसके आश्रित संचित रकम को वृत्ति के रूप में लेकर विनियोग की तमाम कठिनाइयों से छुटकारा पा जाते हैं। बीमित रकम का वृत्ति के रूप में लेना अति ही लाभदायक विनियोग होगा। इसके अतिरिक्त ज्यादा दिन जीवित रहने पर आर्थिक कठिनाइयों का सामना नहीं करना पड़ेगा। इसलिए यह कहा जाता है कि बीमा एक सुरक्षित एवं लाभदायक विनियोग है।

4. मितव्ययिता को बढ़ावा मिलता है—लोगों को यदि किसी प्रकार की रुकावट न हो तो वे अपनी सम्पूर्ण आय का उपभोग करना चाहते हैं। भविष्य में आने वाली कठिनाइयों के प्रति कम लोग जागरूक रहते हैं। यदि वे सभी आय वर्तमान समय में नष्ट कर दें तो जीवन के अन्तिम समय में कठिनाई हो सकती है। बीमा प्रसंविदा उन्हें बचत की आदत डालकर अतिरिक्त आय को जमा करने के लिए बाध्य कर देता है, जिससे लोगों की आदत थोड़ी ही आय में जीवन-निर्वाह की हो जाती है। जितना कम खर्च करेंगे उतनी ही बचत होगी और भविष्य उतना ही सुखमय होगा। बैङ्क बचत खातों में इस प्रकार का प्रोत्साहन नहीं मिल सकता, वहाँ तो आवश्यकता पड़ने पर इसे निकाला भी जा सकता है। बीमा का बहुत ही प्रभावशाली गुण मृत्यु पर निश्चित रकम का भुगतान है, चाहे उतनी रकम जमा हो या न हो। इसके अतिरिक्त बीमा के अन्य लाभों को पाने के लिए व्यक्ति बीमा खरीद कर बचत के लिए प्रयत्नशील हो जाते हैं, जिसके परिणामस्वरूप उन्हें मितव्ययिता की आदत बन जाती है।

5. लेनदारों के दावों के विपरीत सुरक्षा प्रदान करता है—देनदार की मृत्यु पर जमानत पर रखी गयी सम्पत्ति लेनदारों की हो जायगी, यदि उसके ऋणों का भुगतान नहीं किया गया है। ऋण के भुगतान के लिए पर्याप्त रकम बीमा से मिल सकती है, क्योंकि अन्य किसी संचय में पर्याप्त रकम संचय करना सम्भव नहीं है। बीमित व्यक्ति की मृत्यु पर प्राप्त बीमा की रकम से भुगतान करके परिवार की सम्पत्ति की रक्षा की जा सकती है। कुछ बीमापत्र; जैसे सम्पत्ति कर, पुत्री के विवाह और विवाहित स्त्री के लिये गये बीमापत्रों पर लेनदारों का अधिकार नहीं हो पाता और इन रकमों से निर्दिष्ट की पूर्ति की जा सकती है। बन्धक पर खरीदी गयी सम्पत्ति की सुरक्षा बीमा करने से हो जाती है, क्योंकि जितने ऋण का भुगतान नहीं किया गया, उतनी रकम को बीमा कम्पनी से मृत्यु के समय प्राप्त किया जा सकता है। इसके लिए एक विशेष बीमापत्र बेचा जाता है, जिसे ह्रासित अवधि बीमापत्र के नाम से पुकारते हैं। यदि बीमा नहीं किया गया है तो परिवार को दुहरी हानि होगी; एक तो परिवार के पोषक की मृत्यु से परिवार चलाने के लिए आय नहीं मिलेगी, दूसरे खरीदी गयी सम्पत्ति वापस करनी पड़ेगी। इसलिए बीमा से सम्पत्ति की सुरक्षा के साथ लेनदारों से भी सुरक्षा मिल जाती है।

6. सम्पत्ति कर का भुगतान—परिवार के मालिक की मृत्यु पर एक कठिन समस्या सम्पत्ति कर की आती है, यदि उसके द्वारा छोड़ी हुई सम्पत्ति का मूल्य 50,000 रुपये से अधिक है। इस प्रकार यदि परिवार के पास इस रकम से ज्यादा मूल्य की सम्पत्ति है तो उस अतिरिक्त सम्पत्ति पर सम्पत्ति कर (Estate Duty) नकद देना पड़ता है जिससे परिवार को अत्यधिक हानि उठानी पड़ती है। बीमा करा लेने से इस कर का भुगतान करने के लिए पर्याप्त रकम मिल जाती है और परिवार को इन कठिनाइयों का सामना नहीं करना पड़ता। दूसरा लाभ यह है कि निम्न प्रकार के बीमापत्र पर सम्पदा कर औसत दर से मुक्त है, यद्यपि इनको औसत दर निकालने के लिए अन्य सम्पत्तियों के साथ जोड़ा जाता है।

(i) सम्पदा कर के लिए गये बीमापत्र के 50,000 रुपये तक छूट मिलती है, बशर्ते कि इस बीमापत्र को राष्ट्रपति के नाम अभिहस्तांकित किया गया हो और इसे व्यक्तिगत कार्यों के लिए प्रयोग नहीं करते।

(ii) बीमित व्यक्ति के आश्रित लड़कियों के विवाह के लिए बीमापत्र की निर्धारित रकम जो अधिक से अधिक 10,000 रुपये प्रति लड़की के विवाह के लिए है, इस कर से मुक्ति का अधिकार रखती है।

(iii) किसी भी प्रकार के बीमापत्र 5,000 रुपये तक छूट है।

(iv) स्त्री या बच्चों या दोनों के लिए लिये गये बीमापत्र की पूरी रकम छूट के लिए दायी है।

इस प्रकार बीमा से सम्पत्ति कर के लिए पर्याप्त रकम मिलने के साथ उससे छूट भी मिलती है।

7. वृत्ति के रूप में सहायता—बीमा उन व्यक्तियों के लिए भी लाभदायक है जो जीवन के अथक परिश्रम से कुछ रकम बचाने में समर्थ हुए हैं। इस थोड़ी रकम का प्रयोग वृद्धावस्था में बहुत ही लाभदायक होगा, यदि वृत्ति खरीद ली जाय जिससे उन व्यक्तियों को

जीवन के अन्तिम समय में जब आय समाप्त हो जाती या अपंगता के कारण आय प्राप्त करने में असमर्थता रहती है या वृद्धावस्था में कुछ जिम्मेदारियाँ पूरी नहीं हुई हैं। यह वृत्ति उन व्यक्तियों के लिए विशेष लाभदायक है जिनके कोई आश्रित नहीं हैं या जिनकी वृद्धावस्था में सहायता करने वाला कोई नहीं है और जो मृत्यु के बाद कुछ छोड़ना नहीं चाहते हैं। वृत्ति के अतिरिक्त अन्य स्थानों पर विनियोग करने से उतनी आय नहीं मिल पायेगी जितना कि वृत्ति से मिलती है। इसके अतिरिक्त वृत्ति में आजीवन एक निश्चित रकम प्राप्त करने की सुविधा हो जाती है। यदि वह व्यक्ति अपने बच्चों के लिए भी कुछ छोड़ना चाहता है तो वृत्ति के एक निश्चित अवधि के लिए खरीदा जा सकता है। इस अवधि के अन्दर यदि वृत्तिग्राही की मृत्यु होती है तो शेष वृत्ति का भुगतान उसके आश्रितों को मिलता रहेगा।

बीमा की रकम को वृत्ति में हस्तान्तरित करके लगातार आय प्राप्त की जा सकती है। अपंगता लाभ बीमापत्र के द्वारा वृद्धावस्था में परिवार का समुचित प्रबन्ध हो सकता है।

8. विशेष कार्यों के लिए रकम—मनुष्य के सामाजिक जीवन में कुछ ऐसी जिम्मेदारियाँ हैं जिन्हें पूरा करना उसका परम कर्त्तव्य है, लेकिन जीवन की जोखिमों के कारण उन्हें आसानी से पूरा करना प्रायः सम्भव नहीं हो पाता। बच्चों की शिक्षा, लड़कियों का विवाह, बच्चों का जीवन प्रवेश आदि जिम्मेदारियाँ आजकल के बढ़ते मूल्यों के समय में दिन-प्रतिदिन जटिल होती जा रही हैं। साधारण आय वाला व्यक्ति इच्छित उद्देश्य की पूर्ति नहीं कर पाता है। इन कार्यों के लिए मुख्य रूप से आय की या संचित रकम की आवश्यकता पड़ती है। साधारण दशाओं में संचय नहीं हो पाता। लेकिन बीमा से इन कार्यों के लिए विशेष व्यवस्था हो जाती है। यदि बीमित व्यक्ति की मृत्यु हो जाती है तो उसकी इन जिम्मेदारियों के लिए रकम मिल जाती है। शिक्षा एवं विवाह बीमापत्र से मनुष्य के इन कार्यों को पूरा करने के भार समाप्त हो जाते हैं। बहुउद्देश्यीय बीमापत्र का महत्त्व इन बीमापत्रों से ज्यादा है, क्योंकि इसके द्वारा शीघ्र मृत्यु पर शिक्षा, विवाह और जीवन प्रवेश के लिए उपयुक्त रकम मिल जाती है।

9. शीघ्र मृत्यु पर आश्रितों को सुरक्षा—जब तक व्यक्ति जीवित रहता है, अपने परिवार का पालन-पोषण उचित रूप से करता है, लेकिन मृत्यु के बाद उसके परिवार को कठिनाइयों का सामान करना पड़ता है। इस कठिनाई को दूर करने के लिए बीमा सहायता करता है। जितनी रकम का बीमा कराया गया है, उतनी रकम बीमित व्यक्ति की मृत्यु पर भुगतान कर दी जाती है। कुछ लोग इसे सम्पत्ति की सुरक्षा के लिए अधिक उपयुक्त समझते हैं।

व्यावसायिक महत्त्व

बीमा के द्वारा केवल परिवार को ही लाभ नहीं मिलता, बल्कि व्यवसाय में भी इसका बहुत महत्त्व है। कुछ मुख्य लाभों को नीचे बताया गया है—

1. महत्त्वपूर्ण कर्मचारी का बीमा—महत्त्वपूर्ण कर्मचारी से तात्पर्य ऐसे कर्मचारी से है, जिसका मृत्यु या अयोग्यता पर व्यापार को गम्भीर क्षति होती है तथा उस क्षति को पूरा करने में काफी समय लगता है। यह भी अन्य सम्पत्तियों की तरह से एक मूल्यवान सम्पत्ति है, जिसके ऊपर व्यापार की आय निर्भर है। उसकी पूँजी, शक्ति, प्रावैधिक ज्ञान, अनुभव, योजना बनाने की शक्ति एवं कार्यरूप देने की योग्यता उसे एक मूल्यवान सम्पत्ति बना देते

हैं। एक उत्पादन या खान खोदने वाले उद्योग-धन्धे में इन्जीनियर या रसायन शास्त्री इस प्रकार के व्यक्ति हो सकते हैं। एक प्रकाशन कार्य में लेखक, विक्रय संस्था में विज्ञापक, एक दवा विक्रेता के यहाँ चिकित्सक आदि महत्त्वपूर्ण कर्मचारी की श्रेणी में आते हैं। सम्पत्ति होने के कारण उसका भी बीमा आवश्यक है। कभी-कभी ऐसे व्यक्तियों की मृत्यु या अयोग्यता पर वर्तमान लाभ में कमी आने के साथ वस्तुओं के गुण में, व्यापार की साख में और उत्पत्ति में भी कमी हो जाती है। बहुत-सी योजनाएँ एवं कार्य अधूरे रह जाते हैं, क्योंकि दूसरे व्यक्ति इनको पूरा करने में असमर्थ रहते हैं। ऐसे व्यक्तियों की मृत्यु पर कुछ रकम उनके आश्रितों को लौटानी पड़ती है। नये व्यक्तियों को उस योग्य बनाने में प्रशिक्षण आदि की आवश्यकता पड़ती है। इन तमाम हानियों को बीमा से आसानी से पूरा किया जा सकता है। उस व्यक्ति के जीवन में आजीवन या अवधि बीमा खरीदकर व्यापार में ऐसी सुरक्षा प्राप्त की जा सकती है। हानियों की मात्रा विभिन्न व्यापार में अलग-अलग होती है, इसलिए ऐसे व्यक्तियों के लिए बीमा की रकम भी अलग-अलग होगी।

2. साख में वृद्धि (क) शोध क्षमता में वृद्धि—किसी व्यापार की ऋण प्राप्त करने की क्षमता उसकी सम्पत्ति, लाभ, नकद रकम, चरित्र, व्यापार की दशाएँ आदि पर निर्भर है। बीमापत्र भी एक सम्पत्ति है; अतः बीमापत्र की रकम जितनी अधिक होगी साख की मात्रा उतनी ही अधिक होती है। दूसरी बात बीमा करा लेने से ऋणदाता को आश्वासन रहता है कि उसकी शीघ्र मृत्यु पर बीमित रकम से ऋण को वापस पाया जा सकता है। इसके अतिरिक्त प्रव्याजि के साथ संचित रकम में वृद्धि होती रहती है जिससे व्यापार की तरलता बढ़ती है। यदि लेनदारों या ऋणदाताओं को यह पता रहता है कि बीमा के कारण मृत्यु के उपरान्त भी व्यापार चलता रहेगा तो वे अधिक ऋण देने के साथ सरल शर्तों पर ऋण प्रदान करने में सशंकित नहीं रहेंगे।

(ख) विशिष्ट जमानत—बीमापत्र को ऋण प्राप्त करने के लिए एक विशेष जमानत के रूप में रखा जा सकता है। ऋणदाता बीमा रकम से कम का ऋण प्रदान करके ऋण के प्रति सुरक्षित रहते हैं। यदि भुगतान किसी भी कारण से न किया गया तो बीमापत्र की रकम को प्राप्त करने का प्रथम अधिकार ऋणदाताओं को रहेगा, क्योंकि वे अभिहस्तांकिकी होते हैं। ऋण की रकम से अधिक रकम बीमित व्यक्ति के आश्रितों को लौटा दी जायगी। सामान्य दशाओं में ऋण का भुगतान बीमा अवधि में कर दिया जाता है, जिससे बीमापत्र को बीमित व्यक्ति के नाम पुनः अभिहस्तांकित किया जा सके। बीमाकर्ता से बीमापत्र की जमानत पर प्रायः ऋण लिये जाते हैं, जिससे ऊपर वर्णित नियमों को अपनाया जाता है। इस प्रकार बीमा से चलते हुए व्यापार को अधिक से अधिक ऋण प्राप्त करने की सुविधा होती है। मृत्यु के समय यह विशेष रूप से सुरक्षा प्रदान करता है, क्योंकि उस समय बीमित रकम का भुगतान होता है जो ऋण की रकम से अधिक होती है। वस्तुः बीमापत्र एक जमानत का कार्य नहीं कर सकता, क्योंकि इसकी रकम कम हुआ करती है, लेकिन इस पत्र पर आधारित व्यापार की योग्यता और कुशलता की परख होती है; जैसे—अग्नि बीमा में बीमापत्र के आधार पर सम्पत्ति के मूल्य और क्षति की मात्रा का विश्वास होता है।

ऋण प्राप्त करने के लिए ह्रासित अवधि बीमापत्र का अधिकांश प्रयोग किया जाता है, क्योंकि प्रव्याजि की मात्रा कम होने पर भी ज्यादा रकम का बीमा कराया जा सकता है।

(ग) एक आकस्मिक कोष के रूप में—ऋण प्राप्त करने के लिए प्रायः यह देखा गया है कि जमानत पर रखी गयी सम्पत्तियों का मूल्य घटता जाता है या उनको बाजार में बेचा नहीं जा सकता। ऐसे अवसरों में बीमापत्र का प्रयोग जमानत के रूप में बढ़ता है, क्योंकि इसके मूल्य में कमी नहीं आती और साथ ही इच्छानुसार इसे समर्पित करके ऋण को वापस पाया जा सकता है। ऋणदाताओं के मन में यह रहता है कि बीमापत्र को जमानत पर रखकर लोग कम ऋण प्राप्त करते हैं। इस कारण उनके ऋण प्राप्त करने की आवश्यकता की तीव्रता का पता लगता है, साथ ही उनको जमानत (बीमापत्र) लौटाने का ध्यान बना रहता है; अतः ऋण की रकम शीघ्र वापस मिलने की सम्भावना बढ़ जाती है। साथ ही जैसा पहले स्पष्ट है कि व्यापारिक और पारिवारिक दुर्घटनाओं के समय बीमापत्र से रकम प्राप्त करने का अधिकार लेनदारों को होने से उन पर इन कठिनाइयों का कोई प्रभाव नहीं पड़ता जो प्रायः अन्य जमानत में पड़ सकता है।

इन कारणों से यह सिद्ध है कि बीमा कराने से ऋण प्राप्त करने की क्षमता में वृद्धि होती है। बन्दोबस्ती बीमापत्र खरीदने से दीर्घकाल के लिए ऋण प्राप्त करने की सुविधा मिल जाती है।

3. व्यापार अनुवृत्ति या स्थायित्व (Business Continuation)—व्यापार में कार्यशील स्वामी, जो एकल व्यापारी, साझेदार, अंशधारी या सदस्य हो सकते हैं, की मृत्यु पर व्यापार को हानि होगी। व्यापार बन्द हो सकता है। उसके आश्रित उतनी आय न कमा पायेंगे। लेकिन बीमा होने से पर्याप्त रकम मिलेगी जिसका प्रयोग लिये गये ऋण को चुकाने, ह्रासित हानि को पूरा करने और व्यापार को सुसंगठित करने में प्रयोग किया जा सकता है, जिससे व्यापार को समापन और विघटन से बचाया जा सकता है।

बीमा का विशेष महत्त्व साझेदारी में है, क्योंकि साझेदारों में से किसी की मृत्यु पर साझेदारी समाप्त हो सकती है। जीवित साझेदारों को मिलने वाली आय नहीं मिलेगा तथा मृतक साझेदार के आश्रित को उसकी पूँजी, संचय, ख्याति और लाभ का हिस्सा देना पड़ेगा। परिणामस्वरूप जीवित साझेदारों को अत्यधिक आर्थिक हानि होगी। यदि वे इस साझेदारी को पुनर्जीवित करना चाहेंगे तो उन्हें और अधिक व्यय करना पड़ेगा। सामान्यतया किसी साझेदार की मृत्यु पर साझेदारी का विघटन हो जाता है और व्यापार की सम्पत्ति को बाध्य होकर कम दामों में बेचना पड़ता है। साझेदार इस विघटन को बचाने का प्रयास करते हैं और मृतक साझेदार की सम्पत्ति खरीदने का प्रस्ताव रखते हैं, लेकिन पूर्व समझौते की अनुपस्थिति में तमाम बाधाएँ सामने आती हैं। इनको बचाने के लिए प्रसंविदा के समय ही साझेदारी के ये सभी समझौते कर लिये जाते हैं। इन हानियों को पूरा करने के लिए प्रत्येक व्यक्ति अपने हित या हिस्से के लिए बीमा करा लेते हैं जिसकी प्रव्याजि सभी मिलकर या साझेदारी देती है। किसी भी साझेदार की मृत्यु पर उसके आश्रितों को देने के लिए पर्याप्त रकम मिल जाती है जिसका भुगतान करके जीवित साझेदार व्यापार को चलाते रहते हैं, हालाँकि वे एक नये सिरे से समझौता करते हैं। इस प्रकार जीवित साझेदारों का व्यापार चलने से लाभ होता रहेगा और मृतक साझेदार की मृत्यु पर उसके आश्रितों को भी उसका हिस्सा मिल जायेगा जिससे दोनों पक्षों को लाभ होगा। कभी-कभी कुछ व्यापार से इन आश्रितों को वृत्ति के रूप में रकम देने का प्रबन्ध किया जाता है, जिससे उन्हें उनके जीवन

या एक निश्चित समय तक बराबर भुगतान होता रहे। ऐसी व्यवस्था वृत्ति बीमा खरीदकर आसानी से की जा सकती है।

साझेदारी के अतिरिक्त एकल व्यापार या संयुक्त स्कन्ध प्रमण्डलों में, जहाँ अंशधारी कार्यकर्ता भी होता है अर्थात् जहाँ उसका महत्त्व लाभ अर्जन में अधिक है, उसकी मृत्यु के बाद व्यापार को हानि होने की सम्भावना होगी। इन दशाओं में बीमा रहने से उसके हिस्से का भुगतान आसानी से किया जा सकता है।

कुछ ऐसे व्यापार में जहाँ पर प्रारम्भिक दशाओं में जोखिम अधिक रहती है, बीमा अत्यधिक लाभकारी होगा। उदाहरण के लिए खान खोदने का कार्य, पेट्रोल एवं गैस के व्यापार आदि जहाँ पर कुछ विशेष समयों में जोखिम की मात्रा अधिक होती है। यदि इस समय के लिए अवधि बीमा खरीदा गया है तो उस अवधि के अन्दर व्यापारी की मृत्यु होने पर बीमित रकम का भुगतान कर दिया जायगा और सम्भावित हानियों को बचाया जा सकता है। आश्रितों को सहारा मिल जायगा। वे अपना जीवन फिर से प्रारम्भ करने में सफल हो सकेंगे। किसी भी व्यापार में एकत्रित संचय की आवश्यकता पड़ती है, यदि ऐसा संचय नहीं है तो व्यापार को हानि होगी। इस हानि को बीमा के द्वारा दूर किया जा सकता है। व्यापार में हानि व्यापारी के अपंग होनें या मृत्यु पर कभी भी हो सकती है, यह अनिश्चित रहता है, परन्तु बीमा करा लेने से इस अनिश्चितता को दूर किया जा सकता है।

4. कर्मचारी कल्याण योजनाएँ (Employee Welfare Plans)—जीवन बीमा द्वारा कर्मचारियों के कल्याण के लिए—(1) जीवन बीमा, (2) दुर्घटना एवं बीमारी बीमा, (3) पेन्शन दिये जा सकते हैं। इन सभी आवश्यकताओं को वर्ग बीमा (Group Insurance) से पूरा किया जा सकता है। कर्मचारियों की असामयिक मृत्यु से नियोक्ता को कुछ रकम उनके आश्रितों को देना पड़ता है और जिसे देना उचित भी है, लेकिन यदि बीमा नहीं है तो इस रकम का भुगतान कठिन होगा। कार्य अवधि में दुर्घटना या व्यावसायिक बीमारी से कर्मचारियों को काफी हानि हो सकती है, इस हानि को पूरा करने के लिए बीमा बहुत ही उपयोगी सिद्ध हुआ है। कर्मचारी के कार्य अवकाश (Retrirement) पर पेन्शन दिये जाने की प्रथा बढ़ती जा रही है। इससे नियोक्ता को दीर्घकाल में लाभ होता है, पेन्शन की योजना बहुत मँहगी नहीं पड़ती। कुछ थोड़े त्याग और प्रयास से पेन्शन देकर कर्मचारियों को चिन्ता विमुक्ति किया जा सकता है। इस प्रकार व्यापार की साख और लाभ दोनों बढ़ते हैं।

अन्य महत्त्व

जीवन बीमा के और कई महत्त्व हैं जिनका हम यहाँ पर संक्षेप में वर्णन करते हैं। इनको—(1) सामाजिक लाभ, और (2) विविध लाभ में बाँट सकते हैं।

(क) सामाजिक लाभ—व्यापारिक और व्यक्तिगत लाभों को देखा जाय तो सामाजिक लाभ अपने आप समझ में आ जाता है। जब समाज का प्रत्येक वर्ग और व्यक्ति इससे लाभान्वित होता है तो समाज अपने-आप लाभान्वित होगा। बीमा से व्यक्तियों में जिम्मेदारी की भावना आती है जिससे वे परिवार के लिए बचत करेंगे, परिवार सुखी रहेगा और समाज के अन्य व्यक्ति इस प्रकार परिवार की रक्षा कर लेंगे।

(i) देश के विकास में योगदान—समाज का संचित कोष समाज और देश की प्रगति में लगाया जा सकता है। औद्योगिक विकास को प्रोत्साहन मिलता है। पिछले क्षेत्रों में विनियोग करके विकास को सन्तुलित किया जा सकता है। इस प्रकार देश की प्रगति होगी, व्यक्तियों की आय बढ़ेगी और वे फिर अधिक बीमा ले सकेंगे। इस प्रकार देश के विकास के लिए पर्याप्त रकम मिलती रहेगी। इतना ही नहीं, प्रति व्यक्ति को रहने के लिए घर, काम करने के लिए रोजगार, भोजन के लिए कृषि उत्पादन, कपड़े आदि के लिए विशेष उद्योगों का विकास सम्भव होगा, जिससे सामाजिक कल्याण सम्भव हो जायगा।

(ii) स्वास्थ्य में वृद्धि—व्यक्तियों के स्वास्थ्य में वृद्धि होगी, क्योंकि लोग बीमा के लाभों को पाने के लिए अपने को स्वस्थ बनाये रखने का प्रयास करेंगे। बीमा खरीदने के समय कुछ अज्ञात बीमारियों के पता लग जाने से व्यक्ति उसके प्रति सचेत होगा। बीमा करा लेने से वृद्धावस्था और अपंगता आदि के समय मदद मिलेगी। समाज में स्वस्थ सबल वातावरण बनने से सामाजिक लाभ होगा। लोगों के स्वस्थ रहने से मृत्यु दर में कमी आयेगी, परिणामस्वरूप प्रव्याजि की रकम कम होगी जिससे लोग ज्यादा बीमा खरीदेंगे और स्वस्थ रह सकेंगे।

(iii) मुद्रा प्रसार में कमी—देश में बढ़ते हुए मूल्य, जो मुद्रा प्रसार के कारण हैं, बीमा के द्वारा कम किया जा सकता है। समाज की अतिरिक्त आय को यदि प्रव्याजि के रूप में जमा किया जा सकता तो उतनी रकम से मुद्रा प्रसार कम हो जायगा। दूसरी तरफ उस संचित रकम को उत्पादन कार्य में लगाकर मुद्रा प्रसार के इस अवकाश को पूरा किया जा सकेगा।

(iv) सामाजिक बुराइयों में कमी—जिस समाज में व्यक्ति वृद्धावस्था और असामयिक मृत्यु के प्रति निश्चिन्त हैं, सामाजिक उत्थान के लिए निरन्तर प्रयास करेंगे। जैसा बताया जा चुका है कि लोगों में कम खर्च की आदत बनेगी। थोड़े खर्च में ज्यादा संतोष पायेंगे और अधिक रकम के लिए प्रयास नहीं करेंगे, तो समाज में अपने आप असामाजिक कार्यों में कमी होगी। लोग बेईमानी या लालच को कम कर देंगे। दूसरी तरफ सामाजिक और पारिवारिक अव्यवस्था में भी कमी आयेगी, क्योंकि हर एक व्यक्ति दुर्घटना, अपंगता, वृद्धावस्था और मृत्यु के समय बीमा से सहायता पायेगा। इस प्रकार व्यवस्थित और संतुलित समाज में उत्पादन कार्य अपने आप बढ़ेंगे, जो समाज और देश की प्रगति के लिए स्वयं एक साधन और साध्य है।

(v) शिक्षा एवं विज्ञान में वृद्धि—जीवन बीमा से आश्रितों को अच्छी शिक्षा मिलेगी, क्योंकि जिस शिक्षा को बच्चे नहीं पा सकते, उसके लिए व्यवस्था पहले से की गई है, उनके माता-पिता चाहे जीवित रहें या न रहें। ये व्यक्ति विज्ञान में वृद्धि करने में सफल होंगे। ऊँची शिक्षा से उनका मानसिक और शारीरिक विकास होगा। देश में उच्च, प्रावैधिक और वैज्ञानिक शिक्षा में वृद्धि होने से देश के लिए पर्याप्त कुशल व्यक्ति मिलेंगे, को स्वयं भी कुछ उत्पादन कार्य कर सकेंगे।

(vi) समाज में स्नेह एवं प्रेम तथा आनन्द में वृद्धि—जब हर एक माता-पिता अपने बच्चों की शिक्षा, विवाह, पालन-पोषण के लिए व्यवस्था किये रहेंगे। पति अपने विधवा पत्नी के लिए आय छोड़ेगा और स्वयं वृद्धावस्था में दूसरों पर आश्रित नहीं रहेगा। नियोक्ता

अपने कर्मचारियों के लिए दुर्घटना, सामयिक मृत्यु, बीमारी और वृद्धावस्था तथा अन्य आवश्यकता को पूरा करेगा। व्यापारी या उद्योगपति स्वयं व्यापार में वृद्धि करेगा तथा साख पर ऋण प्राप्त करता रहेगा। देश में उत्पादन कार्य में वृद्धि बिना मुद्रा प्रसार के होगा। सम्पत्ति की सुरक्षा के लिए मौका मिलेगा तो उस समाज में सुख-समृद्धि में वृद्धि होना स्वाभाविक है।

(ख) विविध लाभ—(i) समुचित विनियोग—बीमित व्यक्तियों की संचित रकम का प्रयोग विनियोग के सिद्धान्तों का पालन करके समुचित रूप से किया जाता है। सुरक्षा सिद्धान्त को बीमाकर्ता सर्वप्रथम पालन करता है। विभिन्न क्षेत्रों में, विभिन्न अवधि के लिए और विभिन्न उद्योगों में विनियोग को बाँटा जाता है। सुरक्षा के बाद आय, तरलता और सामाजिक कल्याण को ध्यान में रखा जाता है, जिससे समाज और व्यक्ति को लाभ होगा।

(ii) समाज सेवी कार्यों में लाभ—समाज सेवी कार्य करने वाले व्यक्तियों को बीमा से सहायता मिल जाती है। दान देने के दो वर्ष के अन्दर यदि मृत्यु हो गयी तो दान प्राप्त-कर्ता को सम्पत्ति कर देना पड़ता है। बीमा कराने से भुगतान हेतु पर्याप्त रकम मिल जाती है और इससे भुगतान किया जा सकता है। इस प्रकार बीमा से इस व्यक्तियों को लाभ होता है और समाज सेवी कार्यों को प्रोत्साहन मिलता है।

(iii) आकस्मिक कार्यों के लिए व्यवस्था—बीमा के द्वारा अन्य आकस्मिक कार्यों की पूर्ति के साथ उस समय अधिक महत्त्वपूर्ण होता है जब उत्तरजीवी बीमापत्र लिये जाते हैं, जिसमें एक व्यक्ति के जीवित रहने पर दूसरे व्यक्ति को भुगतान होगा, यद्यपि कि दूसरे व्यक्ति की पहले मृत्यु पर कुछ भी भुगतान नहीं होता है। इस प्रकार के बीमापत्र पिता के जीवित रहने पर पुत्र की मृत्यु पर उसे वृत्ति-रूप में या एक मुश्त रकम का भुगतान कर दिया जाता है।

□□□

अध्याय 10

पिछड़े वर्ग का जीवन बीमा

समाज में बहुत से व्यक्ति ऐसे हैं जो अपने जीवन में इतनी कम आय पाते हैं जिससे वे न बीमा खरीद सकें और न प्रव्याजि का भुगतान कर सकते, वे बीमा खरीदने के लिये प्रेरणा नहीं पाते; उनके सामने बहुत-सी आवश्यकताएँ अधूरी रह जाती हैं। कुछ लोग बीमा खरीद सकते हैं, लेकिन उनके बीमा की रकम इतनी कम है कि वृद्धावस्था में सेवामुक्त या आयक्षीणता के समय आवश्यकताओं को पूरा करने के लिए अपर्याप्त आय रहती है। कुछ व्यक्ति ऐसे भी होते हैं जो दुर्घटना के कारण या बीमारी से आय अर्जन के अयोग्य हो जाते हैं और अपनी प्रव्याजि का भुगतान करने में असमर्थ रहते हैं। इन्हीं व्यक्तियों को पिछड़े वर्ग (Under-privileged) में शामिल करते हैं।

इन व्यक्तियों के लिए चार प्रकार के बीमा निर्गमित होते हैं—(1) औद्योगिक जीवन बीमा, (2) सामूहिक जीवन बीमा, (3) पेंशन या प्राविधिक बीमा, और (4) अयोग्यता लाभ बीमापत्र।

1. औद्योगिक जीवन बीमा

औद्योगिक जीवन बीमा से तात्पर्य ऐसे बीमा से है जो मुख्य रूप से वेतनभोगियों को जिनकी आय अपेक्षाकृत कम है, बिना चिकित्सा परीक्षा के छोटी रकम के लिए बेचा जाता है। जैसा कि इनके नाम से विदित है—यह बीमा औद्योगिक इकाई में काम करने वाले व्यक्तियों को ही निर्गमित किया जाना चाहिए, परन्तु अब व्यापारिक और व्यावसायिक कर्मचारियों को भी यह निर्गमित किया जाता है। ये व्यक्ति कम आय होने के कारण साधारण बीमापत्रों को नहीं खरीद सकते; अतः इस बीमा के अन्तर्गत छोटी रकम के बीमापत्र बेचे जाते हैं। ये व्यक्ति दीर्घकालीन प्रव्याजि भुगतान को नहीं अपना सकते और साधारणतः मासिक या साप्ताहिक बचत करने में समर्थ रहते हैं। आय इतनी कम होती है कि बहुत-सी आवश्यक आवश्यकताएँ पूरी नहीं हो पातीं और प्रव्याजि भुगतान के लिए कुछ बचा नहीं सकते।

विशेषता

1. यह बीमापत्र वेतनभोगी व्यक्तियों को ही निर्गमित किये जाते हैं। ये व्यक्ति उद्योग, व्यापार, व्यवसाय, शिक्षा आदि में नियुक्त हो सकते हैं।
2. बीमा की रकम सामान्य बीमापत्र की अपेक्षा कम होती है। बड़ी रकम का बीमापत्र ये व्यक्ति खरीदने में असमर्थ रहते हैं, क्योंकि इनकी आय बहुत कम होती है।

3. प्रव्याजि प्रायः लघु अवधि के अन्तर पर ही जमा किये जाते हैं। यह अवधि साप्ताहिक हो सकती है, लेकिन मासिक अवधि से अधिक किसी भी दशा में वह ज्यादा नहीं होती है।
4. प्रव्याजि का जमा बीमापत्रधारी के निवास स्थान पर ही अभिकर्ता द्वारा किया जाता है। बीमापत्रधारी को बीमा कार्यालय जाने की आवश्यकता नहीं है।
5. प्रव्याजि तालिका में साप्ताहिक प्रव्याजि को ही बताया जाता है, जिसे मासिक दर में बदल सकते हैं।
6. यह बीमापत्र परिवार के सभी सदस्यों के लिए जन्म से लेकर 60 वर्ष की उम्र तक उपलब्ध है। कभी-कभी अवयस्क बीमापत्र 10 वर्षों की उम्र तक निर्गमित किये जाते हैं, इन्हीं कारणों से इसे पारिवारिक जीवन बीमापत्र भी कहते हैं।
7. चिकित्सा परीक्षण की आवश्यकता इस बीमा में इसलिए नहीं होती कि बीमा की रकम अपेक्षाकृत कम होती है।
8. यह बीमा कम आय वाले व्यक्तियों को बचत करने का एक प्रभावशाली प्रोत्साहन है। इससे यह बीमा व्यापार वृद्धि करने का एक महत्त्वपूर्ण साधन बन गया है।
9. उम्र निर्धारण के लिए आगामी जन्म दिवस को ही देखा जाता है, निकटतम जन्म दिवस का प्रयोग नहीं होता।

औद्योगिक और सामान्य बीमापत्र की तुलना

1. प्रव्याजि भुगतान का समय—औद्योगिक बीमापत्र के प्रव्याजि भुगतान का समय कम होता है, जबकि सामान्य बीमापत्र में यह अवधि काफी लम्बी हो सकती है और कभी-कभी यह एकल प्रव्याजि भी हो सकती है, परन्तु पहले प्रकार के बीमा में यह साप्ताहिक और अधिक से अधिक मासिक हो सकती है।

2. प्रव्याजि का एकीकरण—औद्योगिक बीमापत्र में प्रव्याजि का जमा अभिकर्ता द्वारा बीमापत्रधारी के निवास स्थान पर किया जाता है जबकि सामान्य बीमा में यह सुविधा उपलब्ध नहीं है। परिणामस्वरूप औद्योगिक बीमा में लागत अधिक होती है।

3. बीमा की रकम—औद्योगिक बीमा में बीमित रकम सामान्य बीमा की तुलना में कम होती है।

इसके अतिरिक्त सामान्य बीमा और औद्योगिक बीमा में और अन्तर हैं, जिनको निम्न अनुच्छेदों में समझा जा सकता है :—

बीमा की योजना—बीमा की लागत कम करने के लिए इस बीमा के अन्तर्गत सभी प्रकार के बीमा नहीं बेचे जाते हैं, केवल सीमित प्रव्याजि भुगतान आजीवन या बन्दोबस्ती बीमा ही बेचे जाते हैं। आजीवन बीमापत्र को इसलिए निर्गमित नहीं किया जाता, क्योंकि वहाँ पर बचत तत्त्व मौजूद नहीं है।

प्रव्याजि दर—प्रव्याजि को लगातार प्राप्त करने के लिए साप्ताहिक प्रव्याजि को ही प्राप्त किया जाता है, लेकिन साप्ताहिक प्रव्याजि अधिक मँहगा पड़ता है, क्योंकि इसके

एकत्रीकरण सम्बन्धी खर्चे प्रव्याजि में शामिल कर लिए जाते हैं। प्रव्याजि दर अधिक होने के कारण निम्न हैं—

(अ) अधिक मृतक लागत—औद्योगिक जीवन बीमापत्रों में मृतक दर अधिक होने का कारण निम्न जीवन-स्तर, अस्वस्थ वातावरण, थोड़ी आय और चिकित्सा की असुविधा आदि है। दूसरी तरफ कम रकम होने के कारण चिकित्सा परीक्षण के अभाव में अधोप्रमाप जीवन का शामिल होना स्वाभाविक है, जिससे मृत्यु-दर में वृद्धि हो जाती है।

(ब) अत्यधिक प्रशासनिक लागत—प्रत्येक बीमापत्र की रकम अपेक्षाकृत कम और स्थायी लागत अधिक होने के कारण प्रत्येक बीमापत्र पर लागत अधिक होती है। बीमापत्रधारी के घर पर प्रव्याजि एकत्र करने के कारण और अवधि कम होने के कारण बार-बार खर्चे करने पड़ते हैं जिससे लागत अधिक पड़ती है। अयोग्यता और द्विगुणित दुर्घटना लाभ को बिना अतिरिक्त प्रव्याजि लिये शामिल करने के कारण अतिरिक्त हानि की सम्भावना रहती है।

(स) अधिक व्ययगत या खण्डन की दर—प्रव्याजि भुगतान की संख्या अधिक होने के कारण खण्डन के मौके अधिक होते हैं, जिससे लागत में वृद्धि हो जाती है। बीमापत्रधारी को साल भर में कम से कम 12 बार और अधिक से अधिक 52 बार पर्याप्त रकम प्रव्याज जमा करना पड़ता है। दूसरी तरफ प्रव्याजि भुगतान के लिए उनके पास नहीं रहती है।

बीमापत्र की शर्तें—यह बीमापत्र आधारभूत रूप से सामान्य बीमापत्र की तरह होते हैं। इस बीमापत्र में बीमित रकम कम होने के कारण बीमापत्रधारियों को काफी स्वतन्त्रता रहती है और सामान्य बीमापत्र की तुलना में अधिक लाभ रहते हैं।

बीमापत्र लौटाने का विकल्प—यह बीमापत्र बीमापत्रधारियों को यह विकल्प देता है कि यदि वह इससे सन्तुष्ट न हो तो उसे लौटा सकता है और दी गयी प्रव्याजि को वापस पा सकता है। इस विकल्प को अपनाने का समय बीमापत्र निर्गमन के 2-3 हफ्ते तक उपलब्ध होता है। इस प्रकार बीमापत्रधारी को यह सुविधा स्वतन्त्रता प्रदान करती है।

परिवर्तन विकल्प—इस बीमापत्र को दूसरे प्रकार के बीमापत्रों में परिवर्तित करने का अधिकार दिया गया है। इस परिवर्तन में साप्ताहिक प्रव्याजि भुगतान से मासिक प्रव्याजि भुगतान का या औद्योगिक बीमा से सामान्य बीमा में परिवर्तन का विकल्प रहता है।

अयोग्यता और दुर्घटना लाभ—जो अयोग्यता लाभ साधारण बीमापत्रों में उपलब्ध है, वह इसमें कम रकम के कारण सम्भव नहीं है, परन्तु इसमें लागू होने वाला अयोग्यता लाभ बीमित व्यक्ति के आजीवन तक लागू होता है और उसकी 60 वर्ष की आयु पर ही समाप्त नहीं होता। इसमें दोनों हाथों या दोनों पैर या एक हाथ और एक पैर या दोनों आँखें समाप्त हो जाती हैं तो बीमाकर्ता बीमित रकम का पूर्ण भुगतान तुरन्त कर देता है। इसके अतिरिक्त यह बीमापत्र बिना प्रव्याजि भुगतान के चालू रहेगा और उस पर भुगतान मृत्यु के समय या अवधि व्यतीत हो जाने पर कर दिया जायगा। इस प्रकार इस बीमापत्र में प्रव्याजि भुगतान से मुक्ति के साथ बीमा की रकम का भुगतान दुर्घटना के समय तथा दूसरा भुगतान मृत्यु या अवधि व्यतीत पर किया जाता है, जो साधारण बीमापत्रों पर केवल अवधि या मृत्यु

पर ही द्विगुणित रकम का भुगतान होता है।

केवल द्विगुणित बीमा लाभ में प्रायः वही शर्तें रहती हैं, जो सामान्य बीमापत्र में हैं; जैसे यदि मृत्यु दुर्घटना के 90 दिन के अन्दर होती है तो बीमित रकम का दुगुना भुगतान कर देते हैं, परन्तु इन लाभों के लिए अतिरिक्त प्रव्याजि नहीं ली जाती है।

जोखिम का प्रारम्भ—प्रायः आवेदन पत्र के साथ प्रथम प्रव्याजि का भुगतान किया जाता है और उसी समय से बीमा जोखिम प्रारम्भ हो जाती है, बशर्ते कि यह प्रस्ताव स्वीकार योग्य हो, परन्तु बीमापत्र इसके करीब 1½ हफ्ते बाद निर्गमित किये जायेंगे।

प्रव्याजि भुगतान—प्रथम प्रव्याजि का भुगतान आवेदन पत्र के साथ ही किया जायगा और अगली प्रव्याजि का भुगतान चार सप्ताह के अनुग्रह दिन के अन्दर किये जा सकते हैं। यह अनुग्रह दिन मासिक प्रव्याजि में एक माह है। इस प्रकार साप्ताहिक प्रव्याजि में अनुग्रह दिन का समय अपेक्षाकृत अधिक है।

प्रव्याजि का भुगतान अभिकर्ताओं को न देकर बीमा कार्यालय में किया जा सकता है और इसके लिए 10 प्रतिशत की छूट दी जाती है। इस छूट को वर्ष के अन्त में ही दिया जायगा, बशर्ते की प्रव्याजि का भुगतान अनुग्रह दिवस के अन्दर किया गया हो।

पुनर्स्थापना—खण्डन होने के दो वर्ष के अन्दर अदत्त प्रव्याजि का भुगतान बिना ब्याज के करके पुनर्स्थापना की जा सकती है, बशर्ते कि वह बीमायोग्य हो। अदत्त प्रव्याजि पर ब्याज इसलिए नहीं ली जाती है कि साधारण ब्याज एकत्र करने के खर्चे उससे अधिक होंगे, साथ ही साथ यह बीमापत्रधारियों को पुनर्स्थापना से रोकेंगे। यदि बीमापत्र पाँच वर्ष तक चालू रहा और खण्डन की अवधि छः महीने से ज्यादा नहीं हुई तो बीमायोग्यता के प्रमाण आवश्यक नहीं होते हैं।

निर्विवादिता—औद्योगिक बीमापत्र केवल एक वर्ष बाद निर्विवाद होगा, जब कि सामान्य बीमापत्र दो वर्ष बाद निर्विवाद हो जाते हैं। इसके अलावा यह बीमापत्र औद्योगिक प्रसंविदा का अंग नहीं होगा। इस अवधि में बीमापत्र को व्यर्थ किया जा सकता है, यदि बीमाकर्ता को यह पता चले कि वह बीमा निर्गमन के दो वर्ष पहले किसी घातक दुर्घटना का शिकार था तथा इस बात को बीमाकर्ता को न बताया गया हो।

अभिहस्तांकन—औद्योगिक बीमापत्र या तो अभिहस्तांकन मना करते हैं या एक सीमित और प्रतिबन्धित अभिहस्तांकन को प्रोत्साहित करते हैं। यह बीमा के खर्चों और पेचीदगीपने को दूर करने के लिए किया जाता है। इस बात का भी ध्यान रखा गया है कि नियोक्ता या अन्य कोई व्यक्ति श्रमिकों के बीमापत्रों का शोषण न कर सके। परन्तु बीमापत्र की जमानत पर बैंकों से ऋण प्राप्त करने के लिए अभिहस्तांकन स्वीकृत है।

ऋण—बीमापत्रों की रकम कम और खर्चे अधिक होने के कारण बीमाकर्ता से ऋण प्रायः नहीं लिये जा सकते हैं। दूसरी तरफ साप्ताहिक प्रव्याजि योजना में ऋण प्रदान करने का कोई प्रावधान नहीं है। यद्यपि कि मासिक प्रव्याजि पर ऋण दिया जा सकता है, परन्तु बैंकों से ऋण प्राप्त किये जा सकते हैं।

अपहरण प्रावधान—अपहरण प्रावधान वही लागू होता है जो सामान्य बीमापत्र पर

लागू करते हैं। लेकिन न्यूनतम देय रकम का निर्धारण एक दूसरी मृतक तालिका से किया जाता है जिसमें प्रव्याजि की दर अधिक होती है। इस बीमापत्र में नकद समर्पित मूल्य तब तक नहीं दिया जायगा, जब तक कम से कम 5 वर्ष की प्रव्याजि न दी गयी हो। विस्तृत अवधि बीमा या प्रदत्त बीमा इस बीमापत्र में भी उपलब्ध होते हैं।

अधिलाभांश—इस बीमापत्र में अधिलाभांश सामान्य बीमापत्र के अधिलाभांश जैसे नहीं होते हैं, क्योंकि इस पर खर्चों की संख्या अधिक होती है और अधिलाभांशों के विकल्प उपलब्ध नहीं होते हैं।

अध्यर्थन विकल्प—बीमा की रकम कम होने के कारण अध्यर्थन के विकल्प उपलब्ध नहीं होते हैं या कुछ सीमित विकल्पों का ही प्रयोग किया जाता है जब बीमित रकम एक न्यूनतम सीमा से अधिक हो।

लाभार्थी—जिस लाभार्थी का नाम बीमापत्र में लिखा है वह यदि बीमित व्यक्ति से घनिष्ठ सम्बन्ध नहीं रखता या बीमित व्यक्ति की मृत्यु पर आर्थिक हानि नहीं उठाता तो बीमाकर्ता ऐसे बीमापत्र को निर्गमित नहीं करते हैं। यह बीमा अयोग्य हित को रोकने और बीमित व्यक्ति के शोषण को रोकने के लिए किया जाता है।

जोखिम की मात्रा—इस बीमापत्र में जोखिम की मात्रा सामान्य बीमापत्र से अधिक होती है। इसके निम्न कारण हैं :—

(i) उम्र—औद्योगिक बीमापत्र में अगले जन्म दिवस पर होने वाली उम्र को ही माना जाता है, निकटतम उम्र से कोई तात्पर्य नहीं है।

(ii) चिकित्सा परीक्षण—प्रस्तावक का चिकित्सा परीक्षण नहीं होता क्योंकि चिकित्सा लागत अधिक होगी, उनके स्वास्थ्य निश्चित रूपेण सामान्य बीमापात्र से खराब होते हैं। कुछ थोड़े और छोटे चिकित्सा परीक्षण अपनाये जाते हैं; जैसे वजन, ऊँचाई और शारीरिक गठन आदि की जाँच।

(iii) अपर जीवन—इन व्यक्तियों को सामान्य प्रव्याजि पर बीमा नहीं दिया जा सकता है; अतः इनके लिए अधिक प्रव्याजि का बीमा बेचा जा सकता है और जहाँ पर अत्यधिक जोखिम होगी, बीमा नहीं बेचा जायगा।

जनता जीवन बीमापत्र

जनता बीमापत्र सर्वसाधारण व्यक्तियों के लाभ हेतु निर्गमित किया जाता है। इसका उद्देश्य यह है कि गरीब समुदाय; जैसे औद्योगिक श्रमिक या ग्रामीण कार्यकर्ता के लिए बीमा प्रदान करना है जो सामान्य बीमापत्र को नहीं खरीद सकते हैं। जनता बीमापत्र एक औद्योगिक जीवन बीमापत्र है जो भारतीय जीवन बीमा निगम द्वारा निर्गमित किया जाता है। यह 1957 से निर्गमित किया जा रहा है। 1970 से यह बन्द हो गया।

प्रतिबन्ध—इस बीमापत्र के अन्तर्गत कम से कम 250 रुपये और अधिक से अधिक 1000 रुपये का बीमा किया जा सकता है। यदि बीमापत्रधारी ने कोई दूसरा बीमा खरीदा हो तो गैर चिकित्सा परीक्षण योजना के अन्तर्गत बीमा की अधिकतम रकम 3000

रुपये से अधिक नहीं होना चाहिए। इसके अन्तर्गत केवल बन्दोबस्ती बीमापत्र निर्गमित किये जाते हैं। बीमा कराने की अधिकतम उम्र 45 वर्ष है। बीमा की अवधि 10, 15, 20 और 25 वर्ष है, बशर्ते कि परिपक्वता 60 वर्ष से अधिक न हो।

प्रव्याजि का भुगतान—प्रव्याजि का भुगतान सामान्य बीमापत्र की तरह से किया जायगा; परन्तु वार्षिक, अर्द्धवार्षिक और त्रैमासिक प्रव्याजि पर कोई कटौती नहीं मिलेगी और न तो मासिक प्रव्याजि पर कोई रकम जोड़ी जायगी। अतः यह मासिक प्रव्याजि भुगतान को प्रोत्साहित करता है।

प्रव्याजि का एकत्रीकरण अभिकर्ता द्वारा नकद या टिकटों में किया जायगा लेकिन प्रथम प्रव्याजि बीमा कार्यालय में जमा करना आवश्यक है। इस प्रव्याजि के भुगतान पर एक प्रव्याजि जमा किताब दी जायगी जिसमें प्रव्याजि जमा करके लिख दिया जायगा। प्रव्याजि को शाखा कार्यालय में जमा किया जा सकता है, परन्तु इसके लिए कोई छूट नहीं है तथापि प्रव्याजि जमा की निश्चितता रहती है। अभिकर्ता द्वारा भी प्रव्याजि को एकत्र किया जा सकता है।

टिकटों में जमा करने के लिए टिकट किसी भी कार्यालय से खरीदे जा सकते हैं, परन्तु जिस दिन ये टिकट उस किताब में लगाये जायेंगे और कार्यालय द्वारा प्रमाणित होंगे, वही दिन जमा का दिन माना जायगा। देय तिथि के 6 महीने के अन्दर किसी भी समय टिकटों को प्रमाणित कराके प्रव्याजि स्वीकृति प्राप्त की जाती है। नकद जमा के सम्बन्ध में अनुग्रह दिन वार्षिक, अर्द्धवार्षिक और त्रैमासिक प्रव्याजि में 6 महीने है और मासिक प्रव्याजि में 3 महीने है। इस प्रव्याजि के सम्बन्ध में कोई सूचना नहीं दी जाती है और न तो कोई रसीद ही दी जाती है, केवल जमा करने की स्वीकृति दी जाती है।

अभिगोपन—35 वर्ष की या उससे कम उम्र वाले प्रस्तावकों के लिए चिकित्सा परीक्षण आवश्यक नहीं है हालाँकि संक्षिप्त चिकित्सा परीक्षण की आवश्यकता होती है। बीमित रकम का भुगतान स्त्री बीमा को छोड़कर अन्य सभी प्रकार के बीमा में किया जाता है। जोखिमपूर्ण बीमा के लिए अतिरिक्त प्रव्याजि ली जा सकती है।

समर्पण एवं खण्डन—खण्डित बीमापत्रों को देय तिथि के 3 वर्षों के अन्दर बकाया प्रव्याजि पर 6 प्रतिशत ब्याज देकर पुनर्स्थापित किया जा सकता है। यदि किसी बीमापत्र में दो वर्ष का प्रव्याजि दिया जा चुका है तथा प्रदत्त मूल्य 50 रुपये से कम नहीं है तो खण्डित बीमापत्र अपने आप प्रदत्त बीमा में परिणत हो जाता है। बीमापत्र को नकद समर्पण मूल्य के लिए समर्पित किया जा सकता है, बशर्ते कि इस पर दो वर्ष की प्रव्याजि दी जा चुकी हो। समर्पण मूल्य प्रथम प्रव्याजि और अतिरिक्त प्रव्याजि को छोड़ दी गयी प्रव्याजि की रकम के 40 प्रतिशत तक दिया जा सकता है।

विश्व व्यापकता—यह बीमापत्र किसी यात्रा, निवास, पेशे के बन्धन से मुक्त है, परन्तु इस तरह किसी प्रकार का ऋण, अयोग्यता एवं दुर्घटना लाभ नहीं दिये जाते हैं।

इस बीमापत्र को 1961 तक काफी तेजी से चलाया गया, लेकिन उसके बाद यह समाप्त-प्राय हो गया है। अतः भारत में औद्योगिक जीवन बीमा का भविष्य समाप्त है।

2. समूह जीवन बीमा

समूह बीमा के अन्तर्गत बहुत से व्यक्ति एक बीमापत्र के द्वारा बीमित होते हैं। उन्हें साधारणतः चिकित्सा परीक्षण करने की आवश्यकता नहीं होती, साथ ही यह थोड़ी लागत पर निर्गमित किया जाता है। इसके द्वारा एक नियोक्ता के यहाँ कार्यरत कर्मचारियों का बीमा किया जाता है। सामान्य बीमापत्र की अधिकांश शर्तें इसमें लागू होती हैं। लेकिन व्यक्तियों का अलग-अलग बीमा करने के बजाय एक ही बीमापत्र में उन श्रेणी के सभी व्यक्तियों का बीमा कराया जाता है। इस समूह बीमा के लिए कई प्रकार के प्रमाण रखे जाते हैं, सभी व्यक्तियों को मिलाकर औसत जोखिम का निर्धारण किया जाता है और उसी के अनुसार प्रव्याजि का निर्धारण होता है।

परिभाषा—समूह जीवन बीमा से तात्पर्य जीवन बीमा के ऐसे रूप से है जिसमें कम से कम 50 कर्मचारियों का, चिकित्सा परीक्षण या गैर चिकित्सा परीक्षण के एक बीमापत्र नियोक्ता को निर्गमित करके किया जाता है जिसमें प्रव्याजि का भुगतान नियोक्ता या नियोक्ता और कर्मचारी दोनों सम्मिलित रूप से या एक वर्ग के या कई वर्ग के व्यक्तियों, जैसी भी शर्त हो, द्वारा किया जाता है, क्योंकि इसमें व्यक्तिगत चुनाव को स्थान नहीं दिया जाता और नियोक्ता के अतिरिक्त उस वर्ग के सभी या कुछ व्यक्तियों के लिए लिया जाता है। लेकिन जहाँ पर नियोक्ता और कर्मचारी द्वारा सम्मिलित रूप से प्रव्याजि का भुगतान किया जाता है, बीमित कर्मचारियों की संख्या ऐसे कर्मचारियों की संख्या के 75 प्रतिशत कर्मचारियों से कम नहीं होना चाहिए।

इस बीमापत्र के अन्तर्गत बहुत से व्यक्ति एक बीमापत्र के द्वारा बीमित होते हैं। ये व्यक्ति—(1) एक नियोक्ता के कर्मचारी, (2) एक श्रम संघ के सदस्य, (3) एक ऋणदाता के ऋणी हो सकते हैं, (4) अन्य विशेष वर्ग। इस प्रकार यह सामूहिक बीमापत्र केवल नियोक्ता और कर्मचारी से ही सम्बन्धित नहीं है। यह श्रम संघ को उसके सदस्यों के लिए, ऋणदाता को उसके ऋणी के लिए निर्गमित किया जा सकता है। तथापि सामूहिक बीमा में वास्तविक बीमापत्र नियोक्ता से सम्बन्ध रखता है जिसमें प्रव्याजि उसके द्वारा या आंशिक रूप से उसके द्वारा और शेष कर्मचारियों द्वारा भुगतान किया जायगा।

समूह बीमा की योग्यता

सामूहिक आवश्यकता—सामूहिक आवश्यकता को समूह के प्रकार, न्यूनतम संख्या और न्यूनतम अनुपात के आधार पर बताया गया है।

(अ) समूह का प्रकार—जैसा कि परिभाषा के आधार पर स्पष्ट है कि एक ही नियोक्ता के सभी कर्मचारी होने चाहिए। लेकिन जैसे-जैसे बीमा का विकास होता गया, इस समूह में कई नियोक्ता सम्मिलित रूप से अपने कर्मचारियों का या कई ऋणदाता सम्मिलित रूप से अपने सभी ऋणियों का बीमा एक समूह बीमापत्र के द्वारा करा सकते हैं।

(ब) व्यक्तियों की न्यूनतम संख्या—प्रारम्भ में न्यूनतम संख्या 50 थी, जो घटकर 25 और बाद में 10 हो गयी। सामान्य रूप से 25 व्यक्तियों का होना आवश्यक है। इस न्यूनतम संख्या की आवश्यकता विपरीत चुनाव को बचाने के लिए आवश्यक है। जब संख्या कम होगी, तब औसत आयु घट जायगी और बहुत से व्यक्तियों के बीमा अयोग्य होने

के कारण यह वर्ग अपर जीवन का बीमा हो जायगा, परिणामस्वरूप बीमाकर्ता को हानि होगी। अतः विभिन्न देशों के बीमाकर्ताओं ने वहाँ की दशा देखते हुए न्यूनतम सीमा का निर्धारण किया है।

इन कर्मचारियों का बीमा कराते समय उनकी राय लेना आवश्यक है।

(स) समूह का न्यूनतम अनुपात—जहाँ बीमापत्र अंशदान रहित (Non-contributing) आधार पर निर्गमित किया गया है, नियोक्ता के सभी कर्मचारियों का बीमा किया जा सकता है। इस बीमापत्र में कर्मचारी आसानी से अपनी राय देंगे क्योंकि उन्हें प्रव्याजि का भुगतान नहीं करना है। इस बीमापत्र में समस्त प्रव्याजि नियोक्ता भुगतान करता है। परन्तु जो बीमापत्र अंशदान सहित (Contributing) है जिसमें नियोक्ता और कर्मचारी दोनों प्रव्याजि का भुगतान करते हैं; कर्मचारियों को बाध्य नहीं किया जा सकता। अतः यह व्यावहारिक समझा गया है कि उस समूह के कुल व्यक्तियों का 75 प्रतिशत कर्मचारी अवश्य बीमित हों, बशर्ते कि यह 75 प्रतिशत 50 व्यक्तियों से कम न हों अन्यथा कम से कम 50 व्यक्तियों को शामिल करना आवश्यक है जिससे बीमाकर्ता के लागत और खर्चों पर विपरीत प्रभाव न पड़े। कभी-कभी समूह बीमा को ऐच्छिक नहीं रखा जाता, क्योंकि ऐसा करने से बहुत से स्वस्थ व्यक्ति बीमा नहीं करायेंगे और अस्वस्थ व्यक्ति बीमित होंगे, परिणामस्वरूप बीमाकर्ता को हानि होगी।

व्यक्तिगत आवश्यकता—एक कर्मचारी को समूह बीमा में शामिल होने के लिए निम्न शर्तें पूरा करना चाहिए—

(1) नियमित, कार्यशील एवं पूर्णकालिक कर्मचारियों को इस बीमा में शामिल करना चाहिए। इस परिभाषा के अन्तर्गत कार्यकारी अधिकारी और पूर्णरूप से संलग्न मालिक भी समूह बीमा में शामिल किये जा सकते हैं। कर्मचारियों में सहायक संस्थाओं के कर्मचारी भी शामिल किये जा सकते हैं। इसी प्रकार एक नीति और संगठन के अन्तर्गत आने वाले कई संस्थाओं के कर्मचारी एक नियोक्ता के कर्मचारी हो सकते हैं।

(2) दूसरी आवश्यकता उनके कार्य में पूर्ण रूप से कार्यशील होने की है। उनका स्वास्थ्य ठीक हो और कार्य को सुचारू रूप से कर सकते हों।

(3) पूर्णकालिक कर्मचारियों को ही शामिल किया जाता है। अल्पकालिक कर्मचारियों को समूह बीमा से दूर रखते हैं।

अनियमित कर्मचारी जो सामयिक रूप से कार्य में लग जाते हैं, उन्हें भी बीमा से दूर रखा गया है।

(4) नये कर्मचारी जिन्होंने परीक्षण अवधि (Probationary Period) पूर्ण कर लिया है, योग्यता अवधि में शामिल होते हैं जो उसके बाद 31 दिन तक का होता है। इसी योग्यता अवधि में उनको समूह बीमा में बिना बीमा योग्यता प्रमाण दिये शामिल किया जा सकता है। यदि इस अवधि में उन्हें समूह बीमा में शामिल न किया गया जो पुनः इस बीमा में शामिल हो रहे हैं, बीमा योग्यता का प्रमाण देना आवश्यकता है।

लेकिन अंशदान रहित बीमा में यह नियम लागू नहीं होता है, क्योंकि इसी दशा में सभी कर्मचारी अपने-आप शामिल कर लिये जाते हैं।

समूह बीमा में शामिल होने की तारीख—अंशदान रहित योजना में कर्मचारी अपने आप समूह बीमा में उस दिन शामिल हो जाता है, जिस दिन वह इसके योग्य होगा अर्थात् जब परीक्षण अवधि समाप्त हो जायगी और वह एक पूर्णकालिक, कार्यशील एवं नियमित स्थायी कर्मचारी होगा। अंशदान सहित योजना में वह तब तक इस बीमा में शामिल नहीं होगा जब तक इसके लिए आवेदन पत्र न दे और यह बीमा योग्य न हो।

लाभ—सरलता के दृष्टिकोण से प्रत्येक बीमापत्रधारी के लिए एक ही रकम का बीमा लिया जा सकता है, परन्तु यह न तो उचित होगा और न कर्मचारियों के लिए लाभप्रद होगा। इस प्रकार अधिक वेतन पाने वाले या प्रशिक्षित कर्मचारियों का स्थायित्व नहीं रह पायेगा। इसलिए यह उचित समझा जाता है,कि प्रत्येक बीमापत्रधारी को बीमा की विभिन्न रकम दी जाय। ऋणदाताओं के सम्बन्ध में प्रत्येक ऋणी के लिए ऋण की मात्रा तक ही बीमा लिया जा सकता है। बीमा की रकम का निर्धारण निम्न आधारों पर किया जाता है—(1) कर्मचारी को दी जाने वाली क्षतिपूर्ति, (2) कर्मचारी का पद, (3) कर्मचारी की सेवा अवधि, (4) कर्मचारी का वेतन, (5) इनके मिश्रित आधार। इन आधारों पर आश्रित प्रत्येक कर्मचारी के बीमा का रकम उचित और न्यायिक होगी।

प्रत्येक कर्मचारी की प्रव्याजि भुगतान की योग्यता और उनके जीवन मूल्य यानी सम्भावित हानि की मात्रा पर आधारित बीमा की रकम उसके परिवार को अधिक लाभ पहुँचा सकेगी। सरल शब्दों में प्रत्येक कर्मचारी के लिए बीमा की रकम उनके औसत वेतन के कुछ गुने तक बीमा लिया जा सकता है, इससे परिवार वालों को उतनी आय उसकी मृत्यु के उपरान्त एक निश्चित अवधि के लिए पर्याप्त होगी।

जब औसत वेतन निश्चित न किया जा सके, जैसे कार्यानुसार वेतन में, तो उसके पद के अनुसार बीमा की रकम निश्चित करनी चाहिए। सेवाकाल के अनुसार बीमा की रकम बढ़ती जाती है और इसके कारण कर्मचारियों की सुरक्षा भी बढ़ती जायगी। परन्तु इस प्रकार के बीमा को लागू करना ठीक कार्य होगा।

बीमा की न्यूनतम एवं अधिकतम रकम—बीमाकर्ता को खर्चे बचाने के लिए प्रत्येक बीमापत्रधारी के सम्बन्ध में बीमा की न्यूनतम सीमा निश्चित करनी पड़ती है। कर्मचारियों की संख्या जितनी कम होगी, बीमा की मात्रा उतनी ही अधिक होती है। इसी प्रकार प्रत्येक बीमापत्रधारी के लिए अधिकतम सीमा निश्चित करनी चाहिए, जिससे विपरीत चुनाव का प्रभाव न पड़े, क्योंकि सीमा निर्धारण न रहने से व्यक्ति अधिक रकम का बीमा करायेंगे जिससे बीमाकर्ता को हानि होगी। यदि कर्मचारियों की संख्या कम है तो अधिकतम सीमा भी कम होगी और यदि संख्या अधिक है तो अधिकतम सीमा में वृद्धि होगी क्योंकि विपरीत चुनाव का प्रभाव अधिक व्यक्तियों को शामिल करने से कम हो जाता है। हालाँकि जब बीमाकर्ता अपने अधिकतम सीमा से आगे जाना चाहता है तो उससे बचाव के लिए बीमा योग्यता के आधार पर ही बीमा बेचना चाहिए। अधिक रकम का पुनर्बीमा करना चाहिए और इस अधिक रकम के लिए एक विशेष संचय तैयार करना चाहिए।

बीमापत्र की शर्तें एवं प्रावधान

मृत्यु लाभ—जब बीमित व्यक्ति की मृत्यु योग्यता वर्ग (Eligibility Group) से निकल जाने पर होती है तो मृत्यु लाभ नहीं मिलता, परन्तु इससे निकलने के 30 दिन के अन्दर मृत्यु होने पर मृत्यु लाभ उसी प्रकार दिये जाते हैं जैसे इस वर्ग में रहने पर मिलता।

परिवर्तन अधिकार—एक बीमित कर्मचारी को एक निश्चित समय के अन्दर अपने बीमापत्र को व्यक्तिगत बीमापत्र में बदलने का अधिकार है। साधारण कर्मचारियों को अपनी सेवा समाप्ति के 31 दिन के अन्दर इसे परिवर्तित करा लेना चाहिए। इसका महत्त्वपूर्ण लाभ यह है कि बीमा योग्यता के प्रमाण की आवश्यक नहीं पड़ती है।

अयोग्यता लाभ—बीमित व्यक्ति के 60 वर्ष की उम्र प्राप्त होने के पहले यदि स्थायी अयोग्यता होती है तब उसे अवधि व्यतीत होने पर या मृत्यु पर जैसा भी हो बीमित रकम का भुगतान किया जायगा और इसके लिए अयोग्यता के दिन से कोई प्रव्याजि नहीं ली जायगी।

प्रव्याजि भुगतान—प्रव्याजि का भुगतान वार्षिक, अर्द्धवार्षिक, त्रैमासिक और मासिक हो सकता है। यह भुगतान केवल नियोक्ता द्वारा किया जायगा, चाहे बीमापत्र अंशदान सहित या अंशदान रहित हो।

अंशदान सहित के अन्तर्गत नियोक्ता का यह कर्त्तव्य होता है कि वह कर्मचारियों से अंशदान एकत्र करे। प्रव्याजि का निर्धारण आयु, स्त्री या पुरुष वर्ग, लाभ की सीमा और कर्मचारियों के प्रवेश आदि के आधार पर निश्चित की जाती है।

अनुग्रह दिवस—देयतिथि के बाद 31 दिन तक अनुग्रह दिवस दिये जाते हैं और इसी अनुग्रह दिवस में प्रव्याजि का भुगतान कर देना होता है और यदि इस अवधि में प्रव्याजि का भुगतान नहीं होता है तो बीमा खण्डित हो सकता है, परन्तु खण्डन करने के पहले बीमापत्रधारी को सूचना दी जाती है।

निर्विवादिता—बीमापत्र निर्गमन के दो वर्ष बाद निर्विवाद हो जाता है।

उम्र का भ्रान्त उल्लेख—चूँकि प्रव्याजि उम्र पर आधारित है; भ्रान्त उल्लेख साबित होने पर प्रव्याजि में समन्वय किया जाता है। कभी-कभी इसके लिए बीमापत्र की रकम में से इसे घटा दिया जाता है।

लाभार्थी—जब बीमापत्र में किसी लाभार्थी का नाम नहीं होता, तो बीमाकर्ता को यह विकल्प उपलब्ध है कि वह बीमित व्यक्ति के स्त्री, पति, माता-पिता, बच्चे या वैधानिक प्रतिनिधि को बीमा की रकम दे। इसी प्रकार वह व्यक्ति भी बीमापत्र की रकम एक सीमा तक प्राप्त करने का अधिकार रखता है जिसने बीमित व्यक्ति की मृत्यु पर अन्तिम संस्कार के लिए खर्चे किये हैं। बीमित व्यक्ति को अपने जीवन में लाभार्थी के परिवर्तन का अधिकार है।

प्रमाणपत्र—समूह बीमा में शामिल सभी कर्मचारियों को उनके बीमा सम्बन्धी सूचनाओं के लिए एक प्रमाणपत्र जारी किया जाता है, जिसमें बीमा की रकम, लाभार्थी का नाम, बीमित व्यक्ति का अधिकार और बीमा की प्रमुख तथा सम्बन्धित शर्तें लिखी रहती हैं।

सेवा की समाप्ति—यदि किसी कर्मचारी की सेवा स्थायी रूप से समाप्त हो जाता है

या वह समूह बीमा में बीमा योग्य नहीं रहता है तो उसका बीमा स्वतः समाप्त हो जाता है। यद्यपि वह इस समाप्ति के 31 दिन के अन्दर बिना चिकित्सा परीक्षण कोई अन्य बीमा व्यक्तिगत रूप से खरीद सकता है। लेकिन उसे अवधि बिना नहीं दिया जायगा और बीमित रकम वही होगी जो समूह बीमा में उससे सम्बन्धित प्रारम्भ में थी तथा प्राप्ति उम्र के आधार पर प्रव्याजि का निर्धारण किया जायगा।

सेवा के अस्थायी समाप्ति पर नियोक्ता को यह अधिकार है कि वह इस व्यक्ति को इस समूह बीमा में रखे। यह अस्थायी समाप्ति अयोग्यता, कर्मचारियों की छटनी, अस्थायी स्थानान्तरण के कारण हो सकता है। लेकिन यदि युद्ध वाक्यांश को शामिल किया गया है तो बीमित व्यक्ति के स्थल, जल और वायु सेना में सदस्य होने पर बीमा चालू नहीं रहेगा। किसी भी दशा में बीमित व्यक्ति को इस बीमा को 31 दिन के अन्दर दूसरे बीमापत्र में बदलने का अधिकार है।

समूह बीमा का त्याग—जिस कर्मचारी को समूह बीमा में 5 वर्ष तक शामिल किया जा चुका है, व इसे छोड़कर दूसरी योजना के अन्तर्गत आने वाले बीमापत्रों को क्रय कर सकता है, लेकिन इस नये बीमापत्र की रकम एक निश्चित रकम से ज्यादा नहीं होनी चाहिए।

परिवर्तन अवधि में मृत्यु—यदि बीमित कर्मचारी की मृत्यु सेवा समाप्ति या समूह बीमा प्रसंविदा समाप्ति के बाद होती है, परन्तु 31 दिन के पहले होती है तो वह समूह बीमा के अन्तर्गत उतनी रकम के लिए बीमित समझा जायेगा जितनी रकम के लिए वह मौलिक रूप से व्यक्तिगत बीमा में रहता।

सेवामुक्त कर्मचारी—सेवामुक्त के समय नियोक्ता को यह अधिकार है कि वह उस कर्मचारी को समूह बीमा में चालू रखे। चूँकि इस समय उसकी उम्र अधिक होने के कारण प्रव्याजि दर अधिक होगी, इसलिए साधारणतया बीमा की रकम में कमी कर दी जाती है। यह देखा गया है कि सेवामुक्त के बाद कर्मचारी से सम्बन्धित लागत नियोक्ता ही सहन करता है।

प्रसंविदा का अन्त—नियोक्ता समूह बीमा को सूचना देकर या प्रव्याजि भुगतान बन्द करके समाप्त कर सकता है। अंशदान सहित बीमा में जब न्यूनतम अनुपात या संख्या से कम कर्मचारी हो जाते हैं या जब बीमित व्यक्तियों को अधिक प्रव्याजि देने को कहा जाता है तो प्रव्याजि भुगतान या बीमापत्र वार्षिकी के 31 दिन पहले सूचना देकर प्रसंविदा को समाप्त किया जा सकता है। अंशदान-रहित बीमा में जब न्यूनतम संख्या से कम कर्मचारी हो जाय या कर्मचारियों को प्रव्याजि देने के लिए बाध्य किया जाय तो प्रसंविदा रद्द किया जा सकता है।

भुगतान विकल्प—समूह बीमा में अधिकांश भुगतान एक मुश्त में किया जाता है, परन्तु इसे किस्तों में भी प्राप्त किया जा सकता है।

अभिहस्तांकन—नियोक्ता बीमापत्र को अभिहस्तांकित कर सकता है, परन्तु कर्मचारी ऐसा नहीं कर सकते हैं हालाँकि वे बीमित रकम प्राप्त करने के लिए व्यक्तियों को नियुक्त कर सकते हैं या उनमें परिवर्तन कर सकते हैं।

अधिलाभांश—अधिलाभांश का भुगतान नकद किया जा सकता है या आवेदन पत्र देने पर आगामी प्रव्याजि में जोड़ लिया जायगा।

चिकित्सा परीक्षण—समूह बीमा में शामिल किये जाने वाले व्यक्ति सामान्य जीवन के होंगे क्योंकि कुछ व्यक्ति अधिजीवन के होंगे और कुछ अधोजीवन के; जिसके परिणाम-स्वरूप सामान्य जीवन सामने आता है। इसी कारण से समूह बीमा में चिकित्सा परीक्षण की विशेष आवश्यकता नहीं पड़ती। इसका दूसरा कारण यह है कि नियुक्ति के समय यह आशा की जाती है कि स्वस्थ व्यक्तियों को ही सेवा अवसर दिये जायेंगे जिससे अधिजीवन को बीमित करने की सम्भावना कम रहती है। इसलिए यह देखा गया है कि चिकित्सा परीक्षण के अभाव में वह व्यक्ति भी बीमित हो जाते हैं जो अतिरिक्त प्रव्याजि पर बीमा प्राप्त करते हैं।

बीमा लागत—समूह जीवन बीमा सबसे सस्ते प्रकार का बीमा है क्योंकि प्रारम्भिक और नवकरण खर्चों में कमी हो जाती है। चिकित्सा परीक्षण और स्वतन्त्र निरीक्षण के खर्चे कम हो जाते हैं। प्रचार के खर्चों में कमी हो जाती है क्योंकि प्रचार का कार्य कर्मचारी ही करते हैं, बीमाकर्ता को कुछ व्यय नहीं करना पड़ता है। प्रव्याजि एकत्रित रूप से जमा होती है इसलिए उसके भी खर्चे कम हो जाते हैं। प्रशासनिक खर्चे एक बीमापत्र होने के कारण कम हो जाते हैं।

समूह जीवन बीमापत्रों के प्रकार—समूह बीमापत्र आजीवन या अवधि बीमापत्र होते हैं। अधिकांश जीवन बीमापत्र एक वर्षीय नवकरणीय अवधि जीवन बीमापत्र होते हैं। इसके द्वारा जहाँ पर समूह की संख्या निश्चित नहीं है और प्रायः कर्मचारी सेवा में आते जाते हैं, आसानी से अवधि बीमा में शामिल किये जा सकते हैं।

इसके अतिरिक्त दो सामूहिक स्थायी बीमा भी हैं—

1. इकाई क्रय या समूह प्रदत्त बीमापत्र—यह बीमापत्र एकल प्रव्याजि वाली आजीवन बीमा जो नियोक्ता द्वारा खरीदा जाता है और कर्मचारी द्वारा खरीदा गया ह्रासित इकाई अवधि बीमा का सम्मिश्रण है। दोनों का योग बीमित रकम के बराबर होना चाहिए। सेवामुक्त के समय अवधि बीमा समाप्त हो जाता है और स्थायी आजीवन बीमा उसके जीवन पर्यन्त चलता रहता है।

2. सम प्रव्याजि—इस योजना के अन्तर्गत बीमापत्र आजीवन बीमा हो सकता है या बन्दोबस्ती। सेवा समाप्ति के समय वह इस बीमापत्र को सम्पूर्ण प्रव्याजि देकर चला सकता है।

समूह बीमा के लाभ

1. थोड़ी आय वाले व्यक्तियों को भी बीमा के लाभ मिल जाते हैं क्योंकि व्यक्तिगत रूप से वे बीमा खरीदने में असमर्थ रहते हैं, परन्तु एक वर्ग के बीमा के साथ उनका भी बीमा हो जाता है।
2. बीमा अयोग्य व्यक्तियों को भी इससे लाभ मिल जाता है। व्यक्तिगत तौर पर वे बीमा नहीं खरीद सकते हैं, लेकिन समूह में कुछ अत्यधिक स्वस्थ व्यक्तियों के साथ उनका भी बीमा हो जाता है।

3. कर्मचारी कल्याण के लिए यह एक अत्युत्तम साधन है, जब अंशदान रहित बीमा होगा तो बीमापत्रधारियों को बिना प्रव्याजि के बीमा मिल जाता है।
4. औद्योगिक सम्बन्ध मजबूत बन जाते हैं। कर्मचारी उस सेवा कार्यों में अधिक आकर्षित होंगे जिसमें बीमा की सुविधाएँ मुफ्त या सस्ती मिलेंगी। इससे कर्मचारियों का नैतिक स्तर और योग्यता बढ़ती है। अयोग्यता और दुर्घटना के लाभों से उनमें सन्तोष की भावना भरी रहती है।
5. सामाजिक जिम्मेदारी को पूरा करने का मौका मिलता है। यह धारणा अब धीरे-धीरे जोर पकड़ती जा रही है कि कर्मचारियों की सुविधा का ध्यान रखना नियोक्ता का परम कर्त्तव्य है। नियोक्ता को उनकी बीमारी और दुर्घटना पर एक निश्चित रकम का भुगतान करना आवश्यक है।
6. श्रम संघों की माँग को पूरा करने का एक साधन है। कर्मचारियों की रक्षा और सुरक्षा प्रदान करके श्रम संघ में झगड़े दूर किये जा सकते हैं। नियोक्ता और कर्मचारियों के सम्बन्ध में इसके कारण भी मजबूत बनते जाते हैं।

परिसीमाएँ—इस बीमापत्र के लाभों के अतिरिक्त कुछ परिसीमाएँ हैं जिससे यह विस्तृत रूप से नहीं अपनाया जा रहा है।

(1) यह एक अस्थायी बीमा है और वह भी सेवा समाप्ति के समय समाप्त हो जाता है यद्यपि कि परिवर्तनीय विकल्प वर्तमान रहने से कर्मचारी इसे स्वतन्त्र बीमापत्र में बदल सकते हैं, परन्तु बहुत से कर्मचारी इस लाभ से अनभिज्ञ रहते हैं तथा अधिक प्रव्याजि देने के कारण दूसरे बीमापत्र में नहीं बदलते हैं।

(2) बहुत से कर्मचारियों को समूह बीमा खरीदने में कठिनाई हो सकती है या वे पहले से ही अधिक रकम का बीमा कराये रहते हैं।

(3) उच्च स्तरीय कर्मचारियों को अपने जीवन बीमा से सन्तोष होने के कारण समूह बीमा खरीदने का प्रोत्साहन नहीं मिलता है।

(4) समूह बीमा में व्यक्तिगत वित्तीय समस्याओं पर कोई विचार नहीं जाता है।

भारत में समूह बीमापत्र के रूप

(अ) एक वर्षीय नवकरणीय समूह अवधि बीमा योजना—यह किसी प्रमण्डल के कर्मचारियों को शामिल करता है। इसके अन्तर्गत सेवाकाल में मृत्यु होने पर उसके आश्रितों को उचित वित्तीय सहायता मिल जाती है।

एक समूह बीमापत्र नियोक्ता को निर्गमित किया जाता है और प्रत्येक बीमित व्यक्ति को इससे सम्बन्धित सूचनाओं के साथ एक प्रमाण-पत्र दिये जाते हैं। इस बीमापत्र को अभिहस्तांकित, बंधित और अन्य किसी प्रकार से हस्तान्तरित नहीं किया जा सकता है।

योग्यता—यह बीमापत्र सभी वर्तमान स्थायी कर्मचारियों को उपलब्ध है। बाद में स्थायी होने वाले कर्मचारी भी इसके अन्तर्गत शामिल किये जा सकते हैं। बीमा की रकम का निर्धारण निगम करेगा। पहली बीमा की सीमा में वह जैसे ही बीमा योग्य (यानी स्थायी होता

है तथा परीक्षण काल व्यतीत हो गया है) होता है, उसे इस बीमा में शामिल कर लिया जाता है, बशर्ते वह—(1) कम से कम 6 महीने लगातार काम किये हैं, (2) इस योजना में प्रारम्भ के 6 महीने पहले अस्वस्थता के कारण कार्य से अनुपस्थित न रहा हो और (3) उस दिन पूर्णरूप से सेवा में संलग्न रहा हो। इस अवधि के पहले 7 दिन एक बार में और 13 दिन कुल मिलाकर यदि बीमार रहता है तो वह बीमारी के कारण अनुपस्थित नहीं समझा जायगा। यदि वह सभी शर्तों को पूरा करता हो, परन्तु पूर्णरूप से कार्यशील न हो तो वह उस दिन योग्य समझा जायेगा जिस दिन पूर्णरूप से कार्यशील हो जाय। निगम द्वारा निर्धारित रकम से अधिक रकम के लिए बीमा कराने पर बीमा योग्यता का प्रमाण देना आवश्यक है।

न्यूनतम संख्या—अंशदान रहित बीमा में सभी कर्मचारी बीमित होने चाहिए, बशर्ते कि वे इसके योग्य हो गये हों। इनकी संख्या कभी भी 50 से कम नहीं होना चाहिए। अंशदान सहित बीमा यदि कर्मचारी की संख्या 150 से अधिक है तो कम से कम 75 प्रतिशत व्यक्ति बीमित होने चाहिये। संख्या 100 और 150 के बीच रहने पर 78 प्रतिशत, 75 और 100 के बीच होने पर 83 प्रतिशत और 75 से कम संख्या पर कम से कम 90 प्रतिशत कर्मचारियों का बीमा होना चाहिये। इसके अन्तर्गत भी न्यूनतम संख्या 50 रखी गयी है।

बीमा की रकम का निर्धारण—प्रत्येक कर्मचारी को उसके वेतन क्रम के अनुसार बीमा की रकम बताई जाती है। इसके अतिरिक्त सेवा-अवधि और कर्मचारियों की श्रेणी के आधार पर भी बीमा की रकम का निर्धारण होता है।

यदि कर्मचारी के वेतन में कोई परिवर्तन होता है तो उसी अनुसार बीमा की रकम में भी परिवर्तन हो जाता है, बशर्ते कि वह इस बीमा के योग्य हो। यह परिवर्तन बीमा के वार्षिकी (Anniversary) दिन से प्रभावशाली होगा।

प्रव्याजि भुगतान—सभी प्रव्याजि प्रायः नियोक्ता द्वारा दी जाती है। यदि वह चाहता है कि उसके कर्मचारी भी प्रव्याजि का भुगतान करें तो एक निश्चित प्रतिशत बना लेना चाहिये और उसी के अनुसार भुगतान किया जायगा, शेष रकम का भुगतान नियोक्ता स्वयं करेगा। परन्तु नियोक्ता का अंशदान कभी भी कुल अंशदान के 25 प्रतिशत से कम नहीं होगा।

जोखिम का प्रारम्भ—बीमा प्रसंविदा एक निश्चित तय की हुई तिथि से प्रारम्भ होगा। सभी कर्मचारियों की उम्र और जन्म तिथि का सही और उचित लेख होना चाहिये।

प्रसंविदा की समाप्ति—प्रसंविदा निम्न तिथियों में से सबसे पहली वाली तिथि को समाप्त होगा :—

(1) योजना की समाप्ति,

(2) सेना में भर्ती होने की तिथि,

(3) सेवा की समाप्ति या सेवा से लगातार 3 महीने अनुपस्थित रहने पर बशर्ते कि वह इसके लिए वेतन न पाता हो,

(4) प्रव्याजि भुगतान अवधि की समाप्ति।

बीमापत्र की शर्तों, दशाओं और प्रव्याजि दर में 3 महीने की सूचना देकर परिवर्तन किया जा सकता है।

नामांकन—बीमित व्यक्ति को चाहिए कि वह किसी व्यक्ति को बीमा की रकम प्राप्त करने के लिए नामांकित कर दे। अन्यथा बीमा की रकम जिसको उचित समझा जायगा, दिया जायगा।

(ब) वेतन बचत योजना (Salary Saving Scheme)—इस योजना के अन्तर्गत बीमापत्र किसी भी प्रकार का हो सकता है, क्योंकि यह एक व्यक्तिगत बीमा और सामूहिक बीमा की कुछ विशेषताएँ रखता है। इसके अन्तर्गत सभी कर्मचारियों के बीमा की प्रव्याजि को उनके वेतन में से घटाकर इकट्ठे बीमाकर्ता को दे दिया जाता है। जीवन बीमा निगम सभी व्यक्तियों से प्रव्याजि घटाने के लिए एक सूचना पहले दे देता है, उसी के अनुसार प्रव्याजि घटा कर नियोक्ता भुगतान करता है।

यह सामूहिक बीमा नहीं है, क्योंकि प्रत्येक कर्मचारी अपने अलग-अलग बीमापत्र रखते हैं और सेवा समाप्ति होने पर भी उस बीमापत्र को चालू रख सकते हैं। वे इसे अभिहस्तांकित ऋण और समर्पण का पूर्ण अधिकार रखते हैं। बीमापत्र में उपलब्ध सभी विकल्पों का प्रयोग किया जा सकता है।

समूह बीमा के तत्त्व—प्रत्येक बीमापत्रधारी व्यक्तिगत रूप से भुगतान नहीं करते हैं। नियोक्ता ही उनके प्रव्याजि को एकत्रित करके भुगतान करता है। इसके अन्तर्गत बीमा की रकम पर 0.75 रुपया प्रति हजार घटाकर और प्रव्याजि के 5 प्रतिशत जोड़ को हटाकर के प्रव्याजि की रकम का निर्धारण किया जाता है।

लाभ की समाप्ति—प्रव्याजि में कटौती की रकम तब तक उपलब्ध रहती है जब तक प्रव्याजि का भुगतान वेतन में से घटा कर किया जायगा। जैसे ही प्रव्याजि वेतन में से घटाना बन्द कर दिया जायगा, प्रव्याजि की रकम में वृद्धि हो जायगी।

नियोक्ता की जिम्मेदारी—यदि कोई कर्मचारी बिना वेतन की छुट्टी पर जा रहा है या अग्रिम वेतन ले रहा है या कटौती का अधिकार वापस लेता है तो यह बीमापत्रधारी की जिम्मेदारी होगी कि वह प्रव्याजि का भुगतान करता रहे। ऐसी दशा में नियोक्ता की जिम्मेदारी समाप्त हो जाती है और वह किसी भी दशा में जीवन बीमा के खण्डित होने पर जिम्मेदार नहीं होगा।

(स) समूह सेवोपहार जीवन बीमा योजना (Group Gratuity Life Assurance Scheme)—यह योजना वहाँ उपलब्ध है जहाँ पर कर्मचारी अपने नियोक्ता से सेवोपहार (Gratuity) प्राप्त करते हैं। बहुत नियोक्ताओं की यह जिम्मेदारी हो जाती है कि वे सेवामुक्त या उसके पहले मृत्यु या एक निश्चित काल तक सेवा करने के बाद ऐच्छिक त्याग पर कुछ सेवोपहार दे। इन तमाम जिम्मेदारियों को पूरा करने के लिए जीवन बीमा निगम ने एक सेवोपहार योजना का प्रारम्भ किया है जिसमें नियोक्ता बिना अतिरिक्त लागत के और अधिक जिम्मेदारियों को पूरा करने या लाभों को देने का प्रावधान है।

योग्यता—इसमें वे सभी कर्मचारी शामिल किये जाते हैं, जिन्हें सेवोपहार मिल सकता है। इसके अन्तर्गत जब कर्मचारियों की संख्या 50 से कम नहीं होती है तो चिकित्सा

परीक्षण की आवश्यकता नहीं होती है। उन्हें केवल लघु परीक्षण ही देना पड़ता है, कर्मचारियों को पूर्ण कालिक और कार्यशील होना चाहिए। बीमा जीवन निगम जब आवश्यकता समझे तब बीमा योग्यता की जाँच कर सकता है।

नियोक्ता द्वारा ही यह निश्चित किया जायगा कि किस दिन कर्मचारी इस योजना में शामिल किया जाय।

लाभ—इस योजना के अन्तर्गत मृत्यु, सेवामुक्ति और सेवा समाप्ति पर लाभ दिये जाते हैं :—

1. मृत्यु पर—सेवा कार्य के समय यदि बीमित कर्मचारी की मृत्यु होती है तो उससे सम्बन्धित बीमित रकम का भुगतान कर दिया जायगा। बीमित रकम का निर्धारण उसके मासिक वेतन के कुछ गुने तक होता है जो उसकी सेवा अवधि, पद और सामान्य दशाओं पर आधारित है।

2. सेवामुक्ति पर—एक न्यूनतम सेवाकाल पूरा होने पर उसे सेवामुक्ति के समय सामान्यतया सेवाकाल के प्रति वर्ष पर एक महीने का सेवापहार दिया जाता है, लेकिन यह अधिकतम सीमा से अधिक नहीं होना चाहिए।

3. सेवा समाप्ति पर—सेवा मुक्ति के पहले, लेकिन एक निश्चित अवधि बाद सेवा से त्याग-पत्र देने पर भी कुछ सेवोपहार दिये जाते हैं, बशर्ते यह ऐच्छिक हो और नियोक्ता इससे सहमत हो। यह निश्चित नियमों के अनुसार दिया जाता है, लेकिन जहाँ पर कोई नियम न हो तो निगम की सलाह से इस रकम का निर्धारण किया जाता है।

बीमा की रकम—यह शुद्ध बन्दोबस्ती और अस्थायी (अवधि) बीमा के सम्मिश्रण से खरीदा जाता है। शुद्ध बन्दोबस्ती बीमा का प्रयोग सेवामुक्त होने पर और अस्थायी बीमा का प्रयोग सेवामुक्त के पहले मृत्यु होने पर दिया जायगा। यदि सेवा की समाप्ति किसी कारण से होती है तो निगम शुद्ध बन्दोबस्ती के अन्तर्गत प्राप्त समर्पित मूल्य का भुगतान करता है। लेकिन यह समर्पित मूल्य किसी भी दशा में सेवोपहार से अधिक नहीं होना चाहिए। यदि यह अधिक होता है तो आधिक्य एक कोष में संचय कर लिया जायगा, जिसका प्रयोग सेवोपहार की कमी को पूरा करने के लिए प्रयोग किया जायगा।

प्रत्याशी—इस योजना को प्रत्याशी द्वारा संचालित किया जाता है। किसी व्यक्ति को शामिल करने का प्रस्ताव उसी प्रत्याशी द्वारा किया जायगा। निगम द्वारा बीमापत्र प्रत्याशी को ही निर्गमित किया जायगा। व्यक्तिगत रूप से प्रत्येक कर्मचारी के लिए प्रमाण-पत्र दिये जा सकते हैं। प्रत्याशी लेख में देस बीमा प्रसंविदा सम्बन्धित सभी नियमों का उल्लेख रहता है। निगम इस मामले में नियोक्ताओं को सलाह एवं सुझाव देते हैं।

नामांकन एवं अभिहस्तांकन—इस बीमापत्र के अन्तर्गत सभी सदस्यों का यह कर्त्तव्य है कि वह बीमा की राशि प्राप्ति करने के लिए किसी व्यक्ति को नामांकित कर दे। यदि किसी प्रकार का नामांकन नहीं रहता है तो बीमा की रकम जिसे उचित समझा जायगा, भुगतान किया जायगा।

अभिहस्तांकन या बन्धक पर ऋण नहीं लिये जा सकते हैं।

समाप्ति एवं परिवर्तन—नियोक्ता को यह अधिकार है कि वह 3 महीने की सूचना देकर योजना को समाप्ति या परिवर्तित कर सकता है। इसी प्रकार निगम को भी यह अधिकार है कि 3 महीने की सूचना देकर बीमा की शर्तों, दशाओं और प्रव्याजि दर में परिवर्तन कर सकता है। सूचना की अवधि समाप्त होने पर ही नई शर्तें आदि लागू होंगी।

3. पेन्शन योजनाओं का बीमा

पेन्शन की आवश्यकता—वृद्धावस्था में आय अर्जन शक्ति क्षीण हो जाती है, परन्तु आवश्यकताओं और जिम्मेदारियों को पूरा करने के लिए कुछ आय का होना आवश्यक है। यह सेवा संलग्न व्यक्तियों को पेन्शन के रूप में देकर पूरा किया जा सकता है :—

(1) प्रत्येक व्यक्ति की अपनी बचत प्रायः बहुत कम होती है, क्योंकि लोग वर्तमान आवश्यकताओं को पूरा करने में ज्यादा रुचि लेते हैं, भविष्य में मुद्रा के गिरते हुए मूल्य में बचाना अलाभकारी लगता है। इन खर्चों के बाद वर्तमान समय आयकर का भार भी लोगों को बचत न करने को बाध्य करता है। भविष्य की इस कमी को वृत्ति द्वारा पूरा किया जाता है, परन्तु इसकी भी लागत अधिक होती है।

(2) वृद्धावस्था में सहायता के लिए सरकार के पास कोई महत्त्वपूर्ण योजनाएँ नहीं दिखाई पड़तीं।

(3) समाज में संयुक्त परिवार प्रथा का अन्त होता जा रहा है, जिससे परिवार के व्यक्तियों पर आश्रित रहने की बात बिल्कुल समाप्तप्राय-सी लगती है और अब बाध्य होकर व्यक्तिगत रूप से वृद्धावस्था के लिए संचय करना आवश्यक होता जा रहा है।

इन सब कारणों से कर्मचारियों के हित के लिए नियोक्ता की जिम्मेदारी हो जाती है कि वह उन्हें वृद्धावस्था को चलाने के लिए कुछ रकम अवश्य सामयिक रूप से देता रहे जिससे कर्मचारी निश्चिन्त रह सकें और उनकी नैतिकता में वृद्धि हो सके।

पेन्शन योजना का स्वरूप

योग्यता—योजना में यह दिखाना आवश्यक है कि कौन-कौन से व्यक्ति पेंशन योजना में शामिल किये जायेंगे। समय और कार्यानुसार वेतन पाने वाले व्यक्तियों के लिए अलग-अलग पेन्शन योजनायें लागू होंगी। सेवावधि, उम्र और पद के अनुसार पेन्शन में परिवर्तन होने चाहिए। कर्मचारियों की वृद्धावस्था में सहायता को ध्यान में रखकर इस योजना को चलाना चाहिए।

सामान्य सेवामुक्ति उम्र—प्रत्येक योजना में सेवामुक्ति उम्र का स्पष्ट उल्लेख होना चाहिए क्योंकि इसी के आधार पर लाभ की मात्रा, लागत का अनुमान, उचित संगठन और प्रबन्ध किया जाता है। यह उम्र 56 वर्ष से 62 वर्ष तक विभिन्न कार्यों में निश्चित की गयी है।

लाभ निर्धारण—चूँकि व्यक्तियों का जीवन स्तर अन्तिम वेतन क्रम पर आधारित रहता है, इसलिए पेन्शन भी उसी वेतन के अनुसार निश्चित करना चाहिए। लाभ निर्धारण को दो भागों में बाँटा गया है—(1) निश्चित लाभ, (2) मुद्रा लाभ।

1. **निश्चित लाभ**—इसके अन्तर्गत लाभ निश्चित और स्थिर रहता है और लागत उम्र तथा स्त्री पुरुष जाति के आधार पर बदलती रहती है। इसमें अंशदान में परिवर्तन होते रहते हैं। यह आय और सेवा से सीधा सम्बन्ध रखता है। इसमें पिछली और भविष्य के सेवाकाल पर जोर दिया जाता है।

2. **मुद्रा लाभ**—इस पेन्शन योजना के अन्तर्गत नियोक्ता और कर्मचारियों का अंशदान निश्चित रहता है तथा लाभ में उम्र, सेवावधि, मनुष्य जाति आदि के अनुसार परिवर्तन होता रहता है। इस योजना का बहुत कम प्रयोग हो रहा है।

पूरक लाभ—पेंशन के साथ-साथ मृत्यु, दुर्घटना, सेवोपहार आदि अन्य सुविधाएँ भी प्रदान की जा सकती हैं, परन्तु यह नियोक्ता के व्यवसाय पर आधारित है।

कर्मचारी अंशदान—पेन्शन योजना में प्रायः कर्मचारी भी कुछ अंशदान देता है और शेष अंशदान नियोक्ता पूरा करता है। अंशदान रहित योजना में केवल नियोक्ता ही लागत को सहता है, लेकिन ऐसी योजना का अभाव है। अंशदान सहित योजना में कर्मचारियों की जिम्मेदारी बढ़ती है, नियोक्ता पर ही सब भार नहीं आता और पेन्शन की मात्रा में वृद्धि हो जाती है। परन्तु प्रशासनिक खर्चे बढ़ने के साथ स्वतन्त्रता में कमी आ जाती है।

अंशदान सहित योजना में कर्मचारी को अपने अंशदान को ब्याज सहित प्राप्त करने का अधिकार होना चाहिए। यहाँ तक कि नियोक्ता के अंशदान में भी उसका निहित हित (Vesting Interest) रहता है। यह निहित हित समय, रकम, स्वरूप और प्रकार के आधार हो सकता है। समय के अनुसार हित तुरन्त, सेवामुक्ति या एक निश्चित अवधि पर सन्निहित होता है। रकम से तात्पर्य नियोक्ता के अंशदान का पूर्ण या आंशिक हित से है। जहाँ तक स्वरूप का सम्बन्ध है, यह एक मुश्त या वृत्ति में हो सकता है। शर्तयुक्त या पूर्णरूपेण हित हस्तांतरित हो सकता है।

योजना में वित्त प्रबन्ध

कोषीय पद्धति—जब पेन्शन योजना चालू करने के लिए धन का संचय किया जाता है या उसका बजट बनाया जाता है तो उसे कोषीय पद्धति कहते हैं। सेवामुक्ति के लिए धन का अग्रिम रूप से संचय किया जाता है। इसमें जीवनांकिकी सिद्धान्तों पर पहले से पेन्शन की रकम अनुमानित की जाती है और उतनी रकम का संचय किया जाता है जिससे कर्मचारियों के मन में सन्तोष की भावना बनी रहती है और उनको भी अंशदान देने के लिए प्रेरित किया जा सकता है।

अकोषीय पद्धति—इसमें पेन्शन देने के लिए अग्रिम रूप से संचय नहीं किया जाता, परन्तु सेवामुक्ति के समय वर्तमान आय में से रकम निकाली जाती है। चूँकि वर्तमान आय में अनिश्चितता रहती है, इसलिए उसमें पेन्शन देने का मतलब यह होगा कि विभाजीय लाभ कम होगा और किसी वर्ष लाभ न होने से पेन्शन न दिया जा सकेगा।

पेन्शन लागत—कोषीय पद्धति में अग्रिम रूप से धन का संचय किया जाता है। इससे इसमें होने वाली लागत को समझना उचित होगा। लागत का आधार—(1) मृतक-दर, (2) ब्याज, (3) खर्चे, (4) विक्रय, (5) सेवामुक्ति उम्र और (6) लाभ में परिवर्तन हैं। यद्यपि इन तत्त्वों का सही मूल्यांकन करना कठिन है तथापि इसके लिए प्रयास करना चाहिए और देय पेन्शन के बराबर संचय करना चाहिए।

कोष का माध्यम—पेन्शन के लिए कोष तैयार करने के लिए दो माध्यम हैं—(1) स्वतः संचालित या प्रन्यासित योजना और (2) बीमा योजना। स्वतः संचालन में एक प्रन्यासी की नियुक्ति की जाती है जो कर्मचारियों के लाभ के लिए प्रयास करता है। इसके अन्तर्गत प्रन्यास के अन्दर रखी जाने वाली रकम का निर्धारण जीवनांकिकी सिद्धान्तों पर किया जाता है। प्रन्यासी कोई बैंक हो सकते हैं जो नियोक्ता के आदेशों के अनुसार पेन्शन योजना का संचालन करते हैं। इसमें नियोक्ता खर्चे, मरण-दर और विनियोग सम्बन्धी समस्याओं को स्वयं झेलते हैं। जीवनांकिक केवल अनुमानित और पूर्वस्थापित दरों का प्रयोग करते हैं और विपरीत दशाओं में कोई जिम्मेदारी नहीं लेते हैं, वे केवल वर्तमान नियमों के अनुसार एकत्रित कोष का विनियोग करते हैं। नियोक्ता एक आत्म बीमाकर्ता के रूप में है, वह बीमाकर्ता की भाँति समस्त जिम्मेदारियाँ सहता है, लेकिन यह प्रथा वहीं लागू होगी, जहाँ नियोक्ता एक बहुत बड़ी संस्था होगी। तभी इसके लाभ यानी योजना संचालन में आर्थिकता, लोचकता, स्वतन्त्रता और विनियोग के लाभ मिल पावेंगे।

बीमित पेन्शन योजना में बीमाकर्ता की जिम्मेदारी रहती है। वही इस योजना का संचालक होगा। इसके बदले वह नियोक्ता और कर्मचारियों या नियोक्ता से अंशदान प्राप्त करेगा। इसके विभिन्न भेद आगे स्पष्ट किये गये हैं।

बीमा पेन्शन योजनाएँ

समूह विलम्बित वृत्ति प्रसंविदा—इसके अन्तर्गत बीमाकर्ता एक प्रमुख बीमापत्र नियोक्ता को देता है और कर्मचारियों को इसमें शामिल होने का प्रमाणपत्र दिया जाता है। बीमाकर्ता एक न्यूनतम आकार, प्रव्याजि और संख्या निर्धारित करता है जिसके लिए प्रसंविदा नहीं किया जायगा। पहले प्रायः 25 व्यक्तियों को शामिल किया जाता है और यदि अंशदान सहित बीमा है तो कम से कम 75 प्रतिशत कर्मचारियों को इस योजना में शामिल करना चाहिए।

सेवामुक्ति लाभ—सेवामुक्ति के समय कर्मचारी को उसके औसत वेतन का एक निश्चित प्रतिशत पेन्शन के रूप में प्रतिवर्ष दिया जायगा। इसके लिए उसे सेवाकाल में वेतन का कुछ हिस्सा जमा करना पड़ता है जिसके द्वारा विलम्बित वृत्ति प्रसंविदा खरीद लिया जाता है और सेवामुक्ति के समय इस वृत्ति को पेन्शन के रूप में दिया जायगा। सेवामुक्ति का समय निर्धारित करके उसी समय के लिए बीमा खरीदा जायगा।

निहित हित (Vested Interest)—कर्मचारी अपनी सुविधा के अनुसार संशोधित नकद वापसी वृत्ति या आजीवन विलम्बित वृत्ति या संयुक्त और उत्तरजीवी वृत्ति खरीद सकता है। विलम्बित वार्षिक वृत्ति को बिना चिकित्सा परीक्षण के प्राप्त कर सकते हैं। साधारण नियोक्ता के अंशदान में से मृत्यु लाभ नहीं दिये जाते हैं, यद्यपि कि कर्मचारी के अंशदान को

सेवामुक्ति के पहले ब्याज या बिना ब्याज के लौटाया जा सकता है। सेवामुक्ति के बाद मृत्यु पर उसके कुल अंशदान में से सेवामुक्ति लाभ जो दिया जा चुका है, घटा देने से प्राप्त शेष रकम को मृत्यु पर अदा कर देते हैं।

सेवा समाप्ति पर लाभ

सेवामुक्ति के पहले सेवा समाप्ति पर सभी अदत्त लाभों को कर्मचारी को प्राप्त करने का अधिकार है। लेकिन नकद रूप में केवल उस का अंशदान मिल पायेगा, नियोक्ता का अंशदान प्रायः उसे नहीं दिया जायेगा।

अंशदान रहित योजना में, यदि उसका हित सन्निहित नहीं हुआ है, उसे कुछ भी नहीं दिया जायगा। यदि उसका हित शामिल हो गया है तो उसे उसके हित के लिए खरीदी गयी प्रदत्त वृत्ति मिल जायेगी। लेकिन जब अंशदान सहित वृत्ति है तो उसे उसका अंशदान ब्याज सहित या ब्याज रहित मिल जायगा, बशर्ते कि उसका हित शामिल न हुआ हो। हित के सन्निहित या शामिल होने से तात्पर्य जब उसके हित के लिए विलम्बित वृत्ति को खरीदा जाय। हित के सन्निहित होने का समय 10 से 20 वर्ष की सेवावधि के बाद किया जा सकता है। इस अवधि के बाद उसके वेतन का एक निश्चित प्रतिशत बीमाकर्ता को भेजा जाता रहता है। यदि अंशदान सहित योजना है और यदि यह अंशदान रहित योजना है तो नियोक्ता का अंश भेजा जाता है।

जब कर्मचारी सहित शामिल हो जाता है और यह अंशदान सहित योजना है तो यह नियोक्ता द्वारा अंशदान का प्रदत्त वृत्ति और अपने अंशदान की सम्पूर्ण रकम नकद या प्रदत्त वृत्ति में प्राप्त कर सकता है। नियोक्ता के अंशदान को नकद नहीं पा सकता है। यदि सेवामुक्ति, मृत्यु और खराब स्वास्थ्य के अतिरिक्त अन्य किसी कारण से सेवा समाप्ति होती है तो गैर सन्निहित हित में नियोक्ता के अंशदान रद्द कर दिये जाते हैं।

मृत्यु पर लाभ—यदि सेवामुक्ति के पहले कर्मचारी की मृत्यु हो जाती है तो उसके उत्तराधिकारी कर्मचारी के अंशदान को ब्याज सहित पा सकते हैं, परन्तु नियोक्ता के अंशदान को वे नहीं पा सकेंगे। सेवामुक्ति के बाद मृत्यु पर उसके अंशदान जो अदत्त हैं, तभी लौटाया जायगा—यदि यह वापसी वृत्ति (Refund Annuity) है। मालिक के अंशदान का प्रयोग केवल आजीवन वृत्ति खरीदने के लिये किया जाता है।

प्रसंविदा की समाप्ति—बीमित व्यक्ति किसी भी समय इस योजना को समाप्त कर सकता है लेकिन वृत्ति जो पहले खरीदी जा चुकी है, लागू रहेगी। बीमाकर्ता इस योजना को तभी समाप्त कर सकता है जब उसे प्रव्याजि न प्राप्त हो, न्यूनतम कर्मचारियों से कम संख्या हो जाती है, न्यूनतम आवश्यकताओं को पूरा न किया जा सके और नियोक्ता नई शर्तों को चालू करने से मना कर दे।

2. जमा प्रशासन समूह वृत्ति योजना (Deposit Administration Group Annuity Plan)—इस योजना के अन्तर्गत नियोक्ता के अंशदान का तब तक वृत्ति खरीदने के लिये प्रयोग नहीं करते, जब तक सम्बन्धित कर्मचारी सेवामुक्ति अवधि तक नहीं पहुँचता। इस अंशदान को ब्याज सहित एक कोष में संचित करते जाते हैं। दूसरे शब्दों में कर्मचारी का हित

तब तक सन्निहित नहीं होता जब तक वह सेवा मुक्त नहीं होगा। उसी समय इस जमा कोष (Deposit Fund) से रकम निकाल कर वृत्ति खरीदी जायगी। इस अवधि के पहले कर्मचारी बीमाकर्ता से कोई प्रत्याभूत नहीं रखता।

यह विलम्बित वृत्ति प्रसंविदा और जमा प्रशासन प्रसंविदा का एक मुख्य भेद है। इस योजना में नियोक्ता को इस कोष के प्रयोग करने में पर्याप्त स्वतन्त्रता रहती है। यहाँ पर कोई निश्चित प्रव्याजि नहीं ली जाती, बल्कि नियोक्ता और उसका जीवनांकिक मिलकर यह तय करते हैं कि वार्षिक प्रव्याजि कितनी ली जानी चाहिये? प्रत्येक कर्मचारी के अंशदान को उसके खाते में अलग जमा करते हैं। नियोक्ता का सामयिक अंशदान का प्रयोग वृत्ति खरीदने के लिए नहीं किया जाता, बल्कि वह बीमाकर्ता के पास जमा कर दिया जाता है जिस पर एक निश्चित प्रतिशत से ब्याज दिया जाता है।

जब कर्मचारी सेवामुक्त योग्य होता है, को एक निश्चित रकम की वृत्ति खरीदने के लिए कर्मचारी का एकत्रित जमा कोष का प्रयोग एक अग्रिम प्रव्याजि देने के लिये करते हैं और यदि यह रकम कम पड़ती है तो उतनी रकम नियोक्ता के कोष में से निकाल कर बीमाकर्ता को दे दिये जाते हैं। जैसे ही इस रकम को जमा किया जायगा, बीमाकर्ता उन सभी जोखिम को बीमित कर लेता है जो इस योजना के अन्तर्गत आते हैं, किन्तु इस अवधि के पहले सभी जोखिम नियोक्ता को सहन करना पड़ता है।

इस योजना में लोचकता है क्योंकि अन्तिम समय में वेतन के अनुसार वृत्ति में परिवर्तन कर दिया जाता है और प्रसंविदा तथा रकम में आवश्यकतानुसार परिवर्तन किया जा सकता है। बीमाकर्ता इसी कारण से योजना की पर्याप्तता को प्रमाणित नहीं करते हैं, यद्यपि कि सेवाकाल, वेतन क्रम और उम्र के आधार पर जीवनांकिक मूल्यांकन करके पर्याप्तता पर जोर दिया जाता है।

3. तात्कालिक अंशयुक्त प्रत्याभूत योजना (Immediate Participation Guarantee Plan)—इसे पेन्शन प्रशासन योजना या प्रत्यक्ष मूल्यांकित जमा प्रशासन योजना भी कहते हैं। यह बिल्कुल जमा प्रशासन योजना की भाँति है। इसमें किसी बीमापत्र को नहीं खरीदा जाता, बल्कि सभी लाभों को एक एकत्रित कोष में से दिया जाता है जो बीमाकर्ता और कर्मचारी के अंशदानों के योग से तैयार किया जाता है।

यह बहुत बड़े पैमाने पर तैयार किया जाता है। इस कोष में लाभ की लागत (प्रव्याजि या अंशदान) शुद्ध ब्याज और पूँजी लाभों या हानियों को हस्तान्तरित कर देते हैं। इसमें प्रत्येक वर्ष मिलने वाले ब्याज को जोड़ने के साथ खर्चे भी घटाये जाते हैं। इस कोष में से कोई वार्षिकी या वृत्ति नहीं खरीदा जाता, बल्कि इसी कोष में से भुगतान किया जाता है। एक निश्चित पेंशन देने के लिए वृत्ति खरीदने के लिए इस रकम का प्रयोग करते हैं। यदि एकल प्रव्याजि से अधिक जमा है तो उसे इसी कोष में फिर जमा कर देते हैं। इस कोष में लगातार एक निश्चित रकम रखने का प्रयास करते हैं। इस प्रकार अधिक रकम जमा रहने से नियोक्ता को लाभ होगा और कम रकम जमा रहने से हानि होगी।

अंशदान की सीमा—बीमाकर्ता नियोक्ता द्वारा जमा किये जाने की अधिकतम और न्यूनतम सीमा निर्धारित करता है। इस सीमा के अन्दर किसी भी रकम को जमा किया जा सकता है। यदि कभी इस सीमा से कम रकम जमा होगी तो बीमाकर्ता उसे बतायेगा और

हमेशा यह प्रयास किया जाता है कि पर्याप्त रकम इस कोष में जमा रहे।

प्रसंविदा की समाप्ति—कोई भी पक्ष किसी भी समय प्रसंविदा को समाप्त कर सकता है और इस कोष का प्रयोग या तो कर्मचारियों की सेवामुक्ति के समय पर वृत्ति खरीदने के लिये या उस समय विलम्बित वृत्ति खरीदने के लिये किया जायगा।

4. समूह स्थायी प्रसंविदा (Group Permanent Contract)—इस प्रसंविदा के अन्तर्गत बन्दोबस्ती या नकद मूल्य को संचित करते जाते हैं, जिसका प्रयोग सेवामुक्ति के समय पेन्शन देने के लिये किया जाता है। प्रत्येक वेतन क्रम के लिये अलग-अलग लाभ दिये जाते हैं और प्रत्येक वेतन वृद्धि पर इसमें परिवर्तन हो जाते हैं। इसमें सामान्यतया सेवामुक्ति की तारीख निश्चित की जाती है, यद्यपि कि इसमें परिवर्तन सम्भव है। यदि कर्मचारी की मृत्यु सेवामुक्ति के पहले हो जाती है तो बीमा के मूल्य को उसके लाभार्थी को दिये जाते हैं। यदि सेवामुक्ति के बाद मृत्यु होती है तो लाभार्थी को रकम मिल भी सकती है और नहीं भी मिल सकती है क्योंकि यह वृत्ति के प्रकार पर आधारित है। यदि सेवामुक्ति के पहले उसकी सेवा समाप्त कर दी जाती है और उस समय उसका हित सन्निहित नहीं हुआ है तो अंशदान रहित योजना में कुछ नहीं मिलता। हित सन्निहित होने के बाद बीमा का सम्पूर्ण मूल्य उसे मिल जाता है।

5. व्यक्तिगत प्रसंविदा पेन्शन प्रन्यास (Individual Contract Pension Trust)—इसके अन्तर्गत नियोक्ता द्वारा एक प्रन्यासी नियुक्त किया जाता है जो बीमापत्र खरीदने और संचालन की जिम्मेदारी रखता है। वह नियोक्ता से प्रव्याजि एकत्र करता है और उसे बीमाकर्ता के पास भेजता है। वह कर्मचारियों के लाभार्थी को देने के लिए लाभ को भी एकत्र करता है और प्रत्यक्ष रूप से व्यक्तियों को भी भुगतान किया जाता है।

यह सेवामुक्त आय बीमापत्र और सेवामुक्त वृत्ति प्रसंविदा के रूप में हो सकता है। बीमा के अन्तर्गत बीमा योग्यता की आवश्यकता पड़ती है जिससे हानि है, हालाँकि कुछ बीमाकर्ता बिना बीमायोग्यता के इसे बेचते हैं। यह उस समय प्रयोग किया जाता है, जब समूह बहुत छोटा होता है। कर्मचारियों को इस योजना की समाप्ति पर तीन विकल्प उपलब्ध हैं—(1) प्रदत्त विलम्बित वृत्ति को खरीदने के लिये, (2) प्रव्याजि को पूरा भुगतान करने या बीमित रकम को क्षीण करने, या (3) नकद मूल्य प्राप्त करने का विकल्प है।

भारत में पेन्शन बीमा योजना—भारत में पेन्शन देने के लिए जीवन बीमा निगम ने कई योजना चालू की है। ये पेन्शन कर्मचारी की मृत्यु के बाद उसके स्त्री-बच्चों को भी मिल सकते हैं। नीचे इन योजनाओं में से कुछ योजनाओं का पूर्ण वर्णन है और शेष का संक्षिप्त वर्णन किया गया है।

1. आदर्श सुपरएनुएशन योजना (Model Superannuation Scheme)—इस योजना के अन्तर्गत पेन्शन देने के लिए विलम्बित वृत्ति खरीदा जाता है। पेन्शन की रकम का निर्धारण कर्मचारियों की संख्या और क्रय की गयी वृत्ति की रकम पर आधारित रहता है। यह योजना किसी कर्मचारी के लिये तब से लागू होगी जिस दिन से वह नियमित रूप से वेतन वृत्ति को प्राप्त करने लगे या कभी-कभी निगम और नियोक्ता के आपसी समझौते के आधार पर निश्चित होता है।

योग्यता—सभी कर्मचारी जो स्थायी और स्थिर हैं, इस योजना में भाग लेने के अधिकारी हो जाते हैं। योग्यता शर्तों को उनकी सेवा दशाओं के आधार पर निश्चित किया जाता है।

प्रवेश—सभी योग्य कर्मचारी इस योजना में भाग लेंगे। तथापि नियोक्ता को यह अधिकार है कि वह किसी एक विशेष कर्मचारी जिसको आर्थिक कठिनाई का सामना करना पड़ रहा है, को इस योजना में भाग लेने से मुक्त कर दे। यदि कर्मचारी को एक बार अलग कर दिया गया है तो उसे पुनः शामिल नहीं किया जायगा। नियोक्ता द्वारा 6 महीने की सूचना देकर कर्मचारियों को शामिल करने का विकल्प दिया जायगा। इस योजना के लागू होने के समय यदि कोई कर्मचारी योग्य नहीं है तो वह बाद में योग्य होने पर इसमें शामिल हो सकता है। इसके लिए उन्हें नियोक्ता द्वारा सूचना दी जायगी और एक निर्धारित समय में यदि कर्मचारी इसमें शामिल नहीं होता है तो वह फिर शामिल नहीं किया जा सकता है, बशर्ते कि वह उस श्रेणी में न आता हो जिसमें पेन्शन लेना अनिवार्य हो।

सेवामुक्ति तिथि—कर्मचारी की सेवामुक्ति की तिथि इस योजना की वार्षिकी (Anniversary) पर सेवामुक्ति उम्र प्राप्त होने के तुरन्त बाद निश्चित की जाती है। कभी-कभी निगम द्वारा भी सेवामुक्ति तिथि निश्चित की जाती है।

पेन्शन के लिए वेतन—पेन्शन देने के लिए वह वार्षिक वेतन, जो पेन्शन योजना की वार्षिकी के पहले दी गयी है या देय होती है। इसमें आधारभूत वेतन तथा स्थायी भत्ते शामिल होंगे, अस्थायी भत्ते शामिल नहीं करते।

अंशदान—कर्मचारी के इस योजना में शामिल होने के बाद नियोक्ता वेतन का एक निश्चित प्रतिशत अंशदान के रूप में देगा। कर्मचारी के लिये यह तब तक चलता रहेगा जब तक वह सेवा से मुक्ति नहीं पाता या उसकी सेवा समाप्त नहीं हो जाती। जैसे-जैसे कर्मचारियों का वेतन बढ़ता जाता है, अंशदान की रकम में वृद्धि होती है क्योंकि यह वेतन का एक निश्चित प्रतिशत तय किया गया है।

पेन्शन लाभ को बढ़ाने के लिए नियोक्ता कर्मचारी के शामिल होने के पहले की सेवा का एक प्रतिशत प्रदान कर सकता है। लेकिन यह कर्मचारी के कुल अर्जित वेतन के 25 प्रतिशत से ज्यादा नहीं होना चाहिए। कर्मचारी को इसके लिए ऐच्छिक या अनिवार्य अंशदान का नियम बनाया जा सकता है। ऐच्छिक दशा में कर्मचारी को स्वयं अंशदान की मात्रा का निर्धारण करना होगा, जो एक बार लागू होने के बाद सदस्यता अवधि तक चालू रहेगा।

अंशदान का प्रयोग—कर्मचारी और नियोक्ता द्वारा संचित अंशदान से पूर्ण प्रदत्त विलम्बित वृत्ति खरीदा जायगा। इसमें मृत्यु के समय प्रव्याजि लौटाने का प्रावधान हो सकता है। इस प्रकार पेन्शन की कुल रकम इस अंशदार द्वारा खरीदी गयी प्रदत्त पेन्शन (वार्षिक वृत्ति) की रकम के बराबर होगी।

पेन्शन—जब कर्मचारी सेवा से मुक्त होता है तो पेन्शन की रकम मासिक किस्तों में मुक्ति तिथि के आगामी महीने से दी जाने लगती है। इस मासिक किस्त को एक निश्चित अवधि और उसके बाद जब तक वह जीवित रहेगा, भुगतान किया जाता रहेगा।

विकल्प—पेन्शन की रकम प्राप्त करने के लिए कर्मचारी को यह विकल्प दिया

जाता है कि—(1) वह एक निश्चित रकम एक अवधि तक और उसके बाद जब तक वह जीवित रहे, या (2) पेन्शन की रकम केवल जीवन पर्यन्त, या (3) कर्मचारी के जीवन में एक निश्चित रकम और उसके बाद उसके स्त्री-बच्चों को, या (4) पेन्शन का कुछ हिस्सा उसकी स्त्री के जीवन पर्यन्त पेन्शन के लिए प्रयोग किया जा सकता है। चौथी दशा में उसकी अपनी पेन्शन की रकम कम हो जायगी, लेकिन स्त्री पेन्शन की रकम उसके पेन्शन की रकम से ज्यादा नहीं होगा।

यदि उसकी स्त्री की मृत्यु उससे पहले हो जाती है तो उसे स्त्री की भी पेन्शन दी जाती रहेगी, बशर्ते मृत्यु पेन्शन शुरू होने के पहले हो। यदि स्त्री की मृत्यु पेन्शन शुरू होने के बाद होती है तो उसे केवल उसका हिस्सा ही दिया जायगा।

सेवामुक्त होने के पाँच वर्ष पहले कभी भी विकल्प को अपनाया जा सकता है।

पूर्व सेवामुक्ति—नियोक्ता की अनुमति से कर्मचारी सामान्य सेवामुक्ति तिथि से 10 वर्ष पहले कभी भी सेवामुक्ति ले सकता है। उस समय वह पेन्शन के ह्रासित मूल्य को या सामान्य सेवामुक्ति तिथि के बाद सामान्य पेन्शन की रकम भी पा सकता है। ह्रासित पेन्शन सामान्य पेन्शन से कम होगी। पेन्शन की रकम दिये गये अंशदान की रकम के आधार पर निर्धारित की जायगी।

विलम्ब सेवामुक्ति—सामान्य सेवामुक्ति के बाद अधिक से अधिक 5 वर्ष तक सेवामुक्ति तिथि बढ़ाई जा सकती है। इस बढ़े हुए समय में अंशदान को दिया जाता रहेगा और इसी आधार पर पेन्शन की रकम में भी वृद्धि हो जायगी। इसके दो कारण हैं—(1) अंशदान और ब्याज में वृद्धि तथा (2) जीवन अवधि में कमी।

सेवा का त्याग—यदि कर्मचारी सेवा का त्याग ऐच्छिक रूप से, मृत्यु और सेवामुक्ति के अतिरिक्त, करता है तो नियोक्ता का अंशदान बन्द हो जायगा और उसे कुछ विकल्प दिये जायेंगे। पहला विकल्प यह है कि उसे सामान्य सेवामुक्ति तिथि पर पूर्ण या आंशिक पेन्शन देना प्रारम्भ होगा जो दिये गये अंशदान पर आधारित है। दूसरा विकल्प यह है कि वह अपने अंशदान को देता रहे और सामान्य सेवामुक्ति तिथि पर सामान्य पेन्शन प्राप्त करे। तीसरा विकल्प उसी दिन (सेवा के त्याग) से पेन्शन प्राप्त करे जिसकी रकम सामान्य पेन्शन से कम होगी या अवधि में परिवर्तन किया जायगा।

सन्निहित प्रावधान (Vesting Provisions)—कर्मचारी को अपने दिये गये अंशदान पर पूर्ण अधिकार होता है और उपर्युक्त विकल्पों में से किसी एक का उपयोग कर सकता है। नियोक्ता के अंशदान में उसका 5 वर्ष की सेवा के बाद ही हित लागू होगा। यह हित अवधि के साथ बदलता रहता है। यदि स्वास्थ्य और अयोग्यता के कारण वह सेवा त्याग करता है तो उसे उसका और उसके नियोक्ता का अंशदान मिल सकता है। बशर्ते वह लगातार 5 वर्ष तक सेवा में रहा हो, परन्तु यदि कर्मचारी किसी अवैध कारण से या नियोक्ता को आर्थिक हानि पहुँचाकर सेवा त्याग करता है तो नियोक्ता को यह अधिकार है कि प्रन्यासी को अपने अंशदान न देने का आदेश दे दे।

मृत्यु पर लाभ—यदि सेवामुक्ति के पहले कर्मचारी की मृत्यु होती है तो सम्पूर्ण अंशदान और उस पर ब्याज उसके आश्रितों को मिल जायेगा; लेकिन यदि सेवामुक्ति के बाद

विस्तृत अवधि में उसकी मृत्यु होती है तो उसके आश्रितों को पेन्शन दी जायगी। पहली अवस्था में एकत्रित रकम का भुगतान—(1) एक मुश्त, (2) वार्षिक किस्त, (3) लाभार्थी का जीवनकाल, या (4) एक निश्चित अवधि और उसके बाद जब तक लाभार्थी जीवित रहे।

संचालन—इस योजना का संचालन करने के लिये नियोक्ता प्रन्यासी की नियुक्ति करता है जो कर्मचारियों के लिए पेन्शन का प्रस्ताव करता है और जिसे मुख्य बीमापत्र निर्गमित किया जायगा। कर्मचारियों को इसके लिए प्रमाण-पत्र दिये जा सकते हैं। निगम इसे चलाने के लिये नियम, प्रतिनियम आदि आवश्यक सूचनाओं और सलाहों को देता रहता है।

यह योजना आयकर कमिश्नर से प्रमाणित होना चाहिए क्योंकि इससे नियोक्ता, कर्मचारी और उसके लाभार्थी आयकर से छूट प्राप्त करते हैं। यह सम्पूर्ण अंशदान नियोक्ता का एक खर्च होगा और उस पर कोई आयकर नहीं लगेगा, बशर्ते कि कर्मचारी के वेतन के 25 प्रतिशत से अधिक न हो और यह कर्मचारियों के हाथों में भी आयकर से मुक्त है। पेन्शन जब प्राप्त होती है तब उस कर्मचारी की अन्यान्य आयों की भाँति इस पर भी कर लगता है। आश्रितों को दी गयी रकम आयकर से मुक्त है।

नामांकन—प्रत्येक कर्मचारी के लिए यह आवश्यक है कि वह ऐसे व्यक्तियों को नामांकित करे जिसे सेवा-अवधि में मृत्यु पर पेन्शन का भुगतान किया जा सके। यदि ऐसा नहीं किया गया है तो प्रन्यासी की राय में जिसे उचित समझा जाता है, भुगतान किया जायगा; परन्तु लाभों को किसी व्यक्ति को हस्तांतरित, अभिहस्तांकित या बन्धित नहीं किया जा सकता है।

योजना की वापसी—किसी भी कर्मचारी को जब तक वह सेवा में रहता है, इस योजना से वापस या दूर नहीं होने दिया जायगा; यदि वह पहले से इसमें शामिल है। नियोक्ता को अधिकार है कि 3 महीने की सूचना आयकर कमिश्नर, निगम और कर्मचारियों को देकर इस योजना को समाप्त कर दे या उसमें परिवर्तन करे लेकिन इससे पहले से ही सन्निहित लाभों में कोई परिवर्तन नहीं होगा। इसी प्रकार जीवन बीमा निगम को भी अधिकार है कि 3 महीने की सूचना देकर इसकी शर्तों और दशाओं में परिवर्तन कर दे, लेकिन ये संशोधित शर्तें सूचना के बाद वाले हितों पर लागू होगा।

2. जीवन बीमा और सुपरएनुएशन योजना—इसके अन्तर्गत एक वर्षीय नवकरणीय अवधि बीमा और प्रदत्त पेन्शन (विलम्बित वृत्ति योजना) शामिल हैं। ये दोनों किसी भी रकम तक खरीदे जा सकते हैं। इससे सेवा अवधि में मृत्यु पर पर्याप्त रकम आश्रितों को मिल जाती है तथा वृद्धावस्था में उसको तथा उसके स्त्री को पर्याप्त रकम मिल जाती है। इसके बहुत से प्रावधान आदर्श सुपरएनुएशन योजना से मिलते हैं, जो अन्तर है उसे नीचे बताया गया है।

लाभ—सेवा अवधि में मृत्यु पर एक वर्षीय नवकरणीय अवधि बीमा से बीमित रकम मिलती है, परन्तु इस बीमा में शामिल होने के लिए कर्मचारी की आयु 50 वर्ष से अधिक नहीं होनी चाहिए। इस बीमा के नियोक्ता के अंशदान से खरीदा जाता है। यदि नियोक्ता के अंशदान में कुछ शेष रहता है तो वह शेष और कर्मचारी के अंशदान से विलम्बित वृत्ति खरीद कर पेन्शन देने का प्रावधान किया जाता है।

अवधि बीमा की समाप्ति—अवधि बीमा के लाभ उस समय समाप्त हो जाते हैं, जब वह सेवा को त्याग देता है या सामान्य सेवामुक्ति की तिथि आ जाती है।

मृत्यु पर लाभ—सेवावधि समाप्त होने के पहले जब कर्मचारी की मृत्यु होती है तो उसे सभी अंशदान अवधि बीमा लाभ (बीमित रकम) के साथ दिये जाते हैं।

चिकित्सा परीक्षण—जब कर्मचारियों की संख्या 50 से कम नहीं है, चिकित्सा परीक्षण की आवश्यकता नहीं होती, बशर्ते की बीमित रकम और संख्या एक सीमा से अधिक न हो। कर्मचारियों को योजना लागू होने के समय कार्यशील होना चाहिए और स्वास्थ्य आदि के कारण छुट्टी पर नहीं होना चाहिए। निगम यदि चाहे तो इन व्यक्तियों की बीमायोग्यता की जाँच कर सकता है।

प्रव्याजि में छूट—यदि कम से कम 10 कर्मचारी हों और बीमा तथा वृत्ति के अन्तर्गत कुल मिलाकर कम से कम 2 लाख रुपये का बीमा तथा वार्षिक अंशदान 7000 रुपये या उससे अधिक हो, तो निगम प्रव्याजि में एक विशेष छूट देगा।

3. औसत वेतन सुपरएनुएशन योजना—इस योजना के अन्तर्गत सेवा अवधि में प्राप्त वेतन की औसत के आधार पर पेन्शन दिये जाते हैं लेकिन यह वहाँ अधिक महत्त्वपूर्ण होगा जहाँ वेतन क्रम में ज्यादा परिवर्तन नहीं हुए हैं। वेतन क्रम में अधिक परिवर्तन की दशा में अन्तिम वेतन का आधार ज्यादा उपयुक्त होगा।

इस योजना में भी कर्मचारी ऐच्छिक या अनिवार्य रूप से अंशदान दे सकता है और शेष लागत को नियोक्ता पूरा करता है। यह अंशदान रहित भी हो सकता है जिसमें नियोक्ता को सम्पूर्ण लागत देनी पड़ती है।

विकल्प—सेवामुक्ति के 3 वर्ष पहले पेन्शन प्राप्त करने का विकल्प लिया जा सकता है। यदि स्त्री के पेन्शन को भी लिया जाता है तो कर्मचारी के पेन्शन योजना लागू होने के 3 वर्ष के कर्मचारी के स्वास्थ्य परीक्षण की आवश्यकता होगी।

पूर्व सेवामुक्ति—नियोक्ता की अनुमति पर सामान्य सेवामुक्ति तिथि के 5 वर्ष के अन्दर कोई सदस्य कर्मचारी सेवामुक्त हो सकता है और उसे निम्न विकल्प मिलेंगे—

(1) सामान्य सेवामुक्ति तिथि के बाद वह पेन्शन ले सकता है जो इस योजना में शामिल होने पर प्रतिवर्ष 2½ प्रतिशत सेवाकाल तक और योजना में शामिल होने के पहले 2 प्रतिशत उसके पूर्व की अवधि पर निर्धारित किया जायगा, या

(2) वास्तविक सेवामुक्ति के समय से तात्कालिक पेन्शन जो उपरोक्त के प्रदत्त मूल्य पर निश्चित किया जायगा,

(3) वास्तविक सेवामुक्ति के बाद, परन्तु सामान्य सेवामुक्ति के 5 वर्ष के अन्दर किसी समय से पेन्शन लिया जा सकता है।

विलम्बित सेवामुक्ति—यदि सामान्य सेवामुक्ति के बाद कर्मचारी सेवामुक्त होता है तो सेवामुक्त होने के समय से पेन्शन दिया जायगा, परन्तु उसके लिए अतिरिक्त अंशदान की आवश्यकता नहीं होगी।

सेवा त्याग—यदि उसने 10 वर्ष से कम सेवा की है तो वह अपने अंशदान को पा सकता है और यदि 10 वर्ष से अधिक सेवा की है तो वह या तो अपने अंशदान को ले सकता है या सामान्य सेवामुक्ति तिथि से पेन्शन प्राप्त करे या सेवामुक्ति (त्याग) से पेन्शन ले (जैसा ऊपर बताया गया है) वा आवश्यक अंशदान देते हुए पूर्ण पेन्शन प्राप्त करे।

4. अन्तिम वेतन सुपरएनुएशन योजना—सेवामुक्ति के 3 से 5 वर्ष पहले वेतन का औसत पेन्शन देने के लिए प्रयोग किया जा सकता है। यह उस समय उपयुक्त है जब वेतन क्रम में काफी भिन्नता हो।

पेन्शन की रकम—सामान्य सेवामुक्ति अवधि के बाद अन्तिम वार्षिक वेतन का 1/60 भाग पेन्शन का आधार माना जायगा। अन्तिम वार्षिक वेतन को सेवावधि जो 21 वर्ष के बाद हो, से गुणा करने पर जो रकम आवे उसका 1/60 वार्षिक वेतन के रूप में दिया जायगा। जैसा यदि सेवाकाल 30 वर्ष है तो अन्तिम वार्षिक वेतन का 30/60 वार्षिक पेन्शन होगा।

सेवा का त्याग—सामान्य सेवामुक्ति तिथि के पहले सेवा का त्याग करने पर—

(i) उसका अंशदान, या

(ii) सामान्य सेवामुक्ति तिथि से सेवामुक्ति के समय अन्तिम वार्षिक वेतन का 1/60, या

(iii) तात्कालिक पेन्शन जो जीवनांकिक आधार पर तय की जायगी, या

(iv) सामान्य अवधि तक अपना अंशदान देता रहे और फिर सामान्य सेवामुक्ति के बाद पेन्शन प्राप्त करे।

पूर्व सेवामुक्ति पर उपरोक्त (ii) और (iii) लागू होगा या वास्तविक सेवामुक्ति के बाद, परन्तु सामान्य सेवामुक्ति के 5 वर्ष पहले पेन्शन लिया जा सकता है। इस दिशा में पेन्शन कुछ अधिक होगी। विलम्बित सेवामुक्ति में कोई अंशदान नहीं दिया जायगा और पेन्शन वास्तविक सेवामुक्ति से प्रारम्भ होगा।

5. अयोग्यता लाभ बीमापत्र (Disability Benefit Policy)—अयोग्यता लाभ बीमापत्र का उद्देश्य अयोग्यता से कारण होने वाली आय अर्जन शक्ति की हानि के प्रति सुरक्षा प्रदान करना है क्योंकि इस अयोग्यता के कारण बीमित व्यक्ति प्रव्याजि भुगतान के अयोग्य हो जाता है। अतः बीमित व्यक्ति को पूर्ण और स्थायी अयोग्यता पर प्रव्याजि भुगतान से मुक्ति मिल जाती है। इस प्रकार यह बीमा एक आकस्मिक हानि को पूरा करने का प्रसंविदा है, लेकिन केवल प्रव्याजि की रकम तक ही लागू होता है अन्य हानियों को पूरा करने वाला नहीं है क्योंकि जीवन बीमा क्षतिपूर्ति का प्रसंविदा नहीं है। तथापि कुछ बीमाकर्ताओं ने प्रव्याजि भुगतान से मुक्ति के अतिरिक्त कुछ रकम किस्तों में देने का प्रावधान किया तथा पूर्ण और स्थायी अयोग्यता का विस्तृत अर्थ लिया है।

अयोग्यता की परिभाषा—जैसा बताया जा चुका है कि पूर्ण और स्थायी अयोग्यता पर ही प्रव्याजि परित्याग या मुक्ति का लाभ मिलता है। इसलिए अयोग्यता के स्वभाव और क्षेत्र को जानना आवश्यक है। पूर्ण अयोग्यता से तात्पर्य ऐसी अक्षमता से है जो शारीरिक

चोट या बीमारी से उत्पन्न हो और किसी पेशे से संलग्न होने के अयोग्य बना दे जो वेतन या लाभ के लिए हो। स्थायी अयोग्यता से मतलब किसी अवधि से नहीं होना चाहिए, बल्कि पूर्ण अयोग्यता के स्थायित्व से समझना चाहिए जब तक पूर्ण अयोग्यता बनी रहे और जिसका इलाज न किया जा सके। लेकिन यह तभी सम्भव होगा जब उस अयोग्यता का पूर्ण इलाज किया जाय और कुछ समय तक प्रतीक्षा की जाय जिससे अत्यधिक समय लगेगा। अस्तु पूर्ण अयोग्यता तब तक स्थायी अयोग्यता होगी जब तक उसे स्वस्थ और सही रूप में न लाया जा सके।

निर्धारित अयोग्यता—कुछ अयोग्यता को पूर्ण अयोग्यता की संज्ञा दी जा चुकी है और उसके सिद्ध करने की आवश्यकता नहीं है। उनमें से दोनों आँखों की ज्योति की पूर्ण और अनापूर्ति हानि, दोनों पैरों का या दोनों हाथों का अलग होना या पूर्ण रूप से कार्य या एक हाथ तथा एक पैर का अलग होना या कार्य शक्ति का सम्पूर्ण ह्रास मुख्य हैं। इन अयोग्यताओं के होने पर लाभ का भुगतान तुरन्त शुरू हो जाता है।

अधिकतम उम्र—एक उम्र के बाद वृद्धाबस्था के कारण अयोग्यता और वृद्धावस्था अयोग्यता में अन्तर करना कठिन हो जाता है। साथ ही इस उम्र के बाद अयोग्यता में तेजी से वृद्धि होती है। अतः अयोग्यता को 60 वर्ष की उम्र के बाद प्रारम्भ नहीं होना चाहिए। बन्दोबस्ती और वृत्ति में इस उम्र के बाद भी कुछ बीमाकर्ता अयोग्यता लाभ देते थे।

इस अवधि के पहले यदि कोई स्थायी और पूर्ण अयोग्यता होती है तो प्रव्याजि परित्याग का लाभ उस दिन से शुरू होकर आजीवन रहेगा और यदि आय स्वरूप कोई भुगतान होता है तो उसे भी मृत्यु पर्यन्त चालू रखते हैं।

अयोग्यता की सूचना—अयोग्यता की लिखित सूचना अयोग्यता अवधि के अन्तर्गत लेकिन मृत्यु और पुनर्योग्यता के पहले देना आवश्यक है क्योंकि मृत्यु और पुनर्योग्यता के बाद इसका प्रमाण प्राप्त करना असम्भव हो जायगा। बीमाकर्ता को तुरन्त भुगतान करने का प्रबन्ध करना चाहिए और अनावश्यक रूप से विलम्ब करने में जिम्मेदारी बढ़ती जाती है।

अयोग्यता की सूचना न देने में लाभ को रोका नहीं जा सकता है क्योंकि कुछ आवश्यक कारणों से सूचना देना सम्भव न हो सका हो। जैसे ही सम्भव हो सूचना देना चाहिए।

अयोग्यता का प्रमाण—अयोग्यता के प्रमाण के लिए किसी विशेष प्रमाण को नहीं रखा गया है। कोई भी प्रमाण की बीमित व्यक्ति के हित को सुरक्षित रखे, दिया जा सकता है। चिकित्सा परीक्षक को भी प्रमाण हेतु दिया जा सकता है।

अयोग्यता के चालू रहने का प्रमाण उसी प्रकार आवश्यक है, जिस प्रकार प्रारम्भ होने का प्रमाण। स्थायी अयोग्यता में चालू रहने का प्रमाण हमेशा नहीं देना पड़ता। लेकिन अस्थायी अयोग्यता और 90 दिन के अन्दर मृत्यु आदि के समय प्रमाण को बार-बार देने की आवश्यकता होगी। साधारणतः वर्ष में एक बार सूचना देना आवश्यक हो जाता है। बीमाकर्ता के लिए यह आवश्यक है कि वह इस बात की सूचना प्राप्त करता रहे कि अयोग्यता समाप्त हुई है या नहीं। यदि अयोग्यता समाप्त हो गयी हो तो प्रव्याजि भुगतान का पुनः प्रारम्भ हो जायगा।

लाभ की मात्रा—जैसा बताया जा चुका है लाभ की मात्रा दो प्रकार से निश्चित करते हैं। यह या तो प्रव्याजि भुगतान की मुक्ति या प्रव्याजि भुगतान की मुक्ति और अयोग्यता आय होगी।

1. प्रव्याजि भुगतान से मुक्ति—अयोग्यता के बाद बीमित व्यक्ति को प्रव्याजि का भुगतान नहीं देना पड़ता तथापि बीमा की रकम का भुगतान शर्तों के आधार पर हो जायगा। यदि कोई प्रव्याजि अयोग्यता अवधि में दी गयी तो उसे लौटा दिया जायगा। प्रव्याजि भुगतान मुक्ति पर अधिलाभांश यथावत् दिये जायेंगे।

यदि बीमापत्र पर कोई प्रव्याजि नहीं दी गयी, तब भी इस लाभ को देंगे। लेकिन अयोग्यता से पहले वाली अदत्त प्रव्याजि पर ब्याज लगाकर उस प्रव्याजि को वसूल किया जायगा। साथ ही देय तिथि के एक वर्ष के अन्दर इस बीमापत्र को पुनर्स्थापित कर लेना चाहिए।

2. अयोग्यता आय—इसके अन्तर्गत प्रव्याजि भुगतान से मुक्ति के साथ बीमित रकम का एक प्रतिशत प्रतिमाह दिया जायगा और यह प्रतिशत 65 वर्ष की उम्र के बाद आधा हो जायगा। कभी-कभी इन किस्तों के बजाय एक मुश्त रकम दी जाती है। संक्षेप में इनके अन्दर—(1) अयोग्यता के प्रथम तीन महीने तक किसी आय का भुगतान नहीं किया जायगा, (2) अयोग्यता की सूचना के 1 वर्ष पहले से भुगतान शुरू नहीं होगा, (3) प्रव्याजि परित्याग इस सूचना के विलम्ब होने पर 6 महीने तक पीछे किया जा सकता है। इस लाभ को निश्चित करने में कुछ समय लगता है जिसे प्रतीक्षा अवधि (Waiting Period) कहते हैं जिसके लिए भी इस लाभ को लागू करते हैं लेकिन इसकी अवधि 6 महीने से ज्यादा नहीं होनी चाहिए।

यह अयोग्यता स्वतकारिक न हो और न यह बीमारी और चोट बीमा के पहले से शुरू हो। यदि अयोग्यता अवधि में प्रव्याजि न देने के कारण बीमापत्र खण्डित हो जाता है तो उसे इस प्रकार चालू माना जायगा, जैसे उस पर कोई अदत्त प्रव्याजि न हो।

जोखिम का बहिष्कार—कुछ जोखिमों को इस बीमापत्र से अलग रखते हैं यानी उनके आधार पर भुगतान नहीं किया जाता है; जैसे—(1) आत्म चोट, (2) सेना में कार्य करने के कारण उत्पन्न अयोग्यता, (3) वायुयान जोखिम, (4) सामान्य नियमों के प्रतिकूल कार्य करने पर उत्पन्न जोखिम।

जो व्यक्ति विदेशों का बहुत भ्रमण करते हों या वायुयान जोखिम में आते हों या जो न्यूनतम और अधिकतम आयु के परे हों, कमजोर नेत्र और श्रवण-शक्ति वाले व्यक्तियों को यह बीमा लागू नहीं होता है। स्त्री बीमापत्रधारियों को भी इससे अलग रखा जाता है।

भारत में अयोग्यता बीमा

1. अयोग्यता लाभ बीमापत्र—भारत में कुछ को छोड़कर सभी बीमापत्रों में अयोग्यता लाभ मिलता है। शुरू बन्दोबस्ती, दो वर्षीय अस्थायी बीमा, परिवर्तनीय अवधि बीमा, विलम्बित वृत्ति और जोखिमपूर्ण बीमा जिसमें इस लाभ को अलग किया गया हो, में अयोग्यता लाभ नहीं दिया जाता है। संतान बीमा में केवल जोखिम प्रारम्भ से ही इस लाभ

को दिया जाता है। यह लाभ जल एवं थल सेना के कर्मचारियों को भी मिलता है। कुछ सीमाओं के साथ यह वायुयान में संलग्न व्यक्तियों को भी दिया जाता है।

इसके लिए कोई अतिरिक्त प्रव्याजि नहीं देना होता। यह मुफ्त उपलब्ध होता है।

लाभ—इसके अन्तर्गत भविष्य में देय प्रव्याजि को भुगतान करने से मुक्त कर दिया जाता है। संयुक्त बीमा में यदि दो व्यक्ति हैं और एक अयोग्य होता है तो आधी प्रव्याजि को मुक्त करते हैं तथा यदि दोनों व्यक्ति अयोग्य होते हैं तो सम्पूर्ण प्रव्याजि मुक्त हो जाती है। यह लाभ तभी मिलता है जब अयोग्यता के समय बीमापत्रधारी 60 वर्ष से कम उम्र का होता है और इसे अयोग्यता के 90 दिन के अन्दर प्रमाणित करके जीवन बीमा निगम को बता देना चाहिए। किसी भी जीवन पर यह लाभ बीमा के 20,000 रुपये तक लागू होता है।

अयोग्यता—अयोग्यता का कारण केवल दुर्घटना होना चाहिए और यह पूर्ण तथा स्थायी होना चाहिए जिसके कारण उस समय या उसके बाद वह किसी कार्य, पेशे या व्यवसाय को पर्याप्तरूपेण कभी न कर सके और न कोई मजदूरी, क्षतिपूर्ति और लाभ कमा सके। यदि दुर्घटना के दिन से 90 दिन के अन्दर उसकी दोनों आँखें या दोनों पैर या दोनों हाथ या एक पैर और एक हाथ पूर्ण और हमेशा के लिए नष्ट हो जाते हैं तो यह अयोग्यतापूर्ण और स्थायी कहलायेगी।

अयोग्यता के तुरन्त बाद प्रायः 90 दिन के अन्दर ही इनकी सूचना बीमित व्यक्ति का पता और स्थान बताते हुए देना चाहिए। इससे सम्बन्धित प्रमाण जब-जब माँगे जायँ बीमाकर्ता के पास अविलम्ब देना चाहिए। निगम को यह अधिकार है कि वह अपने चिकित्सा परीक्षक से इस व्यक्ति की जाँच करवा ले।

यदि बाद में यह साबित हो सका कि दुर्घटना या अयोग्यता की सूचना गलत थी तो वह प्रव्याजि और उस पर ब्याज लेकर बीमा पुनः जारी कर सकता है।

दूसरे लाभों पर प्रभाव—प्रव्याजि मुक्ति के कारण बीमापत्र से मिलने वाले अन्य लाभों की सुविधा समाप्त हो जाती है, बशर्ते यह बीमा की रकम के 20,000 से अधिक न हो और दुर्घटना लाभ वाक्यांश के अन्तर्गत मिलने वाले लाभ भी समाप्त हो जाते हैं।

2. विस्तृत अयोग्यता लाभ बीमापत्र—इस बीमापत्र के अन्तर्गत प्रव्याजि भुगतान से मुक्त मिलने के साथ एक अतिरिक्त रकम बीमित रकम के बराबर और दिये जाते हैं। अयोग्यता लाभ तभी दिया जाता है जब बीमापत्र पूर्ण रकम के लिए लागू हो और बीमित व्यक्ति की आयु 60 वर्ष से अधिक न हो। पूर्ण और स्थायी अयोग्यता की परिभाषा और शर्तें वही हैं जो अयोग्यता लाभ के अन्तर्गत हैं।

लाभ को मासिक किस्तों में 10 वर्षों के अन्तर्गत दिया जायगा। यदि इस अवधि के पूरा होने के पहले अध्यर्थन देय होता है तो शेष लाभों को अध्यर्थन के साथ भुगतान कर दिया जायगा। लेकिन यह अतिरिक्त आय बीमापत्रों के अतिरिक्त लाभों को मिलाकर एक लाख रुपये से अधिक नहीं होनी चाहिए।

दूसरा लाभ प्रव्याजि भुगतान मुक्ति का है जो एक लाख रुपये के बीमित रकमों तक ही उपलब्ध है।

शर्तें—लाभ प्राप्त करने के लिये निम्न शर्तों का पूरा करना आवश्यक है :—

(1) अयोग्यता का कारण कोई जान-बूझकर आत्म जोखिम, आत्महत्या का प्रयास, आत्महत्या, पागलपन, अनैतिकता या नशे का प्रभाव नहीं होना चाहिए।

(2) वायुयान कार्य में संलग्न होने के कारण जोखिम नहीं होनी चाहिए, लेकिन इसमें उन यात्रियों को शामिल नहीं करते जो किराया देकर या बिना किराये के एक निर्धारित वायुयान से निश्चित हवाई अड्डों के बीच यात्रा करते हैं।

(3) जोखिम का कारण दंगा, झगड़े, नागरिक अव्यवस्था, पुलिस कार्य, शिकार, पहाड़ी पर चढ़ना आदि नहीं होना चाहिए।

(4) कानून भंग के कारण जोखिम नहीं होनी चाहिए।

(5) लड़ाई के समय सेना में कार्य करने के कारण नहीं होना चाहिये।

अभिगोपन—विस्तृत अयोग्यता लाभ तभी लागू होता है, जब द्विगुणित दुर्घटना लाभ लागू हो। इसमें बीमा कराने की अधिकतम आयु 55 वर्ष है। यह लाभ किसी व्यक्ति को बिना कारण बताये हुए अस्वीकार किया जा सकता है। यह बीमापत्र शुद्ध बन्दोबस्ती, तात्कालिक वृत्ति, विलम्बित वृत्ति, परिवर्तनीय अवधि बीमा, संतान बीमा (केवल विलम्बित अवधि तक) में नहीं लागू होता। बहुउद्देश्यीय बीमापत्रों में अतिरिक्त लाभ को मौलिक बीमित रकम तक ही सीमित रखा गया है। इस लाभ को कुछ पेशे, उपजीवन, विद्याओं और स्त्रियों को नहीं प्रदान किया जाता है।

अतिरिक्त प्रव्याजि—बीमा रकम का 2 रुपया प्रति हजार अतिरिक्त प्रव्याजि लेकर इस लाभ को दिया जाता है। इसमें 1.50 रुपया प्रति हजार अतिरिक्त लाभ का है और 50 पैसा प्रव्याजि भुगतान मुक्ति का है। यह अतिरिक्त प्रव्याजि सामान्य प्रव्याजि के साथ देना चाहिए। यदि प्रव्याजि भुगतान न करने से बीमा प्रसंविदा खण्डित हो जाता है तो यह लाभ भी खण्डित हो जायगा।

□□□

अध्याय 11

बीमा कराने की विधि एवं चुनाव

प्राचीन बीमाकर्ता बीमा करने की बड़ी सरल विधियाँ अपनाते थे। उस समय बीमा विज्ञान की प्रगति नहीं हुई थी। धीरे-धीरे जब प्रगति हुई तो बीमा करने की विधियों में परिवर्तन होता गया। जब अनुमान की जगह गणना को महत्त्व दिया जाता है और प्रयास यह किया जा रहा है कि जोखिम का मूल्यांकन इस प्रकार हो कि न तो बीमापात्र को अधिक प्रव्याजि देना पड़े और न बीमा कम्पनी को हानि हो। जोखिम के चुनाव के लिए निम्न प्रपत्रों की आवश्यकता पड़ती है—

1. प्रस्ताव प्रपत्र
2. व्यक्तिगत विवरण
3. अभिकर्ता की गुप्त सूचना
4. निरीक्षण सूचना
5. चिकित्सा परीक्षक की सूचना
6. निर्देश्य व्यक्ति का प्रतिवेदन
7. मित्रों की सूचना

1. प्रस्ताव प्रपत्र—इसमें प्रस्तावक अपने जीवन सम्बन्धी सूचनाओं को लिखता है क्योंकि यह प्रसंविदा का आधार है। यह प्रपत्र बीमाकर्ता से मुफ्त प्राप्त किया जाता है और उसमें पूछे गये प्रश्नों का उत्तर पूर्ण और सही-सही होना चाहिए, जिससे बीमाकर्ता आसानी से यह समझ सके कि वह बीमायोग्य है या नहीं। कभी-कभी प्रस्तावक स्वयं प्रस्ताव पत्र को नहीं भरते, वे अभिकर्ता द्वारा उसे भरवा लेते हैं। ऐसी दशा में गलती होने पर प्रस्तावक व्यक्तिगत रूप से जिम्मेदार होगा क्योंकि अभिकर्ता का कार्य प्रस्ताव प्रपत्र भरना नहीं है और न कोई प्रश्न पूछने का अधिकार है। यदि वह इसके अतिरिक्त कार्य करता है तो वह व्यक्तिगत रूप से जिम्मेदार होगा, बीमाकर्ता का इसमें कोई दायित्व नहीं होगा।

प्रस्ताव प्रपत्र की सारी सूचनाएँ बीमा कम्पनी के सम्मुख संविदा निश्चित करने के लिये मूल आधार हैं। इन्हीं के आधार पर प्रसंविदा की शर्तें निश्चित की जाती हैं। यदि प्रश्न का उत्तर प्रस्तावक ने गलत दिया तो इसका प्रसंविदा पर घातक प्रभाव पड़ सकता है। इसके लिए प्रस्तावक को अन्त में यह घोषणा देनी होती है कि सभी उत्तर पूर्ण और सत्य हैं। इनमें महत्त्वपूर्ण सूचनाओं में से आयु की सूचना है जिसे किसी भी समय दिया जा सकता है, परन्तु अब यह तय किया गया है कि प्रस्ताव के समय ही आयु प्रमाणित हो जानी चाहिए जिससे

बाद में विवाद उत्पन्न न हो सके। प्रसंविदा के लिए यह प्रस्ताव प्रपत्र समाश्वासन और प्रतिवेदन के रूप में प्रयोग होता है। प्रतिज्ञाओं का पालन और तथ्यों को बताने सम्बन्धी विवरण समाश्वासन होते हैं; अतः उनका अक्षरशः पालन होना चाहिए।

प्रस्ताव-पत्र में निम्नलिखित सूचनाएँ मुख्य रूप से लिखी रहती हैं :—

(1) प्रस्तावक का नाम, पता, राष्ट्रीयता और पेशा; पिता तथा नियोक्ता का नाम और सेवावधि।

(2) बीमा योजना, तालिका नम्बर, उम्र, बीमित रकम तथा प्रव्याजि भुगतान के तरीके।

(3) जन्म तिथि एवं जन्म स्थान तथा उम्र का प्रमाण-पत्र।

(4) निक्षेप (Deposit) की रकम तथा जमाकर्ता के नाम।

(5) बीमा का उद्देश्य, यदि सम्पदाकर, विवाहित स्त्री सम्पत्ति बीमा या आश्रित लड़कियों के विवाह का उद्देश्य है तो उसके लिए एक अलग से पूर्ण सूचना दी जाती है।

(6) नामांकन की दशा में नामांकिकी के नाम, पता, उम्र और उससे सम्बन्ध, अवयस्क नामांकिकी की दशा में बीमित रकम प्राप्तकर्ता का नाम, पता, सम्बन्ध और उम्र।

(7) यदि बीमा खण्डित हो चुका है तो उसकी सूचना, अन्य प्रस्ताव की सूचना।

(8) दूसरे बीमापत्र की संख्या, रकम, योजना निर्गमन की तिथि तथा प्रव्याजि की रकम।

(9) अन्य किसी प्रस्ताव या नवीकरण की स्वीकृति या अस्वीकृति और उसका कारण।

(10) किसी जोखिमपूर्ण व्यवसाय या सेवा, जल, वायु या स्थल सेना में भर्ती होने का विचार।

(11) द्विगुणित दुर्घटना लाभ या सम्मिलित द्विगुणित दुर्घटना लाभ और विस्तृत स्थायी अयोग्यता लाभ प्राप्त करने की इच्छा।

स्त्रियों से अतिरिक्त सूचना

उपरोक्त सूचनाओं के अतिरिक्त स्त्री प्रस्तावक से निम्न सूचनाएँ प्राप्त की जाती हैं :—

(12) (अ) क्या आप लिख या / और पढ़ सकती हैं? (ब) शैक्षणिक योग्यता।

(13) क्या आप अपना कोई स्वतंत्र आय रखती हैं? यदि हाँ, तो आय का साधन और औसत मासिक आय। क्या आप आयकर देती हैं?

(14) यदि आप विवाहित हैं तो पति का नाम, पेशा, औसत मासिक आय, उसके बीमा की राशि संख्या और बीमापत्र का प्रकार तथा स्थिति।

घोषणा-पत्र

अन्त में प्रस्तावक को यह घोषित करना पड़ता है कि उपरोक्त कथन हर दशा में सही है और घोषित करता है कि यह प्रपत्र और अन्य कथन जो चिकित्सा परीक्षक के सामने करने हैं। प्रस्ताव और बीमा निगम के बीच प्रसंविदा का आधार होगा और यदि असत्य निकले तो प्रसंविदा पूर्णतया व्यर्थ और रद्द हो जायगा तथा सभी दी गयी प्रव्याजि जीवन बीमा निगम जब्त कर सकता है।

प्रस्ताव करने की तिथि से और स्वीकृति के समय (प्रथम प्रव्याजि प्राप्ति या स्वीकृति पत्र निर्गमन जो भी बाद में हो) तक होने वाले पेशे, वित्तीय स्थिति या स्वास्थ्य में परिवर्तन या अन्य प्रस्तावक की स्वीकृति या जल, स्थल या वायु सेना में भर्ती हो जाने पर जीवन बीमा निगम को सूचित किया जायगा अन्यथा दी गयी प्रव्याजि जब्त कर ली जायगी।

इसके बाद प्रस्तावक के हस्ताक्षर किसी साक्षी के सामने किये जाते हैं।

गैर-चिकित्सा प्रस्ताव प्रपत्र

(Non-Medical Proposal Form)

उपरोक्त सूचनाओं के अतिरिक्त निम्न सूचनाएँ गैर चिकित्सा प्रस्ताव प्रपत्र में और देने होते हैं :—

(1) पारिवारिक इतिहास : जिसमें माता, पिता, भाई, बहिन, स्त्री, बच्चों के स्वास्थ्य के विषय में, मृत्यु और आयु के सम्बन्ध में, बीमारी तथा उसके कारण।

(2) किसी सम्बन्धी या पारिवारिक व्यक्ति के पागलपन, कुष्ठ, क्षयरोग, कैंसर, मधुमेह और अन्य पारिवारिक बीमारियों की सूचना।

(3) प्रस्तावक के सामान्य स्वास्थ्य की सूचना, शारीरिक गठन, वजन और अयोग्यता। पिछले 5 वर्षों में चिकित्सक से ली गयी सहायता।

(4) चेचक के टीके का प्रभाव या चेचक होने का प्रस्ताव।

(5) नशे का प्रभाव, नशे का प्रकार एवं आदत।

(6) अन्य घातक बीमारियों से पीड़ित होने का समय, अवधि एवं प्रकार; जैसे पागलपन, लकवा, दिमागी बीमारी, यक्ष्मा, तपेदिक, मूर्च्छा, हृदयगत बीमारी, हैजा, पीलिया, लिंग एवं गुर्दे की बीमारियाँ, मलेरिया, मियादी बुखार, कालाजार आदि।

(7) पेशाब के साथ मधु, रक्त, मवाद और अल्बुमेन निर्गत होना।

(8) किसी बीमारी या चोट के कारण हुए आपरेशन। प्रस्ताव के 2 वर्ष पहले बीमारी के कारण अनुपस्थिति, एक्सरे या कार्डियोग्राम का परीक्षण आदि।

(9) प्रस्ताव के 5 वर्ष पहले चिकित्सा सलाह या सहायता के सम्बन्ध में चिकित्सक के नाम और पते।

(10) वर्तमान स्वास्थ्य स्थिति, चिकित्सा छुट्टी का ब्यौरा आदि।

(11) ऊँचाई, वजन, वजन में वृद्धि एवं कमी।

(12) आँत उतरने की बीमारी और पट्टे का प्रयोग, दाँत का न होना या पायरिया की बीमारी।

(13) वर्तमान नियोक्ता के नाम और पते तथा सेवावधि, पूर्ण नियोक्ता के नाम एवं पते।

इसके अतिरिक्त घोषणा पूर्ववत् ही है।

बिना स्वास्थ्य परीक्षा योजनाएँ

(Non-Medical Examination Plans)

भारत में बिना स्वास्थ्य परीक्षा दो योजनाएँ—(i) विशेष (Special) और (ii) सामान्य (General) प्रचलन में हैं।

(i) बिना स्वास्थ्य परीक्षा योजनाएँ (विशेष)—यह बीमापत्र निम्नलिखित व्यक्तियों को निर्गमित किये जा सकते हैं :—

(1) पुरुष, जो शिक्षिति हों और जिनकी आयु निकटतर जन्म दिन पर 45 वर्ष से अधिक न हो। अवयस्कों को ऐसी पॉलिसियाँ जारी नहीं की जा सकती हैं।

(2) प्रस्तावित जीवन किसी राजकीय कार्यालय, अर्द्धराजकीय कार्यालय; जैसे—नगर पालिकायें, जिला परिषदें, स्थानीय परिषदें या उनके द्वारा संचालित विद्यालय, अस्पताल या राज्यनिगम, राजकीय, औद्योगिक प्रतिष्ठान या सार्वजनिक सीमित कम्पनियाँ या प्रसिद्ध व्यापारिक संस्थान जो छुट्टियों का सही-सही लेखा रखते हों या अन्य निजी औद्योगिक प्रतिष्ठान में कार्यरत हो और स्थायी हों।

(3) सेना के कमीशन प्राप्त अधिकारी, जिनकी आयु निकटतर जन्म दिन पर 45 वर्ष से अधिक न हो।

(4) ये कर्मचारी कम से कम एक वर्ष नौकरी कर चुके हों।

(5) सीमित भुगतान जीवन बीमा, बन्दोबस्ती बीमा, दुगुना बन्दोबस्ती बीमा, विवाह बन्दोबस्ती बीमा, शिक्षा वृद्धि बीमा, गारन्टीयुक्त त्रिविध लाभकारी बीमा, सीमित भुगतान बन्दोबस्ती बीमा और समृद्धि अनुरूप संरक्षण बीमापत्र, प्रत्यासित अवधि धनागम बीमापत्र (Money Back Policy) के अन्तर्गत ही यह सुविधा उपलब्ध।

(6) इसके अन्तर्गत पुरुषों के लिए बीमा राशि 10,000 रु० से बढ़ाकर 20,000 रुपये और महिलाओं के लिए 5,000 रुपये से बढ़ाकर 10,000 रु० कर दी गयी है। सेना के कमीशन प्राप्त अधिकारी जो ए-1 श्रेणी में आते हैं, उनके लिए सीमा 20,000 से बढ़ाकर 40,000 रु० कर दी गयी है।

(ii) बिना स्वास्थ्य परीक्षा (सामान्य)—ये उन व्यक्तियों को निर्गमित की जाती हैं, जो निम्न शर्तों को पूरा करते हैं :—

(1) पुरुष जिनकी आयु निकटतर जन्मदिन पर 40 वर्षों से अधिक न हो। (अवयस्कों को ऐसे बीमापत्र निर्गमित नहीं किये जायेंगे)।

(2) यदि आयु प्रमाण में घोषणा-पत्र के अलावा अन्य प्रमाण नहीं प्रस्तुत किया जा सकता है तो आयु 35 वर्ष से अधिक न होनी चाहिए।

(3) बीमापत्र की अवधि अधिकतम 25 वर्ष हो सकती है।

(4) इसमें प्रव्याजि देने की या पूर्णावधि की अधिकतम आयु निकटतर जन्म 60 वर्ष तक है।

(5) बन्दोबस्ती बीमा, दुगुना बन्दोबस्ती बीमा, विवाह बन्दोबस्ती बीमा, शिक्षा वृत्ति बीमा, प्रत्यासित बन्दोबस्ती बीमा, सीमित भुगतान बन्दोबस्ती बीमा में यह योजना लागू होती है।

(6) बिना स्वास्थ्य परीक्षा (सामान्य) के अन्तर्गत जो केवल पुरुषों के लिए है, अधिकतम बीमा राशि की सीमा 5,000 रु० से बढ़ाकर 7,500 रु० कर दी गयी है।

1. दूसरे के जीवन में प्रस्ताव—उपरोक्त सूचनाएँ तब दी जाती हैं जब प्रस्तावक अपने जीवन में बीमा लेता है, परन्तु इसके अतिरिक्त दूसरे के जीवन में निम्न सूचनाएँ और आवश्यक हैं :—

(1) बीमित व्यक्ति का नाम, पता, पेशा, मनुष्य जाति (Sex), राष्ट्रीयता, उसके पिता का नाम व पता।

(2) बीमित व्यक्ति की जन्म तिथि और जन्म स्थान।

(3) संतान विलम्बित बीमा में जोखिम प्रारम्भ होने की शर्त, उम्र।

(4) प्रव्याजि मुक्ति लाभ का प्रारम्भ और उसके लिए उम्र का प्रमाण-पत्र।

(5) स्त्रियों के बीमा में उनकी शिक्षा, स्वास्थ्य, औसत मासिक आय, आयकर आदि, विवाहित स्त्रियों के लिए पति का नाम, पेशा, बीमा और औसत आय।

इसके अतिरिक्त बीमित व्यक्ति की अनुमति हस्ताक्षर प्राप्त करके प्रस्ताव की पूर्णतः और सत्यता को प्रमाणित करना होता है।

2. व्यक्तिगत विवरण—प्रस्ताव प्रपत्र देने के साथ व्यक्तिगत विवरण देना आवश्यक है जिसके लिए भी एक निर्धारित प्रपत्र है। इस प्रपत्र को बीमित व्यक्ति स्वयं या अभिकर्ता या विकास अधिकारी (Development Officer) उसके उत्तर पर भर सकते हैं।

व्यक्तिगत विवरण में निम्नलिखित सूचनाएँ दी जाती हैं :—

(1) नाम, पेशा, निकटतम उम्र, विवाहित।

(2) पारिवारिक इतिहास : जिसमें माता, पिता, भाई, बहिन, स्त्री या पति या

बच्चे के स्वास्थ्य, उम्र, मृत्यु वर्ष, मृत्यु के समय आयु और मृत्यु का कारण।

(3) किसी सम्बन्धी और पारिवारिक व्यक्ति के पागलपन, मूर्छा, यक्ष्मा, तपेदिक, क्षयरोग, कैंसर, कुष्ठ, मधुमेह आदि पारिवारिक बीमारी।

(4) सामान्य स्वास्थ्य, शारीरिक कमजोरी या अयोग्यता, वजन का घटना और बढ़ना, पिछले 5 वर्षों में चिकित्सक की सलाह।

(5) नशे आदि का प्रयोग और प्रभाव व आदत।

(6) कुछ घातक बीमारियों की सूचना; जैसे—मूर्छा, लकवा, यक्ष्मा, श्वास, दमा, कैंसर, कुष्ठ, मलेरिया आदि तथा पिछले 5 वर्षों के अन्दर कोई बीमारी।

(7) पेशाब से रक्त, मवाद, चीनी या अल्बूमेन का जाना।

(8) दुर्घटना और बीमारी के कारण आपरेशन, पिछले दो वर्षों में स्वास्थ्य के कारण कार्य से अनुपस्थित रहना, बीमारी के कारण स्थान परिवर्तन।

(9) एक्स-रे, कार्डियोग्राम का परीक्षण या अन्य चिकित्सा परीक्षण।

(10) नियमित सलाह देने वाले चिकित्सक का नाम और पता।

(11) स्त्रियों के लिए पर्दा-पद्धति, माहवारी की नियमितता, गर्भधारण की कुल संख्या तथा सफल पूर्ण गर्भ की संख्या, वर्तमान स्थिति आदि।

व्यक्तिगत प्रपत्र को चिकित्सा परीक्षण प्रमाणित करता है, यदि यह चिकित्सा परीक्षण पर निर्गमित हो रहा है। यदि एजेन्ट या विकास अधिकारी ने यह प्रपत्र लिखा है तो उसको भी प्रमाणित करना पड़ता है। प्रस्तावक द्वारा दिये गये उत्तर भी प्रस्ताव प्रपत्र की भाँति प्रसंविदा के आधार होते हैं और उसमें भी यह पूर्णता और सत्यता को प्रमाणित करना पड़ता है।

3. अभिकर्ता की गुप्त सूचना—प्रत्येक प्रस्ताव के साथ अभिकर्ता को एक गुप्त सूचना देनी पड़ती है। इसका उद्देश्य यह होता है कि प्रस्तावक की मासिक आय, आय का साधन और स्वास्थ्य की सामान्य स्थिति की गुप्त सूचना प्राप्त करना है। अभिकर्ता को उन तमाम सूचनाओं को भी देना चाहिए जिनसे बीमित व्यक्ति के सम्बन्ध में जोखिम में वृद्धि होती है। यदि अभिकर्ता के जीवन में या उसके सम्बन्धियों के जीवन में प्रस्ताव किया जाता है तो यह सूचना विकास अधिकारी को देना चाहिए। इस सूचना में अभिकर्ता का प्रस्तावक से परिचय का समय, सम्बन्ध या परिचय की अवधि, बीमित व्यक्ति की पहचान, निगम के चिकित्सा परीक्षक का नाम, प्रस्तावक की औसत मासिक आय, प्रस्ताव के नियोक्ता का नाम, प्रस्तावक का सामान्य स्वास्थ्य (लम्बा, छोटा, पतला, मजबूत, अयोग्यता, विलक्षता आदि), अभिकर्ता की हैसियत के अतिरिक्त अन्य किसी प्रकार का सम्बन्ध, प्रस्तावक के पेशे, वित्तीय या सामाजिक पद का परिचय तथा एजेन्ट की अनुमति आदि शामिल रहते हैं और उसे इसकी सत्यता और पूर्णता की घोषणा करनी पड़ती है।

इस प्रकार अभिकर्ता प्रस्तावक के स्वास्थ्य, चरित्र, आदत, आय, प्रव्याजि देने की योग्यता, प्रव्याजि देने वाले व्यक्ति का नाम और उसकी आय तथा जोखिम की मात्रा आदि की सूचनाएँ देता है। इस प्रकार ये सूचनाएँ जोखिम के अनुमान लगाने में काफी सहायक सिद्ध होती हैं।

4. निरीक्षण सूचना—जब बीमा की राशि एक निश्चित रकम, प्रायः 25,000 रुपये (स्त्रियों के सम्बन्ध में 10,000 रुपये) से अधिक हो तो विकास अधिकारी या शाखा प्रबन्धक से प्रस्तावक की आय, स्वास्थ्य, आदत और चरित्र आदि पर सूचना प्राप्त की जा सकती है। यदि एजेन्ट की सूचना न मिल सके तो भी इन व्यक्तियों की सूचना आवश्यक है। यदि प्रस्तावक बहुत अधिक रकम का बीमा कराता है तो इससे उच्च अधिकारी की अनुमति ली जाती है। नैतिक जोखिम के सम्बन्ध में भी उच्च अधिकारी की सूचना आवश्यक है। जब किसी प्रस्ताव पर विकास अधिकारी या शाखा प्रबन्धक अपने विचार नहीं दे पाते हैं तो वह विभागीय कार्यालय और बाद में क्षेत्रीय कार्यालय द्वारा तय किया जाता है।

5. चिकित्सा परीक्षक की सूचना—चिकित्सा परीक्षण बीमा में चिकित्सा परीक्षक अपनी सूचना देता है। यह सूचना चिकित्सा परीक्षण के बाद ही दी जाती है। इसके लिए एक प्रपत्र होता है जिसमें चिकित्सक को सूचना देनी पड़ती है। इस सूचना के दो भाग होते हैं : (1) परिचयात्मक, (2) स्वास्थ्य-सम्बन्धी। पहले भाग में चिकित्सक का प्रस्तावक से व्यक्तिगत परिचय, उससे सन्तुष्टि, पहचानने योग्य लक्षण, व्यक्तित्व, अनुमानित आयु, स्वास्थ्य और भौतिक विकास, गम्भीर या चिड़चिड़े स्वभाव, चेचक के दाग, चेचक का टीका, कोई अयोग्यता, सीने और पेट की चौड़ाई, ऊँचाई, वजन आदि सूचनाएँ शामिल रहती हैं। दूसरे भाग में शरीर के बाह्य और आन्तरिक अंगों की दशा; जैसे–दाँत, मसूड़े, जीभ, आँखें, कान, सीने, हृदय, पाचन शक्ति, नाड़ी आदि सम्बन्धी सूचनाएँ। दाँत टूटे या नहीं, पायरिया के रोग, कृत्रिम दाँत, आँखों की ज्योति, सीने की चौड़ाई और सुगठन, हृदय की गति, रक्तचाप, पाचन शक्ति की स्थिति आदि प्रमुख सूचनाएँ प्राप्त की जाती हैं। इनके अतिरिक्त विशेष रूप से पेशाब और लिंग सम्बन्धी बीमारियों, आपरेशन, नाड़ियों की स्थिति, एक्स-रे या कार्डियोग्राम की सूचना प्राप्त की जाती है। स्त्रियों का परीक्षण काफी गहराई से किया जाता है क्योंकि नैतिक और भौतिक जोखिम की ज्यादा आशंका रहती है।

चिकित्सा से कुछ ऐसी भी सूचनाएँ प्राप्त की जाती हैं जो प्रस्तावक की जोखिम को बढ़ाने वाली होती हैं। चिकित्सा परीक्षण पर काफी बल दिया जाता है और इसी के आधार पर किसी व्यक्ति की बीमा योग्यता का पता लगता है।

6. निर्देश्य व्यक्ति का प्रतिवेदन—बीमाकर्ता कुछ व्यक्तियों को निर्देश्य के रूप में पूछ सकते हैं और उनसे सूचनाएँ प्राप्त की जाती हैं। ये व्यक्ति पड़ोसी, नियोक्ता, बैङ्क, व्यापारिक साथी या अन्य कोई व्यक्ति हो सकता है।

7. मित्रों की सूचना—मित्रों की सूचना काफी महत्त्वपूर्ण हो सकती है क्योंकि वह प्रस्तावक की आय, आदत और स्वास्थ्य से भली-भाँति परिचित है। ये सूचनाएँ पूर्ण गोप्य होती हैं और इनमें गलती आदि के लिए मित्र को दोषी नहीं ठहराया जा सकता है।

विभिन्न बीमापत्रों के लिए अलग-अलग प्रस्ताव पत्र जारी किये जाते हैं। उसी के आधार पर प्रस्ताव की स्वीकृति होती है।

जब प्रथम प्रव्याजि का निर्धारण कर लिया जाता है तो उसे एक निश्चित समय में प्रस्तावक बीमाकर्ता को देगा। जिस दिन प्रव्याजि दी जायगी, स्वीकृति मानी जायगी। यदि प्रथम प्रव्याजि को प्रस्ताव प्रपत्र के साथ दिया गया है तो जब बीमाकर्ता इसकी सम्पूर्ण जाँच

कर स्वीकृति पत्र देता है, स्वीकृति मानी जायगी। दूसरे शब्दों में जोखिम का प्रारम्भ उस दिन से होता है जब प्रथम प्रव्याजि या स्वीकृति पत्र दोनों में से जो बाद में हो, के देने के बाद जोखिम प्रारम्भ हो जाती है।

जोखिम का चुनाव
(Selection of Risk)

जोखिम का तात्पर्य वित्तीय हानि की अनिश्चितता से है। इसका सम्बन्ध अनिश्चितता से ही है; हानि से या हानि के कारण से इसका कोई सम्बन्ध नहीं है। वास्तविक अनुभव और सम्भावित अनुमान के अनुमानित अन्तर्भेद से जोखिम की मात्रा नापी जाती है। यह अन्तर्भेद संख्या के आधार पर बदलता रहता है। हानि सम्भावना और जोखिम की मात्रा में विपरीत का सम्बन्ध है क्योंकि जोखिम की मात्रा हानि की अनिश्चितता पर निर्भर है। यदि हानि सम्भावना शत-प्रतिशत है तो जोखिम शून्य होगी।

हानि से तात्पर्य मूल्य में किसी घटना के कारण अनैच्छिक कमी या समाप्ति से है।

चुनाव का उद्देश्य

1. बीमा के अन्दर सभी बीमित व्यक्ति जोखिम में हिस्सा बँटाते हैं और सभी के सहयोग पर बीमा कोष तैयार किया जाता है। इस कोष का प्रयोग जोखिम को पूरा करने के लिए करते हैं। अतः बीमा के इस कोष में प्रत्येक बीमित व्यक्ति को अपने जोखिम की मात्रा के अनुसार अंशदान देना चाहिए। उसी के द्वारा प्रत्येक व्यक्ति की जोखिम का अनुमान लगाया जाता है। अतः प्रत्येक व्यक्ति के जोखिम का चुनाव किया जाता है।
2. जोखिम का चुनाव इसलिये आवश्यक है कि बीमाकर्ता बीमापत्र निर्गमन के लिये सामान्य प्रव्याजि निर्धारित किये रहता है और उसे यह तय करना होता है कि बीमापत्र को उस सामान्य प्रव्याजि पर बीमा बेचा जाय या नहीं। इसको निश्चित करने के लिए बीमाकर्ता को प्रत्येक बीमापत्र की जोखिम को समझना अत्यावश्यक है।
3. यदि बीमाकर्ता ने प्रव्याजि की कई दरें स्थापित की हैं तो चुनाव ही पर्याप्त नहीं होगा, बल्कि जोखिम का वर्गीकरण करके उसके अनुसार प्रव्याजि लेना होगा।
4. प्रव्याजि निर्धारण के अतिरिक्त बीमापत्र के जोखिम की मात्रा तय करना इसलिये आवश्यक है कि उसे बीमा बेचा जाय या नहीं और बेचा जाय तो किस प्रव्याजि पर और अतिरिक्त प्रव्याजि ली जाय तो कितनी! यह सब बीमापत्र की जोखिम की मात्रा पर आधारित है।
5. विभिन्न जोखिम पर यदि अलग-अलग प्रव्याजि नहीं ली जाती है तो यह अवैज्ञानिक और अन्यायपूर्ण होगा। अधिक जोखिम पर कम और कम जोखिम पर अधिक या उतनी ही प्रव्याजि लेना व्यापार के लिए भी अहितकर होगा। इसलिये इन हानियों को बचाने के लिये जोखिम का निर्धारण, चुनाव और वर्गीकरण आवश्यक है।

लेकिन इसका यह मतलब नहीं कि प्रत्येक व्यक्ति के लिए अलग-अलग प्रव्याजि दर हो। ऐसा न तो आवश्यक है और न सम्भव है। अतः यह किया जाता है कि जोखिम के दो-चार वर्ग मुख्य-मुख्य रूप से कर लिये जाते हैं।

6. विपरीत चुनाव को रोकने के लिए जोखिम का चुनाव आवश्यक है क्योंकि कुछ ऐसी जोखिम होगी जिनको औसत रूप से अधिक संख्या में भी बीमित करने पर जोखिम में कमी नहीं आती, बल्कि वहाँ जोखिम और बढ़ जाती है। जैसे वृद्धावस्था या घातक बीमारी में जोखिम बहुत बढ़ जायगी और उन पर ली जाने वाली प्रव्याजि भी परिणाम-स्वरूप बढ़ जायगी, यद्यपि इस बढ़ी हुई प्रव्याजि को मृत्यु के सन्निकट व्यक्ति देने को तैयार होंगे तथापि बीमा कम्पनी की हानियों को बचाने के लिये उसका बीमा नहीं किया जाता है। अतः इन व्यक्तियों को जोखिम का मूल्यांकन अत्यावश्यक है।

7. यदि जोखिम का चुनाव न किया जाय तो बीमा अयोग्य व्यक्ति भी बीमित होंगे जिससे मृत्यु-दर में वृद्धि होगी। परिणामस्वरूप प्रव्याजि में वृद्धि होगी जिससे बीमा व्यापार को क्षति पहुँचेगी।

जोखिम को प्रभावित करने वाले तत्त्व

जोखिम की मात्रा निर्धारित करने के लिए उसको प्रभावित करने वाले तत्त्वों को जानना आवश्यक है। इन्हीं तत्त्वों का विश्लेषण करके किसी बीमापत्र (Prospect) की जोखिम तय की जाती है। इन तत्त्वों को तीन भागों में बाँटा जाता है—(1) भौतिक जोखिम (Physical Hazard); (2) नैतिक जोखिम (Moral Hazard) और (3) बीमा योजना।

भौतिक जोखिम

भौतिक जोखिम से आशय उस जोखिम से है जो बीमापात्र को मृत्यु-दर को स्वतः और स्वाभाविक रूप से प्रभावित करती हैं। इनको बीमापात्र जान-बूझकर उत्पन्न नहीं करता। स्वास्थ्य पर इसका प्रत्यक्ष प्रभाव पड़ता है। इनको प्रभावित करने वाले कुछ तत्त्वों का वर्णन नीचे किया गया है।

1. उम्र—मृत्यु दर को प्रभावित करने वाले तत्त्वों में उम्र सबसे महत्त्वपूर्ण है। बचपन के कुछ वर्षों को छोड़कर जैसे-जैसे उम्र बढ़ती जाती है, वैसे-वैसे मृत्यु-दर बढ़ती जाती है; शरीर कमजोरी और बीमारी को सहने के अयोग्य होता जाता है। उम्र के इस अचूक प्रभाव के कारण प्रत्येक व्यक्ति की उसके आधार पर प्रव्याजि निश्चित की जाती है। इसी कारण उम्र का प्रमाण-पत्र देना अत्यावश्यक है। यदि बीमापत्र निर्गमन के समय यह प्रमाण न मिल सके, तो इसे अध्यर्थन के समय देना बहुत जरूरी है यदि उम्र में गलत वर्णन सिद्ध होता है तो सही प्रमाण के आधार पर प्रव्याजि में समन्वय किया जाता है। सुविधा के लिये और तात्कालिक वृत्ति में प्रसंविदा के समय उम्र का प्रमाण-पत्र आवश्यक है।

इसी कारण विभिन्न बीमापत्रों के लिए उम्र की अधिकतम सीमा निश्चित की गयी है। उस सीमा के बाद जोखिम की मात्रा में अत्यधिक वृद्धि के कारण बीमा बेचना हानिकारक

होगा। जीवन बीमा निगम में यह उम्र विभिन्न बीमापत्रों के लिए 40 वर्ष से लेकर 60 वर्ष है, उसके बाद नहीं बेचा जायगा। वृत्ति के सम्बन्ध में यह उम्र 75 वर्ष तक है।

उम्र के निर्धारण में निकटतम उम्र ली जाती है, उम्र 6 माह आगे-पीछे के आधार पर निकटतम बनाई जाती है। न्यूनतम उम्र को ही चुनाव में स्थान दिया जाता है क्योंकि एक उम्र के नीचे जोखिम की अधिकता रहती है। यह उम्र जीवन बीमा निगम में 15 वर्ष रखी गयी है। इससे कम उम्र के बीमापात्रों को केवल संतान विलम्बित बीमा के अन्दर ही शामिल किया जाता है, जिसके अन्तर्गत भी कम से कम 1 वर्ष की उम्र होनी चाहिए। यह शिशु मृत्यु को बचाने के लिए किया गया है। अधिकतम उम्र के बाद वाले व्यक्तियों के सम्बन्ध में अलग से प्रव्याजि कम संख्या होने के कारण नहीं निश्चित की जा सकती, प्रशासनिक खर्चे अधिक होंगे तथा मृत्यु-दर में वृद्धि होगी।

उम्र का प्रमाण-पत्र प्रस्ताव के समय तब बहुत आवश्यक होगा, जब उम्र 20 से कम और 50 वर्ष से अधिक है। इसी प्रकार जब उम्र देखने में ज्यादा लगे, संतान विलम्बित बीमा, वृत्ति (Annuity) और बहुउद्देशीय बीमापत्र में उम्र प्रमाण उस समय अत्यावश्यक है।

2. स्त्री पुरुष भेद—यद्यपि स्त्री और पुरुषों की मरण दर में विशेष अन्तर नहीं है तथापि उनकी मृत्यु-दरों में कुछ कारणों से अन्तर देखा गया है और जब तक ये कारण मौजूद रहते हैं, स्त्रियों की जोखिम अधिक रहती है। पहला कारण मातृत्व का है, लेकिन स्त्री चिकित्सा में वृद्धि होने के कारण जोखिम में कुछ कमी आई है। जहाँ पर आज भी ये सुविधाएँ उपलब्ध नहीं हैं, स्त्रियों के गर्भधारण एक महत्त्वपूर्ण जोखिम बन गये हैं। दूसरा कारण उनकी भौतिक जोखिम के सही मूल्यांकन न हो पाने की है। पर्दा पद्धति को मानने वाली स्त्रियों का चिकित्सा परीक्षण नहीं हो पाता। स्त्री चिकित्सक के अभाव में पुरुष चिकित्सक पूर्ण रूप से परीक्षण नहीं कर पाते हैं। लेकिन इन बातों में अब कमी पाई जा रही है। इन बातों के अतिरिक्त यदि स्त्रियाँ उम्र को पार कर जाती हैं और उनका स्वास्थ्य ठीक रहता है तो उनकी मरण-दर पुरुषों की तुलना में कम होती है।

जोखिम का निर्धारण उनकी आवश्यकता, आय और बीमा की उपयोगिता को देखते हुए किया जाता है। उनके द्वारा प्रायः बहुत से प्रश्नों का उत्तर नहीं दिया जाता है; जैसे–नशे की आदत, प्रजनन अंगों का आपरेशन आदि।

3. जाति और राष्ट्रीयता—मनुष्य जातियों में से कुछ जातियाँ ऐसी हैं जिनकी मृत्यु-दर दूसरी जातियों की अपेक्षा अधिक होती है। उनके शारीरिक गठन में इस प्रकार के तत्त्व रहते हैं जिससे वे औसतन कुछ अधिक समय तक जीवित रहते हैं।

कुछ देशों के निवासी दूसरे देशों के निवासियों की तुलना में अधिक दिन तक जीवित रहते हैं, उनका स्वास्थ्य प्रायः ठीक रहता है। जैसे भारत के निवासी इंग्लैण्ड के निवासी की तुलना में कम दिन तक जीवित रहते हैं। राष्ट्रीयता में जलवायु, अक्षांश-देशांतर रेखायें, समुद्र से दूरी, पहाड़ों से सम्बन्ध आदि मृतकता को प्रभावित करते हैं।

4. व्यवसाय—बीमापात्र किस प्रकार के व्यवसाय में है, इसको जानना आवश्यक है क्योंकि कुछ पेशों में जोखिम की मात्रा अधिक होती है। इस कारण कुछ व्यवसायों में काम करने वाले व्यक्तियों को बीमा बिल्कुल नहीं बेचा जाता या उनसे कुछ अतिरिक्त प्रव्याजि ली

जाती है। यह जोखिम कई कारणों से व्यवसाय से सम्बन्धित है। प्रथम कारण जोखिमपूर्ण पेशे से दुर्घटना के समय चोट, जख्म या मृत्यु हो सकती है। द्वितीय, व्यवसाय की प्रकृति से कुछ बीमारियाँ उत्पन्न हो जाती हैं जिन्हें व्यावसायिक बीमारी के नाम से पुकारा जाता है। तृतीय, नशेबाजी, मादकता और अन्य सामाजिक बुराइयाँ श्रमिकों के एक साथ रहने पर उत्पन्न हो जाती हैं, जिन्हें सामाजिक जोखिम कहते हैं। इसके अतिरिक्त कुछ पेशों की प्रकृति के कारण व्यावसायिक बीमारियाँ उत्पन्न हो जाती हैं। कुछ व्यवसाय में अस्वस्थ वातावरण और दशाएँ रहती हैं। वित्तीय और व्यावसायिक चिन्ता भी स्वास्थ्य को प्रभावित करती हैं।

नये व्यवसाय के अतिरिक्त पुराने व्यवसाय भी जोखिम को प्रभावित करते हैं क्योंकि उससे व्यावसायिक बीमारियाँ उत्पन्न हो जाती हैं। इस कारण से कभी-कभी व्यावसायिक सूचनाएँ प्राप्त करना आवश्यक हो जाता है। व्यवसाय में खनिज पदार्थ सम्बन्धी गैस और धूल स्वास्थ्य को बहुत ज्यादा प्रभावित करती हैं। सूती कपड़े और कोयला उद्योग में काम करने वाले व्यक्तियों को इसी प्रकार की कठिनाई होती है।

इन्हीं कारणों से कुछ व्यवसायों में संलग्न व्यक्तियों को सामान्य प्रव्याजि से अधिक प्रव्याजि देना होता है। यहाँ तक कि कुछ पेशों में संलग्न व्यक्तियों के बीमा प्रस्ताव को स्वीकार नहीं किया जाता है; जैसे मोटर दौड़ चालक, सर्कस के खिलाड़ी, चलचित्रों में जोखिम पूर्ण पार्ट अदा करने वाले, पर्वतारोहक आदि।

5. निवास—कुछ स्थान, देश और वातावरण में जोखिम अपेक्षाकृत अधिक होती है; जैसे आर्द्र (Damp) और गर्म जलवायु वाले स्थान स्वास्थ्य के लिए अहितकर होते हैं जबकि पहाड़ी स्थान लाभदाय होते हैं। चिकित्सा की उपलब्ध सुविधाओं के कारण निवास स्थान के प्रभाव को कम किया जाने लगा है। पूर्व निवास स्थान की सूचना जोखिम निर्धारण में काफी सहायता देती है।

वर्तमान तथा भविष्य के निवास स्थान जोखिम को महत्त्वपूर्ण ढंग से प्रभावित करते हैं। उष्ण कटिबन्ध में रहने वाले या वहाँ यात्रा करने वाले व्यक्तियों की सूचना आवश्यक होगी।

विभिन्न देशों की जलवायु, रहन-सहन का स्तर, स्वास्थ्यकारी दशाएँ, चिकित्सा सुविधाएँ, राजनैतिक अशान्ति आदि मृत्यु-दर को प्रभावित करती हैं। विदेशी यात्रा करने वाले व्यक्तियों को बिना किसी प्रतिबन्ध के बीमापत्र जारी किये जा सकते हैं, बशर्ते उसका इरादा उष्ण कटिबन्ध में यात्रा करने का न हो।

6. वातावरण—बीमापत्र की जोखिम वातावरण के आधार पर भी प्रभावित होती है। यह सामाजिक, आर्थिक और नैतिक वातावरण हो सकता है। व्यवसाय के वातावरण का प्रभाव अत्यधिक पड़ता है क्योंकि उससे रहन-सहन का स्तर प्रभावित होता है, परिणामस्वरूप उसके स्वास्थ्य पर भी प्रभाव पड़ता है। वातावरण का प्रभाव शिक्षा, आय और व्यय पर भी पड़ता है जिससे उसके स्वास्थ्य, विचारधारा और पारिवारिक सम्बन्ध प्रभावित होते हैं, परिणामस्वरूप जोखिम पर भी प्रभाव पड़ता है।

7. आदत—आदतों के आधार पर भी स्वास्थ्य प्रभावित होते हैं, नशीली वस्तुओं का सेवन करने वाला अस्वस्थ होगा। अधिक धूम्रपान करने वाला व्यक्ति कैंसर या धूम्र विष

का शिकार बन सकता है। धूम्रपान का नशा या ताम्बूल के आदी व्यक्ति इसे त्यागने में अपने को असमर्थ पाते हैं। दवाइयों के आदी व्यक्तियों का स्वास्थ्य खराब हो सकता है। यहाँ पर इन आदतों से यदा-कदा प्रभावित व्यक्ति नहीं शामिल किये जा रहे हैं, लेकिन यदि यह नशेबाजी गम्भीर आदत में बदल गई है तो उसका प्रस्ताव बहुत सोच-समझ कर किया जाता है।

8. नैतिकता—प्रायः लोग नैतिकता को बीमा के लिए प्रभावशाली नहीं समझते, लेकिन एक निर्धारित नैतिकता से विचलित व्यक्ति के स्वास्थ्य में कमी आना स्वाभाविक और व्यावहारिक है। जुए, नशेबाजी में अधिकतम संलग्न व्यक्ति का स्वास्थ्य आवश्यक रूप से गिरेगा क्योंकि ये व्यक्ति अपने स्वास्थ्य पर ज्यादा ध्यान नहीं देते। अनैतिकता के कारण हिंसा को प्रोत्साहन मिलता है जो मृतक-दर को प्रभावित करेंगे।

9. आर्थिक स्तर—विधान की दृष्टि में प्रत्येक बीमापात्र भी असीमित हित है, परन्तु असीमित हित का बीमा नहीं किया जा सकता। यह उसकी आवश्यकता और प्रव्याजि भुगतान पर आधारित है। अतएव बीमापात्र की आर्थिक स्थिति, पारिवारिक योग्यता, आवश्यकता और शिक्षा आदि पर उसके बीमा की रकम का निर्धारण किया जाता है जिसमें आर्थिक स्थिति मुख्य स्थान रखती है। आर्थिक स्थिति का निर्णय किये बिना बीमा के खण्डन प्रायः दिखाई पड़ेंगे और प्रव्याजि का भुगतान न कर सकने में बीमाकर्ता को आर्थिक हानि होगी।

10. सेना में संलग्नता—वायु, जल और स्थल सेना में संलग्न व्यक्तियों का बीमा विशेष शर्तों पर किया जाता है, क्योंकि इनके आधार पर दुर्घटना की सम्भावना बहुत अधिक रहती है। प्राचीन समय में वायु-यात्रा बहुत ही जोखिमपूर्ण समझा जाता था, परन्तु अब नये-नये यन्त्रों के आविष्कार से वायु-यात्रा में संलग्न कार्यकर्ताओं का बीमा विशेष शर्तों पर किया जाने लगा है। अब किसी भी बीमित व्यक्ति को वायुयान से यात्रा करने में प्रतिबन्ध नहीं लगाया गया है। यहाँ तक कि कुछ वायुयानों के चालकों को अतिरिक्त प्रव्याजि नहीं देना होता है। इसी प्रकार सेना में कार्य करने वाले कुछ व्यक्तियों; जैसे पैराशूटर, ग्लाइडर आदि को छोड़कर अन्य व्यक्तियों का बीमा सीमित शर्तों के आधार पर किया जाता है।

11. पारिवारिक इतिहास—पारिवारिक इतिहास के आधार पर जीवन सम्भावना (Longivity) और पैतृक बीमारियों (Hereditary Diseases) का मूल्यांकन किया जाता है। कुछ परिवारों के व्यक्तियों की जीवन सम्भावना बहुत कम होती है। उनके स्वास्थ्य सामान्य स्वास्थ्य से काफी कम होते हैं, उनके शारीरिक गठन और बनावट अधिक क्षीण होते हैं। ऐसी दशाओं में जोखिम की मात्रा बहुत ज्यादा होगी।

कुछ परिवारों में पैतृक बीमारियाँ एक पुश्त से दूसरे पुश्त में बदलती हैं; जैसे कुष्ठ रोग, मृगी, हृदय रोग, लकवा, उन्माद आदि। ये बीमारियाँ माता तथा पिता के पूर्वजों से सम्बन्ध रखती हैं। इसलिये बीमाकर्ता को केवल, माता, पिता, भाई, बहन और सन्तान के स्वास्थ्य को ही नहीं देखते हैं, बल्कि मामा और नाना आदि के स्वास्थ्य और बीमारी तथा जीवनावधि देखी जाती है। इन रोगों की चिकित्सा अब सफल होती जा रही है।

12. व्यक्तिगत इतिहास (Personal History)—व्यक्तिगत इतिहास के अन्तर्गत

बीमारी, प्रामाणिक अयोग्यता, शारीरिक गठन, पिछलीं आदत, पिछले पेशे और बीमा इतिहास को देखा जाता है।

(अ) बीमारियाँ और स्वास्थ्य सूचनाएँ—स्वास्थ्य सूचनाएँ बहुत महत्त्वपूर्ण तत्त्व हैं। इन्हीं के आधार पर यह तय कर लिया जाता है कि स्वास्थ्य परीक्षा की सीमा क्या होगी? पिछली बीमारी, चोट, आपरेशन आदि जोखिम की सम्भावना को बतायेंगे और इन्हीं के आधार पर भविष्य में और जाँच की जायगी। वर्तमान बीमारी जोखिम को प्रभावित करेगी। इसके लिए उस चिकित्सक की सलाह ली जायगी जो बीमापात्र की दवा कर रहा है। उन लोगों का बीमा नहीं किया जाता, जो अभी बीमार ही हैं। कुछ बीमारियाँ ऐसी हैं जो बाद में अपना प्रभाव छोड़ जाती हैं या जिनके पुनराक्रमण की सम्भावना बनी रही है, ऐसी जोखिम का प्रायः बीमा नहीं किया जाता है। कुछ बीमारियाँ अपना प्रभाव नहीं छोड़तीं लेकिन कुछ समय के लिए व्यक्तियों को कमजोर बना देती हैं, ऐसी दशा में बीमा एक निश्चित समय बाद किया जाता है।

(ब) प्रामाणिक अयोग्यता—शरीर के विभिन्न अंगों की सामान्य स्थिति देखना आवश्यक है क्योंकि अंगहीन या क्षत-विक्षत व्यक्तियों को बीमा बेचने पर जोखिम की मात्रा बढ़ जाती है। इसलिए बीमाकर्ता, आँखें, कान, हृदय, रक्तवाहिनी, फेफड़े आदि की स्थिति को भली प्रकार जाँचता है। ये तमाम निरीक्षण बीमा चिकित्सक अच्छी प्रकार कर सकते हैं। शरीर के अंग बीमारी, चोट या लकवा क्षत-विक्षत हो सकते हैं, परन्तु उनका प्रभाव जीवनावधि पर पड़ता है। अतएव उनका गहरा निरीक्षण अत्यावश्यक है।

(स) शारीरिक गठन—शारीरिक गठन स्वास्थ्य की अनुपयुक्तता को सिद्ध करते हैं। इसके अन्तर्गत ऊँचाई, वजन, सीने की चौड़ाई और पेट की ऊँचाई आदि की जाँच की जाती है क्योंकि इनमें आपस में एक प्रमाणित सम्बन्ध है। यदि उस सम्बन्ध में कुछ विभिन्नता हुई तो अस्वस्थ शरीर का प्रतीक होगा। बीमाकर्ताओं ने उम्र के आधार पर ऊँचाई के अनुसार वजन को निर्धारित किया है। यदि इस अधिकतम वजन से वजन अधिक है तो वह अधिवजन (Overweight) वाला व्यक्ति और यदि न्यूनतम से कम है तो वह अधोवजन (Underweight) वाला व्यक्ति होगा। ये दोनों दशाएँ बीमा स्तर के प्रतिकूल हैं। इनका एक उदाहरण नीचे दिया जा रहा है, यह उन व्यक्तियों के लिये है जिनकी आयु 30 वर्ष के सन्निकट है।

न्यूनतम वजन (किलोग्राम)	34.5	37.0	39.5	42.0	44.5	44.5	50.5	54.0
ऊँचाई (सेन्टीमीटर)	145	150	155	160	165	170	175	180
अधिकतम वजन (किलोग्राम)	59.0	62.5	66.0	70.0	74.5	79.0	83.5	8.85

अधोवजन प्रायः छोटी उम्र में और अधिवजन प्रायः बड़ी उम्र में दृष्टिगोचर होता है। अधोवजन से क्षयरोग, रक्तक्षीणता और बीमारियों को दूर करने की अक्षमता प्रतीत होती है। छोटी उम्र में अधिवजन किसी बीमारी का द्योतक नहीं हो सकता है। लेकिन बड़ी उम्र में अधिवजन से रक्तचाप, हृदयरोग, मधुमेह आदि बीमारियों के होने की सम्भावना रहती है।

इसी प्रकार सुसंगठित शरीर में पेट की ऊँचाई सीने की चौड़ाई से कभी ज्यादा नहीं होनी चाहिए। सीने के फैलाव से स्वस्थ शरीर का अनुमान लगाया जाता है। यदि सीने के फैलाव में कमी है तो इससे हृदय रोग की सम्भावना जानी जा सकती है। शारीरिक गठन को पिछले समय से तुलना करके भी यह तय किया जाता है कि जोखिम की मात्रा और उसमें झुकाव किस दिशा में है।

(द) पिछली आदत—नशीली वस्तुओं के प्रयोग पर स्वास्थ्य का गहरा प्रभाव पड़ता है। क्षयरोग, कैंसर, हृदयरोग कुछ बुरी आदतों के प्रभाव से उत्पन्न हो सकते हैं।

(य) पिछला व्यवसाय—पिछले व्यवसाय का प्रभाव बहुत दिनों तक चल सकता है। कभी-कभी व्यवसाय से मुक्त होने के बाद ये जोखिम सामने आती हैं। अतएव पिछले व्यवसाय को मालूम करके जोखिम का निर्धारण किया जा सकता है।

(र) बीमा इतिहास—बीमित रकम की मात्रा भविष्य में बीमा खरीदने की क्षमता को बताती है। प्रव्याजि देने की शक्ति इसी के आधार पर निश्चित की जाती है। यदि कभी उसके प्रस्ताव को अस्वीकार किया गया हो तो यह किसी जोखिम का कारण हो सकता है।

नैतिक जोखिम

नैतिक जोखिम भौतिक जोखिम से भिन्न है, क्योंकि भौतिक जोखिम स्वाभाविक और अनैच्छिक रूप से उत्पन्न होती है जबकि नैतिक जोखिम में बीमा कराके लाभ प्राप्त करने का मुख्य उद्देश्य रहता है और सुरक्षा इसका आवश्यक उद्देश्य नहीं है। यह जान-बूझकर बीमाकर्ता को धोखा देने का उद्देश्य है। नैतिक जोखिम गलत सूचना, शर्तों का पालन न करना, धोखा देना आदि से उत्पन्न होता है। पारिवारिक इतिहास और व्यक्तिगत सूचना में सही बातें न बताने पर नैतिक जोखिम उत्पन्न हो जाती है। नैतिक जोखिम केवल बीमापात्र द्वारा ही नहीं उत्पन्न होती, बल्कि अभिकर्ता और चिकित्सा परीक्षक भी नैतिक जोखिम के कारण बन सकते हैं। चिकित्सा परीक्षण के सम्बन्ध में नैतिक जोखिम को अधिकतर देखा गया है क्योंकि चिकित्सा परीक्षण के लिए बीमापात्र या तो तैयार नहीं होते या कई प्रश्नों का उत्तर गलत और अपूर्ण देते हैं। इन कारणों से नैतिक जोखिम सामने आती है।

नैतिक जोखिम का निम्न अवस्थाओं में सन्देह किया जा सकता है—

1. **निवास स्थान** के अतिरिक्त अन्य स्थानों पर चिकित्सा परीक्षण होने पर नैतिक जोखिम की सम्भावना हो सकती है क्योंकि स्थान परिवर्तन से बीमापात्र किसी महत्त्वपूर्ण बीमारी को छिपाने में समर्थ हो सकता है। यह सम्भावना तब और बढ़ जाती है जब किसी योग्य चिकित्सक का अभाव होता है। ऐसी दशा में प्रस्ताव की भली प्रकार जाँच करके जोखिम का पुनर्मूल्यांकन किया जा सकता है।

2. **नामांकिकी का** बीमित व्यक्ति से घनिष्ठ सम्बन्ध न होने पर भी नैतिक जोखिम

की सम्भावना की जा सकती है। बीमा का उद्देश्य घनिष्ठतम व्यक्तियों को सुरक्षा प्रदान करना है, परन्तु ऐसा न होने पर नैतिक जोखिम का वर्तमान रहना सम्भव है क्योंकि इसके अन्तर्गत व्यक्ति उस बीमा में रुचि नहीं लेंगे और गलत प्रकार से लाभ प्राप्त करने का प्रोत्साहन बढ़ सकता है।

3. **अभिकर्ता संरक्षक**—कभी-कभी बीमापत्र को भेजने के लिए अभिकर्ता को संरक्षक (C/o) करके भेजा जाता है। ऐसी दशा में नैतिक जोखिम की सम्भावना हो सकती है। अभिकर्ता एक बेनामी बीमापत्र निर्गमित करा सकते हैं या अयोग्य व्यक्ति का बीमा कराने के लिये प्रस्ताव भेज सकते हैं। ऐसी दशा में बीमाकर्ता के वरिष्ठ अधिकारी; जैसे विकास अधिकारी, शाखा प्रबन्धक आदि की सूचना आवश्यक होगी।

4. **अधि-बीमा** (Over Insurance)—अधि-बीमा से तात्पर्य ऐसे बीमा से है जो आय और प्रव्याजि को देखते हुए अधिक है। प्रत्येक व्यक्ति की प्रव्याजि देने की अलग-अलग क्षमता होती है। इसी क्षमता के आधार पर अधिकतम बीमा की रकम का निर्धारण किया जाता है। उससे अधिक रकम का प्रस्ताव नैतिक जोखिम का द्योतक है। यहाँ पर परिवार की संख्या, जीवन स्तर, निवास स्थान और पेशे को भी देखा जाता है।

5. **असत्य सूचनाएँ**—यदि किसी बीमा-प्रस्ताव में कोई सूचना असत्य दिखाई पड़े तो यह अनुमान लगाना गलत न होगा कि वहाँ पर और सूचनाएँ भी असत्य होंगी। पारिवारिक सूचना में उसने बहुत-सी सूचनाएँ स्पष्ट और पूर्ण वर्णित न किया होगा। हो सकता है कि आय को कम बताया हो। इसलिए जब कोई सूचना एक बार असत्य सिद्ध हुई तो अन्य सूचनाओं का पूर्णरूपेण निरीक्षण करना चाहिए।

6. **बीमा में अचानक वृद्धि**—बीमा में एकबारगी वृद्धि होने का तात्पर्य नैतिक जोखिम को प्रोत्साहन हो सकता है तथापि अधिकांश दशाओं में बीमा के लाभों के कारण लोग अधिक बीमा लेना चाहते हों। कुछ व्यक्ति यदि अपने को कमजोर होते देखते हैं तो बीमा खरीद लेते हैं। इसके लिए वे पहले छोटी रकम का प्रस्ताव करते हैं और उसके स्वीकृत हो जाने पर बड़ी रकम का प्रस्ताव रखते हैं। बीमारी या जोखिम की सम्भावनाओं के आधार पर लोग बीमा की रक़म में वृद्धि कर देते हैं।

7. **अधिक रकम का प्रस्ताव**—जब बीमा प्रस्ताव सामान्य से अधिक रकम का होता है तो उसमें जोखिम के वर्तमान रहने की अधिक सम्भावना रहती है। ऐसा भी हो सकता है कि लोग अपने जीवन से निराश हो गये हों और अधिक रकम का बीमा कराके आत्महत्या करना चाहते हों। पड़ोसियों या अन्य व्यक्तियों से तीव्र विरोध होने से लोग अपने जीवन से निराश हों और बीमा कराके आकस्मिक मृत्यु पर हानि को बचाने का उद्देश्य हो सकता है। किसी बीमारी के वर्तमान रहने पर या उसके लक्षण दिखाई पड़ने पर लोग अधिक रकम का बीमा कराना चाहते हों। इन्हीं कारणों से अधिक रकम का प्रस्ताव करने पर उसकी जाँच पूर्णरूपेण होनी चाहिए।

8. **अधिक उम्र पर बीमा**—अधिक उम्र पर बीमा कराने वाले व्यक्तियों की जाँच विशेष रूप से करनी पड़ती है क्योंकि उस उम्र पर जोखिम की मात्रा में काफी वृद्धि हो जाती है। वृद्धावस्था में बहुत से व्यक्ति मधुमेह और हृदयरोग से पीड़ित हो जाते हैं इसलिये उस

समय विशेष निरीक्षण की आवश्यकता पड़ती है। कुछ दशाओं में जब बीमा की रकम और उम्र दोनों अधिक होती है, विशेष चिकित्सा परीक्षण की आवश्यकता होती है।

9. **स्त्रियों का बीमा**—मौलिक रूप से स्त्रियों को बीमा की आवश्यकता नहीं पड़ती है, विशेष करके उस समय जब उनकी अपनी कोई आय का साधन नहीं है। स्त्रियों की आय का वर्गीकरण करके बीमा प्रस्ताव स्वीकार किये जाते हैं क्योंकि आय के आधार पर बीमा की आवश्यकता और प्रव्याजि देने की शक्ति का निर्धारण होता है। बीमा आय के स्थानापन्न के लिये आवश्यक है। अविवाहित स्त्रियाँ जो अपनी जीविकोपार्जन स्वयं करती हैं बीमा के लिये उसी प्रकार अधिकारी हैं जैसे पुरुष अधिकारी होते हैं। कुछ स्त्रियाँ अर्जित आय नहीं प्राप्त करतीं परन्तु वे उपार्जित आय पर जीवित हैं। जैसे सम्पत्ति पर ब्याज, लाभांश आदि। ऐसी दशा में बीमा की आवश्यकता बहुत कम है क्योंकि उनकी मृत्यु पर आय में कमी नहीं होती। लेकिन धनी स्त्रियों को आयकर या सम्पत्ति कर के लिए बीमा की आवश्यकता पड़ती है। जिन स्त्रियों के पास आय का कोई साधन नहीं है या आय बहुत कम है उन्हें बीमा की आवश्यकता नहीं होगी। इन स्त्रियों के लिए प्रव्याजि का भुगतान लाभार्थी करेंगे। इसलिये बीमा की कोई आवश्यकता प्रतीत नहीं होती। अशिक्षित स्त्रियों को बीमा के विषय में विशेष जानकारी नहीं हो पावेगी और उनको बीमा बेचना व्यर्थ समझा जाता है।

लड़कियाँ, जिनका पारिवारिक और सांस्कृतिक आधार है, बीमा कुछ शर्तों के आधार पर ले सकती हैं। विवाहित स्त्रियों के प्रस्ताव सामान्य दशाओं में स्वीकार नहीं किये जाते क्योंकि उनकी बीमा की अनावश्यकता के साथ पारिवारिक कठिनाइयों से जोखिम में वृद्धि होती रहती है। स्त्रियों के स्वास्थ्य में बहुत कमी दिखाई पड़ती है। बीमा आवश्यकता के अभाव में नैतिक जोखिम का वर्तमान रहना स्वाभाविक है। इसलिये स्त्रियों को कुछ योजनाओं से बिल्कुल अलग रखा गया है। प्रजनन क्रिया के कारण उनके स्वास्थ्य में कमी देखी जाती है। यद्यपि कि इस अवस्था के पहले और बाद में उनकी मृत्यु-दर पुरुषों की मृत्यु-दर से कम होती है।

इन्हीं नैतिक जोखिम की मौजूदगी के कारण पर्दा धारण करने वाली, गर्भवती, प्रसूति से प्रभावित और गर्भपात से पीड़ित स्त्रियों का बीमा नहीं किया जाता है। अवयस्क बच्चों के सम्बन्ध में बीमा को सावधानी से बेचा जाता है क्योंकि इन्हें बीमा की आवश्यकता नहीं है। इसलिये इनके प्रस्ताव की स्वीकृति नहीं दी जाती है।

बीमा योजना

विभिन्न बीमा योजनाओं में जोखिम अलग-अलग होती है, इसलिये हर एक बीमापात्र को सभी प्रकार के बीमापत्र नहीं बेचे जाते हैं। बीमापत्रों में संचित कोष भी अलग होते हैं। इन्हीं कारणों से बीमा योजना की जाँच आवश्यक समझी जाती है। प्रत्येक बीमा में अधिकतम उम्र को निश्चित किया गया है, उन्हीं के आधार पर बीमा बेचे जाने चाहिए। आजीवन बीमापत्रों में जोखिम अधिक रहती है, जिससे कुछ व्यक्तियों को यह नहीं बेचे जाते हैं। दोहरा बन्दोबस्ती बीमा में जोखिम कम होने से कुछ असामान्य जीवन को भी बीमा दिया जा सकता है। प्रत्याशित बन्दोबस्ती बीमा में अतिरिक्त प्रव्याजि का 125 प्रतिशत प्रव्याजि ली जाती है और त्रिलाभीय योजना में लगभग 150 प्रतिशत प्रव्याजि यहाँ तक कि बहुउद्देशीय बीमा में कुछ व्यक्तियों की सामान्य प्रव्याजि का 2½ गुना आवश्यक है।

जोखिम के प्रकार

जोखिम की मात्रा के आधार पर इसको दो भागों में मुख्य रूप से बाँटा जा सकता है—(1) बीमा अयोग्य जोखिम (Uninsurable Risk) और (2) बीमा योग्य जोखिम (Insurable Risk)।

1. बीमा अयोग्य जोखिम (Uninsurable Risk)—सैद्धान्तिक दृष्टि से कोई जोखिम बीमा अयोग्य तब तक नहीं हो सकती जब तक व्यक्ति इसको खरीदने के लिये तैयार है। चूँकि मृत्यु शय्या पर पड़े व्यक्ति भी प्रव्याजि देकर बीमा खरीदना चाहेंगे और अधिक से अधिक प्रव्याजि देने को तैयार होंगे; अस्तु बीमा अयोग्य जोखिम कोई नहीं होगी, परन्तु व्यावहारिक जीवन में इनकी लागत अधिक होने के कारण ऐसे व्यक्तियों की संख्या कम होने और मूल्यांकन के अभाव के कारण बीमा करना सम्भव नहीं है। बीमाकर्ता को जोखिम की अनिश्चितता के कारण बहुत सावधानी से बीमा करना पड़ता है। कुछ बीमापत्र बीमाकर्ता को धोखा देकर बीमा खरीदना चाहते हैं। अतः बीमाकर्ता को उन्हीं का बीमा करना चाहिए जिनकी जोखिम का मूल्यांकन करके उचित प्रव्याजि निर्धारित की जा सके।

2. बीमा योग्य जोखिम (Insurable Risk)—बीमा योग्य जोखिम में उन सभी व्यक्तियों को शामिल करते हैं जो औसत रूप से बीमित किये जा सकें। इनमें से कुछ व्यक्ति ज्यादा जोखिम रखते होंगे और कुछ बहुत कम, लेकिन सभी व्यक्तियों को मिलाकर एक सामान्य जोखिम तैयार होती है जिसको बीमाकर्ता औसत प्रव्याजि (लागत) पर बीमा करता है। बीमा योग्य जोखिम को तीन भागों में बाँटते हैं—(अ) प्रामाणिक (Standard), (ब) अधोप्रामाणिक (Sub-standard) और (स) अधिप्रामाणिक (Super-standard)।

(अ) प्रामाणिक—प्रामाणिक जोखिम वह जोखिम है जो सामान्य जीवन से सम्बन्धित हो। सामान्य जीवन से मतलब आदर्श और औसत जीवन से नहीं है। इसका यह भी अर्थ नहीं है कि व्यक्ति सभी प्रकार की अयोग्यताओं से मुक्त हो। कुछ लोगों का स्वास्थ्य कुछ अच्छा और कुछ व्यक्तियों का स्वास्थ्य थोड़ा खराब हो सकता है, परन्तु सभी व्यक्तियों को मिलाकर एक सामान्य जोखिम निर्धारित होती है, जिससे एक निश्चित सामान्य प्रव्याजि पर बीमा बेचे जा सकते हैं। बीमाकर्ता द्वारा निर्धारित प्रव्याजि उन व्यक्तियों के अनुमान पर तय किये जाते हैं जो सामान्य, न अधिक और कम स्वास्थ्य रखते हैं।

(ब) अधोप्रामाणिक—अधोजीवन वह है जिसका बीमा किया जा सकता है परन्तु उनकी जोखिम सामान्य जोखिम से अधिक है। अधोजीवन की भी एक सीमा होती है जिससे अधिक जोखिम पर बीमा नहीं किया जाता और वे बीमा अयोग्य जोखिम में शामिल होते हैं। अधोजीवन पर अतिरिक्त प्रव्याजि लेकर ही बीमा बेचा जाता है।

(स) अधिप्रामाणिक—यह जीवन सामान्य से अधिक स्वस्थ होता है। इसमें किसी प्रकार की बीमारी आदि नहीं होती है, इसे अधिमान जोखिम (Preferred-Risk) भी कहते हैं। इन पर बीमापत्र निर्गमन करने के लिए कुछ छूट दी जाती है। सामान्य प्रव्याजि से कम प्रव्याजि ली जाती है क्योंकि इस पर जोखिम सामान्य जोखिम से कम होती है।

प्रत्येक बीमाकर्ता इन तीनों प्रकार की जोखिम को आवश्यक रूप से शामिल नहीं करते हैं, क्योंकि अधिप्रामाणिक पर छूट देने से जोखिम में वृद्धि होगी और उसको प्राप्त

करने के लिये बहुत से व्यक्ति प्रयास करेंगे। परिणामस्वरूप व्यापार में हानि हो सकती है। इसलिये व्यावहारिक जीवन में केवल प्रामाणिक और अधोप्रामांणिक जोखिम को ही देखा जाता है। अधिप्रामाणिक जोखिम पर बीमा बहुत सीमित दशाओं में प्रतिस्पर्धा के लिए किया जाता था। अधोजीवन पर बीमा करने के लिए अतिरिक्त प्रव्याजि हमेशा से ली जाती है या उसका बीमा कुछ प्रतिबन्ध पर किया जाता था। इससे व्यापार की मात्रा में वृद्धि हुई।

जोखिम विभाजन के तरीके

जोखिम की सूचना प्राप्त करने के बाद बीमाकर्ता इसे बीमा की लागत तय करने के लिए विभिन्न वर्गों में बाँटते हैं। जोखिम की मात्रा में समय, स्थान और परिस्थितियों के आधार पर परिवर्तन होते हैं। किसी समय में प्राप्त सूचनाओं का वर्गीकरण करने के लिए दो तरीके अपनाये जाते हैं—(1) निर्णयात्मक तरीका, और (2) संख्यात्मक तरीका।

1. निर्णयात्मक तरीका—जीवनांकिक, चिकित्सक और अन्य बीमा अधिकारियों के अनुभव के आधार पर यह निर्णय किया जाता है कि किस जोखिम को बीमा योग्य या बीमा अयोग्य वर्ग में शामिल किया जाय। बीमा योग्य जोखिम का बीमा सामान्य प्रव्याजि पर या अतिरिक्त प्रव्याजि पर किया जाय। जोखिम को प्रभावित करने वाले प्रत्येक तत्त्व को अलग-अलग मूल्यांकित किया जाता है, उनके महत्त्व को निर्धारित करते हुए कुल जोखिम की मात्रा तय कर ली जाती है। इसके लिये ये विशेषज्ञ अपने अनुभवों का प्रयोग करते हैं। किसी नियम या पैमाने को ध्यान में नहीं रखा जाता है।

व्यक्तिगत निर्णय को ही महत्त्वपूर्ण स्थान देकर बीमा के लिए जोखिम का वर्गीकरण करते हैं। विशिष्ट अधिकारियों के अतिरिक्त सामान्य कार्यकर्ताओं को इसके लिए नियुक्त किया जा सकता है, परन्तु अन्तिम निर्णय विशेषज्ञों के अनुभवों पर ही आधारित है। निर्णयात्मक तरीका वहाँ ज्यादा सफल होगा, जहाँ केवल थोड़े से तत्त्वों का मूल्यांकन करना होता है या जहाँ केवल यह तय करना है कि बीमा किया जाय या न किया जाय। लेकिन जहाँ पर कई तत्त्वों का निर्णय करना है और प्रव्याजि में कुछ परिवर्तन करके बीमा बेचना है, वहाँ पर यह तरीका प्रभावशाली नहीं होगा।

2. संख्यात्मक तरीका—जोखिम को प्रभावित करने वाले तत्त्वों का सांख्यिकीय ढंग से जीवनावधि को उद्देश्य में रखते हुए मूल्यांकन के तरीके को संख्यात्मक तरीका कहते हैं। दूसरे शब्दों में यह कहा जा सकता है कि जीवन बीमा योग्यता को प्रभावित करने वाले तत्त्वों पर अंक निर्धारित करके मूल्यांकन करने के तरीके को संख्यात्मक तरीका कहेंगे। सभी तत्त्वों को मिलाकर यह अनुमान किया जाता है कि जोखिम की मात्रा 100 है और इसी के आधार पर इससे अधिक जोखिम रखने वाले बीमापात्र अधिक अंक पायेंगे और उनकी प्रव्याजि तदनुसार परिवर्तित होगी।

व्यावहारिक रूप से सभी तत्त्वों को अंक प्रदान करना और उसके अनुसार बीमा करना सम्भव नहीं है, लेकिन तिस पर भी बीमाकर्ताओं ने कुछ सामान्य तत्त्वों का निर्धारण किया है। ये तत्त्व—(1) शारीरिक गठन, (2) शारीरिक स्थिति, (3) व्यक्तिगत इतिहास, (4) पारिवारिक इतिहास, (5) पेशे, (6) निवास स्थान, (7) आदतें, (8) नैतिकता और

(9) योजना हैं। इसका वर्णन पहले किया जा चुका है। ये तत्त्व मृतक दर को कहाँ तक प्रभावित करते हैं, उसी के आधार पर मूल्यांकन किया जाता है।

इसके अतिरिक्त किसी विशेष जोखिम को अतिरिक्त प्रव्याजि लेकर अलग से निश्चित करते हैं। उम्र का मूल्यांकन नहीं किया जाता क्योंकि वह एक महत्त्वपूर्ण तत्त्व है और उसके अनुसार प्रव्याजि बदलती रहती है। मूल्यांकन करने के लिए सभी तत्त्वों के सम्बन्ध में अंकों को निश्चित करके एक तालिका तैयार कर लेते हैं। इसके आधार पर विपरीत तत्त्वों के लिए अंक जोड़ देते हैं और जोखिम कम करने के तत्त्वों की मात्रा से अंक घटा देते हैं।

सामान्य जोखिम या अतिरिक्त जोखिम के लिए जो अंक निश्चित किये जा चुके हैं, उनमें वर्तमान परिस्थितियों के आधार पर परिवर्तन किये जाते हैं। चिकित्सा पद्धति में नये-नये परिवर्तन होने के साथ-साथ पुरानी अंक तालिका में भी परिवर्तन किया जाता है। ये तालिका आंकिक कार्यरूप पत्रिका (Rating Manuals) कहलाते हैं।

इस तालिका के आधार पर अतिरिक्त प्रव्याजि दर का निर्धारण अतिरिक्त जोखिम के वर्गीकरण करके किया जाता है; जैसे वर्ग एक में 20-30 प्रतिशत, वर्ग दो में 40-60 प्रतिशत या वर्ग तीन में 65 से 85 प्रतिशत के अतिरिक्त जोखिम वर्गीकृत किये जाते हैं। ये प्रत्येक योजना के लिये अलग-अलग हो सकते हैं। जहाँ पर विशेषाधिकार (Lien) अपनाये जाते हैं वहाँ पर अतिरिक्त प्रव्याजि निर्धारित करने की आवश्यकता नहीं होती है।

संख्यात्मक रीति दो मान्यताओं पर आधारित है—(1) अतिरिक्त मृत्यु-दर, और (2) अतिरिक्त मृत्यु-दर का योगांकन (Addition)।

मान्यताएँ

1. अतिरिक्त मृत्यु-दर—सामान्य मृतक तालिका केवल उच्च वर्ग और सामान्य जीवन की मृतक तालिका है। इसके द्वारा अधोप्रमाणिक जीवन में अध्यर्थन की मात्रा नहीं निश्चित की जा सकती है। इन जीवनों पर प्रव्याजि निश्चित करने के लिए उनकी एक अवधि में मृत्यु-दर देखते हैं और इस दर को सामान्य दर से तुलना करके सामान्य दर का एक प्रतिशत निकाल लेते हैं। उदाहरण के लिये दस हजार व्यक्तियों में से, जिनकी उम्र 45 वर्ष है और जो उच्च रक्तचाप से पीड़ित हैं, 117 व्यक्ति में एवं वर्ष में मर जाते हैं जबकि सामान्य मृतक तालिका इस उम्र में 118 व्यक्तियों की मृत्यु बताती है। इस प्रकार 59 व्यक्तियों की अधिक मृत्यु होती है याने 50 प्रतिशत $\frac{59}{118} \times 100$ अधिक मृत्यु होती है, इसलिए अतिरिक्त प्रव्याजि सामान्य प्रव्याजि का 50 प्रतिशत निश्चित होगी।

अतिरिक्त जोखिम का प्रभाव उम्र और परिस्थितियों के आधार पर बदलता रहता है। कुछ जोखिम उम्र के साथ बढ़ती है, कुछ घटती है और कुछ समान रहती है। इसलिए उन पर प्रव्याजि की दर उसी प्रकार बदलती रहती है। परन्तु सांख्यिकीय मूल्यांकन में यह मान लिया जाता है कि अतिरिक्त जोखिम समान रहती है, उसमें किसी प्रकार का परिवर्तन नहीं होता।

2. विशेष अतिरिक्त मृत्यु दर का योगांकन (Addition of Specific Extra Mortality Rates)—संख्यात्मक रीति के अन्तर्गत यह मान लिया जाता है कि प्रत्येक तत्त्व से सम्बन्धित जोखिम का योग पूर्ण जोखिम के बराबर होगा; अर्थात् बीमापात्र की विद्यमान पूर्ण जोखिम अलग-अलग तत्त्वों से सम्बन्धित जोखिम के योग के बराबर होगा। लाभकारी तत्त्वों का प्रभाव अलाभकारी तत्त्वों के प्रभाव को कम करने में समर्थ है और इसी मान्यता के आधार पर अंकों की वृद्धि [नाम (+)] और अंकों की कमी [जमा (–)] एक-दूसरे को समन्वित करके पूर्ण योग, वही योग होना चाहिए जिससे बीमापात्र वास्तव में प्रभावित हो रहा है। लेकिन व्यावहारिक जीवन में ऐसा नहीं होता। कभी-कभी दो प्रकार के जोखिम का योग वास्तविक योग का दुगुना हो जाता है; जैसे अधिवजन और मधुमेह या अधोवजन और क्षयरोग। इसी प्रकार कुछ दशाओं में जोखिम का योग एक-दूसरे को कम करने के कारण काफी कम हो जाता है; जैसे अधिवजन और क्षयरोग।

इस प्रकार संख्यात्मक पद्धति में ये दोनों मान्यताएँ हमेशा लागू नहीं होती हैं।

संख्यात्मक पद्धति का एक नमूना

अभिगोपन सूचनायें–

प्रस्ताव 1-3-74, योजना तालिका 14-15, प्रस्तावित बीमित रकम 5000 रुपये, उम्र 34 वर्ष, पेशा—लोहारगीरी।

शारीरिक गठन : ऊँचाई 5 फीट 6 इंच, वजन 177 पौण्ड।
सीना 38 इंच, विस्तारित सीना 40 इंच। पेट 41 इंच।

व्यक्तिगत दशाएँ : (1) रक्तचाप 136,90, दाँत 12 टूट गये हैं। व्यक्तिगत इतिहास 1966 में गाल ब्लडर का पथरी के कारण हटाया जाना। अन्य कोई असंतोषजनक सूचना नहीं है।

पारिवारिक इतिहास

		जीवित		मृतक		
सम्बन्ध		उम्र	स्वास्थ्य	उम्र	वर्ष	कारण
पिता		—	—	53	1964	कॉरोनरी हमला
माता		60	अच्छा		—	—
भाई	(1)	38	अच्छा	(2) 27	1971	टाइफाइड
				(3) 30	1969	नेफ्रिटिस
बहिन	(1)	27	अच्छा	(2) 28	1962	निमोनिया
स्त्री		30	अच्छा			

विश्लेषण

			आंकिक
शारीरिक गठन	अधिवजन	= (177 − 128)/128	= 30
		38 प्रतिशत	
	पेट की ऊँचाई विस्तृत सीने से अधिक		20
	व्यक्तिगत दशाएँ	कुल	50
	रक्तचाप		10

टूटे हुए दाँतों के लिए अतिरिक्त प्रव्याजि ली जाती है।

व्यक्तिगत इतिहास

चूँकि आपरेशन से 5 वर्ष व्यतीत हुआ है, इससे इसे छोड़ देंगे।

पारिवारिक इतिहास

1. जीवनावधि का मूल्यांकन

जीवनावधि का मूल्यांकन

जीवनावधि का मूल्यांकन

सम्बन्ध	पूर्व मृत्यु	बहुत पहले मृत्यु	जीवित (60)	जीवित (65) वर्ष
माता-पिता				
भाई और बहिन		2		

जीवनावधि में कमी के लिए आंकिक

2. पैत्रिक बीमारी

60 वर्ष के पहले रेनाल डिजीज	20
कुल पारिवारिक अंक	25
लाभकारी तत्त्व अधिवजन	10

निर्धारण

तत्त्व	विवरण	अंक
1. गठन	अधिवजन और पेट की ऊँचाई	50
2. व्यक्तिगत दशाएँ	बढ़ा हुआ रक्तचाप	10
3. व्यक्तिगत इतिहास	आपरेशन 1966	0
4. पारिवारिक इतिहास	जीवनावधि में कमी छोड़ दी	25
5. योजना	—	10
	अतिरिक्त मृतक-दर	75
	सामान्य मृतक-दर	100
	कुल मृतक-दर	175

मृतक-दर प्रव्याजि

अति प्रव्याजि—	प्रति हजार उपरोक्त 75 अंक पर	2.60
टूटे दाँत	प्रति हजार (तृतीय श्रेणी वाला मृतक वर्ग)	2.00
अति प्रव्याजि पेशे के लिए प्रति हजार		2.00
	कुल रु०	6.60

जोखिम को प्रभावित करने वाले सभी तत्त्वों के अनुकूल होने पर जमा [Credit (–)] किया जाता है और प्रतिकूल होने पर नाम [Debit (+)] किया जाता है और दोनों के जोड़ से कुल जोखिम ज्ञात की जाती है; परन्तु निवास स्थान, आदत, नैतिकता, आचार-विचार, पेशा और शारीरिक दशाओं के अनुकूल रहने पर जमा (Credit) नहीं किया जाता, यद्यपि कि प्रतिकूल रहने पर नाम (Debit) कर दिया जायगा क्योंकि ये जोखिम में साधारणतया कमी नहीं करते हैं। उम्र और पेशे की अलग से जाँच करके प्रव्याजि की रकम निर्धारित करते हैं।

उपरोक्त कुल जोखिम के आधार पर उनका वर्गीकरण करते हैं जैसे नीचें दिया गया है।

प्रामाणिक	अधोप्रामाणिक	बीमा अयोग्य
75 — 125	300	500

प्रामाणिक जोखिम के अन्तर्गत वे सभी बीमापत्र आयेंगे जिनके अंक 75 से 125 के

बीच हैं और अधोप्रामाणिक में वे सभी आयेंगे जिनका अंक 125 से 500 तक है तथा बीमा अयोग्य व्यक्ति के होंगे जिनको 50 से अधिक अंक मिले हैं। यह पैमाना बीमाकर्ता अपनी सुविधा के अनुसार बदल भी सकता है।

संख्यात्मक पद्धति के लाभ

1. इस पद्धति से व्यक्तिगत पक्ष और निर्णय में कमी हो जाती है और मूल्यांकन चिकित्सा तथा जीवनांकन पर आधारित होता है।
2. अभिगोपन पद्धति और प्रणाली में एकरूपता आती है जिससे सभी प्रकार के जोखिम के वर्गीकरण में कोई अन्तर नहीं होता है।
3. मौलिक सिद्धान्तों को समीक्षा एवं परिमार्जन करने का मौका मिलता है।
4. समय के अनुसार मृत्यु-दर और चिकित्सा पद्धति में परिवर्तन आने से इसमें भी परिवर्तन किया जा सकता है।
5. वर्गीकरण का यह तरीका वैज्ञानिक और अपेक्षाकृत अधिक विश्वसनीय है।
6. किसी तत्त्व को छोड़ नहीं सकते, यानी सभी तत्त्वों की पूर्णतया जाँच करते हैं।
7. कठिन और संदेहात्मक प्रस्तावों को आसानी से और अधिक विश्वास के साथ वर्गीकृत कर सकते हैं।
8. प्रस्तावों को स्वीकार करने में तेजी और आसानी से कार्य किया जा सकता है।

आलोचना

1. उपरोक्त लाभों के अतिरिक्त इसमें स्वतःचालकता नहीं है क्योंकि कुछ प्रस्तावों पर इसको लागू करना व्यर्थ होगा। यह विवादास्पद है। अंक प्रदान करने में व्यक्तियों के अपने निर्णय प्रभावित करेंगे।
2. चिकित्सा परीक्षक, जीवनांकिक के व्यक्तिगत अनुभव और निर्णय के आधार पर हर एक तत्त्व को अंक प्रदान किये जायेंगे जिससे प्रारम्भ में ही यह उनके निर्णयों से प्रभावित हो जाते हैं।
3. किसी तत्त्व के महत्त्व और विशेषता के आधार पर यह प्रभावशाली होगा अन्यथा गलत परिणाम दिखाई पड़ेंगे।
4. तत्त्वों के बदलते हुए प्रभाव को हमेशा देखा जायगा और उन्हीं के आधार पर परिवर्तन होते रहेंगे।
5. बहुत से जोखिमों के प्रति ज्ञान अधूरा रहता है जिससे उन पर अंक देना कठिन होगा।
6. कई प्रकार के जोखिम एक-दूसरे को समन्वित नहीं करते हैं और इस पर योगांकन गलत होगा।
7. छोटे-छोटे जमा और नाम महत्त्वपूर्ण नहीं हैं।

दोनों पद्धतियों में कुछ हानियाँ हैं; लेकिन प्रायः ये पद्धतियाँ एक-दूसरे की पूरक हैं। संख्यात्मक पद्धति का प्रयोग वहीं पर प्रभावशाली होगा, जहाँ अनुभव और विशिष्टता के आधार पर जोखिम का मूल्यांकन नहीं होगा। अतः दोनों पद्धतियों का प्रयोग करके प्रस्ताव को स्वीकार करने और उस पर शर्त निर्धारित करने की बातें हो सकती हैं। आजकल संख्यात्मक पद्धति का अधिक प्रयोग हो रहा है।

जोखिम का मूल्यांकन

जोखिम के आधार पर प्रव्याजि का निर्धारण किया जाता है, अतएव जोखिम का मूल्यांकन करना आवश्यक है। यह मूल्यांकन दो पद्धतियों से किया जा सकता है— (1) सेवा मूल्य और (2) सेवा लागत।

1. सेवा मूल्य—सेवा मूल्य से तात्पर्य बीमादारों को बीमा से जो लाभ से है; मिलने वाले, परन्तु हर एक बीमादार के लिए बीमा का मूल्य अलग-अलग होगा। इसलिये बीमा का मूल्यांकन बीमित व्यक्तियों की आवश्यकता और लाभ पर निश्चित नहीं किया जाता है। सेवा मूल्य को एक और दूसरे कारण से आधार नहीं माना जा सकता है, वह है माँग पक्ष की निष्क्रियता। माँग पक्ष कोई महत्त्वपूर्ण कार्य नहीं कर सकता, वे असंगठित हैं और एक होकर सौदेबाजी करने की आशा नहीं है। इसलिये यह कहा जाता है कि बीमा 'बेचा जाता है खरीदा नहीं।' यदि हम माँग पक्ष को लेते हैं या विभिन्न बीमापात्रों से विभिन्न प्रव्याजि एक ही जोखिम में लेते हैं तो यह विभेदीकरण पक्षपात और असामाजिक नीति होगी। गरीबों को बीमा से ज्यादा लाभ होगा, परन्तु उनसे अपेक्षाकृत अधिक प्रव्याजि लेना असामाजिक और अन्यायपूर्ण होगा। एक प्रकार की सेवा के लिए एक ही प्रव्याजि लेनी चाहिए। यहाँ पर एक सन्देह दूर हो जाना चाहिए कि अपर जीवन के बीमापात्रों से अधिक प्रव्याजि ली जाती है लेकिन इसका कारण उनको अधिक सेवा मिलने का नहीं है, बल्कि उसमें लागत अधिक होती है। इसलिए न्यायिक तथा व्यावहारिक दृष्टिकोण से सेवा मूल्य पद्धति मूल्यांकन के लिए उचित नहीं है।

2. सेवा लागत—बीमाकर्ता द्वारा प्रदान की जाने वाली सेवा की लागत पर प्रव्याजि का निर्धारण किया जाना व्यावसायिक, न्यायिक और व्यावहारिक है। सेवा की लागत में सबसे महत्त्वपूर्ण लागत अध्यर्थन की लागत है। उसके बाद प्रशासन की लागत है। अध्यर्थन की लागत में बीमित रकम को (मृत्यु पर या परिपक्वता पर भुगतान करने) या समर्पण मूल्य को शामिल करते। परन्तु बीमा कराने का मुख्य उद्देश्य बीमित रकम को देना है; अतः उसी की लागत निश्चित की जाती है। कुछ बीमापत्रों में बीमित रकम के साथ अधिलाभांश भी दिये जाते हैं, इसलिए उसमें अधिलाभांश की लागत शामिल करना आवश्यक होगा। इस प्रकार बीमा कम्पनी को सेवा के बदले में अध्यर्थन की लागत, प्रशासन लागत और अधिलाभांश लागत प्राप्त करने का अधिकार है। इन सबका विस्तृत वर्णन अगले अध्यायों में पूर्ण रूप से किया जायगा।

अध्यर्थन लागत—अध्यर्थन लागत मुख्य रूप से जोखिम की मात्रा पर आधारित है। जोखिम व्यक्तियों की जीवनावधि पर निर्भर है, जो कम आयु और दीर्घ आयु दोनों से प्रभावित होती है। बीमा में साधारणतया कम आयु और वृत्ति में दीर्घ आयु पर बीमाकर्ता को

अधिक जोखिम सहनी पड़ती है। इसलिये इन जोखिमों से पूर्णतः या अधिकतः सुरक्षित रहने के लिये इनका सही-सही मूल्यांकन करना आवश्यक है।

यह सही मूल्यांकन जीवन और मृत्यु-दर की सम्भावना पर निर्भर है। चूँकि प्रव्याजि का भुगतान जोखिम के पूर्व किया जाता है, इसलिए जोखिम का सही आंकलन बहुत आवश्यक है जिससे लागत या जोखिम और प्रव्याजि लगभग बराबर हो। यदि जोखिम अधिक है और प्रव्याजि कम है तो बीमाकर्ता को हानि होगी और यदि जोखिम कम है और प्रव्याजि अधिक तो उसे अनावश्यक रूप से लाभ होगा जो कि एक बीमा सिद्धान्त के प्रतिकूल है।

पिछले पृष्ठों में जोखिम के सम्बन्ध में बताये गये निर्धारण के तरीकों के अधिकार पर यह समझना सम्भव हो सकेगा कि किसी बीमापात्र के लिए क्या जोखिम है? बीमाकर्ता अपने पिछले अनुभवों के आधार पर जोखिम की भविष्यवाणी करने में सफल होते हैं और उसी के आधार पर प्रव्याजि का निर्धारण कर लेंगे।

जोखिम का मूल्यांकन करने के लिए सम्भावना और अधिक संख्या सिद्धान्त अपनाये जाते हैं। सम्भावना (Probability) सिद्धान्त के अन्तर्गत पिछले अनुभवों (Practices) और वर्तमान सिद्धान्तों (Theories) को आधार मान कर जोखिम का निर्धारण करते हैं। सम्भावना सिद्धान्त दो प्रकार के होते हैं—(1) साधारण, और (2) सम्मिश्रित। साधारण सम्भावना सिद्धान्त वहाँ अपनाते हैं, जहाँ घटनाएँ एक दूसरे से अप्रभावित हैं और स्वतन्त्र हैं तथा सम्मिश्रित सम्भावना सिद्धान्त मिश्रित और आधारित घटनाओं में लागू किये जाते हैं। साधारण सिद्धान्त में अनुकूल घटनाओं और कुल घटनाओं के अनुपात का योग रहता है जबकि मिश्रित घटनाओं में इन अनुपातों को आपस में गुणा करके अनुकूल घटनाओं के घटित होने की सम्भावना निकाली जाती है। कुछ सम्भावनाओं को प्रयोग के आधार पर और कुछ को सिद्धान्त और अनुमान के आधार पर तय किया जाता है। इन दोनों (पूर्व और प्रयोग) सम्भावना सिद्धान्तों का प्रयोग अधिक प्रभावशाली होता है। अधिक संख्या सिद्धान्त के आधार पर प्रयोग की संख्या जितनी अधिक होगी, भविष्यवाणी या कथन या सम्भावना उतनी ही सत्य होगी। अतएव बीमाकर्ता अधिक से अधिक व्यक्तियों, विशेषकर बीमित व्यक्तियों की जोखिम (मरण एवं जीवन दर) का मूल्यांकन एक तालिका बना कर करते हैं, जिसे मृतक तालिका कहते हैं।

□□□

अध्याय 12

मृतक तालिका

परिभाषा—मृतक तालिका प्रत्येक उम्र की मरण-दर ही नहीं बताता, बल्कि यह व्यक्तियों के एक पीढ़ी की मृत्यु का प्रतिबिम्ब (Picture) है। इसमें प्रारम्भ में (जन्म से या उसके कुछ वर्ष बाद) कुछ व्यक्तियों को चुन लेते हैं और उनके जीवन और मृत्यु संख्या का निरीक्षण प्रत्येक वर्ष करते जाते हैं। इस निरीक्षण को तब तक चालू रखते हैं जब तक सभी व्यक्तियों की मृत्यु न हो जाय। इस प्रकार मृतक तालिका में चुने हुए व्यक्तियों की मृत्यु एवं जन्म दर का इतिहास मिलता है। इसमें भूतकालीन मृत्यु और जन्म सम्भावनाओं को भविष्य में लागू करते हैं। मृतक तालिका भूतकालीन मृत्युओं के अनुभव पर आधारित एक सांख्यकीय तालिका है। इसके द्वारा मृत्यु और जन्म सम्भावनाओं (Probabilities) को नापा जाता है। मृत्यु दर को ही बताने वाली तालिका मृतक तालिका नहीं होगी, क्योंकि उसमें किसी पीढ़ी की मृत्यु दर का रेखाचित्र नहीं मिलेगा। इसके लिए किसी उम्र के प्रारम्भ में जीवित व्यक्तियों में से एक वर्ष के अन्दर मृतक व्यक्तियों को घटाने से जीवित व्यक्तियों की संख्या वहीं होगी, जो अगले वर्ष के प्रारम्भ में होनी चाहिए।

1. उम्र (x)—मृतक तालिका का निर्माण बीमाकर्ता की आवश्यकतानुसार किया जाता है। इसलिये मृतक तालिकायें प्रायः उसी उम्र से प्रारम्भ होंगी, जिस उम्र से बीमा बेचा जाता है। अतः यह आवश्यक नहीं है कि यह शून्य से प्रारम्भ होकर ९९ वर्ष पर ही समाप्त हो। जीवन तालिकायें प्राप्य वृत्ति तालिकाओं की तुलना में पहले प्रारम्भ होकर पहले समाप्त हो जाती हैं।

2. जीवन संख्या (lx)—जिस उम्र पर मृतक तालिका प्रारम्भ होती है, उसी उम्र के व्यक्तियों का चुनाव किया जाता है। कितने व्यक्तियों का चुनाव किया जाय, यह उद्देश्य और सुविधा पर आधारित है, परन्तु संख्या जितनी ही अधिक होगी, मृतक तालिका उतनी ही शुद्ध और सत्य होगी। यदि शून्य उम्र से मृतक तालिका प्रारम्भ होती है, तो उसमें तुरन्त पैदा हुए बच्चों को शामिल किया जाता है। इसी प्रकार किसी भी उम्र पर जीवित व्यक्तियों की संख्या मिलती है जो शून्य उम्र से और उस उम्र के प्रारम्भ तक जीवित रहे हैं। जैसे lx 30 का तात्पर्य 30 वर्ष की उम्र प्रारम्भ होते कितने व्यक्ति जीवित रहे और lx 30 + 1 का मतलब 30 वर्ष के कितने व्यक्ति 30 + 1 यानी 31 वर्ष के प्रारम्भ तक जीवित रहे। इस प्रकार lx किसी उम्र के प्रारम्भ में जीवित व्यक्तियों की संख्या है न कि उस उम्र के व्यक्तियों की संख्या है; अर्थात lx निकटतम या प्राप्त उम्र को नहीं बताता है, बल्कि lx के प्रारम्भ में जीवित व्यक्तियों की संख्या बताता है। जब सभी व्यक्तियों की मृत्यु हो जाती है तो उसी उम्र पर मृतक तालिका बन्द हो जाती है।

मृतक तालिका का एक नमूना

एच०एम० (H.M.) तालिका (मैंकेहम ग्रेड्युएशन)

जीवन तालिका

(रुपया करोड़ में)

1	2	3	4	5	6	7	8	9	
उम्र	उम्र x पर जीवित	उम्र x तथा x+1 में मृतकों की संख्या	मरण दर	जीवन दर	उम्र x पर मृत्यु दर का प्रभाव	उम्र x और न + 1 के बीच और जीवन संख्या	कुल जीवन संख्या	सम्पूर्ण जीवन आशा	उम्र
Age x	lx	dx	$qx = \left(\frac{dx}{lx}\right)$	px = (l – qx)	Ux	$Lx = \frac{1}{2}(lx+lx+1)$	$Tx = \Sigma Lx$	$^{0}ex = Tx/Lx = \frac{1}{2} + ex$	Age x
20	96061	548	0.00572	0.99428	0.00550	95787	4044238	42.101	20
21	95513	582	0.00608	0.99392	0.00592	95222	3948451	41.339	21
22	94931	609	0.00643	0.99357	0.00629	94626	3853229	40.590	22
23	94322	631	0.00668	0.99332	0.00659	94007	3758603	39.849	23
24	93691	647	0.00691	0.99309	0.00682	96367	3664596	39.114	24

3. मृत्यु संख्या (dx)—इस स्तम्भ में उन व्यक्तियों की संख्या लिखी रहती है जो x और x + 1 आयु के बीच मर जाते हैं, यानी किसी आयु (x) के एक वर्ष बाद (x + 1) मरने वाले व्यक्तियों की संख्या है। स्पष्टतया मृत्यु संख्या एक उम्र के प्रारम्भ में जीवित व्यक्तियों की संख्या (lx) और उसके 1 वर्ष बाद जीवित व्यक्तियों की संख्या (lx + 1) का अन्तर है। दूसरे शब्दों dx = (lx – lx + 1)।

इस प्रकार lx एक उम्र (x) के प्रारम्भ में जीवित संख्या है और dx उस उम्र (x) की समाप्ति के बीच की मरण संख्या है। इसीलिए अगली उम्र (x + 1) के प्रारम्भ में जीवित व्यक्तियों की संख्या (lx + 1) lx में से dx को घटा देने से प्राप्त होती है। इसी प्रकार किसी दो वर्षों के बीच मरण संख्या, उस बीच जीवित व्यक्तियों की संख्या का अन्तर होगा।

4. मरण दर (qx)—मरण दर (qx) किसी उम्र (x) में मृत्यु संख्या dx और जीवन संख्या (lx) के अनुपात से निकालते हैं। इसके आधार पर एक उम्र के व्यक्ति के एक वर्ष के अन्दर मरने की सम्भावना को मालूम किया जाता है। किसी उम्र (x) पर मरने की (Probability) (qx) निम्न सूत्र से ज्ञात कर लेते हैं—

$$qx = \frac{\text{उस उम्र (x) पर मरण संख्या (dx)}}{\text{उस उम्र (x) के प्रारम्भ में जीवन संख्या (lx)}}$$

इस मरण दर का प्रयोग जीवन बीमा में प्रव्याजि निर्धारण के लिए करते हैं। यदि दो वर्ष के आरम्भ और अन्त में जीवित व्यक्तियों की संख्या मालूम रहे तो मरण दर निकाली जा सकती है। वह इस प्रकार है—

$$qx = \frac{lx - lx + 1}{lx} = \frac{dx}{lx}$$

यह देखां गया है कि जैसे-जैसे उम्र बढ़ती है मरण दर में वृद्धि होती जाती है और एक समय ऐसा आता है तब मरण दर एक होती है। वह मरण तालिका की समाप्ति पर है क्योंकि उस अवधि पर lx + 1 शून्य होगा।

5. जीवन दर (px)—एक उम्र (x) पर जीवन संख्या lx + 1 और उसके प्रारम्भ में जीवन संख्या (lx) के अनुपात को जीवन दर कहते हैं, इसे निम्न प्रकार से निर्धारित करते हैं—

$$px = \frac{\text{एक उम्र (n) पर जीवन संख्या (lx + 1)}}{\text{उस उम्र (x) के प्रारम्भ में जीवन संख्या (lx)}}$$

दूसरे शब्दों में किसी उम्र पर उस उम्र के प्रारम्भ में जीवन संख्या से अगली उम्र (एक वर्ष बाद) के प्रारम्भ में जीवन संख्या को भाग देने से उस उम्र पर जीवन दर मालूम कर लेते हैं। इसे मरण दर के आधार पर भी मालूम कर लेते हैं क्योंकि मरण दर और जीवन दर

मिलकर एक के बराबर होती है। अस्तु किसी उम्र (x) पर जीवन दर (px) = 1 – qx होगी।

सामान्य मृतक तालिकाओं में यहीं तक स्तम्भ होते हैं, इन्हीं के आधार पर जीवन और मृत्यु दर का निर्धारण किया जाता है।

जीवन एवं मृत्यु दर का निर्धारण

(अ) किसी व्यक्ति के कुछ वर्ष (n) तक जीवित रहने की सम्भावना यानी (npx) निम्न सूत्रों से निकालते हैं—

$$npx = \frac{\text{उस उम्र (x) के (n) वर्ष बाद जीवन संख्या (lx + x)}}{\text{उस उम्र (x) के प्रारम्भ में जीवन संख्या (lx)}}$$

इसे प्रत्येक वर्ष की जीवन दर के आधार पर भी निर्धारित कर सकते हैं। इसके लिये उस उम्र (x) से लेकर (x + n) वर्ष तक की जीवन दर की आपस में गुणा कर देते हैं और इस प्रकार (x + n) वर्ष पर जीवन दर सम्मिश्रित सम्भावना के कारण अपने आप निकल आयेगी।

$$npx = \frac{lx+1}{lx} \times \frac{lx+2}{lx+1} \times \frac{lx+n-1}{lx+2} \times \frac{lx+n}{lx+n-1} = \frac{lx+n}{lx}$$

(ब) mpx से तात्पर्य (x) उम्र वाले किसी व्यक्ति की अगले (m) वर्ष में मृत्यु संभावना से है। इसको निम्न प्रकार से निकालेंगे—

$$mpx = \frac{\text{एक उम्र (x) के आरम्भ में जीवन संख्या (lx)–(m) वर्ष बाद जीवन संख्या lx + m}}{\text{उस उम्र (x) के प्रारम्भ में जीवन संख्या (lx)}}$$

6. किसी उम्र में मृत्यु दर पर प्रभाव (Ux)—स्तम्भ 4 में मरण दर वार्षिक आधार पर निकाली गयी है, लेकिन 1 वर्ष में प्रतिदिन मृत्यु दर में परिवर्तन हो सकता है। इसको जानने के लिए दैनिक मृत्यु दर निकालते हैं और उसी के आधार पर वार्षिक मृत्यु दर निर्धारित करेंगे। दैनिक मृत्यु दर निकालने के लिए निम्न सूत्रों को अपनाया जाता है—

$$= \frac{lx-1\left(x+\frac{1}{365}\right)}{lx}$$

इस दैनिक मृत्यु दर को वार्षिक मृत्यु दर में बदल देते हैं।

$$Ux = \frac{\left[lx-1\left(x+\frac{1}{365}\right)\right]^{365}}{lx}$$

7. उम्र (x) और (x + l) के बीच औसत जीवन संख्या (Lx)—दो वर्षों के बीच औसत जीवन संख्या Lx से स्पष्ट करते हैं और इसको निम्न प्रकार से ज्ञात करते हैं—

$$Lx = \frac{1}{2}(lx + lx +)$$
$$= lx + \frac{1}{2}$$

इसे $lx - \frac{1}{2} dx$ से भी स्पष्ट करते हैं, क्योंकि—

$$Lx = \frac{1}{2}(lx + lx - dx) = lx - ½ dx$$

8. कुल जनसख्या (Tx)—यह किसी उम्र (x) पर जीवित या उससे अधिक उम्र तक जीवित व्यक्तियों का योग है। इसको निम्न प्रकार ज्ञात करते हैं :—

Tx= उम्र (x) और (x + l) के बीच जीवन संख्या + उम्र (x + l) और (x + 2) के बीच जीवन संख्या + उम्र (x + 1.....+l) और (x + w = मृतक तालिका का अन्त)।

दूसरे शब्दों में–

$$Tx = Lx + Lx + 1 + Lx + 2 + ... Lw - 1$$
$$= \frac{1}{2}[(lx + Lx + 1) + (lx + 1 + lx + 2) + (lx + 2....lw)]$$

$= \frac{1}{2} lx + N'x$ यदि $(lx + 1 + lx + 2 + ...)$ को $N'x$ से व्यक्त करें।

9. जीवन आशा (ex)—किसी व्यक्ति के एक उम्र (x) के बाद जीवन की आशा को (ex) से सम्बोधित करते हैं। यह स्पष्ट है कि कुछ व्यक्ति अन्तिम उम्र तक चलते रहेंगे और वह उनकी इस उम्र के बाद जीवन आशा होगी। यह आगे की जीवन संख्या के योग को उस वर्ष के प्रारम्भ की जीवन संख्या से भाग देने पर प्राप्त होता है।

जैसे—

$$ex = \frac{[(lx + 1\ lx + 2 + ...)]}{lx}$$

$ex = \frac{N'x}{lx}$ क्योंकि यह स्पष्ट हो चुका है कि $(lx + 1 + lx + 2...) = N'x$ होगा।

उपरोक्त जीवन आशा को अपूर्ण जीवन आशा (Incomplete Expectation or Curlate Expection) कहते हैं क्योंकि इसमें पूर्ण वर्ष को लिया गया है, उसके अंश या भाग को छोड़ दिया गया है। जब इस अंश को शामिल किया जाता है तो उसे पूर्ण जीवनाशा

(Complete Expectation) कहेंगे। अपूर्ण जीवनाशा में हम एक उम्र (x) की जीवन संख्या (lx) को देखते हैं जो एक वर्ष बाद जीवित रहते हों तथा इसी प्रकार दो वर्ष बाद जीवन संख्या और तीन वर्ष बाद जीवन संख्या और अन्त तक जब तक सभी की मृत्यु नहीं होती, देखने जाते हैं; लेकिन जब हम वर्ष के किसी अंश को भी शामिल करते हैं तब जीवन संख्या में अन्तर होगा और यह $lx + \frac{1}{2}$ होगा, यदि अर्ध वर्ष को लेते हैं। दूसरे शब्दों में (x + 1) और (x + 2) के बीच मृत्यु संख्या $\frac{1}{2} dx + 1$ और अतिरिक्त जीवनाशा $\frac{1}{2}(dx + dx + 1 + ...) = \frac{1}{2} lx$ होगी, जिसे हम अपूर्ण जीवनाशा में जोड़ देंगे।

और उसके बाद पूर्ण आशा $ex = N'x + \frac{1}{2} lx$ हो जायगी।

दूसरे शब्दों में–

$$ex = \frac{Tx}{lx}$$

$$= \frac{N'x}{ex} + \frac{1}{2}$$

$$= ex + \frac{1}{2}$$

इस पूर्ण जीवनाशा को इस प्रकार प्राप्त करने का कारण यह हुआ कि अपूर्ण जीवनाशा में आधे वर्ष की जीवनाशा और शामिल होगी, क्योंकि पूर्ण वर्ष को दो अंशों में लेकर जीवनाशा निकाली गयी है।

मृतक तालिका का निर्माण

मृतक तालिका के निर्माण को निम्न क्रमों में अध्ययन करेंगे—

1. प्रयोग की जाने वाली सांख्यिकी,
2. अनुसन्धान अवधि का चुनाव,
3. मृतक तालिका तैयार करने की पद्धतियाँ,
4. जोखिम में संलग्न व्यक्तियों का आकलन,
5. मृत्यु दर का निर्धारण,
6. मृतक तालिका तैयार करना।

1. सांख्यिकी—बीमाकर्ता के उद्देश्यों के आधार पर सांख्यिकी का प्रयोग करते हैं। यदि मृतक तालिका तैयार करने के उद्देश्य प्रव्याजि निर्धारण और मूल्यांकन करना है तो उसके लिए व्यक्तियों का चुनाव सामान्य जनता में से न करके बल्कि बीमापत्रधारियों में से किया जाना चाहिए।

इसके बाद यह देखना होगा कि सभी व्यक्तियों का चुनाव किया जाय या पुरुषों और स्त्रियों की अलग-अलग तालिका तैयार की जाय। इसी प्रकार यदि किसी विशेष क्षेत्र, जाति और समय की मृतक दर देखनी है तो उसी प्रकार के चुनाव करने चाहिये तथा अलग-अलग मृतक तालिका तैयार करनी चाहिए क्योंकि इनकी मृतक दर में अन्तर होता है। कभी-कभी सांख्यिकी के अभाव में निकटतम विकल्प अपनाये जाते हैं। भारत में स्त्रियों के बीमा की कमी के कारण पुरुषों के जीवन पर ही प्रव्याजि का आकलन करते हैं। लेकिन वृत्ति के सम्बन्ध में स्त्रियों और पुरुषों दोनों के लिए अलग-अलग मृतक तालिका तैयार करनी चाहिए क्योंकि प्रायः यह देखा गया है कि 45 वर्ष की आयु के बाद स्त्रियों की मरण दर में काफी आ जाती है। भारत में स्त्रियों और पुरुषों की मृतक दर में 5 वर्ष का अन्तर किया गया है।

इसी प्रकार विभिन्न बीमापात्रों के लिये अलग-अलग जोखिम होने के कारण मृतक तालिका में भी भेद हो जाना चाहिए। प्रामाणिक अर्थात् सामान्य जीवन के लिए अलग मृतक तालिका होनी चाहिए क्योंकि इसकी मृत्यु दर अधो प्रामाणिक जीवन में कम होगी। प्रायः जोखिम पूर्ण व्यवसाय के व्यक्तियों को सामान्य जीवन में शामिल नहीं करते हैं। इसी प्रकार औद्योगिक क्षेत्र में संलग्न व्यक्तियों को भी सामान्य जीवन में शामिल नहीं करते हैं क्योंकि उनमें मृत्यु दर अधिक होती है।

अनुसन्धान की इकाई—मृतक तालिका तैयार करने में यह समस्या उत्पन्न होती है कि बीमापत्रधारी को अनुसन्धान की इकाई माना जाय या बीमापत्र की संख्या को। एक बीमापत्रधारी कई बीमापत्र खरीदता है, उसके सभी बीमापत्र को एक-एक इकाई माना जाय या जितने बीमापत्र हों, उन्हें इकाई माना जाय। सैद्धान्तिक रूप से बीमापत्रधारी को ही इकाई का रूप देना चाहिए क्योंकि उससे सम्बन्धित बीमापत्र उसकी मृत्यु पर प्रभावित होंगे, परन्तु व्यावहारिक दृष्टिकोण से एक समय में निर्गमित किये जाने वाले एक व्यक्ति के सभी बीमापत्रों को एक इकाई माना जाता है और जो बीमापत्र पहले निर्गमित किया जा चुका है, उसे दूसरी इकाई समझेंगे।

मृतक तालिका सूचना के साधन—मृतक तालिका तैयार करने के लिए—(अ) जनगणना और (ब) बीमाकर्ता की सूचनाओं का प्रयोग करते हैं।

(अ) जनगणना—जनगणना को केवल प्रारम्भ में अन्य सूचनाओं के अभाव में ही प्रयोग किया जाता है। इस सूचना की बहुत-सी कमियाँ हैं—(1) उम्र की सूचना सन्देहयुक्त रहती है। कभी-कभी उम्र गलत बताई जाती है, क्योंकि इसके लिए कोई प्रमाण नहीं माँगा जाता है। (2) कुछ व्यक्ति अपनी उम्र को अधिमूल्यित करके बताते हैं और कुछ अधोमूल्यन पर विश्वास रखते हैं। वृद्धावस्था में लोग अधिक उम्र बताने में गौरव समझते हैं तथा बाल्यकाल में कम उम्र बताना एक पद्धति बन गई है। (3) उम्र निकटतम पाँच वर्ष के गुणक में बताये जाते हैं जैसा 50, 55 या 60। (4) जीवन और मृत्यु सूचनाओं को बताने का लोग प्रयास ही नहीं करते। इस प्रकार बहुत-सी सूचनाएँ बिना लिखी हुई रह जाती हैं। इसलिए कितनी मृत्यु कब और किस उम्र पर हुई जानना कठिन हो जाता। (5) जनगणना 10 वर्षों के अन्तर पर तैयार की जाती है। जिससे कोई एक जनगणना इसके लिए उपयुक्त नहीं होगी और पिछली जनगणना बहुत पुरानी हो जायगी। (6) दो जनगणनाओं के बीच

मृत्यु और जीवन पर केवल अनुमानित होगी, जिससे प्रव्याजि का निर्माण गलत होगा। (7) जनसंख्या में सभी व्यक्तियों की मृत्यु दर, चाहे वे बीमित हों या न हों, मालूम की जाती है लेकिन बीमाकर्ता के अनुभव पर तैयार सांख्यिकी केवल बीमित व्यक्तियों की होगी, जिससे बीमाकर्ता के वास्तविक उद्देश्य की पूर्ति हो जायगी क्योंकि बीमाकर्ता केवल बीमित व्यक्तियों की मृत्यु पर भुगतान करेगा, अन्य व्यक्तियों से कोई मतलब नहीं है।

जनगणना का उस समय प्रयोग करते हैं जब बीमाकर्ता के अनुभव प्राप्त न हो। जनगणना इस प्रकार केवल प्रारम्भिक प्रयोग के लिए है।

(ब) बीमाकर्ता के लेख—बीमाकर्ता के लेख उपरोक्त बुराइयों और कमियों से मुक्त हैं और यदि सामान्य जीवनों को ही लिया जाता है तो मृत्यु दर प्रामाणिक होगी। इसी प्रकार हर वर्ग की मृत्यु दर के लिए हर वर्ग के व्यक्तियों को दिया जाता है। इस सूचना के अन्तर्गत उम्र प्रमाणित होने के कारण मृतक तालिका सही और सत्य होती है क्योंकि मृत्यु दिन बीमा को तुरन्त बताये जाते हैं और उसके लिए भी प्रमाण माँगें जाते हैं। दूसरी तरफ कोई भी मृत्यु दर बिना लिखी हुई नहीं बचती है। इस प्रकार ये सूचनाएँ सत्य होने के कारण मृत्यु दर सत्य होती है।

इसके अन्तर्गत मृत्यु दर पूर्ण रूप से सही होने के लिए कई बीमाकर्ताओं से सूचना प्राप्त करनी चाहिए जिससे अधिकांश संख्या सिद्धान्त लागू हो और परिणाम सत्यता के समीप हो। व्यापारिक चक्र की तरह से मृत्यु चक्र भी हर 10 वर्ष बदलते रहते हैं। इस बीच अनुकूल और प्रतिकूलि, ऊँची और नीची कई दरों को शामिल करने का मौका मिल जाता है जिससे मृतक तालिका औसत रूप से सही होगी। लेकिन कभी-कभी थोड़े समय में ही ऊँची नीची, अनुकूल और प्रतिकूल दरें मिल जाती हैं और 10 वर्ष से कम समय में उद्देश्य की पूर्ति कर देता है।

मृतक तालिका तैयार करने के लिए अधोप्रामाणिक जीवन को अलग कर लिया जाता है क्योंकि इनकी जोखिम विभिन्न पेशे, बीमारी आदि के आधार पर बदलती है। इसके लिए अलग-अलग अतिरिक्त प्रव्याजि की गणना की जाती है। मृतक तालिका को पेशा, निवास स्थान, वैवाहिक सम्बन्ध आदि के अनुसार तैयार किया जा सकता है।

2. अनुसंधान की अवधि—अनुसंधान का समय जितना कम सम्भव हो सके, रखना चाहिए क्योंकि इससे सांख्यिकी में समानता लम्बे समय की तुलना में अधिक होती है और अधिक समय में तैयार की गयी मृतक तालिका पुरानी हो जायगी जबकि कम समय में तैयार तालिका उपयोग के अधिक पास होगी। जैसे 30 वर्ष के आधार पर तैयार मृतक तालिका 10 वर्ष के आधार पर तैयार तालिका की तुलना में अधिक पुरानी होगी।

दूसरी तरफ आँकड़ें बहुत थोड़ी अवधि के भी नहीं होने चाहिए क्योंकि इससे पूर्ण प्रतिनिधित्व नहीं हो पायेगा। आँकड़ों की सूचना अपर्याप्त होगी। इसलिये अवधि इतनी अधिक हो जितनी सम्भव हो सके। 5 वर्ष और अधिक से अधिक 10 वर्ष की अवधि के आँकड़े मृतक तालिका के लिए उपयुक्त होते हैं। छोटी अवधि में मृतक दर को प्रभावित करने वाले असामान्य तत्त्वों का प्रभाव होगा, जिन्हें लम्बी अवधि में दूर किया जा सकता है; जैसे मौसमी उच्चावचन, व्यापार में वृद्धि, युद्ध, अकाल आदि। अतः अवधि अधिक से अधिक लम्बी होनी चाहिए जिससे इनके प्रभाव को औसत के आधार पर दूर किया जा

सके। इसके अतिरिक्त उस वर्ष का चुनाव किया जाना चाहिए जिसमें युद्ध, महामारी, देश-निष्कासन, अकाल आदि न हो।

अवधि का चुनाव (अ) आजीवन, और (ब) एक विशेष अवधि के अनुसार किया जा सकता है।

(अ) आजीवन उम्र—आदर्श मृतक तालिका तो वह होगी जो एक उम्र से प्रारम्भ होकर तब तक बनाई जाय जब तक सभी व्यक्तियों की मृत्यु न हो जाय। जैसे यदि 20 वर्ष की उम्र से मृतक तालिका प्रारम्भ होती है, तो उस उम्र के सभी व्यक्तियों को तब तक देखते रहेंगे जब तक कि सभी की मृत्यु न हो जाय। यथार्थ में मृतक तालिका का एक आदर्श रूप यही है कि शुरू से लेकर अन्त तक एक प्रकार (पीढ़ी) के व्यक्तियों को देखा जाय और उनमें से हर वर्ष मरने वालों की संख्या ज्ञात की जाय। लेकिन इस प्रकार की मृतक तालिका में कई परेशानियाँ उत्पन्न होती हैं। एक उम्र के बहुत से व्यक्ति, जिनके पास पहुँचा जा सके, प्राप्त करना सम्भव नहीं है। उन व्यक्तियों को प्रत्येक वर्ष अनुसंधान में रखना भी सम्भव नहीं है। इन व्यक्तियों से हर वर्ष मिलते रहना भी सम्भव नहीं है। मृतक तालिका तैयार करने की अवधि आवश्यक रूप से लम्बी हो जायगी; जैसे 80, 95 आदि। अन्त में जब मृतक तालिका तैयार हो जायगी तो वह उतने ही वर्ष पुरानी होगी जितने वर्ष मृतक तालिका तैयार करने में लगते हैं। इसके लिए स्थायी कार्यकर्ताओं की आवश्यकता होगी जिससे लागत में अत्यधिक वृद्धि हो जायगी।

(ब) एक विशेष अवधि के अनुसार—आजीवन मृतक तालिका के इन दोषों को दूर करने के लिए कुछ वर्षों का चुनाव कर लिया जाता है; जैसे 5 या 10 वर्ष, जैसा ऊपर बताया जा चुका है। इस अवधि के अन्तर्गत प्रत्येक उम्र के कुछ व्यक्तियों को चुनकर हर वर्ष उन्हें देखते हैं। इसी प्रकार हर उम्र की मृत्यु दर कुछ वर्षों तक निकलेगी और अन्त में प्रत्येक उम्र की मृतक दर स्पष्ट हो जायगी, इसे अन्तिम मृतक तालिका भी कहते हैं, इसे बाद में पूर्णतया स्पष्ट किया गया है।

3. मृतक तालिका तैयार करने की पद्धतियाँ—किसी भी पद्धति में वर्ष के प्रारम्भ में उन जीवित व्यक्तियों की संख्या निर्धारित करना जो एक उम्र के हों, उसके बाद उनकी एक वर्ष में मृत्यु संख्या निश्चित करना और इन दोनों के अनुपात में उस उम्र के लिए मृतक दर का निर्धारण करना। इसी प्रकार प्रत्येक उम्र के लिए मृत्यु दर निश्चित कर लेंगे और एक संख्या को मानकर उसी में से मृत्यु दर के आधार पर हर वर्ष घटाते रहते हैं जब तक कि सभी व्यक्तियों की मृत्यु न हो जाय। मृतक तालिका तैयार करने की निम्न पद्धतियाँ हैं।

(अ) जीवन वर्ष पद्धति—इस पद्धति के अन्तर्गत मृत्यु और जीवन संख्या का निर्धारण करने के लिए प्रत्येक बीमापत्रधारी के जन्म दिन को आधार माना जाता है। किसी उम्र में इस संख्या के लिए एक जन्म दिन से दूसरे दिन के बीच मृत्यु संख्या का संकलन करते हैं। अतः इसमें उम्र को निकटतम निकालने की कोई आवश्यकता नहीं पड़ती है; जैसे 25 वर्ष पर मृत्यु दर मालूम करने के लिए उन व्यक्तियों को शामिल करते हैं जिनकी उम्र 25 वर्ष हो गयी है और इस उम्र से सभी व्यक्तियों को तब तक देखा जायेगा जब तक ये सभी व्यक्ति 26 वर्ष के न हो जायँ। इस अवधि के बीच मृत्यु संख्या मालूम हो जायगी। मान

लीजिये इनकी संख्या θ_{25} है और 25 वर्ष के सभी व्यक्तियों की संख्या E_{25}, तो 25 वर्ष पर मृत्यु दर $\theta_{25} = E_{25}$ होगी।

इस पद्धति का लाभ यह है कि उम्र सही रहने के कारण किसी उम्र पर सही मृत्यु-दर मालूम होगी; इसमें किसी प्रकार की निकटतम गणना नहीं होती है। लेकिन इस पद्धति का प्रयोग जीवन बीमाकर्ता नहीं करते हैं। वे या तो कलैण्डर वर्ष में उम्र निर्धारित करके मृत्यु संख्या निश्चित करते हैं या संविदा करते समय निकटतम उम्र का प्रयोग करते हैं क्योंकि इन्हीं के आधार पर उनके यहाँ सूचनाएँ रखी जाती हैं। इसके अतिरिक्त, इस पद्धति के द्वारा चयन मृतक तालिका को नहीं बना सकते हैं क्योंकि उसमें किसी समय में बीमापत्र खरीदने वाले एक उम्र के (निकटतम आयु) व्यक्तियों को शामिल किया जाता है; जैसे जनवरी 1, 1974 को प्रसंविदा में शामिल होने वाले व्यक्ति को उसकी उम्र (अप्रैल 1, 1974) के आधार पर अंकित की जायगी और वह व्यक्ति चयन तालिका में इस पद्धति के अनुसार तभी शामिल होगा जब चयन तालिका अप्रैल 1, 1974 से प्रारम्भ हो क्योंकि तभी उसकी सही उम्र निकलेगी। इसी प्रकार विभिन्न बीमापत्रधारियों की अलग-अलग उम्र होती है; अतः उनके व्यक्तिगत उद्देश्य के लिए अलग-अलग मृतक तालिका नहीं बनाई जा सकती है। सुविधा के दृष्टिकोण को देखते हुए एक समय पर प्रारम्भ मृतक तालिका पर निकटतम उम्र देखते हैं। यदि ½ वर्ष या इससे अधिक है तो इसे 1 वर्ष मान लिया जाता है और यदि ½ वर्ष से कम है तो उसे छोड़ देते हैं। तीसरा कारण यह है कि उम्र में निकटतम पद्धति अपनाने से उतना अनौचित्य नहीं है जितना कि चयन की पद्धति में निकटतम पद्धति अपनाने से, क्योंकि चयन का प्रभाव प्रारम्भ के कुछ वर्षों तक होता है। यह पद्धति सामूहिक मृतक तालिका तैयार करने के लिए उपर्युक्त हो सकती है, बशर्ते उसके लिए एक उम्र के पर्याप्त व्यक्तियों की संख्या उपलब्ध हो और उसकी लागत न्यूनतम हो।

(ब) कलैण्डर वर्ष पद्धति—प्रत्येक जीवन को कलैण्डर वर्ष में देखते हैं। यह 1 जनवरी से 31 दिसम्बर या 1 अप्रैल से 31 मार्च या अन्य इसी प्रकार का कोई वर्ष हो सकता है। यह स्पष्ट है कि कलैण्डर वर्ष के प्रारम्भ में सभी बीमापत्रधारियों की एक उम्र नहीं होगी। इसलिये उनकी उम्र को निकटतम वर्षों में निकालेंगे। यदि किसी वर्ष के प्रारम्भ में उम्र के Ex व्यक्ति हैं और उसके बाद एक वर्ष के अन्दर θx व्यक्तियों की मृत्यु होती है तो मृत्यु दर $\theta x/Ex$ होगी। यह मृत्यु दर उन व्यक्तियों की मृत्यु दर होगी जो उस उम्र से 6 महीने कम और 6 महीने अधिक उम्र के होंगे क्योंकि उम्र को निकटतम करने के लिए उम्र से 6 महीने कम और उम्र से 6 महीने अधिक व्यक्तियों की एक ही उम्र मान लेते हैं अर्थात् इसके लिए हम पिछली जन्म तिथि और अगली जन्म तिथि देखते हैं। इस उदाहरण में मृत्यु दर वास्तव में $(x - ½)$ और $(x + ½)$ वर्ष के व्यक्तियों की मालूम की गई है, लेकिन व्यावहारिक जीवन में निकटतम (x) आयु के व्यक्ति की मृत्यु दर हुई।

बीमाकर्ता बीमा खरीदने की तिथि और उस समय उम्र को देखते हैं, इसलिये किसी एक कलैण्डर वर्ष में निकटतम उम्र को आसानी से मालूम किया जा सकता है जो वास्तविक उम्र से 6 महीने अधिक और 6 महीने कम होती है। इनकी सूचनायें बीमाकर्ता के पास उपलब्ध रहती हैं जिससे कलैण्डर वर्ष के आधार पर मृतक तालिका तैयार करना आसान होता है। निकटतम आयु निकालने के कारण इसमें कठिनाई उत्पन्न हो सकती है।

(स) बीमापत्र वर्ष पद्धति—बीमापत्र वर्ष से तात्पर्य बीमापत्र निर्गमन से प्रारम्भ होने वाले वर्ष से है। बीमापत्र निर्गमन के दिन जो उम्र होगी, उसी के अनुसार मृतक तालिका तैयार करते हैं। जैसे पहले बताया जा चुका है कि प्रत्येक वर्ष पर यह वास्तविक उम्र को नहीं बताया है। बीमापत्र के प्रारम्भ पर 6 महीने कम और 6 महीने अधिक उम्र वाले व्यक्ति एक उम्र के माने जायेंगे और उसी के अनुसार मृतक तालिका में मृत्यु दर निकाली जायगी।

इस पद्धति में निकटतम आयु का दोष होता है। कलैण्डर वर्ष की तरह इसका लाभ यह है कि सभी सूचनाएँ प्राप्त हो जाती हैं। इसके अतिरिक्त चयन मृतक तालिका का निर्माण इसके द्वारा सम्भव और सही होगा क्योंकि चयन के समय कलैण्डर वर्ष की तरह से फिर निकटतम आयु निकालने की आवश्यकता नहीं होगी, केवल गणना के समय उम्र की निकटतम पद्धति पर्याप्त होगी। इस प्रकार यह पद्धति उपरोक्त वर्णित दोनों पद्धतियों से अधिक सही, सरल और व्यावहारिक मृतक तालिका बनाना सम्भव होगा।

(द) जनगणना पद्धति—जनगणना पद्धति वहीं अपनाते हैं जहाँ पर कई जनगणनाओं की सूचनाएँ प्राप्त हैं। इसके अन्तर्गत दो जनगणनाओं के दिन प्राप्त मृत्यु और जीवन संख्या का औसत ले लेते हैं। इस प्रकार उनके बीच की मृतक दर मालूम हो जाती है। इस प्रकार यह माध्य मृत्यु दर को बताती है जिसके अन्तर्गत केवल एक प्रकार के व्यक्तियों को नहीं देखा जाता है। दो जनगणनाओं के बीच विभिन्न प्रकार के व्यक्ति होंगे। जनगणना पद्धति में दो प्रकार से मृतक तालिका तैयार की जाती है—

(अ) दो जनगणनाएँ और मृत्यु दर—दो जनगणनाओं के बीच जीवित संख्या मृत्यु संख्या के औसत निकाले जाते हैं और इस प्रकार मृत्यु दर मालूम कर लेते हैं। जैसे दो जनगणनाओं पर जीवित संख्या (Px) (Px^1) उम्र (x) और (x + 1) के क्रम में है तो उन दोनों के माध्य जीवित संख्या $Lx = \frac{1}{2}(Px + Px^1)$ होगी और इन दोनों जनगणनाओं के बीच उम्र (x) की मृत्यु दर (θx) है जो उम्र (x) और (x + 1) के आधार पर निकाली गयी है। अतः मृत्यु दर (mx) इन जनगणना की औसत अवधि पर $mx = \dfrac{\theta x}{\frac{1}{2}(Px + Px^1)}$ होगी।

यह मृत्यु दर को जनगणनाओं अवधि के बीच की होगी, यदि जनगणना अवधि 10 वर्ष है तो पहली जनगणना के 5 वर्ष बाद की यह मृत्यु दर होगी। यदि वार्षिक मृत्यु दर निकालना है तो इसे 10 से भाग दे दिया जायगा। इस प्रकार दो जनगणनाओं के आधार पर मृत्यु दर मालूम हो जायगी।

(ब) एक जनगणना और मृत्यु दर—जब एक विश्वस्त जनगणना उपलब्ध है और दो जनगणनाओं के अन्दर मृत्यु दर मालूम है तो माध्य मृत्यु दर (Mx) निम्न प्रकार से निकाल सकते हैं—

$Mx = \dfrac{\theta x}{Px}$ जबकि θx उम्र x और x + 1 के बीच मृत्यु दर को बताती है

और (px) उम्र (x) पर जीवित व्यक्तियों की संख्या बताती है।

4. जोखिम में सम्मिलित व्यक्तियों का आकलन—जोखिम में सम्मिलित व्यक्तियों से तात्पर्य उन व्यक्तियों का आकलन है जिनकी मृत्यु दर निकाली जा रही है। यह विभिन्न पद्धतियों में अलग-अलग है।

(अ) जनगणना पद्धति—यदि दो जनगणनाओं को आधार माना जा रहा है तो उन दोनों का औसत कर लेते हैं; जैसे $(Px + P^1x)½ = Ex$ होगी। यहाँ पर Ex जनगणना में सम्मिलित व्यक्तियों की संख्या औसत के आधार पर निकाली गयी है और इसी के आधार पर मृत्यु दर निकाली जायगी।

(ब) बीमापत्र वर्ष पद्धति—जैसा ऊपर स्पष्ट है, जोखिम में संलग्न व्यक्तियों की संख्या (Ex) उम्र (x) से प्रारम्भ होकर उम्र (x + l) तक देखे जाते हैं और इस अवधि में जितने व्यक्तियों की मृत्यु (θx) होती है, उसी के अनुपात पर मृत्यु दर मालूम कर लेते हैं। बीमापत्र के आधार पर तैयार की जाने वाली संख्या प्राप्त करने के लिये बीमापत्र की संख्या, बीमा में प्रवेश की तिथि, प्रवेश के समय निकटतम उम्र, बीमा से बाहर होने की तिथि, बाहर होने का कारण आदि सूचनायें प्राप्त करते हैं। इन सूचनाओं को एक पत्र पर लिख दिया जाता है। यदि ये सूचनाएँ निकटतम उम्र को नहीं बताती हैं तो उम्र को निकटतम निकाल कर उस पत्र (Card) में लिख लेते हैं। बीमा में प्रवेश पाने के बाद व्यतीत समय को भी लिख दिया जाता है।

बीमापत्र के प्रवेश और निष्कासन—कोई व्यक्ति बीमापत्रधारियों के रूप में एक समय (जिसमें एक उम्र के व्यक्ति होंगे) में पुराने बीमापत्रधारी रूप में या नये बीमापत्रधारी के रूप में रहेगा। वह मृत्यु, प्रत्याहरण और समाप्तक के रूप में बाहर जायेगा। इनको आगे बताता जायगा।

मान लीजिए 20 वर्ष की उम्र पर जोखिम में शामिल होने वाले व्यक्तियों की संख्या निकालना है। ऐसी दशा में प्रारम्भ में बीमा लेने वाले, यानी पुराने बीमापत्रधारी जो 20 वर्ष के अब हो गये हैं (b_{20}) तथा नये बीमापत्रधारी जिन्होंने 20 वर्ष की उम्र में बीमा खरीदा है (n_{20}) को जोड़ लिया जायगा और इसमें उन व्यक्तियों को घटा दिया जायगा जो इस दिन के 6 महीने से अन्दर प्रत्याहरण (withdrawal) के समय 20 वर्ष के थे। इसको नीचे स्पष्ट किया गया है—

$$E_{20} = b_{20} + n_{20} - w_{20}$$

इस प्रकार 20 वर्ष की आयु में शामिल होने वाले व्यक्ति 20 वर्ष की उम्र तक चलेंगे, बशर्ते कि 21 वर्ष के पहले बीमा से अलग न हो जाय। इस उम्र के व्यक्ति जिनकी मृत्यु इस बीच हो जाती है, वे भी 21 वर्ष तक नहीं चलेंगे। इसलिये 20 वर्ष की जोखिम में शामिल व्यक्तियों में से प्रत्याहरण (W_{21}) और समाप्त (e_{21}) जो 21 वर्ष की परिधि में आती है, उन्हें और 20 वर्ष पर मृत्यु (θ_{20}) घटा देने से उन व्यक्तियों की संख्या आ जायेगी जो 20 वर्ष की जोखिम वाले 21 वर्ष के प्रारम्भ में बचेंगे अर्थात् $E_{20}-\theta_{20}-w_{21}-e_{21}$ 21 वर्ष की जोखिम में शामिल किये जायेंगे। इसके अतिरिक्त 21 वर्ष के कुछ पुराने बीमापत्रधारी b_{21} और 21 वर्ष की उम्र पर बीमा खरीदने वाले (n21) इसमें शामिल होंगे। इस प्रकार 20

वर्ष पर जोखिम में शामिल होने वाले व्यक्तियों की संख्या निम्न प्रकार निकाली जायगी—

$$E_{21} = E_{20} + n_{21} + b_{21} - W_{21} - e_{21} - \theta_{20}$$

इस आधार पर जोखिम में शामिल होने वाले व्यक्तियों की संख्या निम्न सूत्रों से मालूम करेंगे—

$$E^{x} = E_{x-1} + n_{x} + b - w - e - \theta_{-1}$$

इस प्रकार प्रत्येक उम्र में जोखिम में शामिल किये जाने वाले व्यक्तियों की संख्या का निर्धारण कर लिया जायगा। उपरोक्त सूत्र सामूहिक मृतक तालिका तैयार करने के लिये प्रयोग किया जाता है, परन्तु जब चयन मृतक (Select Mortality) तालिका तैयार करेंगे तो इस सूत्र में थोड़ा परिवर्तन हो जायगा क्योंकि जो एक ही समय में बीमा कराये होंगे, उन्हें ही आगे कुछ वर्षों तक बिना और व्यक्तियों को शामिल किये हुए मृतक तालिका तैयार करेंगे; जैसे b20 में परिवर्तन करना हो तो उसे $b[20], b[21] + 1, b[18+2]\, b_{20}$ यानी उसे जो 20 वर्ष का है, जो 19 वर्ष का था और 1 वर्ष बीमा का पूरा कर चुका है, 18 वर्ष का था और 2 वर्ष बीमा का पूरा कर चुका है और जो 2 वर्ष पहले बीमा कराया था। इसी प्रकार अन्त में परिवर्तन हो जायगा।

(स) कलैण्डर और जीवन वर्ष पद्धति—इन पद्धतियों में जोखिम में शामिल होने वाले व्यक्तियों को उसी प्रकार निकालते हैं; जैसे बीमापत्र वर्ष निकाला जा चुका है, परन्तु कलैण्डर वर्ष में आयु निकटतम होगी जबकि जीवन वर्ष में वास्तविक होगी।

5. मृत्यु दर का निर्धारण—उपरोक्त वर्णन से यह स्पष्ट हो गया होगा कि जोखिम में शामिल व्यक्तियों को (Ex) कैसे निकाला जाता है; उसमें से उस उम्र पर होने वाली मृत्यु को लेकर अनुपात $\left(\frac{\theta x}{Ex}\right)$ निकाल लेते हैं और इस प्रकार मृत्यु-दर का निर्धारण हो जाता है, परन्तु इसे अपरिमार्जित (Crude) मृतक तालिका कहते हैं। उम्र के निकटतम निकालने के आधार पर मृत्यु-दर पर प्रभाव पड़ेगा जैसे यदि कलैण्डर वर्ष में जनवरी से प्रारम्भ मृतक तालिका उन बीमापत्रधारियों की उम्र बतायेगा जिनकी उम्र (x) इस तिथि को निकटतम (x) के बराबर हो।

दो वर्षों के बीच प्राप्त मृत्यु-दर अन्तरगणन के आधार पर निकाले जाते हैं। अपरिमार्जित मृतक तालिका में एक उम्र की मृतक दर और दूसरे वर्ष की मृतक दर में कोई सामंजस्य स्थापित नहीं हो पाता है और इस प्रकार उस श्रेणी में उच्चावचन ही नजर आयेंगे। लेकिन इस उच्चावचन को नहीं होना चाहिए, क्योंकि—

1. इससे आयु के साथ मृत्यु वृद्धि की मान्यता गलत होगी,
2. प्रव्याजि में एकरूपता नहीं होगी जो सैद्धान्तिक रूप से गलत है,
3. लोग किसी विशेष उम्र में सस्ती प्रव्याजि का अनुचित लाभ उठायेंगे।

अतः अपरिमार्जित मृत्यु-दर का प्रसरलन (Graduation) कर लेते हैं, प्रसरलन के कई तरीके हो सकते हैं—(1) रेखाचित और (2) गणितीय।

रेखाचित्र के आधार पर प्रसरलन की पद्धति इस प्रकार है कि एक रेखा ऐसी खींची जाय कि रेखाचित्र के दोनों तरफ के भाग बराबर हों।

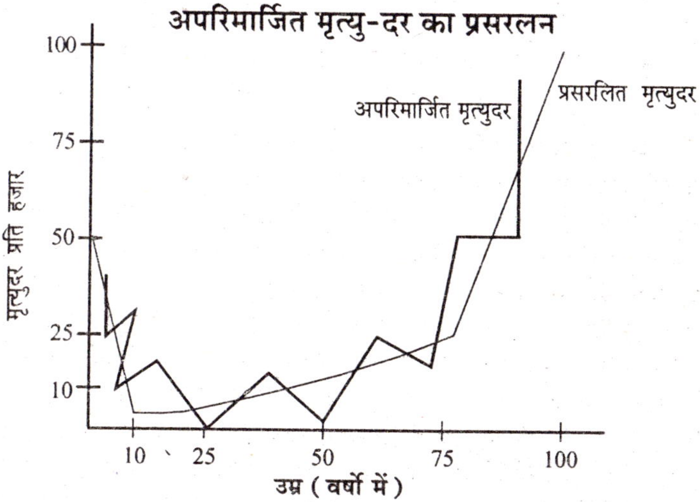

प्रायः यह देखा गया है कि 10 वर्ष तक मृत्यु-दर घटती है फिर बराबर रहती है और तत्पश्चात् बढ़ना प्रारम्भ होती है।

गणितीय पद्धति में हम न्यूनतम वर्ग पद्धति या ज्यामितीत पद्धति को अपनाते हैं।

6. मृतक तालिका तैयार करना प्रसरलन (Graduation) के आधार पर मृत्यु-दर मालूम करने के बाद मृतक तालिका तैयार करना आसान हो जायगा। यहाँ पर यह जानना आवश्यक है कि प्रसरलन पद्धति के आधार पर प्राप्त मृतक दरों का ही प्रयोग किया जाता है, अपरिमार्जित तालिका का प्रयोग नहीं करते हैं। मरण दर के आधार पर एक अनुमानित संख्या से प्रारम्भ करके जीवन संख्या, मरण संख्या, जीवन दर जीवनाशा आदि को आसानी से तैयार किया जा सकता है।

मृतक तालिका के प्रकार

मृतक तालिका जीवन बीमा या वृत्ति प्रसंविदा के लिए तैयार की जाती है। यदि जीवन बीमा के लिए तैयार करना है तो मृतक तालिका पहले समाप्त हो जाती है और वृत्ति के मृतक तालिका बाद में समाप्त होती है। इन मृतक तालिकाओं के निम्न भेद हैं :—

1. सामूहिक मृतक तालिका (Aggregate Mortality Table)—इसमें सभी बीमित व्यक्तियों को बिना किसी चुनाव अवधि भेद के मृतक तालिका तैयार करने के लिए किया

जाता है। इस प्रकार एक उम्र के सभी व्यक्तियों का चुनाव बिना बीमा खरीदने की अवधि को ध्यान में रखे किया जाता है। अतः इसके अन्तर्गत नये और पुराने सभी बीमापत्रधारियों को शामिल किया जाता है। इस तालिका को सामान्य और प्रामाणिक मृतक तालिका के नाम से पुकारते हैं। इसके द्वारा मृत्यु-दर अधिक देखा गयी है क्योंकि चिकित्सा परीक्षण का प्रभाव बिल्कुल नहीं देखा जाता है। इस तालिका को अधिकांश बीमाकर्ताओं के सम्मिलित अनुभव के आधार पर तैयार किया जाता है। चूँकि विभिन्न बीमाकर्ताओं के अनुभव में भिन्नता रहती है; अतः उनके सम्मिलित परिणाम औसत रूप से होने के कारण व्यावहारिक नहीं होंगे, यद्यपि यह तालिका सभी बीमाकर्ताओं के समान उद्देश्य पूरा करती है।

2. संकलित मृतक तालिका (Select Mortality Table)—उपरोक्त तालिका में बीमा के चुनाव का प्रभाव नहीं देखा जाता, परन्तु व्यावहारिक जीवन बीमा कराने की अवधि का मृत्यु पर प्रभाव देखा गया है। यदि बीमा कराने की तिथियों में कुछ अन्तर होगा तो उसी आयु वर्ग में दो व्यक्तियों में अन्तर होगा। उदाहरण के लिए 25 वर्ष के व्यक्तियों में से एक ने 5 वर्ष पहले बीमा कराया था तो इस दशा में उसकी मृत्यु दर में अन्तर हो जायगा क्योंकि इस दशा में चिकित्सा परीक्षण का समय 5 वर्ष व्यतीत हो चुका है जिससे इस अवधि में स्वास्थ्य और मरण दर में परिवर्तन हो जायगा। उस व्यक्ति की मृत्यु दर अपेक्षाकृत कम होगी जिसने केवल 1 वर्ष की अवधि में बीमा कराया है। इस प्रकार समय व्यतीत होने के साथ-साथ रोग, मृत्यु जीवनीशक्ति का ह्रास आदि बढ़ता रहता है। इस तथ्य का अनुसंधान डॉ० स्प्रेग (Dr. T.B. Sprague) ने किया है। उन्होंने 20 बीमाकर्ताओं के पुरुष वर्गों की मृतक तालिका बना कर यह सिद्ध किया कि समान आयु वाले व्यक्तियों की मृतक दर में अन्तर होगा यदि चिकित्सा परीक्षण के समय में अन्तर है। जिस व्यक्ति ने पहले बीमा कराया था, यानी बीमा के समय चिकित्सा परीक्षण कराया था तो उनकी मृत्यु दर में उस व्यक्ति की तुलना में ज्यादा वृद्धि होगी जिसने अभी हाल में बीमा कराया था। लेकिन इसकी भी सीमा है। प्रायः 5 वर्ष के बाद चुनाव (चिकित्सा परीक्षण) का प्रभाव समाप्त हो जाता है।

संकलित मृतक तालिका

मृत्यु दर प्रति हजार

उम्र (प्रसंविदा के समय	बीमा कराने की तिथि से व्यतीत समय					उम्र (प्राप्त)
		1	2	3	4	5 और इसके ऊपर
20	2.73	3.59	3.80	3.96	4.13	4.31	25
21	2.78	3.66	3.86	4.01	4.18	4.35	26
22	2.83	3.72	3.91	4.07	4.21	4.37	27
23	2.86	3.76	4.06	4.08	4.24	4.41	28

उपरोक्त तालिका से स्पष्ट है कि प्रत्येक वर्ग में मृत्यु-दर में अन्तर है जैसे यदि कुछ व्यक्ति जो 22 वर्ष के हैं, की मृतक दर मालूम करनी है; इनमें से मान लीजिये x व्यक्ति अभी बीमा कराये हैं, y 1 वर्ष पहले और z व्यक्ति 2 वर्ष पहले बीमा कराये हैं, तो x की मृत्यु दर 2.83 प्रति हजार होगी, y की 3.66 प्रति हजार और z की 3.80 प्रति हजार होगी। इस प्रकार उनकी मृत्यु दर में वृद्धि होती गयी है, यद्यपि कि वे एक ही वर्ष के हैं।

प्रव्याजि निर्धारण में संकलन का प्रभाव महत्त्वपूर्ण है और उसी को देखा जाता है। इसके अन्तर्गत मृत्यु दर अपेक्षाकृत कम होती है जिसको अवधि बीमा के लिए ही प्रयोग करते हैं।

3. अन्तिम मृतक तालिका (Ultimate Mortality Table)—इस तालिका के अन्तर्गत जिस अवधि के बाद संकलन का प्रभाव समाप्त हो जाता है, अन्तिम मृतक तालिका होगी; जैसे उपरोक्त तालिका में 5 वर्ष तक संकलन का प्रभाव समाप्त हो गया है तो इस 5 वर्ष बाद तैयार की गयी मृतक तालिका अन्तिम मृतक तालिका होगी। इसकी गणना तब तक नहीं होती है जब तक चुनाव का प्रभाव चलता रहता है। जैसे यदि किसी व्यक्ति ने 4 वर्ष बीमा को पूरा करा लिए हैं तो उसकी मृत्यु दर 5 वर्ष से ज्यादा बीमा की अवधि पूरा करने वाले व्यक्तियों के समान रहेगी, लेकिन 5 वर्ष से कम अवधि पूरा करने वाले के लिए मृत्यु दर में परिवर्तन होगा क्योंकि उस समय तक चुनाव का प्रभाव चलता रहता है। इसमें मृतक दर अधिक होती है और इसका प्रयोग अतिरिक्त मूल्यांकन के लिए किया जाता है। प्रव्याजि को भी इसी पर आधारित करते हैं।

4. विक्षिप्त सामूहिक मृतक तालिका (Truncated Aggregate Table)—इस तालिका में संकलन के प्रभाव के बाद मृतक तालिका तैयार करते हैं। यह तालिका अन्तिम तालिका के समान है, परन्तु इसमें चुनाव के प्रभाव को साथ नहीं दिखाते, केवल अन्तिम तालिका को ही दिखाते हैं, परिणामस्वरूप उसमें निकटतम आकलन के कारण कुछ परिवर्तन हो जायगा।

मृतक तालिका इतिहास

मृतक दर का अनुमान लगाना मनुष्य का बहुत पहले से प्रयास रहा है। सबसे पहले रोम के एक व्यक्ति उलपियन (Ulpion) ने वार्षिक वृत्ति की एक तालिका तैयार की जिसका प्रयोग 16वीं शताब्दी तक हुआ क्योंकि अन्य कोई मृतक तालिका नहीं थी। 1671 में डी विट (De Wit) की तालिका का हालैण्ड में प्रयोग होता रहा। इसके पश्चात् जनगणना सम्बन्धी आँकड़ों पर अनेक मृतक तालिकाएँ बनीं। एडमण्ड हेली (Edmund Halley) ने श्मशान पंजियों (Burial Registers) से सन् 1687 से 1693 के आधार पर एक मृतक तालिका तैयार की। ग्रान्ट (Graunt) ने लन्दन नगर के मृत्यु पत्रों (Bills of Mortality) के आधार पर मृतक तालिका तैयार की। नार्थम्पटन नगर की मृत्युओं की संख्या (4689) के आधार पर (1753-1780 के बीच) पर नार्थम्पटन तालिका तैयार की गई। इन तालिकाओं में शुद्धता का अभाव था, तथापि अन्य तालिकाओं के अभाव में इनका प्रयोग होता रहा। कारलिस्ले (Carlisle) नगर की दो बस्तियों के सन् 1779-1787 से जन्म तथा मरण लेखों के आधार पर मृतक तालिका तैयार की गयी। इसमें कुछ शुद्धता थी।

ब्रिटिश बीमामण्डलों के अनुभवों के आधार पर बनाई गयी मृतक तालिकाओं का प्रारम्भ 1843 से हुआ जब इंगलैण्ड में 17 प्रमण्डलों ने मिलकर अपने अनुभवों को सम्मिलित कर सन् 1843 में तालिका प्रकाशित की। इसके बाद 20 प्रमण्डलों के अनुभवों पर 1869 में एक तालिका प्रकाशित हुई। इसमें दो बातों का समर्थन है—(1) जीवन बीमापत्रों के जीवन के वर्गीकरण पर मरण दर में परिवर्तन होता है। (2) स्वास्थ्य परीक्षा के आधार पर मरण दर सामान्य मरण दर से कम है। इस तालिका के चार भेद थे। स्वस्थ पुरुषों की तालिका (H_m), स्वस्थ स्त्रियों (H^f) और स्वस्थ स्त्रियों और पुरुषों की (H_{mf}) और रोगग्रस्त पुरुष स्त्रियों (D^{mf}) की तालिका। डाक्टर स्प्रेंग ने 20 बीमा कार्यालय के स्वस्थ बीमित व्यक्तियों के आधार पर संकलित मृतक तालिका बनाया। 1863-1893 के अनुभवों को 60 ब्रिटिश कार्यालयों ने सम्मिलित किया जो 10 लाख व्यक्तियों की जाँच पर आधारित है अब प्रामाणित तालिका बन गयी। 1929 में एक और तालिका तैयार हुई जिसमें इंगलैण्ड की पचास कम्पनियों ने 1924 से 1929 तक के आँकड़े प्रयुक्त किये थे। इसमें यह मालूम हुआ कि मरण दर में काफी वृद्धि हुई है।

अमेरिका में 1868 में सर्वप्रथम मृतक तालिका तैयार हुई। 1918 में दूसरी मृतक तालिका प्रकाशित हुई, जिसे (American Men Mortality Table) कहते हैं। इसमें अमेरिका और कनाडा के कुल 59 प्रमण्डलों ने 1900-1915 के मृत्यु सम्बन्धी आँकड़ों का आधार लिया था। तीसरी तालिका (C.S.O. Table) 1941 में तैयार हुई। यह बीस वर्ष तक प्रयोग होती रही। सन् 1958 में एक नयी तालिका प्रकाशित हुई, जिसे C.S.O. Table 1958 कहते हैं। अब वहाँ पर इसी तालिका का प्रयोग हो रहा है।

भारत में मृतक तालिका तैयार करने में अनेक कठिनाइयाँ थीं।

1. बीमा प्रमण्डल प्रायः नये थे, अतः उनके अनुभव सीमित थे जिससे शुद्ध मृतक तालिका तैयार नहीं की जा सकती थी।
2. जीवनांकिकों की कमी थी, साथ ही पर्याप्त सामग्री के अभाव में इसको पूरा नहीं किया जा सकता था।
3. तालिकाओं के तैयार करने में अधिक व्यय करना पड़ता; इसलिए ब्रिटिश कार्यालयों के H^m तथा O^m का ही प्रयोग होता रहा। इसमें तीन से छः वर्ष जोड़कर भारत के अनुकूल बनाते थे।

भारतीय मृतक तालिकाओं को बनाने की आवश्यकता बनी रही, वैसे तो भारत में 1881 की जनगणना पर जार्ज हार्डी ने मरण दर मालूम की, फिनलायसन् ने 1874 में प्रकाशित किया। विन्टर ने 1872-1902 के आधार पर 1903 में मरण दर प्रकाशित की, परन्तु ये सब अधूरे थे। भारतीय अनुभव पर आधारित मृतक तालिका बनाने का श्रेय ओरियण्टल कम्पनी को दिया जा सकता है, जिसने पाँच बार अनुसन्धान किया—(1) 1874 से 1897, (2) 1874 से 1902, (3) 1874 से 1913, (4) 1905 से 1925 और (5) 1925 से 1935 में।

सन् 1925 और 1935 के अनुभव के आधार पर तैयार मृतक तालिका को 'ओरिएण्टल टेबुल्स' कहते हैं। यह तालिका भारत में प्रचलित है। इस तालिका के आधार

पर जीवन बीमा निगम प्रव्याजि का निर्धारण करता है।

यह तालिका अब पुरानी हो गयी। स्वास्थ्य सम्बन्धी उन्नति के कारण मृत्यु दर में कमी आ गयी है, इसलिए निगम ने 1961-64 की अवधि में बीमित जीवनों की मृत्यु दरों पर मृतक तालिका बनाने का प्रयास किया। इसकी सूचना 1968 में आयी।

अप्रैल 1980 से बीमा की विभिन्न योजनाओं की अग्रिम दर में संशोधन किये गये हैं।

Questions

1. Fill up the blanks in the following portion of a life table.

Age x	Living Numbers lx	No. of Deaths dx	Probability of death qx	Probability of survival px
20	10,00,00	.....	0.00500	.....
21	.....	.....	0.00450	.....
22	.....	.....	.....	0.99600
23	.....	.....	.....	0.99650
24	.....	.....	.....	0.99700
25	.....	.....	0.00250	.....

From the life table calculte—

lx + 4, px + , dx + 3, qx + 3, px + 5

2. From the following information, find the number living at age 43 and qx + 4

Age	No. Living	No. Dying	qx	px
x				
40	.....	400	0.006	.....
41	.....	.....	0.007	.....
42	.....	.....	0.08	.....
43	.....	300	.....	.....

3. From the following table given below, evaluate
3P[21] + 1 and 1/2 q[20)

Age at entry [x]	l[x]	l[x] + 1	l[x] + 2	Attained Age
				x+2
20	495393	494534	493633	22
21	494480	493620	492716	23
22	493566	492702	491795	24
23	492647	491781	490868	25

4. Select mortality table (period of selection 2 years) is given below.
Find (i) 2 P(30) + /12q (30) + 1 1/q (32)

Age at entry [x]	l[x]	l[x]+1	l[x]+2	Attained Age
				x+2
30	486024	485094	484096	32
31	485028	485080	483305	33
32	484012	483042	481994	34
33	48500	48300	48200	35

□□□

अध्याय 13

प्रव्याजि निर्धारण

जीवन बीमा व्यापार में जोखिम के वर्गीकरण के आधार पर प्रव्याजि निर्धारित करते हैं, लेकिन प्रत्येक व्यक्ति की जोखिम अलग-अलग होने के कारण कई प्रव्याजि दर नहीं अपनाई जाती। इसके लिए मुख्य रूप से प्रामाणिक जोखिम और अधो-प्रामाणिक जोखिम को लिया जाता है। सभी बीमापात्रों को इन्हीं दो वर्गों में बाँटकर प्रव्याजि लेते हैं। प्रामाणिक जोखिम पर प्रव्याजि इस अध्याय में बताया जायगा और अधो-प्रामाणिक जोखिम पर अगले अध्याय में बताया जायगा। प्रव्याजि निर्धारण के लिए तीन प्रकार की योजनाएँ हैं जिनका वर्णन नीचे किया जा रहा है।

1. **अभिनिर्धारण योजना** (Assessment Plan)—इस योजना के अन्तर्गत प्रव्याजि का निर्धारण उस समय होता है, जब अध्यर्थन होता है। उसके पहले प्रव्याजि भुगतान की आवश्यकता नहीं पड़ती है। यह योजना केवल उस समय अपनायी जाती है जब पारस्परिक बीमा (Mutual Insurance) होता है और भुगतान के समय सभी व्यक्तियों के पास प्रव्याजि के लिए पहुँचा जा सके। प्रव्याजि की रकम जोखिम की मात्रा पर निर्भर है। अध्यर्थन के समय जितनी जोखिम होगी अर्थात् जितने रकम से भुगतान होगा, वह सभी बीमापत्रधारियों में एक निश्चित अनुपात से बाँट दिया जायगा। इस प्रकार बीमापत्रधारियों द्वारा एक निश्चित घटना घटित होने पर जोखिम सहने वाले व्यक्तियों को भुगतान कर दिया जाता है। यह आशा की जाती है कि प्रत्येक बीमापत्रधारी एक दूसरे की सहायता करते रहेंगे। यह एक निश्चित समय के लिए भी हो सकता है जिसके अन्तर्गत मृत्यु पर या कोई बीमित घटना के घटित होने पर भुगतान कर दिया जायगा और फिर प्रसंविदा उस अवधि के बाद समाप्त हो जायगा। इस अवधि के बाद लोगों का जोखिम विभाजन का अधिकार समाप्त हो जायगा। अवधि के अन्दर किसी भी व्यक्ति को जोखिम होगी तो उसे सब मिलकर भुगतान कर देंगे।

अभिनिर्धारण पद्धति का प्रयोग अब नहीं किया जाता, क्योंकि बीमाकर्ता बीमापत्रधारियों से जोखिम के समय प्रव्याजि एकत्र नहीं कर सकता है। तथापि इस सिद्धान्त का व्यावहारिक और अप्रत्यक्ष प्रयोग अब भी होता है, क्योंकि प्रत्येक दिन बीमाकर्ता को कुछ न कुछ भुगतान करना पड़ता है। इसलिए प्रत्येक बीमापत्रधारी का यह कर्त्तव्य है कि प्रत्येक दिन भुगतान करे। इस बात को व्यावहारिक जीवन में हम देखते हैं कि बीमापत्रधारी लगातार भुगतान करता है। यद्यपि भुगतान की अवधि मासिक, त्रैमासिक, छमाही और वार्षिक हो सकती है। उसे प्रसंविदा में प्रवेश के समय अपनी जोखिम के अनुसार लगातार योगदान करना पड़ता है। यह अवश्य है कि बीमाकर्ता की जोखिम का कोई महत्त्व नहीं है और न जोखिम के साथ प्रव्याजि बढ़ती है, बल्कि प्रसंविदा के समय अग्रिम प्रव्याजि का भुगतान किया जाता है जो

लगातार और समान रहती है। यह तरीका अभिनिर्धारण का सुधारा हुआ तरीका है। अभिनिर्धारण पद्धति में हम थोड़े व्यक्तियों का बीमा करते हैं। प्रसंविदा के समय कुछ प्रव्याजि नहीं लेते और बाद में जोखिम के समय उसकी मात्रानुसार प्रव्याजि लेंगे।

2. स्वाभाविक प्रव्याजि योजना (Natural Premium Plan)—इस योजना के अन्तर्गत प्रव्याजि की रकम जोखिम की मात्रा के अनुसार बढ़ती जाती है। यह देखा जा चुका है कि जोखिम की मात्रा उम्र बढ़ने के साथ-साथ बढ़ती रहती है; अतः प्रत्येक बीमापत्रधारी से उसी के आधार पर प्रव्याजि बढ़ाकर लेना चाहिए, क्योंकि यह स्वाभाविक है कि प्रत्येक बीमापत्रधारी को अपनी जोखिम का हिस्सा अवश्य दे।

मरण तालिका

उम्र	मृत्यु दर प्रति हजार
25	15.3
30	19.3
35	24.1
40	29.4
45	34.9
65	72.7

उपरोक्त तालिका से यह स्पष्ट है कि बीमापत्रधारी की जोखिम 25 वर्ष पर 15.3 प्रति हजार है, 30 वर्ष पर 19.3, 35 वर्ष पर 24.1, 40 वर्ष पर 29.4, 45 वर्ष पर 34.9 और 65 वर्ष पर 72.7 प्रति हजार है। इसलिए यदि वह 1000 रुपये का बीमापत्र खरीद रहा है तो उसे 25 वर्ष पर 15.30 रुपये, 30 वर्ष पर 19.30 रुपये, 35 वर्ष पर 24.10 रुपये, 40 वर्ष पर 29.40 रुपये, 45 वर्ष पर 34.90 रुपये और 65 वर्ष पर 72.7 रुपये देने पड़ेंगे।

जो भी व्यक्ति इस बीमा में जिस उम्र पर शामिल होगा, उसे उसी वर्ष के अनुसार प्रव्याजि देने के बाद अगले वर्षों में जोखिम के अनुसार अधिक प्रव्याजि देना पड़ेगा। इसे वार्षिक नवीकरण अवधि बीमा भी कहते हैं क्योंकि हर वर्ष प्रव्याजि की दर में वृद्धि होगी। प्रत्येक वर्ष के अध्यर्थन इसी आधार पर दे दिये जायेंगे और अगले वर्ष के लिए कोई संचय नहीं बचता है। यह अभिनिर्धारण पद्धति का प्रत्यक्ष प्रयोग है क्योंकि प्रत्येक वर्ष जोखिम का मूल्यांकन होता है और उसी के अनुसार प्रव्याजि का निर्धारण किया जायगा। अन्तर केवल इतना है कि भविष्य में होने वाली जोखिम को पहले तय कर लेते हैं और उसी के अनुसार प्रव्याजि अग्रिम ले ली जाती है जिससे मृत्यु होने पर लगातार भुगतान किया जा सके।

यदि किसी वर्ष एकत्रित प्रव्याजि से कम जोखिम होगी तो वह अतिरेक हो जायगा और यदि जोखिम अधिक होगी तो कमी (Deficit) होगी। अतिरेक की दशा में यह बीमाकर्ताओं को अधिलाभांश के रूप में बाँटा जा सकता है, परन्तु इसके पहले अधिलाभांश में से कुछ रकम घटा लेते हैं जिसका प्रयोग आगे आने वाली कमी (Deficit) को पूरा करने

के लिए किया जाता है। अभिनिर्धारण और स्वाभाविक प्रव्याजि योजना में संचय का निर्माण नहीं हो पाता है क्योंकि तात्कालिक जोखिम को पूरा करने के लिए प्रव्याजि का निर्धारण करते हैं। इस प्रकार हर वर्ष की जोखिम को उस वर्ष की प्रव्याजि से पूरा करते रहते हैं जिससे संचय का न तो निर्माण किया जा सकता है और न निर्माण की आवश्यकता होती है।

स्वाभाविक प्रव्याजि योजना में निम्न दोष पाये जाते हैं—

(1) प्रारम्भ में उम्र कम होने के कारण प्रव्याजि की रकम कम होती है, परन्तु बाद में जब उम्र अधिक होगी और आयार्जन शक्ति कम हो जायगी उस समय प्रव्याजि की रकम में वृद्धि हो जायगी जिससे बीमापत्रधारियों को आर्थिक समस्या का सामना करना पड़ेगा जबकि बीमा का उद्देश्य आर्थिक समाधान करना है।

(2) स्वस्थ्य व्यक्ति जब देखते हैं कि प्रव्याजि बढ़ती जा रही है तो वे प्रसंविदा समाप्त कर देते हैं जिसके फलस्वरूप केवल वृद्ध और अस्वस्थ व्यक्ति ही बचते हैं, जिससे जोखिम बढ़ने के कारण बीमाकर्ता को हानि होगी और वह भविष्य में प्रव्याजि बढ़ाने का प्रयास करेगा जिससे बीमा व्यापार कम हो जायगा। अतः दोनों प्रकार से बीमाकर्ता को हानि होगी।

इन दोषों के कारण प्रव्याजि का निर्धारण स्वाभाविक और अभिनिर्धारण पद्धतियों से नहीं किया जाता है तथापि छोटी अवधि के लिए, समूह और पुनर्बीमा के हेतु इसे अपनाया जा सकता है।

(3) सम प्रव्याजि योजना (Level Premium Plan)—इसके अन्तर्गत प्रव्याजि का निर्धारण किसी व्यक्ति के सम्पूर्ण बीमा काल की जोखिम के अनुसार होता है। अभिनिर्धारण और स्वाभाविक के विपरीत इसमें प्रतिवर्ष की जोखिम नहीं शामिल होती है। इसके अन्तर्गत प्रव्याजि की रकम बीमा अवधि तक एक-सी रहती है। उम्र के साथ प्रव्याजि में वृद्धि नहीं होती है। जब से बीमा प्रारम्भ होता है और जब तक चालू रहता है, एक ही प्रव्याजि रहती है, उसमें परिवर्तन नहीं आता। प्रव्याजि दर का निर्धारण प्रसंविदा के समय बीमापात्र की उम्र के आधार पर किया जाता है। जैसा कि स्पष्ट है कि प्रत्येक की जोखिम उम्र के साथ बढ़ती है तो सरल तरीका स्वाभाविक प्रव्याजि योजना ही होगी, परन्तु कई कठिनाइयों के कारण इसे नहीं अपनाते हैं। एक ही प्रकार की प्रव्याजि लेने के लिए उससे सम्बन्धित आदि से अन्त तक की जोखिम का वर्तमान मूल्य निकाल लेते हैं और उसे फिर बराबर रकम की कई किस्तों में बाँट देते हैं। यद्यपि कि समान विभाजन में कई कठिनाइयाँ आती हैं, परन्तु यह व्यावहारिक तरीका है। समान विभाजन वैज्ञानिक ढंग से किये जाते हैं जिससे कि लागत समान रहने के साथ पूर्ण जोखिम अधिक और कम न हो।

प्रव्याजि निर्धारण के आधार

इससे बीमापत्रधारियों को सुविधा होगी और उन्हें वृद्धावस्था में अधिक प्रव्याजि नहीं देनी होगी। इस पद्धति में संचय तैयार होता रहता है जिसका प्रयोग देश के विकास के लिए किया जाता है या बीमाकर्ता अन्य प्रकार से इसका प्रयोग कर सकता है।

बीमा प्रारम्भ करने पर स्वाभाविक प्रव्याजि योजना की रकम सम प्रव्याजि से कम होगी। चूँकि स्वाभाविक योजना जोखिम की सही मात्रा बतलाती है और सम प्रव्याजि योजना इस जोखिम का जीवनपत्र की अवधि पर सम्पूर्ण विभाजन है।

प्रव्याजि निर्धारण बीमा की लागत के आधार पर किया जाता है जो मृत्यु-दर, ब्याज-दर और व्यय से प्रभावित होती है।

1. मृत्यु दर—बीमाकर्ता को बीमित रकम का भुगतान मृत्यु के आधार पर करना पड़ता है, परन्तु बहुत से बीमापत्रों पर भुगतान जीवित रहने पर ही किया जाता है। वृत्ति में भुगतान जीवनाशा पर आधारित है। अतः प्रव्याजि का सीधा सम्बन्ध मृत्यु-दर, जीवन-दर और जीवनाशा से है। मृत्यु-दर की मात्रा के आधार पर अध्यर्थन की कुल मात्रा निर्भर रहती है और उसको पूर्णतया पूरा करने के लिए प्रव्याजि की मात्रा भी उतनी होनी चाहिए। यह मात्रा भूतकालीन अनुभव के आधार पर, वर्तमान समस्याओं और दशाओं को देखते हुए तय की जाती है क्योंकि यह विचार करना कि भूतकालीन अनुभव सर्वदा सत्य होंगे, ठीक नहीं है। वर्तमान समय में स्वास्थ्य उपलब्धियों आदि के आधार पर मरण-दर कम हो जायगी या बीमारी आदि के प्रकोप से मरण दर में वृद्धि हो जायगी। इन तमाम दशाओं को ध्यान में रखकर प्रव्याजि निर्धारण करना चाहिए। प्रव्याजि निर्धारण तभी पूर्णतया सत्य होगा जब अनुमानित मरण-दर और वास्तविक मरण-दर में एकरूपता हो। इस प्रकार जीवन-दर के आधार पर भुगतान प्रभावित होगा। जहाँ पर भुगतान जीवित रहने पर किया जाता है; जैसे 'शुद्ध बन्दोबस्ती योजना में' वहाँ पर यदि ज्यादा व्यक्ति जीवित रहे तो अधिक भुगतान करना होगा और यदि कम व्यक्ति जीवित रहे तो कम भुगतान करना होगा।

2. ब्याज दर—प्रव्याजि का भुगतान अध्यर्थन करने के पहले होता रहता है; अतः बीमाकर्ता अपने पास एकत्रित रकम को एक समय के लिए विनियोजित करते रहते हैं। इस पर जो ब्याज आता है, उसे अध्यर्थन के समय प्रयोग करते हैं जिससे अध्यर्थन की रकम के बराबर प्रव्याजि नहीं लिया जाना चाहिए। यह ब्याज बीमापत्रधारियों की प्रव्याजि पर अर्जित ब्याज है; अतः यह उनके लिए प्रयोग करते हैं। इस कारण से ब्याज दर जितनी अधिक होगी, प्रव्याजि की राशि उतनी कम होगी और ब्याज की राशि जितनी कम होगी, प्रव्याजि उतना ही अधिक लेना पड़ेगा जिससे अध्यर्थन का भुगतान किया जा सके। किसी समय अध्यर्थन कितना होगा, यह मृत्यु-दर, जीवन-दर पर आधारित है। इसी कारण से बीमाकर्ता प्रव्याजि निर्धारण के समय एक ब्याज दर निश्चित कर लेते हैं जिसके लिए उन्हें विश्वास रहता है कि कम से कम उतना ब्याज अवश्य उपार्जित होगा। हालाँकि उन्हें ब्याज के अनुमान में उतनी ही ब्याज दर रखना चाहिए जिसको वे अवश्य प्राप्त करें क्योंकि अधिक ब्याज दर रखने में उन्हें हानि हो सकती है, यदि उतनी ब्याज उपार्जित न हो पाया। उसे अधिकाधिक ब्याज प्राप्त करने के लिए प्रयास करना चाहिए। इसी ब्याज दर के आधार पर अध्यर्थन का वर्तमान मूल्य निकाला जाता है जिससे एकल प्रव्याजि भुगतान करना आवश्यक होगा।

ब्याज दरें जिनका प्रयोग बीमा में किया जाता है, वे हैं—(अ) संचित मूल्य (Accumulated Value), (ब) वर्तमान मूल्य (Present Value), (स) वार्षिक भुगतान का संचित मूल्य, और (द) वार्षिक भुगतान का वर्तमान मूल्य।

(अ) संचित मूल्य—यह किसी एक ब्याज दर पर चक्रवृद्धि (Compound) आधार पर कुल रकम यानी मिश्रधन है। प्रारम्भ में लगाया गया मूलधन और उस पर चक्रवृद्धि की दर से अर्जित ब्याज जोड़कर कुल रकम (Total Amount) को प्राप्त करते हैं। जैसे यदि 3 प्रतिशत ब्याज दर है तो पहले वर्ष में संचित मूल्य या कुल रकम (Total Amount) एक रुपये मूलधन पर 1.03 रुपया हो जायगा, क्योंकि 3 प्रतिशत की दर से 1 रुपये को फिर 3 प्रतिशत की दर से विनियोजित करेंगे जिससे कुल रकम 1.0609 रुपये हो जायगा क्योंकि 1.03 रुपये पर 3 प्रतिशत की दर 0.0309 रुपया ब्याज होगा। तीसरे वर्ष के प्रारम्भ में 1.0609 रुपया विनियोजित किया जायगा जिस पर 3 प्रतिशत की दर से ब्याज अर्जित होगा। इस कुल रकम को निकालने का सूत्र निम्न प्रकार है :

$$S = (1+i)n$$

जबकि 'S' से तात्पर्य संचित मूल्य से है और 'i' से तात्पर्य ब्याज दर से है तथा 'n' से तात्पर्य वर्षों की संख्या जितने का संचित मूल्य निकाला जा रहा है। इस प्रकार तीन वर्ष के अन्त में संचित मूल्य $(1+i)^n$ यानी $(1+0.03)^3$ अर्थात् $3[(1.03)\times(1.03)\times(1.03)] =$ 1.0927 रुपया होगा। इसी आधार पर इसकी एक तालिका तैयार कर लेते हैं, जिसे 'संचित मूल्य तालिका' कहते हैं।

(ब) वर्तमान मूल्य (Present Value)—यह रकम यह बताती है कि एक निश्चित ब्याज दर पर विनियोग करने से एक निश्चित समय में एक निश्चित रकम हो जायगी। प्रायः वर्तमान मूल्य एक रुपये का निकाला जाता है; जैसे वह कौन-सी रकम (जिसे वर्तमान मूल्य कहेंगे) विनियोजित की जाय जिससे 3 प्रतिशत दर पर 1 वर्ष के अन्त में 1 रुपया हो जाय। यह संचित मूल्य का बिल्कुल विपरीत मूल्य है। इसको मालूम करने के लिए हम यह देखते हैं कि यदि 1 रुपया लगाया जाय तो वर्ष के अन्त में 3 प्रतिशत ब्याज के आधार पर 1.03 रुपया हो जाता है यानी 1.03 रुपया प्राप्त करने के लिए 1 रुपया विनियोजित किया जाता है तो 1 रुपया प्राप्त करने के लिए 1/1.03 = 0.9709 रुपया विनियोजित करना चाहिए। इसी प्रकार दो वर्ष बाद एक रुपया प्राप्त करने के लिए $1/(1.03)^2$ रुपया विनियोजित करना चाहिए क्योंकि दो वर्ष का संचित मूल्य $(1.03)^2$ रुपया होगा। इसे निम्न सूत्र से भी निकालते हैं—

$$P = \frac{S}{(1+i)^n} \qquad \frac{S}{(1+i)^n}$$

जबकि 'P' से वर्तमान मूल्य, 'S' से एक निश्चित मूल्य, 'i' से ब्याज दर और 'n' से वर्ष की संख्या से तात्पर्य है। इस प्रकार दो वर्ष में 3 प्रतिशत की दर से एक रुपये का वर्तमान मूल्य—

$$P = \frac{1}{(1+0.03)^2} = \frac{1}{(1.03)^2} = \frac{1}{(1.03)\,(1.03)}$$

$$= \frac{1}{(1.0609)} = 0.9426 \text{ होगा।}$$

अतः दो वर्ष में वर्तमान मूल्य 0.9426 हुआ। इसकी एक तालिका बना लेते हैं, जिसे वर्तमान मूल्य तालिका कहते हैं।

(स) वार्षिक भुगतान का संचित मूल्य (The Accumulation of Annual Payments)—उपरोक्त संचित मूल्य में एक रुपया केवल एक बार प्रारम्भ में लगाते हैं, परन्तु इसके अन्तर्गत एक रुपया हर वर्ष लगाते जाते हैं और संचित रकम पर ब्याज प्राप्त करते रहते हैं। इस प्रकार आरम्भ में लगाई गई रकम कई वर्षों तक प्रयोग करेंगे और दूसरे वर्ष 1 वर्ष कम तक प्रयोग करेंगे; जैसे—

प्रारम्भ में लगायी गयी रकम (एक रुपया)	$= (1.03)^3$	$= 1.0927$
द्वितीय वर्ष में लगायी गयी रकम (एक रुपया)	$= (1.03)^2$	$= 1.0609$
तृतीय वर्ष में लगायी गयी रकम (एक रुपया)	$= (1.03)^1$	$= 1.0300$
अर्थात् वार्षिक का कुल संचित मूल्य	= 3.1836 रुपया होगा।	

इसके लिए जिस सूत्र का प्रयोग करेंगे, वह इस प्रकार है—

$$S = P[(1+i) + (1+i)^2 + (1+i)^3 \ldots (1+i)^n]$$

लेकिन यदि प्रथम रकम पहले वर्ष के अन्त में विनियोग होती है तो इस सूत्र में पहले वर्ष कोई ब्याज न मिलने के कारण परिवर्तन हो जायगा।

$$S = P[1 + (1+i) + (1+i)^2 + \ldots (1+i)^{n-1}]$$

जबकि 'S' से वार्षिक भुगतान का संचित मूल्य और 'P' से तात्पर्य उन रकम से है जिसका वार्षिक भुगतान 'S' निकाल रहे हैं।

(द) वार्षिक भुगतान का वर्तमान मूल्य—वार्षिक भुगतान का वर्तमान मूल्य निम्न प्रकार निकालते हैं; जैसे—

$$P = \left[\frac{S}{(1+i)} + \frac{S}{(1+i)^2} + \frac{S}{(1+i)^3} + \frac{S}{(1+i)^4} \cdots\cdots \frac{S}{(1+i)}\right]$$

इसका तात्पर्य यह कौन-सी रकम आज प्राप्त करें जिससे हर वर्ष एक निश्चित रकम (मान लीजिये 1 – 1 रुपया) विनियोग करके प्राप्त करते हैं। इन सबकी एक रुपये के आधार पर तालिकाएँ तैयार कर लेते हैं।

3. व्यय—मृतक और ब्याज दर को शुद्ध प्रव्याजि निकालने के लिए प्रयोग करते हैं। शुद्ध प्रव्याजि से तात्पर्य ऐसे प्रव्याजि से है जो ब्याज को मिलाकर अध्यर्थन के बराबर हो जाय। लेकिन बीमाकर्ता को केवल अध्यर्थन का ही भुगतान नहीं करना पड़ता है, बल्कि उसे अपने खर्चे चलाने के लिये कुछ रकम और प्राप्त करना चाहिए। इस अतिरिक्त को भारित कहते हैं, जिसे शुद्ध प्रव्याजि में जोड़ दिया जाता है। इसीलिये बीमाकर्ता को अपने खर्चों का पहले अनुमान कर लेना चाहिए। यदि खर्चे बढ़ेंगे तो प्रव्याजि की रकम भी बढ़

जायगी और यदि खर्चे घटते हैं तो प्रव्याजि की रकम घट जायगी। इन सबका विस्तरित वर्णन आगे किया जायगा।

इन तीनों तत्त्वों के अतिरिक्त अन्य और तत्त्व हैं जिनको प्रव्याजि निर्धारण के पहले अनुमानित किया जाता है। अनुमान इस प्रकार का हो जिससे वास्तविक परिणाम में अन्तर न हो, इसलिये बीमाकर्ता को पिछले अनुभव, वर्तमान दशाओं और अन्य परिस्थितियों पर विचार करके अनुमान लगाकर प्रव्याजि का निर्धारण करे।

4. अधिलाभांश—लाभ सहित बीमापत्रों पर अधिलाभांश दिये जाते हैं, इसलिये अधिलाभांश के लिये कुछ अधिक प्रव्याजि ली जाती है। अधिलाभांश के लिये ली जाने वाली रकम अनुमानित अधिलाभांश पर आधारित है।

5. बीमापत्र के प्रकार—प्रत्येक बीमापत्र में जोखिम की मात्रा अलग-अलग है, अतः इसके आधार पर भी प्रव्याजि का निर्धारण होता है; जैसे शुद्ध बन्दोबस्ती में जीवनाशा और अवधि बीमा में मृत्यु दर को देखा जाता है।

6. उम्र आदि—उम्र के साथ मृत्यु-दर में वृद्धि होती है, अतः उम्र को भी आधार माना गया है। इसके अतिरिक्त पेशे, बीमारी, स्वास्थ्य आदि को भी आधार मानकर प्रव्याजि निकालते हैं।

प्रव्याजि की गणना

जैसा ऊपर बताया जा चुका है कि अध्यर्थन के लिए प्रव्याजि प्राप्त करना अत्यावश्यक है। इसलिये यह कहा गया है कि प्रव्याजि की रकम इतनी होनी चाहिए कि उस पर एक निश्चित ब्याज अर्जित करके अध्यर्थन का भुगतान किया जा सके। परन्तु इस प्रव्याजि के अतिरिक्त खर्चों को पूरा करने के लिए और भी रकम प्राप्त करना चाहिए जिससे बीमाकर्ता अपने खर्चे चला सके और शोधक्षम (Insolvent) रह सके। इसलिये प्रव्याजि दो प्रकार—(1) शुद्ध प्रव्याजि और (2) सकल प्रव्याजि (Gross Premium) की है।

शुद्ध प्रव्याजि—शुद्ध प्रव्याजि का भुगतान (अ) एकल प्रव्याजि (Single Premium) में हो सकता है या (ब) किस्तों (Instalment) में। एकल प्रव्याजि में भुगतान करने से बीमापत्रधारी को ब्याज और मृतक दर का लाभ मिल जाता है, परन्तु सभी व्यक्ति इतने धनी नहीं होते कि सभी प्रव्याजि का भुगतान एक साथ अग्रिम रूप से दे सकें जिससे किस्त या सम प्रव्याजि (Level Premium) का भुगतान करना पड़ता है। शुद्ध प्रव्याजि की गणना करने के लिए एकल प्रव्याजि की गणना सबके पहले की जाती है और उसी को किस्तों में बदल लिया जाता है।

एकल प्रव्याजि (Single Premium)—एकल प्रव्याजि की गणना बीमापत्रों के वर्ग के अनुसार करनी पड़ती है और उम्र के साथ बदलती रहती है क्योंकि इनके जोखिम में परिवर्तन होता रहता है। जीवन बीमापत्र और वार्षिक वृत्ति में भुगतान की शर्तों में परिवर्तन के कारण अलग-अलग प्रव्याजि का निर्धारण किया जाता है।

शुद्ध प्रव्याजि निर्धारण के पदक्षेप (Steps)

1. **अध्यर्थन का कारण**—प्रव्याजि निर्धारण के लिए अध्यर्थन का कारण देखना आवश्यक है क्योंकि उसी के आधार पर भुगतान किया जाता है। जीवन बीमा में मृत्यु को देखा जाता है जबकि वार्षिकी में जीवन को। अवधि में मृत्यु पर ही और शुद्ध बन्दोबस्ती में जीवित रहने पर ही भुगतान होता है। इसी प्रकार बीमा प्रसंविदा में प्रव्याजि निर्धारण के लिये अध्यर्थन का कारण देखना चाहिए क्योंकि उसी के आधार पर भुगतान किया जाता है।

2. **अध्यर्थन के भुगतान का समय**—कारण निर्धारण के बाद यह देखना आवश्यक है कि किस समय अध्यर्थन का भुगतान होगा। भुगतान अध्यर्थन होते ही हो रहा है कि उसके कुछ दिन बाद या वर्ष के प्रारम्भ में भुगतान होता है या अन्त में। इसी आधार पर यह तय किया जायगा कि ब्याज की रकम कितनी होगी? यदि वर्ष के शुरू में भुगतान होगा तो एक वर्ष की ब्याज नहीं मिल पायेगी और यदि अन्त में भुगतान होता है तो एक वर्ष का ब्याज मिल जायगा।

3. **बीमित व्यक्तियों की संख्या**—इसके बाद बीमित व्यक्तियों की संख्या का निर्धारण किया जायगा क्योंकि एक समूह की संख्या यह निश्चित करेगी कि भुगतान की रकम क्या होगी? अधिकांश संख्या सिद्धान्त के आधार पर भुगतान की मात्रा में अधिक निश्चितता आती है।

4. **बीमापत्र की अवधि और उम्र**—बीमापत्र किस उम्र से प्रारम्भ होता है और किस उम्र तक चलता रहेगा, इसके आधार पर प्रव्याजि और ब्याज की मात्रा का अनुमान लगाया जा सकेगा।

5. **प्रतिवर्ष अध्यर्थन की संख्या**—मृतक तालिका से यह तय कर लिया जाता है कि प्रतिवर्ष अध्यर्थन की संख्या क्या होगी? मृतक दर के आधार पर इसका निर्धारण आसान है।

6. **प्रतिवर्ष अध्यर्थन की मात्रा**—यदि अध्यर्थन की संख्या का निर्धारण हो गया है तो उसके आधार पर अध्यर्थन की मात्रा का निर्धारण आसान हो जायगा। यह मान लिया जाता है कि प्रत्येक बीमापत्र की रकम 1000 रुपये होगी।

7. **ब्याज अर्जन का समय और मात्रा**—प्रव्याजि प्राप्ति के समय के आधार पर यह तय कर लिया जाता है कि ब्याज कब से प्राप्त होगी? यदि प्रव्याजि प्रारम्भ में मिली है तो उस पर ब्याज शुरू से मिलने लगेगा और प्रव्याजि वर्ष के अन्त में मिली है तो प्रसंविदा के एक वर्ष बाद ब्याज का मिलना प्रारम्भ होगा।

8. **वर्तमान मूल का निर्धारण**—प्रव्याजि के संचित रहने के आधार पर यह तय कर लिया जाता है कि वर्तमान मूल्य कितनी अवधि का निकाला जाय। प्रत्येक वर्ष दी जाने वाली अध्यर्थन की रकम का वर्तमान मूल्य निकाल लेना चाहिए जो कि प्रत्येक वर्ष के अध्यर्थन की रकम को विनियोजित अवधि के वर्तमान मूल्य से गुणा कर देने से निकलता है। प्रत्येक वर्ष में अध्यर्थन की रकम मृतक तालिका के आधार पर तय कर लेते हैं। दूसरे शब्दों में एक रुपये के वर्तमान मूल्य को अध्यर्थन की रकम से गुणा कर देते हैं।

9. सभी अध्यर्थनों का वर्तमान मूल्य—प्रत्येक वर्ष के वर्तमान मूल्य को जोड़कर इसे निकाल लेते हैं।

10. शुद्ध प्रव्याजि का निर्धारण—उपरोक्त रकम यानी सभी अध्यर्थनों के वर्तमान मूल्य को बीमापत्र की संख्या से भाग देकर शुद्ध प्रव्याजि का निर्धारण कर लेते हैं।

प्रव्याजि निर्धारण की मान्यताएँ

1. एक बीमापत्र के सम्बन्ध में उतने ही बीमापत्र हैं जितने कि बीमापत्रधारी हैं।
2. सभी बीमापत्रधारियों से बीमा प्रसंविदा के प्रारम्भ में प्रव्याजि ली जाती है।
3. इस प्रव्याजि को तुरन्त विनियोजित कर दिया जाता है और यह तब तक विनियोजित रहता है जब तक कि अध्यर्थन का भुगतान न हो जाय।
4. इस विनियोजित रकम पर बीमाकर्ता एक निश्चित दर से ब्याज अर्जित करता है।
5. ब्याज को अर्जित करके फिर मूलधन को साथ लेकर विनियोजित कर दिया जाता है।
6. वास्तविक मृतक दर उतनी होगी जितना अनुमान लगाया गया है।
7. सभी बीमापत्रों का मूल्य 1000 रुपये है।
8. अध्यर्थन का भुगतान उसके एक वर्ष बाद किया जायगा।

बहुत-सी मान्यताएँ अव्यावहारिक हैं तथा इन मान्यताओं का प्रयोग सरलता के दृष्टिकोण से किया जाता है; जैसे बीमापत्र की रकम की एकरूपता।

जीवन बीमा में शुद्ध प्रव्याजि

जीवन बीमापत्र में बीमापत्र के प्रकार के अनुसार प्रव्याजि की गणना की जाती है क्योंकि उसी तरह जोखिम में परिवर्तन होता है। अतः उनकी गणना अलग-अलग की गयी है।

1. अवधि बीमा (Term Insurance)—बीमा प्रसंविदा में सबसे सरल बीमापत्र अवधि बीमा है। इसके अन्तर्गत अध्यर्थन का भुगतान तभी किया जाता है, जब बीमित व्यक्ति की मृत्यु अवधि के अन्दर होती है। यदि बीमित व्यक्ति की मृत्यु इस अवधि में नहीं होती है तो कुछ भी भुगतान नहीं किया जाता है। इसे बीमा प्रसंविदा का स्थायी बीमापत्र भी कहते हैं क्योंकि सुरक्षा (बीमा) तत्त्व केवल एक निश्चित अवधि तक रहता है। विनियोग का तत्त्व शून्य होता है। इस बीमा में मृत्यु दर के आधार पर भुगतान किया जायगा। व्यावहारिक जीवन में एकवर्षीय नवकरणीय बीमापत्र निर्गमित किये जाते हैं जिनका प्रति वर्ष नवकरण किया जाता रहता है। इसलिये प्रव्याजि का निर्धारण अलग-अलग करते हैं। यह उम्र के अनुसार बदलती रहती है।

(अ) एकवर्षीय अवधि बीमा—एकवर्षीय अवधि बीमा में प्रव्याजि का भुगतान प्रारम्भ में किया जाता है और वह बीमाकर्ता के पास कम से कम एक वर्ष तक अवश्य रहता है क्योंकि अध्यर्थन का भुगतान वर्ष के अन्त में ही करना होता है। चूँकि मृत्यु पर ही भुगतान

किया जायगा, इसलिये मृतक तालिका के आधार पर भुगतान की मात्रा निश्चित की जायगी। मान लीजिये मृत्यु दर 30 वर्ष पर 0.002 है अर्थात् एक विशेष उम्र (मान लीजिये 30 वर्ष) पर 1000 व्यक्तियों में 2 व्यक्तियों की मृत्यु होगी। यदि औसत रूप से प्रत्येक बीमित व्यक्ति की बीमित रकम 1000 रुपये है तो 30 वर्ष की अवधि पर बीमा कराने वाले व्यक्तियों में से दो व्यक्ति की मृत्यु पर 2,000 रुपये एक वर्ष में देने होंगे। परन्तु यह 2,000 रुपये वर्ष के अन्त में देना है; अतः एक वर्ष में उपार्जित ब्याज को इसमें से समन्वित करेंगे और ब्याज अर्जन की जितनी आशा है उतनी प्रव्याजि नहीं लेंगे। मान लीजिये 1 वर्ष के अन्दर 5 प्रतिशत ब्याज अर्जित हो सकती है तो 1 वर्ष के बाद 5 प्रतिशत ब्याज दर पर 1 रुपया प्राप्त करने के लिए 0.95238 रुपये लगाना चाहिए जो $\frac{1}{1.05}$ के आधार पर निकाला गया अर्थात् 1 रुपये पर 5 प्रतिशत ब्याज पर कुल रकम (Total Amount) एक वर्ष में (1 रुपया मूलधन + 0.05 रुपया ब्याज) = 1.05 रुपया हो जायगा। चूँकि 1.05 रुपया एक साल बाद प्राप्त करने के लिए आज 1 रुपया विनियोग करते हैं, इसलिये 1 रुपया एक साल बाद प्राप्त करने के लिए = $\frac{1}{1.05}$ रुपया अर्थात् 0.95238 रुपये विनियोजित करना चाहिए। इसी आधार पर 2000 रुपये एक वर्ष बाद प्राप्त करने के लिए 0.95238 × 2000 रुपये = 1904.76 रुपये विनियोजित करना चाहिए। अतः 1904.76 रुपये को विनियोजित करने के लिए प्रत्येक बीमापत्रधारी से प्रव्याजि के रूप में $\frac{1904.76}{1000}$ = 1.905 रुपये प्राप्त करने चाहिए क्योंकि बीमापत्रधारियों की संख्या 1000 है और उनके लिए जोखिम का वर्तमान मूल्य 1904.76 रुपया है।

एक बीमापत्र—इसी प्रकार केवल एक बीमापत्र पर प्रव्याजि का निर्धारण प्रत्यक्ष किया जाता है; जैसे वर्ष के अन्त में जोखिम की मात्रा 0.002 × 1000 रुपये = 2 रुपया होगी, क्योंकि मृतक दर एक वर्ष के अन्दर 0.002 है और बीमित रकम 100 रुपये है। परन्तु इस 3 रुपये का भुगतान वर्ष के अन्त में करने होंगे। प्रव्याजि वर्ष के आरम्भ में मिल जायगी जिससे 1 वर्ष तक कुछ ब्याज अर्जित किया जा सकेगा। मान लीजिये 1 वर्ष में 5 प्रतिशत ब्याज की दर है, तो वर्ष के अन्त में 1.05 रुपया हो जायगा क्योंकि ब्याज 0.05 रुपया और मूलधन 1 रुपया था। दोनों मिलकर 1.05 रुपया 1 वर्ष बाद होता है। अतः 1 वर्ष बाद एक रुपया प्राप्त करने के लिए $\frac{1}{1.05}$ = 0.95238 रुपया लगाना चाहिए। इसी प्रकार जोखिम 1 वर्ष के अन्त में 2 रुपये होने के कारण बीमापत्रधारी से 0.95238 × 2.0 रुपये = 1.90476 रुपया प्राप्त करना चाहिए; अर्थात् शुद्ध प्रव्याजि की रकम 1 वर्ष के लिए 1.91 रुपये हुई।

अतः दोनों पद्धतियों—(1) सकल बीमापत्र और (2) एक बीमापत्र में एक ही प्रव्याजि आती है। सुविधा के दृष्टिकोण से एक ही बीमापत्र पर प्रव्याजि निकाली जाती है। लेकिन बीमाकर्ता का प्रयास यह होना चाहिए कि अधिक से अधिक बीमापत्र निर्गमित करे जिससे सम्भावना को व्यावहारिक रूप दिया जा सके और जोखिम में कमी की जा सके।

(ब) पाँचवर्षीय अवधि बीमा—उपरोक्त एकवर्षीय अवधि बीमा की तरह 5 वर्षीय अवधि बीमा पर भी प्रव्याजि की गणना की जा सकती है; लेकिन अन्तर केवल इतना है कि पाँच वर्षीय अवधि बीमा में सुरक्षा की अवधि 5 वर्ष तक चलती रहती है जबकि एक वर्षीय बीमा में यह केवल एक वर्ष तक चालू रहती है। पंचवर्षीय अवधि में अवधि के अन्तर मृत्यु पर भुगतान किया जायेगा। इसलिये यह निश्चित नहीं रहता कि मृत्यु पहले वर्ष होगी या दूसरे, तीसरे, चौथे या पाँचवें वर्ष परन्तु प्रव्याजि शुरू में प्राप्त कर लेते हैं जिसको मृत्यु या अवधि तक विनियोजित करके ब्याज उपार्जित कर सकते हैं। इसलिए प्रत्येक वर्ष मृत्यु की सम्भावना मालूम करके जोखिम की मात्रा का निर्धारण करते हैं और उसी का वर्तमान मूल्य हर वर्ष के लिए प्रव्याजि होगी। प्रथम वर्ष में प्रव्याजि को एक वर्ष प्रयोग करेंगे इसलिए एक वर्ष का वर्तमान मूल्य, द्वितीय वर्ष दो वर्ष प्रयोग करेंगे इसलिए दो वर्ष का वर्तमान मूल्य और इसी प्रकार पाँच वर्ष के लिए पाँच वर्ष का वर्तमान मूल्य निश्चित कर लेंगे और इन पाँचों वर्तमान मूल्यों का योग कुल वर्तमान मूल्य बतायेगा जिसे एकल शुद्ध प्रव्याजि के रूप में प्राप्त करेंगे। निम्न उदाहरण से यह बात स्पष्ट हो जायगी। मान लीजिये 30 वर्षीय बीमापात्र के लिए बीमित रकम 1000 रुपये है और ब्याज की दर 5 प्रतिशत है तो शुद्ध प्रव्याजि प्रत्येक वर्ष की मृत्यु दर पर निम्नलिखित होगी—

वर्ष	=	मृत्यु की संभावना ×	बीमापत्र की की रकम ×	एक रुपये का 5% की दर से = वर्तमान मूल्य		प्रतिवर्ष बीमा की लागत रुपये
प्रथम (30 वर्ष की उम्र	=	0.002 ×	1000 ×	$\left[\frac{1}{1.05} = 0.95238\right]$	=	1.90476
31 वर्ष	=	0.003 ×	1000 ×	$\left[\frac{1}{(1.05)^2} = 0.90703\right]$	=	2.72109
32 वर्ष	=	0.004 ×	1000 ×	$\left[\frac{1}{(1.05)^3} = 0.86384\right]$	=	3.45536
33 वर्ष	=	0.005 ×	1000 ×	$\left[\frac{1}{(1.05)^4} = 0.82270\right]$	=	4.11350
34 वर्ष	=	0.006 ×	1000 ×	$\left[\frac{1}{(1.05)^5} = 0.78353\right]$	=	4.70118
				एकल शुद्ध प्रव्याजि रुपया	=	16.89589
				रुपया	=	16.90

इस प्रकार केवल 16.90 रुपया एक शुद्ध प्रव्याजि अग्रिम लेकर पाँच वर्ष की अवधि में मृत्यु पर 1000 रुपया दे दिया जायगा क्योंकि यह बीमित रकम है।

इसके निर्धारण के लिए जीवनांकिक सूत्र भी अपनाया जाता है, जो निम्न है—

$$Ax^1 : n = [(vdx)+(v^2dx_{+1}) + (v^3dx_{+2}) + ...(v^n dx_{+n-1})] \div lx$$

जब $A^1n\, xn$ से तात्पर्य किसी उम्र (x) पर एक निश्चित अवधि (n) के शुद्ध प्रव्याजि जिसे भविष्य के लाभों का वर्तमान मूल्य (Present Value of Future Benefits) कहते हैं; v = एक निश्चित ब्याज पर एक वर्ष में एक रुपये का वर्तमान मूल्य, v^2 = दो वर्ष में एक रुपये का वर्तमान मूल्य और इसी प्रकार v^n = (n) वर्ष में एक रुपये का वर्तमान मूल्य। dx = (x) उम्र पर मृत्यु संख्या, dx + 1 = (x + 1) उम्र पर मृत्यु संख्या dx + n - 1 = अवधि (n) व्यतीत होने के एक वर्ष पहले मृत्यु संख्या क्योंकि अवधि व्यतीत होने पर मृत्यु संख्या से कोई अर्थ नहीं है। उस समय तक प्रसंविदा समाप्त हो जायगा। इसी प्रकार dx बीमा प्रारम्भ होने के तुरन्त बाद से मालूम करते हैं। इसी तरह वर्तमान मूल्य हमेशा प्रसंविदा प्रारम्भ होने पर मालूम करते हैं। lx से तात्पर्य बीमा प्रसंविदा के समय जीवित व्यक्तियों की संख्या।

उपरोक्त उदाहरण के आधार पर इस सूत्र से शुद्ध प्रव्याजि की गणना निम्न प्रकार होगी—

$$\begin{aligned} Ax : n &= [(0.95238 \times 0.002) + (0.90703 \times 0.003) + (0.86384 - 0.004) \\ &\quad + (0.82270 \times 0.0005) \\ &= (0.78353 - 0.006)] = 0.01689589 \end{aligned}$$

यह एक रुपये की एकल शुद्ध प्रव्याजि है।

इसलिये 1000 रुपये की एकल शुद्ध प्रव्याजि = 0.01689589 × 1000
= 16.89589 रुपया
= 16.90 रुपया

2. आजीवन बीमापत्र (Whole-Life Inssurance)—आजीवन बीमापत्र में प्रव्याजि की गणना उपरोक्त आधारों पर तब तक की जाती रहेगी जब तक मृतक तालिका का अन्त न हो। पंचवर्षीय अवधि में यह देखा गया है कि जैसे पाँचवें वर्ष एक रुपये का वर्तमान मूल्य 5 वर्ष की अवधि में निकालते हैं, उसी प्रकार इस बीमापत्र में हर वर्ष के आधार पर वर्तमान मूल्य निकालने की अवधि बढ़ती जायगी। तद्नुसार प्रत्येक वर्ष मृत्यु दर में वृद्धि होती जायगी और यह तब समाप्त होगा जब मृत्यु दर एक हो जायगी। जीवनांकिक सूत्रों से—

$$Ax = (vdx + v^2dx_{+1} + v^3dx_{+2}...) \div lx$$

जबकि Ax से तात्पर्य आजीवन बीमापत्र की शुद्ध प्रव्याजि से है। v और dx की अवधि बीमा में बताया जा चुका है। यह गणना मृत्यु तालिका के अन्त तक चलेगी क्योंकि यह बीमापत्र बीमित व्यक्ति के जीवन तक चलता रहता है और भुगतान तभी किया जाता है

जबकि उसकी मृत्यु हो। दूसरे शब्दों में यह अवधि बीमा का विस्तृत रूप है जिसके अन्तर्गत बीमापत्र एक अवधि तक न चलकर बल्कि आजीवन चलता रहता है।

3. **शुद्ध बन्दोबस्ती बीमापत्र** (Pure Endowment Policy)—शुद्ध बन्दोबस्ती बीमा में बीमापत्रधारी को बीमित रकम तब दी जाती है जब वह एक निश्चित समय (Endowment) तक जीवित रहे; जैसे—यदि 10 वर्षीय शुद्ध बन्दोबस्ती (10-year Pure Endowment) बीमा लिया गया है तो बीमित रकम का भुगतान तब किया जायगा जब यह बीमा खरीदने के बाद 10 वर्ष तक जीवित रहे। यदि अवधि समाप्त पर या उसके पहले उसकी मृत्यु होती है तो भुगतान नहीं किया जायगा। अवधि समाप्त के बाद ही उसे भुगतान करेंगे। इस अवधि के पहले बीमापत्रधारी रकम को वापस नहीं पा सकता है। इस अवधि में मृत्यु पर दी गयी प्रव्याजि जब्त की जा सकती है। इसलिये इसकी गणना अवधि पर जीवित व्यक्तियों की संख्या के आधार पर निश्चित किया जाता है; जैसे 25 के 10,000 व्यक्ति यदि 10 वर्षीय शुद्ध बन्दोबस्ती बीमा प्रति व्यक्ति 1000 रुपये लेते हैं तो इसमें उनके 35 वर्ष तक जीवित रहने पर ही भुगतान किया जायगा। मान लीजिए 1000 में 40 व्यक्ति उस समय जीवित रहते हैं तो कुल अध्यर्थन की रकम 400 × 1000 रुपये = 4,00,000 रुपये होगी। इस 4,00,000 रुपये का भुगतान प्रसंविदा के 10 वर्ष बाद किया जायगा। परन्तु प्रव्याजि प्रसंविदा के समय पर दी जायगी, इसलिए 10 वर्ष के ब्याज की कटौती करके प्रव्याजि का निर्धारण करेंगे, जिससे कि प्रव्याजि और उस ब्याज मिलाकर अध्यर्थन (4,00,000) रुपये का भुगतान कर सकें। मान लीजिये ब्याज की दर 5 प्रतिशत है तो 1 रुपये का वर्तमान मूल्य 0.61391 रुपया होगा अर्थात् आज 0.61391 रुपया यदि विनियोजित किया जाय तो वह 5 प्रतिशत चक्रवृद्धि ब्याज पर 10 वर्ष बाद कुल मिलाकर एक रुपये हो जायगा। इसलिये 4 लाख 10 वर्ष बाद भुगतान करने के लिए 4,00,000 × 0.61391 = 245564 रुपया आज होना चाहिये जिससे 10 वर्ष में 5 प्रतिशत ब्याज पर 4,00,000 रुपया हो जाय। अतः सभी बीमापात्रों में 245564 रुपया कुल मिलाकर लेंगे और चूँकि 1000 व्यक्ति हैं, इसलये प्रति व्यक्ति से 24.5564 रुपया लेंगे। इसकी गणना व्यक्तिगत बीमापत्रों के आधार पर की जा सकती है—

जोखिम की सम्भावना (जीवन दर)	×	बीमित रकम	×	एक रुपये का वर्तमान मूल्य (रुपये में) (10 वर्ष)	=	शुद्ध लागत
0.040	×	1000	×	0.61391	=	24.5564

अतः शुद्ध एकल प्रव्याजि 24.56 रुपये हुई, जिसे देकर वह व्यक्ति 1000 रुपये के प्रति बीमित हो जायगा और यदि 10 वर्ष बाद जीवित रहा तो 1000 रुपये दे दिये जायेंगे लेकिन यदि मृत्यु हो गयी तो कुछ भी भुगतान नहीं होगा।

इस प्रव्याजि को जीवनांकिक सूत्रों के आधार पर निम्न प्रकार से प्राप्त कर सकते हैं :

$$Ax : \frac{1}{x} = \frac{V^{n} lx+n}{lx}$$

जबकि $Ax : \frac{1}{n}$ से तात्पर्य शुद्ध बन्दोबस्ती बीमा का एक उम्र (x) से एक निश्चित अवधि (n) के लिये शुद्ध प्रव्याजि तथा n के ऊपर 1 से तात्पर्य कि केवल जीवित रहने पर भुगतान होगा। V^n से तात्पर्य उस अवधि (n) के लिए 1 रुपये का वर्तमान मूल्य, lx+n से तात्पर्य उम्र (x) के जीवित व्यक्तियों का अवधि (n) के बाद जीवित संख्या तथा lx से तात्पर्य उम्र (x) पर जीवित संख्या। इस सूत्र के आधार पर उपरोक्त गणना निम्न प्रकार है—

$$Ax : \frac{1}{n} = \frac{(0.61391) \times 400}{10000} = \frac{245.564}{10000}$$

$$= 0.0245564 \text{ रुपये}$$

लेकिन यह प्रव्याजि 1 रुपये बीमा की होगी। अतः 1000 रुपये के बीमित रकम के लिये 0.0245564 × 1000 रुपये = 24.5564 रुपये अर्थात् 24.56 रुपये होगी।

शुद्ध बन्दोबस्ती बीमा और बैंक में जमा—शुद्ध बन्दोबस्ती बीमा और बैंक में जमा में निम्न अन्तर हैं।

1. शुद्ध बन्दोबस्ती में रकम केवल जीवित रहने पर वापस होगी जबकि बैंक का जमा कभी भी वापस किया जा सकता है।
2. इस बीमा में रकम को केवल अवधि की समाप्ति पर जीवित रहने पर देंगे, लेकिन बैंक या जमा मृत्यु पर भी वापिस किया जा सकता है जबकि बीमा में इस अवधि में मृत्यु पर भुगतान नहीं होगा।
3. इस बीमा में जीवन दर के आधार पर प्रव्याजि ली जाती है जिससे जमा करते की रकम अपेक्षाकृत कम होती है और भुगतान की रकम अधिक होगी, परन्तु बैंक में जितना जमा किया जायगा और उस पर ब्याज मिल पाते हैं।

शुद्ध बन्दोबस्ती बीमा में बीमित रकम को कुल दो भागों में बाँटा जा सकता है—(1) विनियोग कोष, (2) सट्टा कोष (Speculative Fund)। विनियोग कोष को भी दो भागों में बाँटते हैं—(अ) एकल शुद्ध प्रव्याजि और (ब) उस पर ब्याज। उपरोक्त उदाहरण के आधार पर—

$$\begin{aligned} \text{विनियोग कोष} &= \text{शुद्ध प्रव्याजि + ब्याज} \\ &= 0.024556 + [0.39 (1.00 - 0.61 \times 0.0246)] \\ &= 0.024556 + 0.009594 \\ &= 0.034150 \end{aligned}$$

परन्तु यह एक रुपये का विनियोग कोष है।

1000 रुपये पर = 0.03415 × 1000 = 34.15 रुपये हुआ।

अतः

सट्टा कोष = कुल बीमित रकम – विनियोग कोष

= 1000 – 34.15 = 965.85 रुपया

इस सट्टे कोष से तात्पर्य कि यदि बीमाकर्ता की मृत्यु न हुई तो बीमाकर्ता को 965.85 रुपये अपने पास से देने होंगे; लेकिन यह कोष मृतक व्यक्तियों के कोष से संचित किया जाता है।

4. **साधारण बन्दोबस्ती या बन्दोबस्ती बीमा**—इस बीमा के अन्तर्गत बीमित रकम का भुगतान अवधि (Endowment) के अन्तर्गत मृत्यु होने पर या अवधि व्यतीत होने पर, जो दोनों में सबसे पहले हो, के समय किया जाता है। इस प्रकार बन्दोबस्ती बीमा में भुगतान का कारण मृत्यु होना और अवधि व्यतीत होना दोनों है। मृत्यु पर भुगतान अवधि बीमा के सम्बन्ध और जीवन पर भुगतान शुद्ध बन्दोबस्ती के सम्बन्ध में देख चुके हैं। इसमें प्रव्याजि का निर्धारण इन्हीं दोनों बीमा के सम्मिश्रण पर निश्चित किया जाता है। इसलिए प्रव्याजि निर्धारण के लिए एक अवधि में मृतक दर और उस अवधि के व्यतीत होने पर जीवन दर के आधार पर निश्चित करते हैं। मान लीजिए 5 वर्षीय साधारण बन्दोबस्ती बीमा पर शुद्ध प्रव्याजि निश्चित करना है जबकि बीमा 40 वर्ष पर लिया जा रहा है और ब्याज की दर 3 प्रतिशत है तो निम्न प्रकार से गणना करेंगे।

मृत्यु पर शुद्ध प्रव्याजि

वर्ष	जोखिम मृत्यु दर	×	बीमापत्र की रकम	×	एक रुपये का वर्तमान मूल्य	=	शुद्ध लागत
40	$\frac{765}{78106}$	×	1000	×	0.971	=	$\frac{742815}{78106}$
41	$\frac{774}{78106}$	×	1000	×	0.943	=	$\frac{729882}{78106}$
42	$\frac{785}{78106}$	×	1000	×	0.915	=	$\frac{718275}{78106}$
43	$\frac{797}{78106}$	×	1000	×	0.888	=	$\frac{707735}{78106}$
44	$\frac{812}{78106}$	×	1000	×	0.863	=	$\frac{70075}{78106}$

इसी तरह जीवित रहने पर शुद्ध प्रव्याजि—

$$45 \quad \frac{74173}{78106} \times 1000 \times 0.863 = \frac{64011299}{78106}$$

$$\text{कुल वर्तमान मूल्य} = \frac{67610763}{78106}$$

इसलिए एकल शुद्ध प्रव्याजि (दोनों आधार पर) 835.66 रुपया होगी। इस प्रकार प्रव्याजि का निर्धारण अवधि बीमा और शुद्ध बीमा के निर्धारण का योग है। अस्तु यदि हम किसी उम्र से सम्बन्धित अवधि बीमा की प्रव्याजि को जानते हैं और उससे सम्बन्धित उतनी ही अवधि का शुद्ध बन्दोबस्ती में प्रव्याजि जानते हैं तो दोनों प्रव्याजि को जोड़कर आसानी से साधारण बन्दोबस्ती की प्रव्याजि मालूम कर सकते हैं। चूँकि जो उदाहरण हमने शुद्ध और अवधि बीमा में लिये हैं उनकी मृतक तालिकायें एक दूसरे से सम्बन्ध नहीं रखती हैं; अतः उन दोनों का योग इस बीमा के लिए प्रव्याजि नहीं होगी। इन दोनों की मृतक दरों का योग एक के बराबर होगा क्योंकि मरण दर और जीवन दर एक दूसरे के पूरक हैं, बशर्ते कि एक ही अवधि से सम्बन्धित हों।

जीवनांकिक सूत्रों से इसकी गणना निम्न प्रकार करते हैं—

बन्दोबस्ती बीमा की प्रव्याजि = अवधि बीमा की प्रव्याजि + शुद्ध बन्दोबस्ती की प्रव्याजि

$$Ax : n = Ax^1 : n + Ax : \frac{1}{n}$$

$$= \frac{(Vdx + V^2dx_{+1} + V^3dx{+}n_{+2} \dots V^n dx{+}n_{-1})}{lx} + \frac{V^n lx_{+n}}{lx}$$

$$= \frac{Vdx + V^2dx_{+1} + V^3dx_{+2} + \dots V^n dx{+}n_{-1} + V^n lx_{+n}}{lx}$$

इनका मूल्य तत्सम्बन्धित अनुच्छेदों में बताया जा चुका है। उपरोक्त सूचनाओं के आधार पर इसके द्वारा प्रव्याजि निर्धारण निम्न प्रकार होगा :—

$$= \frac{\left[\left(0.971 \times \frac{765}{78106}\right) + \left(0.943 \times \frac{774}{78106}\right) + \left(0.915 \times \frac{785}{78106}\right)\right]}{78106}$$

$$= \frac{\left[\left(0.888 \times \frac{747}{78106}\right) + \left(0.803 \times \frac{812}{78106}\right) + \left(0.803 \times \frac{74176}{78106}\right)\right]}{78106}$$

= 0.86566; परन्तु यह एक रुपये का है।

इसलिए 1000 रुपये पर 0.8656 × 1000 = 865.66 रुपया होगा।

5. दोहरा बन्दोबस्ती बीमा (Double Endowment Policy)—इस बीमापत्र के अन्तर्गत मृत्यु या अवधि व्यतीत होने के समय जो दोनों में पहले हो, पर भुगतान किया जाता है। यह साधारण बन्दोबस्ती बीमा के समान है, परन्तु अन्तर केवल इतना है कि इसके अन्तर्गत अवधि पर जीवित रहने पर बीमा रकम का दुगुना भुगतान किया जाता है, इसीलिये इनका नाम दोहरा बन्दोबस्ती बीमा है। इसलिये प्रव्याजि की गणना बिल्कुल उसी प्रकार की जाती है, जिस प्रकार से साधारण बन्दोबस्ती में किया गया था, लेकिन जीवन पर भुगतान के समय लागत को दुगुना कर देते हैं। उपरोक्त उदाहरण में अवधि बीमा की शुद्ध प्रव्याजि 46.08 रुपया है और शुद्ध बन्दोबस्ती बीमा की शुद्ध प्रव्याजि 819.5 रुपया है, अतः दोहरा बन्दोबस्ती बीमा में

शुद्ध प्रव्याजि = (46.08) + 2 (819.58)
= 46.08 + 1639.16 रुपया
= 1685.24 रुपया होगा;

क्योंकि यदि बीमित व्यक्ति अवधि पर जीवित रहा तो बीमित रकम का दुगुना यानी 1000 × 2 = 2000 रुपया देना होगा। इसे जीवनांकिक सूत्रों से नीचे बताया गया है।

दोहरे बन्दोबस्ती बीमा पर शुद्ध प्रव्याजि = अवधि बीमा पर शुद्ध प्रव्याजि + शुद्ध बन्दोबस्ती बीमा पर शुद्ध प्रव्याजि का दुगुना

$$\text{अर्थात्} = Ax^1 : n + 2Ax : \frac{1}{n}$$

$$= Ax^1 : n + Ax : \frac{1}{n} + Ax : \frac{1}{n}$$

$$= Ax : n + Ax : \frac{1}{n}$$

अवधि = साधारण बन्दोबस्ती पर शुद्ध प्रव्याजि + शुद्ध बन्दोबस्ती पर प्रव्याजि।

उपरोक्त मूल्यों का वर्णन पीछे तत्सम्बन्धित अनुच्छेदों में किया जा चुका है।

इनके आधार पर—

दोहरा बन्दोबस्ती बीमा पर

शुद्ध प्रव्याजि = 46.08 + 2 (819.58)
= 1685.24 रुपया
या = 865.66 + 819.58
= 1685.24 रुपया।

6. विलम्बित बन्दोबस्ती बीमा—इस बीमा के अन्तर्गत जोखिम का प्रारम्भ एक समय (t) बाद ही होती है, उसके पहले यदि मृत्यु हुई तो बीमाकर्ता प्रव्याजि को लौटा देगा।

यह बीमा बच्चों के लिए प्रयोग किया जाता है, जिसे संतान विलम्बित बीमा कहते हैं, चूँकि प्रव्याजि का भुगतान प्रसंविदा के समय होगा और उससे सम्बन्धित भुगतान एक निश्चित (t-years) बाद होता है। इसलिये बीमाकर्ता उतने समय के लिए ब्याज कमा लेता है। अतः वर्तमान मूल्य इतने समय बाद निकालते हैं। जैसे—

$$n/Ax : n = [(V^{n+1}dx + n) + V^{n+2}dx_{+n+1}) V^{+n+n} dx_{+n+n-1}] \div lx$$

इनके मूल्य पीछे बताये जा चुके हैं।

7. संयुक्त बीमा पत्र (Joint Life Policy)—इस बीमापत्र के अन्तर्गत एक से अधिक व्यक्तियों का बीमा एक ही बीमापत्र के द्वारा दिया जाता है। बीमित रकम का भुगतान तब किया जायगा जब उनमें से किसी की मृत्यु हो जाय। इसमें भुगतान तब तक नहीं किया जाता है जब तक सभी व्यक्ति जीवित हैं। इसलिये मृत्यु पर भुगतान के लिए हमें उन सबकी संयुक्त मृत्यु दर (Compound Mortality Rate) निकालना होता है।

संयुक्त मृत्यु प्रत्येक बीमित की अलग-अलग मृत्यु दर तथा दो या अधिक व्यक्तियों की मृत्यु दर के योग हैं। यदि दो व्यक्तियों का बीमा किया गया है तो उसमें तीन मृतक दरों को निकाला जायगा—(1) कम उम्र वाले की मृत्यु दर, (2) अधिक उम्र वाले की मृत्यु दर और (3) दोनों की मृत्यु दर। इन तीनों मृतक दरों का योग किसी भी व्यक्ति की मृत्यु की सम्भावना बतायेगा क्योंकि किसी एक व्यक्ति की मृत्यु तब हो सकती है यदि कम उम्र वाले बीमित व्यक्ति की मृत्यु हो या अधिक उम्र वाले बीमित व्यक्ति या दोनों व्यक्तियों की मृत्यु हो। इसलिये संयुक्त जोखिम मालूम करने के लिये हमें इन तीनों का योग निकालना चाहिए। इसी प्रकार यदि तीन व्यक्ति होंगे तो $(2)^3$—1 अर्थात् सात मृतक दरों का योग संयुक्त अतक दर होगी। इस संयुक्त मृतक दर को तब तक निकालते जायेंगे जब तक अधिक उम्र वाले की मृतक तालिका समाप्त न हो जाय।

संयुक्त मृतक दर निकालने का एक तरीका और है जिसके अन्तर्गत हम दो या अधिक व्यक्तियों की जीवन दर को निकालकर एक में से घटा देते हैं। जैसे दो व्यक्तियों की जीवन दर = एक व्यक्ति की जीवन दर × दूसरे व्यक्ति की जीवन दर। अतः किसी भी व्यक्ति की मृत्यु दर = 1—[एक व्यक्ति की जीवन दर × दूसरे व्यक्ति की जीवन-दर]। इसी प्रकार अधिक संख्या रहने पर भी हम एक व्यक्ति की मृत्यु दर को निकाल लेते हैं। यह तब तक निकालते जायेंगे जब तक दोनों में से किसी एक की मृतक तालिका समाप्त न हो जाय।

वर्तमान मूल्य तालिका के आधार पर एक रुपये का वर्तमान मूल्य निकाल कर प्रत्येक की लागत को उसी प्रकार निकालते रहेंगे जैसा कि पीछे बताया जा चुका है, अर्थात्—

संयुक्त जोखिम × बीमापत्र की रकम × एक रुपये का वर्तमान मूल्य = प्रत्येक वर्ष की लागत। इस प्रत्येक वर्ष की लागत को तब तक निकालते जायेंगे जब तक किसी एक की उम्र मृतक तालिका की अन्तिम उम्र तक न हो जाय।

मान लीजिये 1000 रुपये का बीमापत्र दो व्यक्तियों, जिनकी उम्र 35 और 37 वर्ष

है, को निर्गमित किया जाता है। मृतक तालिका का एक उदाहरण नीचे दिया गया है—

उम्र	जीवित व्यक्तियों की संख्या	मृतक व्यक्तियों की संख्या
35	81,822	732
36	81,090	737
37	80,353	742
38	79,611	749
39	78,862	756
40	78,106	760

वर्ष	संयुक्त मृतक दर	बीमापत्र की रकम	×	एक रुपये का वर्तमान मूल्य (3% पर)	=	प्रत्येक वर्ष की लागत
प्रथम	$1 - \frac{81090}{81822} \times \frac{79611}{80353}$	× 1000	×	0.971	=	17.54
द्वितीय	$1 - \frac{80353}{81822} \times \frac{78862}{80353}$	× 1000	×	0.943	=	34.32
तृतीय	$1 - \frac{79611}{81822} \times \frac{78106}{80353}$	× 1000	×	0.915	=	49.59

इसी प्रकार यह गणना तब तक चलती रहेगी जब तक कोई एक मृतक तालिका समाप्त न हो जाय।

8. उत्तर जीवी बीमापत्र (Last Survivor Policy)—इस बीमापत्र के अन्तर्गत बीमित रकम का भुगतान तब किया जाता है जब सभी व्यक्तियों की मृत्यु हो जाती है। इस बीमा के अन्तर्गत एक से अधिक व्यक्तियों का बीमा किया जाता है। इसलिये मृतक दर को तब तक निकालते रहते हैं जब तक सभी व्यक्तियों से सम्बन्धित मृतक तालिका का अन्त न हो जाय। इसके अन्तर्गत सबसे वृद्ध व्यक्ति की मृत्यु तालिका समाप्त होने पर अन्य जीवित बीमित व्यक्तियों की संयुक्त मृत्यु दर निकालेंगे। इसी प्रकार दूसरे व्यक्ति की मृतक तालिका के अन्त पर अन्य शेष व्यक्तियों की मृत्यु दर निकालेंगे। संयुक्त मृतक तालिका की गणना उसी प्रकार की जायेगी जैसे संयुक्त बीमापत्र के सम्बन्ध में बताया जा चुका है।

वार्षिक वृत्ति (Annuity) में शुद्ध एकल प्रव्याजि—वार्षिक वृत्ति के अन्तर्गत बीमाकर्ता एक प्रतिफल के लिये एक निश्चित रकम का सामयिक भुगतान (Periodical Payment) लगातार करता रहता है; यह भुगतान एक अवधि के लिये हो सकता है या आजीवन। भुगतान का प्रारम्भ प्रसंविदा के समय से हो सकता है या कुछ दिन बाद। अतः शुद्ध एकल प्रव्याजि (Net Single Premium) की गणना वृत्ति के प्रकारों के अनुसार की जाती है।

1. तात्कालिक वृत्ति—इस वृत्ति में भुगतान प्रसंविदा के समय वृत्ति भुगतान अवधि (Annuity Payment Period) के अन्त से प्रारम्भ होता है; जैसे यदि अर्द्धवार्षिक वृत्ति लिया गया है तो प्रथम भुगतान प्रसंविदा करने के छः महीने बाद किया जायगा और दूसरा भुगतान इसके छः महीने बाद होगा। इसी प्रकार भुगतान किया जाता रहेगा, परन्तु प्रव्याजि का भुगतान प्रसंविदा के समय प्रारम्भ में कर दिया जायगा। तात्कालिक वृत्ति को शुद्ध एकल प्रव्याजि की गणना के लिए दो भागों में बाँटते हैं—(अ) अवधि या अस्थायी वृत्ति, और (ब) आजीवन वृत्ति।

(अ) तात्कालिक अवधि या अस्थायी वृत्ति (Life Term of Temporary Annuity)—इस वृत्ति के अन्तर्गत भुगतान केवल एक निश्चित समय तक ही किया जायगा। यदि इस अवधि के अन्तर्गत वृत्तिधारी की मृत्यु हो जाती है तो भविष्य में भुगतान नहीं होगा और यदि उस अवधि के बाद वह जीवित रहा तब भी भुगतान नहीं किया जायगा। दूसरे शब्दों में यह कहा जा सकता है कि इस वृत्ति में भुगतान प्रसंविदा के समय से प्रारम्भ होता है और मृत्यु या अवधि जो पहले हो, तक चलता रहेगा। बीमापत्रों के अन्तर्गत प्रयोग किये जाने वाला सूत्र इसमें भी लागू होता है। अर्थात् प्रत्येक वर्ष की लागत निकाल कर उसका योग कर लेते हैं। लागत निर्धारण के लिए जोखिम की मात्रा जीवन दर के आधार पर किया जाता है क्योंकि यदि इस अवधि में मृत्यु होती है, बाद में कोई भुगतान नहीं होगा। इस अवधि के अन्दर जीवित रहने पर ही भुगतान किया जायगा। प्रति वर्ष लागत का निर्धारण इसलिये आवश्यक है कि यदि अवधि व्यतीत होने के पहले मृत्यु होती है तो जोखिम में कमी हो जायगी। जितने दिन वह व्यक्ति जीवित रहेगा, उतने दिन तक प्रव्याजि पर ब्याज अर्जित कर सकेंगे। इसी कारण से पहले वर्ष एक वर्ष का वर्तमान मूल्य निकालते हैं और दूसरे वर्ष दो वर्ष का वर्तमान मूल्य और इसी प्रकार वर्तमान मूल्य अवधि के अनुसार बदलता रहेगा। अस्तु शुद्ध एकल प्रव्याजि का निर्धारण निम्न प्रकार करते हैं—

जोखिम (जीवन की सम्भावना) × वृत्ति की रकम × एक रुपये की वर्तमान लागत = शुद्ध लागत

इसी प्रकार यदि कोई व्यक्ति 70 वर्ष का 100 रुपये की वार्षिक वृत्ति लेना चाहता है तो यह देखना आवश्यक होगा कि उसके 71 वर्ष के प्रारम्भ में जीवन की आशा कितनी है। मान लीजिये यह 5,77,445 में 5,53,332 है अर्थात् $\frac{553332}{577445}$ है और ब्याज की दर $2\frac{1}{2}$ प्रतिशत है तो उसके एक वर्ष तक जीवित रहने पर वृत्ति विक्रेता को एक वर्ष की ब्याज मिल जायेगा क्योंकि प्रव्याजि का भुगतान प्रारम्भ में होता है और उससे सम्बन्धित अध्यर्थन का भुगतान एक वर्ष बाद होता है। यहाँ पर यह ध्यान देना चाहिए कि वृत्तिधारियों की मृतक दर बीमापत्रधारिणी की अपेक्षा कम होती है क्योंकि इसको वही व्यक्ति खरीदते हैं, जो धनी होते हैं, जिनके स्वास्थ्य अच्छे होते हैं और उनके जीवन की आशा अधिक होती है। कारण जीवन वृत्तियों के सम्बन्ध में मृतक तालिका को नहीं अपनाया जाता है और इसके लिए अलग मृतक तालिका अपनाते हैं।

वृत्ति में प्रथम वर्ष लागत $\frac{553332}{577445} \times 100 \times 0.175610 = 93.49$ रुपये होगी।

इसी प्रकार हर वर्ष जीवन दर और वर्तमान मूल्य को अपनायेंगे जिससे प्रत्येक वर्ष की लागत मालूम करके उसका जोड़ लेकर उसके सम्बन्ध में शुद्ध एकल प्रव्याजि निर्धारित करेंगे। मान लीजिये यह 5 वर्षीय वार्षिक वृत्ति है तो शुद्ध प्रव्याजि निम्न होगी—

वर्ष (उम्र)	जोखिम की मात्रा	×	वृत्ति की रकम	×	एक रुपये का वर्तमान मूल्य	=	प्रति वर्ष लागत	किस्त
71	$\frac{553332}{577445}$	×	100	×	0.975610	=	93.49	प्रथम
72	$\frac{528443}{577445}$	×	100	×	0.951814	=	87.10	द्वितीय
73	$\frac{502842}{577445}$	×	100	×	0.928599	=	80.86	तृतीय
74	$\frac{476611}{577445}$	×	100	×	0.905951	=	74.78	चतुर्थ
75	$\frac{444841}{577445}$	×	100	×	0.883854	=	68.85	पंचम
					शुद्ध प्रव्याजि	=	405.08	

इसलिये प्रत्येक किस्त के आधार पर यह तय कर लिया जाता है कि उसको देने के लिये प्रारम्भ में कितना प्रव्याजि लेनी चाहिए जैसे पाँचवीं किस्त देने के लिए 68.85 रुपया प्रसंविदा के समय प्राप्त करके 100 रुपये पाँचवें वर्ष में दिया जा सकता है क्योंकि इस पर पाँच वर्ष का ब्याज प्राप्त करेंगे। साथ ही जीवनाशा पाँच वर्षों में 577445 व्यक्तियों में से 449841 ही है जिससे इस प्रसंविदा के उस समय तक चलने की आशा केवल $\frac{449841}{577445}$ ही है। इसी तरह चौथी किस्त के लिए 74.78 रुपया पर्याप्त होगा। तीसरे और दूसरे किस्तों के लिए 80.83 रुपये और 87.10 रुपये क्रमशः हैं। इसी पाँचों किस्तों के लिये कुल शुद्ध प्रव्याजि 405.08 रुपया होगी।

जीवनांकिक सूत्रों के आधार पर—

$$ax : n = \frac{Vlx_{+1} + V^2lx_{+2} + ... V^3lx_{+3} ..... V^nlx_{+n}}{lx}$$

जबकि ax : n का तात्पर्य अस्थायी तात्कालिक वृत्ति से है जो उम्र (x) पर लिया जाता है और (n) वर्ष तक चलेगा, बशर्ते कि इस अवधि में उसकी मृत्यु न हो। V, V^2, V^3, V^n से तात्पर्य एक रुपये का एक निश्चित ब्याज दर पर प्रथम, द्वितीय, तृतीय और (n) वर्ष के वर्तमान मूल्य हैं। lx + l, lx + 2... से तात्पर्य एक और दो वर्ष बाद जीवन संख्या से है। lx प्रसंविदा के प्रारम्भ में जीवन संख्या बताता है।

(ब) तात्कालिक आजीवन वृत्ति (Immediate Whole Life Annuity)—इस प्रसंविदा के अन्तर्गत वृत्ति का भुगतान तुरन्त प्रारम्भ होता है और तब तक चलता रहेगा जब तक वृत्तिधारी जीवित रहे। मृत्यु के बाद कोई भी भुगतान नहीं किया जाता, चाहे मृत्यु प्रथम किस्त प्राप्त करने के बाद ही क्यों न हो? इस प्रसंविदा में लागत का प्रश्न तभी उठता है जबकि वृत्तिधारी जीवित रहे यदि उसकी मृत्यु हो जाती है तो उसके बाद लागत का कोई प्रश्न नहीं है। इसलिये लागत का निर्धारण जीवन-आशा पर किया जाता है। मान लीजिये एक व्यक्ति 70 वर्ष की उम्र पर 100 रुपया की वार्षिक वृत्ति खरीदता है तो इसकी गणना निम्न प्रकार की जायगी—

वर्ष	जोखिम की मात्रा (जीवन दर)	×	वृत्ति की रकम	×	एक रुपये का वर्तमान मूल्य	=	प्रति वर्ष लागत	किस्त
71	$\frac{553332}{577445}$	×	100	×	0.975610	=	93.487	प्रथम
72	$\frac{528443}{577445}$	×	100	×	0.951814	=	87.104	द्वितीय
109	$\frac{6}{577445}$	×	100	×	0.391285	=	0.000407	39वाँ
110	$\frac{1}{577445}$	×	102	×	0.381741	=	0.000066	40वाँ
					एकल शुद्ध प्रव्याजि	=	910.72	

मान लीजिये शुद्ध प्रव्याजि 910.72 रुपया होता है तो इसके बदले वृत्तिधारी को 100 रुपये प्रति वर्ष दिया जाता रहेगा। यह तब तक भुगतान होगा जब तक वृत्तिधारी की मृत्यु नहीं होती है। यही कारण है कि प्रव्याजि निर्धारण की अवधि प्रसंविदा के समय से प्रारम्भ होती है और तब तक चलती रहती है तब तक कि मृतक तालिका समाप्त न हो जाय। इस उदाहरण में मृतक तालिका 110 वर्ष पर समाप्त होती है, अतः 71 वर्ष से 110 वर्ष तक प्रव्याजि निर्धारण अवधि हुई। यहाँ पर 71 वर्ष इसलिए लिया गया कि प्रसंविदा 70 वर्ष पर किया गया, लेकिन उसका भुगतान एक वर्ष बाद जीवित रहने पर किया जायगा; इसलिए 71 वर्ष पर जीवन संख्या देखी गयी।

जीवनांकिक सूत्रों के आधार पर शुद्ध प्रव्याजि की गणना निम्न प्रकार है—

$$ax = [V(lx+1) + V^2(lx+2) + V^3(lx+3) + ...)] \div lx$$

जबकि ax से तात्पर्य तात्कालिक आजीवन वृत्ति से है जो उम्र x पर खरीदी जायगी; v, v^2, v^3 क्रमशः 1, 2 और 3 वर्ष के वर्तमान मूल्य बताते हैं; (lx + 1), (lx + 2), (lx + 3) क्रमशः 1, 2 और 3 वर्ष बाद जीवन संख्या बताते हैं तथा lx प्रसंविदा के समय जीवन संख्या बताते हैं। इस प्रकार यह केवल 3 वर्ष तक ही नहीं, बल्कि आगे जब तक मृतक तालिका पूर्ण न हो, चलता रहेगा।

2. विलम्बित वार्षिक वृत्ति में शुद्ध एकल प्रव्याजि (Net Single Premium for Deferred Annuity Contract)—इस वृत्ति में प्रसंविदा करने के एक निश्चित अवधि (Deferment Period) बाद वृत्ति का भुगतान प्रारम्भ होता है। इसलिए इसमें और तात्कालिक वृत्ति में अन्तर है क्योंकि तात्कालिक वृत्ति में भुगतान तुरन्त प्रारम्भ होता है जबकि इसमें एक निश्चित समय, जिसे विलम्बित अवधि कहते हैं, के बाद वृत्ति का भुगतान प्रारम्भ होता है। परिणामतः इस विलम्बित अवधि में वृत्ति विक्रेता को कोई जोखिम नहीं होती, जिसके लिए वह कोई लागत नहीं ले सकता। दूसरी तरफ इस अवधि में अग्रिम प्राप्त प्रव्याजि पर ब्याज अर्जित किया जायेगा, साथ ही विलम्बित अवधि के बाद जीवनाशा में काफी कमी हो जायगी। परिणामस्वरूप इसमें शुद्ध प्रव्याजि की रकम तात्कालिक वृत्ति की प्रव्याजि की तुलना में कम होती है। यह देखा गया है कि इस वृत्ति को युवावस्था में लोग अपनी बचत से खरीदते हैं। उस अर्जन अवधि में वे कुछ रकम बचाते रहते हैं और उस रकम से वार्षिक या अर्द्धवार्षिक या त्रैमासिक या मासिक प्रव्याजि का भुगतान करते रहते हैं। यहाँ पर हम केवल एक प्रव्याजि को लेते हैं जिसे प्रसंविदा के समय प्राप्त किया जाता है।

इस वृत्ति पत्र में भुगतान प्रारम्भ होने के पहले सभी प्रव्याजि प्राप्त कर ली जाती है और यदि यह शुद्ध एकल प्रव्याजि है तो विलम्बित अवधि के पहले ही इसे दे दिया जाता है। यदि उसकी विलम्बित अवधि में मृत्यु हो जाती है तो वृत्ति का भुगतान नहीं किया जाता है, परन्तु यदि इस अवधि पर जीवित रहता है तो भुगतान तब तक किया जायगा जब तक वह जीवित रहेगा या एक निश्चित अवधि तक, जैसी शर्त हो। उदाहरण के लिए मान लीजिए यदि यह व्यक्ति 40 वर्ष की उम्र पर एक विलम्बित वृत्ति लेता है जो 70 वर्ष की उम्र पर प्रारम्भ होता। वृत्ति की रकम 100 रुपये प्रतिवर्ष है। इस दशा में प्रव्याजि का भुगतान 40 वर्ष पर किया जाता है, परन्तु वृत्ति का भुगतान 71 वर्ष पर जीवित रहने पर किया जायगा, यदि यह तात्कालिक विलम्बित वृत्ति है। लेकिन विलम्बित वृत्ति देय (Deferred Annuity Due) पर 70 वर्ष पर ही भुगतान किया जायगा। यहाँ पर हम तात्कालिक विलम्बित वृत्ति को मानकर प्रव्याजि का निर्धारण करते हैं। ऐसी दशा में प्रथम किस्त का भुगतान करने के लिए हमें जीवन दर और वर्तमान मूल्य देखना होगा। जीवन दर का निर्धारण 31 वर्ष आगे देखेंगे अर्थात् जो व्यक्ति आज 40 वर्ष का है, उसके 31 वर्ष बाद जीवित रहने की क्या आशा है, क्योंकि यदि वह 31 वर्ष बाद जीवित रहा तो वृत्ति की प्रथम किस्त का भुगतान कर देंगे और यदि वह उस समय जीवित न रहा तो भुगतान नहीं करेंगे। इसी प्रकार 40 वर्ष की उम्र में दी गयी प्रव्याजि को 31 वर्ष तक प्रयोग करेंगे जिससे वर्तमान मूल्य निकालने की अवधि 31 वर्ष मानी जायगी। दूसरे शब्दों में—

जोखिम की मात्रा (जीवन दर) × वृत्ति की रकम × एक रुपये का वर्तमान मूल्य = प्रति किस्त लागत

$$\frac{\text{विलम्बित अवधि के एक वर्ष बाद जीवन संख्या}}{\text{प्रसंविदा के समय जीवन संख्या}} \times 100 \times \text{विलम्बित अवधि के 1 वर्ष बाद एक रुपये का वर्तमान मूल्य } \left(2\frac{1}{2} \text{ ब्याज दर}\right)$$

$$= \frac{30+1=31 \text{ वर्ष पर जीवन संख्या}}{40 \text{ वर्ष पर जीवन संख्या}} \times 100 \times 30 + 1 \text{ वर्ष बाद एक रुपये का वर्तमान मूल्य}$$

$$= \frac{577445}{937889} \times 100 \times 0.476743 = 29.35$$

इसलिए वृत्ति की एक किस्त जिसे 74 वर्ष पर जीवित रहने पर भुगतान करना है, 29.35 रुपया। इसी प्रकार अन्य किस्तों का वर्तमान मूल्य निकाल लेंगे, जिसे इस प्रकार—(अ) अवधि वृत्ति, या (ब) आजीवन वृत्ति के अनुसार बताया गया है।

(अ) अवधि वृत्ति—इसमें वृत्ति का भुगतान मृत्यु होने या अवधि व्यतीत होने, जो पहले हो, तक ही भुगतान किया जाता है।

उम्र	जोखिम की मात्रा (जीवन दर) विलम्बित अवधि एक वर्ष बाद	× वृत्ति की रकम ×		एक रुपये का वर्तमान मूल्य मूल्य (विलम्बित अवधि + एक वर्ष बाद)	=	प्रति किस्त लागत
71	$\frac{577445}{937889}$	+ 100	×	0.476743	=	29.35
72	$\frac{553332}{937889}$	× 100	×	0.465115	=	27.44
73	$\frac{528443}{937889}$	× 102	×	0.453771	=	25.57
				तीन किस्तों की शुद्ध प्रव्याजि रु.	=	82.36

(ब) आजीवन वृत्ति—आजीवन वृत्ति के सम्बन्ध में यह तब तक चलता रहेगा जब

तक मृतक तालिका समाप्त न हो जाय। उदाहरण के लिये मान लीजिए मृतक तालिका 110 वर्ष पर समाप्त होती है तो शुद्ध प्रव्याजि निम्न होगी :—

उम्र	जोखिम की मात्रा	×	वृत्ति की रकम	×	एक रुपये का वर्तमान मूल्य	=	प्रति वर्ष लागत
71	$\frac{577445}{937889}$	×	100	×	0.476743	=	29.35
72	$\frac{553332}{937889}$	×	100	×	0.465115	=	27.44
73	$\frac{528443}{937889}$	×	100	×	0.853774	=	25.57
110	$\frac{1}{937889}$	×	100	×	0.181992	=	0.000019
			मान लीजिये इन सबका योग			=	296.670472

अर्थात् शुद्ध एकल प्रव्याजि 296.67 रुपया होगी। इस प्रकार 40 वर्ष की उम्र पर 296.67 रुपया देकर 70 वर्ष के बाद आजीवन 100 रुपया प्रतिवर्ष प्राप्त कर सकते हैं।

जीवनांकिक सूत्रों से भी इसकी गणना की जाती है, जो निम्न प्रकार है—

$$\frac{t}{ax} = \left[(V^{t+1}{}_{lx+t+1}) + (V^{t+2}{}_{lx+t+2}) + ...\right] \div lx$$

अवधि बीमा में

$$\frac{t^1}{ax} : n = \left[V^{t+1}{}_{lx+t+1+.....V}{}^{t+n}{}_{lx+t+n}\right] \div lx$$

जबकि t/ax विलम्बित वृत्ति की शुद्ध प्रव्याजि बताता है जिसमें एक उम्र (x) पर एक विलम्बित अवधि (t) के बाद भुगतान प्रारम्भ होगा; vt_{+1} से तात्पर्य विलम्बित अवधि (t) के एक वर्ष बाद एक रुपये का वर्तमान मूल्य और $lx + t + 1$ से तात्पर्य (x) उम्र जीवित व्यक्तियों के विलम्बित अवधि के एक वर्ष जीवन संख्या; lx प्रसंविदा के समय जीवित व्यक्तियों की संख्या। यह क्रम तब तक चलेगा जब तक मृतक तालिका समाप्त न हो।

अवधि में यह केवल एक निश्चित अवधि (n) तक ही चलेगा, जिससे आजीवन वृत्ति सूत्र के साथ n और लगा दिया गया है।

इन मूल्यों को पिछले उदाहरण के आधार पर स्थापित करके शुद्ध प्रव्याजि निकाली जा सकती है, जो वही आयेगा जितना ऊपर निकाला गया है।

3. वृत्ति देय (Annuity Due)—उपरोक्त वृत्तियों में यह बताया गया है कि वृत्ति का भुगतान प्रसंविदा के वृत्तिफल (Period of Annuity) के **बाद** किया जाता है अर्थात् यदि

किस्तों का समय एक वर्ष है यानी वार्षिक वृत्ति है तो भुगतान प्रसंविदा के एक वर्ष बाद प्रारम्भ होगा; यदि अर्द्धवार्षिक है तो प्रसंविदा के छः महीने बाद त्रैमासिक है तो प्रसंविदा के तीन महीने बाद तथा मासिक है तो प्रसंविदा के एक महीने बाद भुगतान होगा। परन्तु वृत्ति देय में प्रसंविदा के समय से ही भुगतान शुरू हो जाता है अर्थात् पहला प्रसंविदा के समय ही किया जायगा और दूसरा भुगतान प्रसंविदा के एक वृत्तिकाल के बाद शुरू होगा। दूसरे शब्दों में यह कहना ठीक होगा कि जो भुगतान तात्कालिक में पहला होगा, वह भुगतान इसमें दूसरा होगा और जो भुगतान उसमें दूसरा होगा, वह इसमें तीसरा होगा।

संक्षेप में यह कहना अनुचित न होगा कि इसके अन्तर्गत पहला भुगतान निश्चित रहता है। दूसरा भुगतान जीवित रहने पर ही किया जाता है, जैसा तात्कालिक में पहले भुगतान का है।

इस प्रकार जोखिम की मात्रा का निर्धारण प्रारम्भ में जीवित व्यक्तियों की संख्या से किया जायगा न कि वर्ष के अन्त में जीवित व्यक्तियों की संख्या से, और वर्तमान मूल्य का निर्धारण भी वर्ष के शुरू होने के आधार पर किया जाता है न कि एक वर्ष बाद। अतः यह कहा जा सकता है कि प्रथम किस्त की लागत पूर्ण वृत्ति मूल्य ही होगा, क्योंकि जोखिम की मात्रा और वर्तमान मूल्य दोनों एक होंगे।

वृत्ति देय—(अ) तात्कालिक और (ब) विलम्बित, दोनों हो सकते हैं।

(अ) तात्कालिक वृत्ति देय—इस वृत्ति में प्रथम भुगतान प्रसंविदा के समय से ही प्रारम्भ हो जाता है, यानी प्रसंविदा करते समय वृत्ति की पहली किस्त का भुगतान कर दिया जाता है। चूँकि पहली किस्त का भुगतान निश्चित रूप से किया जाता है, इसलिये सामान्य तात्कालिक वृत्ति में पहली किस्त की रकम जोड़ देने से यह मालूम हो जाता है। जैसे पिछले अनुच्छेदों से यह स्पष्ट है कि—(i) अवधि वृत्ति में शुद्ध प्रव्याजि 405.08 रुपया है तो तात्कालिक देय अवधि वृत्ति (पंचवर्षीय) में यह 405.08 + 100 − 68.85 = 436.23 रुपया होगा। चूँकि पाँचवीं किस्त का भुगतान प्रारम्भ में होगा; अतः सामान्य तात्कालिक के पाँचवीं किस्त को घटा देंगे क्योंकि उसका भुगतान पाँच वर्ष के अन्त में होगा। इसी की गणना निम्न प्रकार हो सकती है—

उम्र	जोखिम की मात्रा	×	वृत्ति की रकम	×	एक रुपये का वर्तमान मूल्य	=	प्रति वर्ष लागत
70	$\frac{577445}{577445}$	×	100	×	1	=	100.00
71	$\frac{553332}{577445}$	×	100	×	0.975610	=	93.49
72	$\frac{528443}{577445}$	×	100	×	0.951814	=	87.10
73	$\frac{502842}{577445}$	×	100	×	0.928599	=	80.86

74	$\frac{449841}{577445}$	×	100	×	0.883854 =	74.78
					शुद्ध प्रव्याजि =	436.23

इसी प्रकार (ii) तात्कालिक देय आजीवन वृत्ति में शुद्ध प्रव्याजि (910.72 + 100 – 0.000066) = 1010.619934 रुपया होगी।

इसे जीवनांकिक सूत्रों से निम्न प्रकार मालूम कर सकते हैं—

(i) तात्कालिक देय अवधि वृत्ति

$$ax : n = 1 + ax : n - 1$$

(ii) तात्कालिक देय आजीवन वृत्ति

$$ax = 1 + ax$$

जबकि ax : n से तात्पर्य तात्कालिक देय अवधि वृत्ति की शुद्ध एकल प्रव्याजि जो उम्र x में अवधि n के लिये ली गयी हो। ax : n – 1 से तात्पर्य तात्कालिक अवधि वृत्ति की शुद्ध एकल प्रव्याजि से है जो उम्र x में अवधि n – 1 के लिये ली गयी हो। इसी प्रकार आजीवन वृत्ति में n हटा देते हैं क्योंकि यह एक निश्चित अवधि का न होकर आजीवन है।

(ब) विलम्बित वृत्ति देय—उपरोक्त आधार पर विलम्बित वृत्ति देय में प्रथम भुगतान विलम्बित अवधि समाप्त होने के बाद ही कर दिया जाता है परन्तु विलम्बित वृत्ति में विलम्बित अवधि व्यतीत होने के एक वर्ष बाद भुगतान करते हैं, यदि यह वार्षिक है। इसकी गणना ऊपर की गणना के आधार पर है, यानी किस्त की एक रकम जोड़ देते हैं और अन्तिम लागत की रकम घटा देते हैं क्योंकि अन्तिम लागत का भुगतान एक वर्ष पहले ही कर दिया जाता है। इस प्रकार शुद्ध प्रव्याजि दोनों वृत्ति में है—

(i) अवधि वृत्ति में शुद्ध प्रव्याजि—(100 + 82.36 – 25.57) = 156.79 रु०

(ii) आजीवन वृत्ति में शुद्ध प्रव्याजि—(100 + 296.67 – .000019)

= 396.669981 रुपया।

जीवनांकिक सूत्रों के आधार पर—(i) अवधि वृत्ति में शुद्ध प्रव्याजि अर्थात्—

$$\frac{t}{ax} : n = \left[V^{t}_{(lx+t)} + V^{(t+l)}_{(lx+t+l)} + V^{(t+n-l)}_{(lx+t+n-l)}\right] \div lx$$

इनके मूल्य बताये जा चुके हैं। यहाँ पर यह समझना आवश्यक है कि वर्तमान मूल्य Vt निकालेंगे (Vt + l) नहीं निकालेंगे क्योंकि विलम्बित अवधि व्यतीत होने के साथ ही भुगतान करते हैं जो Vt अर्थात् विलम्बित अवधि के अन्दर एक रुपये का वर्तमान मूल्य है। इसी प्रकार lx + t यानी विलम्बित अवधि के व्यतीत होते ही जीवित संख्या लेते हैं; lx + t + l नहीं लेते क्योंकि एक वर्ष जीवन संख्या को प्रथम किस्त में नहीं शामिल करते।

(ii) आजीवन वृत्ति में शुद्ध प्रव्याजि अर्थात्—

$$\frac{t}{ax} = \left[V^{t}{}_{(lx+t)} + V^{(t+1)}{}_{(lx+t+1)} + \cdots \right] \div lx$$

इसमें से n हटा देते हैं क्योंकि इसकी गणना n अवधि तक सीमित नहीं है, बल्कि यह तब तक चलेगी जब तक मृतक तालिका समाप्त न हो।

4. निश्चित वृत्ति (Annuity Certain)—इस वृत्ति में वृत्ति का भुगतान एक निश्चित अवधि तक अवश्य किया जायगा, चाहे वृत्तिधारी की वृत्ति हो या न हो। इसलिये जोखिम का आधार न तो जीवन दर और न मृत्यु दर है। जोखिम निश्चित है, अतः इसे एक मान लेते हैं। वर्तमान मूल्य को आकलन का आधार माना जाता है। इसे निम्न तरीके से गणना करते हैं, यदि 3 वर्षीय 100 रुपये की वार्षिक वृत्ति का शुद्ध एकल प्रव्याजि निकालना है।

वर्ष	जोखिम की मात्रा	×	वृत्ति की रकम	×	3 प्रतिशत पर एक रुपये का वर्तमान मूल्य	=	शुद्ध लागत
प्रथम	1	×	100	×	0.971	=	9.71
द्वितीय	1	×	100	×	0.943	=	94.3
तृतीय	1	×	100	×	0.915	=	91.5
					शुद्ध प्रव्याजि रुपया	=	282.9 रु०

5. न्यूनतम भुगतान वृत्ति (Minimum Payment Annuity)—इस वृत्ति में एक निश्चित अवधि तक भुगतान अवश्य किया जायगा और उसके बाद जब तक वह जीवित रहेगा। अतः इसमें (i) वृत्ति निश्चित और (ii) आजीवन वृत्ति के तत्त्व पाये जाते हैं, जिसके कारण इसकी गणना भी दो हिस्सों में करते हैं। मान लीजिये, दो वर्षीय निश्चित आजीवन वृत्ति की शुद्ध प्रव्याजि निकालनी है तो निम्न प्रकार निकालेंगे—

उम्र	वर्ष	जोखिम की सम्भावना	×	वृत्ति की रकम	×	3 प्रतिशत पर एक रुपये का वर्तमान मूल्य	=	प्रति वर्ष लागत
106	प्रथम	1	×	100	×	0.971	=	97.1
107	द्वितीय	1	×	100	×	0.943	=	94.3
108	तृतीय	6/249	×	100	×	0.915	=	54.9

इसी प्रकार

मृतक तालिका की समाप्ति तक शुद्ध प्रव्याजि रुपया = 194.00

इस प्रकार 194.0 रुपया देकर वृत्तिधारी को 2 वर्ष तक 100 रुपया प्रति वर्ष अवश्य दिया जायगा और उसके बाद जब तक वह जीवित रहेगा।

6. संयुक्त जीवन वृत्ति—इस वृत्ति के अन्तर्गत वृत्ति का भुगतान तब तक होता रहेगा जब तक सभी व्यक्ति जीवित हैं। यदि उस वृत्ति के अन्तर्गत बीमित व्यक्तियों में से किसी की मृत्यु हो जायगी तो यह बन्द हो जायगा। अतः जोखिम की मात्रा संयुक्त जीवन दर पर निकालते हैं जो वृत्तिधारियों के अलग-अलग जीवन दर को आपस में गुणा करके प्राप्त करते हैं। वर्तमान की गणना बिल्कुल उसी प्रकार होती है, जैसा बताया जा चुका है। मान लीजिए (अ) और (ब) दो व्यक्ति एक वृत्तिपत्र से बीमित हैं।

वर्ष	जोखिम की मात्रा		वृत्ति की रकम		3 प्रतिशत पर एक रुपये का वर्तमान मूल्य		प्रतिवर्ष लागत
प्रथम	[अ की जीवन दर × ब की जीवन दर]	×	100	×	0.973	=	.....
द्वितीय	[अ की जीवन दर × ब की जीवन दर]	×	100	×	0.943	=	.....

इसी प्रकार इसकी गणना तब तक चलेगी जब तक मृतक तालिका समाप्त नहीं होगी और इन सभी का योग शुद्ध प्रव्याजि है।

7. संयुक्त एवं उत्तरजीवी जीवन वृत्ति (Joint and Last Survivorship Life Annuity)—इसके अन्तर्गत वृत्ति का भुगतान तब तक किया जाता रहेगा, जब तक सभी वृत्तिधारियों की मृत्यु नहीं होती है। यदि एक व्यक्ति की मृत्यु हो जाती है तो अन्य वृत्तिधारियों को इसका भुगतान होता रहेगा। इसलिये जोखिम की मात्रा का निर्धारण संयुक्त जीवन सम्भावना पर किया जाता है। इसकी मृतक दर निकालने का तरीका उत्तरजीवी बीमापत्र में बताया गया है। उसी आधार पर यहाँ पर जीवन दर निकालेंगे। जोखिम की गणना करने के लिये सभी व्यक्तियों की संयुक्त मृत्यु दर निकाल लेते हैं और 1 में से इसको घटाकर किसी एक व्यक्ति के जीवित रहने की दर मालूम कर लेते हैं और इस जीवन दर को तत्सम्बन्धित वर्तमान मूल्य से गुणा कर देते हैं।

वर्ष	जोखिम की दर किसी भी व्यक्ति के जीवित रहने की दर	×	वृत्ति की रकम	×	3 प्रतिशत पर एक रुपये का वर्तमान मूल्य	=	प्रतिवर्ष लागत
70	[1−अ की मृत्यु दर × ब की मृत्यु दर]	×	100	×	0.971	=	....
71	[1−अ की मृत्यु दर × ब की मृत्यु दर]	×	100	×	0.943	=	....
							शुद्ध प्रव्याजि

शुद्ध सम प्रव्याजि (Net Level Premium) **निर्धारण**—अब तक बीमा और वृत्ति के सम्बन्ध में एक प्रव्याजि निर्धारण बताया गया है। अब बीमा और वृत्ति के किस्तों की प्रव्याजि का निर्धारण बताया जायगा। शुद्ध सम प्रव्याजि वह प्रव्याजि है जो किसतों में दी जाती है। प्रसंविदा के समय सभी प्रव्याजि का भुगतान नहीं किया जाता है, बल्कि प्रसंविदा के चालू रहते हुए वार्षिक, अर्द्धवार्षिक, त्रैमासिक या मासिक किस्तों में भुगतान करते हैं। किस्तों में भुगतान करने के कई कारण हैं—(1) लोगों की आय इतनी अधिक नहीं होती कि वे सभी

प्रव्याजि का एक साथ भुगतान कर सके और (2) एक साथ भुगतान करने में अवधि के अन्दर मृत्यु के बाद प्रव्याजि का भुगतान नहीं करना पड़ता है।

वार्षिक किस्त प्रव्याजि और शुद्ध एकल प्रव्याजि में प्रत्यक्ष का सम्बन्ध नहीं है अर्थात् वार्षिक किस्त प्रव्याजि पाने के लिए शुद्ध एकल प्रव्याजि को बीमा वर्ष की संख्या से भाग नहीं दिया जा सकता है क्योंकि वार्षिक किस्त में बीमाकर्ता ब्याज की तथा शीघ्र मृत्यु पर शेष प्रव्याजि की हानि होती है। शुद्ध सम प्रव्याजि के बल तब तक दी जायगी जब तक बीमित व्यक्ति जीवित है, परन्तु शुद्ध एकल प्रव्याजि का एक बार भुगतान कर देना पर्याप्त है। इसलिए शुद्ध एकल प्रव्याजि पर तब तक ब्याज अर्जित होती रहेगी जब तक अध्यर्थन का भुगतान नहीं किया जाता है, लेकिन शुद्ध प्रव्याजि पर केवल प्राप्त प्रव्याजि पर ब्याज कमा सकते हैं।

इसके अतिरिक्त शुद्ध सम प्रव्याजि और शुद्ध एकल प्रव्याजि में समानता है जिससे उसी के आधार पर शुद्ध एकल प्रव्याजि को शुद्ध सम प्रव्याजि में बदला जा सकता है। शुद्ध एकल प्रव्याजि प्रसंविदा के समय भविष्य के सभी अध्यर्थनों का वर्तमान मूल्य है। शुद्ध सम प्रव्याजि का वर्तमान मूल्य अध्यर्थन के वर्तमान मूल्य के बराबर होता है क्योंकि भविष्य के अध्यर्थनों का वर्तमान मूल्य ही सम प्रव्याजि में ली जायगी अथवा अध्यर्थन का भुगतान नहीं किया जा सकता है। इसलिए बीमाकर्ता अध्यर्थन का भुगतान करने के लिए पर्याप्त रकम सम प्रव्याजि के रूप में प्राप्त करता है।

इसी प्रकार यह सिद्ध है कि शुद्ध सम प्रव्याजि का वर्तमान मूल्य शुद्ध एकल के बराबर होगा, क्योंकि शुद्ध एकल प्रव्याजि भविष्य के अध्यर्थनों का वर्तमान मूल्य है। अतः शुद्ध सम प्रव्याजि के निर्धारण के लिए सबसे पहले शुद्ध एकल प्रव्याजि का निर्धारण किया जाता है। सबसे पहले इन दोनों प्रव्याजियों में एक अनुपात स्थापित किया जाता है जो एक अवधि, उम्र और बीमापत्र के अन्तर्गत निर्धारित किया जायगा। इस अनुपात के आधार पर शुद्ध एकल प्रव्याजि को शुद्ध सम प्रव्याजि में बदल देते हैं।

इस अनुपात की गणना करने के लिए शुद्ध सम प्रव्याजि एक रकम मान लेते हैं और उनका वर्तमान मूल्य निकाल लेते हैं। इस वर्तमान मूल्य का सम्बन्धित शुद्ध एकल प्रव्याजि से अनुपात मालूम कर लेते हैं। उदाहरण के लिए किसी 40 वर्षीय व्यक्ति के लिए 5 वर्षीय 1000 रुपये के अवधि बीमा पर शुद्ध सम प्रव्याजि निकालना है। शुद्ध एकल प्रव्याजि 46.08 रुपया होगी, जैसा पिछले अनुच्छेदों में इसकी गणना की जा चुकी है। मान लीजिए शुद्ध सम प्रव्याजि की रकम एक रुपया है तो इसका वर्तमान मूल्य प्रथम वर्ष 1 रुपया होगा, दूसरे वर्ष $\frac{77341}{78106} \times 0.971$ रुपया होगा, क्योंकि दूसरे वर्ष जीवित व्यक्तियों की संख्या 78106 से 77341 होगी अर्थात् हम केवल $\frac{77341}{78106}$ व्यक्तियों से प्रव्याजि से पायेंगे (यह जीवन दर 40 वर्ष की उम्र पर अमेरिकन मृतक तालिका के आधार पर निकाली गयी है)। चूँकि दूसरे वर्ष के प्रारम्भ यानी प्रसंविदा के एक वर्ष बाद एक रुपया सम प्रव्याजि का होता है, इसलिए एक वर्ष पहले 0.971 रुपया प्राप्त करना उचित होगा

क्योंकि इसको प्राप्त करके उस पर 3 प्रतिशत ब्याज सहित 1 रुपया एक साल के अन्त में हो जायगा। इस कारण द्वितीय प्रव्याजि का एक वर्ष पहले वर्तमान मूल्य, जीवन दर $\frac{77341}{78106}$ और ब्याज दर (3%) से वर्तमान मूल्य के आधार पर $\frac{77341}{78106} \times 0.971$ रुपया होगा। इसी प्रकार तृतीय वर्ष के प्रारम्भ में प्राप्त प्रव्याजि का वर्तमान मूल्य = $\frac{76567}{78106} \times 0.943$ रुपया होगा, क्योंकि जिनसे प्रव्याजि मिलने की आशा है, उनकी जीवन दर $\frac{76567}{78106}$ है और ब्याज अर्जन के आधार पर 0.943 रुपया है। इसी प्रकार तीसरे वर्ष, चौथे और पाँचवें वर्ष के प्रारम्भ में मिलने वाली एक-एक रुपये का वर्तमान मूल्य निकाल लेंगे और इन पाँचों प्रव्याजियों के वर्तमान मूल्यों को जोड़ लेंगे। वही सम प्रव्याजि का वर्तमान मूल्य हो जायगा जो बीमित रकम का वर्तमान मूल्य होता है। इसे नीचे बताया गया है—

बीमा वर्ष में प्रारम्भ के	उम्र	जीवन दर	वार्षिक किस्त की रकम	एक रुपये का वर्तमान मूल्य	प्रत्येक वार्षिक किस्त का वर्तमान मूल्य
प्रथम वर्ष	40	$\frac{78106}{78106}$	1	1	$\frac{78106}{78106}$
द्वितीय वर्ष	41	$\frac{77341}{78106}$	1	0.971	$\frac{75098}{78106}$
तृतीय वर्ष	42	$\frac{76567}{78106}$	1	0.943	$\frac{72203}{78106}$
चतुर्थ वर्ष	43	$\frac{75782}{78106}$	1	0.915	$\frac{69340}{78106}$
पंचम वर्ष	44	$\frac{74985}{78106}$	1	0.888	$\frac{66587}{78106}$

एक रुपये की सम प्रव्याजि का वर्तमान मूल्य = $\frac{361334}{78106}$ रुपया 1 यहाँ पर एक रुपये का वर्तमान मूल्य और जीवन दर वर्ष के प्रारम्भ से ही ली जाती है क्योंकि प्रव्याजि का भुगतान प्रारम्भ में ही किया जाता है। इसी प्रकार एक रुपये की सम प्रव्याजि का वर्तमान मूल्य $\frac{361334}{78106}$ होगा, जो इस एक रुपये वाले सम प्रव्याजि के बीमा का भी वर्तमान मूल्य होगा अर्थात् जितनी रकम का बीमा एक रुपये सम प्रव्याजि देकर किया जा सकता है, उतनी

रकम का बीमा $\frac{361334}{78106}$ रुपये की शुद्ध एकल प्रव्याजि देकर किया जा सकता है। अतः 46.08 रुपये की शुद्ध एकल प्रव्याजि का शुद्ध सम प्रव्याजि निम्न प्रकार निकाल सकते हैं :—

$\because$ $\frac{361334}{78106}$ रु० शुद्ध प्र० पर किसी एक बीमा के लिए वार्षिक शुद्ध **सम** प्र० 1 रु० है

$\therefore$ 1 ,, ,, ,, ,, = $\frac{1 \times 78106}{361334}$

$\therefore$ 46.08 ,, ,, ,, ,, = $\frac{1 \times 78106 \times 46.08}{361334}$ रुपया

अतः 46.08 रुपये की शुद्ध प्रव्याजि पर वार्षिक सम प्रव्याजि की रकम 9.96 रुपया है।

इसकी गणना सरल ढंग से करने के लिए निम्न सूत्र बनाया गया है—

$$\text{शुद्ध सम प्रव्याजि} = \frac{\text{शुद्ध एकल प्रव्याजि}}{\text{अनुमानित शुद्ध सम और एकल प्रव्याजि में अनुपात}}$$

$$= \frac{46.08}{\frac{361338}{78106}}$$

$$= \frac{46.08 \times 78106}{361334} \text{ रुपये}$$

$$= 9.99 \text{ रुपया होगा।}$$

इसी आधार पर अन्य सभी बीमापत्रों के शुद्ध एकल प्रव्याजि को शुद्ध सम प्रव्याजि में बदला जा सकता है। आजीवन बीमा में अनुमानित शुद्ध सम प्रव्याजि के वर्तमान मूल्य का तब तक आकलन करेंगे जब तक मृतक तालिका का अन्त नहीं होता है। यदि आजीवन बीमा सीमित प्रव्याजि भुगतान का बीमा है तो इसमें अनुमानित शुद्ध सम प्रव्याजि के वर्तमान मूल्य की गणना उस अवधि (प्रव्याजि भुगतान की सीमा) तक करेंगे।

सम प्रव्याजि की गणना के लिये अस्थायी वार्षिक वृत्ति देय का प्रयोग—उपरोक्त गणना के अतिरिक्त एक सरल तरीका यह अपनाया जाता है कि तालिका से अस्थायी वार्षिक वृत्ति देय की शुद्ध एकल प्रव्याजि की गणना कर लेते हैं और इसके आधार पर उसके शुद्ध एकल प्रव्याजि और वृत्ति की रकम में अनुपात स्थापित कर लेते हैं जिसका प्रयोग उपरोक्त सूत्र के आधार पर किया जाता है। इस प्रकार के प्रयोग के कारण प्रव्याजि और वृत्ति देय की समानता है।

(1) दोनों में भुगतान प्रसंविदा के समय से प्रारम्भ होता है और बीमा की शर्तों के अनुसार एक निश्चित अवधि या आजीवन चलता रहता है, अन्तर केवल इतना है कि बीमा के अन्तर्गत बीमापत्रधारी रकम का भुगतान करता है जबकि वृत्ति में बीमाकर्ता भुगतान करता है।

(2) वृत्ति को प्रायः एक प्रव्याजि से खरीदा जाता है जो बीमा खरीदने के लिए शुद्ध एकल प्रव्याजि के समान है। इसलिये शुद्ध एकल प्रव्याजि का सम्बन्ध शुद्ध सम प्रव्याजि से वही होता है जो वृत्ति को खरीदने के लिए दी गयी प्रव्याजि का वार्षिक वृत्ति से सम्बन्ध होता है। अतः शुद्ध सम प्रव्याजि और वार्षिक वृत्ति देय बिल्कुल एक समान हैं क्योंकि दोनों में भुगतान एक समान होता है। प्रव्यांजि दर निर्धारण के लिए मान्यताएँ एक समान हैं। यदि वार्षिक वृत्ति देय का वर्तमान मूल्य मालूम है तो शुद्ध सम प्रव्याजि यानी बीमा का वर्तमान मूल्य मालूम किया जा सकता है क्योंकि दोनों एक समान है, बशर्ते इन दोनों की अवधि, शर्त आदि समान हों। इसलिए यदि किसी बीमा की शुद्ध एकल प्रव्याजि मालूम है तो वृत्ति देय और उसके वर्तमान मूल्य दोनों के आधार पर शुद्ध सम प्रव्याजि मालूम किया जा सकता है। इसे निम्न समीकरण से स्पष्ट किया गया है।

शुद्ध सम प्रव्याजि (NLP) का जो सम्बन्ध शुद्ध एकल प्रव्याजि (NSP) से है, वही सम्बन्ध वार्षिक वृत्ति देय (ADA) रकम का वृत्ति देय के क्रय मूल्य (PPAD) से है। इसे निम्न प्रकार भी व्यक्त कर सकते हैं :—

$$NLP : NSP : ADA : PPAD$$

अतः एक रुपये की वार्षिक वृत्ति देय के आधार पर (ADA = 1)

$$\frac{NLP}{NSP} + \frac{1}{PPAD}$$

अर्थात्
$$NLP = \frac{NSP}{PPAD}$$

इस गणना में वृत्ति और बीमा में एक ही मृतक तालिका और ब्याज दर का प्रयोग किया गया है। अतः एक ही अवधि, मृतक तालिका, उम्र और ब्याज दर पर तैयार बीमा और वृत्ति के आधार पर शुद्ध एकल प्रव्याजि को आसानी से मालूम किया जा सकता है। जीवनांकिक सूत्रों के आधार पर शुद्ध सम प्रव्याजि का निर्धारण निम्न प्रकार है—

$$Px = Ax \div ax$$

जबकि Px से तात्पर्य उम्र (x) पर प्रारम्भ आजीवन बीमा की शुद्ध सम प्रव्याजि, Ax से तात्पर्य उस उम्र (x) पर निर्गमित बीमा का शुद्ध एकल प्रव्याजि तथा ax से तात्पर्य उस उम्र (x) पर वार्षिक वृत्ति देय का क्रय मूल्य। इस सूत्र को सीमित प्रव्याजि में निम्नलिखित प्रकार बताया जा सकता है, जबकि (t) सीमित प्रव्याजि का द्योतक है।

$$t\,Px = Ax \div ax : \; t$$

बन्दोबस्ती बीमा में शुद्ध सम प्रव्याजि (Px) : n

Px : n = Ax : n = ÷ ax : n

यहाँ पर n बन्दोबस्ती अवधि को बताता है। इसी प्रकार अन्य सभी बीमा में शुद्ध प्रव्याजि की गणना की जा सकती है।

सकल प्रव्याजि (Gross Premium)—सकल प्रव्याजि है जो बीमाकर्ता बीमा बेचने के लिए विज्ञापित करता है और जिसका भुगतान करके बीमादार बीमा प्राप्त करता है। इसी प्रव्याजि से बीमादार का सम्बन्ध होता है क्योंकि इसी रकम को उसे देना है। इसके अतिरिक्त शुद्ध प्रव्याजि का बीमादार को कोई नहीं रहता है। सकल प्रव्याजि को कार्यालय (Office) प्रव्याजि भी कहते हैं।

सकल प्रव्याजि में वह सभी रकमें शामिल की जाती हैं जो बीमाकर्ता को लागत के रूप में सहन करना पड़ता है। अध्यर्थन के भुगतान के लिए शुद्ध प्रव्याजि प्राप्त करते हैं लेकिन इसके अतिरिक्त खर्चों को शुद्ध प्रव्याजि में शामिल करके सकल प्रव्याजि का निर्धारण कर लेते हैं। शुद्ध प्रव्याजि में इन खर्चों को शामिल करने की क्रिया को भारित करना (Loading) कहते हैं। इसलिए भारण (Loading) का मुख्य उद्देश्य बीमापत्र निर्गमन सम्बन्धी खर्चों और आकस्मिक व्ययों को पूरा करना है। आकस्मिक व्यय शुद्ध प्रव्याजि में कमी और अनिश्चित खर्चों के कारण हो सकते हैं। शुद्ध प्रव्याजि में कमी मृतक दर में वृद्धि और ब्याज में कमी के कारण हो सकते हैं। भारण का एक तीसरा उद्देश्य लाभ सहित बीमापत्रों पर अधिलाभांश घोषित करने के लिए अधिक प्रव्याजि वसूल करना है।

खर्चों का वितरण (Distribution of Expenses)—बीमा प्रसंविदा के अन्तर्गत कुछ खर्चे बीमापत्र निर्गमन के समय, कुछ चालू रहने पर और कुछ भुगतान के समय होते हैं। इसी प्रकार कुछ खर्चे एक बीमापत्र से सम्बन्धित होंगे, कुछ कई बीमापत्रों से सम्बन्धित और कुछ पूरे व्यापार के लिए किये जायेंगे। लेकिन सकल प्रव्याजि का भुगतान सामयिक किया जायगा जिससे सभी सम्बन्धित खर्चे उस समय न होने के कारण निम्न समस्या सामने आती है—(1) खर्चों का सभी बीमापत्रों में विभाजन, और (2) एक बीमापत्र से सम्बन्धित खर्चे को पूरी बीमा अवधि में विभाजित करना।

(1) खर्चों को कई बीमापत्रों पर विभाजित करना—खर्चों का न्यायपूर्ण और उचित वितरण (Allocation) तभी होगा जबकि एक बीमापत्र से सम्बन्धित सभी खर्चे उसी बीमापत्र से वसूल किये जायँ। इस प्रकार प्रत्येक बीमापत्र से सम्बन्धित खर्चों का उन्हीं से प्राप्त करने का प्रयास करना चाहिए। यदि किसी बीमापत्र में ज्यादा खर्चे हुए हों तो उसे अधिक रकम से भारित करना और यदि कम खर्चे हुए हों तो कम रकम से भारित करना चाहिए। इसके लिए खर्चों का वर्गीकरण आवश्यक है।

खर्चों का वर्गीकरण—खर्चों का वर्गीकरण बीमापत्र से सम्बन्धित आधारों पर किया जाता है, जो निम्न हैं—

(अ) वे खर्चे जो प्रव्याजि की रकम (आकार एवं प्रकार) के आधार पर परिवर्तित होते रहते हैं; जैसे प्रथम वर्ष का कमीशन, नवकरण कमीशन और प्रव्याजि कर आदि।

(ब) वे खर्चे जो बीमापत्र की रकम के अनुसार परिवर्तित होते हैं; जैसे स्टाम्प शुल्क, चिकित्सा शुल्क आदि।

(स) वे खर्चे जो इन दोनों से स्वतन्त्र हैं और पूरे व्यापार के लिए किये जाते हैं; जैसे पत्र व्यवहार के खर्चे, फनीचर, मशीनें एवं वेतन आदि।

इसलिए भारित करने की वह रीति सबसे अच्छी होगी जो भारण के निम्न तरीके अपनाती है—

भारण = प्रव्याजि की रकम के अनुसार बदलने वाले खर्चे को शुद्ध प्रव्याजि का एक निश्चित प्रतिशत + बीमित रकम के अनुसार परिवर्तनीय खर्चों को बीमा की रकम पर प्रति हजार खर्चा + प्रति बीमापत्र पर एक निश्चित रकम।

इनका निर्धारण करने के लिए सभी खर्चों में से उन खर्चों को अलग-अलग मालूम करना चाहिए जो बीमापत्र की संख्या, बीमापत्र की रकम और प्रव्याजि की रकम के अनुसार परिवर्तित होते हैं। इन खर्चों का अपने आधार से क्या प्रतिशत है, इसको भी निकाल लेना चाहिए; जैसे बीमापत्र भेजने का खर्च 10 हजार रुपया है जो 10 हजार बीमापत्र पर होते हैं, इसीलिए प्रति बीमापत्र खर्चा 1 रुपया हुआ। इसी प्रकार बीमापत्र पर स्टाम्प शुल्क मान लीजिये 20 हजार बीमित रकम पर 10 रुपये है तो स्टाम्प शुल्क प्रति हजार बीमा पर पचास पैसे हुआ। बीमापत्र पर प्राप्त प्रव्याजि के अनुसार भी इसी प्रकार किये गये खर्चे का अनुपात निकाल लेते हैं। इन खर्चों को कई बीमापत्रों पर न्यायिक विभाजन के लिए निम्न तरीके अपनाये जाते हैं—

1. कई बीमापत्रों पर भारण के तरीके, स्थिर योग भारण (Constant Addition Loading)—इस पद्धति के अन्तर्गत बीमित रकम के प्रति हजार पर एक निश्चित रकम शुद्ध प्रव्याजि में जोड़ देते हैं। यह योग हमेशा स्थिर रहता है, चाहे किसी भी प्रकार का बीमापत्र क्यों न हो? इसे पिछले कई वर्षों के अनुभव पर तय किया जाता है। जैसे पिछले कुछ वर्षों में यह देखा गया कि कुछ खर्चे 50 लाख हैं जबकि उससे सम्बन्धित बीमित रकम 10,000 लाख है। इसलिए प्रति हजार बीमित रकम पर खर्चे $\frac{\text{50 लाख}}{\text{10000 लाख}}$ = रुपया होंगे, जिसे भविष्य में बीमित रकम के आधार पर एक निश्चित रकम जोड़ते रहते हैं।

लेकिन यह पद्धति वैज्ञानिक नहीं है क्योंकि इसमें यह मान्यता है कि सभी खर्चे केवल बीमित रकम के आधार पर बदलते रहते हैं। परन्तु व्यावहारिक जीवन में ऐसा नहीं है। इस पद्धति में यह नहीं देखा जाता है कि कुछ खर्चे प्रव्याजि की रकम और कुछ खर्चे सम्पूर्ण व्यापार पर किये जाते हैं। कभी-कभी इसकी गणना से अव्यावहारिक परिणाम निकलते हैं; जैसे मान लीजिये भारण 5 रुपये प्रति हजार है और 3 प्रतिशत ब्याज पर 10 वर्षीय अवधि बीमा के लिये 35 वर्ष की उम्र पर एक हजार के लिये शुद्ध वार्षिक प्रव्याजि 9.42 रुपया होता है तो उसके लिये कुल प्रव्याजि :—

शुद्ध वार्षिक प्रव्याजि प्रति हजार	9.42	रुपया
खर्चों का भारण	5.00	
वार्षिक कुल प्रव्याजि (Annual Gross Premium)	14.42	

इसमें भारण की मात्रा शुद्ध प्रव्याजि के आधे से अधिक है। इसी प्रकार एक दूसरे उदाहरण में वार्षिक कुल प्रव्याजि इस प्रकार निकाली गयी।

50 वर्षीय व्यक्ति के लिए 10 वर्षीय बन्दोबस्ती बीमा पर प्रति हजार शुद्ध प्रव्याजि 90.73 रुपये होता है, तब वार्षिक कुल प्रव्याजि :—

	प्रति हजार	
शुद्ध वार्षिक प्रव्याजि	92.73	रुपये
खर्चों के लिए भारण	5.00	रुपये
वार्षिक कुल प्रव्याजि	97.73	रुपये

इस दशा में भारण की दर शुद्ध प्रव्याजि का $5\frac{1}{2}$ प्रतिशत से कम है जो कि अपने आप गलत प्रतीत हो रहा है। अतः यह कहा जा सकता है कि सभी खर्चों को बीमित रकम के आधार पर परिवर्तनीय होना सम्भव नहीं है। बीमापत्र के प्रकारों के आधार पर कुल प्रव्याजि में अन्तर होना चाहिए, लेकिन वह भी अन्तर यहाँ पर नहीं हो पाता है। इस प्रकार यह कहा गया है कि भारण की यह पद्धति अवैज्ञानिक और अन्यायपूर्ण है।

2. प्रतिशत योग भारण—इस पद्धति में शुद्ध प्रव्याजि का एक निश्चित प्रतिशत खर्चे के रूप में माना जाता है और उसी के आधार पर भारण करके कुल प्रव्याजि का निर्धारण कर लेंगे। पिछले वर्षों के अनुभव पर यह निश्चित कर लिया जाता है कि भारण की रकम शुद्ध प्रव्याजि का कितना प्रतिशत होगा? इसमें भी उपरोक्त के सभी दोष पाये जाते हैं क्योंकि बीमापत्र के प्रकार और उम्र के आधार पर कोई परिवर्तन नहीं किया जाता है। निम्न तरीके से भारण की रकम निकाल लेते हैं—

$$\text{भारण का प्रतिशत} = \frac{\text{एक वर्ष के कुल खर्चे}}{\text{कुल वार्षिक प्रव्याजि}} \times 100$$

मान लीजिये वर्ष के कुल खर्चे 150 लाख रुपये हैं और शुद्ध वार्षिक प्रव्याजि 450 लाख रुपये हैं तो भारण का प्रतिशत—

$$= \frac{150}{450} \times 100$$

$$= 33\frac{1}{3} \text{ प्रतिशत होगा।}$$

अतः भारण की रकम शुद्ध वार्षिक प्रव्याजि की $33\frac{1}{3}$ प्रतिशत होगी। इसके अन्तर्गत असामान्य परिणाम निकलते हैं क्योंकि उम्र और बीमापत्र के प्रकार पर कोई ध्यान नहीं दिया जाता है। मान लीजिये 35 वर्षीय व्यक्ति 10 वर्षीय अवधि बीमा खरीदना चाहता है तो वार्षिक कुल प्रव्याजि निम्न होगी—

शुद्ध वार्षिक प्रव्याजि प्रति हजार	9.42	
खर्चों का भारण	3.14	
वार्षिक कुल प्रव्याजि (Annual Gross Premium)	12.56	रुपये

इसी प्रकार दूसरे उदाहरण में :—

50 वर्षीय व्यक्ति के लिये 10 वर्षीय बन्दोबस्ती बीमा में कुल प्रव्याजि निम्न प्रकार से निर्धारित होगी—

शुद्ध वार्षिक प्रव्याजि प्रति हजार	92.73	
खर्चों का भारण	30.91	
वार्षिक सकल प्रव्याजि	123.64	रुपया

स्पष्टतया अधिक उम्र पर भारण की रकम अत्यधिक है जो कि व्यावहारिक जीवन में इतने खर्चे नहीं होंगे। इसी प्रकार छोटी उम्र के लिए भारण की रकम बहुत कम होगी, जिससे इसे न्यायोचित भारण पद्धति नहीं कहा जा सकता है।

3. संशोधित प्रतिशत पद्धति—इस पद्धति में भारण के लिए दो वर्गों में निर्धारण होता है—(अ) एक भाग में किसी एक बीमापत्र से सम्बन्धित शुद्ध प्रव्याजि का एक निश्चित, और (ब) दूसरे भाग में उसी उम्र पर निर्गमित आजीवन बीमा की शुद्ध प्रव्याजि का एक निश्चित प्रतिशत। इस प्रकार इसके अन्तर्गत दो बीमापत्रों की शुद्ध प्रव्याजि का एक निश्चित प्रतिशत लिया जाता है, जिसमें से एक आजीवन बीमा का प्रतिशत और दूसरा सम्बन्धित बीमा का प्रतिशत होता है। इसे एक उदाहरण से नीचे बताया गया है। मान लीजिये 35 वर्षीय व्यक्ति के लिए आजीवन बीमा पर शुद्ध वार्षिक प्रव्याजि 21.08 रुपये प्रति हजार है तो वार्षिक कुल प्रव्याजि निम्न होगी—

शुद्ध वार्षिक प्रव्याजि प्रति हजार 21.08 रुपये

(i) 16.6 प्रतिशत आजीवन बीमा के सम्बन्ध में $= \dfrac{21.08 \times 16.6}{100}$

$= 3.51$

(ii) 16.6 प्रतिशत आजीवन बीमा के सम्बन्ध में सकल वार्षिक प्रव्याजि $= \dfrac{3.51}{28.10}$

चूँकि यह आजीवन बीमा है इसलिये इसके दो हिस्सों में आजीवन बीमा को आधार माना गया है, लेकिन निम्न सीमित प्रव्याजि आजीवन बीमा जो 40 वर्ष पर निर्गमित है, सकल प्रव्याजि निम्न होगी—

शुद्ध वार्षिक प्रव्याजि प्रति हजार = 33.14

(i) सीमित प्रव्याजि आजीवन बीमा पर शु०वा०प्र० का 16.6 प्रतिशत

$$= \frac{33.14 \times 16.6}{100} = 5.52$$

(ii) आजीवन बीमा पर शुद्ध वार्षिक प्रव्याजि का 16.6 प्रतिशत

$$= \frac{24.75 \times 16.6}{100} = 4.13 \quad 9.65$$

वार्षिक सकल प्रव्याजि = 42.79 रुपये

इस पद्धति के अन्तर्गत भारण की रकम शुद्ध प्रव्याजि में वृद्धि के कारण उसी अनुपात में वृद्धि नहीं होती है। दूसरे शब्दों में भारण में वृद्धि शुद्ध प्रव्याजि में वृद्धि से कम है। विभिन्न बीमापत्रों पर सकल प्रव्याजि में अन्तर हो जाता है। उम्र के साथ भी प्रव्याजि में परिवर्तन होंगे। अस्तु यह पद्धति उपरोक्त पद्धतियों से अच्छी है।

4. स्थिर और प्रतिशत योग पद्धति—इस पद्धति के अन्तर्गत : (1) बीमित रकम पर प्रति हजार भारण और (2) शुद्ध प्रव्याजि का एक निश्चित प्रतिशत। इसलिये भारण की रकम निर्धारित करने के लिए समस्त खर्चे दो भागों में : (1) बीमित रकम, और (2) प्रव्याजि के अनुसार प्रभावित होने वाले खर्चों में बाँट देते हैं और उनके स्थिर और प्रतिशत अनुपात को पिछले अनुभव के अनुसार निकाल लेते हैं जैसा कि (1) और (2) पद्धतियों में ऊपर बताया जा चुका है।

इस पद्धति में भारण की रकम प्रव्याजि में वृद्धि के साथ बढ़ती जाती है, लेकिन उस दर से वृद्धि नहीं होगी जिस दर से प्रव्याजि में वृद्धि होती है। साथ ही प्रत्येक वृद्धि के साथ भारण प्रतिशत में कमी हो जाती है। यह बात विभिन्न बीमापत्रों के भारण रकम और विभिन्न उम्र में एक बीमापत्र की भारण रकम के सम्बन्ध में सत्य है। लेकिन इसमें केवल प्रव्याजि और बीमा की रकम के अनुसार परिवर्तन माना गया है जो हमेशा सत्य नहीं होता है क्योंकि कुछ खर्चे स्वतन्त्र होते हैं। तथापि यह पद्धति उपरोक्त वर्णित पद्धतियों से काफी उचित है, क्योंकि इसमें खर्चों के परिवर्तन को ध्यान में रखा गया है। कुछ बीमापत्रों की रकम के अनुसार बदलेंगे और कुछ प्रव्याजि के अनुसार बदलेंगे। इसके अतिरिक्त छोटी रकम पर भारण कम होगा और अधिक रकम पर भारण अधिक होगा जो कि व्यावहारिक और न्यायिक भी है। उम्र बढ़ने के साथ-साथ भारण की रकम सफल प्रव्याजि की तुलना में कम होती जाती है। यह बात सत्य है क्योंकि उम्र के साथ-साथ खर्चों में कमी होती जाती है।

5. छूट पद्धति—यह वास्तव में भारण का कोई सही तरीका नहीं है, बल्कि बीमा की रकम में वृद्धि होने के साथ सकल प्रव्याजि में छूट देना है। चूँकि कुछ खर्चों में बीमित रकम के बढ़ने के साथ बचत हो जाती है। इसलिये उनको प्रव्याजि के रूप में बीमापात्रों से वसूल नहीं करते और उन्हें सकल प्रव्याजि से घटा देते हैं। जैसे—

बीमित की रकम रुपया	छूट की मात्रा प्रति हजार बीमा पर (प्रव्याजि में से घटायेंगे) रुपया
5,000—9,999	0.50
10,000—19,999	0.75
20,000 और उसके ऊपर	1.00

6. **बीमापत्र शुल्क पद्धति**—इस पद्धति में प्रत्येक वर्ष बीमापत्र पर एक शुल्क लिया जाता है। यह शुल्क प्रत्येक बीमापत्र पर लिया जाता है, उसकी रकम और प्रकार में कोई अन्तर नहीं होता है। इसे निम्न प्रकार निर्धारित करेंगे—

कुल प्रव्याजि (प्रति वर्ष) = एक निश्चित रकम + बीमित रकम पर प्रति हजार एक रकम × बीमापत्र में हजार की संख्या

उपरोक्त पद्धतियाँ सम्पूर्ण व्यापार के खर्चे को कई बीमापत्रों में विभाजन के लिये अपनाये जाते हैं। इनके आधार पर एक बीमापत्र से सम्बन्धित खर्चों को मालूम करने का प्रयास किया जाता है।

7. **खर्चों का किसी बीमापत्र के बीमा-अवधि में विभाजन**—अब तक यह देखा गया है कि सभी खर्चों को एक बीमापत्र के सम्बन्ध में कैसे विभाजित कर सकते हैं, परन्तु अब यह देखेंगे कि एक बीमापत्र से सम्बन्धित खर्चों को बीमा-अवधि में किस प्रकार विभाजित करें जिससे प्रति वर्ष खर्चे समान रहें और जिसे शुद्ध सम प्रव्याजि में जोड़कर सकल प्रव्याजि की एक सम रकम मालूम हो सके। दूसरे शब्दों में प्रत्येक वर्ष समान प्रव्याजि प्राप्त करने के लिए समान शुद्ध प्रव्याजि में एक समान (सम) खर्चे हर वर्ष जोड़कर निकाले जाते हैं। लेकिन सम खर्चों का निर्धारण एक कठिन कार्य होता है क्योंकि कुछ खर्चे बीमा के प्रारम्भ में होते हैं, जबकि कुछ खर्चे चालू रहने पर और कुछ बाद में होते हैं। इसी प्रकार सभी खर्चों का प्रत्येक वर्ष पर सम प्रव्याजि निकालने के लिए जीवनांकिक सूत्रों का प्रयोग करना पड़ता है। सभी खर्चों का समान वार्षिक रकम मालूम करने के लिए खर्चों का विभाजन उनके व्यय होने के समयानुसार किया जाता है।

1. **प्रारम्भिक खर्चे**—ये वे खर्च हैं जो बीमापत्र निर्गमन के समय होते हैं; जैसे चिकित्सा परीक्षण शुल्क, जोखिम का निरीक्षण, अभिकर्ता के प्रथम वर्ष का कमीशन, बीमा प्राप्त करने के खर्चे, बीमापत्र पर स्टाम्प शुल्क, बीमापत्र तैयार करने के खर्चे, इसके पत्र व्यवहार सम्बन्धित खर्च आदि। कार्यालय सम्बन्धी स्थिर खर्चे प्रारम्भ खर्चे में और अन्य खर्चों में शामिल होते हैं। इसलिए इन्हें प्रारम्भिक खर्चों में भी दिखाना पड़ेगा। दूसरे शब्दों में बीमा प्रसंविदा के चालू होने के समय किये गये सभी खर्चे प्रारम्भिक खर्चे कहलाते हैं। ये खर्चे—(1) प्रथम प्रव्याजि और (2) नयी बीमित रकम के अनुसार बदल सकते हैं, अतः इसका निर्धारण प्रव्याजि और बीमा की रकम के अनुसार किया जाता है। प्रारम्भिक खर्चे अन्य खर्चों की तुलना में अधिक होते हैं, इसलिये प्रथम वर्ष के खर्चे को प्रथम प्रव्याजि में शामिल नहीं किया जाता है, उसे बीमा अवधि में समान रूप से विभाजित करते हैं।

जीवनांकिक सूत्र से प्रारम्भिक खर्चे की समान किस्त (K)

$$K = \frac{I}{a}$$

जबकि I से तात्पर्य प्रारम्भिक खर्चे और a से तात्पर्य वार्षिक वृत्ति देय से है, जो सम्बन्धित बीमा के अनुकूल निकाली गयी है। यदि यह आजीवन बीमा है तो ax तथा बन्दोबस्ती बीमा में ax : n या जो कि अवधि n के लिये निर्गमित किया गया है। इस प्रकार सभी प्रारम्भिक खर्चों को एकत्रित करके उसको उपरोक्त सूत्र से किस्तों में बदल लेते हैं।

2. नवकरण खर्चे—प्रारम्भिक खर्चे के बाद प्रत्येक वर्ष कुछ न कुछ खर्चे होते रहते हैं। ये खर्चे लगातार प्रत्येक वर्ष होते हैं; जैसे नवकरण कमीशन, प्रव्याजि सूचना, नवकरण सम्बन्धी पत्र व्यवहार खर्चे आदि। ये खर्चे कुल प्रव्याजि के एक प्रतिशत होते हैं या कुछ खर्चे लगातार होते रहते हैं; जैसे पत्र व्यवहार के खर्चे जो हर कुल प्रव्याजि पर समान होंगे चाहे कुल प्रव्याज वार्षिक, मासिक क्यों न हो? इसीलिये इन्हें कुल प्रव्याजि में लगातार शामिल करते हैं। इसे जीवनांकिक भाषा में (c) से बताया गया है। ये खर्चे बीमित रकम या/ और कुल प्रव्याजि के एक प्रतिशत हो सकते हैं। उदाहरण के लिये मान लीजिये प्रारम्भिक खर्चे 40 रुपये प्रति हजार बीमित रकम का है, नवकरण खर्चे कुल प्रव्याजि का 10 प्रतिशत और बीमित रकम पर 2 रुपया प्रति हजार है तो कार्यालय प्रव्याजि (p') निम्न प्रकार होगी—

$$p' = p + \frac{40}{a\,x} + 0.1\,(p') + 2$$

सूत्र में—
$$p' = p + \frac{1}{a\,x} + \frac{r}{100}\,p' + c$$

जबकि p' से कुल प्रव्याजि, p से शुद्ध प्रव्याजि, $\frac{I}{a\,x}$ से प्रारम्भिक खर्चे का सम मूल्य, $\frac{r}{100}$ से कुल प्रव्याजि का एक निश्चित प्रतिशत (जैसे उपरोक्त यह $\frac{10}{100}$ p' यानी 0.1(p') (हुआ) और c से लगातार स्थिर खर्चे से मतलब है। इसे निम्न प्रकार लिखा जा सकता है—

$$p' = \left[p + \frac{I}{a} + c\right] \div \left[1 - \frac{r}{100}\right]$$

क्योंकि
$$p' - \frac{r}{100}\,p' = p + \frac{I}{a} + c$$

अर्थात्
$$p' - \left(1 - \frac{r}{100}\right) = p + \frac{I}{a} + c$$

या

$$p' = \left[p + \frac{I}{a} + c\right] \div \frac{r}{100}$$

चूँकि हर एक बीमापत्र में नवकरण खर्चे में परिवर्तन हो सकता है, इसलिए प्रतिशत में परिवर्तन हो सकेगा।

3. अन्तिम खर्चे—अध्यर्थन के भुगतान के समय किये गये खर्चे अन्तिम खर्चे कहलाते हैं; जैसे अध्यर्थन को सिद्ध करने की लागत, समर्पित मूल्य के भुगतान की लागत, पत्र व्यवहार के खर्चे। यद्यपि कि ये खर्चे अधिक नहीं होते तथापि कुछ खर्चे महत्त्वपूर्ण हैं; जैसे आकस्मिक खर्चों के लिए, क्योंकि असामान्य परिस्थितियों में कुछ खर्चे हो सकते हैं जिनका प्रावधान करना आवश्यक है; अतः इसके लिए प्राप्त खर्चों को लगातार प्रत्येक प्रव्याजि में जोड़ देते हैं। इसे (c_1) के नाम से बताया गया है।

(ब) अधिलाभांश—इन खर्चों में अधिलाभांश के खर्चे शामिल करना आवश्यक है, क्योंकि लाभ सहित प्रव्याजि में अधिलाभांश देना आवश्यक है। इस अधिलाभांश के लिए अतिरिक्त प्रव्याजि ली जायेगी। चूँकि हमारे देश में अधिलाभांश हर वर्ष बीमा में जुड़ता रहता है इसलिए यदि अधिलाभांश की दर (b) है तो अधिलाभांश की रकम b(IA) x होगी, जबकि (IA) x से तात्पर्य उम्र x पर ली गयी वृद्धोत्तर बीमा की शुद्ध प्रव्याजि से है। लेकिन इस रकम को समान किस्तों में विभाजित करना है; अतः (Ax) वृत्ति देय की शुद्ध प्रव्याजि से भाग देकर मालूम कर सकते हैं; अतः अधिलाभांश के सम्बन्ध में दी जाने वाली सम प्रव्याजि का मूल्य प्रतिवर्ष $b(IA)x \div ax$ होगा। इसे बोनस या अभिलाभांश का भारण भी कहते हैं।

4. सामान्य खर्चे—ये खर्चे पूरे व्यापार के लिए किए जाते हैं। इनको उपरोक्त खर्चों में शामिल नहीं कर सकते हैं; जैसे शोध, बहीखाता कानून और सामान्य प्रशासन के खर्चे आदि। इनको भी शुद्ध प्रव्याजि में लगातार शामिल किया जाता है।

अतः भारण का जीवनांकिक सूत्र इस प्रकार है—

लाभ रहित बीमा में $$p' = \left[p + \frac{I}{a} + c_1 + c_2\right] \div \left(1 - \frac{r}{100}\right)$$

लाभ सहित बीमा में $$p' = \left[p + \frac{I}{a} + b\,(IA)/a + c_2\right] \div \left(1 - \frac{r}{100}\right)$$

जबकि p' से कुल प्रव्याजि, p से शु प्रव्याजि, I/a से प्रारम्भिक खर्चे के समान किस्त, c_1 से आकस्मिक खर्चे के लिए समान रकम, c_2 से बीमित रकम का प्रति हजार समान योगांकन (Addition), b (IA)/a से अधिलाभांश का वर्तमान मूल्य और r से कुल प्रव्याजि का एक प्रतिशत मतलब है।

डॉ० स्प्रेग्यु (Dr. Sprague) के भारण का सूत्र—डॉ० स्प्रेग्यु के अनुसार भारण में तीन भाग होते हैं—

(i) एक प्रव्याजि जो प्रारम्भिक कमीशन को पूरा करने के लिए हो (जैसे बीमित रकम का 1 से 2 प्रतिशत),

(ii) एक रकम जो नवकरण खर्चे के लिए पर्याप्त हो (जैसे प्रव्याजि का $7\frac{1}{2}$ प्रतिशत),

(iii) एक रकम जो सामान्य खर्चों को पूरा करने के लिए हो (जैसे 2 रुपये प्रति हजार बीमित रकम पर)

उपरोक्त खर्चों में से प्रारम्भिक खर्चे केवल एक बार होते हैं, इसलिए इसे बीमा अवधि में विभाजित कर देते हैं, परन्तु (ii) और (iii) हर वर्ष होते हैं, इसलिए इसे प्रत्येक वर्ष की प्रव्याजि से वसूल करेंगे।

कुल प्रव्याजि = शुद्ध प्रव्याजि + शुद्ध प्रव्याजि का $7\frac{1}{2}$ प्रतिशत + 2 रुपया प्रति

हजार + $\frac{1}{\text{एक रुपये की वृत्ति देय का वर्तमान मूल्य } (a\,x : n)}$

परन्तु उपरोक्त सूत्र हर देश में लागू नहीं हो सकता है, अतः इसे सुधार किया जा सकता है; जैसे यदि कमीशन की रकम 25 प्रतिशत है तो यह $\frac{.25 \times 1}{a\,x : n}$ होगा। अतः इसे निम्न प्रकार लिखा जा सकता है—

कुल प्रव्याजि = 1.075 शुद्ध प्रव्याजि + 2 रुपया + $\frac{1}{4 \times a\,x : n}$

इसको इससे अधिक संशोधित करके नीचे बताया गया है—

कुल प्रव्याजि = शुद्ध प्रव्याजि + प्रारम्भिक शुल्क + नवकरण कमीशन (शुद्ध प्रव्याजि का एक प्रतिशत) + बीमा की रकम का प्रति हजार एक निश्चित रकम

बीमा प्राप्ति कमीशन – नवकरण कमीशन प्रतिशत + (अन्य प्रारम्भिक खर्चे – अन्य नियमित खर्चे) + एक उम्र पर निर्गमित वृत्ति देय का वर्तमान मूल्य

इस प्रकार यह सूत्र उसी प्रकार का है जैसा जीवनांकिक सूत्रों में बताया जा चुका है।

Questions

1. From the following Mortality Table, calculate Net level premiums in term Insurance for five years Endowment Insurance for five years, Pure Endowment for five years and Double endowment for five years assuming 5% rate of interest and Rs. 1000 policy amount in each policy.

x	25	26	27	28	29	30
lx	100000	99500	98900	98200	97400	96500
dx	500	600	700	800	900	1000

2. Calculate the value of an anticipated endowment assurance for a person aged 25 with the following benefits.
   (i) a sum of Rs. 100 at the end of 2nd year.
   (ii) a sum of Rs. 200 at the end of 3rd year.
   (iii) a sum of Rs. 300 at the end of 5th year.
   if the life assured is alive at the end of respective years.
   (iv) a sum of Rs. 600 whenever he dies during the 5 years period.
   Use the data given above with 5 percent rate of interest.

3. Calculate on the basis of mortality Table given below, net annual premium at 5% rate of interest for a 5 years Term Assurance for Rs. 1000 effects at the age of 60 years.

Age	Number living	Number Dying
60	1000	20
61	980	22
62	958	25
63	933	33
64	900	40
65	860	45

4. Calculate the net annual level premium for a Double Endowment assurance of Rs. 100 for a person aged 60 years, the assured benefit being Rs. 100 in the case of his death before attaining age 63 and Rs. 200 if he survives to age 63. Use the above mortality table and rate of interest.

5. Using the above mortality table and rates of interest, calculated level premium for the Anticipated Endowment policy of Rs. 1000

where Rs. 200 is paid in the case of death in the second year, Rs. 300 is paid in the case of death in the third year and Rs. 600 in case of death in the four years and Rs. 1000 in case of survival upto five years.

6. If the annual premium for an endowment assurance of Rs. 1000 for a person aged 40 years for a term of 20 years is Rs. 30.00, calculate the office premium making the following provisions.

(a) Initial Expenses at Rs. 40 per 1000 S.A.

(b) Renewal Expenses at 10% of office premium.

(c) A constant Expenditure of Rs. 2.50 per thousand sum assured.

(Given a 40 : 19 = Rs. 16.00)

7. The Net premium for an endowment assurance of Rs. 1000 for a person aged 30 for a term of 25 years in Rs. 30.97. Calculate the office premium making the following provisions.

(a) Initial Expenses at Rs. 40 per 1000 S.A.

(b) Renewal Expenses at 8% of office premium.

(c) A constant Expenditure of Rs. 2.50 per thousand sum assured.

(Given a 30 : 24 = Rs. 15.640)

□□□

अध्याय 14

अधो-प्रामाणिक जीवन का बीमा

अधो-प्रामाणिक जीवन से तात्पर्य ऐसे जीवन से है, जिसके जोखिम की मात्रा प्रामाणिक जीवन से अधिक है। इसके स्वास्थ्य, पेशे, व्यक्तिगत एवं पारिवारिक इतिहास, मनोवृत्ति आदि ऐसे होते हैं कि उन्हें प्रामाणिक प्रव्याजि पर बीमा नहीं बेचा जा सकता है। यदि प्रामाणिक प्रव्याजि पर इन्हें बीमा बेचा जाय तो बीमाकर्ता को हानि होगी क्योंकि जोखिम के अनुसार प्रव्याजि नहीं ली जायगी। साथ ही प्रामाणिक जीवन के व्यक्तियों के प्रति अन्याय होगा, क्योंकि उनकी जोखिम कम होने के कारण उन्हें कोई छूट नहीं दी जायगी। अतः अधो-प्रामाणिक जीवन की मृतक दर से अधिकता होने के कारण उनसे विशेष प्रव्याजि लेकर बीमा बेचना चाहिए। इन व्यक्तियों को बीमा बेचने से मना इसलिये नहीं किया जाता है कि उनकी अतिरिक्त जोखिम का निर्धारण किया जा सकता है। यदि अतिरिक्त जोखिम बीमाकर्ता की शक्ति के परे हो और उसका निर्धारण न किया जा सके तो उसे बीमा नहीं बेचेंगे। उसे बीमा अयोग्य व्यक्तियों की श्रेणी में शामिल करेंगे।

इसलिए प्रामाणिक जोखिम और अतिरिक्त जोखिम को देखते हुए अधो-प्रामाणिक जीवन का बीमा किया जाता है। अतिरिक्त जोखिम का बीमा करने के लिए बीमापात्र से प्रामाणिक प्रव्याजि और अधिक प्रव्याजि (लागत) लेते हैं, अन्यथा यह अतिरिक्त जोखिम का बीमा नहीं किया जाना चाहिए। अतिरिक्त जोखिम का बीमा करने के लिए उनके प्रकारों को समझना आवश्यक है।

अधो-प्रामाणिक जीवन के प्रकार—अधो-प्रामाणिक जीवन निम्न तीन प्रकार के होते हैं :—

1. **वृद्धोत्तर अतिरिक्त जोखिम** (Increasing Extra Risk)—इस वर्ग के अन्तर्गत अतिरिक्त जोखिम उम्र के साथ बढ़ती जाती है। जैसे-जैसे व्यक्ति वृद्ध होता जाता है, वैसे-वैसे इस अतिरिक्त जोखिम में भी वृद्धि होती जाती है। इसके उदाहरण अधिक वजन (Over-weight) हृदयरोग, मधुमेह आदि हैं।

2. **ह्रासमान अतिरिक्त जोखिम** (Decreasing Extra Risk)—इस जोखिम के अन्तर्गत उम्र बढ़ने के साथ जोखिम में कमी होती जाती है। परिणामस्वरूप प्रारम्भ में जोखिम अधिक होती है और बाद में जोखिम की मात्रा कम होती है। इस आधार पर यह सम्भव हो सकता है कि बीमित व्यक्ति के कुछ वर्ष जीवित रहने पर जोखिम पूर्णतया समाप्त हो जाय। क्षय रोग से मुक्त व्यक्ति यदि अच्छे पारिवारिक इतिहास और सुदृढ़ आर्थिक स्थिति का हो। इसी प्रकार ऐसे परिवार के एक युवक के अधोवजन (Under-weight) होने पर जोखिम उम्र के साथ घटती जायगी।

3. स्थिर अतिरिक्त जोखिम (Constant Extra Risk)—इसके अन्तर्गत बीमित व्यक्ति के जीवन भर जोखिम की मात्रा स्थिर रहती है, उसमें कोई परिवर्तन नहीं आते हैं। यहाँ ध्यान देने की बात है कि स्थिरता से तात्पर्य सामान्य जोखिम का औसत रूप से स्थिर रहने से है, उसमें कुछ वृद्धि या ह्रास भी हो सकता है। इसके उदाहरण हैं—अन्धापन, अंग-भंग होना, दुर्घटना जोखिम आदि।

अतिरिक्त जोखिम का वर्गीकरण अभिगोपन के लिए आवश्यक है, क्योंकि उसी के अनुसार प्रव्याजि का निर्धारण किया जाता है। अधो-प्रामाणिक जीवन का बीमा करने के लिए यह देखना आवश्यक है कि उससे सम्बन्धित बीमापात्र का संचय कितना है। प्रायः सभी बीमापत्र में उम्र के साथ-साथ संचय की मात्रा में वृद्धि होती है जिससे जोखिम की रकम बीमाकर्ता के लिये कम होती जाती है। लेकिन बढ़ती जोखिम के सम्बन्ध में संचय की रकम घटती हुई दर से बढ़ती है। ह्रासित जोखिम में संचय की रकम बढ़ती हुई दर से बढ़ेगी क्योंकि प्रव्याजि की रकम वही रहेगी। लेकिन होना यह चाहिए कि संचय की रकम सामान्य रूप से बढ़े। यदि वह घटती दर से बढ़ती है तो इसके लिए उसी प्रकार बढ़ती दर से अतिरिक्त प्रव्याजि लेनी चाहिए तथा यदि उसमें बढ़ती दर से वृद्धि है तो अतिरिक्त प्रव्याजि की रकम में लगातार ह्रास होना चाहिए।

अतिरिक्त जोखिम का बीमा

जैसा पीछे बताया जा चुका है कि अधो-प्रामाणिक जीवन में अतिरिक्त जोखिम रहती है, अतः ऐसे जीवन का बीमा करने के लिए बीमाकर्ता को उसी जोखिम के अनुकूल अतिरिक्त लागत वसूल करना चाहिए।

अतिरिक्त लागत वसूल करने की निम्न विधियाँ हैं :—

1. प्रव्याजि में वृद्धि,
2. मृत्यु लाभ में कमी,
3. बीमापत्र के प्रकार और अवधि में परिवर्तन करना,
4. उपरोक्त पद्धतियों का सम्मिश्रण,
5. ऐसी जोखिम को स्थगित करना।

1. प्रव्याजि में वृद्धि—प्रव्याजि में निम्न प्रकार से वृद्धि करके बीमा अधो-जीवन (Sub-Standard Life) को बेचा जा सकता है।

(अ) आयु वर्धन विधि (Rating up of Age)—इस विधि के अन्तर्गत बीमापात्र की आयु को वास्तविक आयु से अधिक मान लिया जाता है, जिससे अधिक आयु होने पर प्रव्याजि की रकम में वृद्धि हो जाती है। जोखिम की मात्रा के आधार पर यह तय किया जाता है कि आयु में वृद्धि कितनी की जाय। यदि जोखिम ज्यादा होगी तो आयु में वृद्धि अधिक होगी। बन्दोबस्ती बीमा में आयु में वृद्धि होने पर बहुत कम अन्तर दिखाई पड़ता है। इसलिये आयुवर्धन आजीवन बीमापत्र के अनुसार करते हैं। लेकिन इस आयु वर्धन से जो प्रव्याजि में वृद्धि होती है, उसे बन्दोबस्ती की प्रमाणित प्रव्याजि में जोड़ देते हैं। दूसरे शब्दों में अतिरिक्त

जोखिम को आजीवन बीमापत्र के आधार पर तय करके बन्दोबस्ती बीमा की प्रामाणिक जोखिम में परिवर्तन करते हैं। आयु-वर्धन का एक उदाहरण नीचे दिया गया है।

मान लीजिये कि 25 वर्ष पर आजीवन बीमा के लिए शुद्ध प्रव्याजि 16.11 रुपया और अतिरिक्त जोखिम के प्रतिशत के अनुसार मान लीजिये अतिरिक्त जोखिम 4.17 रु० आती है तो दोनों जोड़कर 20.28 रुपया होता है जो 34 वर्ष की उम्र पर दी जाने वाली प्रव्याजि के निकटतम हुआ क्योंकि उस समय की प्रव्याजि 20.40 रुपया होगी। अतः उसकी उम्र 9 वर्ष बढ़ाकर मानी जायेगी। इस बढ़ी हुई उम्र पर प्रव्याजि देने से बीमापात्र को एक लाभ यह होता है कि वह बढ़ी हुई प्रव्याजि पर समर्पित मूल्य, प्रदत्त मूल्य और विस्तृत बीमा का लाभ उठा लेगा क्योंकि उसकी उम्र बढ़ा देने से बढ़ी हुई उम्र पर वह प्रामाणिक जीवन के अनुसार समझा जायगा।

वृद्धोत्तर या वृद्धिमान जोखिम (Increasing Risk) के लिये यह अति उपयुक्त है, हालाँकि इस जोखिम में सभी प्रकार की जोखिम को शामिल नहीं कर सकते हैं। वृद्धिमान के लिये इसकी उपयोगिता इसलिये कही गयी है कि उम्र बढ़ने के साथ प्रव्याजि में वृद्धि होती है। साथ ही साथ एक ही अवधि की दो प्रव्याजियों में अन्तर बढ़ता जाता है। वास्तविक और वर्धित प्रव्याजि के अन्तर प्रारम्भ में कम होते हैं, बाद में यह तेजी से बढ़ते जाते हैं। अतः यह कहा जा सकता है कि जितनी देरी से (बढ़ी हुई उम्र में) इस जोखिम का बीमा किया जायगा, उतनी ही अधिक प्रव्याजि देनी पड़ेगी; जिससे ह्रासमान जोखिम में इसका प्रयोग नहीं किया जाना चाहिए अन्यथा बीमापात्र को अन्यायपूर्ण अधिक प्रव्याजि देनी होगी।

इसकी गणना करना आसान है तथा समर्पित मूल्य आदि के लाभ के कारण बीमापात्र को इसके खरीदने के लिए प्रोत्साहन मिलता है। इन लोभों के अतिरिक्त बीमित व्यक्ति को अधिक समर्पित मूल्य मिलने के कारण समर्पण के लिए प्रोत्साहन मिलता है। इस बात को रोकने के लिए बीमापात्र की उम्र कुछ अधिक बढ़ाकर प्रव्याजि ली जाती है।

(ब) सामान्य अतिरिक्त प्रव्याजि (Flat Extra Premium)—इस पद्धति के अन्तर्गत बीमित रकम पर प्रति हजार के अनुसार एक निश्चित रकम अतिरिक्त प्रव्याजि के रूप में लेते हैं। इस अतिरिक्त प्रव्याजि में उम्र के साथ कोई परिवर्तन नहीं होता है, इसलिये उम्र से अप्रभावित जोखिम में इसका प्रयोग न्यायिक होता है। जहाँ पर जोखिम वृद्धोत्तर जोखिम है, वहाँ पर इसका प्रयोग इसलिए किया जा सकता है कि प्रत्येक प्रव्याजि के साथ संचय की रकम वृद्धिमान दर से बढ़ती है। हालाँकि व्यावहारिक जीवन में समान और स्थिर जोखिम में इसका प्रयोग किया जाता है; जैसे अन्धापन, वधिरपन, अंग-भंग होना आदि। कभी-कभी ह्रासमान जोखिम में एक सीधा अतिरिक्त प्रव्याजि ले लेते हैं, लेकिन ऐसी प्रव्याजि नहीं लेनी चाहिए क्योंकि प्रव्याजि की दर में कोई कमी नहीं होती है। जब जोखिम की मात्रा बहुत अधिक होती है तब इस अतिरिक्त प्रव्याजि पद्धति को नहीं अपनाया जाता है क्योंकि यह प्रव्याजि उसके लिए अपर्याप्त होगी और जब जोखिम की अवधि व्यतीत हो जायगी तभी बीमाकर्ता अधिक प्रव्याजि देने के बजाय उसे समर्पित कर देगा और दूसरी बीमापत्र खरीद लेगा। इसलिए बीमाकर्ता जोखिम की मात्रा अधिक होने पर अधिक प्रव्याजि लेते हैं और जैसे वह जोखिम समाप्त हो जाती है कम प्रव्याजि लेते हैं।

(स) अतिरिक्त प्रतिशत पद्धति (Extra Percentage Method)—इस पद्धति के अन्तर्गत अतिरिक्त जोखिम को सांख्यिकी पद्धति पर कुछ वर्गों में बाँट देते हैं और प्रत्येक वर्ग के लिए अतिरिक्त प्रव्याजि का निर्धारण कर लेते हैं। सांख्यिकी रीति से जोखिम निर्धारण पिछले अध्याय में बताया जा चुका है; जैसे अतिरिक्त जोखिम सामान्य जोखिम का 20-35 प्रतिशत है तो उसे पहले वर्ग में, 36 प्रतिशत से 60 प्रतिशत को दूसरे वर्ग में, 61 प्रतिशत से 85 प्रतिशत तक तीसरे वर्ग में, 86 से 120 प्रतिशत तक चौथे वर्ग में और 120 प्रतिशत से अधिक पाँचवें वर्ग में रखते हैं। इन वर्गों के लिए विभिन्न बीमापत्रों में अतिरिक्त प्रव्याजि का निर्धारण करके एक तालिका बना लेते हैं। 20 प्रतिशत से कम अतिरिक्त जोखिम को छोड़ देते हैं। इसी आधार पर जब अतिरिक्त जोखिम का मूल्यांकन हो जाता है तो उसके प्रतिशत के आधार पर उसका वर्ग निकाल लेंगे और फिर उस वर्ग के अनुसार अतिरिक्त प्रव्याजि निकाल लेंगे।

इस अतिरिक्त प्रतिशत पद्धति में एक वर्ग के अन्तर्गत शामिल होने वाले विभिन्न प्रकार की जोखिम को अलग नहीं करते हैं। साथ ही, जोखिम का वर्गीकरण; जैसे वृद्धोत्तर, ह्रासमान और स्थिर, नहीं करते हैं। इस अतिरिक्त जोखिम के आधार पर समर्पण, अधिलाभांश और प्रदत्त बीमा आदि नहीं निर्धारित करते हैं। इसके अन्तर्गत जब अतिरिक्त जोखिम समाप्त हो जाय, तो अतिरिक्त प्रव्याजि बन्द कर देंगे। स्थायी अतिरिक्त जोखिम में इसे आजीवन या प्रव्याजि भुगतान अवधि तक ले सकते हैं। ह्रासमान जोखिम में जोखिम की सम्भावना को औसत रूप से पूरी अवधि तक विभाजित कर देते हैं। यह पद्धति वृद्धिमान जोखिम के उपयुक्त नहीं है क्योंकि जोखिम के अनुसार अतिरिक्त प्रव्याजि में वृद्धि नहीं होती है। यह देखा गया है कि यदि अतिरिक्त जोखिम अस्थायी है और बाद में उसके हटाये जाने की आशा है तो इस अतिरिक्त प्रव्याजि को सामान्य प्रव्याजि में नहीं जोड़ देते हैं और इस प्रकार प्राप्त रकम पर प्रदत्त मूल्य, अधिलाभांश आदि प्रदान नहीं किये जाते हैं। परन्तु यदि अतिरिक्त जोखिम स्थायी है तो उसे सम्पूर्ण प्रव्याजि में जोड़ देते हैं और इस पर लाभांश, प्रदत्त मूल्य आदि दिये जायेंगे। जीवन-बीमा निगम में अतिरिक्त प्रव्याजि सामान्यतया 2 से 5 रुपये तक है। कुछ पेशों में 15 रुपये तक है। जल सेना के अधिकारियों से 12 रु० प्रति हजार अतिरिक्त प्रव्याजि ली जाती है। इसी प्रकार वायु सेना के अधिकारियों से 3 रु० प्रति हजार तक अतिरिक्त प्रव्याजि ली जाती है।

2. अध्यर्थन लाभ में कमी (Decrease in Death Benefits)—अध्यर्थन लाभ में कमी को दो प्रकार देखा जाता है—(अ) ग्रहणाधिकार (Lien), और (ब) प्रतिबन्धित वाक्यांश।

(अ) ग्रहणाधिकार (Lien)—ग्रहणाधिकार से तात्पर्य बीमाकर्ता या बीमित रकम से कुछ रकम घटाकर भुगतान करने के अधिकार से है। इसलिए इसे बीमाकर्ता का आकस्मिक ऋण कहा जाता है अर्थात् यह एक ऋण के रूप में है जिसे बीमाकर्ता को प्राप्त करने का अधिकार रहता है। यदि बीमित व्यक्ति की मृत्यु ग्रहणाधिकार अवधि (Lien Period) में होती है तो ग्रहणाधिकार की शेष रकम (Outstanding Lien) को बीमा की देय रकम में से घटाकर ही भुगतान किया जायगा। बीमा अवधि बीतने के साथ-साथ प्रत्येक वर्ष ग्रहणाधिकार की रकम (Lien Amount) कम होती जाती है, क्योंकि ग्रहणाधिकार केवल

थोड़े समय के लिए लागू होता है, जब तक के लिए जोखिम के विद्यमान रहने की सम्भावना पाई जाती है। जैसे 500 रुपये ग्रहणाधिकार वाले 1000 रुपये के बीमापत्र पर 10 वर्ष के लिए प्रत्येक वर्ष ग्रहणाधिकार की रकम 50.50 रुपये कम होती जायगी। प्रथम वर्ष मृत्यु होने पर 1000 रुपये में से 500 रुपया घटाया जायगा। दूसरे वर्ष मृत्यु पर 450 रुपये, तीसरे वर्ष 400 रुपये घटाये जायेंगे। इसी प्रकार 10 वर्ष तक यह घटाया जायगा। जोखिम की प्रकृति पर यदि यह देखा जाता है कि उसकी मात्रा कुछ दिन तक अधिक रहेगी और फिर तेजी से कम होगी तो ग्रहणाधिकार में भी उसी प्रकार परिवर्तन किया जा सकता है।

इसलिए ग्रहणाधिकार की रकम, अवधि और शर्तें, अतिरिक्त जोखिम की मात्रा और स्वभाव पर निर्भर हैं। इस पद्धति का प्रयोग उस समय अधिक किया जाता है। जब जोखिम घटती जाती हो। जैसे क्षयरोग के इतिहास रखने वाले बीमापात्र के सम्बन्ध में यह पद्धति काफी न्यायपूर्ण होगी, क्योंकि बीमा के प्रारम्भिक वर्षों में, मान लीजिये 5 वर्ष, यदि क्षयरोग से मृत्यु हो तो बीमित रकम में ग्रहणाधिकार को घटाया जा सकता है। इस अवधि के बाद जोखिम की मात्रा समाप्त होने के कारण ग्रहणाधिकार घटाया जा सकता है। यदि इस पद्धति का प्रयोग न किया जाय और अतिरिक्त प्रव्याजि ली जाय तो प्रारम्भ में मृत्यु होने पर बीमाकर्ता को काफी हानि होगी क्योंकि प्रारम्भ में प्राप्त अतिरिक्त प्रव्याजि की रकम बहुत कम होगी और जोखिम को मात्रा उसकी अपेक्षा में अधिक होगी। इसलिए प्रारम्भ में अधिक जोखिम के कारण ग्रहणाधिकार को अपनाना ठीक होगा क्योंकि उतनी रकम के लिए अतिरिक्त प्रव्याजि बहुत ज्यादा होगी, जिसे बीमापत्रधारी देने में असमर्थ हो सकता है।

वृद्धिमान जोखिम (Increasing Risk) में इसका प्रयोग अनुपयुक्त होगा क्योंकि वृद्धिमान जोखिम में अतिरिक्त जोखिम बढ़ती जाती है और ग्रहणाधिकार कम होता जाता है जिससे कुछ दिन बाद अतिरिक्त जोखिम ग्रहणाधिकार से अधिक हो जायेगी।

अतिरिक्त प्रव्याजि प्राप्त करने की तुलना में इसका प्रयोग बीमा वृद्धि में अधिक सहायक होता है क्योंकि सभी बीमापात्र बीमा खरीद सकते हैं जो चिकित्सा परीक्षा नहीं कराना चाहते या जो अधोवजन (Under-weight) के हैं या जो अपने स्वास्थ्य के विषय में पूर्ण आश्वस्त हैं। अधिकांश व्यक्ति अतिरिक्त प्रव्याजि देकर बीमा कराने के पक्ष में नहीं होते जिससे कि वे बीमा नहीं ले सकते हैं। परन्तु यदि यह शर्त लगा दी जाय कि कुछ वर्ष के अन्दर यदि मृत्यु हुई तो एक विशेष रकम घटाकर भुगतान होगा तो व्यक्ति बीमा खरीदने के लिए आसानी से तैयार हो जायेंगे क्योंकि लोग यही सोचते हैं कि उनकी मृत्यु शीघ्र नहीं होगी।

इस पद्धति की कुछ हानियाँ भी हैं। युवावस्था में जब बीमा की आवश्यकता अधिक होती है, ग्रहणाधिकार के कारण प्रारम्भ में मृत्यु होने पर काफी रकम घटा दी जाती है जिससे उस समय की आवश्यकता पर सुरक्षा बहुत कम होगी। दूसरा दोष इसकी असैद्धान्तिकता का है क्योंकि इसके द्वारा व्यक्ति एक दिन के अन्तर पर प्रथम वर्ग जीवन यानी प्रामाणिक जीवन हो जाता है। जैसे ही ग्रहणाधिकार की अवधि समाप्त होती है, बीमित व्यक्ति दूसरे दिन एकदम प्रामाणिक जीवन में आ जाता है जो सैद्धान्तिक रूप से सत्य नहीं है। तीसरा दोष इसका यह है कि इसमें वास्तविक बीमित रकम की मात्रा प्रारम्भ में कम रहती है और बाद में

बढ़ती जाती है क्योंकि ग्रहणाधिकार की रकम बाद में कम हो जाती है जो कि सिद्धान्त रूप से नहीं होनी चाहिए।

भारत में इस पद्धति का प्रयोग अधिक नहीं किया जाता है, परन्तु अधो-वजन (Under-weight) व्यक्तियों के लिए जो 33 वर्ष से कम उम्र के हैं, लिखित रूप से इसके लिए प्रस्ताव करने पर ग्रहणाधिकार लागू किया जा सकता है। इसके अतिरिक्त कुछ दशाओं में अनिवार्यतः इस सिद्धान्त को लागू करते हैं; जैसे—कारखाने में कार्य करने वाले या थोड़ी रकम अर्जित करने वाले या देहातों में जहाँ चिकित्सा की कोई सुविधा नहीं है और $17\frac{1}{2}$ प्रतिशत से ज्यादा अधो-वजन के हैं, क्षयरोग का पारिवारिक या व्यक्तिगत इतिहास या नैतिक जोखिम की सम्भावना विवाहित स्त्रियाँ जिनकी सातवें कक्षा तक शिक्षा है और जिनके पति पूर्ण रूप से बीमित हैं तथा जिनकी अपनी कोई उपार्जित आय नहीं है, यदि है भी तो उस पर आयकर या सम्पत्ति कर देय नहीं है तो उन्हें प्रथम 5 वर्षों में 50 प्रतिशत ग्रहणाधिकार पर बीमा बेचा जायगा। इसके अतिरिक्त 5 रुपया प्रति हजार अतिरिक्त प्रव्याजि 45 वर्ष की उम्र तक आवश्यक है।

(ब) प्रतिबन्धित वाक्यांश (Restricted Clause)—इस पद्धति में बीमापत्र का निर्गमन साधारण प्रव्याजि पर किया जाता है, परन्तु कुछ परिस्थितियों में मृत्यु होने पर अध्यर्थन के लाभों को सीमित कर दिया जाता है। इसके अन्तर्गत यदि मृत्यु कुछ निर्धारित कारणों से होती है तो बीमापत्रधारी के लाभार्थी को समर्पित मूल्य या दी गयी प्रव्याजि जो भी अधिक हो, भुगतान की जायगी परन्तु वास्तविक बीमित रकम का भुगतान नहीं किया जायगा। उन विवाहित स्त्रियों का बीमा प्रतिबन्धित वाक्यांश पर हो सकता है जिनको अभी बच्चे नहीं हुए हैं तथा जो अतिरिक्त प्रव्याजि नहीं देना चाहती हैं। इस प्रतिबन्धित वाक्यांश के अन्तर्गत यदि उनकी मृत्यु प्रथम गर्भ धारण के कारण हो तो बीमित रकम का भुगतान न करके समर्पित मूल्य या दी गयी प्रव्याजि जो भी ज्यादा हो, का भुगतान किया जाता है।

इसी प्रकार वायु सेना में संलग्न व्यक्तियों को केवल प्रतिबन्धित वाक्यांश के अन्तर्गत बीमा बेचा जाता है, बशर्ते कि इसके लिए अतिरिक्त प्रव्याजि न दी गयी हो। यह वाक्यांश अधिकांशतः पेशे या व्यवसाय या बीमापात्र के अनुसार लगाया जाता है कि बीमारी में यह वाक्यांश लगाना उचित नहीं है, साथ ही कठिन भी है क्योंकि यह मालूम करना कठिन हो जायगा कि मृत्यु किस बीमारी के कारण हुई है। जैसे हृदय रोग के व्यक्तियों को हृदय रोग की मृत्यु अलग करके (Excluding heart disease) बीमा किया जाय तो मृत्यु के समय यह निर्धारण कठिन हो जायगा कि उसकी मृत्यु हृदय रोग से हुई या अन्य कारण से। हो सकता है कि मृत्यु का कोई दूसरा कारण रहा हो और हृदय रोग द्वितीय कारण रहा हो। कुछ बीमारियों; जैसे चेचक, आँत उतरना आदि में इसका प्रयोग किया जा सकता है।

भारत में कुछ पेशों से संलग्न व्यक्तियों के लिए प्रतिबन्धित वाक्यांश लागू होता है, जिनसे वायु सेना सम्बन्धित अतिरिक्त प्रव्याजि ली जाती है उनको विस्तृत अयोग्यता लाभ नहीं दिया जाता है यदि युद्ध के कारण मृत्यु हो।

(स) अधिलाभांश में परिवर्तन—इस योजना के अन्तर्गत बीमापात्र को कोई

बीमापात्र बिना किसी अतिरिक्त प्रव्याजि के निर्गमित किया जाता है। इसमें बीमा की रकम और योजना तथा प्रव्याजि की दर में कोई प्रतिबन्ध नहीं लगाये जाते हैं। लेकिन जब उसकी मृत्यु सामान्य मृत्यु की तुलना में शीघ्र हो तो अतिलाभांश की दर में कमी कर देते हैं क्योंकि इस कमी से अतिरिक्त जोखिम को पूरा किया जा सकेगा और यह अतिरिक्त प्रव्याजि की तरह होगा। इस पद्धति का प्रयोग विस्तृत रूप से कभी भी नहीं किया गया क्योंकि अतिरिक्त जोखिम को पूरा करने के लिये अनेक व्यक्ति इस पद्धति के अनुसार बीमित हो, जो सम्भव नहीं है। कुछ बीमापत्रों में अतिरिक्त जोखिम का दुष्परिणाम होता है क्योंकि संचय की रकम अधिक न होने पर बीमाकर्ता को हानि होती है; जैसे बन्दोबस्ती बीमा के सम्बन्ध में अधिक संचय की आवश्यकता है, लेकिन बीमा की प्रारम्भिक अवधि में मृत्यु होने पर बीमाकर्ता के पास अतिरिक्त जोखिम की तुलना में संचय कम होते हैं। जोखिम की लागत का निर्धारण पहले करना आवश्यक है। जहाँ पर अंग-भंग या अधिक जोखिम हो, इस पद्धति का प्रयोग नहीं किया जा सकता है। अवधि बीमा के अन्तर्गत इस पद्धति को कभी नहीं अपनाया गया।

इस पद्धति का प्रयोग केवल लाभ सहित बीमा में किया जाता है क्योंकि इसी में अधिलाभांश घोषित होते हैं। इस पद्धति का प्रयोग अब बिल्कुल नहीं किया जाता है।

3. बीमापत्र के प्रकार और अवधि में परिवर्तन—कुछ बीमापत्रों का प्रयोग जोखिम के आधार पर मना कर दिया जाता है या उसमें अतिरिक्त प्रव्याजि लेते हैं या केवल थोड़े समय के लिए बीमा बेचते हैं; जैसे वृद्धिमान जोखिम में प्रारम्भ के कुछ वर्षों के लिए (मान लीजिये 5 वर्ष) बन्दोबस्ती बीमा बेचते हैं; आजीवन और बहुउद्देश्यीय बीमापत्रों पर अतिरिक्त प्रव्याजि लेकर बीमापत्र निर्गमित किये जा सकते हैं। अवधि में कमी करके जोखिम को अवधि से दूर हुआ जा सकता है।

द्विगुणित बन्दोबस्ती बीमापत्र में संचय इतनी तेजी से बढ़ता है जिससे उसमें जोखिम का महत्त्व कम हो जाता है। अतः इस बीमापत्र को अतिरिक्त जोखिम वाले व्यक्ति को सामान्य प्रव्याजि पर बेचा जा सकता है। जहाँ पर जोखिम में उम्र के साथ वृद्धि होती है या स्थिरता रहती है, इस बीमा को निःसंदेह बेचा जा सकता है क्योंकि मृत्यु पर केवल बीमित रकम का भुगतान किया जायगा और जीवित रहने पर बीमित रकम का दुगना भुगतान किया जायगा। लेकिन जहाँ पर जोखिम बीमा के प्रारम्भ में अधिक है और उसके घटने की आशा है, द्विगुणित बन्दोबस्ती बीमा को सामान्य प्रव्याजि पर नहीं बेचा जा सकता है क्योंकि प्रारम्भ में जोखिम की मात्रा अधिक है लेकिन संचय अपेक्षाकृत कम है और बाद में जब जोखिम की मात्रा कम हो जाती है तो संचय अधिक हो जाता है।

इसी कारण से विभिन्न बीमापत्र सम्बद्ध जोखिम पर बीमापात्रों की उचित जाँच के बाद बेचा जाता है और उसी के अनुसार शर्तों में परिवर्तन किया जाता है। जैसे बहुउद्देश्यीय बीमा में प्रारम्भिक वर्षों में जोखिम की मात्रा अधिक होने के कारण अधो-प्रामाणिक व्यक्तियों को या तो बेचा नहीं जाता या अतिरिक्त प्रव्याजि की दर अधिक होती है। इससे अयोग्य व्यक्ति बन्दोबस्ती बीमा के लिये योग्य हो सकते हैं या जिनसे अतिरिक्त प्रव्याजि ली जाती, उन्हें सामान्य प्रव्याजि पर ही बन्दोबस्ती बीमा बेच सकते हैं।

बीमा योजनाओं का एक संक्षिप्त वर्णन नीचे दिया जा रहा है—

(i) बन्दोबस्ती बीमा—यह एक प्रामाणिक योजना है, जिसे सामान्य या प्रामाणिक

जीवन को बेचा जाता है, लेकिन इसके अतिरिक्त अधो-प्रामाणिक जीवन को भी यह बेचा जा सकता है क्योंकि जोखिम की मात्रा इस योजना में अपेक्षाकृत अधिक नहीं है। अधो-वजन या अधि-वजन या विपरीत व्यक्तिगत और पारिवारिक इतिहास में छोटी अवधि के लिए इसे बेचा जा सकता है क्योंकि इस योजना में अधिक अवधि की तुलना में कम अवधि में जोखिम की मात्रा कम होती है। साथ ही छोटी अवधि में अतिरिक्त प्रव्याजि की दर ज्यादा होगी। जीवन बीमा निगम सामान्य जीवन पर बीमा की परिपक्वता को 70 वर्ष रखा है, लेकिन अधोप्रामाणिक पर यह 60 वर्ष हो सकता है।

(ii) आजीवन बीमापत्र—इस योजना को सामान्य जीवन पर या जहाँ अतिरिक्त जोखिम 15 प्रतिशत से अधिक नहीं है, निर्गमित किया जाता है। यदि अतिरिक्त जोखिम 20 प्रतिशत से ज्यादा से है तो अतिरिक्त प्रव्याजि पर ही निर्गमित किया जायगा।

(iii) परिवर्तनीय आजीवन बीमा—यह आजीवन बीमापत्र की तरह है, अतः उसी प्रकार से बेचना चाहिए। यदि 5वें वर्ष इसको बन्दोबस्ती में परिवर्तित नहीं किया ज़ाता है। यदि अधो-प्रामाणिक जीवन है तो उसमें यह अपने आप पाँच वर्ष के बाद बन्दोबस्ती बीमा में परिवर्तित हो जायगा। अधो-वजन (Under-weight) के लिये प्रथम पाँच वर्ष में ग्रहणाधिकार लगाकर ही बीमा बेचना चाहिए, जिससे प्रारम्भिक जोखिम को दूर किया जा सके।

(iv) द्विगुणित बन्दोबस्ती बीमा—इसमें उन व्यक्तियों को साधारण रूप से अतिरिक्त जोखिम रखते हों, बेचा जा सकता है। अधो-जीवन पर इसे बेचा जा सकता है। कभी-कभी जोखिम की मात्रा अधिक रहने पर अतिरिक्त प्रव्याजि ली जा सकती है।

(v) निश्चित अवधि या विवाह बन्दोबस्ती बीमा—इसमें भुगतान केवल एक निश्चित अवधि के बाद किया जाता है। शीघ्र मृत्यु से केवल प्रव्याजि की हानि होती है। अतः साधारण बन्दोबस्ती पर ली जाने वाली अतिरिक्त प्रव्याजि का केवल 75 प्रतिशत ही अतिरिक्त प्रव्याजि के रूप में ली जाती है।

(vi) प्रत्याशित बन्दोबस्ती बीमा—इसके अन्तर्गत प्रारम्भिक वर्षों में जोखिम अधिक होती है, अतः साधारण बीमा पर अतिरिक्त प्रव्याजि का 125 प्रतिशत प्रव्याजि के रूप में लिया जाता है। प्रारम्भ में तीन किस्तों में भुगतान करना होता है जो मृत्यु भुगतान से अलग है जिससे प्रारम्भ में जोखिम की मात्रा अधिक होती है। यह बीमा पत्र 1 अप्रैल 1980 से समाप्त कर दिया गया है।

(vii) त्रिलाभीय बीमा—इसमें भी जोखिम की मात्रा प्रारम्भिक वर्षों में अधिक होती है क्योंकि अवधि के अन्दर मृत्यु होने पर बीमित रकम एक प्रतिशत तक एक मुश्त और अवधि तक किस्तों में भुगतान करने होते हैं जिससे जोखिम अधिक होती है। वास्तव में यह योजना आजीवन और बन्दोबस्ती बीमा का संयोग है जिसके अन्तर्गत बन्दोबस्ती का भुगतान समय बीतने के साथ घटता जाता है। अतः इसके अन्तर्गत अतिरिक्त प्रव्याजि की रकम बन्दोबस्ती और आजीवन बीमा पर अतिरिक्त प्रव्याजि का योग है।

(viii) बहुउद्देश्यीय बीमा—यह केवल उत्तम जीवन (First Class Life) पर बेचा जाता है क्योंकि जोखिम की मात्रा बहुत अधिक होती है। प्रारम्भिक वर्षों में जोखिम की मात्रा

अधिक होती है जिससे प्रव्याजि निर्धारण के लिए साधारण बन्दोबस्ती के अतिरिक्त प्रव्याजि का 250 प्रतिशत अतिरिक्त प्रव्याजि ली जाती है।

ग्रहणाधिकार की शर्त अनुपयुक्त और अन्यायपूर्ण होगी क्योंकि आवश्यकता के समय इसे घटा देंगे।

4. उपरोक्त योजनाओं का सम्मिश्रण—अधो-प्रामाणिक जीवन पर बीमा बेचने के लिए उनसे कभी-कभी कई प्रकार से अतिरिक्त जोखिम पर अतिरिक्त प्रव्याजि लेते हैं; जैसे बहुउद्देश्यीय बीमा के प्रस्तावक को बन्दोबस्ती बीमा बेचा जाय और उस पर ग्रहणाधिकार कुछ अवधि के लिए लगाया जाय। स्त्रियों से अतिरिक्त प्रव्याजि के साथ प्रतिबन्ध भी लगाये जाये।

5. स्थगित (Post ponement)—जब प्रारम्भिक अवस्था में जोखिम इतनी अधिक है कि उपरोक्त योजनाओं के आधार पर उसे बीमा नहीं बेचा जा सकता है तो उसके प्रस्ताव को स्थगित कर देते हैं और कुछ समय बाद ही बीमा बेचते हैं, जब वह बीमा योग्य हो जाता है। जब बाद में उसके स्वास्थ्य में सुधार होने की आशा है : यह स्थगन प्रायः 6 महीने के लिए किया जाता है। कुछ दशाओं में 1 से 2 वर्ष तक का स्थगन हो सकता है।

अधो-प्रामाणिक जीवन में बीमा बेचने के लिए उपरोक्त तरीकों को प्रयोग में लाया जा सकता है। नीचे कुछ अधो-प्रामाणिक जीवन पर विशेष रूप से अध्ययन किया जायगा।

स्त्रियों का बीमा—स्त्रियों की मृत्यु दर पुरुषों की मृत्यु दर से अधिक होती है। प्रामाणिक तालिकाओं का निर्माण अधिकांश पुरुषों के जीवन पर किया जाता है। अतः स्त्रियों का बीमा करने के लिये उनसे बीमा के विशेष नियम अपनाये जाते हैं।

स्त्रियों की मृत्यु दर 15 वर्ष की उम्र से लेकर 45 वर्ष की उम्र में अधिक होती है, क्योंकि इस अवधि में बच्चे पैदा होने, गर्भपात, प्रजनन बीमारियाँ और इसी प्रकार के अन्यान्य जोखिम उनसे सम्बन्धित हैं। इसलिये इस अवधि में बीमा करने के लिए उनकी चिकित्सा परीक्षण सतर्कता और सम्पूर्ण रूप से किया जाना चाहिये। यद्यपि कि स्वास्थ्य सम्बन्धी सुविधाओं में काफी वृद्धि हुई है, लेकिन भारत में उसका लाभ सामान्य स्त्रियों को नहीं मिल पा रहा है। वार्षिक वृत्ति के लिए उनकी मृतक दर कम मानी गयी है क्योंकि यह देखा गया है कि 45 वर्ष की उम्र के बाद यानी प्रजनन अवस्था के बाद उनके स्वास्थ्य में परिवर्तन होता है और उनकी जीवन दर में पुरुषों की अपेक्षा कम कमी होती है। अतः यह आवश्यक समझा गया है कि 45 वर्ष के पहले उनसे सम्बन्धित अतिरिक्त मृतक दर के आधार पर अतिरिक्त प्रव्याजि ली जाय। इस अतिरिक्त जोखिम का निर्धारण उनकी आर्थिक स्थिति, वैवाहिक सम्बन्ध, शिक्षा और सांस्कृतिक वातावरण आदि पर निर्भर है।

इनके सम्बन्ध में एक स्थिर अतिरिक्त प्रव्याजि को नहीं अपनाना चाहिए क्योंकि इससे उनको बीमा खरीदने में कठिनाई होगी, साथ ही प्रारम्भिक जोखिम के लिए यह रकम अपर्याप्त होगी। स्त्री चिकित्सा परीक्षण भारत में बहुत धीमा है। इसके लिये स्त्री चिकित्सक की कमी है, जिससे स्त्रियों के स्वास्थ्य का पूर्ण परीक्षण नहीं हो पाता है।

भारत में अधिकांश स्त्रियाँ निरक्षर है और पर्दा प्रथा को अपनाती हैं। वे बीमा के महत्त्व को नहीं समझतीं। उनके लिये बीमा कोई लाभकारी सिद्ध नहीं होता है।

स्त्रियों को अपने जीवन-यापन के लिए बीमा की विशेष आवश्यकता नहीं होती है क्योंकि अधिकांश स्त्रियाँ विवाहित हैं और दूसरों पर आश्रित हैं। हो सकता है प्रव्याजि के भुगतान के लिए उन्हें पर्याप्त आय न मिल सके, इसलिये बीमा का महत्त्व उनके लिए—(1) बीमा की अनावश्यकता, (2) प्रव्याजि भुगतान की अक्षमता तथा (3) चिकित्सा अयोग्यता के कारण बहुत कम है, तथापि यदि उनको इन तीनों आधारों पर बीमा योग्य सिद्ध किया जा सके तो बीमा बेचा जा सकता है।

बीमा की आवश्यकता उनके अपने स्वयं की आय पर निर्भर है। यदि अपने आय पर निर्भर है तो वृद्धावस्था के लिए यह अत्युत्तम होगा। यदि उनकी आय बहुत कम है तो भी बीमा बेचा जा सकता है, बशर्ते कि बच्चे और परिवार की आवश्यकता शिक्षा और समाज का स्तर यह सिद्ध कर दे कि उन्हें बीमा की आवश्यकता है। उपार्जित आय प्राप्त करने वाली अविवाहित स्त्रियों के लिए बीमा की आवश्यकता हो सकती हैं दूसरे बीमा की आवश्यकता उन स्त्रियों को भी हो सकती है जिनकी अपनी अनुपार्जित आय है तथा उन्हें आय कर या भू-सम्पत्ति कर देना पड़ता है। बीमा में इन करों में छूट मिलती है जिससे बीमा कराने का उद्देश्य करों से छूट प्राप्त करना हो सकता है। जिनकी अपनी स्वयं की कुछ आय नहीं है, उनके बीमा के लिए अधिक सतर्कता बरती जाती है।

प्रव्याजि के भुगतान के लिए उनकी अपनी आय आवश्यक है लेकिन कभी-कभी दूसरे व्यक्ति उनके उपलक्ष में प्रव्याजि का भुगतान कर सकते हैं। ऐसी दशा में बीमा बेचने के लिए काफी सावधानी की आवश्यकता है, विशेषतया उस समय जब लाभार्थी कोई अपरिचित और असम्बन्धित हों।

चिकित्सा परीक्षण स्त्रियों के लिए आवश्यक है। बिना उसके बीमा बेचने में जोखिम में वृद्धि हो सकती है। भारत में स्त्री चिकित्सकों की कमी के कारण इनका परीक्षण पूर्णतः नहीं हो पाता, क्योंकि भारत में स्त्रियाँ पुरुष चिकित्सकों से परीक्षण नहीं कराना चाहती हैं। अवयस्क लड़कियों का बीमा तभी कराया जाता है जबकि उनके आर्थिक, सामाजिक और सांस्कृतिक वातावरण इस योग्य हो।

भारत में स्त्री-बीमा पर निम्नलिखित प्रतिबन्ध हैं :—

1. पर्दा धारण करने वाली स्त्रियों को बीमा नहीं बेचा जायगा, चाहे वे आंशिक या पूर्ण पर्दा धारण करती हों।
2. ऐसी स्त्रियाँ जो अशिक्षित हैं और जिनकी आय बिल्कुल नहीं है, उनको बीमा नहीं बेचा जाता है।
3. गर्भवती स्त्रियों के प्रस्ताव स्वीकार नहीं किये जायेंगे।
4. प्रसूत के 6 महीने बाद तक प्रस्ताव स्वीकार नहीं होगा।
5. 6 महीने बाद एक वर्ष के अन्दर गर्भधारण जोखिम को छोड़कर ही प्रस्ताव स्वीकार किया जायगा।
6. जिन स्त्रियों का अनेक बार गर्भपात हो चुका है, उनका प्रस्ताव स्वीकार नही किया जाता और यदि स्वीकार किया भी जाय तो प्रथम गर्भधारण की जोखिम

को छोड़कर ही स्वीकार किया जाता है। यद्यपि कि 5 रुपया प्रति हजार बीमा की रकम पर अतिरिक्त प्रव्याजि देकर इसके अन्दर बीमा हो सकता है।

हमारे देश में, चिकित्सक, वकील, नर्स, प्रसिद्ध सिनेमा नायिकाओं, निजी व्यापार में संलग्न हाईस्कूल पास स्त्रियों तथा सरकारी या अर्द्धसरकारी या प्रसिद्ध व्यापारिक या औद्योगिक संस्थाओं में सातवें दर्जा पास स्त्रियों का बीमा सामान्य प्रव्याजि पर किया जा सकता है।

सेना सम्बन्धी जोखिम—स्थल और जल सेना के कर्मचारियों का बीमा प्रायः अतिरिक्त प्रव्याजि पर ही किया जाता है, परन्तु हमारे देश में इनसे अतिरिक्त प्रव्याजि नहीं ली जाती है।

वायु सेना के कर्मचारियों से कुछ अतिरिक्त प्रव्याजि ली जाती है। इसके अन्तर्गत उनके कर्मानुसार जोखिम का निर्धारण होता है और इस प्रकार अतिरिक्त प्रव्याजि अलग-अलग ली जाती है। यदि मृत्यु वायु सेना के कार्य में संलग्न रहने के कारण होती है तो समर्पित मूल्य या दी गयी प्रव्याजि बिना ब्याज के जो भी अधिक हो, लौटा दी जाती है।

□□□

अध्याय 15

संचय

संचय से तात्पर्य ऐसी रकम से है जो भविष्य में मिलने वाली प्रव्याजि और ब्याज मिलाकर अध्यर्थन के भुगतान के लिए पर्याप्त हो। इस प्रकार संचय बीमाकर्ता के लिए एक शुद्ध दायित्व है जिसको पूरा करने के लिए उसके पास पर्याप्त रकम होनी चाहिए। इससे कभी यह तात्पर्य नहीं है कि लाभ में से बची रकम को संचय कहेंगे जैसा कि बहीखाता के सम्बन्ध में यह देखा जाता है। इससे बीमाकर्ता की उस जिम्मेदारी का ज्ञान होता है जो बीमापत्रधारियों के सम्बन्ध में उसकी है अर्थात् बीमाकर्ता की यह जिम्मेदारी है कि जैसे ही अध्यर्थन की रकम देय हो, उसका पूरा भुगतान किया जा सके। अध्यर्थन की सम्पूर्ण रकम का भुगतान तभी किया जा सकता है जबकि बीमाकर्ता के पास इसके लिए पर्याप्त रकम हो। किसी समय कितनी रकम होनी चाहिए, इसका ज्ञान मिलने वाली प्रव्याजि और उस पर ब्याज के आधार पर निश्चित किया जाता है। इस प्रकार इसे फिर दुहराया जा सकता है कि संचय की रकम इतनी हो जिससे कि भविष्य की प्रव्याजि और ब्याज मिलाकर अध्यर्थन का भुगतान किया जा सके। यदि इतनी रकम बीमाकर्ता के पास नहीं है तो अध्यर्थन का भुगतान नहीं किया जा सकेगा, जिससे बीमाकर्ता अशोध्य क्षमता का शिकार बन जायगा।

संचय की आवश्यकता—जैसा इसकी परिभाषा से स्पष्ट है कि संचय की आवश्यकता अध्यर्थन भुगतान के लिए होती है। बीमाकर्ता जैसे ही बीमापत्र निर्गमित करता है, वैसे ही भुगतान की जिम्मेदारी आ जाती है। इसलिये इस दिन से संचय की आवश्यकता शुरू हो जाती है और तब तक चलती रहती है जब तक कि अध्यर्थन का भुगतान न कर दिया जाय। इस संचय को पिछले वर्ष में प्राप्त प्रव्याजि और ब्याज से एकत्र किया जाता है। जिन बीमापत्रों पर प्रव्याजि की रकम पहले प्राप्त हो चुकी है, उनमें ब्याज की रकम के साथ इतना संचय होना चाहिए कि भुगतान किया जा सके। अतः संचय की व्याख्या इस प्रकार भी की जा सकती है कि प्राप्त प्रव्याजि और उस पर ब्याज में से भुगतान किये गये अध्यर्थन की रकम को घटाने से बची रकम को संचय कह सकते हैं। इस संचित रकम को इतना होना चाहिए कि भविष्य के अध्यर्थन का भुगतान पूर्ण रूप से किया जा सके। इसे बीमापत्र संचय या गोपलेख संचय भी कहते हैं क्योंकि बीमापत्रों के दायित्व को पूरा करने के लिए इसे तैयार किया जाता है।

संचय के लाभ—अध्यर्थन के भुगतान के अतिरिक्त संचय के और भी लाभ हो सकते हैं। देश की आर्थिक स्थिति का विकास बीमापत्रों पर संचित कोष का विनियोग करके किया जा सकता है। बीमा संचय एक तरफ उत्पादक साधनों में विनियोग प्रदान करता है और दूसरी तरफ संचित रकम से मुद्रा प्रसार में कमी आती है क्योंकि संचित रकम उपभोग

कार्यों में प्रयुक्त नहीं की जा सकती। यहाँ पर स्पष्ट हो जाना चाहिए कि यह मान लिया जाता है कि संचय की रकम (Net Liability) बीमाकर्ता के पास अवश्य होनी चाहिए। संचय के लिए जो रकम बीमाकर्ता के पास होती है, उसे कोष या निधि (Funds) के नाम से पुकारते हैं। इस कोष का उपयोग समाज और देश के आर्थिक विकास के लिए किया जाता है, जिससे बीमा के लाभों के अतिरिक्त कोष के विनियोग से आर्थिक विकास का लाभ होता है।

तीसरा लाभ इसका यह है कि बीमापत्रधारियों को अपनी बचत को सुरक्षित और लाभयुक्त विनियोग के लिए अवसर मिल जाता है। बीमापत्रधारियों की दी गयी प्रव्याजि को संचित करके ऐसे स्थानों में विनियोग करते हैं जहाँ पर लाभ मिल सके तथा दी गयी रकम सुरक्षित रह सके जिससे अवधि बीतने पर या मृत्यु पर बिना किसी परेशानी के भुगतान किया जा सके। अतः बीमापत्रधारियों को बीमा की सुविधा के साथ-साथ विनियोग की सुविधा प्राप्त हो जाती है।

चौथा लाभ यह है कि बीमित व्यक्ति की प्रारम्भिक अनुमानित जोखिम वास्तविक जोखिम से कम होती है जिससे कुल रकम बिना भुगतान के रह जाती है। इसे संचय कहेंगे और इसका प्रयोग तब किया जायगा जब वृद्धावस्था में वास्तविक जोखिम अनुमानित जोखिम से अधिक हो जाती है। अतः प्रारम्भिक संचय का प्रयोग बाद में लाभकारी होता है।

संचय के स्रोत (Origin of Reseve)—संचय का मुख्य स्रोत प्रव्याजि है। जब प्रव्याजि की रकम अध्यर्थन की रकम से अधिक होता है तो उस आधिक्य को संचय करते रहते हैं। प्रत्येक वर्ष इस आधिक्य को संचित करते रहने से संचय का निर्माण होता है अर्थात् आशा की जाती है कि संचय की रकम के बराबर कोष भी रहेगा। यह तभी हो सकता है जब प्रव्याजि अध्यर्थन की अपेक्षा अधिक हो।

लेकिन प्रव्याजि के निर्धारण के तरीके पर संचय की रकम आधारित होती है। प्रव्याजि निर्धारण के निम्न तरीके अपनाये जाते हैं—

1. अभिनिर्धारण योजना (Assessment Plan)—इस योजना के अन्तर्गत बीमित व्यक्ति प्रव्याजि का भुगतान तब करते हैं जब किसी बीमित व्यक्ति की मृत्यु हो। इस योजना में प्रव्याजि का भुगतान प्रसंविदा के समय नहीं किया जाता है, बल्कि जब घटना घटित होती है तो उस समय ही जोखिम की मात्रा के अनुसार सभी व्यक्ति मिलकर भुगतान कर देते हैं। अतः संचय की कोई आवश्यकता नहीं होती और न संचय किया जा सकता है। जोखिम की मात्रा का पूर्ण भुगतान जोखिम के समय कर दिया जाता है; अतः इसके भुगतान के लिए पहले से किसी रकम को संचित करके रखने की कोई आवश्यकता नहीं है।

2. स्वाभाविक प्रव्याजि योजना (Natural Premium Plan)—इस योजना में किसी भी बीमापत्र को उम्र बढ़ने के साथ-साथ अधिक प्रव्याजि देना पड़ता है क्योंकि जोखिम की मात्रा में उसी प्रकार वृद्धि होती जाती है। बीमित व्यक्ति के प्रारम्भिक जीवन में जोखिम कम होती है और बाद में जोखिम अधिक होती है; अतः उसे प्रारम्भ में कम प्रव्याजि देना पड़ता है, परन्तु बाद में अधिक प्रव्याजि देना पड़ता है। चूँकि जोखिम की मात्रा के साथ प्रव्याजि बढ़ती है; अतः संचय की आवश्यकता नहीं होती। वृद्धावस्था में जब अधिक भुगतान करना होगा तो उस समय अधिक प्रव्याजि लेंगे।

3. सम प्रव्याजि योजना (Level Premium Plan)—बीमित व्यक्ति को बीमा कराने के समय एक प्रव्याजि निश्चित कर दी जाती है, जिसे वह आजीवन या अवधि, जैसी भी शर्त हो, भुगतान करना पड़ेगा। चूँकि यह किसी व्यक्ति से सम्बन्धित आजीवन या अवधि जोखिम का औसत है; अतः प्रारम्भ में दी जाने वाली प्रव्याजि प्रारम्भिक जोखिम से अधिक होती है। इस आधिक्य को संचय करते रहते हैं और बाद में जब जोखिम की मात्रा अधिक हो जायगी तो इसको इस संचय से पूरा किया जा सकेगा। इस संचित रकम को बीमाकर्ता अपने पास रख सकता है या कहीं विनियोग कर सकता है। विनियोग करने पर ब्याज अर्जित की जायगी और उसे भी संचय के साथ एकत्रित करते जाते हैं।

रेखाचित्र नं० 1

संचय की गणना

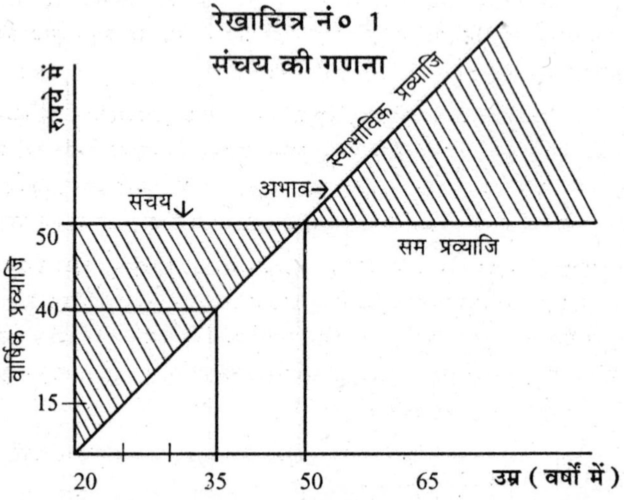

इस प्रकार यह सिद्ध हो गया कि संचय प्रव्याजि से एकत्र होती है, परन्तु वह केवल सम प्रव्याजि योजना में एकत्रित होती है। इसे रेखाचित्र द्वारा बताया गया है।

पिछले पृष्ठ के रेखाचित्र द्वारा यह स्पष्ट है कि सम प्रव्याजि योजना में उन बीमापत्रों में जो 20 वर्ष की उम्र में लिये गये हैं, सम प्रव्याजि 50 रुपये है जबकि वास्तविक जोखिम केवल 15 रुपये है। इस प्रकार 35 रुपये का संचय हो गया जो घटकर 35 वर्ष में 10 रुपया होगा, क्योंकि उस समय वास्तविक जोखिम 40 रुपये है। अतः जोखिम की मात्रा बढ़ने के कारण संचय की दर में कमी आती जा रही है। यहाँ तक कि 50 वर्ष की आयु में संचय शून्य है क्योंकि जोखिम और प्रव्याजि बराबर हैं। इस उम्र के बाद संचय के स्थान पर अभाव होगा। मान लीजिये 80 वर्ष की आयु पर जोखिम की मात्रा 65 रुपये है जबकि प्रव्याजि की दर 50 रुपये है जिससे अभाव (Deficit) की रकम 15 रुपये हुई। इस अभाव को पूर्व संचय से पूरा किया जायगा। जब सभी बीमापत्रों पर भुगतान कर दिया जायगा तो संचय समाप्त हो जाता है।

संचय को प्रभावित करने वाले तत्त्व—संचय को प्रभावित करने वाले कई तत्त्व होते हैं। उनमें से : (1) मृत्यु दर, (2) ब्याज दर, (3) बीमापत्र के प्रकार, (4) प्रव्याजि भुगतान

के तरीके और (5) बीमा की अवधि मुख्य हैं। ये सब अनुमानित आधार पर हैं। वास्तविक आधार पर कोष प्रभावित होगा। यहाँ पर एक बात ध्यान देने की है कि संचय शुद्ध प्रव्याजि पर निकालते हैं; अतः इसको प्रभावित करने वाला तत्त्व खर्चों की मात्रा नहीं हो सकती है। खर्चों की मात्रा से संचय तब प्रभावित होता है जब सकल प्रव्याजि को संचय का आधार मानते हैं।

1. मृत्यु दर—प्रव्याजि निर्धारण के लिए मृत्यु दर का अधिक प्रभाव पड़ता है। जिसमें मृत्यु दर अधिक मानी गयी है, प्रव्याजि अधिक होगी और जिसमें मृत्यु दर कम मानी गयी है, प्रव्याजि दर कम होगी। अतः एक ही उम्र और बीमापत्र में प्रव्याजि की दर में भिन्नता मृत्यु दर के कारण होगी जो परिणामस्वरूप संचय की मात्रा को प्रभावित करेगा। एक मृतक तालिका के आधार पर तैयार किये गये संचय उम्र और बीमा अवधि के अनुसार बदलते रहेंगे क्योंकि उसी के अनुसार प्रव्याजि में परिवर्तन होगा। इसी कारण से चयन मृतक तालिका में कम अवधि में सामूहिक और अन्तिम तालिका की अपेक्षा मृतक दर अधिक होने के कारण संचय अधिक होगा। अतः उम्र, अवधि और तालिका के विभिन्न मृतक दरों के कारण संचय में भी अन्तर होता है।

2. ब्याज दर—ब्याज दर में अधिकता के कारण प्रव्याजि दर में कमी की जाती है और प्रव्याजि दर में कमी के परिणामस्वरूप संचय में कमी हो सकती है। यह बात इस तरह भी सिद्ध हो सकती है कि ब्याज दर अधिक मिलने के कारण जोखिम और प्रव्याजि भी अधिक अन्तर रहता है क्योंकि इस अन्तर को अधिक ब्याज अर्जित करके पूरा किया जा सकता है। अतः जहाँ पर ब्याज दर अधिक अनुमानित होगी, संचय उस तुलना में कम होगा और जहाँ ब्याज दर कम अनुमानित की गयी है, संचय में उसी प्रकार वृद्धि होगी।

प्रव्याजि दर को प्रभावित करने वाले मुख्य तत्त्व मृतक दर और ब्याज दर हैं। अतः इन दोनों के सम्मिश्रित प्रभाव से संचय में कमी या वृद्धि होगी। लेकिन ब्याज का प्रभाव तब अधिक होता है, जब बीमा प्रसंविदा एक लम्बे समय का है, छोटी अवधि में ब्याज का प्रभाव कम होता है।

3. बीमापत्र के प्रकार (Types of Policy)—बीमापत्र के आधार पर जोखिम में भिन्नता होती है और उसी के अनुसार प्रव्याजि दर में परिवर्तन होता है। जिस बीमापत्र को काफी लम्बे समय तक चलना है तो वहाँ पर संचय की दर उसकी तुलना में कम होगी, जहाँ पर संचय छोटी अवधि के लिए है। इसी प्रकार उस बीमापत्र में संचय की मात्रा कम होगी जहाँ पर एक निश्चित अवधि में किसी एक घटना से घटित होने पर ही भुगतान किया जायगा, जैसे अवधि बीमा में एक निश्चित अवधि में भुगतान तभी किया जायगा जबकि बीमित व्यक्ति की मृत्यु की मृत्यु उस अवधि में हो। यदि उस अवधि में बीमित व्यक्ति की मृत्यु नहीं होती है तो कोई भुगतान नहीं किया जायगा। इसी कारण अवधि बीमा में संचय की दर साधारण बीमा से संचय की दर से कम होती है। बीमापत्र की परिपक्वता के आधार पर संचय में परिवर्तन हो जाता है। जिस बीमा में परिपक्वता का समय अधिक होगा उस बीमा में संचय, उन बीमापत्रों की तुलना में कम होगा, जहाँ पर परिपक्वता का समय कम है। इसका कारण यह है कि कम अवधि में संचय तेजी से और प्रारम्भ से ही शुरू हो जाते हैं।

जैसे 10 वर्ष अवधि बीमा में संचय शुरू के कुछ वर्षों (6) में तेजी से बढ़ेंगे और उसके बाद घटना शुरू हो जायेंगे तथा 10 वर्ष के अन्त में संचय शून्य होगा क्योंकि यदि उस समय बीमित व्यक्ति जीवित रहा तो कुछ भी भुगतान नहीं करना पड़ेगा। जबकि बन्दोबस्ती बीमा में संचय शुरू के वर्षों से धीरे-धीरे बढ़ता है और अन्त में यह काफी तेजी से बढ़कर बन्दोबस्ती (Endowment) के समय बीमा रकम के बराबर हो जाता है क्योंकि बन्दोबस्ती बीमा में भुगतान अवधि व्यतीत होते-होते अवश्य कर दिया जाता है।

4. प्रव्याजि भुगतान के तरीके (Methods of Premium Payment)—संचय प्रव्याजि भुगतान के तरीके पर भी आधारित है क्योंकि इससे जोखिम और प्रव्याजि के रकम के अन्दर में परिवर्तन हो जाता है। यदि प्रव्याजि की रकम में तेजी से वृद्धि होगी तो जोखिम में परिवर्तन न होने से संचय में अधिक वृद्धि होगी, क्योंकि जोखिम की तुलना में अधिक प्रव्याजि प्राप्त की जायगी और इसी प्रकार प्रव्याजि की रकम कम होने पर संचय में कमी आ जायगी। साधारणतया प्रव्याजि की दर वहाँ अधिक होती है जहाँ प्रव्याजि भुगतान की अवधि कम होती है। इसीलिए एकल प्रव्याजि में संचय की मात्रा अधिक होती है और सम प्रव्याजि में अपेक्षाकृत संचय की मात्रा कम होती है।

यहाँ पर ध्यान देने की बात है कि वार्षिक प्रव्याजि में प्रव्याजि की रकम वर्ष के प्रारम्भ में अग्रिम रूप से प्राप्त होती है जिससे इनके संचय मासिक प्रव्याजि की तुलना में अधिक होते हैं।

5. बीमापत्र की अवधि—जिस बीमापत्र की अवधि बहुत लम्बी होती है, उसमें प्रव्याजि और ब्याज प्राप्त करने का समय भी लम्बा होता है जिससे संचय की मात्रा में लम्बे समय में विभाजित होने के कारण प्रति वर्ष संचय कम होता है। इसी प्रकार जहाँ पर बीमापत्र की अवधि कम होती है, प्रव्याजि और ब्याज की अवधि कम होने से अपेक्षाकृत अधिक प्रव्याजि भी ली जाती है, जिसके परिणामस्वरूप संचय की प्रति वर्ष दर अधिक होती है। परन्तु संचय की सम्पूर्ण मात्रा में इसका विपरीत प्रभाव होता है। लम्बी अवधि में अधिक संचय और कम अवधि में कम संचय हो पाता है। ये बातें तब सत्य है जबकि बीमित रकम का भुगतान अवश्य करना हो, लेकिन जहाँ पर बीमित रकम का भुगतान एक घटना पर आश्रित है; जैसे मृत्यु, वहाँ पर संचय एक अवधि तक बढ़ता है और उसके बाद घटना शुरू हो जाता है, परन्तु यदि भुगतान जीवित रहने पर ही (शुद्ध बन्दोबस्ती बीमा) किया जायगा, तो भी संचय की मात्रा में दिनोदिन वृद्धि होती है।

संचय की गणना की विधियाँ—संचय की गणना करने के लिये—(1) भूतकालीन (Restrospective) और (2) भविष्यकालीन (Prospective) पद्धतियाँ अपनाई जाती हैं। इन दोनों पद्धतियों से आकलित संचय एक ही परिणाम देंगे, बशर्ते कि अनुमानित प्रव्याजि और ब्याज वर्तमान समय में भी लागू हों। यदि मृतक संख्या अनुमानित से अधिक है तो अधिक व्यक्तियों के बाहर हो जाने पर प्रव्याजि की मात्रा में कमी हो जायगी, इससे भविष्य में मिलने वाली प्रव्याजि के आधार पर संचय अपेक्षाकृत कम होगा। इसी प्रकार यदि मृत्यु दर अनुमानित से कम है तो भविष्यकालीन संचय भूतकालीन संचय की अपेक्षा अधिक होगा, क्योंकि प्रव्याजि देने वाले व्यक्तियों की संख्या में वृद्धि हो जायगी। ब्याज दर के अनुमान का भी प्रभाव इन दोनों संचयों में अन्तर कर देता है।

दूसरी तरफ यदि मृत्यु दर में कमी हुई है और ब्याज दर में वृद्धि हुई है तो भूतकालीन संचय अधिक होगा। अतः इन दोनों के आपसी प्रभाव के आधार पर संचय में अन्तर हो सकता है।

भूतकालीन संचय (Restrospective Reserve)—भूतकालीन संचय से तात्पर्य ऐसे दायित्व से है जो पिछली प्राप्त प्रव्याजि और अध्यर्थन के अन्तर पर एक अनुमानित ब्याज दर से रकम एकत्रित हो। दूसरे शब्दों में भूतकालीन संचय यह बताता है कि बीमाकर्ता के पास पिछले अनुमानित प्राप्त प्रव्याजि की रकम में से दिये गये अनुमानित अध्यर्थन की रकम को घटाने से बची रकम पर एक अनुमानित ब्याज दर पर एकत्रित रकम अवश्य हो। इस पद्धति में यह देखा जाता है कि कितनी प्रव्याजि प्राप्त हुई है और उस पर कितना ब्याज अर्जित किया गया है तथा कितना अध्यर्थन के रूप में भुगतान किया जा चुका है। इसकी गणना निम्न वर्गों में की जायगी—(अ) समूह बीमा संचय (Group Reserve) और (ब) एकल बीमापत्र संचय (Single Policy Reserve)। इनको भी एक निश्चित अवधि पर और प्रारम्भिक वर्ष से गणना की जा सकती है। अतः पहले एक निश्चित अवधि पर संचय की गणना हम देखेंगे।

समूह बीमा संचय

(अ) एक निश्चित अवधि पर गणना—किसी एक निश्चित अवधि पर संचय की गणना करने के लिये पिछली प्रव्याजि का एकत्रित मूल्य (Accumulated Value of Past Premiums) और पिछले अध्यर्थन का एकत्रित मूल्य मालूम करते हैं। अध्यर्थन के एकत्रित मूल्य के ऊपर प्रव्याजि के एकत्रित मूल्य के आधिक्य को संचय कहेंगे। इसे निम्न उदाहरण से समझाया जा सकता है :—

भूतकालीन संचय = [पिछली प्रव्याजि का एकत्रित मूल्य] — [पिछले अध्यर्थन का एकत्रित मूल्य]

इन एकत्रित मूल्यों की गणना निम्न प्रकार से की जाती है—

(1) मृतक तालिका और ब्याज दर के आधार पर एक उम्र में निर्गमित बीमापत्रों के सम्बन्ध में प्रव्याजि का निर्धारण करना। मान लीजिये 10,000 व्यक्तियों को, जिनकी उम्र 20 वर्ष है, एक-एक हजार का आजीवन बीमा बेचा गया जिसकी शुद्ध प्रव्याजि 10 रुपये प्रति बीमापत्र है।

(2) प्रथम वर्ष के बाद आने वाले प्रत्येक वर्षों पर जीवित व्यक्तियों की संख्या उस मृतक तालिका से (जिसका प्रयोग प्रव्याजि के लिये किया गया है) उस समय तक निकाला जाय जब तक संचय की गणना की जा रही है।

मान लीजिये संचय की गणना 5 वर्ष बाद की जा रही और जीवित व्यक्तियों की संख्या प्रथम वर्ष 9,980; दूसरे वर्ष 9,950; तीसरे वर्ष 9,910; चौथे वर्ष 9,860 और पाँचवें वर्ष 9,800 है।

(3) प्रत्येक वर्ष जीवित व्यक्तियों की संख्या के अनुसार प्रत्येक वर्ष प्राप्त प्रव्याजि

निकाली जाय। इसे जीवित व्यक्तियों की संख्या को शुद्ध प्रव्याजि से गुणा करके निकाला जाता है। इस तरह प्रथम वर्ष (9980 × 10) = 99,800 रुपया; द्वितीय वर्ष (9950 × 10) = 99,500 रु०; तृतीय वर्ष (9910 × 10) = 99,100 रु०; चतुर्थ वर्ष (9860 × 10) = 98,600 रु० और पंचम वर्ष (9800 × 10) = 98,000 रु० होगा।

(4) प्रत्येक वर्ष की प्राप्ति प्रव्याजि को एक ब्याज दर पर आधारित एक रुपये के एकत्रित मूल्य से गुणा करके सभी प्रव्याजि का एकत्रित मूल्य निकाल लिया जाय। एकत्रित मूल्य निकालने का सूत्र इस प्रकार है—

$$S = P(1+i)^n$$

जबकि S से एकत्रित मूल्य, P वह रकम जिसका एकत्रित मूल्य निकालना है और i से ब्याज दर तथा n से वर्ष संख्या का तात्पर्य है।

यहाँ पर प्रत्येक वर्ष की एकत्रित प्रव्याजि का अलग-अलग वर्तमान मूल्य निकाला जायगा क्योंकि प्रत्येक प्रव्याजि की रकम में समानता नहीं है। यदि समानता होती तो वार्षिक भुगतान के एकत्रित मूल्य को अपनाते। प्रत्येक वर्ष के एकत्रित मूल्य का योग निम्न प्रकार होगा—

$$\Sigma S = P(1+i)^5 + P^2(1+i)^4 + P^3(1+i)^3 + P^4(1+i)^2 + P^5(1+i)$$

जबकि ΣS से तात्पर्य एकत्रित मूल्यों का योग—P^1, P^2, P^3, P^4 और P^5 से तात्पर्य प्रथम, द्वितीय, तृतीय, चतुर्थ और पंचम वर्ष की प्राप्त प्रव्याजि से है। $2\frac{1}{2}$ प्रतिशत ब्याज पर एकत्रित मूल्य (ΣS) निम्न प्रकार होगा—

$$\Sigma S = (99{,}800 \times 1.1314) + (99{,}500 \times 1.1038) + (99{,}100 \times 1.0769) + (98600 + 1.0506) + (98{,}000 - 1.025)$$

$$= 112913.7400 + 109828.1000 + 106720.7900 + 103589.1600 + 100450.0000$$

$$= 5{,}33{,}501.7900 \text{ रुपया}$$

(5) इस प्रत्येक वर्ष भुगतान किये जाने वाली अध्यर्थन की रकम निकाल लीजिये। इसको प्रत्येक वर्ष मृतक व्यक्तियों की संख्या को बीमित रकम से गुणा करके मालूम किया जा सकता है। उपरोक्त उदाहरण में प्रथम वर्ष (20 × 1000) = 20000 रुपया, द्वितीय वर्ष (30 × 1000) = 30,000 रुपया, तृतीय वर्ष (40 × 1000) = 40,000 रुपया, चतुर्थ वर्ष (50 × 1000) = 50,000 रुपया और पंचम वर्ष (60 × 1000) = 60,000 रुपया।

(6) प्रत्येक वर्ष दिये जाने वाले अध्यर्थन की रकम का एकत्रित मूल्य नम्बर 5 में दिये गये सूत्र के आधार पर निकाल लीजिये। लेकिन ध्यान रहे कि प्रथम वर्ष के अध्यर्थन को केवल 4 वर्ष तक एकत्रित मूल्य से निकाला जायगा क्योंकि प्रथम वर्ष में भुगतान वर्ष के अन्त में किया गया। इस प्रकार शेष चार वर्षों तक उस पर हानि होने के कारण चार वर्ष तक

एकत्रित रकम निकाले जायेंगे जबकि प्रव्याजि प्राप्ति के अध्यर्थन मूल्य में पाँच वर्ष तक एकत्रित रकम निकाले जायेंगे जबकि प्रव्याजि प्राप्ति के अध्यर्थन मूल्य में पाँच वर्ष का निकालते क्योंकि प्रव्याजि प्रथम वर्ष के प्रारम्भ में दी गयी है, अतः :—

$$\Sigma C + P(1+i)^4 + P^2(1+i)^3 + P^3(1+i)^2 + P^4(1+i) + P^5$$

जबकि ΣC से तात्पर्य अध्यर्थन के एकत्रित मूल्य से है। शेष का मूल्य पीछे बताया जा चुका है। इनके मूल्यों को स्थापित करके—

$$\begin{aligned}\Sigma C &= (20{,}000 \times 1.1038) + (30{,}100 \times 1.0769) + (40{,}000 \times 1.0506) + (50{,}000 \times 1.025) + 60{,}000)\\ &= 22{,}076 + 32{,}307 + 42{,}024 + 512{,}50 + 60{,}000\\ &= 20{,}7{,}657\end{aligned}$$

इस प्रकार अध्यर्थन की कुल एकत्रित मूल्य 2,07,657 रुपया हुआ।

(7) उपरोक्त आधार पर कुल प्राप्त प्रव्याजि के एकत्रित मूल्य (ΣS) जैसा कि स्तम्भ 4 में निकाला गया है, में से अध्यर्थन के कुल एकत्रित मूल्य (ΣC) जैसा स्तम्भ 6 में निकाला गया है, को घटा देने से संचय निकल आयगा। दिये गये उदाहरण में संचय

$$\begin{aligned}&= \Sigma S - \Sigma C\\ &= 5{,}33{,}501.79 - 2{,}07{,}657\\ &= 3{,}25{,}844.79 \text{ रुपया}\end{aligned}$$

यह 325844.79 रुपया सभी बीमापत्रधारियों के सम्बन्ध में बीमा हुआ। यदि प्रत्येक बीमा पर संचय निकालना है तो उस समय जीवित व्यक्तियों की संख्या से भाग देकर संचय निकाल लेंगे। इसको आनुपातिक संचय भी कहते हैं जो इस उदाहरण में 325844.79 ÷ 8,000 = 40.32 रुपया होगा। उपरोक्त पद्धति के अतिरिक्त संचय की गणना के लिये निम्न तरीके और अपनाये जाते हैं :

संचय की मात्रा = पिछले वर्ष का संचय + वर्तमान वर्ष में प्राप्त प्रव्याजि + वर्तमान वर्ष पर प्राप्त प्रव्याजि पर तथा पिछले संचय पर

अनुमानित दर से ब्याज – वर्तमान वर्ष के अन्दर अध्यर्थन की रकम।

इस पद्धति में संचय की गणना तभी हो सकती है जबकि पिछले वर्ष का संचय ज्ञात हो। यदि पिछले वर्ष का संचय मालूम नहीं है तो उपरोक्त पद्धति (एकत्रित मूल्य पद्धति) को अपनाया जाना चाहिए। जिन बीमापत्रों पर वर्तमान वर्ष में प्रव्याजि प्राप्त नहीं होती, उनके सम्बन्ध में पिछले वर्ष का संचय एक निश्चित ब्याज दर पर एकत्रित की जाती है तथा वर्तमान वर्ष कोई में यदि भुगतान हुआ है तो उसे घटा देंगे। एकल प्रव्याजि में प्रारम्भ से प्राप्त की गयी प्रव्याजि को ही संचय का आधार मानेंगे।

(ब) प्रारम्भिक वर्ष से या वर्षानुसार गणना—सामूहिक बीमापत्र पर संचय बीमापत्र के निर्गमन के बाद शुरू हो सकता है और प्रति वर्ष इसकी गणना करते रहते हैं। प्रथम वर्ष में प्रव्याजि तुरन्त प्राप्त होती है और इसे विनियोजित करके कुछ ब्याज भी प्राप्त की जा

सकती है जिससे प्रथम वर्ष के अन्त में कुछ अधिक रकम हो जाती है। इस एकत्रित रकम में से अध्यर्थन की रकम जो उस वर्ष हुई है, घटाकर प्रथम वर्ष के संचय को प्राप्त कर लेते हैं। इस प्रथम वर्ष के संचय को दूसरे वर्ष ले जायेंगे। दूसरे वर्ष जीवित व्यक्तियों से ही प्रव्याजि मिलती है। अतः दूसरे वर्ष के प्रारम्भ में दूसरी वर्ष की प्रव्याजि और पिछले वर्ष का अन्तिम संचय होता है। दूसरे वर्ष के प्रारम्भ की यह रकम प्रारम्भिक संचय (Initial Reserve) कहलाता है। इस संचय पर दूसरे वर्ष ब्याज अर्जित होगी और कुछ अध्यर्थन भी होंगे जिससे ब्याज की रकम जोड़कर और अध्यर्थन की रकम घटाकर दूसरे वर्ष का अन्तिम संचय हो जाता है। इस अन्तिम संचय को अगले वर्ष ले जायेंगे और तीसरे वर्ष के प्रारम्भ में प्राप्त प्रव्याजि (जीवित व्यक्तियों से) के साथ मिलाकर इसे तीसरे वर्ष का प्रारम्भिक संचय कहेंगे। इस प्रकार तीसरे वर्ष में ब्याज को रकम जोड़कर और अध्यर्थन की रकम घटाकर संचय निकाल लेते हैं। यह क्रिया बराबर जारी रहती है जब तक उस उम्र के सभी बीमापत्रधारियों की मृत्यु न हो जाय।[1]

एक उदाहरण से वर्षानुसार संचय की गणना बतायी जा सकती है—

बीमाकर्ताओं की संख्या 10,000 है और प्रत्येक ने 1000 रु० का बीमापत्र 20 वर्ष की आयु में खरीदा है। ब्याज की दर $2\frac{1}{2}$ प्रतिशत है। शुरू प्रव्याजि 10 रु० प्रति बीमापत्र है।

प्रथम वर्ष		रुपये
शुद्ध प्रव्याजि— [जीवित व्यक्तियों की संख्या (10000) × शुद्ध प्रव्याजि (10)]		1,00,000
जोड़ें :	ब्याज ($2\frac{1}{2}$ प्रतिशत वार्षिक)	2,500
	कुल रकम	102,500

1. यह ध्यान देने की बात है कि संचय प्रत्येक उम्र (Age Group) पर अलग-अलग निकालते हैं क्योंकि तभी मरण दर, जीवन दर और प्रव्याजि में एकरूपता पाई जा सकती है जिससे संचय की गणना आसानी से की जा सकेगी। इस प्रकार हर एक उम्र वर्ग के संचय को जोड़कर बीमाकर्ता के पास संचय की मात्रा जानी जा सकती है। याद रखने की योग्य दूसरी बात यह है कि मरण दर ब्याज दर अनुमानित आधार पर अपनाये जाते हैं। जिस मरण तालिका का प्रयोग प्रव्याजि की गणना के लिये किया गया है, उसी का प्रयोग संचय की गणना करने के लिये किया जाना चाहिए तभी उन आधारों पर सही अनुमान किया जा सकेगा कि बीमाकर्ता के पास संचय की रकम क्या होगी अर्थात् बीमाकर्ता के पास कम से कम कितना कोष (Fund) अवश्य होना चाहिए। ये अनुमानित ब्याज दर और मरण दर जब वास्तविक जीवन में सही होते हैं तो कोष की रकम संचय (शुद्ध दायित्व) के बराबर होगी। यदि ब्याज दर अधिक और मरण दर कम है तो कोष की रकम जितना होना चाहिए, उससे अधिक होगी। इसी प्रकार जब ब्याज दर कम और मरण दर अधिक है तो बीमाकर्ता के पास जितना कोष होना चाहिए था उससे कम कोष होगा। अतः इन अनुमानों के आधार पर संचय बीमाकर्ता के शुद्ध दायित्व की गणना है।

घटायें : अध्यर्थन की रकम—

(मृत्यु संख्या × बीमित रकम)

(20 × 1000)	20,000
अन्तिम संचय (Terminal Reseve) रुपये =	82,500

द्वितीय वर्ष

	रुपये
पिछले वर्ष का अन्तिम संचय	82,500
जोड़ें :	
प्रव्याजि की रकम (जीवित व्यक्तियों की संख्या शुद्ध प्रव्याजि)	
(10,000 − 20) = 9,980 × 10	99800
प्रारम्भिक संचय (Ieitial Reserve)	1,82,300.00
जोड़ें : ब्याज ($2\frac{1}{2}$ प्रतिशत वार्षिक)	4,557.50
	1,86,857.50
घटायें : अध्यर्थन की रकम—	
(मृत्यु संख्या × बीमित रकम)	
(30 × 1000)	30,000.00
अन्तिम संचय (Terminal Reseve) रुपये =	1,56857.50

इस प्रकार यह संचय तब तक किया जाता रहेगा, जब तक 20 वर्ष के सभी व्यक्तियों की सम्बन्धित मृतक तालिका का अन्त न हो जाय। मान लीजिये मृतक तालिका का अन्त 100 वर्ष की उम्र प्राप्त करने पर समाप्त हो जाता है तो यह संचय 80 वर्ष तक किया जायगा।

सामूहिक संचय के आधार पर प्रति बीमापत्र संचय निम्न प्रकार निकाला जा सकता है—

$$\text{प्रति बीमापत्र पर आनुपातिक संचय} = \frac{\text{सामूहिक संचय}}{\text{जीवित व्यक्तियों की संख्या}} \text{ रुपया}$$

$$= \frac{156857.50}{9950} \text{ रुपया}$$

$$= 15.77 \text{ रुपया}$$

उपरोक्त पद्धतियाँ प्रत्येक बीमापत्र में लागू की जा सकती हैं। यदि किसी बीमापत्र में किसी वर्ष प्रव्याजि प्राप्त नहीं होती है तो उस वर्ष प्रव्याजि की रकम शून्य लिखी जायगी।

परन्तु पिछले वर्ष के संचय पर ब्याज अर्जित करेंगे और उसी आधार पर संचय की गणना करते जायेंगे।

इन दोनों पद्धतियों में से प्रथम पद्धति का प्रयोग आसान और शीघ्र है क्योंकि इसमें कई वर्ष तक अलग-अलग संचय ज्ञात करने की आवश्यकता नहीं होती है। लेकिन द्वितीय पद्धति वहाँ लाभप्रद होगी जहाँ पर प्रत्येक वर्ष के संचय ज्ञात करने की आवश्यकता होती है। इसके आधार पर प्रत्येक वर्ष में प्रत्येक बीमापत्र के लिये संचय की गणना आसान है। सामूहिक पद्धति में संचय कुछ समय तक प्रत्येक वर्ष बढ़ता जाता है और उसके बाद इसमें कमी आना शुरू होता है।

एकल बीमापत्र संचय

एक बीमापत्र के सम्बन्ध में संचय उसी प्रकार किया जा सकता है जैसा कि सामूहिक संचय में होता है। अन्तर केवल इतना है कि सामूहिक संचय में बीमित व्यक्तियों की मृत्यु को देखते हैं और व्यक्तिगत (एकल बीमापत्र) संचय में उसका कुछ अध्यर्थन में अंशदान देखते हैं। बीमा एक सामूहिक प्रसंविदा है। अतः प्रत्येक बीमित व्यक्ति का कर्त्तव्य होता है कि वह मृतक बीमित व्यक्तियों के लिए कुछ अंशदान दे। यह अंशदान प्रत्येक व्यक्ति से मृतक दर के आधार पर लिया जाता है जिसे प्रव्याजि में शामिल रखते हैं अर्थात् मृतक दर के आधार पर प्रत्येक बीमित व्यक्ति से शुद्ध प्रव्याजि ली जाती है। इसलिये उसके जीवित रहने पर मृतक दर के अनुसार प्रव्याजि का कुछ हिस्सा अन्य व्यक्तियों के लिए संचय होगा जिसे और उसका अपने संचय में अंशदान, इस आनुपातिक अंश को जिसे मृत्यु दर में आनुपातिक अंश कहते हैं, घटाने के बाद बचता है। प्रत्येक बीमित व्यक्ति का बीमा की जोखिम में हिस्सा रहता है क्योंकि एक बीमित व्यक्ति को अन्य बीमित व्यक्तियों के भुगतान के लिये अंशदान देना पड़ता है, जो उससे प्रव्याजि में शामिल करके लिया जाता है। यदि दूसरे बीमित व्यक्ति अन्य व्यक्तियों के लिए जोखिम में योगदान न दें तो बीमाकर्ता की सुरक्षा कम हो जायगी और वह दिवालिया हो सकता है क्योंकि अध्यर्थन भुगतान के समय बीमित व्यक्ति सम्पूर्ण प्रव्याजि को नहीं दे सका होगा। जोखिम में प्रत्येक व्यक्ति के इस अंशदान को 'बीमा की लागत' (Cost of Insurance) कहते हैं, जिसे उसी संचित प्रव्याजि में से घटा दिया जाता है। यह वह रकम है जिसे प्रत्येक बीमित व्यक्ति को देना होता है जिसकी गणना शुद्ध जोखिम की रकम (Net Amount at Risk) को मृतक दर (जो एक व्यक्ति के उस उम्र में है जबकि संचय की गणना की जा रही है) से गुणा करके प्राप्त करते हैं। उस व्यक्ति से सम्बन्धित प्रत्येक वर्ष शुद्ध जोखिम की रकम में परिवर्तन होता रहता है। सम प्रव्याजि योजना में जोखिम की मात्रा में प्रति वर्ष वृद्धि होती है क्योंकि संचय में प्रत्येक वर्ष वृद्धि होगी। शुद्ध जोखिम की मात्रा से तात्पर्य उस अध्यर्थन की रकम से है जिसे बीमाकर्ता ने संचय नहीं किया है अर्थात् शुद्ध जोखिम की रकम को बीमित रकम में से पिछले वर्ष के संचय को घटाने से प्राप्त होती है; जैसे प्रथम वर्ष में संचय बिल्कुल नहीं होता तो उस समय शुद्ध जोखिम की रकम पूरे बीमा की रकम होगी। दूसरे वर्ष संचय होगा तो शुद्ध जोखिम रकम में उतनी कमी आ जायगी जितना संचय हो गया, क्योंकि इसके लिए बीमाकर्ता अपने पास से कुछ भुगतान नहीं करेगा। इसी प्रकार वार्षिक नवकरणीय बीमा में शुद्ध जोखिम की रकम बीमापत्र की रकम के बराबर होती है, क्योंकि

उसमें संचय नहीं किया जा सकता। परन्तु सम प्रव्याजि योजना में और शुद्ध एकल प्रव्याजि में संचय होने के कारण उम्र के साथ-साथ शुद्ध जोखिम की रकम में कमी होती जाती है।

एकल बीमापत्र में भी इसकी गणना (अ) किसी एक अवधि पर और (ब) वर्षानुसार की जा सकती है।

(अ) किसी एक अवधि पर संचय—सामूहिक संचय की तरह इसमें भी पिछले वर्षों में प्राप्त प्रव्याजि और उस पर ब्याज के अनुसार संचय किया जाता है। अन्तर केवल इतना है कि अध्यर्थन की रकम न लेकर बीमा की लागत ली जाती है। इसके अन्तर्गत अध्यर्थन कम देने पर प्रसंविदा समाप्त हो जाता है और संचय की कोई आवश्यकता नहीं होती है।

संचय की रकम = प्राप्त प्रव्याजि का एकत्रित मूल्य

बीमा लागत का एकत्रित मूल्य

बीमा लागत (Cost of Insurance) का एकत्रित मूल्य निकालने के लिये प्रत्येक वर्ष मृतक दर देखते हैं और उस पर देय (Payable) रकम का एकत्रित मूल्य निकाल लेंगे। एकत्रित मूल्य निकालने का उपाय पीछे समझाया गया है।

इसके अतिरिक्त पिछले वर्ष के आधार पर भी संचय की गणना की जा सकती है।

	पिछले वर्ष का संचय	....
जोड़ें	वर्तमान वर्ष की शुद्ध प्रव्याजि	....
	प्रारम्भिक संचय	....
जोड़ें	ब्याज	....
	कुल रकम	....

घटायें

बीमा लागत = (शुद्ध जोखिम की रकम × उस वर्ष मृतक दर) अन्तिम संचय

(ब) वर्षानुसार संचय की गणना—प्रत्येक बीमापत्र पर संचय शुरू से तैयार किया जाने लगता है और यह गणना तब तक चलती है जब तक कि अध्यर्थन का भुगतान न हो जाय। प्रत्येक वर्ष प्राप्त प्रव्याजि और उस पर ब्याज में से प्रत्येक वर्ष की बीमा लागत घटा देते हैं और इस बची रकम को एकल बीमापत्र संचय (Single Policy Reserve) कहते हैं।

मान लीजिये एक व्यक्ति 20 वर्ष की उम्र पर 1000 रुपये का बीमापत्र लेता है, जिस पर शुद्ध प्रव्याजि 10 रु० वार्षिक है ब्याज की दर $2\frac{1}{2}$ प्रतिशत वार्षिक है, तो संचय की रकम निम्न होगी—

प्रथम वर्ष		रुपया
शुद्ध प्रव्याजि—		10.00
जोड़ें :	ब्याज ($2\frac{1}{2}$ प्रतिशत वार्षिक)	0.25
	कुल रकम	10.25

घटायें :	बीमा लागत – 1000 × 0.002		2.00
	= (शुद्ध जोखिम की रकम × मृत्यु सम्भावना)		
	= [(बीमित रकम – संचय) × (मृत्यु सम्भावना)]		
	= [(1000 – 0) × 0.002]		
	अन्तिम संचय	रुपया	12.25

द्वितीय वर्ष

			रुपया
	पिछले वर्ष का संचय		12.25
	शुद्ध प्रव्याजि		10.00
	प्रारम्भिक संचय		22.25
जोड़ें :	ब्याज ($2\frac{1}{2}$ प्रतिशत वार्षिक)		0.56
			22.81
घटायें :	बीमा लागत – 987.75 × 0.003		2.96
	= (बीमित रकम – संचय) × (मृत्यु सम्भावना)		
	= [(1000 – 12.25) × 0.003]		
	= 987.75 × 0.003	रुपया	19.85

इसी प्रकार इस संचय को तब तक चालू रखेंगे जब तक अध्यर्थन का भुगतान न हो जायगा।

जैसा ऊपर बताया जा चुका है कि एकल बीमापत्र संचय सामूहिक संचय को जीवित बीमापत्रों की संख्या से भाग देकर प्राप्त किया जा सकता है, परन्तु यह संचय औसत संचय होगा और एकल संचय से भिन्न हो सकता है। अतः प्रत्येक बीमापत्र पर संचय मालूम करने के लिए उसे व्यक्तिगत रूप से निकालना ठीक होगा। लेकिन यदि व्यक्तिगत के आधार पर सामूहिक संचय की गणना की जायगी तो वह भी सही नहीं होगा, क्योंकि मान्यताओं में अन्तर हो जाता है।

सामूहिक और एकल बीमापत्र में निम्न भेद हैं—

1. व्यक्तिगत संचय प्रत्येक वर्ष प्रव्याजि के भुगतान पर बढ़ता जाता है जब कि सामूहिक संचय एक अवधि तक बढ़ता है लेकिन जब मृतक दर में वृद्धि तेजी से शुरू हो जाती है तब वह संचय घटता जाता है।
2. बीमा की अवधि व्यतीत होने पर व्यक्तिगत संचय बीमित रकम के बराबर हो जाता है और सामूहिक संचय अवधि व्यतीत होने पर लगभग शून्य हो जाता है या यह घटकर बिल्कुल कम हो जाता है।
3. व्यक्तिगत पद्धति में संचय की रकम सामूहिक संचय के आनुपातिक अंश में कम नहीं होना चाहिए।

4. सामूहिक संचय बीमाकर्ता की शोधक्षमता को बताता है क्योंकि इसके आधार पर यह तय कर लिया जाता है कि बीमाकर्ता के पास कम से कम कितना कोष होना चाहिए। अतः यदि कोष की मात्रा संचय से कम है तो बीमाकर्ता शोधक्षम नहीं है तथा यदि कोष की मात्रा संचय से अधिक है तो बीमाकर्ता शोधक्षम होगा।

समय के अनुसार संचय के प्रकार—सामूहिक और व्यक्तिगत संचय समय के अनुसार तीन प्रकार के हैं—(1) प्रारम्भिक, (2) अन्तिम, और (3) माध्य संचय।

1. **प्रारम्भिक संचय** (Initial Reserve)—प्रारम्भिक संचय वह संचय है जो पिछले वर्ष के संचय में वर्तमान वर्ष की शुद्ध सम प्रव्याजि जोड़ देने से प्राप्त होता है। यह संचय वर्ष के प्रारम्भ में रहता है। इसमें वर्तमान वर्ष के ब्याज को नहीं जोड़ा जाता है और न तो वर्तमान वर्ष के अन्दर हुए अध्यर्थन को ही घटाते हैं। इसकी गणना पीछे बताई जा चुकी है।

अर्थात्

	पिछले वर्ष का संचय	....
जोड़ें	वर्तमान वर्ष का संचय	....
	प्रारम्भिक संचय	

प्रारम्भिक संचय का प्रयोग विनियोग के लिये किया जाता है। इस रकम से किसी वर्ष विनियोग किये जाने वाली रकम का ज्ञान होता है। दूसरा प्रयोग लाभांश और अधिलाभांश वितरण के लिए है। किसी बीमापत्र से सम्बन्धित विनियोग कितना हुआ है, इसका निर्धारण इसी संचय से किया जा सकता है। इस संचय के आधार पर अतिरिक्त ब्याज को मालूम कर सकते हैं।

2. **अन्तिम संचय** (Terminal Reserve)—अन्तिम संचय वह है जो किसी वर्ष अध्यर्थन के भुगतान करने के बाद प्रव्याजि और ब्याज की रकम से बच जाती है। इसके अन्तर्गत पिछले वर्ष के संचय में वर्तमान वर्ष की प्रव्याजि जोड़ देते हैं। इसी प्रकार प्रारम्भिक संचय प्राप्त होता है। प्रारम्भिक संचय को विनियोजित करके वर्ष के अन्त में कुल रकम प्राप्त करते हैं और इस कुल रकम में से उस वर्ष के अध्यर्थन का भुगतान घटा देते हैं। इसे पीछे समझाया जा चुका है। संक्षेप में इसी गणना निम्न प्रकार होती है—

पिछले वर्ष का संचय		....
जोड़ें	वर्तमान वर्ष की प्रव्याजि	....
	प्रारम्भिक संचय	
जोड़ें	ब्याज	....
	कुल रकम	....
घटायें	अध्यर्थन की रकम	....
	अन्तिम संचय	

अन्तिम संचय का प्रयोग बीमापत्र के अंशदान निर्धारित करने में किया जा सकता है। इसी आधार पर यह मालूम होता है कि किसी बीमित व्यक्ति को कितना लाभांश देना चाहिए। दूसरा प्रयोग समर्पित मूल्य निर्धारण में किया जाता है। किसी बीमापत्र में कितना समर्पित मूल्य होता है, यह उसके सम्बन्ध में एकत्रित प्रव्याजि और लागत के आधार पर, अर्थात् अन्तिम संचय के आधार पर तय कर लिया जाता है। किसी बीमापत्र के सम्बन्ध में शुद्ध जोखिम का निर्धारण भी इसी अन्तिम संचय पर किया जाता है।

3. माध्य संचय (Mean Reserve)—माध्य या औसत संचय से तात्पर्य ऐसे संचय से है जो किसी वर्ष के प्रारम्भिक और अन्तिम संचय के औसत से है।

$$\text{माध्य संचय} = \frac{\text{प्रारम्भिक संचय} + \text{अन्तिम संचय}}{2}$$

माध्य संचय का प्रयोग किसी वर्ष अन्तिम खाते (Final Accounts) तैयार करने के लिए किया जाता है क्योंकि प्रत्येक दिन कोई-न-कोई बीमापत्र निर्गमित होते रहते हैं। यदि सभी के लिए अलग-अलग तैयार करें तो उसमें अत्यधिक कठिनाई होती है। इसलिये यह मान लिया जाता है कि प्रत्येक बीमापत्र वर्ष के मध्य में ही निर्गमित हुए हैं, कुछ छः महीने से कम होंगे, कुछ अधिक; अतः औसत रूप से सभी 6 महीने के मानना ठीक होगा।

2. भविष्यकालीन संचय (Prospective Reserve)

इस पद्धति के अनुसार यह देखा जाता है कि बीमाकर्ता की भविष्य में शुद्ध देनदारी (Net Liabilities) क्या है जो भविष्य में कुल देय अध्यर्थन में से भविष्य में प्राप्त होने वाली प्रव्याजि को घटाने से मालूम होता है। यहाँ पर यह ध्यान देना है कि संचय के लिए कुल प्राप्ति और देनदारी नहीं देखना है, बल्कि उनके वर्तमान मूल्य के आधार पर निश्चय करना है कि क्या शुद्ध देनदारी है? भूतकालीन संचय की गणना उसकी उत्पत्ति और विनियोग तत्त्व को ध्यान में रखकर किया जाता है, लेकिन संचय की आवश्यकता के अनुसार उसकी गणना नहीं की जाती; जबकि संचय का मुख्य उद्देश्य अध्यर्थन का भुगतान करना है। दूसरे शब्दों में संचय यह बताता है कि बीमाकर्ता के पास कम से कम इतनी रकम (संचय) हो कि भविष्य की प्रव्याजियों को मिलाकर भविष्य के भुगतानों को पूरा किया जा सके। अतः भविष्य के भुगतानों को पूरा करने के लिए संचय की आवश्यकता है जो भविष्य कालीन संचय से मालूम हो जाता है। इसी कारण भविष्य कालीन संचय की वैधानिक श्रेष्ठता है। भविष्य कालीन संचय की गणना जीवनांकिक आधारों पर सरल और आसान है। जैसा बताया जा चुका है कि भविष्य कालिन संचय भविष्य के अध्यर्थन और प्रव्याजियों के वर्तमान मूल्य का अन्तर है। इसे नीचे स्पष्ट किया गया है—

$$\text{संचय} = \text{(भविष्य के अध्यर्थन का वर्तमान मूल्य)} - \text{(भविष्य की प्रव्याजि का वर्तमान मूल्य)}$$

चूँकि बीमापत्रों का उद्देश्य सुरक्षा प्रदान करके बीमापात्रों को हानि से बचाना है। इसलिये अध्यर्थन मूल्य को भविष्य के लाभों के नाम से भी पुकारते हैं। अतः—

संचय	=	(भविष्य के लाभों का वर्तमान मूल्य)	–	(भविष्य की प्रव्याजि का वर्तमान मूल्य)
Reserve	=	Present value of future benefit	–	Present Value of future premium
R	=	P V F B	–	P V F P

वर्तमान मूल्य ब्याज दर और मृतक दर पर आधारित है।

1. **ब्याज दर**—ब्याज दर के आधार पर भविष्य के वर्तमान मूल्यों से तात्पर्य एक ऐसी रकम से है, जिसको यदि आज एक ब्याज दर विनियोजित किया जाय तो वह एक अवधि बाद भविष्य की रकम के बराबर हो जाय; जैसे यदि 1 रुपये को 10 प्रतिशत ब्याज दर पर विनियोजित किया जाय तो एक समय बाद (मान लीजिये तीन वर्ष बाद) वह .3131 रुपया हो जायगा तो यहाँ पर भविष्य के मूल्य 1.331 रुपये का वर्तमान मूल्य 10 प्रतिशत ब्याज दर पर 1 रुपया है। अतः वर्तमान मूल्य एकत्रित मूल्य (भविष्य मूल्य) का मूलधन (Principal) है। इसकी गणना की विधि पिछले अध्याय में बताया जा चुका है। इसका सूत्र निम्न प्रकार है—

$$P = \frac{S}{(1+i)^n}$$

जबकि P से वर्तमान मूल्य, S से भविष्य की रकम यानी जिसका वर्तमान मूल्य निकालना है, i से ब्याज दर और n से वर्षों की संख्या का तात्पर्य है। इस सूत्र पर एक रुपये (S) का वर्तमान मूल्य (P) 10 प्रतिशत ब्याज दर पर 3 वर्षों (n) में निम्न होगी—

$$P = \frac{S}{(1+i)^n}$$ मूल्यों को स्थापित करने पर

$$P = \frac{1}{(1+0.1)^3}$$

$$P = \frac{S}{(1.1)^3} = \frac{1}{(1.1)(1.1)(1.1)}$$

$$P = \frac{1}{1.331} = 0.75131$$

अतः यह कहा जा सकता है कि 0.75131 रुपया लगातार तीन वर्ष में 10 प्रतिशत ब्याज पर एक रुपया प्राप्त किया जा सकेगा, परन्तु बीमा प्रसंविदा में प्रव्याजि का

भुगतान प्रायः किस्तों में किया जाता है, इसलिये इन किस्तों का वर्तमान मूल्य निम्न प्रकार निकालते हैं—

$$P = \frac{S}{(1+i)} + \frac{S}{(1+i)^2} + \frac{S}{(1+i)^3} \cdots \frac{S}{(1+i)}$$

इसके मूल्य उपरोक्त जैसे हैं। प्रत्येक किस्त का वर्तमान मूल्य निकाल कर जोड़ लेने से सभी का वर्तमान मूल्य आ गया।

2. मृतक दर—मृतक दर या जीवन दर का अध्यर्थन के भुगतान और प्रव्याजि की प्राप्ति दर पर प्रभाव पड़ता है। यदि कुछ बीमित व्यक्तियों की मृत्यु हो चुकी है तो उनसे प्रव्याजि नहीं मिल पायेगी तथा यदि मृतक व्यक्तियों की सम्भावना अधिक है तो अध्यर्थन के भुगतान में अधिक वृद्धि होगी।

ये दोनों तत्त्व—(1) ब्याज दर और (2) मृतक दर वर्तमान मूल्यों को प्रभावित करेंगे। यदि ब्याज दर अधिक मिलने की सम्भावना है तो वर्तमान मूल्य कम रखे जायेंगे क्योंकि अधिक ब्याज अर्जित करके भुगतान दिया जा सकेगा। दूसरी तरफ यदि ब्याज दर कम है तो वर्तमान मूल्य अधिक होंगे। इसी प्रकार यदि मरण दर अधिक है तो बीमा लाभ देने के लिए अधिक वर्तमान मूल्य की आवश्यकता होगी और कम है तो कम वर्तमान मूल्य की आवश्यकता होगी।

वर्तमान मूल्यों की गणना के लिए इन तत्त्वों को अपनाया जाता है। बीमाकर्ता भविष्य में भुगतान के लिए एक प्रव्याजि या किस्त प्रव्याजि ले सकता है। यदि एक प्रव्याजि ली जाती है तो भविष्य के ब्याज और मृतक दर को देखते हुए तय कर लिया जाता है कि कितनी रकम भुगतानों को पूरा करने के लिए पर्याप्त होगी। उसी को एक प्रव्याजि (Single Premium) में लिया जाता है जिसे शुद्ध एकल प्रव्याजि (Net Single Premium) कहते हैं। अतः यह कहना उचित होगा कि भविष्य के भुगतानों को पूरा करने के लिए वर्तमान समय में शुद्ध एकल प्रव्याजि ली जायगी। दूसरे शब्दों में भविष्य के अध्यर्थन (लाभ) का वर्तमान मूल्य शुद्ध एकल प्रव्याजि होता है।

इसी प्रकार भविष्य की प्रव्याजियों (Premiums) को किस्तों में यदि न लिया जाय तो उसके लिए इतनी रकम लेना चाहेंगे जिससे वह किस्तों की रकम के बराबर, ब्याज और मृतक दर पर हो जाय। इसी को भविष्य की प्रव्याजियों का वर्तमान मूल्य कहेंगे। चूँकि भविष्य में किस्तों को प्राप्त करने का समय लम्बा होता, जिससे प्रव्याजि पर अधिक ब्याज न पायेगा तथा कुछ बीमित व्यक्तियों की मृत्यु के कारण प्रव्याजि की रकम नहीं मिल पायेगी; अतः वर्तमान समय में वसूल की जाने वाली प्रव्याजि अपेक्षाकृत अधिक होगी। इससे ब्याज की मात्रा और प्रव्याजि की निश्चितता हो जाती है।

भविष्य की प्रव्याजियों का वर्तमान मूल्य एक रुपये की वार्षिक वृत्ति देय के वर्तमान मूल्य से गुणा करने पर आ जायेगा क्योंकि वार्षिक वृत्ति देय और सम प्रव्याजि योजना की भुगतान अवधि की गणना में समानता है। वार्षिक वृत्ति देय प्रसंविदा के समय से शुरू होकर

अवधि या मृत्यु के एक वर्ष पहले तक भुगतान होती है। इसी प्रकार सम प्रव्याजि प्रसंविदा के समय से शुरू होकर अवधि या मृत्यु तक चलते हैं। दूसरे शब्दों में ये दोनों वर्ष के प्रारम्भ में अग्रिम रूप से दिये जाते हैं। अतः यह कहना उचित होगा कि भविष्य की प्रव्याजि का वर्तमान मूल्य सम प्रव्याजि की रकम को एक रुपये की वार्षिक वृत्ति देय के वर्तमान मूल्य (क्रय मूल्य) से गुणा कर देने से प्राप्त हो जाता है।

अतः भविष्यकालीन संचय (v) किसी एक उम्र (x) में निर्गमित बीमापत्र के सम्बन्ध में एक समय (t) के बाद उस रकम के बराबर है जो संचय के समय इस बीमापत्र की शुद्ध एकल प्रव्याजि (Ax + t) में से शुद्ध सम प्रव्याजि (Px) (जो निर्गमन के समय निश्चित हुई थी) और शेष अवधि के लिए वार्षिक वृत्ति देय के एक रुपये के क्रय मूल्य (ax + t) के गुणनफल को घटाने से प्राप्त हो। संक्षेप में—

$$R = NSP - (NLP) \times (PVAD)$$

$$tVx = Ax + t - (Px)(ax + t)$$—

जीववांकि सूत्रों में जबकि NSP से शुद्ध एकल प्रव्याजि,
NLP से शुद्ध सम प्रव्याजि,
PVAD से वार्षिक वृत्ति देय का वर्तमान मूल्य।

इनके मूल्य ऊपर दिये गये हैं। यह सूत्र एकल और सामूहिक संचय में एक समान लागू होता है।

मान लीजिये कोई बीमापत्र 35 वर्ष की उम्र में निर्गमित किया गया है और संचय की गणना 10 वर्ष बाद हो रही है तो

$$10V_{35} = A_{35} + 10 - (P_{35}) + (a_{35} + 10)$$

$$= A_{45} - (P_{35})(a_{45})$$

अर्थात् $10V_{35}$ का तात्पर्य 35 वर्ष की उम्र में निर्गमित आजीवन बीमापत्र पर 10 वर्ष संचय निकाला जा रहा है। A_{45} यह बताता है कि उस बीमापत्र का जो समान अवधि और शर्त के लिये निर्गमित किया गया है, 10 वर्ष बाद शुद्ध एकल प्रव्याजि क्या है? P_{35} से मतलब 35 वर्ष की उम्र में निर्गमित आजीवन बीमा पर शुद्ध सम प्रव्याजि a_{45} से तात्पर्य 45 वर्ष की उम्र में निर्गमित एक रुपये की वार्षिक वृत्ति देय का क्रय मूल्य (वर्तमान मूल्य)।

इसी प्रकार बन्दोबस्ती बीमा में संचय की रकम।

$$tVx : n = Ax + t : n - t(Px : n)(ax + t : n - t)$$

जबकि n से बन्दोबस्ती अवधि और n – t से बन्दोबस्ती अवधि का शेष समय का तात्पर्य है, अन्य मूल्य पूर्ववत् हैं।

सरल शब्दों में संचय (R)

संचय (R) = (भविष्य के लाभों का वर्तमान मूल्य) – (भविष्य की प्रव्याजि का वर्तमान मूल्य)

प्रारम्भ में भविष्य के लाभों का वर्तमान मूल्य और भविष्य की प्रव्याजि का वर्तमान मूल्य बराबर होगा, क्योंकि जितना भुगतान करना है उतनी ही रकम प्राप्त करना होगा। अतः प्रथम वर्ष संचय की रकम बिल्कुल नहीं होती है। लेकिन जैसे ही प्रथम प्रव्याजि का भुगतान कर दिया जायगा, वैसे ही संचय की उत्पत्ति हो जायगी। तत्पश्चात् जैसे-जैसे उम्र बढ़ती जाती है, वैसे-वैसे भविष्य के लाभों का वर्तमान मूल्य बढ़ता जायगा और अन्त में यह बीमा की रकम के बराबर हो जायगा। लेकिन भविष्य की प्रव्याजि का वर्तमान मूल्य कम होता जायगा और एक दिन यह शून्य हो जायगा।

अतः प्रारम्भ में संचय = भविष्य के लाभों का वर्तमान मूल्य – भविष्य की प्रव्याजि का वर्तमान मूल्य = शून्य

अवधि के अन्त में संचय = भविष्य के लाभों का वर्तमान मूल्य – भविष्य की प्रव्याजि का वर्तमान मूल्य = बीमित रकम

यह इसलिए सत्य है कि किसी भी बीमापत्र में जैसे-जैसे उम्र बढ़ती जाती है, वैसे-वैसे शुद्ध एकल प्रव्याजि में वृद्धि होती जायगी। अतः यदि मृतक तालिका समाप्ति

भविष्य कालीन संचय

रेखाचित्र नं० 2

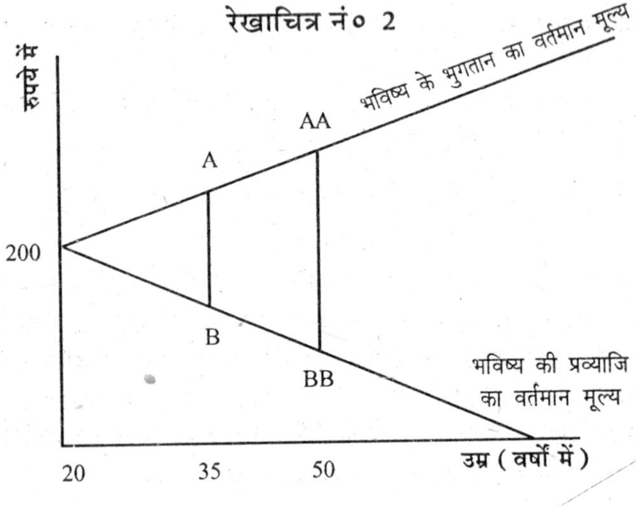

के समय बीमापत्र खरीदा जायगा तो बीमापत्र की रकम के तुल्य शुद्ध एकल प्रव्याजि ली जायगी। अतः उस समय भविष्य के लाभों का वर्तमान मूल्य (बीमित रकम) लगभग बीमित रकम के बराबर होगा। मृतक तालिका की अवधि समाप्त होते-होते बीमित रकम का वर्तमान मूल्य उसके बराबर हो जायगा। दूसरी तरफ जैसे-जैसे उम्र बढ़ती जाती है प्रव्याजि की संख्या कम होती जाती है, परिणामस्वरूप कम प्रव्याजि मिलती है।

अतः किसी एक बीमापत्र पर संचय की मात्रा उम्र के साथ बढ़ती जाती है। यह बात

पिछले पृष्ठ के रेखाचित्र से स्पष्ट है। 20 वर्ष की उम्र में संचय शून्य है, 35 वर्ष में उससे कुछ अधिक AB है और 50 वर्ष की उम्र में उससे भी अधिक AA BB है। यहाँ पर इन दोनों रेखाओं में उम्र, बीमापत्र की अवधि और शर्त के अनुसार परिवर्तन होगा, परन्तु अवधि बीमा में संचय की रकम घटती जाती है क्योंकि यदि बीमित व्यक्ति अवधि व्यतीत होने के समय जीवित रहा तो कुछ भी भुगतान नहीं दिया जायगा। यह निम्न तालिका से स्पष्ट है—

तालिका (1) अवधि बीमा में संचय

बीमित रकम 1000 रुपया — वार्षिक प्रव्याजि
उम्र 25 वर्ष, अवधि 6 वर्ष — 3.0196 रुपया

बीमा की अवधि	बीमित रकम का वर्तमान मूल्य	भविष्य की प्रव्याजि का वर्तमान मूल्य	गोपलेख संचय
वर्ष	रुपया	रुपया	रुपया
0	16.7200	16.7200	0.0000
1	14.2704	14.1589	0.1115
2	11.7055	11.5277	0.1978
3	9.0058	8.7689	0.2369
4	6.1656	5.9426	0.2230
5	3.1693	3.0196	0.1497
6	0	0	0.0000

तालिका (2) बन्दोबस्ती बीमा में संचय

बीमित रकम 1000 रुपया — वार्षिक प्रव्याजि
उम्र 25 वर्ष, अवधि 6 वर्ष — 151.421 रुपया

अवधि	बीमित रकम का वर्तमान मूल्य	भविष्य की प्रव्याजि का वर्तमान मूल्य	बीमापत्र संचय
वर्ष	रुपया	रुपया	रुपया
0	—	838.67	000.00
1	838.67	722.18	141.26
2	863.44	577.27	311.93

अवधि	बीमित रकम का वर्तमान मूल्य	भविष्य की प्रव्याजि का वर्तमान मूल्य	बीमापत्र संचय
वर्ष	रुपया	रुपया	रुपया
3	889.00	439.72	475.70
4	915.42	299.00	643.70
5	970.90	151.42	819.48
6	1000.00	0.00	1000.00

उपरोक्त दोनों तालिकाओं से—

1. जब भुगतान निश्चित रूप से करना हो (तालिका 2)
   (a) बीमित रकम का वर्तमान मूल्य बढ़ता जाता है और अन्त में बीमित रकम के बराबर हो जाता है।
   (b) भविष्य की प्रव्याजि का वर्तमान मूल्य गिरता जाता है और अन्त में शून्य हो जाता है।
   (c) संचय शून्य से बढ़कर अन्त में बीमित रकम के बराबर हो जाता है।

2. जब भुगतान किसी घटना के घटित होने (मृत्यु पर) पर ही किया जाय। यदि उस अवधि में मृत्य न हुई तो भुगतान नहीं किया जायगा।
   दूसरे शब्दों में जहाँ भुगतान की कोई निश्चितता न हो (तालिका 1)
   (a) बीमित रकम का वर्तमान मूल्य कम होता जाता है और अन्त में शून्य हो जाता है।
   (b) भविष्य की प्रव्याजि का वर्तमान मूल्य गिरता जाता है और अन्त में शून्य हो जाता है।
   (c) संचय कुछ समय तक बढ़ेगा फिर घट कर शून्य हो जायगा।

Questions

1. Calculate the retrospective policy value at 2% interest at the end of 3 years for a temporary Assurance of Rs. 1000 for a period of 6 years on the life of a person aged 40. Use the following mortality table on the basis of which a net annual premium of Rs. 3.89 percent has been changed.

Age	x	40	41	42	43	44
	lx	475	474	472	470	465

2. A person aged 23 is insured for Rs. 1000 for a term of 6 years with the following benefits.
   (a) Rs. 200 on survival to age 30.
   (b) Rs. 300 on survival to age 32.
   (c) Rs. 500 on survival to age 34.
   (d) Rs. 1000 at the end of year of death before age 34.

   If the net annual premium Rs. 150.61 find the retrospective policy value at 3% interest at the end of 3 years. Given the following mortality table.

Age (x)	28	29	30	31	32	33	34
lx	966	962	958	953	950	946	940

3. Find the prospective policy value in above given—
   $a_{31:3} = 2.801$ $a_{31:2} = 1.90$

4. Find the prospective policy value using the data given in Question (2).

□□□

अध्याय 16

कोष का विनियोग

पिछले अध्याय में यह देखा जा चुका है कि एकत्रित प्रव्याजि को बीमाकर्ता विनियोग करके उस पर ब्याज अर्जित करता है। उसकी जिम्मेदारी केवल प्रव्याजि प्राप्त करके उसको **अध्यर्थन** के साथ लौटा ही नहीं है, बल्कि उस पर ब्याज अर्जित करना भी उसकी जिम्मेदारी है। इसी कारण इस कोष को ऐसे स्थानों में विनियोजित किया जाता है, जहाँ कम से कम अनुमानित ब्याज अर्जित की जा सके।

विनियोग की आवश्यकता

1. अध्यर्थन का भुगतान—प्रव्याजि निर्धारण के समय यह मान लिया जाता है कि कम से कम एक निश्चित रकम अवश्य अर्जित की जायेगी। बीमा प्रसंविदा एक दीर्घकालीन प्रसंविदा है जिससे ब्याज भी दीर्घकाल तक अर्जित होती रहेगी। बीमाकर्ता का यह कर्त्तव्य होता है कि वह प्राप्त प्रव्याजि और उस पर ब्याज इस अवधि तक संचित रखे। संचित रखने का सबसे अच्छा तरीका इस रकम को विनियोजित करना है।

2. लाभार्जन का उद्देश्य—प्राप्त प्रव्याजि को बीमाकर्ता के पास बेकार पड़ा रहने से (Idle Cash) से कोई लाभ न होगा। यह न तो व्यावसायिक आवश्यकता है और न न्यायिक औचित्य ही। बीमापत्रधारी इस उद्देश्य से बीमा खरीदता है कि उसके द्वारा दी गयी प्रव्याजि पर लाभ अर्जित होता रहेगा तथा अध्यर्थन का भुगतान उचित समय होगा। इसलिए लाभार्जन करना बीमाकर्ता के लिए अत्यावश्यक है। बीमाकर्ता के लिए संचित कोष का विनियोग करना अध्यर्थन के भुगतान और लाभार्जन के लिए अत्यावश्यक है। यदि बीमाकर्ता ऐसा नहीं करता है तो वह बीमापत्रधारियों के हितों की सुरक्षा नहीं करता है। बीमापत्रधारियों के हितों के अतिरिक्त बीमाकर्ता को अपने हित तथा देश के कल्याण के लिए बीमा के संचित कोष को विनियोजित करना चाहिए।

3. बीमाकर्ता की आर्थिक सुदृढ़ता—बीमाकर्ता को अपनी आर्थिक स्थिति मजबूत बनाने के लिए यह आवश्यक है कि संचित कोष का विनियोग किया जाय। यह विनियोग ऐसी जगह किया जाना चाहिए जहाँ पर सुरक्षा के साथ आय प्राप्त हो सके। यदि वह इस संचित कोष को विनियोजित नहीं करता है तो आर्थिक आपत्तियों को बढ़ावा देता है। इससे उसे अपने दायित्वों को पूरा करने के लिए कठिनाई का सामना करना पड़ेगा। हो सकता है कि दायित्वों को पूरा न कर सकें। इससे भविष्य में उसकी ख्याति को धक्का लगेगा और व्यापार नष्ट हो जायगा, क्योंकि प्रव्याजि निर्धारण में अनुमानित ब्याजार्जन की कमी से ऐसा होना असम्भव नहीं हैं। यदि उसे भविष्य में प्रव्याजि की दर में वृद्धि करनी पड़ी तो इससे भी

व्यापार पर प्रतिकूल प्रभाव पड़ेगा। परिणामस्वरूप उसे अनार्थिकता का सामना करना पड़ेगा।

4. देश की प्रगति—विनियोग की आवश्यकता देश के विकास के लिए आवश्यक है। समाज या देश की रकम बीमाकर्ता के पास जमा होती है; अतः बीमाकर्ता का कर्त्तव्य है कि इस रकम को उसके उत्थान के लिए लगाया जाय। देश के विकास में इस कोष के विनियोग का बहुत महत्त्व है।

बीमाकोष के स्रोत (Sources of Funds)

विनियोग के लिए बीमाकोष निम्न साधनों से प्राप्त होते हैं :—

1. प्रव्याजि—एकल प्रव्याजि, जो बीमापत्र या वृत्ति बेचने के उपलक्ष में प्राप्त होती है। प्रसंविदा प्रारम्भ होने के बाद सम प्रव्याजि योजना से मिलने वाली रकम भी विनियोग के लिए कोष प्रदान करती है। प्रव्याजि की रकम कोष का मुख्य स्रोत है।

2. अध्यर्थन का भुगतान न करने पर—शुद्ध बन्दोबस्ती और अवधि बीमा में भुगतान तब तक नहीं किये जायेंगे जब तक अवधि समाप्त न हो प्रथम दशा में जीवन और द्वितीय दशा में मृत्यु न हो। यदि ऐसा नहीं होता है तो बीमाकर्ता को भुगतान नहीं करना पड़ेगा, जिससे इसके लिये दी गयी प्रव्याजि बच जायेगी और इस अतिरेक को कोष में शामिल करके विनियोजित कर सकेंगे।

3. अध्यर्थन के भुगतान में बचत—किसी एक बीमापत्र से सम्बन्धित अध्यर्थन का भुगतान जब नहीं किया जाता है तो उससे प्राप्त प्रव्याजि की सम्पूर्ण रकम बच जाती है। परन्तु कुछ दशाओं में अध्यर्थन के भुगतान से अधिक संचय हो जाता है जिससे इस आधिक्य को पुनः विनियोजित किया जाता है। यह बीमाकर्ता के लिए एक अतिरिक्त कोष का स्रोत होगा जिससे उसकी आर्थिक स्थिति सुदृढ़ होती जायगी।

4. भारण (Loading) **में बचत**—बीमाकर्ता अपने खर्चे के लिए व्यय भारण (Expenses Loading) तथा अधिलाभांश के लिए अधिलाभांश भारण (Bonus Loading) शुद्ध प्रव्याजि में छोड़कर कुल प्रव्याजि बीमापत्रधारियों से प्राप्त करता है। ये अतिरिक्त रकम अनुमान के आधार पर तय किये जाते हैं। परन्तु जब वास्तविक भारण (खर्चे या अधिलाभांश) इससे कम होते हैं तो बीमाकर्ता के लिए यह बचत (अर्थात् अतिरिक्त कोष) का साधन बन जाता है जिसको पुनः विनियोजित कर सकते हैं।

5. ब्याज और मृतक दर में बचत—शुद्ध प्रव्याजि के लिए ब्याज और मृतक दर अनुमानित किये जाते हैं। लेकिन जब ये वास्तविक जीवन में अनुकूल होंगे तो उससे बीमाकर्ता को अतिरिक्त लाभ मिलेगा; जैसे यदि ब्याज दर अनुमान से अधिक है तो अतिरिक्त ब्याज की बचत और यदि मृत्यु दर अनुमान से कम है तो मृत्यु दर में बचत से अतिरिक्त क्रोष मिलेगा। इस अतिरिक्त कोष को विनियोग के लिए प्रयोग करते हैं

6. अंश पूँजी और ऋणपत्र बेचने पर अतिरिक्त रकम—अंश पूँजी और ऋण पत्र के विक्रय पर बीमाकर्ता को कुछ अतिरिक्त कोष की प्राप्ति हो सकती है, जिससे कोष की मात्रा में वृद्धि होगी।

इन कोषों में से कुछ रकम नकद या शीघ्र परिवर्तनीय प्रतिभूतियों में विनियोजित करते हैं जिससे दिन प्रतिदिन का खर्चा पूरा किया जा सके। लेकिन अधिकांश कोष को विनियोजित कर देते हैं, अन्यथा बीमाकर्ता का कोष बेकार (Idle) पड़ा रहेगा। उपरोक्त स्रोतों में से प्रथम दो स्रोत महत्त्वपूर्ण हैं और उनसे लगातार रकम प्राप्त होती रहती है और उसको दीर्घकालीन विनियोगों में लगाते हैं। इसका बीमा अध्यर्थन वार्षिक वृत्ति से भुगतान के लिए प्रयोग किया जाता है। अन्तिम स्रोत को नियन्त्रित कोष में शामिल नहीं करते क्योंकि नियन्त्रित कोष में केवल जीवन बीमा व्यवसाय के कोष होते हैं।

विनियोग की समस्याएँ

1. बीमापत्रधारियों की सुरक्षा—बीमाकर्ता एक प्रन्यासी के रूप में है। उसे अवधि व्यतीत होने या मृत्यु पर भुगतान करना पड़ता है। इसलिये बीमाकर्ता के सामने सर्वप्रथम समस्या यह है कि वह कोष को ऐसी जगह विनियोजित करे जिससे अध्यर्थन के भुगतान के लिये पर्याप्त रकम प्राप्त हो सके। यदि ये विनियोग सट्टेपूर्ण प्रतिभूतियों में किये जाते हैं तो बीमापत्रधारियों की रकम नष्ट हो सकती है। परिणामस्वरूप बीमाकर्ता और बीमापत्रधारियों को आर्थिक कठिनाई का सामना करना पड़ सकता है।

2. अध्यर्थन का भुगतान—विनियोग की दूसरी समस्या उस समय स्पष्ट होती है जब अध्यर्थन के भुगतान की आवश्यकता होती है। यदि विनियोग ऐसी जगह किया गया है कि अध्यर्थन की रकम के लिये पर्याप्त कोष नहीं रहता तो वह अपने दायित्व को अच्छी तरह पूरा नहीं कर सकता। अन्ततः बीमाकर्ता दिवालिया हो जायगा। इसलिए बीमाकर्ता को यह देखना पड़ेगा कि बीमा कोष ऐसी जगह विनियोजित हो जिससे दीर्घ समय में वह शीघ्रक्षम रह सके। इसके लिए उसे पहले से अनुमान लगाना पड़ता है।

3. उच्चावचनों को दूर करना—बीमाकर्ता को अपने कोष ऐसी जगह विनियोजित करना चाहिए जिससे विनियोग के मूल्यों में उतार-चढ़ाव अधिक न हो। सामयिक और थोड़े उच्चावचन को दीर्घकाल में पूरा करने की क्षमता होनी चाहिए। कभी-कभी इसके लिए एक संचय की आवश्यकता पड़ती है, जिसे विनियोग समता कोष कहते हैं। दूसरे शब्दों में बीमाकर्ता को यह ध्यान में रखना पड़ता है कि विनियोग के मूल्यों में कमी न हो पाये। अन्यर्था बीमाकर्ता की शोधक्षमता खतरे में पड़ सकती है। विनियोग का विमोचन (Redemption) ऐसे समय हो जब बाजार अनुकूल हों। प्रतिकूल परिस्थिति में मूल्य में कमी आने पर विनियोग करना अलाभकारी हो जायगा।

4. उचित विनियोग का चुनाव—बीमाकर्ता के सामने उचित विनियोग के चुनाव की समस्या रहती है। विनियोग इस प्रकार का होना चाहिए कि उसके मूल्य में अधिक परिवर्तन न हो तथा आय भी संतोषजनक हो। यह कहा जाता है कि विनियोग से प्राप्त होने वाली आय कम से कम अनुमानित ब्याज के बराबर होना चाहिए। यदि इससे कम होगा तो आय सन्तोषजनक नहीं है।

5. जनता का विश्वास—विनियोग ऐसी जगह और उन प्रतिभूतियों में होंना चाहिए जिससे जनता का विश्वास बना रहे। कुछ प्रतिभूतियों में विनियोग करने से जनता का

बीमाकर्ता के प्रबन्ध में अविश्वास होने लगता है जिससे उसके व्यापार को धक्का लग सकता है; जैसे यदि विनियोग उन प्रतिभूतियों में किया गया है जिनसे बीमाकर्ता के ही स्वार्थ की सिद्धि होती है या प्रतिभूतियों के मूल्य में कमी होती जा रही है तो बीमापत्रधारियों के मन में सन्देह होना स्वाभाविक है क्योंकि इससे उनके हितों की सुरक्षा सन्देहपूर्ण रहती है। अतः बीमाकर्ता को यह देखना आवश्यक रहता है कि विनियोग ऐसी जगह किया जाय जिससे जनता का विश्वास बीमाकर्ता और उसके प्रबन्ध में बना रह सके।

6. **प्रतिस्पर्धा**—बीमाकर्ता को दूसरे बीमाकर्ता से प्रतिस्पर्धा के लिए यह देखना पड़ता है कि वह कम से कम प्रव्याजि रखे। प्रव्याजि की रकम ऐसी दशा में तभी कम होगी जब ब्याज की मात्रा अधिक हो। इसलिए बीमाकर्ता को लाभकारी प्रतिभूतियों में विनियोजन करना पड़ेगा। लेकिन लाभकारी विनियोग में सुरक्षा की मात्रा कम हो सकती है, जिससे शोधक्षमता में कमी आ सकती है। अतः उसे ऐसी जगह विनियोग करना चाहिए जिससे लाभ और सुरक्षा दोनों मिल सके। प्रतिस्पर्धा को ध्यान में रखते हुए विनियोग की परिवर्तित करना आवश्यक हो जाता है।

7. **विनियोग में समन्वय**—कई प्रकार की प्रतिभूतियों में इस प्रकार सामञ्जस्य स्थापित करना पड़ता है जिससे किसी जगह की हानि को दूसरे जगह के लाभ से पूरा किया जा सके। इस समन्वय के लिए बीमाकर्ता को ऐसी जगह विनियोग करना पड़ेगा जहाँ कि लाभ अधिक हो सके। तभी वह दूसरे जगह की हानि को पूरा कर सकेगा।

8. **विनियोग के सिद्धान्तों का पालन**—विनियोग के सिद्धान्तों; जैसे आय, सुरक्षा, तरलता आदि का समुचित पालन होना आवश्यक है। इन सिद्धान्तों में आपस में विरोध देखा गया है। जहाँ पर आय अधिक होगी, वहाँ सुरक्षा कम पाई जाती है और तरलता भी कम होती है। यदि सुरक्षा अधिक है तो तरलता कम हो सकती है। अतः विनियोग को इस प्रकार वितरित करना होगा जिससे आवश्यक आय, सुरक्षा और तरलता प्राप्त हो सके। जहाँ तक हो सके अधिक आय प्राप्त करने का प्रयास करना चाहिए लेकिन इससे सुरक्षा और तरलता में कमी नहीं होनी चाहिए।

9. **वर्तमान तथा भविष्य की परिस्थितियाँ**—विनियोक्ता को विनियोग नीति निर्धारण करते समय वर्तमान तथा भविष्य की परिस्थितियों को ध्यान में रखना पड़ता है। यह देखना आवश्यक हो जाता है कि आर्थिक, सामाजिक और राजनैतिक परिस्थितियों में क्या अन्तर हो सकता है? उसी के अनुसार विनियोग की रकम में भी परिवर्तन करना पड़ेगा।

विनियोग के सिद्धान्त

बीमा कोष के विनियोग के लिए निम्नलिखित सिद्धान्त अपनाये जाते हैं—

1. **सुरक्षा**—एक जीवन बीमाकर्ता के संचय उसकी शुद्ध देनदारी को बताते हैं। अतः संचित कोष का विनियोग किसी भी समय इस शुद्ध देनदारी से कम नहीं होना चाहिए, अन्यथा बीमाकर्ता की सम्पत्ति उसकी शुद्ध देनदारी से कम हो जायगी और बहुत से बीमापत्रधारियों के अथक परिश्रम से संचित रकम नष्ट हो जायगी।

अन्य व्यापार की तरह बीमा का मुख्य उद्देश्य लाभार्जन करना ही नहीं है, बल्कि

बीमा सम्पत्ति की रक्षा के साथ बीमापत्रधारियों के हित की रक्षा है। किसी वर्ष अधिक लाभ और किसी वर्ष हानि वाले विनियोग में बीमा कोष विनियोजित नहीं करना चाहिए। दूसरी तरफ बीमाकर्ता को अपने लाभ को ध्यान में नहीं रखना चाहिए, बल्कि बीमापत्रधारियों के हित का ध्यान रखना अत्यावश्यक है। यह तभी हो सकता है जबकि विनियोग की रकम (मूलधन) और एक अनुमानित ब्याज में कमी न आवे। यदि इसमें कमी हुई तो बीमापत्रधारी की रकम का भुगतान नहीं किया जा सकेगा। बीमाकर्ता एक प्रन्यासी के रूप में है। अतः उसे बीमापत्रधारियों को उचित समय पर बीमित रकम का लौटाना आवश्यक है। यह तभी सम्भव हो सकता है जब उसके द्वारा दी गयी प्रव्याजि और उस पर पूर्व निर्धारित ब्याज सुरक्षित रह सके।

बीमापत्रधारियों के हितों की सुरक्षा के लिए प्रत्येक देश में बीमाकर्ताओं के ऊपर कुछ प्रतिबन्ध लगाये जाते हैं। सरकारी और प्रामाणिक प्रतिभूतियों में मूलधन और ब्याज की सुरक्षा अपेक्षाकृत अधिक होती है जिससे इनमें विनियोजित करना अनिवार्य कर दिया गया है। भारत में सरकारी प्रतिभूतियों में नियन्त्रित कोष का कम से कम 50 प्रतिशत और अन्य विनियोगों में अधिक से अधिक 15 प्रतिशत विनियोजित करना चाहिए। सुरक्षा को विनियोग का सर्वप्रमुख सिद्धान्त बताया गया है। सबसे पहले सुरक्षा के सिद्धान्त को पूरा करना चाहिए, उसके बाद अन्य सिद्धान्तों को पूरा किया जा सकता है। सुरक्षा से तात्पर्य मूलधन (Principal) और ब्याज की सुरक्षा से है अर्थात् किसी भी समय इनकी रकम में कमी नहीं होनी चाहिए। विनियोग के मूल्यों में उच्चावचन नहीं होना चाहिए।

जीवन बीमा कोष बीमापत्रधारियों की होती है। अतः उनकी रकम को सुरक्षित रखना बीमाकर्ता का परम कर्त्तव्य है। यदि अकुशल प्रबन्ध के कारण विनियोग में कमी हुई तो यह जिम्मेदारी बीमाकर्ता की होगी। कुछ प्रतिभूतियाँ ऐसी होती हैं जिनमें पहले तो समान आय और उनका निश्चित बाजार मूल्य रहता है, परन्तु कुछ समय बाद उनमें कमी आ जाती है तथा बाजार में तेजी से उतार-चढ़ाव होने लगते हैं। इसलिये भविष्य में परिवर्तनों को ध्यान में रखते हुए विनियोग इस प्रकार हो कि उसमें अधिक उतार-चढ़ाव न हो।

2. आय—जैसा कई बार स्पष्ट किया जा चुका है कि बीमाकर्ता प्रव्याजि निर्धारण के लिए एक ब्याज दर निर्धारित करता है। अतः कम से कम इस निर्धारित ब्याज दर को प्राप्त करना बीमाकर्ता के लिए अनिवार्य है। यदि बीमाकर्ता इस ब्याज दर से अधिक अर्जित कर लेता है तो यह आधिक्य उसके लिए लाभ होगा और यदि इससे कम ब्याज अर्जित होती है तो यह कमी उसके लिए हानि होगी। यही कारण है कि हानि को बचाने के ब्याज दर का अनुमान कम से कम किया जाता है जिसका अर्जन अत्यावश्यक है।

आय सिद्धान्त के अनुसार प्रयास यह होना चाहिये कि अधिक से अधिक ब्याज (आय) प्राप्त किया जाय। लेकिन यह सुरक्षा सिद्धान्त के बाद ही आना चाहिए। यदि अधिकाधिक ब्याज अर्जित होगा तो लाभ सहित बीमा पर अभिलाभांश अधिक से अधिक दिया जा सकेगा। इसके अतिरिक्त भविष्य में प्रव्याजि दर को कम किया जा सकेगा। इन दोनों के परिणामस्वरूप व्यापार वृद्धि को प्रोत्साहन मिलेगा। प्रतिस्पर्धा को दूर करने और अधिक प्रगति के लिए यह आवश्यक है कि विनियोग से अधिक से अधिक आय प्राप्त की जाय।

सुरक्षा और आय सिद्धान्त एक दूसरे के प्रतिकूल रहते हैं। जहाँ पर सुरक्षा अधिक होगी, वहाँ आय कम होगी और जहाँ सुरक्षा कम होगी, वहाँ आय अधिक होगी। इसलिए विनियोक्ता को इन दोनों सिद्धान्तों को पूरा करने के लिए आवश्यकतानुसार विनियोग में सामंजस्य स्थापित करना चाहिए। कुछ प्रतिभूतियों में इन दोनों सिद्धान्तों को देखा गया है; जैसे दीर्घकालीन सरकारी प्रतिभूतियाँ। यदि कोई ऐसी प्रतिभूति मिल रही है जहाँ पर सुरक्षा और आय दोनों सिद्धान्त लागू हों तो प्रयास यह होना चाहिए कि कोष का अधिकांश हिस्सा ऐसी जगह पर विनियोजित हो, जहाँ पर सुरक्षा अधिक हो और शेष थोड़ा हिस्सा ऐसी जगह विनियोजित हो जहाँ पर आय अधिक हो। कुछ विनियोग में अधिक रकम विनियोजित करने से ज्यादा आय मिलती है जो कि थोड़ी या व्यक्तिगत रूप से विनियोग में नहीं प्राप्त होती है, तो इन प्रतिभूतियों में कोष को विनियोजित किया जा सकता है।

आय की स्थिरता के लिये विनियोग उच्चावचन कोष निर्माण किया जाना चाहिए जिससे किसी वर्ष होने वाली हानि को पूरा करके स्थिर और नियमित आय दर प्राप्त हो सके।

कर का प्रभाव आय पर पड़ता है, अतः आय का सिद्धान्त पालन करने के लिए आय कर, सम्पत्ति कर आदि का प्रभाव देखना चाहिए।

3. तरलता—तरलता से तात्पर्य नकद रकम में परिवर्तन की क्षमता से है। अध्यर्थनों का तुरन्त भुगतान करने के लिए बीमाकर्ता के पास कुछ नकद रकम या नकद रकम में शीघ्र परिवर्तनीय प्रतिभूति होनी चाहिए। बैङ्कों में यह सिद्धान्त सर्वोपरि है परन्तु बीमा में यह सिद्धान्त बहुत महत्त्वपूर्ण नहीं है क्योंकि मृत्यु पर या अवधि व्यतीत होने पर भुगतान किया जायगा जो लम्बी अवधि में वितरित होता है। एक ही समय में सभी भुगतान नहीं करने होंगे। धीरे-धीरे जैसे-जैसे मृत्यु होती जायगी, भुगतान किये जायेंगे। उतने समय में विनियोग भी परिपक्व हो जायेगा जिससे उसका भुगतान किया जा सकेगा। लेकिन नकद समर्पण, ऋण और दैनिक खर्चों को पूरा करने के लिए तरलता के सिद्धान्त की आवश्यकता पड़ती है। पिछले अनुभवों के आधार पर इसका अनुमान लगा लिया जाता है और उतनी रकम तक नकद कोष रखा जा सकता है। यह आवश्यकता उन बीमाकर्ताओं के लिए है जिनका अनुभव और आकार छोटा और नया है। एक सुदृढ़ बीमाकर्ता के लिए यह आवश्यक नहीं है कि इतनी आवश्यकता के लिए नकद कोष रखा जाय क्योंकि प्रतिदिन कुछ न कुछ रकम प्रव्याजि और आय के रूप में आती रहती है।

बीमाकर्ता को विनियोग उतनी अवधि तक करना चाहिए जितनी अवधि तक के लिए बीमा कराया गया हो। अस्तु प्रत्येक प्रकार या वर्ग के लिए विनियोग अलग-अलग हो सकता है। बीमाकर्ता भुगतान विलम्बन वाक्यांश लिख कर अध्यर्थन का भुगतान कुछ समय बाद कर सकते हैं और इस अवधि में कुछ विनियोग परिपक्व हो जायेंगे जिससे भुगतान बिना किसी हानि के किया जा सकेगा। वह कुछ विनियोग को ऐसी प्रतिभूतियों में लगा सकता है जिनको शीघ्र ही नकद रकम से परिवर्तित किया जा सकेगा।

यहाँ पर यह जानना आवश्यक है कि आय और तरलता में विरोध का सम्बन्ध है। यदि तरलता होगी यानी यदि नकद रकम में ही कोष पड़ा होगा तो उस पर आय कुछ भी नहीं होगी तथा यदि कोष विनियोजित है तो वह नकद रकम में नहीं है यानी तरलता शून्य है।

इसलिए प्रयास यह हो कि अधिक से अधिक विनियोग किया जा सके जिससे तरलता के कारण आय की हानि (non-income) को बचाया जा सके तथा कुछ कोष नकद रकम में होना चाहिए क्योंकि अध्यर्थन और खर्चों को शीघ्र पूरा कर देने से बीमाकर्ता की साख बढ़ती है तथा विनियोगों के पूर्व-विमोचन बनाये जा सकेंगे जिससे सम्भावित हानि नहीं होने पायेगी।

4. विभेदीकरण—बीमा कोष एक जगह, एक प्रतिभूति तथा संस्था में केन्द्रित नहीं होना चाहिए, अन्यथा वहाँ की हानि बीमाकर्ता के लिए अहितकर होगा। इसलिए इस सिद्धान्त (विभेदीकरण) के अनुसार विनियोग को कई जगह, प्रतिभूति और संस्था में वितरित कर देते हैं जिससे एक जगह की हानि दूसरी जगह के लाभ से पूरा किया जा सके। विकेन्द्रीकरण से सुरक्षा और लाभ में वृद्धि हो जाती है। श्री पेगलर ने ठीक कहा है कि अनुकूल परिस्थितियों का लाभ लेने तथा राजनैतिक एवं आर्थिक प्रतिकूल परिस्थितियों के अलाभ कम करने के लिए विनियोग को विस्तृत क्षेत्र में वितरित करना चाहिए। विभेदीकरण से जोखिम को विस्तृत क्षेत्र में वितरित कर दिया जाता है और औसत तथा अधिकांश संख्या सिद्धान्त के परिणामस्वरूप उच्चावचन की हानियों को कम किया जा सकता है। केवल आर्थिक परिस्थितियाँ ही नहीं, बल्कि राजनैतिक परिस्थितियाँ भी विनियोग को प्रभावित करती हैं, अस्तु उनके अनुसार विभिन्न क्षेत्रों में विनियोग करना चाहिए।

विभेदीकरण भुगतान अवधि, उद्योग एवं स्थान, क्षेत्र और जोखिम की मात्रा आदि के अनुसार किया जा सकता है। इसके लाभों को समझने के लिए बीमाकर्ता एक विनियोग विभाग खोलते हैं जिसमें वित्तीय विशेषज्ञ को नियुक्त किया जाता है जो इन तमाम परिस्थितियों से परिचित होते हैं और उसी के अनुसार विनियोग नीति निर्धारित करते हैं। विभेदीकरण को निम्न प्रकार अपना सकते हैं—

(अ) प्रतिभूतियों के अनुसार—सभी विनियोगों को एक प्रतिभूति में विनियोजित न करके विभिन्न प्रकार की प्रतिभूतियों में विभाजित करते हैं। इस प्रकार प्रत्येक प्रतिभूतियों के लाभ को पा सकते हैं और उनकी हानियों को दूसरी प्रतिभूति से पूरा करा सकते हैं।

(ब) क्षेत्रीय वितरण—कोष को विभिन्न क्षेत्रों, उद्योगों और व्यापारों के अनुसार वितरित कर देना चाहिए। इस प्रकार एक व्यापार की हानि एक-दूसरे व्यापार के लाभ से पूरा कर सकते हैं।

(स) संख्यानुसार विभेदीकरण—किसी विशेष क्षेत्र में विनियोग की मात्रा यानी प्रतिभूति की संख्यानुसार कोष को वितरित करते हैं।

(द) परिपक्वतानुसार विभेदीकरण—बीमा कोष को विभिन्न प्रतिभूतियों में उनकी अवधि (परिपक्वता) के अनुसार वितरित करना चाहिये।

(य) क्रय के समयानुसार वितरण—किसी प्रतिभूति के खरीदने के अनुसार कोष का वितरण हो सकता है।

(र) विनियोग संस्थाएँ—कुछ संस्थाएँ विनियोग में व्यापार करती हैं। इन्हें विनियोग संस्थाएँ कहते हैं। विभिन्न विनियोग संस्थाओं के अनुसार वितरण से कोष की सुरक्षा, आय और तरलता में अन्तर आ जाता है।

(ल) औसत के अनुसार वितरण—कोष का औसत वितरण प्रत्येक स्थान, उद्योग और प्रतिभूति के अनुसार होता है।

(व) आय की दर—विभिन्न आय दर के अनुसार कोष को विभाजित करके लाभ प्राप्त किया जा सकता है।

5. जीवन बीमा व्यापार वृद्धि के लिए—प्रत्येक बीमाकर्ता का यह कर्त्तव्य है कि वह ऐसी जगह विनियोग करे जहाँ पर जीवन बीमा व्यापार को प्रोत्साहन मिले। यदि लाभकारी प्रतिभूतियों में विनियोजित किया जायगा तो ब्याज दर अधिक मिलेगी जिससे प्रव्याजि घटाई जा सकती है, परिणामस्वरूप सस्ती प्रव्याजि से व्यापार को बढ़ाने का अवसर मिलेगा। इसी प्रकार यदि उद्योग, अस्पताल और शिक्षण संस्थाओं में विनियोग किया जा रहा है तो समाज की आय, स्वास्थ्य और शिक्षा बढ़ेगी जो व्यापार वृद्धि में सहायक है।

श्री ए०एच० बैली का विनियोग सिद्धान्त

श्री ए०एच० बैली (A.H. Bailey) ने विनियोग के सिद्धान्त को 1862 में बताया था, लेकिन ये सिद्धान्त आज भी उसी तरह से लागू होते हैं जैसा उस समय लागू थे। ये सिद्धान्त निम्न हैं—

1. विनियोग का सर्वप्रथम सिद्धान्त पूँजी की सुरक्षा (Security of Capital) का है। पूँजी की सुरक्षा को ध्यान में रखते हुए अन्य सिद्धान्तों का पालन करना चाहिए।
2. दूसरा सिद्धान्त यह बताता है कि जितना सम्भव हो सके ब्याज (आय) प्राप्त करना चाहिए, लेकिन इस सिद्धान्त को पहले सिद्धान्त के बाद ही लागू होना चाहिए अर्थात् सुरक्षा का पालन सबसे ज्यादा आवश्यक है।
3. अध्यर्थन और ऋण के शीघ्र भुगतान के लिए कोष का कुछ हिस्सा ऐसी जगह विनियोग करना चाहिए, जिससे शीघ्र ही उसे नकद रकम में परिवर्तित किया जा सके। इसका निर्धारण व्यापार की उम्र और आकार से हो सकता है।
4. शेष प्रतिभूतियों को ऐसी जगह विनियोजित करें जहाँ पर उसे आसानी से नकद रकम में परिवर्तित न कर सके। परिवर्तनीय प्रतिभूतियों में सुरक्षा कम होती है।
5. अन्तिम सिद्धान्त यह बताता है कि जहाँ तक हो सके, व्यापार बढ़ाने के लिए प्रयास करना है।

समीक्षा

बैली के ये सिद्धान्त संक्षेप में—(1) पूँजी की सुरक्षा, (2) आय, (3) विनियोग की तरलता और (4) बीमा व्यापार की वृद्धि के लिए उपाय बताते हैं।

सुरक्षा—सुरक्षा को इसलिए आवश्यक समझा गया कि बीमाकर्ता की यह जिम्मेदारी हो जाती है कि बीमित व्यक्तियों की रकम का भुगतान करे। बीमाकर्ता एक प्रन्यासी के रूप में है जिससे बीमित व्यक्तियों की रकम की सुरक्षा बहुत आवश्यक है। अतः उन्होंने इस

सिद्धान्त को सर्वप्रथम बताया है, इसके पालन होने के बाद ही अन्य सिद्धान्तों का पालन होना चाहिए।

आय—आय प्राप्ति को उन्होंने दूसरा महत्त्वपूर्ण सिद्धान्त बताया है। जहाँ तक हो सके, अधिकतम आय प्राप्त करने का प्रयास होना चाहिए। आय और सुरक्षा के विरोधी सम्बन्ध का उन्हें ज्ञान था; अतः उन्होंने आय के सिद्धान्त के साथ बताया कि यह सिद्धान्त तभी लागू होना चाहिए जबकि प्रथम सिद्धान्त का पालन हो गया हो। इन दोनों सिद्धान्तों में सामंजस्य स्थापित करना आवश्यक है। प्रव्याजि निर्धारण में अनुमानित ब्याज दर को अवश्य प्राप्त करना चाहिए। यह मान लिया गया है कि बिना सुरक्षा के ब्याज दर अवश्य अर्जित होगी। इससे अधिक ब्याज प्राप्त करने का प्रयास होना चाहिए, लेकिन वह तभी जबकि आवश्यक सुरक्षा उपलब्ध हो। कुछ ऐसी प्रतिभूतियाँ हैं जिनमें सुरक्षा और लाभ दोनों तत्त्व उपलब्ध होते हैं। इन प्रतिभूतियों में विनियोग उचित होगा।

कुछ प्रतिभूतियाँ ऐसी होनी चाहिये जिनमें लाभ अत्यधिक हो। उनमें पूँजी की हानि होने की सम्भावना बनी रहती है, परन्तु इस हानि को विनियोग उच्चावचन कोष तैयार करके पूरा किया जा सकता है।

तरलता—असम्भाव्य दायित्व जैसे समर्पित मूल्य और ऋण के भुगतान के लिए कुछ कोष नकद रहना चाहिए। सामान्य दायित्व पहले से निर्धारित हो जाते हैं और उसी के अनुसार विनियोग की परिपक्वता को विभाजित करते हैं जिससे प्रत्येक भुगतान पर उचित रकम मिल सके। चूँकि समर्पित मूल्य के लिये ऐसा अनुमान लगाना सम्भव नहीं होता; अतः कुछ कोष बीमाकर्ता के पास नकद होना या ऐसी प्रतिभूतियाँ में होना आवश्यक है, जिसे शीघ्र ही नकद कोष में परिणत किया जा सके।

बैली महोदय यहाँ पर सभी कोष को इन प्रतिभूतियों में रखने के लिए सलाह नहीं देते हैं क्योंकि उन्हें यह मालूम था कि तरलता और आय के सिद्धान्त में पूर्ण विरोध का सम्बन्ध है; अतः तरल प्रतिभूतियों में कोष को विनियोग करने का तात्पर्य आय में कमी होना है। विनियोग की अवधि में वृद्धि होने के साथ ब्याज और आय में वृत्ति होती जाती है। इसके साथ उनको यह भी आभास था कि असम्भाव्य दायित्व बहुत कम होते हैं। अतः उन्होंने तीसरे सिद्धान्त में यह बताया कि कोष का थोड़ा हिस्सा उन प्रतिभूतियों में विनियोजित किया जाय, जिन्हें आसानी से रोकड़ में बदला जा सके।

चौथे सिद्धान्त में उन्होंने लाभार्जन के लिए भी यह बताया है कि विनियोग ऐसा हो कि जिसे आसानी से नकद में न बदला जा सके। उन्हें आय और तरलता इष्ट थे, अतः अधिकांश कोष उन प्रतिभूतियों में विनियोजित करने को कहा जो शीघ्र नकद में न बदल सके जिससे आय की अधिकता होगी।

उनका पाँचवाँ सिद्धान्त आजकल महत्त्वपूर्ण प्रतीत हो रहा है क्योंकि व्यापार वृद्धि के लिए कुछ ऐसी जगह विनियोग करना चाहिए जिनसे दीर्घ काल में व्यापार के लाभ हो। जैसे यदि औद्योगिक विकास के लिए कुछ धन विनियोजित होगा तो लोगों की आय बढ़ेगी और इस तरह अधिक प्रव्याजि दे सकेंगे। परिणामस्वरूप बीमा खरीदने की शक्ति बढ़ने से व्यापार में वृद्धि हो सकेगी। स्वास्थ्य सम्बन्धी संस्थाओं में विनियोग करने से लोगों का स्वास्थ्य

बढ़ेगा, मरण दर कम होगी जिससे भुगतान कम करने होंगे। दूसरी तरफ मरण दर कम होने से प्रव्याजि में कमी करने का अवसर मिलेगा जिससे व्यापार में वृद्धि होगी। इस प्रकार का विनियोग अस्पताल, स्वास्थ्य संस्थाएँ, आवास संस्थाएँ, म्युनिसिपिल बोर्ड आदि की प्रतिभूतियों में मिलता है। शिक्षण संस्थाओं में विनियोग करने से शिक्षा में विकास होगा, जिससे लोगों को बीमा के लाभों के प्रति जागरूकता आयेगी और बीमा खरीदने की इच्छा में वृद्धि होगी।

आलोचना

बैली के सिद्धान्तों के उपर्युक्त लाभों के अतिरिक्त उसकी कुछ आलोचनाएँ भी हैं। जैसा कि पहले कहा गया है कि उनके सिद्धान्त आज भी उस तरह लागू होते हैं जैसा पहले होता था। इस कथन की आलोचना निम्न प्रकार की गयी है—

1. पूँजी की सुरक्षा और विनियोग के लाभ को आज भी सही देखा जाता है, परन्तु इन दोनों सिद्धान्तों को विभेदीकरण के सिद्धान्त से पूरा किया जा सकता है। कोष का कुछ हिस्सा ऐसी जगह विनियोजित होना चाहिए, जहाँ पर अत्यधिक लाभ हो और अधिकांश हिस्सा ऐसी जगह विनियोजित हो जहाँ पर सुरक्षा हो। लाभार्जन वाली प्रतिभूतियों के मूल्यों में उतार-चढ़ाव को दूसरी जगह से पूरा किया जा सकता है। दूसरी तरफ जब इनमें विनियोग कम होगा तो हानि भी कम होगी जिसे एक उच्चावचन कोष से पूरा किया जा सकेगा। यह कहना अधिक उचित नहीं लगता है कि विनियोग से प्रत्येक जगह हानि ही होगी। कुछ जगह लाभ और कुछ जगह हानि एक-दूसरे को बराबर कर देंगे।
2. विभेदीकरण कई रूपों में हो सकता है, इसका वर्णन पीछे किया जा चुका है। इसके कारण कुछ जगह लाभ, सुरक्षा और तरलता मिलेगी जिससे औसत रूप से इन तीनों सिद्धान्तों का पालन हो जायगा। कुछ प्राथमिक और सहायक उद्योगों में विनियोजित होगा तथा कुछ अंश, ऋणपत्र और सरकारी बाण्डों में विनियोजित होगा। कुछ प्रतिभूतियों की अवधि छोटी, मध्यम और दीर्घ होगी। इन तमाम प्रकार के विभेदीकरण से सुरक्षा और लाभ के सिद्धान्त लागू हो सकते हैं।

   यहाँ पर ध्यान देना है कि विभेदीकरण विनियोग को वितरित करने का एक तरीका है, जबकि सुरक्षा और लाभ विनियोग के उद्देश्य हैं। अतः विनियोग के सिद्धान्त उद्देश्य के रूप में सर्वप्रथम सुरक्षा और उसके बाद लाभ महत्त्वपूर्ण है।
3. तरलता का सिद्धान्त बहुत आवश्यक नहीं है, क्योंकि—(अ) एक सुदृढ़ बीमाकर्ता के पास प्रतिदिन कुछ न कुछ रोकड़ प्रव्याजि, लाभांश आदि में आते रहते हैं। (ब) बीमा संविदा दीर्घकालीन समझौता है जिससे विनियोग भी उसी प्रकार किया जायगा। परिणामस्वरूप कुछ न कुछ विनियोग प्रतिदिन परिपक्व होंगे क्योंकि प्रत्येक बीमा कोष का विनियोग होता रहेगा। (स) भुगतान के लिए विलम्ब वाक्यांश लिख कर भुगतान को कुछ समय के लिए

विलम्बित कर सकते हैं और इस अवधि में भुगतान के लिए रोकड़ का प्रबन्ध किया जा सकता है। इन कारणों से तरलता का सिद्धान्त एक मजबूत और सुसंगठित बीमाकर्ता के लिए आवश्यक नहीं है।

यह सिद्धान्त नयी और कमजोर संस्थाओं के लिए आवश्यक हो सकता है क्योंकि उनके पास लगातार और नियमित रकम नहीं आ सकती है।

4. चौथे और तीसरे सिद्धान्त को एक ही सिद्धान्त के अन्तर्गत बताया जा सकता है, वह है तरलता; लेकिन श्री बैली ने इसकी व्याख्या आय से अप्रत्यक्ष सम्बन्ध बताते हुए की है जो कि एक उचित सिद्धान्त नहीं बताया जा सकता है।

5. बीमा व्यापार वृद्धि का सिद्धान्त पूर्णतया लागू होता है, जैसा पहले बताया जा चुका है। लेकिन इसका आधार अब बीमाकर्ता के हित तक सीमित नहीं होना चाहिए। यह अब देश और समाज की प्रगति के लिए आवश्यक है।

यह सिद्धान्त अब कई व्यक्तियों ने स्वीकार किया है कि देश की सामाजिक और आर्थिक प्रगति के लिये बीमा कोष का विनियोग किया जाना चाहिए। श्री हैरोल्ड ई० राइनस (Harold E. Raynes) ने बताया कि किसी देश में प्राप्त बीमा कोष का अधिकांश भाग उसी देश में विनियोजित करना चाहिए। कुछ देशों में इस सिद्धान्त को आवश्यक बना दिया गया है। इसका दूसरा लाभ है कि विनिमय-दर के संकट से मुक्त रहा जा सकता है तथा उस देश में विश्वास को जागृत करके अधिक व्यापार बढ़ाया जा सकता है।

प्रत्येक जीवन बीमाकर्ता का सामाजिक और आर्थिक कर्त्तव्य है कि वह देश और समाज के विकास के लिए विनियोग करे। युद्ध के समय सरकार की मदद, अकाल और बाढ़ के समय जनता की मदद इनं विनियोगों से की जा सकती है। इस प्रकार देश की आवश्यकतानुसार विनियोग में परिवर्तन करना चाहिए तथापि सुरक्षा और लाभ के बाद ही यह होना चाहिए। संक्षेप में विनियोग का सिद्धान्त सुरक्षा, लाभ, देश और समाज की प्रगति और तरलता हो सकता है जो विभेदीकरण के द्वारा उचित रूप से प्राप्त किया जा सकता है।

विनियोग नीति निर्धारण के आधार

किसी देश में बीमाकर्ता को अपनी विनियोग नीति निर्धारण में निम्न तत्त्वों पर आधारित होना पड़ता है। ये तत्त्व विनियोग नीति को प्रभावित करते हैं—

1. आधारभूत सिद्धान्त—सुरक्षा, आय, तरलता विभेदीकरण और सामाजिक विकास सिद्धान्त विनियोग के रूप को प्रभावित करेंगे। इन सिद्धान्तों का पालन करने के लिए विनियोक्ता को प्रयास करना पड़ता है। वर्तमान तथा भविष्य के विनियोग में इन सिद्धान्तों का पालन करने का उद्देश्य रहता है। ये किस प्रकार विनियोग के आकार-प्रकार को प्रभावित करेंगे, इसको पहले बताया जा चुका है।

2. प्रबन्ध का दृष्टिकोण—प्रबन्ध का दृष्टिकोण विनियोग के रूप को प्रभावित करता है। यदि प्रबन्ध के विचार से लाभार्जन करना उचित है तो लाभदायी प्रतिभूतियों में

विनियोजित किया जायगा यद्यपि कि सुरक्षा की आवश्यकता है। प्रबन्ध जिस प्रकार चाहे विनियोग को प्रभावित कर सकते हैं। प्रत्येक बीमाकर्ता के प्रबन्ध भिन्न-भिन्न होंगे; अतः उनके विनियोग के सिद्धान्त भी भिन्न-भिन्न होंगे।

3. **वर्तमान विनियोग के आकार-प्रकार**—यदि वर्तमान विनियोग यह प्रदर्शित कर रहा है कि सरकारी प्रतिभूतियों में विनियोग कम है तो उसमें विनियोग अधिक किया जायगा। यदि इन प्रतिभूतियों में विनियोग अत्यधिक है तो दूसरे प्रकार की प्रतिभूतियों में विनियोग किया जायगा। वैधानिक आवश्यकताओं को ध्यान में रखते हुए नये विनियोग किये जायेंगे।

4. **बीमाकर्ता की वर्तमान स्थिति**—बीमाकर्ता का अनुभव, पूँजी और आर्थिक स्थिति विनियोग नीति को प्रभावित करते हैं। अनुभवहीन बीमाकर्ताओं को सुरक्षा का सबसे ज्यादा ध्यान रखना पड़ता है। उनकी पूँजी कम होने पर ऐसी जगह विनियोग करना हानिकारक होगा, जहाँ पर मूल्यों में अधिक उतार-चढ़ाव हो रहे हैं। विकसित बीमाकर्ता को लाभार्जन का उद्देश्य रखना उचित होगा क्योंकि उसके पास सुरक्षा प्रचुर मात्रा में हो गयी है।

5. **उचित प्रतिभूतियों की उपलब्धता**—प्रतिभूतियों की उपलब्धता के आधार पर विनियोग प्रभावित होता है, यदि इच्छित प्रतिभूतियाँ उपलब्ध नहीं हैं तो उनमें विनियोग का प्रश्न नहीं उठता, चाहे वे कितनी आवश्यक क्यों न हो? उचित विनियोग तभी किया जा सकता है जब विभिन्न प्रकार की प्रतिभूतियाँ बाजार में आसानी से मिल जाती हैं। बीमाकर्ता का यह प्रयास होता है कि उपलब्ध प्रतिभूतियों में सबसे उचित प्रतिभूति में विनियोग हो। उदाहरण के लिये युद्ध के समय औद्योगिक प्रतिभूतियाँ उचित नहीं होंगी। इस समय सरकारी प्रतिभूतियों में विनियोग करना ठीक होगा, जिससे सरकार की अधिक से अधिक मदद की जा सके।

6. **कोष की पर्याप्तता**—कोष के उपलब्ध रहने पर लाभकारी प्रतिभूतियों में विनियोग किया जा सकता है, परन्तु जब कोष का अभाव है तो सुरक्षा का सिद्धान्त सर्वप्रथम पालन हो अन्यथा बीमाकर्ता की शोधक्षमता खतरे में पड़ सकती है।

7. **सामाजिक और आर्थिक आवश्यकता**—देश के सामाजिक और आर्थिक विकास के अनुसार विनियोग प्रभावित होगा। यदि बीमाकर्ता सामाजिक हित को बढ़ाना चाहेगा तो वह समाजसेवी संस्थाओं; जैसे अस्पताल, शिक्षण संस्थाओं, स्वास्थ्य संघ आदि में विनियोग करेगा अन्यथा अपने व्यापारिक हित के लिए ही विनियोग करेगा।

8. **देश का वातावरण**—देशी और अन्तर्राष्ट्रीय सामाजिक, राजनैतिक, आर्थिक वातावरण पर विनियोग प्रभावित होगा। जिस देश में राजनैतिक अशान्ति है, उस देश में विनियोग करने में सुरक्षा और आय में अनिश्चितता होगी। यदि मन्दी का समय आ रहा है तो विनियोग के लिए बीमाकर्ता सन्देहयुक्त रहेंगे।

9. **विनियोग की परिसीमाएँ**—बीमा कोष के विनियोग के लिए (अ) वैधानिक और (ब) स्वतः पारित परिसीमाएँ हो सकती हैं।

(अ) वैधानिक परिसीमाएँ—चूँकि लोग अपने उपभोग में कटौती करके संचित करते हैं जिससे उनके कठोर परिश्रम के संचय की सुरक्षा की जिम्मेदारी बीमाकर्ता की होती है लेकिन वह इसमें लापरवाह हो सकता है। अतः विधान के द्वारा कुछ ऐसे नियम बनाये

जाते हैं, जिससे बीमापत्रधारियों के हितों की सुरक्षा हो सके। यह नियम बनाना आवश्यक हो जाता है जिससे बीमाकर्ता को सट्टेवाली प्रतिभूतियों में विनियोजित करने का मौका न मिले। उन प्रतिभूतियों में विनियोग पर प्रतिबन्ध लगाना आवश्यक है जिनके बाजार मूल्य में अत्यधिक उतार-चढ़ाव होते हैं। सरकार प्रायः स्वर्णिम प्रतिभूतियों (Gilt-edged Securities), सरकारी प्रतिभूतियों, भवन आदि में विनियोग के लिए नियम बनाती है। बीमाकर्ता के अधिकारियों को ऋण देने, साधारण अंशों आदि पर विनियोगों में रोक लगाई जाती है। वैधानिक परिसीमाएँ—(i) गुणात्मक और (ii) संख्यात्मक हो सकती हैं।

(i) गुणात्मक परिसीमा—किसी एक विशेष प्रतिभूति में विनियोग सम्बन्धी नियम इसके अन्तर्गत आते हैं; जैसे समस्त विनियोगों को—(a) सरकारी, (b) अनुमोदित प्रतिभूतियों, (c) अनुमोदित विनियोग और (d) अन्य विनियोगों में बाँटा गया है। उनकी विशेषताओं के अनुसार विनियोग किये जाते हैं। दूसरे शब्दों में गुणात्मक परिसीमाएँ विनियोग के प्रकार को उनकी विशेषता के अनुसार बताती हैं।

(ii) संख्यात्मक परिसीमा—किसी एक प्रकार की प्रतिभूति में कितना विनियोग किया जाय, इस परिसीमा से स्पष्ट होता है। यह योग्य और उचित प्रतिभूतियों में विनियोग की मात्रा को बताती है; जैसे भारत में नियन्त्रित कोष का कम से कम 50 प्रतिशत सरकारी प्रतिभूतियों में विनियोजित करना चाहिए।

(ब) स्वतः पारित परिसीमाएँ—प्रायः बीमाकर्ता अपने हितों और बीमापत्रधारियों के हितों के लिए कुछ सीमाएँ अपने आप लगा लेता है। यह बीमाकर्ता के दृष्टिकोण, अनुभव, प्रतिस्पर्धा, वर्तमान आर्थिक परिस्थिति आदि पर निर्भर है। स्वतः पारित सीमाओं में समयानुसार परिवर्तन किये जाते हैं। ये सीमाएँ वैधानिक सीमाओं के समान हो सकती हैं। किसी एक विनियोग की मात्रा, उचित विनियोग के प्रकार आदि सीमाएँ बीमाकर्ता स्वयं निर्धारित कर लेता है। यह देखा गया है कि स्वतः पारित परिसीमाएँ वैधानिक परिसीमाओं की अपेक्षा अधिक जटिल एवं कठोर होती हैं।

विभिन्न प्रकार की प्रतिभूतियों का औचित्य

विनियोग कई प्रकार की प्रतिभूतियों में किये जाते हैं। कोई एक प्रतिभूति सर्वश्रेष्ठ नहीं हो सकती है। देश की सामाजिक, आर्थिक परिस्थिति बदलती है तथा बीमाकर्ता के दृष्टिकोण भी बदलते रहते हैं। अतः विनियोग के लिए कोई सामान्य नियम निर्धारित करना सम्भव नहीं है। तथापि उपरोक्त परिसीमाओं के अन्दर एक बीमाकर्ता को अपने बीमाकोष को उचित रूप से विनियोजित करने का अवसर मिल सकता है। विनियोग करने की कुशलता और अनुभव के अनुसार किये गये विनियोग सन्तोषजनक हो सकते हैं। नीचे कुछ प्रतिभूतियों के औचित्य पर विचार किया गया है।

1. सरकारी प्रतिभूतियाँ—सरकारी प्रतिभूतियों में स्थानीय, राज्य और केन्द्रीय सरकार द्वारा निर्गमित प्रतिभूतियाँ आती हैं; ये विदेशी सरकार की भी हो सकती हैं। ये प्रतिभूतियाँ अत्यधिक सुरक्षित समझी जाती हैं क्योंकि उनके मूल्यों में परिवर्तन बहुत कम होते हैं। लेकिन इनके द्वारा दिये गये लाभांश या ब्याज बहुत कम होते हैं। अवसाद के समय

ये प्रतिभूतियाँ अधिक लाभकारी सिद्ध होती हैं क्योंकि इनके द्वारा प्रत्याभूत ब्याज दर में कमी नहीं आती है जबकि पूरे समाज की आय-दर में कमी होती है। इन प्रतिभूतियों में केन्द्रीय सरकार की प्रतिभूति सबसे अधिक सुरक्षित है। राज्य सरकार की प्रतिभूति स्थानीय सरकार की प्रतिभूतियों से अधिक सुरक्षित है। अतः यह नियम बना दिया जाता है कि बीमाकर्ताओं को अपने कोष का एक निश्चित प्रतिशत इसमें विनियोग करना आवश्यक है।

बीमाकर्ता को सुरक्षा के बाद वार्षिक आय पर ध्यान देना होता है। वार्षिक आय एक न्यूनतम सीमा से अधिक होना चाहिए। लेकिन सरकारी प्रतिभूतियाँ इन पर उचित नहीं उतरतीं, क्योंकि उनकी आय बहुत कम होती है। विदेशी सरकारी प्रतिभूतियों में भी इसी प्रकार आय बहुत कम होने के कारण उनमें अधिक विनियोग करना श्रेयस्कर नहीं होगा, सुरक्षा की अधिकता के कारण बहुत से देशों में सरकारी प्रतिभूतियों में विनियोग बढ़ता जा रहा है। भारत में जीवन बीमा के राष्ट्रीयकरण तक सरकारी प्रतिभूतियों में निरन्तर वृद्धि होती रही, लेकिन उसके बाद इनके प्रतिशत विनियोग में कमी आ रही है। भारत में नियन्त्रित कोष का कम से कम 50 प्रतिशत सरकारी प्रतिभूतियों में विनियोजित करना आवश्यक है।

2. औद्योगिक प्रतिभूतियाँ (Industrial Securities)—इन प्रतिभूतियों में व्यापार और उद्योग प्रमण्डलों के पूँजी अंश और ऋणपत्र शामिल किये जाते हैं। ये निजी और लोक क्षेत्रों के हो सकते हैं। ये प्रतिभूतियाँ उतनी सुरक्षित नहीं हैं जितनी सरकारी सहकारी प्रतिभूतियाँ; किन्तु इनके ब्याज की दर सरकारी प्रतिभूतियों की ब्याज दर से अधिक होती हैं। चूँकि बहुत-सी प्रतिभूतियाँ पूँजी बाजार से अनुबन्धित रहती हैं; अतः उन्हें किसी भी समय बेचा जा सकता है। उनमें तरलता और आय का लाभ होता है। पूँजी बाजार में बेचते समय यदि इन प्रतिभूतियों का मूल्य गिरा होगा तो बीमाकर्ता को बेचने में हानि होगी।

विकासशील देश में इन प्रतिभूतियों का बहुत महत्त्व है क्योंकि देश की आर्थिक प्रगति के लिए उद्योग और व्यापार को पूँजी प्रदान की जा सकती है। इन प्रतिभूतियों से विभेदीकरण का सिद्धान्त भी लागू होता है क्योंकि उद्योग, भौगोलिक क्षेत्र और प्रतिभूति के अनुसार विनियोग का वितरण किया जा सकता है।

ऋणपत्र और बाण्ड में अपेक्षाकृत अधिक सुरक्षा और स्थायी ब्याज दर मिलती है। अंशों में प्राथमिक अंश (Preference Shares) साधारण अंशों (Ordinary Shares) की अपेक्षा अधिक सुरक्षित होते हैं। लेकिन जहाँ तक लाभ का प्रश्न है, साधारण अंशों में लाभ प्रायः अधिक होता है। प्राथमिक अंशों पर लाभांश निश्चित होने के कारण अधिक लाभ कोई प्रश्न नहीं उठता है। ऋण पत्र, प्राथमिक अंश और साधारण अंश क्रमशः सुरक्षा कम और आय अधिक प्रदान करते हैं, परन्तु ये सभी बातें इस पर आधारित हैं कि ये प्रतिभूतियाँ किस संस्था की हैं? एक प्रगतिशील सुदृढ़ संस्था के साधारण अंश एक नयी और कमजोर संस्था के ऋणपत्र से ज्यादा सुरक्षित होते हैं। जो संस्था सट्टे पूर्ण व्यापार करती है, उसकी प्रतिभूतियों की सुरक्षा भी सन्देहयुक्त है।

अतः इन प्रतिभूतियों के चुनाव में इनको निर्गमन करने वाली संस्था की आर्थिक स्थिति, व्यावसायिक दृष्टिकोण आदि देखना चाहिए। इनकी प्रतिभूतियों के बाजार मूल्य और वापसी की शर्तों का पूर्ण अध्ययन करना चाहिए। एक सुदृढ़ और विकसित संस्था के

अंश और ऋणपत्र बीमाकर्ता के लिए आय के स्रोत हो सकते हैं, लेकिन इनमें सभी कोष का विनियोग कभी भी उचित नहीं है।

अंश और ऋणपत्रों में विनियोग करने से अन्य अंशधारियों की दया पर रहना पड़ता है क्योंकि बीमाकर्ता उनमें थोड़ा हिस्सा ही विनियोजित करेगा जिसके कारण अन्य अंशधारी अपनी इच्छानुसार उस प्रमण्डल की नीति निर्धारित करेंगे, जिसे इसे मानना पड़ेगा। यदि बीमाकर्ता अधिकांश अंश विनियोजित करता है तो उसे उस प्रमण्डल का कार्य एवं प्रबन्ध सम्भालना पड़ेगा जो बीमाकर्ता व्यापार के प्रतिकूल होगा। वह किसी प्रमण्डल का प्रबन्ध और बीमा व्यवसाय दोनों अच्छी तरह नहीं चला सकता है। इसलिए कुछ देशों में साधारण अंशों में विनियोग पर कुछ सीमा रखी गयी है। बीमाकर्ता को इनमें विनियोग करने से मना नहीं किया जा सकता है क्योंकि बीमा व्यापार एक लम्बा प्रसंविदा है और कुछ हानियों को ध्यान में रखते हुए अधिक लाभ प्राप्त कर सकता है।

प्राथमिक अंशों में नियमित और लगातार आय मिलती रहती है। अतः इसमें विनियोग करना साधारण अंशों की तुलना में लाभप्रद है। ऋणपत्र सरकारी प्रतिभूतियों के बाद सुरक्षा रखते हैं, लेकिन सरकारी प्रतिभूतियों से अधिक आय रहती है; अतः यह उसके बाद विनियोग में स्थान रखता है। लेकिन ये सभी निर्णय उनके व्यापार की आर्थिक स्थिति, व्यावसायिक दृष्टिकोण और सुसंगठित प्रबन्ध के अनुसार किये जाने चाहिए।

3. बधक (Mortgages)—यह वह ऋण है जो भूमि और भवन के बन्धक पर दिये जाते हैं। इसमें सुरक्षा का तत्त्व अन्य सिद्धान्तों की अपेक्षा अधिक होता है, क्योंकि सम्पत्ति और ऋण के मूल्यान्तर (Margin) पर ऋण दिये जाते हैं। सम्पत्ति और ऋण के मूल्यों में जितना ही अन्तर होगा, सुरक्षा उतनी ही अधिक होगी। सुरक्षा के अतिरिक्त आय भी संतोषजनक मिलती है। विभेदीकरण के सिद्धान्त के पालन करने का पूर्ण अवसर मिलता है। जोखिम की मात्रा, उद्योग और क्षेत्रीय आधारों पर विनियोग को वितरित किया जा सकता है।

इन लाभों के अतिरिक्त तरलता का सिद्धान्त बहुत कम है, क्योंकि बन्धक पर रखी सम्पत्ति को बेचने का कार्य बहुत ही पेचीदा, खर्चीला और अलाभकारी है। इससे जनता में असन्तोष की भावना भी व्याप्त हो जाती है लेकिन जहाँ पर ऋण का भुगतान समय के अन्दर हो जाता है; बन्धक के विक्रय को आवश्यकता नहीं पड़ता है और उस समय हानि उठाने की समस्या सामने नहीं आती। यदि मूल्यांतर पर्याप्त है तथा बन्धक पर रखी सम्पत्ति का नियन्त्रण समुचित है और बन्धक की अवधि 10-20 वर्ष के अन्दर है तो बन्धक पर विनियोग सुरक्षित और लाभकारी होगा। बन्धक पर ब्याज के रूप में लगातार नियमित आय प्राप्त होती रहती है जो वर्तमान खर्चों को पूरा करने और पुनः विनियोजन के लिए प्रयोग किये जा सकते हैं। इसमें विनियोग करने के लिये यह ध्यान रखना चाहिए कि ऋणी अपने वचन को कहाँ तक पूरा कर सकता है, बन्धक पर रखी सम्पत्ति का बाजार है या नहीं तथा प्रबन्ध के खर्चे पूरा किये जा सकते हैं या नहीं। यदि ये तमाम बातें अनुकूल हैं तो बन्धक में विनियोग उचित होगा।

4. वास्तविक सम्पत्ति—बीमाकर्ता कोष का कुछ हिस्सा वास्तविक सम्पत्ति को खरीदने या तैयार करने के लिए प्रयोग कर सकता है। भूमि और भवन को खरीदने और

तैयार करके बेचने या किराये पर देना लाभकारी विनियोग नहीं होगा, क्योंकि इसका कोई संगठित और नियमित बाजार नहीं है। किराये पर देने पर राज्यीय नियमों के कारण बहुत कम ब्याज मिल पाता है। अतः इसमें कोष को तभी विनियोजित करना चाहिए जबकि बीमाकर्ता को अपने कार्यालय या कर्मचारियों के निवास स्थान के लिए आवश्यक हो। यदि भूमि एवं भवन का मूल्य निरन्तर बढ़ता जा रहा है तो भी इसमें कोष को लगा देना उचित होगा। जब बाद में आवश्यकता होगी तब उस भूमि एवं भवन का प्रयोग किया जा सकेगा।

वास्तविक सम्पत्ति में विनियोग करने के लिए कुशल व्यक्तियों और विशेषज्ञों की आवश्यकता पड़ती है। इसमें विनियोजन के बाद उसको स्थायी रखने प्रबन्ध करने तथा नियन्त्रण के लिए एक विभाग की आवश्यकता होगी। अतः खर्चीला होने के कारण इसमें विनियोग उचित नहीं है। यदि किसी सम्पत्ति को बन्धक के पूर्व विमोचन के कारण प्राप्त किया गया है तो उसे शीघ्र बेचने का प्रयास करना चाहिए, क्योंकि इसकी अनेक हानियाँ हैं; खर्चों के साथ, इस बाजार में कमी, मूल्यों में उतार-चढ़ाव आदि इस विनियोग की प्रतिकूल बना देते हैं।

5. बीमापत्र ऋण—बीमापत्रधारियों को उनके बीमापत्रों पर समर्पित मूल्य की जमानत पर ऋण दिये जाते हैं। किसी भी समय ब्याज और ऋण की मात्रा समर्पित मूल्य से अधिक नहीं होना चाहिए। इस ऋण पर ब्याज की दर प्रायः 6 प्रतिशत है। इसमें विनियोग सुरक्षित और लाभदायक है लेकिन तरलता का तब तक कोई विशेष स्थान नहीं है, जब तक सीमा प्रसंविदा पूर्ण या समाप्त नहीं हो जाता है। यदि बीमापत्रधारी ऋण को वापस करने से इन्कार कर दे तो उसके समर्पित मूल्य का ही प्रयोग किया जायगा।

इस ऋण में खर्चे अधिक होते हैं, साथ ही बीमाखण्डन को इससे प्रोत्साहन मिलता है। इसके विपरीत, बीमापत्रधारियों को लाभ मिलता है और व्यापारिक सम्बन्ध सुदृढ़ बन जाते हैं। समाज को लाभ मिलता है। बीमाकर्ता इस पर ऋण देने के पक्ष में नहीं होते हैं क्योंकि अधिकांश ऋण वापस नहीं हो पाते हैं तथा खर्चे अधिक हैं। साथ ही यदि यह सुविधा निर्वाध रूप से उपलबध हो जाय तो व्यापार में कमी हो सकती है, क्योंकि अधिकांश बीमापत्रधारी ऋण ले लेंगे और प्रसंविदा समाप्त हो जायगा।

6. अन्य सम्पत्ति—अन्य सम्पत्तियों में नकद रकम, अभिकर्ता का कमीशन पूर्वदत्त व्यय आदि। ये बहुत कम होते हैं; अतः इन पर कोई विशेष ध्यान नहीं दिया जाता, यथापि नकद रकम में अधिक कोष संचित नहीं रहना चाहिए अन्यथा बीमाकर्ता की आय में कमी हो जायगी।

□□□

अध्याय 17

समर्पित मूल्य

समर्पित मूल्य एक ऐसा लाभ (Benefit) है जो बीमापत्रधारी को बीमा प्रसंविदा के भंग होने पर देय होता है। प्रारम्भ में जब बीमा का विकास नहीं हुआ था, तो प्रव्याजि के भुगतान न करने पर बीमापत्र पूर्णतया खण्डित हो जाता था और बीमापत्रधारी द्वारा दी गयी सम्पूर्ण प्रव्याजि जब्त कर ली जाती थी। इस अन्याय को बाद में दूर किया गया और अब एक निश्चित अवधि तक प्रसंविदा चालू रहने के बाद, यदि बीमापत्रधारी प्रव्याजि का भुगतान नहीं दे पाता या प्रसंविदा को समाप्त करना चाहता है तो उसे दी गयी प्रव्याजि का एक हिस्सा लौटा दिया जाता है। जैसा बताया जा चुका है कि प्रव्याजि के द्वारा संचय किया जाता है और यह संचय बीमापत्रधारी का होता है; अतः जब प्रसंविदा भंग हो तो उसे इस संचय में हिस्सा मिलना चाहिए। इस हिस्से को समर्पित मूल्य कहते हैं। यहाँ पर ध्यान देने की बात है कि शुद्ध एकल प्रव्याजि में भी समर्पित मूल्य तब दिया जायगा, जब प्रसंविदा पूर्ण होने के पहले बीमापत्रधारी उसे समाप्त करना चाहता है। इस दशा में बीमित रकम का पूर्ण भुगतान नहीं होगा क्योंकि प्रसंविदा के शेष समय में ब्याज और मृतक दर का लाभ बीमाकर्ता को नहीं हो पायेगा। अतः प्रारम्भ में दी गयी प्रव्याजि का एकत्रित मूल्य ही दिया जायगा, जो एक निर्धारित ब्याज और मृत्यु दर पर निकाला जायगा। सरल शब्दों में उन सभी बीमापत्रों पर समर्पित मूल्य दिया जायगा, जिन पर संचय हो और भुगतान करना निश्चित रहा हो।

समर्पित मूल्य सम्बन्धी प्रावधान—भारत में बीमा अधिनियम 1938 की धारा 113, उपधारा (1) के अनुसार यदि किसी बीमापत्र पर कम से कम लगातार तीन वर्ष प्रव्याजि दी गयी है और वह बीमापत्र ऐसा है कि भुगतान की घटना अवश्य घटेगी तो उस पर प्रत्याभूत समर्पित मूल्य (Guaranteed Surrender Value) अधिलाभांश यदि है, तो उसके साथ अवश्य दिया जायेगा। अवधि बीमा और शुद्ध बन्दोबस्ती कुछ बीमा में भुगतान की घटना के घटित होने की निश्चितता नहीं होती है, अतः उसमें समर्पित मूल्य नहीं दिया जाता है। लेकिन शुद्ध बन्दोबस्ती बीमा में यदि प्रव्याजि लौटाने का प्रावधान है तो समर्पित मूल्य उपलब्ध होगा।

अतः यह स्पष्ट है कि एक निश्चित अवधि के बाद ही समर्पित मूल्य प्राप्त हो सकता है। प्रारम्भिक वर्षों में खर्चे होते हैं, जिन्हें दो या तीन वर्षों की प्रव्याजि से पूरा किया जाता है, जिससे प्रारम्भिक दो या तीन वर्षों के बाद सम्बन्धित खर्चे पूरा करने के पश्चात् ही कुछ अवशेष रह पाता है, जिसे समर्पित मूल्य के रूप में दिया जा सकता है।

समर्पित मूल्य की गणना

समर्पित मूल्य की गणना करने के लिए दो पद्धतियाँ—(1) एकत्रित मूल्य और (2) बचत मूल्य पद्धतियाँ अपनायी जाती हैं।

1. **एकत्रित मूल्य पद्धति** (Accumulation Approach)—एकत्रित मूल्य पद्धति के अन्तर्गत प्रव्याजि का शेष जो खर्चे और बीमा लागत घटाने के बाद बच जाता है, समर्पित मूल्य के रूप में दिया जा सकता है। हर एक बीमापत्रधारी से बीमाकर्ता की जोखिम के लिए एक अनुपात में कुछ रकम ली जाती है, जिसे बीमा की लागत कहते हैं। बीमा की लागत घटाना इसलिये आवश्यक है कि जिससे समर्पित न करने वाली बीमापत्रधारियों की जोखिम को पूरा किया जा सके। यदि यह रकम नहीं घटाई जाती है तो चालू बीमापत्रधारियों का योगदान पर्याप्त न होने के कारण बीमाकर्ता को हानि होगी। इस लागत में उसे भी शामिल करते हैं, जो समर्पण के कारण मृतक दर में वृद्धि पर जोखिम में वृद्धि हो जायगी क्योंकि समर्पण के बाद अस्वस्थ व्यक्ति बचेंगे तो वे बीमापत्र को चालू रखने का प्रयास करेंगे। इस जोखिम में वृद्धि को भी शुद्ध प्रव्याजि में से घटाया जाना चाहिए। अतः शुद्ध प्रव्याजि का बीमा की लागत के ऊपर शेष समर्पित मूल्य के रूप में दिया जा सकता है।

दूसरे शब्दों में प्रत्येक बीमापत्र पर संचय का एक हिस्सा समर्पित मूल्य के रूप में दिया जा सकता है। प्रत्येक बीमापत्र पर संचय व्यक्तिगत रूप से या सामूहिक संचय के आनुपातिक भाग के रूप में निकाला जा सकता है। व्यक्तिगत संचय उससे प्राप्त प्रव्याजि और ब्याज में से भुगतान का आनुपातिक हिस्सा (बीमा की लागत) घटाने से प्राप्त होगा और सामूहिक संचय सभी बीमापत्रधारियों द्वारा दी गयी प्रव्याजि के एकत्रित मूल्य में से अध्यर्थन की एकत्रित रकम को घटाने से प्राप्त होता है तथा उस समय जीवित व्यक्तियों की संख्या से भाग देने पर आनुपातिक संचय मालूम हो जायगा। इसकी गणना संचय के अध्याय में विस्तार से बताई गयी है। व्यक्तिगत संचय के अन्तर्गत आनुपातक खर्चे नहीं घटाये जा सकते, जिससे अन्य चालू बीमापत्रों को इन खर्चों को पूरा करना होगा। समर्पण देते समय यह ध्यान रहे कि अन्य चालू बीमापत्रों को अनुमानित से अधिक जोखिम न सहन करना पड़े। उन्हें उसी स्थिति में रखा जाय जिस स्थिति में बिना किसी बीमापत्र के समर्पण के रहते। इस व्यक्तिगत संचय को पूर्ण संचय (Full Reserve) भी कहते हैं क्योंकि यह किसी एक बीमापत्र का अधिकतम संचय है। जैसा बताया जा चुका है कि वर्तमान बीमापत्रधारियों और बीमाकर्ता पर किसी बीमापत्र के समर्पण से प्रतिकूल प्रभाव नहीं पड़ना चाहिए। अतः जब पूर्ण संचय निकाला गया हो तो उसमें से समर्पण व्यय घटा देना चाहिए अर्थात्—

समर्पित मूल्य = पूर्ण संचय − समर्पित व्यय

समर्पित व्यय निम्न हैं—

1. **प्रारम्भिक खर्चे**—बीमापत्र निर्गमन के समय किये गये खर्चे बीमा अवधि में वितरित कर देते हैं और इस प्रकार इसे प्रत्येक प्रव्याजि में शामिल कर देते हैं। अतः ये खर्चे तब तक पूरा नहीं हो पायेंगे, जब तक कि सम्पूर्ण प्रव्याजि का भुगतान न कर दिया जाय।

प्रायः प्रथम वर्ष की प्रव्याजि इन खर्चों की तुलना में कम होती है, जिसे दूसरे-तीसरे वर्ष की प्रव्याजि की रकम से पूरा कर सकते हैं। इसका यही परिणाम है कि 3 वर्ष तक कोई समर्पित मूल्य नहीं दिया जाता। प्रारम्भिक खर्चों के शेष मूल्य (जो बीमा अवधि में वितरित कर दिये जाते हैं और प्रत्येक प्रव्याजि के साथ वसूल होते हैं) को इन प्रथम तीन वर्षों की प्रव्याजि से यदि वसूल किया जाय तो पूर्ण संचय की समस्त रकम समाप्त हो जावेगी। इसी मूल्य को पूरा करने के कारण प्रथम दो-तीन वर्ष तक कोई समर्पित मूल्य नहीं दिया जाता है।

यदि इन खर्चों को पूर्ण संचय में से न घटाया जाय तो शेष बीमापत्रधारियों के प्रति अन्याय होगा, क्योंकि यह उनकी प्रव्याजि में से पूरा किया जायगा या बीमाकर्ता स्वयं हानि सहेगा। दूसरी बात सम्भव नहीं है। अतः अन्य बीमापत्रधारियों के प्रति न्याय के लिए इस रकम (प्रारम्भिक खर्चे जो अभी तक पूरे नहीं हो पाये हैं अर्थात् शेष प्रव्याजि में शामिल प्रारम्भिक खर्चों का वर्तमान मूल्य) को समर्पित करने वाले व्यक्ति से ही वसूल करना चाहिए। चूँकि शेष प्रव्याजि की रकम समय बीतने के साथ कम होती जाती है। अतः समय बीतने के साथ-साथ समर्पित मूल्य में वृद्धि होती जाती है। दूसरे शब्दों में जितने अधिक दिन तक बीमा प्रसंविदा चालू रहेगा, उतने ज्यादा प्रारम्भिक खर्चे वसूल हो जायेंगे, प्राप्त प्रव्याजि की संख्या में वृद्धि होगी, परिणामस्वरूप समर्पित लागत कम घटेगी और अधिक समर्पित मूल्य दिये जा सकेंगे। एकल प्रव्याजि में इस खर्चे को उसी के साथ वसूल किये जाते हैं, इसलिए उसमें से इस रकम को घटाने का प्रश्न नहीं उठता।

2. विपरीत वित्तीय चुनाव (Adverse Financial Selection)—जब अवसाद या अनामान्य घटनाएँ घटित होती हैं तो बीमापत्रधारी अपने बीमापत्र को समर्पित करना शुरू कर देते हैं जिससे बीमाकर्ता के व्यापार को हानि होगी। दूसरी तरफ सामान्य दशाओं के समय को ध्यान में रखकर प्रव्याजि का निर्धारण किया जाता है, परन्तु इन असामान्य दशाओं में वर्तमान खर्चों में वृद्धि हो जायगी। इतना ही नहीं, बल्कि भविष्य के खर्चों में वृद्धि की आशा रहती है जिससे बीमाकर्ता के संचित कोष में कमी आ जाती है और यह कोष अनुमानित से कम हो जाता है। तीसरी बात असामान्य परिस्थितियों में बीमाकर्ता समर्पण की ज्यादा माँग करेंगे जिससे वर्तमान सम्पत्ति को बेचने की स्थिति आ सकती है।

अतः इन असामान्य परिस्थितियों में प्रव्याजि में कमी, खर्चों में वृद्धि तथा सम्पत्ति के बेचने में हानि को पूरा करने के लिये पूर्ण संचय में से कुछ रकम घटा लेना चाहिये। कितनी रकम घटाई जाय यह बीमाकर्ता की सम्पत्ति, व्यापार का स्वभाव और विनियोग की प्रकृति पर आधारित है।

3. वित्तीय हानि—समर्पित मूल्य के भुगतान के लिए बीमाकर्ता को कुछ रकम नकद रखना पड़ता है या ऐसी प्रतिभूतियों में विनियोजित करना पड़ता है, जिनको नकद कोष में शीघ्र ही बदला जा सके। इन विनियोगों में कोष रखने का परिणाम यह होगा कि या तो कुछ भी लाभ नहीं होगा या बहुत कम लाभ होगा। चूँकि प्रव्याजि निर्धारण में ब्याज की दर एक निर्धारित की गयी रहती हैं, अतः उसमें जो कमी होती है, उसको वित्तीय हानि कहेंगे। जितना ब्याज अर्जित होना चाहिये था, उतना ब्याज नकद कोष के कारण नहीं अर्जित हो पाता अस्तु इस हानि को पूर्ण संचय में से कम कर देना चाहिए।

4. विपरीत मृतक दर—समर्पण के लिये प्रायः वही व्यक्ति तैयार होते हैं, जिनका स्वास्थ्य अच्छा होता है। अस्वस्थ व्यक्ति अपने बीमापत्र को चालू रखने का प्रयास करेंगे। वे प्रव्याजि भुगतान के लिए ऋण भी ले सकते हैं, क्योंकि वे समझते हैं कि मृत्यु पास है और उनको बीमा से लाभ होगा। इस कारण समर्पण के बाद शेष बीमापत्रधारियों की मृतक दर सामान्य और निर्धारित दर से अधिक होगी। अतः संचय की रकम भी इनके भुगतान के लिये पर्याप्त नहीं होगी, जिससे समर्पित करने वाले बीमापत्रधारियों से इस आधिक्य को पूरा करने के लिये कुछ रकम लेना आवश्यक है, अन्यथा विपरीत मृतक दर (जो सामान्य और अनुमानित से अधिक है) के कारण बीमाकर्ता को हानि होगी।

5. आकस्मिक कोष के लिए—आकस्मिक घटनाओं; जैसे महामारी, युद्ध और अन्य प्राकृतिक प्रकोप के कारण मृत्यु दर में वृद्धि हो जाती है; अतः बीमाकर्ता का यह कर्त्तव्य है कि सभी बीमापत्रधारियों से कुछ रकम इसके लिए ले जिससे आकस्मिक घटनाओं की जोखिम को पूरा किया जा सके। समर्पण के समय इस कोष के निर्माण के लिए कुछ रकम पूर्ण संचय में से घटा देनी चाहिए।

6. समर्पण की लागत—जिस समय बीमापत्र समर्पित किया जाता है, बीमाकर्ता को कुछ व्यय करना पड़ता है। यह व्यय बीमापत्र को छाँटने, समर्पित मूल्य को निकालने, पत्र व्यवहार आदि के लिए हो सकता है। कुछ बीमाकर्ता इस समर्पण की लागत को कुल प्रव्याजि में उसी प्रकार शामिल कर लेते हैं, जिस प्रकार अध्यर्थन की लागत को शामिल किया जाता है। परन्तु अधिकांश बीमाकर्ता इसको कुल प्रव्याजि में शामिल नहीं करते क्योंकि बीमा मौलिक रूप से अध्यर्थन पर भुगतान के लिए है, समर्पण पर भुगतान के लिए नहीं है। अतः समर्पण की लागत को अन्य बीमापत्रधारियों से नहीं प्राप्त करना चाहिये और इस समर्पण मूल्य निकालने के लिये उसको पूर्ण संचय में से घटा देना चाहिये।

7. लाभ में योगदान—प्रत्येक बीमापत्रधारी के कोष का प्रयोग करके लाभ अर्जित किया जाता है, लेकिन जब किसी बीमापत्र का समर्पण कर दिया जायगा तो वह इस कोष से निकल जायगा जिससे भविष्य में लाभ नहीं मिल पायेगा, अतः समर्पण के समय भविष्य के लाभ में कमी को संचय में से घटा देना चाहिए।

एकत्रित मूल्य पद्धति का दोष—यह कहना अनुचित नहीं होगा कि संचय का कुछ हिस्सा समर्पित मूल्य के रूप में दिया जायगा। आनुपातिक और औसत संचय से इसकी गणना तब तक शुद्ध नहीं होगी जब तक सभी बीमापत्रधारियों का सामूहिक संचय में बराबर हित न हो और यह तभी हो सकता है जब सबकी मरण दर एक सी हो और एक समय में बीमा खरीदे हों, लेकिन ऐसा नहीं होता है। व्यक्तिगत संचय का प्रयोग तभी सही होगा, जब इससे प्रत्येक व्यक्तिगत देनदारी निकालना हो। परन्तु एकत्रित संचय को वितरित करने के लिए इसका प्रयोग उचित नहीं होगा। अतः संचय के आधार पर समर्पित मूल्य सही और न्यायपूर्ण नहीं हो पायेगा।

एकत्रित संचय का दूसरा दोष यह है कि यह सभी बीमापत्रों पर जिन पर संचित कोष मिल सके, समर्पित मूल्य देने के लिए लागू होगा, लेकिन जैसा पहले स्पष्ट किया जा चुका है कि अवधि बीमापत्र पर समर्पित मूल्य नहीं दिया जाता है क्योंकि भुगतान की अनिश्चितता

रहती है। इस सिद्धान्त के अनुसार चूँकि इसमें संचय होता है, अतः समर्पित मूल्य देना चाहिए; यद्यपि कि संचय अवधि व्यतीत होने पर यह शून्य हो जाता है और उस समय समर्पित मूल्य कुछ नहीं देना होगा।

तीसरा दोष यह है कि यह वैज्ञानिक पद्धति नहीं है क्योंकि इसमें नियमबद्ध समर्पित मूल्य नहीं निकाला जा सकता है। इस पद्धति के अनुसार शुद्ध बन्दोबस्ती बीमा पर भी समर्पित मूल्य दिया जाना चाहिए क्योंकि उसमें संचय होता है और वह संचय बढ़ता रहता है। परन्तु भुगतान की अनिश्चितता के कारण इस पर संचय नहीं किया जाता। अतः समर्पित मूल्य देने का वैज्ञानिक आधार वह हो सकता है जो यह बताये कि प्रत्येक दशा में समर्पित मूल्य कैसे निकाला जाय? यह आधार बीमाकर्ता की जिम्मेदारी की बचत का हो सकता है क्योंकि यदि समर्पण के कारण बीमाकर्ता के भुगतान में कुछ बचत होती है तो उस बचत को बीमापत्रधारियों को लौटा दिया जायगा। यदि बीमाकर्ता की कोई बचत नहीं होती तो समर्पित मूल्य नहीं दिया जायगा।

2. बचत मूल्य पद्धति (Saving Approach)—इसके लिए बीमापत्रों को दो भागों में बाँट देते हैं—(अ) जिस पर भुगतान अवश्य करना होगा और (ब) जिस पर भुगतान निश्चित नहीं है। कुछ बीमापत्रों पर भुगतान अवश्य किये जायेंगे। यह अवश्य है कि उनके भुगतान का समय अनिश्चित हो, जैसे बन्दोबस्ती बीमा अवधि व्यतीत होने या उसके पहले मृत्यु पर भुगतान होगा। अवधि का व्यतीत होना निश्चित है और जब अवधि व्यतीत हो जायगी तो भुगतान किया जायगा, उसके पहले यदि मृत्यु हुई तो भुगतान होगा। इसी प्रकार आजीवन बीमा में भुगतान निश्चित है क्योंकि मृत्यु निश्चित है। अतः इन बीमापत्रों के अन्तर्गत अवधि के पहले यदि समर्पण हो जाता है तो बीमाकर्ता को पूरी रकम का भुगतान नहीं करना पड़ेगा। एक बार बीमापत्र के समर्पण हो जाने पर उसके भुगतान की जिम्मेदारी समाप्त हो जाती है, जिसे बीमाकर्ता की बचत कहेंगे।

जिन बीमापत्रों पर भुगतान निश्चित नहीं है, उन पर समर्पण मूल्य नहीं दिया जाता है क्योंकि यदि घटना घटी तो बीमाकर्ता अपने आप इस दायित्व से मुक्त हो जायगा। जैसे अवधि बीमा में यदि मृत्यु अवधि के अन्दर न हुई तो बीमाकर्ता को भुगतान नहीं करना पड़ेगा। इसलिये उसे इस बीमापत्र में कोई बचत नहीं होती है, जिससे समर्पण मूल्य नहीं दिया जायगा। इसी प्रकार शुद्ध बन्दोबस्ती बीमा में भी अवधि के बाद व्यक्ति जीवित रह सकता है और नहीं भी रह सकता। यदि जीवित रहता है तो भुगतान किया जायगा अन्यथा कुछ भी भुगतान नहीं होगा। अतः इसमें भुगतान के प्रति अनिश्चितता रहती है जिससे यह कहा जा सकता है कि समर्पण से बीमाकर्ता की देनदारी में निश्चित रूप से कोई कमी नहीं आती है, क्योंकि भुगतान दिया भी जा सकता है और नहीं भी दिया जा सकता है।

इस पद्धति के अनुसार बीमाकर्ता के पास संचय की जो रकम बच जाती है, जिसका प्रयोग भविष्य के भुगतानों के लिये नहीं किया जायगा, उसे बीमापत्रधारियों को लौटा देना चाहिये। यह देखा गया है कि सामान्य बीमा में अवधि के साथ सुरक्षा का तत्त्व घटता जाता है और विनियोग का तत्त्व बढ़ता जाता है जिससे भविष्य में भुगतान की जिम्मेदारी बढ़ती जाती है। समय बीतने के साथ-साथ विनियोग में वृद्धि होती रहती है। उस बढ़ती रकम को

समर्पण के समय वापस करना चाहिये क्योंकि समर्पण के कारण भविष्य में बीमित रकम का भुगतान नहीं करना पड़ेगा।

बचत मूल्य पद्धति यह बतलाती है कि किसमें समर्पित मूल्य देना पड़ेगा और किसमें समर्पित मूल्य नहीं देना पड़ेगा। अतः यह एक वैज्ञानिक तरीका है। एकत्रित मूल्य की हानियों को इस पद्धति से दूर किया जाता है, अतः यह तरीका व्यावहारिक और वैज्ञानिक है।

इस पद्धति में बीमित रकम की बचत को समर्पण मूल्य के रूप में नहीं देते हैं, क्योंकि यह बीमाकर्ता की शुद्ध बचत नहीं है। समर्पण के समय से लेकर अवधि व्यतीत होने के समय तक बीमाकर्ता को कुछ आय भी मिलती है। अतः उस आय में भी कमी हो जाती है। जैसे समर्पण और अवधि के बीच प्रव्याजि और ब्याज अर्जित किये जा सकते तथा कुछ खर्चों को पूरा किया जा सकता था। इसी कारण शुद्ध बचत मालूम करने के लिये भविष्य में देनदारी की बचत, खर्चों में कमी, प्रव्याजि और ब्याज की हानि को देखा जाता है। इसी शुद्ध बचत को समर्पित मूल्य के रूप में दिया जा सकता है। लेकिन इनकी बचत और हानियों को सही-सही नहीं समझा जा सकता है क्योंकि मृत्यु का समय बताना कठिन है। इसलिये जीवनाशा के आधार पर यह तय कर लेते हैं कि किसी बीमापत्र पर कब भुगतान करना होगा? लेकिन यहाँ पर हमें यह मानना पड़ेगा कि सभी बीमापत्रधारियों का स्वास्थ्य एक-सा है, उसमें कोई विशेष अन्तर नहीं है, तभी मृतक तालिका को अपनाकर जीवनाशा का निर्णय किया जायगा। यदि सभी व्यक्तियों का स्वास्थ्य एक-सा माना जायेगा तो यह सही मान्यता नहीं होगी और एकत्रित पद्धति की तरह दोष उत्पन्न हो सकते हैं। इसको बचाने के लिये समर्पण मूल्य को उचित और सही ढंग से निकालना पड़ेगा जो तभी सम्भव है जब बीमापत्र की अवधि समाप्त हो जाय या बीमापत्रधारी की मृत्यु हो जाय। उस समय बचत मूल्य पद्धति के अनुसार समर्पित मूल्य निम्न तरह से निर्धारित होगा।

बचत मूल्य पद्धति के अन्तर्गत किसी एक बीमापत्र का समर्पित मूल्य	=	[(बीमापत्र की रकम + समर्पण की तिथि से अध्यर्थन की अवधि तक के खर्चों का एकत्रित मूल्य + समर्पण की तिथि से देय अधिलाभांश का मूल्य) – (समर्पण के दिन से भविष्य में प्राप्य प्रव्याजि का एकत्रित मूल्य – समर्पण के लिए किये गये खर्च)]

उपरोक्त सूत्र बीमाकर्ता की वास्तविक संचित रकम को बताता है। इसके आधार पर यह तय कर लिया जायगा कि समर्पण का वास्तविक मूल्य क्या होगा?

बचत मूल्य पद्धति की उपयोगिता और श्रेष्ठता—इस पद्धति के अनुसार समर्पण मूल्य की वास्तविक रकम निर्धारित होती है, क्योंकि किसी विषय पर अनुमान या भविष्यवाणी (Forecast) की आवश्यकता नहीं होती है। यह उस समय निश्चित किया जाता है, जब वास्तविक भुगतान की अवधि या मृत्यु हो जाय अर्थात् समर्पण के समय से लेकर उस अवधि या मृत्यु के समय तक प्रतीक्षा की जाती है और अन्त में ही वास्तविक समर्पित मूल्य का निर्धारण किया जायगा। इसमें समर्पण के वास्तविक खर्च मालूम हो जाते हैं, उसके लिए किसी अनुमान की आवश्यकता नहीं पड़ती है। चूँकि समर्पित मूल्य का भुगतान उस समय

किया जायगा, जब वास्तविक अवधि या मृत्यु होगी, इसलिए समर्पित लागत, विपरीत मृतक दर, विपरीत वित्तीय चुनाव आदि के अनुमान की आवश्यकता नहीं है। इसके अन्तर्गत चालू और समर्पित बीमापत्रों के बीच भेदभाव नहीं होता है। जो कुछ वास्तविक खर्चे होंगे वे सभी समर्पित बीमापत्र से लिये जायेंगे। स्वस्थ और अस्वस्थ व्यक्तियों के चुनाव पर कोई प्रभाव नहीं पड़ता, क्योंकि वास्तविक जोखिम पर ही भुगतान किये जायेंगे।

चूँकि समर्पित मूल्य का भुगतान उस समय किया जाता है जब वास्तविक अध्यर्थन का भुगतान होता है, इसलिये समर्पण हेतु प्रोत्साहन नहीं मिलता। बीमापत्रधारियों को इस समर्पण मूल्य से हानि होती है। लेकिन इस कठिनाई को दूर करने के लिए बीमापत्रधारियों को समर्पण के समय एक न्यूनतम समर्पित मूल्य दिया जाता है। अन्त में अध्यर्थन के समय समन्वित रकम दी जाती है, जो उस समय वास्तविक अनुभव और व्यवहार पर निश्चित होता है।

समन्वित रकम = [(पूर्ण समन्वित मूल्य – न्यूनतम समर्पित मूल्य का एकत्रित मूल्य)]

न्यूनतम समर्पित मूल्य निम्न प्रकार से निकाला जायगा—

न्यूनतम समर्पित मूल्य = [(बीमित रकम + खर्चों में आनुपातिक हिस्सा) का वर्तमान मूल्य)] – [(शेष प्राप्य प्रव्याजि का वर्तमान मूल्य) + (समर्पण पर हानि)]

इस प्रकार न्यूनतम समर्पण मूल्य को समर्पण के समय दे दिया जायगा और पूर्ण समर्पित मूल्य की शेष राशि वास्तविक अध्यर्थन के समय दी जायगी। इस शेष राशि की गणना समर्पण से लेकर अवधि व्यतीत होने तक के खर्चे और लाभ को समन्वित करके की जाती है।

समर्पित मूल्य का वितरण

बीमापत्रधारी समर्पित मूल्य को निम्न प्रकार प्राप्त कर सकते हैं—

1. **नकद समर्पित मूल्य**—इसमें समस्त समर्पित मूल्य को समर्पण के समय नकद रकम में दिया जाता है। इस समर्पण के बाद प्रसंविदा समाप्त हो जाता है और भविष्य में किसी भी रकम का भुगतान नहीं होता है। इसका प्रयोग तभी करना चाहिए जब नकद रकम की तीव्र आवश्यकता हो, क्योंकि नकद में दिया जाने वाला समर्पित मूल्य अपेक्षाकृत कम होता है।

2. **ह्रासित प्रदत्त बीमा** (Reduced Paid-up Insurance)—जब इस पद्धति को अपनाते हैं तो समर्पित मूल्य का भुगतान तुरन्त न करके अध्यर्थन के समय करते हैं। अध्यर्थन के समय बीमित रकम का एक निश्चित अंश दे दिया जायगा अर्थात् बीमा की रकम घट जायगी। यह उस अनुपात में निश्चित होगी, जिस अनुपात में प्रव्याजि सम्पूर्ण प्रव्याजि की तुलना में दी जा चुकी होती है। समर्पण के बाद प्रव्याजि देने की आवश्यकता नहीं होती है। बीमित रकम के ह्रासित मूल्य में अधिलाभांश जोड़ देते हैं और ऋण तथा

न्य कटौती को घटा देते हैं। इस पद्धति के अन्तर्गत चार विशेषताएँ हैं—(1) भविष्य में व्याजि का भुगतान नहीं किया जायगा। (2) बीमा की रकम कम हो जाती है। (3) लाभ हित बीमापत्र में सम्बद्ध अधिलाभांश भी ह्रासित बीमा की रकम में शामिल कर देते हैं, केकिन भविष्य के अधिलाभांश को नहीं शामिल करते हैं। (4) अवधि के व्यतीत होने या सके पहले मृत्यु पर ह्रासित रकम का भुगतान हो जायगा।

इस पद्धति के अन्तर्गत तभी समर्पण किया जाता है, जब बीमापत्रधारी प्रव्याजि देने में असमर्थ है और उस नकद रकम की भी आवश्यकता नहीं है तथा एक निरन्तर बीमा सुरक्षा की आवश्यकता है। यदि पूरे बीमापत्र पर सम्भव नहीं है तो उसके ह्रासित रकम को ही अपनाया जा सकता है।

3. विस्तृत अवधि बीमा—समर्पित मूल्य को शुद्ध एकल प्रव्याजि के रूप में प्रयोग करके अवधि बीमा खरीदा जा सकता है जो कि बीमाकर्ता समर्पित मूल्य के आधार पर बीमा की रकम और अवधि निश्चित करेगा और यदि अवधि कम है तो बीमित रकम अधिक की जा सकती है। दूसरे शब्दों में एक समर्पित मूल्य से एक निश्चित अवधि के लिए जितना बीमा खरीदा जा सके, बीमाकर्ता उपलब्ध करेगा। प्रायः यह देखा गया है कि मौलिक बीमापत्र की बीमित रकम को अपना कर अवधि को विस्तृत या ह्रासित कर सकते हैं। यदि इस अवधि में बीमित व्यक्ति की मृत्यु हुई तो भुगतान किया जायगा अन्यथा कुछ भी भुगतान नहीं होगा।

इस तरह बीमित रकम वही रहने पर बीमापत्र के प्रकार में परिवर्तन हो जाता है। साधारण बन्दोबस्ती या आजीवन बीमा को अवधि बीमा में बदल देते हैं।

4. स्वतः प्रव्याजि ऋण (Automatic Premium Loan)—इस पद्धति के अन्तर्गत दी गयी प्रव्याजि पर समर्पित मूल्य को भविष्य में प्रव्याजि के लिए बीमाकर्ता स्वयं इसका प्रयोग करता है। समर्पित मूल्य की रकम से प्रव्याजि का भुगतान चलता रहेगा लेकिन जब समस्त समर्पित मूल्य का प्रव्याजि के लिए प्रयोग कर चुकते हैं तो उसके बाद बीमाकर्ता को कुछ भी नहीं दिया जायगा। इस ऋण की अवधि में बिना चिकित्सा परीक्षण के बीमापत्र को पुनः चालू किया जा सकता है। इसके लिए केवल पिछली अदत्त प्रव्याजि और उस पर ब्याज ही लिये जायेंगे। यदि इस अवधि में बीमाकर्ता की मृत्यु हो जाती है तो उसे सम्पूर्ण बीमित रकम का भुगतान पिछले ऋण की रकम और उस पर ब्याज घटाकर किया जायगा। अतः देय रकम के ह्रासित होने के कारण यह पद्धति बीमापत्रधारियों के लिए अलाभकारी है।

इस पद्धति के अनुसार बीमापत्र को खण्डित होने से बचाया जाने का प्रयास किया जाता है तथा ऋण अवधि में बीमा का पुनर्चालन बिना स्वास्थ्य परीक्षा के हो सकता है। चूँकि बीमा प्रचलित रहता है, अतः अयोग्यता और दुर्घटना लाभ लागू होते हैं, लेकिन इस पद्धति को तभी अपनाना चाहिए, जबकि प्रव्याजि भुगतान का उद्देश्य हो। यदि बीमापत्रधारी प्रव्याजि भुगतान नहीं कर सकता तो अच्छा होगा कि समर्पण करके उसे कुछ समर्पित मूल्य दे दिया जाय तो इस पद्धति में ऋण अवधि के बाद कुछ भी नहीं मिल पायेगा।

5. वृत्ति (Annuity)—समर्पित मूल्य को वृत्ति खरीदने के लिए भी प्रयोग कर सकते हैं। समर्पण के समय बीमापत्रधारी की उम्र के अनुसार वृत्ति का निर्धारण होगा।

समर्पित मूल्य की मात्रा से वृत्ति की रकम का निर्धारण हो सकेगा। यह पद्धति समर्पणकर्ता के लिए अति लाभदायक है क्योंकि इससे एक नियमित रकम मिलती रहेगी। वृत्ति के रूप में समर्पित मूल्य लेने से बीमा के लाभ नहीं मिलेंगे क्योंकि वृत्ति खरीदने के समय बीमा प्रसंविदा समाप्त हो जायगा और वृत्ति प्रसंविदा उसका स्थान ले लेगा।

भारत में समर्पण मूल्य—भारत में समर्पित मूल्य के प्रत्याभूत (Guaranted) किया गया है और इस शर्त के अनुसार समर्पण तब दिया जायगा, जब कम से कम 2 वर्ष की प्रव्याजि या बीमित रकम का $\frac{1}{10}$, बशर्ते यह एक वर्ष की प्रव्याजि से अधिक हो, दिया जा चुका है।

इस समर्पण मूल्य की न्यूनतम रकम प्रथम और अतिरिक्त प्रव्याजि को छोड़ कर दी गयी प्रव्याजि का 30 प्रतिशत है। यदि बीमापत्र लाभ सहित है तो उस पर समर्पण के समय तक सम्बद्ध अधिलाभांश दिया जायगा। लेकिन उसके बाद के अधिलाभांश नहीं दिये जायेंगे।

भारत में ह्रासित प्रदत्त बीमा भी प्रदान किया जाता है, बशर्ते उपर्युक्त शर्त पूरी हो गयी हो। ह्रासित प्रदत्त बीमा में बीमापत्र की रकम उस अनुपात तक कम हो जाती है, जो अनुपात कुल देय प्रव्याजि की संख्या का छूट दी गयी प्रव्याजि की संख्या से है। जैसे—

$$\text{ह्रासित प्रदत्त मूल्य} = \frac{\text{बीमित रकम} \times \text{दी गयी प्रव्याजि की संख्या}}{\text{कुल देय प्रव्याजि की संख्या}}$$

इस ह्रासित प्रदत्त मूल्य में समर्पण के समय तक का अधिलाभ जोड़ देते हैं, परन्तु उसके बाद के अधिलाभांश शामिल नहीं करते हैं। यह ह्रासित प्रदत्त मूल्य 100 रुपये है, जबकि बीमापत्र 1000 रुपये से अधिक है और 50 रुपये जबकि बीमापत्र 1000 रुपये से अधिक न हो, से कम नहीं होना चाहिए। यदि तीन वर्ष की प्रव्याजि दी जा चुकी है, परन्तु उसके बाद प्रव्याजि नहीं दी गयी तो इस तीन वर्ष की अवधि के बाद 6 महीने के अन्दर मृत्यु पर बीमाकर्ता बीमित रकम के अदत्त प्रव्याजि और ब्याज घटाकर तथा उस समय तक अधिलाभांश जोड़कर दे देता है।

□□□

अध्याय 18
मूल्यांकन एवं अतिरेक वितरण

मूल्यांकन से तात्पर्य किसी एक विशेष अवधि पर जीवन बीमा सम्बन्धी शुद्ध दायित्व के मूल्यांकन से है। मूल्यांकन से यह पता चलता है कि एक विशेष समय पर जीवन बीमा अध्यर्थन का पूर्ण भुगतान करने के लिए कम से कम कितना कोष (Funds) अवश्य होना चाहिए।

मूल्यांकन का उद्देश्य—बीमा के शुद्ध दायित्व का मूल्यांकन दो उद्देश्यों से किया जाता है : (अ) यह ज्ञात करने के लिए कि बीमा संस्था शोधक्षम है या नहीं अर्थात् शुद्ध दायित्व को पूरा करने के लिए बीमा कोष पर्याप्त है या नहीं; और (ब) यह मालूम करने के लिए कि कोष का कितना हिस्सा अधिलाभांश और लाभांश के रूप में विभाजन के लिए उपलब्ध है।

बीमाकर्ता को अपने दायित्वों को पूरा करने के लिए पूर्ण समर्थ होना चाहिए। यदि दायित्व को पूरा करने की सामर्थ्य नहीं है तो उसे अपने व्यापार को ससुंगठित करने की आवश्यकता पड़ेगी। विनियोग लाभकारी प्रतिभूतियों में लगाना होगा, चुनाव को कठोर करना पड़ेगा और यदि आवश्यकता पड़े तो प्रव्याजि दर बढ़ायी जाय, अधिलाभांश में कटौती की जा सकती है। प्रव्याजि की दर बढ़ाने से व्यापार में कमी आ सकती है, अतः लाभकारी विनियोग आदि का सहारा लेकर बिगड़ती स्थिति में सुधार किया जा सकता है।

दूसरी तरफ यदि कोष में आधिक्य है तो उस आधिक्य के अनुसार लाभांश और अधिलाभांश वितरित किया जा सकता है। शुद्ध देनदारी के ऊपर आधिक्य कोष की मात्रा लाभांश और अधिलाभांश की दर निर्धारित करते हैं। किसी जीवन बीमाकर्ता की आय का व्यय के ऊपर आधिक्य लाभ नहीं होता है, बल्कि इसको शुद्ध देनदारी की तुलना में निर्धारित किया जाता है। अतः शुद्ध देनदारी का मूल्यांकन ही यह बता सकता है कि बीमाकर्ता शोधक्षम है या नहीं और यदि है तो कितना लाभ विभाजन योग्य है।

इस प्रकार मूल्यांकन की परिभाषा इस प्रकार दी जा सकती है—

मूल्यांकन बीमाकोष की पर्याप्तता और लाभ की मात्रा निर्धारित करने का सामयिक वित्तीय परीक्षण है। सामयिक परीक्षण से तात्पर्य कुछ वर्षों के अन्तर पर परीक्षण है। यह वार्षिक परीक्षण नहीं हो सकता क्योंकि मूल्यांकन करना एक कठिन कार्य है। भारत में प्रति दूसरे वर्ष मूल्यांकन (शुद्ध दायित्व का निर्धारण) किया जाता है।

मूल्यांकन का तरीका

उपर्युक्त परिभाषा से स्पष्ट है कि मूल्यांकन में सर्वप्रथम शुद्ध दायित्व का निर्धारण करना होता है। उसके बाद इस शुद्ध दायित्व की बीमाकोष से तुलना करनी पड़ती। बीमाकोष हर वित्तीय वर्ष में बहीखातों से मालूम रहता है। यदि किसी वर्ष मृतक दर ब्याज और खर्चे के अनुमान के अनुसार हुए हों तो शुद्ध दायित्व यानी संचय (अनुमानित कोष) बीमा कोष (वास्तविक कोष) के बराबर होगा। यदि ये अनुमान (मृतक दर, ब्याज दर व्यय) प्रतिकूल हुए तो बीमाकोष के शुद्ध दायित्व से कम होगा और यह अभाव (Deficiency) की स्थिति होगी। यह अभाव इन तीनों के संयुक्त प्रभाव पर मालूम होगा। दूसरे शब्दों में जब मृतक दर और व्यय अनुमानित से अधिक है तथा ब्याज दर अनुमानित से कम है तो उस समय शुद्ध दायित्व अनुमानित से अधिक होगा। शुद्ध दायित्व के अधिक होने पर बीमाकोष स्वभावतः कम होगा और बीमाकर्ता शोधक्षम नहीं रहेगा।

इसके विपरीत जब ये अनुमान अनुकूल हैं तो बीमाकोष की मात्रा शुद्ध दायित्व से अधिक होगी। इस आधिक्य को बीमापत्रधारियों और अंशधारियों में विभाजित किया जा सकता है।

इस मूल्यांकन का एक संक्षिप्त उदाहरण निम्न है :—

मूल्यांकन स्थिति विवरण 31 मार्च 1973

रुपया करोड़ में

बीमित रकम का वर्तमान मूल्य (Present Value of Future Assured Sums) रु०		प्राप्य प्रव्याजि का वर्तमान मूल्य (Present Value of Future Premiums) शेष शुद्ध दायित्व आगे ले गये रु०	
शेष आगे लाये शुद्ध दायित्व अतिरेक (यदि है) रु०		स्थिति में दिखाया गया बीमाकोष का शेष अभाव (यदि है) रु०	

शुद्ध दायित्व की गणना

संचय के अध्याय में शुद्ध दायित्व की गणना करने की दो विधियाँ बताई जा चुकी हैं। दोनों विधियों से एक ही परिणाम आयेगा, यदि मृतक दर और ब्याज दर अनुमान में कोई

परिवर्तन नहीं हुआ। ये पद्धतियाँ निम्न प्रकार हैं :—

(अ) भूतकालीन मूल्यांकन (Retrospective Valuation)—बीमापत्र निर्गमन से लेकर मूल्यांकन की अवधि तक कितना संचय हो चुका है, इस पद्धति से मालूम हो जाता है। समप्रव्याजि योजना के अन्तर्गत लगातार प्रव्याजि एकत्र होती रहती है। इस पर ब्याज अर्जित किया जाता रहता है। इस प्रकार एकत्रित रकम में से अध्यर्थन का भुगतान करने से जो रकम बचती है, उसे शुद्ध दायित्व या संचय कहते हैं। इस प्रकार शुद्ध दायित्व—

शुद्ध दायित्व = प्राप्त प्रव्याजियों का एकत्रित मूल्य – दिये गये अध्यर्थनों का एकत्रित मूल्य

(ब) भविष्यकालीन मूल्यांकन—इस विधि में भविष्य के आधार पर शुद्ध दायित्व निकालते हैं। बीमाकर्ता को भविष्य में कुछ अध्यर्थनों का भुगतान करना होगा और भविष्य में कुछ प्रव्याजि प्राप्त होंगे। भविष्य से हमारा तात्पर्य मूल्यांकन की तिथि से आगे अध्यर्थन के भुगतान तक का समय है। भविष्य के अध्यर्थन और भविष्य की प्रव्याजि यह बताते हैं कि शुद्ध दायित्व क्या है? चूँकि मूल्यांकन अध्यर्थन का भुगतान और प्रव्याजि प्राप्ति के पहले किया जा रहा है, इसलिये हम इनके वर्तमान मूल्यों को निकालते हैं। अतः—

शुद्ध दायित्व = भविष्य के अध्यर्थन का वर्तमान मूल्य – भविष्य की प्रव्याजि का वर्तमान मूल्य

समानता—इन दोनों में से किसी भी पद्धति का प्रयोग करके शुद्ध दायित्व की गणना की जा सकती है, क्योंकि दोनों के परिणाम एक होते हैं, बशर्ते इनकी अनुमानित दरें समान हों। इनको निम्न प्रकार स्पष्ट कर सकते हैं—

बीमा निर्गमन के समय

सभी शुद्ध प्रव्याजियों का मूल्य = बीमापत्र के सभी लाभों का मूल्य

या,

संचय के पहले (भूत) + संचय के बाद (भविष्य) प्रव्याजि का मूल्य = बीमापत्र के पिछले (भूत) भुगतान + बीमापत्र के भविष्य भुगतान

अतः मूल्यांकन की तिथि पर,

भूतकालीन प्रव्याजियों का एकत्रित मूल्य + भविष्यकालीन प्रव्याजियों का वर्तमान मूल्य = बीमापत्र के भूतकालीन अध्यर्थन का एकत्रित मूल्य + भविष्यकालीन अध्यर्थन का वर्तमान मूल्य

या

भूतकालीन प्रव्याजियों का एकत्रित मूल्य – बीमापत्र के भूतकालीन अध्यर्थन का वर्तमान मूल्य = भविष्यकालीन अध्यर्थनों का वर्तमान मूल्य – भविष्यकालीन प्रव्याजियों का वर्तमान मूल्य

भूतकालीन शुद्ध दायित्व = भविष्यकालीन शुद्ध दायित्व

भविष्यकालीन शुद्ध दायित्व की गणना—जब कोष की पर्याप्तता पर विचार किया जाता है तो हम निश्चित रूप से भविष्य की बात सोचते हैं, अतः भविष्य की कुल देनदारी और भविष्य का कुल दायित्व देखना स्वाभाविक है। चूँकि भविष्य में इनकी दरों (मृतक दर, ब्याज दर) में परिवर्तन हो सकता है, अतः भूतकालीन संचय आवश्यक रूप से इसके बराबर नहीं हो सकता, जिससे भविष्य की देनदारी निकालने के लिए भविष्य की दरों को अपनाना उचित और व्यावहारिक होगा।

कुल प्रव्याजि का प्रयोग—अब तक की गणना में शुद्ध प्रव्याजि का प्रयोग किया गया है, लेकिन मूल्यांकन के लिए एकल प्रव्याजि का प्रयोग करना चाहिए, क्योंकि खर्चे अधिलाभांश भारण का प्रयोग शुद्ध दायित्व की गणना के लिए आवश्यक है।

मूल्यांकन का आधार

बीमापत्र निर्गमन के समय कुछ मान्यताएँ रहती हैं जो मूल्यांकन के समय बदल सकती हैं। प्रव्याजि की गणना के लिये मान्य ब्याज दर, मृत्यु दर और व्यय दर में अधिक परिवर्तन हो सकते हैं, जिससे पिछली मान्यताओं पर शुद्ध प्रव्याजि का मूल्यांकन अव्यावहारिक होगा। यदि मूल्यांकन परिवर्तित आधारों पर नहीं किये जाते हैं तो बीमाकर्ता की शुद्ध देयता का सही पता नहीं लग पायेगा और प्रतिकूल परिवर्तनों पर बीमाकर्ता तथा चालू बीमापत्रधारियों को हानि हो सकती है। इन आधारों पर नीचे विचार किया गया है :—

1. मृतक दर—मृतक दर का सही अनुमान लगाना चाहिए। भविष्य में मृतक दर के परिवर्तनों का ध्यान में रखना चाहिए। इसीलिए मूल्यांकन के लिए नवीनतम मृतक तालिका का प्रयोग किया जाता है।

2. ब्याज दर—मूल्यांकन के लिए ब्याज दर ऐसी होनी चाहिए, जो व्यावहारिक हो तथा जिसको भविष्य में अवश्य अर्जित किया जा सके। प्रत्येक बीमा विनियोग पर विभिन्न ब्याज दरें अर्जित की जाती हैं, परन्तु मूल्यांकन के लिए अलग-अलग प्रयोग नहीं किया जा सकता है; अतः हम उनकी औसत ब्याज दर लेते हैं। मूल्यांकन के समय आर्थिक दशाओं और परिस्थितियों तथा भविष्य में होने वाले परिवर्तनों को ध्यान में रखकर ब्याज दर का निर्धारण किया जाता है। व्यावसायिक सिद्धान्त तो यह है कि जितनी ब्याज दर मिलने की आशा है, उससे कम ही मानना चाहिए।

3. व्यय दर—व्यय दर का निर्धारण मूल्यांकन के समय विद्यमान परिस्थितियों के आधार पर होगा, लेकिन आज के युग भविष्य में व्यय दर को बढ़ाकर रखना उचित होगा। कुछ खर्चों को बीमाकर्ता नियन्त्रित कर सकता है। अतः जब खर्चे बढ़ रहे हों तो उन्हें रोकने का प्रयास करना चाहिए। बीमा के विकास के समय ये खर्चो अत्यधिक होंगे। उनको भी मूल्यांकन के समय ध्यान में रखना चाहिए।

4. अधिलाभांश दर—अधिलाभांश केवल लाभ सहित बीमापत्रों पर ही दिये जाते हैं, अतः बीमापत्रों से इनके लिए प्रव्याजि के साथ कुछ अधिक रकम वसूल करते हैं। इन बीमापत्रों पर कम से कम कुछ अधिलाभांश अवश्य देना चाहिए। यह अधिलाभांश बीमाकर्ता का दायित्व है, जिसे पूरा करना उसका कर्त्तव्य है। कोष का कुछ हिस्सा

अधिलाभांश को नियमित करने के लिए संचित कर लिया जाता है। इसे अधिलाभांश संचय कहते हैं, जिसे भविष्य में किसी वर्ष अभाव होने पर अधिलाभांश इससे वितरित किया जा सके। मूल्यांकन के समय अधिलाभांश को बहुत अधिक दर नहीं रखनी चाहिए।

जीवन बीमा कोष की गणना—जीवन बीमा कोष कुल आय और कुछ व्यय के अन्तर से निकलता है। यह आगम खातों में जमा शेष दिखाता है और पिछले वर्ष का शेष इसके साथ मिलाकर लिखा जाता है। इसमें प्रव्याजि, ब्याज आदि आय को जमा कर देते हैं और अध्यर्थन, वृत्ति, समर्पित मूल्य और प्रबन्ध व्यय के नाम कर देते हैं। इस प्रकार पिछले जीवन बीमा कोष में व्यय के ऊपर आय के आधिक्य को जोड़कर उस वर्ष का जीवन बीमा कोष मालूम करते हैं।

यहाँ यह पूर्ण रूप से समझ लेना चाहिए कि जीवन बीमा कोष और संचय एक नहीं हैं। जीवन बीमा कोष व्यावहारिक रूप से बीमाकर्ता के पास कोष की मात्रा है जबकि संचय (शुद्ध दायित्व) यह बताता है कि बीमाकर्ता के पास कितनी रकम होनी चाहिए। संचय शुद्ध दायित्व है और कोष सम्पत्ति है। संचय अनुमानित रकम है जबकि कोष वास्तविक रकम है।

जीवन बीमा कोष की गणना

(1 अप्रैल 1971 से 31 मार्च 1973 तक)

आय (Income)—

प्रथम वर्ष की प्रव्याजि	रुपया
नवकरण प्रव्याजि	
एकल प्रव्याजि और वृत्ति का क्रय मूल्य	
ब्याज लाभांश किराया	
आय कर की वापसी	
अन्य प्राप्तियाँ	

व्यय (Outgo)—

अध्यर्थन : मृत्यु पर	
वृत्ति अवधि पर	
समर्पण	
अधिलाभांश या प्रव्याजि में छूट	
प्रबन्ध व्यय	
सम्पत्ति के लिए संचय	
अन्य	
घटायें बीमाकोष का समन्वय	————
जीवन बीमा कोष	————

अतिरेक एवं अभाव
(Surplus & Deficiency)

बीमापत्र संचय (शुद्ध दायित्व) और बीमाकोष के अन्तर पर अतिरेक या अभाव निकाले जाते हैं। यदि बीमाकोष (वास्तविक कोष) संचय (अनुमानित कोष) से अधिक है तो वहाँ पर अतिरेक होगा। संचय यह बताता है कि बीमाकर्ता के पास कम से कम कितना कोष होना चाहिए? यह जैसा बताया गया है कि ब्याज दर, मृतक दर और ब्याज दर के अनुमान पर तय किया जाता है कि किसी बीमाकर्ता के पास कम से कम कितना कोष हो? दूसरी तरफ बीमाकोष इनके वास्तविक मूल्यों पर निश्चित कर लिया जाता है कि बीमाकोष कितना है? इस प्रकार बीमाकर्ता के पास कम से कम शुद्ध दायित्व के बराबर कोष होना आवश्यक है। यदि बीमाकोष शुद्ध दायित्व से कम है तो वहाँ पर अभाव (Deficiency) होगा। यह स्थिति असामान्य दशाओं में उत्पन्न होती है; जैसे मृतक दर में अचानक वृद्धि हो जाय या ब्याज दर में बहुत कमी हो जाय या खर्चों में अनुमान से अधिक वृद्धि हो जाय।

अभाव को दूर करने का उपाय—अभाव के समय लाभ सहित बीमापत्रधारियों पर अधिलाभांश की दर कम कर देते हैं या अधिलाभांश का वितरण बिल्कुल नहीं किया जायगा। पिछले अतिरेक से कुछ रकम अधिलाभांश को नियमित करने के लिए संचित करते रहते हैं। इसका प्रयोग अभाव के समय किया जा सकता है। कुछ बीमाकर्ता अभाव के समय में भी अधिलाभांश निर्गमित करते हैं। इससे उनकी साख बनी रहती है, परन्तु भविष्य में यदि अभाव की पूर्ति न हो सके तो अत्यधिक हानि होगी। बीमापत्रधारियों को इस तर्क से सन्तुष्ट नहीं किया जा सकता है कि वे यदि लाभ में हिस्सा लेते हैं तो हानि में भी हिस्सा लें। उनका प्रतिवेदन यह होगा कि चूँकि कुल प्रव्याजि में अधिलाभांश भारण रहता है, अतः उसके बदले में उन्हें अधिलाभांश अवश्य मिलना चाहिए। यह एक पेचीदगी का प्रश्न है क्योंकि यदि अधिलाभांश दिया जायगा तो बीमाकर्ता को हानि होगी और यदि नहीं दिया जायगा तो बीमापत्रधारियों में असन्तोष होगा। इसको बचाने के लिए पहले से ही बीमाकर्ता को सतर्क रहना चाहिए और अतिरेक का कुछ हिस्सा इसके लिए अवश्य संचित करते रहना चाहिए।

अभाव को दूर करने के लिए जहाँ तक सम्भव हो सके, ऐसी जगह विनियोग करना चाहिए जहाँ आय अधिक मिल सके, बशर्ते कि सुरक्षा को धक्का न लगे। वर्तमान विनियोगों में परिवर्तन करना आवश्यक होगा और विनियोग के पुनर्संगठन के लिए विशेष रूप से विचार करना पड़ेगा। व्यय को कम करने का प्रयास भविष्य में अभाव को दूर कर सकेगा।

यदि ब्याज दर, मृतक दर और अधिलाभांश की नीतियाँ अभाव को कम नहीं कर पा रही हैं तो प्रव्याजि दर में वृद्धि करना होगा। प्रव्याजि दर में वृद्धि व्यापार पर विपरीत प्रभाव डाल सकते हैं, अतः यह प्रयास तभी करना चाहिए जबकि अन्य उपाय असफल रहें और अन्य बीमाकर्ता की प्रव्याज़ि दर में वृद्धि हो रही है।

अतिरेक (Surplus) का उपयोग

अतिरेक का सर्वप्रथम प्रयोग व्यापार की स्थिति को सुदृढ़ बनाने के लिये करना

चाहिये जिससे बीमाकर्ता और बीमापत्रधारियों, दोनों को लाभ हो। एक सुदृढ़ बीमाकर्ता भविष्य में अभिलाभांश में वृद्धि कर सकता है, प्रव्याजि की रकम कम कर सकता है और असम्भाव्य दायित्व का साहस के साथ सामना कर सकता है। परिणामस्वरूप व्यापार में वृद्धि होने की सम्भावना रहेगी और सुदृढ़ बीमाकर्ता को और सुदृढ़ होने का अवसर मिलेगा। इस अतिरेक में से लाभांश और अधिलाभांश उच्चावचन कोष निर्मित करके लाभांश और अधिलाभांश में नियमितता ला सकते हैं, सम्पत्ति के मूल्यों में उतार-चढ़ाव रोकने के लिए भी एक कोष का निर्माण किया जा सकता है। अतिरेक का कौन-सा हिस्सा इन कोषों में रखा जाय, इसको व्यापार के प्रकार, अनुभव आदि के अनुसार तय करते हैं। इनके अतिरिक्त असम्भाव्य दायित्वों को पूरा करने के लिए कुछ संचय किया जा सकता है। इस कोष का निर्माण अत्यावश्यक है, क्योंकि भुगतान करना बीमाकर्ता की पहली जिम्मेदारी है। यदि अध्यर्थनों का भुगतान नहीं किया जा सकता है तो बीमाकर्ता का व्यापार समाप्त-प्राप्य होगा। इस कोष के बाद अधिलाभांश और अधिलाभांश के बाद लाभांश कोष का निर्माण किया जाना चाहिए।

अतिरेक के स्रोत

जैसा पहले बताया जा चुका है कि बीमाकोष के शुद्ध दायित्व से अधिक होने पर अतिरेक होता है। यह आधिक्य निम्न कारणों से सम्भव है—

1. ब्याज दर में अधिकता—प्रव्याजि निर्धारण के लिये एक ब्याज दर का अनुमान किया जाता है। यदि वास्तविक ब्याज दर इस ब्याज दर के बराबर है, तब न तो कोई लाभ और न कोई हानि होती है। वास्तविक ब्याज दर के अधिक होने पर ही अतिरेक की उत्पत्ति होती है। बीमाकर्ता को आधिक्य ब्याज के लिए लाभकारी प्रतिभूतियों में विनियोजित करना चाहिए, बशर्ते पूँजी और ब्याज की सुरक्षा की निश्चितता हो। प्रतिभूतियों के विक्रय पर जो लाभ होता है, उसे भी इसी में शामिल करते हैं; अतः प्रयास यह होना चाहिये कि अनुमानित दर से अधिक ब्याज अर्जित की जाय तभी अतिरेक हो सकेगा।

2. मृतक दर में कमी—जब अनुमानित मृत्यु दर से कम मृत्यु दर होती है, तो बीमाकर्ता के भुगतान में कमी आ जाती है जो अतिरेक का साधन तैयार हो जाता है। वर्तमान समय में स्वास्थ्य-सुविधाओं में निरन्तर वृद्धि होती जा रही है, जिसके परिणामस्वरूप मृत्यु संख्या में कमी हो रही है और अध्यर्थन की मात्रा में अनुमानित से कम होने से बचत होती जा रही है। यहाँ पर एक बीमित व्यक्ति की मृत्यु को नहीं देखते, बल्कि बीमाकर्ता के सभी बीमित व्यक्तियों को आधार माना जाता है। मृतक दर में कमी तीन प्रकार से अतिरेक उत्पन्न करती है—(अ) भुगतान की मात्रा में कमी हो जाती है, (ब) प्रव्याजि भुगतान की अवधि अनुमानित से अधिक हो जाती है तथा (स) ब्याज अर्जन का समय बढ़ जाता है।

कुछ बीमापत्रों में मृतक दर में कमी होने पर बीमाकर्ता प्रत्यक्ष रूप से लाभान्वित होता है, जैसे अवधि बीमा में यदि अवधि के अन्दर मृत्यु न हुई, तो वह रकम बीमाकर्ता के लिये बच जायगी। मृत्यु संख्या जितनी ही कम होगी, उतना ही अधिक लाभ बीमाकर्ता को होगा, लेकिन शुद्ध बन्दोबस्ती में जितना अधिक मृत्यु होगी, उतनी बीमाकर्ता को लाभ होगा। इसी प्रकार वृत्ति के सम्बन्ध में भी अधिक लाभ होगा।

3. खर्चों में बचत—अनुमानित खर्चों से कम खर्चे होने पर कोष में बचत होती है। अतः बीमाकर्ता को जहाँ तक सम्भव हो सके, खर्चों में बचत करनी चाहिये, जिसे अतिरेक उपलब्ध हो सके। कुल प्रव्याजि को इतना होना चाहिये कि खर्चों को पूरा किया जा सके। वर्तमान और भविष्य के राजनैतिक और आर्थिक परिस्थितियों को ध्यान में रखते हुए खर्चों का सही अनुमान किया जा सकता है। खर्चों का अनुमान जितना वास्तविक होगा, बीमाकर्ता को उतना ही लाभ होगा। खर्चो का भारण वास्तविक खर्चों से कम होने पर बीमाकर्ता को हानि होगी; अतः आजकल बीमाकर्ता इन खर्चों को कम करने का प्रयास कर रहे हैं। इस स्रोत के अन्तर्गत अधिक से अधिक बचत की जा सकती है।

4. समर्पण पर बचत—जिन बीमापत्रों पर समर्पित मूल्य नहीं दिये जाते हैं, उन पर कोष के भुगतान से बचत हो जाती है। परिणामस्वरूप इस बचत को अतिरेक के विभाजन में प्रयोग कर सकते हैं। इसी प्रकार जब किसी बीमापत्र पर उसके संचय से कम भुगतान किया जाता है, तो इस संचय को अतिरेक के रूप में प्रयोग करते हैं। यह बचत महत्त्वपूर्ण नहीं है क्योंकि संचय में बचत बहुत कम हो पाती है। जो बीमापत्र कुछ समय तक चालू हो और समर्पण मूल्य एकत्र न हुआ हो तो प्राप्त प्रव्याजि को बीमाकर्ता जब्त कर लेता है; अतः इन पर प्राप्त प्रव्याजि अतिरेक बन जाती है।

यह वास्तविक स्रोत नहीं कहा जाता है, क्योंकि—समर्पण से शेष बीमापत्रों की मृतक दर में वृद्धि हो जाती है, तथा (ब) समर्पण लागत और खर्चों में वृद्धि हो जाती है। इन प्रत्यक्ष प्रभावों के अतिरिक्त समर्पित करने वाले बीमाकर्ता के व्यापार में कमी हो जाती है, क्योंकि उसकी साख को धक्का लगता है जिससे अन्ततोगत्वा अतिरेक के अतिरिक्त अभाव उत्पन्न हो जाता है।

5. अधिलाभांश भारण में बचत—अधिलाभांश भारण लाभ सहित बीमापत्रों से वसूल किये जाते हैं, लेकिन बीमाकर्ता के सुदृढ़ और लाभकारी विनियोग के कारण इस भारण का प्रयोग नहीं किया जाता है, जिससे अधिलाभांश भारण की बचत हो जाती है और अतिरेक में योगदान देते हैं।

6. विविध—इन स्रोतों में विभिन्न प्रकार के साधनों को शामिल किया गया है, जैसे अयोग्यता और दुर्घटना लाभ में बचत, पूँजी लाभ, आयकर की वापसी आदि।

उपरोक्त साधनों में मृतक दर, ब्याज और व्यय भारणों में बचत अतिरेक के मुख्य साधन हैं।

अतिरेक का वितरण

अतिरेक की गणना करने के बाद दूसरा प्रश्न यह उठता है कि इसका वितरण किस प्रकार किया जाय? जैसा पहले बताया जा चुका है कि अतिरेक का कुछ हिस्सा विभिन्न कोषों में वितरित करने के बाद शेष अतिरिक्त अंशधारियों और बीमापत्रधारियों में विभाजित किया जाता है लेकिन कितनी रकम का विभाजन होगा, इसको व्यापारिक सिद्धान्तों और व्यवहारों के आधार पर तय करना चाहिए। संक्षेप में अतिरेक का वितरण—(अ) कोषों और (ब) बीमापत्रधारियों तथा अंशधारियों में हो सकता है। कोषों में अध्यर्थन के भुगतान के लिये

असम्भाव्य कोष, कर के भुगतान का कोष हो सकता है। अतिरेक में से इन कोषों की रकम घटाने से बची रकम को लाभ (Profit) कहते हैं। इस लाभ को अंशधारियों और बीमापत्रधारियों में विभाजित करेंगे।

अतः सबसे पहले अतिरेक की गणना होती है, फिर उसके बाद लाभ की गणना की जाती है। अतिरेक लाभ से अधिक होगा। जिस वर्ष अतिरेक नहीं होता है, उस वर्ष लाभांश और अधिलाभांश नियमन कोष का प्रयोग इनके वितरण के लिए किया जाता है। अंशधारियों को लाभांश और बीमापत्रधारियों को अधिलाभांश वितरित किये जाते हैं।

जब लाभ की गणना हो जाती है तो यह प्रश्न उठता है कि इस लाभ का कौन-सा हिस्सा अंशधारियों को और कौन-सा बीमापत्रधारियों को वितरित किया जाय। व्यावसायिक सिद्धान्तों के अतिरिक्त वैधानिक सिद्धान्त इस प्रश्न का उत्तर दे देते हैं। भारत में जीवन बीमा निगम के लिये यह नियम बना दिया गया है-कि लाभ का कम से कम 95 प्रतिशत बीमापत्रधारियों में वितरित किया जायगा। इस न्यूनतम सीमा से अधिक अधिलाभांश देने के लिए बीमाकर्ता का अपना निर्णय होगा।

भारत में अतिरेक का वितरण निम्न प्रकार है—

	रु०
—	
जीवन बीमा कोष (31.03.1973)	
घटायें—	
शुद्ध दायित्व	
अतिरेक (31.03.1973)	
कर के लिये प्रावधान	
घटायें—	
लाभ सहित बीमापत्रों पर अधिलाभांश कोष	————
जोड़ें—	
अन्तरिम अधिलाभांश (जो अन्तर्मूल्यन अवधि में दिये गये हों)	————

लाभ

इस प्रकार जीवन बीमा निगम असम्भाव्य दायित्व के लिए कोई संचय नहीं करता, क्योंकि ऐसा संचय पहले से 9.59 लाख का है।

लाभ का वितरण

अतिरेक में से कोषों की रकम घटाने से लाभ प्राप्त होता है और इसको अंशधारियों तथा बीमापत्रधारियों में विभाजित करते हैं। भारत में इस रकम को केन्द्रीय सरकार और

बीमापत्रधारियों में विभाजित करते हैं। इस लाभ का विभाजन जीवन बीमा निगम अधिनियम 1956 की धारा 28 के अनुसार किया जाता है। जो रकम लाभ का जो हिस्सा बीमापत्रधारियों को नहीं दिया जायगा, केन्द्रीय सरकार को दे देंगे। बीमा-पत्रधारियों को लाभ में मिलने वाले हिस्से को अधिलाभांश (Bonus) कहते हैं।

अधिलाभांश का वितरण
(Distribution of Bonus)

आधार—विभाजन का ध्येय यह होना चाहिए कि प्रत्येक बीमापत्रधारियों को न्यायिक रूप से लाभ में हिस्सा मिले। आदर्श पद्धति वह होगी जो प्रत्येक बीमापत्रधारी द्वारा दी गयी प्रव्याजि में बचत के अनुसार अधिलाभांश वितरित करे। इसके साथ ही लोचकता और सरलता को भी वितरण का आधार मानना चाहिए। प्रत्येक बीमाकर्ता अपने दृष्टिकोण से न्याय, लोचकता और सरसता को अपनाते हैं।

अधिलाभांश वितरण की पद्धतियाँ

1. समान अधिलाभांश योजना (The Uniform Bonus Plan)—इस योजना के अन्तर्गत बीमित रकम पर प्रति हजार के अनुसार एक निश्चित दर से अधिलाभांश घोषित किया जाता है। इस पद्धति में न्यायिकता केवल बीमित रकम के अनुसार है। दी गयी प्रव्याजि से कोई विशेष मतलब नहीं है। इस योजना को आसानी से समझा और प्रयोग किया जा सकता है। इसमें अधिलाभांश की गणना के लिए निम्न तरीके अपनाये जाते हैं :—

(अ) लाभ सहित बीमापत्रों पर विभाजनीय लाभ की कुल रकम की गणना;

(ब) अधिलाभांश पाने वाले व्यक्तियों की बीमित रकम; और

(स) बीमित रकम से विभाजनीय लाभ को भाग देकर और 1000 से गुणा करके प्रति हजार अधिलाभांश की गणना।

अतः इस योजना में प्रति बीमापत्र पर अधिलाभांश आसानी से निकाला जा सकता है, क्योंकि अधिलाभांश दर प्रति हजार बीमित रकम पर ज्ञात है। इस सरलता के विपरीत, इसमें न्यायिक विभाजन नहीं होता, क्योंकि किसी बीमापत्र का लाभ में योगदान नहीं देखते हैं। प्रत्येक बीमापत्र अपने संचय की रकम के अनुसार लाभ में योगदान देते हैं। अतः संचय के अनुसार की गयी गणना न्यायिक होगी। इस पद्धति में नये और पुराने बीमापत्रों पर, विभिन्न प्रकार के बीमापत्रों में और विभिन्न अवधि के बीमापत्रों पर अधिलाभांश की दर एक होती है, जबकि संचय में विभिन्नता होती है।

दीर्घकालीन अवधि को ध्यान में रखते हुए इस पद्धति में कोई विशेष अन्यायिकता नहीं है क्योंकि जिन बीमापत्रों पर संचय के अनुसार अधिक अधिलाभांश मिल रहा है, उन्हें भविष्य में कुछ दिन बाद संचय के अनुसार कम अधिलाभांश मिलेगा और औसत रूप से दोनों बराबर हो जायगा। हाँ, यह अवश्य है कि विभिन्न बीमापत्रों पर एक ही अधिलाभांश दर अन्यायपूर्ण होगी। इसको दूर करने के लिए विभिन्न बीमापत्रों पर अलग-अलग

अधिलाभांश निकाले जाते हैं। भारत और इंगलैण्ड में इसी पद्धति का प्रयोग होता है जबकि अमेरिका में योगदान पद्धति का प्रयोग किया जाता है।

2. अंशदान अधिलाभांश योजना (Contribution Bonus Plan)—इस पद्धति के अन्तर्गत प्रत्येक बीमापत्र पर कुल अतिरेक में अंशदान के अनुसार अधिलाभांश दिया जाता है। इस अतिरेक में जिस बीमापत्र का जितना अंशदान होगा, उसे उतना ही अधिक अधिलाभांश दिया जायगा। यदि अंशदान में कमी होगी, तो अधिलाभांश भी कम होगा। इस योजना में अधिलाभांश निम्न प्रकार निकालेंगे :

(1) सर्वप्रथम अतिरेक की गणना करना,

(2) प्रत्येक बीमापत्र का इस अतिरेक में अंशदान (Contribution)। वैसे अंशदान कई आधारों पर हो सकता है, लेकिन संचय को विशेष महत्त्व देते हैं; अतः प्रत्येक बीमापत्र पर व्यक्तिगत संचय,

(3) अंशदान के आधार पर अधिलाभांश मालूम करना।

चूँकि अतिरेक के कई स्रोत हो सकते हैं; अतः अंशदान पद्धति में उन स्रोतों पर विशेष ध्यान देना चाहिए। इसके लिए निम्न तरीके हैं :

(1) प्रत्येक स्रोत से प्राप्त होने वाला अतिरेक,

(2) प्रत्येक बीमापत्र का इन स्रोतों के अतिरेक में अंशदान,

(3) प्रत्येक बीमापत्र के अंशदान के अनुसार अतिरेक में हिस्से की गणना। इसे प्रत्येक बीमापत्र पर अलग-अलग स्रोतों का अलग-अलग अंशदान निकाल करके उनका एक बीमापत्र के सम्बन्ध में अंशदान निकाल लेंगे।

इन स्रोतों में मुख्य रूप से—(1) मृतक दर में बचत, (2) व्यय में बचत और (3) ब्याज में अधिकता को ही देखते हैं।

त्रय स्रोतीय योजना (Three Factor Contribution Plan)—जहाँ पर किसी बीमापत्र के सम्बन्ध में ब्याज दर, मृतक दर और व्यय दर के अंशदान को निकालते हैं, वहाँ उसे त्रय स्रोतीय योजना के नाम से पुकारते हैं। इन स्रोतों के अतिरिक्त और अतिरेक के अन्य स्रोत हैं। चूँकि ये तीनों स्रोत महत्त्वपूर्ण हैं, अतः इन्हीं को ही अतिरेक में अंशदान के लिए निकालते हैं।

द्वि स्रोतीय योजना—जहाँ पर मृतक दर में बहुत महत्त्वपूर्ण कमी नहीं होती है, वहाँ पर केवल ब्याज दर और व्यय दर को ही अंशदान की गणना के लिए निकालते हैं। व्यय दर के अन्तर्गत अन्य दूसरे स्रोतों को भी शामिल किया जा सकता है।

ब्याज पर आधिक्य—प्रत्येक अन्तर मूल्यांकन अवधि के प्रारम्भ में संचय (Initial Reserve) पर प्राप्त ब्याज का वार्षिक औसत ले लेते हैं और इस औसत ब्याज दर को अनुमानित ब्याज दर से तुलना करके अन्तर निकाल लेते हैं। प्रत्येक बीमापत्र पर ब्याज दर अलग-अलग होगी, क्योंकि उनके संचय में भिन्नता होगी। ब्याज दर का निर्धारण अति आवश्यक है, क्योंकि यह बीमा अतिरेक को अधिक प्रभावित करता है।

मृतक दर में बचत—मृतक दर में बचत का निर्धारण वास्तविक मृतक दर और अनुमानित मृतक दर के आधार पर निश्चित करते हैं जो कि बीमापत्र के निर्गमन के समय प्राप्त उम्र के अनुसार मालूम किया जायगा। बीमाकर्ता का निजी अनुभव भी मृतक दर को निर्धारित करने में सहायता देगा। उम्र की वृद्धि के साथ-साथ मृतक दर में अन्तर कम होता जाता है। अतः यह कहा जा सकता है कि मृतक दर में बचत का योगदान उम्र के साथ-साथ कम होता जाता है।

व्यय में बचत—व्यय में बचत निकालने के लिए पहले कुल प्रव्याजि और शुद्ध प्रव्याजि के अन्तर निकालते हैं, यह अन्तर व्यय भारण (Expense Loading) को बतायेगा। व्यय भारण को वास्तविक खर्चों से तुलना करके इसमें बचत मालूम कर सकते हैं। दूसरे शब्दों में व्यय में बचत, व्यय भारण में उस बचत को कहते हैं, जिसका प्रयोग खर्चों के लिए नहीं किया गया है।

श्री डेविड पार्क्स फैक्लर (Mr. David Parks Fackler) के अनुसार अंशदान पद्धति का प्रयोग

श्री डेविड इस योजना को 1863 में बताया था, जो निम्न प्रकार है :—

किसी बीमापत्र का अतिरेक में अंशदान

नाम	बीमापत्र खाता		जमा
प्रशासन के वास्तविक खर्चे बीमा की वास्तविक लागत वर्तमान वर्ष का अन्तिम संचय शेष—अतिरेक में योगदान	रु०	पिछले वर्ष अन्तिम संचय कुल प्रव्याजि अर्जित ब्याज (उपर्युक्त दोनों रकमों पर)	रु०
	रु०		रु०

उपर्युक्त पद्धति में ब्याज, व्यय और मृतक दर के आधिक्य को निकाल सकते हैं। यह प्रत्येक वर्ष अतिरेक में अंशदान को बताता है। अतः प्रत्येक वर्ष के अंशदान के अनुसार उसके अधिलाभांश में वृद्धि की जा सकती है।

प्रतिकूल या नकारात्मक स्रोत (Negative Factors)—ऊपर बताये गये सभी स्रोत अनुकूल ही नहीं हो सकते हैं। मृतक दर अनुमान से अधिक हो सकती है, ब्याज दर

अनुमान से कम हो सकती है और व्यय दर अनुमान से अधिक हो सकती है। अतः इन प्रतिकूल प्रभावों को भी अतिरेक में अंशदान निकालते समय देखना आवश्यक है।

अधिलाभांश के भेद
(Classification of Bonus)

अधिलाभांश का वर्गीकरण कई आधारों पर किया जा सकता है, जो निम्न हैं—

योजना के आधार पर

1. समान अधिलाभांश—इसके अन्तर्गत अधिलाभांश की दर बीमित रकम पर प्रति हजार समान रूप से निकाली जाती है, इसका वर्णन ऊपर किया जा चुका है।

2. अंशदान अधिलाभांश—जब अधिलाभांश का निर्धारण प्रत्येक बीमापत्र के अंशदान (संचय) पर निर्धारित करते हैं तो उसे अंशदान अधिलाभांश कहते हैं। इसका वर्णन ऊपर किया जा चुका है।

भुगतान समय के आधार पर

अधिलाभांश को बीमापत्र के साथ सम्बद्ध करने के समय के अनुसार निम्न भागों में बाँट सकते हैं—

1. तात्कालिक (Immediate) **अधिलाभांश**—यह लाभांश घोषित करने के समय बीमापत्रधारी की सम्पत्ति हो जाती है। इसे किसी भी रूप में दिखाया जा सकता है और बीमापत्रधारी जब चाहे तब ले सकता है।

2. विलम्बित अधिलाभांश (Deferred or Contingent or Routine)—इसके अन्तर्गत अधिलाभांश घोषित करने के समय बीमापत्र की सम्पत्ति नहीं होती है, बल्कि कुछ शर्तों के पूरा होने पर बाद में बीमाकर्ता को देने की जिम्मेदारी होगी। इन शर्तों में बहुत-सी शर्तें हो सकती हैं; जैसे एक अवधि व्यतीत होने पर, मृत्यु या प्रसंविदा के समय ही घोषित अधिलाभांश दिया जायगा। यदि अवधि पूरी होने के पहले प्रसंविदा खण्डित होता है, तो उस समय तक ही घोषित अधिलाभांश दिया जायेगा।

अधिलाभांश घोषित होने के बाद और शर्तों पर भुगतान के पहले यह बीमाकर्ता के पास रहता है। यह अन्यायपूर्ण होगा कि शर्तों को पूरा करने के पहले यदि प्रसंविदा समाप्त हो और अधिलाभांश की बहुत थोड़ी रकम वितरित की जाय।

घोषित समय के आधार पर

अधिलाभांश घोषित होने के अनुसार इसे निम्न भागों में बाँट सकते हैं—

1. अन्तिम अधिलाभांश—इस अधिलाभांश को जीवनांकिक मूल्यांकन के बाद घोषित किया जाता है। चूँकि जीवनांकिक मूल्यांकन एक अवधि (2, 3 या 4 वर्ष) बाद होता है, अतः यह अन्तिम अधिलाभांश भी उस अवधि के बाद घोषित होगा।

2. अन्तरिम (Interim) **अधिलाभांश**—दो अन्तिम अधिलाभांश घोषित होने के बीच घोषित अधिलाभांश अन्तरिम कहलायेगा। यह तब आवश्यक होती है, जब बीमापत्र पर भुगतान की आवश्यकता दो मूल्यांकनों के बीच होता है। चूँकि प्रत्येक बीमापत्र मूल्यांकन के कुछ दिन बाद अध्यर्थन का रूप लेते हैं; अतः पिछले मूल्यांकन के समय से अध्यर्थन तक अन्तरिम लाभांश की आवश्यकता होगी। सामान्यतया यह पिछले मूल्यांकन दर पर निश्चित किया जाता है, बशर्ते कि कोई असामान्य स्थिति उत्पन्न न हो।

अधिलाभांश विकल्प

अधिलाभांश को निम्न रूपों से प्राप्त किया जा सकता है—

1. नकद अधिलाभांश—अधिलाभांश घोषित होने पर इसे नकद रोकड़ में प्राप्त किया जा सकता है। बीमापत्र की रकम को अध्यर्थन के समय नहीं दिया जायगा तथा अधिलाभांश अध्यर्थन के समय नहीं दिया जायगा। इस प्रकार, ऐसे अधिलाभांश घोषित होने के समय नकद दे दिये जाते हैं और बीमापत्र में जोड़े नहीं जाते हैं। इस लाभ को प्रत्यावर्ती अधिलाभांश में परिवर्तित कराने का विकल्प रहता है।

2. प्रत्यावर्ती अधिलाभांश (Reversionary Bonus)— इस अधिलाभांश को नकद में नहीं दिया जाता है, बल्कि उसे बीमापत्र में जोड़ देते हैं और भुगतान करते समय बीमित रकम और घोषित हुए सभी अधिलाभांश दिये जाते हैं। दूसरे शब्दों में यह कहा जा सकता है कि अधिलाभांश एक प्रकार से प्रदत्त बीमा का रूप होता है, जिसमें मौलिक प्रसंविदे के अनुसार भुगतान किया जायगा, परन्तु भुगतान की रकम अधिलाभांश की रकम से बढ़ जायगी। प्रत्यावर्ती अधिलाभांश दो प्रकार के हो सकते हैं—

(अ) साधारण प्रत्यावर्ती अधिलाभांश—इस अधिलाभांश के अन्तर्गत बीमापत्र की मौलिक रकम पर ही अधिलाभांश दिया जाता है तथा घोषित अधिलाभांश पर कोई ध्यान नहीं दिया जाता है।

भारत में इसी पद्धति का प्रयोग किया जाता है, जिसके अन्तर्गत अधिलाभांश की रकम को बीमित रकम में जोड़ दिया जाता है और बीमापत्र के भुगतान पर इसे दिया जाता है, हालाँकि बीमापत्रधारी को यह विकल्प उपलब्ध है कि इस अधिलाभांश का बट्टागत (Discounted) मूल्य नकद रूप में ले सकता है, जो वास्तविक अधिलाभांश से कम होगा। 9वें मूल्यांकन सूचना के आधार पर आजीवन बीमापत्र 22.00 रुपया प्रति हजार और बन्दोबस्ती बीमापत्र पर 17.60 रुपया प्रति हजार बीमित रकम का दिया जाता है।

(ब) चक्रवृद्धि प्रत्यावर्ती अधिलाभांश (Compound Reversionary Bonus)—इस पद्धति में बीमित रकम और पूर्व घोषित अधिलाभांश पर एक निश्चित दर से अधिलाभांश घोषित करते हैं। दूसरे शब्दों में बीमित रकम और अधिलाभांश से प्राप्त प्रदत्त बीमा पर अधिलाभांश दिये जाते हैं। न्यायिक रूप से अधिलाभांश घोषित अधिलाभांश पर दिया जाना उचित है, क्योंकि वह भी अतिरेक में योगदान देता है। परन्तु चूँकि यह अवधि व्यतीत होने या मृत्यु पर देय है, इसलिये इस अधिलाभांश पर अधिलाभांश देना व्यावहारिक

नहीं है। इसमें अधिलाभांश की दर कम होती है, क्योंकि घोषित अधिलाभांश को कुल प्रव्याजि के बिना प्राप्त किया है।

यह अधिलाभांश बीमापत्रधारियों के लिए बहुत ही लाभकारी है—(1) अतिरिक्त प्रदत्त बीमा बिना कुल प्रव्याजि का भुगतान किया जाता है, केवल शुद्ध प्रव्याजि से ही यह खरीदा जाता है। (2) यह अतिरिक्त अध्यर्थन का लाभ वृद्धावस्था में भी प्राप्त होता है, जबकि शायद उसे मौलिक बीमा न मिल सके।

3. अधिलाभांश का एक ब्याज दर पर एकत्रीकरण—इस पद्धति में अधिलाभांश की रकम बीमाकर्ता के पास जमा होती रहती है और उस पर एक निश्चित दर से ब्याज दिया जाता रहता है। बीमापत्रधारियों को यह अधिकार रहता है कि वह अधिलाभांश को ब्याज सहित किसी भी समय ले ले।

इस अधिलाभांश और ब्याज को किसी समय प्रव्याजि के भुगतान न कर सकने पर प्रयोग किया जा सकता है, जिससे बीमापत्र चालू रह सके अर्थात् इस अधिलाभांश को—

(अ) स्वतः प्रव्याजि ऋण के रूप में प्रयोग किया जा सकता है। जब बीमापत्रधारी प्रव्याजि का भुगतान करने में असमर्थ है तो इस अधिलाभांश और ब्याज की रकम को ऋण की तरह से प्रयोग कर सकते हैं या बिना ऋण के रूप में प्रयोग कर सकेंगे।

(ब) विस्तृत अवधि बीमा खरीदने के लिए इसका प्रयोग किया जायगा, जिसके अन्तर्गत यदि बीमापत्रधारी की मृत्यु इस अवधि में हो जाय तो मौलिक बीमित रकम तथा इसे खरीदा गया अवधि बीमा की रकम देय होगी।

(स) इस अधिलाभांश और ब्याज को बीमापत्र के समर्पण के समय नकद रोकड़ में भी दिया जा सकता है।

4. प्रव्याजि दर में कमी—अधिलाभांश को प्रव्याजि में घटौती के लिए प्रयोग किया जा सकता है। अधिलाभांश की रकम को शेष बीमा अवधि में प्राप्य प्रव्याजि में विभाजित करते हैं। इसके विभाजन का तरीका यह है कि उतनी अवधि के एक रुपये के वृत्ति देय के क्रय मूल्य से उस वर्ष के अधिलाभांश की रकम को विभाजित कर देते हैं। इस प्रकार शेष प्रव्याजि में कटौती की रकम निकल आती है, जिससे प्रव्याजि की दर में कमी होती जाती है। जैसे-जैसे अधिलाभांश घोषित किया जायगा, वैसे-वैसे प्रव्याजि की रकम में कटौती होगी। एक समय ऐसा आवेगा जबकि प्रव्याजि की रकम पूर्णतया घट जायगी और बीमापत्रधारी को कुछ भी नहीं देना पड़ेगा। उसके पश्चात् घोषित अधिलाभांश प्रत्यावर्ती अधिलाभांश के रूप दिया जायगा।

5. प्रदत्त बीमा विकल्प—यदि किसी बीमापत्र पर प्रत्यावर्ती अधिलाभांश का एकत्रित मूल्य इतना हो जाय कि उसको एकल प्रव्याजि के रूप में प्रयोग करके मौलिक बीमित रकमि को उस उम्र पर शेष अवधि के लिये खरीद सके तो इस दिन बीमापत्र पूर्ण प्रदत्त हो जायेगा और उसके बाद प्रव्याजि भुगतान की आवश्यकता नहीं होगी। इसे इस तरह कह सकते हैं कि जिस दिन पूर्वदत्त अधिलाभांश पर संचित मूल्य भविष्य के साथ प्राप्य

प्रव्याजि के वर्तमान मूल्य के बराबर हो जाता है, बीमापत्र पूर्ण प्रदत्त हो जायेगा और उस पर भविष्य में प्रव्याजि नहीं देनी होगी। इस दिन के बाद बीमाकर्ता को अधिलाभांश का अधिकार छोड़ना पड़ेगा।

प्रदत्त मूल्य निकालने का एक तरीका यह भी है कि बीमापत्र तब प्रदत्त हो जायगा, जब बीमापत्र पर संचय और अधिलाभांश का एकत्रित मूल्य मौलिक बीमित रकम के बीमापत्र को शेष अवधि के लिए उस उम्र पर खरीदने के लिए एकल प्रव्याजि के बराबर हो जाय। अर्थात् उस उम्र पर इस एकत्रित रकम को एकल प्रव्याजि के रूप में प्रयोग करके बीमापत्र को प्रदत्त बना देंगे।

6. बन्दोबस्ती बीमा विकल्प—इस विकल्प के अन्तर्गत अधिलाभांश और उस ब्याज का प्रयोग बीमा की रकम प्राप्त करने के लिए कर सकते हैं। दूसरे शब्दों में जिस दिन प्रव्याजि द्वारा एकत्रित मूल्य (संचय) और अधिलाभांश द्वारा एकत्रित मूल्य बीमापत्र की रकम के बराबर हो जाय, उस दिन उसे समर्पित करके बीमित रकम का पूर्ण भुगतान प्राप्त कर सकते हैं। इस अवधि के पहले यदि बीमित व्यक्ति की मृत्यु होती है तो उसे बीमित रकम और उस पर सम्बद्ध अधिलाभांश का भुगतान किया जायगा।

दूसरे शब्दों में इस विकल्प के अन्तर्गत जैसे-जैसे अधिलाभांश की रकम घोषित होती है, वैसे-वैसे बीमा की अवधि कम होती जाती है और जब अधिलाभांश और उस पर संचय उसके बराबर हो जायगा, बीमित रकम देय हो जायगी। चूँकि अधिलाभांश का प्रयोग बन्दोबस्ती अवधि को कम करने के लिए प्रयोग किया जाता है, अतः इस अधिलाभांश को बीमापत्र के संचय के साथ जोड़ते रहते हैं। जैसे-जैसे संचय बढ़ता जाता है, जोखिम की मात्रा कम होती जाती है और भविष्य की प्रव्याजि की कम आवश्यकता पड़ती है तथा संचय की तेजी से वृद्धि से बन्दोबस्ती अवधि में कमी होती जाती है। अन्त में अवधि पूर्ण हो जाती है और बीमित रकम का भुगतान कर दिया जाता है।

इन विकल्पों में से कौन-सा विकल्प अपनाया जाय, यह बीमापत्रधारी की आवश्यकता और आर्थिक स्थिति में निर्भर है। यदि उसकी आर्थिक स्थिति कमजोर है तो नकद रोकड़ का विकल्प उचित होगा। यदि उसे अभी रकम की आवश्यकता नहीं है तो भविष्य में उसे प्राप्त कर सकता है। भारत में प्रत्यावर्ती और नकद अधिलाभांश का विकल्प दिया जाता है।

□□□

अध्याय 19
जीवन बीमा का पुनर्बीमा

जीवन बीमा प्रसंविदा में छोटी-छोटी रकम के कई प्रस्ताव बड़ी रकम के एक प्रस्ताव से अच्छे होते हैं, क्योंकि बड़ी रकम पर जोखिम की मात्रा अधिक होती है। बड़ी रकम के प्रस्ताव स्वीकार करने का मतलब अधिक जोखिम को आमन्त्रित करना है। ये जोखिम बीमाकर्ता की पहुँच के बाहर हो सकती हैं। इसका दूसरा विकल्प यह हो सकता है कि ऐसे प्रस्ताव को स्वीकार ही न किया जाय। परन्तु प्रस्ताव को अस्वीकार करने से व्यापार की साख पर धक्का लगता है। अतः बीमाकर्ता इन प्रस्तावों को स्वीकार कर लेता है, लेकिन अपनी शक्ति के बाहर जोखिम का बीमा किसी दूसरी कम्पनी से करा लेता है। इसी को पुनर्बीमा कहते हैं, यानी बीमित जोखिम का बीमा कराना पुनर्बीमा के नाम से पुकारा गया है। इस प्रकार पुनर्बीमा में बीमाकर्ता की अपनी जोखिम की सीमा का निर्धारण और शेष रकम का पुनः बीमा कराना शामिल है, पहली क्रिया को जोखिम की अधिकतम सीमा का प्रतिधारण (Retention Limit) और दूसरे को पुनर्बीमा कहते हैं।

प्रतिधारण (Retention)—प्रतिधारण जोखिम की वह सीमा है, जिसे बीमाकर्ता सहन करने के लिये तैयार है। आकस्मिक जोखिम को ध्यान में रखते हुए प्रतिधारण की रकम का निर्धारण करना चाहिये, अन्यथा जोखिम की मात्रा में वृद्धि होने पर बीमाकर्ता को हानि होगी। इस रकम के निर्धारण में प्रस्ताव का पेशा, आय और शिक्षा आदि की पूर्ण जाँच कर लेना चाहिये।

प्रतिधारण की सीमा बीमाकर्ता के आकार-प्रकार, आर्थिक स्थिति, बीमा की कुल रकम, बीमापत्र का औसत आकार और अतिरेक की मात्रा के आधार पर निश्चित किया जाता है। बीमापत्र के प्रकार और बीमापत्र निर्गमन के समय प्रस्तावक की उम्र प्रतिधारण सीमा को निर्धारित करेंगे। इन सबके पीछे एक ही ध्येय है कि जहाँ पर जोखिम की मात्रा अधिक होगी। प्रतिधारण कम होगा और जहाँ पर जोखिम की मात्रा कम होगी, प्रतिधारण अधिक होगा।

पुनर्बीमा—पुनर्बीमा प्रसंविदा के अन्तर्गत प्रतिधारण सीमा से अधिक जोखिम का बीमा दूसरे बीमाकर्ता से कराया जाता है। इस प्रकार मूल बीमाकर्ता अधिक से अधिक जोखिम या अधिक से अधिक रकम के प्रस्ताव को स्वीकार कर सकता है। वह अपनी शक्ति के अनुसार प्रतिधारण सीमा तक स्वयं उस जोखिम को पूरा करने की तैयार होगा और शेष अतिरिक्त जोखिम को किसी बीमाकर्ता से पुनर्बीमित करा लेगा।

पुनर्बीमा प्रसंविदा अन्य बीमा प्रसंविदा के समान है, अन्तर केवल इतना है कि इसमें आगोपित (Underwritten) जोखिम का बीमा दूसरे बीमाकर्ता से कराया जाता है। यह दो

बीमाकर्ताओं के बीच प्रसंविदा है। जो बीमाकर्ता अपने आगोपित जोखिम का पुनर्बीमा कराता है, उसे मूल बीमाकर्ता (Direct Insurer या Original Insurer) या पुनर्बीमित (Reinsured) कहते हैं। चूँकि वह अपने बीमा किए हुए जोखिम (व्यवसाय) का एक अंश पुनर्बीमा द्वारा दूसरे बीमाकर्ता को अर्पित करता है, अतः उसे अर्पक बीमाकर्ता (Ceding Insurer) भी कहते हैं। पुनर्बीमा में दूसरा पक्ष वह बीमादाता होता है, जो पुनर्बीमा करता है। उसे पुनर्बीमाकर्ता (Reinsurer) कहते हैं। इस बीमा प्रसंविदा में बीमापत्रधारी और पुनर्बीमाकर्ता का कोई प्रत्यक्ष सम्बन्ध नहीं होता। वह मूल बीमाकर्ता से ही सम्बन्ध रखता है। अतः प्रव्याजि के एकत्रीकरण और अध्यर्थन के भुगतान की जिम्मेदारी मूल बीमाकर्ता की है। बीमापत्रधारी पुनर्बीमाकर्ता से कुछ भी नहीं माँग सकता है। इसमें मूल बीमाकर्ता पुनर्बीमाकर्ता को प्रव्याजि का भुगतान करता है तथा उससे अध्यर्थन की रकम प्राप्त करता है। इसके अन्तर्गत पुनर्बीमाकर्ता एक निश्चित प्रतिफल (प्रव्याजि) के बदले में यह वचन देता है कि बीमित विषय के प्रति अर्पक बीमाकर्ता के ऊपर जो दायित्व आयेगा उसका एक पूर्व निश्चित आधार पर भुगतान करेगा। अतः इसे क्षतिपूर्ति बीमा (Liability Insurance) के अन्तर्गत शामिल कर सकते हैं। इसके अन्तर्गत मूल बीमा प्रसंविदा के सभी बातें शामिल रहती हैं। अर्पक बीमाकर्ता की यह जिम्मेदारी है कि वह उचित और कठोरता से बीमा का चुनाव करें अन्यथा उसके लिए पुनर्बीमाकर्ता जिम्मेदार नहीं होगा।

जीवन पुनर्बीमा प्रसंविदा के प्रकार

जीवन बीमा व्यवसाय में प्रचलित पुनर्बीमा के निम्न प्रकार हो सकते हैं—

1. **सह-बीमा योजना**—इस योजना के अन्तर्गत अर्पक बीमाकर्ता प्रतिधारण सीमा से अधिक जोखिम की पुनर्बीमाकर्ता को हस्तान्तरित कर देता है, जिसके लिये पुनर्बीमाकर्ता व्यक्तिगत रूप से जिम्मेदार होगा तथा इस सीमा के अनुपात से अधिक प्रव्याजि उसे हस्तान्तरित कर दी जायगी। सरल शब्दों में दोनों बीमाकर्ता साझेदार के रूप में काम करते हैं। वे मिलकर एक निर्धारित अनुपात में प्रव्याजि प्राप्त करते हैं और उसी के अनुसार भुगतान करते हैं। जैसे 10,000 रुपये के बीमा में 60 प्रतिशत मूल बीमाकर्ता और शेष 40 प्रतिशत पुनर्बीमाकर्ता जोखिम सहने को तैयार हैं। बीमापत्रधारी इसी अनुपात में उनसे भुगतान करने का अधिकार रखते हैं। बीमापत्रधारी की प्रव्याजि को इसी अनुपात में दोनों बीमाकर्ता बाँट लेंगे।

इस पद्धति में मूल बीमाकर्ता उसी आर्थिक स्थिति में रहता है, जिस आर्थिक स्थिति में वह केवल प्रतिधारण तक बीमा करता, क्योंकि आधिक्य बीमा पुनर्बीमाकर्ता को हस्तान्तरित कर देता है। इसका लाभ यह होता है कि बीमापत्रधारी को कई स्थान से बीमा नहीं कराना पड़ता, उसे यहीं से बीमा मिल जायगा। यह बीमाकर्ता के लिए भी लाभकारी है क्योंकि उसे अधिक व्यापार मिल जाता है।

2. **वार्षिक नवकरणीय अवधि योजना**—इस योजना में पुनर्बीमा प्रसंविदा अवधि बीमा में होता है। प्रत्येक बीमापत्र पर पुनर्बीमा की रकम शुद्ध जोखिम की रकम में से प्रतिधारण मूल्य को घटाने के बाद मालूम की जाती है। शुद्ध जोखिम की रकम बीमा की

रकम से उस अवधि पर संचय की रकम घटाने से मालूम करते हैं। इसके लिए निम्न सूत्र हो सकता है—

पुनर्बीमा की रकम = बीमापत्र की रकम – संचय की रकम – प्रतिधारण की रकम।

मान लीजिये बीमापत्र की रकम 10,000 रुपये है और उस अवधि तक संचय 2000 रुपये है तो शुद्ध जोखिम की रकम (10,000 – 2,000) = 8,000 रुपये होगी। यदि प्रतिधारण की रकम 5,000 रुपये है तो पुनर्बीमा की रकम (8000 – 5,000) = 3,000 रुपये होगी।

सूत्र के अनुसार—

पुनर्बीमा की रकम = बीमापत्र की रकम – संचय – प्रतिधारण की रकम

10,000 – 2,000 – 5,000 = 3,000 रुपये

इसी रकम के भुगतान की जिम्मेदारी पुनर्बीमाकर्ता की होगी, यदि इस अवधि में बीमित व्यक्ति की मृत्यु होती है। आजीवन बीमा में संचय की रकम बढ़ती जाती है, अतः पुनर्बीमा की रकम घटती जायगी। अवधि बीमा संचय की मात्रा बहुत कम या शून्य हो सकती है, अतः अवधि बीमा की प्रव्याजि दर में वृद्धि होती जायगी। पुनर्बीमा की रकम का निर्धारण प्रत्येक वर्ष होता रहेगा।

इस योजना से नये छोटे और अनुभवहीन बीमाकर्ताओं को लाभ होगा, क्योंकि उनके शुद्ध जोखिम की मात्रा अधिक होगी। उन्हें अपने कोष के विकास में सहायता मिलेगी क्योंकि प्रतिधारण रकम अधिक होने के कारण उन्हें अधिक रकम विनियोजित करने का मौका मिलेगा।

इस पद्धति में प्रत्येक वर्ष पुनर्बीमा की रकम निर्धारित होने के कारण इसकी गणना काफी जटिल और असरल है। इसके कारण मूलबीमाकर्ता की लागत में वृद्धि होती जाती है। सुदृढ़ बीमाकर्ताओं के लिये यह पद्धति लाभकारी नहीं होगी।

3. अत्यधिक हानि पुनर्बीमा योजना (Disaster Reinsurance Plan)—इस पद्धति के अन्तर्गत मूल बीमाकर्ता हानि की एक मात्रा निश्चित कर लेता है जितने तक वह जोखिम को स्वयं सहने को तैयार होगा और उस हानि की सीमा से अधिक का वह पुनर्बीमा करा लेता है। यदि हानि इससे अधिक हुई तो पुनः बीमाकर्ता उसका भुगतान करेगा अन्यथा उसका भुगतान नहीं किया जायगा। यह योजना किसी एक क्षेत्र के उद्योग और व्यापार तक सीमित हो सकती है क्योंकि दुर्घटना के कारण वहाँ हानि की अत्यधिक सम्भावना रहेगी। जितनी रकम का पुनर्बीमा कराया गया है उतनी रकम तक ही भुगतान होगा, बशर्ते मूल बीमाकर्ता को इतनी हानि हो। यह क्षतिपूर्ति प्रसंविदा की तरह है।

पुनर्बीमा करने के तरीके

1. समझौता रहित पुनर्बीमा (Shopping or Street Reinsurance)—इस पुनर्बीमा में पहले से पुनर्बीमाकर्ता और अपर्क बीमाकर्ता में कोई समझौता नहीं होता है। पुनर्बीमा के

लिये प्रत्येक बीमापत्र को अलग-अलग देखा जाता है। यदि पुनर्बीमाकर्ता किसी बीमापत्र की जोखिम को बीमित करने के लिए सहमत है तो उसे मूल बीमाकर्ता के बीच उसके लिए शर्तें निश्चित की जायगी, उन शर्तों के आधार पर पुनर्बीमा किया जा सकता है। यदि ये शर्तें किसी पक्ष को अमान्य हैं तो पुनर्बीमा का प्रश्न ही नहीं उठता। प्रत्येक बीमापत्र पर पुनर्बीमा के लिए अलग-अलग शर्तों का निर्धारण शुरू से किया जायगा।

किसी प्रस्ताव के स्वीकार करने के पूर्व या उसके पश्चात् पुनर्बीमा का प्रयास हो सकता है। स्वीकार करने के पूर्व इसमें कठिनाई उत्पन्न हो सकती है, क्योंकि पुनर्बीमाकर्ता की स्वीकृति लेने और शर्त निर्धारण में अधिक समय लग सकता है, जिससे इस बीच प्रस्तावक अपने प्रस्ताव को वापस ले सकता है। अतः मूल बीमाकर्ता किसी प्रस्तावक की स्वीकृति हो जाने के बाद ही उसे किसी दूसरे बीमाकर्ता से पुनर्बीमा कराने का प्रयास करता है।

2. समझौता पुनर्बीमा (Facultative Reinsurance)—इसके अन्तर्गत पुनर्बीमाकर्ता और अपर्क बीमाकर्ता के आपसी समझौते के अनुसार पुनर्बीमा किया जाता है, जो कि पहले से निश्चित रहता है कि एक अमुक पुनर्बीमाकर्ता जोखिम को स्वीकार करेगा। परन्तु प्रत्येक बीमापत्र का विचार प्रारम्भ से ही किया जाता है। पुनर्बीमा करने के पहले पुनर्बीमाकर्ता यह देख लेता है कि जोखिम बीमायोग्य है या नहीं। यदि जोखिम की मात्रा उसे अधिक लग रही है तो पुनर्बीमा के प्रस्ताव को अस्वीकार कर सकता है। इसी प्रकार मूल बीमाकर्ता को भी यह स्वतन्त्रता रहती है कि वह सभी प्रस्तावों का चाहे तो पुनर्बीमा न कराये। जिसका पुनर्बीमा कराना वह उचित समझे, उसी का पुनर्बीमा कराया जाता है।

यह समझौता रहित पुनर्बीमा से भिन्न है क्योंकि इसके अन्तर्गत दो बीमाकर्ता एक निश्चित शर्त पर (जोखिम, प्रव्याजि, अन्य दशाएँ) पुनर्बीमा के लिए तैयार रहते हैं और बीमापत्र के व्यक्तिगत निरीक्षण के आधार पर इसे तय कर लिया जाता है।

जबकि समझौता रहित पुनर्बीमा में पहले से किसी शर्त को निश्चित नहीं करते हैं। इस बीमा में भी पुनर्बीमा कराने के पहले उन बीमाकर्ता की स्वीकृति के बाद किसी प्रस्ताव को स्वीकार किया जा सकता है। यदि पुनर्बीमाकर्ता इस प्रस्ताव को अस्वीकार करता है तो मूल बीमाकर्ता जोखिम की मात्रा अधिक होने के कारण उसका स्वयं बीमा नहीं कर सकता, लेकिन यदि वह इस जोखिम को बीमित करने के लिए तैयार है तो वह प्रस्ताव को स्वीकार कर सकता है। कभी-कभी मूल बीमाकर्ता के लिये यह कठिन हो जाता है कि वह किस बीमा-प्रस्ताव को स्वीकार करे क्योंकि हो सकता है कि ऐसे प्रस्ताव को पुनर्बीमाकर्ता अस्वीकार कर दे, तथापि दोनों के आपसी लेन-देन पर यह तय हो जाता है कि किस प्रकार के प्रस्ताव स्वीकार योग्य हैं और किस प्रकार के प्रस्ताव स्वीकार योग्य नहीं हैं।

पुनर्बीमाकर्ता को इस पद्धति से यह लाभ है कि उसके पास अच्छे और स्वस्थ प्रस्ताव आते हैं, उसे अधिक छानबीन की आवश्यकता नहीं होती। मूल बीमाकर्ता यह जानता है कि अधिक जोखिम पूर्ण प्रस्ताव अस्वीकार कर दिये जायँगे, इसलिये वह बहुत सतर्कता से स्वस्थ बीमा प्रस्ताव को ही स्वीकार करता है। मूल बीमाकर्ता प्रत्येक समय पुनर्बीमाकर्ता से सलाह ले सकता है।

इसका दोष यह है कि पुनर्बीमा की सुविधा स्वतः नहीं मिल पाती। उसके लिये मूल बीमाकर्ता को प्रस्ताव करना होगा और जब पुनर्बीमाकर्ता प्रस्ताव स्वीकार करेगा तब पुनर्बीमा की सुविधा मिल पायेगी।

3. स्वचालित पुनर्बीमा (Treaty Automatic Reinsurance)—इस पुनर्बीमा में मूलबीमाकर्ता और पुनर्बीमाकर्ता में यह समझौता होता है कि वे किसी निश्चित शर्त, नियम और सीमा के आधार पर स्वीकृत प्रस्ताव का पुनर्बीमा अपने आप कर लेंगे। समझौते के अनुसार अपर्क बीमाकर्ता को अपने स्वीकृति बीमा को एक भाग पुनर्बीमाकर्ता को अनिवार्य रूप से अर्पित कर दिया जायगा, साथ ही पुनर्बीमाकर्ता को पूर्व समझौते के अनुसार इस अर्पित जोखिम का पुनर्बीमा करना होगा। इसमें किसी निरीक्षण एवं जाँच की आवश्यकता नहीं है। इसकी शर्तें वही होती हैं, जो मूल बीमापत्र में होती हैं। जितनी जोखिम को अर्पित किया जाता है, उससे सम्बन्धी प्रव्याजि को पुनर्बीमाकर्ता को आवश्यक खर्चे काटकर दे दिया जाता है।

प्रत्येक प्रस्ताव की स्वीकृति की सूचना पुनर्बीमाकर्ता को दे देना आवश्यक नहीं है, परन्तु मूल बीमाकर्ता को इसके लिए एक सूची तैयार करके पुनर्बीमाकर्ता के पास भेजना पड़ता है, जिसमें समस्त बीमापत्रों का विवरण, बीमित रकम तथा अन्य आवश्यक विवरण दिये रहते हैं। पुनर्बीमाकर्ता केवल पुनर्बीमा की रकम तक भुगतान करता है।

इस पद्धति में निम्न तीन प्रकार से पुनर्बीमा होता है—

(अ) अभ्यंश पद्धति (Quota Share Treaty)—इसमें बीमित रकम का एक हिस्सा पुनर्बीमा के लिये तय कर लिया जाता है, जिसे अभ्यंश कहते हैं। इस अभ्यंश के अनुसार बीमित रकम का पुनर्बीमा अपने आप होता रहता है; जैसे यदि बीमित रकम का 40 प्रतिशत पुनर्बीमा का अभ्यंश निश्चित है तो प्रत्येक बीमापत्र का 40 प्रतिशत पुनर्बीमाकर्ता भुगतान करेगा। इसके लिए वह प्रव्याजि का 40 प्रतिशत प्राप्त करने का अधिकारी भी है।

(ब) अतिरेक पद्धति (Surplus Line Treaty)—इसमें एक निश्चित सीमा निश्चित कर दी जाती है, जहाँ तक पुनर्बीमा कराना आवश्यक नहीं है लेकिन उसके बाद सभी जोखिम का या उसके एक अंश का पुनर्बीमा होगा। पुनर्बीमा कराने के लिये इस जोखिम से अधिक का ही पुनर्बीमा होगा। उसके नीचे का पुनर्बीमा नहीं किया जायगा। जैसे यदि यह निश्चित हो गया है कि किसी बीमापत्र पर 50,000 रुपया तक पुनर्बीमा नहीं किया जायगा, परन्तु उसके बाद की रकम का 1 लाख तक 40 प्रतिशत रकम पुनर्बीमा होगा तो ऐसी दशा में 75 हजार के बीमापत्र पर 10 हजार का पुनर्बीमा होगा, जो इस प्रकार है—

$$(75,000 - 50,000) \times 40 = 2,500 \times 40\% = 10,000$$

(स) हानि आधिक्य पद्धति (Excess Loss Treaty)—इसमें पुनर्बीमा बीमित रकम के आधार पर नहीं होता, बल्कि हानि की रकम के आधार पर होता है। हानि की एक सीमा मूल बीमाकर्ता स्वयं सहन कर सकता है, परन्तु उसके बाद उस हानि को पुनर्बीमाकर्ता से ले लिया जाता है। यह हानि की सभी रकम हो सकती है या इसका एक अंश, जैसा भी प्रसंविदा हो।

स्वतः संचालित पुनर्बीमा का यह लाभ है कि मूल दाता को इससे बड़ी सुविधा मिलती है, क्योंकि बीमा करने के साथ स्वतः एक पूर्व निर्धारित सीमा तक पुनर्बीमा की व्यवस्था हो जाती है। इस प्रकार समय और धन की बड़ी बचत होती है, बीमापत्रधारी को पुनर्बीमाकर्ता की स्वीकृति की प्रतीक्षा नहीं करनी पड़ती है।

लेकिन इस पद्धति में मूल बीमाकर्ता चुनाव के प्रति अधिक सतर्क नहीं रहता है। हो सकता है कि वह बीमा अयोग्य जोखिम को भी स्वीकार कर लिया हो, जिससे पुनर्बीमाकर्ता को हानि हो सकती है।

असन्तोषप्रद जोखिम का बीमा मूलबीमाकर्ता और पुनर्बीमाकर्ता के लिए हानिकारक हो सकता है। यदि मूलबीमाकर्ता चुनाव के प्रति सतर्क और सचेष्ट रहा तो पुनर्बीमा की इस पद्धति से लाभ होगा। मूलबीमाकर्ता जोखिम का निर्धारण स्वयं करके उसे पुनर्बीमाकर्ता को बताना आवश्यक है।

4. संगठन एवं पुलिंग पद्धति—इसके अन्तर्गत विभिन्न बीमाकर्ताओं के बीच यह समझौता हो जाता है कि प्रत्येक बीमाकर्ता बीमित रकम को एक संगठन या पूल (Pool) को अर्पित कर देगा। प्रत्येक बीमाकर्ता को उसके हिस्से के अनुसार प्रव्याजि भी बाँट दी जायेगी। जब-जब हानि होगी, तब-तब प्रत्येक बीमादाता निश्चित अनुपात के अनुसार क्षतिपूर्ति करने का उत्तरदायी है। इस प्रकार यह पद्धति एक संगठित व्यवस्था है।

बीमाकर्ता को लाभ

1. मूल बीमाकर्ता को अधिक से अधिक रकमों का बीमा करने का अवसर मिलता है। यदि इसकी व्यवस्था न हो तो अनेक आकर्षक और बड़ी रकमों का बीमा असम्भव हो जाता, क्योंकि इनका बीमा करना उनकी शक्ति के परे होता। परन्तु पुनर्बीमा की सुविधा से बड़ी रकमों के प्रस्ताव को भी स्वीकार किया जा सकता है, जिससे कुल व्यवसाय की मात्रा में उत्तरोत्तर वृद्धि हो सकती है।
2. पुनर्बीमा के द्वारा बीमा का क्षेत्र विस्तृत हो जाता है, परन्तु बीमाकर्ता का कार्यक्षेत्र सीमित हो जाता है जिससे उन्हें हानि की सम्भावना नहीं रहती है। बीमा को प्रत्येक क्षेत्र, उद्योग और स्थानों में बढ़ाया जा सकता है।
3. बीमाकर्ता निश्चिन्ततापूर्वक प्रायः सभी प्रकार के प्रस्तावों को स्वीकार कर सकते हैं। इस प्रकार वे विशाल संख्या में बीमा प्रसंविदा कर सकते हैं। उनके पैमाने में वृद्धि होने पर हानि की सम्भावना कम होती रहती है, जिससे प्रव्याजि में कमी या स्थिरता लाई जा सकती है।
4. बीमाकर्ताओं की लाभोपार्जन शक्ति में वृद्धि होती है, इसके साथ लाभ की दर में स्थिरता आ जाती है। उनकी जोखिम वहन करने की शक्ति दृढ़तर बनती है।

बीमापत्रधारियों को लाभ

1. बीमापत्रधारी किसी एक बीमाकर्ता से अधिक रकम का बीमा करा सकते हैं जिससे उनकी बीमा कराने की कठिनाइयाँ और समस्याएँ कम हो जाती हैं।

2. प्रस्तावों के अस्वीकार करने की सम्भावना कम हो जाती है। जब पुनर्बीमा होगा तो कई बीमाकर्ता अपनी-अपनी जोखिम के अनुसार प्रस्तावों को स्वीकार करेंगे जिससे उनकी स्वीकृति की सम्भावना बढ़ती है।
3. बीमा में शीघ्रता हो सकती है। यदि एक ही बीमाकर्ता बीमा करता तो उससे प्रस्ताव की जाँच आदि में काफी विलम्ब होता, परन्तु पुनर्बीमा से पुनर्बीमाकर्ता इसको शीघ्र स्वीकार करने का प्रयास करते हैं।
4. बीमापत्रधारी को निश्चिन्तता हो जाती है कि उसका एक अंश पुनर्बीमित है, जिससे जोखिम की मात्रा में कमी होगी। उसका विश्वास बढ़ता है।

भारत में पुनर्बीमा

भारत में जीवन बीमा के पुनर्बीमा के लिए कोई वैधानिक प्राबधान नहीं है। जीवन बीमा के राष्ट्रीयकरण के पहले बीमाकर्ता प्रायः विदेशी बीमाकर्ताओं से बीमा करा लेते थे। लेकिन राष्ट्रीयकरण से बाद पुनर्बीमा की आवश्यकता कम हो गयी क्योंकि जीवन बीमा निगम स्वयं एक सुदृढ़ और सुसंगठित संस्था है। जीवन बीमा निगम 5 करोड़ तक प्रतिधारण शक्ति (Retention Power) रखता है। शेष रकम का पुनर्बीमा हो सकता है। सर्वप्रथम जीवन बीमा निगम स्विस पुनर्बीमा कम्पनी, ज्यूरिच और म्यूनिख पुनर्बीमा कम्पनियों से पुनर्बीमा या समझौता किया है। बाद में बीमा निगम श्रीलंका से पुनर्बीमा समझौता अर्पण के आधार पर तय किया गया है।

□□□

अध्याय 20

जीवन बीमा निगम की प्रगति

जीवन बीमा निगम ने जीवन बीमा व्यंवसाय को सितम्बर 1956 से प्रारम्भ किया है। पत्रालय जीवन बीमा और राज्य सरकार के अनिवार्य जीवन बीमा को छोड़कर जीवन बीमा का एकमात्र व्यवसाय इस निगम को दिया गया है। राष्ट्रीयकरण के बाद प्रारम्भ के कुछ महीनों में निगम के व्यापार में कमी रही, लेकिन उसके बाद इसमें निरन्तर वृद्धि होती गयी। निगम के प्रगति का अध्ययन नीचे किया गया है।

तालिका नं० 1

कुल नया व्यापार (व्यक्तिगत और सामूहिक) करोड़ रुपये में

	वर्ष	भारत में	भारत के बाहर	कुल
दिसम्बर	1957	277.67	5.40	283.07
	1960	487.84	9.70	497.54
मार्च	1963	734.72	11.24	745.96
	1966	789.29	8.50	797.79
	1969	920.65	8.70	929.35
	1971	1294.57	8.51	1303.08
	1972	1629.22	10.67	1639.89
	1973	2062.30	12.90	2075.20
	1976	5373.02	12.32	5385.34
	1980	7998.17	11.22	8009.39
	1981	8787.26	14.41	9801.67
	1984	11917.20	18.30	11945.50
	1985	13033.38	22.64	13056.02
	1989	33473.96	45.74	33519.70

1990	43490.34	100.00	43590.34
1994	80560.88	19.07	80759.95
2001	203049.39	179.01	203228.40

तालिका नं० 1 से यह स्पष्ट है कुल नये व्यापार में लगातार वृद्धि हो रही है। भारत में यह वृद्धि 1957 में 277.67 रुपये से बढ़कर 1966 में 789.29 करोड़ हुई। इस प्रकार 9 वर्ष के अन्दर व्यापार में लगभग तीन गुनी वृद्धि हुई। यह बढ़कर 1972 में 1629.22 करोड़ और 1973 में 2062.30 करोड़ हो गया। 1973 में प्रतिशत वृद्धि अन्य वर्षों की तुलना में बहुत अधिक है। इस वर्ष प्रस्तावित बीमापत्र का 97.0 प्रतिशत और प्रस्तावित बीमा रकम का 96.8 प्रतिशत बीमा निर्गमित किये गये। 1980 में कुल व्यापार 7995.17 करोड़ रुपये हो गया।

भारतवर्ष के बाहर व्यापार 1957 में 5.40 करोड़ रुपये से बढ़कर 1963 में 11.24 करोड़ रुपये हुआ जो कि लगभग दो गुनी वृद्धि थी। परन्तु 1966 और 1971 में यह घटकर लगभग 8.50 करोड़ रुपये हो गया। 1972 में इस स्थिति में सुधार हुआ और यह बढ़कर 1980 में 11.22 करोड़ रुपये हो गया। 1980 में भारत और भारत के बाहर व्यापार में अत्यधिक वृद्धि हुई है।

कुल नया व्यापार 1957 में 283.07 करोड़ रुपये से बढ़कर 1963 में 745.96 करोड़ रुपये, 1969 में 929.35 करोड़ रुपये, 1972 में 1639.89 करोड़ रुपये और 1973 में 2075.20 करोड़ रुपये हो गया। 1976 में भारत का नया व्यापार 5373.0 करोड़, भारत के बाहर 12.32 करोड़ और कुल 5385.34 करोड़ रुपये तक बढ़ा। 1980 में भारत का व्यापार 8006.39 करोड़ रुपये था, जो 2001 में बढ़कर 203228.40 करोड़ रुपये हो गया।

2. औसत बीमित रकम—तालिका नं० 2 से यह स्पष्ट है कि बीमापत्रों की संख्या में 1962 तक लगातार वृद्धि हुई है, लेकिन उसके बाद 1969 तक इसमें कमी आयी है। यह 8.15 लाख से बढ़कर 17.67 लाख हो गयी है तथा घट कर 1969 में 14.54 लाख हो गयी। उसके बाद फिर लगातार वृद्धि हुई जो 1973 में 20.23 लाख हो गयी। इस प्रकार संख्या में 1957 की तुलना में $2\frac{1}{2}$ गुना वृद्धि हुई है।

भारत में बीमापत्रों की संख्या 19.57 में 8.10 से बढ़कर 1963 में 17.58 लाख हुई, लेकिन उसके बाद यह 1969 में 14.50 लाख तक गिर गयी। 1969 में बीमापत्रों की संख्या बहुत कम हो गयी, लेकिन उसके बाद फिर इसमें परिवर्तन आया और यह बढ़कर 1971 में 19.62 लाख और 1973 में 20.18 लाख हो गयी। परन्तु प्रति बीमापत्र पर औसत बीमित रकम में लगातार वृद्धि रही। यह 1957 में 3,425 रुपये से बढ़कर 1963 में 4,179 रुपये हो गयी तथा 1969 में 6,349 रुपये में हो गयी जो कि 1973 में 10,000 रुपये हो गयी और 1976 में 10,520 रुपये इस प्रकार औसत

बीमित रकम बीमापत्रों की संख्या कम होने पर भी नहीं कम हुई। 1980 में बढ़कर 13,039 करोड़ रुपये था जो 2001 में बढ़कर 63,539 करोड़ रुपये हो गया।

तालिका नं० 2

व्यक्तिगत बीमा प्रति बीमापत्र (नया व्यापार) औसत बीमित रकम

	वर्ष	भारत में		भारत के बाहर		कुल	
		बीमापत्र की संख्या (लाख में)	औसत बीमित रकम	बीमापत्र की संख्या (हजार में)	औसत बीमित रकम	बीमापत्र की संख्या (लाख में)	बीमित औसत रकम
दिसम्बर	1957	8.10	3,425	5.50	10,682	8.15	3,433
	1960	12.50	3,903	7.74	12,539	12.54	3,956
मार्च	1963	17.58	4,179	9.50	11,834	17.60	4,220
	1966	15.55	5,077	6.45	13,186	15.61	5,110
	1969	14.50	6,349	4.20	,20,700	14.54	6,390
	1971	16.12	7,540	3.95	21,546	16.16	7,574
	1972	18.95	7.952	4.98	21,443	19.00	7,937
	1973	20.17	10,000	5.23	24,651	20.23	8,596
	1976	20.08	10,520	3.985	31,549	20.12	10,518
	1980	20.96	13,039	2.796	40,129	20.99	13,077
	1991	86.45	31,411	9.0	117523	86.54	31,510
	1995	108.75	50,786	13.0	180637	108.88	50,945
	2000	169.77	53,728	13.0	212838	169.86	53,853
	2001	196.57	73,404	80.0	223762	196.65	63,539

भारत के बाहर बीमापत्रों की संख्या में उतार-चढ़ाव होते रहे, 1957 में 5.5 हजार से बढ़कर 1963 में 9.50 हजार हो गयी। लेकिन इसके बाद घटकर 1971 में 3.95 हजार हुई जो बढ़कर 1973 में 5.23 हजार हुई। इस प्रकार भारत की तुलना में इसमें 1971 में सबसे कम बीमापत्र रहे। भारत के बाहर निर्गमित बीमापत्रों की औसत रकम में उच्चावचन हुए हैं। यह 1957 में 10,682 रुपये से बढ़कर 1960 में 12,539 रुपये है जो घटकर 1963 में 11,834 रुपये हो गयी तथा इसके पश्चात् लगातार वृद्धि होती रही जो 1971 में 21,546 रुपये तक पहुँच गयी, लेकिन पुनः 1972 में 21,443

रुपये तक गिरकर 1980 में 40,129 रुपये तक वृद्धि हो गयी। यह वृद्धि भी भारत में निर्गमित बीमापत्रों पर औसत रकम की तरह 1957 की तुलना में लगभग 2½ गुना वृद्धि हुई है। लेकिन बीमापत्र की संख्या में कोई परिवर्तन नहीं हुआ, यद्यपि कि 1963 में यह सबसे अधिक था।

भारत में निर्गमित बीमापत्रों पर औसत रकम, विदेशों में निर्गमित बीमापत्रों की औसत रकम की तुलना में लगभग दो-तिहाई कम है। विदेशों में अधिक रकम के बीमापत्र निर्गमित होते हैं। भारत के बाहर बीमापत्रों की संख्या में वृद्धि करना आवश्यक है। कुल व्यापार में प्रति बीमापत्र औसत रकम में लगातार वृद्धि हो रही है। यह 1957 में 3,433 रुपये से बढ़कर 1973 में 8,596 रुपये हुई है और 1976 में 10,518 और 1980 में 13,077 रुपये हो गये। इसलिए यह कहा जा सकता है कि औसत बीमित रकम में निरन्तर वृद्धि हो रही है, ध्यान रहे यह वृद्धि व्यक्तिगत बीमापत्रों पर है। सामूहिक बीमा को इसमें शामिल नहीं किया गया है।

3. सामूहिक बीमा—पिछले 5 वर्षों से सामूहिक बीमा में काफी तेजी से वृद्धि हो रही है। तालिका नम्बर 3 से यह स्पष्ट है कि योजना की संख्या में लगातार वृद्धि हो रही है, यह 1969 में 40 से बढ़कर 1971 में 105 तक हो गयी, 1972 में 219 तथा 1980 में 1049 हो गयी। इस प्रकार 4 वर्षों के अन्दर 10 गुनी वृद्धि हुई है। पिछले वर्ष की तुलना में दो गुनी वृद्धि हुई है। यह सिद्ध करता है कि भारत में सामूहिक बीमा का महत्त्व बढ़ता जा रहा है।

तालिका नं० 3

सामूहिक बीमा (नया व्यापार)

	समूह बीमा		समूह वृत्ति बीमा	
वर्ष	योजना की संख्या	बीमित रकम (करोड़ों में)	वृत्ति की वार्षिक रकम (करोड़ों में)	वार्षिक देय प्रव्याजि करोड़ों में
		रु०	रु०	रु०
1968-69	40	25.05	0.63	0.93
1969-70	535	46.05	0.61	1.58
1970-71	105	78.94	0.70	2.00
1971-72	219	131.71	0.78	2.42
1972-73	452	336.29	1.11	2.33
1975-76	2014	3269.04	1.60	6.12
1979-80	1049	5262.06	2.99 (101 संख्या)	
1990-91	11548	3392.05	2.28	10.31

	समूह बीमा		समूह वृत्ति बीमा	
वर्ष	योजना की संख्या	बीमित रकम (करोड़ों में)	वृत्ति की वार्षिक रकम (करोड़ों में)	वार्षिक देय प्रव्याजि करोड़ों में
		रु०	रु०	रु०
1994-95	6772	2773.06	4.46	24.24
1999-2000	9266	3571.12	20.24	138.92
2000-2001	8492	4563.20	23.96	146.11

यदि बीमित रकम को देखा जाय तो यह प्रगति और भी सराहनीय है; जैसे 1969 में 25.05 करोड़ रुपये से बढ़कर 1971 में 78.94 करोड़ रुपये तथा 1972 में 131.17 करोड़ रुपये और 1973 में 133.29 करोड़ रुपये हो गयी। 1969 की तुलना में 12 गुने से अधिक है। वृत्ति की रकम में अधिक वृद्धि नहीं है। यही 1969 में 63 करोड़ से घटकर 1970 में 0.61 करोड़ रुपये हुई, लेकिन परिस्थिति में उसके बाद सुधार आया जो 1971 में 0.70 करोड़ रुपये और 1973 में 1.11 करोड़ रुपये हो गया। इसका मुख्य कारण भारत में वृत्ति प्रसंविदा की अलोकप्रियता है। वार्षिक प्रव्याजि में लगातार वृद्धि हो रही है, लेकिन 1973 में 2.42 करोड़ रुपये से घटकर 2.33 करोड़ रुपये हो गयी, यद्यपि कि 1969 की तुलना में 1973 में वृद्धि हुई है, जो 2 गुने से अधिक है। 1976 में बीमित रकम 3269.04 करोड़ रुपये हो गयी। इस प्रकार केवल 3 वर्षों में ही बीमित रकम में लगभग 9 गुनी वृद्धि हुई है।

4. ग्रामीण बीमा (Rural Insurance)—ग्रामीण बीमा विकास के लिए जीवन बीमा निगम ने गाँवों में उपकार्यालय, विकास कार्यालय और नये-नये विकास अधिकारियों की नियुक्ति की है। प्रव्याजि प्राप्ति के लिए तथा व्यापार वृद्धि के लिए प्रचार कार्य तेजी से हो रहा है। सिनेमा, रेडियो, विज्ञापन, प्रदर्शन आदि के द्वारा व्यापार वृद्धि के लिए निरन्तर प्रयास किये जा रहे हैं। कुछ राज्यों में विकास अधिकारी ग्राम पंचायत और विकास क्षेत्रों के अधिकारियों से प्रत्यक्ष सम्बन्ध स्थापित करके बीमा वृद्धि का प्रयास करते हैं। इन राज्यों में राजस्थान, बिहार, आसाम, आंध्र प्रदेश, उत्तर प्रदेश, मध्य प्रदेश, गुजरात, हिमांचल प्रदेश, मद्रास, महाराष्ट्र, मैसूर और पंजाब हैं।

जहाँ पर चिकित्सा-परीक्षण सुविधाएँ उपलब्ध नहीं हैं वहाँ कुछ शर्तों के और बीमापत्रों पर 2,000 रुपये का बीमा चिकित्सा परीक्षण के निर्गमित किये जाते हैं। जहाँ पर चिकित्सक उपलब्ध हैं, वे 5,000 रुपये के बीमा के लिए बिना किसी अनुभव और नियुक्ति की शर्तों के चिकित्सा परीक्षण कर सकते हैं। सेविंग बैंक खाता खोलने वाले बैंकों के द्वारा प्रव्याजि जमा की सुविधा दी गयी है। यह सुविधा अब 15 राज्यों में उपलब्ध है।

प्रथम बीमा—तालिका नं० 4 यह बताती है कि ग्रामीण क्षेत्र में प्रथम बार बीमा

खरीदने वाले व्यक्तियों के बीमापत्र की संख्या और बीमित रकम कुल नये व्यापार में कितना हिस्सा रखते हैं? तालिका से स्पष्ट है कि शहरी क्षेत्र में प्रथम बार बीमा

तालिका नं० 4

नये व्यापार में प्रथम शहरी और ग्रामीण बीमा का हिस्सा

	वर्ष	बीमापत्र		प्रतिशत	बीमित रकम		प्रतिशत
		शहरी	ग्रामीण	कुल	शहरी	ग्रामीण	कुल
दिसम्बर	1961	न	न	न	न	न	61.8
मार्च	1963	63.6	79.0	69.5	53.6	75.5	60.7
	1965	64.7	86.6	72.6	55.6	84.4	63.8
	1967	62.7	84.4	70.5	54.0	78.9	61.2
	1969	62.1	81.3	68.5	52.6	79.5	59.5
	1971	60.9	76.6	65.9	50.4	75.1	56.1
	1972	62.3	77.0	66.9	51.3	72.6	56.2
	1973	62.9	78.2	67.8	55.6	77.3	52.4
	1980	न	न	28.16	...	...	22.0

खरीदने वाले व्यक्तियों के बीमापत्र का कुल नये व्यापार में हिस्सा लगभग बराबर है। यह 1963 में 63.6 प्रतिशत से बढ़कर 1965 में 64.7 प्रतिशत हो गया। जो नया व्यापार का अधिकतम हिस्सा है अर्थात् 1965 में नये बीमा खरीदने वाले बीमापत्रों में 64.7 प्रतिशत प्रथम बार बीमा खरीदने वाले व्यक्तियों की संख्या है, यानी इन्होंने पहले बीमा नहीं खरीदा था। यह प्रतिशत लगातार घटता रहा और 1971 में 60.9 प्रतिशत हो गया, जो 1972 में 62.3 प्रतिशत और 1973 में 62.9 प्रतिशत हो गया जो कि अभी 1963 की तुलना में कम है।

ग्रामीण क्षेत्र में भी यही रुख है क्योंकि अधिकतम प्रतिशत 86.6 प्रतिशत 1965 में है जो लगातार गिरता रहा है और 1971 में 76.6 प्रतिशत हो गया, यद्यपि कि इस स्थिति में सुधार हुआ जो 1972 में 77.0 प्रतिशत और 1973 में 78.2 प्रतिशत हो गया। यही बात कुल व्यापार में सही है जो 1965 में 72.6 प्रतिशत तक बढ़ा और 1971 में 65.9 प्रतिशत तक गिर गया और फिर 1973 तक 67.8 प्रतिशत हो गया।

शहरी और ग्रामीण क्षेत्रों की आपसी तुलना से यह पता चलता है कि ग्रामीण क्षेत्र में

1. न का तात्पर्य कि कोई सूचना उपलब्ध नहीं है।

प्रथम बार बीमा खरीदे गये बीमापत्रों में हमेशा शहरी बीमा से अधिक प्रतिशत रहा है। अतः इससे पता चलता है कि ग्रामीण बीमा में विकास हो रहा है।

बीमित रकम की तलना करने से यही पता चलता है कि इस बीमा की रकम में भी ग्रामीण बीमा का हिस्सा अधिक है। साथ जो दिशा या परिवर्तन बीमापत्रों की संख्या में है, वही दिशा और परिवर्तन बीमित रकम में है। लेकिन 1973 में शहरी प्रथम बीमा में बहुत कमी आई है जो कुल नये बीमा का 45.6 प्रतिशत हो गयी, जबकि ग्रामीण क्षेत्र में यह बढ़कर 77.3 प्रतिशत हो गया; अतः इससे स्पष्ट है कि ग्रामीण क्षेत्रों में बीमा का विकास तेजी से है। इसका ग्रामीण आय में अपेक्षाकृत वृद्धि का है।

ग्रामीण बीमा का कुल नये बीमा में हिस्सा—ग्रामीण बीमा का प्रथम बीमा तो अधिक सन्तोषजनक रहा, परन्तु कुल नये ग्रामीण बीमा का कुल नये बीमा में स्थिति इसके विपरीत है। तालिका नं० 5 से स्पष्ट है कि उच्चावचनों के साथ बीमापत्रों की संख्या का प्रतिशत और कुल व्यापार के प्रतिशत में कमी होती जा रही है।

तालिका नं० 5

ग्रामीण बीमा का कुल नये बीमा में हिस्सा

	वर्ष	कुल बीमापत्र की संख्या का प्रतिशत	कुल व्यापार का प्रतिशत
दिसम्बर	1961	36.5	30.5
मार्च	1963	38.5	31.8
	1965	36.2	28.7
	1967	36.0	28.7
	1969	32.9	25.5
	1971	31.4	22.9
	1972	31.6	23.1
	1973	31.9	21.4
	1976	32.2	10.4
	1980	26.5	7.5
	1990	41.19	34.68
	1995	45.12	39.10
	2000	57.50	48.70
	2001	18.20	14.60

ग्रामीण क्षेत्र में निर्गमित कुल बीमापत्रों की संख्या का प्रतिशत कुल नये बीमा की संख्या का 36.5 प्रतिशत 1961 में बढ़कर 38.5 प्रतिशत 1963 में हुआ, जो निरन्तर घटता जा रहा है और 1971 में 31.4 प्रतिशत हुआ। उसके बाद बहुत कम सुधार हुआ

है, 1980 में घटकर 26.5 प्रतिशत हो गया। इसी प्रकार कुल व्यापार का प्रतिशत भी 1963 में सबसे अधिक था, जो 31.8 प्रतिशत तक पहुँच गया था, लेकिन अब यह प्रतिशत निरन्तर गिरता जा रहा है, जो 1973 में 21.4 प्रतिशत और 1980 में 7.5 हो गया है। इस प्रकार कुल नये ग्रामीण बीमा का कुल नये बीमा में हिस्सा गिरता जा रहा है। 2001 में यह मान 18.20 प्रतिशत था।

उपरोक्त दोनों विश्लेषण से यह स्पष्ट होता है कि ग्रामीण क्षेत्र में पहली बार बीमा खरीदने वाले की संख्या अधिक है, जबकि शहरी में दुबारा और उसके बाद कई बार बीमा खरीदने वाले व्यक्तियों की संख्या अधिक है।

5. बिना चिकित्सा परीक्षण बीमा—बिना चिकित्सा परीक्षण (सामान्य) योजना और बिना चिकित्सा परीक्षण (विशेष) योजना का प्रारम्भ 1960 में किया गया। इसका मुख्य उद्देश्य बीमा व्यापार में वृद्धि करना है। कुछ जीवन बीमा ऐसे हैं जिन पर चिकित्सा परीक्षण की आवश्यकता नहीं पड़ती, उन्हें बिना चिकित्सा परीक्षण के बीमा बेचने में कोई हानि नहीं होती। बिना चिकित्सा परीक्षण (विशेष) योजना उन्हें निर्गमित किये जाते हैं, जो पुरुष (Male) 45 वर्ष से अधिक नहीं है और सरकारी, अर्द्धसरकारी या प्रसिद्ध व्यापार संस्था में नियुक्त है तथा जो कुछ विशेष बीमापत्र; जैसे बन्दोबस्ती और त्रिलाभीय बीमा जिसका मूल्य 10,000 रुपये से अधिक नहीं है ही निर्गमित किए जाते हैं। बिना चिकित्सा परीक्षण (सामान्य) योजना उन पुरुषों (Male) को निर्गमित किये जाते हैं, जिनकी उम्र 40 वर्ष से अधिक नहीं है, जो 5,000 रुपये से अधिक बीमा नहीं खरीद रहे हैं तथा कुछ विशेष प्रकार के बीमा खरीद रहे हैं; जैसे बन्दोबस्ती बीमा।

तालिका नं० 6

गैर चिकित्सा परीक्षण बीमा (नया व्यापार)

	वर्ष	कुल नये बीमापत्र की प्रतिशत	कुल नये व्यापार का प्रतिशत
दिसम्बर	1961	33.8	16.2
मार्च	1963	40.5	21.2
	1965	41.1	21.0
	1967	44.9	23.2
	1969	45.8	22.6
	1971	51.2	25.0
	1972	51.8	24.4
	1973	49.5	20.8
	1976	47.2	7.9
	1980	30.7	6.4

उपरोक्त तालिका से स्पष्ट है कि बिना चिकित्सा परीक्षण बीमा कुल नये बीमापत्रों की संख्या के प्रतिशत के रूप लगातार बढ़ता रहा है। यह 1961 में 33.8 प्रतिशत से 1972 में 51.8 प्रतिशत हो गया, परन्तु 1973 में घटकर 49.5 प्रतिशत और 1976 में 32.2 प्रतिशत हो गया। कुल नये व्यापार के प्रतिशत के रूप में यह 1961 में 16.2 प्रतिशत से बढ़कर 1971 में 25.0 प्रतिशत हो गया, परन्तु 1972 में गिरकर 24.4 प्रतिशत और 1973 में 20.8 और 1980 में 6.4 प्रतिशत हो गया। इससे यह परिणाम निकलता है कि गैर-चिकित्सा परीक्षण बीमा घटता जा रहा हैं।

6. वृत्ति—वृत्ति को दो भागों में अध्ययन कर सकते हैं—(अ) साधारण, (ब) पेंशन वृत्ति।

(अ) साधारण वृत्ति—भारत में वृत्ति व्यापार का अधिक प्रचलन नहीं है। कुछ लोग इसके लाभों से अपरिचित हैं। संयुक्त परिवार प्रथा में इसकी आवश्यकता नहीं समझते हैं। आत्म-निर्भरता के बढ़ने के साथ वृत्ति में प्रगति हो रही है।

तालिका नं० 7

वृत्ति व्यापार

	विलम्बित वृत्ति		तात्कालिक वृत्ति	
वर्ष	संख्या	वार्षिक भुगतान (लाखों में)	संख्या	वार्षिक भुगतान (लाखों में)
1963	862	13.89	247	5.31
1965	947	24.06	127	3.80
1967	593	16.20	88	2.08
1969	1076	20.29	98	4.29
1971	703	19.10	123	4.82
1972	433	21.74	291	15.39
1973	571	35.76	454	21.96
1976	563	10.79	271	4.90
1980	141	6.98	681	30.78
1990	1,85,000	108.00	...	1261.19
1999	...	654.0	...	648.0

उपरोक्त तालिका नम्बर 7 यह बताती है कि विलम्बित वृत्ति की संख्या में 1969 तक वृद्धि

होती रही, परिणामस्वरूप यह जो 1963 में 8624 से बढ़कर 1969 में 1076 हुई, 20.29 लाख रुपये तक बढ़ा। उसे बाद इसमें गिरावट होने लगी जो 1972 तक 433 हो गयी, लेकिन वार्षिक भुगतान में कमी नहीं आयी। संख्या में इन 10 वर्षों में काफी कमी हुई, लेकिन वार्षिक भुगतान में करीब 2½ गुने वृद्धि हुई है। यह वृद्धि 1973 में अधिक है। 1976 में प्रगति नहीं हुई एवं संख्या और रकम दोनों में कमी आ गयी। 1980 में संख्या गिरकर 141 और वार्षिक भुगतान 6.98 हो गया।

तात्कालिक वृत्ति में 1967 तक न्यूनतम संख्या 88 हो गयी जो 1973 में बढ़कर 454 हो गयी। 1963 की तुलना में यह वृत्ति लगभग दुगुनी है, परन्तु न्यूनतम की तुलना में करीब 5 गुने वृद्धि है। वार्षिक भुगतान में भी कमी आई थी जो 5.31 लाख रुपये 1963 से 2.08 लाख रुपये 1967 में हुई, लेकिन इसमें लगातार सुधार होता रहा है और 1973 में 21.96 लाख रुपये और 1980 में 30.78 लाख रुपये हो गया और 1999 में 648.0 लाख रुपये था। इस प्रकार तात्कालिक वृत्ति में पहले की तुलना में अधिक विकास हुआ है, यद्यपि कि विलम्बित वृत्ति की संख्या और वार्षिक भुगतान अपेक्षाकृत अधिक है।

(ब) पेंशन वृत्ति—व्यक्तिगत या साधारण वृत्ति के अतिरिक्त पेंशन वृत्ति में अधिक वृद्धि हो रही है। तालिका 8 से यह स्पष्ट है कि वार्षिक भुगतान 1963 में 6.15 लाख रुपये से बढ़कर 1969 में 62.65 लाख रुपये हो गया, इस प्रकार वार्षिक भुगतान में

तालिका नं० 8

पेंशन वृत्ति

वर्ष	वार्षिक भुगतान (लाखों में) (रुपये)
1963	6.15
1965	7.23
1967	41.96
1969	62.65
1971	70.21
1972	56.93
1973	88.45
1976	160.38
1980	299.00

10 गुने वृत्ति 6 वर्षों से हुई। 1973 में यह 88.45 लाख रुपये और 1976 में 160.38 लाख रुपये और 1980 में 299.00 लाख रुपये हो गयी। इससे स्पष्ट है कि पेंशन देने के लिए वृत्ति का प्रयोग बढ़ता जा रहा है।

7. बीमा योजनायें—भारत में आजीवन और बन्दोबस्ती बीमा योजना का अधिक से अधिक लाभ हो सके।

तालिका नं० 9

बीमा योजनायें (कुल नया व्यापार का प्रतिशत अंश)

वर्ष	आजीवन बीमा	बन्दोबस्ती	विविध	योग
1957	09.35	74.75	15.90	100
1963	10.60	55.60	23.80	100
1965	8.90	69.60	21.50	100
1967	8.30	68.10	23.60	100
1969	7.50	64.30	28.20	100
1971	7.10	60.50	32.40	100
1972	7.30	59.20	33.50	100
1973	6.80	58.30	34.90	100
1976	4.30	81.20	14.50	100
1980	0.60	73.60	25.80	100

तालिका नम्बर 9 से स्पष्ट है कि आजीवन बीमा व्यापार निरन्तर घटता जा रहा है। यह 1957 में 9.35 प्रतिशत से घटकर 1971 में 7.10 प्रतिशत हो गया, यद्यपि कि 1972 में कुछ वृद्धि हुई, जो 7.30 प्रतिशत तक रहा, लेकिन 1973 में फिर कमी हुई और यह घटकर 6.80 प्रतिशत तक आ गया। बन्दोबस्ती बीमा में भी निरन्तर कमी हो रही है। यह 1957 में 74.75 प्रतिशत से घटकर 1963 में 65.60 प्रतिशत हो गया जिसमें 1965 में फिर वृद्धि हुई जो 69.60 प्रतिशत तक हो गया, तत्पश्चात् इनमें निरन्तर गिरावट है और 1973 में यह गिरकर 58.30 प्रतिशत तक आ गया है। लेकिन 1976 में बढ़कर 81.20 प्रतिशत हो गया। अतः स्पष्ट है कि बन्दोबस्ती बीमा में भी गिरावट आती जाती है। आजीवन और बन्दोबस्ती बीमा की तुलना करने से यह स्पष्ट हो जाता है कि आजीवन बीमा का महत्त्व कम है।

विविध बीमा में 1965 में हुई गिरावट को छोड़कर, इसमें निरन्तर वृद्धि हो रही है। 1957 में विविध बीमा का हिस्सा नये व्यापार का केवल 15.9 प्रतिशत ही था, जो 1973 में बढ़कर 34.9 प्रतिशत हो गया। विविध बीमा में प्रत्याशित बन्दोबस्ती, बहुउद्देश्यीय

बीमा, विवाह एवं शिक्षा बीमा, संतान विलम्बित बीमा और अन्य बीमा शामिल हैं जिनमें से प्रत्याशित बीमा 1973 में 22.9 प्रतिशत और संतान विलम्बित बीमा 8.3 प्रतिशत थे।

बीमा की नयी योजनाएँ—जीवन बीमा निगम ने बीमापत्रों की सुविधा के लिए निम्न प्रकार की नयी बीमा योजनाएँ चालू किये हैं—

(अ) शताब्दी बीमा—यह बीमा मई 1971 में चालू किया गया, यह उनके लिए लाभदायक है जिनकी आय में उच्चावचन होते रहते हैं। इसके अन्तर्गत बीमा निर्गमन के दो वर्ष बाद प्रत्येक तीन वर्ष में एक बार प्रव्याजि अदा न करने पर बीमापत्र खण्डित नहीं होता है। बाद में प्रव्याजि देकर चालू किया जा सकता है। इसमें एक जीवन पर बीमा की अधिकतम रकम 5000 रुपये है।

(ब) एकवर्षीय नवकरणीय अवधि बीमा—इस अवधि बीमा में लाभ भी दिया जाने लगा है।

(स) जमा सम्बद्ध बीमा योजना (Deposit-Link Insurance Scheme) —यह बीमा बैंक जमाकर्ताओं को उपलब्ध हो रहा है, जिसमें 40 वर्ष की उम्र के अन्दर औसत रकम का दुगुना और 41-49 वर्ष की उम्र में औसत रकम तक बीमा उपलब्ध है, बशर्ते कि बीमा की अधिकतम रकम क्रमश; 10,000 रुपये और 5,000 रुपये से अधिक न हो। इसके अन्दर प्रव्याजि की रकम नहीं देना होता, क्योंकि जीवन बीमा निगम बैंकों से कुछ प्रव्याजि के रूप में लेते हैं। यह योजना अभी केवल 20 बैंकों में उपलब्ध है।

(द) इकाई सम्बद्ध बीमा योजना (Unit Link-Insurance Plan)—जीवन बीमा निगम ने इसे यूनिट ट्रस्ट आफ इण्डिया से समझौता करके 1971 में चालू किया। इस योजना के अन्तर्गत यूनिट खरीदने वाले व्यक्ति को 10 वर्ष तक लगातार भुगतान करना पड़ता है, यदि इस अवधि में उसकी मृत्यु हो जाती है तो यूनिट की रकम जो जमा नहीं हो पायी है, का भुगतान कर दिया जाता है। अर्थात् इस अवधि में अवधि बीमा दिया जाता है।

तालिका

नया व्यवसाय

करोड़ रुपये

	व्यक्तिगत बीमा		बीमित राशि
वर्ष	*बीमे*	*वार्षिकी*	*जीवन सुरक्षा*
1998-1999	75606.26	13.08	233.31
1999-2000	91490.94	26.65	573.42
2000-2001	124950.63	56.70	961.24

तालिका

बीमापत्र की सं०
लाखों में

	व्यक्तिगत बीमा		बीमित राशि
वर्ष	*बीमे*	*वार्षिकी*	*जीवन सुरक्षा*
1998-1999	148.57	0.06	0.99
1999-2000	169.89	0.19	2.04
2000-2001	196.65	0.37	3.07

तालिका
समूह नया व्यवसाय

बीमित रकम
करोड़ रुपये

वर्ष	समूह बीमा	सामाजिक सुरक्षित समूह योजनाएँ	ग्रामीण समूह जीवन बीमा	समूह सेवा निवृत्ति
1998-1999	8201	423	208	369
1999-2000	8420	603	243	323
2000-2001	7714	778	—	408

बीमित संख्या
(लाख में)

वर्ष	समूह बीमा	सामाजिक सुरक्षित समूह योजनाएँ	ग्रामीण समूह जीवन बीमा	समूह सेवा निवृत्ति
1998-1999	16.21	2.54	2.40	0.62
1999-2000	17.44	4.06	1.04	0.76
2000-2001	11.57	2.90	—	0.97

चालू बीमा (व्यक्तिगत)

करोड़ रुपये

वर्ष	*बीमे*	*वार्षिकी*	बीमित राशि *जीवन सुरक्षा*
1998-1999			
1999-2000	536450.0	489.62	1644.14
2000-2001	645041.69	526.57	2434.98

बीमापत्र की संख्या
(लाखों में)

वर्ष	*बीमे*	*वार्षिकी*	बीमित राशि *जीवन सुरक्षा*
1998-1999			
1999-2000	1013.89	4.53	5.06
2000-2001	1131.11	4.84	8.04

चालू बीमा (समूह बीमा)

कुल नया व्यापार (व्यक्तिगत और सामूहिक) करोड़ रुपये में

	समूह बीमा		योजनाओं की सं०		बीमित व्यक्ति (लाखों में)	
वर्ष	बीमा राशि करोड़ रुपये	वार्षिकियाँ प्रति वर्ष करोड़ रुपये	समूह बीमा	समूह सेवा निवृत्ति	समूह बीमा	समूह सेवा निवृत्ति
1998-1999	77918.65	815.96	80785	4963	234.85	7.54
1999-2000	76384.53	971.15	83254	5246	234.93	8.09
2000-2001	89326.19	1137.72	84203	5753	236.68	8.84

(य) सहकारी संस्थाओं के सदस्यों का बीमा—सहकारी संस्थाओं से ऋण लेने वाले व्यक्तियों को बीमा अदत्त ऋण (Outstanding Debt) तक बीमा बेचा जाता है।

इसी प्रकार का सामूहिक अवधि बीमा आन्ध्र प्रदेश में हथकरघा सहकारी संस्थाओं में संलग्न व्यक्तियों को दिया जा रहा है। गुजरात के राज्य सरकारी कर्मचारियों को भी इस प्रकार का अवधि बीमा दिया जाने लगा है। उत्तर प्रदेश में जूनियर और बेसिक कक्षाओं के अध्यापकों को भी सामूहिक अवधि बीमा बेचा जाने लगा है। वर्तमान समय में बच्चों और स्त्रियों के लिए विभिन्न प्रकार के बीमापत्र निर्गमित किये जा रहे हैं। निगम विभिन्न आवश्यकताओं की पूर्ति के लिए अनेक नवीन बीमापत्रों को निर्गमित कर रहा है।

चालू व्यापार

अब तक जीवन निगम की प्रगति का अध्ययन नये व्यापार के अन्तर्गत किया गया। अब उसका अध्ययन चालू व्यापार के विषय में करेंगे।

तालिका नं० 10

चालू व्यापार (व्यक्तिगत बीमा)

वर्ष	भारत		भारत के बाहर		कुल	
	बीमापत्र की संख्या (लाख में)	बीमित रकम (करोड़ रु.)	बीमापत्र की संख्या (लाख में)	बीमित रकम (करोड़ रु.)	बीमापत्र की संख्या (लाख में)	बीमित रकम (करोड़ रु.)
1957	54.18	1374	2.65	99	56.83	1463
1960	74.56	2176	2.57	109	77.13	2285
1963	92.67	3051	0.26	114	94.93	3135
1966	114.10	4292	0.79	112	115.89	4394
1969	133.44	5551	1.08	120	134.52	5671
1971	146.93	6952	0.92	115	187.85	7067
1972	157.11	8082	0.88	120	157.99	8202
1973	167.92	9204	0.85	120	168.76	9325
1976	196.06	13248	0.71	124	196.77	13372
1980	220.39	19114	0.55	129	220.94	19243
1990	...	94408	...	415	1239.00	94823
1995	...	25333	0.90	1862	1013.89	254502
2000	1012.99	534589	...	...	...	536451
2001	1130.24	643241	0.87	1801	1131.11	645042

तालिका नं० 10 से यह स्पष्ट है कि भारत में चालू बीमापत्र की संख्या में लगातार द्धि हो रही है। 1957 में 54.18 लाख से बढ़कर 1973 में 167.92 लाख बीमापत्र गये। इस प्रकार बीमापत्रों की संख्या में लगभग 3 गुनी वृद्धि 16 वर्षों की अवधि में ई, जबकि बीमित रकम 1957 में 1374 करोड़ रुपये से बढ़कर 1973 में 9204 रोड़ रुपये हुई। इससे यह स्पष्ट है कि करीब 7 गुनी वृद्धि है। इस प्रकार यह चालू ापार में सराहनीय वृद्धि हुई। 1980 में 220.39 लाख बीमापत्रों पर 19114 करोड़ पये बीमित थे।

भारत के बाहर बीमापत्रों की संख्या निरन्तर गिरती जा रही है। यह 1957 में 065 लाख से घटकर 1973 में 0.84 लाख हुई जबकि बीमित रकम में लगातार रावट नहीं हो रही है। 1957 में 99 करोड़ रुपये से बढ़कर 1969 में 120 करोड़ ये हो गयी जो 1971 में घटकर 115 करोड़ रुपये हुई, तत्पश्चात् इसमें वृद्धि हो रही जो 1973 में 121 करोड़ रुपये हो गयी। इस प्रकार यह कहा जा सकता है कि मित रकम में वृद्धि धीरे-धीरे हो रही है, लेकिन इस वृद्धि पर विश्वास नहीं किया जा कता, क्योंकि बीमापत्र की संख्या में निरन्तर गिरावट है। कुल बीमापत्रों की संख्या में 71 तक वृद्धि हुई, लेकिन 1972 में यह गिर गयी और फिर 1973 में बढ़कर 58.76 लाख और 1976 में 196.77 लाख हुई। बीमित रकम 1957 में 1473 रोड़ रुपये से बढ़कर 1973 में 9325 करोड़ रुपये और 1980 में 19,243 करोड़ ये हो गयी। इस प्रकार चालू व्यापार में 16 वर्षों में 6 गुने से अधिक वृद्धि है। 01 में यह बढ़कर 645042 करोड़ रुपये हो गया।

बीमा खण्डन

बीमा खण्डन में किसी जीवन बीमाकर्त्ता के व्यापार की दिशा ज्ञात होती है। यदि ा खण्डन घट रहा है तो बीमा व्यापार की सुदृढ़ता स्पष्ट है और यदि बीमा खण्डन बढ़ है तो बीमा व्यापार की कमजोरी साबित होती है। तालिका नं० 11 से स्पष्ट है कि 57 में कुल चालू बीमा का 6.4 प्रतिशत खण्डित हो गया। यह प्रतिशत अपने आय काफी अधिक है। इसके बावजूद इसमें 1963 तक वृद्धि होती रही जो बढ़कर 8.1 शत हो गया। 1963 के बाद करीब 9 वर्षों तक बीमा-खण्डन प्रतिशत में कमी आती और 1972 में यह घटकर 5.0 प्रतिशत हो गया, जो कि पुनः 1973 में बढ़कर प्रतिशत और 1980 में 3.8 प्रतिशत हो गया। इस आधार पर जीवन बीमा निगम अधिक सफलता नहीं मालूम होती है। जीवन बीमा निगम को चाहिए कि अभिकर्त्ताओं बीमापत्रधारियों को लगातार प्रेरणा और बीमापत्र को चालू रखने का प्रोत्साहन दिया । 2001 में यह प्रतिशत 4.9 प्रतिशत था।

IRDA के अनुसार तालिका

नव व्यवसाय (व्यक्तिगत)

	भारत में नव व्यवसाय			भारत के बाहर नव व्यवसाय			कुल नव व्यवसाय		
वर्ष	पालिसियों की संख्या	बीमाधन सै.न.वि./प्र. वा. (करोड़ रु.में)	प्राप्य वार्षिक प्रीमियम (करोड़ रु. में)	पालिसियों की संख्या	बीमाधन सै.न.वि./ प्र.वा. (करोड़ रु.में)	प्राप्य वार्षिक प्रीमियम (करोड़ रु.में) (	पालिसियों की संख्या	बीमाधन सै.न.वि./ वा. (करोड़ रु.में)	प्राप्य वार्षिक प्रीमियम (करोड़ रु.में)
(1)	(2)	(3)	(4)	(5)	(6)	(7)	(8)	(9)	(10)
व्यक्तिगत बीमा									
2006-2007	20910041	201620.74	11672.72	12059	403:71	29.94	20922100	202042.45	11697.66
2005-2006	29284800	283763.74	15157.76	13370	416.10	25.24	29298170	284179.84	16183.00
2004-2005	29817967	179481.39	11224.19	13807	405.27	26.50	21831744	179886.66	1128.69
सामान्य वार्षिकी									
2006-2007	5903	132.16	0.65	—	—	—	5903	132.16	0.65
2005-2006	4678	26.73	0:75	—	—	—	4678	26.73	0.75
2004-2005	4577	15.43	1.26	—	—	—	4577	15.43	1.26
पेन्शन									
2006-2007	16288	207.63	18.86	—	—	—	16288	207.63	18.86
2005-2006	40842	270.07	35.78	—	—	—	40842	270.07	35.78
2004-2005	413441	3590.40	320.15	11	0.06	—	413452	3590.46	320.15

(1)	(2)	(3)	(4)	(5)	(6)	(7)	(8)	(9)	(10)
यूनिट संबंधित :	बीमा प्लस								
2006-2007	—	—	—	—	—	—	—	—	—
2005-2006	35692	153.53	8.07	—	—	—	35692	153.53	.8.07
2004-2005	719085	3378.88	122.51	—	—	—	719085	3378.88	122.51
फ्युचर प्लस									
2006-2007	1273443	71.44	86.23	—	—	—	1273443	71.44	86.23
2005-2006	1902505	279.41	133.62	—	—	—	1902505	279.41	133.62
2004-2005	1004633	260.96	166.52	—	—	—	1004633	260.96	166.52
जीवन प्लस									
2006-2007	228570	2846.11	314.78	—	—	—	228570	2846.11	314.78
2005-2006	304090	3612.97	273.37	—	—	—	304030	3612.97	273.37
2004-2005	—	—	—	—	—	—	—	—	—
मनीप्लस									
2006-2007	10780675	97232.48	10951.41	—	—	—	10780675	97232.48	10951.41
2005-2006	—	—	—	—	—	—	—	—	—
2004-2005	—	—	—	—	—	—	—	—	—
मार्केटप्लस									
2006-2007	4993655	699.14	1419.55	—	—	—	4993655	699.14	1419.55
2005-2006	—	—	—	—	—	—	—	—	—
2004-2005	—	—	—	—	—	—	—	—	—

IRDA के अनुसार तालिका

चालू व्यवसाय (व्यक्तिगत)

वर्ष	भारत में चालू व्यवसाय			भारत के बाहर चालू व्यवसाय			कुल चालू व्यवसाय		
	पालिसियों की संख्या	बीमाधन सै.न.वि./प्र. वा. (करोड़ रु.में)	प्राप्य वार्षिक प्रीमियम (करोड़ रु. में)	पालिसियों की संख्या	बीमाधन सै.न.वि./ प्र.वा. (करोड़ रु.में)	प्राप्य वार्षिक प्रीमियम (करोड़ रु.में)	पालिसियों की संख्या वा.	बीमाधन सै.न.वि./ की संख्या (करोड़ रु.में)	प्राप्य वार्षिक प्रीमियम (करोड़ रु.में)
(1)	(2)	(3)	(4)	(5)	(6)	(7)	(8)	(9)	(10)
व्यक्तिगत बीमा									
2006-2007	189417301	1397468.14	81382.12	100197	2587.77	139.81	189517498	1400055.91	81521.93
2005-2006	179563856	1280159.24	77303.43	98912	2308.64	145.00	179662768	1282467.87	77448.43
2004-2005	162950920	1029839.55	68700.99	100007	2213.48	137.16	163050927	1032053.03	68838.15
सामान्य वार्षिकी									
2006-2007	1001537	1322.55	100.96	2	—	—	1001539	1322.55	100.96
2005-2006	979264	1296.16	107.32	2	—	—	979266	1296.16	107.32
2004-2005	930568	1189.80	89.01	2	—	—	930570	1189.80	89.01
पेन्शन									
2006-2007	1906309	3196.78	1322.37	164	1.11	—	1906473	3197.89	1322.37
2005-2006	1943639	3206.79	1398.45	178	1.29	—	1943817	3208.08	1398.45
2004-2005	1937632	3135.07	1617.05	198	1.20	—	1937830	3136.27	1617.05

(1)	(2)	(3)	(4)	(5)	(6)	(7)	(8)	(9)	(10)
यूनिट संबंधित :	बीमा प्लस								
2006-2007	590447	2330.86	148.93	—	—	—	590447	2330.86	148.93
2005-2006	793548	3206.39	173.84	—	—	—	793548	3206.39	173.84
2004-2005	880452	4163.75	187.88	—	—	—	880452	4163.75	187.88
फ्युचर प्लस									
2006-2007	3432792	463.33	231.95	—	—	—	3432792	463.33	231.95
2005-2006	2815674	533.40	209.40	—	—	—	2815674	533.40	209.40
2004-2005	1004285	263.59	69.31	—	—	—	1004285	263.59	69.31
जीवन प्लस									
2006-2007	486129	5985.47	564.61	—	—	—	486129	5985.47	564.61
2005-2006	304940	3581.58	262.33	—	—	—	304940	3581.58	292.33
2004-2005	—	—	—	—	—	—	—	—	—
मनी प्लस									
2006-2007	10755058	96920.11	10916.29	—	—	—	10755058	96920.11	10916.29
2005-2006	—	—	—	—	—	—	—	—	—
2004-2005	—	—	—	—	—	—	—	—	—
मार्केट प्लस									
2006-2007	4975762	681.75	1404.23	—	—	—	4975762	681.75	1404.23
2005-2006	—	—	—	—	—	—	—	—	—
2004-2005	—	—	—	—	—	—	—	—	—

तालिका नं० 11

वर्ष	वर्ष के मध्य चालू बीमा का औसत प्रतिशत
1957	6.4
1960	6.6
1963	8.1
1966	7.2
1969	6.3
1971	5.2
1972	5.0
1973	5.3
1976	5.4
1980	3.8
1990	5.6
1995	6.1
2000	5.1
2001	4.9
2002	5.5
2003	5.0

कार्य परिणाम

1. **जीवन बीमा कोष**—जीवन बीमा कोष में जितनी अधिक वृद्धि होगी उतनी ही निगम की आर्थिक स्थिति में मजबूती आती जायगी।

तालिका नं० 12

जीवन बीमा कोष (करोड़ रुपये में)

वर्ष	जीवन बीमा कोष	आय	आय में खर्चे घटाने के बाद बचत
(1)	(2)	(3)	(4)
1957	410.47	107.98	49.01
1960	560.38	117.90	55.62
1963	720.70	186.25	90.22

(1)	(2)	(3)	(4)
1966	977.56	224.55	106.49
1969	1434.47	306.49	160.92
1971	1825.05	394.01	214.01
1972	2066.55	448.99	241.50
1973	2358.69	526.02	292.13
1976	3440.97	790.84	407.18
1980	5818.09	1297.78	701.77
1990	23471.84	6835.04	....
1995	10313.08	18102.32	....
2000	26627.67	44729.61	26627.67
2001	31981.02	53968.46	31981.02
2005	63885.54	112346.24	.....

तालिका नम्बर 12 से स्पष्ट है कि जीवन बीमा कोष में निरन्तर वृद्धि हो रही है, यह 1957 में 410.41 करोड़ रुपये से बढ़कर 1960 में 560.38 करोड़ रुपये, 1966 में 977.56 करोड़ रुपये, 1969 में 1434.47 करोड़ रुपये, 1971 में 1825.05 करोड़ रुपये, 1972 में 2066.55 करोड़ रुपये, 1973 में 2358.69 करोड़ रुपये एवं 1980 में 5818.09 करोड़ रुपये हो गया। इस प्रकार जीवन बीमा निगम के लिए यह एक सराहनीय प्रगति है। इस बात की सत्यता और प्रमाणित हो जाय, यदि हम प्रति वर्ष कोष में वृद्धि का अध्ययन करें। यह देखा गया है कि प्रति वर्ष वृद्धि 1957 में 28.94 करोड़ रुपये से बढ़कर 1973 में 292.13 करोड़ रुपये और 1980 में 701.77 करोड़ रुपये हो गया, यद्यपि कि हर दूसरे वर्ष इसमें कुछ कमी होती रही। अतः कहा जा सकता है कि 23 वर्ष की अवधि में करीब 14 गुने से अधिक प्रति वर्ष वृद्धि हुई।

आय की रकम हर वर्ष बढ़ती जा रही है। यह 1957 में 107.98 करोड़ रुपये, 1969 में 306.49 करोड़ रुपये और 1980 में 1297.98 करोड़ रुपये हो गयी। इससे यह विदित होता है कि आय की मात्रा में जीवन बीमा निगम ने प्रारम्भ से अब तक 10 गुने की वृद्धि की गयी है।

यदि आय का खर्चों के ऊपर अतिरेक का विश्लेषण किया जाय तो पता लगता है कि 1957 में 49.01 करोड़ रुपये से बढ़कर 1966 में 106.49 करोड़ रुपये, 1971 में 214.01 करोड़ रुपये और 1980 में 596.01 करोड़ रुपये तक वृद्धि हुई। अतः यह कहना अनुचित न होगा कि इस अतिरेक में 1957 की तुलना में 1980 में करीब 12 गुने वृद्धि हुई है। 2001 में यह रकम 3198.02 करोड़ रुपये हो गयी।

ये सभी तत्त्व यह स्पष्टतया बताते हैं। कि बीमा व्यापार की प्रगति तीव्रतर रही है।

2. प्रव्याजि—बीमाकर्ता के लिए प्रव्याजि सर्वप्रधान आय का साधन है। यदि इसमें वृद्धि होती है तो प्रगति सूचक होगा। लेकिन यदि वृद्धि न हो तो इसे व्यापार की कमी का द्योतक कहा गया है।

तालिका नं० 13

प्रव्याजि की रकम (करोड़ रुपये में)

वर्ष	प्रव्याजि की कुल रकम	प्रव्याजि में प्रति वर्ष वृद्धि %
1957	88.65	....
1960	97.55	12.68
1963	151.05	7.90
1966	179.76	17.51
1969	234.78	21.77
1971	292.15	31.41
1972	338.55	12.39
1973	389.73	51.18
1976	588.25	77.00
1980	875.37	100.39
1990	4469.39	30.78
1995	11527.80	18.41
2000	27461.71	20.42
2001	34207.78	24.56
2005	75083.37	18.25
2006	90758.20	20.88

उपर्युक्त तालिका से स्पष्ट है कि प्रव्याजि की कुल रकम में निरन्तर वृद्धि हो रही है। यह 9157 में 88.65 करोड़ रुपये से बढ़कर 1973 में 389.73 करोड़ रुपये हो गयी। इस प्रकार इसमें वृद्धि करीब 4 गुने है, जो कि प्रति वर्ष प्रव्याजि वृद्धि से भी पाया गया है अर्थात् 1960 में 12.62 करोड़ से बढ़कर 1973 में 51.18 प्रतिशत वृद्धि हो गयी। 1976 में 77.00 करोड़ अर्थात् 15.06 प्रतिशत से यह रकम बढ़ी। 1980 में 875.37 करोड़ रुपये और प्रतिवर्ष 100.39 प्रतिशत हुई जो 2001 में 24.56 प्रतिशत पर ही रही।

3. व्यय जिस बीमाकर्ता के खर्चे आय की तुलना में बढ़ते रहेंगे, उस बीमाकर्ता की स्थिति कमजोर होती रहेगी और जब आय की तुलना में व्यय बढ़ते होंगे तो यह एक सुदृढ़ बीमाकर्ता का सूचक है। तालिका नम्बर 14 से स्पष्ट है कि सम्पूर्ण प्रतिशत व्यय 1957 में 27.20 से बढ़कर 1963 में 29.31 प्रतिशत हो गया। इस वृद्धि के कारण वेतन वृद्धि और वस्तुओं के मूल्य में वृद्धि थी। 1966 में यह प्रतिशत घटकर 27.55 हो गया जो निरन्तर गिरता जा रहा था, लेकिन 1972 में यह बढ़कर 27.85 प्रतिशत हो गया। 1973 में यह वृद्धि 27.86 प्रतिशत और 1976 में 29.66 प्रतिशत तथा

1980 में घटकर 24.52 प्रतिशत तक हुई। इस आधार पर बीमा व्यय के सम्पूर्ण प्रतिशत व्यय में वृद्धि के लक्षण दिखाई नहीं पड़ रहे हैं।

नवकरण प्रतिशत व्यय में 1960 में सबसे कमी थी जो 12.90 प्रतिशत था, लेकिन इसमें लगातार वृद्धि होती रही जो 1969 में 15.91 प्रतिशत हो गया। 1969 के बाद नवकरण प्रतिशत व्यय में निरन्तर गिरावट हो रही है जो 1973 में

तालिका नं० 14

प्रव्याजि आय पर प्रतिशत व्यय

वर्ष	सम्पूर्ण व्यय प्रतिशत में	नवकरण व्यय प्रतिशत में
1957	27.20	15.89
1960	28.45	12.90
1963	29.31	14.13
1966	27.55	14.69
1969	27.54	15.91
2971	27.19	14.65
1972	27.85	14.36
1973	27.86	13.72
1976	29.66	18.14
1980	24.52	13.01
1990	23.84	3.04
1995	21.39	6.32
2000	21.16	5.63
2001	19.89	2.43
2005	16.57	2.30
2006	14.47	2.69
2007	12.72	2.35

घटकर 13.72 प्रतिशत हो गयी, तथा 1980 में घटकर 13.01 प्रतिशत हो गयी। संक्षेप में नवकरण व्यय प्रतिशत में कुछ सुधार है, परन्तु कुल प्रतिशत व्यय में सुधार नहीं है। 1976 में यह बढ़कर 18.14 प्रतिशत हो गया।

4. ब्याज दर—ब्याज दर में वृद्धि के साथ व्यापार की वृद्धि स्पष्ट होती है, तालिका नम्बर 15 से स्पष्ट है कि कुल ब्याज दर में लगातार वृद्धि हो रही है। यह 1957 में 4.58 प्रतिशत से बढ़कर 1969 में 5.94 प्रतिशत और 1973 में 6.56 प्रतिशत तथा 1980 में 7.89 प्रतिशत तक वृद्धि हो गयी। वैसे तो यह एक स्वास्थ्यप्रद प्रगति का सूचक है, लेकिन यह प्रगति अन्य आर्थिक सूचकांकों की तुलना में कम है, इसलिए इसे संतोषजनक नहीं कहा जा सकता है।

तालिका नं० 15

औसत बीमा कोष पर ब्याज दर (प्रतिशत में)

वर्ष	सकल ब्याज दर	शुद्ध ब्याज दर
1957	4.58	3.74
1960	4.58	3.55
1963	4.76	4.08
1966	5.51	4.76
1969	5.94	5.31
1971	6.25	5.73
1972	6.29	5.54
1973	6.56	5.97
1976	7.13	6.45
1980	7.89	7.44
1990	11.13	....
1995	12.21	....
2000	12.08	....
2001	11.60	....
2005	9.93	....
2006	8.72	....
2007	8.21	.....

शुद्ध ब्याज 1957 में 3.74 प्रतिशत से बढ़कर 1969 में 5.31 प्रतिशत और 1973 में 5.97 प्रतिशत 1980 में 7.44 प्रतिशत हो गयी है, परन्तु यह दर बैंक दर से कम होने के कारण संतोषजनक नहीं हो सकती है। 2001 में 11.60 प्रतिशत रही।

5. विनियोग—जीवन बीमा निगम अपने कोष सामाजिक हित के लिए अधिक विनियोजित करता है, यह निम्न तालिका से स्पष्ट है।

तालिका नं० 16

विनियोग का विभाजन एवं कुल विनियोग का प्रतिशत

वर्ष	लोक क्षेत्रीय	सहकारी	संयुक्त	व्यक्तिगत
(1)	(2)	(3)	(4)	(5)
1957	77.3	.....	....	22.7
1960	78.7	.....	....	21.3

(1)	(2)	(3)	(4)	(5)
1963	76.8	3.3	0.5	19.4
1966	73.5	6.0	0.8	19.7
1969	73.1	8.6	0.5	17.8
1971	74.8	9.9	0.3	.....
1972	74.0	10.7	0.2	.....
1973	74.7	11.3	0.1	13.9
1976	76.7	11.3	0.9	11.9
1980	74.0	11.4	0.5	14.1
1990	79.8	6.5	....	13.7
1995	82.9	3.3	....	13.8
2000	84.2	1.5	....	14.3
2001	84.10	1.3	....	14.1

तालिका नं० 16 से स्पष्ट है कि लोकक्षेत्र में विनियोग 1957 में 77.3 प्रतिशत से घटकर 1969 में 73.1 प्रतिशत हो गया जो बढ़कर 1971 में 74.8 प्रतिशत हो गया और 1973 में इसी के पास अर्थात् 74.7 प्रतिशत पर रहा और 1980 में 74.0 प्रतिशत तक बढ़ा। 1957 की तुलना में इसमें कमी हुई है। लेकिन इसमें उतार-चढ़ाव होते रहे। 2001 में 84.60 प्रतिशत था।

संयुक्त क्षेत्र में 1969 के बाद लगातार कमी होती जा रही है व्यक्तिगत क्षेत्र में यह कमी लगातार है। 1963 में 19.4 से बढ़कर 1966 में 19.7 प्रतिशत हो गया था। 1957 की तुलना में यह कमी होती रही, जो 1957 में 22.7 प्रतिशत से घटकर 1973 में 13.9 प्रतिशत हो गयी। यह इस बात का सूचक है कि निजी क्षेत्र में विनियोग कम होता जा रहा है। इस सामाजिक लाभ के दृष्टिकोण से एक उचित दिशा है। सहकारी क्षेत्र में वृद्धि 1963 में 3.3 प्रतिशत से बढ़कर 1973 में 11.3 प्रतिशत हुई और 1980 में 11.4 प्रतिशत हुई, जिससे स्पष्ट है कि जीवन बीमा निगम सहकारी क्षेत्रों में विनियोग को प्रोत्साहन दिया जा रहा है।

विनियोग की मात्रा—जीवन बीमा निगम के विनियोग की मात्रा दिन-प्रतिदिन बढ़ती जा रही है। तालिका नं० 17 से यह स्पष्ट है कि 1957 में 329.75 करोड़ रुपये का विनियोग था जो 1963 में 678.81 करोड़ रुपये हो गया; 1969 में 1358.95 करोड़ रुपये और 1973 में 2172.31 करोड़ रुपये एवं 1980 में 5747.51 करोड़ रुपये हुई। इस प्रकार जीवन बीमा निगम के विनियोग में उत्तरोत्तर वृद्धि होती जा रही है। 1957 की तुलना में 1973 में 6 गुने से अधिक वृद्धि हो रही है और 1980 में 18 गुने तक वृद्धि हुई। 2001 में यह रकम बढ़कर 175491.18 करोड़ रुपये हुई।

तालिका नं० 17

विनियोग की मात्रा

वर्ष	विनियोग (करोड़ में)
1957	329.75
1960	457.43
1963	678.81
1966	963.44
1969	1358.95
1971	1717.59
1972	1952.66
1973	2172.31
1976	3052.27
1980	5747.51
1990	20503.74
1995	56182.44
2000	139032.15
2001	175491.18

6. अध्यर्थन का भुगतान—जिस बीमाकर्त्ता के व्यापार में अध्यर्थन का शीघ्र भुगतान होता है, उसकी कुशलता और व्यापारिक योग्यता यथेष्ट समझी जाती है।

तालिका नं० 18

अध्यर्थन का भुगतान

वर्ष	बतायी गई अध्यर्थन की रकम (करोड़ रुपये में)	अदत्त अध्यर्थन Outstanding (करोड़ रुपये में)	अदत्त अध्यर्थन का बतायी गई अध्यर्थन से प्रतिशत
(1)	(2)	(3)	(4)
1957	28.70	13.03	60.53
1960	30.69	13.47	43.89
1963	43.95	13.55	38.54
1966	58.57	17.41	29.73
1969	69.62	24.21	34.77

तालिका नं० 10 से यह स्पष्ट है कि भारत में चालू बीमापत्र की संख्या में लगातार वृद्धि हो रही है। 1957 में 54.18 लाख से बढ़कर 1973 में 167.92 लाख बीमापत्र हो गये। इस प्रकार बीमापत्रों की संख्या में लगभग 3 गुनी वृद्धि 16 वर्षों की अवधि में हुई, जबकि बीमित रकम 1957 में 1374 करोड़ रुपये से बढ़कर 1973 में 9204 करोड़ रुपये हुई। इससे यह स्पष्ट है कि करीब 7 गुनी वृद्धि है। इस प्रकार यह चालू व्यापार में सराहनीय वृद्धि हुई। 1980 में 220.39 लाख बीमापत्रों पर 19114 करोड़ रुपये बीमित थे।

भारत के बाहर बीमापत्रों की संख्या निरन्तर गिरती जा रही है। यह 1957 में 2065 लाख से घटकर 1973 में 0.84 लाख हुई जबकि बीमित रकम में लगातार गिरावट नहीं हो रही है। 1957 में 99 करोड़ रुपये से बढ़कर 1969 में 120 करोड़ रुपये हो गयी जो 1971 में घटकर 115 करोड़ रुपये हुई, तत्पश्चात् इसमें वृद्धि हो रही है, जो 1973 में 121 करोड़ रुपये हो गयी। इस प्रकार यह कहा जा सकता है कि बीमित रकम में वृद्धि धीरे-धीरे हो रही है, लेकिन इस वृद्धि पर विश्वास नहीं किया जा सकता, क्योंकि बीमापत्र की संख्या में निरन्तर गिरावट है। कुल बीमापत्रों की संख्या में 1971 तक वृद्धि हुई, लेकिन 1972 में यह गिर गयी और फिर 1973 में बढ़कर 168.76 लाख और 1976 में 196.77 लाख हुई। बीमित रकम 1957 में 1473 करोड़ रुपये से बढ़कर 1973 में 9325 करोड़ रुपये और 1980 में 19,243 करोड़ रुपये हो गयी। इस प्रकार चालू-व्यापार में 16 वर्षों में 6 गुने से अधिक वृद्धि है। 2001 में यह बढ़कर 645042 करोड़ रुपये हो गया।

बीमा खण्डन

बीमा खण्डन में किसी जीवन बीमाकर्ता के व्यापार की दिशा ज्ञात होती है। यदि बीमा खण्डन घट रहा है तो बीमा व्यापार की सुदृढ़ता स्पष्ट है और यदि बीमा खण्डन बढ़ रहा है तो बीमा व्यापार की कमजोरी साबित होती है। तालिका नं० 11 से स्पष्ट है कि 1957 में कुल चालू बीमा का 6.4 प्रतिशत खण्डित हो गया। यह प्रतिशत अपने आप में काफी अधिक है। इसके बावजूद इसमें 1963 तक वृद्धि होती रही जो बढ़कर 8.1 प्रतिशत हो गया। 1963 के बाद करीब 9 वर्षों तक बीमा-खण्डन प्रतिशत में कमी आती रही और 1972 में यह घटकर 5.0 प्रतिशत हो गया, जो कि पुनः 1973 में बढ़कर 5.3 प्रतिशत और 1980 में 3.8 प्रतिशत हो गया। इस आधार पर जीवन बीमा निगम की अधिक सफलता नहीं मालूम होती है। जीवन बीमा निगम को चाहिए कि अभिकर्त्ताओं द्वारा बीमापत्रधारियों को लगातार प्रेरणा और बीमापत्र को चालू रखने का प्रोत्साहन दिया जाय। 2001 में यह प्रतिशत 4.9 प्रतिशत था।

(1)	(2)	(3)	(4)
1971	87.10	20.53	23.57
1972	91.92	17.81	19.38
1973	103.04	21.26	20.63
1976	162.73	28.60	17.50
1980	283.00	48.35	17.10
1990	1425.14	90.56	5.96
1995	4130.80	226.23	5.26
2000	9266.25	403.17	4.35
2001	11666.82	462.01	3.70
2002	14358.55	273.34	1.85

उपर्युक्त तालिका से स्पष्ट है कि 1957 की तुलना में 1973 में अदत्त अध्यर्थन के प्रतिशत में कमी हुई है, लेकिन 1972 की तुलना में वृद्धि हुई है। इस वर्ष अदत्त अध्यर्थन का न्यूनतम प्रतिशत था। इन उच्चावचनों के अतिरिक्त यही निष्कर्ष आसानी से निकाला जा सकता है। जीवन बीमा निगम अध्यर्थन के शीघ्र भुगतान का प्रयास कर रहा है। 1980 में यह प्रतिशत न्यूनतम अर्थात् 17.10 रहा, इस प्रकार इस क्षेत्र में निगम का प्रयास सराहनीय है।

7. कार्यालय की संख्या—जीवन बीमा निगम के विभागीय और शाखा कार्यालयों में निरन्तर वृद्धि हो रही है।

तालिका नं० 19

कार्यालयों की संख्या

वर्ष	विभागीय	शाखा	उपशाखा	विकास केंद्र
1957	33	195	45	...
1963	36	340	179	175
1969	36	422	115	142
1973	38	577	40	106
1976	41	659	23	110
1980	41	738	4	100
1990	69	1528	...	...
1995	100	2021	...	...
2000	100	2048	...	...
2001	100	2048	...	...
2005	101	2048	...	...
2006	101	2048	...	...
2007	101	2048	...	...

तालिका 19 से स्पष्ट है कि विभागीय कार्यालयों में 1957 की तुलना में 5 कार्यालयों में और वृद्धि हुई। इस प्रकार 31 मार्च, 1973 को कुल विभागीय कार्यालय 38 हो गये। शाखा कार्यालय 1957 में 195 से बढ़कर 1963 में 340,1969 में 422 और 1973 में 577 कर दिये गये। इस प्रकार जीवन बीमा निगम की प्रगति महत्त्वपूर्ण सिद्ध होती है। उपशाखा कार्यालयों में 1973 में 179 की वृद्धि हुई, लेकिन उसके पश्चात् इन्हें शाखा कार्यालय बनाते रहे, जिससे उपशाखा कार्यालयों में कमी आने लगी और 1973 में 40 उपशाखा कार्यालय ही रहे। विकास केन्द्रों को भी शाखा या उपशाखा कार्यालय में बदलते रहे जिससे इनकी संख्या में कमी होती गयी। विभागीय और शाखा कार्यालय इस बात का सही प्रमाण देते हैं कि जीवन बीमा निगम के कार्यक्षेत्र में महत्त्वपूर्ण वृद्धि हुई है। भारत के 348 जिलों में 267 जिलों में जीवन बीमा निगम के या तो शाखा कार्यालय या उपशाखा कार्यालय हैं। 9 संघीय क्षेत्रों में से 5 में इनका कोई-न-कोई कार्यालय अवश्य है। 1980 में 41 विभागीय कार्यालय 738 शाखा, 4 उपशाखा और 100 विकास केन्द्र थे। 2001 में 2048 शाखायें थीं।

8. जीवन बीमा अभिकर्ता के व्यापार—यह तो सत्य ही प्रतीत होता है कि यदि जीवन बीमा अभिकर्ताओं की संख्या में वृद्धि हो तो व्यापार में वृद्धि होगी, लेकिन यह कटु सत्य है कि प्रति बीमा अभिकर्ता व्यापार में वृद्धि होने से व्यापार की द्वन्द्व सिद्ध है।

तालिका नं० 20

प्रति बीमा अभिकर्ता व्यापार

वर्ष	सक्रिय बीमा अभिकर्ता की संख्या	प्रति सक्रिय बीमा अभिकर्ता व्यापार (प्रतिवर्ष) रुपये में
1957	89000	31,000
1960	101600	47,900
1963	141000	52,070
1966	148026	53315
1969	137144	67115
1971	136578	88997
1972	150859	99291
1973	144766	111509
1976	144385	145722
1980	110366	247641
1990	348325	666605
1995	519504	1063101
2000	683190	1328292
2001	743064	1656370
2004	1003241	2197675

उपर्युक्त तालिका से स्पष्ट है कि बीमा अभिकर्ताओं की संख्या 1957 में 89,000 से बढ़कर 1969 में 1,48,026 हो गयी, लेकिन उसके बाद उसमें कमी होने लगी और 1971 में 1,36,578 हुई, फिर 1973 में 1,54,766 तक वृद्धि हो गयी। इस प्रकार 1973 में जीवन बीमा अभिकर्ता की संख्या अधिकतम थी। प्रति अभिकर्ता बीमा की रकम 1957 में 31,000 रुपये से बढ़कर 1966 में 53,315 रुपये 1971 में 88,997 रुपये और 1973 में 1,11,509 रुपये हो गयी। यह इस बात का सूचक है कि अभिकर्ताओं को सक्रिय रूप से प्रोत्साहित किया गया है। 1973 में इस प्रकार यह सीमा 1 लाख से अधिक हो गयी, जो कि वृहत् प्रगति का द्योतक है। 1976 में सक्रिय बीमा अभिकर्ता (Life Insurance Agent) की संख्या 1,44,385 थी तथा प्रति बीमा अभिकर्ता व्यापार की रकम 1,45,722 थी जो पहले की तुलना में बहुत अधिक है। 1980 में सक्रिय अभिकर्ताओं की संख्या घटकर 110366 हो गयी। लेकिन प्रति अभिकर्ता व्यापार में 247641 रुपये तक वृद्धि हुई। इससे स्पष्ट होता है कि अभिकर्ताओं की उत्पादकता बढ़ती जा रही है। 2001 में यह बढ़कर 1656370 हो गया।

1 सितम्बर, 1956 को भारतीय जीवन बीमा निगम की स्थापना 245 भारतीय एवं विदेशी कम्पनियों के राष्ट्रीयकरण के माध्यम से, देश में घर-घर जीवन बीमा निगम संदेश पहुँचाने के उद्देश्य से की गयी थी। तब से लेकर आज तक निगम ने अपनी पहुँच एवं विस्तार में निरन्तर वृद्धि की है। वित्तीय वर्ष 2001-2002 की नव-व्यवसायिक उपलब्धियाँ निगम के इतिहास में स्वर्णिम अक्षरों में लिखा एक पृष्ठ है। **प्रथम प्रीमियम आय में** 137.11% निगम के इतिहास में अधिकतम वृद्धि, पालिसी संख्या में 16.25% एवं बीमा धन में 54.36% की वृद्धि दर्ज की गई है। विगत वर्ष कुल 2,32,49,651 पालिसियों पर रु० 1,92,572.31 करोड़ का बीमा किया गया और रु० 14,84,332.07 लाख के प्रथम प्रीमियम आय के कीर्तिमान ने हमें गौरवान्वित किया है। इसी प्रकार हमारे पेंशन एवं समूह बीमा व्यवसाय में 31 मार्च 2002 तक 8819 नयी योजनाएँ 14.62 लाख नये जीवन बीमा तथा रु० 994.46 करोड़ की प्रीमियम आय अर्जित की गयी है। सामाजिक सुरक्षा योजनाओं में 31 मार्च 2002 तक 7565 नयी योजनाएँ 7.55 लाख नवजीवन तथा रु० 14.94 करोड़ की प्रीमियम आय अर्जित की गई। नव-व्यवसाय के क्षेत्र में यह कार्य प्रदर्शन निगम में पालिसीधारकों के अटूट विश्वास का द्योतक है।

31 मार्च, 2002 को निगम की कुल आय 73,430.95 करोड़, कुल प्रीमियम आय रु० 49,613.28 करोड़ पालिसीधारकों को भुगतान रु० 17,480.78 करोड़, कुल जीवन निधि रु० 2,33,289.03 करोड़ कुल सम्पत्ति रु० 1,93,621.69 करोड़ तथा विविध स्त्रोतों से आय रु० 1010.38 करोड़ है। **दून एवं ब्राडस्ट्रीट इण्डिया** द्वारा भारत की 500 अग्रणी कम्पनियों पर कराये गये सर्वे के अनुसार एल० आई० सी०, शुद्ध लाभ (सरप्लस) और नेट वर्थ (Net Worth) में भारत की प्रथम नम्बर और कुल

आय में द्वितीय नम्बर का संगठन है। यह आँकड़े निगम की भव्यता को भली-भाँति दर्शाते हैं।

भारतीय जीवन बीमा निगम का केन्द्रीय कार्यालय मुम्बई में है, पूरे देश में 7 जोन, 100 मण्डल व 2048 शाखाएँ हैं। हमारा क्षेत्र, जो कि उत्तर मध्य क्षेत्र कहलाता है, में 11 मण्डल एवं 258 शाखाएँ हैं। हमारे उत्तर मध्य क्षेत्र में पालिसियों की संख्या में 14.15 %, बीमाधन में 47.20 % तथा प्रथम प्रीमियम आय में 58.65 % की वृद्धि हुयी है। बीमाधन में हमने लक्ष्य का 106.47 % और प्रथम प्रीमियम में 113.26 % प्राप्त किया है, विशेष तौर पर हमारे मण्डलों में लखनऊ मण्डल सात आधारों पर दो आधारों पर कानपुर मण्डल प्रथम रहा है। हमारा क्षेत्र डी-रिटर्न और वैल्यूएशन डाटा पूर्ण कर भेजने में प्रथम रहा है।

खाड़ी देशों (बहरीन, यू०ए०ई०, सउदी अरब, कुवैत तथा कतार) के प्रवासी भारतीयों की बीमा सम्बन्धी आवश्यकता की पूर्ति जीवन बीमा निगम (अन्तर्राष्ट्रीय) विमुक्त कम्पनी के माध्यम से कर रहे हैं। हमारी शाखाएँ लंदन, मारिशस व फिजी में हैं तथा नेपाल में भी एक संयुक्त उपक्रम है। इसके साथ ही कैलीफोर्निया, कनाडा और आस्ट्रेलिया इत्यादि में भी विस्तार का कार्यक्रम चल रहा है।

ग्राहकों की सुविधा हेतु प्रौद्योगिकी उन्नयन—हमारे संगठन ने सर्वप्रथम प्रौद्योगिकी की क्षमता पहचानते हुए साठ के दशक में ही इसका उपयोग प्रारम्भ किया था। आज हम गर्व के साथ कह सकते हैं कि समस्त 2048 शाखाएँ कम्प्यूटरीकृत की जा चुकी हैं। इन्टेरेक्टिव वायस रिस्पान्स सिस्टम (IVRS) सुविधा 59 शहरों में चल रही है। इसके तहत बीमाधारक अपनी पालिसी के विषय में जानकारी दूरभाष के माध्यम से कर सकता है। हमारे 100 मण्डलों के अन्तर्गत आने वाली 1530 शाखाएँ देश भर में कुल 89 केन्द्रों पर चल रहे **'वाइड एरिया नेटवर्क'** के माध्यम से मैन (MAN) और वैन (WAN) से जुड़ गयी हैं। मैन और वैन से जुड़ी शाखाओं में बीमाधारक अपने प्रीमियम का भुगतान और पालिसी स्थिति की जानकारी किसी अन्य मैन और वैन से जुड़ी शाखा से कर सकते हैं। हम इण्टरनेट पर भी प्रीमियम स्वीकार कर रहे हैं, जिसके लिए 8 बैंकों और 3 पेमेन्ट गेटवेज (Payment Gateways), ग्रूप की सेवायें ली जा रही हैं। प्रीमियम भुगतान की पावती ई-मेल द्वारा प्राप्त की जा सकती है, यह सुविधा निःशुल्क है। हमने पूरे भारत के विभिन्न शहरों में 150 'वन स्कीम कार्पोरेशन विभाग' लगाये हैं जिसमें 15 ऑफ लाइन तथा 135 आन लाइन पद्धति के हैं।

क्षेत्रीय कार्यालय कानपुर के शाखाओं में भी इण्टरनेट सुविधा जल्द ही प्रारम्भ हो जायेगी। सूचना प्रौद्योगिकी के क्षेत्र में एल०आई०सी० तीव्र गति से प्रगति कर रही है; उदाहरणार्थ—

- हमारा स्वयं का वेब सर्वर स्थापित हो चुका है।
- हमारे करोड़पति अभिकर्ता अपनी वेबसाइट हमारे सर्वर पर स्थापित कर सकेंगे।

- हमारी वेबसाइट बीमाधारकों हेतु बीमा सलाहकार (Insurance Advisor) की सुविधा उपलब्ध है।
- प्रतिष्ठित सूचना प्रौद्योगिकी पत्रिका........................एल०आई०सी० देश का दूसरा सबसे बड़ा कम्प्यूटर/सूचना प्रौद्योगिकी का उपभोक्ता है।

उत्कृष्ट ग्राहक सेवा एवं विपणन—हम अपनी कार्य प्रणालियों की समीक्षा एवं पुनर्रचना कर रहे हैं कि पालिसी धारकों को उत्तम सेवा दे सकें। **'सिंगल विन्डो'** सेवा की संस्थापना इसी दिशा में हमारा प्रयास है। साथ ही साथ **'ग्राहक सम्बन्ध प्रबंधन'** एवं **''ग्रीन चैनेल''** के शुरुआत द्वारा हमने मूलभूत कदम उठाये हैं। भविष्य में हमारे व्यवसाय की बढ़त हमारी सेवा की उत्कृष्टता, विशेष कर दावा भुगतान के अच्छे स्तर पर निर्भर करेगी। साथ ही साथ, हमारे अभिकर्ता समूह की वृद्धि हो, संख्यात्मक एवं गुणात्मक रूपों में, यह हमारे व्यवसाय की वृद्धि के लिए आवश्यक है। गत वर्ष हमारे व्यवसाय की वृद्धि के प्रति हमारे अभिकर्तागण एवं हमने सभी वर्गों के कर्मचारियों का बराबर योगदान रहा है। दावा भुगतान के मामले में हमारे उत्कृष्ट कार्य प्रदर्शन ने हमारे आलोचकों का मुँह बन्द कर दिया है तथा हमारे विपणन-समूह के मार्ग से अवरोध हटाये हैं। हमने ग्राहकों की आवश्यकता को दृष्टिगत रखते हुए हाल ही में दो नई पालिसियाँ प्रारम्भ की हैं :—

1. **जीवन रेखा**, जिसमें जीवनपर्यन्त हर पाँच वर्ष में मनी बैक के साथ-साथ मृत्यु होने पर सम्पूर्ण बीमाधन बोनस सहित मिलता है।
2. **अनमोल जीवन,** जो अब तक की सबसे कम प्रीमियम की पालिसी है।

दावा भुगतान 2001-2002—औसतन प्रत्येक कार्य-दिवस हम अखिल भारतीय स्तर पर 30,284 दावों (मूल्य रु० 50.24 करोड़) का निस्तारण करते हैं। वर्ष 2001-2002 में हमने 87.52 लाख (रु० 14,519.25 करोड़) दावों का निपटारा किया है। हमने पिछले वर्ष 85 % परिपक्वता दावों का भुगतान देय तिथि से पूर्व किया है और 85.20 % मृत्यु दावों (Non early Claims) का भुगतान 30 दिन के अन्दर किया। 31 मार्च, 2002 को देय दावों में से 99.26 % का भुगतान कर दिया गया है। उत्तर मध्य क्षेत्र ने वर्ष 2001-2002 में 11,00,230 परिपक्वता दावे तथा 33,049 मृत्यु दावों का भुगतान किया है। पिछले वर्ष हमारे क्षेत्र में बकाया परिपक्वता दावों का प्रतिशत 0.55 और बकाया मृत्यु दावों का प्रतिशत 4.23 रहा है।

राष्ट्र निर्माण गतिविधियाँ—राष्ट्र निर्माण में हमारा योगदान स्मरणीय है। 31 मार्च, 2002 तक विभिन्न निकायों में हमारा निवेश रु० 2,07,074 करोड़ रहा है।

31 मार्च, 2007 तक विभिन्न क्षेत्रों में हमारा निवेश निम्न प्रकार से है—

	2002 (करोड़ रु० में)	2007 (करोड़ रु० में)
गृह निर्माण	11,669.27	1962.91
बिजली	8,371.57	9615.25
जल आपूर्ति	2,702.96	65.34
सड़क परिवहन	453.96	601.82
कुल	23,197.76	17297.18

हमने पंचवर्षीय योजनाओं में अपना सार्थक योगदान निम्न प्रकार से किया है—

	(करोड़ रु० में)
आठवीं योजना	56,097
नौवीं योजना	1,64,364

31 मार्च, 2006 तक 6,12,212.89 करोड़ रुपये।

□□

भाग 3

सामुद्रिक बीमा

अध्याय 21

सामुद्रिक बीमा की प्रसंविदा

परिचय—सामुद्रिक बीमा सबसे प्राचीन बीमा का रूप है। व्यापारिक जगत् में लोग सामुद्रिक हानि को आपस में बाँट लिया करते थे और उसके आधार पर धीरे-धीरे सामुद्रिक बीमा का वर्तमान रूप सामने आया। सामुद्रिक यातायात की प्रारम्भिक अवस्था में जब संवादवाहन के साधन उपलब्ध नहीं थे, सामुद्रिक व्यापार में जोखिम की मात्रा बहुत अधिक थी। कभी-कभी तो जब जहाज एक देश के किनारे को छोड़ने के बाद बहुत दिनों तक दिखाई नहीं पड़ता था, तब उसे गायब या नष्ट हुआ समझ लेते थे। इसलिये अन्तर्राष्ट्रीय व्यापारियों ने आपसी समझौते के अनुसार सामुद्रिक बीमा को जन्म दिया, यह बीमा भी व्यापार की प्रगति के साथ विकसित हो रहा है।

इतिहास—यह बीमा सात सौ वर्ष पुराना समझा जाता है। इंगलैण्ड में लोम्बार्ड्स (Lombards) द्वारा सर्वप्रथम सामुद्रिक बीमा का प्रयोग तेरहवीं शताब्दी में किया गया। यह एक जाति भी जो कि यूरोप के विभिन्न देशों में घूमती रही और अन्त में इंगलैण्ड में बस गयी। आज भी वहाँ लोम्बार्ड स्ट्रीट (Lombard Street) है। यह स्ट्रीट (गली) सामुद्रिक बीमा के लिए प्रसिद्ध थी। व्यापारिक जागृति के बाद सोलहवीं शताब्दी में इस जाति का पतन हुआ और उनके हाथों में बीमा व्यवसाय जाता रहा।

लायड्स का जन्म—सन् 1666 के पूर्व सामुद्रिक बीमा व्यक्तिगत आधार यानी एकल व्यापारी (Individual) द्वारा किया जाता था, लेकिन इंगलैण्ड में कहवा (Coffee) के प्रयोग के साथ सामुद्रिक बीमा का विशेष विकास हुआ। इन काफी हाउसों में लोग आकर आराम करते और अपने व्यापार के सम्बन्ध में विचार-विमर्श करते। इन काफी हाउसों (Coffee Houses) में से एक हाउस मिस्टर एडवर्ड लायड (Mr. Edward Lloyd) एक था जो कि व्यापारिक और सामुद्रिक हितों के विषय में एक पत्रिका 'लायड्स समाचार' (Lloyd's News) प्रकाशित करते थे। यह पत्रिका सामुद्रिक व्यापारियों के लिये बहुत उपयोगी हुई। बाद में इन्होंने लायड्स सूची (Lloyd's List) प्रकाशित करना शुरू कर दिया जिसमें जहाजों के विषय में लिखा रहता था, उनकी जोखिमों का वर्णन रहता था। इसके पश्चात् लायड्स के काफी हाउस में बहुत से सामुद्रिक व्यापारी आते और सामुद्रिक बीमा का अभिगोपन (Underwriting) करके चले जाते। अन्त में यह सामुद्रिक बीमा का केन्द्र हुआ और सामुद्रिक बीमापत्र निर्गमित किये जाने लगी। सन् 1774 में लायड्स के सदस्यों ने सदस्यता पद्धति को जन्म दिया और सामुद्रिक बीमा व्यापारी इसके सदस्य होते गये और अनुभव का आदान-प्रदान करने लगे। आज भी अधिकांश सामुद्रिक बीमा के व्यापारी लायड्स संघ (Lloyd's Association) के सदस्य हैं।

सामुद्रिक बीमा का विषय

सामुद्रिक बीमा में होने वाली क्षतियों को चार भागों में बाँटा गया है—माल, जहाज, किराया और दायित्व।

माल बीमा (Cargo Insurance)—जहाज से भेजे जाने वाले माल को कारगो (Cargo) या माल की संज्ञा दी गयी है। इन मालों (Cargo) को बहुत-सी आपत्तियों का सामना करना पड़ता है। सामुद्रिक हानियों का वर्णन आगे किया जायगा। माल की जोखिम उसके परिमाण, उपयोगिता और मूल्य के आधार पर अलग-अलग होती है। माल की सामुद्रिक जोखिम जहाज पर लादने से लेकर उसके उतारने के समय तक हो सकती है। प्रव्याजि (Premium) की दरें भी इन्हीं आधारों पर भिन्न-भिन्न होती हैं। माल के पूर्णतः या अंशतः नष्ट हो जाने पर क्षतिपूर्ति की जाती है। माल बीमा को एक विशेष बीमापत्र (Special Policy) या खुले बीमापत्र (Open Policy) के अन्तर्गत शामिल कर सकते हैं। खुले बीमापत्र के अन्तर्गत उन व्यापारियों को लाभ होता है जो कि किसी एक वस्तु का विस्तृत व्यापार करते हैं।

जहाज बीमा (Hull Insurance)—समुद्र को पार करते समय जहाज की बहुत-सी आपत्तियों को झेलना पड़ता है। इनमें से अधिकांश आपत्तियाँ वही हैं, जो माल के सम्बन्ध में हैं। ईश्वर का कार्य, नरेश या शत्रुओं द्वारा आक्रमण, झंझावात, जहाज में छेद हो जाना, जहाजों का लड़ जाना, नाविकों द्वारा चोरी आदि आपत्तियाँ मुख्य हैं। सामुद्रिक बीमा अधिनियम के अनुसार, 'जहाज' शब्द का विशेष अर्थ लिया गया है। जहाज से तात्पर्य खाली जहाज, उसकी सामग्रियाँ, बनावट, जहाज अधिकारियों के लिए खाद्य-सामग्री, मशीनरी, बायलर, कोयला, स्टोर, इंजन आदि आते हैं। यदि जहाज किसी विशेष कार्य में संलग्न है तो उससे सम्बन्धित वस्तुएँ भी जहाज की श्रेणी में आती हैं। जहाज बीमा एक निश्चित समय के लिए हो सकता है या विशेष यात्रा के लिए। एक से अधिक जहाजों (Fleet) का बीमा कराना अधिक प्रचलित होता जा रहा है क्योंकि जहाज कम्पनियों के अन्तर्गत कई जहाज होते हैं। उनका इकट्ठे बीमा बेड़े का बीमा (Fleet Insurance) के नाम से हो जाने पर बीमा की लागत कम पड़ती है।

किराया बीमा (Freight Insurance)—किराये की रक्षा के लिए भी बीमा कराया जाता है। किराये का भुगतान या तो पेशगी दिया जा चुकता है या गन्तव्य स्थान पर पहुँच जाने पर। लेकिन यदि जहाज बीच में ही नष्ट हो जाय तो अग्रिम किराये की हानि माल के मालिक को होगी, अतः बीमा कराते समय माल के मूल्य में किराया जोड़ दिया जाता है। यदि किराया गन्तव्य बन्दरगाह पर पहुँचने पर दिया जाना है तो जहाज के मालिक को किराये की हानि होगी, क्योंकि गन्तव्य स्टेशन पर न पहुँच सकने के कारण किराये का भुगतान नहीं किया जायगा। इन हानियों से रक्षा के लिए किराये का बीमा करा लिया जाता है।

सामुद्रिक बीमा प्राप्त करने की विधि

जब कोई सामुद्रिक बीमा कराना चाहता है तो वह किसी बीमाकर्ता (Insurer) या उसके अभिकर्ता (Broker) के पास पहुँचता है। बीमाकर्ता अपनी सुविधा के लिए दलालों

की नियुक्ति आवश्यक है क्योंकि बीमा प्राप्तकर्ता को सीधे बीमाकर्ता से मिलने या प्रसंविदा की अनुमति नहीं दी गयी है।

प्रस्ताव प्रपत्र प्राप्त हो जाने पर दलाल उससे सम्बन्धित एक सूची तैयार करता है जिसमें प्रस्तावित जोखिम का पूर्ण वर्णन किया जाता है। इस सूची को लेकर वह बीमाकर्ताओं के पास पहुँचता है। बीमाकर्ता इन जोखिमों के आधार पर बीमा-प्रस्ताव को स्वीकार करते हैं तथा उसकी शर्त आदि बताते हैं। जिस दिन से बीमापत्र निर्गमित किया जायगा उसी दिन से जोखिम प्रारम्भ होगी। समय बीमापत्र एक निश्चित तिथि से लागू होता है जबकि यात्रा बीमापत्र यात्रा प्रारम्भ होने से लागू होता है। बीमाकर्ता इन सूचनाओं के अतिरिक्त और सूचनाएँ प्राप्त करता है और उनके आधार पर बीमापत्र निर्गमित करता है। दलाल की सूची (Original Slip) से लेकर जब तक अन्तिम सूची (Glosing Slip) के उत्तर बीमाकर्ता को नहीं मिल जाते जोखिम को बीमित नहीं करते और वह खाली (Open) जोखिम कहलाती है। जैसे ही अन्तिम सूची तैयार हो जाती है और सूचना अनुकूल रहती है, बीमापत्र निर्गमित कर देते हैं। बीमापत्र जब तक निर्गमित नहीं किया जाता, बीमाकर्ता जोखिम के प्रति उत्तरदायी नहीं होता। लेकिन व्यावहारिक जीवन में एक बार स्वीकृति दे देने पर बीमाकर्ता उसे अस्वीकार नहीं करता, चाहे बीमापत्र निर्गमित न किया गया हो।

सामुद्रिक बीमा प्रसंविदा

सामुद्रिक बीमा के लिए हमारे देश में एक अलग अधिनियम है, जिसे सामुद्रिक बीमा अधिनियम 1963 (Marine Insurance Act, 1963) कहते हैं। इसी अधिनियम द्वारा इस बीमा प्रसंविदा को तय किया जाता है। सामुद्रिक बीमा प्रसंविदा के निम्न तत्त्व हैं :—

1. साधारण संविदा,
2. बीमा योग्य हित,
3. परम सद्विश्वास,
4. क्षतिपूर्ति,
5. प्रत्यासन,
6. समाश्वासन,
7. सन्निकट कारण,
8. अन्य।

1. साधारण संविदा

साधारण संविदा के आवश्यक अंग नीचे दिये जा रहे हैं।

साधारण संविदा के अंग—(1) प्रस्ताव (Offer), (2) स्वीकृति, (3) वैध उद्देश्य, (4) वैध प्रतिफल और (5) प्रसंविदा करने की क्षमता।

1. **प्रस्ताव**—सामुद्रिक बीमा का प्रस्ताव लिखित या मौखिक हो सकता है, इसके लिए कोई विशेष प्रपत्र नहीं होते। लेकिन कभी-कभी पूर्ण सूचना प्राप्त

करने के लिए एक निर्धारित प्रपत्र को तैयार कर लेते हैं। इस प्रपत्र में बीमा वस्तु की जोखिम सम्बन्धित सभी सूचनाएँ प्राप्त की जाती हैं। ये सूचनाएँ एक सादे कागज पर भी लिखी जा सकती हैं। इन सूचनाओं में जहाज, माल या किराया के मूल्य, माल का स्वभाव, वंजन, परिमाण, स्वामित्व आदि प्रमुख सूचनाएँ हैं।

2. **स्वीकृति**—इन सूचनाओं को प्रायः दलाल एक 'स्लिप' में लिखकर बीमाकर्ताओं के पास भेजता है। बीमाकर्ता इन सूचनाओं के आधार पर आंशिक या पूर्ण-रूपेण स्वीकृति करता है। बीमापात्र के पास स्वीकृति प्रीमियम और शर्तों के साथ भेज दी जाती हैं। स्वीकृति हो जाने का यह मतलब नहीं होता कि बीमाकर्ता जोखिम को वहन करने के लिए तैयार हो गया है। बीमा प्रसंविदा वैधानिक रूप से तब तक जारी नहीं समझी जाती जब तक बीमापत्र निर्गमित न किया जाय। यह प्रलेख (Document) महत्त्वपूर्ण है। इसके आधार पर न्यायालय की मान्यता समझी जा सकती है। व्यवहार में 'स्लिप' पर स्वीकृति की तिथि से ही बीमाकर्ता का दायित्व प्रारम्भ हो जाता है तथापि इस 'स्लिप' के आधार पर न्यायालय में बीमाकर्ता को क्षतिपूर्ति के लिए बाध्य नहीं किया जा सकता क्योंकि बीमापत्र के समान इसे मान्यता प्राप्त नहीं है। 'स्लिप' की उपयोगिता केवल बीमा संविदा प्रारम्भ होने की बात को जानने के लिए ही है।

3. **वैध उद्देश्य**—बीमा खरीदने का उद्देश्य ऐसा होना चाहिए जो वैधानिक दृष्टि से मान्य हो। लाभ कमाने या धोखा देने के उद्देश्य से खरीदे गये बीमा अवैध होंगे और उन पर बीमाकर्ता का कोई दायित्व नहीं होगा। यह प्रसंविदा विवर्जित (Void) होता है। सामुद्रिक बीमा केवल क्षतिपूर्ति की प्रसंविदा है; अतः भुगतान वहीं होगा, जहाँ पर बीमापात्र को आर्थिक हानि हो। यदि बीमापात्र को कोई हानि नहीं होती तो क्षति का भुगतान नहीं किया जायगा। जुए की संविदा पूर्णतया विवर्जित होगी।

4. **वैध प्रतिफल**—मान्य प्रसंविदा के लिए यह आवश्यक है कि प्रतिफल वैध होने चाहिए। बीमाकर्ता को अपने वचन के बदले में कुछ 'मूल्यवान' (Valuable) प्रतिफल प्राप्त करना जरूरी है। यह केवल मुद्रा ही नहीं, बल्कि कोई भी अधिकार, हित, लाभ या अनुलाभ हो सकता है। प्रतिफल के लिए केवल इतना ही जरूरी है कि जिसके लिए कानून कुछ मूल्य निश्चित कर सके। सामुद्रिक बीमा में यह प्रतिफल प्रव्याजि (Premium) के रूप में होता है।

5. **प्रसंविदा करने की क्षमता**—दोनों पक्ष (बीमाकर्ता और बीमापात्र) प्रसंविदा करने के योग्य होने चाहिए। बीमाकर्ता ने बीमा व्यापार करने के लिए अनुज्ञापत्र प्राप्त कर लिया हो तथा अपने कार्यक्षेत्र के अन्तर्गत ही व्यापार करता हो। बीमापत्र को प्रसंविदा के योग्य होना चाहिए। वह स्वस्थ दिमाग का हो, विदेशी शत्रु न हो, अवयस्क न हो तथा अन्य किसी अपराध से दण्डित न हो।

सामुद्रिक बीमा प्रसंविदा—सामुद्रिक बीमा प्रसंविदा एक ऐसी प्रसंविदा है, जिसके अन्तर्गत बीमाकर्ता बीमित व्यक्ति को क्षतिपूर्ति करने का वचन देता है। यह क्षतिपूर्ति निश्चित ढंग से एक निर्धारित सीमा तक सामुद्रिक हानियों के होने पर वैध प्रतिफल के बदले में की जाती है। इस तरह इसमें दो पक्ष होते हैं—एक क्षतिपूर्ति करने वाला जिसे बीमाकर्ता कहते हैं और दूसरा क्षतिपूर्ति प्राप्त करने वाला जिसे बीमित व्यक्ति कहते हैं। सामुद्रिक क्षति का यहाँ पर विशेष अर्थ है जो कि सामुद्रिक जोखिम से सम्बन्ध रखती है। कभी-कभी स्थलीय (Inland) जोखिम भी इसमें शामिल की जाती है; जैसे विक्रेता के गोदाम से लेकर क्रेता के गोदाम तक सारी जोखिम संवृत (बीमित) रहती है। सामुद्रिक बीमा अधिनियम की धारा-3 के अनुसार सामुद्रिक बीमा समझौता एक प्रसंविदा है, जिसके अनुसार बीमाकर्ता पूर्व निर्धारित शर्तों और रीतियों के अनुसार बीमित व्यक्ति की सामुद्रिक क्षति को पूरा करने का वचन देता है।

2. बीमा योग्य हित

परिभाषा—अन्य बीमा प्रसंविदा की भाँति इस बीमा में भी बीमा योग्य हित का होना आवश्यक है। विधान की धारा-7 के अनुसार सामुद्रिक विषय वस्तु में किसी व्यक्ति का बीमा योग्य हित तब रहता है जब उसका उस विषय वस्तु या संपत्ति से ऐसा सम्बन्ध हो कि उसकी सुरक्षा से उसे आर्थिक लाभ हो और उसकी हानि या क्षति से उसे आर्थिक हानि हो या उसके ऊपर कोई दायित्व आवे।

बीमा योग्य हित की आवश्यकता—धारा-6 के अन्तर्गत यह स्पष्ट कर दिया गया है कि सट्टे या जुए की बीमा विवर्जित होगा। बीमित व्यक्ति (Assured) का संपत्ति या माल में आर्थिक हित न होने पर या भविष्य में ऐसा हित प्राप्त न होने की आशा से की गयी प्रसंविदा सट्टे की प्रसंविदा समझी जाती है। अतः बिना बीमा योग्य हित के कोई व्यक्ति सामुद्रिक बीमा विषय-वस्तु या उपक्रम (Adventure) का बीमा नहीं करा सकता। बीमा योग्य हित को ऊपर बताया जा चुका है। उसके अनुसार व्यावहारिक और वैधानिक रूप से उसका उपक्रम में हित होना चाहिए। इस प्रकार सामुद्रिक जोखिम से केवल सम्बन्धित होने पर उसका तब तक बीमा नहीं हो सकता, जब तक बीमित व्यक्ति का उस वस्तु में बीमा योग्य हित न हो।

बीमा योग्य हित का समय—विधान के अनुसार बीमा कराते समय बीमा योग्य हित रहने की आवश्यकता नहीं है, लेकिन क्षतिपूर्ति के समय बीमा योग्य हित होना चाहिए। इस प्रकार बीमा कराते समय बीमा योग्य हित की आशा पर्याप्त होगी। हानि के समय बीमा हित मौजूद न रहने पर भुगतान नहीं किया जायगा। इस विधान की धारा-9 के अनुसार भविष्य में उत्पन्न होने वाले या भविष्य में प्राप्त होने वाले बीमा योग्य हित का बीमा कराया जा सकता है।

बीमा योग्य हित का अपवाद—बीमा योग्य हित के बिना बीमा नहीं कराया जा सकता, लेकिन इसके दो अपवाद हैं—(1) खोया या नहीं खोया (Lost or Not Lost) और (2) हित शोध बीमापत्र (Policy Proof of Interest P.P.I. Policy)। पहले अपवाद का विस्तार में वर्णन शर्तों के अन्तर्गत है। यहाँ पर केवल इतना बता देना आवश्यक होगा कि

इस दशा में बीमित वस्तु की क्षति यदि बीमा कराने के पूर्व हो चुकी है तो उसका भी भुगतान किया जायगा, बशर्ते कि बीमित व्यक्ति को क्षति की सूचना प्राप्त न हो। परम सद्विश्वास सिद्धान्त का पालन करते हुए यह आवश्यक है कि बीमित वस्तु की पूर्व सूचना बीमित व्यक्ति को न हो। ऐसी दशाओं में बिना बीमा योग्य हित के भी बीमा किया जा सकता है।

हित शोध बीमापत्र (P.P.I. Policy)—इस बीमापत्र के अन्तर्गत हित के अभाव में भी बीमाकर्ता भुगतान करने के लिए तैयार हो जाता है, परन्तु इस बीमापत्र को न्यायालय में पेश नहीं कर सकते। इसे बीमित व्यक्ति और बीमाकर्ता आपसी सम्बन्ध के आधार पर निर्गमित करते हैं, इसलिये इसे आदरित बीमापत्र (Honour Policy) या हित शोध बीमा (Policy Proof of Interest) कहते हैं।

बीमा योग्य हित का रूप

1. स्वामित्व के अनुसार—स्वामी अपने माल के पूरे मूल्य तक बीमा योग्य हित रखता है। यदि एक से अधिक स्वामी हैं तो सभी व्यक्ति अपने-अपने हिस्से तक बीमा योग्य हित रखते हैं। सभी व्यक्तियों की तरफ से एक व्यक्ति को बीमा खरीदने के लिए नियुक्त किया जा सकता है। इसके भी कई रूप होते हैं—

(अ) **जहाज का स्वामी**—जहाज का स्वामी या कोई व्यक्ति जो जहाज को चार्टर पार्टी पर लिये हो, जहाज के पूरे मूल्य तक बीमा योग्य हित रखता है जिससे वह इस मूल्य तक बीमा करा सकता है।

(ब) **माल का स्वामी**—माल का स्वामी अपने माल के पूरे मूल्य तक बीमा करा सकता है। यदि उसने किराया-भाड़ा पहले दिया है तो वह वस्तु के मूल्य और भाड़े की रकम तक बीमा योग्य हित रखता है।

(स) **भाड़े का स्वामी**—भाड़ा पाने वाला व्यक्ति माल के सुरक्षित पहुँचने पर ही भाड़ा पा सकता है। अतः वह अपने भाड़े की रकम तब बीमायोग्य हित रखता है।

2. पुनर्बीमा में बीमा योग्य हित—बीमापत्र निर्गमित करने वाला व्यक्ति निर्गमित बीमापत्र की रकम तक बीमा योग्य हित रखता है क्योंकि उसे क्षति के समय भुगतान करना पड़ेगा। बीमाकर्ता अपने द्वारा बीमित जोखिम का कुछ हिस्सा पुनर्बीमाकर्ता द्वारा बीमित करा लेते हैं। यह सामुद्रिक बीमा अधिनियम की धारा 11 में दिया हुआ है।

3. अन्य व्यक्ति—उपर्युक्त व्यक्तियों के अतिरिक्त अन्य कई व्यक्ति हैं जो बीमा योग्य हित रखते हैं—

(अ) **ऋणदाता**—जहाज की जमानत (Bottomary Bond) और माल की जमानत (Respondentia Bond) पर दिये गये ऋण की रकम और उस पर ब्याज की रकम तक ऋणदाता बीमा योग्य हित रखता है। यदि ऋण की कुछ रकम पहले दी जा चुकी है तो केवल अदत्त ऋण और ब्याज (Outstanding Loan and Interest) पर ही बीमायोग्य हित रखता है। (धारा-12)

(ब) **जहाज के कर्मचारी**—धारा-13 के अनुसार जहाज के कप्तान और कर्मचारी अपने वेतन की सीमा तक बीमा-योग्य हित रखते हैं।

(स) **बन्धककर्ता**—धारा-16 के अनुसार बन्धककर्ता (Mortgager) बन्धक के मूल्य तक बीमायोग्य हित रखता है और बन्धकी (Mortgagee) बन्धक से प्राप्य रकम (ऋण की रकम) तक बीमा करा सकता है। पहली दशा में वस्तु नष्ट होने पर बन्धककर्ता को वस्तु की हानि होगी और दूसरी दशा में बन्धकी या ऋणदाता को केवल अदत्त ऋण की हानि होगी।

(द) **न्यासी** (Trustee)—न्यासी अपने न्यास (Trust) में रखी गयी सम्पत्ति के मूल्य तक बीमा योग्य हित रखता है।

3. परम सद्विश्वास

सामुद्रिक बीमा अधिनियम की धारा-19 के अनुसार सामुद्रिक बीमा प्रसंविदा परम सद्विश्वास की प्रसंविदा है और यदि किसी पक्ष द्वारा इसका पालन न हुआ तो दूसरा पक्ष इसे विवर्जित (Void) कर सकता है; अतः इस सिद्धान्त के पालन न होने पर प्रसंविदा विवर्जनीय (Voidable) हो सकती है।

महत्त्व—सामुद्रिक बीमा उन वस्तुओं, जहाजों आदि का होता है जो बीमाकर्ता या अभिगोपक (Underwriter) से बहुत दूर रहते हैं। ऐसी दशा में अभिगोपक केवल दी गयी सूचनाओं पर ही अपना निर्णय लेता है। अतः बीमा-प्रस्तावक का यह कर्त्तव्य हो जाता है कि वह महत्त्वपूर्ण तथ्यों को पूर्णतया स्पष्ट करें। अन्य बीमा प्रसंविदा में प्रस्ताव पत्र भरे जाते हैं, परन्तु सामुद्रिक बीमा में प्रस्ताव पत्र भरने की आवश्यकता नहीं है इसलिये प्रश्नों के अभाव में इस सिद्धान्त का पालन होना और महत्त्वपूर्ण है।

दोनों पक्षों का कर्त्तव्य—परम सद्विश्वास का पालन करना दोनों पक्षों के लिए जरूरी है। बीमा-अभिगोपक का भी यह कर्त्तव्य होता है कि वह उन तमाम महत्त्वपूर्ण तथ्यों को बीमा-प्रस्तावक को बतावे जिससे उसके बीमा लेने का निर्णय प्रभावित होता हो। इसी प्रकार बीमा-प्रस्तावक (Proposer) का भी यह कर्त्तव्य होता है कि वह सभी आवश्यक और महत्त्वपूर्ण सूचनाओं को बतावे। चूँकि बीमा-वस्तु (Subject-matter of Insurance) के विषय में प्रस्तावक को अधिक ज्ञान रहता है, इसलिये परम सद्विश्वास का पालन करना उसके लिए बहुत जरूरी है।

अर्थ—परम सद्विश्वास का तात्पर्य धारा-20 में स्पष्ट किया गया है। इसके अनुसार समझौता पूर्ण होने के पूर्व प्रत्येक महत्त्वपूर्ण तथ्य (Material Fact) या परिस्थितियाँ (Circumstances) जो बीमा प्रस्तावक को ज्ञात हो अभिगोपक को बता दे। इस धारा में यह और स्पष्ट कर दिया गया है कि बीमित व्यक्ति से यह आशा की जाती है कि सामान्य रूप से उसे अपने व्यापार या वस्तु सम्बन्धी सभी सूचनाएँ ज्ञात होंगी जो उसे ज्ञात होनी चाहिए। महत्त्वपूर्ण तथ्यों से मतलब ऐसे तथ्यों से हैं जो बीमा प्रसंविदा के निर्णय को प्रभावित करते हैं अर्थात् प्रव्याजि निर्धारण या जोखिम निर्धारण निर्णय को प्रभावित करने वाले तथ्य महत्त्वपूर्ण तथ्य होते हैं। बीमित व्यक्ति या बीमापात्र इस बात से छुटकारा नहीं पा सकता है

कि उसे उसके कर्मचारियों ने सूचनायें नहीं दी हैं या वह सूचना नहीं पा सका है। एक निर्णय में यह तय हो चुका है कि चूँकि बीमा अभिगोपक बीमापात्र द्वारा दी गयी सूचनाओं पर अपने निर्णय आधारित करता है; अतः यदि कोई सूचना जो इस संविदा से सम्बन्धित है न बतायी गयी हो या गलत बतायी गयी हो तो प्रसंविदा विवर्जित (Void) होगी। इसमें यह भी बताया गया है कि बीमा अभिगोपक का यह कर्त्तव्य है कि वह सम्बन्धित महत्त्वपूर्ण सूचना को छिपाये नहीं। यदि वह किसी सूचना को छिपाता है या गलत बताता है तो बीमापात्र इसे विवर्जित कर सकता है। जैसे यदि बीमाकर्ता या अभिगोपक को यह मालूम है कि प्रसंविदा के पूर्व जहाज सुरक्षित आ चुका है लेकिन उसके बावजूद भी यदि वह बीमा करता है तो प्रव्याजि की राशि उसे लौटानी पड़ेगी। दलाल का भी यह कर्त्तव्य होता है कि वह महत्त्वपूर्ण तथ्यों की पूर्ण सूचना दे।

परम सद्विश्वास का वैधानिक प्रभाव

सामुद्रिक बीमा प्रसंविदा तभी चल सकती है, जबकि परम सद्विश्वास का पालन किया गया हो। परम सद्विश्वास का न पालन निम्न दशाओं में हो सकता है :—

1. **अप्रकटीकरण** (Non-disclosure)—यदि महत्त्वपूर्ण तथ्यों को प्रकट नहीं किया गया अर्थात् इसे बताया नहीं गया है तो बीमाकर्ता को केवल थोड़ी सूचनायें मिलेंगी जो उसके लिए अपर्याप्त होंगी। यदि अप्रकटीकरण जान-बूझकर नहीं किया गया है, बल्कि अनजाने में गलती हो गयी है तो भी प्रसंविदा विवर्जित हो सकती है क्योंकि बीमा अभिगोपक को इस अप्रकटीकरण के कारण हानि हो सकती है। गलती से हुए अप्रकटीकरण को अभिगोपक चाहे तो विवर्जित कर सकता है। इसी प्रकार कोई तथ्य जो महत्त्वपूर्ण था, परन्तु महत्त्वपूर्ण नहीं समझा गया तो भी इसे विवर्जित कर सकते हैं, लेकिन यह अभिगोपक की इच्छा पर विवर्जनीय (Voidable) होगा।
2. **भ्रान्त वर्णन** (Misrepresentation)—जब किसी तथ्य का गलत वर्णन कर दिया गया है, यह चाहे गलती से या जान-बूझकर हो तब उसे दूसरा पक्ष विवर्जित कर सकता है। भ्रान्त वर्णन के पीछे धोखा देने का कोई इरादा नहीं रहता है।
3. **कपट** (Fraud)—धोखा देने के उद्देश्य से महत्त्वपूर्ण तथ्य को छिपाना या भ्रान्त वर्णन करना 'कपट' कहलाता है। कपट से की गयी प्रसंविदा प्रारम्भ से ही विवर्जित होती है। इसे कोई रोक नहीं सकता है। कपट की दशा में परम सद्विश्वास का पालन न होने पर प्रसंविदा पूर्णतया विवर्जित होता है, अन्य दशाओं में यह केवल विवर्जनीय है।

समय—परम सद्विश्वास का पालन प्रस्ताव से लेकर प्रसंविदा की पूर्ति तक होना आवश्यक है। यदि प्रसंविदा की पूर्ति के पहले कोई महत्त्वपूर्ण तथ्य सामने आये तो उसको बताना जरूरी है। दूसरा पक्ष जो परम सद्विश्वास के पालन न होने पर पीड़ित होता है, एक निश्चित समय में प्रसंविदा को विवर्जित (Void) करने का अधिकार रखता है। निश्चित या

उचित समय का निर्धारण करना परिस्थितियों पर आधारित है।

परम सद्विश्वास का अपवाद

किसी निरीक्षण या प्रसंविदा के अभाव में निम्न परिस्थितियों में परम सद्विश्वास का पालन होना जरूरी नहीं है—

1. वे परिस्थितियाँ जो जोखिम को कम करती हैं।
2. वे स्थितियाँ या तथ्य जो बीमाकर्ता को मालूम हैं या उससे सामान्य व्यापार में मालूम करने की आशा की जाती है।
3. वे सूचनाएँ जिनको बीमाकर्ता ने जान-बूझकर छोड़ दिया है।
4. वे परिस्थितियाँ जो समाश्वासन या शर्तों के अनुसार अपने आप स्पष्ट हो जायँगी।
5. सामान्य जनता को नीतियों या कानून के विषय को बताने की आवश्यकता नहीं है।

4. क्षतिपूर्ति (Indemnity)

महत्त्व—क्षतिपूर्ति का सिद्धान्त बीमा विधान में महत्त्वपूर्ण स्थान रखता है क्योंकि व्यक्तिगत या जीवन बीमा को छोड़कर अन्य बीमा में वास्तविक हानि, जो एक निश्चित घटना के घटित होने पर होती है, को क्षतिपूर्ति कर दी जाती है। किसी भी दशा में वास्तविक क्षति से अधिक भुगतान नहीं किया जाता है। इस तरह बीमा कराके लाभ प्राप्त करने का अवसर नहीं दिया जाता।

उद्देश्य—बीमा विधान के द्वारा व्यक्तियों को केवल क्षति को पूरा करने का मौका मिलता है, जिससे जोखिम पर हानि से छुटकारा मिल सके। यदि हानि के मूल्य से अधिक भुगतान किया जाने लगे तो लाभ प्राप्त करने का मौका मिलता रहेगा, जिससे व्यक्तियों को सम्पत्ति नष्ट करने का प्रोत्साहन मिलेगा। परन्तु क्षतिपूर्ति सिद्धान्त इस प्रोत्साहन को कम करता है तथा केवल हानि की ही पूर्ति करता है। इस सिद्धान्त से असामाजिक रूप से जान-बूझकर की जाने वाली क्षति को दूर करने का मौका मिलता है क्योंकि हानि के केवल वास्तविक मूल्य को ही भुगतान करने की अनुमति इस सिद्धान्त में है।

जीवन बीमा में इस सिद्धान्त को इसलिए लागू नहीं करते कि हानि का वास्तविक मूल्यांकन नहीं हो पाता है। इसमें केवल एक निर्धारित रकम का ही भुगतान होता है। इसके अतिरिक्त सम्पत्ति बीमा में सम्पत्ति के मूल्य से अधिक का बीमा लेने पर भी केवल वास्तविक हानि की पूर्ति की जाती है। लेकिन जब उसके मूल्य में कम का बीमा लिया जाता है तो हानि की रकम अधिक होने पर केवल बीमित रकम का ही भुगतान करते हैं, शेष हानि की रकम को बीमादार स्वयं सहन करता है।

प्रसंविदा अधिनियम धारा-124—भारतीय प्रसंविदा अधिनियम की धारा-124 के अनुसार क्षतिपूर्ति की प्रसंविदा वह प्रसंविदा है जिसमें एक पक्ष दूसरे पक्ष को किसी एक निश्चित घटना के घटित होने पर होने वाली आर्थिक हानि को पूरा करने का वचन देता है। इस प्रकार यह सिद्धान्त आर्थिक हानि के प्रति सुरक्षा है। यहाँ यह जानना उचित होगा कि यह

सिद्धान्त जोखिम के प्रति सुरक्षा नहीं देता क्योंकि जोखिम (Risk) से सुरक्षा प्रदान करना सम्भव नहीं है, किसी जोखिम को होने से रोका नहीं जा सकता है। हाँ, जोखिम से होने वाली हानि को पूरा किया जा सकता है।

शर्तें—क्षतिपूर्ति सिद्धान्त के अन्तर्गत निम्न शर्तों को बताया गया है :—

1. बीमित व्यक्ति को यह सिद्ध करना होता है कि उसे हानि हुई है। यह हानि बीमित वस्तु पर बीमित जोखिम के कारण वास्तविक और मौद्रिक है।
2. क्षतिपूर्ति की रकम केवल बीमा की रकम तक होगी, उससे अधिक क्षतिपूर्ति की रकम नहीं हो सकती है।
3. यदि बीमित व्यक्ति वास्तविक हानि से अधिक रकम प्राप्त करता है तो इस अतिरिक्त रकम को प्राप्त करने का अधिकार बीमाकर्ता को है।
4. यदि बीमित व्यक्ति इस हानि के सम्बन्ध में किसी तीसरे पक्ष से कोई रकम प्राप्त करता है तो उस रकम को पाने का अधिकार बीमाकर्ता को हो जाता है।

सामुद्रिक बीमा—सामुद्रिक बीमा एक क्षतिपूर्ति का बीमा है जिसमें बीमाकर्ता बीमित व्यक्ति को एक निर्धारित सामुद्रिक जोखिम के होने पर होने वाली हानि का भुगतान करने के लिये प्रसंविदा करता है।

भुगतान का रूप—क्षतिपूर्ति का कार्य : (1) नकद रूप में, (2) प्रतिस्थापन, (3) मरम्मत और (4) पुनर्स्थापना के रूप में किया जा सकता है। परन्तु सामुद्रिक बीमा में केवल नकद भुगतान की प्रथा है क्योंकि बीमाकर्ता के लिए प्रतिस्थापना, मरम्मत या पुनर्स्थापना सम्भव नहीं हो पाती है। इसमें हानि के वास्तविक मूल्य का ही भुगतान करते हैं।

भुगतान-मूल्य निर्धारण—हानि के वास्तविक मूल्य का निर्धारण दो प्रकार से होता है : (1) बीमित मूल्य (Insured Value) या मूल्यांकित मूल्य (Valued Price) और (2) बीमायोग्य मूल्य (Insurable Value) या मूल्यांकन योग्य मूल्य (Valuable Price)।

(1) बीमित मूल्य (Insured Value)—बीमा कराते समय जब विषय वस्तु का मूल्य निर्धारित कर लिया जाता है, तो उसे बीमित मूल्य कहते हैं। इसी मूल्य के आधार पर हानि का भुगतान किया जाता है। बीमित मूल्य का वह अनुपात भुगतान के लिए होगा, जितने अनुपात की सम्पत्ति नष्ट हुई है। जैसे यदि बीमित मूल्य 20,000 रुपये था और सम्पत्ति का एक-चौथाई हिस्सा नष्ट हुआ है तो हानि की रकम बीस हजार की चौथाई अर्थात् पाँच हजार होगी।

लाभ को जोड़ना—बीमित मूल्य निश्चित करने में माल के वास्तविक मूल्य में उस पर होने वाले लाभ (Anticipated Profit) को भी जोड़ देते हैं जिससे माल के नष्ट होने पर लाभ भी प्राप्त किये जा सकें क्योंकि लाभ की हानि होती है।

लाभ—बीमित मूल्य का यह लाभ है कि जब कभी सम्पत्ति की हानि हो, उसका मूल्य आसानी से मालूम हो सके। सामुद्रिक बीमा वस्तुएँ या सम्पत्ति देश के विभिन्न क्षेत्रों से गुजरती हैं जिससे विभिन्न समय में उसके बाजार मूल्य बदलते रहते हैं। सम्पत्ति के नष्ट होने पर उसके मूल्यांकन की दूसरी कठिनाई भी होती है। अतः बीमित मूल्य से मूल्यांकन की

कठिनाई दूर हो जाती है।

दूसरा लाभ यह है कि बीमित व्यक्ति और बीमाकर्ता के बीच मूल्यांकन सम्बन्धी झगड़े उत्पन्न नहीं हो पाते हैं। इस मूल्य के विषय में कोई विरोध उत्पन्न नहीं कर सकता है। हालाँकि कपटपूर्ण ऊँचे मूल्यों के विरोध में विवाद उठाये जा सकते हैं।

तीसरा लाभ यह है कि लाभ को जोड़ने का अवसर मिल जाता है।

हानि—मूल्यांकन बीमापत्र (Valued of Insured Policies) के विरोध में यह कहा गया है कि नैतिक जोखिम की सम्भावना अधिक रहती है। यद्यपि यह बात अग्नि-बीमा में अधिक लागू होती है, क्योंकि सम्पत्ति स्थायी तथा बीमित व्यक्ति के पास रहती है। विपरीत परिस्थितियों में सम्पत्ति नष्ट की जा सकती है, परन्तु इस बीमा में यह नैतिक जोखिम अधिक नहीं दिखाई पड़ता। मूल्य के घटने पर सम्पत्ति का मूल्य निश्चित रहने पर उसे कोई नष्ट नहीं करना चाहेगा और सम्पत्ति के मूल्य बढ़ने पर उसके निश्चित मूल्य से कोई हानि नहीं हो पायेगी, क्योंकि बढ़े हुए मूल्य पर सम्पत्ति को बाजार में बेच सकते हैं।

सामुद्रिक बीमा में सम्पत्ति के चलते रहने और जोखिम की दूरी के कारण तथा बीमित मूल्यों के लाभों के लिए बीमित (Valued) बीमापत्र अधिकांश निर्गमित किये जाते हैं।

2. बीमा योग्य मूल्य (Insurable Value)—जब माल या सम्पत्ति के मूल्य निश्चित नहीं हो पाये हैं, परन्तु हानि के समय उनको निश्चित करने के लिए छोड़ दिया गया है तब, उसे बीमा योग्य मूल्य या मूल्यांकन योग्य (Valuable Price) कहते हैं। इसके अन्तर्गत निर्गमित बीमापत्र पर भुगतान वही उतना होगा जितना कि क्षति के समय हानि का वास्तविक मूल्य रहता है। इस वास्तविक मूल्य को बाजार-मूल्य से निश्चित करते हैं।

लाभ—बीमा योग्य मूल्य का लाभ यह है कि जब बीमित वस्तु का मूल्य बढ़ता जा रहा है तो बीमित व्यक्ति को बढ़े मूल्य पर ही भुगतान होगा, उसे बीमित मूल्य पर होने वाली हानि नहीं हो पायेगी।

हानि—घटते हुए मूल्यों की दशा में बीमा-योग्य मूल्य से हानि होगी, क्योंकि बीमित मूल्य अधिक हो गया है। ऐसी दशा में बीमाकर्ता आनुपातिक प्रव्याजि (Premium) को लौटाता है।

इन कठिनाइयों के कारण सामुद्रिक बीमा में बीमित मूल्य या मूल्यांकन मूल्य को ही प्रसंविदा का आधार मानते हैं।

अपवाद

सामुद्रिक बीमा में क्षतिपूर्ति सिद्धान्त का अक्षरशः पालन नहीं होता है। इसके निम्न दो अपवाद हैं :—

1. बीमित बीमापत्र (Insured Policy)—क्षति के समय हानि के वास्तविक मूल्य को न देखकर, बल्कि पूर्व निर्धारित मूल्य के आधार पर ही भुगतान होता है। लेकिन क्षतिपूर्ति सिद्धान्त यह कहता है कि क्षति के समय होने वाली हानि के वास्तविक मूल्य का ही भुगतान किया जायगा, जो इस बीमापत्र द्वारा पालन नहीं होता।

2. लाभ को शामिल करना—क्षतिपूर्ति सिद्धान्त में लाभ को शामिल करने का कोई प्रावधान नहीं रहता है, परन्तु सामुद्रिक बीमा में बीमित बीमापत्र के अन्तर्गत लाभ को भी शामिल करने का नियम है। इस प्रकार इसमें लाभ का भी भुगतान होता है।

5. प्रत्यासन (Doctrine of Subrogation)

प्रत्यासन का सिद्धान्त क्षतिपूर्ति सिद्धान्त का उप-सिद्धान्त है। सम्पत्ति बीमा में बीमित व्यक्ति अपनी सम्पत्ति पर होने वाली हानि को ही पा सकता है, उससे अधिक और कम का भुगतान नहीं किया जाता है, बशर्ते कि उतनी रकम का बीमा कराया गया हो।

अर्थ—क्षतिपूर्ति के सिद्धान्त से स्पष्ट है कि केवल हानि का ही भुगतान होता है और यदि भुगतान करने के बाद सम्पत्ति का कुछ मूल्य बच जाता है या खोयी सम्पत्ति का कुछ या पूरा हिस्सा पाया जाता है या बीमित व्यक्ति इस सम्पत्ति के उपलक्ष में तीसरे पक्ष से कुछ अधिकार रखता है तो ये अवशेष सम्पत्ति या पुनर्प्राप्त सम्पत्ति या तीसरे पक्ष का अधिकार बीमाकर्ता का हो जाता है। यदि ऐसा नहीं है तो क्षतिपूर्ति सिद्धान्त का पूर्णतया पालन नहीं होगा और बीमित व्यक्ति को इन कारणों से लाभ हो जायगा। इसलिये प्रत्यासन सिद्धान्त को इसके साथ जोड़ दिया गया है, जिसके अन्तर्गत बीमाकर्ता बीमित वस्तु या सम्पत्ति के सभी अधिकार प्राप्त कर लेता है।

परिभाषा—प्रत्यासन सिद्धान्त की परिभाषा एक अमेरिकन विवाद में प्रत्यक्ष रूप से दी जा चुकी है। उसके अनुसार प्रत्यासन किसी एक व्यक्ति का दूसरे व्यक्ति के अधिकार का प्रतिस्थापना (Substitution) है। जिसे प्रतिस्थापन (Substitution) का अधिकार मिलता है, वह ऋणदाता या अन्य कोई व्यक्ति हो सकता है, उसे दूसरे पक्ष का अधिकार, निदान (Remedies) या प्रतिभूति (Securities) मिल जाती है।

सीमा—प्रत्यासन सिद्धान्त की सीमा बीमाकर्ता द्वारा भुगतान की गयी रकम तक ही होती है। इस तरह बीमाकर्ता हानि पूर्ति के बाद बीमित व्यक्ति के सभी अधिकार और निदान प्राप्त कर लेता है, लेकिन यह अधिकार और निदान केवल भुगतान की गयी रकम तक ही होगा। यदि बीमित व्यक्ति को तीसरे पक्ष में कोई क्षतिपूर्ति प्राप्त होती है तो इस रकम को वह बीमाकर्ता के प्रन्यायी के रूप में करेगा, लेकिन केवल उसी समय तक जितने तक बीमाकर्ता भुगतान करने के लिए जिम्मेदार है। इसका उदाहरण न्यायालय द्वारा दिया जा चुका है जिसमें यह बताया गया है कि बीमापत्र की रकम का भुगतान करने के बाद बीमाकर्ता को तीसरे पक्ष से भुगतान की गयी रकम से अधिक रकम प्राप्त हुई। अतः बीमाकर्ता का यह कर्त्तव्य हुआ कि जितनी अधिक रकम प्राप्त हुई, उसे बीमित व्यक्ति को दे दे। हाँ! यह अवश्य है कि वह उस रकम को एकत्र करने का खर्चा घटा ले। अध्यर्थन की रकम का भुगतान कर देने के पश्चात् बीमाकर्ता को बीमित व्यक्ति के अधिकार और निदान प्राप्त होते हैं।

सामुद्रिक बीमा—प्रत्यासन का सिद्धान्त सम्पत्ति बीमा में ही लागू होता है और वहीं पर जहाँ पर क्षतिपूर्ति का सिद्धान्त लागू होगा। सामुद्रिक बीमा में भी इस सिद्धान्त का पालन होता है। इस बीमा में भी यही उद्देश्य है कि वास्तविक हानि से अधिक रकम का भुगतान न किया जाय। हानि की पूर्ति के बाद बीमाकर्ता को तीसरे पक्ष द्वारा क्षतिपूर्ति का अधिकार या अन्य रकम प्राप्त करने का अधिकार प्राप्त हो जाता है।

लक्षण—सामुद्रिक बीमा में प्रत्यासन सिद्धान्त के निम्न लक्षण पाये जाते हैं :—

1. क्षतिपूर्ति करने के बाद बीमाकर्ता को बीमित व्यक्ति के सभी निदान, अधिकार और दायित्व प्राप्त हो जाते हैं।
2. बीमाकर्ता को यह अधिकार है कि क्षतिपूर्ति करने के पहले बीमित व्यक्ति को तीसरे पक्ष द्वारा प्राप्त रकम को घटाने के बाद शेष रकम का भुगतान करे। लेकिन सामुद्रिक बीमा में व्यावहारिक रूप से केवल भुगतान के बाद ही यह सिद्धान्त लागू होता है।
3. क्षतिपूर्ति के बाद बीमाकर्ता को बीमित व्यक्ति का तीसरे पक्ष के सभी अधिकार प्राप्त हो जाते हैं, परन्तु बीमाकर्ता को अपने नाम में मुकदमा करने का अधिकार नहीं है। अतः बीमित व्यक्ति का यह कर्त्तव्य हो जाता है कि बीमाकर्ता को तीसरे पक्ष से रकम प्राप्त करने के लिए मदद करे। यदि बीमित व्यक्ति तीसरे पक्ष से रकम प्राप्त करने में सहायता नहीं देता है तो बीमाकर्ता अपने दायित्व से मुक्त हो सकता है और यदि बीमाकर्ता को रकम दी जा चुकी है तो उस पर रकम को वापस प्राप्त करने का अधिकार प्राप्त कर लेगा।
4. यदि बीमित व्यक्ति तीसरे पक्ष से रकम प्राप्त करने के लिए कुछ खर्चे भी करता है तो उस खर्चे का भुगतान बीमाकर्ता करेगा।

इस तरह इस सिद्धान्त में बीमाकर्ता के माध्यम से वास्तविक हानि से न तो कम और न अधिक भुगतान होता है।

6. समाश्वासन (Warranties)

अर्थ—सामुद्रिक बीमा अधिनियम की धारा-35(3)[1] के अन्तर्गत समाश्वासन की परिभाषा दी गयी है, "समाश्वासन बीमापात्र (बीमित व्यक्ति) द्वारा दिया गया, ऐसा आश्वासन है कि बीमा प्रसंविदा के सम्बन्ध में कोई विशेष बात की जायगी अथवा नहीं की जायगी, या किसी आवश्यक शर्त का पालन किया जायगा; या जिसके द्वारा किन्हीं विशेष तथ्यों की उपस्थिति अथवा अनुपस्थिति का कथन करना है।"

बीमित व्यक्ति का कर्त्तव्य—समाश्वासन बीमापात्र या बीमित व्यक्ति द्वारा दिया जाता है, बीमाकर्ता समाश्वासन नहीं देता। बीमित व्यक्ति के लिए ऐसे आश्वासन का पालन करना बहुत आवश्यक है। यदि कोई शर्त या समाश्वासन तोड़ दिया गया तो प्रसंविदा विवर्जित हो जाती है। बीमित व्यक्ति का यह कर्त्तव्य है कि वह बीमा-प्रसंविदा के चलते रहने पर इसका पालन अवश्य करे, चाहे वह प्रसंविदा सम्बन्धी महत्त्वपूर्ण हो या नहीं। प्रसंविदा तभी तक चलेगी जब तक इसका पालन होगा। हालाँकि अवैध घोषित किये गये आश्वासन का पालन करना आवश्यक नहीं है। अवैध आश्वासन के अतिरिक्त अन्य दशाओं में इसके

---

1. **Section 35(3) of Marine Insurance Act, 1963, "A warranty by which the assured undertakes that some particular thing shall or shall not be done, or that some condition shall be fulfilled, or whereby he affirms or negatives the existence of a particular state of facts."**

खण्डन की तिथि से बीमाकर्ता अपने दायित्व से मुक्त हो जाता है और प्रसंविदा विवर्जित हो जाती है तथा न्यायालय में इसकी मान्यता का लोप हो जाता है।

भेद—समाश्वासन के भेदों को समझने के लिए यह जानना आवश्यक है कि समाश्वासन केवल प्रश्नों का उत्तर नहीं है, बल्कि कुछ शर्तों को पूरा करने या न पूरा करने का वचन भी है। यह बीमापत्र में लिखा भी जा सकता है और नहीं भी लिखा जा सकता है। समाश्वासन को त्यागना भी इसका पालन न करना है, बल्कि परिणाम चाहे जो हो। समाश्वासन के त्यागने पर परिणाम को ध्यान में नहीं रखते, बल्कि उसके कार्य मात्र से ही इसका त्याग हो जाता है। इसी प्रकार त्यागे गये आश्वासन के लिए महत्त्वपूर्ण होने की कोई विशेष आवश्यकता नहीं है।

समाश्वासन के भेद दो प्रकार से किये जा सकते हैं। पहले प्रकार से :—(1) वर्णनात्मक (Affirmative) और (2) वचन-ग्राह्य (Promissory) तथा दूसरे प्रकार से :—(1) लिखित और (2) उपलक्षित, ये दो समाश्वासन हैं।

1. वर्णनात्मक समाश्वासन (Affirmative Warranty)—वर्णनात्मक समाश्वासन से किसी विषय या वस्तु के मौजूद रहने या न रहने की सूचना मिलती है या यह विषय-वस्तु के सम्बन्ध में एक वर्णन या कथन है।

2. वचन-ग्राह्य समाश्वासन (Promissory Warranty)—इसके द्वारा बीमित व्यक्ति किसी कार्य के करने या न करने का वचन देता है। वचन-ग्राह्य समाश्वासन के आधार पर शर्तों का पालन किया जाता है।

दूसरे तरीके के अनुसार भेद :—

1. लिखित समाश्वासन (Express Warranty)—लिखित समाश्वासन वह है जो बीमापत्र में स्पष्ट रूप से प्रसंगानुसार लिख दिया जाता है। इन्हें वास्तविक रूप से प्रसंगानुसार बीमापत्र में लिख दिया जाता है।

2. उपलक्षित समाश्वासन (Implied Warranty)—यह समाश्वासन लिखित नहीं होता, बल्कि प्रसंविदाकर्ताओं द्वारा इसे शामिल हुआ माना जाता है। ये उसी तरह अनिवार्य हैं जिस तरह लिखित आश्वासन और उसी प्रकार प्रसंविदा में लागू भी होते हैं।

समाश्वासन का अक्षरशः पालन होना आवश्यक है, चाहे वह महत्त्वपूर्ण हो या न हो।

लेकिन निम्न परिस्थितियों में समाश्वासन के पालन होने की विशेष आवश्यकता नहीं है :—

1. परिस्थितियों में परिवर्तन के कारण समाश्वासन लागू न हो सके;
2. बाद में लागू किये गये नियमों के कारण वह अवैध हो गया हो; और
3. बीमाकर्ता ने समाश्वासन के भंग होने को त्याग (Waive) दिया है।

उपलक्षित समाश्वासन (Implied warranties)

उपलक्षित समाश्वासन निम्न प्रकार के होते हैं :—

1. सागर योग्यता (*Sea-Worthiness*)—सागर योग्यता से तात्पर्य जहाज यात्रा प्रारम्भ के समय या विभिन्न क्रमों (Stages) के प्रारम्भ होने के समय सागर में चलने योग्य हो। वह यात्रा को पूरा करने के योग्य हो। वह सागर योग्य या यात्रा योग्य तभी होगा जब वह अच्छी तरह निर्मित हो, उपकरण से सुसज्जित हो, पर्याप्त अधिकारी या कर्मचारी हों, आवश्यक प्रलेखों को रखा हो, आने वाली साधारण कठिनाइयों को दूर करने के योग्य हो और पर्याप्त ईंधन तथा आवश्यक सामान हों। सागर योग्यता एक सापेक्ष (Relative) शब्द है और समय, स्थान, माल आदि के अनुसार बदलती रहती है।

निर्धारण का आधार—सागर योग्यता निर्धारण करने के लिए ले जाने वाले माल की प्रकृति, यात्रा का रास्ता आदि देखते हैं। सागर योग्यता में केवल जहाज की स्थिति को ही नहीं देखा जाता, बल्कि उपकरण के औचित्य और पर्याप्तता को भी देखा जाता है। अधिकारियों की योग्यता और क्षमता भी देखी जाती है। इन विभिन्न योग्यताओं और क्षमता के कारण कुछ व्यक्तियों ने सागर योग्यता को उपयुक्तता (Fitness) के नाम से पुकारना चाहा है। सागर योग्यता निर्धारण के कुछ आधार नीचे दिये जा रहे हैं :—

(अ) **जहाज के अनुसार**—कुछ जहाज ऐसे होंगे जो केवल तटीय यात्रा के योग्य होंगे, परन्तु ये जहाज गहरे समुद्र में चलने के अयोग्य होंगे। इसके विपरीत कुछ जहाज केवल गहरे समुद्र में ही चल सकते हैं। जहाज की बनावट, आकार-प्रकार, सुविधाएँ आदि के अनुसार यह निश्चय किया जा सकता है कि कोई जहाज किसी एक विशेष यात्रा के योग्य है अथवा नहीं।

(ब) **समय के अनुसार**—कोई जहाज किसी एक समय या ऋतु में किसी स्थान से जाने योग्य हो सकता है, परन्तु दूसरे समय में उसी स्थान से जाने के अयोग्य हो सकता है। इस प्रकार एक जहाज जो वसन्त ऋतु में जाने के योग्य हो सकता है, परन्तु जाड़े की ऋतु में वह यात्रा के योग्य नहीं हो सकता है।

(स) **समुद्र के अनुसार**—समुद्र के अनुसार भी सागर योग्यता बदलती रहती है। कोई जहाज एक समुद्र से जा सकता है, परन्तु दूसरे समुद्र से जाने के अयोग्य होगा। इस प्रकार जो जहाज प्रशान्त महासागर को पार कर सकता है, वह जहाज तटीय व्यापार करने के अयोग्य होगा।

(द) **माल के अनुसार**—माल की प्रकृति के अनुसार सागर योग्यता बदलती रहती है। सागर योग्यता में माल की योग्यता (Cargo-Worthiness) को देखना जरूरी है। जहाज इस योग्य हो कि वह एक विशेष माल ले जाने में समर्थ हो। एक जहाज जो मशीन ले जाने में समर्थ है, फल ले जाने में असमर्थ होगा क्योंकि फलों या ऐसी वस्तुओं को ले जाने के लिए वातानुकूल मशीन (Air-conditioner) या शीतक (Refrigerator) का होना जरूरी है।

सागर योग्यता का समय—सागर योग्यता का निर्धारण यात्रा प्रारम्भ करने के समय किया जाता है। यदि यात्रा कई भागों में विभक्त है तो प्रत्येक भाग (Part) में इसे सागर योग्य

होना चाहिए। यात्रा प्रारम्भ के बाद यदि किसी कारण से जहाज अचानक सागर अयोग्य हो जाय तो उससे प्रसंविदा अवैध नहीं होगी।

जहाज से सम्बन्धित योग्यता लागू होना—सागर योग्यता जहाज से सम्बन्धित है न कि माल (Cargo) से। इसी प्रकार खाली जहाज (Hull) केवल यात्रा से सम्बन्धित है। समय बीमापत्र (Time Policy) में यह लागू नहीं होता है।

वैधानिक प्रभाव—सागर योग्यता के लागू न होने पर प्रसंविदा अभिगोपक (Underwriter) के विकल्प पर विवर्जित की जा सकती है।

माल को सागर योग्यता का लागू न होना—यदि कोई सामान इस प्रकार का है कि उसे किसी जहाज के योग्य नहीं पाया जा रहा है तो प्रसंविदा अभिगोपक के विकल्प पर रद्द की जा सकती है, यद्यपि कि सागर अयोग्यता प्रमाणित करने की जिम्मेदारी बीमाकर्ता पर है। परन्तु यदि इस सिद्धान्त का अक्षरशः पालन किया जाय तो माल के स्वामी को बहुत कठिनाई होगी। वह अपने सामान को दूर भेजता है, जहाँ पर जहाज की सागर योग्यता का पता नहीं होगा और यदि बाद में हानि होने पर जहाज सागर अयोग्य हो जाय तो माल के स्वामी को कुछ भी भुगतान नहीं होगा और दूसरी तरफ दी गयी प्रव्याजि जब्त हो जायगी। इसलिए आजकल बीमाकर्ता और माल के स्वामी के बीच यह समझौता हो जाता है कि जहाज की सागर अयोग्यता पर अध्यर्थन (Claims) का भुगतान रोका नहीं जायगा, इसे सागर योग्यता स्वीकृति वाक्यांश (Seaworthiness Admitted Clause) के अन्तर्गत तय किया जाता है।

2. उपक्रम की वैधता (*Legality of Venture*)—सामुद्रिक बीमा प्रसंविदा में उपक्रम की वैधता का तात्पर्य यह है कि उपक्रम (Venture) या विषय वस्तु (Subject Matter) वैधानिक हो और ये वैधानिक ढंग से ले जाये जायँ। स्पष्टतः सामुद्रिक बीमा-पत्र अवैध यात्रा (Illegal Voyages) या अवैध उपक्रम (Illegal Venture) को सुरक्षित करने की प्रसंविदा नहीं हो सकती है।

यदि यात्रा या उपक्रम अवैध रहा तो बीमित व्यक्ति अध्यर्थन का भुगतान नहीं पा सकेगा।

अवैध उपक्रम---अवैध उपक्रम के अन्तर्गत शत्रु देश से व्यापार, शान्ति नियमों का भंग, तस्कर व्यापार, व्यापार बन्दी (Blockade) का तोड़ना या अन्य इसी प्रकार के अवैधानिक उपक्रम आते हैं।

तीसरे पक्ष द्वारा अवैध कार्य को न लेना—अवैध उपक्रम या अवैध यात्रा में तीसरे पक्ष द्वारा किये गये अवैध कार्य शामिल नहीं किए जाते हैं। बैरेट्री (कर्मचारियों की चोरी), चोरी, लूट (Pirates) या डकैती आदि अवैध कार्य तीसरे पक्ष के हैं। अतः इन्हें इस समाश्वासन में शामिल नहीं करते।

वैधानिक उपक्रम या यात्रा का होना बहुत आवश्यक है, क्योंकि वैधानिकता के अभाव में यह सामान्य नीतियों के विरुद्ध होगा जिसे प्रसंविदा में शामिल नहीं किया जा सकता है।

समय—वैधानिक उपक्रम का लागू होना शुरू से अन्त तक देखा जाता है। यदि किसी यात्रा के दौरान में किसी भी समय जोखिम के सम्बन्ध में अवैधता सिद्ध हो गई तो सम्पूर्ण बीमापत्र ही विवर्जित हो जायगा। यात्रा प्रारम्भ होने के समय यदि उपक्रम अवैध था, परन्तु उसके बाद बीमा कराते समय वह वैध हो गया तो भी यह प्रसंविदा विवर्जित (Void) होगी। जब प्रारम्भ में उपक्रम वैध हो, परन्तु बाद में परिस्थितियाँ उत्पन्न हो जाने पर यह अवैध हो जाय; जैसे जब एक देश से दूसरे देश को जाता हुआ जहाज युद्ध छिड़ जाने के कारण शत्रु देश में पहुँच जाय और वहाँ व्यापार करने लगे तो यह अवैध कार्य में संलग्न हो गया है।

3. अन्य उपलक्षित समाश्वासन (*Other Implied Warranties*)—उपर्युक्त दो उपलक्षित शर्तों (समाश्वासन) के अतिरिक्त निम्न तीन शर्तें और हैं जिनका पालन करना बीमित व्यक्ति के लिए आवश्यक है।

(अ) यात्रा में परिवर्तन न होना—जोखिम प्रारम्भ होने के बाद जब यात्रा के गन्तव्य स्थान (Destination) में परिवर्तन किया जाता है तो इसे यात्रा परिवर्तन कहते हैं। यात्रा परिवर्तन के समय बीमाकर्ता अपने दायित्व से मुक्त हो जाता है, बशर्ते कि इसके विपरीत कुछ न बताया गया हो।

समय—यात्रा परिवर्तन केवल इच्छा मात्र (Intention) से हो जाता है। यात्रा परिवर्तन की इच्छा के समय बीमाकर्ता की जिम्मेदारी समाप्त हो जाती है। हो सकता है बाद में कोई परिवर्तन न हुआ हो, परन्तु इच्छा स्पष्ट होने मात्र से ही बीमाकर्ता अपने दायित्व से मुक्त हो जाता है।

(ब) यात्रा प्रारम्भ में विलम्ब नहीं होना चाहिए—यात्रा बीमा में यह आवश्यक है कि यात्रा प्रारम्भ होने में देरी नहीं होनी चाहिए। यात्रा के दौरान में भी कोई सुस्ती या विलम्ब नहीं होना चाहिए। यह उपलक्षित आश्वासन है कि उपक्रम या यात्रा एक निश्चित उचित समय में अवश्य प्रारम्भ हो जाय। यदि यात्रा एक निर्धारित समय में प्रारम्भ नहीं हो जाती तो बीमाकर्ता इसकी जोखिम के दायित्व से मुक्त हो सकता है। बीमित उपक्रम को तत्परता के साथ भेजना चाहिए अथवा अन्य विपरीत प्रावधान के अभाव में यह रद्द समझा जायगा। जब विलम्ब का होना अनिवार्य है तो बीमाकर्ता अपने दायित्व से मुक्त नहीं हो सकता है, परन्तु अनुचित विलम्ब की दशा में बीमाकर्ता अपने दायित्व से मुक्त हो जाता है।

(स) पथ विचलन (Deviation of Journey) **का न होना**—सामुद्रिक बीमा के अन्तर्गत जहाज को अपने निर्दिष्ट रास्ते से विचलित नहीं होना चाहिए। जब जहाज निर्धारित या उल्लिखित या प्रचलित मार्ग से हट जाता है तब उसे पथ-विचलन की संज्ञा दी जाती है। धारा 48 के अनुसार जब जहाज अपने निर्धारित मार्ग से बिना किसी वैधानिक कारण के विचलित हो जाय तो बीमाकर्ता विचलन के समय अपने दायित्व से मुक्त हो जाता है। यहाँ यह कोई माने नहीं रखता कि विचलन के बाद जहाज फिर अपने स्थान पर आ

गया है। यदि एक बार पथ विचलित हो गया तो बीमा विवर्जित होने के योग्य हो जाता है। यहाँ पर इच्छा नहीं बल्कि वास्तविक विचलन (Deviation) को देखते हैं।

दशा—विचलन निम्न दो दशाओं में हो सकता है—

1. जबकि बीमापत्र के यात्रा का रास्ता दिया हुआ है और जहाज उस दिये गये रास्ते से विचलित हो जाय।
2. ज़ब रास्ता दिया न गया हो, परन्तु जहाज एक सामान्य पथ से विचलित हो जाय।

उपलक्षित समाश्वासन का अपवाद

यात्रा विचलन या विलम्ब निम्न दशाओं में क्षम्य है :

1. बीमापत्र की किसी विशेष शर्त के अनुसार यात्रा विचलन या विलम्ब अधिकृत हो।
2. जब विचलन या विलम्ब जहाज के कप्तान या कर्मचारियों की शक्ति के परे हो; जैसे तूफान का आना, बलवा हो जाना, शासकीय निषेध, नौ सेना अधिकारियों के आदेशानुसार यात्रा मार्ग विचलन या सागर की अन्य आपत्तियों के कारण ये समाश्वासन भंग नहीं समझे जाते।
3. यदि किसी समाश्वासन को पूरा करने के लिए विचलन या विलम्ब हो; जैसे सागर-योग्यता को पूरा करने के लिए विलम्ब हो जाय।
4. जहाज या बीमित विषय की सुरक्षा के लिए विचलन या विलम्ब करना पड़े।
5. मानव जीवन बचाने के लिए किया गया विचलन या विलम्ब।
6. जब जहाज पर किसी व्यक्ति की चिकित्सा के लिए विचलन करना पड़े।
7. यदि विलम्ब या विचलन जहाज के कप्तान या कर्मचारियों की चोरी के कारण हुआ हो, बशर्ते कि इस चोरी के लिए बीमा कराया गया हो। बीमित चोरी या बैरेट्री के कारण हुए पथ-विचलन और विलम्ब क्षम्य है।

7. सन्निकट या आसन्न कारण (Proximate Cause)

अर्थ—सन्निकट कारण एक वास्तविक कारण है जिसके कारण ही हानि होती है। इस कारण को अन्य कार्य या स्रोत प्रभावित नहीं करते हैं, यह स्वतन्त्र और स्वचालित होता है।

महत्त्व—बीमाकर्ता बीमित जोखिम से होने वाली हानि के प्रति दायी है, अतः यह आवश्यक है कि हानि के वास्तविक कारण (आसन्न कारण) का पता लगाया जाय। यदि वास्तविक कारण का बीमा हुआ है तब बीमाकर्ता उसके लिये जिम्मेदार होगा, अन्यथा नहीं। संक्षेप में आसन्न कारण या वास्तविक कारण का पता लगाना निम्न कारणों से आवश्यक है :—

1. बीमाकर्ता केवल बीमित जोखिम के लिए उत्तरदायी है, यदि जोखिम का वास्तविक कारण बीमित नहीं है तो बीमाकर्ता उसका भुगतान नहीं करेगा।

2. यदि जोखिम का वास्तविक कारण ऐसा है, जिसे बीमापत्र ने जान-बूझकर या लापरवाही से पैदा किया है तो बीमाकर्ता उसके लिए जिम्मेदार नहीं होगा।
3. यदि जोखिम का वास्तविक कारण विलम्ब है तो बीमाकर्ता उसके लिए जिम्मेदार नहीं होगा, भले ही इसका बीमा कराया गया हो।
4. साधारण घिसाव, टूट-फूट और स्वाभाविक कारणों के लिए बीमाकर्ता जिम्मेदार नहीं होता है।

आसन्न कारण के लिये लैटिन भाषा का एक वाक्यांश प्रसिद्ध है : Sed causa proxima non remota spectator अर्थात् सन्निकट कारण को देखो दूरस्थ कारण को मत देखो। केवल बीमित कारणों के लिये बीमाकर्ता जिम्मेदार होगा। आसन्न कारण का निर्धारण एक जटिल कार्य है। जोखिम का एक कारण हो सकता है या कई; कभी-कभी एक से अधिक कार्य एक साथ (संगामी) उत्पन्न होते हैं। प्रभावशाली कारण, वास्तविक कारण, परिणाम प्रेरक कारण आदि के नाम से आसन्न कारण को पुकारते हैं। आसन्न कारण का मतलब यह नहीं होता कि निकटतम या नजदीक के कारण (Nearest in time or place) को आसन्न कारण कहें।

आसन्न कारण का निर्धारण—आसन्न कारण का निर्धारण निम्न प्रकार से किया जाता है :—

1. एक कारण—हानि यदि एक ही कारण से हो तो वह निश्चित रूप से आसन्न कारण है क्योंकि हानि को प्रभावित करने वाला अन्य कोई दूसरा कारण नहीं है। यदि इस कारण का बीमा कराया गया है तो भुगतान होगा।

2. संगामी कारण (Concurrent Causes)—संगामी कारण वे हैं जो एक साथ उत्पन्न होते हों। यदि इन कारणों (एक से अधिक) का बीमा कराया गया है और उसमें कोई अबीमित जोखिम (Expected Peril) नहीं है तो बीमाकर्ता भुगतान कर देगा। लेकिन यदि इन कारणों या जोखिमों में से किसी एक का बीमा नहीं कराया गया है और इस कारण से उत्पन्न हानि को अलग किया जा सकता है तो बीमाकर्ता अबीमित जोखिम को अलग करने के बाद बाकी हानि का भुगतान करेगा। यदि इस दशा में अबीमित जोखिम की हानि को अलग नहीं किया जा सकता तो बीमाकर्ता उसका भुगतान नहीं करेगा।

3. अटूट शृङ्खलाबद्ध कारण (Chain Causes)—शृङ्खलाबद्ध कारण वे हैं, जो क्रम से होते रहें। यदि इन क्रमिक कारणों में से कोई अबीमित जोखिम नहीं है तो बीमाकर्ता पूर्ण हानि के लिए जिम्मेदार हो जायगा। लेकिन यदि बीमित जोखिम के पहले अबीमित जोखिम आती है तो बीमाकर्ता अपने दायित्व से मुक्त हो जायगा क्योंकि अबीमित जोखिम के कारण ही बीमित जोखिम हुई। यदि अबीमित जोखिम न होती तो हानि होने का प्रश्न ही नहीं उठता। क्रमिक कारण एक-दूसरे को प्रभावित करते हैं। इसी प्रकार यदि अबीमित जोखिम के पहले बीमित जोखिम हो तो बीमाकर्ता का दायित्व उत्पन्न हो जाता है, क्योंकि बीमित जोखिम के कारण ही अबीमित जोखिम उत्पन्न हुई।

4. विभक्त शृङ्खलाबद्ध कारण (Broken Chain Causes)—विभक्त शृङ्खलाबद्ध

कारण में कारण (जोखिम) क्रम से अवश्य होते हैं लेकिन वे एक दूसरे से अलग रहते हैं, किसी एक को प्रभावित नहीं करते हैं। वे आपस में स्वतन्त्र रहते हैं। अतः जब शृङ्खलाबद्ध कारणों में कोई भी कारण अबीमित हो तो यह देखना पड़ेगा कि हानि किस कारण हुई, यदि हानि अबीमित कारणों से हुई है तो बीमाकर्ता उसका भुगतान नहीं करेगा। यदि हानि बीमित कारण से हुई है तो बीमाकर्ता उसके लिए जिम्मेदार होगा। चूँकि प्रत्येक कारण एक-दूसरे से अलग हैं तो प्रत्येक कारण से होने वाली हानि का निर्णय करना जरूरी हो जाता है और बीमित जोखिम के कारण ही हानि का भुगतान किया जायगा।

उदाहरण—एक जहाज के पाइप को चूहों ने काट दिया जिसके परिणामस्वरूप समुद्र का पानी अन्दर आ गया जिससे माल की क्षति हुई। इसमें दो कारण हुए—(1) चूहों का काटना, (2) सामुद्रिक पानी का आना। सामुद्रिक पानी के कारण को बीमित कराया गया था, परन्तु चूहों के कारण को बीमित नहीं किया गया था। चूहों के काटने से यह जरूरी नहीं था कि पानी अन्दर आवे, इसलिये हानि का मुख्य कारण सामुद्रिक पानी है जिसके लिए बीमाकर्ता जिम्मेदार हो गया। इसी प्रकार तस्कर व्यापार में संलग्न जहाज को पकड़ लिया गया था। बीमाकर्ता जिम्मेदार नहीं हुआ क्योंकि बीमा पकड़ जाने के लिये नहीं कराया गया था।

8. प्रसंविदा के अन्य तत्त्व

प्रसंविदा के अन्य तत्त्वों में अभिहस्तांकन और प्रव्याजि की वापसी का वर्णन किया जायगा।

अभिहस्तांकन (Assignmenty)—अभिहस्तांकन समझने के लिये यह आवश्यक है कि (1) बीमा विषय वस्तु, (2) बीमापत्र और (3) बीमा की रकम को अलग-अलग समझा जाय।

सामुद्रिक बीमा में बीमापत्र को स्वतन्त्र रूप से हस्तान्तरित किया जा सकता है। इस पर कोई रुकावट नहीं है। यदि हस्तांकन के विरुद्ध इसमें कुछ लिखा गया है तो उसका पालन किया जायगा। यह हानि के पूर्व या बाद में हस्तान्तरित हो सकता है। बीमित वस्तु को भी इसी प्रकार हस्तान्तरित किया जा सकता है।

हस्तांकन बीमाकर्ता की स्वीकृति पर पूरा हो जाता है। इसकी सूचना बीमाकर्ता को दी जाती है और बीमाकर्ता तत्सम्बन्धित संशोधन करके हस्तांकन को अनुबंधित कर देता है।

प्रव्याजि की वापसी (Return of Premium)—प्रायः बीमा की प्रव्याजि भुगतान कर देने के बाद लौटाई नहीं जाती है, लेकिन निम्न दशाओं में प्रव्याजि को वापस किया जा सकता है :—

(1) प्रसंविदा के आधार पर, (2) जोखिम के प्रारम्भ न होने पर, (3) खुले बीमापत्र पर असम्बन्धित जोखिम, (4) आनुपातिक प्रव्याजि विभाजन की दशा में और (5) अत्यधिक बीमा। इन दशाओं में प्रव्याजि जो अधिक हो या जिसका जोखिम से सम्बन्ध न हो, लौटायी जा सकती है।

□□□

अध्याय 22

सामुद्रिक बीमापत्र के भेद

सामुद्रिक बीमापत्र के निम्न भेद हैं :—

1. **जहाज बीमापत्र** (Hull Policies)—जहाज बीमापत्र में विभिन्न जहाजों के लिए अलग-अलग बीमापत्र होते हैं। कुछ जहाज केवल पतवार से चलते हैं, कुछ में सहायक पतवार की आवश्यकता होती है। भाप से चलने वाले जहाजों का बीमापत्र अलग होता है। इनके लिए अलग-अलग बीमापत्र इसलिए होते हैं क्योंकि उनकी जोखिम अलग-अलग होती है। विभिन्न व्यापार में प्रयोग किये जाने वाले जहाजों पर जोखिम की मात्रा अलग-अलग होती है, अतः उनके लिए भी अलग-अलग बीमापत्र निर्गमित किये जाते हैं।

2. **जहाज निर्माण बीमापत्र** (Builders' Risk Policies)—इस बीमापत्र में जहाज के निर्माण और मरम्मत के समय की जोखिम शामिल की जाती है। इस बीमापत्र में वे सब जोखिम शामिल होती हैं जो निर्माण के समय, मरम्मत के समय, मरम्मत के हस्तान्तरण के समय, जहाज के आधार टूट जाने या रास्ते में खराब हो जाने पर हो। लेकिन निर्माण के समय श्रमिक क्षतिपूर्ति या नियोक्ता जिम्मेदारी अधिनियम, हड़ताल, तालाबन्दी, नागरिक आन्दोलन, युद्ध, विलम्ब के कारण क्षतिपूर्ति, भूचाल आदि जोखिम को शामिल नहीं करते हैं। प्रारम्भ में यह जोखिम किसी भी स्थान पर होती तो उसका बीमा करा लेते हैं, परन्तु अब ये जोखिम केवल उसी स्थान पर बीमित होती है जहाँ पर जहाज का निर्माण होता है।

3. **बेड़ा बीमापत्र** (Fleet Policies)—बेड़े के सभी जहाजों का अलग-अलग बीमा न करके सभी का एकत्रित बीमा किया जाता है। इससे एक ही समय में एक बीमापत्र में कई जहाजों का बीमा हो जाता है। अधिकांश रकम का इकट्ठे बीमा किया जा सकता है। इससे उन जहाजों का भी बीमा हो जाता है जो व्यक्तिगत रूप से बीमा प्राप्त नहीं कर सकते या बहुत अधिक अतिरिक्त प्रव्याजि देना होता है। इसके अन्तर्गत नये और पुराने, अच्छे और खराब जहाजों का बीमा एक साथ हो जाता है। इसमें या तो सभी का बीमा होगा या किसी का भी नहीं। इन बीमापत्रों को अन्य अभिगोपकों की मदद से बीमा करते हैं क्योंकि इसमें जोखिम की मात्रा अधिक होती है। कभी-कभी तो कई बेड़ों का इकट्ठे ही कई अभिगोपक मिल कर बीमा कर लेते हैं जिससे उनकी जोखिम की मात्रा कम हो जाती है।

4. **मूल्यांकित बीमापत्र** (Valued Policy)—मूल्यांकित बीमापत्र वह है जिसमें बीमा कराते समय ही सम्पत्ति का मूल्य निश्चित कर लिया जाता है और जोखिम होने पर उसी निर्धारित मूल्य के अनुसार भुगतान करना पड़ता है। इस निश्चित मूल्य को बीमित मूल्य (Insured Value) भी कहते हैं। हानि के समय क्षतिपूर्ति का मूल्यांकन इसी के अनुसार

किया जाता है। यह आवश्यक नहीं है कि यह वास्तविक मूल्य ही हो, लेकिन मूल्यांकन के लिए निम्न मूल्यों को ध्यान में रखना पड़ता है :—

1. माल या बीजक मूल्य (Invoice Cost)
2. भाड़ा (Freight), पोतयान लागत (Shipping Charges), बीमा आदि और
3. इनका 10 प्रतिशत या अन्य कोई निश्चित मूल्य जो प्रत्याशित लाभ (Anticipated Profit) और अन्य सहायक खर्चों (Incidental Expenses) को पूरा करे।

सामुद्रिक बीमा में मूल्यांकित बीमापत्र का अधिक प्रचलन है क्योंकि इससे भुगतान का आधार निश्चित हो जाता है। माल बीमा में इसका महत्त्व इसलिये है कि इसमें लागत और लाभ दोनों की क्षतिपूर्ति करायी जा सकती है। जहाज बीमा में इसकी उपयोगिता इसलिए है कि जहाज का मूल्य बढ़ता-घटता रहता है; अतः पूर्व निश्चित दर पर भुगतान करने से इन कठिनाइयों को दूर किया जा सकता है।

5. अमूल्यांकित बीमापत्र (Unvalued Policy)—अमूल्यांकित बीमापत्र, वह बीमापत्र है जिसमें बीमित विषय का मूल्य हानि के समय निश्चित किया जाता है। इस दशा में क्षतिपूर्ति का आधार पूर्व-निश्चित मूल्य नहीं होता, बल्कि बाद में क्षतिपूर्ति के समय बाजार मूल्य के अनुसार इसे निश्चित किया जाता है। बाद में मूल्य निर्धारित किया जायगा, इसलिए इसे बीमा योग्य मूल्य (Insurable Value) भी कहते हैं। हानि के समय क्षतिपूर्ति का यही आधार होगा। इसके अन्तर्गत केवल बीजक मूल्य, भाड़ा, बीमा और जहाज के खर्चे ही शामिल किये जाते हैं और प्रत्याशित लाभ के लिए कुछ भी नहीं जोड़ते हैं। सामुद्रिक बीमा में अमूल्यांकित बीमापत्र का बहुत ही कम प्रचलन है। भारतीय सामुद्रिक बीमा अधिनियम की धारा-18 के अनुसार इसके निम्न नियम हैं—

(अ) **जहाज बीमा**—बीमा-योग्य मूल्य निश्चित करने के लिए यात्रा के पूर्व जहाज, उस पर की आवश्यक सामग्री, कर्मचारियों के लिए भोजन आदि, कप्तान के पास आवश्यक रुपये-पैसे और यात्रा योग्य बनाने के खर्चे आदि का मूल्यांकन किया जाता है। इन मूल्यों में बीमा की प्रीमियम (प्रव्याजि) भी जोड़ देते हैं।

(ब) **माल बीमा**—बाजार दर से माल की लागत और उसके भेजने के सम्बन्ध में किया गया व्यय आदि 'बीमा योग्य मूल्य' कहलाता है।

(स) **भाड़ा बीमा**—जो भाड़ा मिलने वाला हो उसमें बीमा व्यय जोड़ देते हैं।

6. यात्रा बीमापत्र (Voyage Policy)—इस बीमापत्र में बीमित विषय का बीमा 'पर और से' (At and From) या एक स्थान से दूसरे स्थान (From one place to another) तक का किया जाता है। इसमें किसी एक यात्रा के लिए बीमा कराया जाता है। दूसरे शब्दों में जोखिम स्थान के अनुसार प्रारम्भ और समाप्त होती है। यात्रा प्रारम्भ और यात्रा समाप्ति के अनुसार जोखिम का निर्धारण किया जाता है। यात्रा बीमापत्र प्रायः माल के सम्बन्ध में निर्गमित किया जाता है क्योंकि वह किसी एक यात्रा से ही सम्बन्धित होगी, जबकि जहाज

बीमा के अनुकूल यह बीमा नहीं होगा, क्योंकि जहाज एक से कई यात्राओं को पूरा करते हैं।

यात्रा शुरू होने के साथ ही जोखिम प्रारम्भ हो जाती है, लेकिन इसके सही निर्धारण के लिए शर्तों पर ध्यान देना जरूरी है। यदि बीमापत्र में 'से' (From) वाक्य है तो जोखिम उस समय प्रारम्भ होगी जबकि जहाज यात्रा के लिए उस निश्चित बन्दरगाह को छोड़ दे और यदि 'पर और से' (At and From) वाक्य है तो जहाज यात्रा के लिए, जैसे बन्दरगाह पर पहुँचे वैसे जोखिम प्रारम्भ हो जायगी और उस समय तक चलती रहेगी जब तक यात्रा समाप्त न हो जाय। माल के सम्बन्ध में जोखिम का प्रारम्भ माल की जहाज पर लद चुकने के बाद प्रारम्भ होता है। जैसे बम्बई से लन्दन यात्रा के सम्बन्ध में 'से' वाक्यांश को दशा में जैसे ही जहाज बम्बई बन्दरगाह छोड़ता है और 'पर और से' वाक्यांश में जैसे जहाज बन्दरगाह में आता है, उसी समय से यदि कोई उल्लिखित बीमित दुर्घटना हो तो बीमाकर्ता उसके लिए जिम्मेदार होगा। बीमाकर्ता का दायित्व तब समाप्त होगा जबकि जहाज से माल सुरक्षित उतार लिया जाय या जहाज सुरक्षित बन्दरगाह पर पहुँच जाय। बन्दरगाह पहुँचने के चौबीस घण्टे बाद तक जोखिम लागू रहेगी और कभी-कभी यह जोखिम एक महीने (तीस दिन) तक जारी रहती है। इस अवधि में भी दुर्घटना होने पर बीमाकर्ता जिम्मेदार होगा।

7. समय बीमापत्र (Time Policy)—इस बीमापत्र में विषय-वस्तु का बीमा एक निश्चित अवधि के लिए किया जाता है, जैसे 1 जनवरी 1975 के दोपहर से लेकर 1 जनवरी 1976 के दोपहर तक। सामुद्रिक बीमापत्र एक वर्ष से अधिक के लिए कम दशाओं में निर्गमित होता है। एक वर्ष से कम के लिए बीमा कराया जा सकता है। यह बीमापत्र जहाज बीमा के लिए अधिक उपयुक्त होता है। एक निश्चित अवधि का बीमा करा लेने के बाद प्रत्येक यात्रा के लिए अलग-अलग बीमा नहीं कराना पड़ता है। जहाज के अतिरिक्त कुछ ऐसी वस्तुओं का भी बीमा होता है जिनका मूल्य अधिकतर स्थायी रहे। यात्रा के दौरान समाप्त होने की कठिनाई के कारण समय बीमा में जारी वाक्य (Continuation Clause) लगा रहता है। इसका अर्थ यह है कि बीमाकर्ता को सूचना देने से यात्रा के समाप्त होने के पहले समाप्त होने वाले बीमा भी तब तक चालू रहेंगे जब तक जहाज गन्तव्य स्थान पर सुरक्षित न पहुँच जाय। समय बीमापत्र में प्रव्याजि की दर भी कम होती है।

8. मिश्रित बीमापत्र (Mixed Policy)—इस बीमापत्र में अवधि बीमापत्र (Time Policies) के साथ-साथ यात्रा बीमापत्र भी रहता है। यदि यात्रा समय के पहले समाप्त होती है तो प्रसंविदा उस समय समाप्त होगा और यदि यात्रा एक निश्चित अवधि के बाद समाप्त हो तो प्रसंविदा उस समय तक चलती रहेगी जब तक यात्रा समाप्त नहीं होती है; जैसे—'बम्बई से लन्दन तक एक वर्ष का बीमा'। इस दशा में लन्दन पहुँचने तक बीमा प्रसंविदा चलती रहेगी और उसके बाद यदि अवधि व्यतीत नहीं हुई है, तो अवधि व्यतीत होने तक प्रसंविदा चलती रहेगी।

9. चल बीमापत्र (Floating Policies)—चल बीमापत्र में सामान्य शर्तों का वर्णन होता है और जिसमें जहाज या जहाजों को बाद में घोषित करके शामिल किया जाता है। इसमें एक निश्चित रकम का बीमा कराया जाता है और उस रकम तक कई वस्तुओं को शामिल करते हैं। जब कभी नया बीमापत्र लिया जाता है तो उससे बीमित पत्र की रकम घटती जाती

है और जब बीमित रकम घटकर शून्य हो जाती है अर्थात् जब समस्त बीमित रकम तक का बीमा हो चुकता है तो उसके अन्दर फिर दूसरी वस्तुओं को शामिल नहीं करते हैं। चूँकि जब तक समस्त रकम का बीमा नहीं हो जाता, बीमापत्र खुला रहता है। इसलिये इसे खुला बीमापत्र (Open Policies) भी कहते हैं। इसे घोषणा बीमापत्र (Declaration Policies) भी कहते हैं, क्योंकि इसमें समय-समय पर कई वस्तुओं को शामिल करने की घोषणा की जाती है। जब समस्त रकम तक का बीमा हो जाता है, तब उसे बन्द (Closed) बीमापत्र कहते हैं। चल बीमापत्र माल के स्वामी (Cargo-owner) के लिए उपयुक्त होता है, क्योंकि वह एक निश्चित समय और क्षेत्र में वस्तुओं को लगातार भेजता रहता है। इनकी घोषणा जैसे ही की जाती है वैसे ही अमुक वस्तु को इस बीमापत्र में शामिल कर लेते हैं। लेकिन इसमें उन वस्तुओं को शामिल नहीं करते जो कि सुरक्षित बन्दरगाह पर पहुँच जाती है।

इस बीमापत्र से व्यापारियों को बहुत लाभ होता है और उन्हें बीमा का व्यय भी कम करना पड़ता है, प्रत्येक जहाज या यात्रा के लिए बार-बार बीमा कराने की आवश्यकता नहीं पड़ती है।

10. खाली बीमापत्र (Blank Policies)—चल बीमापत्र की तरह यह बीमापत्र भी किसी एक क्षेत्र और समय से सम्बन्धित होता है। इसमें बीमापत्र एक निश्चित रकम के लिए लिया जाता है और उस रकम के लिये प्रव्याजि अग्रिम दे दी जाती है। बाद में जैसे-जैसे बीमापत्र में वस्तुएँ शामिल की जाती हैं, बीमापत्र की रकम घटती जाती है और अन्त में कुल घोषित रकम के अनुसार ही प्रव्याजि ली जाती है तथा शेष प्रव्याजि लौटा दी जाती है। यदि उस निश्चित रकम से अधिक का बीमा लिया जाता है तो अतिरिक्त प्रव्याजि ली जाती है। इस तरह यह बीमापत्र एक ऐसी बीमा प्रसंविदा है जिसकी रकम कम या अधिक हो सकती है और प्रव्याजि की रकम भी उसी अनुसार कम या अधिक होती रहेगी।

11. नाम बीमापत्र (Named Policies)—इस बीमापत्र में जहाज का नाम तब लिखा जाता है जब जहाज यात्रा प्रारम्भ करे, प्रसंविदा के समय जहाज का नाम नहीं लिखा जाता है। इसका लाभ यह है कि जब प्रसंविदा के समय जहाज का नाम मालूम नहीं हो पाता, तब भी प्रसंविदा रुकती नहीं, उसका बीमा हो जाता है।

12. ब्लाक बीमापत्र (Block Policies)—इस बीमापत्र में स्थलीय जोखिम को भी शामिल करते हैं। एक निश्चित समय और कार्य से लेकर जब तक वस्तु निर्दिष्ट स्थान तक नहीं पहुँच जाती, यह बीमापत्र चालू रहता है। इनमें गोदाम से लेकर गोदाम तक की जोखिम शामिल रहती है। अफ्रीका में सोने की खान से लेकर क्रेता के गोदाम तक पहुँचने की सभी जोखिम इस बीमापत्र के अन्तर्गत संवृत (बीमित) की जाती हैं। इसमें चोरी की जोखिम, अग्नि की जोखिम आदि का बीमा कराया जाता है।

13. चलन मुद्रा बीमापत्र (Currency Policies)—ये बीमापत्र विदेशी चलन मुद्रा में निर्गमित किये जाते हैं। केवल एक कुशल और अनुभवी बीमाकर्ता विभिन्न मुद्राओं में बीमापत्र निर्गमित कर सकते हैं। इससे विदेशी विनिमय दर के उतार-चढ़ाव के कारण होने वाली कठिनाइयों को दूर किया जाता है। इस बीमापत्र में प्रव्याजि भी उसी मुद्रा में दी जाती है।

14. **हित-रहित बीमापत्र** (Wager Policies)—यह वह बीमापत्र है जिसमें बीमायोग्य हित नहीं रहता है। इसे जुए वाला बीमापत्र भी कहते हैं क्योंकि बिना हित के बीमापत्र जुए का बीमा हो जांता है। इसमें बीमा-योग्य हित प्रमाण अनावश्यक (Policy Proof of Interest—P.P.I.) या हित हो या न हो (Interest or No Interest) जैसे पद शामिल होते हैं, इसी कोटि के बीमापत्रों में आते हैं। इन बीमापत्रों की न्यायालय में कोई सुनवाई नहीं होती है। केवल आपसी मर्यादा पर चलते रहते हैं, इसलिये इसे प्रतिष्ठा बीमापत्र (Honour Policy) भी कहते हैं।

□□□

अध्याय 23

सामुद्रिक बीमापत्र के वाक्यांश

सामुद्रिक बीमा अभिगोपक कुछ शब्दों या वाक्यांशों का प्रसंविदा में प्रयोग करते हैं जिनका कुछ विशेष अर्थ हुआ करता है। इनका वर्णन नीचे किया जायगा। सामुद्रिक अधिनियम की धारा-25 के अनुसार बीमापत्र में बीमादार का नाम अथवा किसी ऐसे व्यक्ति का नाम जो बीमादार (Insured) की ओर से बीमा कराता हो, बीमित विषय का विवरण, यात्रा का समय, बीमित राशि और बीमाकर्ता का नाम आदि अवश्य दिये रहते हैं। लायड्स अभिगोपकों की शर्तों या वाक्यांशों का ही अधिकांश प्रयोग होता है। अधिकांश बीमाकर्ता एक प्रमाणित बीमापत्र ही अपनाते हैं। यह प्रमाणित बीमापत्र इंग्लैण्ड में 1523 से अपनाये गये हैं। इस प्रमाणित बीमापत्र की अधिक आलोचना हुई। इंगलिश मेरीन इन्श्योरेन्स ऐक्ट 1906 में तथा भारतीय सामुद्रिक अधिनियम, 1963 में, लायड्स के साधारण बीमापत्र को ही उद्धृत किया गया है। इन शब्दों में अधिकांश शब्द पुराने पड़ गये हैं। ये वाक्यांश कभी-कभी अधूरे, अस्पष्ट और अग्राह्य हैं। लेकिन इन शब्दों का प्रयोग कई शताब्दियों से होता आया है और उनके सम्बन्ध में न्यायालय के निर्णय यह बताते हैं कि इन शब्दों का क्या अर्थ है जिससे इनका प्रयोग सतत् होता चला आया है। इसमें कुछ परिवर्तन करके परिस्थितियों के अनुसार वाक्यांशों का प्रयोग किया जाता है। बीमापत्र तैयार करते समय सरल शब्दों का प्रयोग किया जाना चाहिए।

वाक्यांश का विश्लेषण—वाक्यांशों के सही अर्थ समझने के लिए उनकी व्याख्या करना बहुत आवश्यक है। इसके लिए बीमापत्र की व्याख्या सम्बन्धित न्यायिक निर्णय और भारतीय सामुद्रिक बीमा अधिनियम 1963 का प्रावधान जानना आवश्यक है। अधिनियम की अनुसूची में वाक्यांशों का अर्थ दिया गया है। न्यायालय ने भी इन शब्दों या वाक्यांशों को स्पष्ट किया है—

1. बीमापत्र में दिए हुए वाक्यांशों की व्याख्या सरल, सामान्य और प्रचलित अर्थों के अनुसार करनी चाहिए जब तक कि इनका व्यापारिक अर्थ न लगाया जाता हो या इनके कोई विशेष अर्थ न हो।
2. कुछ प्रावैधिक (Technical) शब्दों या वाक्यांशों का अर्थ व्यापारिक या विशेष संदर्भ के अनुसार लगाया जाता है जिनको सरल, साधारण या शब्द कोष की भाषा के अनुसार नहीं समझा जा सकता है।
3. व्याख्या करने के लिए बीमापत्र में युक्त, लिखित ला छपे शब्दों का व्यवहार के अनुसार या व्यापार की विशेषता के अनुसार अर्थ लगाया जाना चाहिए।

4. जब वाक्यांशों में भेद उत्पन्न हो रहा हो तब लिखित शब्दों को ही मान्यता देनी चाहिए, क्योंकि ये शब्द मुद्रित शब्दों की अपेक्षा अधिक महत्त्व रखते हैं। मुद्रित शब्द इनकी तुलना में अधिक साधारण और सामान्य होते हैं। उनके दोनों पक्षों की मान्यता का कोई आधार नहीं रहता।
5. इसके बाद भी यदि किसी वाक्यांश का अर्थ न विदित हो तो उसकी व्याख्या इस प्रकार होनी चाहिए कि अर्थ बीमित व्यक्ति के पक्ष में हो।

बीमापत्र के रूप

1. **प्रारम्भिक शब्द**—प्रारम्भ के शब्द घोषणा के होते हैं; जैसे 'विदित हो कि...' कुछ बीमापत्र में 'ईश्वर के नाम पर...' भी लिखा रहता है जो एक प्रतिज्ञा सूचक शब्द है। 'विदित हो कि' के बाद बीमापत्रधारी या उसके अभिकर्ता (Agent) का नाम लिख दिया जाता है। इनमें से किसी का नाम लिखना अति आवश्यक है अन्यथा बीमापत्र मान्य नहीं होता।

2. **अभिहस्तांकन वाक्य**—जीवन बीमापत्र की भाँति सामुद्रिक बीमापत्र भी स्वतन्त्रतापूर्वक हस्तान्तरित किया जा सकता है जब तक कि इसके विपरीत कोई विशेष वाक्यांश न हो। यदि हस्तान्तरण के लिए कोई प्रतिबन्ध लगाया गया हो तो उसको ध्यान में रखना जरूरी है। इस सुविधा के उपलब्ध होने से बीमित माल का विक्रय आसानी से हो जाता है उससे सम्बन्धित बीमा में कोई परिवर्तन नहीं होता है। जहाज बीमा के सम्बन्ध में हस्तान्तरण करने के लिए बीमाकर्ता की स्वीकृति लेना आवश्यक है क्योंकि उस दशा में नैतिक जोखिम वृद्धि की सम्भावना रहती है। हस्तान्तरण के बाद हस्तान्तरिती (Assignee) को क्षतिपूर्ति का पूर्ण अधिकार है। क्षति के समय बीमा योग्य हित की जरूरत के कारण इसे स्वतन्त्रतापूर्वक हस्तान्तरित कर सकते हैं।

3. **नष्ट या नष्ट नहीं** (Lost or Not Lost)—अगला वाक्यांश इस प्रकार है 'बीमित होने के लिए चाहे नष्ट हुआ हो या नहीं' (...to be insured lost or not lost) इसका तात्पर्य यह है कि बीमाकर्ता सामानों का बीमा करता है, चाहे वह पहले नष्ट क्यों न हो गया हो? कभी-कभी यह होता है कि बीमापात्र इन मालों की सूचना जो जहाज से पहले से रवाना हो चुका है, देर में पाता है। अतः बीमापात्र इन जहाजों या मालों की पूर्ण सुरक्षा के लिए 'नष्ट या नष्ट नहीं' वाक्यांश लिख देते हैं जिसका परिणाम यह होता है कि बीमा कराने के पहले भी यदि कोई हानि हुई जिसके विषय में बीमाकर्ता और बीमापात्र को कोई सूचना नहीं है तो बीमाकर्ता उसका भुगतान कर देता है। इस प्रकार इस बीमापत्र में पिछली जोखिम का भी भुगतान होता है, बशर्ते वह अवधि इस बीमापत्र से बीमित होती हो। यहाँ यह देखना आवश्यक है कि बीमाकर्ता और बीमापात्र दोनों को परम सद्विश्वास का पालन करना चाहिए तथा उन दोनों पक्षों को बीमापत्र निर्गमित करने के समय विषय वस्तु की सुरक्षा या हानि का

पता न हो। यदि बीमाकर्ता को यह पता है कि जहाज सुरक्षित आ चुकी है या बीमापात्र को यह मालूम है कि जहाज नष्ट हो चुकी है तो दोनों पक्षों को इसे एक-दूसरे को बताना चाहिए। दोनों पक्षों को अपनी ज्ञात सूचनाओं को एक-दूसरे को बताना जरूरी है अन्यथा बीमापत्र विवर्जित हो जायगा और 'नष्ट या नष्ट नहीं' वाक्यांश के अन्तर्गत निर्गमित नहीं किया जा सकेगा।

इस बीमापत्र का प्रचलन प्राचीन समय में बहुत था, क्योंकि उस समय सूचनायें जल्दी और पूर्णरूपेण उपलब्ध नहीं हो पाती थीं, परन्तु आजकल सम्वादवाहनों की प्रगति के कारण सारी सूचनायें तुरन्त उपलब्ध हो जाती हैं और इस बीमापत्र का प्रचलन कम हो गया है।

4. **'पर और से'** (At and From)—यह वाक्यांश यात्रा का वर्णन करता है। यात्रा बीमापत्र कब से प्रारम्भ होता है, वह इस वाक्यांश से स्पष्ट हो जाता है। 'पर और से' वाक्यांश के अनुसार जोखिम उस समय प्रारम्भ होती है जबकि बीमित वस्तु बन्दरगाह पर हो और उस बन्दरगाह को छोड़ने वाली हो। इसके अन्तर्गत खाली जहाज और किराया विशेष रूप से बीमित होते हैं।

'पर और से' वाक्यांश का तात्पर्य बन्दरगाह 'पर' और बन्दरगाह 'से' रवाना होने के बाद की जोखिम से है। लेकिन यदि केवल 'से' शब्द ही हो तो इसका मतलब बन्दरगाह से यात्रा प्रारम्भ होने के बाद ही जोखिम शुरू होती है, इसके पहले जोखिम प्रारम्भ नहीं होगी। माल बीमा के सम्बन्ध में जोखिम उस समय प्रारम्भ होगी, जब माल जहाज पर लद चुका हो।

'निश्चित माल पर जोखिम उस समय प्रारम्भ होगी, जब माल जहाज पर लद चुका हो।' यहाँ ध्यान देने की बात है कि जहाज पर लदने के पहले माल की जोखिम बीमित नहीं होगी। माल जहाज पर लद (Load) जाय तभी 'पर और से' या 'से' जैसा भी हो, के अनुसार जोखिम प्रारम्भ होती है। पहले की जोखिम दूसरे वाक्यांशों के अन्तर्गत बीमित हो सकती है। बन्दरगाह आने के पहले यदि जहाज सुरक्षित नहीं है तो बन्दरगाह पर की जोखिम तभी प्रारम्भ होगी जबकि जहाज की मरम्मत हो जाय और वह बन्दरगाह पर यात्रा योग्य होकर पहुँच जाय।

5. **जोखिम की समाप्ति** (Termination of Risk)—साधारणतया जहाज के सुरक्षित पहुँचने तक जोखिम रहती है। वाक्यांश प्रायः इस प्रकार होते हैं—'वस्तु और व्यापारिक स्कन्ध पर तब तक जोखिम रहेगी, जब तक वह पूर्णतया उतार न लिया जाय या उसको सौंप (Discharge) न दिया जाय।' यदि किसी जहाज में प्रथानुसार कोई अन्य सहायक जहाज का सहारा लेकर सामान उतारा जाता है तो जोखिम इस छोटी या सहायक जहाज पर भी चलती रहेगी। यदि प्रथा नहीं है तो 'छोटा जहाज' (Crafts etc. Clause) वाक्य लिखकर जमीन पर उतारने तक जोखिम शामिल कर सकते हैं। जब जहाज गन्तव्य स्थान पर पहुँच जाय तो उसे एक निश्चित समय के अन्दर उतार लेना चाहिए अन्यथा जोखिम समाप्त हो जायगी और बीमाकर्ता इसके लिए जिम्मेदार नहीं होगा।

यात्रा बीमा में यह समय चौबीस घण्टे (कभी-कभी तीस दिन तक) होते हैं। यदि इस यात्रा के बाद कोई दूसरा बीमापत्र लागू होता है तो दूसरा बीमापत्र तभी लागू होगा जबकि पहले बीमापत्र का समय समाप्त हो गया हो। समय बीमापत्र में एक समय से लेकर दूसरे समय तक बीमापत्र जारी रहता है।

6. **गोदाम से गोदाम तक** (Warehouse to Warehouse Clause)—उपरोक्त कथन से यह स्पष्ट हो चुका है कि बीमापत्र माल को लादने से लेकर उसके उतारने तक चालू रहता है और बीमा लादने के पूर्व और उतारने के बाद नहीं होता है। लेकिन व्यावहारिक जीवन में माल विक्रय और क्रय केवल बन्दरगाहों पर ही नहीं होते, बल्कि इससे दूर अन्यत्र होते हैं; अतः माल बन्दरगाह पहुँचने के पहले स्थलीय जोखिम का भी सामना करता है। स्थलीय जोखिमों को पूरा करने के लिए गोदाम से गोदाम तक (Warehouse to Warehouse) वाक्यांश लिख दिया जाता है। इसका अर्थ यह है कि बीमा केवल बन्दरगाह से बन्दरगाह (Port to Port) तक ही नहीं रहेगा, बल्कि बन्दरगाह आने के पहले और विक्रेता के गोदाम से निकलने के बाद तथा गन्तव्य बन्दरगाह तक पहुँचने के बाद से लेकर क्रेता के गोदाम तक स्थलीय जोखिम भी बीमित रहती है। इस 'गोदाम से गोदाम' वाक्यांश के कारण विक्रेता के गोदाम से लेकर क्रेता के गोदाम तक की समस्त जोखिम का बीमा हो जाता है। इस तरह यात्रा के दौरान समस्त जोखिम का बीमा हो जाता है।

7. **जहाज का नाम** (Name of Vessel)—माल को जिस जहाज से भेजा जाता है, उसका नाम बीमापत्र में होता है। इसके लिए एक वाक्यांश रहता है 'किसी भी प्रकार का माल एवं स्कन्ध... एक अच्छी जहाज जिसका नाम...... से भेजा जा रहा है'।[1] वैधानिक रूप से बीमापत्र में जहाज का नाम होना बहुत जरूरी नहीं है, परन्तु जब एक बार जहाज का नाम लिख दिया जाता है तो उसे बदलना सम्भव नहीं होता है, चाहे नया जहाज कितना अच्छा क्यों न हो? लेकिन जब नये जहाज पर माल इसलिये लादा जाता है कि जिस जहाज पर माल लदा हुआ था, वह नष्ट हो चुका है तो बीमाकर्ता की जोखिम चलती रहेगी, उस पर कोई प्रभाव नहीं पड़ेगा। 'अच्छा जहाज' का यहाँ पर एक विशेष अर्थ है कि जहाज 'सागर योग्य' है जिसका वर्णन पिछले अध्याय में समाश्वासन के अन्तर्गत किया जा चुका है। यदि इस शब्द के विपरीत कोई शर्त लिखी गयी हो तो उसी के अनुसार इसका पालन होगा।

8. **कप्तान अथवा चालक का नाम** (Name of Master)—प्राचीन समय में जब यातायात यन्त्रों का विकास नहीं हुआ था तो कप्तान का नाम लिखना प्रासंगिक था, क्योंकि कप्तान के अनुभव के अनुसार प्रव्याजि की गणना की

---

1. "Upon any kind of goods and merchandises... in the good ship or vessel called the..."

जाती थी। आजकल जहाज के कप्तान का नाम अधिक महत्त्व नहीं रखता, क्योंकि यन्त्र-चालित जहाजों के लिए कप्तान का नाम देना आवश्यक नहीं है। कुछ विशेष परिस्थितियों में कप्तान का नाम लिख दिया जाता है। यदि एक बार किसी एक कप्तान का नाम लिख दिया गया है तो उसे बदलना सम्भव नहीं है। यदि जान-बूझकर धोखा देने के लिए किसी दूसरे कप्तान का नाम लिख दिया जाता है तो वह प्रसंविदा विवर्जित होगी।

9. **जोखिम का आरम्भ और अन्त**—जोखिम का आरम्भ 'पर और से' वाक्य पर निर्भर है। उद्दिष्ट बन्दरगाह पहुँचने के बाद चौबीस घण्टे तक जोखिम रहती है। कभी-कभी कुछ वस्तुओं के सम्बन्ध में यह पहुँचने के 30 दिन तक रहती है। यदि इस बीच हानि हो जाय तो बीमाकर्ता को भुगतान करना होगा। माल के लद जाने पर ही जोखिम प्रारम्भ हो जाती है और उतरने तक रहती है। जोखिम का आरम्भ और अन्त पिछले वाक्यांशों में बताया जा चुका है।

   यदि बीमापत्र में जहाज के रवाना होने और गंतव्य स्थान का नाम लिख दिया गया हो तो जहाज को उसी स्थान से यात्रा प्रारम्भ करनी चाहिए और गन्तव्य स्थान पर यात्रा समाप्त करनी चाहिए, अन्यथा बीमा प्रसंविदा लागू नहीं होगी।

10. **स्पर्श और टिकाव** (Touch and Stay)—यात्रा के दौरान जहाज को किस क्रम से विभिन्न बन्दरगाहों से जाना होगा, यह इस वाक्यांश से पता लग जाता है। इससे सम्बन्धित वाक्यांश इस प्रकार है, "....and it shall be lawful for said ship etc. in this voyage to proceed and sail to and touch and stay at any port or places whatsoever, without prejudice to this insurance." इस वाक्य से ऐसा प्रतीत होता है कि जहाज स्वतन्त्रतापूर्वक किसी भी बन्दरगाह से जा सकता है, परन्तु व्यावहारिक जीवन में इसकी सीमायें हैं, जो निम्नलिखित हैं :—

1. जहाज को साधारण मार्ग से जाना चाहिए। साधारण मार्ग में बन्दरगाहों का उल्लेख रहेगा और उन्हीं बन्दरगाहों से जाना जरूरी होगा। यदि इनके अतिरिक्त किसी दूसरे बन्दरगाह से जहाज जाता है तो वह 'अनधिकृत' माना जायगा और बीमा प्रसंविदा रद्द हो सकती है।
2. यदि बीमापत्र में कुछ उल्लिखित नहीं है तो जहाज को भौगोलिक क्रम से जाना चाहिए।
3. जहाज केवल उन्हीं बन्दरगाहों पर रुकेगा, जहाँ पर रुकना युक्तिसंगत और मान्य समझा जाता है।
4. बन्दरगाहों पर रुकने के बाद बिना अनुचित विलम्ब के यात्रा प्रारम्भ कर देनी चाहिए अन्यथा बीमाकर्ता का दायित्व समाप्त हो जायगा।

पथ-भ्रष्टता (Deviation)—जब जहाज अपने सामान्य मार्ग से हट जाय तो वह पथ-भ्रष्ट माना जाता है। पथ-भ्रष्टता के समय से बीमाकर्ता अपने दायित्व से मुक्त हो जाता

है, चाहे जहाज ने अपना स्थान क्यों न फिर ग्रहण कर लिया हो? निम्नलिखित दशाओं में पथ-भ्रष्टता मानी जाती है—

(अ) जबकि बीमापत्र में यात्रा का मार्ग स्पष्ट रूप से उल्लिखित हो और उस मार्ग से जहाज हट जाय।

(ब) जब मार्ग स्पष्ट न किया गया हो तो सामान्य और साधारण मार्ग से हट जाय।

पथ-भ्रष्टता का विचार मात्र कोई अर्थ नहीं रखता, बल्कि वास्तविक पथ-भ्रष्टता ही माने रखती है।

पथ-भ्रष्टता का क्षम्य होना—उपर्युक्त वैधानिक जिम्मेदारी के अतिरिक्त निम्नलिखित दशाओं में पथ-भ्रष्टता क्षम्य होती है—

1. **जब यह बीमापत्र विशेष रूप से घोषित कर दिया गया हो**—जब पथ-भ्रष्टता को विशेष रूप से क्षम्य घोषित कर दिया गया हो। इसके लिए बीमापत्र में एक वाक्य जोड़ दिए जाते हैं, जिसे 'पथ-भ्रष्टता वाक्य' या 'यात्रा परिवर्तन वाक्य' कहते हैं।
2. **कप्तान और स्वामी के वश के बाहर की घटनाएँ**—जब पथ-भ्रष्टता उन कारणों से हुई हो जिन पर कप्तान या स्वामी का कोई वश न चले तो वह पथ-भ्रष्टता क्षम्य होगी। जैसे तूफान आने के कारण पथ-भ्रष्टता हो जाय तो वह क्षम्य होगी क्योंकि उस पर किसी का प्रयास सफल नहीं हो सकता।
3. **जब समाश्वासन को पूरा करने के लिए पथ-भ्रष्टता हो**—किसी मानी हुई शर्त, जैसे जहाज की समुद्र योग्यता को पूरा करने के लिए पथ-भ्रष्टता हो तो यह क्षम्य होगी।
4. **जहाज या बीमित विषय की सुरक्षा के लिए पथ-भ्रष्टता**—जब सुरक्षा के लिए पथ-भ्रष्टता जरूरी हो जाती है तो वह क्षम्य होगी।
5. **मानवीय जीवन बचाने के लिए**—मानवीय जीवन की सुरक्षा के लिए किया गया पथ-विचलन क्षम्य होता है।
6. **डाक्टरी सहायता के लिए**—किसी व्यक्ति की दवा के लिए किया गया पथ-विचलन प्रसंविदा पर विपरीत प्रभाव नहीं डालता है।
7. **कप्तान या मल्लाहों की चोरी के लिए किया गया बीमा**—यदि कोई जहाज कप्तान और मल्लाहों द्वारा चोरी या धोखा देने (Barratry) के कारण पथ-भ्रष्ट होता है और इस चोरी के लिए बीमा कराया गया हो तो इस पथ-विचलन का कोई विपरीत प्रभाव नहीं पड़ेगा।

11. **मूल्य निर्धारण** (Valuation)—इस वाक्य के अन्तर्गत विषय-वस्तु का मूल्य लिखा जाता है। यह निम्न प्रकार हो सकता है—

"कथित जहाज आदि, मालस्कन्ध आदि... का... मूल्य बीमापात्र और बीमाकर्ता के बीच समझौते के अनुसार... है और... रहेगा।"

यह आवश्यक है कि बीमित वस्तु का उल्लेख बीमापत्र में अवश्य हो। वस्तुओं का वर्णन आवश्यक औचित्य (Accuracy) के साथ होना चाहिए। वस्तु की मात्रा, जहाज की संख्या, नाम आदि अन्य ऐसी बातें जो कि जोखिम को प्रभावित करती हों, सही-सही पूर्णरूपेण वर्णित होनी चाहिए। जोखिम की मात्रा वस्तुओं के स्वभाव पर बहुत ज्यादा आश्रित होती है। अतः उसका मूल्यांकन सही-सही होना चाहिए। अधिक मूल्यांकन पर बीमाकर्ता को हानि और कम मूल्यांकन पर बीमापत्र को हानि होती है। यदि धोखा देने के लिए अनुचित मूल्यांकन किया जा रहा है तो बीमा प्रसंविदा रद्द समझी जायगी। मूल्यांकन की दो विधियाँ हैं, एक तो बीमा कराते समय मूल्यांकन (Insured Value) और दूसरा बीमित वस्तु के क्षति होने के समय मूल्यांकन (Insurable Value)। इनका वर्णन क्रमशः मूल्यांकित और अमूल्यांकित बीमापत्रों के अन्दर किया जा चुका है।

12. **आपत्ति वाक्यांश**—इस वाक्यांश में उन आपत्तियों, संकटों और जोखिम का वर्णन होता है, जिनके कारण क्षति होने पर बीमाकर्ता हानि का भुगतान करता है। सामुद्रिक बीमा में बहुत-सी जोखिमों का बीमा अलग-अलग होता है और केवल उसी जोखिम के लिए बीमाकर्ता जिम्मेदार होगा जिसके प्रति बीमा कराया गया हो। लायड्स बीमापत्र में इस संदर्भ में अग्रांकित वाक्य है :—

"...touching the adventures and perils which we, the assurers are contended to bear and do take upon, as in this voyage, they are, of the seas, men-of-war, fire, enemies, pirates, rovers, thieves, jettisons, letters of mart and countermart, surprisals, taking at sea, arrest, restraints and detainments-of all kings, princes and people, of what nation, condition, or quality whatsoever, barratry of the master and mariners, and of all other perils, losses and misfortunes..."

उपरोक्त से स्पष्ट है कि सामुद्रिक आपत्तियाँ अनेक प्रकार की होती हैं। कुछ आपत्तियों का पता अभी भी नहीं हो सका है, जैसे-जैसे आपत्तियों का ज्ञान होता जाता है, इसे बीमापत्र में शामिल करते जाते हैं। इन आपत्तियों को निम्न प्रकार बाँट सकते हैं—

1. **प्राकृतिक आपत्तियाँ**—इनमें सागर की आपत्तियाँ और अग्नि शामिल हैं।

2. **मानवीय आपत्तियाँ**—मानवीय आपत्तियाँ दो प्रकार की हो सकती हैं—

(अ) जहाज पर स्थित व्यक्तियों द्वारा और

(ब) बाहरी व्यक्तियों द्वारा।

इन आपत्तियों का विस्तृत वर्णन आगे किया जा रहा है। इन आपत्तियों में जो आसन्न कारण होगा, उसी के प्रति बीमाकर्ता जिम्मेदार होगा; यदि उस आसन्न आपत्ति का बीमा कराया गया हो।

1. प्राकृतिक आपत्तियाँ

(अ) सागर की आपतियाँ (Peril of the Seas)—इन आपत्तियों में केवल आकस्मिक दुर्घटना और समुद्र की हानियाँ शामिल रहती हैं। यहाँ पर यह समझ लेना जरूरी है कि बीमाकर्ता सागर की आपत्तियों के लिए जिम्मेदार हो सकता है, लेकिन सागर पर की

आपत्तियों के प्रति जिम्मेदार नहीं हो सकता है। बीमाकर्ता सागर की सामान्य और दैनिक आपत्तियों के प्रति जिम्मेदार नहीं होता है; जैसे समुद्र की लहरों से होने वाला ह्रास या सामान के वास्तविक आन्तरिक कारणों से अपने-आप शीघ्र नष्ट होना आदि के प्रति बीमाकर्ता जिम्मेदार नहीं होता है। 'सागर की आपत्तियों' के उदाहरण इस प्रकार हैं; जैसे फाउण्डरिंग (Foundering) अर्थात् चट्टान से टक्कर खाकर या ऐसे ही कारणों द्वारा जहाज के नष्ट होकर डूब जाना, स्ट्रेण्डिंग (Stranding) यानी समुद्र तल में फँस जाना, किसी एक दूसरे जहाज से मुठभेड़ (Collision) हो जाना, वायु, तूफान या समुद्री जल की आपत्तियाँ। ये आपत्तियाँ उन दुर्घटनाओं के कारण होनी चाहिए जो आकस्मिक हों, असाधारण हों और पहले से ज्ञात न हों। दुर्घटना ऐसी होनी चाहिए जिसका आभास न हो सके और समुद्री उपक्रम (Adventure) की साधारण घटना न हो। निश्चित घटनाएँ आपत्तियों के अन्दर नहीं आती हैं। जान-बूझकर की गयी आपत्तियों के लिए बीमाकर्ता जिम्मेदार नहीं होता है। केवल असाधारण और आकस्मिक क्षतियों के लिए बीमाकर्ता जिम्मेदार होता है। कप्तान की असावधानी से होने वाली हानि पर भुगतान हो सकता है यदि उसके लिए बीमा कराया गया हो। असावधानी से जहाज चलाने के कारण जहाज सागर तल में फँस जाय अथवा दूसरे जहाज से टक्कर खा जाय तो बीमाकर्ता इसके भुगतान के लिए जिम्मेदार नहीं होगा।

(ब) अग्नि—सामुद्रिक बीमा में अग्नि से भी बहुत हानि हुआ करती है। वर्तमान अग्निरोधक और शोधक यन्त्रों के बावजूद भी अग्नि से हानि बहुत अधिक होती है। सभी प्रकार की अग्नि जोखिमों को इसके अन्दर शामिल नहीं करते। अग्नि की गर्मी, धुएँ और बुझाने के लिए प्रयोग किये गये पानी से होने वाली हानि को इसी अग्नि बीमापत्र में संवृत किया जाता है। बिजली गिरने, विस्फोट, मास्टर की लापरवाही, स्वतः दबाव आदि से उत्पन्न अग्नि भी इसी के अन्दर शामिल है। लेकिन यदि अग्नि का कारण बीमित विषय का स्वभाव ही है तो बीमाकर्ता इसके लिए जिम्मेदार नहीं होगा। इसी प्रकार जान-बूझकर की जाने वाली हानियों के प्रति बीमाकर्ता जिम्मेदार नहीं होता। यदि वस्तुओं के ले जाने के ढंग के कारण आग लगे तो बीमाकर्ता उस वस्तु की हानि का उत्तरदायित्व नहीं रखता, परन्तु यदि वह आग दूसरी वस्तुओं को नष्ट कर दे तो बीमाकर्ता उस दूसरी वस्तु की हानि के लिए जिम्मेदार होगा।

2. मानवीय आपत्तियाँ

मानवीय आपत्तियों में निम्नलिखित जोखिमें आती हैं :—

(अ) जेटीसन (Jettison)—जेटीसन का अर्थ जहाज पर लदे सामान या जहाज के किसी हिस्से को जान-बूझकर फेंकना अथवा निकालना जिससे जहाज का भार हल्का हो जाय और उसे डूबने से बचाया जा सके। वस्तुओं के फेंकने आदि का उद्देश्य किसी विशाल जोखिम से जहाज को बचाना है तो यह जान-बूझकर की जाती है। आकस्मिक रूप से यदि कोई समान गिर पड़े तो उसे जेटीसन के अन्तर्गत शामिल नहीं करते हैं। जेटीसन से होने वाली हानि का भुगतान तब तक नहीं किया जाता है जब तक कि इसका बीमा न कराया गया हो। जिस माल को फेंकने या स्थान बदलने का प्रावधान किया गया हो उसे ही जेटीसन के अन्तर्गत शामिल करेंगे; जैसे—यदि कोई माल जहाज के डेक के ऊपर नहीं ले जाते तो उसे

डेक के अन्दर से निकालकर डेक के ऊपर नहीं रखेंगे और इसको फेंकने से होने वाली हानि का भुगतान नहीं किया जायगा। इसी प्रकार स्वाभाविक दुर्गुण से नष्ट होने वाले माल का जेटीसन नहीं किया जायगा। मालिक की गलती या लापरवाही से होने वाले जेटीसन के प्रति भी बीमाकर्ता जिम्मेदार नहीं होगा।

(ब) बैरेट्री (Barratry)—बैरेट्री का अर्थ जहाज के कप्तान या नाविक द्वारा जान-बूझकर किया गया छलपूर्ण कार्य है। यह छलपूर्ण कार्य मालिक की अनुमति के बिना किया जाता है; जैसे—कप्तान या नाविक द्वारा जहाज को फेंकना, आग लगाना, चोरी करना, कपटपूर्ण माल की बिक्री करना या अन्य ऐसे ही कार्य जो मालिक की चोरी से किया जाय, बैरेट्री कहलाता है। बैरेट्री की हानि का भुगतान तभी किया जायगा जबकि बीमा कराया गया होगा। एक अभियोग में जहाज का कप्तान, जो बन्दरगाह पर माल की प्रतीक्षा कर रहा था, एक व्यक्ति को निकटवर्ती द्वीप पर माल सहित भेजने चला गया। लौटते समय जहाज पूर्णतया नष्ट हो चुका था। निर्णय यह दिया गया कि कप्तान ने जहाज के मालिक की जानकारी के बिना ही ये सब कार्य किये और इसके लिए रुपये प्राप्त किये, इसलिए इस जोखिम का भुगतान बैरेट्री के कारण नहीं किया गया। कप्तान और कर्मचारियों द्वारा किया गया अवैध व्यापार (Illegal Trade), किराया जब्त करना आदि बैरेट्री में आते हैं। बैरेट्री के लिए दो बातें आवश्यक हैं, एक तो यह कार्य जान-बूझकर धोखा देने के लिए कप्तान या/और कर्मचारियों द्वारा किया जाय। दूसरी बात यह कार्य मालिक की अनुमति के बिना किया जाना चाहिए। मालिक को इस कपटपूर्ण जोखिम से लाभ न हो, बल्कि हानि हो। बैरेट्री के कारण हुए विचलन क्षम्य है।

(स) सामुद्रिक चोर एवं डकैत (Pirates Rovers, Thieves)—प्राचीन काल में सामुद्रिक चोर एवं डकैतों के कारण बहुत जोखिम हुआ करती थी और अब उनका महत्त्व कम होता जा रहा है। इन व्यक्तियों द्वारा चोरी और डकैती सामुद्रिक यात्रा के दौरान हुआ करती है। इनका उद्देश्य इस लूटपाट से धन कमाना है। यह चोरी बाहरी व्यक्तियों द्वारा होनी चाहिए; जहाज के कप्तान, कर्मचारी और अन्य यात्रियों द्वारा की गयी चोरी या बदमाशी इस वाक्यांश में शामिल नहीं होती। इनका कोई राजनैतिक उद्देश्य नहीं होता, बल्कि लाभ कमाने के लिए वे ऐसा करते हैं। यहाँ पर चोरी का तात्पर्य लुक-छिप कर चोरी से नहीं है, बल्कि हमला करके माल छीनने से मतलब है।

(द) युद्ध की जोखिम (War Risks)—इस वाक्यांश में युद्ध-जनित जोखिम को शामिल करते हैं जो लड़ाकू जहाज, शत्रुओं के आक्रमण, आकस्मिक विद्रोह, पकड़ और राज्य-दण्ड या द्रोह आदि के कारण होती है। यह वाक्यांश निम्न प्रकार है—

"Men-of-war, enemies, letters of mart and counter-mart, surprisals, taking at seas, arrests, restraints and detainments of all kings, princes and people of what nation, condition or quality whatsoever..."

इस प्रकार प्रतिकार-पत्र (Letters of Mart) और प्रतिकार अवरोध पत्र (Letters of Countermart) आते हैं। प्रतिकार-पत्र द्वारा सरकार उनके धारक को शत्रुओं के जहाज से बदला लेने का अधिकार देती है और प्रतिकारवरोध पत्र द्वारा उपर्युक्त धारकों से लड़ने का अधिकार देती है। इसके पश्चात् शासकों या व्यक्तियों द्वारा कारावास, रोकथाम आदि

(Surprisals, Taking at Seas, Arrests, Restraints and Detainments of All Kings, Princes and People) आते हैं।

लड़ाकू जहाज (Men-of-war) वे हैं जिनको बचाव करने या हमला करने का अधिकार राष्ट्र द्वारा दिया गया है। लड़ाकू जहाजों से मुठभेड़ (Collision) होने पर बीमाकर्ता जिम्मेदार हो सकता है। शत्रु (Enemy) जहाज वे हैं जो शत्रुओं द्वारा हमला करने के लिए प्रयोग किये जाते हैं। यहाँ ध्यान देने की बात है कि यदि बीमा कराए हुए जहाज पर शत्रु देश का माल भेजा जा रहा हो तो उसकी क्षति होने पर बीमाकर्ता की कोई जिम्मेदारी नहीं होती क्योंकि यह अवैध उपक्रम (Adventure) होता है।

व्यवहार में उपर्युक्त आपत्तियों को साधारण बीमापत्र में संवृत नहीं करते हैं और बीमापत्र में यह स्पष्ट कर देते हैं कि F.C. & S. Clause (Free of Capture and Seizure Clause) अर्थात् 'युद्धजनित आपत्तियों से मुक्त वाक्य' जिसके परिणामस्वरूप युद्ध-जनित आपत्तियों को संवृत नहीं किया जाता। इन आपत्तियों को अतिरिक्त प्रव्याजि देकर बीमित कर सकते हैं और इसके आगे "This Policy covers the risks excluded by the following clause" अर्थात् "यह बीमापत्र निम्नांकित वाक्य द्वारा हटाए गए जोखिमों को भी बीमित करता है।"

बीमाकर्ता और बीमित व्यक्ति के आपसी समझौते के अनुसार जोखिम के वाक्यांशों को संशोधित, रद्द या विस्तृत कर सकते हैं।

13. चेष्टा वाक्य (Sue and Labour Clause)—इस वाक्यांश के अनुसार बीमापात्र (Assured) को यह अधिकार दिया जाता है कि वह अपने अधिकारों पर बिना किसी आक्षेप के बीमा की संपत्ति को हानि या विनश से बचाने के लिए प्रयास अर्थात् चेष्टा करे। उसे उसी बुद्धिमानी और विवेक से काम लेना चाहिए जो कि वह बीमा की अनुपस्थिति में लेता। अतः बीमापात्र को बुद्धिमानी और विवेक से काम करना नितान्त आवश्यक है। सम्पत्ति को बचाने के लिए जो भी व्यय किया जायगा वह बीमाकर्ता देगा। आजकल जहाज का स्वामी जहाज पर नहीं रहता; अतः उसका कप्तान प्रतिनिधि के रूप में काम करता है, जिससे उसका कर्त्तव्य हो जाता है कि समुद्री जोखिम से होने वाली हानि को वह यथासम्भव बचाने या कम करने की चेष्टा करे।

यहाँ ध्यान देने की बात है कि केवल मालिक या कप्तान या उसका नौकर या अन्य कोई प्रतिनिधि सम्पत्ति के बचाव के लिए व्यय करे। साल्वर या अन्य व्यक्तियों द्वारा किया गया व्यय 'सू एण्ड लेबर' वाक्यांश में नहीं आता। व्यय करने के बाद इसकी सूचना बीमाकर्ता को देना जरूरी है। व्यय केवल उसी हानि से सम्बन्धित हो जिसके लिए बीमाकर्ता जिम्मेदार हो। यह व्यय सद्विश्वास के साथ समुचित होना चाहिए, आवश्यकता से अधिक खर्च नहीं होना चाहिए। व्यय तभी करना चाहिए जब आपत्ति या जोखिम आ चुकी हो। इसके पूर्व किया गया व्यय इस वाक्य में नहीं आता है। यह व्यय परम सद्विश्वास के साथ किया जाना चाहिए।

14. स्वत्व-त्याग वाक्य (Waiver Clause)—यह वाक्यांश चेष्टा वाक्य का सहायक है, इसके अनुसार बीमाकर्ता और बीमित व्यक्ति बीमे की क्षति को कम या न्यूनतम करने के लिए आवश्यक काम करे। इसमें दोनों को यह अधिकार दिया जाता है कि वे हानि

को कम करने के लिए अपनी-अपनी ओर से स्वतन्त्र कार्यवाही करें। ऐसा करने में किसी भी पक्ष के दायित्व और अधिकार पर विपरीत प्रभाव नहीं पड़ेगा। इस वाक्य को निम्न प्रकार बताया जा सकता है :—

"...और यह विशेषतया घोषित और निश्चित किया जाता है कि बीमे की सम्पत्ति की पुनर्प्राप्ति या बचाने या रक्षा करने के लिए बीमाकर्ता या बीमापात्र का कोई भी काम त्याग (Abandonment) की स्वीकृति या अस्वीकृति के समान नहीं माना जायगा।"

जब कभी जहाज की क्षति इतनी अधिक हो जाय कि उसके लिए बीमित रकम से अधिक व्यय करना पड़े तो इसकी सूचना बीमाकर्ता के पास तुरन्त भेजनी चाहिए। यदि सूचना प्राप्त करने के बाद बीमाकर्ता ने उस परित्यजन की सूचना को अस्वीकार कर दिया तब भी बीमाकर्ता तथा बीमित व्यक्ति दोनों का यह कर्त्तव्य हो जाता है कि उस वस्तु को बचाने के लिए अपनी-अपनी ओर से उचित कार्यवाही करें। इस कार्यवाही का पूर्ण हानि के दावे से कोई सम्बन्ध नहीं होता है। यह वाक्य जहाँ दोनों पक्षों को इस बात का समानाधिकार देता है कि वे हानिग्रस्त वस्तु को बचाने की यथाशक्ति चेष्टा करे, वहीं उन दोनों को इस बात का आश्वासन भी देता है कि ऐसा करने में दोनों के पारस्परिक अधिकार और दायित्व पर प्रतिकूल प्रभाव नहीं पड़ेगा।

15. प्रव्याजि वाक्य (Premium Clause)—प्रत्येक व्यापारिक प्रसंविदा में प्रतिफल का होना बहुत आवश्यक है। अतः सामुद्रिक बीमा में भी प्रतिफल (प्रव्याजि) का भुगतान होना बहुत जरूरी है, जिसके बदले बीमाकर्ता बीमित व्यक्ति को बीमित जोखिम पर होने वाली हानि का भुगतान कर देता है। बीमा प्रसंविदा होते ही प्रव्याजि का भुगतान प्राप्त किया जाना माना जाता है, परन्तु व्यावहारिक जीवन में प्रव्याजि का भुगतान प्रसंविदा के दूसरे महीने की 8 तारीख तक ही दिया जाता है। इस वाक्य को इसलिये लिख दिया जाता है जिससे बीमाकर्ता प्रव्याजि न मिलने का बहाना न कर सके।

16. स्मारक वाक्य (Memorandum Clause)—बीमापत्र में एक नोट छपा रहता है जिसका उद्देश्य बीमा कराने को ऐसे छोटे-छोटे उद्देश्यों से बचाना है जिसका कारण माल की नाशमानता (Perishability) होती है। जैसे बीमाकर्ता आटा, मछली, नमक, फल, अनाज और बीज की आंशिक क्षति के लिए उत्तरदायी नहीं होगा, क्योंकि ये वस्तुएँ अत्यन्त नाशवान हैं। चीनी, तम्बाकू, फ्लेक्स, खाल और हेम्प की पाँच प्रतिशत से कम की क्षति के लिए बीमाकर्ता उत्तरदायी नहीं होगा। अन्य वस्तुएँ जिनमें जहाज और किराया भी सम्मिलित हैं, तीन प्रतिशत के नीचे की आंशिक क्षति के लिए बीमाकर्ता जिम्मेदार नहीं होगा।

17. अन्य विशेष वाक्य (Other Special Clause)—कभी-कभी बीमापत्रों में कुछ विशेष वाक्य भी लिख दिये जाते हैं। इनमें से कुछ का वर्णन नीचे किया जा रहा है।

(क) **विशेष औसत मुक्त** (F.P.A. Clause—Free From Particular Average)—यह वाक्य बीमाकर्ता को विशेष औसत से मुक्त करता है। यदि आंशिक क्षति विशेष औसतन हो तो बीमाकर्ता को क्षतिपूर्ति करनी होगी। इस शर्त के अनुसार यदि जहाज समुद्र तल पर रुक जाय (Strand) या डूब जाय या जल जाय तो बीमाकर्ता इसके लिए जिम्मेदार होगा। यह वाक्य बीमापत्र की पूरी अवधि तक लागू होता है।

(ख) **विशेष औसत सहित** (With Particular Average/W.P.A.)—इसके अनुसार विशेष औसत हानि चाहे जिस कारण हुई हो, बीमाकर्ता उसके लिए जिम्मेदार होगा।

(ग) **विदेशी सामान्य औसत** (Foreign General Average/F.G. A.)—सामान्य औसत होने पर एक सामान्य औसत का लेखा तैयार करना पड़ता है जिसमें प्रत्येक हित के हिस्से में आने वाली क्षति का अनुपात या रकम होती है। यह लेखा बन्दरगाह के विधान के अनुसार बनाते हैं। इस तरह विदेशी बन्दरगाह के अनुसार बनाया गया सामान्य औसत का लेखा बीमा कराने और करने के बीच लागू होगा। भुगतान के लिए यार्क यन्टर्प रूल का अधिक पालन किया जाता है।

(घ) **समस्त संकटों से रक्षा** (Against All Risks/A.A.R.)—इस वाक्यांश के अनुसार बीमाकर्ता उन समस्त जोखिमों के प्रति जिम्मेदार होगा, जिनका लेखा बीमापत्र में किया गया है।

(ङ) **बन्दी होने से संकट से मुक्त** (Free of Capture and Seizure Clause F.C. & S. Clause)—शत्रुओं द्वारा बन्दी बना लेने पर होने वाली हानि के प्रति बीमाकर्ता इस वाक्य के अन्तर्गत जिम्मेदार नहीं होता है। यदि कुछ अतिरिक्त प्रव्याजि दी गयी है तो बीमाकर्ता इसके लिए जिम्मेदार हो सकता है।

(च) **हड़ताल, दंगा और नागरिक विद्रोह से मुक्त** (Free of Strikes, Riots & Civil Commotion—F.S.R. & C.C. Clause)—इस वाक्य के कारण बीमाकर्ता हड़ताल, दंगा और नागरिक विद्रोह से उत्पन्न हानियों के प्रति जिम्मेदार नहीं होता है।

(छ) **टकरा जाने का वाक्य** (Running Down—R.D. Clause)—इसे मुठभेड़ (Collision) वाक्य भी कहते हैं। इस वाक्य के होने से बीमाकर्ता उन हानियों के प्रति जिम्मेदार होगा जो कि किसी दूसरे जहाज से टक्कर खा जाने से हुई हों। दूसरे जहाज को हर्जाना देने का खर्च भी इसी में शामिल है। लेकिन इस हानि का केवल तीन-चौथाई ही बीमाकर्ता सहन करता है, शेष एक-चौथाई बीमापात्र को स्वयं सहन करना पड़ेगा।

(ज) **जारी रहने का वाक्य** (Continuation Clause)—जब यात्रा सम्पूर्ण होने के पहले ही बीमापत्र की अवधि समाप्त हो जाय तो बीमाकर्ता को शेष यात्रा के लिए अतिरिक्त प्रव्याजि देकर उत्तरदायी बनाया जा सकता है।

(झ) **एक ही कम्पनी का जहाज** (Sister Ship Clause)—जब एक ही कम्पनी के कई जहाज आपस में लड़ जायँ तो उनके भुगतान की जिम्मेदारी किस पर होगी, इसको पंचायत द्वारा निश्चित किया जाता है।

(ञ) **लापरवाही वाक्य** (Negligence Clause)—इसे (Inchmaree Clause) भी कहते हैं। इस वाक्यांश के रहने से बीमाकर्ता जहाज पर या अन्य हुए विस्फोटों, मशीनरी के किसी दोष, बायलर के फटने या धुरा के टूटने, हवाई

जहाज के सम्पर्क में आने के कारण, जहाज के कप्तान, नाविकों या इंजीनियरों की लापरवाही के कारण होने वाली जोखिम के प्रति जिम्मेदार होता है। साधारण बीमापत्र में इस हानि को नहीं देखते हैं, परन्तु इंचमरी नामक जहाज के मुकदमे के बाद यह स्पष्ट हो गया कि साधारण बीमापत्र के अन्तर्गत यह जोखिम नहीं आती है। इस हानि को तभी शामिल कर सकते हैं जबकि अतिरिक्त प्रव्याजि देकर इसे संवृत किया गया हो।

□□□

अध्याय 24

सामुद्रिक हानियाँ

सामुद्रिक जोखिम से जहाज के स्वामी, भाड़े का प्राप्तकर्ता और माल के अधिकारी को हानि होती है। जिस जोखिम का बीमा कराया गया होगा, उसी जोखिम के लिए बीमाकर्ता जिम्मेदार होगा। यदि इन जोखिमों का बीमा नहीं कराया गया है तो बीमाकर्ता उनका भुगतान नहीं करेगा। सामान्यतः सभी जोखिमों का बीमा हुआ रहता है जिससे बीमित व्यक्ति को कोई हानि स्वयं सहन नहीं करना पड़ता है। इसका विस्तृत वर्णन आसन्न कारण के सिद्धान्त के अन्तर्गत किया जा चुका है। वहाँ यह स्पष्ट किया जा चुका है कि केवल वास्तविक और बीमित जोखिम के प्रति बीमाकर्ता जिम्मेदार होगा।

कुछ हानियों का भुगतान नहीं—बीमाकर्ता निम्न कुछ हानियों का भुगतान नहीं करता है : (1) जान-बूझकर की गयी हानियों के प्रति बीमाकर्ता जिम्मेदार नहीं होगा। लेकिन कप्तान या कर्मचारियों के द्वारा की गयी जान-बूझकर या लापरवाही से होने वाली के प्रति बीमाकर्ता जिम्मेदार हो सकता है, बशर्ते कि इसका बीमा कराया गया हो। (2) विलम्ब के कारण उत्पन्न होने वाली हानि के प्रति बीमाकर्ता की जिम्मेदारी नहीं होती है, बशर्ते कि इस वाक्य के विपरीत कुछ लिखा न गया हो। (3) जब तक इसके विपरीत प्रावधान हो, साधारण ह्रास (Wear and Tear), सामान्य छिद्र एवं टूट-फूट (Leakage and Breakage), स्वाभाविक दुर्गुण (Inherent-Vice), चूहों (Rats) या दीमक (Vermin) से नष्ट होना तथा मशीनों की स्वाभाविक क्षति के लिए बीमाकर्ता जिम्मेदार नहीं होता है।

हानियों के भेद (Types of Marine Losses)

सामुद्रिक हानियाँ मुख्य रूप से दो प्रकार की होती हैं : (1) पूर्ण हानि (Total Loss) और (2) आंशिक हानि (Partial Loss)। कुछ दशाओं में केवल पूर्ण हानि या आंशिक हानि का बीमा कराया जाता है। यदि आंशिक हानि का बीमा है तो पूर्ण हानि पर भुगतान नहीं होगा और यदि पूर्ण हानि का बीमा है तो आंशिक हानि के लिए भुगतान नहीं होगा। जब दोनों हानियों का बीमा है तो दोनों हानियों के लिए भुगतान होगा, परन्तु बीमा की कुछ रकम या हानि की सम्पूर्ण रकम जो भी दोनों में कम हो वहीं तक भुगतान होगा। यदि आंशिक हानि के बाद पूर्ण हानि होती है तो पूर्ण हानि का ही भुगतान होगा, परन्तु यदि आंशिक हानि की मरम्मत करा चुकने के बाद पूर्ण हानि होती है तो बीमाकर्ता आंशिक हानि का भुगतान करने के बाद पूर्ण हानि का भी भुगतान करता है। यह नियम केवल एक ही बीमापत्र पर लागू होता है। यदि आंशिक हानि और पूर्ण हानि का अलग-अलग बीमा कराया गया है तो उनकी अलग-अलग रकम भुगतान की जायगी।

आंशिक हानि को दो भागों में बाँटते हैं—(1) औसत (Average or Loss) और (2) व्यय (Expenses)। औसत हानि के भी दो भेद होते हैं—(1) साधारण औसत और (2) विशेष औसत। इसी प्रकार व्यय के भी दो भेद होते हैं—(1) विशेष व्यय और (2) निस्तारण। पूर्ण हानि भी वास्तविक और रचनात्मक दो प्रकार की होती हैं।

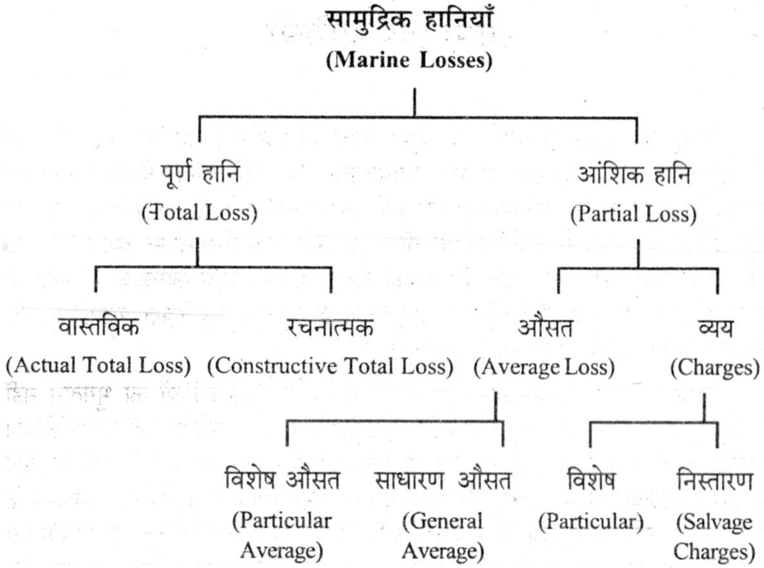

पूर्ण हानि

जब बीमित वस्तु पूर्ण रूप से नष्ट हो जाय तो उसे पूर्ण हानि कहते हैं; जैसे यदि बीमित वस्तु आग से जलकर पूर्णतया नष्ट हो जाय या शत्रुओं द्वारा पकड़ लिया जाय और उसका कुछ भी हिस्सा वापस न मिल पावे। लेकिन जब कुछ हिस्सा नष्ट हो तो उसकी हानि जानने के लिए नष्ट हिस्से का पूर्ण वस्तु में क्या भाग या अंश है, इससे जानना जरूरी है। यदि इन हिस्सों को अलग कर सकते हैं तो प्रत्येक हिस्से की हानि अलग-अलग जानी जाती है। चूँकि प्रत्येक हिस्से का अलग-अलग मूल्यांकन कर सकते हैं, इसलिए प्रत्येक हिस्से के लिए पूर्ण हानि हुई। लेकिन यदि इन हिस्सों को अलग न किया जा सके तो यह आंशिक हानि होगी। पूर्ण हानि का मूल्यांकन करने के लिए बीमित मूल्य (Insured Value) या बीमा योग्य मूल्य (Insurable Value) तथा बीमित रकम (Assured Amount) को आधार बनाया जाता है। यदि बीमित रकम (Assured Amount) इन मूल्यों से कम है तो कम रकम का ही भुगतान पा सकते हैं और यदि बीमित रकम इन मूल्यों से अधिक है तो इन मूल्यों तक ही भुगतान मिलेगा। अधिक रकम का बीमा होने से हानि से अधिक का भुगतान नहीं दिया जायगा क्योंकि यह क्षतिपूर्ति सिद्धान्त के विपरीत है।

1. **वास्तविक पूर्ण हानि** (Actual Total Loss)—जहँ पर बीमित वस्तु इस प्रकार

नष्ट हो जाय कि वह उस वस्तु के रूप में न रह सके या बीमित व्यक्ति उस वस्तु के प्रयोग से वंचित हो जाय तो वहाँ पर वास्तविक पूर्ण हानि होती है; जैसे जहाज इस तरह डूब जाय कि उसे प्राप्त न किया जा सके या आग लगने से वह पूर्णतया विनष्ट हो जाय। इनमें वस्तुएँ इस प्रकार नष्ट हो गयी हैं कि वह वस्तु के रूप में न रह सके या वस्तु का स्वामी अपनी वस्तुओं के प्रयोग से वंचित रह जाय। जब वस्तुएँ पूर्णतया नष्ट हो जाती हैं तो बीमित व्यक्ति पूर्ण (Total Loss) की पूरी रकम को प्राप्त कर सकता है। पूर्ण क्षति का भुगतान करने के बाद यदि कोई रकम बच जाती है या उससे सम्बन्धित कुछ रकम तीसरे पक्ष से मिलती है तो यह रकम बीमाकर्ता की हो जायगी। पूर्ण क्षति के सम्बन्ध में भारतीय सामुद्रिक बीमा अधिनियम, 1963 की धारा-57 (1) में निम्न प्रकार का वाक्य है :

"Where the subject-matter insured is destroyed, or so damaged as to cease to be a thing of the kind insured, or where the assured is irretrievably deprived thereof there is an actual total loss."

अर्थात् जहाँ पर बीमित वस्तु नष्ट हो जाय या इस तरह क्षतिग्रस्त हो जाय कि वह बीमा की वस्तु न रह सके या जहाँ पर बीमित व्यक्ति उस वस्तु से असाध्य रूप से वंचित हो जाय तो वहाँ पर वास्तविक पूर्ण हानि होती है। इसको नीचे स्पष्ट किया गया है।

(अ) नष्ट हो जाय—नष्ट हो जाने से मतलब वस्तु का भौतिक रूप समाप्त हो जाय, जिससे उसकी उपयोगिता समाप्त हो जाय; जैसे—अग्नि से जहाज या माल पूर्णतया भस्म हो जाय या जलमग्न हो जाय, जहाज के खो जाने पर जब उसका पता न लग सके। माल के खराब हो जाने, भाड़े के जहाज और वस्तु के नष्ट होने पर न मिलना आदि नष्ट समझे जाते हैं और इन्हें वास्तविक पूर्ण हानि में शामिल करते हैं।

(ब) बीमित वस्तु का रूप बदलना—बीमित वस्तु इस प्रकार क्षतिग्रस्त हो जाय कि उसका वास्तविक रूप ही बदल जाय जैसे जहाज टक्कर खाकर चूर-चूर हो जाय, वस्तु सड़कर खाद का रूप धारण कर ले या इसी प्रकार के अन्य परिवर्तन जिससे वस्तु की वास्तविक दशा या रूप परिवर्तित हो जाय और उसे उस वस्तु के रूप में प्रयोग न किया जा सके। चूँकि बीमा कराते समय वह वस्तु जिस रूप या स्थिति में थी, उस रूप या स्थिति में अब वह नहीं रही, अतः यह वास्तविक पूर्ण हानि हुई। यदि विकृत माल को मौलिक रूप में बदला जा सके तो वहाँ पर वास्तविक पूर्ण हानि नहीं होगी। यदि ऐसा करने में उसके वास्तविक मूल्य में कुछ कमी आयी है तो उसे आंशिक हानि की तरह भुगतान करेंगे।

(स) असाध्य रूप से वंचित—वास्तविक पूर्ण हानि उस समय भी होती है, जब वस्तु वास्तव में न तो नष्ट हुई और न अपना रूप ही बदला है, परन्तु उसके अधिकार से वह बाहर हो गयी, जिससे वह सदा के लिए उससे वंचित हो गया। जैसे शत्रुओं द्वारा जहाज का पकड़ा जाना या अन्य इसी प्रकार से बीमित वस्तुओं का छीनना आदि इस श्रेणी की वास्तविक पूर्ण हानि में आते हैं।

2. रचनात्मक पूर्ण हानि (Constructive Total Loss)—किसी लिखित प्रावधान के अभाव में रचनात्मक पूर्ण हानि वहाँ होती है, जहाँ पर बीमित वस्तु की पूर्ण हानि की सम्भावना पर उसे उचित रूप से त्याग दिया जाय या बिना अतिरिक्त खर्च के इसे बचाना

सम्भव न हो सके और यह अतिरिक्त खर्चा इतना अधिक होगा कि वस्तु के मूल्य से अधिक हो जायगा। इस तरह रचनात्मक पूर्ण हानि पूर्ण हानि की सम्भावना में ही उत्पन्न होती है। जब खर्चे अधिक होने की सम्भावना रहती है तब वस्तु को त्याग देना ही उचित होता है और वह वस्तु की पूर्ण हानि मानी जायगी। रचनात्मक पूर्ण हानि के सम्बन्ध में सामुद्रिक अधिनियम की धारा-60 (1) में निम्न प्रकार वर्णन है—

"There is a constructive total loss, where the subject-matter insured is reasonably abandoned on account of its actul total loss appearing to be unavoidable or because it could not be preserved from actual loss without an expenditure which would exceed its value when the expenditure had been incurred."

इस प्रकार रचनात्मक पूर्ण हानि वहाँ होती है, जहाँ (अ) बीमित वस्तु की वास्तविक पूर्ण हानि सम्भव है, या (ब) बीमित वस्तु को बचाने के लिए किये जाने वाला खर्च व्यय के बाद बीमित वस्तु के मूल्य से अधिक पड़े।

(अ) वास्तविक पूर्ण हानि की निश्चितता—जब बीमित वस्तु से वंचित रहने की निश्चितता हो जाय तो उसे वास्तविक पूर्ण हानि मान लिया जाता है; जैसे—शत्रुओं द्वारा जहाज पर कब्जा प्राप्त करना या कप्तान और कर्मचारियों द्वारा जहाज लेकर भाग जाना या अन्य इसी प्रकार के कार्य· जिससे वस्तु के पूर्ण नष्ट होने की आशा की जाती हो, वहाँ पर पूर्ण हानि मान ली जाती है और इसे रचनात्मक पूर्ण हानि के नाम से पुकारते हैं।

(ख) खर्च के उपरान्त बीमित मूल्य से अधिक होना—यदि अवश्यम्भावी पूर्ण हानि को बचाने का प्रयास किया जाय तो उसके खर्चे, उस वस्तु के मूल्य से अधिक हों। इस प्रकार सुरक्षा करने में उसे अपने पास से अधिक खर्च करने पड़ेंगे और हानि ही रहेगी जिससे व्यय न करके वस्तु को नष्ट होने दिया जाता है, उसे बचाने का प्रयास नहीं करते हैं। उदाहरण के लिए जैसे, यदि शत्रुओं द्वारा पकड़े गये जहाज को वापस प्राप्त करने के लिए उसके वास्तविक मूल्य से अधिक खर्च करना पड़ा तो इसे छोड़ देते हैं और प्राप्त करने का प्रयास त्याग दिया जाता है। इसी प्रकार क्षतिग्रस्त माल या जहाज की मरम्मत के लिए यदि उसके मूल्य से अधिक खर्चे करना पड़े तो इस प्रकार की हानि को रचनात्मक हानि के नाम से पुकारते हैं।

वास्तविक और रचनात्मक हानि में अन्तर—वास्तविक हानि में भौतिक अयोग्यता (Physical Impossibility) और रचनात्मक हानि में व्यापारिक अयोग्यता (Commercial Impossibility) को देखा जाता है; जैसे यदि चमड़े को दूसरे बन्दरगाह पर पहुँचने के पहले सड़ जाने की सम्भावना पायी जा रही है तो यह वास्तविक पूर्ण हानि हुई, लेकिन यदि चमड़े को सही या मूल रूप में रखने के लिए प्रयोग किये जाने वाले प्रयासों की लागत चमड़े के मूल्य से ज्यादा हो तो उस चमड़े को त्याग देंगे और त्यक्त चमड़े के मूल्य के बराबर रचनात्मक पूर्ण हानि होगी क्योंकि यहाँ पर चमड़े को सही रूप में रखना व्यापारिक दृष्टिकोण से सम्भव नहीं है। रचनात्मक पूर्ण हानि में बीमापात्र को यह विकल्प रहता है कि वह उस हानि को या तो आंशिक हानि मान ले या पूर्ण हानि मानते हुए बीमित वस्तु को बीमाकर्ता के नाम में त्याग (Abandon) दे। यदि बीमापात्र इस हानि को आंशिक हानि नहीं

मानता, पूर्ण हानि मानना चाहता है तो उसे तत्सम्बन्धित सूचना जिसे परित्यजन सूचना (Notice of Abandonment) कहते हैं, देना जरूरी है। यह सूचना देना बहुत जरूरी है अन्यथा इसे आंशिक हानि ही मानेंगे।

परित्यजन सूचना (Notice of Abandonment)—परित्यजन की सूचना अधिनियम की धारा-62 के अनुसार देना जरूरी है, अन्यथा यह हानि आंशिक हानि ही रहेगी। लेकिन निम्न दो परिस्थितियों में यह सूचना देना बहुत जरूरी नहीं है—(1) जब बीमाकर्ता की सूचना देने से उसे किसी सुविधा की आशा न हो या (2) बीमाकर्ता ने सूचना देने की शर्त से मुक्त कर दिया हो। इन दोनों के अतिरिक्त अन्य सभी परिस्थितियों में सूचना देना चाहिए। यह सूचना स्पष्ट भाषा में बिना किसी शर्त के देनी चाहिए। हानि के विश्वसनीय समाचार उचित समय में भेज देने चाहिए। सूचना लिखित या मौखिक हो सकती है। यदि बीमाकर्ता ने सूचना को मान्यता दी है तो वह रचनात्मक हानि के लिए बाध्य होगा। यदि बीमाकर्ता सूचना को अस्वीकार करता है तो कानूनी कार्यवाही करना आवश्यक हो जाता है। तभी यह हानि रचनात्मक हानि की श्रेणी में आएगी।

पूर्ण हानि के दावे की रीति

पूर्ण हानि में भुगतान प्राप्त करने के लिए निम्नलिखित कार्य करने होते हैं :—

1. **दावे की सूचना** (Notice of Claim)—क्षति होने पर भुगतान के लिए तुरन्त सूचना देनी चाहिए और इसके लिए आवश्यक प्रपत्रों को भी साथ में भेजना जरूरी है।

2. **परित्यजन या त्याग की सूचना** (Notice of Abandonment)—यह सूचना केवल रचनात्मक हानि के सम्बन्ध में दी जाती है। इसमें बीमापात्र (Assured) यह लिखता है कि वह बीमित विषय के अवशेष को बीमाकर्ता के पक्ष में त्याग रहा है। यह सूचना तभी मान्य होगी, जब—(1) यह ठीक, स्पष्ट और बिना किसी शर्त के है, और (2) इसे उचित समय के अन्दर भेज दिया गया है। यदि बीमाकर्ता सूचना स्वीकार कर लेता है, तो इसका अर्थ यह है कि वह सम्पूर्ण क्षति की पूर्ति का संकल्प करता है।

3. **प्रमाण-पत्र** (Protest)—इस प्रपत्र में घटना और क्षति का विस्तृत वर्णन होता है तथा कप्तान और अफसरों के विपत्रालोकी या नोटरी पब्लिक (Notary Public) के सामने हस्ताक्षर रहते हैं। नोटरी पब्लिक इन सूचनाओं और हस्ताक्षरों को प्रमाणित करता है। क्षति का प्रमाण इस प्रोटेस्ट या प्रमाण-पत्र से देना बहुत आवश्यक है।

4. **बीजक** (Invoice)—माल के वास्तविक मूल्य को समझने के लिए बीजक की प्रतिलिपि भेजना जरूरी है।

5. **जहाजी बिल्टी** (Bill of Lading)—जहाजी बिल्टी या उसकी प्रतिलिपि पर जहाज का स्वामी यह प्रमाणित करता है कि ये माल वास्तव में क्षतिग्रस्त जहाज पर लदे हुए थे।

6. **बीमापत्र** (Policy)—अन्य प्रलेखों के साथ बीमापत्र का भी भेजना जरूरी है।

7. **स्थान ग्रहण पत्र** (Letter of Subrogation)—बीमाकर्ता के पास स्थान ग्रहण

(Subrogation) पत्र भेजना जरूरी है। जब बीमाकर्ता क्षतिपूर्ति कर देता है, तो वह स्वतः ही बीमित व्यक्ति का स्थान ग्रहण कर लेता है और उसे यह अधिकार प्राप्त हो जाता है कि पूर्ति की जाने वाली क्षति के सम्बन्ध में वह जो वैधानिक कार्यवाही करे, वह बीमापात्र के नाम में करे। बीमाकर्ता क्षतिपूर्ति के सम्बन्ध में स्थान ग्रहण कर लेता है।

आंशिक हानि (Partial Loss)

जैसा बताया जा चुका है कि आंशिक हानि में औसत या हानि (Average) और व्यय (Expenses) शामिल है। औसत में विशेष और साधारण औसत रहते हैं तथा व्यय में विशेष एवं निस्तार व्यय आते हैं।

विशेष औसत (हानि) (Particular Average—Loss)—यहाँ पर औसत शब्द का अर्थ है आंशिक हानि। विशेष औसत हानि ऐसी आंशिक हानि को कहते हैं जो कि बीमित जोखिम के कारण हुई हो और जो सामान्य औसत न हो। दूसरे शब्दों में विशेष औसत किसी विशेष हित (जैसे जहाज या माल) की ऐसी आंशिक क्षति को कहते हैं जो अचानक किसी बीमा कराई जोखिम के कारण घटे। सामान्य औसत ऐच्छिक और जान-बूझकर किये जाते हैं, जबकि विशेष औसत हानि आकस्मिक और अचानक होती है।

आवश्यक तथ्य

1. बीमित वस्तु की आंशिक क्षति और हानि होनी चाहिए।
2. हानि केवल एक विशेष वस्तु से सम्बन्धित हो।
3. हानि अचानक हो, ऐच्छिक हानि विशेष औसत में नहीं आती है।
4. हानि बीमित जोखिमों के कारण होनी चाहिए।

विशेष औसत (हानि) विभिन्न वस्तुओं पर निम्नलिखित प्रकार से होती है—

(अ) माल पर विशेष औसत—विशेष औसत बीमित विषय के किसी एक भाग की क्षति या किसी विशेष हित की कमी या किसी अंश की पूर्ण हानि होती है। किसी विषय-वस्तु के एक अंश की क्षति या हानि से कुल हानि या विशेष औसत हानि हो सकती है। यदि बीमित वस्तु किसी एक बीमापत्र के अन्तर्गत बीमित है और यह वस्तु एक ही प्रकार, गुण, विवरण और दशा की है तो इसे केवल विशेष औसत हानि के अन्तर्गत ही शामिल कर सकते हैं। जैसे यदि गेहूँ का कुछ हिस्सा हवा के झोंके से नष्ट हो जाय तो वह विशेष औसत के अन्तर्गत शामिल होगा। इस आंशिक क्षति में यह देखा जाता है कि क्षतिग्रस्त अंश पूरी वस्तु का कौन-सा हिस्सा है और उसी अनुपात में उसके कुल मूल्य का हिस्सा विशेष औसत हानि होगी। कुल मूल्य का निर्धारण बीमित मूल्य (Insured Value) या बीमा-योग्य मूल्य (Insurable Value) के अनुसार करते हैं।

जहाँ पर वस्तु क्षतिग्रस्त हालत में है या गन्तव्य स्थान पर जिसका मूल्य कम हो जाता है, वहाँ पर विशेष औसत-मूल्य की क्षतिपूर्ति मूल्य और सुरक्षित मूल्य (Sound Value) के अनुसार समन्वित करके सुरक्षित मूल्य के अनुपात में लाते हैं। क्षतिपूर्ति के मूल्यांकन के लिए सुरक्षित मूल्य और क्षतिपूर्ति का अनुपात निकाला जाता है। उसी अनुपात में क्षतिग्रस्त अंश का मूल्य बढ़ा दिया जाता है।

औसत निकालने का तरीका—विशेष औसत (हानि) निकालने का तरीका निम्न प्रकार से है—

1. क्षतिग्रस्त और क्षीण मूल्य का सुरक्षित मूल्य (Sound Value) निकालना। सुरक्षित मूल्य वह मूल्य है जिसको क्षति न होने की दशा में गन्तव्य स्थान पर बाजार में बेचने पर प्राप्त किया जाता है।
2. इसके बाद क्षतिग्रस्त या क्षीण वस्तु का क्षतिग्रस्त मूल्य निकालना चाहिए।
3. कुल सुरक्षित मूल्य में से कुल क्षतिग्रस्त मूल्य घटाने पर वास्तविक क्षति या क्षीणता मालूम हो जायगी।
4. इस वास्तविक क्षति या क्षीण मूल्य को कुल सुरक्षित मूल्य से भाग देने पर यह पता लग जायगा कि सुरक्षित मूल्य का कौन-सा अनुपात क्षतिग्रस्त मूल्य है?
5. इस अनुपात के अनुसार किसी अंश के क्षतिग्रस्त मूल्य को वास्तविक विशेष हानि में बदल लेते हैं।
6. उपर्युक्त वास्तविक विशेष हानि का केवल वही हिस्सा बीमाकर्ता भुगतान करेगा, जितने अंश के लिए बीमा कराया गया हो। साथ ही बीमित रकम के अनुपात में वास्तविक विशेष हानि का भुगतान करेंगे।

उदाहरण—इसे एक उदाहरण द्वारा समझाया जा सकता है। मान लीजिए एक वस्तु का मूल्य 10,000 रुपया है। इसका आधा हिस्सा नष्ट हो गया जिससे 2,000 रुपये प्राप्त हुए। यहाँ पर यह निकालना है कि विशेष औसत हानि क्या होगी? यदि क्षतिग्रस्त वस्तु सुरक्षित पहुँचने पर 4,000 रुपये और 8,000 रुपये वसूल करती।

अध्यर्थन की रकम निकालना

(अ) जब क्षतिग्रस्त वस्तु के सुरक्षित पहुँचने पर 4,000 रुपये प्राप्त होते—

सुरक्षित मूल्य (पहुँचने पर)	4,000	रुपये
क्षतिग्रस्त मूल्य (पहुँचने पर)	2,000	रुपये
क्षति	2,000	रुपये

यहाँ पर क्षति मूल्य सुरक्षित मूल्य का $\frac{2000}{4000}$ या $\frac{1}{2}$ है।

इसलिए 5000 रुपये के दावे पर $\frac{5000 \times 1}{2}$ = 2,500 रुपया दिया जायगा।

(ब) जब क्षतिग्रस्त वस्तु के सुरक्षित पहुँचने पर 8,000 रुपये प्राप्त होते

सुरक्षित मूल्य (पहुँचने पर)	8,000	रुपये
क्षतिग्रस्त मूल्य (पहुँचने पर)	2,000	रुपये
क्षति	6,000	रुपये

यहाँ पर क्षति मूल्य सुरक्षित मूल्य का $\frac{6000}{8000} = \frac{3}{4}$ है।

इसलिए 5000 रुपये के दावे पर $\frac{5000 \times 3}{4}$ = 3,750 रुपया दिया जायगा।

इस प्रकार की रकम में सुरक्षित मूल्य के अनुसार परिवर्तन होता है।

पृथक् मूल्यन अथवा क्रमिक मूल्यन (Separate Valuation or Valuation by Series)—पिछले अनुच्छेदों में यह देखा जा चुका है कि बीमाकर्ता की जिम्मेदारी कुछ वस्तुओं के प्रति आंशिक हानि में सीमित हो जाती है; जैसे कुछ वस्तुओं पर यदि 5 प्रतिशत या कुछ पर 3 प्रतिशत से अधिक आंशिक जोखिम नहीं होती है तो बीमाकर्ता की जिम्मेदारी उत्पन्न नहीं होगी। इसलिए विशेष औसत के लिए स्मारक वाक्य का होना जरूरी है। यदि वस्तु का मूल्य बहुत अधिक है तो उसमें आंशिक हानि का भुगतान न होने पर बीमित व्यक्ति को बहुत हानि होगी। जैसे यदि जहाज का मूल्य 30 लाख रुपये है और बीमाकर्ता 3 प्रतिशत तक हुई जोखिम का भुगतान नहीं करता तो जब तक 90 हजार रुपये की हानि न हो तब तक बीमाकर्ता की जिम्मेदारी ही नहीं होगी, इस दशा में बीमित व्यक्ति को बहुत आर्थिक हानि (90 हजार रु०) सहनी पड़ेगी। इस हानि और असुविधा को दूर करने के लिए पृथक् मूल्य और क्रमिक मूल्य का प्रयोग किया जाता है। पृथक् मूल्य वह है जो वस्तु को विभिन्न अंशों में विभाजित करके अलग-अलग निकाला जाता है। हानि होने पर यह देखते हैं कि किसी एक भाग का मूल्य कितना है और उसे ही बीमा के भुगतान का आधार मानते हैं। यदि यह मूल्य पूरे वस्तु के एक निश्चित न्यूनतम मूल्य से कम है तो भी इसका भुगतान हो जायगा क्योंकि एक अंश का मूल्य न्यूनतम मूल्य से अधिक हो जायगा, जैसे उपर्युक्त जहाज के ½ हिस्सा ही नष्ट हो जाय तो उसका मूल्य यदि 90 हजार या उससे कम भी हो तब भी भुगतान हो जायगा, क्योंकि यह भाग एक अलग पूर्ण हानि होगी और उस पर हानि 3 प्रतिशत से अधिक हो जायगी। इसी प्रकार माल बीमा में बहुत अधिक परिमाण तथा मूल्य के माल छोटे-छोटे भागों में बाँट देते हैं। प्रत्येक भाग को श्रेणी या सिरीज कहते हैं। इस प्रकार अलग-अलग श्रेणी का मूल्यांकन करके पूरे माल का मूल्यांकन हो जाता है। कभी-कभी कई श्रेणी या भाग को एक वृहत् श्रेणी में रख देते हैं। इस प्रकार माल की बारी-बारी से श्रेणीबद्ध करते हैं। अन्तिम श्रेणी को पुच्छ श्रेणी (Tail Series) कहते हैं। पुच्छ श्रेणी में शेष माल आता है और यदि इस पर हानि पूर्ण हानि का 3 प्रतिशत से कम है तो भी भुगतान कर देंगे बशर्ते कि इस पर हानि इसकी पूरी हानि के 3 प्रतिशत या इससे अधिक हो।

दावा करना (Making A Claim)—जहाँ पर विशेष औसत (हानि) हो, वहाँ पर बीमापत्र को चाहिए कि बीमापत्र, जहाजी बिल्टी, बीजक और प्रत्यासन-पत्र बीमाकर्ता के पास शीघ्र भेजे। दुर्घटना या अन्य जहाजी जोखिम में मालिक का प्रमाण-पत्र भी भेजना जरूरी है। बीमापत्र की सत्यता प्रमाणित करने के लिए एक निरीक्षण सूचना (Survey Report) भी भेजनी चाहिए।

(ब) जहाज के सम्बन्ध में विशेष औसत (Particular Average)—जब जहाज पर विशेष औसत हो तो बीमापात्र को मरम्मत की लागत में से कुछ घटाने

(Customary Deduction) के बाद ही बची रकम का भुगतान होगा। जब पुराने जहाजों की मरम्मत की जाती है तो इसके प्रतिस्थापन (Replacement) रकम में से कुछ रकम इसलिए घटा देते हैं कि पुरानी मशीन के बदले नयी मशीन (New for Old) देते हैं और उसका मूल्य पुरानी मशीन से अधिक होगा। क्षति से अधिक रकम का भुगतान बचाने के लिए यह रकम घटाई जाती है। लेकिन यह पद्धति पुरानी थी; अब कुछ नहीं घटाया जाता है और नयी मशीन या पुर्जों को ही प्रतिस्थापित करते हैं।

यहाँ ध्यान देने की आवश्यकता है कि जहाज की विशेष औसत में बीमित मूल्य को नहीं देखा जाता है। बीमित मूल्य को केवल अधिकतम मूल्य निश्चित करने के लिए प्रयोग करते हैं। कभी-कभी यह होता है कि अध्यर्थन का मूल्य बीमित मूल्य के 3 प्रतिशत से अधिक नहीं होना चाहिए.

स्मारक पत्र के पालन के लिये यह जरूरी है कि जहाज को कई भागों में बाँटा जाय—जहाज, वस्तु (Materials), मशीन, बायलर, फर्नीचर आदि, जिससे उन पर अलग पूर्ण हानि की तरह भुगतान प्राप्त किया जा सके। यदि इन भागों के मूल्यों के 3 प्रतिशत से अधिक हानि होती है तो बीमाकर्ता इसका भुगतान करेगा। यदि इन भागों को अलग-अलग विभाजित न करते तो सम्पूर्ण जहाज (जिसमें अन्य वस्तुएँ भी शामिल हों) के 3 प्रतिशत से अधिक होने पर ही भुगतान करते। जहाज पर आंशिक हानि (विशेष औसत) होने पर अधिनियम की धारा-69 के अनुसार निम्न नियम है :

1. यदि क्षति होने पर मरम्मत करा ली गयी हो तो प्रथा के अनुसार पुरानी चीजों के स्थान पर नई चीजें लगने के कारण कुछ रकम घटा सकते हैं अन्यथा मरम्मत की पूरी रकम ही विशेष औसत होगी।
2. यदि क्षति की मरम्मत नहीं हुई तो क्षति के अनुसार मूल्य ह्रास की समुचित रकम विशेष औसत होगी, बशर्ते कि यह ह्रास क्षति की रकम से अधिक न हो।
3. बिना मरम्मत किये यदि क्षतिग्रस्त जहाज बेच दिया जाय तो मरम्मत की अनुमानित रकम तक ही विशेष औसत होगा, बशर्ते विक्रय के कारण हुए मूल्य ह्रास से यह अधिक न हो।

यदि मरम्मत में आवश्यकता से अधिक धन लगा हो तो उस आधिक्य का भुगतान बीमाकर्ता नहीं करेगा, उसे बीमापात्र को स्वयं वहन करना होगा। केवल उचित रकम ही क्षतिपूर्ति के लिए दी जायगी। साधारण घिसावट के लिए बीमाकर्ता जिम्मेदार नहीं होगा, लेकिन मरम्मत के अन्तर्गत शामिल घिसावट के लिए बीमाकर्ता जिम्मेदार होगा। मरम्मत के सम्बन्ध में किये जाने वाले यात्रा व्यय के लिए बीमाकर्ता जिम्मेदार होगा। मरम्मत का खर्च चाहे स्थायी हो या अस्थायी बीमाकर्ता की जिम्मेदारी समस्त समुचित मरम्मत व्यय तक रहती है।

भाड़े पर विशेष बीमा—भाड़े का भुगतान या तो अग्रिम या गन्तव्य स्टेशन पर पहुँचने पर किया जाता है। जब भाड़े का भुगतान अग्रिम रूप से कर दिया जाता है तो इस पर हानि का भुगतान माल का स्वामी (Cargo-Owner) ही प्राप्त कर सकता है क्योंकि उसके माल के सम्बन्ध में भाड़े का भुगतान किया जा चुका है और वह भाड़ा माल के मूल्य

में शामिल किया जा चुका है। यदि भाड़े का भुगतान गन्तव्य स्थान पर होना है तो भाड़े का भुगतान तभी किया जायगा जबकि माल गन्तव्य स्थान पर सुरक्षित पहुँच जाय। भाड़े का बीमा कराने वाला बीमापात्र भाड़े की इस हानि पर दावा कर सकेगा, लेकिन भाड़े की आंशिक हानि का निर्धारण माल की क्षति की रकम और माल की पूर्ण रकम के अनुपात में किया जायगा। जैसे माल का मूल्य 10,000 रुपये था और क्षतिग्रस्त माल का मूल्य 7,000 रुपये है तथा भाड़े की रकम 1,000 रुपये था तो विशेष औसत (आंशिक हानि) यहाँ पर इस प्रकार होगी—

चूँकि क्षति का मूल्य 3,000 रुपये होगा, इसलिए भाड़े की क्षति का मूल्य

$\frac{1000 \times 3000}{10000}$ अर्थात् 300 रुपये होगा।

जैनसन वाक्यांश (Janson Clause)—स्मारक वाक्यांश (Memorandum Clause) के अनुसार यह निश्चित होता है कि किसी वस्तु पर यदि विशेष औसत होता है और वह पूर्ण मूल्य के 3 प्रतिशत या 5 प्रतिशत जैसा भी हो, से कम हो तो बीमाकर्ता भुगतान नहीं करेगा। यदि इससे ज्यादा होगा तो पूरी हानि (जिसमें यह 3 या 5 प्रतिशत भी शामिल है) का भुगतान किया जाता है। लेकिन कुछ क्षेत्रों में ऐसा है कि औसत हानि यदि इस प्रतिशत से अधिक भी है तो केवल आधिक्य (Excess of the fixed percentage) का ही भुगतान करेंगे, इस प्रतिशत तक भुगतान नहीं करते और उसे बीमापात्र स्वयं सहन करता है। केवल निश्चित प्रतिशत से आधिक्य हानि (Excess of fixed percentage) के भुगतान का नियम जैनसन वाक्यांश (Janson Clause) कहलाता है और इस निश्चित प्रतिशत को फ्रैन्चाइज (Franchise) कहते हैं। इस वाक्यांश को इसलिये लगाते हैं जिससे कि बीमापात्र वस्तुओं को सुरक्षित रखने का प्रयास करता रहे।

सामान्य औसत हानि (General Average Loss)

सामान्य औसत हानि वह है जो कि किसी असाधारण त्याग या व्यय के कारण, संकट के समय यात्रा से सम्बन्धित समस्त हितों की रक्षा के लिए ऐच्छिक और विवेकपूर्ण ढंग से की जाय। इस प्रकार सामान्य औसत हानि में निम्नलिखित आवश्यक लक्षण पाए जाते हैं।

आवश्यक लक्षण

1. सामान्य औसत हानि असाधारण प्रकृति की होनी चाहिए। यह त्याग और व्यय ऐसा नहीं होना चाहिए जो कि व्यापारिक प्रसंविदा के अन्तर्गत आवश्यक रूप से किये जाने हैं। इसके अन्तर्गत ऐसी स्थिति उत्पन्न हो जाती है कि मास्टर या कप्तान को ऐसे खर्चे या त्याग करने पड़ जाते हैं जो कि सम्पूर्ण जोखिम की सुरक्षा के लिए उसके साधारण कर्त्तव्य के बाहर हो।
2. सम्पूर्ण यात्रा (Adventure) खतरे में होना चाहिए। जिस खतरे से बचने का उपाय किया जा रहा है, वह वास्तविक हो काल्पनिक नहीं। इसे साधारण

जोखिम से बढ़कर होने की सम्भावना पाई जाती है। इसी प्रकार उपस्थिति जोखिम को भी इसमें शामिल नहीं करते।

3. सामान्य औसत हानि ऐच्छिक और प्रत्याशित हो। सभी दुर्घटना और क्षति को अलग करते हैं। दूसरे शब्दों में यह कोई जोखिम (Risk) न होकर, बल्कि मास्टर या कप्तान द्वारा ऐच्छिक रूप से सामान्य सुरक्षा के लिए किया गया हो।
4. त्याग या खर्चे विवेकपूर्ण ढंग एवं बुद्धिमानी से करने चाहिए। यहाँ पर मास्टर का यह कर्त्तव्य होता है कि अमुक परिस्थिति में यह निर्णय ले कि क्या विवेकपूर्ण कार्य हो सकता है जिससे समस्त यात्रा की सुरक्षा रह सके।
5. त्याग या खर्चे का उद्देश्य सभी वस्तुओं, यात्रा हित (Adventure) आदि की सुरक्षा के लिए होना चाहिए। किसी एक हित की सुरक्षा इसमें शामिल नहीं होगी।
6. सामान्य औसत कार्यों के प्रत्यक्ष परिणाम से हानि होनी चाहिए। विलम्बित शुल्क और बाजार की हानि अप्रत्यक्ष हानियाँ हैं जिससे वे सामान्य औसत में शामिल नहीं किये जाते हैं।
7. दावा करने वाला पक्ष गलती पर नहीं होना चाहिए।
8. अवश्यम्भावी सामान्य जोखिम को बचाने के लिए किया गया प्रयास सफल होना चाहिए चाहे आंशिक रूप से ही क्यों न हो? यदि प्रयास के बाद सफलता नहीं मिली तो यह हानि कुल हानि के अन्तर्गत आ जायेगी।

सामान्य औसत (हानि) के प्रकार

सामान्य औसत (हानि) दो प्रकार की होती है—

(1) सामान्य औसत त्याग,

(2) सामान्य औसत व्यय।

1. सामान्य औसत त्याग—सामान्य सुरक्षा के लिये कुछ हितों, वस्तुओं या जहाज का त्याग या बलिदान कर देते हैं। इसका सबसे अच्छा उदाहरण जेटीसन (Jettison) का है जिसका तात्पर्य सामान्य सुरक्षा के लिए माल का कुछ अंश या सम्पूर्ण अंश समुद्र में फेंक दिया जाय जिससे जहाज हल्का हो जाय और वह डूबने से बच जाय। इसी प्रकार ईंधन की कमी हो जाने पर वस्तु (Cargo) को ईंधन के रूप में प्रयोग करना, जहाज के किसी हिस्से को नष्ट करना, आग बुझाने के समय पानी के प्रयोग से क्षति होना आदि सामान्य औसत त्याग के अन्तर्गत आते हैं क्योंकि इन सभी त्याग का उद्देश्य सामान्य सुरक्षा है।

2. सामान्य औसत व्यय—सामान्य सुरक्षा के लिए किसी बन्दरगाह पर रुकने का खर्च या मरम्मत का खर्च, जहाज को हल्का करने के लिए कुछ माल उतारने और चढ़ाने के लिए किए गये खर्च आदि सामान्य औसत खर्च में शामिल होंगे। लेकिन ध्यान देने की बात यह है कि ये खर्च यात्रा के दौरान में जहाज के स्वामी को करने आवश्यक न हो। यदि ये खर्च

उनके कर्त्तव्य पालन के लिए जरूरी होंगे तो उसे सामान्य औसत खर्चों के अन्तर्गत शामिल नहीं कर सकते हैं। यात्रा के मध्य सामान्य सुरक्षा के लिए ली गयी उधार रकम का ब्याज सामान्य औसत के अन्तर्गत आता है। यदि माल को बेचने में कप्तान को घाटा हो तो वह घाटा भी सामान्य औसत होगा, बशर्ते माल का विक्रय सामान्य सुरक्षा के लिये किया जा रहा हो।

सामान्य औसत अंशदान (General Average Contribution)

जिस व्यक्ति को सामान्य औसत कार्य (सामान्य सुरक्षा) के कारण सामान्य औसत हानि होती है, वह दूसरे व्यक्तियों, जिनके हितों की सुरक्षा होती है, से आनुपातिक अंशदान प्राप्त करने का अधिकार रखता है। इन व्यक्तियों द्वारा दिये जाने वाला यह अंशदान सामान्य औसत अंशदान कहलाता है। सामान्य औसत हानि को विभिन्न पक्षों में विभाजित करने के लिए निम्नलिखित तीन बातों का ध्यान देना होता है—

(1) अंशदान हित क्या है?

(2) किस रकम को पूरा करता है?

(3) अंशदान मूल्य क्या है?

1. अंशदान हित (Contributory Interest)—जैसा बताया जा चुका है कि जिस व्यक्ति ने सामान्य सुरक्षा के लिए अपने हित को त्याग दिया है, वह व्यक्ति अन्य व्यक्तियों से, जिनके हितों की सुरक्षा हुई है, आनुपातिक अंशदान प्राप्त कर सकता है। जिन हितों की सुरक्षा होती है, वे हित जहाज, भाड़ा और माल होते हैं। अंशदान हित स्थानीय सामुद्रिक नियमों से प्रभावित होते हैं, जैसे किसी-किसी स्थान में नाविकों के व्यक्तिगत सामान, पहने हुए कपड़े, यात्रियों के व्यक्तिगत सामान (Baggage) और गहने (Jewellery) और पोस्टल डाक सामान्य औसत से मुक्त होते हैं, इसलिए इनको अंशदान हित के लिए नहीं देखते हैं। अंशदान हितों में वह भी व्यक्ति अपने अंश को सहन करता है, जिसने त्याग किया है क्योंकि उसके भी हित अंततोगत्वा सुरक्षित रहते हैं। वह सम्पूर्ण व्यक्तियों, जिनके हित सुरक्षित रहे, से रकम प्राप्त करेगा। यदि उसके अंशदान को न लिया जाय तो वह अन्य व्यक्तियों की तुलना में अधिक लाभ में रहेगा जो कि बीमा के सिद्धान्त के विपरीत होगा।

2. जिस रकम को पूरा करना है—विभिन्न हितों में सामान्य औसत हानि की रकम अलग-अलग होगी।

(अ) जहाज (*Ship*)—जहाज के सम्बन्ध में सामान्य औसत जिसको पूरा करना है, उसमें जहाज की मरम्मत के वे सभी खर्चे शामिल होंगे जो जहाज को क्षति के बिल्कुल पहले की स्थिति में लाने के लिए जरूरी हों। मरम्मत के इस व्यय में से पुराने के लिए नया स्थापन खर्च घटा देते हैं। नये पुर्जे लगाने से उसकी स्थिति और मजबूत हो जायगी जो कि क्षतिपूर्ति सिद्धान्त के विपरीत होगा।

(ब) माल (*Cargo*)—जब माल का त्याग (Sacrifice) किया जाता है तो उसका शुद्ध मूल्य (Net Value) ही सामान्य औसत होगा। शुद्ध मूल्य निकालने के लिए यह देखा जाता है कि माल यदि सुरक्षित रहता तो गन्तव्य स्थान पर उसका क्या मूल्य होता? इस मूल्य

में से अदत्तभाड़ा, कमीशन, ड्युटी आदि खर्चे, जो गन्तव्य स्थान तक पहुँचाने में उस माल के सम्बन्ध में होते, घटा दिये जाते हैं। यह सब घटाने के बाद जो मूल्य आता है, उसे ही शूद्ध मूल्य कहते हैं। इसी प्रकार उस माल का भी मूल्य निकाला जाता है जो त्याग के समय उन्हीं उद्देश्यों के लिए क्षतिग्रस्त हुआ हो। इस दशा में सुरक्षित मूल्य और क्षतिग्रस्त मूल्य के अन्तर के बराबर सामान्य औसत हानि का मूल्य होगा।

(स) भाड़ा (*Freight*)—यदि भाड़े की रकम का भुगतान पहले किया जा चुका है तो उसे माल के मूल्य में ही शामिल करते हैं। इसको शुद्ध माल का मूल्य ज्ञात करने के लिए घटाया नहीं जाता है। जहाँ पर भाड़े का भुगतान गन्तव्य स्टेशन पर होना है, वहाँ इसका सामान्य औसत के अन्तर्गत भुगतान होगा। परित्यक्त माल के सम्बन्ध में जो भाड़ा है उसमें से होने वाले खर्चे घटाकर भाड़े का औसत निकालते हैं। इस त्याग किये गये माल के अतिरिक्त अन्य माला पर भाड़ा सामान्य औसत के अन्तर्गत नहीं आवेगा। केवल त्यक्त माल (Sacrificed Cargo) से सम्बन्धित भाड़े ही इसके अन्तर्गत आते हैं।

(द) खर्च (*Expenses*)—सामान्य सुरक्षा के लिए खर्च किये गये असाधारण खर्च सामान्य औसत के अन्तर्गत आते हैं।

3. अंशदान मूल्य (Contributory Values)—जब यह निश्चित हो गया कि सामान्य औसत कार्यों में लाभान्वित होने वाले व्यक्ति सामान्य औसत हानि को पूरा करेंगे और जब यह भी निश्चित हो गया है कि सामान्य औसत हानि जिसको पूरा करना है, उसका क्या मूल्य होगा तो अगला कार्य यह हो गया कि प्रत्येक सम्बन्धित व्यक्तियों से कितनी रकम वसूल की जाय अर्थात् प्रत्येक बीमापात्र से अंशदान का क्या मूल्य लिया जाय? संक्षेप में यह कहा जा सकता है कि गन्तव्य स्टेशन पर प्रत्येक व्यक्ति के हितों की जितनी सुरक्षा सामान्य औसत कार्य से हुई है, उसी अनुपात में उसे सामान्य औसत हानि का भुगतान करना पड़ता है। विभिन्न हितों के अनुसार इसको नीचे बताया जा रहा है—

(अ) जहाज (*Ship*)—जहाज-मालिक को उसी अनुपात में भुगतान करना होता है, जिस अनुपात में उसके जहाज का मूल्य, त्याग (Sacrifice) अर्थात् सामान्य औसत कार्य के कारण सुरक्षित हुआ है। जहाज का सुरक्षित मूल्य वह है जो कि जहाज के गन्तव्य स्थान पर पहुँचने पर बाजार में बेचने से प्राप्त होता। गन्तव्य स्थान पर पहुँचने के पहले ही यदि किसी बन्दरगाह पर यात्रा भंग करनी पड़ी तो उस समय उसका बाजार मूल्य सुरक्षित मूल्य होगा। सामान्यतया जहाज के अंशदान मूल्य का निर्धारण एक विशिष्ट व्यक्ति द्वारा किया जाता है जो कि इस कार्य में कुशल होता है।

(ब) माल (*Cargo*)—माल का मूल्य, माल के गन्तव्य स्थान पर सुरक्षित पहुँचने पर पाये जाने वाले मूल्य के बराबर होता है। गन्तव्य स्थान से तात्पर्य जहाँ पर यात्रा समाप्त हो। गन्तव्य स्थान पर बाजार मूल्य में से विक्रय खर्चे घटाने के बाद प्राप्त मूल्य ही आनुपातिक मूल्य होगा। यदि भाड़े का भुगतान किया जा चुका है तो उसे नहीं घटाते हैं; लेकिन लैडिंग चार्ज, आयात कर, दलाली आदि घटा देते हैं। यदि भाड़ा नहीं दिया गया है जो भाड़े की रकम भी इसमें से घटा देते हैं।

(स) भाड़ा (*Freight*)—जो भाड़ा अग्रिम दिया जा चुका है, उसके प्रति कोई

उत्तरदायित्व नहीं उत्पन्न होता, लेकिन यदि भाड़े का भुगतान गन्तव्य स्टेशन पर किया जाना है तो यह रकम अंशदान के अन्तर्गत आयेगी। यह देखा जाता है कि सामान्य औसत कार्य से कितनी रकम भाड़े से बचायी जा सकी है। इस बचाये जाने वाले भाड़े में से नाविक की मजदूरी, बन्दरगाह शुल्क आदि घटाकर शुद्ध भाड़े की रकम मालूम कर लेते हैं। यही भाड़े का आनुपातिक मूल्य होगा, जो कि सामान्य औसत हानि के अन्तर्गत सहन किया जायगा।

सामान्य औसत समायोजन

जब सामान्य औसत हानि होती है, तब जहाज-स्वामी (Ship-owner) गन्तव्य बन्दरगाह या किसी बीच के बन्दरगाह पर ही यात्रा स्थगित होने पर पहुँच कर विभिन्न विभिन्न हितों के बीच सामान्य औसत का समायोजन करता है। चूँकि समायोजन का कार्य एक जटिल कार्य है, इसलिए जहाज को मालिक एक विशेषज्ञ, जिसे 'औसत समायोजक' कहते हैं, को नियुक्त करता है। जैसा कि यह जहाज के मालिक की जिम्मेदारी होती है कि वह समस्त सम्बन्धित व्यक्तियों से सामान्य औसत हानि को एकत्र करे, इसलिए उसे माल पर इसे एकत्र करने का अधिकार प्राप्त हो जाता है। समायोजक का शुल्क (Fee of the Average Adjuster) भी सामान्य औसत हानि में शामिल किया जाता है।

समायोजन में बहुत समय लगता है; अतः जहाज-मालिक माल (Cargo) के स्वामी से एक बन्धक, जिसे सामान्य औसत बन्धक कहते हैं, भरा लेता है। जब सामान्य औसत की रकम अधिक होती है, तब माल के स्वामी से कुछ रकम जमा भी करा ली जाती है और समायोजक के समय यह रकम समन्वित कर लेते हैं। यदि जमा की रकम उसके अंशदान से कम हुई तो बाकी अंशदान माँगे जाते हैं और यदि जमा की रकम अंशदान से अधिक हुई तो शेष वापस कर दिया जाता है।

उदाहरण 1—एक जहाज का मूल्य 72,000 रुपये है और उसमें माल का मूल्य 7,500 रुपये है और जिस पर 500 रुपये भाड़ा मिलना है। यदि उस जहाज से रास्ते में समस्त माल फेंक दिया (Jettisoned) जाता है तो सामान्य औसत समायोजन इस प्रकार होगा—

माल के सम्बन्ध में सामान्य औसत हानि की रकम		रुपया
	माल	7,500
	भाड़ा	500
	कुल	8,000

अंशदान मूल्य—		रुपया
	जहाज	72,000
	माल	7,500
	भाड़ा	500
	कुल	80,000

यह मान लिया गया है कि गन्तव्य स्थान पर वही मूल्य होगा, जैसा ऊपर बताया गया है। इसलिए जहाज का स्वामी, माल का स्वामी तथा भाड़ा प्राप्तकर्ता 144 : 15 : 1 अनुपात में सामान्य औसत हानि का वितरण करेंगे—

		रुपया
जहाज का स्वामी भुगतान करेगा		7,200
माल का स्वामी भुगतान करेगा		750
भाड़े का स्वामी भुगतान करेगा		50
सामान्य औसत हानि	कुल	8,000

उदाहरण 2—एक जहाज का प्रारम्भिक मूल्य 5,20,000 रुपया है और उस पर लदे भाड़े का मूंल्य 29,000 रुपये है। सामुद्रिक चट्टान से चक्कर खा जाने पर 20,000 रुपये की विशेष औसत हानि होती है। इसमें सामान्य औसत का कार्य निम्न प्रकार किया गया—

जहाज के सम्बन्ध में सामान्य औसत क्षति व्यय	30,000
माल का त्याग	20,000
भाड़े का त्याग	2,000
जहाज को पूर्व स्थिति लाने में साधारण औसत व्यय	28,000
कुल साधारण औसत	80,000

बन्दरगाह पर पहुँचने पर माल का विक्रय मूय 2,00,000 रुपये होता है, जिसमें विक्रय सम्बन्धी व्यय 30,000 रुपये है, भाड़े को प्राप्त करने में 1000 रुपये खर्च होते हैं। सामान्य औसत समायोजन निम्न प्रकार होगा—

विवरण	**अंशदान मूल्य**		**अंशदान मूल्य**
जहाज			
सुरक्षित मूल्य		5,20,000	
घटाएँ—विशेष औसत हानि	20,000		
सामान्य औसत क्षति	30,000	50,000	
		4,70,000	
जोड़ें—सामान्य औसत अंशदान से प्राप्य		30,000	5,00,000
माल			
विक्रय मूल्य		2,80,000	
घटाएँ—विक्रय व्यय		30,000	
		2,50,000	
जोड़े—साधारण औसत अंशदान		20,000	2,70,000

भाड़ा		
कुल प्राप्य भाड़ा	29,000	
घटाएँ—व्यय	1,000	
जोड़ें—भाड़े का अंशदान	28,000	
	2,000	30,000
		8,00,000

सामान्य औसत समायोजन

हित	अंशदान निकालने के लिए मूल्य	अनुपात	अंशदान की रकम
जहाज	5,00,000	$\frac{5,00,000}{8,00,000} = \frac{5}{8}$	$\frac{80,000 \times 5}{8} = 50,000$
माल	2,70,000	$\frac{2,70,000}{8,00,000} = \frac{27}{80}$	$\frac{80,000 \times 3}{80} = 27,000$
भाड़ा	30,000	$\frac{30,000}{} = \frac{3}{80}$	$\frac{80,000 \times 3}{80} = 3,000$
कुल	8,00,000	8,00,000	80,000

सामान्य औसत हानि में बीमादाता का दायित्व

1. बीमाकर्ता का सामान्य औसत हानि के प्रति साधारण दशाओं में कोई दायित्व नहीं होगा, लेकिन यदि बीमित वस्तु को बचाने के लिए साधारण औसत कार्य होते हैं तो बीमाकर्ता का दायित्व बीमित वस्तु की सुरक्षित रकम तक होगा। यदि उसमें सभी वस्तुएँ बीमित हैं, तो सभी का दायित्व बीमाकर्ता पर होगा और बीमाकर्ता ही अंशदान की रकम का भुगतान करेगा, क्योंकि बीमाकर्ता के हित की रक्षा होती है।
2. यदि बीमा करायी गयी वस्तुएँ समस्त वस्तुओं की तुलना में कम हैं तो जिस अनुपात में कुल वस्तु का बीमा होगा, उसी अनुपात में बीमाकर्ता के दायित्व होते हैं।
3. यदि बीमापत्र में विशेष औसत हानि भी है तो इस विशेष औसत हानि को घटाने के बाद ही बीमादाता का दायित्व सामान्य औसत हानि के प्रति होगा।

यार्क-एण्टवर्प नियम (York-Antwerp Rules)

सामान्य औसत हानि को पूरा करने के लिए इंग्लैण्ड के 'यार्क' नामक स्थान पर 1864 ई० में एक सभा हुई और दूसरी सभा 'एन्टवर्प' में 1877 ई० में हुई। इन स्थानों

पर सामान्य औसत हानि के सम्बन्ध में नियम बनाये गये, जो 1890 ई० में लिवरपूल में संशोधित करके 'यार्क-एण्टवर्प नियम 1890' (York-Antwerp Rules, 1890) पास किया गया। बाद में अन्तर्राष्ट्रीय स्तर पर 1924 में इन नियमों को पूरा किया गया। इन नियमों का यह उद्देश्य था कि अन्तर्राष्ट्रीय स्तर पर एक ऐसा नियम बनाया जाय जो कि सामान्य औसत हानि के समायोजन में सहायक हो। अन्त में 1950 में इन नियमों को पूर्ण संशोधित करके पास किया गया।

यार्क-एन्टवर्प नियम 1950 के प्रावधान—यार्क-एन्टवर्प नियम को दो भागों में बाँटा गया है : (1) अक्षर नियम (Lettered Rules) और (2) संख्या नियम (Numbered Rules)।

अक्षर नियम—अक्षर नियम कुल मिलाकर सात हैं जो कि सामान्य औसत समायोजन बताते हैं। इसमें यह बताया गया है कि सामान्य औसत क्या है और उसका विभाजन कैसे किया जाय? विभाजन के लिए किस स्थान का मूल्य होगा। जैसे ऊपर बताया जा चुका है कि गन्तव्य स्थान में वस्तुओं के सुरक्षित मूल्य का अंशदान निर्धारण के लिए प्रयोग किया जायगा। सामान्य सुरक्षा के लिए किया गया व्यय या ऐच्छिक हानि सामान्य औसत के अन्तर्गत आती है।

संख्या नियम (*Numbered Rules*)—संख्या नियमों में 1 से 12 तक यह बताया गया है कि सामान्य औसत त्याग में कौन-कौन-सी हानियाँ और खर्चे आते हैं। 20, 21 और 22वाँ नियम समायोजन के सम्बन्ध में बैंकिंग प्रबन्ध बताते हैं। 'जेटीसन' का वर्णन संख्या नियम 1 और 2 में किया गया है। आग के कारण सामान्य औसत हानि को संख्या 3 में बताया गया है। नियम 4 'रेक' को अलग करने को सामान्य औसत में शामिल करते हैं। सामान्य सुरक्षा के लिए जान-बूझकर जहाज की रुकावट, पतवार या मशीन को क्षति, जहाज को हलका करने के खर्चे, माल का ईंधन के रूप में प्रयोग, बन्दरगाह पर खर्च, नाविक और मास्टर की मजदूरी या कमीशन, माल की क्षति का वर्णन नियम संख्या 5 से नियम संख्या 12 तक किया गया है। मरम्मत के खर्च, भाड़े की हानि आदि का वर्णन नियम संख्या 13 से 16 तक किया गया है। नियम संख्या 17 यह बताता है कि अंशदान मूल्य क्या होगा? सुरक्षित हितों के बीच सामान्य औसत का बँटवारा नियम संख्या 21 और 22 में दिया गया है।

विशेष व्यय (Particular Charges)—विशेष व्यय को 'सू और लेबर' वाक्यांश के अन्तर्गत शामिल करते हैं। इसके अन्तर्गत उचित ढंग से किये गये खर्चे बीमाकर्ता से वसूल किये जा सकते हैं। सामुद्रिक बीमा अधिनियम की धारा-78 (1) में विशेष व्यय का नियम दिया हुआ है। इसके अनुसार यदि बीमापात्र में 'सू और लेबर' (Sue and Labour) वाक्यांश दिया हुआ तो इसके अनुसार उचित ढंग से व्यय किये गये खर्चे बीमाकर्ता से प्राप्त किये जा सकते हैं, चाहे पूर्ण हानि की पूर्ति की जा चुकी हो या आंशिक हानि से मुक्ति मिल चुकी हो। इस व्यय को तभी वसूल किया जा सकता है, जबकि (1) यह किसी विशेष हित की सुरक्षा के लिए किया गया हो; (2) ऐसे जोखिम के लिए बीमित हो और जिस पर बीमाकर्ता का उत्तरदायित्व हो; (3) समुचित रकम होना चाहिए और (4) गन्तव्य स्थान पर पहुँचने के पूर्व किया गया हो।

निस्तारण व्यय (Salvage Charges)—जब समुद्री-उपक्रम जोखिम में हो तो को: तीसरा पक्ष इसकी सुरक्षा का प्रयास कर सकता है। जो व्यक्ति ऐसे उपक्रम को बचाता है उसे निस्तारक (Salvor) और सुरक्षित हित को निस्तारण (Salvage) और निस्तारण के लिए प्राप्त प्रतिफल को निस्तारण पुरस्कार (Salvage award) कहते हैं। तीसरा पक्ष जो बीमित जोखिम से बचाने का प्रयास करता है, वह इसके लिए भुगतान प्राप्त कर सकता है, बशर्ते कि—(1) निस्तारक (Salvor) तीसरा पक्ष हो अर्थात् वह पक्ष जो सम्पत्ति की सुरक्षा में हित न रखता हो, (2) सामुद्रिक उपक्रम (जहाज, माल, भाड़ा) की सुरक्षा के लिए निस्तारण किया गया हो, तथा (3) निस्तारण कार्य कुछ न कुछ सफलता अवश्य देता हो, चाहे पूर्ण या आंशिक क्यों न हो?

बिना जहाज या माल के स्वामी की इच्छा या जानकारी के भी किया गया, तीसरे पक्ष द्वारा व्यय निस्तारण में आयेगा। इसे उन व्यक्तियों से प्राप्त किया जा सकता है, जिनके हितों की रक्षा हुई है। यदि निस्तारण व्यय का बीमा करायां गया है तो बीमाकर्ता से इसे प्राप्त किया जायेगा।

□□□

अध्याय 25

सामुद्रिक बीमा में प्रव्याजि निर्धारण और वापसी

महत्त्व—सामुद्रिक बीमा में प्रव्याजि निर्धारण एक महत्त्वपूर्ण कार्य है। इसमें कोई निश्चित प्रव्याजि दर नहीं हुआ करती है। जीवन या अग्नि बीमा की तरह इसमें एक ही प्रकार की जोखिम का बीमा नहीं कराया जाता है। सामुद्रिक बीमा में कई प्रकार की जोखिमों का बीमा किया जाता है, जिनकी प्रकृति अलग-अलग हुआ करती है। इसलिए पिछली पद्धति के साथ-साथ जोखिमों का अलग-अलग मूल्यांकन करना जरूरी हो जाता है।

प्रव्याजि निर्धारण के तत्त्व

1. बीमा-वस्तु के आन्तरिक स्वभाव (Inherent Character)—प्रत्येक बीमा की जाने वाली वस्तु के गुण, स्वभाव, उपयोगिता आदि के अनुसार यह निश्चित करते हैं कि किसी बीमित वस्तु में जोखिम की मात्रा क्या हो सकती है, उसी के अनुसार प्रव्याजि का निर्धारण किया जाता है।

2. व्यापारिक व्यवहार (Trade Customs)—किसी एक वस्तु की व्यापारिक उपयोगिता, उसकी विक्रयशीलता, प्राचीन पद्धति आदि के अनुसार पर प्रव्याजि निश्चित होती है।

3. मौसम या विपरीत दशाएँ (Seasons and Adverse Physical Forces)—माल या जहाज विभिन्न स्थानों से होकर जाता है और इन स्थानों के मौसम या प्रतिकूल स्थितियाँ जोखिम की मात्रा में वृद्धि कर सकती हैं, इसलिए प्रव्याजि निर्धारण के लिये यह देखना जरूरी होता है कि जहाज किस स्थान से और किन स्थितियों से गुजरेगा?

4. मूल्य, मात्रा, दूरी आदि—प्रव्याजि का निर्धारण स्पष्टतया वस्तु के मूल्य, मात्रा की दूरी आदि पर निर्भर करता है।

5. प्रव्याजि निर्धारण के अन्य तत्त्व—सामुद्रिक बीमा में उन तमाम तत्त्वों को भी देखते हैं जो अन्य सम्पत्ति बीमा में देखना आवश्यक होता है; जैसे—माल या जहाज का स्वामी, उसका स्वभाव, कर्मचारियों की कुशलता, प्रयोग आदि।

6. बीमापत्र के प्रावधान (Provison of Policies)—बीमापत्र में विभिन्न वाक्यांश इस बात को सूचित करते हैं कि बीमा की जोखिम किस वाक्यांश में कितनी है? बीमापत्र की शर्तें और दशाएँ बीमा की जोखिम को प्रभावित करती हैं।

वास्तव में सामुद्रिक बीमा अनुमान और न्याय के महत्त्व या अभिगोपक की योग्यता पर अधिक निर्भर है। सामुद्रिक बीमा में सामान्य निर्णय (General Judgement) को ध्यान

में रखते हैं। सभी तत्त्वों का जोखिम पर प्रभाव ही विश्लेषण का आधार होता है। जो बीमाकर्ता जितना ही अनुभवी और दूरदर्शी होगा, उतना उसका व्यापार सफल होगा। प्रव्याजि निर्धारण के लिए नेतृत्व की बहुत आवश्यकता है। दूसरे व्यक्तियों के अनुभव पर भी बहुत-सा बीमा व्यापार किया जाता है और उनकी प्रव्याजि को भी प्रव्याजि निर्धारण का आधार माना जाता है।

व्यक्तिगत लेखों का महत्त्व (Importance of Individual Rcords)—सामुद्रिक बीमा में व्यक्तिगत लेखों का बहुत महत्त्व है। इन लेखों की उपलब्धता इतनी नहीं है जितना कि होनी चाहिए, तथापि बहुत से लेखों के आधार पर यह तय किया गया है कि प्रव्याजि की दर क्या होगी? विभिन्न प्रकार के अनुभव यह निश्चित करते हैं कि किसी विशेष जहाज या माल में जोखिम क्या होगी? प्रबन्ध में भिन्नता मास्टर की कुशलता, बीमा का इतिहास, अधिकारियों का अनुभव आदि यह बताते हैं कि किसी एक जहाज पर कितनी जोखिम होगी? सभी प्रकार के जहाजों को एक-सा समझना अन्याय होगा। इससे बीमाकर्ता की योग्यता प्रभावित होगी और लापरवाही तथा अकुशलता बढ़ती जायगी।

बीमाकर्ता के व्यक्तिगत लेखे यह बताते हैं कि किसी जहाज के सम्बन्ध में कितने भुगतान करने पड़े हैं? इन लेखों से यह पता चल जाता है कि कितनी जोखिम हुई, प्रव्याजि कितनी कम या अधिक थी और उसी के अनुसार प्रव्याजि में परिवर्तन किया जाता है। बिल्कुल इसी प्रकार एक ही माल के दो स्वामियों के बीच जोखिम अलग-अलग होगी, यद्यपि कि वे एक ही जहाज, एक ही प्रकार, एक ही यात्रा या एक ही समय आदि में क्यों न हों? इसलिए अभिगोपक माल के स्वामियों का खाता खोलकर यह देखते हैं कि किनके साथ लाभ हुआ है और किनके साथ हानि? हानि को बचाने का प्रयास किया जाता है। कभी-कभी तो इनको बीमा बेचना मना कर देते हैं। इसी प्रकार एक विशेष माल के सम्बन्ध में जोखिम निकालते हैं। जहाज, माल, स्वामित्व, स्थन, भाड़ा आदि के अलग-अलग लेखे बीमाकर्ता रखते हैं और उनके आधार पर प्रव्याजि को निश्चित करते हैं। कभी-कभी तो बीमाकर्ता के अभिकर्ता या दलाल ही धोखे का कार्य कर जाते हैं इसलिए दलालों या अभिकर्ताओं के अनुसार भी प्रस्ताव की स्वीकृति निश्चित होती है या उस पर प्रव्याजि की गणना की जाती है।

जहाज की प्रव्याजि दर—जहाज की प्रव्याजि दर निश्चित करने के लिए जहाज मालिक, प्रबन्ध आदि के अलावा उसकी बनावट, देश, प्रकार, प्रयोग, बीमापत्र की शर्तें आदि को देखा जाता है। इसका संक्षिप्त वर्णन नीचे दिया जा रहा है—

1. प्राकृतिक परिस्थितियाँ (*Natural Forces*)—कुछ जहाज प्राकृतिक आपत्तियों को झेलने में समर्थ होते हैं जबकि अन्य जहाज इनको सहन करने में समर्थ नहीं होते। वे प्राकृतिक कारणों; जैसे प्रतिकूल मौसम, तूफान, बर्फ, गर्मधारा आदि की वजह से आगे नहीं बढ़ सकते या उन पर लदे माल या जहाज की बनावट आदि खराब हो सकते हैं। ये प्राकृतिक कारण केवल समुद्र में ही नहीं होते, बल्कि यात्रा प्रारम्भ करने वाले या पहुँचने वाले बन्दरगाह पर पाये जाते हैं।

2. बन्दरगाह की स्थिति—कुछ बन्दरगाह छिछले होते हैं, जिन पर आने वाले बड़े

जहाज क्षति उठा सकते हैं। वहाँ लंगर डालने की सुविधा नहीं हो सकती है, धाराओं से सुरक्षा नहीं हो सकती या तमाम अन्य रुकावटें आ सकती हैं। इन बन्दरगाहों पर आने वाले जहाज की प्रव्याजि निश्चित ही उन बन्दरगाहों पर जाने वाले जहाजों की तुलना में कम होगी जहाँ पर कोई बाधा नहीं है और सामान को उतारने-चढ़ाने में कोई दिक्कत न हो। कुछ बन्दरगाहों पर चट्टानों से या लंगर से, अन्य रुकावटों से खतरा हो सकता है। अतः खतरे वाले स्थानों पर प्रव्याजि की राशि अधिक होगी।

3. जहाज की बनावट—किसी एक विशेष यात्रा के लिए जहाज की बनावट और योग्यता को देखना बहुत आवश्यक है। अभिगोपक जहाज पर समुचित प्रव्याजि निर्धारण के लिए जहाज के निर्माता, बनावट की योजना (Structural Plan), निर्माण में प्रयुक्त सामान, हवा निकलने के साधन, दबाव और जोर को सहन करने की क्षमता, विभिन्न प्रकार के माल ले जाने की क्षमता, जहाज की उम्र और शारीरिक दशाएँ आदि देखता है।

जहाज की बनावट के सम्बन्ध में बहुत-सी संस्थाएँ सूचना देती हैं क्योंकि उनके संरक्षण में जहाज का निर्माण हुआ करता है और उन्हें जहाज की प्रत्येक बात का पूर्ण ज्ञान रहता है। लायड्स के रजिस्टर में जहाजों की योग्यता और कार्यक्षमता आदि के आधार पर वर्गीकरण रहता है।

4. जहाज का नाम और राष्ट्रीयता (*Name and Nationality*)—कुछ देशों के व्यक्ति अधिकांश जहाजी व्यापार पर निर्भर रहते हैं, उनके नाविकों और अधिकारियों को सामुद्रिक जोखिम के प्रति अधिक ज्ञान हो जाता है। इनके जहाजों या वस्तुओं का बीमा करने में बीमाकर्ता को कोई विशेष परेशानी नहीं होती है। इन देशवासियों को जहाजी व्यापार का बहुत अनुभव होता है, जिससे प्रव्याजि की दर अन्य निम्न स्तरीय व्यापारियों की तुलना में कम होती है।

5. बीमापत्र की शर्तें (*Policy Conditions*)—जैसा देखा जा चुका है कि बीमाकर्ता को जोखिम बीमापत्र के वाक्यांशों पर निर्भर करती है। कुछ बीमापत्र केवल आंशिक हानि को पूरा करते हैं जबकि अन्य बीमापत्र सामान्य औसत हानि (General Average Loss) के साथ अन्य कई साधारण या विशेष जोखिमों को संवृत करते हैं। इन विभिन्न वाक्यांशों से बीमापत्र की जोखिम निश्चित होती है और उसी के आधार पर प्रव्याजि का निर्धारण किया जाता है।

माल की प्रव्याजि दर का निर्धारण—माल की प्रव्याजि दर निश्चित करने के लिए आगे लिखे महत्त्वपूर्ण तथ्यों को ध्यान में रखा जाता है—

1. वस्तु का स्वभाव (*Character of the Cargo*)—इसमें बीमा कराई जाने वाली वस्तुओं के लक्षण, आन्तरिक स्वभाव, उपयोगिता आदि आते हैं। विभिन्न वस्तुओं के या एक ही वस्तु के विभिन्न समय पर लक्षण अलग-अलग होते हैं। जहाज के स्वभाव के अनुसार वस्तुओं की पैकिंग, सुरक्षा आदि बदल जाते हैं। तापक्रम, वाष्पीयता, तोड़-फोड़ या छिद्र आदि के अनुसार भी जोखिम प्रभावित होती है। पास-पास रखी गयी वस्तुओं की गन्ध, स्थान आदि के अनुसार भी दूसरी वस्तु की दशा प्रभावित होती है। कुछ वस्तुएँ अत्यन्त नाशवान होती हैं, वे न केवल खुद नष्ट होती हैं, बल्कि पास रखी गयी वस्तुओं को

भी नष्ट कर देती हैं। जल्दी टूटने और नाजुक वस्तुओं को भेजना एक कठिन कार्य होता है क्योंकि वे थोड़ी-सी भी लापरवाही से टूट जाएँगी, इसलिए प्रव्याजि निर्धारण के लिए इन स्वभावों से पूर्ण परिचित होना चाहिए।

2. एक विशेष यात्रा की पद्धति और जोखिम—किसी यात्रा में जोखिम की मात्रा कम होती है और किसी में जोखिम की मात्रा अपेक्षाकृत अधिक होती है जैसे पुरानी पद्धतियों या पुरानी बातों में बीमाकर्ता की जोखिम प्रभावित होती है।

3. प्राकृतिक कारण—जैसा देखा जा चुका है कि जहाज की जोखिम को प्रभावित करने वाले कई कारण हैं, बिल्कुल वे ही कारण माल को भी प्रभावित करते हैं। मौसम, यात्रा की उपयुक्तता आदि बातें जोखिम की मात्रा निश्चित करती है। मौसम खराब होने के कारण होने वाला विलम्ब भी मालों को प्रभावित करता है। किसी एक मौसम (जैसे गर्मी) में जोखिम की मात्रा बहुत अधिक होती है। गन्तव्य स्थान पर बाजार की उपलब्धता से वस्तु की जोखिम पर प्रभाव पड़ता है क्योंकि खराब वस्तुओं को बेचने की सुविधा मिल सकती है। अत्यन्त भीड़ आदि के कारण आग लगने की सम्भावना बढ़ जाती है।

4. संघीय सूचनाएँ—कुछ स्थानों पर माल या जहाज के सम्बन्ध में सूचना देने के लिए संस्थाएँ होती हैं जिनकी सूचनाओं से पता लग जाता है कि जोखिम की मात्रा कहाँ पर कितनी है? ये संस्थाएँ किस समय, किस स्थान पर क्या जोखिम होगी आदि की पूरी सूचना देती हैं।

5. व्यापार पद्धति—किसी व्यापार में क्या पद्धति है, सामान को कैसा भेजा जाता है तथा उसकी पैकिंग, उतार-चढ़ाव, तैयारी आदि बातें जोखिम को प्रभावित करती हैं। किसी जहाज में छोटी-छोटी नावों की जरूरत होती है जिससे माल किनारे तक आ जाय अन्यथा जहाज को किनारे तक लाने में उसका पेंदा जमीन में फँस जायगा। माल उतारने-चढ़ाने के ढंग से भी जोखिम प्रभावित होती है।

6. राष्ट्रीयता—कुछ देशों के व्यक्ति माल भेजने में बहुत कुशल होते हैं और उनके यहाँ जोखिम की मात्रा बहुत कम होती है जबकि अन्य देशों में कुशलता बहुत कम है। कुछ जगहों में तो नैतिक जोखिम की मात्रा बहुत अधिक होती है।

7. जहाज की उपयुक्तता—किसी एक विशेष जहाज से विशेष प्रकार की वस्तुएँ भेजी जाती हैं; जैसे टैंकर से मिट्टी का तेल। बीमा कराते समय यह देखा जाता है कि कौन-सा जहाज किस सामान को ले जाने में कहाँ तक उपयुक्त है? अच्छे जहाजों में लिये जाने वाले माल की प्रव्याजि साधारण जहाजों की प्रव्याजि से कम होगी। धीमी गति से जाने वाले जहाज पर जोखिम की मात्रा अधिक होगी। किसी एक जहाज में दो प्रकार की वस्तुएँ अलग-अलग जोखिम रखती हैं। नष्ट होने वाली वस्तुएँ यदि शीतक (Refrigerator) से भेजी जाती हैं तो उसमें जोखिम की मात्रा कम होगी।

8. यात्रा का समय—यात्रा के समय के अनुसार जोखिम प्रभावित होती है। यदि अधिक समय के लिए बीमा कराया गया होगा तो जोखिम की मात्रा अधिक होगी। समय के साथ जोखिम में शामिल की जाने वाली वस्तुएँ भी प्रव्याजि को प्रभावित करती हैं।

9. बीमापत्र की शर्तें—बीमापत्र की शर्तों के अनुसार बीमा की जोखिम प्रभावित

होगी; जैसे यदि बीमापत्र 'गोदाम से गोदाम' तक है तो उसमें जोखिम की मात्रा भी अधिक होगी। इसी तरह अन्य शर्तों के अनुसार भी बीमापत्र की जोखिम निश्चित की जाती है और उसी के अनुसार प्रव्याजि निश्चित होती है।

10. अन्य—उपर्युक्त तत्त्वों के अलावा बहुत से ऐसे अन्य तथ्य हैं जो कि माल को प्रभावित करते हैं। इनमें से परिचालन क्षमता (Operating Efficiency) महत्त्वपूर्ण है। यहाँ यह देखना जरूरी है कि कौन-से तत्त्व जहाज की क्षमता को प्रभावित कर रहे हैं जिसके परिणाम माल की जोखिम भी प्रभावित होती हो। इसमें जहाज के चालकों का अनुभव, चरित्र, प्रबन्ध की योग्यता आते हैं। इसलिये माल या जहाज का बीमा करते समय जहाज की श्रेणी विभाजन होता है। अच्छी श्रेणी में प्रव्याजि कम होगी और इसके बाद को श्रेणी में प्रव्याजि उससे अधिक होगी, अतः श्रेणी प्रथम, श्रेणी द्वितीय आदि के अनुसार जहाजों का वर्गीकरण किया जाता है। कुछ श्रेणी के जहाजों को बीमा के लिए स्वीकार ही नहीं किया जाता।

सामुद्रिक बीमा में प्रव्याजि का निर्धारण अन्तर्राष्ट्रीय प्रतिस्पर्द्धा पर अधिक आधारित होता है क्योंकि प्रतिसपर्द्धा बहुत अधिक हुआ करती है। अपने देश के प्रेम और लगाव भी प्रव्याजि की दर निश्चित करते हैं।

प्रव्याजि का भुगतान—बीमापत्र में यह लिखा रहता है कि बीमाकर्ता को प्रव्याजि (प्रीमियम) मिल चुकी है यद्यपि कि उसका भुगतान प्रसंविदा के अगले महीने की आठवीं तारीख को होता है। कहीं-कहीं भुगतान की तिथि कुछ और ही रहती है। इस शब्द से बीमापत्र का हित सुरक्षित रहता है। यदि वह बीमाकर्ता को प्रत्यक्ष भुगतान करता है तो कोई प्रश्न ही नहीं उठता। यदि दलाल को प्रव्याजि मिलती है तो इस वाक्यांश से उसकी रक्षा हो जाती है। यदि दलाल इस प्रव्याजि को बीमाकर्ता को न सौंपे तो बीमाकर्ता इसके लिए कोई दावा नहीं कर सकता है, क्योंकि दलाल को दी गयी प्रव्याजि उसी प्रकार सुरक्षित है जिस प्रकार बीमाकर्ता को दी गई। सामुद्रिक बीमा अधिनियम से यह स्पष्ट है कि यदि प्रसंविदा दलाल के माध्यम से की जाती है तो उसे ही प्रव्याजि प्राप्त करने का अधिकार है। बीमाकर्ता इस प्रव्याजि को दलाल से प्राप्त कर सकता है। लेकिन हानि का भुगतान करने के लिए बीमाकर्ता सीधे बीमापात्र के प्रति जिम्मेदार होता है।

बीमापात्र इस प्रकार पूर्णतया सुरक्षित है। यदि दलाल को भुगतान न किया जाय तो बीमाकर्ता उसे दलाल से वसूलेगा बीमापात्र से नहीं। अतः दलाल की स्थिति सोचनीय रहती है। परन्तु अधिनियम में वह दिया गया है, दलाल उस बीमापत्र पर ग्रहणाधिकार (Lien) रखेगा जिसकी प्रव्याजि का भुगतान नहीं किया गया है। यहाँ समझ लेना उचित होगा कि प्रसंविदा बीमाकर्ता और बीमापात्र के बीच होता है, अतः जब तक प्रव्याजि बीमाकर्ता तक नहीं पहुँच जाती प्रसंविदा मान्य नहीं होती। यदि दलाल को ही प्रव्याजि दी जाय और वह बीमाकर्ता को न दे तब प्रसंविदा लागू नहीं होगी। ऐसी दशा में बीमाकर्ता को अधिकार रहता है कि वह दलाल से प्रव्याजि प्राप्त करे।

प्रव्याजि की वापसी—सामान्य दशाओं में जब प्रसंविदा के सम्बन्ध में प्रव्याजि दी जा चुकी है तो उसे लौटाया नहीं जाता क्योंकि प्रसंविदा प्रव्याजि देते ही प्रारम्भ हो जाती है,

लेकिन निम्न दशाओं में प्रव्याजि को लौटाने का प्रावधान है।

1. बीमापत्र की शर्तों के अनुसार—जब प्रव्याजि का भुगतान कर दिया जाता है तब उसके साथ यह आशा की जाती है कि कुछ घटनाएँ घटेंगी। इस बीमापत्र में यह दिया रहता है कि अदा की गई प्रव्याजि को कुछ शर्तों के पूरा होने पर समायोजित (Adjustment) किया जायगा। जैसे एक निश्चित तारीख तक जहाज पर माल का न लदना या विशेष पैकिंग का होना; इन दशाओं में कुछ प्रव्याजि लौटा दी जायेगी क्योंकि उससे सम्बन्धित जोख़िम प्रारम्भ ही नहीं हुई है या कम हो गई है।

2. न्याय के अनुसार—न्याय सिद्धान्त (Principle of Equity) के अनुसार प्रव्याजि का लौटाना कभी-कभी आवश्यक हो जाता है। कुछ उदाहरण नीचे दिये जा रहे हैं।

(अ) चालू (*Floating*) **बीमापत्र के सम्बन्ध में**—जब दी गई रकम तक बीमापत्र में घोषणा नहीं की जा सकती है या कुछ रकम शेष रहती है तो जितनी रकम की घोषणा नहीं होती है, उतनी रकम के सम्बन्ध में प्रव्याजि लौटा दी जाती है।

(ब) अनजाने में बीमाकर्ता द्वारा मिथ्या प्रदर्शन—यदि बीमाकर्ता ने अनजाने में कुछ बात बताई है जो कि असत्य है या जिसका कोई आधार नहीं है तो इस दशा में वह प्रव्याजि लौटाकर बीमा प्रसंविदा को विवर्जित कर सकता है।

(स) अनुचित विलम्ब—जब यात्रा के प्रारम्भ में अनुचित विलम्ब हो रहा है तो बीमाकर्ता प्रव्याजि लौटाकर संविदा को रद्द कर सकता है।

(द) कुछ यात्रा का न होना—जब विभिन्न भागों की यात्रा के लिए अलग-अलग बीमा लिया गया है तो जिस भाग में यात्रा नहीं की जाती है, उससे सम्बन्धित प्रव्याजि लौटा दी जाती है।

3. दोहरे बीमा के कारण अधि-बीमा (Over-insurance)—जब दोहरे बीमा के कारण कोई वस्तु अधि-बीमित हो जाती है तो जितनी रकम का अधि-बीमा है, उससे सम्बन्धित प्रव्याजि लौटा दी जाती है।

यदि किसी एक वस्तु या वस्तु के किसी एक भाग पर एक से अधिक बीमाकर्ताओं से बीमा कराया जाय तो इसे दोहरा बीमा कहते हैं। यदि इन सभी बीमा की रकमों के योग बीमित वस्तु के वास्तविक मूल्य से अधिक हो तो उसे अधि-बीमा (Over-insurance) के नाम से पुकारते हैं, लेकिन ये बीमा एक-सा, एक वस्तु पर और एक समय में हो यदि कुछ बीमा पहले लिया गया हो और उससे सम्बन्धित दायित्व पूरा हो चुका हो या जोखिम का भुगतान किया जा चुका हो तो उसे दोहरा बीमा के अन्तर्गत शामिल नहीं करते हैं।

दोहरा बीमा के सम्बन्ध में अधि-बीमा

जब बीमापात्र दोहरे बीमा द्वारा अधि-बीमित हो तो—

1. वह जिस क्रम में चाहे बीमापत्र के सम्बन्ध में भुगतान प्राप्त कर सकता है। वह क्रम से सभी बीमाकर्ताओं से भुगतान ले सकता है, लेकिन क्षति की रक़म से अधिक रकम का भुगतान नहीं ले सकता है।

2. यदि बीमा के सम्बन्ध में कुछ मूल्यांकन बीमापत्र हैं तो अन्य मूल्यांकन योग्य (Valuable) बीमापत्र से प्राप्त होने वाली राशि में से इसे घटा दे। इसी प्रकार मूल्यांकन योग्य राशि प्राप्त होने पर बाद में अन्य किसी बीमापत्र से प्राप्त होने वाली राशि घटा देते हैं।
3. क्षति से अधिक रकम कभी प्राप्त नहीं की जा सकती है, यदि वह प्राप्त हुई है तो अतिरिक्त रकम बीमाकर्ता की हो जायगी।

□□□

अध्याय 26

सामुद्रिक बीमा की प्रगति

सामुद्रिक बीमा का राष्ट्रीयकरण सामान्य बीमा (आकस्मिक प्रावधान) अध्यादेश, 1971 द्वारा किया गया जो बाद में सामान्य बीमा (आकस्मिक प्रावधान) अधिनियम 1971 प्रतिसथापित किया गया, जिसके परिणामस्वरूप भारत में सामान्य बीमा का राष्ट्रीयकरण 13 मई 1971 से कर दिया गया। भारतीय सामान्य बीमा निगम की स्थापना 22 नवम्बर 1972 को की गयी। 55 भारतीय सामान्य बीमा कम्पनियों को मिलाकर चार कम्पनियों के रूप में बनाया गया जो सामान्य बीमा निगम की सहायक कम्पनियों के रूप में कार्य करने लगी। ये सहायक कम्पनियाँ हैं—

1. नेशनल इन्सुरेन्स कम्पनी लिमिटेड
2. न्यू इण्डिया इन्सुरेन्स कम्पनी लिमिटेड
3. ओरियन्टल फायर एवं सामान्य बीमा कम्पनी लिमिटेड
4. यूनाइटेड इण्डिया फायर एवं सामान्य बीमा कम्पनी लिमिटेड

ये कम्पनियाँ सरकारी संस्था के रूप में कार्य कर रही हैं, जिनके अंश सामान्य बीमा निगम द्वारा लिये गये हैं।

सामुद्रिक बीमा की प्रगति

भारतीय बीमाकर्ताओं द्वारा सकल प्रव्याजि में वृद्धि होती जा रही है। 1969 में 21.06 करोड़ रुपये से वृद्धि होकर 1978 में 98.32 करोड़ रुपये हो गया। 1972 में 31.61 करोड़ रुपये था। इस प्रकार राष्ट्रीयकरण के बाद सामुद्रिक बीमा व्यवसाय में अधिक वृद्धि हुई। राष्ट्रीयकरण के पहले अभारतीय बीमाकर्ताओं द्वारा व्यापार में कमी आती गयी। राष्ट्रीयकरण के बाद इनका व्यापार समाप्त हो गया। शुद्ध प्रव्याजि के सम्बन्ध में बीमा-व्यवसाय की वृद्धि हुई। अभारतीय बीमाकर्ताओं का व्यापार कम होता रहा। इस प्रकार विदेशी बीमाकर्ता अपने व्यापार में वृद्धि न कर सके। शुद्ध प्रव्याजि 1969 में 13.50 करोड़ रुपये से बढ़कर 1972 में 21.73 करोड़ रुपये हो गयी। 1977 में 66.66 करोड़ रुपये हो गयी। इस प्रकार राष्ट्रीयकरण के बाद शुद्ध प्रव्याजि में अधिक वृद्धि हो गयी। कुल सामान्य बीमा की तुलना में सामुद्रिक बीमा व्यवसाय में अधिक वृद्धि हुई। कुल सामान्य बीमा की शुद्ध प्रव्याजि 1969 में 73.22 करोड़ से 1972 में 113.11 करोड़ रुपये हो गयी, जो बढ़कर 1977 में 268.33 करोड़ रुपये हुई। इस प्रकार शुद्ध प्रव्याजि में केवल 4 गुने से अधिक वृद्धि नहीं हुई, जबकि सामुद्रिक बीमा में 5 गुने से अधिक वृद्धि हुई।

सामुद्रिक बीमा की प्रगति (भारत में)

(रुपया करोड़ में)

वर्ष दिसम्बर	सकल प्रव्याजि						शुद्ध प्रव्याजि						कुल सामान्य बीमा (शुद्ध प्रव्याजि)					
	भारतीय बीमाकर्ता		अभारतीय बीमाकर्ता		कुल		अभारतीय बीमाकर्ता		अभारतीय बीमाकर्ता		कुल		भारतीय बीमाकर्ता		अभारतीय बीमाकर्ता		कुल	
	रुपया	%	रुपया	%	रुपया	%	रुपया	%	रुपया	%	रुपया	%	रुपया	%	रुपया	%	रुपया	%
1969	21.06	76.6	6.44	23.4	27.5	100	13.50	75.2	4.46	24.8	17.96	100	73.22	80.2	18.12	19.8	91.35	100
1970	24.31	77.8	6.95	22.2	31.26	100	14.45	74.5	4.94	25.5	19.38	100	84.41	81.5	19.13	18.5	103.57	100
1971	30.22	79.4	7.85	20.6	34.07	100	18.48	76.9	5.56	23.1	24.04	100	93.76	81.7	20.94	18.3	114.70	100
1972	31.61	79.4	8.22	20.6	39.84	100	21.73	78.2	6.06	21.8	27.79	100	113.11	82.8	23.46	17.2	136.57	100
1977	90.91	...	...	...	...	...	...	...	66.66	...	...	...	268.33	...	...	...	...	...
1978	98.32	...	...	...	...	...	...	...	...	...	...	...	...	...	...	...	...	...
1980	...	...	...	...	...	...	...	...	...	...	...	...	...	...	...	...	...	...

भारतीय बीमाकर्ता सामान्य बीमा की तुलना में सामुद्रिक बीमा में अधिक प्रगति नहीं कर पाये।

भारत के बाहर सामुद्रिक बीमा

(शुद्ध प्रव्याजि करोड़ रुपये में)

वर्ष	भारत में	भारत के बाहर	कुल
1977	48.75	17.75	66.66
1978	—	—	—
1980	—	—	—

शुद्ध प्रव्याजि से प्रतिशत

भारतीय बीमाकर्ता

	1970	1971	1972
शुद्ध देय दावा	65.70	59.7	61.3
शुद्ध कमीशन	2.4	1.2	2.2
प्रबन्ध व्यय	19.5	17.1	17.3
संचय में वृद्धि	2.7	10.5	5.5
अतिरिक्त आय	0.6	5.5	6.7
आय में बचत	14.8	16.6	20.6

अभारतीय बीमाकर्ता

	1970	1971	1972
शुद्ध देय दावा	62.8	68.0	68.4
शुद्ध कमीशन	−1.5	−0.4	−0.3
प्रबन्ध व्यय	32.4	32.9	35.2
संचय में वृद्धि	4.8	5.6	4.1
अतिरिक्त आय	0.1	0.7	2.8
आय में बचत	1.4	−6.2	−5.1

भारतीय सामान्य बीमा निगम द्वारा अपनी सहायक कम्पनियों की मदद से काफी

व्यापार होता रहा। 1977 में 66.66 करोड़ रुपये की शुद्ध प्रव्याजि में से 48.91 करोड़ रुपये भारत में और बाकी 17.75 करोड़ रुपये भारत के बाहर हुआ था।

भारतीय बीमाकर्ता—शुद्ध दावे का शुद्ध प्रव्याजि से प्रतिशत 1970 में 65.0 प्रतिशत था, जो गिरकर 59.7 प्रतिशत हुआ; पुनः बढ़कर 61.3 प्रतिशत हो गया। जबकि अभारतीय बीमाकर्ताओं के सम्बन्ध में यह प्रतिशत बढ़ता ही जा रहा है। 1970 में 62.8 प्रतिशत से बढ़कर 1971 में 68.0 प्रतिशत और 1972 में 68.4 प्रतिशत हो गया। इस प्रकार भारतीय बीमाकर्ता दावे की रकम का कम भुगतान किये और उसमें कुछ बचत करते रहे जबकि कमीशन के सम्बन्ध में भारतीय बीमाकर्ता अधिक भुगतान किये। 1970 में यह 2.4 प्रतिशत था जो 1971 में घटकर 1.2 प्रतिशत हुआ जबकि विदेशी बीमाकर्ता के कमीशन की दर −1.5 प्रतिशत तक थी। भारतीय बीमाकर्ता प्रबन्ध व्यय में भी बचत करते रहे। 1970 में यह प्रतिशत 19.5 प्रतिशत था जो घटकर 1971 में 17.1 प्रतिशत हो गया। जबकि विदेशी बीमाकर्ता के प्रबन्ध व्यय 1970 में 32.4 प्रतिशत से बढ़कर 1972 में 35.2 प्रतिशत हो गया। भारतीय बीमाकर्ता में संचय में वृद्धि 2.7 प्रतिशत से 10.5 प्रतिशत हुई थी, जबकि विदेशी बीमाकर्ता में संचय में वृद्धि 5.6 प्रतिशत तक हुई। अतिरिक्त आय में भी भारतीय बीमाकर्ता आगे रहे। परिणामस्वरूप भारतीय बीमाकर्ता के आय में अधिक बचत रहे जो 1972 में 20.6 प्रतिशत तक था जबकि विदेशी बीमाकर्ता की आय में बचत −6.2 प्रतिशत तक थी। इस प्रकार भारतीय बीमाकर्ता सामुद्रिक बीमा में विदेशी बीमाकर्ता से आगे रहे।

भारतीय बीमाकर्ताओं का विदेशी व्यापार

(सकल प्रव्याजि से प्रतिशत)

	1970	1971	1972
1. सकल देय दावे	64.3	91.9	64.0
2. प्रत्यक्ष कमीशन	10.8	11.8	12.6
3. प्रबन्ध-व्यय	16.6	14.2	15.0
4. संचय में वृद्धि	8.2	1.8	2.8
5. अतिरिक्त आय	5.1	5.4	8.3
6. आय में बचत	17.2	−18.6	17.9

भारतीय बीमाकर्ता विदेशों में अपना व्यापार नहीं बढ़ा पा रहे थे। 1970 में आय में बचत 17.2 प्रतिशत से घटकर 1971 में—18.6 प्रतिशत घट गयी और 1972 में 17.9 प्रतिशत हो गयी, अतिरिक्त आय में वृद्धि हुई थी। प्रत्यक्ष कमीशन में वृद्धि होती रही। प्रबन्ध में भी बचत होती रही। 1970 में 16.6 प्रतिशत से घटकर 1972 में 15.0 प्रतिशत हो गया। इस प्रकार आय में बचत में परिवर्तन होते रहे। विदेशी व्यापार में भारतीय बीमाकर्ता प्रगति नहीं कर पाये।

राष्ट्रीयकरण के बाद सामान्य बीमा की प्रगति

(शुद्ध प्रव्याजि से प्रतिशत)

	1977
शुद्ध देय दावा	51.0
कमीशन, खर्चे आदि	25.4
संचय में वृद्धि	2.9
आय की बचत	20.7

पिछले लेखों से तुलना करने पर पता लगता है कि सामान्य बीमा में खर्चे आदि में सामुद्रिक बीमा की तुलना में अधिक वृद्धि हुई। आय की बचत बहुत अधिक नहीं हुई थी। शुद्ध दावे में कमी हुई। इस प्रकार राष्ट्रीयकरण के उपरान्त कोई संतोषजनक कार्य नहीं किये गये।

सामुद्रिक बीमा में सकल प्रत्यक्ष प्रीमियम आय

मार्च	जी.आ.सी.	नेशनल	न्यू इंडिया	ओरियन्टल	युनाइटेड	कुल
1975	—	—	—	—	—	70.93
1980		28.02	32.49	37.34	34.76	132.61
1985		57.31	79.85	64.12	73.91	275.19
1990		88.30	129.01	97.01	125.44	439.77
1995		165.30	230.16	170.56	260.83	826.85
1998		209.76	312.64	217.14	286.13	1025.67

सामुद्रिक बीमा में शुद्ध प्रीमियम आय

मार्च	जी.आ.सी.	नेशनल	न्यू इंडिया	ओरियन्टल	युनाइटेड	कुल
1975	—	—	—	—	—	68.00
1980	—	—	—	—	—	117.00
1985	72.59	37.95	53.35	40.78	55.69	260.36
1990	90.47	64.37	95.90	65.48	85.33	311.08
1995	187.43	120.14	179.84	113.07	133.85	734.33
1998	221.90	136.36	188.14	124.07	151.41	822.48

□□□

सामुद्रिक बीमा की प्रगति

(रु. करोड़ में)

वर्ष	शुद्ध प्रव्याजि		शुद्ध देय दावे		कमीशन		प्रबन्ध व्यय		अन्य आय		संचय में वृद्धि		विनिवेश आय		अभिगोपन लाभ	
	रु	%	रु	%	रु	%	रु	%	रु	%	रु	%	रु	%	रु	%	रु	%
सामान्य बीमा निगम																		
1998-1999	221		108.2	47	40.8	18	—	—	—	—	7.4	3	—	—	72.9	32
1999-2000	233..3		130.0	55.7	39.8	17.1	2.08	0.9	0.25	0.10	3.98	1.7	—	—	57.21	24.5
2000-2001	296.8		89.0	39.6	36.0	15.9	2.03	0.9	52.6	0.2	−6..53	−2.9	64.2	27.5	105.01	46.3
2001-2002	207.6		131.0	57.8	43.0	19.0	1.7	0.8	003	−0.1			56.5	24.9	51.2	22.6
1998-1999	14.3	71	126.8	88	27.3	19					6.9	5			−17.7	−12
नेशनल बीमा कम्पनी लि.																		
1999-2000	139.3		110.13	79	−6.8	−4.9	37.24	26.74	−0.62	−0.01	−3.9	−2.9	344.4		2.65	1.90
2000-2001	149.1		56.9	38	−9.11	−6.1	35.05	23.50	0.13	0.08	9.8	6.6	381.8		56.26	37.7
2001-2002	132.8		78.0	58.8	−6.51	−4.9	38.3	288	−0.07	−0.05	−16.31	−12.3	30.4	22.9	69.7	52.5
न्यु इण्डिया बीमा कम्पनी लि.																		
1998-1999	190.3	61	96.8	51	14.5	8					1.6	1			77.4	40
1999-2000	192.1		122.4	63.7	−17.64	9.18	50.88	26.48			1.78	0.93			34.69	18.06
2000-2001	188.12		141.8	75.4	−70.22	−9.2	54.19	28.80			−4.00	−2.13	50.71	24.14	13.40	7.12
2001-2002	220.69		131.33	62.51	10.34		51.64	24.5	80.09		21.97	10.46	35.22	37.41	15.49	7.33

(रु. करोड़ में)

वर्ष	शुद्ध प्रव्याजि		शुद्ध देय दावे		कमीशन		प्रबन्ध व्यय		अन्य प्रबन्ध जोखिम		संचय में वृद्धि		विनिवेश आय		अभिगोपन लाभ	
	रु	%	रु	%	रु	%	रु	%	रु	%	रु	%	रु	%	रु	%
ओरियण्टल बीमा कम्पनी लि.																
1998-1999	132.1	61	85.9	65	22.4	17									15.7	12
1999-2000	132.08	60.7	97.01	73.4	40.41	30.6	−9.40	−7.1			0.04	0.01	367.53		4.11	3.11
2000-2001	121.71	62.4	91.35	75.1	33.48	27.5	−6.95	−5.7			−10.37	8.5			14.20	11.7
2001-2002	139.11	64.0	74.27	53.3	41.18	29.6	−4.66	−3.3			−40.10	28.8	−24.21	−17.4	94.30	67.8
युनाइटेड इण्डिया बीमा कम्पनी लि.																
1998-1999	145.8	50	92.6	64	26.3	18					−5.6	−4			32.5	22
1999-2000	149.51		99.80	66.8	−25.34	−16.95	41.10	27.49			3.74	2.50			30.21	20.21
2000-2001	142.77		118.85	83.2	−18.99	−13.3	44.45	31.37			−6.73	4.71			4.85	3.40
2001-2002	126.60		81.64		−15.24		41.36		−6.56		−16.18		39.33		67.84	
भारतीय बाजार (कुल)																
1998-1999	840.8	82	510.3	61	131.1	16					18.4	2			180.5	21
1999-2000	846.3	83	559.3	66	152.6	18					5.5	1			128.9	15
2000-2001	828.4	82	498.7	60	153.0	18					−17.8	2			194.5	24
2001-2002																

भाग 4

अग्नि बीमा

अध्याय 27

अग्नि बीमा परिचय

उत्पत्ति—अग्नि बीमा का इतिहास उतना पुराना नहीं है, जितना कि सामुद्रिक बीमा का इतिहास। इसका विकास उस समय हुआ जब व्यापार और उद्योग काफी विस्तृत हो चुके थे। 1609 में वोल्डेनबर्ग (Oldenburg) में एक योजना बनायी गयी, जिसके अन्तर्गत एक निश्चित प्रतिशत के बदले अग्नि से नष्ट होने वाले घरों की क्षति पूरा कर दी जाती थी। यद्यपि कि यह कोई वैज्ञानिक तरीका नहीं था, लेकिन इस आधार पर यह अनुमान लगाया जाता था कि अग्नि बीमा का विकास समुचित रूप से हो सकता है। इस ज्ञान का विस्तार नीदरलैण्ड्स (Netherlands) पहुँचा और वहाँ के व्यापारी अग्नि बीमा के सामूहिक रूप को अपनाया। हालैण्ड में अग्नि से बचाव के लिए प्रयास किये जाने लगे। 1666 के लंदन अग्निकाण्ड से अग्नि बीमा का वास्तविक विकास हो गया। यह अग्नि करीब चार दिन तक चली और 13 हजार से अधिक घर नष्ट हो गये। इससे लोगों के मन में अग्नि बीमा के प्रति जागृति आयी और उन्होंने बीमा व्यापार को प्रारम्भ करना चाहा। उन दिनों कोई कार्यकर्ता पहले से कार्य नहीं कर रहे थे, जिससे उनका लाभ उठा सकते, इन व्यक्तियों ने स्वयं अपने कार्य को प्रारम्भ किया और बीमा करते रहे। अब तक वाणिज्य एवं उद्योग का विशेष विकास नहीं हुआ था, जिससे अग्नि बीमा को प्रोत्साहन मिलता। इन बीमाकर्ताओं में से कुछ बीमाकर्ताओं ने अपना कार्य बन्द कर दिया। इनमें से कुछ के कार्य इतने अच्छे रहे कि उनके अनुभव आज भी कार्य कर रहे हैं।

जैसे-जैसे अनुभव बढ़ता गया, वैसे-वैसे इनके कार्य वैज्ञानिक होते गये। प्रव्याजि की दर उपयुक्त होने लगी। न्यायालय के निर्णय भी बहुत से कार्यों को प्रमाणित करते गये। अग्नि बीमा में प्रतिस्पर्धा के कारण कार्यों में एकरूपता आती गयी और प्रमाणित अग्नि बीमा का प्रादुर्भाव होता गया, लेकिन यह बीमा आज भी उतना वैज्ञानिक नहीं हो सका, जितना कि जीवन बीमा है क्योंकि अग्नि बीमा में बहुत से विरोधी तत्त्व विद्यमान हैं, जिनका सरलीकरण आसान नहीं है।

भारत में अग्नि बीमा लोकप्रिय नहीं हो पाया, क्योंकि यहाँ पर अग्नि की जोखिम को संवृत करने की प्रथा आज भी विकसित नहीं है। अभी भी बहुत-सी विदेशी बीमा कम्पनियाँ भारत में बीमा व्यापार कर रही हैं। भारत के बम्बई क्षेत्र में अग्नि बीमा का महत्तव बढ़ता जा रहा है।'वहाँ पर नये-नये उद्योग, व्यापार और यातायात का विकास होता जा रहा है। यही कारण है कि इस क्षेत्र में बीमा का प्रचलन अधिक है।

अग्नि बीमा का महत्त्व

1. **अग्नि हानि की कमी** (Reduction in fire waste)—अग्नि को नियंत्रित रखने

पर जितनी सेवा मिलती है, अनियंत्रित हो जाने पर उतनी ही हानि होती है। आग लगने पर केवल सम्पत्ति ही जलकर राख नहीं होती, बल्कि प्राणी भी अपने अस्तित्व खो बैठते हैं। बीमा की अवस्था में इन हानियों की पूर्ति हो सकती है और इस विकराल क्षति से होने वाली परेशानियों को काफी सीमा तक दूर किया जा सकता है।

2. अग्नि क्षति की बढ़ती सम्भावनाओं में कमी—व्यापार और उद्योग के बढ़ने के साथ अग्निरोधक यन्त्रों का भी विकास होता जा रहा है। पेट्रोल, विद्युत तथा अन्य शक्ति साधन अग्नि प्रज्वलित करने और बढ़ाने में सहायक हैं, जिससे आग लगने की सम्भावनायें बढ़ती जा रही हैं और परिणामस्वरूप क्षति में भी वृद्धि हो रही है। इस बढ़ती भयंकरता को तभी दूर किया जा सकता है, जबकि इसके लिए कोई साधन उपलब्ध हो। पिछले अनुभवों के आधार पर आज अग्नि बीमा को विकसित करके इन कठिनाइयों को दूर करने का प्रयास हो रहा है।

3. बढ़ते अग्नि-रोधकों का सहायक—अग्नि बीमा आग को लगने से रोक तो नहीं सकता, लेकिन आग से होने वाली हानि को पूरा करने का प्रयास अवश्य करता है। अग्नि को रोकने के लिए अग्निशामक दल (Fire Brigade), सरकारी सुविधाएँ, अग्निरोधक वस्तुओं आदि के होने से अनेक लाभ हो रहे हैं, जिससे आग लगने की सम्भावनाएँ कम हो सकीं। परन्तु इसके बाद भी आग लगने की सम्भावना बनी रहती है और अग्नि बीमा के अभाव में अत्यन्त कठिनाई का सामना करना पड़ सकता था। अतः अग्नि बीमा को विकसित करके होने वाली इन हानियों को कम किया जा सकता है।

4. अग्नि की सामाजिक हानि को कम करना—अग्नि से केवल एक व्यक्ति को ही हानि नहीं होती, बल्कि पूरे समाज को इससे हानि होती है। कब किस व्यक्ति को आग का सामना करना पड़े या निश्चित नहीं है। यदि आग लगने पर समाज के किसी व्यक्ति को क्षति होती है तो यह आवश्यक है कि इस अनिश्चितता को दूर करने का प्रयास किया जाय। यह कार्य केवल अग्नि बीमा से हो सकता है। अग्नि के समय क्षति को समाज के उन व्यक्तियों में बाँट दिया जाता है, जिन्होंने बीमा कराया है। इस प्रकार एक व्यक्ति की हानि को समाज के अन्य व्यक्ति थोड़ा-थोड़ा करके पूरा कर सकते हैं, जिससे किसी भी व्यक्ति को अग्नि से क्षति का भय नहीं रहता है। समाज के प्रत्येक व्यक्ति को इतना विश्वास हो जाता है कि आग की भयानक हानि उसका कुछ कर नहीं पायेगी।

अग्नि बीमा के कार्य (Functions of Fire Insurance)

अग्नि बीमा आग को रोकता नहीं और न किसी व्यक्ति को आग से होने वाली क्षति को पूर्णतया पूरा ही करता है, क्योंकि प्रव्याजि के रूप में कुछ न कुछ रकम अवश्य दी जाती है। अग्नि से हानि समाज की एक ऐसी हानि है जो बीमापात्र और समाज के लिए पूर्ण हानि कही जा सकती है।

1. व्यक्तिगत क्षति की पूर्ति—अग्नि बीमा से समाज की हुई हानि एकदम से दूर नहीं हो जाती, बल्कि जिन व्यक्तियों को अग्नि से क्षति पहुँचती है, उन व्यक्तियों को समाज के अन्य बीमित व्यक्ति भुगतान कर देते हैं। यह भुगतान इन व्यक्तियों द्वारा प्रव्याजि के रूप में किया जाता है। सभी बीमित व्यक्ति प्रव्याजि देते हैं और इस प्रव्याजि को एकत्र करके एक कोष तैयार करते हैं। बीमित व्यक्तियों में से यदि किसी को बीमित जोखिम से हानि होती है

तो इस कोष से बीमापत्र की रकम या क्षति की रकम, जो भी कम हो भुगतान कर दिया जाता है। इस प्रकार समाज की हानि तो हटी नहीं, परन्तु उसका सामाजिक वितरण हो गया है।

2. कुछ व्यक्तियों की क्षति अधिकांश (*Large Number*) **व्यक्तियों में बाँटना**—जो व्यक्ति इस अग्नि प्रसंविदा से बँधे रहते हैं, वे किसी भी बीमित जोखिम को वहन करते हैं। चूँकि जोखिम किसी भी व्यक्ति के ऊपर आ सकती है, अतः सभी व्यक्ति बीमित वस्तु के सम्बन्ध में प्रव्याजि देकर आश्वस्त हो जाते हैं कि जोखिम होने पर उन्हें क्षति की रकम का भुगतान हो जायगा। कुछ बेईमान तरह के बीमित व्यक्ति अपनी सम्पत्ति जलाकर लाभ उठाने के उद्देश्य में रहते हैं; अतः यह नियम बना दिया गया है कि जितनी क्षति होगी, केवल उसी रकम तक भुगतान होगा, उससे ज्यादा भुगतान कभी नहीं होगा। इस प्रसंविदा में यह मौका ही नहीं दिया जाता कि लोग जान-बूझकर लाभ उठाते रहें।

3. अग्नि बीमा में शामिल होने वाली वस्तुओं की जाँच-पड़ताल—अग्नि बीमा प्रसंविदा करते समय बीमाकर्ता अपने सर्वेक्षक (Surveyor) को भेजकर वस्तु की पूर्णतया जाँच करवाता है, उसकी जोखिम का मूल्यांकन किया जाता है और उसके अनुसार प्रव्याजि दर निश्चित की जाती है। यदि सम्पत्ति में अग्नि बुझाने के यन्त्र भी लगाये गये हैं तो प्रव्याजि की राशि में कुछ छूट भी दी जाती है। कभी-कभी पिछले इतिहास के अनुसार यदि बीमा की गयी सम्पत्ति जोखिम से मुक्त रहती है तो प्रव्याजि में कटौती की जाती है।

4. बीमाकर्ता द्वारा हानि को रोकने के प्रयास—बीमाकर्ता केवल क्षति की पूर्ति ही नहीं करता, बल्कि क्षति को बचाने के लिए प्रयास भी करता है। यह प्रयास प्रत्यक्ष रूप से कुछ संघों या संस्थाओं; जैसे निस्तारण दल (Salvage corps) की स्थापना करके आग बुझाने का कार्य भी किया जाता है। ये संस्थायें बीमापात्र की यह राय देती हैं कि कौन-कौन से उपाय किये जायँ जिससे कि अग्नि लगने की सम्भावना कम हो जाय या होने वाली हानि को बचाया जा सके। विदेशों में बहुत से बोर्ड; जैसे National Board of Under Writers, इस बात की छानबीन करते रहते हैं कि जान-बूझकर की जाने वाली क्षति को रोका जाय। अग्नि रोधक या शामक यन्त्रों का प्रयोग करके क्षति को कम करने का प्रयास करते हैं। अग्नि बीमा संस्थाएँ व अन्य गैर-सरकारी या सरकारी संस्थायें जो अग्नि की क्षति कम करने का कार्य कर रही हैं, धन से, राय से या प्रावैधिक सुविधाओं से मदद करती हैं।

अग्नि बीमा में जोखिम (Hazard)

जैसा ऊपर बताया जा चुका है कि अग्नि बीमा अग्नि की जोखिम को बीमित करता है; अतः इन जोखिमों को समझ लेना उचित होगा। अग्नि बीमा की जोखिम दो प्रकार की होती है—(1) भौतिक (Physical) और (2) नैतिक (Moral)। नैतिक जोखिम में यद्यपि कि बीमाकर्ता की जिम्मेदारी नहीं होती है, लेकिन उसका सत्यापन करना कठिन हो जाता है, सत्यापन के अभाव में बीमाकर्ता को इन जोखिमों का भी भुगतान करना पड़ता है।

1. भौतिक जोखिम (Physical Hazard)—यह जोखिम बीमा विषय वस्तु की आन्तरिक जोखिम (Inherent Risk) को बताती है। सम्पत्ति की स्थिति, प्रज्वलन शक्ति के स्वभाव (Inflammable Nature), प्रयोग, बनावट, कृत्रिम प्रकाश और ताप, अग्नि बुझाने के यन्त्रों का अभाव आदि के कारण यह जोखिम उत्पन्न हुआ करती है। भौतिक जोखिम का

सम्बन्ध बीमा के विषय आदि से है, बीमापात्र का इसमें कोई हाथ नहीं रहता है। उपरोक्त तथ्यों की व्याख्या करके भौतिक जोखिम को पूर्णतया बताया जा सकता है।

(अ) सम्पत्ति की स्थिति—सम्पत्ति किस स्थान पर है तथा उसके पड़ोस में क्या-क्या वस्तुएँ स्थित हैं या आग लगने पर अग्नि बुझाने वाले यन्त्रों का प्रयोग किया जा सकता है या नहीं पड़ोस की वस्तुयें यदि दहनशील हैं तो उससे बीमित बस्ती वस्तु को क्षति पहुँच सकती है। पानी के अभाव में क्षति की मात्रा बढ़ जाती है। धनी के मकान अग्नि से ज्यादा प्रभावित होते हैं।

(ब) बनावट—सम्पत्ति की बनावट पर अग्नि जोखिम आधारित होती है, यदि मकान या सम्पत्ति में लकड़ी का प्रयोग हुआ है तो जलने की सम्भावना अधिक होगी। पत्थरों के मकान, घास-फूस के मकानों की तुलना में अधिक सुरक्षित रहते हैं। फर्नीचर यदि स्टील के हैं तो उनकी जोखिम कम होगी। आग बुझाने के यन्त्रों का यदि प्रयोग किया जाय तो उससे जोखिम कम होने की सम्भावना रहेगी।

(स) प्रयोग (*Use*)—सम्पत्ति के प्रयोग के कारण जोखिम प्रभावित होगी, यदि सम्पत्ति का प्रयोग पेट्रोल गैस आदि के लिये किया जाता है तो उसकी जोखिम बढ़ जायगी। सामान्य स्थितियों में जोखिम सामान्य रहेगी। इस तरह प्रयोग के कई रूप हो सकते हैं और उनके अनुसार जोखिम प्रभावित होती है।

(द) कृत्रिम प्रकाश—कृत्रिम प्रकाश के कारण आग लगने की सम्भावना बढ़ जाती है। हीटर या अन्य ऐसे तरीकों से जोखिम की सम्भावना बढ़ती रहती है।

(य) सम्पत्ति का स्वरूप—सम्पत्ति का लक्षण क्या है? कारखाने में प्रयोग की जाने वाली सम्पत्ति घर की सम्पत्ति से अधिक जोखिम पूर्ण होती है। प्रयोगशालाओं आदि में अग्नि जोखिम अधिक होती है, क्योंकि यहाँ पर दाहक सामग्रियाँ रहती हैं।

(र) अग्नि बुझाने की सुविधा—आग बुझाने की सुविधा पर जोखिम की मात्रा निश्चित होती है। यदि सुविधाएँ उपलब्ध हैं तो उससे जोखिम कम हो जाती हैं और यदि सुविधायें नहीं हैं तो जोखिम की मात्रा में वृद्धि हो जाती है।

इन तत्त्वों के अतिरिक्त बहुत से अन्य तत्त्व भौतिक जोखिम को प्रभावित करते हैं। जिस स्थान पर भौतिक जोखिम जितनी अधिक होगी, वहाँ पर प्रव्याजि की दर उतनी अधिक ली जाती है और बीमाकर्ता सावधानी से बीमा करता है।

2. नैतिक जोखिम (Moral Hazard)—अग्नि बीमा में नैतिक जोखिम की सम्भावना बहुत अधिक है। नैतिक जोखिम से तात्पर्य स्वेच्छा से या अन्य व्यक्तियों द्वारा की गयी जोखिम से है। बीमापात्र जान-बूझकर ऐसी जोखिम उत्पन्न करता है। इसके पीछे लाभ कमाने का उद्देश्य छिपा रहता है। वैसे इस जोखिम को यदि प्रमाणित किया जा सके तो बीमाकर्ता का दायित्व नहीं होता; लेकिन इसके अभाव में बीमाकर्ता क्षतिपूर्ति करता है। ऐसी जोखिम प्रत्यक्ष न होते हुए भी बहुत अधिक होती है। इस जोखिम का निराकरण सुगम नहीं है। इसके भी कई भेद हो सकते हैं :

(अ) बीमापात्र की इच्छा से—जब बीमापात्र की स्वयं की इच्छा से कोई दूसरा

व्यक्ति या स्वयं बीमापात्र ही अपनी सम्पत्ति में आग लगा देता है तो वह इस श्रेणी में शामिल किया जाता है। इसी प्रकार आग लग जाने पर जब बीमापात्र उसे बुझाने के लिए दिलचस्पी न ले तो वह भी नैतिक जोखिम में शामिल होगी। उसकी धोखाधड़ी आदि इसी श्रेणी में आते हैं। इन सबको स्व-सम्पत्ति-दाह (Incendiarism) के नाम से पुकारते हैं।

(ब) शत्रुता या ईर्ष्यावश—जब बीमापात्र स्वयं अपनी सम्पत्ति को नहीं जलाता लेकिन दूसरा व्यक्ति किसी कारण से उसकी सम्पत्ति में आग लगा देता है, तो वह नैतिक जोखिम में शामिल किया जाता है। इस तरह आग लगाने का उद्देश्य शत्रुता या ईर्ष्या हो सकता है। इसे पर-सम्पत्ति दाह (Arson) के नाम से पुकारते हैं।

(स) लापरवाही एवं तटस्थता—बीमापात्र की लापरवाही के कारण या उसके तटस्थ रहने से बीमा की वस्तु को क्षति पहुँचे तो वह इस श्रेणी में आता है। इसे निष्क्रिय बेईमानी (Passive Dishonesty) कहते हैं। इसका अर्थ यह है कि बीमापात्र आवश्यक सावधानी से काम नहीं करता और आग बुझाने के लिए उचित साधन नहीं रखता और आग लग जाने पर इन साधनों का प्रयोग नहीं करता। अधिक रकम का माँगना और असावधान रहना, इस श्रेणी के नैतिक जोखिम हैं।

चूँकि अग्नि बीमा में बीमापात्र का सम्पत्ति से प्रत्यक्ष सम्बन्ध रहता है। इसलिये वहाँ पर नैतिक जोखिम की सम्भावना बहुत रहती है। इसको बचाने के लिए अग्नि बीमा के सम्बन्ध में बीमा-प्रसंविदा का विशेष रूप से पालन किया जाता है।

अग्नि बीमा का क्षेत्र—अग्नि बीमा में क्षति का भुगतान तभी किया जाता है, जबकि बीमा करायी गयी वस्तु की क्षति अग्नि के कारण हो। अग्नि के अतिरिक्त अन्य कारणों से होने वाली क्षति के प्रति बीमाकर्ता का दायित्व नहीं होता है। इसलिये यह जानना आवश्यक होगा कि अग्नि का क्षेत्र क्या है? अग्नि किसे कहते हैं और क्षतिपूर्ति कितनी होगी? इनका निर्धारण अग्नि बीमा क्षेत्र को बतायेगा।

अग्नि का तात्पर्य—अग्नि का तात्पर्य आकस्मिक ज्वाला (Ignition) से है, अर्थात् आग की परिभाषा में निम्न बातें जरूरी हैं—

(अ) वास्तविक आग या ज्वाला (*Ignition*)—प्रथम शर्त तो यह है कि आग वास्तव में दिखायी पड़े, उसमें से ज्वाला निकले। बीमापत्र में यह शब्द अत्यन्त महत्त्वपूर्ण है, "अग्नि से हानि या अग्नि के कारण क्षति" (Loss or Damage by Fire), इसका अर्थ यह है कि सम्पत्ति की हानि या सम्पत्ति के अंश की क्षति आग के कारण हो। एक तो हानि और दूसरा आंशिक रूप से क्षति (Damage) है। इस तरह अग्नि की अत्यधिक गर्मी से होने वाली हानि या क्षति, अग्नि से हानि या क्षति (Loss or Damage by Fire) के अन्तर्गत नहीं आ सकती है। केवल यह आवश्यक है कि हानि अग्नि के कारण हो। अग्नि का कारण कोई माने नहीं रखता है। हानि यदि बीमापात्र की लापरवाही और अनिच्छा से हो तो भी वह अग्नि होगी। वास्तव में अग्नि की क्षति या हानि के सम्बन्ध में बीमापात्र द्वारा कपट या जान-बूझकर दुर्व्यवहार (Misconduct) नहीं होना चाहिए। यदि हान या क्षति का आसन्न कारण (Proximate Cause) अग्नि है तो बीमाकर्ता भुगतान करेगा। यदि ज्वाला न हो, परन्तु ज्वाला के समान हो तो वह अग्नि नहीं कहलाती है। इसी प्रकार धुएँ या अग्नि के

निकट होने के कारण हानि या क्षति इसमें नहीं आती है। विस्फोट होने से उत्पन्न हानि अग्नि हानि के अन्तर्गत नहीं आती है। रासायनिक गर्मी या आग अग्नि को परिभाषा में नहीं आती क्योंकि इसमें से ज्वाला नहीं निकलती है। इसी प्रकार बिजली गिरने से होने वाली हानि इसमें नहीं आती, बशर्ते कि ज्वाला न निकले। लेकिन यदि ज्वाला निकलती है तो वह अग्नि की परिभाषा में आ जायेगी।

(ब) आकस्मिक अग्नि—दूसरी शर्त यह है कि आग आकस्मिक हो, ऐच्छिक नहीं। यदि किसी उद्देश्य से जलाई गयी अग्नि से हानि होती है तो वह अग्नि-हानि नहीं होती, क्योंकि आग जलाने का कुछ और उद्देश्य है। लेकिन यदि सम्पत्ति की क्षति अचानक इस अग्नि से हो तो अग्नि से हानि कही जायगी। यह ऐच्छिक नहीं है और किसी दूसरे उद्देश्य से जलाई गई थी, परन्तु नियन्त्रण के बाहर होने के कारण आकस्मिक रूप से संपत्ति जल गयी, परन्तु उसके जलने की न तो आशा थी और न इच्छा हो। यह जानना आवश्यक है कि जहाँ अग्नि अचानक लगेगी या आकस्मिक रूप से उत्पन्न होगी, वहाँ पर अग्नि से क्षति कही जायगी।

(स) अग्नि-जनित (*Subsidiary to Fire*) **हानियाँ**—अग्नि-जनित हानियाँ वे हैं जो आग लगने के सहायक कार्यों से उत्पन्न हों। जैसे किसी आग को बुझाने के लिए प्रयोग किया गया पानी या आग लगने से धुएँ या अन्य सहायक कार्य। पानी से फर्नीचर, कागज आदि नष्ट हो सकते हैं। धुएँ से कुछ वस्तुओं, जैसे किताबों के रूप विकृत हो जायँ। पड़ोसियों को आग से हानि हो, दीवाल गिर जाय या छत फट जाय जिसके परिणामस्वरूप अन्य वस्तुयें नष्ट हो जायँ। जलते मकान से सामानों को हटाते समय क्षति हो सकती है। आग के कारण बाहर पड़े सामान प्रतिकूल मौसम पानी बरसने के कारण नष्ट हो जायँ। इस तरह कई उदाहरण दिये जा सकते हैं जो अग्नि लगने के कारण उत्पन्न हुए हों। इन सबके द्वारा होने वाली हानि भी अग्नि हानि (Fire Loss) कही जाती है।

क्षति—आग लगने के कारण वस्तु के मूल्य में कमी आती है या वह समाप्त हो जाता है, इसे अग्नि क्षति के नाम से पुकारा जाता है। जितनी रकम की क्षति होती है उतनी रकम का ही भुगतान किया जाता है, बशर्ते कि इतनी रकम का बीमा कराया गया हो। इसका विस्तृत वर्णन अगले अध्याय में किया जायगा।

बीमा में न आने वाली जोखिम

बीमापत्र में निम्न जोखिम साधारणतः शामिल नहीं होती हैं—

1. प्रन्यास या कमीशन पर रखे गये माल की जोखिम संवृत नहीं होती है।
2. आभूषण, सरकारी प्रपत्र, चित्रकारी, नक्शे, पदक, वाद्य यन्त्र, दर्शनशास्त्र या गणित के यन्त्र, पाण्डुलिपि, शीशे के सामान, बाण्ड, विनियम बिल, हुण्डी, खाता-बही, बारूद आदि अनोखी वस्तुओं को प्रायः बीमापत्र के अन्दर शामिल नहीं करते।
3. भूकम्प, बलवा, हलचल, दंगा, विदेशी शत्रु द्वारा विस्फोट यो स्वतः जलने वाली वस्तु के कारण क्षति को सामान्यतः अग्नि बीमा के अन्तर्गत शामिल नहीं करते हैं।

इन जोखिमों को बीमित करने के लिए अतिरिक्त प्रव्याजि की आवश्यकता होती है और कभी-कभी तो ये अलग बीमा के अन्तर्गत बीमित होते हैं।

विभिन्न बीमाओं में अन्तर

अग्नि बीमा और जीवन बीमा

1. अग्नि बीमा प्रसंविदा क्षतिपूर्ति की प्रसंविदा है, जबकि जीवन बीमा क्षतिपूर्ति की प्रसंविदा नहीं है। जीवन बीमा में जितने का बीमा कराया जाता है, सबका भुगतान होता है लेकिन अग्नि बीमा में केवल उतनी ही रकम का भुगतान होगा जितनी की क्षति हुई है। यदि क्षति बिल्कुल नहीं है तो कुछ भी भुगतान नहीं होगा।
2. अग्नि बीमा में केवल रक्षा तत्त्व शामिल है, किन्तु जीवन बीमा में रक्षा और विनियोग दोनों तत्त्व शामिल हैं।
3. अग्नि बीमा दस दिन से लेकर बारह महीने तक के हो सकते हैं, परन्तु जीवन बीमा लम्बी अवधि का होता है। अग्नि बीमा की अवधि व्यतीत हो जाने पर, उसे पुनर्जीवित कर सकते हैं।
4. अग्नि बीमा में जोखिम की विभिन्नता पायी जाती है, अतः प्रव्याजि की दर में भी काफी अन्तर होता है जबकि जीवन बीमा में यह विभिन्नता नहीं के बराबर, केवल दो प्रकार की होती है—(1) प्रमाणित और (2) अधोप्रमाणित। दूसरे प्रकार में अतिरिक्त प्रव्याजि ली जाती है।
5. अग्नि बीमा में कोई समर्पण मूल्य नहीं होता, जबकि जीवन बीमा में दो वर्ष बाद समर्पण मूल्य हो जाता है।
6. जीवन बीमा में बीमा योग्य हित (Insurable Interest) केवल प्रसंविदा के समय आवश्यक है, जबकि अग्नि बीमा में यह प्रसंविदा और हानि दोनों समय होना चाहिए।
7. अग्नि बीमापत्र का हस्तांकन बीमाकर्ता की आज्ञा बिना नहीं होता, इस पर प्रायः रोक रहती है, जबकि जीवन बीमा में बीमापत्र का हस्तांकन आसानी से किया जा सकता है।

अग्नि बीमा और सामुद्रिक बीमा—अग्नि बीमा और सामुद्रिक बीमा में काफी समता पायी जाती है। दोनों ही बीमा क्षतिपूर्ति प्रसंविदा हैं। फिर भी अन्तर इनमें निम्न है—

1. अग्नि बीमा में साधारणतः केवल लागत का भुगतान होता है, लाभ को संवृत नहीं करते, जबकि सामुद्रिक बीमा में लाभ को संवृत किया जा सकता है।
2. अग्नि बीमा में बीमा योग्य हित की प्रसंविदा और हानि दोनों समय होना जरूरी है, जबकि सामुद्रिक बीमा में बीमायोग्य हित केवल हानि के समय जरूरी है।
3. अग्नि बीमा को साधारणतः हस्तान्तरित नहीं कर सकते हैं, परन्तु सामुद्रिक बीमा में बीमापत्र को हस्तान्तरित किया जा सकता है।

□□□

अध्याय 28

अग्नि बीमा प्रसंविदा

अग्नि बीमा एक प्रसंविदा है, जिसके अन्तर्गत एक पक्ष प्रव्याजि के बदले दूसरे पक्ष के प्रति एक निर्धारित संपत्ति को आग द्वारा पहुँची हुई क्षति या हानि की पूर्ति एक निश्चित रकम की सीमा तक करने का उत्तरदायी होता है। अग्नि बीमा प्रसंविदा का अध्ययन निम्न भागों में किया जा सकता है। दूसरे शब्दों में, अग्नि बीमा प्रसंविदा में निम्न तत्त्व शामिल हैं—

1. साधारण प्रसंविदा (General Contract),
2. बीमा योग्य हित (Insurable Interest),
3. परम सद्विश्वास (Utmost Good Faith),
4. क्षतिपूर्ति का सिद्धान्त (Doctrine of Indemnity),
5. प्रत्यासन का सिद्धान्त (Doctrine of Subrogation),
6. समाश्वासन (Warranties),
7. आसन्न कारण (Proximate Cause),
8. बीमापत्र का हस्तान्तरण (Assignment of Policy),
9. अन्य (Miscellaneous)।

1. साधारण प्रसंविदा (General Contract)

भारतीय प्रसंविदा अधिनियम में दिए गए तत्त्व अग्नि बीमा में भी लागू होते हैं। संक्षेप में अग्नि बीमा के अन्तर्गत निम्न तत्त्व होते हैं :—

(अ) प्रस्ताव एवं स्वीकृति,
(ब) स्वतन्त्र सहमति,
(स) दोनों पक्षों की प्रसंविदा योग्यता,
(द) वैध प्रतिफल,
(य) वैध उद्देश्य

(अ) प्रस्ताव एवं स्वीकृति (*Offer and Acceptance*)—प्रस्ताव एक पक्ष द्वारा किया जाता है और उसकी स्वीकृति दूसरा पक्ष करता है। अग्नि बीमा में प्रस्ताव किसी भी पक्ष (बीमाकर्ता या बीमापात्र) द्वारा किया जा सकता है। परन्तु साधारणतया बीमापात्र ही इसकी स्वीकृति करता है। प्रस्ताव लिखित या मौखिक हो सकते हैं। प्रस्ताव प्रपत्र (Proposal

Form) भर कर प्रस्ताव किए जाते हैं। प्रस्ताव-प्रपत्र में बीमा की जाने वाली वस्तु के सम्बन्ध में पूरी सूचना माँगी जाती है। सम्पत्ति का लक्षण, उपयोग, रकम प्रयोगकर्ता की स्थिति आदि अनेक सूचनाएँ प्रस्ताव-प्रपत्र से प्राप्त की जाती हैं। चूँकि प्रस्ताव-प्रपत्र प्रसंविदा का आधार होता है, इसलिए इसके भरने में पूर्ण सद्विश्वास का पालन करना चाहिए। कोई भी महत्त्वपूर्ण तथ्य गुप्त नहीं रखना चाहिए। सम्पत्ति के सम्बन्ध में पूर्व बीमा, क्षति, व्यापारिक अनुभव आदि का विवरण दिया जाता है। बीमाकर्ता उन सभी सूचनाओं को माँग सकता है, जो कि बीमा की जोखिम को प्रभावित करें।

सदाचरण का प्रमाण (*Evidence of Respectability*)—अग्नि बीमा में देखा जा चुका है कि नैतिक जोखिम की मात्रा अधिक होती है। बीमापात्र स्वयं या उसके मित्र या उसके विरोधी बीमित सम्पत्ति को जला सकते हैं, जिससे बीमाकर्ता को हानि उठानी पड़ सकती है। अतः बीमाकर्ता इसके लिए बीमापात्र से सच्चरित्रता का एक प्रमाण पत्र (Evidence of Respectability) माँगता है जो कि प्रतिष्ठित व्यक्तियों द्वारा बीमापात्र के विषय में दिए जाते हैं। यदि बीमापात्र पुराना ग्राहक है तो उससे यह प्रमाण पत्र नहीं माँगा जाता है।

सम्पत्ति का सर्वेक्षण (*Survey*)—प्रस्ताव-पत्र प्राप्त होने पर बीमाकर्ता प्रस्तावित सम्पत्ति की जाँच अपने सर्वेक्षण (Surveyor) के द्वारा करता है। सर्वेक्षण प्रायः अधिक जोखिम में किया जाता है। इसके आधार पर सम्पत्ति की वास्तविक स्थिति, व्यवसाय की दशा, कल-कारखाने, अग्नि की सम्भावना आदि की सही-सही जाँच होती है। इसके लिए कुशल सर्वेक्षकों की आवश्यकता होती है। जो बातें सूचना और प्रमाण-पत्र से नहीं मिल पातीं वे व्यक्तिंगत सर्वेक्षण से ज्ञात हो जाती हैं। अग्नि बीमा में जोखिम की विभिन्नता और नैतिक जोखिम की उपलब्धता सर्वेक्षण करना आवश्यक बना देती हैं।

स्वीकृति—यदि प्राप्त सूचनाओं के आधार पर बीमाकर्ता यह देखता है कि प्रस्ताव की स्वीकृति की जाय तो वह बीमापात्र को इस बात की सूचना देकर प्रव्याजि जमा करने के लिए प्रव्याजि की राशि बताता है। कभी-कभी प्रव्याजि की राशि अस्थायी रूप से बतायी जाती है जो बाद में समन्वित हो जाती है। जब तक प्रव्याजि का भुगतान नहीं किया जाता तब तक प्रसंविदा चालू नहीं होती है।

आवरण-पत्र (*Cover Note*)—बीमापात्र द्वारा प्रव्याजि प्राप्त हो जाने पर बीमाकर्ता एक आवरण-पत्र (Cover Note) निर्गमित करता है। आवरण-पत्र इसलिए निर्गमित किया जाता है कि बीमापत्र निर्गमन में कुछ समय लगता और बीमापत्र के अभाव में यह सम्पत्ति की रक्षा करता है।

जोखिम का प्रारम्भ—जिस दिन बीमाकर्ता बीमा जोखिम को संवृत करने की सूचना देता है, उसी दिन से जोखिम प्रारम्भ हो जाती है। यह सूचना प्रायः आवरण-पत्र (Cover Note) निर्गमित करके दी जाती है। साधारणतया आवरण-पत्र प्रव्याजि प्राप्त होने पर ही निर्गमित किया जाता है, लेकिन प्रव्याजि प्राप्त होने के वगैर भी आवरण-पत्र जारी किया जा सकता है; उस दशा में भी जोखिम उसी दिन से प्रारम्भ होगी जिस दिन से आवरण पत्र निर्गमित होगा।

अग्नि बीमापत्र (*Fire Insurance Policy*)—बीमाकर्ता और बीमापात्र के बीच प्रसंविदा का लिखित प्रमाण बीमापत्र (Policy) के द्वारा दिया जाता है। इसके लिए कोई नियम नहीं होता है, लेकिन इसके बावजूद भी बीमाकर्ता बहुत-सी सूचनाएँ देकर बीमापत्र निर्गमित करता है। इंग्लैण्ड में प्रामाणिक बीमापत्र (Standard Policy) निर्गमित किया जाता है जिसका प्रयोग आज बहुत-सी संस्थायें कर रही हैं। इसमें संचालकों की सूची, कम्पनी का नाम, विषय-वस्तु, बीमित रकम, प्रव्याजि और शर्तों आदि का उल्लेख रहता है। आजकल बीमापत्र को एक अनुसूची (Schedule) के रूप में तैयार करते हैं। इस अनुसूची में विशेष विवरणों को लिखा जाता है; जैसे—बीमापत्र की संख्या, तिथि, जारी करने का स्थान, बीमाकर्ता और बीमापात्र का नाम एवं पता, बीमा कराई गई सम्पत्ति का विवरण, सम्पत्ति का मूल्य, बीमा की रकम, बीमा की अवधि, प्रव्याजि की रकम और नवीनीकरण की शर्तें, बीमित जोखिम आदि का वर्णन रहता है।

(ब) स्वतन्त्र सहमति—बीमापात्र और बीमाकर्ता में स्वतन्त्र सहमति होना जरूरी है, प्रस्ताव या स्वीकृति में अनुचित प्रभाव, भ्रान्त वर्णन, कपट, भूल और उत्पीड़न नहीं होना चाहिए। इस विषय में वह सभी नियम लागू होता है, जिसका वर्णन सामुद्रिक बीमा में इसी शीर्षक के अन्तर्गत किया गया है।

(स) प्रसंविदा योग्यता—दोनों पक्षों में बीमा प्रसंविदा करने की क्षमता (Competent to Contract) होना जरूरी है। बीमापात्र स्वस्थ दिमाग, वयस्क और किसी अपराध से दण्डित नहीं होना चाहिए। बीमाकर्ता को बीमा के लिए बीमा नियन्त्रक से अनुमति प्राप्त कर लेनी चाहिए। इसका भी वर्णन सामुद्रिक बीमा के संदर्भ में किया जा चुका है।

(द) वैध प्रतिफल—अग्नि बीमा में भी अन्य बीमा की भाँति वैध प्रतिफल का होना जरूरी है, बिना इसके बीमा प्रसंविदा लागू नहीं हो सकती है। यही कारण है कि बीमापत्र में यह लिखा रहता है कि सम्बन्धित प्रव्याजि राशि का भुगतान प्राप्त किया जा चुका है। प्रतिफल केवल मुद्रा में ही नहीं, बल्कि किसी भी मूल्यवान वस्तु, अधिकार और लाभ के रूप में हो सकता है।

(य) वैध उद्देश्य—कोई भी प्रसंविदा अवैधानिक उद्देश्यों के लिए मान्य नहीं होती है। इसी प्रकार अग्नि बीमा में भी केवल अपनी सम्पत्ति या जिसमें बीमापात्र का हित हो, उसका ही बीमा कराया जा सकता है। दूसरों की सम्पत्ति में कोई आर्थिक हित न होने के कारण बीमा नहीं कराया जा सकता है। बिना वैध उद्देश्य के बीमा प्रसंविदा जुए की प्रसंविदा होती है।

2. बीमा-योग्य हित (Insurable Interest)

बीमा-योग्य हित से तात्पर्य बीमापात्र और बीमित विषय के ऐसे सम्बन्ध से है कि बीमित वस्तु के अस्तित्व (Existence) से बीमापात्र (Insured) को आर्थिक लाभ और उसकी क्षति से उसे आर्थिक हानि हो। बिना बीमा योग्य हित के अग्नि प्रसंविदा जुए की प्रसंविदा होगी और वह विवर्जित होगी। यदि बीमा योग्य हित नहीं है तो बीमापात्र उस वस्तु का बीमा नहीं करा सकता। बीमित व्यक्ति को उस वस्तु के नष्ट होने पर आर्थिक हानि होती हो। आर्थिक हानि वास्तविक हो। भावुकता या मानवता के नाम पर किसी दूसरे व्यक्ति की

सम्पत्ति का बीमा कराना वर्जित होगा। जब तक बीमापात्र बीमा कराई जाने वाली वस्तु में आर्थिक हित नहीं रखता तब तक उससे सम्बन्धित वस्तु का बीमा नहीं हो सकता है।

अग्नि बीमा क्षतिपूर्ति की प्रसंविदा है, अतः जब तक क्षति या हानि होने की सम्भावना न हो, बीमा नहीं कराया जा सकता। यही कारण है कि अग्नि बीमा में बीमा योग्य हित बीमा कराते समय और क्षति होने पर दोनों समय मौजूद रहना जरूरी है। भविष्य में बीमा योग्य हित प्राप्त करने की आशा से बीमा योग्य हित नहीं रहता है। इसी तरह बीमा करा लेने के बाद यदि सम्पत्ति को हस्तान्तरित कर दिया गया तो वह प्रसंविदा विवर्जित हो जायगी, क्योंकि बीमा कराने वाले के पास से यह सम्पत्ति हस्तान्तरित हो गयी। यथार्थ बात तो यह है कि अग्नि बीमा प्रसंविदा बीमित व्यक्ति और बीमाकर्ता के बीच प्रसंविदा है। इसे व्यक्तिगत (Personal) प्रसंविदा भी कहते हैं। यदि इस सम्पत्ति पर किसी अन्य व्यक्ति का अधिकार हो जाय तो यह आपसी प्रसंविदा भी कहते हैं।

अग्नि-बीमा में बीमा-योग्य हित का रूप

1. **स्वामी**—बीमित वस्तु का स्वामी अपनी वस्तु में बीमा योग्य हित रखता है; जैसे मकान का स्वामी मकान में, व्यापार का स्वामी व्यापार में बीमायोग्य हित रखते हैं।

2. **अभिकर्ता**—एक अभिकर्ता (Agent) अपने मालिक की सम्पत्ति में बीमा योग्य हित रखता है क्योंकि मालिक की सम्पत्ति नष्ट हो जाने पर उसे भी आर्थिक हानि होती है।

3. **बीमाकर्ता**—बीमाकर्ता अपने द्वारा बीमित वस्तु में बीमा योग्य हित इसलिए रखता है कि यदि वस्तुओं की क्षति हुई तो उसे भुगतान करना पड़ेगा।

4. **धरोही** (*Bailee*)—चूँकि धरोही के पास चल सम्पत्ति धरोहर पर रखी जाती है और उस सम्पत्ति की क्षति होने पर धरोही को भुगतान करना पड़ेगा; अतः धरोही आर्थिक हानि के कारण बीमा योग्य हित रखता है। ये व्यक्ति अपने दायित्व की सीमा तक बीमा योग्य हित रखते हैं।

5. **बंधक कर्ता** (*Mortgagor*) **और बंधकी** (*Mortgagee*)—बंधककर्ता अपनी सम्पत्ति के पूर्ण मूल्य तक बीमा योग्य हित रखता है और इसी पर बंधकी बंधक पर रखी हुई वस्तु पर बंधक की रकम (ऋण, ब्याज और प्रव्याजि) तक बीमा योग्य हित रखता है।

6. **प्रन्यासी** (*Trustee*)—प्रन्यास में रखी गयी सम्पत्ति तक प्रन्यासी बीमा करा सकता है क्योंकि वह व्यावहारिक जीवन में उसका स्वामी माना जाता है और उसकी सुरक्षा की जिम्मेदारी उसके ऊपर हुआ करती है। इसलिए उसमें उसका बीमा योग्य हित है।

7. **पट्टादाता** (*Lessor*) **और पट्टाधारी** (*Lessee*)—ये व्यक्ति पट्टे पर रखी गयी सम्पत्ति पर बीमा योग्य हित रखते हैं क्योंकि इनके हितों की हानि सम्पत्ति के नष्ट होने पर होती है।

3. परम सद्विश्वास (Utmost Good Faith)

महत्त्व—अग्नि बीमा में भी अन्य बीमा की भाँति दी गयी सूचनाओं के आधार पर जोखिम का निर्धारण होता है। इसलिए वास्तविक जोखिम का पता करने के लिए यह

आवश्यक है कि सभी सम्बन्धित और महत्त्व की सूचनाएँ दी जायँ। बिना इन सूचनाओं के प्रसंविदा विवर्जनीय हो सकती है कि सभी सूचनायें पूर्णतया नहीं दी गयी हैं।

कर्त्तव्य—परम सद्विश्वास का पालन करने के लिए यह आवश्यक है कि—(1) प्रस्ताव प्रपत्र में दिये गये प्रश्नों का उत्तर पूर्ण और स्पष्ट रूप से दिया जाय और (2) इन प्रश्नों के अतिरिक्त जो भी सूचनाएँ विदित हों और जो प्रसंविदा को प्रभावित करती हों, स्पष्ट की जायँ। प्रसंविदा के निर्णय को प्रभावित करने वाले तथ्य महत्त्वपूर्ण तथ्य (Material Facts) कहलाते हैं।

दोनों पक्ष—महत्त्वपूर्ण तथ्यों को स्पष्ट करने का कर्त्तव्य बीमापात्र और बीमाकर्ता दोनों पर है। चूँकि बीमापात्र बीमित वस्तु के सम्बन्ध में विशेष जानकारी रखता है; अतः बीमापात्र का प्राथमिक उत्तरदायित्व यही है कि वह सभी महत्त्वपूर्ण तथ्यों का स्पष्ट और पूर्ण रूप से वर्णन करे; चाहे इन तथ्यों का प्रस्ताव पत्र में पूछा गया हो या नहीं।

महत्त्वपूर्ण तथ्यों के कतिपय उदाहरण हैं : सम्पत्ति का बीमा इतिहास, दूसरे बीमाकर्ताओं द्वारा बीमा प्रस्ताव का अस्वीकरण, सम्पत्ति पर अग्नि की घटना, पड़ोस की सम्पत्ति का लक्षण और स्वरूप। जैसा सामुद्रिक बीमा सम्बन्ध में बताया जा चुका है कि परम सद्विश्वास का पालन वहाँ नहीं होगा, जहाँ पर कोई बात जान-बूझकर छिपाई जाय, गलती से छूट जाय, स्पष्ट न की जाय, द्विविधापूर्ण शब्दों में बतायी जाय या अन्य इसी प्रकार के अनुचित प्रभाव अपनाये जायँ।

वैधानिक परिणाम—परम सद्विश्वास का पालन न होने पर दूसरा पक्ष चाहे तो प्रसंविदा विवर्जित कर सकता है। परन्तु यदि कपटपूर्ण वर्णन है तो वह प्रसंविदा प्रारम्भ से ही व्यर्थ (Null and Void) होगा और दण्डित पक्ष को दण्ड की राशि की पूर्ति करनी पड़ेगी। जैसे बीमाकर्ता ने अगर धोखा देने के लिए किसी सम्पत्ति का बीमा किया तो बाद में बीमापात्र को प्रव्याजि की रकम लौटायी जायगी और बीमाकर्ता इस राशि को वापस करने के लिए जिम्मेदार होगा। यदि विवर्जनीय (Voidable) प्रसंविदा को एक बार स्वीकार कर लिया गया है तो उसे फिर बाद में रद्द नहीं किया जा सकता है। परम सद्विश्वास के पालन न होने का प्रमाण (Onus of Proof) बीमाकर्ता को देना जरूरी होता है।

सर्वेक्षण—बीमाकर्ता की भी यह जिम्मेदारी होती है कि वह आवश्यक और महत्त्वपूर्ण तथ्यों को बताये और उसकी खोज करे। व्यावहारिक जीवन में जोखिम की पूर्ण जाँच के लिए सर्वेक्षक (Surveyor) की नियुक्ति की जाती है। सर्वेक्षक सम्पत्ति की जाँच बहुत से प्रश्नों को पूछकर करता है। बीमापात्र का यह कर्त्तव्य है कि वह इन प्रश्नों का सही-सही उत्तर दे और उनमें किसी प्रकार की कमी या दुराव न हो।

समय—परम सद्विश्वास का पालन केवल प्रसंविदा के समय ही करना आवश्यक नहीं है, बल्कि प्रसंविदा के समय से लेकर बीमापत्र की अवधि तक होने वाले सभी परिवर्तनों को बताना चाहिए। यही नहीं, अध्यर्थन यानी दावे (Claims) का भुगतान करने में भी परम सद्विश्वास का पालन होना जरूरी है। यदि बीमित वस्तु में किसी प्रकार परिवर्तन होता है तो उसकी सूचना देना जरूरी है।

जोखिम बचाने का कार्य—केवल महत्त्वपूर्ण तथ्यों को ही बताना जरूरी नहीं है,

बल्कि बीमित व्यक्ति और उसके अभिकर्ता का यह दायित्व है कि वे सम्पत्ति को नष्ट होने से बचावें और आग लगने की सम्भावना को कम करें। यदि आग लग जाय तो वे उसको बुझाने का प्रयास करें। इसके लिए वे सभी कार्य करने चाहें जैसे वह बीमित न रहा हो।

अपवाद—परम सद्‌विश्वास अर्थात् महत्त्वपूर्ण तथ्यों का पूर्ण एवं स्पष्ट वर्णन करना निम्न दशाओं में आवश्यक नहीं है—

1. वे अवस्थाएँ जो जोखिम को कम करती हों;
2. वे तथ्य जो बीमाकर्ता को मालूम हैं या उचित रूप से मालूम होने चाहिए;
3. सामान्य ज्ञान जो कि बीमाकर्ता को अपने व्यापार के दौरान में विदित रहता है या साधारणतः विदित रहना चाहिए;
4. जिन सूचनाओं को बीमाकर्ता परित्याग करता है।
5. वे सूचनाएँ जो समाश्वासन (Warranties) के कारण अपने आप स्पष्ट हो जायेंगी।

4. क्षतिपूर्ति का सिद्धान्त (Doctrine of Indemnity)

अग्नि-बीमा की प्रसंविदा क्षतिपूर्ति की प्रसंविदा होती है। क्षतिपूर्ति सिद्धान्त अग्नि-बीमा का सबसे महत्त्वपूर्ण सिद्धान्त है।

अर्थ—क्षतिपूर्ति के सिद्धान्त से तात्पर्य ऐसे सिद्धान्त से है, जिसमें बीमापात्र को केवल क्षति की रकम का ही भुगतान होगा; उससे न तो ज्यादा और न कम। बीमाकर्ता क्षति के समय बीमित व्यक्ति को क्षति की रकम का या तो नकद भुगतान या प्रतिस्थापन या मरम्मत द्वारा भुगतान किया जाता है। इसका शाब्दिक अर्थ और उद्देश्य यह है कि बीमित व्यक्ति उसी स्थिति में रखा जाता है, जिस स्थिति में क्षति के ठीक पहले वह था अर्थात् सम्पत्ति में जितनी क्षति हुई है, उसको इस प्रकार पूरा करते हैं कि क्षति के पहले की स्थिति बीमित सम्पत्ति की हो जाय। इस तरह बीमित व्यक्ति न तो उससे अच्छी और न उससे कम की स्थिति में हो जाता है।

वैधानिक परिणाम—प्रसंविदा के इस सिद्धान्त के अनुसार क्षति या हानि की ही पूर्ति की जाती है, उससे अधिक नहीं। बीमित व्यक्ति को हर तरह इस सिद्धान्त से लाभ मिलने का मौका नहीं मिलता है। न्यायाधीश ब्रेट ने इस विषय में लिखा है, "......मेरे विचार से बीमा प्रसंविदा जो कि सामुद्रिक बीमा या अग्नि बीमा से सम्बन्धित है, केवल क्षतिपूर्ति का प्रसंविदा है।" इससे यह अर्थ निकलता है कि जहाँ पर क्षति नहीं होती है, वहाँ पर कुछ भी भुगतान नहीं प्राप्त किया जा सकता है और जहाँ हानि हुई, वहाँ पर मौद्रिक मूल्य (Monetary Value) ही प्राप्त किया जा सकता है। न्यायाधीश बोवन ने कहा था। "......यह सोचना गलत और भ्रामक है कि बीमा में हानि की रकम से अधिक भुगतान बीमित व्यक्ति को दिया जायगा।"

आवश्यक—क्षतिपूर्ति सिद्धान्त की आवश्यकता इसलिये है कि यदि क्षति से अधिक का भुगतान किया जाने लगे तो इसके कई दुष्परिणाम होंगे। उनमें से कुछ का वर्णन नीचे किया जा रहा है :—

1. क्षतिपूर्ति सिद्धान्त के अभाव में बीमित व्यक्ति को प्रत्यक्ष या अप्रत्यक्ष रूप से आग लगाने का प्रोत्साहन मिलता क्योंकि लोग क्षति की रकम से अधिक प्राप्त करने के लिए प्रेरित होते। इस लाभ की इच्छा लोगों को अपनी ही सम्पत्ति को नष्ट करने का मौका प्रदान करता।

   क्षति से कम रकम प्राप्त होने पर लोगों को बीमा से कोई लाभ न मिल पाता और वे बीमा कराना व्यर्थ समझते।

2. समाज में अग्नि हानि की वृद्धि हो जाती। जब सभी व्यक्तियों को आग लगाकर लाभ कमाने का मौका मिलता तो समाज में ऐसे अन्याय की कमी न रहती। सभी व्यक्ति केवल सम्पत्ति को नष्ट करना ही उद्देश्य बना लेंगे, इसीलिये कोई निर्माण कार्य नहीं करेगा। निर्माण कार्य बन्द होते जायेंगे और यदि कहीं होगा भी तो उसे नष्ट करने का प्रोत्साहन मिलेगा।

3. क्षतिपूर्ति सिद्धान्त का न होना जनता के हित के विरुद्ध होगा। जनता के हितों की तभी रक्षा होगी जबकि उनकी क्षति का भुगतान किया जाय। अधिक रकम भुगतान का अर्थ यह है कि उन व्यक्तियों का धन जो कि ईमानदार है, गलत और बेईमान व्यक्तियों को दिया जा रहा है।

4. अग्नि का विस्तार केवल बीमित व्यक्ति की सम्पत्ति ही नष्ट नहीं करेगी, बल्कि पड़ोस के व्यक्तियों की सम्पत्ति की और जनहानि कर सकती है।

5. प्रव्याजि की दर अधिक होगी। चूँकि अग्नि की क्षति बढ़ती जायगी। इसलिये बीमाकर्ता अधिक प्रव्याजि लेना चाहेगा। यदि अधिक प्रव्याजि नहीं लेंगे तो उनका व्यापार दिवालिया हो जायगा और व्यापार बन्द हो जायगा। यदि प्रव्याजि की रकम अधिक है तो सामान्य और निर्दोष व्यक्तियों की आवश्यकता से अधिक प्रव्याजि देनी पड़ेगी। इसके परिणामस्वरूप भी दीर्घ समय में बीमा का उद्देश्य ही पराजित हो जायगा।

क्षतिपूर्ति का मूल्यांकन

क्षतिपूर्ति की रकम उतने तक ही होगी, जितने के सम्बन्ध में प्रव्याजि दी जा चुकी है। बीमित रकम क्षतिपूर्ति नहीं होगी, बल्कि बीमित रकम यह बताती है कि कितनी रकम का अधिक से अधिक भुगतान किया जा सकता है। दूसरे शब्दों में बीमित रकम एक उच्चतम सीमा है, जिससे अधिक की क्षतिपूर्ति नहीं की जायगी। क्षतिपूर्ति की रकम हानि के समय और स्थान पर क्षति के बाजार मूल्य से निश्चित की जाती है।

क्षति की रकम और बीमित रकम—क्षति की रकम बीमित रकम से अधिक या कम हो सकती है। यदि क्षति की रकम बीमित रकम से अधिक है तो केवल बीमित रकम तक ही भुगतान होगा, क्योंकि उससे अधिक की रकम का बीमा नहीं कराया गया है। इस दशा में इस अतिरिक्त रकम का भुगतान बीमापात्र स्वयं सहन करेगा। यदि क्षति की रकम बीमित रकम से कम है तो केवल क्षति की रकम का ही भुगतान होता है, क्षति से अधिक का भुगतान कभी नहीं होगा, यद्यपि कि इससे अधिक रकम का बीमा है। इस दशा में शेष

प्रव्याजि भी वापस नहीं की जायगी, क्योंकि क्षतिपूर्ति संविदा में यदि क्षति नहीं होती तो प्रव्याजि लौटायी नहीं जाती है।

बीमा योग्य मूल्य और बीमित मूल्य—उपरोक्त सिद्धान्त बीमायोग्य मूल्य में लागू होता है, बीमित मूल्य में नहीं। बीमायोग्य मूल्य का तात्पर्य उस मूल्य से है, जो कि हानि के समय निश्चित की जाती है। बीमित मूल्य बीमा प्रसंविदा के समय ही निश्चित हो जाती है। इसमें हानि के समय मूल्यांकन का कोई तत्त्व नहीं रहता है। इसमें वास्तविक भुगतान की रकम वास्तविक क्षति से अधिक या कम हो सकती है। उदाहरण के लिए किसी सम्पत्ति का बीमा 10,000 रुपये के लिये कराया गया है और उसका आधा हिस्सा जल कर नष्ट हो जाता है जिसका बाजार मूल्य 8,000 रुपये है तो बीमायोग्य मूल्य के सम्बन्ध में 8,000 रुपये का भुगतान होगा क्योंकि क्षतिग्रस्त सम्पत्ति का क्षति के समय बाजार मूल्य 8,000 रुपये है। परन्तु यदि बीमापत्र बीमित मूल्य पर है तो उस दशा में बीमित मूल्य अर्थात् 10,000 रुपये का आधा ही, यानी 5,000 रुपये का भुगतान होगा क्योंकि आधी सम्पत्ति की ही क्षति हुई है।

क्षतिपूर्ति का भुगतान बीमापत्र में वर्णित शर्तों के आधार पर होता है; अतः शर्तों के अन्तर्गत इसका विस्तृत वर्णन किया गया है।

क्षतिपूर्ति की सीमा—प्रारम्भ में क्षतिपूर्ति का अर्थ सीमित था और केवल वस्तुगत या दृश्य सम्पत्ति का ही भुगतान किया जाता था, अन्य अदृश्य क्षति; जैसे—किराया, लाभ आदि का भुगतान नहीं होता था, क्योंकि सोचा जाता था कि इससे नैतिक जोखिम को बढ़ावा मिलेगा। परन्तु ईमानदार और जरूरतमन्द लोगों को इससे काफी कठिनाई होने लगी। अतः अब केवल दृश्य हानि (Tangible Loss) ही नहीं, बल्कि अदृश्य (Intangible) हानि का भी भुगतान होता है। इस दशा में केवल भौतिक हानि ही नहीं, बल्कि परिणामस्वरूप हानि (Consequential Loss) का भी भुगतान करने लगे। भौतिक हानियाँ जो भवन, मशीन और स्कन्ध के नष्ट होने से होती हैं, के भुगतान के साथ परिणामस्वरूप हानियाँ जो विक्रय के बन्द हो जाने, वेतन कर, किराया और ब्याज आदि के दिये जाने से होती हैं, उनका भी भुगतान किया जाने लगा। आजकल परिणामस्वरूप हानियाँ भी क्षतिपूर्ति सिद्धान्त के अन्तर्गत आती हैं।

संक्षप्ति वर्णन—क्षतिपूर्ति सिद्धान्त का संक्षेप में नीचे वर्णन किया जा सकता है :—

1. बीमित व्यक्ति क्षतिपूर्ति का दावा तभी कर सकता है जबकि उसे वास्तव में क्षति हुई है। यदि क्षति नहीं हुई है तो प्रव्याजि भी नहीं लौटाई जायगी।
2. यदि कोई आंशिक क्षति हुई है तो केवल आंशिक हानि को ही बीमित व्यक्ति प्राप्त कर सकता है। क्षतिपूर्ति की शर्तों के अनुसार ही भुगतान होगा। क्षति की रकम से अधिक का भुगतान कभी नहीं हो सकता है।
3. यदि बीमित व्यक्ति ने सम्पत्ति का वास्तविक भुगतान प्राप्त कर लिया है तो वह सम्पत्ति के सम्बन्ध में अपने अधिकार या अन्य दावे बीमाकर्ता को हस्तान्तरित कर देगा। इसे प्रत्यासन सिद्धान्त के अन्तर्गत विस्तार से बताया गया है।
4. यदि बीमित व्यक्ति क्षति से अधिक रकम प्राप्त करता है तो इस अधिक रकम

को बीमाकर्ता को सौंप देना चाहिए।

5. यदि एक से अधिक बीमाकर्ताओं से बीमा कराया गया है तो सब बीमाकर्ताओं से मिलाकर केवल वास्तविक क्षति का ही भुगतान होगा।
6. क्षति का भुगतान नकद रुपये में दिया जा सकता है, मरम्मत कराके पूरा कर सकते हैं या प्रतिस्थापना या पुनःस्थापना (Reinstatement) द्वारा पूरा कर सकते हैं।

5. प्रत्यासन का सिद्धान्त (Doctrine of Subrogation)

क्षतिपूर्ति और प्रत्यासन सिद्धान्त—प्रत्यासन-सिद्धान्त क्षतिपूर्ति सिद्धान्त का उप-सिद्धान्त है। क्षतिपूर्ति सिद्धान्त में यह बताया जाता है कि जितनी क्षति हुई है, उससे अधिक भुगतान नहीं हो सकता। प्रत्यासन सिद्धान्त इससे बढ़कर आगे यह बताता है कि यदि क्षति की रकम से अधिक रकम बीमित व्यक्ति को मिली है तो उस आधिक्य को बीमाकर्ता प्राप्त कर लेगा। हाँ, बीमाकर्ता केवल संवृत्त की गयी रकम तक ही इस रकम को पा सकता है। दूसरे शब्दों में यह कहना भी उचित होगा कि क्षतिपूर्ति सिद्धान्त के सही-सही पालन के लिए प्रत्यासन सिद्धान्त का लागू होना जरूरी है; जैसे क्षति की रकम वसूल करने के बाद तीसरे पक्ष से भी कुछ रकम वसूल की जाय तो दोनों रकम क्षति की वास्तविक रकम से अधिक हो जायगी, परन्तु प्रत्यासन सिद्धान्त के रहने से क्षति से अधिक रकम बीमाकर्ता की हो जायगी क्योंकि उसने क्षति को पूरा किया है।

अर्थ—प्रत्यासन सिद्धान्त ऐसे सिद्धान्त को कहते हैं जिसके द्वारा क्षति से अधिक क्षतिपूर्ति होने पर अतिरिक्त रकम बीमाकर्ता की हो जायगी। बीमाकर्ता को तीसरे पक्ष के वे सभी अधिकार प्राप्त हो जाते हैं, जो बीमित व्यक्ति को प्राप्त थे। इस प्रकार क्षतिग्रस्त बीमित विषय के सम्बन्ध में बीमित व्यक्ति को यदि कोई ऐसे अधिकार, उपचार, सुविधाएँ या हित प्राप्त हो जिनसे हानि कम हो जाती है तो वे सभी बीमाकर्ता के हो जायेंगे।

विशेषताएँ—प्रत्यासन सिद्धान्त की प्रमुख विशेषताएँ निम्न हैं :—

1. क्षतिपूर्ति कर देने के बाद बीमाकर्ता को बीमित विषय के सम्बन्ध में वे सभी अधिकार, उपचार और सुविधाएँ मिल जाती हैं जो बीमित व्यक्ति को उस बीमित विषय में थे।
2. क्षतिपूर्ति करने के पहले बीमाकर्ता को यह अधिकार है कि तीसरे पक्ष से प्राप्त हुई रकम को घटा देने के बाद शेष क्षति की रकम का भुगतान करे। इस प्रकार बीमित व्यक्ति को चाहिए कि तीसरे पक्ष से प्राप्त रकम बीमाकर्ता को सौंप दे और क्षति की पूरी रकम का भुगतान प्राप्त कर ले।
3. क्षतिपूर्ति करने के पश्चात् बीमित व्यक्ति को तीसरे पक्ष का प्राप्त अधिकार बीमाकर्ता का हो जाता है, परन्तु बीमाकर्ता को स्वयं अपने नाम में मुकदमा चलाने का अधिकार नहीं है। वह बीमित व्यक्ति के नाम में ही मुकदमा चला सकता है। इसके लिए वह बीमित व्यक्ति से सहायता प्राप्त कर सकता है। आवश्यक प्रपत्रों को देने की जिम्मेदारी बीमित व्यक्ति की होती है। यदि बीमित

व्यक्ति मुकदमा लड़ने में आवश्यक मदद न करे तो बीमाकर्ता अपने दायित्व से मुक्त हो सकता है।

4. तीसरे पक्ष का दावा करने के समस्त खर्च बीमाकर्ता सहन करेगा।

अग्नि बीमापत्र में इसके सम्बन्ध में एक शर्त इस प्रकार दी हुई :—

"अन्य पक्षों के प्रति अपने अधिकार लागू करने के लिए अथवा उनसे क्षतिपूर्ति प्राप्त करने के लिए, जिसका अधिकार बीमाकर्ता को इस बीमापत्र के अन्तर्गत विनाश या क्षति की पूर्ति करने पर मिला हो या मिल जायगा, इस बीमापत्र के अन्तर्गत प्रत्येक दावेदार बीमाकर्ता के निवेदन पर और उसके खर्चे पर ऐसे सब काम और सब बातें करेगा, करने को राजी होगा और करने देगा जो बीमाकर्ता की दृष्टि में आवश्यक है या कम्पनी विवेकपूर्ण रीति से उससे करने को कहे, चाहे ऐसे काम और बातें बीमाकर्ता द्वारा क्षतिपूर्ति के पूर्व या पश्चात् आवश्यक हो।"

इसके अनुसार बीमाकर्ता क्षतिपूर्ति कर देने पर बीमित व्यक्ति का स्थान ग्रहण कर लेता है और उसके अधिकार, उपचार एवं हित जो बीमित विषय के सम्बन्ध में है, प्राप्त कर लेता है। "कैस्टेलेन बनाम प्रेस्टन" में यह तय हो गया कि यदि क्षति हुई सम्पत्ति का भुगतान किसी तीसरे पक्ष द्वारा हो जाता है तो बीमाकर्ता का दायित्व समाप्त हो जाता है, दूसरे शब्दों में बीमाकर्ता का दायित्व तीसरे पक्ष से प्राप्त रकम तक समाप्त हो जाता है।

6. समाश्वासन (Warranties)

अर्थ—"समाश्वासन वह विवरण है जिसके अनुसार बीमित व्यक्ति किसी विशेष कार्य के करने या न करने अथवा किसी शर्त के पूरा करने या किसी तथ्य के होने या न होने का वचन देता है।"

इस परिभाषा से यह स्पष्ट हो जाता है कि समाश्वासन केवल प्रस्ताव प्रपत्र के प्रश्नों का उत्तर ही नहीं है, बल्कि भविष्य में किसी कार्य के करने या न करने का विश्वास भी समाश्वासन है। अतः समाश्वासन को दो भागों—(1) स्वीकृति सूचक (Affirmative) और (2) प्रतिज्ञा युक्त (Promissory) में बाँटा जाता है।

1. स्वीकृति सूचक समाश्वासन—स्वीकृति सूचक समाश्वासन में बीमित व्यक्ति किसी तथ्य के होने या न होने की सूचना देता है। किसी बात को बताना अर्थात् कथन (Statement) या अभ्यावेदन (Representation) जो प्रसंविदा के आधार होंगे, समाश्वासन कहलायेंगे लेकिन वे तमाम सूचनायें जो प्रसंविदा का आधार नहीं होंगी मात्र कथन या अभ्यावेदन (Representation) ही रह जाते हैं। कथन या अभ्यावेदन के कुछ नियम नीचे दिये जा रहे हैं।

1. अभ्यावेदन केवल वर्तमान तथ्य को ही नहीं बताता, बल्कि किसी विश्वास या अनुमान को भी बताता है। विश्वास (Confidence) और उचित अनुमान

(Estimation) द्वारा भी किसी तथ्य का वर्णन किया जा सकता है, बशर्ते कि ये परम सद्विश्वास से किया गया हो।

2. किसी तथ्य से सम्बन्धित कथन को सही होने पर मान्यता दी जाती है।
3. यदि सद्भावना के साथ किसी विश्वास या अनुमान का वर्णन सत्य होगा, परन्तु असत्य वर्णन व्यर्थ होगा। जो असत्य वर्णन बिना जाने बूझे किया जाय और वह मूल रूपी या महत्त्वपूर्ण (Material Facts) न हो तो उसका प्रसंविदा पर कोई प्रभाव नहीं पड़ेगा। महत्त्वपूर्ण तथ्यों के असत्य होने पर प्रसंविदा विवर्जित हो जायगी।
4. समाश्वासन का अक्षरशः पालन होना जरूरी है, अन्यथा प्रसंविदा को रद्द किया जा सकता है, लेकिन अभ्यावेदन के मूल रूपी होने पर ही प्रसंविदा रद्द होगी।

समाश्वासन और अभ्यावेदन में अन्तर—इनमें निम्न अन्तर है :—

1. समाश्वासन प्रसंविदा का मुख्य अंग होता है, परन्तु अभ्यावेदन हमेशा मुख्य आधार नहीं होता है।
2. समाश्वासन हमेशा प्रसंविदा को प्रभावित करता अर्थात् समाश्वासन हमेशा महत्त्वपूर्ण या मूल रूपी होता है।
3. समाश्वासन प्रत्यक्ष या अप्रत्यक्ष (संदर्भ रूप) से बीमापत्र में वर्णित किया जाता है, जबकि अभ्यावेदन को इसका अंग होना जरूरी नहीं है।

2. प्रतिज्ञायुक्त समाश्वासन—इस समाश्वासन से बीमित व्यक्ति किसी कार्य को करने या न करने की प्रतिज्ञा करता है। यह बताता है कि बीमित व्यक्ति कुछ शर्तों को पूरा करेगा; जैसे—बीमित व्यक्ति यह आश्वासन देता है कि वह सम्पत्ति को ऐसी जगह नहीं रखेगा, जहाँ पर आग लगने की सम्भावना अधिक है। आग लगने पर बुझाने का सामान्य प्रयास करेगा।

बीमापत्र में लिखे जाने के अनुसार समाश्वासन के निम्न भेद किये जा सकते हैं :—

1. उपलक्षित (*Implied*) **समाश्वासन**—उपलक्षित समाश्वासन वे हैं जो बीमापत्र में लिखे नहीं गये हैं, परन्तु सन्दर्भ के आधार पर उन्हें शामिल किया गया समझा जाता है। अग्नि बीमा में उपलक्षित शर्तें उतनी महत्त्वपूर्ण नहीं हैं जितना की सामुद्रिक बीमा है, तथापि अग्नि बीमा में कुछ आवश्यक शर्तें जैसे सम्पत्ति की आग से सुरक्षा, आग लगने पर बुझाने का सामान्य प्रयास, लापरवाही न करना, जोखिम में परिवर्तन होने पर बीमाकर्ता को बताना आदि हैं।

2. लिखित समाश्वासन (*Express Warranties*)—लिखित समाश्वासन बीमापत्र में लिखे रहते हैं। इनमें यह दिया रहता है कि प्रव्याजि की रकम क्या होगी उसका भुगतान करना, नवकरण कराने का समय आदि।

अग्नि बीमा में अन्य बीमा प्रसंविदा की भाँति समाश्वासन का अक्षरशः पालन होना जरूरी है, चाहे समाश्वासन से जोखिम बढ़े या नहीं। बीमाकर्ता का उत्तरदायित्व उसी समय

नष्ट हो जाता है, जब समाश्वासन का पालन नहीं होगा। नवीनीकरण की दशा में समाश्वासन का पालन होना नवीनीकरण की तिथि से शुरू होता है, इसके पहले यदि पालन नहीं हुआ है तो नवीनीकरण प्रसंविदा पर उसका कुछ प्रभाव नहीं पड़ेगा।

7. आसन्न कारण (Proximate Cause)

अर्थ—आसन्न कारण सिद्धान्त का पूरा वाक्य है Causa proximanon remota spectature। यानी सन्निकट कारण को ही बीमा प्रसंविदा में भुगतान के लिए देखा जाता है, दूर के कारण को नहीं देखा जाता है। आसन्न कारण राय के आधार पर नहीं, बल्कि यथार्थता के आधार पर ही देखा जाता है।

आसन्न कारण वास्तविक कारण होता है, अर्थात् हानि को प्रभावित करने वाला कारण आसन्न कारण है। अतः परिस्थितियों के आधार पर यह देखा जाता है कि कौन-सा कारण आसन्न है?

आवश्यकता

1. हानि पूर्ति के लिए आसन्न कारण का जानना आवश्यक है। हानियों के कई कारणों में से उस कारण को निकालते हैं जो कि वास्तव में हानियों को प्रभावित करे।
2. इन हानियों के कारण यदि बीमित जोखिम के अन्तर्गत आते हैं तो बीमाकर्ता उसका भुगतान करेगा अन्यथा बीमाकर्ता उसका भुगतान नहीं करेगा।

आधार

आसन्न कारण समझने के निम्न आधार हैं :—

1. यदि क्षति का केवल एक कारण है तो वही आसन्न कारण होगा। यदि इसका बीमा कराया गया है तो बीमाकर्ता भुगतान करेगा, अन्यथा नहीं।
2. यदि क्षति के कई संगामी (Concurrent) कारण हैं तो यह देखना जरूरी है कि इनको अलग किया जा सकता है या नहीं। यदि कारणों को अलग कर सकते हैं तो देखना चाहिए कि किस कारण से वास्तविक हानि हुई है। हानि का सही कारण ही आसन्न कारण होगा।

   यदि कारणों को अलग नहीं कर सकते हैं और उनमें से कोई कारण बीमित नहीं है तो बीमाकर्ता का दायित्व उत्पन्न नहीं होता। यदि इनमें से सभी कारण बीमित हैं तो बीमाकर्ता हानि के लिये दायी होगा।
3. जब क्षति एक के बाद एक कारण अर्थात् शृङ्खलाबद्ध कारणों से होती है तो यह देखना पड़ेगा कि कारणों को अलग किया जा सकता है या नहीं। यदि इन कारणों को अलग कर सकते हैं तो यह देखना पड़ता है कि हानि किस कारण से सम्बद्ध है। यदि क्षति के तुरन्त पहले का कारण बीमित है तो बीमाकर्ता भुगतान करेगा; यदि नहीं तो बीमाकर्ता भुगतान नहीं करेगा क्योंकि क्षति के

पूर्व का कारण ही क्षति के वास्तविक कारण को प्रभावित करती है। अविच्छिन्न कारणों से होने वाली हानि पर यदि सभी कारण बीमित है तब बीमाकर्ता भुगतान करता है अन्यथा नहीं।

उदाहरण

1. शत्रुओं ने वायुसेना के जहाज को नष्ट करने के लिए बम छोड़े, जिससे बीमित मकान भी जल गया। यहाँ पर मकान को जलना एक शृङ्खलाबद्ध कारण से है, जिसमें बम छोड़ने के बाद मकान जलना क्रमिक कारण है। ये दोनों कारण अलग किये जा सकते हैं। यहाँ पर क्षति के पूर्व (मकान जलने के पहले) का तुरन्त कारण शत्रुओं द्वारा बम छोड़ना है, चूँकि इसका बीमा नहीं कराया गया है, अतः बीमाकर्ता इसका भुगतान नहीं करेगा।
2. एक व्यक्ति अपने घर के सामने पत्तियाँ जलाता है जिससे हवा के कारण उसके पड़ोसी का मकान जल जाता है। यहाँ पर दोनों कारण अलग-अलग हैं। पत्तियाँ जलाने से दूसरे के मकान में आग लगना स्वतन्त्र कारण है। अतः बीमाकर्ता इसके लिए जिम्मेदार है क्योंकि आग लगने के कारण हुई क्षति का बीमा करायां गया है। हाँ, यह अवश्य है कि बीमाकर्ता इसके लिए पड़ोसी जिसने पत्तियाँ जलायी थीं, से दावा तभी कर सकता है जबकि उसके प्रयास जान-बूझकर या लापरवाही से आग लगाने का हो। केवल हवा चलने से, आग नियन्त्रण के बाहर होने पर उससे कुछ भी क्षति पूर्ति नहीं प्राप्त की जा सकती है।

8. अभिहस्तांकन (Assignment)

अभिहस्तांकन का तात्पर्य बीमापत्र के अन्तर्गत उपलब्ध अधिकारों को किसी अन्य व्यक्ति के पक्ष में हस्तांतरित करना है। अग्नि बीमा व्यक्तिगत समझौता होने के कारण सामान्य दशाओं में बीमापत्र को अभिहस्तांकित नहीं कर सकते हैं। बिना बीमाकर्ता की स्वीकृति के अभिहस्तांकन अवैधानिक समझा जायगा।

अपवाद और परिणाम—अभिहस्तांकन की अनुमति वहीं दी जाती है, जहाँ कि बीमाकर्ता बीमित व्यक्ति के जीवन और ईमानदारी से पूर्णतया परिचित है। जब अभिगोपक (बीमाकर्ता) अभिहस्तांकन की अनुमति दे देता है तो उसके सम्बन्ध में भुगतान की जिम्मेदारी अभिहस्तांकिकी (Assignee) की हो जाती है।

अभिहस्तांकन का समय व वस्तु—अग्नि बीमा में अग्नि हानि के पूर्व या पश्चात् कभी भी बीमापत्र का अभिहस्तांकन किया जा सकता है। अभिहस्तांकन के समय बीमापत्र, सम्पत्ति और बीमा योग्य हित दोनों का हस्तान्तरण हो जाता है, कभी-कभी बिना सम्पत्ति के भी हस्तांतरण होता है।

वैधानिक परिणाम—बीमापत्र में यह लिखा रहता है, "यदि बिना लिखित स्वीकृति

के इस बीमापत्र का अभिहस्तांकन किया गया है तो बीमापत्र अवैधानिक समझा जायगा।'' अभिहस्तांतरण के समय बीमित वस्तु या हस्तांकन होने वाली वस्तु, स्वामित्व, बीमापात्र का चरित्र आदि की पुनः पूर्णरूपेण जाँच होती है।

वैधानिक परिणाम तो यह होता है कि बीमाकर्ता की बिना अनुमति के यदि बीमापत्र हस्तांतरित किया गया तो हस्तांतरक (Assignor) की सम्पत्ति हस्तांतरित हो जाती है और साथ ही उसका बीमा योग्य हित भी। इसी प्रकार हस्तांकिकी (Assignee) को सम्पत्ति का हस्तांतरण हो जाता, जिससे उसे बीमा योग्य हित मिल जाते हैं, परन्तु उसका तथा बीमाकर्ता की कोई प्रसंविदा न होने के कारण बीमाकर्ता दोनों दशाओं में अपने दायित्व से मुक्त हो सकता है। दूसरी शर्त यह है कि बीमा योग्य हित प्रसंविदा के प्रारम्भ से लेकर हानि या प्रसंविदा की समाप्ति तक चलता रहना आवश्यक है। यदि इस शर्त का पालन न हो अर्थात् बीमा योग्य हित दोनों में से यदि किसी एक भी समय न रहे तो बीमाकर्ता अपने दायित्व से मुक्त हो सकता है क्योंकि यहाँ पर प्रसंविदा विवर्जित हो जायगी। उपरोक्त उदाहरण में हस्तांतरक के पास प्रारम्भ में और हस्तांकिकी के पास क्षति के समय ही बीमायोग्य हित थे, अतः दोनों दशाओं में प्रसंविदा विवर्जित हो सकती है।

जब बीमाकर्ता और हस्तांकिकी का नया समझौता हो जाता है तो उस दशा में एक नया समझौता होने के कारण उसे भुगतान किया जा सकेगा। इस नये समझौते में बीमा योग्य हित दोनों समय रहता है।

बन्धक के रूप में—अग्नि बीमापत्र में स्पष्ट रूप से वर्णित न होने के कारण बीमा को बन्धक धरोहर अथवा गिरवी पर रखा जा सकता है। इसलिए बीमापत्र की स्वीकृति इसके लिए लेना अनिवार्य नहीं है। चूँकि इसमें स्वामित्व का हस्तान्तरण नहीं होता, अतः बीमापत्र, सम्पत्ति और बीमायोग्य हित पर कोई विपरीत वैधानिक परिणाम नहीं होता। इसमें हानि होने पर सम्पत्ति स्वामी को ही भुगतान होता है, गिरवी प्राप्तकर्ता को नहीं।

हानि के पश्चात् हस्तांकन—बीमित सम्पत्ति के नष्ट होने के बाद बीमापत्र का हस्तान्तरण केवल लिखित स्वीकृति के कारण ही होता है। हानि पूर्ति रकम का पूर्ण या आंशिक रूप से अभिहस्तांकन किया जा सकता है, इसके लिए कोई वैधानिक रुकावट नहीं है।

अभिहस्तांकन की पुष्टि—अभिहस्तांकन की पुष्टि के लिए यह आवश्यक है कि बीमाकर्ता बीमापत्र की पीठ पर अभिहस्तांकन स्वीकृति लिखकर अपने हस्ताक्षर कर दे। आंशिक अभिहस्तांकन की स्वीकृति बीमाकर्ता प्रायः नहीं देते हैं।

बिना शर्त का अभिहस्तांकन—निम्न दशाओं में बीमाकर्ता को बिना अनुमति के हस्तांतरण होता है—

1. यदि सम्पत्ति का वसीयतनामा (Will) के कारण अभिहस्तांकन हुआ हो;
2. यदि विधि प्रवर्तन (Operation of Law) अर्थात् कानून के अन्तर्गत अभ्यर्पण हुआ हो। जैसे मृत्यु के समय उत्तराधिकार के कारण, ट्रस्टी या रिसीवर को हस्तान्तरण।

9. अन्य (Miscellaneous)

अग्नि बीमापत्र की अवधि (*Term of Fire Policies*)—अग्नि बीमापत्र की अवधि प्रायः एक वर्ष की होती है। इससे कम अवधि का बीमा लघुकालीन बीमापत्र (Short term policies) और इससे अधिक का बीमा दीर्घकालीन बीमापत्र (Long term policies) कहलाते हैं। दीर्घकालीन बीमापत्र में बीमाकर्ता प्रायः यह अधिकार रखता है कि वह बीमा सम्बन्धी प्रव्याजि में समय-समय पर संशोधन कर सके। यह बीमापत्र प्रायः स्थायी सम्पत्तियों के लिए लिये जाते हैं। लघुकालीन बीमा में दीर्घकालीन बीमा की तुलना में खर्चों की आनुपातिक रकम अधिक होने के कारण प्रव्याजि की रकम अधिक होती है।

बीमापत्र का नवकरण (*Renewal of Policies*)—बीमापत्र की अवधि समाप्त हो जाने पर कोई भी पक्ष इसे समाप्त कर सकता है। बीमापत्र का नवकरण करने के लिए अवधि व्यतीत होने के पहले बीमाकर्ता एक सूचना-पत्र भेजता है, जिसके आधार पर बीमापत्र का नवकरण हो सकता है। बीमित व्यक्ति भी अवधि व्यतीत होने के बाद 15 दिन के अन्दर प्रव्याजि की रकम देकर बीमापत्र का नवकरण करा सकता है। इस अवधि को अनुग्रह दिवस (Days of Grace) कहते हैं। इस अनुग्रह दिवस में यदि हानि होती है तो बीमाकर्ता उसका भुगतान कर देगा, बशर्ते कि यह साबित न हो कि बीमित व्यक्ति अपनी प्रसंविदा को रद्द करना चाहता था। यदि समाप्ति का प्रमाण मिला है तो बीमाकर्ता का कोई दायित्व ही नहीं होता; जैसे—बीमित व्यक्ति बीमा कराने के लिए किसी दूसरे बीमाकर्ता के पास पहुँचे तब स्पष्टतया वह इस प्रसंविदा को चालू नहीं रखना चाहता है। बीमाकर्ता के लिए यह आवश्यक नहीं है कि वह नवकरण की सूचना दें और अनुग्रह दिवस (Days of Grace) प्रदान करे। लघुकालीन बीमापत्रों के लिए कोई अनुग्रह दिवस नहीं है।

नवकरण एक नवीन प्रसंविदा है जो पुराने बीमापत्र की समाप्ति के बाद प्रारम्भ होता है। यह बीमापत्र मौलिक या पूर्व प्रसंविदा को जारी नहीं रखता, अतः उसकी प्रारम्भिक तिथि भी चालू नहीं रहती। इसलिए बीमापात्र का यह कर्त्तव्य हो जाता है कि वह इस समय सभी महत्त्वपूर्ण तथ्यों का वर्णन करे तथा किसी महत्त्वपूर्ण परिवर्तन को सूचित करे। बीमाकर्ता को यह अधिकार है कि वह सम्पत्ति का फिर से निरीक्षण करके प्रव्याजि की रकम में संशोधन करे। विपरीत दशाओं में प्रव्याजि की रकम बढ़ायी जा सकती है और अनुकूल परिस्थिति में इसे घटा सकते हैं।

बीमापत्र का रद्द होना (Cancellation of Policies)

1. जब अनुग्रह दिवस में प्रव्याजि की रकम नहीं दी जाती है और नवकरण की कोई सूचना नहीं है तो बीमापत्र अपने आप रद्द हुआ समझा जाता है।
2. जब बीमाकर्ता बीमित वस्तु का नवकरण नहीं करना चाहता है तो वह इस बात की सूचना बीमित व्यक्ति को दे देता है। यह सूचना अवधि समाप्त होने के एक सप्ताह पूर्व दी जाती है, जिससे बीमापात्र अनुग्रह दिवस के लाभों को न माँग सके तथा उसे अपने बीमा के लिए पर्याप्त समय मिल सके।
3. बीमापत्र चालू रहने पर न तो बीमाकर्ता और न बीमित व्यक्ति ही बीमापत्र को

रद्द कर सकता है। यदि विषय वस्तु में कुछ परिवर्तन हुआ है तो उसके अनुसार बीमा प्रसंविदा को रद्द कर किया जा सकता है। ये परिवर्तन जोखिम को बढ़ा देते हैं। जब अधूरे में बीमा प्रसंविदा रद्द होती है तो न बीती हुई अवधि के लिए बीमापात्र को आनुपातिक प्रव्याजि लौटा दी जाती है।

एक से अधिक आग—बीमाकर्ता बीमा की अवधि में कई आग पर भुगतान कर सकता है, परन्तु सब भुगतान योग्य क्षति की रकम या बीमापत्र की रकम जो भी कम हो, से अधिक नहीं होना चाहिये। यदि बीमित व्यक्ति चाहे तो एक आग के बाद बीमापत्र की रकम बढ़ा सकता है। इसके लिए अतिरिक्त प्रव्याजि देने की आवश्यकता होगी।

एक से अधिक बीमापत्र—एक से अधिक बीमापत्र पर भी कुल बीमित रकम से अधिक का भुगतान नहीं होगा। इसमें कोई एक बीमाकर्ता सबकी ओर से या सभी बीमाकर्ता अपनी-अपनी बीमित रकम के अनुपात में भुगतान कर सकते हैं। सभी बीमाकर्ता द्वारा दी गई यह रकम क्षति से अधिक नहीं होना चाहिए। औसत वाक्यांश में ऐसे भुगतान का विस्तृत वर्णन किया गया है।

□□□

अध्याय 29

बीमापत्र के भेद

प्रथम विश्व युद्ध के बाद अग्नि बीमापत्र एक निश्चित आकार-प्रकार और प्रसंविदा के होने लगे क्योंकि उस समय अग्नि बीमा व्यवसाय का विशेष विस्तार हुआ था। प्रतिस्पर्धा के कारण उनमें विभिन्नता थी, परन्तु इसका प्रभाव धीरे-धीरे घटता गया और बीमापत्र में एकरूपता आने लगी। विभिन्न प्रकार के बीमापत्र अलग-अलग आवश्यकताओं को पूरा करते हैं। इनको नीचे बताया गया है।

1. बीमित या मूल्यांकित बीमापत्र (Insured or Valued Policy)—बीमित बीमापत्र वह है जिसमें सम्पत्ति का मूल्य बीमा प्रसंविदा के समय निश्चित हो जाता है। यह वह रकम होती है जिसका भुगतान क्षति के समय किया जाता है। बीमाकर्ता इस दशा में क्षति के समय बाजार मूल्य का भुगतान नहीं करता है केवल पूर्व निश्चित रकम का ही भुगतान किया जाता है। यह निर्धारित रकम क्षति के समय हानि की रकम से अधिक या कम हो सकती है। अतः बीमापात्र को बाजार मूल्य के बढ़ जाने पर हानि और घट जाने पर लाभ होता है। इस बीमापत्र में बाजार मूल्य को ध्यान में नहीं लाया जाता है। चूँकि क्षति के समय मूल्यांकन नहीं होता, इसलिए क्षतिपूर्ति सिद्धान्त का कठोरता से पालन नहीं होता। अग्नि बीमा में मूल्यांकित या बीमित बीमापत्र का विशेष स्थान नहीं है। परन्तु अनोखी और दुर्लभ वस्तुओं के सम्बन्ध में इस बीमापत्र को अपनाया जाता है क्योंकि हानि के समय उसका मूल्यांकन करना सम्भव नहीं होता है। इन वस्तुओं की आंशिक हानि पर निस्तारण मूल्य बीमाकर्ता से लेकर कुल निर्धारित रकम का भुगतान कर दिया जाता है।

लाभ—बीमित बीमापत्र के कई लाभ हैं :—

1. बीमित व्यक्ति को यह निश्चितता रहती है कि उसको एक निश्चित रकम मिलेगी। उस समय किसी प्रमाण की आवश्यकता नहीं होगी।
2. मूल्य की कमी पर होने वाली हानि को सहन नहीं करनां पड़ेगा।
3. बीमाकर्ता को एक निश्चित रकम का ही भुगतान करना होता है और मूल्य वृद्धि की दशा में अधिक रकम का भुगतान करना नहीं पड़ता है।

हानियाँ—(1) बीमापात्र को मूल्य वृद्धि की दशा में बढ़े हुए मूल्य को स्वयं सहन करना पड़ेगा। नयी वृद्धि और प्रतिस्थापन के लिए कोई रकम जोड़ने की गुंजाइश नहीं रहती है।

(2) सिद्धान्त के दृष्टिकोण से मूल्यांकित बीमापत्र क्षतिपूर्ति सिद्धान्त का विरोध (Violation) है।

(3) मूल्य ह्रास के समय बीमाकर्ता को हानि होती है क्योंकि इससे उसे अधिक रकम का भुगतान करना पड़ेगा।

2. मूल्यांकन योग्य बीमापत्र (*Valuable Policy*)—इस बीमापत्र के अन्तर्गत बीमित वस्तुओं का मूल्यांकन क्षति के समय किया जाता है। क्षति का जो बाजार मूल्य होता है, उसी का भुगतान कर दिया जाता है। ये बीमापत्र अग्नि बीमा में विशेष रूप से निर्गमित किये जाते हैं। इस बीमापत्र के वही लाभ हैं जो कि बीमित बीमापत्र की हानियाँ हैं और जो उसके लाभ हैं, वह इसकी हानियाँ हैं।

3. औसत बीमापत्र (*Average Policy*)—औसत बीमापत्र वह है जिसमें औसत वाक्य (Average Clause) शामिल हो। इस वाक्य से अधो-बीमा (Under Insurance) को नुकसान होता है। यदि वास्तविक मूल्य से कम का बीमा कराया गया है तो शेष रकम का भुगतान बीमापात्र स्वयं सहन करेगा। इस बीमापत्र में वास्तविक हानि का वही अनुपात भुगतान किया जाता है जो कि बीमा की रकम (Insured Amount) का वास्तविक हानि (Actual Loss) के बाजार मूल्य से है। इसे दरानुकूल अनुपात (Rateable Proportion) कहते हैं। इसे नीचे बताया जा रहा है :—

$$\text{दरानुकूल अनुपात} = \frac{\text{बीमे की रकम}}{\text{आग लगने के समय सम्पत्ति का वास्तविक बाजार मूल्य}}$$

$$\text{अध्यर्थन की रकम} = \text{दरानुकूल अनुपात} \times \text{हानि}$$

उदाहरण—मान लीजिये सम्पत्ति का मूल्य बाजार में हानि के समय 15,000 रुपये है, जबकि उसका बीमित मूल्य 10,000 रुपये है। यदि 6,000 रुपये की हानि हुई तो अध्यर्थन की निम्न रकम होगी।

$$\text{अध्यर्थन की रकम} = \text{दरानुकूल अनुपात} \times \text{हानि}$$

$$= \frac{\text{बीमित रकम}}{\text{बाजार में मूल्य}} \times \text{हानि}$$

$$= \frac{10{,}000 \times 6{,}000}{15{,}000}$$

$$= 4{,}000 \text{ रुपये}$$

इस प्रकार यहाँ पर बीमाकर्ता केवल 4,000 रुपये का भुगतान करेगा जबकि हानि 6,000 रुपये की है बाकी 2,000 रुपया बीमापात्र स्वयं सहन करेगा। यदि बीमित रकम बाजार मूल्य के बराबर होती तो यहाँ पर बीमापात्र को कुछ भी न सहन करना पड़ता। इसलिये अधो-बीमा के सम्बन्ध में ही औसत वाक्यांश लागू होता है।

4. विशिष्ट बीमापत्र (*Specific Policy*)—विशिष्ट बीमापत्र वह है, जिसमें विशिष्ट सम्पत्ति का विशिष्ट रकम का बीमा किया जाता है। हानि की दशा में बीमाकर्ता द्वारा

वास्तविक हानि का पूरा-पूरा भुगतान किया जाता है, बशर्ते कि यह बीमित रकम से अधिक न हो। सम्पत्ति के पूरे मूल्य को यहाँ पर नहीं देखते। यदि सम्पत्ति का मूल्य 10,000 रुपये है और 6,000 रुपये का बीमा लिया गया है तथा हानि 5,000 रुपये की है तब इस दशा में औसत वाक्य की तरह आनुपातिक भुगतान नहीं होगा, परन्तु कुल हानि अर्थात् 5,000 रुपये का पूरा भुगतान कर दिया जायगा। यदि हानि की रकम 7,000 रुपये होती तो केवल 6,000 रुपये ही भुगतान करते क्योंकि बीमा की रकम 6,000 रुपये ही है। यहाँ पर बीमित रकम केवल उच्चतम सीमा को बताती है और उसका कोई महत्त्व नहीं है। इस बीमापत्र से अधोबीमा (Under-Insurance) में होने वाली हानि को दूर कर देते हैं। यदि एक से ज्यादा का बीमा है तो आनुपातिक दर से सम्पूर्ण हानि का भुगतान कर देते हैं।

5. चल बीमापत्र (*Floating Policy*)—चल बीमापत्र वह है जिसके अन्तर्गत कई वस्तुओं को या विभिन्न स्थानों की सम्पत्तियों को एक बीमापत्र के अन्तर्गत एक बीमित रकम से तथा एक ही प्रव्याजि से बीमित करते हैं। यह बीमापत्र स्पष्टतया बड़े व्यापारियों या उत्पादकों द्वारा लिये जाते हैं जिनके माल विभिन्न क्षेत्रों, गोदामों, बन्दरगाहों और रेलवे स्टेशनों पर पड़े रहते हैं। इन सम्पत्तियों के सम्बन्ध में एक-एक बीमापत्र अलग लेना सम्भव नहीं है क्योंकि उनकी मात्रा में कमी या वृद्धि होती रहती है। वे एक स्थान से दूसरे स्थान को जाते रहते हैं, उनमें से अधिकांश वस्तुएँ बेच दी जाती हैं या कुछ वस्तुएँ खरीद ली जाती हैं और उनमें लगातार परिवर्तन होते रहते हैं।

बीमाकर्ता एक बीमापत्र निर्गमित करता है और औसत रूप से प्रव्याजि की दर निश्चित की जाती है। प्रत्येक वस्तु की अलग प्रव्याजि उसकी मात्रा, मूल्य, गुण, स्थान, प्रयोग के आधार पर निश्चित की जाती है और इन वस्तुओं की औसत प्रव्याजि बाद में सब प्रव्याजि को जोड़ कर निकाल ली जाती है। इस प्रव्याजि का नवकरण या अन्य समयों पर मूल्यांकन करके परिवर्धित करते रहते हैं।

इस बीमापत्र में 'औसत' (Average) और 'सामुद्रिक' (Marine) दो वाक्यांश रहते हैं। पहले शब्द का तात्पर्य 'औसत वाक्य' से है जिसमें अधो-बीमा (Under-Insurance) की दशा में नुकसान होता है। इसे पहले बताया जा चुका है। दूसरे वाक्यांश का अर्थ यह है कि यदि जोखिम (Adventure) को सामुद्रिक बीमा के अन्तर्गत बीमित किया जा चुका है तो इसको अग्नि बीमा से अलग रखेंगे।

6. अतिरिक्त या आधिक्य बीमापत्र (*Excess Policy*)—यह वह बीमापत्र है, जिसमें सम्पत्ति के अधिकतम मूल्य का बीमा कराया जाता है। यह बीमापत्र उन बीमापात्रों के लिए लाभदायक होंगे जिनकी सम्पत्ति का मूल्य घटता बढ़ता रहता है। यदि सम्पत्ति का मूल्य बढ़ जाता है तो बीमापत्र को बढ़े हुए मूल्य तक बीमा का लाभ नहीं मिल पायगा। यदि हानि हुई तो उसे केवल निर्धारित रकम (बीमित रकम) तक ही भुगतान हो पायेगा, शेष बढ़े हुए मूल्य पर उसे हानि होगी। दूसरी तरफ यदि अधिक रकम का बीमा कराया गया तो मूल्य की वृद्धि उतनी रकम तक न होने के कारण उसे व्यर्थ में प्रव्याजि की रकम अधिक देनी पड़ेगी। दोनों दशाओं की हानियों के लिए दो विकल्प अपनाये जाते हैं—

1. न्यूनतम रकम का बीमा एक अलग बीमापत्र निर्गमित करके किया जाता है, इसे 'प्रथम हानि बीमापत्र' (First Loss Polciy) कहते हैं।

2. उच्चतम रकम का एक अलग बीमापत्र खरीद लिया जाता है, जिसे उच्चतम बीमापत्र या अतिरिक्त बीमापत्र (Excess Policy) कहते हैं। जितनी रकम प्रथम हानि बीमापत्र से अधिक हो, उतने का अतिरिक्त बीमापत्र निर्गमित करते हैं।

इन दोनों बीमापत्रों के बीच वास्तविक मूल्य घटता-बढ़ता रहता है। समय-समय पर स्तुओं का मूल्यांकन करते हैं जो मूल्य निश्चित होता है, उसके आधार पर प्रव्याजि की क़म निश्चित करते हैं। अतिरिक्त बीमापत्र में इस सुविधा के होने से प्रव्याजि की राशि ाधिक नहीं होती है।

7. घोषणा बीमापत्र (*Declaration Policy*)—घोषणा बीमापत्र में बीमित रकम ा अधिकतम मूल्य किसी भी सीमा तक जा सकता है। बीमापत्र के दौरान जो अधिकतम ूल्य घोषित किया जायगा, उतनी रकम के अनुसार प्रव्याजि निर्धारित की जायगी। इस ीमापत्र में प्रव्याजि की कुछ रकम प्रायः 75 प्रतिशत प्रारम्भ में भुगतान कर दी जाती है और ाकी बाद में किस्तों में दी जा सकती है। बीमा की वस्तु का मूल्य समय-समय पर घोषित केया जाता रहेगा और अन्तिम घोषणा का मूल्य ही बीमापत्र का मूल्य होगा। घोषणा एक नेश्चित समय के अन्दर कर देना जरूरी होता है अथवा बीमित रकम ही घोषित मूल्य समझा नायगा।

प्रत्येक महीने की 14वीं तारीख तक घोषणा कर दी जानी चाहिए। बारहों महीने का ग्रोषित मूल्य औसत घोषित मूल्य (Average declared value) होता है और इसी मूल्य पर प्रव्याजि की राशि निश्चित की जाती है। यदि यह प्रव्याजि वास्तविक दी गयी प्रव्याजि से अधिक है तो अतिरिक्त प्रव्याजि माँगी जाती है और यदि यह प्रव्याजि दी गयी प्रव्याजि से कम है तो शेष प्रव्याजि लौटा दी जाती है। परिकल्पित (Provisionally) या पूर्व दी गयी प्रव्याजि के एक-तिहाई से अधिक प्रव्याजि लौटाई नहीं जायगी।

लाभ—घोषण बीमापत्र का लाभ यह है कि मूल्य के बार-बार परिवर्तित होने पर हानि न होने पाये। अतिरिक्त बीमापत्र में यदि बीमित वस्तु का मूल्य एक निश्चित रकम (Excess Value) से अधिक है तो उसका भुगतान नहीं हो पायेगा, परन्तु इस बीमापत्र में यह सुविधा है कि मूल्य को किसी भी सीमा तक बढ़ने पर अधिकतम मूल्य ही बीमा की उच्चतम रकम को निश्चित करेगा। दूसरा लाभ यह है कि यदि घोषित रकम से अधिक हानि हुई तो भी उसका भुगतान उचित प्रमाण देने पर किया जाता है। बशर्ते उतनी रकम का बीमा हो। सही शब्दों में हानि की रकम तक बीमाकर्ता की जिम्मेदारी हमेशा होगी। यहाँ यह समझ लेना जरूरी है कि बीमा की प्रारम्भिक रकम ही जोखिम का आधार होती है। घोषण बीमापत्र केवल अधिकतम बीमा की रकम निश्चित करता है और यदि हानि उस सीमा तक होगी तो भुगतान उसी के अनुसार होगा। इस बीमापत्र में कपट, धोखेबाजी आदि की बहुत सम्भावना रहती है जिससे यह बीमापत्र केवल प्रसिद्ध और ईमानदार व्यक्तियों तक ही सीमित रहता है।

8. समायोजनीय बीमापत्र (*Adjustable Policy*)—घोषित या घोषण बीमापत्र (Declaration Policy) में बेईमान व्यक्ति बीमित रकम को अनावश्यक रूप से बढ़ा कर बता सकते हैं, ऐसा करने में उन्हें हानि नहीं होगी क्योंकि यदि उतने तक मूल्य न बढ़े तो अतिरिक्त प्रव्याजि लौटा दी जायगी।

इस बात को दूर करने के लिये समायोजनीय (Adjustable) बीमापत्र निर्गमित किये जाते हैं। यह बीमापत्र एक निश्चित वस्तु पर निर्गमित करते हैं और इसकी रकम भी प्रारम्भ में घोषित कर दी जाती है, उसी के अनुसार प्रव्याजि भी ली जाती है। प्रव्याजि का पूरा भुगतान प्रारम्भ में कर देते हैं। जब कभी बीमित वस्तु के मूल्य में परिवर्तन होता है तो उसकी सूचना बीमाकर्ता को दी जाती है। सूचना प्राप्त होने पर बीमाकर्ता बीमा की रकम में परिवर्तन करता है और उसी के अनुसार प्रव्याजि में भी संशोधन किया जाता है। जिस दिन ये परिवर्तन पृष्ठांकन (Endorsement) के द्वारा बीमापत्र पर लिख लिये जाते हैं, उसी दिन से इस पृष्ठांकन के अनुसार बीमापत्र की शर्तें चलेंगी। प्रव्याजि का समायोजन बीमापत्र की समाप्ति पर किया जाता है। इस तरह इस बीमापत्र में धोखे और कपट की शंका नहीं रहती है।

घोषणा और समायोजनीय बीमापत्र में अन्तर

1. घोषणा बीमापत्र में अधिकतम रकम कम्पनी के उत्तरदायित्व की सीमा होती है, किन्तु समायोजनीय बीमापत्र में संशोधित रकम उत्तरदायित्व की सीमा निर्धारित कर देती है।
2. घोषणा बीमापत्र में हानि की किसी रकम तक भुगतान हो सकता है, बशर्ते उतने तक बीमा की रकम शुरू में निर्धारित हो। जबकि समायोजनीय में केवल संशोधित रकम तक ही भुगतान होता है।
3. प्रथम बीमापत्र में घोषित रकम हानि की पूर्ति का कोई विशेष आधार नहीं होता है, परन्तु दूसरे बीमापत्र में घोषित रकम क्षतिपूर्ति का आधार होगी।
4. प्रथम बीमापत्र में किसी भी रकम तक बीमा की रकम को बढ़ाया जा सकता है, परन्तु दूसरे बीमापत्र में ऐसा हमेशा सम्भव नहीं है क्योंकि उसी अनुपात में प्रव्याजि देने के बाद ही संशोधन सम्भव होगा।

उदाहरण—एक सम्पत्ति का मूल्य 20,000 रुपये है और बाद में इसकी घोषणा 15,000 रुपये की जाती है, और उसके कुछ ही दिन बाद वह सम्पत्ति नष्ट हो जाती है जिसका बाजार मूल्य 19,000 रुपये होता है। इस दशा में प्रव्याजि की रकम 15,000 रुपये पर दी गयी थी, यद्यपि कि उसको बाद में बढ़ायेंगे, परन्तु भुगतान 19,000 रुपये का करेंगे जिससे उसको कोई हानि नहीं होने पायेगी और प्रव्याजि की रकम भी अनावश्यक रूप से अधिक नहीं देना पड़ेगा। जबकि समायोजनीय बीमापत्र में केवल 15,000 रुपये का भुगतान होगा क्योंकि पिछली घोषित रकम 15,000 ही है। 19,000 रुपये तब मिलता, जबकि इसकी घोषणा की जा चुकी होती और तत्सम्बन्धी प्रव्याजि भी चुकायी गयी होती।

9. छूट के साथ अधिकतम मूल्य बीमापत्र (Maximum Value with Discount Policy)—इस बीमापत्र में वस्तु के अधिकतम मूल्य तक बीमा लिया जाता है और उसी के अनुपात में प्रव्याजि की रकम भी दी जाती है। इसमें किसी मूल्य वृद्धि या कमी की घोषणा नहीं करना पड़ता। यदि बीमित वस्तु की हानि होती है तो हानि की रकम तक भुगतान कर दिया जाता है। चूँकि बीमा की रकम अधिकतम रहती है। इसलिये अधिकतम हानि संवृत

होने की सम्भावना बिना किसी घोषणा के रहती है। यदि हानि नहीं होती है तो दी गयी प्रव्याजि का एक-तिहाई लौटा दिया जाता है। यह बीमापत्र कुछ निश्चित वस्तुओं तक ही सीमित रहता है, इसमें अधिकतम मूल्य निर्धारण व्यक्तिगत निर्णय (Discretionary) पर आधारित है।

10. **पुनर्स्थापना बीमापत्र** (Reinstatement Policy)—इस बीमापत्र में सम्पत्ति के पुनर्निर्माण या पुनर्प्राप्ति के खर्चे दिये जाते हैं। सामान्य दशाओं में जब बीमा कराया जाता है तो केवल क्षति की रकम ही दी जाती है। यह रकम सम्पत्ति के बाजार मूल्य आदि पर निश्चित होती है, परन्तु मूल्यांकित बीमापत्र में केवल निर्धारित रकम जो कि लागत में से ह्रास आदि निकालने पर बचता है, का ही भुगतान किया जाता है। यदि इस प्रकार की सम्पत्ति का पुनर्निर्माण किया जाय तो बहुत खर्च पड़ सकता है। बढ़ते हुए मूल्यों में पुनर्स्थापना बीमापत्र लाभकारी होगा क्योंकि जो भी खर्च पुनर्स्थापना में लगेगा उसका भुगतान कर दिया जायगा। पूर्ण क्षति की दशा में वैसी ही सम्पत्ति के लिए ही भुगतान होगा, उससे अच्छी सम्पत्ति के लिए भुगतान नहीं होगा। इसमें लाभ भी शामिल नहीं होगा, केवल पुनर्स्थापना की लागत ही दी जायेगी।

इसके अन्तर्गत भुगतान नहीं होता है जबकि पुनर्स्थापना के लिए खर्चे किये जा चुके हैं। विदेशों में खर्चों का भुगतन न देकर बल्कि वैसी ही सम्पत्ति देने का प्रयास करते हैं। चूँकि इसमें वैसी ही नयी सम्पत्ति दी जाने का प्रावधान है, इसलिए इसे पुराने के बजाय नये दीपक बीमापत्र (New Lamps for Old Policy) भी कहते हैं। यह बीमापत्र केवल भवन, प्लाण्ट और मशीनरी पर निर्गमित किया जाता है, स्कन्ध, विक्रय माल या वस्तु पर नहीं।

11. **व्यापक बीमापत्र** (Comprehensive Policy)—व्यापक बीमापत्र का यह अर्थ नहीं है कि इसमें सभी प्रकार की जोखिम बीमित है। वाक्यांश और शर्तों के अनुसार कुछ जोखिम को शामिल करते हैं और कुछ जोखिम को अलग (Exclude) कर देते हैं। जिन-जिन जोखिमों के लिये यह निर्गमित होगा, उन्हीं-उन्हीं को इसमें शामिल करते हैं।

इस बीमापत्र में आग, विस्फोट, विद्युत-पात (Lightning), भूपात, वायुयान, विनाश, दंगा, विद्रोह, श्रमिक संघर्ष, चोरी, किराये की हानि और धन-जन की हानि आदि शामिल करते हैं। इस बीमापत्र को समस्त जोखिम बीमापत्र (All-in-Policy) भी कह देते हैं, परन्तु वह उपयुक्त नहीं होगा।

12. **छिड़काव यंत्र-क्षरण बीमापत्र** (Sprinkler Leakage Policy)—यह बीमापत्र उस दशा में निर्गमित होते हैं, जहाँ पर भवन या सम्पत्ति को बचाने के लिए इस यंत्र से अग्नि शमन गैसें और पानी निकलते हैं जिसके परिणाम से वे सम्पत्तियाँ भी नष्ट हो जाती हैं जो कि अग्नि से नष्ट हुई हैं। अतः उन सम्पत्तियों की क्षति पर इस बीमापत्र से हानि की पूर्ति हो जाती है।

13. **खाली बीमापत्र** (Blanket Policy)—इस बीमापत्र को किसी सम्पत्ति का नाम दिये बिना निर्गमित किया जाता है। भवन, फर्नीचर तथा अन्य सामान केवल एक ही बीमापत्र से निर्गमित हो जाते हैं। यह महत्त्वपूर्ण बीमापत्र नहीं है और इसका प्रचलन नहीं है।

14. **परिणामस्वरूप या आनुषंगिक बीमापत्र** (Consequential Loss Policy)—

आग लगने पर केवल सम्पत्ति की ही हानि नहीं होती है, बल्कि उसके परिणामस्वरूप होने वाले खर्चे और लाभ की कमी भी होती है। अतः इस बीमापत्र में क्षति को कम और उस पर निश्चित प्रतिशत भी भुगतान किया जाता है। इसकी गणना करने के लिए—(1) लाभ की रकम जब तक व्यापार फिर से प्रारम्भ न हो और (2) लागत में वृद्धि को ध्यान में रखा जाता है। कुछ लोगों का यह विचार है कि यह बीमापत्र क्षतिपूर्ति सिद्धान्त के विपरीत है, परन्तु अब इसका अत्यधिक प्रचलन होता जा रहा है और क्षति की रकम के साथ-साथ इस आनुषंगिक हानि का भी भुगतान कर दिया जाता है।

□□□

अध्याय 30
बीमापत्र की शर्तें

शर्तों का प्रादुर्भाव—अग्नि बीमापत्र के लिए कोई विशेष अधिनियम नहीं थे। बीमापत्र में लिखी शर्तें प्रसंविदा को प्रभावित करती हैं। बीमापत्र के लिए किसी विशेष प्रपत्र की आवश्यकता नहीं थी। अग्नि बीमा प्रसंविदा के विभिन्न प्रकारों के आधार पर प्रामाणिक बीमापत्र का निर्माण हुआ। शुरू में बीमापत्र की शर्तें थोड़ी थीं, जो केवल सूचना मात्र थीं। धीरे-धीरे बीमापत्र की शर्तों में विकास हुआ। कुछ दिनों में इतनी शर्तें हो गयीं कि उनका पालन करना मुश्किल हो गया जिससे बाद में 'शर्त रहित' बीमापत्रों का निर्माण हुआ। लेकिन इससे भी काम न चला और अब एक सामान्य बीमापत्र निर्गमित किया जाने लगा जिसमें अधिकांश सामान्य शर्तों को शामिल किया गया। इस बीमापत्र को प्रामाणिक बीमापत्र (Standard Policy) के नाम से पुकारा जाता है। लायड समिति के सदस्य लगभग इसी प्रकार के बीमापत्र निर्गमित करते हैं।

बीमापत्र के वाक्य—बीमापत्र की भूमिका यह कहती है कि बीमाकर्ता और बीमित व्यक्ति दी गयी शर्तों का पालन करेंगे। प्रव्याजि का भुगतान शर्तों का पालन है। इस शर्त के पालन के उपलक्ष्य में अर्थात् प्रव्याजि का भुगतान के बदले बीमाकर्ता बीमित व्यक्ति को सम्पत्ति की क्षति पर क्षति की रकम नकद रूप में मरम्मत या पुनर्स्थापना या प्रतिस्थापना करके पूरा करेगा। क्षति की रकम का भुगतान बीमित रकम से अधिक नहीं होगा।

अन्तिम वाक्य नवकरण (Renewal) का है जिसमें बीमाकर्ता शर्तों के अनुसार बीमित व्यक्ति के प्रति प्रव्याजि के बदले उत्तरदायी होता है।

इन प्रारम्भिक शर्तों के बाद बीमापत्र की तालिका आती है जिसमें बीमित व्यक्ति का नाम, बीमित वस्तु का स्वभाव, बीमित रकम, बीमा अवधि और प्रव्याजि का वर्णन रहता है।

बीमित जोखिम (Perils Insured)—प्रामाणिक बीमापत्र की भूमिका में बीमित जोखिम का वर्णन किया गया है, जो कि निम्न हो सकती हैं :—

1. अग्नि (चाहे विस्फोट या अन्य प्रकार से प्रज्वलित हो) परन्तु निम्न कारणों से अग्नि उत्पन्न न हों;
   (अ) स्वतः या गर्मी या गर्मी के कार्यक्रम (Process) के कारण;
   (ब) भूकम्प, जंगली अग्नि, दंगा, नागरिक विद्रोह, विदेशी दुश्मन, फौजी या अन्य जबरन शक्तियाँ, अन्दोलन;
2. विद्युत्पात (Lightning);

3. घरेलू उद्देश्य के लिए प्रयोग किये जाने वाला बायलर (Boilor);
4. विस्फोट (Explosion) (परन्तु गैस कार्य के अतिरिक्त घरेलू उद्देश्य के लिये प्रयुक्त गैस या अन्य किसी प्रकार से गर्म करने के कारण) हो।

उपरोक्त से स्पष्ट है कि अग्नि बीमा में वे सभी जोखिम बीमित हो सकती हैं जो कि अग्नि, विद्युत्पात और विस्फोट के कारण हो। अग्नि कहलाने के लिए यह आवश्यक है कि वह आकस्मिक हो तथा ज्वाला प्रकट हो। स्वतः उत्पन्न आग या गर्मी या गर्म करने के अन्य कार्यों से न हो। उपरोक्त में 1 (अ) लापरवाही के कारण उत्पन्न हो सकती है, और (ब) अतिरिक्त जोखिम (Excepted Peril) है जो कि विस्तृत संहार (Devastation) कर सकती हैं। अतिरिक्त जोखिम को केवल अतिरिक्त प्रव्याजि देकर ही बीमित किया जा सकता है। विद्युत्पात भी अग्नि के अन्तर्गत शामिल किया जाता है। तीसरे व चौथे नम्बर पर वर्णित विस्फोट जो कि घरेलू कार्य में प्रयुक्त आग, गैस, गर्मी आदि के कारण हो।

बीमापत्र की शर्तें

बीमापत्र की शर्तें बीमापत्र पर लिखी और संदर्भ के द्वारा समझी जा सकती हैं। प्रथम शर्त को लिखित या स्पष्ट शर्त और दूसरी को उपलक्षित या मौखिक (Implied) शर्त कहते हैं।

उपलक्षित शर्तें—बीमा की उपलक्षित शर्तें निम्न हैं :—

1. बीमित व्यक्ति बीमित सम्पत्ति में बीमा योग्य हित रखता हो;
2. बीमापत्र निर्गमन के समय ऐसी सम्पत्ति अवश्य मौजूद (Exist) हो;
3. अग्नि लगने पर वही सम्पत्ति नष्ट होती है, जिसका बीमा कराया गया हो;
4. बीमित व्यक्ति प्रसंविदा करते समय और अध्यर्थन (Claim) प्राप्त करते समय परम सद्विश्वास का पालन करता हो। उपरोक्त में तीनों शर्तें क्षतिपूर्ति के सम्बन्ध में हों जबकि चौथी शर्त परम सद्विश्वास की है।

लिखित शर्तें—ये शर्तें बीमापत्र में लिखी रहती हैं। ये शर्तें भी दो प्रकार की हैं—(1) साधारण और (2) विशिष्ट। साधारण शर्तें सामान्य प्रसंविदा के साथ प्रयुक्त होती है जबकि विशिष्ट शर्तें विशिष्ट बीमापत्र के सम्बन्ध में होती हैं।

भारत में प्रामाणिक बीमापत्र की निम्न शर्तें हैं :-

(1) मिथ्या वर्णन (Misdescription), (2) परिवर्तन (Alteration), (3) निषेध या बहिष्करण (Exclusion), (4) अध्यर्थन या दावा (Claim), (5) धोखा (Fraud), (6) पुनर्स्थापना (Reinstatement), (7) बीमाकर्ता के अधिकार (Insurer's rights after a fire, (8) अंशदान और औसत (Contribution and average), (9) प्रत्यासन (Subrogation), (10) समाश्वासन (Warranties) और (11) पंचायत (Arbitration)।

1. मिथ्यावर्णन (*Misdescription*)—मिथ्या कथन या मिथ्या वर्णन या अप्रकटीकरण जो कि महत्त्वपूर्ण तथ्यों से सम्बन्धित होगा बीमापत्र को विवर्जनीय (Voidable) बना देता है।

यह शर्त परम सद्विश्वास का पालन कराती है, जिसमें महत्त्वपूर्ण तथ्यों को स्पष्टतः और पूर्णतया वर्णन करना होता है। यदि इन तथ्यों को अस्पष्ट या अधूरा वर्णित किया गया है या किसी बात को जान-बूझकर या अनजाने में छिपाया गया है या प्रकट नहीं किया गया है या भ्रान्त वर्णन है तो दूसरा पक्ष जिसे इसके कारण हानि होती है, बीमापत्र को विवर्जित कर सकता है अर्थात् इन दशाओं में बीमापत्र विवर्जनीय (Voidable) होता है। लेकिन यदि इसके पीछे कपट का उद्देश्य रहा हो तो बीमापत्र अपने आप विवर्जित (Void) हो जाता है।

प्रस्ताव प्रपत्र में प्रायः सभी प्रश्न महत्त्वपूर्ण या मूल रूपी (Material) हुआ करते हैं, इसलिए उनका सही-सही उत्तर देना चाहिए। पिछली हानि, दावे की अस्वीकृति, प्रस्ताव या नवकरण की अस्वीकृति आदि के सम्बन्ध में प्रश्न पूछे जाते हैं। इनका स्पष्ट और पूर्णतः वर्णन होना जरूरी है।

इसे शर्त के रूप में बीमापत्र में लिखना कोई जरूरी नहीं है, क्योंकि परम सद्विश्वास बीमा प्रसंविदा की मानी हुई शर्त और एक महत्त्वपूर्ण सिद्धान्त है; तथापि इस शर्त को लिख देना गलत नहीं है। इससे पूर्ण सुरक्षा के सम्बन्ध में बातें और स्पष्ट हो जाती हैं। लेकिन इसका मतलब यह नहीं कि बीमाकर्ता इन बातों को आधार बनाकर भुगतान के लिए तैयार नहीं होगा। व्यावहारिक जीवन में जब तक कपटपूर्ण दुराव या छिपाव या भ्रान्त वर्णन नहीं होता है, तब तक बीमाकर्ता भुगतान को मना नहीं करता है। जोखिम के मूल्यांकन में बाधा उत्पन्न करने वाले तथ्य के आधार पर बीमापत्र को भंग कर दिया जाता है।

2. परिवर्तन (Alteration)—इस शर्त में यह दिया हुआ है कि बीमा प्रारम्भ होने के बाद बीमे की विषय वस्तु हटा दी जाय या कोई ऐसा काम किया जाय, जिससे जोखिम की मात्रा बढ़ जाय या जिससे बीमित व्यक्ति का हित (Interest) नष्ट हो जाय (परन्तु वसीयतनामा या विधान के अनुसार इसके अपवाद हैं) तो बीमापत्र विवर्जनीय हो जायगा, बशर्ते कि इसके लिए अलग से कोई प्रावधान न हो या किसी शर्त के अन्तर्गत इसे पालन न करना हो। अतः स्पष्ट है कि कोई भी मूल रूपी परिवर्तन बीमापत्र निर्गमन के बाद नहीं हो सकता। संक्षेप में निम्न दशाओं के अन्तर्गत बीमापत्र विवर्जनीय हो जायगा।

(अ) हटाना (*Removal*)—सम्पत्ति को हटाने में जोखिम की मात्रा बढ़ सकती है, अतः यह आवश्यक है कि हटाने के पहले बीमाकर्ता की अनुमति ले ली जाय। यदि बिना अनुमति के कोई वस्तु हटाई जाती है तो बीमाकर्ता अपने दायित्व (Liability) से मुक्त हो जायगा। जैसे किसी मकान में लोहे की छड़ों के अलावा कागज की गाठें रख दी जायँ तो जोखिम बढ़ जायगी। अगर बीमाकर्ता से इसके लिये कोई राय नहीं ली गयी है तो वह अपने दायित्व से मुक्त हो सकता है। बीमाकर्ता सम्पत्ति हटाने में कभी-कभी केवल अनुमति ही देता है और कभी-कभी अतिरिक्त प्रव्याजि लेकर अनुमति देता है और कुछ दशाओं में अनुमति बिलकुल ही नहीं दी जाती है।

(ब) जोखिम में वृद्धि—जिन कार्यों या परिवर्तन से बीमित सम्पत्ति की जोखिम बढ़ जाती है, उनको करने के लिए अतिरिक्त प्रव्याजि देकर बीमाकर्ता की अनुमति लेना चाहिए। बीमाकर्ता यदि सोचता है कि अनुमति देना जोखिम पर बहुत विपरीत प्रभाव नहीं डालेगा तो उसकी अनुमति दी जाती है। परिस्थितियों के आधार पर कभी-कभी इन कार्यों को करने से

मना भी कर दिया जाता है।

(स) हित में परिवर्तन—चूँकि अग्नि बीमा प्रसंविदा बीमाकर्ता और बीमापात्र के बीच व्यक्तिगत प्रसंविदा है। अतः बीमित सम्पत्ति को तीसरे पक्ष को हस्तान्तरित नहीं किया जा सकता है। यदि बीमाकर्ता और हस्तान्तरिती (Assignee) के बीच बीमापात्र की इच्छा से कोई समझौता होता है तो वह मान्य होगा। दूसरे शब्दों में बीमाकर्ता की अनुमति से ही बीमा की वस्तु को हस्तान्तरित किया जा सकता है।

बीमाकर्ता उन दशाओं में हस्तांतरण की अनुमति नहीं देता है, जिसमें जोखिम की मात्रा बढ़ने की बहुत सम्भावना है। लेकिन वसीयतनामे और विधान के अनुसार हस्तान्तरण से बीमाकर्ता के दायित्व में कोई परिवर्तन नहीं होता। वह इन दशाओं में भी जोखिम को सहन करेगा।

सम्पत्ति के विक्रय के समय 'वैकल्पिक स्मारक' (Optional Memorandum) का प्रयोग होता है। इसका अर्थ यह है कि यदि विक्रय बीमापत्र की अवधि के समाप्त होने के पहले हो रहा है तो दोनों पक्ष अपने-अपने हित तक तब बीमित होंगे जब तक विक्रय कार्य पूरा नहीं हो जाता है। जैसे ही विक्रय कार्य पूरा हो जायगा, वैसे ही क्रेता के पास सम्पत्ति का हित हो जायगा और यदि हस्तांतरण बीमाकर्ता द्वारा स्वीकृत है, तो क्रेता को ही भुगतान मिल पायेगा। यहाँ पर क्रेता प्रव्याजि की वह रकम विक्रेता को दे देते हैं; जो बीमा की अवधि व व्यतीत न होने पर लागू है।

अतः जोखिम में वृद्धि होने की सम्भावना के कारण हस्तान्तरण या परिवर्तन (Alteration) स्वतन्त्र रूप से नहीं किया जा सकता है, केवल बीमाकर्ता की अनुमति पर ही यह हस्तान्तरण होगा। बीमाकर्ता के बिना अनुमति के किया गया परिवर्तन बीमा प्रसंविदा को रद्द कर सकता।

3. बहिष्करण—अग्नि बीमा में बहुत-सी जोखिम ऐसी हैं जिनका बीमा ही नहीं किया जाता और कुछ ऐसी हैं जिनको तब तक संवृत करते हैं जब तक इसके लिए बीमापत्र में स्पष्ट रूप से न लिखा गया हो।

(अ) संवृत न की जाने वाली जोखिम—निम्नलिखित जोखिम को अग्नि बीमा में बीमित नहीं करते हैं—

1. अग्निकाण्ड या उसके बाद चोरी की क्षति।
2. सम्पत्ति की ऐसी हानि जो कि स्वयं अग्नि या स्वाभाविक ताप या स्वतः दहन के कारण उत्पन्न हो या वस्तु निर्माण या बनाते समय हानि।
3. सरकारी अधिकारियों के आदेशानुसार जला देने से हानि।
4. जंगली या अन्तर्भौम अग्नि (Subterranean Fire) के परिणामस्वरूप हानियाँ।
5. ऐसी हानि जो विशाल और जटिल जोखिम के कारण हों; जैसे—भूकम्प, ज्वालामुखी उद्भेदन (Eruption), तूफान, चक्रवात या अन्य प्राकृतिक कारण या युद्ध, हमला, दंगा, नागरिक विद्रोह, क्रान्ति, मार्शल ला या अन्य असाधारण परिस्थितियाँ।

6. विस्फोट जिससे अग्नि उत्पन्न न हो।

(ब) बीमापत्र में लिखकर ही संवृत की जाने वाली जोखिम—बीमापत्र में लिखकर निम्न जोखिमों का बीमा हो सकता है, साधारण दशाओं में बीमित नहीं करते; इसके लिए अतिरिक्त प्रव्याजि की आवश्यकता पड़ सकती है :

1. प्रन्यास या कमीशन पर रखे गये माल, बहुमूल्य धातुएँ, जवाहरात, कलात्मक वस्तुएँ, पाण्डुलिपि, नक्शे, नमूने, साँचे और इसी प्रकार अन्य वस्तुयें;
2. प्रतिभूतियाँ, प्रपत्र, मुद्रा, चेक, खाता, पुस्तकें या अन्य व्यापारिक पुस्तकें;
3. स्वतः दहन के कारण कोयले या गैस की क्षति;
4. विस्फोट, जिसके कारण आग या और कुछ हो;
5. सामुद्रिक बीमापत्र के अन्तर्गत संवृत अग्नि जोखिम ऐसी जोखिम का पहले सामुद्रिक बीमापत्र से भुगतान किया जायगा।

4. अध्यर्थन या दावा (*Claim*)—बीमापत्र के इस वाक्य में दावे के भुगतान की विधि लिखी रहती है। दावा वाक्यांश के आधार पर निम्न बातों को समझा जा सकता है :—

(अ) अग्नि हानि की सूचना—अग्नि क्षति पर बीमापात्र को चाहिए कि वह एक लिखित सूचना बीमाकर्ता को तुरन्त भेद दे। तुरन्त सूचना भेजने का लाभ यह है कि बीमाकर्ता आवश्यक सूचनाओं और प्रमाणों का जाँच आसानी से कर लेगा। जैसे-जैसे समय बीतता जायगा, इन प्रमाणों को प्राप्त करने में कठिनाई होती जायगी। यह सूचना बीमापात्र की ओर से कोई भी व्यक्ति भेज सकता है।

(ब) हानि का विवरण—क्षति या विनाश की तारीख से 15 दिन के अन्दर बीमापात्र को दावे की रकम का पूरा विवरण देना जरूरी है। यदि इस समय में विवरण न दिया जा सके तो बीमाकर्ता से लिखकर इसकी अवधि बढ़ा लेनी चाहिए। इस पत्र में यह बताया जाता है कि—(1) किन-किन सम्पत्तियों या उनके भागों की हानि हुई है। उनका पूर्ण विवरण देना जरूरी है; (2) प्रत्येक सम्पत्ति पर कितनी रकम की हानि हुई है; और (3) उन वस्तुओं का जिन-जिन बीमाकर्ताओं से बीमा कराया गया हो। यह बीमाकर्ता उन बीमाकर्ताओं से लिखित सूचना प्राप्त करता है, कितनी-कितनी रकम का बीमा हुआ है।

हानि के विवरण को बीमाकर्ता से निर्गमित फार्म पर सूचित करना ज्यादा अच्छा रहता है क्योंकि इसमें हानि की विशेष सूचनाओं को माँगा जाता है जैसे बीमित वस्तु का बाजार मूल्य क्या है, दावेदार व्यक्ति या अध्यर्थक का उसमें कितना हित है, कितनी सम्पत्ति की हानि हुई है, आग लगने का क्या कारण था आदि।

(स) उचित प्रमाण—बीमापात्र को आवश्यक प्रमाणों को देने की आवश्यकता होती है। जो भी प्रमाण बीमाकर्ता द्वारा माँगे जायँ, उनको देना जरूरी होगा। दावे के सम्बन्ध में जब तक प्रमाणों को दिया जा सकेगा तब तक बीमाकर्ता भुगतान नहीं दे सकता है।

यहाँ पर यह समझ लेना चाहिए कि इन दावों या प्रमाणों के लिए बीमापात्र द्वारा किये गये खर्च बीमित नहीं होते। ये खर्च उसे स्वयं करने होते हैं।

5. धोखा (Fraud)—धोखा के सम्बन्ध में निम्न वाक्यांश दिया गया है :—

"यदि अध्यर्थन या दावा किसी तरह कपटपूर्ण रहा हो या किसी कपटपूर्ण साधन का प्रयोग किया गया हो या कोई व्यक्ति जो दावेदार के पक्ष में कार्य कर रहा हो, कोई लाभ लेता हो या कोई क्षति या नाश जान-बूझकर या बीमित व्यक्ति की स्वीकृति से किये गये हों तो बीमापत्र के सभी लाभ जब्त किये जा सकते हैं।"

इस शर्त से यह पता लगता है कि कपट बीमापत्र के सभी लाभों को रद्द कर देता है। इसके पीछे दो बातें सन्निहित हैं—(1) कपटपूर्ण अध्यर्थन (दावा) बीमापत्र को रद्द कर देता है। बीमा क्षति का अधि-मूल्यांकन (Over-Valuation) बीमापत्र को हमेशा रद्द नहीं करता है, परन्तु जब सम्पत्ति की रकम में बहुत ज्यादा अन्तर होगा तो वहाँ पर कपट का पालन है। इसी प्रकार इसका अन्य उदाहरण भी दिया जा सकता है; जैसे वह वस्तु दावे में शामिल करना जो कि बीमा विवरण में शामिल नहीं थे। इन सबका तात्पर्य यह है कि दावा कपट रूप से किया गया है। दूसरी स्थिति वह है जहाँ पर दावे में कपट नहीं है, बल्कि वस्तु को नष्ट करने में कपट का पालन किया गया है; जैसे—सम्पत्ति में आग लगाना या अपने एजेन्टों को ऐसा करने के लिए प्रोत्साहित करना कपट होगा। इस प्रकार के कार्य का तात्पर्य है कि परम सद्विश्वास का पालन नहीं किया गया है।

6. पुनर्स्थापना (Reinstatement)—"यदि बीमापात्र अर्थात् दावेदार अपनी सम्पत्ति की पुनर्स्थापना या पुनर्निर्माण कराना चाहता है तथा बीमाकर्ता इसको करने के लिए तैयार होता है तो दावेदार को चाहिये कि अपने खर्चे पर इसकी योजना प्रपत्र, किताबें और आवश्यक सूचनायें बीमाकर्ता को दे। बीमाकर्ता से यह आशा नहीं की जा सकती है कि वह सम्पत्ति को और अच्छी स्थिति में देगा या उसमें कुछ जोड़ भी देगा, बल्कि परिस्थितियों के आधार पर उचित ढंग से पुनर्स्थापना करेगा।"

बीमापत्र की भूमिका में रहता है कि हानि का भुगतान नकद, पुनर्स्थापन या प्रतिस्थापना के आधार पर किया जायगा। नकद भुगतान काफी सरल होता है, उसमें किसी प्रकार की समस्या नहीं होती है। नौकर आदि की जरूरत नहीं होती है। कुछ दशाओं में शर्तों के अनुसार नकद भुगतान से काम नहीं चलता है और इसके लिए प्रतिस्थापना की जरूरत होती है। यदि बीमाकर्ता ने एक बार पुनर्स्थापना की बात को स्वीकार कर लिया है तो फिर उसे बदल कर नकद भुगतान को नहीं अपना सकता है। पुनर्स्थापना में भी बीमित रकम से अधिक का भुगतान नहीं होता है।

पुनर्स्थापना का शाब्दिक अर्थ है कि बीमित वस्तु को क्षति से पहले की दशा में रखना; जैसे मकान जल जाने पर पुनःनिर्माण करवा देना, नष्ट फर्नीचर के स्थान पर दूसरा फर्नीचर खरीदवा देना, सम्पत्ति की आंशिक हानि पर उसकी मरम्मत करवा देना। यदि कुछ कारण वश पुनर्निर्माण या पुनर्स्थापन न की जा सके, तो पुनर्स्थापना के खर्चे को ही दे दिया जाता है।

7. अग्नि के बाद बीमाकर्ता का अधिकार (Insurer's Rights after a Fire)—अग्नि लगने के बाद और अध्यर्थन के भुगतान के पहले बीमाकर्ता को निम्न अधिकार प्राप्त हैं :

1. जिस मकान में सम्पत्ति की क्षति हुई है, उसमें घुसने और अधिकार में रखने का अधिकार;
2. बीमित वस्तु जिसकी क्षति हुई, उसको अधिकार में रखने और प्राप्त करने का अधिकार, और
3. इस क्षतिग्रस्त सम्पत्ति को एक निश्चित समय तक रखने और सभी उचित उद्देश्यों के लिए प्रयुक्त (Deal) करने का अधिकार।

इनमें से यदि किसी अधिकार पर कोई कार्य बीमाकर्ता करता है तो इसका तात्पर्य यह नहीं है कि उसने दायित्व को स्वीकार कर लिया है।

यह अधिकार बीमाकर्ता को इसलिये प्राप्त है ताकि वह आग के कारण को समझ सके और हानियों का पूरा मूल्यांकन कर सके। यदि इन अधिकारों को प्रयोग करने से मना किया जाता है तो वह अपने दायित्व से मुक्त हो सकता है। बीमित व्यक्ति सम्पत्ति को बीमाकर्ता के पक्ष में तब तक नहीं छोड़ सकता है, जब तक इसका पूर्ण भुगतान न हो जाय।

8. अंशदान और औसत—इस वाक्यांश का उद्देश्य दोहरा बीमा (Double Insurance) और अल्प बीमा में बीमाकर्ता के दायित्व को सीमित करना है।

> "यदि क्षति या हानि के समय किसी बीमित सम्पत्ति के सम्बन्ध में अन्य दूसरे बीमाकर्ता भी बीमा निर्गमित किये हैं तो इस बीमाकर्ता का दायित्व क्षति या हानि को इसके क्रमिक या दरानूकुल अनुपात (Rateable Proportion) तक सीमित होगा।"

> "जब किसी बीमा के सम्बन्ध में किन्हीं अन्य शर्तें सम्पत्ति के कुछ हिस्सों को अलग करते हैं तो बीमाकर्ता का दायित्व हानि या क्षति के उसी अनुपात तक सीमित रहेगा जो बीमित रकम कुल सम्पत्ति के मूल्य तक रखती है।"

प्रथम वाक्यांश अंशदान का और दूसरा औसत का है।

(अ) अंशदान (*Contribution*)—क्षति के समय बीमापात्र की यह जिम्मेदारी होती है कि यदि वस्तु का बीमा एक से अधिक बीमाकर्ताओं से कराया गया है तो वह इन सभी बीमाकर्ताओं से भुगतान का दावा करे। न्याय के आधार पर यह उचित है भी कि सभी बीमाकर्ताओं से भुगतान प्राप्त किया जाय। प्रत्येक बीमाकर्ता की जिम्मेदारी हानि के क्रमिक अनुपात (Rateable) तक होती है।

अंशदान वाक्य के अभाव में बीमापात्र क्षति की रकम को इन बीमाकर्ताओं में से किसी एक से प्राप्त कर सकता है और इस बीमाकर्ता को यह अधिकार दिया जाता है कि वह अन्त में बीमाकर्ताओं से बीमित हित के अनुपात में भुगतान प्राप्त कर ले। इसमें भी वही परेशानी (क्रमिक आनुपातिक वितरण) आती है जो कि अंशदान वाक्य में थी। इसलिए अंशदान सिद्धान्त (Contribution Principle) दोहरे बीमा (Double Insurance) में हमेशा लागू होता है। दूसरे शब्दों में अंशदान वाक्य (Contribution Clause) लागू होने के लिए निम्न बातों का होना जरूरी है :—

1. सभी बीमाकर्ताओं ने एक ही विषय वस्तु का बीमा किया हो,

2. सभी बीमाकर्ताओं ने इस बीमित वस्तु के एक ही जोखिम का बीमा किया हो,
3. इन बीमाकर्ताओं का एक ही बीमित व्यक्ति (Assured Person) से सम्बन्ध हो,
4. सभी बीमाकर्ताओं के प्रसंविदा हानि के समय चालू हों।

यदि इन सिद्धान्तों का पालन किया गया हो तो सभी बीमाकर्ता अपने द्वारा बीमित रकम और कुल बीमित रकम के अनुपात में कुल हानि का भुगतान करेंगे।

उदाहरण—(i) एक व्यक्ति अपना मकान और फर्नीचर 'क' बीमाकर्ता से 10,000 रुपये और 'ख' बीमाकर्ता से 5,000 रुपये का बीमा कराता है। यदि हानि की रकम 9,000 रुपये है तो प्रत्येक बीमाकर्ता द्वारा दिये जाने वाली रकम निम्न प्रकार होगी :—

$$\text{'क' बीमाकर्ता} = \frac{\text{'क' द्वारा बीमा}}{\text{कुल बीमित रकम}} \times \text{हानि का मूल्य}$$

$$= \frac{10{,}000}{15{,}000 = (10{,}000 + 5{,}000)} \times 9000$$

$$= 6000 \text{ रुपये}$$

$$\text{'ख' बीमाकर्ता} = \frac{5{,}000}{15{,}000} \times 9000 = 3000 \text{ रुपये}$$

यह उदाहरण सरलतम था, क्योंकि उपरोक्त चारों शर्तें पूर्णतया सीधे-सीधे लागू हो जाती हैं।

(ii) जब बीमापत्र एक जैसे नहीं हैं—जब बीमापत्र में शामिल होने वाली कई तरह की वस्तुयें हैं, परन्तु उनमें से कुछ वस्तुयें एक-सी हैं। जैसे 'क' बीमाकर्ता ने 'मकान और फर्नीचर' दोनों का बीमा किये हो, परन्तु 'ख' बीमाकर्ता केवल 'मकान' का बीमा किये हो। मान लीजिये 'क' ने 10,000 रुपये का बीमा किया और 'ख' ने 5,000 रुपये का तथा हानि 7,000 रुपये की होती है जिसमें 1,000 रुपया फर्नीचर का है तो प्रत्येक बीमाकर्ता द्वारा अंशदान की रकम निर्धारण इस पर निर्भर है कि किस सम्पत्ति का भुगतान पहले किया जायगा।

(iii) मान लीजिय 'मकान' का भुगतान पहले होता है—

मकान की क्षतिपूर्ति—

$$\text{'क' बीमाकर्ता का अंशदान} = \frac{10{,}000 \times 6{,}000}{(10{,}000 + 5{,}000)} = 4000 \text{ रुपये}$$

$$\text{'ख' बीमाकर्ता का अंशदान} = \frac{5{,}000 \times 6{,}000}{15{,}000} = 2000 \text{ रुपये}$$

फर्नीचर की क्षतिपूर्ति—

'क' बीमाकर्ता फर्नीचर का 1000 रुपया पूरा भुगतान करेगा क्योंकि उसने ही फर्नीचर का बीमा किया है।

इस प्रकार 'क' बीमाकर्ता (4000 + 1000) = 5000 रुपये और 'ख' बीमाकर्ता 2000 रुपये का भुगतान करेगा।

(iv) यदि फर्नीचर की क्षति का भुगतान पहले होता है—

फर्नीचर—'क' बीमाकर्ता फर्नीचर का 1000 रुपये भुगतान कर देगा और अब 'क' बीमाकर्ता के पास केवल (10000 − 1000) = 9000 रुपये बचे, इसलिये मकान के सम्बन्ध में अंशदान—

'क' बीमाकर्ता − $\frac{9,000}{14,000} \times 6000 = 3857.14$ रुपये

'ख' बीमाकर्ता − $\frac{5,000}{14,000} \times 6000 = 2142.86$ रुपये

अतः यहाँ पर 'क' बीमाकर्ता कुल (3857.14 + 1000) = 4857.14 रुपये और 'ख' बीमाकर्ता 2142.86 रुपये भुगतान करेगा।

(v) उपरोक्त में दोनों वस्तुओं में से किसी एक को अपनाने पर दूसरे बीमाकर्ता को लाभ या हानि होती है। इसलिये यह आवश्यक है कि माध्य-मूल्य को अपनाया जाय। इसे माध्य-मूल्य (Mean-Method) कहते हैं। इसमें भुगतान स्वतंत्र रूप से प्रत्येक बीमाकर्ता करता है और सभी मिलकर औसत रूप से भी भुगतान करते हैं। स्वतन्त्र रूप से—

यदि 'क' बीमाकर्ता ही भुगतान करता तो वही 7000 रुपये का कुल भुगतान कर लेता; यदि 'ख' भुगतान करता तो उसका दायित्व केवल 5000 रुपये तक होगा क्योंकि बीमा की रकम केवल 5000 रुपये तक है।

औसत रूप से—

'क' बीमाकर्ता − $\frac{7,000 \times 6,000}{12,000} = 3500$ रुपये

'ख' बीमाकर्ता − $\frac{5,000 \times 6,000}{12,000} = 2500$ रुपये

फर्नीचर के सम्बन्ध में 'क' बीमाकर्ता की जिम्मेदारी पूर्ववत् ही रहेगी। 'क' बीमाकर्ता की कुल जिम्मेदारी (3500 + 1000) = 4500 रुपये की है जबकि 'ख' बीमाकर्ता की जिम्मेदारी 2500 रुपये होगी।

(ब) औसत (Average)—औसत वाक्य को अल्प बीमा (Under-Insurance) की दशा में प्रयोग करते हैं। इसके अन्तर्गत यदि बीमित सम्पत्ति का मूल्य बीमित राशि से अधिक हो तो इस अन्तर को बीमित व्यक्ति स्वयं सहन करेगा। इसके सम्बन्ध में बीमाकर्ता

भुगतान नहीं करेगा। इस शर्त को अलग-अलग सम्पत्तियों पर भी लागू किया जाता है। आंशिक हानि में उसी अनुपात में बीमाकर्ता कम भुगतान करेगा जिस अनुपात में सम्पत्ति का कम बीमा किया गया है। इसका उदाहरण नीचे दिया जा रहा है।

एक व्यक्ति अपने स्कन्ध (Stock) को 'क' बीमाकर्ता से 10,000 रुपये और 'ख' बीमाकर्ता से 5,000 रुपये से बीमित करता है। यदि सम्पत्ति की हानि 8,000 रुपये की होती है तथा कुल सम्पत्ति का मूल्य उस समय 20,000 रुपये होता है तो बीमाकर्ता से

कुल $= \dfrac{15,000 \times 8,000}{20,000} =$ 6,000 रुपये ही वसूल किये जा सकते हैं तथा 'क' बीमाकर्ता से इसी 6,000 रुपये का $\dfrac{10,000}{15,000}$ अर्थात् 4,000 रुपये और 'ख' बीमाकर्ता से 6,000 रुपये का $\dfrac{5,000}{15,000} =$ 2,000 रुपये वसूल किये जा सकते हैं। यहाँ पर यद्यपि कि बीमा की कुल रकम 15,000 है तथापि कुल हानि की रकम 8000 रुपये तक भुगतान नहीं होगा, क्योंकि सम्पत्ति के पूरे मूल्य तक बीमा नहीं कराया गया था।

इस वाक्य से उन बीमापात्रों की धोखाधड़ी को रोका जाता है जो सम्पत्ति के कम मूल्य का बीमा कराके आंशिक हानि का अधिक भाग लेना चाहते हैं। उपर्युक्त उदाहरण में 2,000 रुपये तक बीमापात्र स्वयं सहन करेगा, क्योंकि पूरी रकम का बीमा नहीं हुआ है। इस वाक्य के अभाव में इस 2,000 रुपये का भी भुगतान बीमाकर्ता करेगा।

औसत वाक्य आंशिक हानि की दशा में उच्चतम सीमा निश्चित करती है, पूर्ण हानि की दशा में बीमित रकम उच्चतम सीमा निर्धारित करेगी।

(स) अतिरिक्त बीमापपत्र (*Excess Policy*) **की दशा में औसत**—अतिरिक्त बीमापत्र की दशा में औसत वाक्य अतिरिक्त बीमापत्र की रकम को सीमित करता है। व्यापारी लोग न्यूनतम प्रव्याजि का लाभ लेने के लिए अपने बीमा को दो भागों में बाँट देते हैं। एक तो प्रथम हानि बीमा (First Loss Insurance) और दूसरा अतिरिक्त बीमा (Excess Insurance) कहलाता है। दूसरे बीमापत्र में क्षतिपूर्ति तभी की जायगी जबकि हानि प्रथम हानि बीमा की रकम से बढ़ जाय। अतिरिक्त बीमा न्यूनतम प्रव्याजि पर निर्गमित कर दिये जाते हैं। इसलिये प्रथम हानि की बीमा पर औसत वाक्य लिख दिया जाता है, जिससे अनावश्यक रूप से बीमापात्र लाभ न ले सके।

उदाहरण—एक व्यापारी के पास 40,000 रुपये का माल है और उस पर प्रथम हानि बीमा 30,000 रुपये का और अतिरिक्त बीमा 10,000 रुपये का करता है। यदि हानि की रकम 32,000 रुपया है तो प्रथम हानि बीमापत्र के अन्तर्गत 30,000 रुपये और अतिरिक्त बीमापत्र के अन्तर्गत 2,000 रुपये वसूल सकता है। इस प्रकार केवल थोड़ी प्रव्याजि (जो अतिरिक्त बीमा पर लागू होगी) देकर बीमापात्र वही लाभ प्राप्त कर लेता है जो सम्पत्ति की पूरी रकम तक प्राप्त करता। सम्पत्ति की पूरी रकम तक बीमा कराने में उसे अधिक प्रव्याजि देने पड़ते। यही कारण है कि इस अधिक प्रव्याजि को कम करने के लिए

एक ही बीमाकर्ता से दो बीमापत्र—(1) प्रथम हानि बीमा और (2) अतिरिक्त हानि बीमा खरीद लिये जाते हैं।

परन्तु बीमाकर्ता इसमें भी प्रतिबंध 'औसत वाक्य' लिख लगाकर देता है, जिससे हानि की सम्पूर्ण रकम तक भुगतान न करके केवल औसत रकम तक ही भुगतान होता है। यहाँ पर (1) यदि प्रथम हानि बीमा में ही औसत है तो क्षति की रकम निम्न प्रकार निश्चित होगी :—

$$= \frac{\text{प्रथम हानि बीमा की रकम}}{\text{बीमित वस्तु की कुल रकम}} \times \text{हानि की रकम}$$

$$= \frac{30{,}000}{40{,}000} \times 32{,}000 = 24{,}000 \text{ रुपये केवल प्रथम हानि बीमा से}$$

वसूल किये जायेंगे और अतिरिक्त बीमापत्र से 2,000 रुपये। (1) इस प्रकार कुल मिलाकर 24,000 रुपये का ही भुगतान होगा। (2) यदि प्रथम हानि बीमा और अतिरिक्त हानि बीमापत्र दोनों में औसत वाक्य है; तो क्षति की रकम निम्न प्रकार निश्चित होगी।

प्रथम हानि बीमा में क्षति की रकम—

$$= \frac{30{,}000 \times 32{,}000}{40{,}000} = 24{,}000 \text{ रुपये}$$

अतिरिक्त बीमा में क्षति की रकम—

$$= \frac{2{,}000 \times 32{,}000}{40{,}000} = 1{,}600 \text{ रुपये}$$

कुल = 25,600 रुपये का ही भुगतान होगा।

9. प्रत्यासन (*Subrogation*)—इसकी भाषा निम्न प्रकार है :

"अन्य पक्षों के विपरीत (Against) अपने अधिकार लागू करने या क्षतिपूर्ति प्राप्त करने के लिए, जिसका अधिकार बीमाकर्ता को इस बीमापत्र के अन्तर्गत क्षति या हानि पूर्ति पर मिला हो या मिल जायगा, इस बीमापत्र के अन्तर्गत प्रत्येक दावेदार बीमाकर्ता के निवेदन पर और उसके खर्चे पर ऐसे सब काम और बातें करेगा, करने के लिए राजी होगा तथा उन्हें करेगा जो बीमाकर्ता की दृष्टि में आवश्यक है, चाहे ये सब कार्य या बातें बीमाकर्ता द्वारा क्षतिपूर्ति के पूर्व या पश्चात् आवश्यक हों।"

इस शर्त के अन्तर्गत बीमाकर्ता के अधिकार, उपचार और हित जो बीमित विषय के सम्बन्ध हैं, क्षतिपूर्ति के बाद बीमाकर्ता के हो जाते हैं। इस प्रकार क्षतिपूर्ति के बाद निस्तारण मूल्य बीमाकर्ता का हो जाता है। यदि किसी तीसरे पक्ष से कुछ राशि मिली है या मिलनी है तो वह राशि बीमाकर्ता की हो जाती है। ये सब अधिकार, उपचार और हित क्षतिपूर्ति करने के बाद ही बीमाकर्ता प्राप्त कर सकता है। कभी बीमा-पत्र लिख कर यह पहले भी प्राप्त किया जा सकता है। दूसरे तीसरे पक्ष के ऊपर यह अधिकार केवल बीमित जोखिम और समय के लिए ही है। तीसरे पक्ष बीमापत्र का अधिकार जोखिम पैदा करने के कारण होती है।

यदि बीमाकर्ता बीमित रकम से अधिक रकम तीसरे पक्ष से प्राप्त करता है तो उस अधिक रकम को रखने का अधिकार बीमाकर्ता का नहीं है। बीमित व्यक्ति की यह जिम्मेदारी है कि वह उन सारी सुविधाएँ और सेवाएँ बीमाकर्ता को दे जो तीसरे पक्ष से रकम वसूल करने के लिए आवश्यक हो।

10. समाश्वासन (*Warranties*)—समाश्वासन बीमापात्र द्वारा यह वचन है कि कोई बात की जायगी या नहीं या कोई शर्त पूरी की जायगी या नहीं। यह एक घोषणा है जिसके द्वारा किस बात के होने या न होने का वचन दिया जाता है। यदि समाश्वासन की शर्तों का पालन हुआ है तो बीमाकर्ता भी अपने दायित्व को ग्रहण करेगा। बीमापत्र की सम्पूर्ण अवधि तक समाश्वासन का पालन होना चाहिए। यदि किसी समय समाश्वासन का पालन न हुआ तो बीमाकर्ता अपने दायित्व से मुक्त हो जायगा और दावे (Claim) का भुगतान नहीं करेगा। समाश्वासन भी उतना महत्त्वपूर्ण है जितना साधारण समाश्वासन। इसका वर्णन प्रसंविदा के अध्याय में विस्तार से किया गया है।

11. पंचायत (*Arbitration*)—बीमाकर्ता और बीमापात्र के बीच मतभेद को दूर करने का यह सरलतम तरीका है। पंचायत की शर्त निम्नलिखित है—

"इस बीमापत्र के सम्बन्ध में समस्त मतभेद निवारण के लिए दोनों पक्षों द्वारा लिख कर नियुक्त किये गये एक पंच को सौंपे जायेंगे। यदि वे किसी पंच के विषय में सहमत नहीं हैं तो दो पंचों को सौंपे जायेंगे, जो एक महीने के अन्दर दोनों पक्षों द्वारा एक-एक करके नियुक्त किये जायेंगे, यदि दोनों पंच एक मत नहीं हैं तो दोनों पक्षों द्वारा लिखकर सरपंच नियुक्त किया जायगा जो कि पंचों की बैठक में सभापति की हैसियत से निर्णय लेगा। बीमाकर्ता के विरुद्ध कानूनी कार्यवाही तभी की जा सकती है जबकि पंचों का निर्णय हो चुका है। उसके पूर्व मुकदमा न्यायालय में नहीं जायगा। क्षति या हानि के एक वर्ष बाद बीमाकर्ता किसी भी दायित्व को ग्रहण नहीं करेगा, यदि उसे पंच के सामने न रखा गया हो।

इस शर्त का उद्देश्य यह है कि अनावश्यक रूप से न्यायालय की परेशानियों को बचाया जाय और विवाद को आपसी समझौते के अनुसार आपसी पंचों के द्वारा समाप्त किया जाय। इस पंचायत से दावे के सभी विवाद को दूर करने का प्रयास किया जाता है।

स्मारक (*Memorandum*)—उपरोक्त शर्तों के अलावा बहुत-सी शर्तें स्मारक में लिखी जाती हैं। कुछ मुख्य शर्तें निम्न हैं :—

(अ) क्रेता हित वाक्य (*Purchaser's Interest Clause*)—इस वाक्यांश का उद्देश्य क्रेता के हित की रक्षा करना है। जिस समय से क्रय कार्य शुरू होता है और जब तक समाप्त नहीं हो जाता है तब तक यह वाक्य लागू रहता है। इसका तात्पर्य यह है कि क्रय के समय विक्रेता और क्रेता के हितों के अनुसार दोनों का अधिकार बीमापत्र पर रहेगा, लेकिन जैसे ही क्रय पूरा हो जाता है वैसे ही परिवर्तन वाक्य लागू हो जायगा और उस सम्पत्ति और बीमापत्र पर क्रेता का अधिकार हो जायगा।

(ब) हानि भुगतान—जैसे ही हानि हो उसकी सूचना बीमाकर्ता को देनी चाहिए। इसके लिए निर्धारित प्रपत्र भी होता है जिसमें बीमित वस्तु सम्बन्धी सारी सूचनाएँ दी जाती

हानि का समय, स्थान, परिस्थितियाँ और कारण आदि इसमें दिखाये जाते हैं। यदि क्षति रकम उचित लगती है तो भुगतान तुरन्त कर देते हैं अन्यथा क्षति की गणना के लिए एक र्वेक्षक नियुक्त किया जाता है जो क्षति स्थान पर जाकर पता लगाता है कि बीमित रकम तनी है और बीमित वस्तु का मूल्य कितना है? आग के कारणों का पता लगाया जाता है। सके बाद बीमापात्र को भुगतान का एक प्रपत्र भेज दिया जाता है जिसको भर कर भेजना रूरी होता है।

बीमाकर्ता सर्वेक्षक की सूचना, भुगतान प्रपत्र और अन्य आवश्यक प्रमाणों के प्राप्त जाने पर यह देखता है कि क्षति की रकम कहाँ तक उचित है? समाश्वासन का पालन आ है या नहीं इसको भी देखा जाता है। जब एक से अधिक बीमा होते हैं तो उन सभी को सूचनायें भेजी जाती हैं। वे सब मिलकर आपस में भुगतान की राशि शर्तों के अनुसार श्चित कर लेंगे।

(स) अनुग्रह भुगतान (*Ex-gratia Payment*)—कभी-कभी बीमापत्र के प्रावैधिक अनावश्यक विलम्ब के कारण भुगतान करने में विलम्ब होती है, तो बीमाकर्ता अनुमान आधार पर कुछ रकम का भुगतान कर देता है जिसे अनुग्रह भुगतान (Ex-gratia ayment) कहते हैं। इसका भुगतान वैधानिक रूप से आवश्यक नहीं है। इस भुगतान से ीमापात्र को आर्थिक कठिनाई में बड़ी सहायता मिलती है। यह उदारता का एक प्रमाण-पत्र ी बन जाता है जिससे बीमाकर्ता को लाभ होगा।

□□□

अध्याय 31

प्रव्याजि निर्धारण

प्रव्याजि निर्धारण में विभिन्न जोखिम के लिए अलग-अलग प्रतिफल की दर निश्चित करना है। सभी जोखिम के लिए एक ही प्रव्याजि रखना अनुचित और अन्याय होगा। प्रारम्भ में प्रव्याजि निर्धारण का कोई वैज्ञानिक आधार नहीं था। उस समय अनुभव की कमी थी, जिससे विस्तृत लेखा-जोखा तैयार करना सम्भव नहीं था। जैसे-जैसे अनुभव बढ़ता गया, प्रव्याजि का न्यायिक रूप सामने आने लगा और आजकल प्रव्याजि निर्धारण में काफी अनुभव प्राप्त हो चुका है।

प्रव्याजि निर्धारण के तरीके को तीन भागों में बाँटते हैं—(1) वर्गीकरण (Classification), (2) विभेदीकरण (Discrimination) और (3) दर निर्धारण (Fixing of rates)।

1. **वर्गीकरण** (Classification)—प्रारम्भ में प्रव्याजि का निर्धारण जोखिम की मात्रा का कोई विश्लेषण किये बिना किया जाता था। वर्ष भर में औसत दावे की रकम और औसत बीमित रकम को देखकर एक अनुपात निश्चित कर लेते थे और उसी अनुपात में प्रव्याजि निश्चित हो जाती थी; जैसे—यदि वर्ष भर की औसत बीमित रकम 1,00,000 रुपये हैं और दावे की रकम उस वर्ष 10,000 रुपये है तो प्रव्याजि बीमित रकम का $\frac{10,000}{1,00,000}$ अर्थात् 10 प्रतिशत हुआ करती थी। इस तरह कुल सम्पत्ति पर इकट्ठी प्रव्याजि निकाली जाती थी और सम्पत्ति के वर्गीकरण पर कोई जोर नहीं दिया जाता था।

आवश्यकता—उपरोक्त पद्धति से बहुत हानियाँ हुईं। कम जोखिम और अधिक जोखिम के लिए एक ही प्रव्याजि थी। इसका ध्यान बाद में अनुभव बढ़ने पर लोगों को होने लगा कि जोखिम की मात्रा (कम या अधिक) के अनुसार प्रव्याजि लेना न्यायसंगत है। इसलिये अब सम्पत्ति को तीन भागों में बाँटते हैं अर्थात् (अ) साधारण जोखिम (Common Hazard), (ब) खतरनाक (Hazardous), (स) अति-जोखिम (Doubly Hazardous)।

ये वर्गीकरण बहुत दिनों तक प्रचलन में रहे, परन्तु जब विश्लेषणात्मक रूप से समझा गया तो इनकी विभिन्नता बहुत अधिक नहीं थी। उस वर्गीकरण का कोई वैज्ञानिक आधार नहीं था। अतः बाद में सम्पत्ति को और अधिक भागों में विभाजित कर दिया गया, जिससे पुरानी पद्धति में सुधार होने लगा। इस तरह सम्पत्ति पर वैज्ञानिक ढंग से प्रव्याजि निश्चित करने का प्रयास किया गया। आगे इस वर्गीकरण के सिद्धान्त को बताया गया है।

2. विभेदीकरण—जब सम्पत्ति को अलग-अलग विभाजित कर दिया गया तो प्रत्येक सम्पत्ति की विशेषता के अनुसार जोखिम की मात्रा निश्चित करने का प्रयास किया जाने

लगा। अतः एक ही सम्पत्ति के कई भेद समय, दुर्घटना, बीमा अवधि तथा मूल्य आदि के अनुसार होने लगे। जब एक सम्पत्ति के अलग-अलग भेद हुए तो उन पर प्रव्याजि निकालना आसान हो गया। जैसे बीमित वस्तु में मकान, फर्नीचर आदि हो। मकान भी कई प्रकार के हो सकते हैं। उनका स्वामी लापरवाह के साथ मकान में रहता हो और जोखिम के बढ़ने की आशा पाई जाती हो। इस प्रकार एक ही वस्तु के विभिन्न प्रकार या विभेदीकरण के कारण प्रव्याजि की दर भी विभिन्न होगी, यदि कुछ मकानों में पानी का अभाव, आग यन्त्रों से दूर, गलत तरीके का प्रयोग आदि है तो उसकी प्रव्याजि की मात्रा अधिक होगी। इसी प्रकार जिस मकान में टेलीफोन, अग्नि शमन यन्त्र और फायर ब्रिगेड की सन्निकटता होगी, वहाँ पर प्रव्याजि की रकम कम ली जायगी। इस प्रकार यह स्पष्ट हो गया कि केवल सम्पत्तियों का ही विभाजन आवश्यक नहीं है, बल्कि प्रत्येक सम्पत्ति की जोखिम की मात्रा अन्य कई तथ्यों पर भी आधारित होता है। इन तमाम तथ्यों के आधार पर प्रव्याजि निश्चित की जाती है।

3. दर निर्धारण—सम्पत्तियों का विभाजन और सम्पत्ति की जोखिमों के विभाजन के बाद दर निर्धारण की आवश्यकता होती है। प्रत्येक सम्पत्ति या सम्पत्ति की जोखिम के विषय में कई वर्ष के अनुभव लिये जाते हैं कि कितनी बीमित रकम दावे के रूप में प्रतिवर्ष औसतन दी जा चुकी है। जितनी ही लम्बी अवधि का अनुमान लगाया जायगा, उतनी ही शुद्धता सामने आयेगी। इस प्रकार प्रतिवर्ष भुगतान किये जाने वाली रकम और बीमित रकम के आधार पर प्रतिशत दर मालूम हो जायगी कि कितनी बीमित रकम का भुगतान किया जाता है और वही प्रतिशत दर प्रव्याजि की रकम होगी। यहाँ पर हानि में बीमाकर्ता के लाभ, खर्चे और हानियों का संचय भी शामिल होता है।

इन प्रव्याजि दरों को 'औसत' और 'साधारण' दो भागों में बाँटते हैं। औसत दर उपर्युक्त बताई गयी पद्धति से निकाल लेते हैं और 'साधारण' दर प्रतिवर्ष ली जाने वाली दर होगी जो न तो अधिक जोखिम और न कम जोखिम पर निकाली जायगी। ऐसी प्रव्याजि की एक तालिका तैयार करते हैं और उसके आधार पर प्रतिस्पर्धा, सिद्धान्त और न्यायोचित दर का विश्लेषण करके उचित दर का निर्धारण किया जाता है।

इस उचित या सामान्य दर (Normal Rate) में अधिक जोखिम के लिए अतिरिक्त प्रव्याजि (Excess Premiums) जोड़ देते हैं और कम जोखिम के लिए कटौती (Discount) घटा देते हैं। कटौती पद्धति से प्रव्याजि की दर कम हो जाती है जिससे लोगों को अपनी सम्पत्ति की सुरक्षा के लिए अग्नि शमन यन्त्रों का प्रयोग करने के लिए, सम्पत्ति की सुरक्षा के उपायों के लिए प्रोत्साहन मिलता है।

इन पद्धतियों के आधार पर (1) जोखिम के वर्गीकरण के सिद्धान्त और (2) दर निर्धारण के तरीकों का वर्णन आगे विस्तार से किया जा रहा है।

जोखिम वर्गीकरण के सिद्धान्त
(Principles of Risk Classification)

जोखिम का वर्गीकरण जोखिम को प्रभावित करने वाले तत्त्वों के आधार पर किया जाता है। संक्षेप में जोखिम का वर्गीकरण—(1) विषय वस्तु, (2) सम्पत्ति की स्थिति,

(3) सम्पत्ति का प्रकार, (4) सम्पत्ति का मूल्य, (5) सम्पत्ति की मात्रा, (6) बीमा व अवधि, (7) अनुभव, (8) निर्माण, (9) हानि की सम्भावना, (10) सम्पत्ति स्वामि (11) सम्पत्ति का प्रयोग, (12) अग्नि से बचाव के साधन।

1. विषय वस्तु (*Subject Matter*)—जिस वस्तु का बीमा किया जाता है, उसक स्वभाव क्या है? मकान या फर्नीचर या अन्य वस्तुएँ अलग-अलग जोखिम की होंगी। मका की बनावट ही नहीं, बल्कि उसमें रखी गयी सम्पत्ति भी जोखिम को प्रभावित करती है सम्पत्ति जिसमें आग नहीं लगती या लगने पर मूलतः नष्ट नहीं होती, उसमें जोखिम क होगी, परन्तु जिसमें आग पकड़ने की सम्भावना अधिक होगी, उसमें जोखिम की मात्र अधिक होती है। लकड़ी या फूस के बने मकानों में लौह निर्माण कार्य ऐसी जोखिम क प्रतीक है, जिसमें आग की सम्भावना बहुत रहती है क्योंकि लोहे को गरम करने की पद्धति से फूस में कभी भी आग लग सकती है। मकान में सामान रखने के ढंग भी जोखिम के प्रभावित करते हैं। यदि सामान की विशेष पैकिंग होती है तो उसमें आग उतनी जल्दी नहीं लगेगी जितनी जल्दी खुले पड़े सामानों में लग सकती है।

2. स्थिति (*Location*)—सम्पत्ति के आस-पास की वस्तुओं और कार्यों पर जोखिम की मात्रा निर्भर करती है। यदि वस्तुएँ ऐसी हैं कि वे अग्नि को उत्तेजित करती हों, अत्यधिक ज्वलनशील हों तो वहाँ पर जोखिम अधिक होगी। पड़ोस में होने वाले कार्य यदि आग लगाने की सम्भावना बढ़ाते हों तो उससे भी जोखिम बढ़ जाती है। स्थिति में—(अ) पड़ोस के कार्य और वस्तुओं के अतिरिक्त, (ब) सुविधाओं से दूर या नजदीक, (स) स्वामी की देख-रेख, (द) देश और काल की स्थिति, (य) सरकारी और सामाजिक सुविधाएँ, (र) सम्वाद वाहनों और यातायात के साधनों आदि बातों को स्थिति में शामिल किया जाता है।

सुविधाओं से दूर स्थित मकान में जोखिम अधिक होती है, क्योंकि आग लगने के समय बुझाने के कार्य जल्दी नहीं हो पाएँगे। फायर ब्रिगेड की सुविधाएँ न होने से जोखिम की मात्रा में वृद्धि हो जाती है। इसी प्रकार यदि स्वामी की व्यक्तिगत देखरेख में सम्पत्ति है तो जोखिम कम होगी। यहाँ पर यह भी देखना चाहिए कि स्वामी सम्पत्ति में कितनी रुचि लेता है, उसकी आर्थिक स्थिति कैसी है? देश और काल के अनुसार समाज में शान्ति की स्थिति स्पष्ट होती है। यदि उस स्थान पर लड़ाई, झगड़े विद्रोह या अशान्ति रहती है तो बीमाकर्ता का दायित्व बढ़ जायगा। सरकार द्वारा उपलब्ध अग्नि-शमन सुविधाएँ यदि उस स्थान पर स्थित हैं तो बीमाकर्ता का दायित्व कम हो सकता है। यदि उस स्थान पर सामाजिक संस्थाएँ सेवा कार्य में रत हों या पड़ोस के व्यक्ति एक-दूसरे के हित में रुचि लेते हों तो वहाँ पर जोखिम की मात्रा कम होगी। सम्वाद वाहनों और यातायात के साधनों के होने से अग्निरोधक या शमनक संस्थाओं को शीघ्र सूचना दी जा सकती है और वे अग्नि के स्थान पर शीघ्र पहुँच सकते हैं।

3. सम्पत्ति का प्रकार (*Kinds of Property*)—सम्पत्ति की भौतिक दशा के आधार पर यह निश्चित किया जाता है कि वह किस प्रकार जोखिम में आ सकती है। वहाँ पर—(1) साधारण, (2) विशेष. (3) अत्यधिक और (4) न्यूनतम जोखिम हो सकती है। साधारण सम्पत्ति में कोई विशेष जोखिम नहीं है, वह सामान्यतः न तो बहुत ज्यादा और न बहुत कम जोखिम की है। विशेष जोखिम की अपनी कुछ विशेषता होगी; जैसे—फिल्म, आतिशबाजी के सामान आदि। अत्यधिक जोखिम वाली वस्तुओं में पेट्रोल, बारूद आदि

आते हैं। इन सबमें जोखिम वृद्धि होने के कारण प्रव्याजि की दर अधिक होती है। लेकिन न्यूनतम जोखिम में जहाँ पर आग लगने की सम्भावना बहुत कम है, प्रव्याजि की दर कम होगी। नयी और पुरानी सम्पत्तियों के आधार पर जोखिम की मात्रा क्रमशः कम और अधिक हुआ करती है।

4. मूल्य (*Value*)—मूल्य के अनुसार दो बातें—(1) आग लगने की सम्भावना और (2) आग लगने पर हानि का निश्चय किया जाता है। मूल्यवान वस्तुओं में आग लगने की सम्भावना केवल इस कारण कम होती है कि उसकी उचित देखरेख होती रहेगी और कीमती होने के कारण स्वामी उसकी अधिक देखरेख करेगा, मरम्मत होती रहेगी तथा अन्य बहुत-से ऐसे कार्य किये जाते रहेंगे, जिससे सम्पत्ति की स्थिति अच्छी बनी रहेगी। परन्तु इन वस्तुओं के नष्ट होने पर अधिक रकम का भुगतान करना पड़ेगा। यही कारण है कि अधिक मूल्य की वस्तुओं पर आनुपातिक प्रव्याजि की दर कम होती है, यद्यपि कुल प्रव्याजि की रकम अधिक होती है।

5. मात्रा (*Volume of Quantity*)—अधिक मात्रा या घेरा के कारण जोखिम बढ़ जाती है। ऐसी सम्पत्ति में बहुत सावधानी करनी पड़ती है। बड़े मकान खाली रह सकते हैं, उनकी मरम्मत को बहुत आवश्यकता पड़ती है, उसमें कई स्वामी रहेंगे आदि बातें जोखिम की मात्रा को बढ़ा देते हैं, जबकि छोटे मकान में आग की सम्भावना कम रहती है, आग लगने पर उसे आसानी से बुझाया भी जा सकता है। बड़ी वस्तुएँ इसी प्रकार जोखिम बढ़ा देती हैं, जबकि छोटी वस्तुओं को अग्नि क्षति से आसानी से बचाया जा सकता है।

6. बीमा की अवधि—बीमा की अवधि प्रायः एक वर्ष की होती है, परन्तु इससे अधिक समय के लिए नवकरण कराया जा सकता है। नवकरण की दशा में या अधिक समय के लिये बीमा में प्रव्याजि अनुपात में कम रहती है। इस कमी का कारण—(1) व्यय में बचत, (2) प्रव्याजि पर ब्याज की मात्रा अधिक, (3) अधिक संचय और (4) जोखिम से परिचय आदि है।

7. अनुभव (*Experience*)—सम्पत्ति के सम्बन्ध में बीमापत्र का अनुभव भी जोखिम को प्रभावित करता है। नयी सम्पत्ति के प्रयोग में अनुभव कम होगा और इस प्रकार अनुभव में कमी के कारण जोखिम बढ़ सकती है। यदि व्यापारी नया व्यापार शुरू कर रहा है तो आग की जोखिम बढ़ सकती है। यह पता नहीं रहता कि किस वस्तु को कैसे संचित किया जाय जिससे जोखिम न बढ़े। सम्पत्ति के अलावा व्यक्ति का अपना ज्ञान और अनुभव भी जोखिम को प्रभावित करता है। यदि वह इतना विज्ञ है कि आग की जोखिमों को समझता है तो जोखिम की सम्भावना कम हो जायगी। इसलिए बीमापात्र के अनुभव और ज्ञान की भी सूचना प्राप्त की जाती है।

8. निर्माण (*Construction*)—सम्पत्ति के बनाने में जिन वस्तुओं का प्रयोग किया जायगा, उनके आधार पर भी जोखिम प्रभावित होती है। सम्पत्ति के निर्माण के तरीके के अनुसार भी जोखिम का मूल्यांकन किया जाता है। यदि निर्माणकर्ता ने व्यक्तिगत रुचि से निर्माण कराया है तो सम्पत्ति की जोखिम कम हो जायेगी। घास-फूस के बने मकान ईंटों से निर्मित मकान की तुलना में भी अधिक जोखिम पूर्ण होते हैं। यदि निर्माण स्वामी ने कराया है तो जोखिम कम होगी। नये और गैर जिम्मेदार ठेकेदारों द्वारा निर्मित सम्पत्तियाँ जोखिम पूर्ण होती हैं।

9. हानि की सम्भावना (*Possibility of Loss*)—कुछ सम्पत्तियों में हानि की सम्भावना बहुत कम होती है, क्योंकि आग लगने की सम्भावना कम रहती है या आग लगने पर क्षति की सम्भावना कम होती है। इसके कई कारण हो सकते हैं—सम्पति का स्वभाव, निर्माण उद्देश्य, स्थिति, सुविधाएँ आदि। इसके अलावा बहुत-सी सम्पत्ति में हानि की सम्भावना स्वतः प्राकृतिक कारणों से कम या अधिक होती है। अत्यधिक गर्म या ताप वाले प्रान्त में स्थित सम्पत्तियों में जोखिम की मात्रा अधिक हो सकती है।

10. सम्पत्ति स्वामी का चरित्र (*Character of Owner*)—सम्पत्ति स्वामी यदि सच्चरित्र है तो जोखिम कम होगी। बेईमान और धोखेबाज स्वामी सम्पत्ति को स्वयं जला सकते हैं। उनके द्वारा प्रयोग और बीमित सम्पत्तियों की जोखिम अधिक होती है।

11. प्रयोग (*Uses*)—प्रयोग के अनुसार भी अग्नि जोखिम निश्चित की जाती है। यदि मकान का प्रयोग मिट्टी का तेल, गैस या पेट्रोल रखने के लिए किया जाता है जो उसकी जोखिम बढ़ जायगी। घरेलू जीवन में प्रयोग किये जाने वाले फर्नीचर यदि फैक्ट्री में प्रयोग किये जायँ तो जोखिम की मात्रा में वृद्धि हो जायगी। इसी तरह उद्देश्य, स्थान प्रयोगकर्ता का स्वभाव, व्यापार के लक्षण आदि के अनुसार प्रयोग का विश्लेषण किया जाता है।

12. अग्नि से बचाव (*Protection against Fire*)—जिन जिन मकानों या सम्पत्तियों में अग्नि रोधक या अग्नि शमनक साधनों का प्रयोग किया जाता है, वहाँ पर जोखिम की मात्रा कम होगी। इसी तरह इन साधनों के अभाव में जोखिम बढ़ जाती है।

प्रव्याजि निर्धारण के सिद्धान्त

प्रव्याजि निर्धारण के तीन सिद्धान्त—(1) व्यक्तिगत निर्णय पद्धति (Personal Judgement Rating), (2) सारिणी पद्धति (Schedule Rating) और (3) अनुभव पद्धति (Experience Rating) अपनाये जाते हैं। सबसे प्राचीन पद्धति व्यक्तिगत निर्णय पद्धति है, लेकिन धीरे-धीरे इसका स्थान सारिणी पद्धति ने ले लिया है। आजकल इसी पद्धति को अधिकांशतः अपनाये जाते हैं। 'अनुभव पद्धति' केवल शैक्षिक रुचि तक ही सीमित रह गयी है, यद्यपि इसको अप्रत्यक्ष रूप से दोनों पद्धतियों में शामिल करते हैं।

1. व्यक्तिगत निर्णय पद्धति (*Personal Judgement Rating*)—अभिगोपक (Underwriters) अपने व्यक्तिगत निर्णय के अनुसार प्रव्याजि की दर निश्चित करता है। प्रत्येक वर्ष औसत लागत का मूल्यांकन करके उसको ही प्रव्याजि निर्धारण का आधार मानते हैं। प्रत्येक स्थान, वस्तु और जोखिम के लिए अलग-अलग औसत लागत निकाली जाती है और उसी के अनुसार प्रव्याजि निकालते हैं। इस प्रव्याजि निर्धारण में किसी नियम या दर को नहीं अपनाते, बल्कि दर निर्धारण करने वाले व्यक्ति की निजी राय ही देखी जाती है।

उपयोगिता—(1) चूँकि व्यक्तिगत राय या निर्णय पिछले अनुभव और ज्ञान पर निर्भर होता है, इसलिये इस पद्धति की उपयोगिता रहती है। अनुभव और ज्ञान का जितना अच्छा प्रयोग किया जायगा, उतनी ही शुद्धता इसमें आयेगी। जोखिम को प्रभावित करने वाले सभी तत्त्वों, जिसका वर्णन ऊपर किया जा चुका है, को ध्यान में रखते हैं।

(2) विशेष जोखिम को आसानी से मूल्यांकिन किया जाता है। उसमें कोई अन्तर नहीं आने पाता, केवल छोटी-छोटी बातों का समावेश नहीं हो पाता। इन छोटी बातों का बीमा के ऊपर कोई विशेष प्रभाव नहीं पड़ता।

हानियाँ—(1) व्यक्तिगत निर्णय में जोखिम का सही-सही मूल्यांकन नहीं हो पाता। आजकल व्यापार की पेचीदगी और विकास की विभिन्नता के समय इससे सही परिणाम नहीं निकलते हैं।

(2) पक्षपात की सम्भावना अधिक रहती है।

(3) सम्पत्ति-स्वामी को प्रव्याजि की रकम से सन्तोष नहीं होता है, क्योंकि इसके पीछे कोई आधार नहीं है, कभी-कभी बीमापात्र तो यही समझता है कि उससे अधिक प्रव्याजि ली जा रही है।

(4) न्याययुक्त प्रव्याजि का निर्धारण नहीं हो पाता है। इसलिये इस पद्धति से लोगों का विश्वास हटता जा रहा है।

2. सारणी पद्धति (*Schedule Rating*)—सारणी पद्धति में अग्नि जोखिम को प्रभावित करने वाले तत्त्वों का अलग मूल्यांकन किया जाता है। प्रत्येक जोखिम में एक प्रामाणिक जोखिम (Standard Risk) निश्चित कर ली जाती है और इस प्रामाणिक जोखिम पर एक प्रव्याजि निर्धारित कर लेते हैं, जिसे आधार दर (Basis Rate) के नाम से पुकारते हैं। इस तरह प्रत्येक सम्पत्ति या जोखिम में अलग-अलग आधार दर होगी।

आधार दर में संशोधन—प्रामाणिक जोखिम के आधार पर निश्चित आधार दर में, बीमित वस्तुओं या सम्पत्तियों की जोखिम की मात्रा के अनुसार परिवर्तन करते हैं। यदि प्रस्तावित सम्पत्ति की जोखिम प्रामाणिक जोखिम से अधिक है तो आधार दर में उसी आधिक्य के अनुसार कुछ प्रव्याजि और जोड़ देंगे। इसी तरह यदि प्रस्तावित वस्तु की जोखिम प्रामाणिक जोखिम से कम है तो उसी अनुपात में आधार दर में कमी करके प्रस्तावित वस्तु का प्रव्याजि दर निश्चित कर लेंगे। यहाँ पर जोखिम के प्रत्येक तत्त्व का विश्लेषण किया जाना चाहिए। साथ ही साथ बीमाकर्ता अपने प्रबन्ध, प्रतिस्पर्धा और उद्देश्य को ध्यान में रखकर ब्याज दर में परिवर्तन करता है।

व्यावहारिक उदाहरण—अन्तर्राष्ट्रीय व्यापारिक सारणी (The Universal Mercantile Schedule) में प्रामाणिक जोखिम का निर्धारण भवन के सम्बन्ध में इस प्रकार है। इसके द्वारा घोषित प्रामाणिक मकान एक प्रमाणित शहर में होगा जिसमें पानी की पर्याप्त सुविधाएँ होंगी। इसके साथ मुख्य पानी की सुविधा, पुलिस और फायर ब्रिगेड की सुविधाएँ भी प्राप्त होंगी। इसमें आधार दर (Basis Rate) 25 सेन्ट प्रति सौ डालर पर है। भवन की प्रामाणिकता दीवाल की मोटाई, क्षेत्रफल, ऊँचाई, फर्श, खिड़कियाँ और उनमें प्रयुक्त वस्तुयें और दरवाजे आदि के आधार पर बतायी गयी हैं।

मुख्य दर (*Key Rate*)—जिस मकान का बीमा उस प्रामाणिक शहर में किया जा रहा है, उसके सम्बन्ध में वास्तविक जोखिम का मूल्यांकन करते हैं और उस जोखिम के आधार पर 25 सेन्ट की आधार दर में कुछ जोड़ेंगे या घटायेंगे। इस तरह जोड़ने-घटाने के बाद जो दर निकले, उसे मुख्य दर (Key Rate) कहते हैं।

परिवर्तन—मुख्य दर को कुछ दिन अपनाने के बाद उसमें परिवर्तन करने की आवश्यकता पड़ सकती है। इस दर पर जितनी हानि हुई है या जितने लाभ हुए हैं, वे अगले मुख्य दर में समायोजित कर लिए जायेंगे। हानि हुई है तो मुख्य दर को बढ़ा देंगे जिससे प्रतिस्पर्धा की जा सके।

प्रयोगित मकान (*Occupied Building*)—उपरोक्त दर उस दशा में निश्चित करते हैं जबकि मकान खाली है, परन्तु जब मकान का प्रयोग किया जाय तो उसमें कुछ दर और जोड़ देंगे; जैसे यदि मकान दवाओं को बेचने के लिए प्रयोग हो तो 106 सेन्ट और यदि रूई रखने के लिए प्रयोग हो तो 350 सेन्ट मुख्य दर में और जोड़ देंगे।

इसी तरह जोखिम वृद्धि की सम्भावना में कुछ और जोड़ देंगे और जोखिम की कमी में (अग्नि शमनक साधनों और यन्त्रों के रहने से) इसे घटा देते हैं। जोखिम के अन्य तत्त्वों का मूल्यांकन करके मुख्य दर में परिवर्तन कर सकते हैं।

लाभ—सारिणी पद्धति के निम्नलिखित लाभ हैं :

(1) सभी बीमापात्रों को न्यायोचित प्रव्याजि देनी पड़ती है। सभी जोखिमों का मूल्यांकन सही-सही और अलग-अलग किया जाता है।

(2) बीमाकर्ता और बीमापात्रों में मतभेद नहीं रहता। एक निश्चित आधार होने के कारण दोनों में कोई मतभेद नहीं होता। वे आपसी विभेद को व्यावहारिक रूप से समझकर दूर कर लेते हैं।

(3) अग्नि क्षतियों की कमी सम्भव हो जाती है। प्रामाणिक सम्पत्ति का उदाहरण होने के कारण लोग उसी के अनुकूल सम्पत्ति बनवाना चाहते हैं जिससे उन्हें कम प्रव्याजि का लाभ हो सके। सम्पत्ति निर्माणकर्ता इससे पूर्णतया परिचित हो जाते हैं और अच्छी से अच्छी सम्पत्ति का निर्माण करने का प्रयास करते हैं।

(4) भवन के नक्शे बीमाकर्ता को दिये जाते हैं और उस नक्शे के आधार पर प्रव्याजि का मूल्य पहले ही मालूम हो जाता है और बीमापात्र को अपनी सुविधानुसार उसमें परिवर्तन करने का मौका मिल जाता है।

(5) जाँच पर कम खर्च—सारिणीबद्ध पद्धति में जाँच में अधिक खर्च नहीं होता, क्योंकि प्रत्येक स्थान की सम्पत्ति, सम्पत्ति के रूप, प्रयोग, मूल्य आदि पहले से वर्णित होते हैं। इन पर प्रव्याजि की दर भी निश्चित रहती है।

दोष—(1) सारिणी पद्धति में हमेशा परिवर्तन न किये जायँ तो दरें अव्यावहारिक हो जायँगी।

(2) सभी जोखिमों का हमेशा अच्छी तरह मूल्यांकन नहीं हो पाता।

ये दोष केवल नाम-मात्र के हैं। इनके बावजूद भी आज यह पद्धति बहुत उपयोगी है।

3. अनुभव पद्धति (*Experience Rating*)—सारिणी पद्धति व्यक्तिगत पद्धति के दोषों को दूर करती है। अनुभव पद्धति दोनों पद्धतियों में काम आती है। पिछले अनुभव के अनुसार ही वर्तमान प्रव्याजि दरों में परिवर्तन करते हैं।

अनुभव पद्धति में निर्णय को एक तालिका में लिखते जाते हैं। इसमें जोखिम का वर्गीकरण जोखिम के तत्त्वों के अनुसार नहीं होता, बल्कि हानि अनुभव के आधार पर होता है। उदाहरण—अनुभव के अनुसार यह देखा गया है कि यदि बीमित रकम 1000 रुपये है तो हानि 12 रुपये की होती है तो हानि को पूरा करने के लिए 12 रुपये प्रति हजार बीमित रकम का प्रव्याजि लेना चाहिए। यह जीवन बीमा की शुद्ध प्रव्याजि की तरह है। इसमें खर्च और लाभ के लिए कुछ जोड़ देना चाहिए। मान लीजिये वह 8.00 रुपये पड़ते हैं तो कुछ प्रव्याजि (12.0 + 8.0) = 20.00 रुपये हो जायेंगे।

कठिनाई—व्यावहारिक जीवन में इसकी गणना इतनी सरल नहीं है, क्योंकि बहुत से वर्गीकरण की जरूरत पड़ती है। पिछले अनुभव पर तैयार की गयी प्रव्याजि वर्तमान या भविष्य के अनुकूल नहीं रह सकती है, जिससे इसकी उपयोगिता समाप्त होती रहेगी। इसके अतिरिक्त इस पद्धति का परोक्ष रूप से प्रयोग सारणी पद्धति में किया जाता है।

प्रव्याजि भुगतान

क्षतिपूर्ति के दायित्व ग्रहण करने के लिये बीमापत्र प्रव्याजि का भुगतान करता है। प्रव्याजि जैसे ही बीमाकर्ता द्वारा स्वीकृत हो जाय, वैसे ही जोखिम प्रारम्भ हो जाती है। बीमाकर्ता जोखिम को पूरा करने के लिए प्रव्याजि तभी स्वीकार करता है, जबकि उसे आश्वासन हो जाता है कि निश्चित प्रव्याजि दर पर बीमा प्रस्ताव को स्वीकार किया जा सकता है। यदि सर्वेक्षण और प्रस्ताव पत्र की जाँच के बाद यह तय हो जाता है कि बीमाकर्ता जोखिम को स्वीकार करेगा तो वह इसकी सूचना बीमापात्र को देता है। बीमापात्र यदि 15 दिन के अन्दर प्रव्याजि का भुगतान कर देता है तो उसकी जोखिम प्रारम्भ हो जायगी, अन्यथा नहीं।

बीमापात्र तभी जारी किये जाते हैं जब प्रव्याजि का भुगतान कर दिया गया है। लेकिन यदि किसी कारण से बीमापत्र पहले निर्गमित हो चुका है तो उस पर जोखिम निर्गमन तिथि से शुरू हो जाती है चाहे प्रव्याजि का भुगतान किया गया हो या नहीं।

प्रव्याजि भुगतान बीमाकर्ता या उसके अभिकर्ता को किया जा सकता है। यदि अभिकर्ता प्राप्त प्रव्याजि बीमाकर्ता को न दे तो इसकी जिम्मेदारी बीमापात्र की नहीं है। अतः बीमाकर्ता को यह अधिकार दिया जाता है कि वह प्रव्याजि की रकम अपने अभिकर्ता से वसूल ले। यदि बीमापात्र ने अभिकर्ता को प्रव्याजि नहीं दी है तो इस दशा में अभिकर्ता की स्थिति जटिल हो जाती है क्योंकि उसे बीमाकर्ता को प्रव्याजि का भुगतान अवश्य करना पड़ेगा। इस कठिनाई को पूरा करने के लिए अभिकर्ता को न दी गयी प्रव्याजि के सम्बन्ध में बीमित सम्पत्ति का ग्रहणाधिकार (Sien) तब तक प्राप्त रहता है जब तक प्रव्याजि का भुगतान न कर दिया जाय।

प्रायः समझौता होने पर प्रव्याजि का भुगतान तुरन्त नहीं किया जाता, परन्तु अगले महीने के अन्त तक या तीसरे या छठे महीने जैसा भी हो, भुगतान किया जाता है।

□□□

अध्याय 32

पुनर्बीमा

पुनर्बीमा समझने के पहले प्रतिधारण (Retention) को समझ लेना जरूरी है।

प्रतिधारण (*Retention*)—प्रतिधारण वह रकम है जिस पर किसी विशेष जोखिम के सम्बन्ध में बीमाकर्ता उत्तरदायित्व लेने का निर्णय लेता है। बीमा करते समय बीमाकर्ता केवल प्रव्याजि की रकम का ही निर्धारण नहीं करता, बल्कि हानि की सम्भावना पर भी ध्यान देता है। यह देखना जरूरी है कि किसी एक बीमापत्र के सम्बन्ध में बहुत ज्यादा जोखिम संवृत न हो अन्यथा उस जोखिम के कारण बीमाकर्ता को बहुत हानि होगी। यही नहीं, बल्कि अन्य बीमापत्र भी इससे प्रभावित हो जायेंगे क्योंकि बीमाकर्ता की अधिकांश रकम निकल जायगी। यदि बीमाकर्ता इस बड़ी रकम का प्रस्ताव स्वीकार नहीं करता है तो उसकी ख्याति गिर जायगी और उसका व्यापार कम होता जायगा। दूसरा तरीका यह है कि वह पूरी रकम का बीमा कर ले और उसमें से कुछ हिस्सा रखकर अन्य रकम का दूसरे बीमाकर्ता से बीमा करा ले। जितनी रकम वह स्वयं रखता है अर्थात् जितनी रकम के लिए वह बीमा दायित्व स्वयं स्वीकार करने जा रहा है, उस रकम को प्रतिधारण (Retention) रकम कहते हैं।

आधार—कितनी रकम का प्रतिधारण किया जाय इसके लिये कोई विशेष आधार नहीं है। बीमाकर्ता के अनुभव, आर्थिक स्थिति, प्रतिस्पर्धा आदि के आधार पर यह तय किया जाता है कि बीमाकर्ता कितनी रकम तक प्रतिधारण (Retention) कर सकता है। जिस बीमाकर्ता के पास अधिक कोष और संचय है वह अधिक रकम का बीमा धारण (Retention) कर सकता है। अधिक जोखिम वाले प्रस्ताव में प्रतिधारण (Retention) की रकम कम होगी। संक्षेप में प्रव्याजि निर्धारण के सभी तत्त्वों को प्रतिधारण निश्चित करने के लिए देखा जाता है; जैसे निर्माण, दशा स्थिति, जोखिम की सम्भावना आदि।

पुनर्बीमा (*Re-insurance*)—पुनर्बीमा एक दूसरे बीमाकर्ता द्वारा पहले से बीमित सम्पत्ति का बीमा है, अर्थात् इसमें एक बीमा कार्यालय दूसरे पुनर्बीमा कार्यालय से बीमित रकम को फिर से बीमा कराया जाता है। जिस बीमा कार्यालय से पुनर्बीमा कराया जाता है, उसे 'पुनर्बीमा कार्यालय' या 'प्रत्याभू कार्यालय' और जो बीमा करता है, उसे 'प्रधान' या 'अर्पिक कार्यालय' के नाम से पुकारते हैं। पुनर्बीमा कार्यालय बीमित सम्पत्ति का पूर्ण या आंशिक बीमा की जिम्मेदारी लेता है। मौलिक बीमित व्यक्ति पुनर्बीमा से प्रभावित नहीं होता है। हानि के समय पुनर्बीमा कार्यालय मौलिक या प्रधान बीमा कार्यालय को ही भुगतान करेगा।

प्रसंविदा—पुनर्बीमा भी एक बीमा प्रसंविदा है। अतः बीमा प्रसंविदा के सभी लक्षण

इस पर लागू होते हैं। बीमा योग्य हित, क्षतिपूर्ति और परम सद्‌विश्वास जैसे महत्त्वपूर्ण बीमा-सिद्धान्त का पूरा होना इसमें भी जरूरी है।

पुनर्बीमा के लाभ

1. बीमा व्यापार की वृद्धि—पुनर्बीमा से बीमाकर्ता अधिक से अधिक जोखिम सहन करने के योग्य हो जाता है क्योंकि उसकी बीमित जोखिम पुनर्बीमाकर्ता द्वारा बाँट ली जाती है। इस प्रकार व्यापार वृद्धि का प्रोत्साहन पुनर्बीमा के कारण मिलता है। प्रत्येक बीमाकर्ता केवल अपनी योग्यता के अनुसार बीमा को बीमित करता है, परन्तु पुनर्बीमा के कारण वह अपनी योग्यता से अधिक का भी बीमा बेचने में समर्थ हो सकता है।

2. पूँजी और बचत की सुरक्षा एवं वृद्धि—इससे व्यापार में होने वाली क्षति को पूरा कर सकते हैं। यदि पुनर्बीमा न होता तो अधिक क्षति की दशा में पूँजी या बचत भी समाप्त हो जाती। परन्तु पुनर्बीमा के कारण ऐसी क्षति या हानियों को दूसरे बीमाकर्ता से पूरा करा लेते हैं और सम्भावित क्षति से छुटकारा पा सकते हैं।

3. स्वतः पुनर्बीमा से प्रसंविदा करने की शीघ्रता—स्वतः पुनर्बीमा से जितनी रकम के प्रस्ताव स्वीकार करना चाहें कर सकते हैं, इसके लिये मौलिक बीमाकर्ता से अनुमति लेने की आवश्यकता नहीं है। इस शीघ्रता से बीमाकर्ता और बीमापात्र दोनों को लाभ होते हैं। बीमा कराने में और भुगतान प्राप्त करने में कोई विशेष् परेशानी नहीं होती है तथा बीमाकर्ता भी स्वतन्त्र रूप से बीमा करता जाता है।

4. व्यक्तिगत हानि का बँटवारा—बीमाकर्ता उन तमाम हानियों को स्वयं सहन नहीं करता है, बल्कि विभिन्न पुनर्बीमाकर्ताओं में बाँट देता है, जिससे उसे व्यक्तिगत हानि नहीं होने पाती है। इससे बीमाकर्ता के कोष में कमी नहीं आती है।

5. लाभ की निश्चितता—पुनर्बीमा से यह निश्चित हो जाता है कि बीमा को किसी वर्ष हानि नहीं होगी, क्योंकि उसका भुगतान पुनर्बीमाकर्ता कर देता है। इससे नये-नये व्यापार मिलते रहेंगे और बीमाकर्ता को लाभ होगा।

पुनर्बीमा की शर्तें

1. पुनर्बीमा में मौलिक बीमा की शर्तें लागू होती हैं; जैसे जोखिम, अधिकार शर्तें, अभिहस्तांकन आदि।
2. पुनर्बीमाकर्ता केवल उतनी ही रकम का भुगतान करता है, जितना कि पुनर्बीमा प्रसंविदा से स्पष्ट है।
3. पुनर्बीमाकर्ता मौलिक बीमाकर्ता को यह अनुमति दे सकता है कि बिना उसकी राय के भी बीमा प्रस्ताव स्वीकार होते रहेंगे, लेकिन् यह कुछ विशेष पुनर्बीमा के सम्बन्ध में ही है।
4. प्रतिधारण शर्तों के अनुसार मौलिक बीमाकर्ता कुछ रकम का भुगतान करने के लिए जिम्मेदार रहेगा।

पुनर्बीमा प्रसंविदा के प्रकार
(Types of Re-insurance Contract)

1. फैकल्टेटिव पुनर्बीमा या विशिष्ट पुनर्बीमा (*Facultative or Specific Re-insurance*)—इस पद्धति के अन्तर्गत प्रत्येक जोखिम का स्वतन्त्र रूप से बीमा कराया जाता है। ये एक दूसरे समझौता को प्रभावित नहीं करते हैं। बीमाकर्ता और बीमापात्र स्वतन्त्र रूप से समझौता कर सकते हैं, उस पर पुनर्बीमाकर्ता की कोई आपत्ति नहीं होती। पुनर्बीमाकर्ता और बीमाकर्ता दोनों आपसी समझौते से अलग-अलग सम्पत्तियों के सम्बन्ध में अलग-अलग पुनर्बीमा प्रसंविदा करते हैं। प्रत्येक समझौता स्वतन्त्र रूप से अपनी-अपनी विशेषता के अनुसार तय किया जाता है। दोनों पक्षों के व्यक्तिगत समझौते के अनुसार शर्तों को निर्धारित करते हैं। पुनर्बीमाकर्ता तभी इस प्रस्ताव को स्वीकार करता है जबकि उसे उस सम्पत्ति की जोखिम का पूरा आभास हो जाता है। इसलिये पुनर्बीमाकर्ता भी बीमाकर्ता की तरफ से सूचनाएँ प्राप्त करना और जोखिम निर्धारण का कार्य करता है; यद्यपि कि ये सूचनाएँ बीमाकर्ता द्वारा ही दी जाती हैं। अतः बीमाकर्ता का यह कर्त्तव्य है कि समस्त सूचनाओं को स्पष्टतया और पूर्णरूपेण प्रदान करे। कपटपूर्ण वर्णन में पुनर्बीमा समझौता रद्द हो जायगा तथा मिथ्या कथन या भ्रान्त वर्णन या दुराव-छिपाव में पुनर्बीमाकर्ता द्वारा वह विवर्जनीय (Voidable) हो सकता है।

लाभ—(1) हानि की सम्भावना बहुत से बीमाकर्ताओं में वितरित कर देते हैं।

(2) जोखिम का पुनःमूल्यांकन बीमाकर्ता को यह चेतावनी देते हैं कि वह जोखिम का सही-सही मूल्यांकन करने के बाद ही बीमा को स्वीकार करें। यदि जोखिम का मूल्यांकन सही नहीं रहेगा तो पुनर्बीमा कराते समय पुनर्बीमाकर्ता उसे त्याग या अस्वीकार कर सकता है, क्योंकि उसके द्वारा मूल्यांकन करते समय यह जोखिम अपने आप स्पष्ट हो जायगी।

(3) पुनर्बीमा के समय पुनः जाँच के कारण बहुत-सी अयोग्य जोखिम को तिरस्कृत कर देंगे, इसलिए बीमाकर्ता का सभी जोखिमों को बीमित करने का प्रयास हतोत्साहित हो जायगा।

हानि—(1) इसमें बहुत से कार्यों को दुबारा करना पड़ता है क्योंकि जो मूल्यांकन बीमाकर्ता कर चुका है, उसी वस्तु का पुनर्मूल्यांकन पुनर्बीमाकर्ता करेगा।

(2) पुनर्बीमा कार्य आसानी से शीघ्रता के साथ नहीं हो पाता है।

(3) पुनर्बीमा की अनिश्चितता रहती है।

2. सन्धि या ट्रीटी पुनर्बीमा (*Treaty Re-insurance*)—जैसा ऊपर की पद्धति में देखा जा चुका है कि बीमाकर्ता या अर्पिक बीमाकर्ता को यह हमेशा भय बना रहता है कि उसका बीमा पुनर्बीमा के लिए स्वीकार होगा या नहीं। इसके साथ अन्य हानियों को दूर करने के लिए सन्धि पुनर्बीमा का आविष्कार हुआ। इस पद्धति में यह तय हो जाता है कि पुनर्बीमाकर्ता बीमित जोखिम का एक निश्चित प्रतिशत बीमित करने के लिए हमेशा तैयार रहेगा और उसके बदले अर्पिक बीमाकर्ता को प्राप्त प्रव्याजि का उसी हिस्से में भुगतान भी प्राप्त करेगा।

ट्रीटी पद्धति में भविष्य के लिए यह तय हो जाता है किस अनुपात में बीमित रकम का बीमा होता रहेगा। इस दशा में पुनर्बीमाकर्ता जोखिम का मूल्यांकन करके पुनर्बीमा प्रस्ताव को स्वीकार नहीं करेगा, बल्कि पूर्व निश्चित दर से बीमित जोखिम को पुनः बीमित करता रहेगा। इसके निम्न तीन रूप हैं—(अ) अभ्यंश, (ब) आधिक्य और (3) हानि ट्रीटी।

(अ) अभ्यंश ट्रीटी (*Quota Treaty*)—बीमाकर्ता और बीमापात्र के बीच एक प्रतिशत निश्चित हो जाता है, जिसे अभ्यंश कहते हैं। उसी के अनुसार पुनर्बीमाकर्ता सारी जोखिम को पुनर्बीमित करता रहेगा। जैसे 40 प्रतिशत अभ्यंश निश्चित हुआ तो अर्पिक बीमाकर्ता बीमित जोखिम का 60 प्रतिशत और पुनर्बीमाकर्ता 40 प्रतिशत बीमित करता रहेगा। जैसे ही मौलिक बीमा प्रस्ताव को स्वीकार किया जाता है, वैसे ही पुनर्बीमा की शर्त लागू हो जाती है। यहाँ पर पुनर्बीमा स्वतः (Automatic) है। इसके लिए पुनर्बीमाकर्ता से स्वीकृति की आवश्यकता नहीं पड़ती है। अर्पिक बीमाकर्ता कुछ समय उपरान्त प्रस्ताव और उसकी स्वीकृति की एक प्रतिलिपि पुनर्बीमाकर्ता को भेजता रहेगा, लेकिन इस आधार पर पुनर्बीमाकर्ता उसे अस्वीकार नहीं कर सकता है। इसका सबसे बड़ा लाभ यह है कि पुनर्बीमा अपने आप होता रहता है। उसके लिए कोई प्रयास नहीं करना पड़ता। पुनर्बीमाकर्ता को समय-समय पर एक निश्चित अनुपात में प्रव्याजि मिलती रहती है और वह समय-समय पर उसी अनुपात में दावे का भुगतान भी करता रहता है। जब आपसी प्रतिशत दर अनुपयुक्त हो जाती है तो इसका संशोधन करके दूसरी दर निश्चित की जा सकती है।

(ब) आधिक्य ट्रीटी (*Surplus Treaty*)—इस दशा में पूर्व निश्चित अनुपात में बीमित जोखिम हस्तान्तरित नहीं की जाती, बल्कि उसी अनुपात में पुनर्बीमा कराया जायगा जिस अनुपात में बीमाकर्ता चाहता है। अतः पुनर्बीमा का प्रतिशत बदलता है। विभिन्न वस्तुओं पर प्रातिशत की दर अलग-अलग होगी। जितनी जोखिम अर्पिक बीमाकर्ता रखना (Retention) चाहेगा, उतना स्वयं बीमित करेगा और बाकी शेष (Surplus) जोखिम का पुनर्बीमा करा लिया जायगा। आजकल इस पद्धति का ज्यादा प्रचलन है।

(स) हानि ट्रीटी (*Loss Treaty*)—इस दशा में यदि हानि एक सीमा से अधिक होगी तो उस आधिक्य हानि का भुगतान पुनर्बीमाकर्ता करेगा। यदि 100000 रुपये हानि का भुगतान मौलिक बीमाकर्ता स्वयं नहीं कर पा रहा तो जितने का भुगतान कर सकता है, मान लीजिए 70000 रुपये का, उतने का भुगतान करेगा और बाकी 30000 रुपये पुनर्बीमाकर्ता से प्राप्त किये जायेंगे। इसके लिए पहले से समझौता हुआ रहता है कि हानि यदि एक निश्चित रकम से अधिक हो तो उस आधिक्य का भुगतान बीमाकर्ता करेगा।

सन्धि पुनर्बीमा का लाभ—(1) बीमाकर्ता के समय और खर्चे की बचत होती है, (2) लम्बी रकम का पुनर्बीमा होता रहता है, (3) पुनर्बीमा प्रसंविदा तुरन्त हो जाती है, (4) पुनर्बीमा की लागत बहुत अधिक नहीं होती है, (5) नये बीमाकर्ताओं को सन्धि पुनर्बीमा से हानि की सम्भावना दूर करने का अवसर मिलता है।

हानि—(1) बहुत बड़ी जोखिम का भी मूल्यांकन नहीं होता है, इससे जोखिम की मात्रा बढ़ जाती है। (2) प्रव्याजि की दर जोखिम के अनुरूप कम होती है। (3) अकुशल और बेईमान तरह के बीमाकर्ताओं के कारण पुनर्बीमाकर्ता को हानि हो सकती है।

इस पद्धति का तभी प्रयोग किया जाता है जबकि आपसी सम्बन्ध दृढ़ हो और पुनर्बीमाकर्ता और बीमाकर्ता एक दूसरे को ईमानदारी, कुशलता, आर्थिक स्थिति आदि से पूर्ण परिचित हों।

3. अन्य समझौते—उपर्युक्त फैकल्टेटिव और सन्धि पुनर्बीमा महत्त्वपूर्ण पुनर्बीमा समझौते हैं, लेकिन इनके अलावा भी निम्न प्रकार के पुनर्बीमा समझौते हो सकते हैं—

(अ) पूल या सिन्डीकेट (*Pool or Syndicate*)—इस पद्धति में कई बीमाकर्ता मिलकर यह समझौता कर लेते हैं कि उनके द्वारा बीमित जोखिम का भुगतान वे एक निश्चित अनुपात में कर दिया करेंगे और उसी अनुपात में प्रव्याजि की राशि भी प्राप्त कर लेंगे। कभी-कभी ऐसा करने के बजाय सभी बीमा प्रसंविदा को एक जगह एकत्र (Pool) कर लेते हैं और उसी जगह समस्त प्रव्याजि भी एकत्र हो जाती है जिससे वे अपना कार्य-व्यय भी पूरा करते हैं और हानि होने पर इस एकत्रित (Pool) कोष से भुगतान कर देते हैं। इसका प्रचलन बहुत कम है।

(ब) समझौते गृह (*Clearing House*) **पुनर्बीमा**—इसमें सभी आर्थिक बीमाकर्ता समझौता गृह के सदस्य होते हैं और उसी के माध्यम से व्यापार प्राप्त करते हैं और दावे का भुगतान करते हैं। यदि एक निश्चित दर से अधिक की जोखिम होती है तो समझौता गृह उसका भुगतान कर देती है। इस प्रसंविदा में (1) प्रत्येक अर्पिक बीमाकर्ता द्वारा एक निश्चित रकम से अधिक का बीमा (जोखिम के आधार पर) नहीं किया जाता, बाकी बीमा समझौता गृह करता है। (2) प्रत्येक अर्पिक बीमाकर्ता द्वारा बीमित रकम प्रतिधारण (Retention) सीमा से अधिक नहीं होती। (3) प्रतिधारण रकम (Retention Value) एक निश्चित रकम से कम नहीं होगी।

(स) दुकानदारी पुनर्बीमा (*Shoping Re-insurance*)—इस पद्धति में अर्पिक बीमाकर्ता किसी भी पुनर्बीमाकर्ता के पास पहुँच कर यह तय कर लेता है कि कितनी राशि का पुनर्बीमा किया जायगा। उसी समय शर्त तय हो जाती है जिसके अनुसार प्रव्याजि दी जायगी और भुगतान प्राप्त किया जायगा। फैकल्टेटिव पद्धति की तरह इसमें प्रत्येक जोखिम का अलग-अलग बीमा नहीं कराते हैं और न वह पूर्व निश्चित बीमाकर्ता के बीमा कराते हैं तथा दावे के भुगतान के लिए अलग-अलग जोखिम पेश ही करते हैं, बल्कि सभी जोखिम का इकट्ठे किसी भी पुनर्बीमाकर्ता से बीमा करा लेते हैं और उनका भुगतान भी उसी अनुसार इकट्ठे ही प्राप्त करते हैं। यह पद्धति ज्यादा प्रचलन में नहीं है।

भारत में पुनर्बीमा कार्य-पुनर्बीमा निगम (Re-insurance Corporation of India) द्वारा किये जाते हैं। इस निगम का कार्य 1957 से चल रहा है।

□□□

अध्याय 33

क्षतिपूर्ति निर्धारण एवं भुगतान

अग्नि बीमा में बीमित सम्पत्तियों के नष्ट होने पर बीमापात्र का यह कर्त्तव्य है कि वह अविलम्ब आग काल सूचना बीमाकर्ता के पास भेजे जिससे बीमाकर्ता दावे का भुगतान कर सके। अतः यहाँ पर क्षतिपूर्ति के सम्बन्ध में—(1) हानि की सूचना, (2) सम्पत्ति का निरीक्षण और (3) अध्यर्थन के भुगतान के आधार पर व्याख्या की जायगी।

1. हानि की सूचना : (अ) सूचना—अग्नि की घटना घटित होने पर हानि की सूचना तुरन्त बीमाकर्ता के पास भेज देनी चाहिए जिससे बीमाकर्ता क्षति की रकम का शीघ्रातिशीघ्र मूल्यांकन कर सके। जितनी जल्दी सूचना भेजी जायगी उतनी ही आसानी से हानि का प्रमाण-पत्र प्राप्त किया जा सकेगा और फिर भुगतान सन्तुलन में कोई कठिनाई नहीं होगी। हानि की सूचना बीमापात्र या उसकी ओर से कोई अन्य व्यक्ति भी दे सकता है। आवश्यकता केवल इस बात की है कि उचित अधिकारियों के पास सूचना पहुँच जाय।

(ब) विवरण—हानि की सूचना देने के 15 दिनों के अन्दर बीमापत्र को अपने खर्चे पर क्षति सम्बन्धी विवरण देना जरूरी है। 15 दिन का समय यदि अपर्याप्त हो तो इसकी अवधि बढ़वा लेनी चाहिए। इस विवरण में—(1) नष्ट हुई वस्तु का पूरा वर्णन, (2) उसके नाश होने में कितनी रकम की हानि हुई और (3) उस वस्तु से सम्बन्धित अन्य बीमाकर्ता के नाम लिखे जाते हैं। बीमाकर्ता द्वारा दावे के फार्म मिलते हैं, जिनको भरकर भुगतान प्राप्त करने के लिए भेजना चाहिए। इस फार्म में बहुत से आवश्यक प्रश्न रहते हैं। उन प्रश्नों का उत्तर देना जरूरी हो जाता है; जैसे—आग का कारण, बीमापात्र का हित, सम्पत्ति की कुल रकम, बीमित रकम, हानि की रकम आदि बातों को फार्म में पूछा जाता है।

(स) प्रमाण—बीमाकर्ता को हानि के प्रमाण समय-समय पर देने होते हैं। जो कभी प्रमाण माँगें जायँ उन्हें देना जरूरी होगा। यदि बीमाकर्ता ऐसा नहीं करता तो उसके दावे रद्द कर दिये जायेंगे।

2. सम्पत्ति का निरीक्षण—दावे की सूचना प्राप्त होने पर नष्ट सम्पत्ति का निरीक्षण किया जाता है। दावे के विवरण में बहुत-सी ऐसी सम्पत्तियाँ भी बीमापत्र दे देते हैं जिनका बीमा नहीं कराया गया होगा। अतः बीमाकर्ता का यह कर्त्तव्य है कि दावे के रकम का सही-सही मूल्यांकन करे और उसी का भुगतान करे। जब दावे की रकम थोड़ी होती है तो बीमा अभिकर्ता (Agents) या दलाल ही उसका मूल्यांकन कर लेते हैं, परन्तु बड़ी रकम की दशाओं में केवल सर्वेक्षक (Surveyor) या मूल्यांकन (Valuator) से ही काम चलता है। ये व्यक्ति नाश होने के स्थान पर जाते हैं और वहाँ की परिस्थितियों से पता लगाकर मूल्य

निर्धारण करते हैं। ये व्यक्ति निम्न कार्य कर सकते हैं :—

(अ) स्थान का निरीक्षण—स्थान पर पहुँचकर यह पता लगाया जाता है कि नष्ट सम्पत्ति कितने मूल्य की थी और नष्ट होने के क्या कारण हैं।

(ब) पूछ-ताछ—ये व्यक्ति बीमापात्र और उनके अभिकर्ताओं से पूछ-ताछ और विचार-विमर्श करके वस्तु की क्षति का मूल्यांकन करते हैं।

(स) बीमापत्र—बीमाकर्ता के ये व्यक्ति बीमित वस्तु के सम्बन्ध में निर्गमित सभी बीमापत्रों का अलग-अलग वर्णन करते हैं। इसकी एक तालिका तैयार करके बीमाकर्ता के दायित्व का निर्धारण किया जाता है। सभी बीमाकर्ताओं के दायित्व का अलग-अलग वर्णन रहता है। शर्तों और सीमाओं को भी इसमें देखा जाता है।

(द) आवश्यक सूचनायें—बीमाकर्ता कई अन्य बातों का उल्लेख चाहता है जो सर्वेक्षक लिख देते हैं। इन सूचनाओं में से—(1) आग लगने की तिथि, समय तथा कारण; (2) संदेह की स्थिति में सर्वेक्षक द्वारा समझा जाने वाला उचित कारण; (3) बीमित व्यक्ति का हित, अधिकार, हित में परिवर्तन और (4) सम्पत्ति के सम्बन्ध में ऋण या बन्धक आदि।

(य) बीमाकर्ता के दायित्व—बीमाकर्ता का किन-किन वस्तुओं पर दायित्व है, दायित्व की रकम और उसके अधिकारों आदि पूरा वर्णन बीमा सर्वेक्षक तैयार करके बीमाकर्ता को देता है।

(र) अन्य—बीमा सर्वेक्षक को यह देखना पड़ता है कि—(1) आग बीमापत्र की अवधि में लगी थी या उसके बाहर, (2) हानि प्रत्यक्ष रूप से आग के कारण है या किसी अन्य कारण, (3) अबीमित सम्पत्ति, (4) नष्ट सम्पत्ति का बीमापत्र में उल्लेख या नहीं, (5) हानियों का कारण अतिरिक्त जोखिम (Excluded Risk) तो नहीं है आदि बातों की पूरी सूचना सर्वेक्षक प्राप्त करता है।

3. दावे का भुगतान—यदि बीमाकर्ता बीमापत्र की सूचनाओं से सहमत है तो वर्णित जोखिम का भुगतान कर दिया जायगा। यदि उसमें कुछ सन्देह है तो बीमाकर्ता का सर्वेक्षक दावे की राशि निश्चित करता है। सर्वेक्षक द्वारा निर्धारित दावे की राशि से यदि बीमापात्र सहमत होता है तो उसका भुगतान तुरन्त कर दिया जाता है।

यदि सर्वेक्षक का मूल्यांकन बीमापात्र को मान्य नहीं है तो वह अपने द्वारा एक स्वतन्त्र सर्वेक्षक नियुक्त करके सम्पत्ति का मूल्यांकन करा सकता है। बीमापात्र और बीमाकर्ता के सर्वेक्षकों का मूल्यांकन यदि एक है तो भुगतान हो जाता है। यदि इनमें भी अन्तर हुआ तो एक सरपंच (Arbitrator) नियुक्त करते हैं जो दोनों सर्वेक्षकों की बातों को समझकर स्वतन्त्र रकम या उत्तरदायित्व निश्चित कर सकता है। यदि सरपंच की बात किसी पक्ष को मान्य नहीं है तो वह न्यायालय की शरण में जा सकता है। न्यायालय पहुँचने के पहले यह नियम यह है कि सरपंच से फैसला कराया जाय। सरपंच दोनों पक्षों द्वारा नियुक्त किये जाते हैं।

रकम—दावे की रकम का भुगतान प्रायः नकद रुपये में किया जाता है, परन्तु कभी-कभी पुनर्स्थापना या प्रतिस्थापन या मरम्मत द्वारा भी दावे का भुगतान हो जाता है।

अन्य हित—यदि बीमित सम्पत्ति में अन्य बीमाकर्ताओं से भुगतान मिलने हैं तो क्रो प्राप्त करके केवल क्षति की रकम तक ही भुगतान होगा। उससे अधिक भुगतान ी दशा में नहीं हो सकता है। भुगतान में क्षति की पूर्ण रकम तक भुगतान कभी-कभी करते हैं। इसको औसत वाक्य में बताया जा चुका है।

औसत और सह-बीमा
(Average and Co-insurance)

अर्थ—सह-बीमा (Co-insurance) या औसत (Average) या ह्रासित दर औसत क्य (Reduced Rate Average Clause) या प्रतिशत मूल्य वाक्य (Percentage alue Clause) का तात्पर्य यह है कि बीमापात्र को क्षति की उतनी ही रकम दी जायगी तना कि बीमित रकम का अनुपात उस सम्पत्ति के कुल मूल्य (Total Value) से है। चूँकि म्पत्ति के पूरे मूल्य तक बीमा नहीं कराया गया है, अतः क्षति की पूरी रकम तक भुगतान ने का अधिकार बीमापात्र को नहीं होता है। जितनी रकम का उसे भुगतान नहीं मिलेगा, नी रकम से वह अपने आपको बीमित हुआ (सह-बीमा Co-insurance) कहा जायगा योंकि उस रकम को सहने के लिये वह स्वयं तैयार है। बीमापात्र अपनी सम्पत्ति के पूरे मूल्य क बीमा कराने के लिये बाध्य नहीं है। वह चाहे तो इससे कम या जयादा का बीमा करा कता है, बशर्ते कि उचित प्रव्याजि का भुगतान किया जा चुका है।

सह-बीमा का रूप

1. जब सह-बीमा पूर्ण प्रतिशत का है (*Full Co-insurance Clause*)—इस शा में बीमाकर्ता हानि की उस सीमा तक भुगतान करने के लिए तैयार रहेगा, जिस अनुपात में बीमा की रकम और सम्पत्ति का मूल्य सम्बन्धित है। दूसरे शब्दों में हानि का वह तिशत बीमाकर्ता भुगतान करता जो बीमित रकम और वस्तु के वास्तविक मूल्य में है। इसे शत-प्रशित सह-बीमा (100% Co-insurance) भी कहते हैं। उदाहरण—यदि सम्पत्ति का मूल्य 4000 रुपये, बीमित रकम 2400 रुपये और हानि 500 रुपये है तो बीमाकर्ता का दायित्व—

$$500 \text{ रु० का } \frac{2,400}{4,000} = 300 \text{ रुपये होगा।}$$

2. जब सह-बीमा आंशिक है (*Partial Co-insurance*)—इस दशा में सम्पत्ति की रकम के पूरे अनुपात में नहीं, बल्कि आंशिक अनुपात में भुगतान होता है। जैसे 80 प्रतिशत सह-बीमा वाक्य यदि है तो हानि का केवल वही प्रतिशत भुगतान किया जायगा जो बीमित रकम का सम्पत्ति मूल्य के 80 प्रतिशत तक है। इसे निम्न रूप से बता सकते हैं :—

$$\text{दावे की रकम} = \frac{\text{हानि} \times \text{बीमित रकम}}{\text{सम्पत्ति मूल्य का 80 प्रतिशत}}$$

मान लीजिये सम्पत्ति मूल्य 4000 रुपये है और बीमित रकम 2400 रुपये है त हानि 500 रुपये है तो बीमाकर्ता का दायित्व 75 प्रतिशत सह-बीमा में निम्न प्रकार होगा—

$$\text{दावे की रकम} = \frac{500 \times 2,400}{4,000 \text{ का } 75 \text{ प्रतिशत}}$$

$$= \frac{500 \times 2,400}{3,000} = 400 \text{ रुपये होगा।}$$

प्रतिशत दर इस पर आधारित है कि बीमाकर्ता कितनी रकम तक सह-बीमा शामिल होना चाहता है।

सह-बीमा की शर्तें

1. जितनी रकम का सह-बीमा होगा उतनी ही रकम का बीमाकर्ता भुगतान करते है बाकी रकम के लिए बीमापात्र स्वयं बीमाकर्ता समझा जायगा। जितने प्रतिशत त बीमाकर्ता से समझौता रहेगा, उतने ही प्रतिशत तक सह-बीमा समझौता में भुगता प्राप्त किया जा सकेगा, इससे अधिक का नहीं।
2. बीमापात्र को अपनी सम्पत्ति के मूल्य को जानना चाहिए, क्योंकि उसी का ए निश्चित प्रतिशत सह-बीमा का आधार होता है।
3. प्रतिशत का तात्पर्य यह नहीं कि हानि का उतना प्रतिशत भुगतान होगा, बल्कि उत प्रतिशत सम्पत्ति का मूल्य कम हो जायगा। इस तरह ह्रासित मूल्य की सम्पत्ति प औसत वाक्य के अन्तर्गत भुगतान होगा।
4. यदि हानि की रकम प्रतिशत के बराबर या उससे अधिक है तो सह-बीमा वाक निश्चेतन (Inactive) हो जायगा अर्थात् यदि सह-बीमा की रकम तक हानि का मूल हो जाता है तो समस्त बीमित रकम का ही भुगतान कर दिया जाता है।

$$\text{दावे की रकम} = \frac{\text{बीमित रकम} \times \text{हानि}}{\text{बीमित वस्तु का मूल्य}}$$

$$\text{हानि} = \text{बीमित वस्तु का मूल्य}$$

$$\text{दावे की रकम} = \text{बीमित रकम}$$

5. विभिन्न बीमाकर्ताओं से बीमा कराया जा सकता है, परन्तु सभी बीमाकर्ताओं से मिलने वाली रकम क्षति की रकम से अधिक नहीं होना चाहिए। सह-बीमा की रकम अलग मिल सकती है, परन्तु सभी बीमाकर्ताओं की सह-बीमा रकम क्षति से अधिक नहीं होगी।

सह-बीमा का महत्त्व

1. बड़ी-बड़ी सम्पत्तियों का बीमा छोटी प्रव्याजि की रकम से सम्भव हो जाता है अथव उन्हें बहुत प्रव्याजि देने की जरूरत पड़ सकती है।

सह-बीमा में प्रव्याजि की दर अपेक्षाकृत कम होती है क्योंकि पूरी हानि का भुगतान नहीं किया जाता है।

छोटी सम्पत्तियों पर अलग-अलग बीमा लिया जा सकता है। एक व्यक्ति से सम्बन्धित कई सम्पत्तियों को अलग-अलग विभाजित कर लेते हैं और उनका अलग-अलग भुगतान होता है।

परित्याग और रुकावट
(Waiver and Estoppel)

परित्याग (Waiver)—परित्याग का अर्थ अधिकार का त्याग करना है। जैसे माकर्ता यह जानते हुए कि बीमापत्र विवर्जित है, भुगतान के लिए तैयार हो जाय तो यह रेत्याग का उदाहरण होगा। परित्याग दो प्रकार—(1) लिखित और (2) उपलक्षित हो कते हैं।

1. लिखित—जब बीमाकर्ता परित्याग की सूचना बीमापात्र को देता है। बीमायोग्य त हस्तान्तरित हो जाने पर बीमाकर्ता किसी कारण यदि भुगतान करने को तैयार हो जायगा ौर इसकी लिखित सूचना बीमाकर्ता अपने ग्राहक बीमापात्र को देता है तो वह लिखित रित्याग होगा।

2. उपलक्षित—समायोजक या बीमाकर्ता के कार्यों या लापरवाही से यह स्पष्ट हो ाय कि बीमाकर्ता ने अपने अधिकार को त्यागा है तो वह उपलक्षित परित्याग होगा। बिना मझे हुए कि बीमा प्रसंविदा रद्द हो चुका है, भुगतान की स्वीकृति दे दी जाती है।

परित्याग में प्रसंविदा बाध्य हो जायगा अर्थात् यदि बीमाकर्ता ने विवर्जित बीमापत्र पर ुगतान करना निश्चय कर लिया है तो फिर वह ऐसा करने से मना नहीं कर सकता।

रुकावट (*Estoppel*)—इसमें बीमाकर्ता कुछ कार्य करने के लिए वैधानिक रुकावट ालता है। बीमाकर्ता निरीक्षण के समय यह अधिकार संचित रखता है कि निरीक्षण का रिणाम हमेशा भुगतान करना नहीं होगा। इस स्थिति में निरीक्षण यदि विपरीत हुआ तो ुगतान करने से मना कर दिया जायगा। यदि हानि निश्चित हुई है तो बीमाकर्ता उसको ुधार नहीं सकता है। यदि बीमाकर्ता ने एक भुगतान करना स्वीकार कर लिया है तो फिर ह उसे रद्द नहीं कर सकता है। इसी प्रकार परित्याग के अन्तर्गत विवर्जित बीमापत्र के म्बन्ध में भुगतान करना यदि तय हो गया है तो उसे रद्द करने का अधिकार बीमाकर्ता का नहीं रह जाता अर्थात् इस अधिकार में रुकावट (Estoppel) आ जाती है।

परित्याग और रुकावट से सुरक्षा—परित्याग और रुकावट का दुष्परिणाम इतना जटिल है कि यदि गलती से भी विवर्जित को मान्यता दी गयी है तो उसे बाद में रद्द नहीं कर सकते हैं। इस कारण बीमाकर्ता को बहुत-सी कठिनाइयों का सामना करना पड़ सकता है। इसको बचाने के लिए न्यायालय से सुरक्षा मिलती है। यदि बीमाकर्ता को कभी ऐसी गलती महसूस हो तो उसके बाद वह पत्र-व्यवहार बन्द कर दे और बीमापात्र से भुगतान का सम्बन्ध न रखे। उसे सूचित करें कि परित्याग लागू नहीं होगा। बीमापात्र को अन्य ऐसे करने आवश्यक होंगे जो कि हानि को पुनः स्थापित कर सके।

टैरिफ बीमाकर्ता या कम्पनी

अग्नि बीमा में कार्य करने वाली संस्थाओं को दो भागों—(1) टैरिफ (Tariff) अ (2) गैर-टैरिफ (Non-Tariff) में बाँटा जा सकता है। गैर-टैरिफ वे हैं जो टैरिफ एसोसियेश की सदस्य नहीं हैं। इसी प्रकार टैरिफ एसोसियेशन की सदस्य कम्पनियों को टैरि कम्पनियों के नाम से पुकारा जाता है।

उद्देश्य—टैरिफ कम्पनियों का उद्देश्य बीमा प्रसंविदा में एकरूपता (Uniformit लाना है। विशेष रूप से प्रव्याजि में भिन्नता रहती है; अतः प्रव्याजि में एकरूपता लाने लिए बीमाकर्ताओं को इसमें शामिल किया जाता है। एकरूपता के कारण प्रतिस्पर्द्धा बढ़ावा नहीं मिलेगा और स्वास्थ्यप्रद वातावरण में कार्य संचालन हो सकेगा। इसके अला अभिगोपन (Underwriting) और अध्यर्थन (Claim) में भी एकरूपता लाना जरूरी है।

विभाजन—इन्श्योरेन्स एसोसियेशन (Insurance Association) की सदस्य कम्पनि टैरिफ कम्पनियाँ कहलाती हैं। इसकी चार परिषदें (Councils) होती हैं—उत्तरी, पूर्व दक्षिणी और पश्चिमी। इनके प्रधान कार्यालय क्रमशः दिल्ली, कलकत्ता, चेन्नई और मुम्ब में हैं। प्रत्येक क्षेत्रीय परिषद अपने-अपने क्षेत्र में नियम को संचालित करती है। इन परिष के नियम में संशोधनों, परिवर्तनों आदि की सूचनाएँ सदस्य बीमाकर्ता को समय-समय पर जाती हैं।

नियम—टैरिफ कम्पनियों के कुछ महत्त्वपूर्ण नियम नीचे दिये जा रहे हैं—

1. बीमाकर्ता अपनी शर्तें और समाश्वासन समान रूप से रखेंगे।
2. कोई भी बीमापत्र सामान्यतया 12 महीने की अवधि से अधिक नहीं होगा।
3. बीमापत्र में बीमित प्रत्येक सम्पत्ति की अलग-अलग रकम को लिखना जरू है।
4. यदि कई दरें लागू होती हैं तो जो ऊँची दर होगी, वही लागू की जायगी।

टैरिफ सदस्यों के बीच प्रतिस्पर्द्धा कम होती है और उनके कार्यों में एकरूपता पाय जाती है।

□□□

अध्याय 34

अग्नि बीमा की प्रगति

भारत में अग्नि बीमा का प्रादुर्भाव बहुत बाद में हुआ। राष्ट्रीयकरण के बाद यह आशा पायी जाती है कि अग्नि बीमा में सन्तोषजनक वृद्धि होगी।

भारतीय बीमाकर्ताओं की सकल प्रव्याजि 1969 में 31.13 करोड़ रुपये से बढ़कर 1972 में 43.11 करोड़ रुपये हो गया और 1978 में 117.64 करोड़ रुपये हुआ। इस प्रकार राष्ट्रीयकरण के बाद अग्नि बीमा व्यवसाय में काफी वृद्धि हुई। राष्ट्रीयकरण के पहले भी भारतीय बीमाकर्ताओं के हिस्सों में वृद्धि होती रही जो 1969 में 72.7 प्रतिशत से बढ़कर 1972 में 78.0 प्रतिशत हो गया। गैर-भारतीय बीमाकर्ता भारत में अपने व्यापार को अधिक नहीं बढ़ा पा रहे थे। शुद्ध प्रव्याजि 1969 में 25.59 करोड़ रुपये से बढ़कर 1977 में 98.61 करोड़ रुपये हो गयी। भारतीय बीमाकर्ताओं का अंश 76.2 प्रतिशत से बढ़कर 1978 में 78.9 प्रतिशत हुआ। शुद्ध प्रव्याजि के आधार पर भी अग्नि बीमा व्यवसाय भारत में बढ़ता रहा। सभी प्रकार के सामान्य बीमा की तुलना में अग्नि बीमा व्यवसाय का तेजी से विकास नहीं हुआ। 1978 में सभी प्रकार के बीमा व्यवसाय के सम्बन्ध में भारतीय बीमाकर्ता के अंश 82.8 प्रतिशत था जबकि अग्नि बीमा के सम्बन्ध में यह केवल 78.9 प्रतिशत था।

शुद्ध प्रव्याजि से प्रतिशत

भारतीय बीमाकर्ता

	1970	1971	1972
शुद्ध देय दावे	36.5	33.5	35.6
शुद्ध कमीशन	8.8	9.0	13.0
प्रबन्ध व्यय	21.6	20.1	19.5
संचय में वृद्धि	5.5	3.8	4.7
अतिरिक्त आय	2.1	2.6	3.5
आय में बचत	29.1	36.0	30.4

अग्नि बीमा की प्रगति

(रुपया करोड़ में)

	सकल प्रव्याजि						शुद्ध प्रव्याजि					
	भारतीय बीमाकर्ता		अभारतीय बीमाकर्ता		कुल		भारतीय बीमाकर्ता		अभारतीय बीमाकर्ता		कुल	
	रुपया	%	रुपया	%	रुपया	%	रुपया	%	रुपया	%	रुपया	%
1969	31.13	72.7	11.71	27.3	42.83	100	25.59	76.2	8.00	23.8	33.58	100
1970	35.17	74.0	12.35	26.0	47.58	100	30.72	78.8	8.25	21.2	38.97	100
1971	37.93	73.6	13.60	26.4	51.53	100	32.92	78.1	9.20	21.9	42.12	100
1972	43.11	78.00	12.18	22.0	55.29	100	40.21	78.9	10.76	21.1	50.98	100
1977	104.44	...	...	...	...	...	98.61	...	...	...	...	...
1978	117.64	...	...	...	...	...	...	...	...	...	...	...
1980	...	...	...	...	...	...	...	...	...	...	...	...

सभी प्रकार के सामान्य बीमा (शुद्ध प्रव्याजि)

	भारतीय बीमाकर्ता रुपये (करोड़ में)	%	अभारतीय बीमाकर्ता रुपये (करोड़ में)	%	कुल रुपये (करोड़ में)	%
1969	73.22	80.2	18.12	19.8	91.34	100
1970	84.44	81.5	19.13	18.5	103.57	100
1971	93.76	81.7	20.94	18.3	114.70	100
1972	113.11	82.8	23.45	17.2	136.57	100
1977	268.33	...	...	...	...	...
1978	...	...	...	...	...	...
1980	...	...	...	...	...	...

अभारतीय बीमाकर्ता

	1970	1971	1972
शुद्ध देय दावे	29.7	22.6	23.0
शुद्ध कमीशन	9.2	12.1	−4.2
प्रबन्ध व्यय	42.1	42.2	37.0
संचय में वृद्धि	1.2	4.2	5.8
अतिरिक्त आय	0.2	0.6	—
आय में बचत	36.3	43.4	38.3

भारतीय बीमाकर्ता

शुद्ध प्रव्याजि का देय दावे से प्रतिशत 1970 में 36.5 प्रतिशत से घटकर 1971 में 33.5 प्रतिशत हुआ। विदेशी बीमाकर्ता के देय दावे का प्रतिशत 1970 में 29.7 प्रतिशत से घटकर 1972 में 23.0 प्रतिशत हो गया। भारतीय बीमाकर्ताओं के कमीशन का प्रतिशत भी विदेशी बीमाकर्ताओं के कमीशन से अधिक था। यद्यपि कि प्रबन्ध-व्यय कम था। संचय में वृद्धि घटती जा रही है अतिरिक्त आय में भी वृद्धि थी; परन्तु आय में बचत विदेशी बीमाकर्ता की तुलना में कम हो गयी।

भारतीय बीमाकर्ताओं का विदेशी व्यापार

		1970	1971	1972
1.	कुल देय दावे	42.6	26.9	69.0
2.	प्रत्यक्ष कमीशन	28.8	28.0	29.1
3.	प्रबन्ध व्यय	25.4	26.4	23.4
4.	बचत में वृद्धि	−1.5	−4.8	0.9
5.	अतिरिक्त आय	3.2	6.8	13.3
6.	आय में बचत	0.8	25.3	10.4

भारतीय बीमाकर्ता विदेशों में बचत करने के योग्य थे। प्रत्यक्ष कमीशन और खर्चों में वृद्धि होती जा रही थी। अतिरिक्त आय में वृद्धि हुई थी। बचत में परिवर्तन हो रहे थे।

अग्निबीमा में सकल प्रत्यक्ष प्रीमियम

मार्च	जी.आई.सी.	नेशनल	न्यु इंडिया	ओरियंटल	युनाइटेड इंडिया	कुल
1975	—	—	—	—	—	96.0
1980	—	30.50	38.79	34.27	38.72	142.28
1985	—	66.29	95.29	72.48	84.88	318.94
1990	—	118.44	187.17	128.33	155.04	588.98
1995	—	243.34	415.44	262.21	327.19	1248.18
1998	—	390.58	624.17	401.13	500.22	1916.10

अग्निबीमा में शुद्ध प्रीमियम

मार्च	जी.आई.सी.	नेशनल	न्यु इंडिया	ओरियंटल	युनाइटेड इंडिया	कुल
1975	—	—	—	—	—	85.0
1980	—	—	—	—	—	157.0
1985	77.52	58.96	82.84	56.21	78.49	354.02
1990	105.34	102.76	156.25	102.83	123.87	380.36
1995	277.26	220.75	349.33	216.08	269.79	1333.21
1998	377.80	320.81	504.59	323.68	392.08	1919.02

□□□

अग्नि बीमा की प्रगति

(रु. करोड़ में)

वर्ष	शुद्ध प्रव्याजि		शुद्ध दावे		कमीशन		प्रबन्ध व्यय		अन्य देय		अवशेष जोखिम संचय में वृद्धि		विनिवेश आय		अभिगोपन लाभ	
	रु	%	रु	%	रु	%	रु	%	रु	%	रु	%	रु	%	रु	%
सामान्य बीमा निगम																
1998-1999	402.0		157.10	39	143.4	36	—	—	—	—	12.1	3.0			89.4	22
1999-2000	451.09		169.61	37.6	156.10	34.6	8.90	2.0	0.32	0.1	24.54	5.4			91.62	20.3
2000-2001	379.16		230.76	60.9	129.32	34.1	7.24	1.9	0.34	0.1	−35.96	−9.5			47.46	12.5
2001-2002	634.99		356.23	70.25	212.05	41.8	7.66	1.51	−1.61	−0.32			65.88	13.0	−67.25	−13.26
नेशनल																
1998-1999	354.7	83	163.10	46.0	113.5	32					17.0	5.0			61.1	17
1999-2000	395.51	85	163.18	41.3	−20.11	−5.08	141.35	35.7	0.29	0.07	20.38	5.15			90.42	22.86
2000-2001	365.51	89	179.03	49.0	−11.99	−3.28	121.03	33.1	0.35	0.09	−15.00	4.10			92.08	25.19
2001-2002	367.6		192.36	52.3	−17.66	−4.80	126.47	34.0	0.37	0.10	1.04	0.3	44.55	12.11	109.57	29.80
न्यू इण्डिया																
1998-1999	526.7	69	210.9	40.0	139.0	26.0					11.1	3.0			165.7	31.0
1999-2000	655.72	77	297.30	45.3	−48.95	−7.47	208.56	31.81			64.52	9.84			134.29	20.48
2000-2001	599.64	77	392.69	65.5	−1.25	−0.21	200.11	33.37			−28.04	−4.68	73.40		36.13	6.03
2001-2002	758.84		371.77	49.0	8.50	1.12	211.47	27.87			79.60	10.5	73.50		87.5	11.53

अग्नि बीमा की प्रगति

(रु. करोड़ में)

वर्ष	शुद्ध प्रव्याजि		शुद्ध दावे		कमीशन		प्रबन्ध व्यय		अन्य आय		अवशेष जोखिम संचय में वृद्धि		विनिवेश आय		अभिगोपन लाभ	
	रु	%	रु	%	रु	%	रु	%	रु	%	रु	%	रु	%	रु	%
ओरियण्टल																
1998-1999	335.5	76.0	148.9	45.0	92.2	27					5.8	2.0			88.4	26.0
1999-2000	412.72	83.94	173.17	42.0	–3.98	–1.0	152.67	37.0	82.3		38.72	9.4	367.53		52.13	12.6
2000-2001	393.43	81.93	266.28	67.7	–19.55	–5.0	133.49	33.9	45.5		–9.64	–2.5	396.23		22.86	5.8
2001-2002	392.22	73.86	192.75	49.1	–186.4	–4.7	145.41	37.1			–0.61	–0.2	–3.36	0.80	125.29	31.9
युनाइटेड इण्डिया																
1998-1999	426.0	78	169.1	40	105.3	25					17.0	4			134.6	31.0
1999-2000	487.65	80	159.32	32.7	–38.93	–7.98	163.80	33.59	–17.42		30.81	6.32	444.46		172.65	35.40
2000-2001	487.33	78	288.19	69.9	–38.34	–9.30	136.63	33.14	–55.80		–37.66	–9.13	484.29		63.51	15.40
2001-2002	480.28		175.60	36.6	–37.45		148.74		–11.48		33.98		63.93		211.86	
कुल भारतीय बाजार																
1998-1999	2044.7	94	849.1	42.0	593.4	29					63.0	3			539.2	26
1999-2000	2402.7	100	962.6	40.6	720.0	30					178.9	–			541.2	23
2000-2001	215.4	98	1357.1	63.6	657.3	31					–126.3	6			262.0	10
2001-2002	2998.94			46.6												

भाग 5

विविध बीमा एवं बीमा विधान

अध्याय 35

चोरी बीमा

विविध बीमा में बहुत से सम्पत्ति, दुर्घटना और व्यक्तिगत बीमा आते हैं। इस अध्याय में चोरी बीमा, दायित्व बीमा और निष्ठा बीमा के विषय में बताया जायगा।

चोरी बीमा (Theft Insurance)

चोरी बीमा में डकैती (Robbery), सेनमारी (Burglary) और चोरी (Theft) बीमा शामिल करते हैं। विधान में इसकी कोई विशेष परिभाषा न होने के कारण बीमापत्र में इसकी परिभाषा बताई गयी है।

परिभाषा

डकैती (*Robbery*)—डकैती ऐसे कार्य को कहते हैं जो कि किसी की व्यक्तिगत सम्पत्ति को उसकी उपस्थिति में या उसके पास (His Person) से हिंसा या भय दिखाकर ले ली जाय। इस तरह यह कार्य हिंसा के आधार पर दूसरे की सम्पत्ति लेने से सम्बन्धित है।

सेनमारी (*Burglary*)—चोरी (Felony) करने के उद्देश्य से रात में किसी के घर (Dwelling) में घुसना और सेंध लगाना (Breaking) सेनमारी कहलाता है।

चोरी (*Theft*)—चोरी का मतलब दूसरे व्यक्ति की सम्पत्ति को जिसकी इच्छा के विपरीत लेने या चुराने से है। चोरी (Theft) का वैधानिक शब्द चोरी या लार्सेन्सी (Larcency) है। इसकी परिभाषा इस प्रकार है—दूसरे की व्यक्तिगत सम्पत्ति या वस्तु को चुराने के उद्देश्य से ले जाना चोरी कहलाता है।

सेनमारी और चोरी में अन्तर—चोरी में चोरी के काम चाहे पेशेवर चोरों द्वारा किया जाय? चाहे नौकर या व्यापारी या अन्य कोई भी व्यक्ति जो बीमित व्यक्ति के स्थान पर पहुँच सके, द्वारा किया जाय। सेनमारी में ये सब नहीं आते हैं, अतः उसके लिए एक अलग बीमापत्र निर्गमित किया जाता है।

चोरी में शामिल होने वाली जोखिम—चोरी बीमा में : (1) गैर-कर्मचारी चोरों (Non-employee Theft) और (2) कर्मचारी चोरी (Employee Theft or fidelity, Dishonesty) शामिल होती है। संक्षेप में इन्हें क्रमशः चोरी और निष्ठा बीमा कहते हैं।

1. **चोरी बीमा** (*Burglary or Theft Insurance*)—इस बीमा द्वारा उन आर्थिक हानियों को संवृत करते हैं जो गैर-कर्मचारियों की बेईमानी या चोरी से उत्पन्न होते हों। इसे बाहरी व्यक्ति (Outsider) द्वारा चोरी भी कहते हैं।

2. निष्ठाबन्ध बीमा (*Fidelity Bond Insurance*)—इसके द्वारा उन आर्थिक हानियों के प्रति बीमा होता है जो कर्मचारियों की चोरी और बेईमानी से उत्पन्न हों। इसे आन्तरिक व्यक्ति (Insider) के द्वारा चोरी कहते हैं।

चोरी बीमा (*Burglary or Theft Insurance*)—चोरी बीमा में प्रायः चार प्रकार की जोखिम : (1) निवास स्थान (Residence), (2) व्यापारिक (Commercial), (3) वित्तीय (Financial) और (4) विविध (Miscellaneous) शामिल हैं। इसके अलावा निवास स्थान के बाहर और अन्दर चोरी बीमा, सीमित चोरी बीमा, नकद और प्रतिभूति चोरी बीमा, व्यापारिक स्कन्ध चोरी बीमा, स्टाक-कीपर चोरी बीमा, कार्यालय चोरी बीमा, बैंक चोरी बीमा, सुरक्षित जमा (Safe Deposit) चोरी बीमा, गोदाम चोरी बीमा आदि कई प्रकार के चोरी बीमा होते हैं। यहाँ पर चोरी में डकैती भी शामिल है।

चोरी बीमा का वर्णन : (1) घोषणा, (2) बीमित समझौता, (3) अतिरिक्त या निषेध (Exclusion) और (4) शर्तों के अन्दर किया गया है।

1. घोषणा (*Declaration*)—बीमापत्र के प्रथम पृष्ठ पर बीमाकर्ता के नाम और उसके बाद बीमित व्यक्ति का नाम और पता, व्यवसाय आदि लिखा रहता है। बीमा की रकम और प्रव्याजि की रकम भी लिखी रहती है। चोरी से सुरक्षा के उपाय अपनाये गये हैं या नहीं, चौकीदार रहता है या नहीं या अन्य ऐसी बातें जो चोरी की जोखिम को कम करते हों। इन सबके द्वारा प्रव्याजि की दरों में कमी होती है। पिछले समय की हानि, प्रस्ताव की अस्वीकृति या बीमा क्षतिपूर्ति की अस्वीकृति आदि लिखी रहती है। इसमें बीमा की अवधि 5 वर्ष से अधिक नहीं होती है।

2. बीमा समझौता (*Insuring Agreements*)—बीमा समझौता में यह लिखा रहता है कि बीमाकर्ता एक निश्चित प्रव्याजि के बदले, घोषणा या दी गयी सूचना पर विश्वास करके इसके दायित्व की सीमा के अन्दर निषेध या अतिरिक्त (Exclusion) को छोड़कर शर्तों और बीमापत्र की अवधि के अन्तर्गत बीमित जोखिम होने पर बीमित व्यक्ति को एक निश्चित हानि की क्षतिपूर्ति करेगा। इसमें भी यह लिखा रहता है कि कौन-सी जोखिम बीमित है।

बीमा एक या अधिक जोखिम को शामिल कर सकता है और उसी के अनुसार भुगतान भी होगा। निषेध या अतिरिक्त तथा शर्तों के अनुसार ही भुगतान किया जाता है।

3. निषेध या अतिरिक्त (*Exclusion*)—निषेध वाक्य का लिखा जाना इसलिये आवश्यक है कि किसी वस्तु का दो जगह से भुगतान न हो सके और इस प्रकार उसे क्षतिपूर्ति की रकम से अधिक न मिल सके। प्रायः इनमें निषेध वाक्य निम्न जोखिम को अलग करता है :—

(अ) अग्नि बीमा में संवृत चोरी का बीमा इसमें बीमित नहीं होगी।

(ब) हवाई जहाज या मोटर बीमा में बीमित जोखिम जो इस बीमापत्र में शामिल हो सकती है, उसे भी शामिल नहीं करते।

(स) युद्ध, विद्रोह और इसी प्रकार की अन्य जोखिम भी इसमें संवृत नहीं होती है।

4. शर्तें—चोरी बीमा में भी वही शर्तें अधिकांशतः प्रयोग की जाती हैं जो अन्य सम्पत्ति बीमा में प्रयोग की जाती हैं :—

(क) हानि की सूचना, प्रत्याशन, अभिहस्तांकन, समाप्ति, प्रतिस्थापना, भुगतान की प्राप्ति।

(ख) नवकरण।

(ग) विभिन्न शर्तों और वाक्यों की परिभाषा; जैसे संरक्षक, दूत आदि।

(घ) स्वामित्व की शर्तें।

इनके अलावा बहुत-सी अन्य शर्तों को भी बताया जा सकता है जिससे दोनों पक्षों (बीमाकर्ता और बीमित व्यक्ति) के प्रसंविदा को संचालित किया जा सके।

निष्ठाबन्ध बीमा
(Fidelity Bond Insurance)

निष्ठाबन्ध बीमा नियोक्ता (Employer) को कर्मचारियों की चोरी या बेईमानी के कारण होने वाली हानि की क्षतिपूर्ति करता है। इसमें (1) गबन (Embezzle) और चोरी तथा (2) बेईमानी (Dishonesty) के कारण होने वाली हानि को पूरा किया जाता है।

रूप

1. व्यक्तिगत बन्ध (*Individual Bond*)—जो किसी विशिष्ट स्थान पर विशेष व्यक्ति के लिए जारी किया जाता है।

2. स्थिति बन्ध (*Position Bond*)—किसी विशिष्ट स्थान पर किसी भी व्यक्ति के ऊपर लागू होता है।

3. अनुसूची बन्ध (*Schedule Bond*)—दी हुई तालिका में उल्लिखित सभी व्यक्तियों के प्रति निर्गमित करते हैं।

4. सामूहिक व्यापक बन्ध (*Collective and Floating Bond*)—सभी कर्मचारियों के लिए निर्गमित करते हैं।

निष्ठा बीमा का विश्लेषण करने के लिए इसे भी : (1) घोषणा, (2) बीमा समझौता, (3) निषेध तथा (4) शर्तों में बाँटते हैं।

1. घोषणा (*Declaration*)—इस बीमा में एक पक्ष (Insurer or Surety) दूसरे पक्ष को तीसरे पक्ष (Principal debtor or obligor) की लापरवाही के कारण होने वाली हानि को दूसरे पक्ष (Obligee) को भुगतान कर देता है। इस बीमा में जिस पक्ष को सुरक्षा मिलती है, उसे बीमित व्यक्ति (Insured) या प्रत्याभू (Obligee) के नाम से पुकारते हैं। इसमें तीसरे पक्ष (कर्मचारी या ऋण प्राप्तकर्ता) की लापरवाही के कारण नियोक्ता (Employer) या ऋणदाता द्वारा ऐसा लाभ मिलता है, उसे बन्एध (Bond) के नाम से पुकारते हैं। जब तक तीसरे पक्ष (कर्मचारी या ऋण प्राप्तकर्ता) द्वारा कोई गलती न की जाय, तब तक इसमें

भुगतान नहीं होता है। गलती का तात्पर्य चोरी, बेईमानी या अन्य इसी प्रकार के कार्य से हैं। इसे बीमित समझौते में लिख दिया जाता है।

बीमित समझौता (Insuring Agreement)—इसमें निम्नलिखित बातें लिखी जाती हैं :—

1. दोनों पक्षों (बीमाकर्ता और बीमित व्यक्ति) के नाम,
2. बीमित सम्पत्ति,
3. तीसरे पक्ष जिसके कारण हानि की सम्भावना है,
4. हानि का लक्षण।

इसके अलावा बीमित समझौते की अन्य बातें लिखी जाती हैं।

शर्तें और सीमा (*Conditions and Limitations*)—इसमें बीमा सम्बन्धी तमाम शर्तों को लिखा रहता है तथा शब्दों और पक्षों को परिभाषित करते हैं; जैसे कर्मचारी की परिभाषा, बीमा सुरक्षा का क्षेत्र, उत्तरदायित्व की सीमा, अन्य बीमा, समाप्ति (Cancellation) हानि, सूचनायें, वैधानिक उत्तरदायित्व और बेईमानी आदि।

व्यापक बेईमानी (*Comprehensive Dishonesty*)—व्यापक बेईमानी में बेईमानी (Dishonesty), लापता होना (Disappearance) और नाश (Destruction) शामिल है। अतः इसे 'तीन-द बीमापत्र' (3D-Policy) भी कहते हैं। इस तरह इस बीमा से कई जोखिम बीमित हो जाती हैं। मुख्य-मुख्य रूप से इसमें निम्न बातें शामिल हैं :—

(अ) कर्मचारियों द्वारा बेईमानी के कार्य, चाहे बीमित व्यक्ति के स्थान (Premises) में हो या बाहर;

(ब) बीमित व्यक्ति के स्थान (Premises) पर गैर-कर्मचारी (Non-employee) द्वारा की गयी बेईमानी के कार्य;

(स) गलत लेख (Forgeries) चाहे कर्मचारी द्वारा किये जायँ या गैर-कर्मचारी द्वारा किये जायँ।

प्रस्ताव-पत्र—चोरी बीमा के प्रस्ताव में सम्पत्ति की स्थिति, निर्माण, प्रयोग तथा बीमापत्रधारी का अधिकार आदि लिखा जाता है। जिस मकान में सम्पत्ति रखी गयी है, उसके दरवाजे-खिड़कियाँ किस प्रकार की हैं। मकान निवास स्थान है, दुकान या फैक्ट्री है या अन्य कोई कार्य किये जाते हैं। उस सम्पत्ति की देख-भाल के लिए चौकीदार रहता है। मूल्यवान वस्तुएँ कहाँ रखी जाती हैं? उसको रखने के लिए सेफ (Safe) आदि का प्रयोग करते हैं या नहीं। सम्पत्तियों का अलग-अलग मूल्यांकन करना जरूरी है। नैतिक जोखिम की क्या सम्भावना है, पड़ोसी व्यक्ति कौन-कौन हैं और क्या-क्या कार्य हो रहे हैं।

दावे का भुगतान—हानि की पूर्ण जाँच करने के बाद उसका भुगतान किया जाता है। प्रमाण के लिये बहुत-सी चीजों की आवश्यकता होती है, संक्षेप में अग्नि बीमा के भुगतान के लिए अपनायी गयी पद्धतियों का इसमें प्रयोग किया जाता है।

निष्ठा या प्रत्याभूति बन्ध
(Fidelity and Surety Bonds)

प्रत्याभूति बन्ध या निष्ठा के अन्तर्गत एक पक्ष (One Party) तीसरे पक्ष (Third Party) के प्रति दूसरे पक्ष (Second Party) के कार्य या लापरवाही के कारण उत्तरदायी हो जाता है। जो व्यक्ति अर्थात् एक पक्ष (One Party) इस प्रकार तीसरे पक्ष के लिये जिम्मेदार होता है, उसे 'प्रत्याभू' (Surety) कहते हैं तथा तीसरे पक्ष को (Obligee) कहते हैं। जिस पक्ष के कार्य के कारण यह जिम्मेदारी उत्पन्न होती है, उसे प्रधान ऋणी (Principal Debtor) या Obligator कहते हैं।

यह बन्ध स्पष्ट रूप से कोई बीमा का प्रसंविदा नहीं है। इसमें और बीमा प्रसंविदा में निम्न अन्तर है :—

1. बीमा प्रसंविदा में केवल दो पक्ष होते हैं जबकि निष्ठाबन्ध में तीन पक्ष होते हैं। प्रत्याभू (Surety) Obligee को होने वाली हानि के लिए जिम्मेदार होता है, परन्तु यह केवल प्रधान के कारण होने वाली हानि के प्रति ही जिम्मेदार होता है। बीमा प्रसंविदा में बीमित व्यक्ति को ही भुगतान किया जाता है।
2. निष्ठाबन्ध में प्रत्याभू प्रधान से हानि को वापस प्राप्त करने का अधिकार रखता है, जबकि बीमा प्रसंविदा में ऐसा नहीं होता है। निष्ठाबन्ध में प्रत्यासन का सिद्धान्त तीसरे पक्ष के प्रति लागू होता है। लेकिन बीमा प्रसंविदा में बीमित व्यक्ति के प्रति प्रत्यासन का सिद्धान्त लागू होता है।
3. व्यक्तिगत निष्ठाबन्ध एक विश्वास का प्रसंविदा होता है, जबकि निगम द्वारा निर्गमित निष्ठाबन्ध बीमा प्रसंविदा का रूप हो सकता है।

विकास—प्रत्याभूति या जमानत का प्राचीनतम रूप व्यक्तिगत या पारिवारिक था। उसके बाद कुछ व्यक्तियों ने जमानत बन्ध या निष्ठाबन्ध को प्रमाणित करने का व्यापार कर लिया और कुछ शुल्क लेकर विश्वस्त व्यक्तियों का बन्ध स्वीकार किया जाने लगा। वह बन्ध कुछ निश्चित समय के लिये हुआ करते थे। इंगलैण्ड में 18वीं शताब्दी में किसी तीसरे पक्ष के द्वारा होने वाली हानि को पूरा करने का बीमा किया जाने लगा और बहुत से निगम या निबन्धित प्रमण्डल इस क्षेत्र में आकर कार्य करने लगे।

वर्तमान रूप—प्रत्याभूति बन्ध (Surety Bonds) उन अभिकर्ताओं द्वारा निर्गमित होते थे, जो किसी दूसरे बीमा क्षेत्र में कार्य करते थे। चूँकि ये बीमा व्यापार से भिन्न था, अतः इसमें कोई स्वतन्त्र व्यक्ति कार्य नहीं करता था। बीमा व्यापार का यह सहायक व्यापार था।

ये बन्ध इस आशा पर लिखे जाते थे कि कोई हानि नहीं होगी अर्थात् तीसरे पक्ष द्वारा किसी प्रतिबन्धित (Restricted) कार्य को नहीं किया जायगा और न कोई लापरवाही ही करेगा। प्रधान यानी तीसरा पक्ष कार्यों को गलत या विपरीत रूप से नहीं करेगा। यदि उसने यथावर्णित रूप से अपनी जिम्मेदारी पूरी की है तो प्रत्याभू (Surety) या बीमाकर्ता की कोई जिम्मेदारी नहीं होगी। यदि प्रधान ने अपने कार्यों को प्रसंविदा के अनुसार पूरा नहीं किया तो बन्ध में वर्णित रकम का भुगतान करना पड़ेगा।

बन्ध में दण्ड (*Penalty of the Bond*)—दी गयी जिम्मेदारी को यदि पूरा नहीं किया जाता है तो बन्धकर्ता (Band-holder) या प्रत्याभू (Surety) को दण्डस्वरूप कुछ रकम देना पड़ता है। दण्ड की रकम बीमित रकम होती है।

निष्ठा में बीमित जोखिम (*Fidelity and Surety Coverages*)—निष्ठाबन्ध में तीसरे पक्ष की बेईमानी के कारण होने वाली हानि को पूरा किया जाता है, जबकि जमानत (Surety) में किसी व्यक्ति की लापरवाही और योग्यता की कमी के कारण होने वाली हानि पूरी की जाती है।

बन्ध के रूप

बन्ध के तीन रूप होते हैं—(अ) विश्वसनीयता (Fidelity) बन्ध, (ब) न्यायिक (Judicial) बन्ध और (स) प्रसंविदायिक (Contractual) बन्ध। न्यायिक बन्ध के भी दो रूप हैं—(1) पारस्परिक (Fiduciary) और (2) वित्तीय (Financial)।

दूसरी तरह के बन्ध के 6 रूप हो सकते हैं—

(1) निष्ठा (Fidelity), (2) न्यायिक (Judicial), (3) प्रसंविदायिक (Contractual), (4) जमा (Depository) और अन्य, (5) अनुज्ञापत्र और परमिट (Licence and Permit) तथा (6) संघीय (Federal)।

1. निष्ठा बन्ध (*Fidelity Bond*)—निष्ठा बन्ध के अन्तर्गत नियोक्ता (Employer) को कर्मचारी (Employee) की गलती या लापरवाही के कारण होने वाली हानि को पूरा किया जाता है। इसको चोरी बीमा के अन्तर्गत बताया जा चुका है।

2. न्यायिक बन्ध (*Judiciary Bond*)—इसे न्यायालय (Court) बन्ध भी कहते हैं। न्यायालय में होने वाले बन्ध को इसी के अन्तर्गत शामिल किया जाता है। ये दो प्रकार के होते हैं—(1) पारस्परिक (Fiduciary) और (2) वित्तीय। पारस्परिक के अन्तर्गत संरक्षक या प्रन्यासी के पक्ष में बन्ध बनाया जाता है जबकि वित्तीय में न्यायालय की आवश्यकताओं के अनुसार वित्तीय बन्ध किये जाते हैं। इस जमानत (Bail) के सम्बन्ध में जमानती भरता है।

3. प्रसंविदा बन्ध (*Contractual Bond*)—प्रसंविदा के अनुसार इसमें कार्य करने की जिम्मेदारी होती है। यह बन्ध प्रसंविदा की शर्तों के अनुसार कार्य करने की जिम्मेदारी प्रस्तुत करती है। यदि उन शर्तों के अनुसार कार्य न किया गया तो प्रत्याभू (Surety) उसके कारण होने वाली हानि की क्षतिपूर्ति करता है।

4. जमा और विविध बन्ध (*Depository and Miscellaneous-Bonds*)—इससे बैंक में जमा या अन्य इसी प्रकार के जमा के प्रति उत्तरदायित्व उत्पन्न होता है। जीवन बीमापत्र जमा करने की जिम्मेदारी उत्पन्न हो जाती है।

5. अनुज्ञापत्र—अनुज्ञापत्र या परमिट के दुरुपयोग के कारण होने वाली जनता की हानि इस बन्ध से बीमित होती है।

6. संघीय बन्ध—निर्यात आयात या अन्य इसी प्रकार के सरकारी कार्यों के प्रति

प्रत्याभू की जिम्मेदारी होती है। यदि इसमें कहीं कोई कमी या हानि हुई तो बीमाकर्ता उसका भुगतान करेगा।

प्रत्यासन का सिद्धान्त इस बन्ध में उसी प्रकार लागू होता है जैसा कि अग्नि बीमा के सम्बन्ध में। इसका वर्णन पीछे किया जा चुका है। इसी प्रकार बीमापत्र को अभिहस्तांकित भी नहीं किया जा सकता है।

दायित्व बीमा
(Liability Insurance)

अर्थ—दायित्व बीमा में विधान द्वारा निर्धारित क्षतिपूर्ति की जिम्मेदारी होती है। विधान द्वारा निर्धारित जिम्मेदारी (Liability imposed by law) और कल्पित जिम्मेदारी (Assumed liability) में अन्तर होता है। विधान द्वारा निर्धारित जिम्मेदारी किसी व्यक्ति को या उसकी सम्पत्ति को क्षति के कारण उत्पन्न होती है। वैधानिक जिम्मेदारी और प्रसंविदायिक जिम्मेदारी (Contractual liability) को एक ही प्रकार से प्रयोग करते हैं। ये दोनों वैधानिक जिम्मेदारी ही कहलाती हैं क्योंकि दोनों कानून द्वारा मान्य है। सामान्य जिम्मेदारी (Public Liability) को इसके अन्दर शामिल करते हैं। इसमें दुर्घटना के कारण होने वाली जिम्मेदारी भी शामिल होती है। जो तीसरे व्यक्ति को शारीरिक चोट और सम्पत्ति की क्षति के कारण उत्पन्न हो।

बीमित जोखिम—दायित्व बीमा में तीसरे पक्ष को शारीरिक चोट और सम्पत्ति की **क्षति कारण** बीमित व्यक्ति की उत्पन्न जिम्मेदारी का भुगतान किया जाता है। अतः इसमें **बीमित** जोखिम के निम्न प्रकार हो सकते हैं :

1. शारीरिक चोट जिम्मेदारी (Body Injury liability) और
2. सम्पत्ति क्षति जिम्मेदार (Property Damage liability)।

दुर्घटना या विस्फोट के कारण उत्पन्न इन जिम्मेदारियों के प्रति बीमाकर्ता बीमा करता है। जिम्मेदारी बीमा में व्यापक बीमापत्र (Comprehensive Policy) के अन्तर्गत बहुत-सी ऐसी ही जिम्मेदारी संवृत की जाती है जो कि अज्ञात या अदृश्य घटनाओं (Exposures) के कारण उत्पन्न हो।

जिम्मेदारी और साधारण बीमा में अन्तर—साधारण बीमा प्रसंविदा में केवल दो पक्ष होते हैं—(1) बीमाकर्ता और (2) बीमित व्यक्ति और बीमित व्यक्ति को होने वाली हानि की क्षतिपूर्ति की जाती है। जिम्मेदारी बीमा में भी दो पक्ष—(1) बीमाकर्ता और (2) बीमित व्यक्ति होते हैं, लेकिन भुगतान तीसरे पक्ष को होता है जिसको बीमित व्यक्ति के कारण शारीरिक चोट पहुँचे और जिसकी सम्पत्ति क्षति हो। यह तीसरा पक्ष कोई भी व्यक्ति हो सकता है, जिसे शारीरिक चोट पहुँचे या जिसकी सम्पत्ति की क्षति हो। यह चोट या क्षति बीमित व्यक्ति के बीमित जोखिम के कारण होना चाहिए। चूँकि ऐसी घटना से बीमित व्यक्ति की यह वैधानिक जिम्मेदारी हो जाती है कि वह ऐसे क्षति सहनकर्ता को भुगतान करे, अतः इस जिम्मेदारी के लिए अर्थात् ऐसी जिम्मेदारी पर किये गये भुगतान के प्रति बीमा कराया जा सकता है।

तीसरे पक्ष की इस जिम्मेदारी के कारण इसे तीसरा पक्ष बीमा (Third Party Insurance) कहते हैं। लेकिन यहाँ इस बात का पता होना चाहिए कि यह कोई बीमा नहीं

है, क्योंकि तीसरे पक्ष को बीमाकर्ता से भुगतान प्राप्त करने की जिम्मेदारी नहीं होती है। तीसरा पक्ष केवल दूसरे पक्ष से ही भुगतान प्राप्त कर सकता है।

व्यापार और पेशे में दायित्व जोखिम (Liability Risk in Business and Professional Activities)—दायित्व बीमा में बीमित व्यक्ति की लापरवाही (Negligence) के कारण उत्पन्न जोखिम को शामिल करते हैं। इसका व्यावहारिक उदाहरण मोटर चालक के तीसरे पक्ष की जिम्मेदारी है। मोटर चालन के कारण यदि तीसरे पक्ष को कुछ शारीरिक चोट या सम्पत्ति की हानि पहुँचे तो मोटर चालक की यह वैधानिक जिम्मेदारी हो जाती है कि वह उस क्षति को पूरा करे।

लापरवाही के कार्य—जिम्मेदारी जो जान-बूझकर उत्पन्न हो, उसके लिए बीमाकर्ता से भुगतान नहीं प्राप्त किया जा सकता है। ये जिम्मेदारी लापरवाही या समाश्वासन भंग अनैच्छिक कारण से उत्पन्न होना चाहिए।

प्रत्यक्ष और अप्रत्यक्ष जिम्मेदारी—उपरोक्त प्रत्यक्ष जिम्मेदारी के अलावा बीमाकर्ता की अप्रत्यक्ष जिम्मेदारी भी होती है। अप्रत्यक्ष जिम्मेदारी प्रत्यक्ष जिम्मेदारी के परिणामस्वरूप उत्पन्न होती है। ऐसी स्थितियां आ सकती हैं जिसमें तीसरे पक्ष को इस प्रत्यक्ष जिम्मेदारी के कारण कोई जोखिम उत्पन्न हो सकती है। एक ठेकेदार और उप-ठेकेदार की यही जिम्मेदारी होती है। निर्माण या फैक्ट्री में अप्रत्यक्ष जिम्मेदारी उत्पन्न हो सकती है।

जोखिम—बीमाकर्ता उन तमाम हानियों के प्रति जिम्मेदार होगा, जिसके प्रति बीमित व्यक्ति तीसरे पक्ष के लिये विधान द्वारा जिम्मेदार होता है। ये जिम्मेदारियाँ वैधानिक इसलिए कहलाती हैं कि विधान द्वारा निर्धारित की जाती हैं। इन्हें प्रमाणित बीमापत्र (Standard Policy) में शामिल किया जाता है। जिम्मेदारियाँ—(1) अपराध सम्बन्धी (Criminal) या (2) नागरिक (Civil) हो सकती हैं। अपराध की जिम्मेदारियाँ राज्य द्वारा दण्डनीय होती हैं और इसके सम्बन्ध में व्यक्ति की जिम्मेदारी उत्पन्न हो जाती है। नागरिक जिम्मेदारियों में विश्वास का त्याग (Torts) और प्रसंविदा के टूटने (Breach of Contracts) के कारण होने वाली जिम्मेदारियाँ आती हैं। विश्वास के त्याग में कपट, हमला, लापरवाही आदि आती हैं; प्रसंविदा के टूटने में अन्यायिक अस्वीकृति (Unjustifiable Refusal) या कर्त्तव्यों को पूरा न करने के कारण उत्पन्न जिम्मेदारियाँ आती हैं। अपराध की जिम्मेदारियाँ बीमित नहीं हैं, परन्तु नागरिक (Civil) जिम्मेदारियाँ (Liabilities) बीमित होती हैं।

सामान्य दायित्व बीमा (*General Liability Coverages*)—सामान्य दायित्व बीमा में बहुत-सी जोखिमों का बीमा किया जाता है। इसके सम्बन्ध में बीमित दायित्व पत्र (Liability Manual) को बीमा का आधार माना जाता है। इसमें निम्न मुख्य-मुख्य जोखिम को बीमित करते हैं—(1) प्रसंविदायिक दायित्व बीमा, (2) ऊर्ध्वयन्त्र (Elevator) दायित्व बीमा, (3) निर्माणकर्ता और ठेकेदार दायित्व बीमा, (4) मालिक, मकान मालिक और किरायेदार दायित्व बीमा, (5) मालिक और ठेकेदार का संरक्षण दायित्व बीमा, उत्पादन दायित्व बीमा। इस बीमा को व्यापार जोखिम में शामिल करते हैं या इनके अलावा चार प्रकार के दायित्व और हैं, जिन्हें सेवा या पेशा जोखिम में शामिल करते हैं; ये हैं—(1) दवा विक्रेता दायित्व, (2) अस्पताल दायित्व बीमा, (3) अन्य चिकित्सा दायित्व बीमार और (4) डाक्टर, सर्जन दायित्व बीमा।

व्यापारिक जोखिम

1. प्रसंविदायिक दायित्व बीमा—जनता दायित्व (Public Liability) में विधान द्वारा निर्धारित दायित्व व्यक्ति को सहन करना पड़ता है। कुछ जोखिमों को अलग भी किया रहता है जिनको स्पष्ट रूप से लिखकर बीमित कर लेते हैं। व्यापक बीमापत्र में इन सबको संवृत करते हैं, कभी-कभी अभिलेखन द्वारा इन जिम्मेदारियों को बीमित कर लेते हैं। कल्पित जोखिमों को भी इनमें संवृत किया जा सकता है। प्रसंविदा बीमा में वे सभी जिम्मेदारियाँ आ जाती हैं जो कि तीसरे पक्ष को शारीरिक चोट या सम्पत्ति क्षति से उत्पन्न हो जाती हैं।

यह बीमापत्र मकान निर्माणकर्ताओं या ठेकेदारों को दिये जाते हैं जो कि शहर की सड़कों पर ईंट, बालू आदि एकत्रित करते हैं जिसके कारण उन्हें तीसरे पक्ष के सम्बन्ध में जिम्मेदारियाँ आ सकती हैं। जनता की सुविधाओं को प्रयोग करने के कारण उत्पन्न जोखिमों का बीमा इसी बीमापत्र के अन्तर्गत होता है। इसी प्रकार रेलवे द्वारा जनता के हित के लिए या व्यक्ति विशेष के लिए तैयार किये जाने वाले पुल आदि के सम्बन्ध दायित्व उत्पन्न हो सकते हैं। यदि प्रसंविदायिक जोखिम को स्पष्ट रूप से अलग नहीं किया गया है तो ये सामान्य दायित्व के अन्तर्गत शामिल होते हैं।

2. ऊर्ध्व यन्त्र दायित्व (Elevator Liability)—बीमित व्यक्ति के ऊर्ध्व यन्त्र (Elevator) के कारण जनता (Public) को जोखिम हो सकती है, जिससे यन्त्र के मालिक की जिम्मेदारी जनता के प्रति हो सकती है। इस यन्त्र के प्रयोग आदि के कारण जनता को शारीरिक चोट या सम्पत्ति क्षति हो सकती है। इन दोनों के अतिरिक्त मुठभेड़ (Collision) की जोखिम भी शामिल होती है। दुर्घटना (Accident) के कारण ही ये तीनों दायित्व उत्पन्न होते हैं।

फैक्ट्री, होटल, भवन या अन्य जगहों पर प्रयोग किये जाने वाले ऊर्ध्व यन्त्रों से दायित्व की मात्रा बढ़ जाती है। ऊर्ध्व यन्त्र के प्रयोगकर्ता, स्वामी, मरम्मतकर्ता या कार्यकर्ता के द्वारा दुर्घटना होने पर ये जिम्मेदारी होती है।

3. निर्माणकर्ता और ठेकेदारों का दायित्व (*Manufacturer's and Contractor's Liability*)—निर्माणकर्ता के दायित्व कार्यस्थल पर तीसरे पक्ष को शारीरिक चोट या सम्पत्ति क्षति के कारण उत्पन्न होते हैं। इसमें प्रव्याजि का निर्धारण उसी प्रकार किया जाता है जैसे मकान मालिक भू-सम्पत्ति आदि के दायित्व का किया जाता है। यदि निर्माणकर्ता ने नये कार्यस्थल बनाये हैं तो वह भी इसी के अन्तर्गत शामिल हो सकता है। इसमें तीसरे पक्ष को—(1) शारीरिक चोट और (2) सम्पत्ति क्षति के प्रति बीमा कराया जाता है। व्यक्तिगत सम्पत्ति क्षति को शामिल कर भी सकते हैं और नहीं भी कर सकते हैं।

1. शारीरिक चोट—बीमित व्यक्ति के व्यापार के कारण दुर्घटना होने पर सामान्य व्यक्ति (Public) को शारीरिक चोट लगने, बीमार होने या मृत्यु पर बीमित व्यक्ति की जिम्मेदारी उत्पन्न हो जाती है। कार्यस्थल (Premises) पर बीमित व्यक्ति के कर्मचारी द्वारा उत्पन्न दुर्घटना के कारण तीसरे पक्ष की इस जिम्मेदारी को भी बीमित किया जाता है। कार्यस्थल के बाहर भी कर्मचारियों द्वारा किये जाने वाले कार्यों के कारण उत्पन्न दुर्घटना भी इसी में शामिल है। कर्मचारी तीसरे पक्ष की परिभाषा में न आने के कारण इस बीमा से संवृत

नहीं है, लेकिन यदि कोई कर्मचारी तीसरे पक्ष की तरह जोखिम सहता है तो वह इससे भुगतान पा सकता है। जैसे वह कार्यस्थल पर कार्य न कर रहा हो या व्यक्तिगत उद्देश्य से कार्यस्थल पर जोखिम सहता हो तो वह तीसरे पक्ष की तरह बीमित हो सकता है। नियोक्ता के आवेदक, निर्माणकार्य दर्शनार्थी, विक्रेता आदि तीसरे पक्ष की श्रेणी में आते हैं।

2. सम्पत्ति की क्षति—उस सम्पत्ति क्षति के लिए बीमाकर्ता जिम्मेदार होगा, जिसके लिए बीमित व्यक्ति विधान की दृष्टि से दायी होता है। तीसरे पक्ष की सम्पत्ति बीमित व्यक्ति के निर्माण कार्यों के कारण आंशिक या पूर्णरूप से नष्ट हो सकती है। इसके लिए बीमित व्यक्ति जिम्मेदार होगा लेकिन बीमा की दशा में बीमाकर्ता से भुगतान प्राप्त किया जा सकता है।

विशेष लेख—बीमित व्यक्ति इस बीमा के अन्तर्गत भुगतान उस दशा में भी पा सकता है, जिस दशा में तीसरे पक्ष के कारण उसके भवन को क्षति पहुँचे, बशर्ते कि इसका बीमा कराया गया हो। निर्माणकर्ता विशेष अभिलेखन द्वारा निर्माण की अवधि में मोटर, ऊर्ध्व यन्त्र या अन्य निर्माणगत सम्पत्तियों को शामिल कर सकते हैं। इसी प्रकार निर्माण हेतु विध्वंस कार्य भी बीमित होता है।

4. मालिक और किरायेदार का दायित्व (*Owner's Landlord's and Tenant's Public Liability*)—इस बीमा में मालिक के स्वामित्व संधारण (Maintenance), साधारण परिवर्तन या मरम्मत, भू-सम्पत्ति के प्रयोग आदि की दुर्घटना के कारण तीसरे पक्ष को होने वाली शारीरिक चोट या मृत्यु के लिए भुगतान किया जाता है। ये दायित्व कार्यस्थल में या कार्यस्थल के बाहर किये जाने वाले कार्यों के प्रति उत्पन्न हो सकते हैं। प्रदर्शन और मशीनों के लगाने आदि के कारण दायित्व उत्पन्न हो सकता है। शारीरिक चोट के अलावा सम्पत्ति की हानि भी इसमें बीमित होती है।

5. ठेकेदार दायित्व (*Contractor's Liability*)—ठेकेदार की लापरवाही के कारण उत्पन्न दायित्व के लिए बीमा इसके अन्तर्गत कराया जा सकता है। यह उपरोक्त के समान ही है।

6. उत्पादन दायित्व (*Product Public Liability*)—निर्माता या उत्पादक की लापरवाही, गलती आदि के कारण उत्पादन उपभोग के अयोग्य हो सकता या उपभोक्ता की मृत्यु या शारीरिक रोग हो सकता है। इस बीमा के अन्तर्गत—(1) प्रत्येक व्यक्ति, (2) प्रत्येक दुर्घटना और (3) सामूहिक दायित्व बीमित होते हैं। उत्पादन की बुराई या उत्पत्ति की खराबी के कारण ये दायित्व उत्पन्न होते हैं।

फुटकर विक्रेता को विक्रय वस्तु की कमी या खराबी के कारण उपभोक्ता के प्रति जिम्मेदारी हो जाती है क्योंकि ऐसी वस्तुओं से उपभोक्ता को रोग हो सकता है या उसकी मृत्यु हो सकती है। इस प्रकार के दायित्व का बीमा कराया जाता है।

सेवा दायित्व बीमा (*Professional Liability Insurance*)—सेवा दायित्व बीमा में निम्न दायित्व को बीमित करते हैं :—

7. दवा विक्रेता दायित्व—दवा विक्रेताओं का दायित्व रोगियों के प्रति होता है। दवाओं के प्रयोग से रोगियों की मृत्यु हो सकती है या उन्हें बहुत कठोर रोग का सामना करना पड़ सकता है या उनका रोग विकृत हो सकता है। ऐसे दुष्परिणामों के प्रति दवा विक्रेता का

दायित्व उत्पन्न हो जाता है। लापरवाही या गलती के कारण उत्पन्न दायित्वों का बीमा कराया जा सकता है। अवैधानिक दायित्वों के प्रति बीमाकर्ता की कोई जिम्मेदारी नहीं होती है। ध्यान देने की बात यह है कि यहाँ पर दायित्व दुर्घटना के कारण नहीं, बल्कि कार्य घटना (Occurrence) के कारण होता है।

8. अस्पताल दायित्व (*Hospital Liability*)—अस्पताल में कार्यकर्ताओं की लापरवाही गलती या दुर्व्यवहार (Malpractice) के कारण उत्पन्न दायित्व का बीमा कराया जा सकता है। अपराध के कार्यों के प्रति जिम्मेदारी का बीमा नहीं कराया जा सकता है। कर्मचारियों के चोट को बीमित नहीं किया जा सकता है। व्यापारिक कमी या छूट के कारण उत्पन्न दायित्व का बीमा नहीं हो सकता है।

9. चिकित्सा दायित्व (*Miscellaneous Medical Liability*)—कई प्रकार की चिकित्सा में रोगियों की जिम्मेदारी होती है। रक्त बैङ्क, एक्स-रे आदि चिकित्सा में रोगियों के प्रति दायित्व हो जाते हैं।

10. डाक्टर या चिकित्सक दायित्व—रोगियों के प्रति चिकित्सकों की जिम्मेदारियाँ होती हैं। उनका बीमा कराया जा सकता है। लापरवाही या गलती से रोग में वृद्धि हो सकती है या रोगियों की मृत्यु हो सकती है।

दायित्व बीमा का स्वरूप
(Form of Liability Insurance)

अन्य बीमा की भाँति इस बीमा में भी—(1) घोषणा, (Declaration), (2) बीमित समझौता (Insuring Agreement), (3) शर्तें, (4) निषेध या अतिरिक्त (Exclusion) होते हैं।

1. घोषणा (*Declaration*)—सामान्य दायित्व बीमा में एक से अधिक दायित्वों का बीमा किया जा सकता है। विशेष (Special) दायित्व बीमा में एक या कुछ निश्चित दायित्वों के लिए बीमा कराया जा सकता है। इन दायित्वों का पहले वर्णन किया जा चुका है। बीमाकर्ता का नाम, बीमित रकम, बीमित व्यक्ति तथा दायित्वों का वर्णन बीमापत्र के इस भाग (घोषणा) के अन्तर्गत किया जाता है।

2. बीमित समझौता (*Insuring Agreement*)—बीमित जोखिमों के कारण बीमित व्यक्ति के लिए उत्पन्न दायित्व का भुगतान किया जाता है। यह दायित्व तीसरे पक्ष को शारीरिक चोट या सम्पत्ति की क्षति के कारण होता है। शारीरिक चोट में सेवा या व्यापार की लापरवाही या गलती के कारण दायित्व उत्पन्न होता है। सम्पत्ति क्षति में सम्पत्ति की हानि या क्षति होती है। तीसरे पक्ष के लिए यह दायित्व उत्पन्न होता है।

बीमित व्यक्ति की परिभाषा—बीमित व्यक्ति के अन्तर्गत स्वामी; कम्पनी के अन्तर्गत संचालक, कार्यकारी अधिकारी, स्कन्धधारी; साझेदारी की दशा में साझेदार बीमित व्यक्ति की श्रेणी में आते हैं, बशर्ते कि ये व्यक्ति कार्य संलग्न हों और व्यापार या पेशा सम्बन्धी कार्य में रत हों।

कर्मचारियों के कार्य—दायित्व बीमा में केवल लापरवाही या गलती ही बीमित नहीं

होती, बल्कि कर्मचारियों की चोरी (Barratry) और हमला (Assault) भी शामिल हैं। परन्तु बीमित व्यक्ति की चोरी और हमला इसमें संवृत नहीं होता है।

निरीक्षण—दावे के निरीक्षण की लागत बीमाकर्ता को सहन करना पड़ता है। निरीक्षण कार्य की जिम्मेदारी भी उसी की होती है।

3. **शर्तें** (*Conditions*)—दायित्व बीमा के प्रकार में निम्न शर्तों को अपनाया जाता है :—

(क) दुर्घटना की सूचना, (ख) दावे की सूचना, (ग) बीमित व्यक्ति का सहयोग, (घ) बीमाकर्ता के प्रति कार्य (Action), (ङ) अन्य बीमा, (च) प्रत्यासन, (छ) बीमापत्र परिवर्तन, (झ) समाप्ति, (ज) वैधानिक विवाद और (झ) घोषणा।

(क) दुर्घटना की सूचना (*Notice of Accident*)—दुर्घटना होने पर बीमित व्यक्ति की ओर से वह या उसका कोई प्रतिनिधि दुर्घटना की सूचना बीमाकर्ता को यथा-शीघ्र देगा। इस सूचना में बीमित व्यक्ति का परिचय, नाम, पता, साक्षी, दुर्घटना का समय, स्थान और परिस्थितियाँ लिखी रहती हैं।

(ख) अध्यर्थन या दावे की सूचना (*Notice of Claims or Suit*)—बीमा के सम्बन्ध में दावे की सूचना देना जरूरी है। इसमें दावे की मांग, सूचना विवरण आदि देना पड़ता है। एक निश्चित अवधि के अन्तर्गत सूचना देना जरूरी है, अन्यथा वैधानिक कठिनाइयाँ उत्पन्न हो सकती हैं।

(ग) बीमित व्यक्ति का सहयोग (*Assistance and co-operation of the Insured*)—बीमित व्यक्ति की यह जिम्मेदारी है कि दावे के भुगतान के लिए बीमाकर्ता की सहायता करे। वह ऐसा कार्य न करे जिससे कि लागत में वृद्धि हो पर दुर्घटना के समय आवश्यक चिकित्सा के लिए खर्च कर सकता है।

(घ) बीमाकर्ता के प्रति कार्य (*Action against the Company*)—बीमित व्यक्ति का यह कर्त्तव्य है कि वह बीमापत्र की शर्तों का पालन करे। बीमाकर्ता दावे के लिए जो बातें पूछे या माँगे उसे पूरा करना बीमित व्यक्ति के लिए आवश्यक है।

(ङ) अन्य बीमा (*Other Insurance*)—दायित्व बीमा द्वारा केवल उतनी रकम का भुगतान होगा, जितने की हानि होगी। यदि उसी जोखिम का बीमा और दूसरी जगह से कराया गया है तो कुल मिलाकर दायित्व की रकम का भुगतान किया जायगा।

(च) प्रत्यासन (*Subrogation*)—बीमाकर्ता द्वारा दायित्व का भुगतान किये जाने पर बीमित व्यक्ति के अधिकारों और दायित्व को बीमाकर्ता प्राप्त कर लेता है। बीमित व्यक्ति को चाहिए कि वह बीमित दायित्व सम्बन्धी सभी प्रपत्रों को बीमाकर्ता के साथ पेश करे। इसका उद्देश्य यह है कि क्षति की रकम से अधिक भुगतान न किया जाय।

(छ) बीमापत्र परिवर्तन (*Policy Changes*)—बीमापत्र में परिवर्तन केवल अभिहस्तांकन द्वारा ही किया जाता है।

(ज) समाप्ति (*Cancellation*)—बीमाकर्ता सूचना देकर प्रसंविदा को रद्द कर सकता है। इसके लिए सम्बन्धित प्रव्याजि को वह लौटा देगा।

(झ) घोषणा (*Declaration*)—बीमित व्यक्ति को एक प्रव्याजि के बदले दायित्व का भुगतान किया जायगा। इसके लिए बीमाकर्ता प्रव्याजि प्राप्त करने का अधिकार रखता है। बीमित रकम का भुगतान बीमित व्यक्ति या उसके प्रतिनिधि को किया जायगा।

कार्यघटना और दुर्घटना
(Occurrence and Accident)

दायित्व बीमा में भुगतान का दायित्व तभी होता है जबकि कार्य-घटना (Occurrence) हो। दुर्घटना (Accident) की दशा में भुगतान पहले नहीं किया जाता था, परन्तु अब इसे शामिल करने लगे हैं। मकान मालिक, किरायेदार और ठेकेदार तथा उत्पादन दायित्व में दुर्घटना के कारण दायित्व का बीमा होने लगा है।

दुर्घटना एक ऐसी घटना है जो अचानक हो तथा अप्रत्याशित हो जबकि कार्य-घटना (Occurrence) के होने की आशा पायी जाती हो। कार्य-घटना के अन्तर्गत दुर्घटना भी शामिल हो सकती है, परन्तु दुर्घटना के अन्तर्गत कार्य-घटना नहीं आ सकती है। कार्य-घटना ऐसी है जो बार-बार होती हो, लगातार होती हो या जो कई बार होती हो और बीमापत्र की अवधि में अकारण जोखिम उत्पन्न करती हो। जैसे विक्रय घटना बार-बार होती है, लेकिन किसी विक्रय के कारण अचानक (अकारण) उपभोक्ता को हानि हो सकती है। इसी प्रकार फैक्ट्री की चिमनी से निकले हुए धुएँ के कारण कृषि फसल को हानि हो सकती है। इसी प्रकार निर्माण कार्य के कारण किसी तीसरे पक्ष को हानि होना, कार्य-घटना के अन्तर्गत आते हैं। कार्य-घटना (Occurrence) के आधार पर बीमित जोखिम दुर्घटना (Accident) की जोखिम से विस्तृत होती है। इस विस्तृत रूप में बीमा अब अधिक नहीं मिलते, जबकि दुर्घटना के आधार पर बीमा आसानी से प्राप्त हो जाते हैं। कार्य-घटना में जोखिम धीरे-धीरे होती है।

दायित्व बीमा दुर्घटना बीमा नहीं है—दायित्व बीमा में बीमित व्यक्ति को होने वाली हानि का भुगतान नहीं किया जाता है अर्थात् दुर्घटना के कारण बीमित व्यक्ति को जो स्वयं हानि होती है, उसका भुगतान नहीं होता है। इसके विपरीत इस बीमा से बीमित व्यक्ति को तीसरे पक्ष के दायित्व से छुटकारा मिलता है और वह तभी भुगतान होगा, जबकि बीमित व्यक्ति को विधान द्वारा इस तीसरे पक्ष के भुगतान का दायित्व उत्पन्न होता हो। जहाँ पर वैधानिक दायित्व नहीं होगा, वहाँ पर बीमाकर्ता भुगतान के लिए जिम्मेदार नहीं होगा।

4. **निषेध** (*Exclusion*)—(1) इस बीमा में कर्मचारी क्षतिपूर्ति (Workmen Compensation) बीमा शामिल नहीं होता है, (2) कर्मचारी की मृत्यु, रोग या बीमारी इसमें शामिल नहीं होती है। (3) इसी प्रकार अन्य बीमा के अन्तर्गत बीमित जोखिम इसके अन्तर्गत संवृत नहीं होती है। लेकिन प्रसंविदायिक दायित्व इसके अन्तर्गत आ जाते हैं। (4) बीमित व्यक्ति को होने वाली व्यक्तिगत क्षति इसमें शामिल नहीं होती है। (5) अग्नि बीमा के अन्तर्गत बीमित जोखिम इसमें संवृत नहीं होती है।

□□□

अध्याय 36

मोटर बीमा

मोटर बीमा में संवृत की जाने वाली जोखिम

मोटर बीमा के अन्तर्गत बहुत-सी जोखिम को बीमित किया जाता है। इनमें से कुछ के लिए बीमा कराना अनिवार्य होता है।

1. सम्पत्ति की क्षति (*Property Damage*)—मोटर (Automobile) की क्षति या हानि इसमें शामिल है; जैसे—(1) अग्नि, (2) चोरी, (3) किसी वस्तु से चाहे स्थिर हो या अस्थिर टकरा जाना, (4) अन्य क्षति जैसे शीशे का टूटना, बाढ़ आने से क्षति होना या अन्य प्रकार की जोखिम। इस तरह मोटर की क्षति में अग्नि चोरी, टक्कर और अन्य जोखिम शामिल होती है।

2. वैयक्तिक चोट—मोटर मालिक, उसकी स्त्री या परिवार के अन्य सदस्यों की शारीरिक चोट या मृत्यु होना।

3. तीसरे पक्ष का दायित्व—मोटर गाड़ी के प्रयोग से दुर्घटना होने पर तीसरे पक्ष की सम्पत्ति क्षति या शारीरिक चोट लगने पर दायित्व उत्पन्न होना। शारीरिक चोट में मृत्यु भी शामिल होती है।

इस प्रकार मोटर बीमा को तीन भागों में बाँट सकते हैं; जैसे—(1) सम्पत्ति बीमा (Property Insurance), (2) वैयक्तिक दुर्घटना बीमा (Personal Accident Insurance), (3) दायित्व बीमा (Liability Insurance)।

बीमित मोटर गाड़ियों के प्रकार

मोटर बीमा में निम्न प्रकार की मोटर गाड़ियाँ बीमित होती हैं—

1. व्यक्तिगत या निजी मोटर गाड़ियाँ (Private Cars)।
2. व्यापार में प्रयोग की जाने वाली मोटरें (Commercial Vehicles)। इनमें कोई भी गाड़ी, जो मोटर या शक्ति से चलने वाली हो तथा व्यापार कार्य में प्रयोग की जाती हो। इसमें सवारी या माल ढोने वाले टैक्ट्रर, मोटर गाड़ियाँ या बसें सम्मिलित होती हैं।
3. व्यापारिक मोटर गाड़ियाँ (Trade Vehicles)।
4. मोटर साइकिलें (Motor Cycles)।

बीमापत्र के भेद

1. अधिनियम बीमापत्र (*Act Policy*)—मोटर बीमा में मोटर अधिनियम, 1939 (Motor Vehicles Act, 1939) के अन्तर्गत बीमा कराना जरूरी है। इसे तीसरे पक्ष या दायित्व बीमा भी कहते हैं क्योंकि मोटर के सार्वजनिक स्थान (Public Place) पर चलाने से तीसरे पक्ष को शारीरिक चोट लग सकती है। तीसरे पक्ष को कितनी रकम का भुगतान करना है, इसका भी वर्णन अधिनियम में किया गया है। इसके अन्तर्गत कर्मचारी क्षतिपूर्ति अधिनियम 1923 के प्रावधान भी जो मोटर गाड़ी से सम्बन्धित हैं संवृत होते हैं, अर्थात् मोटरगाड़ी में संलग्न कर्मचारी या चालक की शारीरिक चोट या मृत्यु पर क्षति का भुगतान किया जाता है। इस प्रकार के भुगतान के लिए मोटर बीमा लिया जा सकता है।

तीसरे पक्ष की शारीरिक चोट के लिए ही अनिवार्यतः बीमा लिया जाना चाहिए; सम्पत्ति क्षति के लिए बीमा कराना वैकल्पिक है। इस तरह तीसरे पक्ष के दायित्व (Liability) जो मालिक या चालक द्वारा मोटरगाड़ी प्रयोग करने के कारण उत्पन्न हो, बीमा कराना आवश्यक है।

मोटरगाड़ी अधिनियम (Motor Vehicles Act, 1939) की धारा 94 तथा 95 में अनिवार्य बीमा सम्बन्धी निम्न नियम दिये हुए हैं—

1. कोई व्यक्ति अपनी मोटरगाड़ी को सार्वजनिक स्थान (Public Place) में न तो स्वयं प्रयोग करेगा और न किसी को प्रयोग करने देगा जब तक कि उसका बीमा न कराया गया हो।
2. इस बीमापत्र में वे दायित्व बीमित होते हैं जो कि मोटरगाड़ी को सार्वजनिक स्थान पर प्रयोग करने के कारण किसी व्यक्ति की मृत्यु या शारीरिक चोट लगने पर उत्पन्न हो।
3. मोटर बीमा में निम्नलिखित को अनिवार्य रूप से शामिल नहीं करते हैं—
   (क) दूसरे व्यक्तियों द्वारा दुर्घटना के कारण मृत्यु या शारीरिक चोट।
   (ख) अन्य प्रसंविदा के अन्तर्गत उत्पन्न दायित्व।
4. इस बीमा में निम्नलिखित रकम का दायित्व उत्पन्न होते हैं—
   (क) माल मोटरगाड़ी (Goods Vehicle) पर 20 हजार रुपये,
   (ख) सवारी गाड़ी में प्रति यात्री दो हजार रुपये तथा यात्री के अतिरिक्त अन्य व्यक्तियों के लिए 20 हजार रुपये;
   (ग) अन्य मोटर गाड़ियों में दायित्व की सीमा निश्चित की जायगी।
5. कर्मचारी क्षतिपूर्ति अधिनियम 1923 के प्रावधान को इस बीमा के अन्तर्गत बीमित किया जा सकता है।
6. बीमा कराने के लिए एक निर्धारित फार्म भरने की आवश्यकता होती है।

2. तीसरा पक्ष बीमापत्र (*Third Party Policy*)—तीसरे पक्ष बीमा में केवल अनिवार्य बीमा ही नहीं शामिल होता, बल्कि अन्य वैधानिक दायित्व भी शामिल होते हैं।

इसमें केवल शारीरिक चोट ही शामिल नहीं है, बल्कि तीसरे व्यक्ति की सम्पत्ति क्षति, जिसके प्रति बीमित व्यक्ति दायी हो, शामिल किये जाते हैं। क्षतिपूर्ति में बीमित व्यक्ति द्वारा दी गयी लागत और खर्चे भी शामिल होते हैं। बीमापत्र में दी गयी रकम तक अधिक से अधिक भुगतान होता है।

3. व्यापक बीमापत्र (*Comprehensive Policy*)—इस बीमा-पत्र के अन्तर्गत बहुत-सी जोखिम संवृत होती है। कठोर एवं अत्यन्त जोखिम का बीमा अतिरिक्त प्रव्याजि देकर ही किया जाता है। एक व्यक्तिगत कार (Private Car) के अन्तर्गत सामान्यतः निम्न जोखिम को व्यापक बीमापत्र के अन्तर्गत बीमित करते हैं—

(क) कार की हानि या क्षति—कार के अन्तर्गत कार के सभी हिस्से आते हैं, चाहे यह कार का लैम्प, मशीन, टायर या अन्य कोई भाग हो। आग, विस्फोट, स्वतः दहन (Self-ignition), विद्युत्पात, कोहरा (Frost), चोरी, सेनमारी अपराध के अन्य कार्य के कारण हुई हानि या क्षति इसमें शामिल है। कार को सड़क (Road) पर प्रयोग करने के अलावा रेल, देशीय जलयान, ऊर्ध्वयंत्र आदि से ले जाने पर होने वाली क्षति भी संवृत होती है।

(ख) हटाना (*Remove*)—मरम्मत के स्थान पर ले जाने या वहाँ से बाहर ले जाते समय होने वाली दुर्घटना एक सीमा तक संवृत है।

(ग) तीसरा-पक्ष दायित्व (Third Party Liability) बीमित होता है।

(घ) मोटरकार के सम्बन्ध में लागत और खर्चे आपसी समझौते के अनुसार बीमित होते हैं।

(ङ) दुर्घटना के कारण होने वाली मरम्मत का खर्च संवृत है।

(च) कार के प्रयोग करने वाले व्यक्ति या बीमित व्यक्ति द्वारा चोट (Injury) के लिए चिकित्सा व्यय बीमित होता है।

इन सामान्य जोखिमों के अलावा निम्न जोखिमों को अतिरिक्त प्रव्याजि देकर बीमित किया जा सकता है—

(i) बीमित व्यक्ति या उसकी स्त्री या कोई अन्य यात्री की मृत्यु या शारीरिक चोट, दोनों पैरों, दोनों हाथों, दोनों आँखों या एक अंग (Limb) और एक आँख और स्थायी अयोग्यता के सम्बन्ध में भुगतान किये जाते हैं। 16 से 65 वर्ष की उम्र तक ही जोखिम संवृत होती है।

(ii) दंगे, हड़ताल आदि।

(iii) चोरी, टक्कर, अग्नि आदि से कार के निजी एवं यात्री सामान (Luggage) आदि।

स्कूटर या मोटर सायकिल का बीमा भी व्यक्तिगत कार की तरह बीमित होगा। लेकिन व्यापारिक गाड़ियों के लिए अलग-अलग तरह से बीमा किया जायगा। विभिन्न बीमा-पत्रों पर विभिन्न-विभिन्न शर्तें होती हैं।

व्यापक बीमापत्र में सम्पत्ति बीमा, वैयक्तिक बीमा और दायित्व बीमा आते हैं।

बीमा कराने की विधि

प्रस्ताव-प्रपत्र भरना—जिस प्रकार की सम्पत्ति का बीमा कराना हो, उसी प्रकार का प्रस्ताव-पत्र (Proposal Form) भर का बीमा-कम्पनी को दिये जाते हैं। प्रत्येक मोटर गाड़ी के लिए अलग बीमा प्रस्ताव होता है। मोटर सायकिल और व्यक्तिगत कारों के लिए एक ही प्रकार के प्रस्ताव प्रपत्र होते हैं। प्रस्ताव-पत्र में दिये गये प्रश्नों का उत्तर सावधानी से पूर्ण एवं स्पष्ट रूप से देना चाहिए, इन्हीं सूचनाओं के आधार पर प्रव्याजि का निर्धारण किया जाता है। यदि किसी महत्त्वपूर्ण तथ्य का स्पष्टीकरण नहीं हुआ है तो बीमा प्रसंविदा विवर्जनीय हो सकती है।

विभिन्न प्रकार के प्रस्तावों में सूचनाएँ अलग-अलग होती हैं। लेकिन सभी प्रस्ताव प्रपत्रों में पहला भाग परिचय का होता है। मोटर गाड़ी का नम्बर, हार्स पावर, शरीर का आकार-प्रकार, निर्माण-वर्ष, बैठने की जगह, मूल्य आदि सूचनाएँ इसी भाग में लिखी रहती हैं। पेट्रोल या डीजल का प्रयोग, दुबारा खरीदने का समय।

दूसरे भाग में जोखिम को प्रभावित करने वाले तत्त्वों को पूछा जाता है। उन्हीं के आधार पर प्रव्याजि का निर्धारण होता है। मोटर गाड़ी का प्रयोग, दुर्घटना उपकरण, मशीनें, पिछला अनुभव, बीमा, बीमापत्र का प्रकार और जोखिम आदि को पूछा जाता है। मोटर संघ की सदस्यता, बीमित व्यक्ति, व्यक्तिगत दुर्घटना, अध्यर्थन का अनुभव, प्रयोग के स्थान, क्षति की सीमा, दंगा, हड़ताल का बीमा अन्त में यह घोषणा की जाती है कि सभी तथ्य सत्य और पूरे हैं। प्रसंविदा के अनुसार अलग घोषणा की जाती है।

प्रव्याजि का निर्धारण (*Rating*)—प्रस्ताव-प्रपत्र प्राप्त होने पर बीमाकर्ता सूचनाओं की पूर्णतया जाँच करता है और उसी के अनुसार प्रव्याजि का निर्धारण होता है। यदि बीमाकर्ता टैरिफ एसोसियेशन (Tariff Association) का सदस्य है तो उस एसोसियेशन द्वारा निर्धारित प्रत्येक मोटरगाड़ी की प्रव्याजि के अनुसार प्रव्याजि निश्चित होती है। यह एसोसियेशन प्रव्याजि की एक तालिका तैयार करता है। उसमें समय-समय पर संशोधन करके प्रव्याजि दर को नवीनतम बनाये रखते हैं। प्रत्येक बीमा सदस्य तालिका के अनुसार प्रव्याजि निश्चित करता है। इस तालिका के अनुसार मूलभूत प्रव्याजि (Basic Premium) मालूम करके उसमें अधिक जोखिम के लिए अतिरिक्त प्रव्याजि जोड़ देते हैं और कम जोखिम के लिए प्रव्याजि की रकम घटा देते हैं। इस प्रकार प्रव्याजि की रकम निश्चित हो जाती है।

प्रव्याजि प्रभावित करने वाले तत्त्व

(1) हार्स पावर और (2) आकार-प्रकार—प्राचीन काल में जोखिम को प्रभावित करने वाले मुख्य तत्त्व हार्स पावर, आकार और प्रकार थे। हार्स पावर की मात्रा जितनी अधिक होगी, जोखिम उतनी ही अधिक होगी और प्रव्याजि की दर उतनी ही अधिक होगी। जितनी बड़ी कार (Car) होगी उतनी ही जोखिम अधिक होगी तथा प्रव्याजि की दर भी उतनी ज्यादा होगी। हार्स पावर और आकार-प्रकार के अलावा जोखिम को प्रभावित करने वाला तीसरा तत्त्व मूल्य है।

3. मूल्य—मोटर गाड़ी का मूल्य जितना अधिक होगा, जोखिम की रकम उतनी ही

अधिक होगी। क्षति के समय मरम्मत की रकम भी अधिक होगी। आग, चोरी, टक्टर या खतरनाक दुर्घटना पर मूल्यवान मोटर गाड़ियों में अधिक हानि होती है।

4. बीमा की योजना—जोखिम की मात्रा बीमा के प्रकार पर भी निर्भर है। जिस प्रकार बीमा होगा, प्रव्याजि की दर भी उसी प्रकार होगी।

5. बीमापत्र—अधिनियम बीमापत्र में तीसरा पक्ष बीमापत्र की तुलना में प्रव्याजि की दर कम होती है। व्यापक बीमापत्र में प्रव्याजि की दर अधिक होती है।

6. सम्पत्ति—मोटर कार, स्कूटर, मोटर सायकिल आदि के लिए अलग-अलग प्रव्याजि होती है।

7. चालक—चालक यदि स्वयं मालिक होता है तो उस दशा में प्रव्याजि की दर कम होगी, लेकिन यदि कोई नौकर या दूसरा कोई व्यक्ति मोटर को चलाता है तो उस दशा में प्रव्याजि की दर अधिक होगी।

8. सह-बीमा—यदि क्षति की रकम का कुछ हिस्सा बीमित व्यक्ति स्वयं सहता है तो उस दशा में प्रव्याजि की रकम कम होती है क्योंकि इस दशा में बीमित व्यक्ति अपनी सम्पत्ति को बचाने का प्रयास करता है।

9. एक से अधिक सम्पत्ति का मालिक—बीमित व्यक्ति एक से अधिक मोटर गाड़ियाँ रखने पर उनकी देखभाल का विशेष प्रयास करता है। गाड़ियों को सुरक्षित रखने के लिए वह प्रयास करता रहेगा और उसका अनुभव भी अधिक होगा।

10. मोटर गाड़ी एसोसिएशन (*Automobile Association*)—इसके सदस्य व्यक्तियों की प्रव्याजि की दर में 10% की छूट दी जाती है क्योंकि उसमें व्यक्ति सम्पत्ति की सुरक्षा के लिए विशेष अनुभव प्राप्त करते रहते हैं।

11. व्यापारिक गाड़ियाँ (*Commercial Vehicles*)—व्यापारिक गाड़ियों की ढोने की क्षमता, वजन, मूल्य, जोखिम आदि पर प्रव्याजि की दर निश्चित होती है।

12. स्थान—सम्पत्ति के प्रयोग स्थान के अनुसार प्रव्याजि को निर्धारित करते हैं। घने शहरों में प्रव्याजि की दर अधिक होती है और कस्बों में प्रयोग की गयी प्रव्याजि की दर कम होती है।

बीमापत्र निर्गमित करना—प्रस्ताव-पत्र के प्राप्त होने पर बीमाकर्ता प्रव्याजि की दर निश्चित करता है। यदि बीमित व्यक्ति प्रव्याजि का भुगतान कर देता है तो पहले कवर नोट (Cover Note) निर्गमित करते हैं। इसके साथ बीमा का प्रमाण-पत्र (Certificate of Insurance) भी जारी किया जाता है। कवर-नोट तब तक जारी रहेगा जब तक बीमापत्र निर्गमित नहीं हो जाता है यह जोखिम को स्वीकार करने का प्रमाण है। बीमा प्रमाण-पत्र के आधार पर दावे का भुगतान किया जा सकता है।

बीमापत्र निर्गमन करने पर ये पत्र रद्द हो जाते हैं और बीमापत्र उसका स्थान ले लेता है। विभिन्न सम्पत्तियों के लिए अलग-अलग बीमापत्र निर्गमित किये जाते हैं। बीमापत्र के पहले भाग में परिचय और अन्य सूचनायें रहती हैं। दूसरे भाग में महत्त्वपूर्ण सूचनायें समाश्वासन या शर्तें होती हैं और अन्त में प्रावधान के अनुसार घोषणा लिखी रहती हैं।

बीमा की अवधि—मोटर बीमा की अवधि प्रायः एक वर्ष की होती है, जिसे बढ़ाया भी जा सकता है। एक वर्ष से कम अवधि का भी बीमा कराया जा सकता है।

अतिरिक्त लाभ—अतिरिक्त प्रव्याजि देकर अतिरिक्त जोखिम का बीमा कराया जा सकता है।

मोटरगाड़ी में परिवर्तन—यदि बीमित व्यक्ति चाहता है तो वह पुरानी बीमित गाड़ी के बदले नयी मोटरगाड़ी को बीमित करा सकता है, लेकिन इसके लिये उसे अतिरिक्त प्रव्याजि का भुगतान करना होगा। दूसरे शब्दों में सम्पत्ति परिवर्तन की अनुमति दी गयी थी।

जोखिम कम होने पर रियायत (*Concession*)—यदि मोटरगाड़ी कुछ महीने गैरेज में पड़ी रहती है तो जोखिम को केवल चोरी और आग तक सीमित कर सकते हैं। इसके लिये उसे (अ) प्रव्याजि में छूट मिलती है या (ब) बीमा अवधि को बढ़ाया जा सकता है। इसे फरलाह रियायत (Furlough Concession) कहते हैं।

अध्यर्थन या दावे का भुगतान
(Settlement of Claims)

दुर्घटना होने पर हानि या क्षति की सूचना लिखित रूप से तुरन्त देनी चाहिए। यदि सूचना देने में विलम्ब होता है तो बीमाकर्ता को क्षति या हानि का प्रमाण प्राप्त करने में कठिनाई होगी, जिससे बीमित व्यक्ति के हित की सुरक्षा में बाधा पड़ सकती है। प्रत्यक्ष प्रमाण (Eye-Witness) की आवश्यकता होती है और इसे तुरन्त प्राप्त करने में सुविधा हो सकती है। सूचना प्राप्त होने पर दावे का प्रपत्र (Claim-Form) बीमित व्यक्ति को भेज दिया जाता है और वह उसे भर कर बीमाकर्ता को लौटा दिया जाता है। सभी प्रश्नों के उत्तर सही-सही देने चाहिए। इस प्रपत्र में बीमित व्यक्ति का नाम, पता और पेशा लिखा जाता है। बीमित सम्पत्ति का पूरा विवरण, हानि का मूल्य, दुर्घटना का कारण आदि विवरण दिये रहते हैं। दुर्घटना, क्षति, परिणाम और सामान्य सूचनायें दी जाती हैं।

यदि वैयक्तिक चोट का दावा करना है तो उसका चिकित्सा परीक्षण करना जरूरी है। कपटपूर्ण दावा नहीं करना चाहिए। दावे की पूर्ण जाँच के बाद ही भुगतान किया जाता है। बीमित मोटर की ही क्षति का भुगतान होता है। बिना अनुमति के जोखिम की रकम को बढ़ाया नहीं जा सकता है।

बीमाकर्ता को वह सभी सूचनायें प्राप्त करने का अधिकार है जो दावे के पूर्ण भुगतान के लिए जरूरी हों। बीमित व्यक्ति को उन सभी कार्यों या प्रयासों को करना है जिससे क्षति या हानि को बचाया जा सके।

स्व-क्षति (Own Damage) में बीमित व्यक्ति को भुगतान करने की सुविधाएँ दी जाती हैं, जबकि तीसरे पक्ष भुगतान में कानून और नियमों का पालन किया जाता है।

व्यापक बीमापत्र की शर्तें

बीमापत्र की विभिन्न शर्तें विभिन्न प्रकार के बीमा में लागू होती हैं। अधिनियम, तीसरा पक्ष और व्यापक बीमा के अलग-अलग रूप होते हैं। प्रत्येक बीमा के भी चार या पाँच

प्रकार हुआ करते हैं। व्यापक बीमापत्र का मोटरकार की दशा में शर्तें को नीचे बताया जा रहा है।

(1) हानि या क्षति, (2) तीसरे पक्ष का दायित्व, (3) चिकित्सा के खर्चे, (4) सामान्य अपवाद, (5) शर्तें, (6) बोनस, (7) हित का हस्तांकन, (8) तालिका।

1. हानि या क्षति—बीमाकर्ता बीमित व्यक्ति को मोटरकार की हानि या क्षति का भुगतान करेगा, यदि मोटरकार या / और उसके भाग (Accessories) को (1) बाहरी दुर्घटना, (2) अग्नि, बाहरी विस्फोट, स्व-दहन, विद्युत्पात, कोहरा, चोरी, सेनमारी, डकैती, (3) अपराधपूर्ण कार्य और (4) सड़क, रेल, देशीय जलयान या उर्ध्वयन्य के यात्रा के दौरान पर क्षति या हानि हो।

जब हानि होगी तब बीमाकर्ता अपने निरीक्षक (Surveyor) भेज कर हानि का मूल्यांकन करायेगा कि हानि पूर्णतया है या आंशिक है। हानि का मूल्य प्रायः वही रकम होगी जो बीमा की रकम में से ह्रास घटाने पर बचती है। यदि अल्पबीमा है तो उसी के अनुपात में अध्यर्थन का भुगतान किया जायगा। पूर्ण हानि का भुगतान कर देने के बाद बची रकम अर्थात् अवशेष मूल्य (Salvage Value) को बीमाकर्ता को हस्तांतरित कर दिया जाता है। अल्प बीमा और आंशिक हानि की दशा में औसत वाक्य लागू होता है तथा उसी के अनुपात में भुगतान किया जाता है। हानि का वही अनुपात भुगतान देय होता है जो कि बीमा की रकम और सम्पत्ति के पूर्ण मूल्य में है। इसका वर्णन अग्नि बीमा के सम्बन्ध में किया जा चुका है।

मोटर बीमा में आंशिक हानि होने पर उसकी मरम्मत करा दी जाती है। प्रतिस्थापन की प्रथा भी मोटर बीमा में पाई जाती है।

निषेध (*Exclusions*)—बीमाकर्ता निम्न जोखिम के लिए जिम्मेदार नहीं है—(1) आनुषंगिक हानि (Consequential Loss), ह्रास, घिसाव, मशीनरी या विद्युतीय रुकावट (Breakedown) और (2) सामान्य क्षति।

दुर्घटना से क्षति की दशा में निकटतम मरम्मत की जगह तक ले जाने के खर्चे और मरम्मत की लागत का भुगतान किया जायगा तथा पुनः कार्यस्थल पर ले जाने का खर्च भी दिया जायगा, बशर्ते ये सब रकमें बीमित रकम से अधिक न हों।

2. तीसरे पक्ष का दायित्व—बीमाकर्ता बीमित व्यक्ति के उन सभी दायित्वों का भुगतान करता है जो मोटरकार प्रयोग के समय दुर्घटना के कारण तीसरे पक्ष को कानूनन देय (Liable) हो। तीसरे पक्ष को प्रति दायित्व तभी उत्पन्न होता है जबकि मोटरकार प्रयोग करने के कारण—(1) तीसरे पक्ष के शारीरिक चोट लगे या मृत्यु हो, लेकिन कार्य में संलग्न कर्मचारी को यहाँ पर बीमित नहीं करते हैं। (2) तीसरे पक्ष की सम्पत्ति को क्षति पहुँचे, लेकिन बीमित व्यक्ति की सम्पत्ति या उसके प्रन्यास (Trust) नियन्त्रण या प्रतिरक्षा में रखी सम्पत्ति शामिल नहीं होती है।

तीसरे पक्ष के लिए किए गए खर्च या लागत का भी भुगतान होता है। मोटरकार के चालक (Driver) को भी भुगतान किया जायगा जो कि मोटरकार स्वामी आज्ञानुसार कार को चलाता है, बशर्ते कि वह अन्य किसी दूसरी जगह से भुगतान प्राप्त करने का दायित्व न

रखता है और बीमापत्र में वर्णित शर्तों का पालन करता है।

तीसरे पक्ष का दायित्व तभी होता है जबकि वह कानूनन इसके लिए बाध्य हो। लेकिन वह तभी कानूनन बाध्य होगा जबकि बीमित व्यक्ति या उसके चालक द्वारा लापरवाही से दुर्घटना हो। यदि यह सिद्ध किया जा सके कि दुर्घटना लापरवाही के अलावा अन्य कारण से हुई है तो बीमित व्यक्ति का तीसरे पक्ष के प्रति कोई दायित्व नहीं होता है। यदि बीमित व्यक्ति द्वारा जान-बूझकर या गलती (Fault) से दुर्घटना हुई है तो बीमाकर्ता इसके लिये जिम्मेदार नहीं होगा।

3. चिकित्सा व्यय (*Medical Expenses*)—दुर्घटना के कारण बीमित व्यक्ति को या उसके चालक को या अन्य किसी सवारी को शारीरिक चोट लगने पर किये गये खर्च का भुगतान बीमाकर्ता करेगा। दुर्घटना के प्रत्यक्ष या परोक्ष कारण से चोट का खर्च किये जा सकता है। चिकित्सा व्यय केवल एक निर्धारित रकम तक ही दिया जायगा।

4. सामान्य अपवाद (*General Exception*)—बीमाकर्ता निम्न जोखिम के लिए जिम्मेदार नहीं होगा—

(अ) एक भौगोलिक स्थान (Geographical Area) के बाहर हुई दुर्घटना, हानि, क्षति और दायित्व।

(ब) प्रसंविदायिक दायित्व के बाहर हुई जिम्मेदारी।

(स) मोटरकार के प्रयोग की सीमा के बाहर या चालक के अतिरिक्त दूसरे व्यक्ति द्वारा चलाने पर हुई दुर्घटना, हानि, क्षति और दायित्व।

(द) निम्न कारणों से हुई जोखिम—

- (i) बाढ़, तूफान, चक्रवात, भूकम्प, लड़ाई, नागरिक लड़ाई, हड़ताल, दंगा, आन्तरिक हलचल, बगावत,
- (ii) यदि चालक बीमित व्यक्ति की राय से नशा किये हो या नशा के दौरान में दुर्घटना होती हो।

5. शर्तें—मोटर बीमा के संबंध में निम्न शर्तें हैं :—

(1) दुर्घटना होने पर क्षति या हानि की सूचना यथाशीघ्र बीमाकर्ता को देनी चाहिए। बीमित व्यक्ति उन तमाम सूचनाओं और सहायता को देगा, जिन्हें बीमाकर्ता दावे का भुगतान करने के लिए माँगेगा। दावे का प्रपत्र, लेखा आदि देना जरूरी है। सम्बन्धित दावे या मुकदमे की लिखित सूचना बीमाकर्ता को देना आवश्यक है। बीमित व्यक्ति दुर्घटना होने पर हानि बचाने की सूचना या प्रयास तुरन्त करे; जैसे—चोरी होने पर पुलिस को सूचना दे या आग लगाने पर फायर बिग्रेड को सूचना देना जरूरी है।

(2) बीमाकर्ता की बिना सूचना के या अनुमति के, बीमित व्यक्ति किसी तीसरे पक्ष के दायित्व को स्वीकार नहीं करेगा। तीसरे पक्ष (तुरन्त चिकित्सा खर्च छोड़ कर) को किसी प्रकार का भुगतान अपनी हैसियत से बीमित व्यक्ति नहीं करेगा। यदि वह ऐसा करता है तो बीमाकर्ता इसके लिए जिम्मेदार नहीं होता है।

बीमित व्यक्ति के नाम में ही बीमाकर्ता मुकदमा चला सकता है, स्वयं अपने नाम में नहीं। बीमाकर्ता को वह सभी सूचनायें और सहायता मुकदमें के लिए दिया जाना चाहिए जो कि इसके लिए आवश्यचक है।

3. बीमाकर्ता का दायित्व क्षति या हानि की रकम से अधिक नहीं होगा, बशर्ते कि इतनी रकम का बीमा कराया गया हो। क्षति या हानि का वास्तविक मूल्य तक ही बीमाकर्ता का दायित्व होता है। अधिनियम की अनुसूची में इन रकमों का वर्णन रहता है।
4. बीमित व्यक्ति को चाहिए कि बीमित सम्पत्ति को क्षति से बचाने का प्रयास करता रहे, उसकी आवश्यचक मरम्मत कराता रहे जिससे संपत्ति अपनी सही स्थिति में बनी रहे। इसके साथ बीमाकर्ता को भी यह अधिकार है कि वह बीमित सम्पत्ति का किसी भी समय निरीक्षण कर सके। दुर्घटना या टूट-फूट होने पर आवश्यक मरम्मत कराने के बाद ही मोटरगाड़ी को पुनः चालू करे।
5. बीमाकर्ता 7 दिन की सूचना देकर बीमा प्रसंविदा को रद्द कर सकता है तथा इसके लिए आनुपातिक (Pro-Rata) प्रव्याजि लौटा देगा। इसी प्रकार बीमित व्यक्ति एक निश्चित अवधि की सूचना देकर प्रसंविदा रद्द कर सकता है और उसके लिए कुछ प्रव्याजि वापस पा सकता है।
6. दोहरे बीमा के संबंध में कुल उतनी ही रकम का भुगतान होगा, जितने की हानि होगी। प्रत्येक बीमाकर्ता अपने दायित्व के अनुपात में ही भुगतान करेगा।
7. बीमाकर्ता और बीमित व्यक्ति के बीच विवाद को पंच (Arbitration) द्वारा निर्णय किया जायगा।

6. प्रव्याजि की छूट (*Bonus*)—बीमा प्रसंविदा का नवकरण करते समय यह देखा जाता है कि पिछले वर्षों में उससे संबंधित हानि या क्षति हुई है या नहीं। यदि पिछले वर्षों में जोखिम नहीं हुई है तो नवकरण करने में प्रव्याजि की दर कम कर दी जाती है। प्रव्याजि में कमी, जोखिम की प्रकृति, अवधि, पिछला अनुभव आदि पर निर्भर है। इस कमी को न-दावे-का बोनस (No Claim Bonus) भी कहते हैं। इससे सम्पत्ति की सुरक्षा को प्रोत्साहन मिलता है।

7. हित का हस्तान्तरण—बीमा के हित को हस्तान्तरित किया जा सकता है। बीमापत्र हस्तान्तरिती (Assignee) को हस्तांतरक (Assignor) से अधिक अधिकार नहीं देता है। हस्तान्तरण की दशा में 'न-दावे-का बोनस' नहीं मिलता है।

8. सारणी तालिका (*The Schedule)*—बीमापत्र में निम्न सूचनायें तालिकाबद्ध लिखी जाती हैं :—

(1) बीमाकर्ता का नाम;

(2) बीमित व्यक्ति का नाम, पता तथा पेशा;

(3) बीमा अवधि;

मोटर बीमा की प्रगति

(रु. करोड़ में)

	मोटर				विविध			
	प्रव्याजि पुनर्बीमा घटाकर	प्रबन्ध व्यय	देय दावे	कार्य परिणाम	प्रव्याजि पुनर्बीमा घटाकर	प्रबन्ध व्यय	देय दावे	कार्य परिणाम
1991-92								
जी.आई.सी.					368.08	4.42	294.71	-41.71
नेशनल					302.02	77.49	224.58	-25.84
न्यु इण्डिया	334.07	71.74	293.48	-57.00	193.85	51.09	123.85	13.48
ओरियण्टल	219.11	86.46	184.36	-17.84	117.25	-	68.46	-
युनाइटेड इण्डिया	230.97	50.90	213.33	-55.05	146.27	31.25	104.23	-0.11
कुल	784.15	209.10	691.17	-129.89	1127.47	164.25	815.83	41.82

मोटर बीमा की प्रगति

(रु. करोड़ में)

	मोटर				विविध			
	प्रव्याजि पुनर्बीमा घटाकर	प्रबन्ध व्यय	देय दावे	कार्य परिणाम	प्रव्याजि पुनर्बीमा घटाकर	प्रबन्ध व्यय	देय दावे	कार्य परिणाम
1994-95								
जी.आई.सी.					553.61	5.30	585.12	-198.94
नेशनल					428.04	107.25	452.22	-155.56
न्यु इण्डिया	510.28	96.32	633.71	-268.64	293.99	77.87	815.65	39.60
ओरियण्टल	314.25	122.70	439.49	-190.44	178.50	-	106.92	-
युनाइटेड इण्डिया	321.70	57.44	452.29	-209.87	211.52	43.79	157.75	4.29
कुल	1146.23	276.46	1525.49	-668.95	1665.66	234.21	2117.66	-310.61

आई.आर.डी.ए. के बाद मोटर बीमा की प्रगति

(रु. करोड़ में)

	सामान्य बीमा		मोटर बीमा		मोटर टी.पी. व्यवसाय		मोटर ओ.डी. व्यवसाय	
	2003-04	2004-05	2003-04	2004-05	2003-04	2004-05	2003-04	2004-05
अर्जित प्रव्याजि	1972	2122	916	1035	292	342	624	693
शुद्ध देय दावे	1587	1908	981	1238	694	832	287	406
	(80%)	(90%)	(107%)	(120%)	(238%)	(243%)	(46%)	(59%)
शुद्ध बकाया दावे	2552	2859	1984	2256	1825	2066	159	190

सामान्य बीमा में मोटर बीमा का स्थान

	कुल प्रव्याजि	मोटर प्रव्याजि	मोटर ओ.डी. प्रव्याजि	मोटर टी.पी. प्रव्याजि
2003-04	16550	6460 (39%)	4377 (27%)	2080 (12%)
2004-05	18860	7500 (40%)	5384 (29%)	2114 (11%)

(4) बीमा का क्षेत्र (Geographical Area);
(5) मोटरकार सम्बन्धी विवरण—संख्या, आकार-प्रकार, हार्स पावर (अश्व-शक्ति), निर्माण वर्ष, सवारियों की संख्या, मूल्य आदि विवरण रहता है;
(6) प्रयोग की सीमा—प्रयोग की सीमा में प्रयोग का स्थान, प्रकृति, दौड़ प्रतियोगिता आदि लिखे जाते हैं;
(7) चालक का अनुभव, लाइसेन्स की संख्या आदि;
(8) प्रस्ताव की तारीख;
(9) प्रव्याजि की रकम।

व्यापारिक गाड़ियाँ (*Commercial Vehicles*)—व्यापारिक गाड़ियों की अधिकांश शर्तें वही हैं, जो मोटरकार के सम्बन्ध में बताया जा चुका है; लेकिन बहुत से अपवाद या निषेध इनमें शामिल होते हैं क्योंकि बीमित जोखिम बहुत सीमित होती है। इन शर्तों को बीमापत्र में लिखा जाता है।

मोटर सायकिल (*Motor Cycles*)—मोटर सायकिल के बीमापत्र ऊपर बताई गयी अधिकांश शर्तों को शामिल करते हैं। इसमें तीसरे पक्ष की जोखिम, दुर्घटना या अपराध के कार्य, अग्नि, विद्युत्पात, स्व-दाहन, विस्फोट, चोरी आदि जोखिम बीमित होती है। मोटर सायकिल के टायरों की क्षति तब तक पूरी नहीं की जायगी जब तक मोटर सायकिल के अन्य अंग की क्षति न हो। सामान्य अपवाद वही हैं जो मोटरकार के सम्बन्ध में हैं। यात्री की जोखिम को अतिरिक्त प्रव्याजि देकर संवृत कर सकते हैं। इसी तरह व्यक्तिगत दुर्घटना, चालक की चोट या मृत्यु बीमित कर सकते हैं। 'न-दावे-का बोनस' (No-Claim Bonus) इसमें भी लागू होता है।

दो गाड़ियों का लड़ना (*Knock for Knock Agreement*)—यदि दो गाड़ियाँ आपस में टक्कर खा जायँ तो आपसी समझौते के अनुसार वे एक दूसरे से भुगतान नहीं माँगते हैं और तीसरे पक्ष का दायित्व उत्पन्न नहीं होता है। प्रत्येक पक्ष अपनी-अपनी हानि को सहन करता है। बीमित पक्षों को यह समझौता प्रभावित नहीं करता है। इससे लागत में कमी आती है क्योंकि भुगतान बिना किसी विवाद के तय हो जाता है। इस तरह के समझौते में कोई विशेष परेशानी नहीं होती है। यह समझौता व्यापारिक गाड़ियों (Commercial Vehicles) में लागू नहीं होता है क्योंकि उसमें जोखिम की मात्रा अधिक होती है। इसमें अर्द्ध समझौता (Halfving Agreement) लागू होता है जिसमें दोनों बीमाकर्ता आपस में रकम एकत्र करते हैं और प्रत्येक बीमाकर्ता क्षति की पूरी रकम का आधा भुगतान करते हैं।

वायुयान-बीमा
(Aviation Insurance)

वायुयान बीमा मोटर बीमा की तरह स्वक्षति (Direct Loss) और दायित्व जोखिम को शामिल करता है, लेकिन जोखिम की मात्रा उस तुलना में अधिक होती है, बीमित रकम अधिक होती है, ह्रास एवं घिसाव बहुत ज्यादा होते हैं। चालक (Pilot) के अनुभव और प्रशिक्षण से जोखिम बहुत प्रभावित होती है।

वायुयान के भेद

बीमा कराने के उद्देश्य से वायुयानों को दो भागों में बाँटते हैं—(1) व्यक्तिगत व्यापार या आनन्द (Pleasure) तथा (2) व्यापारिक कार्यों के लिए प्रयोग किये जाने वाले वायुयान।

1. व्यक्तिगत व्यापार और आनन्द के लिए प्रयोग किए जाने वाले वायुयान—वे वायुयान व्यापारिक कार्यों के लिए प्रयोग नहीं किये जाते हैं। इस श्रेणी में निजी व्यापार या आनन्द के लिए प्रयोग किये जाने वाले वायुयान आते हैं। बिना किराये के यात्रियों को ले जाया जा सकता है, विक्रेता या कार्यकर्ता (Executives) इस वायुयान का प्रायोग कर सकते हैं। इसके अलावा इस यान का और कई निजी प्रयोग हो सकता है।

2. व्यापारिक वायुयान (*Commercial Aircraft*)—व्यापारिक वायुयान में प्रशिक्षण स्कूल के वायुयान, विक्रय, अभिकर्तृत्व (Sales Agencies) वायुयान तथा किराये पर चलने वाले वायुयान शामिल हैं। लेकिन प्रशिक्षण में संलग्न वायुयान को इसमें शामिल नहीं करते क्योंकि इसमें जोखिम व्यापारिक वायुयानों की तुलना में अधिक होती है। व्यापारिक वायुयान को दो भागों में बाँटते हैं :—(अ) पूर्ण व्यापारिक और (ब) सीमित व्यापारिक।

(अ) पूर्ण व्यापारिक (*Commercial*)—वायुयान का स्वामी अपने प्रयोग के अलावा किराये पर या लाभ कमाने के लिये प्रयोग करता है।

(ब) सीमित व्यापारिक (*Limited Commercial*)—सीमित प्रयोग में व्यापारिक प्रयोग को शामिल करते हैं परन्तु यात्रियों को किराये पर ले जाने के लिए प्रयोग नहीं करते हैं।

वायुयान की जोखिम को (1) उड़ान के समय और (2) जमीन पर घटी, इन दो भागों में बाँट सकते हैं। उड़ान के समय की जोखिम जहाज के उड़ने के समय से लेकर जब तक वह जमीन पर उतर कर गति (Motion) बन्द न कर दे तब तक के लिए है, उड़ान के समय मशीन को क्षति पहुँचे या दायित्व उत्पन्न हो सकता है। जमीन (Ground) पर की जोखिम उड़ान (Take-off) शुरू करने के पहले तक रहती है।

वायुयान बीमा में बीमित जोखिम

1. खाली वायुयान बीमा (*Hull Insurance*)—वायुयान को होने वाली क्षति या हानि इस बीमा में संवृत की जाती है। सभी जोखिम, चाहे वह उड़ान के समय हो या जमीन पर हो, इसमें बीमित हो सकती है। आग, टक्कर (Crash), तूफान, उड़ान, चोरी के कारण जोखिम हो सकती है, इनके लिए अलग-अलग बीमा हो सकता है या व्यापक बीमापत्र के अन्तर्गत सभी को बीमित कर सकते हैं। लेकिन इस बीमा में जहाज का अवैधानिक प्रयोग, भौगोलिक क्षेत्र के बाहर प्रयोग, युद्ध जोखिम, दंगा और अपराध, ह्रास, घिसाव और मशीनरी रुकावट या प्रतियोगिता आदि संवृत नहीं होती हैं। अग्नि में टक्कर, जहाज के टकराव शामिल नहीं होते हैं।

2. दायित्व (*Liability Coverage*)—दायित्व जोखिम में तीसरे पक्ष का दायित्व, यात्री दायित्व और सम्पत्ति क्षति भी शामिल हैं। दायित्व जोखिम दुर्घटना के कारण उत्पन्न

होनी चाहिए। लेकिन इसमें कर्मचारी क्षतिपूर्ति और कर्मचारियों की क्षति शामिल नहीं है। सम्पत्ति क्षति में बीमित व्यक्ति की सम्पत्ति, कर्मचारियों की सम्पत्ति, किराये या पट्टे पर सम्पत्ति संवृत नहीं होती। प्रतियोगिता और दौड़ में शामिल जहाज भी शामिल नहीं होते हैं।

3. जहाजखाने (*Hangar Keepers*) **की जिम्मेदारी**—मरम्मत या सुरक्षा के लिए रखे जहाजों का बीमा इसके अन्तर्गत आता है। इसके अन्तर्गत अग्नि, चोरी आदि दुर्घटना को बीमित करते हैं। कर्मचारियों और तीसरे पक्ष के दायित्व को भी संवृत किया जा सकता है।

4. स्वीकृत दायित्व (*Admitted Liability*)—इस दायित्व के अन्तर्गत यात्रियों की क्षति को पूरा किया जाता है। चिकित्सा व्यय और अन्य क्षतिपूर्ति (Compensation) बीमित होते हैं। इस बीमा में तीसरे पक्ष का दायित्व भी संवृत होता है।

5. चिकित्सा व्यय (*Medical Expenses*)—चिकित्सा व्यय प्रायः सभी प्रकार के बीमापत्र में संवृत रहते हैं। चिकित्सा व्यय में केवल यात्रियों को चिकित्सा के खर्चे ही नहीं शामिल रहते, बल्कि चालक (Pilot) का चिकित्सा व्यय भी शामिल होता है।

6. हवाई अड्डे का दायित्व (*Airport Liability*)—हवाई अड्डे के अधिकारी के दायित्व मकान, मालिक के दायित्व की तरह होते हैं। हवाई अड्डे पर स्थित व्यक्तिगत मकान, म्युनिसिपल कारपोरेशन के मकान आदि ध्वस्त हो सकते हैं और जहाज के अधिकारी या स्वामी का यह दायित्व होगा कि वह क्षति या हानि की रकम को पूरा करे। इसमें शारीरिक चोट और सम्पत्ति की क्षति संवृत होती है। प्रव्याजि निर्धारण में जहाज उतरने की संख्या, सम्पत्तियों की स्थिति जहाजों का प्रयोग तथा अन्य आवश्यक बातों को ध्यान में रखा जाता है।

7. उत्पादन दायित्व (*Products Liability*)—जहाज के प्रयोग, विक्रय, मरम्मत आदि के कारण उत्पादन कम हो सकता है।

8. नियोक्ता दायित्व (*Employers' Liability*)—कर्मचारियों की क्षतिपूर्ति के लिए नियोक्ता कई प्रकार से जिम्मेदार होता है। कर्मचारी क्षतिपूर्ति के अधिनियम के अन्तर्गत कर्मचारियों को शारीरिक चोट या मृत्यु पर भुगतान करना पड़ता है। इनको वायुयान बीमा के अन्तर्गत बीमित करते हैं।

9. माल बीमा (*Cargo Insurance*)—वायुयान पर ले जाने वाले माल का बीमा इस बीमापत्र में बीमित होता है। माल दायित्व (Liability) से यह भिन्न है। इसके अन्तर्गत वायुयान का स्वामी व्यापारियों के माल को सुरक्षित पहुँचाने की जिम्मेदारी लेता है।

□□□

अध्याय 37

फसल, पशु और लाभ बीमा

फसल बीमा के अन्तर्गत फसल की जोखिम जो बीमाकर्ता की पहुँच के बाहर है, को संवृत किया जाता है। यह एक सामाजिक बीमा है। प्रतिवर्ष फसल को प्रतिकूल मौसम, तूफान, बाढ़, कीटाणु, तुषारपात और बीमारियों से लाखों रुपये का नुकसान होता रहता है। इस विस्तृत हानि से देश को बहुत नुकसान पहुँचता है। अतः फसल बीमा की बात सोचना बहुत जरूरी है।

बीमा प्रसंविदा का रूप—आवेदन-पत्र प्राप्त होने के बाद 24 घण्टे के अन्दर बीमा प्रसंविदा लागू हो जाता है। इसी 24 घण्टे के अन्दर बीमाकर्ता को यह विकल्प रहता है कि वह प्रसंविदा को रद्द कर दे। इस समय से लेकर जब तक फसल कट नहीं जाती है, तब तक बीमा प्रसंविदा जारी रहती है। बीमा के क्षेत्र को बीमापत्र में वर्णित कर देते हैं। बीमापत्र की शर्तों के अनुसार बीमा प्रसंविदा संचालित होती है।

बीमित फसल—भारत में फसल बीमा में गेहूँ की फसल को बीमित करने का प्रयास किया जा रहा है। चाय और कहवा के बागान भी इसमें शामिल होने लगे हैं। अमेरिका में अंगूर के बागानों को अधिकांशत बीमित करते हैं। इसके अन्तर्गत तब तक भुगतान नहीं होता है जब तक फसल की हानि न हो। फूलों या पत्तियों की हानि को पूरा नहीं करते हैं। अनाज बीमा में जब तक प्रमाणित उत्पादन का एक निश्चित अंश (5 प्रतिशत) नष्ट नहीं होता है तब तक बीमाकर्ता भुगतान नहीं करेगा। प्रति एकड़ उत्पादन निर्धारित करके उसी के अनुसार जोखिम को बीमित करते हैं।

यदि फसल नष्ट होने पर पुनः बोई जाती है और बागान में फिर पौधे उगाये जाते हैं तो बीमाकर्ता केवल उसकी लागत को ही सहन करता है। बीमापत्र की शर्तों को स्पष्टतया वर्णित कर दिया जाता है।

फसल बीमा में कठिनाइयाँ—फसल बीमा के अन्तर्गत बहुत-सी कठिनाइयों का सामना करना पड़ता है। उनमें से कुछ कठिनाइयाँ नीचे बताई जा रही हैं :—

1. फसल उगाने के समय यह सम्भव नहीं रहता है कि फसल का बाजार मूल्य फसल तैयार होने के समय क्या होगा? बिना इस रकम को समझे बीमित रकम को आसानी से नहीं मालूम कर सकते हैं। बीमाकर्ता इस निर्धारित उत्पादन से कम होने पर कमी का भुगतान कर देता है।
2. हानि का सही-सही मूल्यांकन नहीं हो सकता है। इसमें बहुत से विवाद उत्पन्न हो जाते हैं।

3. नैतिक जोखिम की मात्रा अधिक होती है। बीमित व्यक्ति जब चाहे तब फसल को नष्ट कर सकता है। इसको बचाने के लिए हानि का केवल तीन-चौथाई ही बीमाकर्ता भुगतान करता है।

बीमित जोखिम—फसल बीमा के अन्तर्गत कुहरा (Frost) और तुषारपात (Freeze) को बागों के सम्बन्ध में बीमित करते हैं। फसल को कुहरे से हानि बहुत अधिक मात्रा में हुआ करती है। आंशिक हानि जितने की होती है उतने का भुगतान बीमाकर्ता करेगा। हानि के समय बाजार मूल्य को ही क्षतिपूर्ति का आधार बनाया जाता है।

कुहरा और तुषारपात के अलावा बाढ़ और अकाल से होने वाली हानि को संवृत किया जाता है। फसल बोने या बाग लगाने के बाद यदि ये हानियाँ हों तो बीमाकर्ता उसे भुगतान करेगा।

बीमारियाँ और पतंगों से होने वाली हानियों को संवृत किया जाता है। इन जोखिमों को अलग-अलग बीमित कर सकते हैं या इनके लिए एक व्यापक बीमापत्र (Comprehensive Policy) लिया जा सकता है।

प्रतिकूल मौसम के कारण होने वाली जोखिम को भी बीमित करते हैं। फसल की मात्रा में कमी या गुण में कमी को संवृत किया जाता है।

अमेरिका में कृषि विभाग के द्वारा अकाल, बाढ़, तूफान, कुहरा, तुषारपात, विद्युत्पात, अग्नि, बर्फ, जंगली जानवर, चक्रवात, बीमारियों और पतंगों आदि के कारण फसल की क्षति या हानि को बीमित करते हैं। इसमें लापरवाही या गलत तरीके की बुआई, मूल्य में कमी आदि को संवृत नहीं करते हैं।

फसल बीमा के लाभ—फसल बीमा के निम्नलिखित लाभ हैं :—

1. किसानों को होने वाली हानि नहीं होने पाती है। बीमा के अभाव में किसानों की एकमात्र रोजी का आधार नष्ट हो जाता है, लेकिन फसल बीमा से उन्हें किसी प्रकार की कठिनाई का सामना नहीं करना पड़ता है।
2. किसानों की आय स्थिर हो जाती है, जिससे उनकी आर्थिक दशा में सुधार हो जाता है।
3. सहकारी समितियों या कृषि को ऋण देने वाली संस्थाओं की आर्थिक स्थिति में सुधार हो जाता है क्योंकि कृषकों की आर्थिक दशा में सुधार हो जाता है।
4. कृषकों को गहन खेती के लिए प्रोत्साहन मिलता है और उत्पादन में वृद्धि हो जाती है जिससे देश की आर्थिक व्यवस्था सुधर जाती है।
5. सरकार ऋण देने में संकोच नहीं करती है, क्योंकि कृषकों की आर्थिक स्थिति सुधर जाती है और बीमाकर्ता इस ऋण को फसल नष्ट होने पर भुगतान करता है।

फसल बीमा का विकास—फसल बीमा का प्रारम्भ सर्वप्रथम अमेरिका में 1938 में हुआ। बीमा की सुविधा सबसे पहले गेहूँ की फसल को दी गयी। 1948 में गेहूँ, रुई,

पटसन और तम्बाकू की फसलों का बीमा किया गया। आजकल फसल बीमा का क्षेत्र विस्तृत हो गया है। 'फेडरल क्राप इन्श्योरेन्स कारपोरेशन' (Federal Crop Insurance Corportation) द्वारा फसल बीमा किया जाता है।

प्रीमियम का निर्धारण पहले तो वस्तुओं में निश्चित करते थे, लेकिन बाद में मुद्रा में किया जाने लगा। फसल बीमा का क्षेत्र अभी बहुत विकसित नहीं हुआ है।

भारत में फसल बीमा—फसल बीमा का प्रारम्भ करने के लिए सबसे पहले 1949 में विचार किया गया। प्रयोगात्मक रूप से अपनाने के लिए लोक सभा में विचार किया गया। योजनाकाल में पंजाब में फसल बीमा को लागू करने की योजना तैयार की गयी। यह योजना कुल 1200 गाँवों में अनिवार्य रूप से लागू की जायगी।

यह बीमा बाढ़, अकाल, ओला, टिड्डी, कीटाणु आदि जोखिम को बीमित करता है। प्रत्येक क्षेत्र के लिए प्रति एकड़ उपज निश्चित की गयी है। फसल के पूर्णतया नष्ट होने पर केवल आधी क्षति का ही भुगतान होता है।

भारत में अभी तक फसल बीमा का सही रूप नहीं अपनाया जा सका, लेकिन इसको अपनाने के लिए आवश्यक प्रयास करने चाहिए जिससे फसल की क्षति को पूरा किया जा सके।

पशु बीमा
(Cattle Insurance)

पशु बीमा में पालतू जानवरों का बीमा किया जाता है। बीमारी या दुर्घटना के कारण मृत्यु पर होने वाली हानि को पूरा करने के लिए इसका बीमा कराया जाता है। पशु बीमा केवल बीमा योग्य हित रखने वाले को ही बेचा जाता है।

पशु बीमा के प्रकार—पशु बीमा के मुख्य तीन प्रकार हैं :—

1. बीमारी या दुर्घटना पर मृत्यु—बीमारी या दुर्घटना पर पालतू पशुओं की मृत्यु पर होनेवाली हानि को पूरा किया जाता है।

निषेध (*Exclusion*)—निम्न कारणों से यदि मृत्यु हो तो उसका भुगतान नहीं होगा :—

(अ) अग्नि, विद्युत्पात, नागरिक दंगे, युद्ध, बाढ़, चोरी, ह्रास से हानि;

(ब) चीड़-फाड़ या अन्य शारीरिक परिवर्तन के कारण अयोग्य होने या मृत्यु होने पर हानि;

(स) अत्यन्त गम्भीर और घोषित बीमारियाँ।

इनमें से अधिकांश का बीमा अलग बीमा के अन्तर्गत शामिल करते हैं। कुछ हानियों को केवल अतिरिक्त प्रव्याजि लेकर ही बीमित करते हैं।

2. विशेष जोखिम का बीमा—इस बीमा के अन्तर्गत केवल कुछ विशिष्ट जोखिम या बीमारियों का ही बीमा होता है। इनमें से कुछ इस प्रकार हैं—

यातायात जोखिम (*Transit Risk*)—मादा जानवरों का कमजोर होना, चीड़-फाड़ (Castration), निर्धारित और प्रसिद्ध बीमारियाँ; जैसे खुरपका, पीला बुखार (Swine Fever), आनुषंगिक हानियाँ आदि।

3. बूचड़खाने का दायित्व—खाद्य-पशुओं के बीमार या अखाद्य रूप में रहने से व्यक्तियों को शारीरिक बीमारी या मृत्यु हो सकती है जिसकी क्षतिपूर्ति की जिम्मेदारी बूचड़खाने पर होती है। अतः बूचड़खाने का स्वामी अपने इस दायित्व का बीमा करा सकता है।

पशु बीमा का सिद्धान्त

उपरोक्त तीनों प्रकार के पशु बीमा में निम्नलिखित सिद्धान्तों को अपनाया जाता है—

1. सामान्य जोखिम—मृत्यु या दुर्घटना पर मृत्यु होने पर इसके अन्तर्गत भुगतान होता है।

2. जोखिम का चुनाव—बीमा करने के पहले यह देखा जाता है कि पशु किसी घातक बीमारी से पीड़ित तो नहीं है; उसका स्थान कैसा है; उसके चारों तरफ की वस्तुएँ कैसी हैं; पशुओं का प्रयोग कैसा है; पशु की जाति और उम्र क्या है आदि बातों की पूर्ण जाँच की जाती है। इन सबसे सम्बन्धित सूचनाएँ प्रस्ताव में पूछी जाती हैं। एक् ही प्रकार या वर्ग या प्रयोग के पशुओं की प्रव्याजि प्रायः एक ही होती है। प्रस्तावक के चरित्र की भी जाँच की जाती है। पशु के स्वास्थ्य की सूचना माँगना जरूरी होता है, कुछ दशाओं में तो पशु चिकित्सक की सूचना प्राप्त करना आवश्यक है।

3. जोखिम का वर्गीकरण—पशुओं के प्रकार, उद्देश्य, उम्र, जाति, मूल्य, क्षेत्रीय स्थान आदि के आधार पर पशुओं का वर्गीकरण किया जाता है।

4. मूल्यांकन का आधार—मूल्यांकन का आधार अनुमानित मूल्य या बाजार मूल्य होता है। बीमित रकम निश्चित करने के लिए वर्ष में दो बार (गर्मी के प्रारम्भ और जाड़े के प्रारम्भ में) मूल्यांकन करके औसत मूल्य निकालते हैं। क्षतिपूर्ति के लिए बाजार-मूल्य को ही आधार बनाते हैं।

5. प्रव्याजि निर्धारण—कुछ विशेष वर्ग के जानवरों के लिए प्रव्याजि की दर मृत्यु दर के आधार पर निश्चित कर लेते हैं। बीमा के पिछले अनुभव के अनुसार प्रव्याजि की दर प्रायः निश्चित होती है। जोखिम को प्रभावित करने वाले तत्त्वों को पूर्णतया विश्लेषित करते हैं।

6. प्रसंविदा की अवधि व शर्तें—प्रसंविदा की अवधि एक वर्ष की होती है। कुछ दशाओं में यह 5 वर्ष तक होती है लेकिन बीमित रकम हर वर्ष निश्चित करते हैं। लम्बी अवधि के लिए कुछ छूट भी दी जाती है। कभी-कभी एक वर्ष से कम अवधि के लिए भी बीमा किया जाता है।

परम सद्विश्वास का पालन करना बहुत जरूरी है। सभी महत्त्वपूर्ण तथ्य चाहे पूछे गये हों या नहीं, बताना जरूरी है। दूसरी महत्त्वपूर्ण शर्त यह है कि पशु को बचाने के लिए सभी आवश्यक प्रयास किये जाने चाहिए।

7. बीमित पशु का निरीक्षण—बीमा करने के लिए सभी जगह पशु चिकित्सक का प्रमाण-पत्र जरूरी है। बीमा अवधि के समय बीमाकर्ता कभी भी इसका निरीक्षण कर सकता है।

8. दुर्घटना या बीमारों में करने योग्य बातें—दुर्घटना या बीमारी के समय यह जरूरी है कि किसी योग्य (Qualified) पशु चिकित्सक के पास जाया जाय और उसके बताये हुए या बीमाकर्ता द्वारा बताये गये आदेशों का पालन किया जाय। बीमाकर्ता की आज्ञा बिना बीमार पशु को बूचड़खाने नहीं भेजा जा सकता है जब तक कि यह मानवता के दृष्टिकोण से उचित न हो या पशु चिकित्सक की राय न हो।

मृत्यु के 21 दिनों के अन्दर बीमाकर्ता को सूचना देना आवश्यक है। इसमें परिचय, उम्र और बाजार मूल्य को बताना जरूरी है। मृत्यु के 24 घंटे तक मृत शरीर को बीमाकर्ता की आज्ञा के बिना हटाया नहीं जा सकता है।

9. बीमापत्र का हस्तान्तरण—बीमापत्र दूसरे पशु-मालिक को अपने आप हस्तान्तरित नहीं होगा। बीमाकर्ता बीमापत्र के परिवर्तन सम्बन्धी सूचना प्राप्त करने के बाद हस्तान्तरण की अनुमति दे सकता है। यदि हस्तान्तरण स्वीकृत नहीं होता है तो बीमाकर्ता प्रव्याजि की कुछ रकम को वापस कर सकता है। नये खरीदे गये पशुओं को पुराने बीमित पशुओं के स्थान पर रख सकते हैं, बशर्ते पशु चिकित्सक की अनुकूल सूचना हो।

विशेष जोखिम बीमा—पशु बीमा में विशेष रूप से निम्न जोखिमों का बीमा किया जाता है—

1. मादा पशुओं का बीमा—दुर्घटना या बीमारी या गर्भाधान के परिणामस्वरूप होने वाली मृत्यु को बीमित करते हैं। इसमें असामयिक जन्म के कारण पशुओं की मृत्यु को बीमित कर सकते हैं। मृतक बच्चे पैदा होने का भी बीमा कराया जा सकता है। कभी-कभी मादा पशुओं के बच्चे न धारण (Barren) करने का भी बीमा करा लेते हैं।

2. नर पशुओं का बीमा—नर पशुओं के चीड़-फाड़ (Operation or Castration) या दुर्घटना या बीमारी पर होने वाली मृत्यु का बीमा करा सकते हैं। इसमें यात्रा जोखिम (Transit Risk) को शामिल नहीं करते हैं।

3. खुरपका या अन्य बीमारियों का बीमा—विशेष बीमारियों को अलग-अलग बीमित करते हैं। इन बीमारियों के कारण होने वाली आनुषंगिक हानियों को बीमित किया जाता है। दूध, ऊन, खाद और फसल-उत्पादन की हानि, पशुओं को पुनः खरीदने के खर्चे बीमित होते हैं।

लाभ-बीमा
(Profit Insurance)

लाभ बीमा क्षतिपूर्ति का बीमा है। आग लगने के कारण व्यापार की रुकावट होने पर लाभ की कमी और खर्चे को संवृत करते हैं। आग लगने पर केवल शुद्ध लाभ की ही हानि नहीं होती, बल्कि स्थायी खर्चे भी नहीं पूरे हो पाते हैं। स्थायी खर्चों में वेतन, किराया, ब्याज आदि मुख्य हैं।

ग्रामीण बीमा की प्रगति

	जी.आई.सी.	नेशनल	न्यु इण्डिया	ओरियण्टल	युनाइटेड इण्डिया
		बीमापत्र की संख्या (लाख में)			
1999-2000		36.83		75.53	—
2000-2001		36.97		79.34	—
2001-2002		34.04		44.39	—
		पशुओं की संख्या (लाख में)			
1999-2000		73.65		226.6	—
2000-2001		73.94		238.02	—
2001-2002		68.07		133.17	—
		प्रव्याजि (करोड़ में)			
1999-2000		76.92		45.32	50.78
2000-2001		86.25		47.60	78.41
2001-2002		75.50		26.63	58.04
		दावा (करोड़ में)			
1999-2000		66.25		4.40	3.00
2000-2001		67.82		14.69	9.09
2001-2002		58.03		20.03	30.84
		दावा अनुपात (दावा/प्रव्याजि)			
1999-2000		86.13		9.72	5.91
2000-2001		78.63		30.87	11.60
2001-2002		77.00		75.20	53.13

महत्त्व (Importance)—लाभ-बीमा के निम्न लाभ हैं—

1. व्यापार की हानि से बचत हो जाती है। स्थायी खर्चे या लाभ की कमी को इससे पूरा किया जाता है।
2. अंशधारियों को हानि नहीं होने पाती। बीमा के अभाव में लाभ का हिस्सा न मिल पाता, परन्तु बीमा होने से उसके हिस्से को बीमाकर्ता भुगतान कर देगा।
3. बीमा के अभाव में व्यापार में हानि पूरा करने के लिए संचय करना पड़ता, जिसको पूरा करने में अत्यन्त कष्ट और कठिनाई का सामना करना पड़ता है। अतः बीमा कराना जरूरी होता है।
4. केवल बड़े व्यापारियों को ही नहीं, बल्कि छोटे व्यापारियों और संस्थाओं को भी बीमा से लाभ होता है।

बीमित रकम—लाभ बीमा के अन्तर्गत निम्न रकम का भुगतान किया जाता है—

1. यदि विक्रय की पूर्ण समाप्ति हो जाय तो स्थायी खर्चे (Fixed Establishment charges) और शुद्ध लाभ तक बीमित रकम का भुगतान करते हैं।
2. यदि विक्रय की आंशिक हानि हुई हो तो स्थायी खर्चे और शुद्ध लाभ का केवल उसी अनुपात में भुगतान किया जायगा जिस अनुपात में विक्रय में कमी हुई है।
3. विक्रय को स्थायी रखने के लिए बढ़ी हुई लागत; जैसे किराये, उत्पादन लागत, वितरण और अन्य खर्चे में वृद्धि का भुगतान किया जाता है। बीमा की रकम निश्चित करने के लिए विक्रय (Turnover of Sale) को आधार माना जाता है। पिछले वर्षों के आधार पर विक्रय और उसके अनुपात में खर्चों को देखा जाता है। विक्रय की कमी के कारण कुछ खर्चे तो कम हो जाते हैं, परन्तु स्थायी खर्चे कम नहीं होते हैं जिनसे बीमित व्यक्ति को शुद्ध लाभ की और स्थायी खर्चे की हानि होती है। यह हानि उसी अनुपात में होती है, जिस अनुपात में विक्रय की कमी होती है। इसलिए यहाँ पर विक्रय की कमी को ही बीमित रकम का आधार माना जाता है।

हानि की रकम को निम्न प्रकार निश्चित करते हैं—

हानि : विक्रय की कमी :: स्थायी खर्चे और शुद्ध लाभ : सामान्य वार्षिक विक्रय।

बीमा की अवधि—बीमा की अवधि प्रायः एक वर्ष के लिए होती है। आग लगने के दिन से लेकर क्षतिपूर्ति की अवधि (Indemnity Period) तक ही हानि को देखा जाता है। जैसे यदि आग बीमा कराने से पाँच महीने बाद लगी हो तो क्षतिपूर्ति की अवधि 7 महीने की होगी। इसी 7 महीने के अन्दर होने वाली हानि का भुगतान किया जाता है।

आग लगने के कारण विक्रय को स्थायी रखने के लिए किया गया अतिरिक्त व्यय (Extra Expenditure) का भी भुगतान होता है, बशर्ते कि इसका कारण केवल आग ही हो।

यदि केवल लाभ का ही बीमा कराया गया है तो उसी का भुगतान किया जाता है।

स्थायी खर्चे (*Fixed Establishment or Standing Charges*)—स्थायी खर्चे में निम्न शामिल होते हैं—

1. व्यापार के नियमित खर्चे जो अग्नि लगने पर और व्यापार स्थगित होने पर भी किये जाते रहेंगे।
2. वे खर्चे जो अग्नि लगने के बाद आंशिक रूप से किये जाते रहेंगे; जैसे प्रकाश, प्रकाशन, विज्ञापन, स्टेशनरी आदि। इसके अन्तर्गत स्थायी सम्पत्ति के आंशिक रूप से नष्ट होने पर सम्बन्धित ह्रास की रकम भी शामिल होती है।
3. उपरोक्त के अतिरिक्त वे खर्चे जो अग्नि के लगने पर चालू रहें; जैसे प्रशिक्षित श्रमिक का वेतन और रोजाना के खर्चे; जैसे वेतन, मजदूरी, ढुलाई आदि।

अतः स्थायी खर्चे में—

(अ) लाभ-हानि खाते के स्थायी खर्चे;

(ब) व्यापार खाते के केवल वे खर्चे जो व्यापार बन्द होने पर चालू रहें, शामिल होते हैं।

इसमें शुद्ध लाभ की रकम जोड़ देने से बीमा की रकम मालूम हो जाती है।

प्रत्येक सम्पत्ति के विषय में अलग-अलग बीमा कराया जा सकता है या बीमित सम्पत्तियों को एक ही बीमापत्र में अलग-अलग वर्णित करना चाहिए। बीमापत्र में वर्णित रकम तक ही बीमाकर्ता का दायित्व रहता है।

सकल लाभ (*Gross Profits*)—शुद्ध लाभ के अतिरिक्त सकल लाभ का बीमा कराया जाता है। सकल लाभ में भुगतान रकम—(1) विक्रय में कमी और (2) कार्य-लागत (Cost of Working) में वृद्धि की रकम तक सीमित है।

1. विक्रय में कमी (*Reduction in Turnover*)—बीमा अवधि में प्रमाणित विक्रय से कम बिक्री होने पर कम हुई रकम तक भुगतान होता है।

2. कार्य-लागत में वृद्धि (*Increase in Cost-Working*)—विक्रय में कमी को रोकने के लिए किया गया अतिरिक्त व्यय भी बीमा में शामिल होती है। लेकिन यह रकम सकल लाभ (Gross-Profit) से अधिक नहीं होना चाहिए।

इन दोनों में से बचायी गयी रकम को घटा दिया जाता है। इस प्रकार भुगतान की रकम को निश्चित किया जाता है।

प्रमाणित लाभ बीमापत्र
(Standard Profits Policy)

1. बीमा की जोखिम (*Damage Covered*)—आग लगने पर सम्पत्ति नष्ट हो जाने पर व्यापार में बाधा (Interruption or Interference) हो जाने पर हुई हानि। इसके लिए यह आवश्यक है कि अग्नि केवल बीमित भवन में ही लगे तथा उसमें रखी या प्रयोग

की जाने वाली वस्तु बीमित हो और व्यापार के लिए ही प्रयोग की जाती है। दूसरी आवश्यकता यह है कि क्षति के कारण व्यापार बन्द, स्थगित या अवरुद्ध हो जाय क्योंकि बीमा अग्नि के कारण व्यापार में केवल अवरुद्ध (Interruption) या रुकावट (Interference) का ही होता है। बीमापत्र में लिखे प्रावधान के अनुसार ही हानि का भुगतान होगा।

2. बीमापत्र की शर्तें (*Policy Conditions*)—अग्नि बीमापत्र के अनुसार ही लाभ बीमापत्र की शर्तें होती हैं—

(अ) परम सद्विश्वास का पालन करना आवश्यक है।

(ब) बीमापत्र व्यापार की समाप्ति या समापन या बन्द होने पर रद्द हो जायगा।

(स) जोखिम में परिवर्तन की सूचना देने से बीमापत्र चालू रह सकता है।

3. दावा या अध्यर्थन (*Claims*)—क्षति के 30 दिन के अन्दर दावे की सूचना देना जरूरी है तथा साथ ही साथ जोखिम का विस्तृत विवरण भी होना चाहिए। अध्यर्थन के लिए उचित प्रमाण की आवश्यकता है। जोखिम को कम करने के लिए आवश्यक प्रयास का भी प्रमाण देना चाहिए। दावे का प्रमाण बीमित व्यक्ति को अपने खर्चे पर देना चाहिए यद्यपि इन खर्चों को पूरा करने से बीमा कराया जाता है।

4. अंशदान (*Contribution*)—सभी बीमाकर्ताओं द्वारा सह-बीमा में उनके हित के अनुसार (अंशदान के आधार पर) भुगतान किया जाता है। अग्नि बीमा के अध्याय में इसके विषय में बताया गया है।

5. प्रत्यासन (*Subrogation*)—लाभ बीमा में भी प्रत्यासन का सिद्धान्त लागू होता है।

6. पंच (*Arbitration*)—पंचों के द्वारा लाभ बीमा के विवाद को निपटाया जाता है।

7. अन्य बीमित हानियाँ—बीमित सम्पत्तियों में आग लगने के कारण व्यापार की रुकावट या अवरुद्धता के बीमा के अतिरिक्त निम्न प्रकार की अन्य हानियाँ भी बीमित होती हैं—

(क) बीमित सम्पत्तियों के अतिरिक्त अन्य सम्पत्तियों की क्षति होने पर व्यापार में रुकावट।

(ख) बिजली, ताप, गैस या पानी की पूर्ति के साधनों की क्षति होने पर व्यापार में रुकावट। यह क्षति आग, तूफान, विस्फोट और अन्य कारणों से हो सकती है।

(ग) **किराया**—किराये की क्षति का बीमा किया जा सकता है।

(घ) **विक्रय-अभिकर्ता का कमीशन**—आग लगने पर विक्रय की कमी के कारण विक्रय-अभिकर्ता को कमीशन नहीं मिल पायेगा। इस हानि को भी बीमित करा सकते हैं।

(ङ) **शुल्क**—निजी स्कूलों (Private Schools) के मकानों में आग लगने पर

शिक्षा में रुकावट पड़ सकती है, जिससे शिक्षा शुल्क (Tuition Fee) प्राप्त करने में बाधा पड़ सकती है। इस शुल्क का भी बीमा कराया जा सकता है।

(च) **अतिरिक्त खर्चे**—आग लगने पर सम्पत्ति के निर्माण या अन्य कार्यों को पूरा करने के अतिरिक्त खर्चे बीमित किये जा सकते हैं।

(छ) **लागत-स्तर के अतिरिक्त खर्चे**—बीमित व्यक्ति को अपने परिवार का पालन-पोषण करने के लिये अतिरिक्त खर्चे का बीमा किया जा सकता है।

(ज) **उत्पादन में आनुषंगिक हानियाँ**—वे आनुषंगिक हानियाँ जो उत्पादन के रुकावट होने पर उत्पन्न हों, लाभ बीमा में बीमित की जा सकती हैं। तापक्रम की कमी होने पर शीत भंडार गोदाम को होने वाली हानियाँ भी बीमित हो सकती हैं।

□□□

अध्याय 38

मशीन बीमा, निर्यात बीमा और युद्ध जोखिम बीमा

मशीन बीमा

मशीन बीमा में बायलर, जलचक्की (Turbines), चक्कियाँ (Flywheels), विद्युत्-मशीनें या अन्य मशीनें जो शक्ति से चलती हों, बीमित की जाती हैं। प्रत्यक्ष हानियाँ (Direct Losses) और अप्रत्यक्ष हानियाँ (Indirect Losses) बीमित होती हैं।

प्रत्यक्ष हानियाँ

प्रत्यक्ष हानियों में : (1) बीमित सम्पत्ति की क्षति, (2) दूसरे व्यक्ति की सम्पत्ति की क्षति जिसके लिए बीमित व्यक्ति दायी (Liable) होगा, (3) कर्मचारियों के जीवन की हानि या शारीरिक चोट, (4) कर्मचारियों के अतिरिक्त अन्य व्यक्तियों की शारीरिक चोट या जीवन की हानि शामिल है।

बीमित समझौता—प्रत्यक्ष हानियों में बीमित समझौता बीमापत्र पर स्पष्टतया लिखे रहते हैं। इनमें से कुछ वर्णन नीचे किया जा रहा है :—

1. सम्पत्ति की क्षति—बीमित व्यक्ति की सम्पत्ति की क्षति का भुगतान किया जाता है। इसके अतिरिक्त बीमित उद्देश्य (Insured Object) को भी शामिल करते हैं।

2. प्रतिस्थापन व्यय—क्षतिपूर्ति सम्पत्ति के प्रतिस्थापन खर्चे भी बीमित किये जाते हैं। इन खर्चों में अस्थायी मरम्मत, अतिरिक्त समय के वेतन और यातायात के खर्चे जो सामान्यता न किये जाते हों, शामिल होते हैं।

3. शारीरिक चोट दायित्व—इस दायित्व का बीमा कराना जरूरी नहीं है, लेकिन यदि इस दायित्व को बीमित किया जाय तो बीमित दुर्घटना (Insured Accident) के कारण तीसरे पक्ष को होने वाली क्षतिपूर्ति का भुगतान किया जाता है। यदि कर्मचारियों को कर्मचारी क्षतिपूर्ति बीमा के अन्तर्गत बीमित नहीं करते हैं, तो उस जोखिम को भी इसके अन्तर्गत बीमित किया जाता है।

4. दंगे और बलवा (*Riot and Disturbances*)—विशेष प्रावधान के अनुसार हड़ताल, दंगे, नागरिक बगावत या अन्य अपराध को बीमित किया जा सकता है।

5. स्वतः बीमित जोखिम (*Automatic Coverage*)—नव-निर्माण या लगायी

गयी मशीनों को अतिरिक्त प्रव्याजि देकर बीमित किया जा सकता है। मशीनों के लगाने के 90 दिन के अन्दर इसकी लिखित सूचना बीमाकर्ता को देनी चाहिए। समय और जोखिम के अनुसार प्रव्याजि की गणना की जायगी।

बायलर और मशीन बीमा में मुख्य रूप से भौतिक क्षति को ही बीमित करते हैं। दायित्व क्षति को तभी बीमित करेंगे जबकि दायित्व बीमा अन्यत्र न हो या अनुपयुक्त हो। इसमें दायित्व बीमा अतिरिक्त बीमा समझा जाता है।

6. दुर्घटना—इसमें दुर्घटना के कारण होने वाली सभी जोखिम या परिणामस्वरूप अन्य दुर्घटना को बीमित करते हैं। प्रत्येक दुर्घटना में बीमापत्र की सीमा होती है। यदि कई मशीनों को एक-सा बीमित किया गया है तो सबसे अधिक मूल्य वाली मशीन का भुगतान सबसे पहले होता है। लेकिन यह रकम कुल बीमित रकम से अधिक नहीं होना चाहिए।

वाष्प बायलर बीमा (*Steam Boiler Insurance*)—बीमित बायलर के विस्फोट, गिरने (Collapse) या टूटने-फटने से प्रत्यक्ष क्षति को बीमित किया जाता है। प्रत्येक बायलर की दबाव शक्ति (Pressure Power) का अलग-अलग वर्णन होना चाहिए।

निषेध (*Exclusion*)—वाष्प बायलर के अग्नि बक्स या ट्यूब में विस्फोट होने वाली क्षति को बीमित नहीं करते हैं, जब तक कि इसके लिए विशेष रूप से बीमा-पत्र अभिहस्तांकित न किया गया हो। जब गैस की अनावश्यक रुकावट या दबाव का असमान वितरण होता है तब ऐसे विस्फोट की सम्भावना होती है।

बीमित जोखिम—फर्नेस (Furnace) या भट्ठी जो वाष्प बायलर से सम्बन्धित है, का निम्न बीमा हो सकता है।

(अ) बीमित व्यक्ति की सम्पत्ति को क्षति;

(ब) दूसरे व्यक्ति की सम्पत्ति की क्षति पर दायित्व; और

(स) फर्नेस विस्फोट से तीसरे पक्ष की शारीरिक चोट पर कानूनी दायित्व।

निषेध (*Exclusions*)—(1) बीमित व्यक्ति की सम्पत्ति की ऐसी क्षति जो बायलर के भागों के जलने से उत्पन्न हो या बीमित व्यक्ति की सम्पत्ति को अग्नि के कारण हानि हो। लेकिन दूसरे व्यक्ति की सम्पत्ति की क्षति के लिए बीमाकर्ता दायी नहीं हो सकता है।

(2) बीमाकर्ता द्वारा मान्य वाष्प प्रेशर (दबाव) के अधिक होने पर सुरक्षा वाल्व (Safety Valve) के निकल जाने या अकार्यशील होने पर होने वाली क्षति या दायित्व।

(3) मशीन या प्लाण्ट के बन्द हो जाने पर होने वाली हानि।

अप्रत्यक्ष हानि या क्षति

(Indirect Damage)

अप्रत्यक्ष हानियाँ चार प्रकार की होती हैं—

(अ) आनुषंगिक हानियाँ (Consequential Losses)

(ब) प्रयोग और धारण (Use and Occupancy)

(स) प्रयोग के बाहर (Outage)

(द) शक्ति रुकावट (Power Interruption)

इनमें से प्रथम तीन का बीमा बीमित व्यक्ति के कार्यस्थान (Premises) में होने पर ही किया जाता है। चौथे का बीमा तभी होगा, जबकि वह कार्य-स्थान के बाहर (Off-Premises) शक्ति स्रोतों पर हानि हो।

(अ) आनुषंगिक हानियाँ (*Consequential Losses*)—इस बीमा से मोटर के जलने या ताप में रुकावट के कारण बीमित व्यक्ति को होने वाली हानि को कम करने का प्रयास किया जाता है। इस प्रकार की हानियाँ भौतिक क्षति के अन्तर्गत तब तक बीमित नहीं होती हैं जब तक कि इसके लिए अतिरिक्त प्रव्याजि देकर बीमा न किया गया हो।

(ब) प्रयोग और धारण (*Use and Occupancy*)—इसके लिए एक अलग बीमापत्र निर्गमित किया जा सकता है या शक्ति चालित मशीनों के बीमापत्रों में पृष्ठांकन करके इसको बीमित कर सकते हैं। मशीनों की क्षति होने पर विक्रय या उत्पादन न होने के कारण लाभ में कमी आ जायगी और स्थायी खर्च व्यर्थ में करने पड़ेंगे।

(स) प्रयोग के बाहर (*Outage*) **बीमा**—जब मशीनें दुर्घटना के कारण कार्य में नहीं लायी जाती हैं तो उन पर प्रति घण्टे की दर से क्षतिपूर्ति की जाती है। मशीनें इस तरह अयोग्य हो जाती हैं कि जब तक उनकी मरम्मत नहीं होती, वे कार्यशील नहीं हो पातीं, जिससे मशीनों के प्रयोग न होने के कारण उतने समय तक हानि होती है।

(द) शक्ति अवरुद्ध बीमा (*Power Interruption Insurance*)—शक्ति (Power) उत्पादन न होने के कारण या उसमें रुकावट के कारण शक्ति प्रयोगकर्ता को हानि होती है, उसका उत्पादन और विक्रय नहीं हो पाता है। सार्वजनिक उपयोगिता की ऐसी संस्थाओं की मशीनों के खराब हो जाने के कारण जनता, उत्पादक, विक्रेता को हानि हो जाया करती है। अतः ये व्यक्ति शक्ति अवरुद्ध का बीमा कराके हानि की क्षतिपूर्ति प्राप्त कर लेते हैं।

उपर्युक्त शक्ति मशीनों या अन्य मशीनों की भाँति इंजन, विद्युत् मशीन, टरबाइन (Turbine) का बीमा कराया जा सकता है। विद्युत् मशीनों के अचानक रुकने, टूटने या दुर्घटना-ग्रस्त या जलने के कारण होने वाली मशीनों की क्षति का बीमा कराया जा सकता है। मशीन को पुनः चलाने के लिए मरम्मत, प्रतिस्थापना या पुनर्क्रय की आवश्यकता होती है। इसके अन्तर्गत मोटर, विद्युत उत्पादन यन्त्र (Generators), गतिप्रेरक (Exciters), परिवर्तक (Transformers) आदि यन्त्रों को बीमित किया जाता है। टरबाइन (Turbine) के अन्तर्गत टूट-फूट का बीमा, विस्फोट, सीमित टूट-फूट और मिश्रित जोखिम को बीमित करते हैं।

निर्यात जोखिम बीमा
(Export Risk Insurance)

निर्यात जोखिम बीमा में निर्यात सम्बन्धी विशेष जोखिम को बीमित किया जाता है। इसके अन्तर्गत बहुत-सी महत्त्वपूर्ण जोखिमों का बीमा कराया जाता है। निर्यातकर्ता बीमा कराने के बाद इन हानियों के प्रति निश्चिन्त हो जाता है और निर्यात व्यापार की वृद्धि होती है।

निर्यात साख और गारण्टी निगम
(Export Credit and Guarantee Corporation)

निर्यात की कहानियों को बचाने के लिए जुलाई 1957 में निर्यात जोखिम बीमा निगम की स्थापना की गयी जिसको नाम 1964 में बदल कर निर्यात साख और गारण्टी निगम (Export Credit and Guarantee Corporation) रखा गया।

निगम बीमा को वैकल्पिक आधार पर ही बीमित करता है, यह आवश्यक नहीं है कि निर्यातकर्ता निर्यात का बीमा कराये।

निगम मुख्य रूप से उधार निर्यात को संवृत करता है, परन्तु निर्यात सम्बन्धी अन्य जोखिम को भी बीमित करता है। इसलिये विभिन्न प्रकार के बीमापत्र निर्गमित किये जाते हैं।

बीमापत्र के भेद—निर्यात बीमा में निम्न प्रकार के बीमापत्र निर्गमित किये जाते हैं :—

1. माल रवानगी व्यापक बीमापत्र (*Shipment Comprehensive Policy*)—इस बीमापत्र के अन्तर्गत माल रवानगी कर देने के बाद व्यापारिक जोखिम; जैसे—दिवालियापन, क्रेता की गलती तथा राजनैतिक जोखिम; जैसे—हस्तान्तरण जोखिम, युद्ध या नागरिक दंगे की जोखिम, आयात नियन्त्रण जोखिम, परिवर्तन जोखिम (Diversion Risk) आदि प्रत्येक की जोखिम; जैसे यातायात जोखिम, हड़पने की जोखिम (Confiscation Risk) और प्राकृतिक जोखिम शामिल होती है।

2. माल रवानगी (राजनैतिक जोखिम) बीमापत्र—माल रवानगी के बाद सभी राजनैतिक जोखिम को बीमित किया जाता है।

3. प्रसंविदा (व्यापक जोखिम) बीमापत्र—निर्यात प्रसंविदा तय हो जाने पर सभी जोखिम को बीमित किया जाता है, चाहे ये माल रवानगी या निर्यात नियन्त्रण जोखिम से सम्बन्धित हो।

4. प्रसंविदा (राजनैतिक जोखिम) बीमापत्र—निर्यात प्रसंविदा तय होने के बाद राजनैतिक जोखिम का बीमा कराया जाता है। माल रवानगी और निर्यात नित्रन्त्रण को भी संवृत किया जाता है।

5. बाजार विकास बीमापत्र—निर्यात बाजार को बढ़ाने के लिए किये गये खर्चों का यदि कोई प्रभाव न पड़ सके तो बीमित व्यक्ति को हानि होगी। इस हानि का बीमा करा लेने के बाद बीमित व्यक्ति को निर्यात विकास के खर्चे की हानि का भुगतान किया जाता है।

6. प्रेषण (*Consignment*) **बीमापत्र**—यह बीमापत्र ऐसे निर्यातकों को बेचा जाता है जो कि अपने अभिकर्ताओं को माल बेचते हैं। इसमें युद्ध, परिवर्तन (Diversion), निर्यात रुकावट या पकड़ने को बीमित किया जाता है।

7. साख बीमापत्र (*Credit Insurance*)—उधार निर्यात पर निर्धारित समय पर भुगतान न होने पर होने वाली संवृत होती है।

बीमित जोखिम के प्रकार

निर्यात बीमा में : (1) माल रवानगी के बाद (Post-Shipment) और (2) माल रवानगी के पहले (Pre-Shipment) की जोखिम को संवृत किया जाता है।

1. **माल रवानगी के बाद** (Post-Shipment) **की जोखिमें**—माल रवानगी के बाद की निम्न जोखिमें बीमित की जाती हैं।

(क) परिवर्तन जोखिम (*Diversion Risk*)—यात्रा के विचलन या रुकावट के कारण निर्यातक को अतिरिक्त खर्चे सहन करने पड़ सकते हैं और इस खर्च को क्रेता से प्राप्त करना सम्भव नहीं है। इस जोखिम को बीमित किया जा सकता है, बशर्ते कि यह परिवर्तन निर्यातक देश के बाहर हो।

(ख) आयात नियन्त्रण जोखिम (*Import Control Risk*)—आयातक (Importer) को आयात नियन्त्रण के कारण माल खरीदने में बाधा पड़ सकती है, जिससे निर्यातक को माल भेजने और वापस प्राप्त करने और अन्य खर्चे की हानि होगी। इसलिए निर्यातक माल भेजने के बाद आयात नियन्त्रण की हानियों को बीमित करा सकता है। केवल उन्हीं नियन्त्रणों के प्रति बीमा होगा जो कि निर्यातकर्ता और क्रेता की पहुँच के बाहर हो।

(ग) त्याग जोखिम (*Repudiation Risk*)—एक शोधक्षम क्रेता बिल ऑफ एक्सचेंज को स्वीकार नहीं कर सकता या स्वीकृत बिल का भुगतान नहीं कर सकता है या भेजे गये माल को स्वीकार नहीं कर सकता है। इन दशाओं में निर्यातक को यातायात के खर्चे की हानि होगी।

(घ) दिवालिया जोखिम (*Insolvency Risk*)—दिवालिया जोखिम वह है जो क्रेता के दिवालिया होने के कारण उत्पन्न हो तथा वह देय भुगतानों को पूरा करने में असमर्थ हो।

(ङ) भुगतान न करने के जोखिम (*Default Risk*)—देय तिथि से एक निश्चित अवधि के बाद आयातक के भुगतान न करने पर यह जोखिम उत्पन्न होती है। भारत में देय तिथि के बाद 6 महीने के अन्दर भुगतान न होने पर बीमाकर्ता बीमित व्यक्ति को बीमित रकम की सीमा तक क्षतिपूर्ति कर सकता है।

(च) युद्ध जोखिम (*War Risk*)—निर्यातक और आयातक देश के बीच युद्ध छिड़ जाने के कारण भुगतान न मिलने, हस्तान्तरण न कर सकने आदि के कारण होने वाली जोखिम को बीमित किया जाता है।

(छ) नागरिक दंगे (*Civil War Risk*)—देश के अन्दर भी नागरिक दंगे, बगावत आदि के कारण होने वाली जोखिम भी बीमित होती है। इन जोखिमों के कारण माल सौंपा नहीं जा सकता या भुगतान प्राप्त नहीं किया जा सकता है।

(झ) हस्तान्तरण जोखिम (*Transfer Risk*)—कानून, आदेश या अन्य कार्य जो निर्यातक या आयातक के नियन्त्रण के बाहर हो तथा आयातक को भुगतान करने के लिए प्रतिबन्धित करता हो।

(ञ) प्रत्येक प्रकार की जोखिम (*Omnibus Risk*)—वे तमाम जोखिम जो निर्यातकर्ता के देश के बाहर हों और जो निर्यातक की पहुँच के बाहर हों।

माल-रवानगी के पहले (Pre-Shipment) की जोखिम

(अ) वे जोखिम जो निर्यातकर्ता के देश में उत्पन्न हों—

(i) निर्यात नियन्त्रण जोखिम (*Export Control Risk*)—निर्यात अनुज्ञापत्र के रद्द हो जाने या नवकरण (Renewal) या नये प्रतिबन्ध लगने से निर्यात करना सम्भव नहीं हो पाता।

(ii) नकद, बीमा और किराया जोखिम (*Cash, Insurance, Freight Risk: C.I.F. Risk*)—निर्यात प्रसंविदा हो जाने के बाद जब बीमा और किराये में वृद्धि हो जाने के कारण निर्यातकर्ता को क्षति हो।

(ब) वे जोखिम जो निर्यातकर्ता के देश के बाहर हों—वे जोखिमें जो निर्यातकर्ता के देश के बाहर हों और जिससे निर्यात करना सम्भव न हो। इसमें निम्न जोखिम शामिल होती हैं—

(i) त्याग जोखिम (Repudiation Risk), (ii) दिवालिया जोखिम (Insolvency Risk), (iii) हस्तान्तरण जोखिम (Transfer Risk), (iv) युद्ध जोखिम (War Risk), (v) युद्ध और नागरिक जोखिम (War and Civil Risk), (vi) प्रत्येक प्रकार की जोखिम (Omnibus Risk)।

युद्ध जोखिम बीमा
(War Risk Insurance)

महत्त्व—युद्ध जोखिम के कारण देश की सम्पत्ति को बहुत क्षति होती है। बड़े-बड़े कारखाने, शहर और विशाल सम्पत्तियाँ पल भर में क्षत-विक्षत हो जाती हैं। सरकार द्वारा प्रतिरक्षात्मक उपायों के बावजूद भी जोखिम की मात्रा में अधिक कमी नहीं हो पाती है।

इस विशाल जोखिम के लिए बीमा कराना जरूरी है, लेकिन क्षति की रकम का मूल्यांकन करना सम्भव नहीं है और निजी संस्थाएँ युद्ध जोखिम का बीमा नहीं करा सकतीं क्योंकि यह उनकी पहुँच के बाहर है। अतः राज्य के अधीन यह बीमा रहता है।

विकास—युद्ध जोखिम बीमा का प्रारम्भ द्वितीय महायुद्ध के समय से हुआ है। 1939-45 में इस बीमा को सरकारी स्तर पर अमेरिका, इंगलैंड और भारत में अपनाया गया। 1963 से अनिवार्य रूप से इस बीमा को भारत में चालू किया गया। इस बीमा को संकटकालीन जोखिम बीमा (Emergency Risk Insurance) भी कहते हैं। चीनी आक्रमण के बाद सरकार ने अनिवार्य रूप से इसे लागू कराया। इसके लिए दो अधिनियम पास किये गये हैं—(1) संकटकालीन जोखिम माल बीमा अधिनियम और (2) संकटकालीन जोखिम कारखाना बीमा अधिनियम। इन योजनाओं के अन्तर्गत माल और कल-कारखानों का बीमा कराया जाता है। ओरियण्टल फायर एण्ड जनरल इन्श्योरेन्स कम्पनी को इस बीमा का अभिकर्ता बनाया गया है।

संकटकालीन जोखिम

(Emergency Risk)

इसके अन्तर्गत निम्नलिखित जोखिम को संवृत करते हैं :—

1. शत्रु की कार्रवाइयों द्वारा या शत्रु का मुकाबला करने या हमलों को असफल करने के कारण से उत्पन्न जोखिम;
2. सुरक्षा के लिए विस्फोटक, युद्ध सामग्रियाँ और अन्य खतरनाक वस्तुओं के निर्माण, स्टोर और यातायात के समय अग्नि या विस्फोट से उत्पन्न जोखिम;
3. हमलों को रोकने के उपायों द्वारा सम्पत्ति को जोखिम;
4. शत्रुओं की सुविधाओं को नष्ट या कम करने के उपायों द्वारा उत्पन्न सम्पत्ति की हानि।

अनिवार्यता—संकटकालीन बीमा सरकारी कारखानों को छोड़कर अन्य सभी कारखानों के लिए अनिवार्य है। पचास हजार से अधिक माल रखने वाले को भी बीमा कराना अनिवार्य है, इससे कम के माल के लिए बीमा कराना वैकल्पिक है यदि किसी ने बीमा नहीं कराया है तो उससे आवश्यक रूप से वह प्रव्याजि की रकम ली जायगी।

शर्तें—(1) बीमित रकम तक क्षति की रकम का केवल 80 प्रतिशत ही भुगतान किया जायगा। बाकी 20 प्रतिशत बीमित व्यक्ति स्वयं सहन करेगा।

(2) बीमा की रकम यदि सम्पत्ति मूल्य से कम है तो औसत वाक्यांश लागू होगा अर्थात् हानि का केवल वही अनुपात भुगतान किया जायगा जो बीमित रकम और सम्पत्ति के मूल्य का है।

(3) हानि की सूचना तुरन्त सरकारी अभिकर्ता को देना चाहिए और 10 दिन के अन्दर हानि का पूर्ण विवरण तथा प्रमाण देना आवश्यक है।

(4) जान-बूझकर की गयी हानि या धोखाधड़ी का दावा रद्द किया जा सकता है। इसी तरह बीमा कराते समय मिथ्या प्रदर्शन के कारण सभी सुविधाएँ समाप्त हो सकती हैं।

(5) हानि या क्षति को बचाने के लिए जारी किये आदेशों का पालन न करने पर समस्त सुविधाएँ रद्द की जा सकती हैं।

(6) बीमित व्यक्ति को क्षति या हानि बचाने का सभी आवश्यक और व्यावहारिक प्रयास करना चाहिए।

(7) प्रतिस्थापन में नक्शे आदि का व्यय बीमित व्यक्ति ही सहन करेगा।

उपरोक्त सम्पत्ति बीमा के अतिरिक्त कारखानों, बगीचों और बन्दरगाहों पर कार्य करने वाले श्रमिकों को भी युद्ध दुर्घटना होने पर नियोजक से क्षतिपूर्ति प्राप्त करने का अधिकार है। इस दायित्व की पूर्ति के लिए मालिकों (Employers) को बीमा कराना जरूरी है। व्यक्तिगत चोट क्षतिपूर्ति बीमा अधिनियम (Personal Injury Compensation Insurance Act, 1965) के अन्तर्गत मालिकों को बीमा न कराने पर दण्ड दिया जा सकता है।

1971 में बंगलादेश स्वतन्त्रता संग्राम के समय इस बीमा को अनिवार्यतः लागू करने का पुनः प्रयास किया गया जिसके अनुसार कारखानों और 50 हजार से अधिक माल रखने वाले व्यक्तियों को बीमा कराना आवश्यक है।

सामान्य बीमा का राष्ट्रीयकरण

जीवन बीमा व्यवसाय का सन् 1956 में राष्ट्रीयकरण के उपरान्त सामान्य बीमे के राष्ट्रीयकरण की माँग निरन्तर होती रही। समाज और राष्ट्र के हित के लिए यह जरूरी था कि इसका कार्य-संचालन लोकक्षेत्र (Public Sector) में हो। उस समय सामान्य बीमा के राष्ट्रीयकरण की माँग बहुत तीव्र नहीं थी, क्योंकि इनके व्यापार बहुत अधिक विकसित होकर आवश्यक खर्च नहीं कर रहे थे। केवल इतना ही कार्य 1968 में किया गया कि बीमा नियन्त्रक को और अधिक अधिकार सौंपे गये जिससे बीमा संस्थाओं का नियन्त्रण, अधीक्षण और नियमन व्यापक रूप से किये जा सकें। विनियोग सम्बन्धी नियम बनाये गये जिससे सामान्य बीमा पर विशेष नियन्त्रण रखा जा सके। लोकक्षेत्रीय स्वामित्व एवं प्रबन्ध कम से कम वित्तीय संस्थाओं में बहुत आवश्यक समझा गया। योजनाओं की सफलता तथा उपलब्ध साधनों के समुचित प्रयोग के लिए इन संस्थाओं को लोकक्षेत्र में रखना आवश्यक है। 14 बैंकों के राष्ट्रीयकरण के बाद सामान्य बीमा के राष्ट्रीयकरण की माँग तीव्र हो गयी।

राष्ट्रीयकरण के पक्ष में तर्क

1. **बीमापत्रधारियों के हित की सुरक्षा**—सामान्य बीमा में व्यक्तिगत स्वामित्व और प्रबन्ध के कारण बीमापत्रधारियों को अपने दावे का भुगतान शीघ्र और सरलता से नहीं हो पाता है। उन्हें कई स्थानों पर कठिनाइयों का सामना करना पड़ता है; अतः यह आवश्यक है कि बीमापत्रधारियों को उचित सुविधा पहुँचाने के लिए इसका राष्ट्रीयकरण किया जाय।

2. **जीवन क्षेत्रों में विस्तार**—राष्ट्रीयकरण से यह आशा की जाती है कि बीमा का विस्तार अन्य क्षेत्रों में भी होगा, जहाँ पर अन्य बीमाकर्ता अपने व्यापार को बढ़ाने के लिए अग्रसर नहीं होते। सरकारी क्षेत्र में होने के कारण यह सभी आवश्यक स्थानों में बढ़ाया जा सकता है और वहाँ पर सुरक्षा प्रदान करके समाज का हित किया जायगा।

3. **व्यापारिक आधार**—भारत में जब जीवन बीमा का राष्ट्रीयकरण किया जा चुका है तब एक स्वच्छ और स्वस्थ वातावरण तैयार करने के लिए यह जरूरी है कि सामान्य बीमा को भी लोकक्षेत्र में रखा जाय जिससे भ्रष्टाचार एवं कुप्रथाओं को दूर किया जा सके और खर्चों में मितव्ययिता अपनायी जा सके।

4. **निजी क्षेत्र में व्यक्तिगत स्वार्थ**—बीमा व्यवसाय के निजी क्षेत्र में होने के कारण व्यक्तिगत स्वार्थ को पूरा करने का मौका मिलता है। बीमा के स्वामी अर्जित रकम को केवल अपने हित के लिए ही प्रयोग करते हैं। समाज की रकम का समाज के हित के लिए प्रयोग नहीं होता है। लोकक्षेत्र में होने के कारण सामाजिक हित को अधिक से अधिक पूरा किया जा सकेगा।

राष्ट्रीयकरण के विपक्ष में तर्क

1. **कार्यक्षमता में कमी**—राष्ट्रीयकरण से व्यापारिक एवं व्यावसायिक क्षमता में कमी आयेगी। अधिकारी वर्ग मनमाने ढंग से कार्य करेंगे। व्यक्तिगत हित के अभाव से वे ज्यादा कार्य नहीं करेंगे। निजी क्षेत्र में व्यक्तिगत रूप से सेवाएँ प्रदान की जाती हैं। सरकारी कर्मचारी इस प्रकार की व्यक्तिगत सुविधाएँ नहीं दे पायेंगे।

2. **अपव्यय को प्रोत्साहन**—निजी कर्मचारियों पर कठोर अंकुश होने के कारण वे अपना कार्य नियमित रूप से करते हैं। लागत पर कठोर नियन्त्रण रहता है, अपव्यय को प्रोत्साहन नहीं मिलता। इस प्रकार व्यावसायिक हित को बनाये रखा जा सकता है।

3. **व्यापार में कमी**—नियन्त्रण के कारण लागत में वृद्धि की आशा की जाती है, जिससे व्यापार में कमी हो जायगी।

सामान्य बीमा का राष्ट्रीयकरण

सामान्य बीमा का राष्ट्रीयकरण 13 मई 1971 को सामान्य बीमा (संकटकालीन प्रावधान) अध्यादेश 1971 पास करके किया गया। इस अध्यादेश को अधिनियम में बदला गया और 22 नवम्बर 1972 को सामान्य बीमा व्यवसाय (राष्ट्रीयकरण) अधिनियम, 1972 पास करके सामान्य बीमा निगम की स्थापना की गयी। राष्ट्रीयकरण के समय कुल 112 संस्थायें थीं, जिनमें से 67 भारतीय थीं और 45 विदेशी संस्थायें थीं। इनमें से 87 संस्थायें, अग्नि, सामुद्रिक और विविध बीमा में, 5 संस्थायें अग्नि तथा विविध बीमा में, 3 केवल अग्नि बीमा में, 10 केवल सामुद्रिक बीमा में और 7 केवल विविध बीमा में कार्य कर रही थीं। राष्ट्रीयकरण के बाद इनके संचालक मण्डल भंग कर दिये गये और उनके कार्यों को चलाने के लिए 30 कस्टोडियन नियुक्त किये गये। सामान्य बीमा के राष्ट्रीयकरण के बाद भी उनके सभी कर्मचारी यथावत् रहे। क्षतिपूर्ति के लिए लगभग 33 करोड़ रुपये आँके गये।

सामान्य बीमा निगम की स्थापना—सामान्य बीमा निगम अधिनियम, 1962 के अन्तर्गत सामान्य बीमा निगम की स्थापना की गयी। यह भारतीय कम्पनी अधिनियम के अन्तर्गत एक स्वतन्त्र कम्पनी थी जिसकी स्थापना सामान्य बीमा के कार्यों को संचालित करने के लिये की गयी। इस कम्पनी की अधिकृत पूँजी 75 करोड़ रुपये है और समस्त पूँजी केन्द्रीय सरकार के हाथ में है।

सामान्य बीमा व्यवसाय के कार्यों को चलाने की जिम्मेदारी चार कम्पनियों को दी गयी जो सामान्य बीमा निगम के अन्तर्गत रहकर उनके निर्देशानुसार व्यापार करेंगी। इन चार कम्पनियों के नाम हैं—नेशनल इन्सुरेन्स कम्पनी लिमिटेड, न्यु इण्डिया इन्सोरेन्स कम्पनी लिमिटेड, ओरियण्टल फायर और सामान्य बीमा कम्पनी लिमिटेड और युनाइटेड इण्डिया फायर एवं सामान्य बीमा कम्पनी लिमिटेड। 1 जनवरी, 1974 से समस्त बीमा संस्थायें इन्हीं संस्थाओं के साथ मिल गयीं। इस प्रकार 13 मई, 1971 से 31 दिसम्बर, 1974 तक का समय एक परिवर्तन का समय था।

सामान्य बीमा निगम के कार्य—सामान्य बीमा निगम अधिनियम, 1972 की धारा 18 और 19 में कार्यों का वर्णन है—

(अ) सामान्य बीमा सम्बन्धी उन समस्त कार्यों को करना जो कि इसके लिए आवश्यक हों।

(ब) इन चारों कम्पनियों को सामान्य बीमा व्यवसाय सम्बन्धी सहायता और सलाह देना।

(स) कमीशन और खर्चे सम्बन्धी नियन्त्रण पर सलाह देना।

(द) कोष के विनियोग सम्बन्धी सलाह देना।

(य) आश्रित कम्पनियों को सामान्य बीमा व्यवसाय सम्बन्धी सलाह और निर्देशन देना।

(ङ) जब भी आवश्यकता हो सामान्य बीमा व्यवसाय को स्वयं करना।

प्रत्येक आश्रित बीमा कम्पनियों को सामान्य बीमा व्यवसाय को करने की जिम्मेदारी है। सामान्य बीमा व्यवसाय सामाजिक हित को ध्यान में रखकर किया जाना होगा। निगम द्वारा निर्देशित आदेशों के अनुसार ही सामान्य सिद्धान्तों और व्यवहारों को ध्यान में रखकर ही प्रत्येक आश्रित बीमा कम्पनी कार्य करेगी।

□□□

अध्याय 39

स्वास्थ्य बीमा

जीवन बीमा निगम की हेल्थ प्लस, इकाई से सम्बद्ध एक स्वास्थ्य बीमा योजना है, जो योजना में शामिल परिवार के सदस्यों को स्वास्थ्य सुरक्षा प्रदान करती है। स्वास्थ्य सुरक्षा का विस्तार, योजना में शामिल परिवार के सदस्यों के लिए चुने गए प्रारम्भिक दैनिक लाभ पर निर्भर करता है। स्वास्थ्य सुरक्षा की निन्तरता पॉलिसी के अंतर्गत बीमा-किस्त के नियमित भुगतान पर निर्भर करती है। प्रत्येक सदस्य के लिए बीमाकृत बड़ी शल्यक्रिया के लाभ की रकम चुने गए प्रारंभिक दैनिक लाभ से 200 गुना अधिक होती है।

स्वास्थ्य बीमा के लाभ

अस्पताल नकदी लाभ। यह एक सन्निहित निश्चित लाभ है तथा आकस्मिक दुर्घटना की चोट या बीमारी के कारण यदि परिवार के किसी भी बीमाकृत सदस्य को अस्पताल में भर्ती कराया जाता है, तो प्रतिदिन के आधार पर इसका भुगतान किया जाता है। पहले 48 घंटों या उसके पश्चात् अस्पताल में रहने के समय, जो 4 घंटे से अधिक हो के अतिरिक्त 24 घंटे अस्पताल में रहने की प्रत्येक लगातार अवधि को उन दिनों की गणना के प्रयोजन में एक दिन माना जाएगा, जिनके लिए अस्पताल नकदी लाभ देय है।

यह लाभ प्रारंभिक दैनिक लाभ पर साधारण 5 प्रतिशत प्रतिवर्ष की दर से तब तक बढ़ता है जब तक यह प्रारंभिक दैनिक लाभ के 1.5 गुना न हो जाए।

यदि अस्पताल में भर्ती रहने की अवधि में गहन चिकित्सा केन्द्र (आइसीयू) में रहना शामिल हो, तो प्रतिदिन मिलने वाले लाभ, लागू, अस्पताल नकदी लाभ से दुगुने देय है।

बड़ी शल्यक्रिया का लाभ। बड़ी शल्यक्रिया का लाभ एक एकमुश्त लाभ है, जो परिवार के बीमाकृत सदस्य द्वारा पॉलिसी के निबन्धनों एवं शर्तों में दिए अनुसार, बड़ी शल्यक्रिया कराने के मामले में देय है। शल्यक्रिया के प्रकार के आधार पर, बीमाकृत रकम का निश्चित प्रतिशत देय है।

महत्त्वपूर्ण सूचना

अस्पताल नकदी लाभ तथा बड़ी शल्यक्रिया का लाभ, पॉलिसी के निबन्धनों तथा शर्तों में दिए गए निबन्धनों, शर्तों प्रतीक्षा अवधि तथा अपवर्जन के अधीन हैं। तृतीय पक्ष प्रशासन तथा निगम की संतुष्टि के लिए उचित प्रमाण प्रस्तुत किए जाने चाहिए।

अन्य लाभ

गृह उपचार लाभ। जब न्यूनतम तीन वर्षों की बीमा-किस्त का भुगतान कर दिया जाता है। तो प्रधान बीमाकृत व्यक्ति को, सुरक्षा अवधि के दौरान परिवार के किसी भी बीमाकृत सदस्य के लिए, अस्पताल नकदी/शल्यक्रिया लाभ के अतिरिक्त गृह उपचार खर्चों को पूरा करने के लिए पॉलिसी निधि में से रकम आहरित करने का विकल्प प्राप्त है, यह प्रत्येक भुगतान के लिए निम्नलिखित शर्तों को पूरा किए जाने के अधीन है।

गृह उपचार लाभ का भुगतान करने की शर्तें

(1) दावायोग्य न्यूनतम गृह राशि	रु. 2500
(2) अधिकतम राशि, जिसका दांवा/भुगतान किया जा सकता है।	भुगतान की तिथि को पॉलिसी के 50 प्रतिशत तक
(3) भुगतान करने के बाद पॉलिसी निधि में एक वार्षिक किस्त न्यूनतम शेष रहने के अधीन	
(4) अधिकतम भुगतान, जिनका एक पॉलिसी वर्ष में दावा किया जा सकता है	2

पिछले पॉलिसी वर्ष में उपर्युक्त 2 तथा 3 प्रतिबंध लागू नहीं है तथा यदि पॉलिसी निधि का शेष रू0 2500 से कम हो जाता है, तो सम्पूर्ण भुगतान एकमुश्त करना होगा।

पॉलिसी अवधि की समाप्ति पर देय लाभ। पॉलिसी अवधि की समाप्ति पर पॉलिसी निधि का शेष, यदि कुछ हो, देय है।

मृत्यु होने पर देय लाभ। प्रधान, बीमाकृत (पीआई) व्यक्ति की दुर्भाग्यपूर्ण मृत्यु होने पर देय लाभ पॉलिसी में शामिल व्यक्तियों की संख्या पर निर्भर होंगे।

1. **जहाँ केवल एक व्यक्ति (प्रधान बीमाकृत) पॉलिसी के अधीन बीमाकृत है :**
पॉलिसी निधि में धारित इकाइयों की निधि राशि, प्रधान बीमाकृत व्यक्ति के नामांकित व्यक्ति या कानूनी वारिस (वारिसों) को देय है।
2. जहां दो या अधिक व्यक्ति पॉलिसी में शामिल है :
जहां पॉलिसी प्रारंभ होने से 3 वर्षों के अंदर प्रधान बीमाकृत व्यक्ति की मृत्यु हो जाती है : पॉलिसी समाप्त हो जाएगी तथा नामांकित व्यक्ति/ कानूनी वारिस को पॉलिसी निधि की राशि देय होगी।

	जहां पॉलिसी प्रारंभ होने से 3 वर्षों के बाद प्रधान बीमाकृत व्यक्ति की मृत्यु हो जाती है : किस्तों का भुगतान बंद कर दिया जाएगा लेकिन अन्य बीमाकृत व्यक्तियों, यदि कोई हो, के लिए स्वास्थ्य सुरक्षा तब तक जारी रहेगी, जब तक कि प्रभारों की वसूली के लिए निधि पर्याप्त हो या जब तक कि स्वास्थ्य सुरक्षा समाप्त होने की अवधि पूरी न हो जो भी पहले हो।
3.	प्रधान बीमाकृत व्यक्ति के अलावा, बीमाकृत सदस्यों की मृत्यु होने पर :
	पालिसी के अधीन बीमाकृत अन्य सदस्यों के लिए किस्त के भुगतान के अतिरिक्त जोखिम की सुरक्षा जारी रहेगी।
4.	**सभी बीमाकृत सदस्यों की मृत्यु होने पर :**
	पॉलिसी निधि में धारित इकाइयों की निधि राशि, प्रधान बीमाकृत के नामांकित व्यक्ति या कानूनी वारिस (वारिसों) को देय है।
5.	पॉलिसी प्रारंभ होने से 3 वर्षों के बाद, प्रधान बीमाकृत व्यक्ति तथा पति/पत्नी (पॉलिसी के अधीन बीमाकृत हो या नहीं हो) की मृत्यु होने पर।
	बीमाकृत बच्चों, यदि कोई हो, के सम्बन्ध में लाभ जारी रहेंगे तथा पॉलिसी में शामिल स्वास्थ्य सुरक्षा प्राप्त सबसे बड़े वयस्क पुत्र/पुत्री द्वारा लाभ का दावा किया जा सकता है। यदि पॉलिसी में शामिल स्वास्थ्य सुरक्षा प्राप्त सभी बच्चे अवयस्क हैं तो कानूनी अभिभावक स्वास्थ्य सुरक्षा के लाभों का दावा कर सकता है।

प्रतीक्षा अवधि

जी हां प्रतीक्षा अवधि का उल्लेख नीचे किया गया है।

अस्पताल नकदी लाभ तथा बड़ी शल्यक्रिया के लाभ के लिए प्रतीक्षा अवधि	**बीमाकृत प्रधान व्यक्ति**	**बीमाकृत पति/पत्नी**	**बीमाकृत बच्चे**
सुरक्षा की तिथि से	180 दिन	180 दिन	180 दिन
सुरक्षा के पुनःप्रचलन/पुनःबहाली की तिथि से	90 दिन	90 दिन	90 दिन
आकस्मिक दुर्घटना में शारीरिक चोट के सम्बन्ध में अस्पताल नकदी लाभ तथा बड़ी शल्यक्रिया के लाभ के लिए कोई प्रतीक्षा अवधि नहीं है।			

लाभ की उच्चतम सीमा

प्रत्येक सदस्य के सम्बन्ध में अधिकतम वार्षिक सीमाएं तथा जीवन-काल की सीमाएं नीचे दिये अनुसार हैं :

अस्पताल नकदी लाभ	अधिकतम वार्षिक लाभ अवधि		अधिकतम जीवन-काल लाभ अवधि
	पहले वर्ष	दूसरे वर्ष तथा उसके बाद	
बीमाकृत प्रधान व्यक्ति	गहन चिकित्सा	चिकित्सा केन्द्र के लिए	365
बीमाकृत पति/पत्नी	केन्द्र के लिए 9 दिनों	30 दिनों सहित 60 दिन	
बीमाकृत बच्चे*	सहित 18 दिन गहन		
* किसी बीमाकृत बच्चे के लिए अस्पताल नकदी लाभ की अधिकतम अवधि, जब तक वह 5 वर्ष का नहीं हो जाता, 90 दिनों तक सीमित है।			
महत्वपूर्ण सूचना : अस्पताल नकदी लाभ 48 घंटों के अतिरिक्त केवल 24 घंटों की लगातार अवधि या उसके भाग के लिए बशर्तें अस्पताल में रहने का यह भाग 4 घंटों से अधिक हो अस्पताल के किसी वार्ड या गहन चिकित्सा केन्द्र में भर्ती रहने के सम्बन्ध में उपलब्ध है। अस्पताल नकदी लाभ केवल तभी देय है, जब भारत के किसी अस्पताल में रोगी को भर्ती किया जाता है।			

शल्य-क्रिया के लाभ

प्रत्येक सदस्य के सम्बन्ध में, बड़ी शल्यक्रिया के लाभ की अधिकतम वार्षिक तथा जीवन-काल की सीमाएं नीचे दिए अनुसार हैं।

बड़ी शल्यक्रिया के लाभ	बीमाकृत प्रधान व्यक्ति	बीमाकृत पति/पत्नी	बीमाकृत बच्चे
अधिकतम वार्षिक लाभ	प्रत्येक बीमाकृत सदस्य के लिए लागू बीमाकृत रकम का 100 प्रतिशत		
अधिकतम जीवन लाभ	प्रत्येक बीमाकृत सदस्य के लिए लागू बीमाकृत रकम का 3 गुना		
बड़ी शल्यक्रिया का लाभ केवल तभी देय है, जब शल्यक्रिया भारत में की जाए।			

किस्त न जमा करने पर

यदि अनुग्रह अवधि में किस्त का भुगतान नहीं किया जाता है तो पॉलिसी समाप्त हो जाती है। बीमाकृत प्रधान व्यक्ति के पास, प्रथम अदत्त किस्त की नियत तिथि से दो वर्षों के अंदर पॉलिसी को पुनः प्रचालित करने का विकल्प होता है। यह निगम की संतुष्टि से स्वास्थ्य के प्रमाण के अधीन होगा।

यदि 3 वर्षों की किस्तों के भुगतान से पहले पॉलिसी समाप्त हो जाती है, तो बीमाकृत सभी व्यक्तियों के लिए स्वास्थ्य सुरक्षा बंद हो जाएगी। इस पॉलिसी को, प्रथम अदत्त किस्त की नियत तिथि से दो वर्षों की अवधि के दौरान किसी भी समय किस्त के सभी बकायों का ब्याज रहित भुगतान करते हुए पुनःप्रचालित क्रिया जा सकता है लेकिन यह सतत बीमायोग्यता के प्रमाण के अधीन होगा।

यदि कम-से-कम 3 वर्षों की किस्तों के भुगतान के बाद पॉलिसी समाप्त हो जाती है, तो इस पॉलिसी को प्रथम किस्त की तिथि से 2 वर्षों के अंदर पुनः प्रचालित किया जा सकता है। अन्तराल की अवधि के दौरान, अस्पताल नकदी लाभ तथा बड़ी शल्यक्रिया के लाभ के सुरक्षा प्रभारों की कटौती पॉलिसी निधि से उस समय तक जारी रहेगी जब तक कि निम्नलिखित में से जो भी पहले हो जाए—

1. पॉलिसी निधि, एक वार्षिक किस्त से कम हो जाए या
2. पॉलिसी में शामिल स्वास्थ्य सुरक्षा प्राप्त व्यक्ति लाभ समाप्त होने की आयु तक पहुँच जाए, या
3. अधिकतम जीवन-काल लाभ समाप्त हो जाए या
4. पॉलिसी पुनःप्रचालन अवधि के अंत/पॉलिसी अवधि के अंत तक पहुँच जाए।
5. मृत्यु या किसी अन्य कारण से पॉलिसी समाप्त हो जाए।

महत्त्वपूर्ण सूचना

यदि पॉलिसी निधि, न्यूनतम अनुबद्ध राशि से कम हो जाती है या यदि पुनःप्रचालन अवधि के अंदर पॉलिसी को पुनः प्रचलित नहीं किया जाता है, तो इसे अनिवार्य रूप से समाप्त कर दिया जाता है तथा पॉलिसी में उपलब्ध, इकाइयों की निधि राशि का भुगतान, पॉलिसी प्रारंभ होने की तिथि से 3 वर्ष पूर्ण हो जाने के बाद किया जाता है।

अनिवार्य रूप से समाप्त किसी पॉलिसी को, प्रथम अदत्त किस्त की नियत तिथि से 2 वर्षों के अंदर, निबन्धनों तथा शर्तों के अधीन पुनःबहाल किया जा सकता है।

किस्त अवकाश—यदि कम-से-कम 3 वर्षों की किस्तों का भुगतान करने के बाद पॉलिसी समाप्त हो जाती है तो बीमाकृत व्यक्ति के पास, सभी देय किस्तों का पूर्ण भुगतान करने या केवल अंतिम किस्त का बिना किसी ब्याज के भुगतान करते हुए किस्त अवकाश प्राप्त करने का विकल्प होता है। किस्त अवकाश केवल तभी प्राप्त किया जा सकता है, जब यदि पुनःप्रचालन के समय पॉलिसी निधि में कम-से-कम एक वार्षिक किस्त के बराबर रकम शेष हो।

जीवन बीमा निगम की हेल्थ प्लस योजना के अधीन सेवाओं में निम्नलिखित शामिल नहीं है।

1. **आंशिक निकासी।** आंशिक निकासी का कोई प्रावधान नहीं है।

2. ऋण-हेल्थ प्लस पॉलिसी पर कोई ऋण नहीं दिया जाता।

3. अभ्यर्पण जीवन बीमा निगम की हेल्थ प्लस पॉलिसी को अभ्यर्पित नहीं किया जा सकता।

तृतीय पक्ष प्रशासक

तृतीय पक्ष प्रशासक बीमा विनियामक और विकास प्राधिकरण (आइआरडीए) के अधीन अनुज्ञप्ति (लाइसेंस) प्राप्त होते हैं। तृतीय पक्ष प्रशासक जीवन बीमा निगम द्वारा नियुक्त किये जाते हैं तथा जीवन बीमा निगम एवं तृतीय पक्ष प्रशासक के बीच सेवा के स्तर पर किए गए करार में निश्चित की गई पद्धति के अनुसार स्वास्थ्यबीमा दावों का निपटारा करने से हमारी सहायता करते हैं। वे पूछताछ केन्द्र (कॉल सेन्टर) सेवाएं शुल्क मुक्त (टोल की) दूरभाष क्रमांक वेब साइट मार्गदर्शन प्रदान करते है, स्वास्थ्य कार्ड जारी करते हैं तथा दावों के प्रपत्र स्वीकार करते हैं, उनकी छानबीन करते हैं तथा जब दावा स्वीकार कर लिया जाता है तो जीवन बीमा निगम को भुगतान करने की सूचना देते हैं।

1. अस्पताल नकदी लाभ तथा बड़ी शल्यक्रिया के लाभ के सम्बन्ध में सभी प्रकार से विधिवत पूर्ण रूप से भरे गए दावे के प्रपत्र तृतीय पक्ष प्रशासक को प्रस्तुत किए जाने हैं।
2. तृतीय पक्ष प्रशासक कागजातों की छानबीन करेगा तथा निम्नलिखित 4 व्यापक पहलूओं के अधीन अपनी अपनी जांच-पड़ताल करेगा :
   - (क) दावेदार की पहचान-पॉलिसी में शामिल स्वास्थ्य सुरक्षा प्राप्त बीमाकृत प्रधान व्यक्ति या उसके परिवार का सदस्य।
   - (ख) क्या बीमाकृत प्रधान व्यक्ति/परिवार का सदस्य वास्तव में अस्पताल में भर्ती है?
   - (ग) क्या उपचार की सामान्य प्रक्रिया से पॉलिसी धारक/परिवार के सदस्य द्वारा उल्लेख की गई बीमारी की पुष्टि होती है? तृतीय पक्ष प्रशासक इस बात की भी जांच-पड़ताल करेगा कि क्या उल्लेख की गई बीमारी, स्वास्थ्य सुरक्षा प्रारंभ होने की तिथि के पहले से तो नहीं है?
   - (घ) क्या अस्पताल में भर्ती रहने की अवधि से, इस बीमारी के लिए सामान्यतः न्यायसंगत औसत अवधि की पुष्टि होती है?

दावे की स्वीकृति या अस्वीकृति विभिन्न कारकों पर निर्भर करती है, जिनमें शामिल हैं :

- उस व्यक्ति की पहचान, जिसके लिए स्वास्थ्य बीमा दावा किया जा रहा है।
- पॉलिसी की स्थिति—यह प्रचलित है या समाप्त स्थिति में है?
- क्या यह शल्यक्रिया पॉलिसी में समाहित है? इसे बीमा सुरक्षा प्राप्त है?
- क्या पॉलिसी धारक या उसके परिवार का सदस्य जिसके लिए दावा किया गया है, अस्पताल में भर्ती हैं?
- क्या यह बीमारी पॉलिसी प्रारंभ होने के पहले से ही विद्यमान है तथा प्रस्ताव में इस तथ्य को प्रकट नहीं किया गया है?

- क्या परिवार का सदस्य या जिसके लिए दावा किया गया है, पॉलिसी में समाहित है तथा उसे बीमा सुरक्षा प्राप्त है?
- क्या पॉलिसी में उल्लिखित अपवर्जन के अधीन, खंडों में से किसी खंड की ओर ध्यान आकर्षित किया गया है?

4. दावे की सत्यता में स्वयं संतुष्ट होने के बाद तृतीय पक्ष प्रशासक, प्राधिकरण बैंक को भुगतान करने के अनुदेश देने हेतु जीवन बीमा निगम को दावे की स्वीकृति अग्रेषित करेगा।
5. नामित बैंक, किसी भी सम्मत पद्धति जैसे आरटीजीएस, एनइएफटी, डिमांड ड्राफ्ट या बैंकर्स चेक द्वारा, दावेदार/पॉलिसी धारक को स्वीकृति दावे की रकम का भुगतान करेंगे या यदि पॉलिसी धारक का खाता उसी बैंक में है तो सीधे उसके खाते में दावे की रकम जमा करेंगे।

दावें की रकम/डिमांड ड्राफ्ट प्राप्त न होना। यदि पॉलिसी धारक को दावे की स्वीकृति की सूचना प्राप्त होने के बाद यथोचित अवधि के अंदर उसके दावे की राशि प्राप्त नहीं होती है, तो वह तृतीय पक्ष प्रशासन या नामित बैंक से सम्पर्क कर सकता है। यदि वह किसी भी कारण से उनकी सेवा से संतुष्ट नहीं होता है, जिसके कारण उसे शिकायत हो जाती है, तो समस्या के समाधान के लिए सेवाप्रदाता जीवन बीमा निगम मंडल स्वास्थ्य इकाई से सम्पर्क करना चाहिए।

याद रखने की महत्वूपर्ण बातें

- **नामांकन**—किसी निकट सम्बन्धी का नामांकन करें। नामांकित व्यक्ति वह होता है जिसे पॉलिसी की अवधि के दौरान, बीमाकृत प्रधान व्यक्ति की दुर्भाग्यपूर्ण मृत्यु होने पर पॉलिसी के अधीन लाभ की राशि का भुगतान किया जाता है। पॉलिसी की अवधि के दौरान किसी भी समय, बीमाकृत प्रधान व्यक्ति अनुरोध करते हुए, नामाकित व्यक्ति में परिवर्तन करने का विकल्प दिया जा सकता है।
- **अपनी किस्त का भुगतान समय पर करें**—जीवन बीमा निगम के किसी मंडल के अंतर्गत आनेवाली किसी भी शाखा में नकद, डिमांड ड्राफ्ट या स्थानीय एमआइसीआर चेक द्वारा किस्त का भुगतान किया जा सकता है।
- **अपने सम्पर्क का पता हमें अवश्य ही भेजते रहिए**—हम आपके सम्पर्क के पते की सहायता से आपसे सम्पर्क बनाए रखते हैं। आपके पत्र व्यवहार के पते में जैसे ही कोई परिवर्तन होता है तो कृपया अपने नवीनतम पते की सूचना जीवन बीमा निगम को दें। हम आपसे संपर्क करने के लिए आपके चालू बैंक खाते का विवरण, दूरभाष क्रमांक, मोबाइल क्रमांक तथा ई-मेल पते भी जानना चाहेंगे।
- **अपना हेल्थ कार्ड सावधानी से सुरक्षित रखिए**—अस्पताल में पहचान के लिए उसे प्रस्तुत करें। रूपया देने से सम्बन्धित अनुरोध करते समय सत्यापन के लिए उसे प्रस्तुत करें। जीवन बीमा निगम या तृतीय पक्ष प्रशासक द्वारा जब भी इसकी मांग की जाए, तो इसे प्रस्तुत करें।

- **अस्पताल नकदी लाभ केवल तभी देय है**—जब रोगी को किसी पंजीकृ अस्पताल में भर्ती कराया गया हो तथा पॉलिसी की शर्तों तथा सुविधाओं में उल्लिखि अपेक्षाओं की पूर्ति होती हो।
- अपनी मंडल स्वास्थ्य इकाई से सम्पर्क करें। जीवन बीमा निगम से अनुरोध करने तथा उसे छायाचित्र तथा कार्ड की कीमत करने पर आपको दूसरा कार्ड जारी किय जाता है।
- यदि बीमाकृत प्रधान व्यक्ति का विवाह हो जाता है, तो विवाह/पुनर्विवाह की तिथि से एक वर्ष के अंदर पति/ पत्नी को शामिल किया जा सकता है। जन्म लिए/कानूनी गोद लिए बच्चे को उसकी 3 माह की आयु पूरी होने पर शामिल किया जा सकता है। सभी परिवर्धनों के लिए पॉलिसी की आगामी वर्षगांठ से सुरक्षा प्रारंभ होती है। परिवार के वे सदस्य जिन्हें पॉलिसी प्रारंभ होने के समय शामिल नहीं किया गया है, उपर्युक्त परिस्थितियों को छोड़कर बाद की तिथि में पॉलिसी में शामिल नहीं किए जा सकते।
- किसी भी वर्ष में उपयोग न किए गए लाभों का आगामी वर्ष में उपयोग नहीं किया जा सकता।
- यदि अस्पताल में भर्ती होने की योजना बनाई गई है, तो भर्ती होने से पूर्व एचआई/दावा सूचना (क्लेम इंटीमेशन) प्रपत्र में तृतीय पक्ष प्रशासक को, दावे की सूचना भेजी जाए। अस्पताल में भर्ती रहने के दौरान तृतीय पक्ष प्रशासक को सूचना भेजना बेहतर है। अंतिम सूचना-प्रपत्र क एचआई/अंतिम दावा (फाइनल क्लेम) 1 में दी जानी है तथा तृतीय पक्ष प्रशासक को तत्काल प्रस्तुत की जानी चाहिए तथा किसी भी मामले में अस्पताल से विमुक्ति (डिस्चार्ज) की तिथि से 15 दिन के अंदर प्रस्तुत की जानी चाहिए।

निम्नलिखित अपेक्षाओं को दावे को अविलम्ब तैयार करने में, तृतीय पक्ष प्रशासक की सहायता करने के लिए प्रस्तुत किया जाना है :

(क) प्रपत्र क एचआइ/दावा सूचना (क्लेम इंटीमेशन) में दावा सूचना।

(ख) बीमाकृत प्रधान व्यक्ति द्वारा विधिवत् पूर्ण किया हुआ एचआई/अस्पताल दावा/ 1 में अंतिम दावा प्रपत्र।

(ग) प्राप्त उपचार रोग निदान के विस्तृत विवरण सहित विमुक्ति (डिस्चार्ज) कार्ड की मूल प्रतिलिपि।

(घ) शल्यक्रिया सारांश (शल्यक्रिया के मामले में)

(ङ) गहन चिकित्सा केन्द (आइसीयू) के मामले में, चिकित्सक से इस आशय का प्रमाण-पत्र कि गहन चिकित्सा केन्द्र में उपचार अनिवार्य हो गया था, इस प्रमाण पत्र में इस उपचार के कारण भी दिए जाने चाहिए। गहन चिकित्सा केन्द्र में भर्ती होने तथा केन्द्र से विमुक्ति होने की सही तिथि तथा समय इसके साथ निगम द्वारा नियुक्ति चिकित्सक की पुष्टि भी होनी चाहिए।

(च) अस्पाताल में भर्ती रहने तथा/ या शल्यक्रिया के दौरान किए गए खर्च के प्रमाणस्वरूप खर्च के बिल्स।

(छ) ऐसा कोई अन्य दस्तावेज, जिसकी दावे के मूल्यांकन के दौरान मांग की जा सकती है।

महत्त्वपूर्ण सूचना

अस्पताल में भर्ती होने की योजना बनाए जाने के मामले में, दावे की सूचना, अस्पताल में भर्ती होने से पूर्व प्रस्तुत की जाए तथा यदि योजना नहीं बनाई गई है, तो अस्पताल में भर्ती होने के बाद तत्काल प्रस्तुत की जाए। सभी अपेक्षाओं सहित अंतिम दावा प्रपत्र तत्काल प्रस्तुत किया जाना चाहिए, लेकिन विमुक्ति तिथि से 15 दिन के बाद इसे प्रस्तुत नहीं किया जा सकता।

जब तक कि बीमाकृत प्रधान व्यक्ति पर, कुल प्रारंभिक दैनिक अस्पताल नकदी लाभ, इस पॉलिसी के अधीन अधिकतम सीमा अर्थात रू0 2500 से अधिक नहीं हो जाता। बीमाकृत पति/पत्नी तथा बच्चे के जीवन पर प्रारंभिक दैनिक अस्पताल नकदी लाभ, जीवन बीमा निगम की सभी हेल्थ प्लस पॉलिसियों को एक साथ मिलाकर रू0 1500 की कुल अधिकतम सीमा तक दिया जा सकता है।

अस्पताल में भर्ती रहने/शल्यक्रिया के लाभ, जो अस्पताल में भर्ती रहने की वास्तविक अविधि/ शल्यक्रिया की तिथियों के आधार पर स्वीकृत किए जा सकते हैं, के आधार पर प्रत्येक दावे पर विचार किया जाएगा।

लाभ में इस वृद्धि के कारण अस्पताल नकदी लाभ प्रभारों में वृद्धि नहीं होती। तथापि यह आयु पर निर्भर करता है तथा प्रतिवर्ष पॉलिसी की वर्षगांठ पर इसमें वृद्धि हो सकती है।

बीमाकृत प्रधान व्यक्ति पॉलिसी में शामिल स्वास्थ्य सुरक्षा प्राप्त परिवार के किसी सदस्य के अपवर्जन का अनुरोध कर सकता है। परिवार के सदस्य के सम्बन्ध में, आगामी माह के बाद आगे स्वास्थ्य सुरक्षा समाप्त हो जाती है।

स्वास्थ्य सुरक्षा प्राप्त परिवार के सदस्यों की संख्या के आधार पर न्यूनतम अनुबद्ध राशि के अधीन, किस्त को घटाया जा सकता है। बीमाकृत प्रधान व्यक्ति के लिखित अनुरोध के आधार पर पॉलिसी की आगामी वर्षगांठ से किस्त की कमी प्रभावी होती है। इसी प्रकार अनुरोध के आधार पर किस्त को रु0 500 वार्षिक किस्त के गुणजों में बढ़ाया जा सकता है जो पॉलिसी की आगामी वर्षगांठ से प्रभावी होगा। तथापि किस्त में परिवर्तन के परिणामस्वरूप अस्पताल नकदी लाभ तथा बड़ी शल्यक्रिया के लाभ में कोई परिवर्तन नहीं होगा।

किसी पॉलिसी के अंतर्गत सभी बच्चों का प्रारंभिक दैनिक लाभ समकक्ष होना चाहिए भले ही उन्हें एक साथ शामिल किया गया हो या अलग-अलग अवसरों पर शामिल किया गया हो।

अभ्यर्पण मूल्य आवेदन की तिथि पर इकाइयों का मौद्रिक मूल्य होता है। इसका भुगतान केवल तभी किया जा सकता है, जब पॉलिसी प्रारंभ होने की तिथि से 3 वर्ष का

समय पूर्ण हो जाए। लेकिन कृपया यह याद रखिए कि एक बार अभ्यर्पित की गई पॉलिसी को पुनः बहाल नहीं किया जा सकता।

पॉलिसी की जारी रखना बेहतर है। यदि जीवन काल सीमा, बीमाकृत राशि से तीन गुना अधिक है या किसी भी अन्य कारण से स्वास्थ्य सुरक्षा समाप्त होने तक पॉलिसी के अधीन बड़ी शल्यक्रिया के लाभ जारी रहेंगे। बीमाकृत अन्य जीवित व्यक्तियों की स्वास्थ्य सुरक्षा के लिए भी पॉलिसी जारी रहेगी।

दावे का भुगतान बीमाकृत प्रधान व्यक्ति को किया जाता है। पॉलिसी जारी होने के समय तथा दावे का प्रपत्र प्रस्तुत करते समय, आपको एमआइसीआर क्रमांक सहित अपने चालू बैंक खाते का विस्तृत विवरण देना चाहिए।

बीमाकृत प्रधान व्यक्ति को दावे का भुगतान बैंकरों की सेवाओं के माध्यम से किया जाता है। आप बैंक खाता खोलने की तत्काल व्यवस्था करें।

गृह उपचार लाभ का दावा, एक पॉलिसी वर्ष में अधिकतम दो बार किया जा सकता है।

अध्याय 40
संकट बीमा

हमारी भूमि में भारी वर्षा, नदी, घाटियाँ और मैदान खड़ी पहाड़ी चट्टाने तथा पर्वत, प्रचण्ड हवाएं हाथ एक भयंकर समुद्रों से घिरा एक लम्बा समुद्रतट भी शामिल है। इनके कारण भूस्खलन बाढ, तूफान तथा कटाव जैसे अन्य खतरे भी आते रहते हैं।

अधिकतर लोग यह जानना चाहते हैं कि किसी विशेष प्रकार के घर को किसी खास इलाके में खरीदने से क्या प्राकृतिक संकटों के खतरों को कम किया जा सकता है।

हॉलाकि इसका कोई साधारण उत्तर नहीं है, सबसे पहले यह जानना जरूरी है कि प्राकृतिक संकट न्यूजीलैण्ड के लिए नए नहीं हैं। न्यूजीलैंडवासी अपने आप और अपनी इमारतों को इस प्रकार के संकटों के लिए बहुत ही लम्बे समय से तैयार करते आ रहे हैं।

आप जब खरीदने के लिए मकान देखना शुरू करते हैं तो सलाह अवश्य लें। सिटी तथा डिस्ट्रिक्ट काउंसिले इसमें सहायता कर सकती है। जैसे कि लैण्ड इन्फोर्मेशन मैमोरेन्डम (लिमा रिपोर्ट) देकर। इनसे आपको जायदाद के बारे में उपयोगी जानकारी मिल सकती है जैसाकि, यह जियोथर्मल जोन में है या नहीं या फिर किसी समय वाद द्वारा इसको कोई हानि पहुँच चुकी है या नहीं। संभव है आपको जो जानकारी चाहिए वह सारी इन रिपोर्टों में न दी गई हो।

आपका वकील आपको इस बारे में सलाह दे सकता है कि आप जो जायदाद खरीदना चाहते हैं यही खरीदें इसके लिए आपको क्या करना चाहिए? वह आपको इंजीनियर की रिपोर्ट के लिए सलाह दे सकते हैं। इन मुद्दों को बिक्री की शर्त बनाया जा सकता है।

1942 के विलिंगटन और वायरापा के भूकम्प से सैकडों इमारतों का विनाश या बड़े पैमाने पर नुकसान हुआ था तथा अनेको इमारतें सालों तक बिना मरम्मत के पड़ी रही थी, ज्यादातर इसका कारण था कि लोगों के पास पर्याप्त बीमा नहीं था। इसलिए सरकार ने एफोर्ड किया जा सकने वाला बीमा प्रदान करने के लिए उस समय भूकम्प और युद्ध क्षति आयोग (अर्थक्वेक एण्ड वार डैमेंज कमीशन) के नाम से प्रचलित संस्था की स्थापना

की। बाद में, अन्य प्राकृतिक संकट सम्मिलित किए गए और युद्ध क्षति कवर को हटा दिया गया।

EQC आजकल भूकम्प, भू-स्खलन, ज्वालामुखीय विस्फोट, सुनामी तथा हाइड्रोथर्मल गतिविधि को कवर करता है।

इस योजना का उद्देश्य है संकट के बाद न्यूजीलैंड वासियों का जितनी जल्दी हो सके उतनी जल्दी अपने घरों या नए घरों में जाने में मदद करना।

जब मकान-मालिक अपनी जायदाद और सामान के लिए साधारण बीमा करवाते हैं तो वे EQC के बीमें के कवर को प्राप्त करने के लिए थोडी सी राशि अनिवार्य लेवी के रूप में अदा करते हैं। ये लेवियां प्राकृतिक संकट फण्ड के रूप में एकत्र हो गई हैं जो कि अब पचास खरब (पाँच विलियन) की राशि से ऊपर पहुँच चुका है। इसके अतिरिक्त के पास बहु-खरब डॉलर (मल्टी-मिलियन डॉलर) का पुनर्बीमे का वकर तथा किसी भी प्रकार की कमी को पूरा करने की सरकारी गारंटी भी है। घर के लिये 100,000 डालर + जीएसटी तथा सामान के लिए 200,000 डॉलर + जीएसटी तक की राशि का बीमा प्रदान करता है।

कुछ कवर जिस जमीन पर मकान बना हुआ है उसके लिए भी प्राप्त है। वर्तमान मकानों की कीमतों को देखतें हुए हो सकता है यह राशि अधिक नहीं दिखाई दे, अधिकतर रूप से मकान को होने वाला नुकसान आंशिक ही होता है तथा मरम्मत की कीमत इन सीमाओं के भीतर ही होती हैं।

उनके प्राइवेट बीमाकर्त्ता EQC की सीमा से अधिक हानि का कावर प्रदान है। इसे टॉपअप कवर के नाम से जाना जाता है तथा यह जरूरी है कि आप इस बात की जाँच कर लें कि यह आपके प्राइवेट बीमाकर्ता द्वारा ऑटोमैटिक रूप से दिया जाता है या आपको इसका प्रबंध करना पड़ता है।

सौभाग्य से न्यूजीलैण्ड में EQC के स्थापित होने के बाद से अपेक्षाकृत शान्त भूकम्प समय रहा है। फिर भी, 1997-2000 के समय के दौरान भूकम्प से हुई हानि के 18,000 दावे थे, कमीशन के लिए जिसकी लागत 33.7 मिलियन डालर थी।

भू-स्खलन प्रायः होते ही रहते हैं तथा EQC के पास उसी समय के दौरान 13,000 दावे किए गये थे, जिसकी लागत उनके लिए 132.3 मिलियन डालर थी।

गृह-निवासियों के लिए केवल यह ही जारूरी नहीं है कि वे केवल इस बात की ही चिन्ता करें कि इनके पास प्राकृतिक संकटों के विरुद्ध उचित बीमा कवर है या नहीं। उनके लिए अपने इलाके में प्रस्तुत खतरों के बारे में जानना तथा संकट के लिए तैयार रहना जरूरी है।

तैयारी के लिए निम्नलिखित बातें शामिल है :

आपतकाल उत्तरजीवन पेटी (सरवायकल किट) तथा प्रस्थान के समय साथ ले जाने की पेटी (गेटअवे किट)

- घर की नीवों तथा ढाचों की जाँच करना।
- पानी के सिलिंडरों ऊँचे फर्नीचरों को पीछे से बांध कर रखें।
- चिमनियों तथा निर्भुक्त रूप से खड़े अग्निस्थलों (फायर प्लेसिज) को सुरक्षित करें।
- इस बात की जाँच करें कि ढलान स्थल तथा रुकाव करने वाली दीवारें (स्लोप्स एण्ड रिटेनिंग वॉल्स) टिकाऊँ हैं।

(जरूरत पड़ने पर विशेषज्ञ की सलाह और सहायता लें)

न्यूजीलैण्ड का कई सालों का प्राकृतिक संकटों का अनुभव उच्च भवन निर्माण मापदण्डों के रूप में अभिव्यक्त किया गया है। न्यूजीलैण्ड की इमारतें दुनिया की सबसे सुरक्षित इमारतों में से हैं।

1975 से लकड़ी के फ्रेम वाले मकान NZS3604 मापदण्ड के अन्तर्गत बनाए गए थे तथा भूकम्प के दौरान ये काफी टिकाऊ हो सकते हैं। 1985 के बाद से कान्कीट मेसनरी से बने मकान भी उसी मापदण्ड के बराबर बनाए गये थे NZS4229.

आर्किटेक्ट द्वारा डिजाइन किए गये मकान जो NZS3604 की सीमा से बाहर जाते हैं। उनके पास स्ट्रक्चरल इंजीनियर का प्रोडक्ट स्टेटमेंट होता है जो मकान के इंजीनियर द्वारा किए गये हिस्से पर लागू होता है, जिसका अर्थ है कि इसका डिजाइन उपयुक्त निर्माण मापदण्डों के अनुसार किया गया है।

ज्यादातर पुराने मकान बहुत अच्छे मापदण्डों के अनुसार बनाए गए थे तथा उनमें से कई मकानों की ओर भी ऊँचे मापदंडों के अनुसार अपग्रेड किया गया है। कुछ में रिमिडियल क्राम की जरूरत हो सकती है। अगर आपको इस बारे में कोई संदेह हो तो बिल्डींग निरीक्षण सेवाओं से सलाह लें। यह जरूरी है कि निर्माण की नीव तथा इन नीवों से भवन जिस प्रकार से जुड़ा हुआ है वे मजबूत तथा सुरक्षित हैं। पुराने मकानों में इसकी जाँच करा लेना फायदेमन्द होगा।

बिल्डिंग रिसर्च एसोशिएशन ऑफ न्यूजीलैण्ड लिमिटेड (BRANZ) के पास स्वीकृत सलाहकारों का समूह है जिन्हें इस उद्देश्य के लिए प्रतिबंधित किया जा सकता है। इनकी सूची BRANZ Ltd. की (www.branz.co.nz) वेबसाईट पर उपलब्ध है। आप की फोन पुस्तिका के पीले पृष्ठों में भी भवन निरीक्षण (बिल्डिंग इन्सपैक्शन) सेवाओं की सूची दी गई है।

आपको यह भरोसा होना चाहिए कि बहुत ही गंभीर भूकम्प में भी किसी भी घर के ताश के पत्ती की तरह ढह जाने की संभावना बहुत ही कम होती है, हालाकि कुछ हानि होने की संभावना हो सकती है।

यदि आप टॉवर ब्लॉक या अन्य ऐसी किसी जगह एपार्टमेंट खरीदने जा रहे हैं तो आप उसी प्रक्रिया का पालन करें जो आप स्वतन्त्र रूप से खड़े घरों के लिए करते हैं। यह केवल सावधान रहने और स्वतन्त्र सलाह लेने का सवाल है।

आप यदि समुद्र के नजदीक खरीदने जा रहे हैं, तो यह सुनिश्चित कर लें कि कटाव तथा सुनामी समस्या का कारण नहीं हैं। आप यदि ढलाव के नीचे या ढलाव पर या पहाड़ के किनारे खरीदने जा रहे हैं तो यह सुनिश्चित कर लें कि भू-स्खलन के कारण कोई समस्या नहीं होगी। आप यदि निचले इलाके या सरिता या नदी के पास खरीदने जा रहे रहे हैं तो यह सुनिश्चित कर लें कि बाढ़ के कारण कोई समस्या नहीं होगी। ज्वालामुखीय विस्फोट बहुत ही कम होते हैं परन्तु आप इनके बारे में भी पूछताछ कर सकते हैं। हाइड्रोथर्मल गतिविधि नार्थ आयरलैण्ड के रोटोरूआ और टॉपों जैसे कुछ ज्वालामुखी इलाकों में आम बात है परन्तु आमतौर पर यह गंभीर नहीं होती।

अध्याय 41

विविध बीमा की प्रगति

भारत में विविध बीमा की प्रगति तेजी से होती रही है, भारतीय बीमाकर्ताओं का राष्ट्रीयकरण के बाद तेजी से विकास हुआ। सकल प्रव्याजि 1969 में 39.78 करोड़ रुपये से बढ़कर 1972 तक 57.24 करोड़ रुपये हुई और 1978 में 123.09 करोड़ रुपये हुई। इस प्रकार स्पष्ट होता है कि विविध बीमा की प्रगति राष्ट्रीयकरण के बाद काफी तेजी से हुई। विविध बीमा में भारतीय बीमाकर्ता का काफी योगदान रहा, कुल प्रव्याजि का 88.5 प्रतिशत भारतीय बीमाकर्ताओं का था, जो 1969 में केवल 85.5 प्रतिशत था। इस प्रकार इस क्षेत्र में काफी वृद्धि होती रही। कुल बीमा की तुलना में विविध बीमाकर्ताओं का योगदान अधिक था। भारतीय बीमाकर्ताओं ने 1969 में 78.7 प्रतिशत समस्त बीमा में सकल प्रव्याजि का हिस्सा था जो बढ़कर 1972 में 82.6 प्रतिशत तक हुआ।

भारतीय बीमाकर्ता

भारतीय बीमाकर्ताओं द्वारा शुद्ध देय दावा में निरन्तर वृद्धि होती रही जो 1970 में 56.8 प्रतिशत से बढ़कर 1971 में 57.2 प्रतिशत हो गया। शुद्ध कमीशन में निरन्तर वृद्धि होती रही। 1970 में 11.4 प्रतिशत से बढ़कर 1972 में 12.5 प्रतिशत हो गयी। प्रबन्ध व्यय में कमी होती गयी। आय में बचत होती रही जो 8.5 प्रतिशत से बढ़कर 11.2 प्रतिशत हो गयी। विदेशी बीमाकर्ताओं के आय में बचत अपेक्षाकृत अधिक रही जो 1970 में 8.5 प्रतिशत से बढ़कर 1971 में 15.5 प्रतिशत हो गया। राष्ट्रीयकरण के बाद आय में बचत बढ़कर 14.0 प्रतिशत तक थी, लेकिन 1978 में यह गिरकर 5.3 प्रतिशत हो गयी।

सकल प्रव्याजि

(रुपया करोड़ में)

	विविध बीमा						समस्त बीमा					
	भारतीय बीमाकर्ता		अभारतीय बीमाकर्ता		कुल		भारतीय बीमाकर्ता		अभारतीय बीमाकर्ता		कुल	
	रुपया	%	रुपया	%	रुपया	%	रुपया	%	रुपया	%	रुपया	%
1969	39.78	85.5	6.76	14.5	46.55	100	91.96	78.7	24.91	21.3	116.88	100
1970	45.90	86.9	6.94	13.1	52.83	100	105.38	80.1	26.24	19.9	131.62	100
1971	50.65	87.4	7.28	12.6	57.93	100	118.80	80.5	28.73	19.5	147.53	100
1972	57.24	88.5	7.42	11.5	64.70	100	132.00	82.6	27.83	17.4	159.83	100
1977	103.88	...	...	...	...	...	299.23	...	...	...	...	...
1978	123.09	...	...	...	...	...	339.05	...	...	...	...	...
1980	...	...	...	...	...	...	...	...	...	...	...	...

भारतीय बीमाकर्ता

शुद्ध प्रव्याजि से प्रतिशत

	1970	1971	1972	1977	1978
शुद्ध देय दावा	56.8	57.2	57.0	54.3	60.9
शुद्ध कमीशन	11.4	11.8	12.5	26.3	25.7
प्रबन्ध व्यय	21.3	19.4	19.2	1.2	1.3
संचय में वृद्धि	4.6	3.7	4.4	4.3	7.1
अतिरिक्त आय	3.0	3.5	3.7	—	—
आय में बचत	8.5	11.2	10.3	14.0	5.3

अभारतीय बीमाकर्ता

शुद्ध प्रव्याजि से प्रतिशत

	1970	1971	1972
शुद्ध देय दावे	50.1	43.5	46.9
शुद्ध कमीशन	6.3	5.7	6.2
प्रबन्ध व्यय	32.7	33.3	34.3
संचय में वृद्धि	1.9	1.5	2.8
अतिरिक्त आय	1.1	0.6	0.6
आय में बचत	8.5	15.5	9.8

भारतीय बीमाकर्ताओं का विदेशी व्यापार

(सकल प्रव्याजि से प्रतिशत)

		1970	1971	1972
1.	सकल दावे (देय)	68.2	70.8	53.8
2.	प्रत्यक्ष कमीशन	27.5	27.6	27.8
3.	प्रबन्ध व्यय	15.2	15.0	14.0
4.	बचत में वृद्धि	−1.2	0.8	6.6
5.	अतिरिक्त आय	2.2	4.3	5.5
6.	आय में बचत	−8.7	−11.7	2.1

विदेशी व्यापार में बीमाकर्ताओं को अधिक लाभ नहीं हुए। आय में बचत 1970 में −8.7 प्रतिशत से घटकर −11.7 प्रतिशत हो गयी और इसमें कुछ सुधार हुआ जो 1972 में 2.1 प्रतिशत तक आय में बचत हुई। प्रत्यक्ष कमीशन में वृद्धि होती रही। सकल देय दावे में कमी आती गयी जो 1970 में 68.2 प्रतिशत से घटकर 1972 में 53.8 प्रतिशत तक हुई।

राष्ट्रीयकरण के बाद पशु बीमा और फसल बीमा का अधिक विकास हुआ। 1977 में 247.18 लाख रुपये की प्रव्याजि तक पशु बीमा हुआ था जो 1978 में बढ़कर 472.02 लाख रुपये हुआ। बीमित पशुओं की संख्या 588666 से बढ़कर 1409889 हो गयी।

विविध बीमा में सकल प्रत्यक्ष प्रीमियम

मार्च	जी.आई.सी.	नेशनल	न्यु इंडिया	ओरियंटल	युनाइटेड इंडिया	कुल
1975	—	—	—	—	—	114.0
1980	34.25	39.92	57.10	39.13	47.60	218.00
1985	33.31	115.65	195.07	121.67	144.48	610.18
1990	21.11	236.28	406.55	275.15	316.16	1234.16
1995	119.51	536.72	878.89	641.58	707.70	1367.69

विविध बीमा में शुद्ध प्रीमियम

मार्च	जी.आई.सी.	नेशनल	न्यु इंडिया	ओरियंटल	युनाइटेड इंडिया	कुल
1975	—	—	—	—	—	107.00
1980	66.55	52.26	103.60	57.55	74.88	354.84
1985	112.12	89.56	160.79	94.40	119.25	576.12
1990	233.42	181.33	317.51	212.35	243.55	1188.16
1995	553.62	428.04	804.27	492.74	533.22	2811.89
1998	910.40	806.07	1251.67	788.09	859.24	4615.47

□□□

विविध बीमा

(रु. करोड़ में)

वर्ष	शुद्ध प्रव्याजि		शुद्ध दावे		कमीशन		प्रबन्ध व्यय		अन्य देय		संचय में वृद्धि		विनिवेश आय		अभिगोपन लाभ	
	रु	%	रु	%	रु	%	रु	%	रु	%	रु	%	रु	%	रु	%
सामान्य बीमा निगम																
1998-1999	1079.0		987.0	91	271.7						84.3	8			–264.0	–24
1999-2000	1201.94		1216.02	101.2	290.56	24.2	12.34	1.0	–0.12	0.0	61.49	5.1			–378.35	31.5
2000-2001	1580.63		1531.20	96.9	330.72	20.9	14.33	0.9	2.40	0.1	189.34	12.0	381.1	27.39	–487.36	30.8
2001-2002	1828.65		1807.83	106.05	381.24	22.36	15.77	0.93	1.17	0.07	–		446.92	26.22	–501.37	–29.41
नेशनल																
1998-1999	968.0	79	861.0	89	282.3	29					81.0	8			–256.3	–26
1999-2000	1079.84		1029.43	95.32	1.49	–0.47	325.27	30.12	–0.72	0.07	55.98	5.18			–324.98	–30.09
2000-2001	1289.92		1225.66	95.01	19.28	–1.49	336.22	26.06	–2.52	–0.19	104.99	8.13			393.71	30.52
2001-2002	1312.71		1454.66	110.81	14.03	1.06	399.58	30.43	–2.63	–2.0	11.39	0.86	245.00	18.66	–319.32	–24.32
न्यु इण्डिया																
1998-1999	1469.9		1253.8	85	3368	23					109.1	7			229.8	–15
1999-2000	1629.61		1486.54	91.22	–5.06	–0.31	415.23	25.48			79.86	4.9			–346.96	–21.29
2000-2001	1883.72		1745.20	92.65	23.27	1.24	484.43	25.72			127.06	6.75	312.96		496.33	26.35
2001-2002	2099.30		2052.04	97.75	81.66	3.89	490.40	23.36			107.79	5.13	336.51		–632.59	–30.13

(रु. करोड़ में)

वर्ष	शुद्ध प्रव्याजि		शुद्ध दावे		कमीशन		प्रबन्ध व्यय		अन्य देय		संचय में वृद्धि		विनिवेश आय		अभिगोपन लाभ	
	रु	%	रु	%	रु	%	रु	%	रु	%	रु	%	रु	%	रु	%
							ओरियण्टल									
1998-1999	956.3	73	998.2	104	235.4	25					84.1	9			−361.4	−38
1999-2000	1087.23	74.6	1061.99	97.7	26.98	−2.5	341.52	31.4			65.44	6.0			−354.74	−32.6
2000-2001	1210.21	77.0	1144.43	94.6	−19.07	−1.6	336.01	27.8			61-49	5-1			−312-66	−25-8
2001-2002	1287-17	73.43	1560.90	121.3	23	0.0	422.44	32.81			−38.48	3.0	−16.71	1.3	−476.32	−37.0
							युनाइटेड इण्डिया									
1998-1999	1043.8	74	1000.9	96	245.7	23					92.3	9			−295.1	−28
1999-2000	1115.84		1269.79	113.79	−20.99	−1.88	310.51	27.83			36.02	3.23			−479.49	−42.97
2000-2001	1329.27		1369.89	103.06	1.14	0.09	340.22	25.59			106.71	8.03			−488.69	−36.76
2001-2002	1438.18		1523.58		35.21		387.78		−58.60		54.46	106.71	373.35		−248.10	
							कुल भारतीय बाजार									
1998-1999	5517.0	93	5100.9	92	1371.9	25					45.08	8.0			−1406.6	−25
1999-2000	6114.4	93	6063.7	99	163.65	27					298.8	5.0			−1884.6	3.1
2000-2001	7293.27	97	7016.4	96	1866.5	26					589.5	8.0			−2178.7	−30
2001-2002																

कुल बीमा में अभिगोपन अनुभव

(रु. करोड़ में)

वर्ष	शुद्ध प्रव्याजि		शुद्ध दावे		कमीशन		प्रबन्ध व्यय		अन्य देय		अवशेष जोखिम संचय में वृद्धि		विनिवेश आय		अभिगोपन लाभ	
	रु	%	रु	%	रु	%	रु	%	रु	%	रु	%	रु	%	रु	%
							सामान्य बीमा निगम									
1998-1999	1710.3		1252-3	73	455.9	27					103.8	6	592.1		−101.7	−6
1999-2000	1886.31		1515.63	80.4	486.42	25.8	23.32	1.2	0.45	0.0	90.02	4.8	635.2		−229.53	−12.2
2000-2001	2186.54		1851.83	84.7	496.10	22.7	23.51	1.1	3.14	0.1	146.85	6.7	652.6	25.24	−334.89	−15.3
2001-2002	2617.23		2295.08	94.12	636.34	26.10	24.45						569.33	233.5	−517.40	−21.22
							नेशनल									
1998-1999	1466.0	79	1150.9	79	423.1	29					104.9		296.3		−212.9	−15
1999-2000	1614.72	79	1302.74	80.7	−31.91	−1.98	503.86	31.20	−0.45	0.03	72.39	4.48	332.3		−231.91	−14.36
2000-2001	1804.55	81	1461.63	81.0	−1.82	−0.10	492.30	27.28	−2.04	0.11	99.84	5.53	17.64		−245.37	−13-60
2001-2002	1813.12		1725.11	95.14	−10.14	−0.55	564.34	31.12	−2.33	0.21	−3.88	0.21	319.96		−140.02	−7.72
							न्यु इण्डिया									
1998-1999	2186.9	72	1561.5	71	490.3	22					121.8	6	551.4		133	
1999-2000	2477.45	75	1906.25	76.94	−71.65	2.89	674.67	27.23			146.16	5.90			−177.98	7.18
2000-2001	2671.48	76	2279.74	85.34	4.80	0.18	737.96	27.62			95.02	3.56	423.37		−446.04	−16.70
2001-2002	3068.23		2555.14	83.28	790.82	2.60	753.51	24.56			209.36	6.82	445.22		−529.60	−17.26

(रु. करोड़ में)

वर्ष	शुद्ध प्रव्याजि		शुद्ध दावे		कमीशन		प्रबन्ध व्यय		अन्य देय		अवशेष जोखिम संचय में वृद्धि		विनिवेश आय		अभिगोपन लाभ	
	रु	%	रु	%	रु	%	रु	%	रु	%	रु	%	रु	%	रु	%
ओरियण्टल																
1998-1999	1423.7	72	1233.0	87	350.0	25					98.0	7	324.4		−257.3	−19
1999-2000	1632.0	375.33	1332.17	81.6	−40.36	25	534.60	32.8			104.12	6.4	359.3		−298.50	−18.3
2000-2001	1725.35	76.78	1502.06	87.1	−45.57	−2.6	502.98	29.2			41.48	2.4	−314.68	−17.3	−275.60	−16.0
2001-2002	1818.50	72.78	1827.92	100.5	−23.07	−1.3	609.03	33.5			−223.0	0.1	21.74	1.2	−256.73	−.14.1
युनाइटेड इण्डिया																
1998-1999	1615.6	71	1262.6	78	377.3	23					103.7	6	389.4		−128.0	−7
1999-2000	1753.00	73	1528.9	87.21	−85.26	−4.80	515.41	29.40			70.57	4.03	427.0	−276.63	−15.78	
2000-2001	1884.37	75	1776.93	94.30	−56.19	2.98	521.64	27.68			62.32	3.31	428.5		−420.33	−22.31
2001-2002	12045.06		1780.82		−17.53		577.88		−76.64		72.26		476.61		31.60	
कुल भारतीय बाजार																
1998-1999	8402.5	92	6460.3	77	2096.6	25					532.21	6	2153.6		−686.6	−8
1999-2000	9363.4	94	7585.6	81	2509.1	27					483.2	5	2367.1		4214.5	−13
2000-2001	10272.1	45	8872.1	80	2670.0	25					445.4	2	2454.1		1722.2	−7

कुल सामान्य बीमा की प्रगति

ढाँचा और सामाजिक क्षेत्र		एक्सपोजरयुक्त विनिवेश		अन्य सम्मानित विनिवेश		कुल निवेश	
31 मार्च, 05	31 मार्च, 06	31 मार्च, 05	31 मार्च, 06	31 मार्च, 05	31 मार्च, 06	31 मार्च, 05	31 मार्च, 06
1,199	1,275	4,905	6,269	1,456	1,584	10,880	12,530
1,050	1,206	3,201	3,415	771	611	8,404	9,404
600	720	1,725	1,537	460	410	4,306	4685
691	685	2,556	2,720	706	734	6,211	65,52
460	527	2,312	2,228	540	592	5,056	5,249
4,001	4,413	14,695	16,169	3,932	3930	34,857	38,520
26	30	56	99	12	35	193	219
67	110	70	79	17	14	217	381
45	77	117	245	0	0	310	607
41	60	38	94	1	3	312	433
78	87	223	342	35	26	613	797
79	136	133	377	11	49	469	959
27	41	16	16	10	5	198	216
26	26	55	70	6	16	177	187
387	567	709	1,323	92	148	2,542	3,799
4,388	4,980	15,404	17,492	4,024	4,079	37,399	42,319

भारत में सकल प्रत्यक्ष प्रव्याजि

(करोड़ रुपये में)

बीमा कर्ता	2003-04	बाजार अंश	2004-05	बाजार अंश	2006-07	बाजार अंश	पूर्व विकास 2005	पूर्व विकास 2007
रायल सुन्दरम्	211.33	1.61	270.00	1.83	600.03	2.40	27.76	30.63
टाटा आइजी	300.49	2.20	386.38	2.59	741.56	2.97	28.58	21.09
रिलायंस सामान्य	145.22	1.00	146.64	0.89	912.23	3.65	0.98	461.96
इफ्को टोकियो	265.32	1.84	403.78	2.80	1150.32	4.60	52.18	28.37
आई.सी.आई.सी.आईलोम्बार्ड	403.63	3.16	752.14	4.89	3003.45	12.0	96.35	88.66
बजाज एलियान्ज	385.02	2.97	701.62	4.71	1804.60	7.22	82.23	40.48
एच.डी.एफ.सी.	83.93	0.70	142.98	0.98	190.16	0.76	70.34	−7.59
चोलामन्डलम्	76.45	0.60	145.05	0.94	314.59	1.26	89.74	41.57
न्यू इण्डिया नेशनल	3229.49	25.23	–	23.25	5024.15	20.01	–	4.86
नेशनल	2839.11	21.31	–	21.14	3810.88	15.24	–	8.15
युनाइटेड इण्डिया	2564.20	18.94	2473.62	16.31	3509.95	14.04	−3.53	11.26
ओरियन्टल	2368.64	17.66	2565.03	16.79	3940.53	15.76	8.29	11.26
ई.सी.जी.एल.	355.01	2.78	414.15	2.86	618.05	2.47	16.66	6.84
कुल	13227.86	–	8401.38	–	25002.45	2.45	–	22.37

(करोड़ रुपये में)

बीमा कर्ता	बाजार अंश			बाजार अंश			पूर्व विकास		
13. सहारा लाइफ									
व्यक्तिगत एकल प्रव्याजि	5.07	37.62	30.22	1647	10304	7819			
व्यक्तिगत गैर एकल प्रव्याजि	7.52	57.87	48.44	9197	68109	67279			
समूह एकल प्रव्याजि	0.00	0.00	0.00	0	0	0	0	0	0
समूह गैर एकल प्रव्याजि	0.00	0.02	0.00	0	9	6	0	770	271
14. श्रीराम लाइफ									
व्यक्तिगत एकल प्रव्याजि	1.25	126.15	13521	246	20015	24466			
व्यक्तिगत गैर एकल प्रव्याजि	4.46	142.04	90.93	3478	75618	56495			
समूह एकल प्रव्याजि	0.00	0.00	0.04	0	0	2	0	0	4633
समूह गैर एकल प्रव्याजि	0.02	0.40	0.00	0	3	2	2196	25744	623
15. भारती एक्सा लाइफ									
व्यक्तिगत एकल प्रव्याजि	0.31	4.53	2.36	41	985	367			
व्यक्तिगत गैर एकल प्रव्याजि	25.83	207.67	63.88	17778	142718	50222			
समूह एकल प्रव्याजि	0.73	6.13	0.69	1	2	1	1076	27699	371
समूह गैर एकल प्रव्याजि	0.00	0.00	0.00	0	0	0	0	0	0

(करोड़ रुपये में)

बीमा कर्ता	बाजार अंश			बाजार अंश			पूर्व विकास		
16. फ्युचर सामान्य लाइफ									
व्यक्तिगत एकल प्रव्याजि	0.74	2.90	0.00	165	606	0			
व्यक्तिगत गैर एकल प्रव्याजि	18.01	43.93	0.12	14046	41396	6			
समूह एकल प्रव्याजि	0.02	0.07	0.00	0	1	0	64	420	0
समूह गैर एकल प्रव्याजि	3.17	11.61	1.79	13	54	6	19737	242460	66213
17. आई.डी.बी.आई. फोर्टिस लाइफ									
व्यक्तिगत एकल प्रव्याजि	9.34	84.48		1673	13472				
व्यक्तिगत गैर एकल प्रव्याजि	12.20	112.88		4319	39028				
समूह एकल प्रव्याजि	0.00	0.00		0	0		0	0	
समूह गैर एकल प्रव्याजि	0.00	0.02		0	1		2955	16308	
18. कनारा एच.एस.बी.सी. ओ.बी.सी लाइफ									
व्यक्तिगत एकल प्रव्याजि	1.83	4.07		147	285				
व्यक्तिगत गैर एकल प्रव्याजि	34.68	180.01		4216	19862				
समूह एकल प्रव्याजि	0.00	0.00		0	0		0	0	
समूह गैर एकल प्रव्याजि	0.00	0.00		0	0		0	0	

सामान्य बीमा व्यवसाय की प्रगति
(31 मार्च 2007)

(करोड़ रुपये में)

क्रम बीमाकर्ता	अग्नि	सामुद्रिक	सामुद्रिक सामान	सामुद्रिक जहाज	इन्जीनियरिंग	मोटर	मोटर ओ.डी.	मोटर टी.पी.	स्वास्थ्य	वायुयान	दायित्व	व्यक्तिग दुर्घटना	अन्य सभी	सकल
1. रायल सुन्दरम्														
मार्च 2007	102.47	18.32	17.73	0.59	37.73	303.39	261.46	41.93	97.45	0.00	8.45	25.08	7.14	600.00
पिछला वर्ष (मार्च 2006)	92.39	18.30	17.72	0.58	28.07	233.09	209.78	23.31	50.59	0.00	6.73	24.47	5.71	459.35
2. टाटा आइजी	130.25	71.31	71.31	0.00	26.29	288.09	262.21	25.88	45.35	0.25	73.47	79.40	27.15	741.56
पूर्व वर्ष	119.00	49.11	49.11	0.00	21.71	259.34	239.56	19.78	30.62	0.02	57.61	58.48	16.50	612.39
3. रिलायंस	146.15	24.92	16.45	8.47	93.68	454.99	408.60	46.39	67.69	7.23	10.03	16.47	91.07	912.23
पूर्व वर्ष	46.68	20.75	10.18	10.57	23.73	26.41	26.19	0.32	8.61	7.00	4.95	5.98	18.12	162.33
4. इफ्को टोकियो	294.76	129.96	52.24	77.73	90.91	448.90	348.63	100.27	71.89	4.74	12.70	17.44	79.03	1150.32
पूर्व वर्ष	226.43	46.24	36.11	10.13	65.82	379.69	318.73	60.96	51.97	0.73	10.09	16.65	98.51	896.11
5. आई.सी.आई.सी.आई लोम्बार्ड	403.05	155.25	56.23	99.02	177.54	1,143.34	956.73	186.60	735.85	32.07	84.02	113.74	158.59	3,003.45
पूर्व वर्ष	311.87	85.71	85.14	43.57	85.98	455.80	458.80	54.75	274.46	16.60	60.90	76.25	221.43	1,692.00
6. बजाज एलियान्ज	383.67	72.99	60.43	12.56	154.77	843.87	668.39	175.48	158.26	7.94	29.73	24.31	129.07	1,804.60
पूर्व वर्ष	360.79	55.73	41.42	14.31	99.88	536.61	357.76	178.85	97.69	4.75	23.59	15.50	90.02	1,284.57
7. एच.डी.एफ.सी.	7.65	2.37	2.37	0.00	5.98	132.36	123.83	8.53	10.18	0.00	4.76	7.69	19.17	190.16
पूर्व वर्ष	5.82	1.72	1.72	0.00	3.52	158.03	149.85	8.18	4.55	0.00	2.81	11.77	17.56	205.77

क्रम बीमाकर्ता	अग्नि	सामुद्रिक	सामुद्रिक सामान	सामुद्रिक जहाज	इन्जीनियरिंग	मोटर	मोटर ओ.डी.	मोटर टी.पी.	स्वास्थ्य	वायुयान	दायित्व	व्यक्तिगत दुर्घटना	अन्य सभी	सकल
8. चोलामन्डलम्	80.54	26.56	25.66	0.90	23.72	97.16	80.53	16.63	38.60	0.40	14.70	7.63	25.27	314.59
पूर्व वर्ष	73.07	17.00	16.67	0.33	20.71	52.35	47.86	4.49	21.11	0.94	13.08	12.57	11.37	222.21
9. न्यू इण्डिया	909.98	321.03	158.72	162.31	210.31	2,034.73	1,233.71	801.02	765.29	115.27	60.65	79.39	518.07	5,014.71
पूर्व वर्ष	839.63	299.78	149.34	150.45	144.70	2,174.50	1,394.35	780.16	669.28	116.85	64.34	95.78	386.63	4,791.50
10. नेशनल	491.21	196.97	120.29	76.68	134.95	1,980.16	1,310.14	670.03	333.12	84.49	36.42	55.24	498.30	3,810.88
पूर्व वर्ष	482.01	172.29	126.84	45.45	109.11	1,853.29	1,289.60	563.69	294.25	71.26	35.68	66.87	438.91	3,523.67
11. युनाइटेड इण्डिया	674.77	264.35	135.31	129.05	203.96	1,219.18	767.30	451.88	434.64	45.36	67.79	95.31	504.59	3,509.95
पूर्व वर्ष	645.48	203.96	125.01	78.95	184.96	1,138.16	703.26	434.90	359.26	37.07	59.14	98.98	427.76	3,154,78
12. ओरियन्टल	538.50	349.78	168.76	181.02	214.27	1,732.26	1,158,88	573.39	440.53	119.54	61.61	85.69	398.35	3,940.53
पूर्व वर्ष	546.89	325.12	166.92	158.20	187.01	1,495.36	981.27	514.10	359.72	149.65	58.17	97.05	308.16	3,527.13
सकल	4,163.00	1,633.81	885.49	748.32	1,374.09	10,678.43	7,580.41	3,098.02	3,198.83	417.29	464.32	607.42	2,455.81	24993-01
	3,750.06	1,295.71	783.17	512.54	975.22	8,765.75	6,122.26	2,643.49	2,222.09	404.86	397.06	580.35	2,040.68	20,431.80
विशिष्ट संस्थायें														
13. ई.सी.जी.सी													618.05	618.05
पूर्व वर्ष													578.46	578.46
14. स्टार हेल्थ एवं एलाइड बीमा									11.05			11.38		22.42
पूर्व वर्ष									0.00			0.00		0.00

अध्याय 42

बीमा अधिनियम, 1938

बीमा अधिनियम, 1938 को पाँच भागों में विभाजित किया गया है। प्रथम भाग **प्रारम्भिक** (Preliminary) कहलाता है जिसमें क्षेत्र, परिभाषा और बीमा नियन्त्रक की नियुक्ति शामिल है। द्वितीय भाग में बीमाकर्ताओं के विषय में प्रावधान दिये हुए हैं। इस भाग में रजिस्ट्री, रजिस्ट्री का नवकरण, पूँजी निक्षेप, बहीखाता तथा चिट्ठा, अंकेक्षण, जीवनांकिक मूल्यांकन सूचना तैयार और प्रकाशित करना, साधारण और विशेष सभाओं का संक्षिप्त वर्णन, नियन्त्रक के अधिकार इस भाग के प्रथम वर्ग में हैं। द्वितीय वर्ग में विनियोग, ऋण और प्रबन्ध सम्बन्धी प्रावधान हैं। अन्वेक्षण, समामेलन, अभिहस्तांकन तथा नामांकन, एजेण्ट सम्बन्धी प्रावधान, विशेष प्रावधान, प्रशासक द्वारा प्रबन्ध, समापन, विदेशी कम्पनियों सम्बन्धी विशेष प्रावधान आदि द्वितीय भाग के विभिन्न वर्गों में वर्णित हैं। द्वितीय भाग ए में भारतीय बीमा संगठन सम्बन्धी नियम जिसमें जीवन बीमा परिषद् और सामान्य बीमा परिषद् सम्बन्धी प्रावधान हैं। तृतीय भाग में प्रावधायी समितियों का नियम दिया गया। इन समितियों की परिभाषा, रजिस्ट्रेशन, पूँजी निक्षेप, रजिस्टर और बहीखाते, निस्तारक की नियुक्ति, अधिकार आदि सम्बन्धी धारायें इस भाग में वर्णित हैं। चतुर्थ भाग में पारस्परिक बीमा कम्पनियाँ और सहकारी जीवन बीमा समितियाँ सम्बन्धी नियम दिये गये हैं। चतुर्थ भाग ए में पुनर्बीमा के नियम दिये गये हैं। पंचम भाग विविध धाराओं से सम्बन्धित है। इन धाराओं का विवेचन आगामी पृष्ठों में किया गया है।

भाग 1

प्रारम्भिक

1. **क्षेत्र**—यह अधिनियम सम्पूर्ण भारत में लागू होता है। भाग 2 की धारा 2स के अनुसार कोई व्यक्ति किसी प्रकार का बीमा व्यापार तब तक नहीं कर सकता, जब तक वह सार्वजनिक कम्पनी न हो या सहकारी समिति के अधिनियम 1912 के अन्तर्गत या अन्य किसी अधिनियम जो सहकारी समिति के लिए हो, पंजीकृत समिति न हो या भारत के बाहर किसी देश के नियम के अन्तर्गत समामेलित संस्था जो व्यक्तिगत कम्पनी की प्रकृति की न हो। यद्यपि कि केन्द्रीय सरकार एक व्यक्ति और बीमाकर्ता को इस धारा से मुक्ति एक विशेष समय सीमा और निश्चित शर्तों के लिए सरकारी प्रपत्र में प्रकाशित करके कर सकती है, बशर्ते वह व्यापार अधिवार्षिकी (Superannuation) भत्ता या वार्षिकी की प्रकृति जैसा कि अधिनियम में वर्णित है या किसी सामान्य बीमा व्यापार चलाने के उद्देश्य के लिये हो। सामान्य बीमा को मुक्ति केवल 3 वर्षों के लिए एक बार में दी जा सकती है। प्रत्येक बीमा

कर्ता जब तक कि उसका दायित्व भारत में है, इस अधिनियम की धारायें उस पर लागू होंगी। इस प्रकार यह अधिनियम सभी प्रकार के बीमा व्यवसाय के लिए लागू होता है।

परिभाषा—धारा 2 के अन्तर्गत बहुत से शब्दों को परिभाषित किया गया है, लेकिन उनमें से मुख्य-मुख्य परिभाषायें यहाँ पर वर्णित की जायेंगी।

1. बीमापत्रधारी—इसके अन्तर्गत वह व्यक्ति शामिल होते हैं जिनके बीमापत्र के सभी हित एक बार और हमेशा के लिये हस्तांतरित कर दिये जाते हैं।

2. अनुमोदित प्रतिभूतियाँ—निम्न प्रकार की प्रतिभूतियाँ अनुमोदित कहलाती हैं—

(i) सरकारी प्रतिभूतियाँ तथा अन्य प्रतिभूतियाँ जो केन्द्रीय सरकार अथवा किसी राज्य सरकार की आय की जमानत पर निर्गमित की गयी हैं अथवा जिनके मूलधन और ब्याज के भुगतान की गारन्टी इन सरकारों ने दी है।

(ii) ऋणपत्र या अन्य प्रतिभूतियाँ जो मुद्रा के लिए किसी अन्य केन्द्रीय अधिनियम या राज्य अधिनियम या पोर्ट ट्रस्ट के उपलक्ष्य में या म्युनिसिपल कारपोरेशन या किसी प्रेसीडेन्सी-टाउन के सिटी इम्प्रूवमेन्ट ट्रस्ट के अन्तर्गत निर्गमित की गयी हैं।

(iii) विधान द्वारा स्थापित किसी कारपोरेशन के अंश जिनके सम्बन्ध में मूलधन तथा लाभांश की गारन्टी केन्द्रीय सरकार या राज्य सरकार ने दी है।

(iv) वे प्रतिभूतियाँ जिनके मूलधन तथा ब्याज की गारन्टी या न्रिर्गमन भाग 'ब' राज्य सरकार द्वारा किया गया है और इस अधिनियम के लिए केन्द्रीय सरकार द्वारा सरकारी सूचना-पत्र अनुमोदित घोषित किया गया है।

(v) वे प्रतिभूतियाँ जिनके मूलधन और ब्याज की अदायगी की गारन्टी पाकिस्तान की किसी प्रान्तीय सरकार ने दी हो या उस देश के किसी भाग की आय की जमानत पर निर्गमित की गयी हो तथा वे ऋण-पत्र तथा अन्य प्रतिभूतियाँ जो कराची पोर्ट ट्रस्ट ने निर्गमित की हों, किन्तु ये प्रतिभूतियाँ उस समय तक, उस उद्देश्य के लिए और उन्हीं शर्तों के अनुकूल अनुमोदित प्रतिभूतियों के वर्ग में आयेंगी जो इस सम्बन्ध में सरकार निश्चित करे।

3. बीमा नियन्त्रक—बीमा नियन्त्रक से तात्पर्य ऐसे अधिकारी से है जो केन्द्रीय सरकार द्वारा इस अधिनियम के अन्तर्गत बीमा नियन्त्रक के कार्य करने के लिए नियुक्त किया गया हो।

4. बीमा कम्पनी—बीमा कम्पनी से तात्पर्य ऐसे बीमाकर्ता से है जो एक कम्पनी, संघ (Association) या साझेदारी के रूप में है और भारतीय कम्पनी अधिनियम 1913 या भारतीय साझेदारी अधिनियम 1932 के अन्तर्गत समापित होगी।

5. बीमाकर्ता—धारा 2(9) के प्रथम वाक्य के अनुसार बीमाकर्ता से तात्पर्य किसी ऐसे व्यक्ति या असमामेलित व्यक्तियों के समूह या समामेलित अंग जो भारत के अतिरिक्त अन्य देशों के नियम के अन्तर्गत पंजीकृत हैं जो बीमा व्यापार भारत में चलाते हैं या जो

व्यापार के मुख्य स्थान भारत में रखते हैं या भारत में आकर बस गये हैं या बीमा व्यापार चलाने के उद्देश्य से अपने प्रतिनिधि भारत में नियुक्त किये हुए हैं या व्यापार का स्थान रखते हैं।

द्वितीय वाक्य के अनुसार बीमाकर्ता से तात्पर्य किसी ऐसे समामेलित अंग से (जो वाक्य तीन में नहीं है) है जो बीमा व्यापार चलाने के लिए भारत में वर्तमान नियम के अन्तर्गत पंजीकृत हैं या भारतीय कम्पनी अधिनियम 1913 के अन्तर्गत सहायक कम्पनी के रूप में हैं।

तृतीय वाक्य के अनुसार बीमाकर्ता के अन्तर्गत वे अभिगोपक भी आते हैं जो लायड समिति के सदस्यों के साथ प्रसंविदा करने वाले व्यक्ति हैं।

6. बीमा अभिकर्ता—इससे मतलब ऐसे बीमा अभिकर्ता से है जो इस अधिनियम की धारा 42 के अन्तर्गत प्रमाणित हैं जो कमीशन या दूसरे प्रकार के पारिश्रमिक प्रचार करने के उपलक्ष्य में या बीमा व्यापार प्राप्त करने या बीमा-पत्र के चालू रहने, नवीकरण या पुनर्जीवन के लिए प्राप्त करते या प्राप्त करने के लिए सहमत होते हैं।

7. जीवन बीमा व्यापार—इससे मतलब मनुष्य के जीवन पर बीमा प्रसंविदा से है जिसके अन्तर्गत ऐसी प्रसंविदाएँ भी शामिल हैं जो मृत्यु पर भुगतान के लिए (दुर्घटना मृत्यु के अतिरिक्त) आश्वासित हैं या मनुष्य के जीवन पर आश्रित किसी आकस्मिक घटना के घटित होने पर या मनुष्य के जीवन पर आश्रित किसी प्रासंविदा से है जो एक निश्चित अवधि के लिए प्रव्याजि के भुगतान के लिए है और वे प्रसंविदाएँ शामिल किये हुए समझे जायेंगे जो अयोग्यता, दोहरा, त्रिक्षतिपूर्ति, दुर्घटना लाभ से सम्बन्धित हैं, बशर्ते कि ये बीमा प्रसंविदा में शामिल हों। मानवीय जीवन पर वार्षिकी प्रदान करने से सम्बन्धित प्रसंविदा भी इस प्रसंविदा में आती हैं। अधिवार्षिकी भत्ते और वार्षिकी ऐसे कोष से दिये जाते हैं जिसका निर्माण किसी विशेष व्यवसाय, व्यापार और रोजगार में सम्मिलित व्यक्तियों के कष्ट निवारण और पालन-पोषण के लिये किया गया है।

बीमा नियन्त्रक की नियुक्ति—इस अधिनियम के अन्तर्गत बीमा नियन्त्रक की नियुक्ति केन्द्रीय सरकार द्वारा सरकारी सूचना-पत्र में प्रकाशित करके की जा सकती है। नियुक्ति के पहले केन्द्रीय सरकार को इस बात का ध्यान देना होगा कि वह व्यक्ति औद्योगिक, व्यापारिक और बीमा-विषय तथा जीवनांकिक योग्यता रखता है।

भाग 2

बीमाकर्ता सम्बन्धी प्रावधान

अनुबन्धन (रजिस्ट्रेशन)—धारा 3 के अनुसार कोई व्यक्ति बीमा व्यापार तब तक नहीं चला सकता जब तक कि वह बीमा नियन्त्रक से रजिस्ट्री का प्रमाण-पत्र न प्राप्त कर ले। अधिनियम के लागू होने के समय यदि किसी बीमाकर्ता ने रजिस्ट्री का प्रमाण-पत्र नहीं प्राप्त किया है तो वह अपने रजिस्ट्री प्राप्त करने के पूर्व के बीमा प्रसंविदा को रद्द नहीं कर सकता है। रजिस्ट्री के आवेदन-पत्र के साथ निम्नलिखित प्रपत्रों को देना आवश्यक है—

अ. पार्षद सीमा और अन्तर्नियम की प्रमाणित प्रतिलिपियाँ जबकि आवेदक भारतीय कम्पनी अधिनियम के अन्तर्गत समामेलित है या साझेदारी का नियमपत्र या कम्पनी के संविधान का नियमपत्र या वे प्रपत्र जो विदेशी कम्पनियों के लिए धारा 63 के वाक्य 'अ' के अन्तर्गत आवश्यक हैं, की प्रमाणित प्रतिलिपि।

ब. संचालकों के नाम, पता और पेशा यदि बीमाकर्ता भारतीय कम्पनी अधिनियम के अन्तर्गत समामेलित कम्पनी है। संचालक, प्रबन्धक या अधिकारियों के नाम और पते। ऐसे व्यक्तियों के भी नाम और पते जो बीमाकर्ता के उपलक्ष में भारत में सूचना देने और प्राप्त करने का अधिकार रखते हैं।

स. बीमा-व्यापार के प्रकार का विवरण जो दिये गये हैं या दिये जाने को हैं, धारा 7 या 98 के अनुसार जमा की गई रकम का विवरण और रिजर्व बैंक ऑफ इण्डिया द्वारा जमा की गई रकम का प्रमाण-पत्र।

द. चालू पूँजी सम्बन्धी घोषणा।

इ. यदि रजिस्ट्रेशन के लिए आवेदन-पत्र देने वाली संस्था विदेशी हो तब उसके प्रधान अधिकारी का शपथ सहित वक्तव्य जिसमें यह लिखा हो कि जिस देश की वह संस्था है उसमें भारतीय बीमा संस्थाओं के ऊपर ऐसे कौन-कौन से नियम लागू होने हैं जो उस देश की संस्थाओं पर नहीं लागू होते।

फ. प्रकाशित प्रविवरण की प्रमाणित प्रतिलिपि तथा बीमापत्रों के फार्म और दरों, सुविधाओं, शर्तों तथा अन्य सभी बातों के सम्बन्ध में जो बीमापत्रों के अन्तर्गत आती हों, आवश्यक वक्तव्य।

ग. निर्धारित फीस की रसीद जो पाँच सौ रुपये से अधिक नहीं होगी।

रजिस्ट्री के आवेदन-पत्र प्राप्त हो जाने पर नियन्त्रक यह निश्चित करता है कि आर्थिक स्थिति और प्रबन्ध की सामान्य दशा ठीक है। व्यापार की मात्रा, पूँजी की रूपरेखा और आय प्राप्त करने की आशा पर्याप्त है। जनता के हित में वृद्धि हो सकती है। नियन्त्रक आवेदन-पत्र प्राप्त होने पर प्रमाण-पत्र निर्गमित कर सकता है।

यदि कोई व्यक्ति नियन्त्रक के निर्णय से असन्तुष्ट है तो वह इस निर्णय के 30 दिन के अन्दर केन्द्रीय सरकार के पास अपील कर सकता है। केन्द्रीय सरकार का निर्णय अन्तिम होगा।

रजिस्ट्रेशन का प्रमाणपत्र पाने के पश्चात् बीमा-संस्था अपना व्यवसाय प्रारम्भ कर सकती है। यह प्रमाणपत्र केवल एक वर्ष के लिए ही चालू रहता है। इसलिये प्रतिवर्ष इसका नवकरण (Renewal) कराने की आवश्यकता होती है। नवकरण करने का नियम यह है कि इसके लिए चालू वर्ष के 31 दिसम्बर के पूर्व ही बीमा नियन्त्रक के पास आवेदन-पत्र भेज दिया जाय। रिजर्व बैंक में इसके लिए आवश्यक शुल्क जमा करके उसकी रसीद को आवेदन-पत्र के साथ ही भेजना पड़ता है। यह शुल्क प्रत्येक बीमा कम्पनी के लिए 1000 रुपये से अधिक नहीं होता। यदि निश्चित अवधि के अन्तर्गत प्रमाणपत्र का नवकरण न कराया जाय तब इसके लिए नियन्त्रक नवकरण-शुल्क तक जुर्माना लगा सकता है।

रजिस्ट्रेशन के प्रमाण-पत्र का रद्द होना

नियन्त्रक अधिनियम के अनुसार निम्नलिखित दशाओं में रजिस्ट्री का प्रमाणपत्र भंग कर सकता है—

1. धारा 7 या धारा 98 के अन्तर्गत निक्षेप के प्रावधान को पूरा न करने पर; या
2. यदि बीमाकर्ता निस्तारण अवस्था में है या दिवालिया घोषित हो गया हो; या
3. यदि बीमाकर्ता का व्यापार या व्यापार का कोई एक प्रकार किसी व्यक्ति को हस्तान्तरित हो गया हो या किसी दूसरे बीमाकर्ता के साथ सम्मिश्रित हो गया हो; या
4. यदि धारा 9 के अन्तर्गत किसी एक बीमा व्यापार के प्रकार के सम्बन्ध में सम्पूर्ण निक्षेप लौटा दिया गया हो; या
5. यदि बीमाकर्ता, जो धारा 2 (9) स के अन्तर्गत बताया गया है, बीमा प्रसंविदा रद्द कर दी गयी है या निलंबित हो गयी हो या 6 महीने की अवधि के लिए निलंबित चल रही हो; या
6. यदि बीमाकर्ता अधिनियम के अन्तर्गत किसी नियम का पालन न कर सके अथवा किसी नियम से विपरीत आचरण करे; या
7. यदि किसी बीमापत्र के सम्बन्ध में किए गए दावे का भुगतान न्यायिक निर्णय होने के तीन महीनों के अन्दर न किया जा सके; या
8. यदि बीमाकर्ता बीमा-व्यवसाय के अतिरिक्त कोई अन्य व्यवसाय भी करता हो; या
9. विदेशी कम्पनियों के रजिस्ट्रेशन का प्रमाण-पत्र ऐसी स्थिति में भी रद्द हो सकता है यदि बीमा-नियन्त्रक को यह पता चले कि उनके देश में भारतीय-संस्थाओं को बीमा-व्यवसाय नहीं करने दिया जाता।
10. यदि बीमाकर्ता का लायड समिति के सदस्यों के साथ प्रसंविदा रद्द कर दी गयी हो।

प्रमाण-पत्र रद्द हो जाने पर बीमाकर्ता कोई नयी प्रसंविदा नहीं कर सकता, किन्तु इसके पूर्व के अधिकारों एवं दायित्वों को चालू समझा जाता है। कुछ विशेष स्थितियों में बीमा नियन्त्रक से पुनः रजिस्ट्रेशन का प्रमाण-पत्र लेकर नया व्यवसाय किया जा सकता है।

पूँजी—धारा 6 के अनुसार कोई भी बीमा कम्पनी तब तक रजिस्टर्ड नहीं हो सकती जब तक कि इसकी कार्यशील पूँजी कम से कम 50 हजार रुपये न हो जिसमें निक्षेप की रकम और प्रारम्भिक खर्चे की रकम शामिल नहीं होगी। धारा 6अ के अनुसार कोई भी सार्वजनिक कम्पनी जो अंशों की रकम तक सीमित दायित्व रखती है और जिसका रजिस्टर्ड कार्यालय भारत में है जीवन बीमा व्यापार तब तक नहीं कर सकती जब तक यह निम्नलिखित शर्तों को पूरा नहीं करती—

1. कम्पनी की पूँजी केवल साधारण अंशों में विभाजित है और जिसके केवल एक ही बाह्य मूल्य है।

2. याचना राशि पर प्रदत्त रकम सभी अंशों के लिए एक होगी, चाहे अंश पुराने या नये हों।

मतदान देने का अधिकार (*Voting Right*)—सार्वजनिक कम्पनी में प्रत्येक अंशधारी को मतदान देने का अधिकार प्रत्येक अंशधारी को प्रदत्त पूँजी के अनुपात में निश्चित किया जायगा, बशर्ते कि पार्षद सीमा या अन्तर्नियम में या अन्य दूसरे स्थान पर इसके विपरीत कुछ वर्णित न हो।

अंशधारियों का रजिस्टर—एक सार्वजनिक कम्पनी जो जीवन बीमा व्यापार करती है, उसे निम्नलिखित रजिस्टर और प्रपत्र को रखना पड़ता है—

सदस्यों के रजिस्टर रखने के अतिरिक्त जो भारतीय कम्पनी अधिनियम के अन्तर्गत रखना पड़ता है, अंशों के रजिस्टर रखना पड़ता है जिसमें अंशों के वास्तविक स्वामी के नाम, पते और पेशे शामिल रहते हैं और उसमें होने वाले परिवर्तनों को 14 दिन के अन्दर लिखना पड़ता है। लेकिन हस्तान्तरित अंशों को अंशों के रजिस्टर में तब तक नहीं लिखा जायगा जब तक कि हस्तान्तरित एक निर्धारित फार्म में यह घोषणा न कर दे कि वह अंश अपने हित के लिए या नामांकन के लिए या सम्मिलित रूप से कई व्यक्तियों के साथ रखना चाहता है। दूसरी शर्त यह है कि हस्तांतरण के बाद हस्तांतरिती के अधिकार में प्रदत्त पूँजी कुल प्रदत्त पूँजी के प्रतिशत से अधिक न हो। यदि यह प्रदत्त पूँजी कुल प्रदत्त पूँजी के पाँच प्रतिशत से अधिक होगा तो मतदान अधिकार केवल पाँच प्रतिशत तक ही सीमित होगा। किसी भी अंशधारी के पास कुल प्रदत्त पूँजी के 10 प्रतिशत से अधिक अंश नहीं होना चाहिए। यदि 10 प्रतिशत से अधिक अंश है तो अतिरिक्त अंश को बेचना पड़ेगा अन्यथा महाप्रशासक कोई भी कदम, जो भी इस अवस्था में आवश्यक है, उठा सकता है।

धारा 6 ब के अनुसार उपरोक्त कार्यों के लिए केन्द्रीय सरकार द्वारा एक अधिकारी नियुक्त किया जा सकता है, जो निम्नलिखित कार्य करेगा—

1. कम्पनी के संचालकों द्वारा बनायी गयी पूँजी की रूपरेखा का परीक्षण करने के लिए, बशर्ते इस योजना को अंशधारियों की आम सभा में पेश किया गया हो और अंशधारियों की राय मिल चुकी हो तथा इस योजना से अंशधारियों का दायित्व अप्रदत्त पूँजी में कम न होता हो;
2. उपरोक्त योजना पर विरोध और सलाह का आमन्त्रण करने के लिये;
3. विरोध और सलाह को समझने के बाद संशोधन को स्वीकृत करना।

निक्षेप—धारा 7 के अनुसार लायड्स के अतिरिक्त अन्य सभी संस्थाओं को रिजर्व बैंक आफ इण्डिया के पास केन्द्रीय सरकार के उपलक्ष बीमा व्यापार चलाने के लिए निम्नलिखित रकम रोकड़ में या अनुमोदित प्रतिभूतियों में बाजार मूल्य के अनुसार या दोनों में जमा करना आवश्यक है—

बीमा के प्रकार	रकम
1. केवल जीवन बीमा व्यापार के लिए	दो लाख रुपये

2.	केवल अग्नि बीमा व्यापार के लिए	डेढ़ लाख रुपये
3.	केवल समुद्री बीमा व्यापार के लिए	डेढ़ लाख रुपये
4.	केवल विविध बीमा के लिए	डेढ़ लाख रुपये
5.	जीवन बीमा के साथ कोई एक और बीमा व्यापार जो 2, 3 और 4 में वर्णित हैं	तीन लाख रुपये
6.	जीवन बीमा के साथ कोई दो और बीमा व्यापार जो 3 और 4 में वर्णित हैं	चार लाख रुपये
7.	जीवन बीमा के साथ तीनों बीमा-व्यापार जो 2, 3 और 4 में वर्णित हैं	साढ़े चार लाख रुपये
8.	दो प्रकार के बीमा-व्यापार जो 2, 3 और 4 में वर्णित हैं	ढाई लाख रुपये
9.	तीनों प्रकार के बीमा-व्यापार जो 2, 3 और 4 में वर्णित हैं	साढ़े तीन लाख रुपये
	बशर्ते कि जहाँ पर समुद्री बीमा मुख्य रूप से और अकेले देशी नावों या माल या दोनों के लिए हैं	दस हजार रुपये

लायड्स समिति के सदस्यों के लिये उपरोक्त रकम के डेढ़ गुनी रकम निक्षेप रखनी पड़ती है।

विदेशी कम्पनियों को पूर्व-वर्णित रकमें एक किस्त में जमा करनी होती हैं किन्तु भारतीय कम्पनियों को इस दिशा में कुछ सुविधाएँ प्राप्त हैं। धारा 7(5) के अनुसार भारतीय कम्पनियों को निम्नांकित किस्तों में निक्षेप जमा करने पड़ते हैं—

	बीमा के प्रकार	रकम
1.	रजिस्ट्रेशन के लिए आवेदन पत्र के पूर्व	निक्षेप की रकम की एक चौथाई
2.	भारत में व्यापार प्रारम्भ करने के 1 वर्ष व्यतीत होने के पूर्व	शेष की एक-तिहाई
3.	व्यापार प्रारम्भ करने के दो वर्ष व्यतीत होने के पूर्व	शेष का आधा
4.	व्यापार प्रारम्भ करने के तीन वर्ष व्यतीत होने के पूर्व	शेष

धारा 7(8) के अनुसार रोकड़ में जमा की गयी रकम रिजर्व बैंक ऑफ इण्डिया के पास बीमाकर्ता की सम्पत्ति समझी जायगी और यह उन्हीं को लौटाई जायगी। इस जमा पर

कोई ब्याज नहीं दी जाती। बीमाकर्ता जमा की गयी रकम को रोकड़ या दूसरी अनुमोदित प्रतिभूतियों या दोनों में बदल सकता है।

यदि बीमा संस्था चाहे तो नकद निक्षेप को पूर्णतः या अंशतः रिजर्व बैंक की प्रतिभूतियों में विनियोजित कर सकता है। इसका बाजार मूल्य रिजर्व बैंक के द्वारा निर्धारित किया जायगा। इन प्रतिभूतियों पर जो ब्याज संचित होगा, उसे रिजर्व बैंक अपना कमीशन काटकर बीमाकर्ता को लौटा देगा।

यदि बीमाकर्ता ने किसी दायित्व को पूरा करने के लिए निक्षेप की कुछ रकम का प्रयोग किया है तो बीमाकर्ता को 2 महीने के अन्दर इस कमी को पूरा करने के लिये अतिरिक्त रकम जमा करनी होगी। यदि अतिरिक्त रकम जमा नहीं की जाती तो बीमाकर्ता धारा 7(1) के अन्तर्गत अपने कर्त्तव्य से हीन समझा जायगा।

धारा 8 के अनुसार किसी निक्षेप की रकम जो धारा 7 या धारा 98 के अन्तर्गत जमा की गयी है, बीमाकर्ता की सम्पत्ति समझी जायगी। इस रकम को बीमाकर्ता न तो हस्तांकित कर सकता है न इसको जमानत के रूप में रख सकता है। बीमादारों के अतिरिक्त अन्य किसी लेनदार का इस पर अधिकार नहीं है। इस निक्षेप को अभ्याग्रहण (Attachment) के रूप में भी प्रयोग नहीं किया जा सकता।

जहाँ पर निक्षेप केवल जीवन बीमा व्यापार के लिए है, वहाँ पर इसका प्रयोग केवल जीवन बीमापत्र के द्वारा उत्पन्न लेनदारी के लिए ही प्रयोग किया जा सकता है—

1. जब बीमाकर्ता विभिन्न प्रकार के बीमा व्यापारों में से कोई एक बीमा व्यापार करना बन्द कर देता है तब न्यायालय बीमाकर्ता के आवेदन पर बन्द हुए व्यापार से सम्बन्धित निक्षेप को लौटाने का आदेश दे सकता है।
2. जब भाग च राज्य के अन्तर्गत किये बीमा व्यापार से आवेदन-पत्र आते हैं तो न्यायालय निक्षेप लौटाने का तब तक आदेश नहीं देगा जब तक वह सन्तुष्ट न हो जाय कि उस बीमाकर्ता ने बीमादारों की सभी देनदारी पूरी कर दी है।

बही-खाते और अंकेक्षण सम्बन्धी प्रावधान

जब बीमाकर्ता एक से अधिक प्रकार का बीमा व्यापार करता है तब उसे धारा 10 के अन्तर्गत प्रत्येक बीमा व्यापार के लिए पृथक्-पृथक् खाते आय और व्यय के सम्बन्ध में रखने पड़ते हैं। जहाँ पर बीमाकर्ता जीवन बीमा-व्यापार कर रहा है, वहाँ इस व्यापार से सम्बन्धित सभी आय एक कोष में हस्तांतरित होती रहेगी, जिसे जीवन बीमा कोष कहते हैं। इस जीवन बीमा-व्यापार सम्बन्धी सम्पत्ति भी अन्य दूसरी सम्पत्तियों से अलग रखी जायगी और इस सम्बन्ध में जमा किया गया निक्षेप भी इस कोष की सम्पत्ति का एक हिस्सा समझा जायगा। इस सम्पत्ति का विवरण योग्य अंकेक्षक से प्रमाणित करके कलेण्डर वर्ष के अन्त में बीमा नियन्त्रक को धारा 11 के अनुसार जमा करना पड़ता है। इस विवरण में सम्पत्ति की विस्तृत व्याख्या, सामान्य संचय और इससे सम्बन्धित दायित्व आदि दिखाना पड़ता है।

कोई बीमाकर्ता जो जीवन बीमा व्यापार कर रहा है वह उन्हीं बीमा व्यापारों को कर सकता है जिसके लिए वह पहले से रजिस्टर्ड है। अन्य बीमा-व्यापार करने के लिए उसे

इतना पर्याप्त कोष रखना पड़ेगा, जिससे जीवन बीमापत्र के सभी दायित्व को पूरा किया जा सके।

जीवन बीमा कोष को अन्य किसी बीमा व्यापार के लिए प्रयोग नहीं किया जा सकता। इसका एकमात्र उपयोग जीवन बीमा दायित्व के लिए ही हो सकता है।

बही-खाते और चिट्ठे (धारा 11)—प्रत्येक बीमाकर्ता निम्नलिखित खाते कलेण्डर वर्ष के अन्त में तैयार करेगा—

1. अधिनियम की प्रथम अनुसूची के भाग 1 में दिये गये नियमों के आधार पर उसी सूची के भाग 2 में दिये गये फार्म के अनुसार चिट्ठे।
2. अधिनियम की द्वितीय अनुसूची के भाग 1 में दिए गए नियमों के आधार पर उसी सूची के भाग 2 में दिये गये फार्म के अनुसार लाभ-हानि खाते; परन्तु यह वहीं पर लागू होगा; जहाँ पर जीवन बीमा, अग्नि बीमा और सामुद्रिक बीमा में से केवल एक प्रकार का व्यापार चल रहा हो।
3. अधिनियम की तृतीय अनुसूची में दिये गये नियमों और फार्मों के अनुसार प्रत्येक बीमा व्यापार के लिए पृथक् आय-व्यय खाते तथा आगम खाते, जहाँ पर एक से अधिक बीमा व्यापार किये जाते हैं।

उपर्युक्त खाते एवं विवरण पर कम्पनी के अध्यक्ष, दो संचालक और एक प्रधान अधिकारी अपने हस्ताक्षर करेंगे। यदि बीमाकर्ता कम्पनी है और यदि बीमाकर्ता साझेदारी संस्था है तो दो साझेदार अपने हस्ताक्षर करेंगे। इन व्यक्तियों के नाम, पेशा, पते तथा संचालन कार्यों के सम्बन्ध में एक विवरणी तथा कम्पनी को वार्षिक रिपोर्ट आदि की छपी हुई चार प्रतियाँ बीमा नियन्त्रक के पास छः महीने के भीतर भेजनी चाहिए। जो कम्पनियाँ विदेशों में भी बीमा का व्यवसाय करती हैं, उनके लिए 3 महीने का समय और दिया जाता है (धारा 15)।

अंकेक्षण (धारा 12)—प्रत्येक बीमा कम्पनी का चिट्ठा, लाभ-हानि खाता, आगम खाता, लाभ-हानि संयोजक खाता का एक कुशल अंकेक्षक से हर वर्ष अंकेक्षण कराना होता है।

जीवनांकिकी सूचना (धारा 13)—प्रत्येक बीमाकर्ता जो जीवन बीमा व्यापार कर रहा है, तीन वर्ष के अन्दर कम से कम एक बार उस व्यापार की आर्थिक जाँच जीवनांकिक से करायेगा और साथ ही साथ उसके दायित्व का मूल्यांकन करायेगा तथा इसकी सूचना अनुसूची चार के आधार पर बनाकर तैयार किया जायगा।

विशेष परिस्थितियों में बीमा नियन्त्रक मूल्यांकन का समय तीन वर्ष से बढ़ाकर चार वर्ष कर सकता है।

बीमापत्र और अध्यर्थन के रजिस्टर (धारा 14)—प्रत्येक बीमाकर्ता को अधिनियम के अनुसार अपने व्यापार के सम्बन्ध में निम्नलिखित रजिस्टर रखने पड़ते हैं—

1. **बीमापत्रों का रजिस्टर**—इसमें बीमाकर्ता द्वारा निर्गमित प्रत्येक बीमापत्र से सम्बन्ध

में बीमादार का नाम और पता, बीमा किये जाने की तिथि तथा हस्तांतरण अभिहस्तांकन, नामांकन आदि, जिसकी सूचना बीमाकर्ता को मिलती है, का उल्लेख रहता है।

2. अध्यर्थन का रजिस्टर—इसमें प्रत्येक अध्यर्थन के भुगतान के सम्बन्ध में अध्यर्थन की तारीख, अध्यर्थक के नाम और पते, अध्यर्थन के भुगतान करने की तारीख, अध्यर्थन को अस्वीकार करने की तारीख और अस्वीकार करने का कारण लिखा जाता है।

3. अभिकर्ताओं का रजिस्टर—धारा 43 के अनुसार प्रत्येक बीमाकर्ता को विभिन्न प्रकार के अभिकर्ताओं का रजिस्टर रखना पड़ता है जिसमें उनके नाम, पता, नियुक्ति और हटाये जाने की तिथि लिखी जाती है।

विवरणों की प्रस्तुति—(1) अंकेक्षित खाते और विवरण तथा जीवनांकिकी सूचना की छपी हुई चार प्रतिलिपियाँ बीमा नियन्त्रक को क्रमशः छः और नौ महीने के अन्दर देना आवश्यक है। इस अवधि की गणना खातों तथा विवरणों से सम्बन्धित समय के समाप्त होने की तारीख से की जाती है। जो कम्पनियाँ विदेशों में भी बीमा का व्यवसाय करती हैं, उन्हें इसके लिए तीन महीने का समय और दिया जाता है। (धारा-16)

(2) भारत की प्रत्येक बीमा कम्पनी या बीमा संस्था को प्रत्येक साधारण बैठक की कार्यवाही की प्रमाणित प्रतिलिपि बैठक की तिथि से तीस दिन के अन्दर बीमा नियन्त्रक को भेजना पड़ता है। (धारा-19)

(3) प्रत्येक बीमाकर्ता की व्यावसायिक स्थिति सम्बन्धी रिपोर्ट जो सदस्यों या बीमापत्रधारियों को पेश की गयी, उसकी एक प्रमाणित प्रतिलिपि बीमा नियन्त्रक के पास तुरन्त भेजनी पड़ती है। (धारा-18)

(4) प्रत्येक बीमाकर्ता को धारा 31-ब के अनुसार प्रतिवर्ष 31 जनवरी के पूर्व प्रदिष्ट फार्म में बीमा-नियन्त्रक के पास एक विवरणी भेजनी पड़ती है जिसमें ऐसे व्यक्तियों के नाम तथा पारिश्रमिक की रकम को लिखा जाता है जो उस वर्ष वेतन, कमीशन, भत्ता आदि कुल मिलाकर पाँच हजार रुपये से अधिक पाते हों।

उपरोक्त खाते और विवरणियों के अतिरिक्त अन्य बहुत-सी विवरणियाँ बीमा-नियन्त्रक के पास भेजनी पड़ती हैं। ये विवरणियाँ नियमानुसार भेजी जाती हैं। इन सभी सूचनाओं को बड़ी सावधानी और परिशुद्धतापूर्वक तैयार करना पड़ता है। यदि कोई व्यक्ति जान-बूझकर असत्य सूचना देता है तो उसे धारा 104 के अन्तर्गत तीन वर्ष की कैद या एक हजार रुपये जुर्माना या दोनों सजाएँ दी जा सकती हैं।

प्रत्येक विवरण और प्रमाणित प्रतिलिपि को नियन्त्रक अपनी सुरक्षा में रखेगा और कोई भी व्यक्ति 37 पैसे प्रति सौ शब्द या उसके भाग के लिए शुल्क देकर इन विवरणियों की प्रतिलिपि प्राप्त कर सकता है। केवल पाँच अक्षर एक शब्द माने जायेंगे। कोई अंशधारी या बीमापत्रधारी इन विवरणियों के जमा करने के दो वर्ष के अन्दर बीमाकर्ता से बही-खाते, विवरण और सूचनाएँ प्राप्त कर सकता है। अंशधारियों और बीमापत्रधारियों को पार्षद सीमा

और पार्षद अन्तर्नियम की एक प्रतिलिपि एक रुपया शुल्क देने पर बीमाकर्ता द्वारा दी जा सकती है।

विनियोग, ऋण और प्रबन्ध सम्बन्धी नियम

सम्पत्ति का विनियोग—प्रत्येक बीमाकर्ता निम्नलिखित रकम के बराबर सम्पत्ति विनियोजित करेगा और इस रकम तक हमेशा विनियोग रखेगा—

1. बीमापत्रधारियों के दायित्व की रकम जो अवधि के पूर्ण होने पर अध्यर्थन हो चुकी है।
2. बीमापत्रधारियों के दायित्व जो अध्यर्थन के कारण उत्पन्न होंगे—
   (i) बीमाकर्ता को जो प्रव्याजि मिलनी है लेकिन नहीं मिल पायी है और अनुग्रह दिन अभी तक व्यतीत नहीं हुआ है।
   (ii) बीमाकर्ता द्वारा प्रदान की गयी ऋण की रकम।

उपर्युक्त रकम तक जो विनियोग किया जायगा उसके 25 प्रतिशत तक सरकारी प्रतिभूतियों में कम से कम अगला 25 प्रतिशत सरकारी प्रतिभूतियों में या अनुमोदित प्रतिभूतियों में या दोनों में तथा शेष रकम अनुमोदित विनियोग में विनियोजित करना पड़ता है।

इस धारा के अन्तर्गत सम्पत्ति से तात्पर्य धारा 7 और धारा 98 के अन्तर्गत निक्षेप की रकम।

(धारा 27ए) कोई बीमाकर्ता अपने नियन्त्रित कोष का कोई भाग केवल निम्नलिखित प्रतिभूतियों में विनियोजित करेगा और कोष को विनियोजित रखेगा। यहाँ पर नियन्त्रित कोष से तात्पर्य ऐसे समस्त कोष से है जो जीवन बीमा व्यापार के लिए है। यदि बीमा व्यापार नहीं चलाया जाता और जहाँ पर बीमा व्यापार के साथ अन्य बीमा व्यापार चल रहे हैं वहाँ पर वे कोष जो जीवन बीमा व्यापार से सम्बन्धित हैं। विदेशी कम्पनियों के लिए वे सभी कोष जो भारत में केवल जीवन बीमा व्यापार कर रहा हो। यदि जीवन बीमा के साथ अन्य बीमा व्यापार भी किये जाते हैं तो भारत में जीवन बीमा व्यापार सम्बन्धी कोष नियन्त्रित कोष में आते हैं।

अनुमोदित प्रतिभूतियाँ—निम्न प्रकार की प्रतिभूतियाँ अनुमोदित कहलाती हैं—

(i) सरकारी प्रतिभूतियाँ तथा अन्य प्रतिभूतियाँ जो केन्द्रीय सरकार अथवा किसी राज्य सरकार की आय की जमानत पर निर्गमित की गयी हैं अथवा जिनके मूलधन और ब्याज के भुगतान की गारन्टी इन सरकारों ने दी है।

(ii) ऋणपत्र या अन्य प्रतिभूतियाँ जो मुद्रा के लिए किसी अन्य केन्द्रीय अधिनियम या राज्य अधिनियम या पोर्ट ट्रस्ट के उपलक्ष में या म्युनिसिपल कारपोरेशन या किसी प्रेसीडेन्ट टाउन के सिटी इम्प्रूवमेंट ट्रस्ट के अन्तर्गत निर्गमित किये गये हैं।

(iii) विधान द्वारा स्थापित किसी कारपोरेशन के अंश जिनके सम्बन्ध में मूलधन तथा लाभांश की गारन्टी केन्द्रीय सरकार या राज्य सरकार ने दी है।

(iv) वे प्रतिभूतियाँ जिनके मूलधन तथा ब्याज की गारण्टी या निर्गमन भाग 'ब' राज्य सरकार द्वारा किया गया है और इस अधिनियम के लिए केन्द्रीय सरकार द्वारा सरकारी सूचना पत्र अनुमोदित घोषित किया गया है।

(v) वे प्रतिभूतियाँ जिनके मूलधन और ब्याज की अदायगी की गारण्टी पाकिस्तान की किसी प्रान्तीय सरकार ने दी हो या उस देश के किसी भाग की आय की जमानत पर निर्गमित की गयी हो तथा वे ऋणपत्र तथा वे प्रतिभूतियाँ जो कराची पोर्ट ट्रस्ट ने निर्गमित की हों किन्तु ये प्रतिभूतियाँ उस समय तक उस उद्देश्य के लिए और उन्हीं शर्तों के अनुकूल अनुमोदित प्रतिभूतियों के वर्ग में आयेंगी जो इस सम्बन्ध में सरकार निश्चित करे।

1. अनुमोदित प्रतिभूतियाँ।
2. प्रतिभूतियाँ जो ब्रिटिश सरकार द्वारा मूलधन तथा ब्याज के प्रत्याभूत (Guarnteed) हैं।
3. ऋणपत्र या कोई प्रतिभूति जो मुद्रा के लिए सरकार द्वारा अनुज्ञा प्राप्त तथा किसी म्युनिसिपैलेटी द्वारा निर्गमित की गयी है।
4. ऋणपत्र या कोई प्रतिभूति जो मुद्रा के लिए किसी घर बनाने की योजना के अन्तर्गत केन्द्रीय व राज्य सरकार या राज्य व केन्द्र के किसी अधिनियम द्वारा अनुमोदित और निर्गमित है।
5. अचल सम्पत्ति पर प्रथम बन्धक जो गृह योजना के अन्तर्गत राज्य व केन्द्र सरकार द्वारा अनुमोदित है।
6. अचल सम्पत्ति, प्लाण्ट या मशीन पर प्रथम अधिकार प्राप्त ऋणपत्र जिनके समान ऋणपत्रों पर कम्पनी ने पिछले पाँच वर्षों में लगातार या पिछले छः या सात में से कम से कम पाँच वर्ष पूरा ब्याज अदा किया हो।
7. किसी कम्पनी के ऐसे ऋणपत्र जो किसी अचल सम्पत्ति, प्लाण्ट या मशीन पर प्रथम अधिकार प्राप्त हो, बशर्ते कि ऐसी सम्पत्ति का पुस्त या बाजारू मूल्य, जो भी कम हो, इन ऋणपत्रों के मूल्य के तिगुने हों।
8. किसी कम्पनी की चल सम्पत्ति की जमानत पर निर्गमित ऋणपत्र जिस कम्पनियों ने पिछले पाँच वर्षों में लगातार या पिछले छः या पाँच वर्षों में अपने साधारण अंशों पर लाभांश वितरित किया हो।
9. ऐसी कम्पनी के पूर्वाधिकारी अंश जिसने पिछले पाँच वर्षों में लगातार या पिछले छः वर्षों में कम से कम पाँच वर्ष में अपने साधारण अंशों पर लाभांश वितरित किया हो।
10. कम्पनी के ऐसे पूर्वाधिकारी अंश जिन पर पिछले पाँच वर्षों में लगातार या पिछले छः या सात वर्षों में कम से कम पाँच वर्ष में लाभांश वितरित किये गये हों और समापन के समय इनके भुगतानों के लिए साधारण अंशों की तुलना में पूर्वाधिकार प्राप्त हो।
11. किसी कम्पनी के ऐसे अंश जिनका प्रत्याभूत ऐसी कम्पनी ने किया है जिसके

साधारण अंशों पर पिछले पाँच वर्षों में लगातार या पिछले छः या सात वर्षों में कम से कम पाँच वर्ष लाभांश वितरित किये गये हों, बशर्ते कि प्रत्याभूत कम्पनी के अंश प्रत्याभूति देने वाली कम्पनी के पूर्वाधिकार और साधारण अंशों की प्रदत्त पूँजी के 50 प्रतिशत से अधिक न हो।

12. किसी कम्पनी के अंश पर पिछले सात वर्षों में या पिछले आठ या नौ वर्षों में कम से कम सात वर्षों में लाभांश कम से कम चार प्रतिशत की दर से वितरित किये गये हों।
13. भारत में या किसी अन्य देश में स्थित, जहाँ बीमाकर्ता बीमा व्यवसाय कर रहा है, अचल सम्पत्ति पर प्रथम बन्धक।
14. भारत में या किसी अन्य देश में स्थित, जहाँ बीमाकर्ता बीमा व्यवसाय कर रहा हो, अचल सम्पत्ति बशर्ते कि यह सम्पत्ति किसी जमानत से मुक्त हो।
15. जीवन हित (Life Interests) या बीमापत्रों की जमानत पर उनके समर्पण मूल्य की सीमा तक दिया गया ऋण।
16. जीवन हित।
17. अनुसूचित बैंकों में स्थायी जमा या रजिस्टर्ड सहकारी समितियों में की गयी जमा।
18. रजिस्टर्ड सहकारी समितियों के ऋणपत्र या अंश।
19. ऐसे अन्य विनियोग जिन्हें केन्द्रीय सरकार अनुमोदित विनियोग घोषित कर दे।

प्रतिबन्ध
(Restrictions)

1. कोई बीमाकर्ता अपनी सम्पत्ति, जो धारा 27 की उपधारा 1 में दिये गये हैं, का अधिक से अधिक सवा दो प्रतिशत बैंकिंग कम्पनी या विनियोग कम्पनी के अंशों में या इन कम्पनियों के याचित अंश पूँजी और ऋणपत्र का दो प्रतिशत, जो दोनों में कम है, तक विनियोजित कर सकता है।
2. कोई बीमाकर्ता अपनी सम्पत्ति, जो धारा 27 की उपधारा 1 में दिये गये हैं, का अधिक से अधिक सवा दो प्रतिशत बैंकिंग या विनियोग कम्पनी के अतिरिक्त कम्पनी के अंशों और ऋणपत्रों में या इन कम्पनियों के याचित अंश पूँजी और ऋणपत्र के 10 प्रतिशत, जो दोनों में कम है, तक विनियोजित कर सकता है।

उपर्युक्त दोनों नियमों को केन्द्रीय सरकार किसी कम्पनी के लिए मुक्त कर सकता है।

3. कोई बीमाकर्ता अपने नियंत्रित कोष को व्यक्तिगत कम्पनी के अंश या ऋणपत्र में विनियोजित नहीं करेगा।
4. कोई बीमाकर्ता अपने नियंत्रित कोष के 3 प्रतिशत से अधिक स्थायी जमा या चालू जमा में या दोनों में किसी बैंकिंग कम्पनी में या रजिस्टर्ड सहकारी समिति में या अन्य बैंकिंग व्यापार करने वाली कम्पनी जो किसी कानून के अन्तर्गत स्थापित हुई हैं, विनियोजित कर सकता है।

लेकिन बीमाकर्ता के उपलक्ष में तीन दिन के अन्दर जमा की गयी प्रव्याजि की रकम को अलग रखा जाता है। साथ ही साथ नियन्त्रक किसी सहकारी जीवन बीमा समिति को उपरोक्त नियम से मुक्त कर सकती है, बशर्ते कि स्थायी जमा अचल सम्पत्ति के प्रथम बन्धक पर किसी सहकारी समिति में ही विनियोजित की गयी हो।

5. यदि केन्द्रीय सरकार किसी विनियोग को अनुचित या अनुपयुक्त समझती है तो बीमाकर्ता को एक सूचना देकर विनियोग की रकम को वापस मँगा सकता है।

धारा 28 के अन्तर्गत प्रत्येक बीमाकर्ता के लिए, जो जीवन बीमा व्यापार कर रहा है, प्रत्येक वर्ष के शुरू के 30 दिन के अन्दर पिछले वर्ष में विनियोजित कोष जो 31 दिसम्बर को स्पष्ट किया गया है, उसका प्रविवरण बीमा नियन्त्रक को पेश करना आवश्यक है। ऐसे प्रविवरण बीमाकर्ता के मुख्य अधिकारी द्वारा प्रमाणित होने चाहिए।

प्रत्येक बीमाकर्ता को मार्च, जून और सितम्बर के अन्त के पन्द्रह दिन के अन्दर अपने विनियोजित कोष की सूचना देनी पड़ती है।

आवेदन-पत्र देने पर नियन्त्रक द्वारा विवरण देने की अवधि विदेशी बीमाकर्ता के लिए 30 और 15 दिन से बढ़ाकर 60 और 30 दिन किया जा सकता है।

धारा 30 के अनुसार कोई संचालक या अधिकारी यदि धारा 37, 27अ और 29 के विपरीत कार्य करता है और यदि इसके कारण हानि हुई तो इस हानि को ऐसा संचालक या अधिकारी पूरा करेगा।

ऋण सम्बन्धी प्रावधान

धारा 29 के अनुसार कोई बीमाकर्ता सम्पत्ति की नाममात्र जमानत पर या व्यक्तिगत जमानत पर या अन्य किसी प्रकार से (जीवन बीमापत्र के समर्पण मूल्य की जमानत के अतिरिक्त) किसी संचालक, प्रबन्धक, प्रबन्धक अभिकर्ता, जीवनांकिक, अंकेक्षक, बीमाकर्ता के व्यापार का अधिकारी, साझेदारी संस्था के साझेदार या किसी दूसरी कम्पनी या साझेदारी जिसमें ये संचालक, प्रबन्धक, प्रबन्धक अभिकर्ता, जीवनांकिक, अंकेक्षक, अधिकारी या साझेदार इसी प्रकार की हैसियत से कार्य कर रहे हों, उनको ऋण या अस्थायी उधार नहीं दे सकता। लेकिन यह प्रतिबन्ध बैंकिंग कम्पनी को ऋण दिये जाने के लिए लागू नहीं होता। साथ ही साथ यह प्रतिबन्ध सहायक कम्पनी या मौलिक कम्पनी पर, जिसकी सहायक या बीमा कम्पनी है, लागू नहीं होता और यदि ऋण जीवन बीमा कोष से दिया गया है तो इसकी सूचना ऋण देने के 30 दिन के अन्दर बीमा नियन्त्रक को देनी चाहिए।

जो बीमा कम्पनी जीवन बीमा व्यापार करती है, वह निम्नलिखित रकम से अधिक कोई ऋण या अस्थायी उधार सम्पत्ति की नाममात्र जमानत या व्यक्तिगत जमानत पर निर्गमित नहीं कर सकती।

1. मुख्य अभिकर्ता (Chief Agent) के लिए पिछले वर्ष में अर्जित ओवरराइडिंग रीनीवल कमीशन की रकम तक।
2. विशिष्ट अभिकर्ता (Special Agent) के लिए पिछले वर्ष में अर्जित नवीकरण कमीशन (Renewal Commission) की रकम तक।

3. बीमा अभिकर्ता (Insurance Agent) के लिए पिछले वर्ष में अर्जित नवीकरण कमीशन (Renewal Commission) की रकम तक।

प्रबन्ध सम्बन्धी नियम

धारा 31अ के अनुसार कोई बीमा संस्था किसी अन्य कम्पनी अथवा फर्म या ऐसे प्रबन्धक या अधिकारी या अन्य कोई व्यक्ति जो बीमा संस्था से कमीशन या बोनस या हिस्से के रूप में पारिश्रमिक पाता है, के द्वारा प्रबन्धित या संचालित नहीं होगी और न ऐसे व्यक्ति जो कमीशन या बोनस या हिस्से के रूप में पारिश्रमिक पाते हैं, बीमा संस्था के प्रबन्धक या अधिकारी के रूप में नियुक्त किये जा सकते हैं। यही नियम सामान्य बीमा व्यापार में लागू होता है। लेकिन इसके अपवाद निम्न हैं—

1. जीवन बीमा व्यापार के सम्बन्ध में मुख्य अभिकर्ता, विशिष्ट अभिकर्ता या बीमा अभिकर्ता को कमीशन का भुगतान।
2. सामान्य बीमा व्यापार के सम्बन्ध में प्रधान अभिकर्ता या बीमा अभिकर्ता को कमीशन का भुगतान।
3. केन्द्रीय सरकार की स्वीकृति पर ऐसे व्यक्ति को कमीशन का भुगतान, जो बीमाकर्ता का अधिकारी नहीं है और मुख्य अभिकर्ता, प्रधान अभिकर्ता को नियुक्त करता है।
4. क्लर्कों को कमीशन का भुगतान जो बीमा अभिकर्ता के रूप में कार्य करने पर दिया जाता है।
5. किसी व्यक्ति की अधिकारी के रूप में नियुक्ति जो जीवन बीमा के सम्बन्ध में नवीकरण कमीशन प्राप्त करता है।
6. सामान्य बीमा व्यापार में लाभ के अंश के रूप में भुगतान।
7. वेतन भोगी अधिकारी को सामान्य रूप से बोनस या अतिरिक्त पारिश्रमिक के रूप में भुगतान, बशर्ते ये उनके वेतन से अधिक न हो।

इसी धारा में यह भी स्पष्ट कर दिया गया है कि बीमा संस्था का कोई प्रबन्धक, प्रबन्ध संचालक या इसी पद का कोई अन्य व्यक्ति अपने पद के लिए किसी दूसरे व्यक्ति को उत्तराधिकारी के रूप में नामांकित नहीं कर सकता। यदि कोई व्यक्ति नामांकित हो गया है तो वह इस पद पर कार्य नहीं कर सकता।

धारा 31ब के आधार पर अत्यधिक पारिश्रमिक पर प्रतिबन्ध लगाया गया है। यदि केन्द्रीय सरकार के मत में कोई बीमाकर्ता किसी व्यक्ति को कमीशन, वेतन आदि के रूप में जो पारिश्रमिक दे रहा है वह बीमा व्यवसाय के सामान्य स्तर के हिसाब से उस संस्था की शक्ति के बाहर है तब इस सम्बन्ध में बीमाकर्ता को उचित आदेश दे सकती है जिसका पालन छः महीने के अन्दर करना आवश्यक है। यदि किसी व्यक्ति को पारिश्रमिक दिया जाता रहा है तो केन्द्रीय सरकार के आदेश आने के पश्चात् उस संविदा में उचित परिवर्तन करना पड़े तो बीमाकर्ता को करना पड़ेगा और इस परिवर्तन के कारण ऐसे व्यक्ति को कोई हर्जाना नहीं

दिया जायगा। यदि परिवर्तन की ये शर्तें उसे स्वीकार नहीं हैं तो पद त्याग (Resignation) के बाद उसे नवीकरण का कमीशन केन्द्रीय सरकार की अनुमति के अतिरिक्त अन्य रूप से नहीं दिया जायगा।

प्रत्येक वर्ष के अन्त होने से एक महीना पहले, किसी व्यक्ति को दिया गया पारिश्रमिक, कमीशन या अन्य प्रकार से वेतन जो 5 हजार से अधिक है, आदि की सूचना नियंत्रक को देना आवश्यक है।

मुख्य अभिकर्ता, प्रधान अभिकर्ता और विशिष्ट अभिकर्ता के अतिरिक्त कोई व्यक्ति यदि किसी वर्ष में पाँच हजार रुपये से अधिक पारिश्रमिक पाता है तो नियंत्रक लिखित सूचना देकर बीमाकर्ता से ऐसे व्यक्तियों के बीच प्रसंविदा की प्रमाणित प्रतिलिपि माँग सकता है और बीमाकर्ता को ऐसी सूचना का निश्चित समय के अन्दर पालन करना आवश्यक है।

धारा 32 के अनुसार कोई बीमाकर्ता अपना व्यापार करने के लिए प्रबन्ध अभिकर्ता (Managing Agent) को नियुक्त नहीं कर सकता।

कोई प्रबन्ध संचालक या दूसरे अधिकारी जो जीवन बीमा व्यापार कर रहे हैं, वे किसी दूसरे बीमाकर्ता, जो जीवन बीमा व्यापार करते हैं, के प्रबन्ध संचालक या अन्य अधिकारी नहीं हो सकते।

परन्तु केन्द्रीय सरकार ऐसे प्रबन्ध संचालक या अन्य अधिकारी को ऐसी कंपनी के प्रबन्ध संचालक या अन्य अधिकारी बनने की अनुमति दे सकती है जो समामेलन या एकीकरण के लिए जीवन बीमा व्यापार कर रही है।

जहाँ बीमाकर्ता 25 लाख रुपये से अधिक जीवन बीमा कोष या 50 लाख रुपये से अधिक बीमा कोष रखता है वहाँ पर प्रबन्धक, प्रबन्ध संचालक या अन्य अधिकारी बीमाकर्ता के पूर्णकालिक कर्मचारी होंगे परन्तु केन्द्रीय सरकार ऐसे व्यक्तियों को अपूर्णकालिक कर्मचारी घोषित कर सकती है।

प्रबन्ध-व्यय या अन्य खर्चों पर नियंत्रण

जीवन बीमा व्यापार को प्राप्त करने के लिए प्रबन्ध सम्बन्धी व्यय पर बीमा अधिनियम में प्रतिबन्ध लगाया गया है, जो निम्न प्रकार है :—

धारा 40 के अनुसार बीमा व्यापार प्राप्त करने के लिए कोई व्यक्ति (बीमा अभिकर्ता, प्रधान, मुख्य और विशिष्ट अभिकर्ता के अतिरिक्त) पारिश्रमिक या पुरस्कार कमीशन के रूप में न तो पा सकता है और न पाने के लिए प्रसंविदा कर सकता है। बीमा एजेन्ट आदि के व्यापार के सम्बन्ध में आगे बताया जायगा।

कोई बीमा अभिकर्ता जीवन बीमा के सम्बन्ध में उसके द्वारा प्रभावित बीमापत्र की प्रथम प्रव्याजि का 40 प्रतिशत और नवीकरण प्रव्याजि का पाँच प्रतिशत तथा आजीवन बीमा व्यापार के सम्बन्ध में 15 प्रतिशत से अधिक कमीशन या पारिश्रमिक के रूप में नहीं पा सकता है।

परन्तु जीवन बीमा व्यापार में बीमा अभिकर्ता को उसके 10 वर्ष के सेवाकाल के अन्दर प्रथम प्रव्याजि का 55 प्रतिशत और नवीकरण प्रव्याजि का 6 प्रतिशत तक कमीशन या पारिश्रमिक दिया जा सकता है।

कमीशन व्यय पर सीमा

धारा 40अ के अनुसार कोई व्यक्ति बीमा अभिकर्ता को निम्नलिखित रकम से अधिक न तो भुगतान करेगा और न भुगतान करने की प्रसंविदा करेगा और न कोई बीमा अभिकर्ता कमीशन या पारिश्रमिक के रूप में भुगतान प्राप्त करेगा और न प्राप्त करने की प्रसंविदा करेगा :—

1. जहाँ पर तात्कालिक वार्षिकी और विलंबित वार्षिकी एकल प्रव्याजि के बदले में निर्गमित किये जाते हैं वहाँ पर प्रव्याजि का 2 प्रतिशत, परन्तु विशिष्ट एजेन्ट के लिए 1½ प्रतिशत।
2. जहाँ पर विलंबित वार्षिकी एक से अधिक प्रव्याजि के बदले प्रदान किये जाते हैं वहाँ पर प्रथम प्रव्याजि के 7½ प्रतिशत और नवीकरण प्रव्याजि के 2 प्रतिशत, परन्तु विशिष्ट एजेन्ट के लिए प्रथम प्रव्याजि का 2 प्रतिशत।
3. अन्य दशाओं में प्रथम वर्ष की प्रव्याजि के 35 प्रतिशत, दूसरे और तीसरे वर्ष की नवीकरण प्रव्याजि के 7½ प्रतिशत और उसके बाद प्रत्येक नवीकरण प्रव्याजि का 5 प्रतिशत परन्तु विशिष्ट एजेन्ट के लिए प्रथम प्रव्याजि के 15 प्रतिशत तक बीमा अभिकर्ता अपने प्रथम 10 वर्ष के कार्यकाल में प्रथम वर्ष की प्रव्याजि के 40 प्रतिशत तक कमीशन प्राप्त कर सकता है। विशिष्ट एजेन्ट के लिए प्रथम प्रव्याजि का 17½ प्रतिशत।

कोई व्यक्ति बीमा अभिकर्ता को निम्नलिखित रकम से अधिक न तो भुगतान करेगा और न भुगतान करने की प्रसंविदा करेगा और न कोई बीमा अभिकर्ता कमीशन या पारिश्रमिक के रूप में भुगतान प्राप्त करेगा और न प्राप्त करने की प्रसंविदा करेगा—

1. जहाँ बीमापत्र अग्नि व विविध बीमा से सम्बन्धित है, वहाँ पर प्रव्याजि का 15 प्रतिशत; परन्तु प्रधान अभिकर्ता को 20 प्रतिशत।
2. जहाँ बीमापत्र सामुद्रिक बीमा से सम्बन्धित है, वहाँ पर प्रव्याजि का 10 प्रतिशत; परन्तु प्रधान अभिकर्ता को 15 प्रतिशत।

प्रधान अभिकर्ता को दिये जाने वाले कमीशन में से बीमा अभिकर्ता का कमीशन घटा दिया जाता है।

जीवन बीमा व्यापार में प्रबन्ध व्यय की सीमा

धारा 40ब के अनुसार बीमाकर्ता जो भारत में जीवन बीमा व्यापार कर रहे हैं वे प्रव्याजि की दर, मृतक तालिका, ब्याज की दर, व्यय और बोनस का विवरण एक निर्धारित फार्म के जीवनांकिक से प्रमाणित करके बीमा नियन्त्रक को एक निश्चित समय के अंदर

देगा। कोई बीमाकर्ता किसी वर्ष में जीवन बीमा व्यापार के सम्बन्ध में प्रबन्ध व्यय की निर्धारित सीमा से अधिक व्यय नहीं करेगा। इस सीमा के निर्धारण में बीमा व्यवसाय का आकार-प्रकार और उम्र तथा अनुभव का विचार किया जाता है। बीमा नियन्त्रक इन सीमाओं से छूट दे सकता है, परन्तु वह जीवन बीमा परिषद् की कार्यकारिणी समिति की अनुमति से ही छूट दे सकता है।

प्रत्येक बीमाकर्ता जो भारत में जीवन व्यापार कर रहा है, निम्नलिखित सूचना आगम खाते में लिखेगा :—

1. बीमा संस्था के अध्यक्ष, दो संचालक, प्रधान अधिकारी तथा अंकेक्षक द्वारा हस्ताक्षरित प्रमाण-पत्र जिसमें जीवन बीमा व्यापार के प्रबन्ध व्यय को प्रमाणित किया गया हो।
2. यदि बीमाकर्ता जीवन बीमा व्यापार के अतिरिक्त अन्य प्रकार के बीमा व्यापार कर रहा है तो अंकेक्षक का प्रमाण-पत्र जिसमें इस बात को प्रमाणित करेगा कि सभी खर्चे उचित खातों में लिख दिये गये हैं।

सामान्य बीमा व्यापार में प्रबन्ध व्यय पर सीमा

धारा 40स के अनुसार बीमाकर्ता जो सामान्य बीमा व्यापार भारत में कर रहा है वह एक निर्धारित सीमा से अधिक प्रबन्ध व्यय, जिसमें व्यापार को प्राप्त करने के खर्चे भी शामिल हैं, नहीं करेगा। इस सीमा का निर्धारण व्यापार के आकार-प्रकार और उम्र के आधार पर किया जायगा। नियन्त्रक इन सीमाओं से छूट दे सकता है, किन्तु वह छूट सामान्य बीमा परिषद् की कार्यकारिणी समिति की परामर्श लेकर ही देगा।

प्रत्येक बीमाकर्ता आगम खाते में अध्यक्ष, दो संचालक अंकेक्षक और प्रधान अधिकारी द्वारा हस्ताक्षरित प्रमाणपत्र शामिल करेगा जिसमें बीमा व्यापार के लिये प्रत्यक्ष और अप्रत्यक्ष रूप से किए गये प्रबन्ध व्यय का पूर्ण विवरण रहेगा।

अवहार (Rebate) का निषेध

धारा 41 के अनुसार को व्यक्ति प्रत्यक्ष या अप्रत्यक्ष रूप से किसी व्यक्ति को जीवन या सम्पत्ति के किसी प्रकार की जोखिम के सम्बन्ध में बीमा कराने या नवीकरण या जारी रखने के लिए अपने कमीशन का पूर्ण या आंशिक अवहार या प्रव्याजि की छूट नहीं दे सकता और न कोई व्यक्ति इस प्रकार की छूट स्वीकार कर सकता है। इस धारा के अनुसार उन छूटों को नहीं लिया जाता जो बीमा संस्था के प्रविवरण अथवा प्रव्याजि तालिका के नियमों के अनुसार बीमादार को दी जा सकती है। इस धारा के अन्तर्गत बीमा अभिकर्ता को उसके जीवन में निर्गमित बीमापत्र पर प्राप्त कमीशन की रकम को अवहार के अन्तर्गत शामिल नहीं करते। बीमा अधिनियम के अन्तर्गत अवहार का लेना व देना दोनों अपराध है और इस अपराध का दण्ड 500 रुपये तक जुर्माना हो सकता है।

बीमा अभिकर्ता सम्बन्धी प्रावधान

धारा 42 के अनुसार नियंत्रक या उसके द्वारा अधिकृत अधिकारी किसी व्यक्ति को निर्धारित रूप से, निर्धारित शुल्क जो दस रुपये से अधिक नहीं होगा, जमा करने पर और निर्धारित तरीके से आवेदन-पत्र देने पर, व्यापार प्राप्त करने के लिए या प्रचार करने के लिए अनुज्ञा-पत्र निर्गमित करेगा। बशर्ते वह किसी अयोग्यता, जो बाद में वर्णित किया जायगा, से पीड़ित न हो। परन्तु कम्पनी या फर्म को केवल सामान्य बीमा व्यापार करने के लिए प्रमाण-पत्र दिया जायगा। बीमा अभिकर्ता अपनी सेवा के बदले कमीशन पाते हैं।

इस धारा के अन्तर्गत अनुज्ञा-पत्र करने वाला व्यक्ति किसी बीमाकर्ता का बीमा अभिकर्ता हो सकता है।

अनुज्ञा-पत्र की अवधि—बीमा अभिकर्ता के अनुज्ञा-पत्र की अवधि केवल तीन साल है। इस अनुज्ञा-पत्र का नवीकरण कराया जा सकता है, बशर्ते कि बीमा अभिकर्ता किसी अयोग्यता से पीड़ित न हो।

अनुज्ञा-पत्र का नवीकरण—पुराने अनुज्ञा-पत्र की अवधि व्यतीत होने के 30 दिन पहले ही नवीकरण का आवेदन-पत्र अधिक से अधिक 10 रुपये शुल्क के साथ नियंत्रक के पास पहुँच जाना चाहिए। यदि अनुज्ञा-पत्र की अवधि व्यतीत होने में 30 दिन से कम समय रह गया हो और आवेदन-पत्र भेजा जाय तो नियंत्रक को अधिक से अधिक तीन रुपया अतिरिक्त शुल्क देना होगा। अनुज्ञा-पत्र की अवधि व्यतीत हो जाने पर इसका नवीकरण नहीं किया जायगा, परन्तु यदि बीमा नियन्त्रक इस बात से सन्तुष्ट है कि नवीकरण अतिशय कठिनाई के कारण नहीं किया जा सका तो तीस रुपया अतिरिक्त शुल्क दे लेकर अनुज्ञा-पत्र का नवीकरण किया जायगा।

बीमा अभिकर्ता की अयोग्यताएँ

1. व्यक्ति का अवयस्क होना।
2. योग्य न्यायालय द्वारा अस्वस्थ मस्तिष्क का घोषित होना।
3. योग्य न्यायालय द्वारा अवैध स्वामित्व (Criminal Misappropriation) या अवैध विश्वासघात (Criminal Breach of Trust) या धोखेबाजी (Cheating) या कूट लेख (Forgery) या अन्य किसी प्रकार के अपराध करने या अपराध करने के प्रयास करने का दोषी ठहराया जाना; परन्तु ऐसे व्यक्तियों को जो अपराध की सजा पूरा करने के बाद पाँच वर्ष की अवधि समाप्त कर चुके हैं, अयोग्यता से मुक्त किया जा सकता है।
4. ऐसे व्यक्ति जो किसी बीमापत्र के सम्बन्ध में हुई न्यायिक जाँच में या बीमा कम्पनी के समापन में या बीमाकर्ता के कार्यों के निरीक्षण होने पर किसी बीमादार या बीमाकर्ता के प्रति धोखा, बेईमानी या मिथ्या प्रदर्शन का दोषी पाया गया है।

अनुज्ञा-पत्र का खण्डन—यदि बीमा नियन्त्रक को यह मालूम हो कि बीमा अभिकर्ता उपरोक्त चारों अयोग्यताओं में से किसी भी अयोग्यता से पीड़ित है अथवा उसने अधिनियम

के किसी प्रावधान के प्रतिकूल काम किया है तो वह अनुज्ञा-पत्र को खण्डित कर सकता है।

अनुज्ञा-पत्र की द्वितीय प्रतिलिपि—जिस अधिकारी ने अनुज्ञा-पत्र निर्गमित किया है वह अनुज्ञा-पत्र के खो जाने पर, नष्ट हो जाने पर विकृत होने पर अधिक से अधिक एक रुपया फीस लेकर एक नया अनुज्ञा-पत्र निर्गमित कर सकता है।

अनुज्ञा-पत्र के बिना व्यापार—यदि कोई व्यक्ति बिना अनुज्ञा-पत्र के बीमा अभिकर्ता का कार्य करता है तो उस पर पचास रुपया जुर्माना किया जा सकता है।

अभिकर्ताओं के प्रकार

बीमा व्यवसाय में संलग्न अभिकर्ताओं को बीमा अधिनियम में चार भागों में बाँटा गया है : (1) मुख्य अभिकर्ता, (2) प्रधान अभिकर्ता, (3) विशिष्ट अभिकर्ता और बीमा अभिकर्ता।

बीमा अभिकर्ता के विषय में पहले बताया जा चुका है। इनमें से मुख्य अभिकर्ता और विशिष्ट अभिकर्ता जीवन बीमा क्षेत्र में कार्य कर रहे थे, परन्तु जीवन बीमा के राष्ट्रीयकरण पर इनका स्थान हर्जाना देकर समाप्त कर दिया गया। मुख्य अभिकर्ता प्रशासन एवं संगठन कार्यों के लिए नियुक्त किया जाता था और अपनी ओर से बीमा अभिकर्ता को नियुक्त करते थे। विशिष्ट एजेन्ट भी जीवन बीमा विक्रय का कार्य करते थे लेकिन उनका प्रशासन और संगठन से कोई सम्बन्ध नहीं था। इन दोनों वर्गों को एक विशेष पारिश्रमिक दिये जाते थे। चलन में न हाने के कारण इनका वर्णन यहाँ पर नहीं किया जा रहा है, वैसे इनसे सम्बन्धित नियम धारा 42अ और 42स में दिये गये हैं। 1950 में जो संशोधन किया गया है उसके अनुसार 1950 के सात वर्ष बाद प्रधान अभिकर्ता की नियुक्ति नहीं होगी। इस प्रकार के अभिकर्ता का महत्त्व घटता गया और 1957 के बाद इसका कोई स्थान नहीं रहा। इससे सम्बन्धित नियम धारा 42अ से 42स तक दिये गये हैं। यहाँ पर इसका कोई वर्णन नहीं किया जायगा।

बीमा व्यापार का हस्तान्तरण एवं एकीकरण

एकीकरण और हस्तान्तरण—नियन्त्रक की अनुमति से और उसी के द्वारा तैयार योजना के अतिरिक्त अन्य प्रकार से किसी जीवन बीमा व्यापार को दूसरे व्यक्ति या दूसरी जीवन बीमा कम्पनी को हस्तान्तरित या सम्मिश्रित नहीं किया जा सकता। धारा 35 के अन्तर्गत तैयार की गयी योजना में एकीकरण और हस्तान्तरण संविदा का पूर्ण वर्णन होगा।

एकीकरण और हस्तान्तरण के आवेदन-पत्र देने के कम से कम दो महीने पहले नियन्त्रक को इसकी इच्छा और कारणों को निम्नलिखित प्रपत्र की चार प्रमाणित प्रतिलिपियों के साथ बताना पड़ता है। ये प्रपत्र सदस्य और बीमापत्रधारियों की जाँच और निरीक्षण के लिए प्रधान और शाखा कार्यालयों तथा मुख्य-मुख्य प्रतिनिधि कार्यालयों में रखे रहेंगे। ये प्रपत्र निम्न हैं—

1. एकीकरण और हस्तान्तरण के संविदा या इकरारनामा (Deed)।

2. एकीकरण और हस्तान्तरण में शामिल प्रत्येक बीमाकर्ता के चिट्ठे जो अधिनियम की प्रथम अनुसूची के अनुसार तैयार किये जायेंगे।
3. इन बीमाकर्ताओं के जीवन बीमा व्यापार के सम्बन्ध में जीवनांकिक की सूचना और संक्षिप्त वर्णन जो अधिनियम की चतुर्थ और पंचम अनुसूचियों के अनुसार तैयार किये जायेंगे।
4. एक स्वतन्त्र जीवनांकिक (जो 5 वर्ष के अन्दर इन बीमा संस्थाओं में न रहा हो) द्वारा इन संस्थाओं के एकीकरण और हस्तान्तरण पर सूचना।
5. दूसरी सूचनाएँ जो एकीकरण और हस्तान्तरण के लिए आवश्यक हैं।

नियंत्रक द्वारा एकीकरण और हस्तान्तरण की स्वीकृति

बीमा नियन्त्रक को एकीकरण और हस्तान्तरण का आवेदन-पत्र देने पर बीमा संस्थाओं को यह निर्देश दिया जा सकता है कि वे प्रत्येक जीवन बीमापत्रधारी जो भारत के निवासी हैं, को इसकी शर्तों और दशाओं की सूचना दे। बीमा नियन्त्रक के निर्देश के अनुसार इन सूचनाओं को एक निश्चित तरीके से एक निश्चित समय के लिए प्रकाशित करना होता है और एक निश्चित समय में यदि कोई विरोध उत्पन्न नहीं होता तो वह इसके लिए निश्चित रूप में आदेश देता है। निक्षेप को आवश्यक रकम से अधिक रकम को लौटा दिया जायगा और आवश्यक निक्षेप को प्राप्त किया जायगा।

एकीकरण और हस्तान्तरण के बाद का विवरण—एकीकरण और हस्तान्तरण के बाद जो बीमा संस्था कार्य कर रही है, वह एकीकरण और हस्तान्तरण के तीन महीने के अन्दर इस योजना की प्रमाणित प्रतिलिपि और प्रत्येक पक्ष द्वारा हस्ताक्षरित वक्तव्य कि एकीकरण और हस्तान्तरण प्रावधान के अनुसार सम्पन्न किया गया, प्रस्तुत करेगी। जब एकीकरण और हस्तान्तरण नहीं होता तो उसकी भी सूचना देनी पड़ती है।

बीमापत्र का अभिहस्तांकन या हस्तान्तरण और नामांकन

अभिहस्तांकन या हस्तांतरण सम्बन्ध नियम धारा 38 के अन्तर्गत दिया गया है, जो इस प्रकार है :—

1. बीमापत्र का हस्तान्तरण या अभिहस्तांकन चाहे किसी प्रतिफल के लिए हो या बिना प्रतिफल के, बीमापत्र पर या किसी दूसरे पत्र पर पृष्ठांकन करके किया जाता है जिस पर हस्तांतरक या अभिहस्तांकक या उसके अधिकृत अभिकर्ता द्वारा हस्ताक्षर किया जायगा और कम से कम एक साक्षी द्वारा प्रमाणित किया जायगा जो हस्तान्तरण और अभिहस्तांकन के तथ्य को प्रत्यक्ष रूप से बता सके।
2. पूर्णरूप से प्रमाणित पृष्ठांकन और पत्र-पृष्ठांकन के होने पर हस्तान्तरण और अभिहस्तांकन पूर्ण, प्रभावशाली और कार्यरूप होगा। पर यह तब तक बीमाकर्ता के लिए कार्यरूप नहीं होगा या हस्तांतरती या अभिहस्तांकिकी या उसके वैधानिक प्रतिनिधि को इस बीमापत्र की रकम प्राप्त करने का अधिकार

नहीं होगा जब तक हस्तान्तरण और अभिहस्तांकन की लिखित सूचना तथ पृष्ठांकन या पत्र-पृष्ठांकन या उसकी प्रमाणित प्रतिलिपि जो अभिहस्तांतरक और हस्तांतरक द्वारा प्रमाणित होगी, उसके अधिकृत अभिकर्ता द्वारा बीमाकर्ता को सौंप न दी गयी हो।

परन्तु जहाँ पर बीमाकर्ता एक से अधिक व्यापारिक कार्यालय भारत में रखता है, वहाँ उसकी सूचना बीमापत्र में लिखित कार्यालय या भारत में मुख्य कार्यस्थल पर देनी होती है।

परन्तु जहाँ पर बीमाकर्ता के नाम हस्तांतरण या अभिहस्तांकन किया जा रहा है, वहाँ पर इसकी सूचना बीमाकर्ता को देना आवश्यक नहीं है।

3. उपर्युक्त सूचना देने की तिथि के अनुसार ही हस्तांतरण और अभिहस्तांकन की प्राथमिकता बीमापत्र में हित रखने वाले व्यक्तियों के लिए निर्णीत की जायगी। जहाँ पर एक से अधिक हस्तांतरण और अभिहस्तांकन पत्र हैं, वहाँ पर इन पत्रों में से जो पत्र सर्वप्रथम बीमाकर्ता को सौंपा जायगा, उसके सौंपने की तिथि के आधार पर प्राथमिकता का निश्चय होगा।

4. सूचना के प्राप्त होने पर बीमाकर्ता हस्तांतरण और अभिहस्तांकन के तथ्यों को, इसके प्राप्त होने की तिथि, हस्तांतरिती और अभिहस्तांकिकी के नाम को लिखेगा। जिसने सूचना दी है उसके, हस्तांतरिती या अभिहस्तांकिकी के आवेदन-पत्र और एक रुपया शुल्क देने पर बीमाकर्ता एक स्वीकृति पत्र देगा। यह स्वीकृति पत्र एक साक्षी के रूप में बीमाकर्ता द्वारा अभिहस्तांकन और हस्तांतरण पत्र प्राप्त होने का एक प्रमाण है।

5. हस्तांतरण और अभिहस्तांकन की शर्तों और दशाओं के अनुकूल इसकी सूचना प्राप्त करने की तिथि से बीमाकर्ता हस्तांतरिती और अभिहस्तांकिकी को ही बीमापत्र के हित को प्राप्त करने का अधिकारी समझेगा और यही व्यक्ति सभी देनदारी और हित का अधिकारी होगा जिसका हस्तांतरक कौर अभिहस्तांकक हस्तांतरण के समय जिम्मेदार था। बीमापत्र के सम्बन्ध में सभी कार्यवाही बिना इन व्यक्तियों की राय के किया जाने लगेगा।

6. कोई अधिकार और उपाय जो एक हस्तांतरिती और अभिहस्तांकिकी को 1950 के अधिनियम लागू होने के पहले प्राप्त था, उसमें इस धारा से कोई अन्तर नहीं होगा।

7. यदि अभिहस्तांकन या हस्तांतरण किसी शर्त पर किसी विशेष घटना घटने पर रद्द होने को है या किसी व्यक्ति को इसका हित हस्तांतरित होने को है तो यह अभिहस्तांकन या हस्तांतरण मान्य होगा।

बीमापत्रध ी द्वारा नामांकन

1. धारा 39 के अनुसार बीमापत्रधारी अपने जीवन में बीमापत्र लेते समय या उसके बाद, लेकिन बीमापत्र के परिपक्व होने के पहले अपनी मृत्यु के उपरान्त बीमापत्र

की रकम प्राप्त करने के लिये व्यक्ति या व्यक्तियों को नामांकित कर सकता है। परन्तु जहाँ पर नामांकित व्यक्ति अवयस्क है, वहाँ पर उसके उपलक्ष में अवयस्कता की अवधि में किसी दूसरे व्यक्ति को बीमापत्र की रकम प्राप्त करने के लिए नियुक्त कर सकता है।

2. ऐसे नामांकन को प्रभावशाली होने के लिए बीमापत्र पर पृष्ठांकन करके बीमाकर्ता को सूचित किया जाता है यदि बीमापत्र के निर्गमन के समय नामांकन बीमापत्र पर न लिखा गया हो। सूचना प्राप्त करने पर बीमाकर्ता इसको अपने यहाँ रजिस्टर्ड कर लेता है। ऐसे नामांकन बीमापत्र के परिपक्व होने के पहले कभी भी रद्द किया जा सकता है या किसी दूसरे व्यक्ति को नामांकित किया जा सकता है। लेकिन जब तक नामांकन के रद्द या परिवर्तन की सूचना बीमाकर्ता को नहीं मिल जाती, बीमाकर्ता इसके लिए जिम्मेदार नहीं होगा।
3. बीमाकर्ता एक रुपया शुल्क लेकर नामांकन में परिवर्तन या रद्द होने पर रजिस्ट्रेशन की लिखित स्वीकृति देगा।
4. अभिहस्तांकन या हस्तांतरण करने से नामांकन अपने आप रद्द हो जाता है। परन्तु बीमापत्र का बीमाकर्ता के नाम में ऋण लेने के कारण अभिहस्तांकन जो बीमापत्र के समर्पित मूल्य तक प्राप्त हुआ है या इस बीमापत्र का पुनः अभिहस्तांकन नामांकित के हित को केवल बीमाकर्ता के हित तक प्रभावित कर सकता है।
5. जहाँ पर बीमित व्यक्ति के जीवन में बीमापत्र परिपक्व होता है या नामांकित व्यक्ति की मृत्यु बीमापत्र के परिपक्व होने के पहले हो जाती है तो बीमापत्र की रकम बीमादार को या उसके उत्तराधिकारी को या वैधानिक प्रतिनिधि को दी जायगी।
6. जहाँ पर एक या अधिक व्यक्ति नामांकित हैं और बीमादार की मृत्यु पर जीवित हैं तो बीमापत्र की रकम इन्हीं जीवित व्यक्ति या व्यक्तियों को दी जायगी।
7. यह धारा वहाँ पर लागू नहीं होगी, जहाँ पर मैरीड-विमेन्स प्रापर्टी एक्ट 1874 की धारा 6 लागू होती है।

बीमा नियन्त्रक के अधिकार एवं कर्त्तव्य

बीमा नियन्त्रक के अधिकार और कार्य का दो भागों में अध्ययन करते हैं—(1) विशेष अधिकार तथा कार्य, (2) सामान्य अधिकार तथा कार्य।

विवरणी सम्बन्धी बीमा नियन्त्रक के अधिकार—धारा 21 के अन्तर्गत यदि बीमा नियन्त्रक इस अधिनियम के अन्तर्गत दी गयी विवरणी को अशुद्ध और दोषपूर्ण समझता है तो वह बीमाकर्ता से निम्नलिखित सूचनाएँ प्राप्त कर सकता है :—

1. बीमाकर्ता द्वारा वे सभी सूचनाएँ जो दी गयीं सूचनाओं को सही साबित करने पूरक के रूप में आवश्यक हैं। ये सूचनाएँ अंकेक्षक और जीवनांकिक द्वारा आवश्यकतानुसार प्रमाणित भी की जा सकती हैं।
2. बीमाकर्ता के प्रधान कार्यस्थल पर रखी गयी बही-खाते, रजिस्टर या अन्य

कोई प्रपत्र या कोई विवरण जिससे नियंत्रक आवश्यक समझे बीमाकर्ता द्वारा परीक्षण के लिए माँग सकता है।

3. बीमाकर्ता के किसी अधिकारी को विवरणी के सम्बन्ध में शपथ पर परीक्षित किया जा सकता है।

4. किन्हीं ऐसी विवरणियों को अस्वीकार कर सकता है जो कमी को पूरा करने या अशुद्धि को शुद्ध करने के आदेश के एक महीने के अन्तर्गत न तो कमी को पूरा किया गया है और न तो अशुद्धि को शुद्ध किया गया है। बीमा नियन्त्रक इस अशुद्धि को पूरा करने के लिए एक महीने से अधिक का समय दे सकता है।

बीमाकर्ता के आवेदन पर न्यायालय नियंत्रक को सुनने के बाद उसके आदेश को रद्द कर सकता है या विवरणी को स्वीकार करने का आदेश दे सकता है, यदि बीमाकर्ता यह सिद्ध कर दे कि नियंत्रक के कार्य परिस्थितियों के अनुसार अनुचित हैं। परन्तु यह आवेदन पत्र नियंत्रक के आदेश के चार महीने के अन्दर देना आवश्यक है।

यदि बीमाकर्ता नियंत्रक के आदेशों का पालन इस धारा के अन्तर्गत न करे तो यह समझा जायगा कि उसने अधिनियम के नियम का पालन नहीं किया और फलस्वरूप धारा 102 के अन्तर्गत बीमाकर्ता पर तथा प्रत्येक दोषी अधिकारी पर एक हजार रुपये तक जुर्माना लगाया जा सकता है और यदि बीमाकर्ता अशुद्धि करता रहे तो 500 रुपया प्रतिदिन की दर से तब तक जुर्माना लगता रहेगा जब तक नियम भंग को दूर न किया जाय। यदि यह प्रमाणित हो जाय कि जान-बूझकर गलती की गयी है तो दोषी व्यक्ति पर धारा 104 के अनुसार 3 वर्ष का कारावास अथवा एक हजार रुपया जुर्माना या दोनों दण्ड लगाये जा सकते हैं।

बीमा नियंत्रक का पुनर्मूल्यांकन आदेश देने का अधिकार—यदि बीमा नियंत्रक को यह प्रतीत होता है कि मूल्यांकन की सूचना और अन्य विवरणी में बीमाकर्ता की वास्तविक स्थिति को सही-सही नहीं बताया गया है तो वह बीमाकर्ता को सूचना देकर और कारणों को सुनने के लिए पर्याप्त समय देकर किसी एक निश्चित तिथि पर निरीक्षण एवं मूल्यांकन किसी जीवनांकिक द्वारा करा सकता है। बीमाकर्ता जीवनांकिक को सभी महत्त्वपूर्ण तथ्य और सूचनाएँ देगा और इसका खर्च स्वयं वहन करेगा।

प्रत्येक विवरणी जो बीमा नियंत्रक को दी गयी है और जो उसके द्वारा प्रमाणित की गयी है, इस उद्देश्य के लिए विवरणी समझी जायेगी। प्रत्येक प्रपत्र जो बीमा नियन्त्रक द्वारा प्रमाणित किया जा चुका है, वह साक्षी के रूप पेश किया जा सकता है।

विवरणी का प्रकाशन—धारा 25 के अनुसार बीमाकर्ता विवरणी को उसी रूप में प्रकाशित करेगा जिस रूप में नियंत्रक को यह सूचना दी गयी है। परन्तु यदि बीमाकर्ता किसी सूचना को प्रचार के लिए प्रकाशित करना चाहता है तो वह ऐसा बिना नियंत्रक की अनुमति के कर सकता है।

धारा 25 के अनुसार बीमाकर्ता के रजिस्ट्रेशन में यदि कोई परिवर्तन होता है तो इसकी सूचना बीमा नियन्त्रक को देना आवश्यक है। जहाँ पर बीमा की दर, लाभ, शर्त और दशाओं में परिवर्तन होता है, वहाँ यह सब सूचना बीमा नियन्त्रक को देनी होती है।

अनुसन्धान सम्बन्धी अधिकार—धारा 33 के अनुसार किसी भी बीमाकर्ता के कार्य की जाँच करने के लिए केन्द्रीय सरकार बीमा नियन्त्रक या किसी व्यक्ति को किसी भी समय आदेश दे सकती है और उसे निरीक्षण की सूचना देनी पड़ेगी। परन्तु बीमा नियन्त्रक या अन्य व्यक्ति जाँच में अपनी सहायता के लिए अंकेक्षक या जीवनांकिक या दोनों को नियुक्त कर सकता है।

प्रत्येक बीमाकर्ता के प्रबन्धक, प्रबन्ध संचालक या दूसरे व्यक्ति को बही-खाता, रजिस्टर या अन्य दूसरे प्रकार के प्रपत्र जो उसकी पहुँच या सुरक्षा में हैं, उपरोक्त नियुक्त व्यक्ति के समक्ष रखना पड़ेगा। उन तमाम सूचनाओं को जो उपरोक्त व्यक्ति चाहें बीमाकर्ता को एक निश्चित समय में देना आवश्यक है। वह व्यक्ति बीमाकर्ता के व्यापार के सम्बन्ध में प्रबन्धक, प्रबन्ध संचालक या अन्य अधिकार की शपथ के साथ परीक्षा ले सकता है।

केन्द्रीय सरकार के पास यह रिपोर्ट पहुँचने के बाद बीमादाता को इस सम्बन्ध में कहने-सुनने का अवसर मिलता है। उसके बाद यदि केन्द्रीय सरकार उचित समझे तो वह लिखित आदेश द्वारा—

1. बीमाकर्ता को रिपोर्ट के सम्बन्ध में ऐसी कार्यवाही करने को कह सकती है, जिसे वह उचित समझे; या
2. बीमा-नियंत्रक को बीमाकर्ता के रजिस्ट्रेशन का प्रमाण-पत्र रद्द करने का आदेश दे सकती है या
3. बीमा-नियंत्रक को यह आदेश दे सकती है कि वह न्यायालय में उस बीमाकर्ता को समापन के लिए आवेदन-पत्र दे चाहे उसका रजिस्ट्रेशन रद्द हुआ हो या नहीं।

इस अधिनियम के अन्तर्गत दिये गये आदेशों, दूसरे नम्बर के आदेश के अतिरिक्त, के विरुद्ध न्यायालय में कोई प्रश्न नहीं किया जा सकता।

इस जाँच और निरीक्षण सम्बन्धी खर्चे बीमाकर्ता को वहन करना पड़ेगा।

सामान्य कार्य और अधिकार

बीमा नियन्त्रक के सामान्य कार्य और अधिकार निम्न हैं :—

1. बीमाकर्ता का रजिस्ट्रेशन और प्रमाण-पत्र देना तथा इसका नवीकरण और रद्द करने के अधिकार।
2. बीमाकर्ताओं द्वारा जमा किये गये निक्षेप का निरीक्षण एवं रिजर्व बैंक से उसकी सूचना प्राप्त करने का अधिकार।
3. बीमाकर्ताओं के वार्षिक खाते, रिपोर्ट (सूचनाएँ), विवरणियों और प्रपत्रों को प्राप्त करने का अधिकार।
4. बीमा अभिकर्ताओं को अनुज्ञापत्र देने का अधिकार।
5. बीमाकर्ता के हस्तान्तरण एवं एकीकरण के प्रस्ताव को स्वीकार करने के अधिकार।

6. दो हजार तक मूल्य के जीवन बीमापत्रों के विवादपूर्ण अध्यर्थन के झगड़े में निर्णय देने का अधिकार।
7. किसी भी बीमाकर्ता के उसके बीमा व्यापार के सम्बन्ध में सूचना माँगने का अधिकार।
8. अपने कार्यों को अपने अधिकृत व्यक्तियों को सौंपने का अधिकार।

अधिनियम के विशेष प्रावधान

1. दो वर्ष बाद बीमापत्र का निर्विवाद होना—धारा 45 के अनुसार किसी बीमापत्र पर निर्गमन के दो वर्ष बाद बीमा प्रस्ताव या डाक्टरी जाँच की सूचना या निर्देशित व्यक्ति की सूचना या मित्र या अन्य दूसरे प्रपत्र जो बीमापत्र के निर्गमन के प्रेरक हैं, की गलती और अशुद्धि पर बीमाकर्ता द्वारा प्रश्न नहीं उठाया जा सकता, जब तक यह गलती और अशुद्धि महत्त्वपूर्ण या आवश्यक तथ्य या दमनित तथ्य (Suppressed Facts) जो महत्त्वपूर्ण हैं, से सम्बन्धित न हो और बीमादार द्वारा कपटपूर्ण वर्णन किया गया हो। साथ ही साथ बीमापत्रधारी इन तथ्यों को जानता रहा हो।

परन्तु बीमाकर्ता को उम्र का प्रमाण माँगने से मना नहीं किया जा सकता।

2. धारा 46 के अनुसार जो बीमापत्र भारत में निर्गमित किये गये हैं—उनसे सम्बन्धित रकम भारत में ही प्राप्त किये जा सकते हैं या उनसे सम्बन्धित अभियोग भारत में ही चलाये जा सकते हैं, बशर्ते कि इसके विपरीत कुछ न दिया गया हो।

3. न्यायालय के द्वारा अध्यर्थन का भुगतान—धारा 47 के अन्तर्गत जहाँ बीमाकर्ता इस राय का है कि अध्यर्थन के सम्बन्ध में अधिकार के साक्षी की अनुपयुक्तता या अन्य किसी उपयुक्त कारणों से यह असम्भव है कि बीमाकर्ता अध्यर्थन के भुगतान का सन्तोषप्रद भुगतान रसीद नहीं पा सकता तो वह न्यायालय में इस विषय के लिए आवेदन दे सकता है।

न्यायालय द्वारा भुगतान करने पर प्राप्त प्रमाण-पत्र बीमाकर्ता के लिए सन्तोषपूर्ण भुगतान का प्रमाण-पत्र होगा। न्यायालय द्वारा भुगतान करने के लिए आवेदन-पत्र में निम्नलिखित बातें लिखी जानी चाहिए :—

(1) बीमित व्यक्ति का नाम और पता।
(2) यदि बीमित व्यक्ति की मृत्यु हो गयी तो मृत्यु की तारीख और स्थान।
(3) बीमापत्र का स्वभाव और रकम।
(4) प्रत्येक अध्यर्थक का नाम और पता जहाँ तक बीमाकर्ता को मालूम है।
(5) वे कारण जिनके द्वारा बीमाकर्ता यह सोचता है कि वह सन्तोषपूर्ण भुगतान की रसीद नहीं दे सकता।
(6) बीमाकर्ता को सूचना देने का पता।

बीमापत्र की परिपक्वता के 6 महीने व्यतीत होने के उपरान्त ही आवेदन-पत्र दिये जा सकते हैं।

4. छोटी रकम के बीमा-पत्र का भुगतान—धारा 47(अ) के अन्तर्गत बीमाकर्ता और बीमादार में यदि कोई विवाद उत्पन्न होता है तो उसका निर्णय नियंत्रक द्वारा किया जायगा, यदि बीमा-पत्र की रकम दो हजार से अधिक नहीं है। नियंत्रक का निर्णय अन्तिम होगा और किसी न्यायालय में इसके विरुद्ध अपील नहीं की जा सकती।

5. बीमा अभिकर्ता जो जीवन बीमा व्यापार का प्रचार करता है या प्राप्त करता है या कोई मुख्य अभिकर्ता या विशिष्ट अभिकर्ता जीवन बीमा व्यापार का संचालक नहीं बन सकता।

6. केन्द्रीय सरकार यदि उचित समझे तो किसी बीमा संस्था के लिए, एक निश्चित समय के लिये और अनिश्चित शर्तों के लिए, अधिक से अधिक दो संचालक नियुक्त कर सकती है।

बीमा कम्पनी का समापन

(Winding up of Insurance Companies)

न्यायालय द्वारा समापन—न्यायालय किसी बीमाकर्ता को भारतीय कम्पनीज एक्ट 1913 के अनुसार तथा बीमा अधिनियम के प्रावधानों के अनुकूल समापन का आदेश दे सकता है।

न्यायालय उपर्युक्त आदेश के अतिरिक्त निम्नलिखित दशाओं में भी समापन का आदेश दे सकता है :—

(अ) न्यायालय की पूर्व अनुमति से अंशधारियों और बीमापत्रधारियों द्वारा आवेदन-पत्र पर।

इसके लिए कुल अंशधारियों के कम से कम दस प्रतिशत संख्या के अंशधारी, जिनके पास कुल प्रदत्त पूँजी का कम से कम दसवाँ भाग हो, न्यायालय की आज्ञा प्राप्त करके याचिका दाखिल कर सकते हैं। बीमा कम्पनी के समापन के लिये कम से कम 50 बीमापत्रधारी आवेदन दे सकते हैं जो कम से कम तीन वर्ष के हो गये हों और जिनके बीमापत्र का कुल मूल्य कम से कम 50 हजार रुपये हो।

(ब) बीमा नियंत्रक न्यायालय के पास निम्नलिखित किसी कारण से आवेदन पत्र दे सकता है :

1. बीमा कम्पनी की धारा 7 या 98 के अन्तर्गत निक्षेप की रकम जमा न करने पर।
2. बीमा कम्पनी ने इस अधिनियम का उल्लंघन किया और यह उल्लंघन सूचना देने के तीन मास व्यतीत होने पर भी जारी रहा।
3. जमा की गयी विवरणी या निरीक्षण के परिणामों से यह पता चलता है कि कम्पनी दिवालिया है। दिवालियेपन का निर्धारण करने के लिए अप्रदत्त पूँजी को शामिल नहीं करते।
4. बीमा कम्पनी का चालू रहना बीमादारों के हित के प्रतिकूल है।

देनदारी का मूल्यांकन—समापन के समय या दिवालिया होने के समय बीमा कम्पनी

की सम्पत्ति और देनदारी का मूल्यांकन उसी प्रकार और उसी आधार पर किया जायगा जैसा कि निस्तारक (Liquidator) या प्रतिग्राहक (Receiver) उचित समझे। सम्पत्ति और देनदारी के मूल्य में कमी केवल न्यायालय की अनुमति के आधार पर की जायगी।

निस्तारण या दिवालिया में जीवन बीमा कोष के अतिरेक का उपयोग—दिवालिया या निस्तारण में बीमाकर्ता के जीवन बीमा व्यापार सम्बन्धी सम्पत्ति और दायित्व का मूल्यांकन अन्य सम्पत्ति और दायित्व से अलग किया जाता है। जीवन बीमा सम्पत्ति का प्रयोग दूसरे प्रकार के जीवन बीमा दायित्व के अतिरिक्त दायित्व के भुगतान के लिये नहीं किया जाता।

जीवन बीमा संस्था के समापन या दिवालिया के समय जो अतिरेक उत्पन्न हो, सदस्यों को और बीमापत्रधारियों को विभाजित कर दिया जायगा।

सहायक कम्पनी का समापन—जहाँ पर बीमा कम्पनी का पूर्ण या आंशिक व्यापार दूसरी बीमा कम्पनी को हस्तान्तरित हो गया है वहाँ न्यायालय को यह अधिकार है कि यदि प्रथम कम्पनी का निस्तारण हो रहा है तो वह दूसरी कम्पनी को प्रथम कम्पनी के साथ समापन का आदेश दे। दोनों कम्पनियों के लिए वह एक ही निस्तारक नियुक्त कर सकता है और उससे सम्बन्धी आदेश दोनों के लिए जारी करे मानो दोनों कम्पनी एक ही हों।

बीमा कम्पनी का आंशिक समापन—यदि कोई बीमा कम्पनी एक से अधिक प्रकार का बीमा व्यापार कर रही है तो वह किसी भी प्रकार के बीमा व्यापार को समापन कर सकता है तथा अन्य दूसरे प्रकार के व्यापार चालू रख सकता है या दूसरे को हस्तान्तरित कर सकता है। परन्तु इस उद्देश्य के लिए न्यायालय के पास योजना तैयार करके देना पड़ता है। इस योजना के अन्तर्गत सम्पत्ति और दायित्व के वितरण के नियम दिये जायेंगे। यदि न्यायालय इस योजना को पुष्ट करने का आदेश दे तो उसके आधार पर पार्षद सीमा नियम के उद्देश्य वाक्य में परिवर्तन करना होता है और उसके अनुसार आंशिक समापन किया जायगा।

बीमा संगठन

बीमा संगठन सम्बन्धी धाराएँ अधिनियम की धारा 64ए से 64टी तक दी गयी हैं। इस अधिनियम में एक नयी संस्था स्थापित की गयी जिसका नाम भारतीय बीमा समिति (Insurance Association of India) है। इसके अन्तर्गत दो परिषदें बनाई गयीं : (1) जीवन बीमा परिषद् (Life Insurance Council) और (2) सामान्य बीमा परिषद् (General Insurance Council)। सन् 1956 में जीवन बीमा व्यवसाय का राष्ट्रीयकरण करने के बाद जीवन बीमा परिषद् को समाप्त कर दिया गया।

भारतीय बीमा समिति

(Insurance Association of India)

भारतीय बीमा समिति एक समामेलित संस्था है जिसका शाश्वत उत्तराधिकार (Perpetual Succession) तथा अपनी निगम मुद्रा (Common Seal) के साथ पृथक् अस्तित्व है जिसे

अपने नाम में सम्पत्ति प्राप्त करने, रखने और बेचने का तथा वाद प्रस्तुत करने का अधिकार है।

यह एक विशाल संगठन है। इसमें दो प्रकार के सदस्य होते हैं : (1) वे बीमाकर्ता जो भारत में स्थापित अथवा अधिवासी हैं। इन्हें सदस्य (Members) कहते हैं। (2) वे बीमाकर्ता जो भारत के बाहर स्थापित अथवा अधिवासी हैं, जिन्हें सह-सदस्य (Associate Members) कहते हैं।

सामान्य बीमा परिषद्

(General Insurance Council)

सामान्य बीमा परिषद् में सदस्य और सह-सदस्य होते हैं जो सामान्य बीमा-व्यापार का कार्य भारत में करते हैं। इस परिषद् को यह अधिकार है कि वह कार्यकारिणी कमेटी, टैरिफ कमेटी या अन्य प्रकार की कमेटी को बना ले।

कार्यकारिणी कमेटी—इस कमेटी में कुल 16 सदस्य होंगे जिनमें से केन्द्रीय सरकार द्वारा दो सदस्य नामांकित किये जायेंगे जिनमें एक व्यक्ति अध्यक्ष (Chairman) होगा।

आठ व्यक्ति सामान्य बीमा व्यापार के प्रतिनिधि होंगे जो सरकार द्वारा बनाये गये नियमों के आधार पर चुने जायेंगे। पाँच व्यक्ति केन्द्रीय सरकार द्वारा सामान्य बीमा व्यापार के उन क्षेत्रों से चुने जायेंगे जिनका इस परिषद् में प्रतिनिधित्व नहीं हो पाया है। एक गैर-सरकारी व्यक्ति केन्द्रीय सरकार द्वारा नामांकित किया जायगा जो बीमा-व्यापार से सम्बन्धित न हो।

यदि इस पदों में से कोई पद रिक्त रहा तो केन्द्रीय सरकार उस स्थान की पूर्ति नये सदस्य को मनोनीत करके कर सकता है। इस कमेटी का एक सचिव भी होता है, जिसे केन्द्रीय सरकार द्वारा नामांकित किया जाता है। कोई भी सदस्य अध्यक्ष को लिखित सूचना देकर अपनी सदस्यता से त्याग-पत्र दे सकता है। इस परिषद् में यदि कोई स्थान त्याग-पत्र, मृत्यु या अन्य कारणों से आकस्मिक रूप से रिक्त होता है तो ऐसे स्थान की पूर्ति के लिये किसी सदस्य को नामांकित किया जा सकता है।

कार्यकारिणी कमेटी के कार्य

1. सामान्य बीमा व्यापार में संलग्न बीमाकर्ताओं को व्यवहार और व्यापार का स्तर बढ़ाने के लिये कुशल सेवा और सहायता देना तथा बीमापत्रधारियों को योग्य सेवा प्रदान करना।
2. उपर्युक्त बीमाकर्ताओं के खर्चे तथा कमीशन आदि के सम्बन्ध में बीमा नियन्त्रक को सलाह देना।
3. बीमापत्रधारियों के हित के प्रतिकूल कार्य करने वाले बीमाकर्ताओं की सूचना बीमा-नियन्त्रक को देना।

4. उपर्युक्त कार्यों के आनुषंगिक कार्यों को केन्द्रीय सरकार की अनुमति से करना। उसके लिए सरकारी प्रपत्र में सूचना प्रकाशित करना आवश्यक है। कार्यकारिणी कमेटी अपने कार्यों के लिये एक निर्धारित फीस ले सकती है।

5. सामान्य बीमा परिषद् की कार्यकारिणी कमेटी का यह कर्त्तव्य होता है कि वह प्रत्येक वर्ष के 31 मार्च के पहले प्रबन्ध व्यय में छूट निर्धारित करने के लिये मिले। इस कमेटी के निर्णय के आधार पर तथा सामान्य बीमा व्यापार की स्थिति के आधार पर छूट की मात्रा नियन्त्रक द्वारा निर्धारित की जाती है। विभिन्न बीमाकर्ताओं के लिए छूट की विभिन्न दरें होंगी। यदि कोई बीमाकर्ता प्रबन्ध व्यय की सीमा का उल्लंघन करता है तो उसे एक निश्चित समय की सूचना देकर सावधान किया जा सकता है। यदि इस सूचना का उल्लंघन किया गया तो बीमा नियंत्रक बीमाकर्ता के विरुद्ध उचित कार्रवाई कर सकता है।

सामान्य बीमा परिषद् के अधिकार

इस परिषद् के सदस्य या सह-सदस्यों के सामान्य बीमा व्यापार सम्बन्धी दर, लाभ, शर्तें और अन्य दशाओं को केन्द्रीय सरकार की अनुमति से इस परिषद् द्वारा नियन्त्रित और नियमित किया जा सकता है। इस उद्देश्य के लिए टैरिफ कमेटी का निर्माण होगा। सामान्य बीमा परिषद् को प्राप्त अधिकार इस कमेटी को सौंपा जा सकता है। यह कमेटी एक निश्चित समय के लिए और निश्चित सदस्यों के द्वारा तैयार की जाती है। यदि कोई बीमाकर्ता इस कमेटी के नियमों का उल्लंघन करता है तो यह कमेटी उसके विरुद्ध ऐसी कार्यवाही कर सकती है जैसा कि निर्धारित किया गया हो। कमेटी के निर्णय के विरुद्ध एक निर्धारित नियमों के अनुसार अपील की जा सकती है। टैरिफ कमेटी के कार्यों का निरीक्षण करने के लिये सामान्य बीमा परिषद् वर्ष में कम से कम एक बार अवश्य मिलेगी। टैरिफ कमेटी अपने कार्यों के लिए एक निर्धारित शुल्क ले सकती है।

धारा 64 आर में सामान्य बीमा परिषद् के अधिकार निम्न प्रकार दिये हुए हैं :—

1. ऐसे अधिकारी और कर्मचारी की नियुक्ति तथा उनकी सेवा की शर्त बनाना जैसा आवश्यक हो।
2. शुल्क एकत्र करने का ढंग बनाना।
3. केन्द्रीय सरकार की पूर्व अनुमति के कुछ नियम बनाना जो—
   (अ) प्रथम निर्वाचन के अतिरिक्त अन्य निर्वाचन के लिये आवश्यक हो,
   (ब) व्यापार के लिये सभायें बुलाने और कार्य करने के लिये आवश्यक हो,
   (स) बीमाकर्ताओं द्वारा बीमा नियंत्रक को विवरण देना आवश्यक हो,
   (द) शुल्क को लगाने और एकत्र करने के लिये आवश्यक हो, और
   (य) इस अधिनियम के अन्तर्गत कर्त्तव्य पालन के लिये आवश्यक हो।

क्षेत्रीय परिषद्

(Regional Councils)

सामान्य बीमा परिषद् एक या अधिक क्षेत्रों के लिए क्षेत्रीय परिषद् बना सकती है। प्रत्येक क्षेत्रीय परिषद् में कम से कम 7 व्यक्ति होंगे जिन्हें उस क्षेत्र की सामान्य बीमा कम्पनियाँ चुनेंगी।

क्षेत्रीय परिषद् वे काम करेंगी, जिन्हें सामान्य बीमा परिषद् सौंपेगी। अपने कार्य को करने के लिए क्षेत्रीय परिषद् कुछ ऐसी कमेटियाँ नियुक्त कर सकती है जो इस परिषद् की मदद कर सकें।

□□□

अध्याय 43

जीवन बीमा अधिनियम, 1956

इतिहास

जीवन बीमा के राष्ट्रीयकरण की चर्चा उन्नीसवीं शताब्दी के मध्य से ही चल रही थी, परन्तु मृतक तालिका तथा उम्र के सही आकलन की अनुपस्थिति में और प्रबन्ध व्यय की अधिकता के कारण यह विचार त्याग दिया गया। 1883 में राष्ट्रीयकृत जीवन बीमा व्यापार का केवल एक रूप पत्रालय जीवन बीमा में देखा गया। जीवन बीमा विकास को नियन्त्रित एवं संचालित करने के लिये समय-समय पर अधिनियम बनाये गये।

1939 में राष्ट्रीय नियोजन कमेटी की स्थापना के समय जीवन बीमा की उपसमितियों ने इसके राष्ट्रीयकरण की बातें सोचीं। राष्ट्रीय नियोजन कमेटी ने यह स्वीकार किया कि सभी सार्वजनिक सेवा और उपयोगिता संस्थाओं को राज्याधीन होना चाहिए या राज्य द्वारा नियंत्रित होना चाहिए। इस कमेटी ने यह भी निर्णय दिया कि जीवन बीमा व्यापार को व्यक्तिगत स्वामित्व में नहीं होना चाहिए, परन्तु उस समय भी राष्ट्रीयकरण नहीं हो सका।

1944 में जीवन बीमा के राष्ट्रीयकरण की समस्या पुनः सामने आई। उस समय अधिनियम में मूलभूत संशोधन किये जाने का प्रयास किया जा रहा था। बीमा नियन्त्रक ने राष्ट्रीयकरण के प्रतिकूल तर्क दिये और बताया कि यह बीमापत्रधारियों, अभिकर्ताओं, जीवनांकिक और देश के हित के अनुकूल नहीं होगा। लेकिन दूसरे वर्ष ही इनके विचारों में परिवर्तन हुआ और पिछले तर्क के विरुद्ध तर्क पेश किये गये तथा राष्ट्रीयकरण के पक्ष में और नये-नये तर्क दिये गये।

1950 के बाद जीवन बीमा के राष्ट्रीयकरण की माँग ने अत्यधिक जोर पकड़ा। देश की आर्थिक उन्नति के लिये कोष की आवश्यकता, जीवन बीमा के व्यापार में कुव्यवहार, जीवन बीमाकर्ताओं द्वारा कोष का दुरुपयोग, समाजवादी समाज की स्थापना और छोटी बचतों को प्रोत्साहित करने के कारण राष्ट्रीयकरण की प्रबलता चारों ओर दिखाई देने लगी। मुख्य-मुख्य समाचारपत्रों और पुस्तिकाओं में राष्ट्रीयकरण के पक्ष और विपक्ष में तर्क निकलने लगे।

राष्ट्रीयकरण के पक्ष में तर्क

1. बीमा-व्यापार करने का तरीका प्रमाणित बन जायेगा—व्यक्तिगत संस्थाओं के हाथों में बीमा-व्यापार होने से कार्य विभिन्न तरीके से किया जायगा। सरकार के स्वामित्व से व्यापार में एकरूपता आ जाती है जिससे गलाघोंट प्रतिस्पर्धा को हटाकर व्यापार का स्वस्थ

वातावरण तैयार किया जा सकेगा। अनावश्यक विज्ञापन के खर्च, विक्रय-व्यय और प्रव्याजि कटौती को बचाया जायगा। बीमा अभिकर्ता को सरल नियम और कार्यों से व्यापार-प्राप्ति में सुविधा मिलेगी। इस तरह कार्यकर्ता बीमाधारी और जनता को सुविधा रहेगी।

2. बीमाकोष को देश के आर्थिक विकास में लगाया जा सकता है—समाज का धन देश के हित में लगाया जा सकता है जो व्यक्तिगत प्रबन्ध में सम्भव नहीं है। बीमाकर्ता बीमाकोष को अपने व्यक्तिगत कार्यों में लगाते हैं, उन्हें अपने स्वार्थ की चिन्ता रहती है जबकि बीमापत्रधारियों का धन सुरक्षित और समाज के लाभ के लिये हो। देश की प्रगति के लिये और जनता के हित के लिये बीमाकोष का सरकार के नियन्त्रण में होना आवश्यक है। वह तभी हो सकता है जबकि सभी जीवन बीमा संस्थायें सरकार के हाथ में हों। पंचवर्षीय योजनाओं को सफल बनाने के लिये और देश में समाजवादी अर्थव्यवस्था लाने का यह आवश्यक उपाय होगा।

3. बीमादारों के हित की सुरक्षा होगी—बीमादारों के हित की सुरक्षा जितना राष्ट्रीयकरण से होगा उतना व्यक्तिगत स्वामित्व से नहीं होगा क्योंकि राष्ट्रीयकरण का उद्देश्य समाजवादी व्यवस्था की स्थापना करना है। व्यक्तिगत स्वामित्व में लाभार्जन ही मुख्य उद्देश्य है जिससे थोड़े से लोगों का हित होता है। जबकि बीमादार और जनता को बहुत कम लाभ होता है। बीमाकोष को ऐसी जगह विनियोग करना चाहिए जिससे कोष सुरक्षित रहे, समाज का हित हो और बीमादारों को लाभ भी मिल सके। बीमा अधिनियम में इन उद्देश्यों की पूर्ति के लिए नियम बना दिये गये हैं तथापि यह व्यावहारिक जीवन में देखा गया है कि बीमाकर्ता केवल अपना हित देखता है। अस्तु इस अक्षम्य दोष को दूर करने का राष्ट्रीयकरण ही एक उपाय समझा जाता है।

4. बचत को प्रोत्साहन—राष्ट्रीयकरण से जनता का विश्वास बीमा संस्था में बना रहेगा, लेकिन व्यक्तिगत स्वामित्व में उनकी स्वार्थपरता, कुप्रबन्ध और अनिश्चितता से विश्वास हटता जा रहा है। परिणामस्वरूप लोग बीमापत्र खरीदने के लिये सशंकित रहते हैं। व्यापार वृद्धि बड़ी धीमी गति से हो रही है। सरकारी नियन्त्रण और स्वामित्व से जनता को बीमापत्र खरीदने में भय नहीं रहता, साथ ही साथ उनको उचित लाभ मिलने से वे बीमापत्र खरीदकर बचत करने के लिए प्रेरित होंगे। छोटी-छोटी रकमों के बीमापत्र बेचे जा सकेंगे और अल्प बचतकर्ता भी बीमा के लाभ से वंचित नहीं रहेगा। देश के प्रत्येक व्यक्ति के पास बीमा को पहुँचाया जा सकेगा।

5. समाज का विचार—1955 में सभी प्रमुख व्यक्ति राष्ट्रीयकरण के पक्ष में अपना विचार दे रहे थे। सभी नेता, समाजवादी समाज की स्थापना के लिये बीमा-व्यवसाय को नियन्त्रित और राष्ट्रीयकृत करने के पक्ष में थे। राष्ट्रीय नियोजन समिति का यह विचार था कि सभी लोक उपयोगिता और समाज सेवा संस्थाओं का राष्ट्रीयकरण किया जाय।

6. प्रबन्ध व्यय को कम किया जा सकेगा—बीमा संस्थाएँ अपने लाभों को बढ़ाने के लिये कई अनावश्यक खर्च करते हैं, साथ ही साथ सभी बीमा संस्थाओं को यदि एकत्रित किया जाय तो प्रबन्ध व्यय में कमी हो जायगी क्योंकि दुहरे खर्चे कम किये जा सकेंगे।

राष्ट्रीयकरण के विपक्ष में तर्क

1. राष्ट्रीयकरण का केवल राजनैतिक कारण है, इसके लिये कोई आर्थिक कारण नहीं है। बीमा व्यवसाय का प्रबन्ध जितना अच्छा बीमा व्यवसायी कर लेंगे, सरकार उतना नहीं कर पायेगी। सरकार राष्ट्रीयकरण केवल जनता को खुश करने के लिये करेगी, जहाँ तक हित का प्रश्न है वह तब तक नहीं होगा जब तक की बीमा व्यवसाय को लाभ नहीं होगा। बीमा-व्यवसाय चलाना विशेषज्ञ का काम है। सरकार के पास इतने कार्य हैं कि इस व्यवसाय को चलाने में कुशलता से कार्य नहीं हो सकता।

2. **बीमा का राष्ट्रीयकरण अन्य देशों में असफल रहा**—बीमा व्यवसाय का राष्ट्रीयकरण पोलैण्ड और न्यूजीलैण्ड में असफल रहा। सरकारी बीमा विभाग को बन्द करना पड़ा। फ्रान्स में भी राष्ट्रीयकृत बीमा-व्यवसाय ज्यादा सफलता नहीं प्राप्त कर सका। राष्ट्रीयकरण के पीछे दिये गये तर्क युक्ति-संगत नहीं हैं क्योंकि जब तक देश की सरकार परिपक्व नहीं है, तब तक यह कार्य नहीं कर सकती।

3. **प्रगति में बाधा**—सरकारी देख-रेख में जो वृद्धि बीमा व्यवसाय में हो रही है उसका श्रेय केवल गैर-सरकारी प्रमण्डलों को है। देश में प्रतिस्पर्धा कर ये संस्थायें न केवल देश में व्यापार बढ़ा रहे हैं, बल्कि विदेशों में भी इनकी प्रगति हो रही है। सरकार को एकाधिकार मिल जाने से लापरवाही और गैर-जिम्मेदारी बढ़ेगी। किसी प्रेरणा के अभाव में कार्यकर्ता भी अक्षम और अकुशल होते जायेंगे।

4. **कार्यकुशलता में कमी**—बीमा में कार्यक्षमता को प्रोत्साहन मिलना बन्द हो जायगा क्योंकि सरकार को बीमा व्यवसाय करने का अनुभव नहीं है। तत्कालीन सेवा और व्यक्तिगत सम्पर्क का राष्ट्रीयकरण में अभाव होगा जिससे सफलता मिलना निश्चित नहीं है। प्रबन्ध में अनुभव के अभाव के कारण सरकार को स्वयं कठिनाई होगी और कथित उद्देश्य नहीं पूरे हो पायेंगे।

5. **बीमा-व्यवसायियों की अयोग्यता सिद्ध नहीं हुई है**—बीमा व्यापार की वृद्धि से यह सिद्ध है कि बीमाकर्ता अब तक किसी भी अप्रगति के भागी नहीं हुए। भारतीय वाणिज्य तथा उद्योग संघ का यह विचार है कि अभी तक यह सिद्ध नहीं हुआ है कि यहाँ के बीमाकर्ता इस योग्य नहीं है कि प्रगति न कर सकें और सरकार में प्रगति करने के गुण भी अत्यधिक नहीं दिखायी पड़ते, अतः यही उचित लगता है कि बीमा व्यवसाय का राष्ट्रीयकरण न किया जाय।

6. **अन्य उद्योग-धन्धों की प्रगति रुक जायेगी**—प्रतिस्पर्धा के अन्त होने पर केवल इस व्यापार में ही कमी नहीं आवेगी बल्कि अन्य उद्योग-धन्धे जो इससे संबंधित हैं, प्रभावित होंगे जिससे बेरोजगारी में वृद्धि होने की सम्भावना दिखाई पड़ती है।

जीवन बीमा के राष्ट्रीयकरण के आधार

जीवन बीमा का राष्ट्रीयकरण अनेक सैद्धान्तिक एवं व्यावहारिक तथ्यों को ध्यान में रखते हुए किया गया था जिनमें निम्न तथ्य मुख्य हैं :—

1. बीमादारों के हित की सुरक्षा के लिए—यह देखा गया कि व्यक्तिगत क्षेत्र में अनेक जीवन बीमा कम्पनियाँ बीमादारों के हित के प्रतिकूल कार्य करती हैं, जीवन बीमा कोष का दुरुपयोग किया जाता है, जीवन बीमा कम्पनियों का कोष पूँजी से अधिक हुआ करता है, इस प्रकार थोड़े से अंशधारी अधिकांश बीमादारों के कोष अपनी इच्छानुसार केवल अपने ही हित के लिए प्रयोग करते थे जहाँ पर बीमादारों का कोई हित नहीं होता था। राष्ट्रीयकरण के पूर्व के दशकों में कम-से-कम पच्चीस जीवन बीमा कम्पनियाँ दिवालिया हो गयीं और पच्चीस जीवन बीमा कम्पनियों ने अपनी सम्पत्ति का इतना दुरुपयोग किया कि उनके व्यवसाय को दूसरी बीमा-कम्पनियों को हस्तान्तरित कर देना पड़ा। यद्यपि कि बीमा अधिनियम ने कोष की प्राप्ति और व्यय पर पर्याप्त नियन्त्रण और प्रतिबन्ध रखा तथापि बहुत से बीमाकर्ता अपने कार्यों में अनार्थिक और अस्वस्थपूर्ण वातावरण बनाये रखा। कई बीमा कम्पनियों की जाँच से यह पता चला कि लाखों रुपये की प्रतिभूतियाँ गायब हो चुकी हैं। जीवन बीमा कम्पनियों की शक्ति, स्थान और अधिकार के दुरुपयोग के कारण इनका राष्ट्रीयकरण आवश्यक समझा गया। इन स्थितियों में जीवन-बीमा व्यवसाय को व्यक्तिगत क्षेत्र में छोड़ देना अनुचित समझा गया। इन सब कारणों से जीवन बीमा व्यवसाय का राष्ट्रीयकरण किया गया।

2. पंचवर्षीय योजनाओं की सफलता के लिए—देश की प्रगति के लिए अत्यधिक मात्रा में वित्त-व्यवस्था करनी होगी। योजना आयोग ने इसके लिये सुझाव दिया कि बैंक, बीमा, स्कन्ध विनिमय एवं विनियोग संस्थाओं को नियंत्रित एवं संचालित करना पड़ेगा। इन संस्थाओं को नियन्त्रित करके देश के वित्तीय साधनों को आर्थिक विकास के लिये लगाया जा सकता है। इन उद्देश्यों को पूरा करने के लिये जीवन-बीमा का राष्ट्रीयकरण किया गया।

3. लोगों की बचत को प्रोत्साहित करने के लिए—जीवन बीमा से सुरक्षा और आय दोनों प्राप्त होती है। बीमापत्र के खरीदने पर बीमादारों को बचत करने के लिये बाध्य होना पड़ता है अन्यथा बीमा प्रसंविदा खण्डित हो जाती है। भारत में 1956 में प्रति व्यक्ति बीमा 25 रुपये था जबकि अमेरिका में यह दस हजार रुपये था। इस कमी को पूरा करने के लिए पर्याप्त प्रयास करना होगा जो राष्ट्रीयकरण से ही सम्भव है। बीमा व्यवसाय के विकास से जनसाधारण को इसके लाभ से अवगत कराकर उनकी अल्प बचत को सही दिशा बताया जा सकेगा।

4. जीवन बीमा व्यापक से व्यापक विकास के लिए—व्यक्तिगत बीमाकर्ता अपने व्यापार को केवल शहरी क्षेत्रों तक ही सीमित रखते थे जिससे बीमा के विकास में रुकावट पैदा हुई। ग्रामीण क्षेत्रों में बीमा का विस्तार न होने से कम-से-कम तीन-चौथाई जनसंख्या बीमा के लाभों से दूर रहती है। इन लाभों को प्राप्त करने के लिए राष्ट्रीयकरण अत्यधिक आवश्यक है। ग्रामीण क्षेत्रों में बीमापत्र जारी करने से व्यक्तिगत संस्थायें डरती थीं क्योंकि इसमें उनके व्यय बढ़ने को था तथा लाभार्जन की गुञ्जाइश कम थी। परन्तु राष्ट्रीयकृत संस्थाओं का उद्देश्य लाभोपार्जन न होकर सेवा-विस्तार करना है।

5. समाजवादी समाज की स्थापना के लिए—भारत की अर्थव्यवस्था समाजवादी आदर्श पर आधारित है और इस दृष्टिकोण से यह आवश्यक समझा गया कि जीवन-बीमा

व्यापार का राष्ट्रीयकरण किया जाय।

6. प्रबन्ध-व्यय की अधिकता को कम करने के लिए—हमारे देश में बीमा-व्यापार का प्रबन्ध-व्यय अधिक था। यहाँ पर प्रबन्ध-व्यय और प्रव्याजि का अनुपात 27 प्रतिशत रहा है जबकि इंगलैण्ड में यह 15 प्रतिशत और अमेरिका में 17 प्रतिशत था। यदि एक क्षेत्र की छोटी बड़ी संस्थाओं को मिलाकर एक कर लिया जाय तो प्रबन्ध-व्यय में कमी आ सकती थी, व्यय कम करके प्रव्याजि को घटाया जा सकता था। इन कारणों से राष्ट्रीयकरण उचित लगता था।

7. बीमा कोष के दुरुपयोग को बचाने के लिए—व्यावहारिक जीवन में यह देखा गया कि बहुत से बीमाकर्ता बीमाकोष का दुरुपयोग करते हैं। 28 नवम्बर 1955 को उस समय के वित्त मन्त्री श्री देशमुख ने यह कहा कि बहुत-सी बीमा कम्पनियाँ दिवालिए के रूप में चल रही हैं। सरकारी प्रतिभूतियाँ आवश्यकता से कम हैं। संचालक प्रतिभूतियों के क्रय-विक्रय में प्रत्यक्ष और अप्रत्यक्ष तरीके से लाभ उठाते थे। बीमा अधिनियम 1938 में दिये गये प्रावधानों के बावजूद भी बीमा कोष के दुरुपयोग को रोकना सम्भव नहीं हो सका।

8. अध्यर्थन के भुगतान की विलम्बता को दूर करने के लिए—राष्ट्रीयकरण के पहले अध्यर्थन के भुगतान में काफी देर लगती थी। कभी-कभी तो यह भी शिकायत सामने आती थी कि अध्यर्थन का भुगतान नहीं किया जा सका। राष्ट्रीयकरण से इन शिकायतों को दूर करने के लिए प्रयास किया गया।

जीवन बीमा निगम अधिनियम, 1956

19 जनवरी, 1956 को राष्ट्रपति के अध्यादेश द्वारा जीवन बीमा का प्रबन्ध सरकारी हाथों में कर दिया गया। इसके लिए 'जीवन-बीमा (आकस्मिक प्रावधान) अध्यादेश 1956' पास किया गया और 21 मार्च सन् 1956 को इस अध्यादेश को अधिनियम में परिणत किया गया जिसे 'जीवन-बीमा (आकस्मिक प्रावधान) अधिनियम' के नाम से पुकारते हैं। 19 जनवरी को ही सभी जीवन-बीमा व्यवसाय का प्रबन्ध केन्द्रीय सरकार के हाथों में आ गया जिनमें 154 भारतीय जीवन-बीमा व्यापारी, 16 विदेशी जीवन बीमाकर्ता और 75 प्रावधायी समितियाँ शामिल थीं। जो व्यक्ति निजी क्षेत्र की कम्पनियों का प्रबन्ध करते थे, वे अब केन्द्रीय सरकार के लिए कार्य करने लगे। जीवन बीमा व्यापार का प्रबन्ध करने के लिए प्रतिरक्षकों (Custodians) की नियुक्ति की गयी। यहाँ इस अधिनियम का वर्णन दो भागों में किया जायेगा—(अ)बीमा संस्थाओं के हस्तान्तरण सम्बन्धी प्रावधान, (ब) जीवन बीमा निगम के संचालन सम्बन्धी प्रावधान या जीवन बीमा निगम की स्थापना।

(अ) बीमा संस्थाओं के हस्तान्तरण सम्बन्धी प्रावधान

व्यक्तिगत प्रबन्ध के अन्त होने पर निम्नलिखित प्रावधान बीमा व्यवसाय के हस्तान्तरण सम्बन्धी बनाये गये :—

1. क्षतिपूर्ति—केन्द्रीय सरकार ने इन बीमाकर्ताओं को प्रबन्ध प्राप्त करने की क्षतिपूर्ति के लिए कुछ रकम देना स्वीकार किया। जनवरी 1956 के पहले के अन्तिम दो मूल्यांकनों के अनुसार अंशधारियों को दिये गये अतिरेक (Surplus) के वार्षिक औसत के 1/12 भाग बीमाकर्ताओं को प्रतिमाह के हिसाब से व्यक्तिगत स्वामित्व के अन्त होने तक की अवधि पर दिये जायेंगे। व्यक्तिगत प्रबन्ध का अन्त 19 जनवरी, 1956 को होता है और स्वामित्व का अन्त 30 जून 1956 को होता है। क्षतिपूर्ति की रकम इस 6 महीने की अवधि के लिए दी गयी। जहाँ पर अतिरेक (Surplus) स्पष्ट नहीं होता, 1954 की प्रव्याजि की आय पर 1 रुपया प्रति दो हजार प्रव्याजि के अनुसार क्षतिपूर्ति दी गयी।

2. सम्पत्ति या दायित्व—धारा 7 के अनुसार सभी बीमाकर्ताओं के नियन्त्रित व्यापार की सम्पत्ति और दायित्व जीवन बीमा निगम को इसकी स्थापना के दिन हस्तान्तरित होंगे। नियंत्रित व्यापार से तात्पर्य जीवन बीभा व्यापार से है जिसका प्रबन्ध सरकार ने ले लिया है। सम्पत्ति के अन्तर्गत सभी अधिकार, स्थायी और अस्थायी सम्पत्ति शामिल किये जाते हैं। नकद रोकड़, संचित कोष, विनियोग, जमा, बहीखाते, प्रपत्र और सभी प्रकार के हित जो नियंत्रित व्यापार से सम्बन्धित हैं विशेष रूप से शामिल किये जाते हैं। दायित्व के अन्तर्गत सभी प्रकार के ऋण, जिम्मेदारी और देनदारी शामिल किए जायेंगे।

3. प्रतिभूतियों एवं स्वत्व प्रलेख (*Securities and Documents of Title*)—धारा 13 के अनुसार प्रत्येक व्यक्ति को जिसके अधिकार में नियन्त्रित बीमा व्यवसाय की सम्पत्ति, किताबें, प्रतिभूतियाँ या अन्य अधिकार के प्रलेख हैं, निगम को सौंपने की जिम्मेदारी होगी। इन बीमाकर्ताओं के जीवन-बीमा व्यवसाय सम्बन्धी रिजर्व बैंक ऑफ इण्डिया में जमा की गयी रकम भी निगम के नाम हस्तान्तरित हो जायगी। निगम के लिए इन सम्पत्तियों को प्राप्त करने के सभी आवश्यक उपाय कानूनन मान्य होंगे।

4. प्रबन्ध—19 जनवरी 1956 को नियन्त्रित बीमा व्यवसाय का प्रबन्ध केन्द्रीय सरकार के हाथ में आ गया था। इस तिथि के बाद कोई भी बीमाकर्ता बिना सरकार की अनुमति के निम्नलिखित कार्य नहीं कर सकता—

(i) सामान्य व्यवहार के अतिरिक्त किसी भी जीवन बीमापत्र पर ऋण देना।

(ii) नित्य प्रति के खर्चे जो सामान्यतया किये जाते हैं; जैसे वेतन, कमीशन आदि के अतिरिक्त अन्य खर्चे करना।

(iii) किसी भी सम्पत्ति का हस्तान्तरण या विक्रय या उस पर किसी प्रकार का प्रभार (Charge), बन्धक या अधिकार बनाना।

(iv) इस बीमा व्यवसाय की सम्पत्ति में से किसी भी प्रकार का विनियोग।

(v) किसी अचल सम्पत्ति को प्राप्त करना।

(vi) नियन्त्रित बीमा व्यापार के लिए प्रत्यक्ष या अप्रत्यक्ष रूप से, पूर्ण या आंशिक रूप से किसी भी सेवा या अभिकर्तृत्व (Agency) के प्रसंविदा करना; या वर्तमान प्रसंविदा में किसी प्रकार का परिवर्तन करना।

(vii) किसी भी प्रकार का बीमापत्र निर्गमन के अतिरिक्त प्रसंविदा करना।

5. बहीखाते और अन्य आवश्यक पुस्तिकायें—प्रत्येक बीमाकर्ता केन्द्रीय सरकार द्वारा निर्धारित व्यक्ति को निम्नलिखित बहीखाते या पुस्तिकाएँ सौंपेगा—

(i) कार्यवाही रजिस्टर (Minutes Book) या इसी प्रकार के अन्य रजिस्टर।

(ii) चालू चेक बुक (Current Cheque Book)।

(iii) नियन्त्रित व्यापार सम्बन्धी सभी रजिस्टर पुस्तिकाएँ जो विनियोग से सम्बन्धित हैं।

(iv) बीमाकर्ता के पास रखे गये विनियोग सम्बन्धी दलालों के नोट या प्रमाण-पत्र।

6. जमा—केन्द्रीय सरकार बीमाकर्ताओं को नियन्त्रित व्यापार से सम्बन्धित बीमा अधिनियम की धारा 7, 73 और 98 के अन्तर्गत जमा की रकम को पूर्ण या आंशिक रूप से बीमा प्रतिरक्षक के पास जमा करने का आदेश दे सकती है।

7. दण्ड—धारा 40 के अनुसार यदि कोई व्यक्ति उपरोक्त सम्पत्ति, बहीखाते, जमा आदि जीवन बीमा निगम को जान-बूझकर या गलती से नहीं सौंपता है तो उसे एक साल का कारावास या एक हजार रुपये का जुर्माना या दोनों दण्ड भुगतने होंगे।

8. न्यायाधिकरण (*Tribunal*)—बीमाकर्ता क्षतिपूर्ति के वितरण या गणना या सम्पत्ति के हस्तान्तरण पर असन्तुष्ट होने पर न्यायाधिकरण के पास पहुँच सकता है। इस न्यायाधिकरण का निर्माण तीन सदस्यों, जिनमें एक व्यक्ति हाईकोर्ट या सुप्रीम कोर्ट का न्यायाधीश रहा हो, को नियुक्त करके कर सकता है। यह न्यायाधिकरण सिविल कोर्ट के सभी अधिकार रखेगा। (धारा 17)

9. कर्मचारी—1 जुलाई, 1956 से पहले नियन्त्रित बीमा व्यापार में कार्य करने वाले पूर्णकालिक कर्मचारी जीवन बीमा निगम के कर्मचारी होंगे। उनके कार्यकाल, वेतन, शर्तें और काम करने की दशाएँ, पेंशन और सुविधायें प्राप्त करने के अधिकार पूर्ववत् ही होंगे। वे तब तक निगम के कर्मचारी रहेंगे जब तक उनकी सेवाएँ निगम द्वारा समाप्त नहीं की जातीं और उन्हीं वेतन, शर्तों और दशाओं पर काम करेंगे जब तक वे निगम द्वारा पूर्णतः परिवर्तित नहीं किये जाते।

जहाँ केन्द्रीय सरकार वेतन की दर में, सेवा सम्बन्धी शर्तों और दशाओं में एकरूपता लाने को सोचे और जो निगम तथा बीमापत्रधारियों के हित में हो यदि वेतन दर में कटौती या सेवा की अन्य दशाओं और शर्तों में संशोधन आवश्यक हो तो निगम जिस सीमा तक इन वेतन, शर्तों और दशाओं में परिवर्तन करना उचित समझे अन्य विशेष प्रावधानों के अतिरिक्त संशोधन कर सकता है। यदि यह संशोधन किसी कर्मचारी को मान्य नहीं है तो निगम उसे तीन महीने का वेतन देकर उसकी सेवा समाप्त कर सकता है, बशर्ते कि इस समाप्ति के लिए अल्पकालिक सूचना की आवश्यकता न हो। यह क्षतिपूर्ति उसके पेंशन, सुविधा, प्राविधिक कोष और अन्य लाभ के अतिरिक्त होगा। (धारा 11)

10. मुख्य एजेन्ट के कर्मचारी—नियन्त्रित बीमा व्यापार के मुख्य एजेन्ट के प्रत्येक

पूर्णकालिक सवेतनीय कर्मचारी निगम के धारा 11 के अनुसार कर्मचारी होंगे जो मुख्य एजेन्ट के पूर्ण और मुख्य रूप से कर्मचारी थे, जिनके वेतन नियुक्ति तिथि (Appointment day I[st] July 1956) पर पाँच सौ रुपये मासिक से अधिक नहीं थे और नियुक्ति तिथि के पहले कम से कम एक वर्ष तक लगातार मुख्य एजेन्ट के कर्मचारी थे। (धारा 12)

11. जीवन बीमा प्रसंविदा में संशोधन के अधिकार—किसी बीमाकर्ता की आर्थिक स्थिति को देखते हुए निगम उसके द्वारा 19 जनवरी, 1956 के पहले की गयी प्रसंविदा में संशोधन या बीमा रकम में कमी या अन्य प्रकार से जैसा उचित समझे परिवर्तन कर सकता है। यह परिवर्तन केन्द्रीय सरकार की अनुमति से होगा। (धारा 14)

12. मुख्य एजेन्ट और विशेष एजेन्ट—धारा 36 के अनुसार नियन्त्रित व्यापार की प्रत्येक प्रसंविदा जो बीमाकर्ता और मुख्य एजेन्ट या बीमाकर्ता और विशेष एजेन्ट या मुख्य एजेन्ट और विशेष एजेन्ट के बीच हुई थी, रद्द हो जायगी। निगम प्रमुख एजेन्ट और विशेष एजेन्ट को तृतीय सूची में दिये गये सिद्धान्तों के अनुकूल क्षतिपूर्ति देगी।

13. प्राविधिक, पेंशन और अन्य इसी प्रकार के कोष—नियुक्त तिथि (Appointment Date) पर नियन्त्रित व्यापार में कर्मचारियों के लाभ के लिये रखे प्राविधिक, पेंशन और अन्य इसी प्रकार के कोष सम्बन्धित सम्पत्ति के साथ निगम को हस्तान्तरित होंगे। (धारा 8)

14. नियन्त्रित व्यापार के हस्तान्तरण का सामान्य प्रभाव—जब तक अधिनियम में विपरीत कथन न हो, नियन्त्रित व्यापार से सम्बन्धित प्रसंविदाएँ, समझौते या अन्य इसी प्रकार के लेन-देन जो नियुक्त तिथि के तुरन्त पहले बीमाकर्ता द्वारा किये गये थे, निगम पर पूर्णतया लागू होंगे। (धारा 9)

15. नियन्त्रित व्यापार को प्राप्त करने के लिए क्षतिपूर्ति—जहाँ पर बीमाकर्ता के नियन्त्रित व्यापार निगम को इस अधिनियम के अन्तर्गत हस्तान्तरित किये गये हैं, प्रथम सूची के सिद्धान्तों के आधार पर निगम द्वारा क्षतिपूर्ति दिये जायेंगे। क्षतिपूर्ति की रकम का निर्धारण निगम द्वारा किया जायगा और उसकी स्वीकृति केन्द्रीय सरकार द्वारा दी जायगी। यदि यह क्षतिपूर्ति की रकम किसी बीमाकर्ता को मान्य नहीं है तो वह इस विषय को न्यायाधिकरण (Tribunal) के सामने रख सकेगा। (धारा 16)

(ब) जीवन बीमा निगम की स्थापना

जीवन बीमा निगम की स्थापना 29 सितम्बर, 1956 को केन्द्रीय सरकार द्वारा की गयी। निगम सतत उत्तराधिकार तथा सामान्य मुद्रा वाली एक निबंधित संस्था है जिसको इस अधिनियम के अनुसार सम्पत्ति प्राप्त करने, रखने और बेचने का अधिकार होगा, जो अपने नाम में अभियोग चला सकती है और जिस पर अभियोग चलाया जा सकता है।

1. संविधान (*Constitution*)—निगम अधिक से अधिक पन्द्रह सदस्यों को केन्द्रीय सरकार द्वारा नियुक्त करके बनाया जायगा जिनमें से एक व्यक्ति निगम का सभापति नियुक्त किया जायगा। इन सदस्यों को नियुक्त करने के पहले सरकार यह देखेगी कि ये व्यक्ति इस निगम में कोई वित्तीय या अन्य प्रकार के हित तो नहीं रखते जिससे उनके कार्यों को पूरा

करने में पक्षपात या अनुचित प्रभाव न हो सके। इन सदस्यों को सरकार द्वारा माँगी गयी सूचनाएँ देना आवश्यक होगा। जिस प्रसंविदा में सदस्यों का हित प्रत्यक्ष या अप्रत्यक्ष रूप से प्रभावित हो उसमें सदस्य निगम की इस प्रसंविदा के सम्बन्ध में वार्ता या अन्य प्रकार से भाग नहीं ले सकते। (धारा 4)

2. पूँजी (*Capital*)—निगम की पूँजी पाँच करोड़ रुपये होगी जो केन्द्रीय सरकार द्वारा प्रदान की जायगी और जिसे निगम की अनुमति से घटाया जा सकता है। (धारा 5)

3. कार्य (*Functions*)—निगम का सामान्य कर्त्तव्य जीवन बीमा व्यापार भारत या भारत के बाहर करना है। निगम को इस अधिनियम के अन्तर्गत अपने अधिकारों को इस प्रकार प्रयोग करना है जिससे जीवन बीमा व्यापार समाज के अधिकतम हित के लिए बढ़ाया जा सके। निगम को निम्नलिखित कार्य को करने का अधिकार है :—

(1) पूँजी निष्क्रमण (Capital Redemption), निश्चित वार्षिकी (Annuity Certain) और जीवन बीमा व्यापार से सम्बन्धित पुनर्बीमा व्यवसाय करना। सरकार द्वारा बनाये गये नियमों को ध्यान में रखते हुए निगम अपने कोषों को इस प्रकार विनियोजित करे जिसे वह उचित समझे और उन सभी कार्यों को करना जो विनियोग सुरक्षित और वसूल करने के लिए आवश्यक या उचित हों।

(2) इसी तरह विनियोग के लिए प्रतिभूति के रूप में प्राप्त सम्पत्ति को लेना और प्रबन्ध करना, जब तक कि उनके विक्रय के लिए उपयुक्त अवसर न मिले।

(3) निगम को अपने व्यवसाय के लिए कोई सम्पत्ति प्राप्त करना, रखना और विक्रय करना।

(4) यदि निगम के हित में यह उचित समझा जाय तो निगम भारत के बाहर संचालित जीवन बीमा व्यापार को पूर्णतः या आंशिक रूप से किसी व्यक्ति या किन्हीं व्यक्तियों को हस्तान्तरित करना।

(5) किसी चल या अचल सम्पत्ति या अन्य इसी प्रकार की प्रतिभूति पर अग्रिम या ऋण देना।

(6) जैसा निगम उचित समझे, उसी प्रकार और उस प्रतिभूति पर उधार लेना और प्रबन्ध करना।

(7) जिस बीमाकर्ता का व्यापार निगम को हस्तान्तरित हो गया है, उसके सहायक कम्पनी के व्यापार को स्वतः या किसी सहायक कम्पनी द्वारा करना।

(8) कोई अन्य व्यवसाय करना जिसे निगम सुगमतापूर्ण करने के योग्य हो और जो प्रत्यक्ष या अप्रत्यक्ष रूप से निगम के व्यापार में लाभदायक सिद्ध हो।

(9) ऐसे समस्त कार्य करना जो निगम के अधिकार को पूरा करने के लिए प्रासंगिक हो और हित में हो। (धारा 6)

अपने किसी कार्य को पूरा करने के लिए निगम व्यापारिक सिद्धान्तों पर कार्य करेगा। धारा 21 के अनुसार निगम को केन्द्रीय सरकार द्वारा लिखित दिए गए आदेशों को

जो जनहित में हो, पालन करना होगा। यदि जनहित के मामले में कोई विवाद उत्पन्न हो तो केन्द्रीय सरकार के निर्णय अन्तिम होंगे। इस अधिनियम की धारा 44 के अनुसार बताये गए प्रावधानों के अतिरिक्त निगम को जीवन बीमा व्यापार करने का एकमात्र अधिकार होगा। धारा 44 में पोस्ट आफिस, जीवन बीमा या अनुमोदित पेंशन कोष या अन्य इसी प्रकार की योजनाएँ जो केन्द्रीय सरकार द्वारा अनिवार्यतः चल रही हैं, इस अधिनियम के अन्तर्गत नहीं आतीं।

4. निगम के अधिकार—धारा 49 के अनुसार निगम केन्द्रीय सरकार की पूर्व अनुमति से और गजट ऑफ इण्डिया में प्रकाशित करके इस अधिनियम के प्रावधानों के अनुकूल निम्नलिखित विषयों पर नियम बना सकता है :—

(1) निगम के अधिकार और कार्य जो क्षेत्रीय प्रबन्धक को प्रत्यायुक्त किये जा सकते हैं।

(2) निगम के कर्मचारियों और अभिकर्ताओं को नियुक्त करने का तरीका, उनकी सेवा की शर्तें और दशायें।

(3) धारा 11 की उपधारा के अन्तर्गत बने हुए कर्मचारियों की सेवा की शर्तें एवं दशाएँ।

(4) धारा 22 के अन्तर्गत बनाये गये परिषदों और सदस्यों की संख्या, कार्यकाल की शर्तें (अवधि) और सेवा की दशाएँ।

(5) इस अधिनियम के अन्तर्गत स्थापित प्रत्येक क्षेत्र की प्रादेशिक सीमाएँ और व्यापार।

(6) निगम के कोष को बनाये रखने का तरीका।

(7) प्रत्येक क्षेत्रीय कार्यालय में पृथक् कोष और बहीखाता का संधारण (Maintenance)।

(8) प्रत्येक विभागीय कार्यालय का अधिक्षेत्र (Jurisdiction) और उस क्षेत्र के बीमापत्रधारियों की प्रतिनिधि परिषदों की स्थापना जो विभागीय कार्यालय को किसी विषय पर जो उससे पूछा जाय, सलाह दे सके।

(9) निगम की सभाओं में व्यापारिक व्यवहार।

(10) निगम की समितियों की स्थापना, उनको निगम के अधिकारों और कार्यों को प्रत्यायुक्त करना और इन समितियों को सभाओं में व्यापारिक व्यवहार।

(11) बीमापत्र निर्गमन के तरीके और प्रपत्र जो निगम की प्रसंविदा को कार्यान्वित कर सके।

(12) बीमापत्र का वर्गीकरण।

(13) सभी क्षेत्रीय कार्यालय, विभागीय कार्यालय और शाखा कार्यालय के बहीखाते निरीक्षण और अंकेक्षण के तरीके।

(14) वे दशायें जिनके अनुसार निगम को भुगतान किया जा सके।

5. केन्द्रीय सरकार के अधिकार—धारा 48 के अनुसार केन्द्रीय सरकार को इस अधिनियम के उद्देश्यों को पूरा करने के लिए निम्नलिखित विषयों पर नियम बनाने का अधिकार है :—

(1) सदस्यों की सेवाओं का कार्यकाल और दशाएँ।

(2) धारा 8 के अन्तर्गत वर्णित कोषों से सम्बन्धित रकम और अन्य सम्पत्ति को प्रन्यासी और निगम में विभाजित करने का तरीका।

(3) धारा 12 के प्रावधानों के उद्देश्यों को पूरा करने के लिए मुख्य अभिकर्ता की सेवाएँ जो करनी चाहिए थीं।

(4) धारा 17 के अन्तर्गत न्यायाधिकरण (Tribunal) का अधिक्षेत्र।

(5) इस अधिनियम के अन्तर्गत क्षतिपूर्ति करने का तरीका और व्यक्तियों का निर्णय जिनको क्षतिपूर्ति देनी है।

(6) समय जिसके अन्तर्गत किसी विषय को न्यायाधिकरण को निर्देशित किया जाय।

(7) निगम द्वारा विनियोग करने का तरीका और दशाएँ।

(8) कर्मचारी और अभिकर्ता सम्बन्ध समिति को बनाने का तरीका।

(9) निगम द्वारा कार्यविधियों की सूचना देने का प्रपत्र।

(10) निगम द्वारा कर्मचारियों को नियुक्त करने की दशाएँ।

(11) इस अधिनियम के अन्तर्गत देय शुल्क और उसको प्राप्त करने का तरीका।

(12) कोई अन्य विषय जो निर्धारित किया जाय। ये नियम लोक सभा के दोनों सदस्यों के संशोधनानुकूल बनाये जायेंगे।

6. प्रबन्ध (*Management*)—धारा (18-23) निगम का प्रधान कार्यालय मुम्बई में है जिसके अन्तर्गत पाँच क्षेत्रीय कार्यालय (Zonal offices) मुम्बई, कलकत्ता, दिल्ली, कानपुर और मद्रास में है। ऐसे कार्यालय केन्द्रीय सरकार की अनुमति से अन्यत्र भी स्थापित किये जा सकते हैं। निगम द्वारा प्रत्येक क्षेत्रीय कार्यालय की कार्य सीमा निर्धारित कर दी गयी है। प्रत्येक क्षेत्रीय कार्यालय में क्षेत्रीय प्रबन्धक (Zonal Manager) द्वारा विभागीय कार्यालय (Divisional Office) बनाये जायेंगे और उनके नियन्त्रण तथा प्रबन्ध में शाखा कार्यालय (Branch Office) की स्थापना की जायगी। निगम की निम्नलिखित समितियाँ हैं :—

(i) कार्यकारिणी समिति (*Executive Committee*)—निगम अपने कार्यों और व्यापार का अधीक्षण और निर्देशन एक कार्यकारिणी समिति (Executive Committee) को सौंप सकता है जिसमें निगम के अधिक से अधिक पाँच सदस्य होंगे। यह समिति उन तमाम कार्यों और अधिकारों का प्रयोग करेगी जिसे निगम समर्पित करे।

(ii) विनियोग समिति (*Investment Committee*)—निगम के कोषों के विनियोग सम्बन्धी कार्यों की सलाह के लिए एक विनियोग समिति बनाई जायेगी, जिसमें अधिकाधिक सात सदस्य होंगे जो कम से कम तीन निगम के सदस्य होंगे और बाकी सदस्य जो निगम के सदस्य हों या नहीं लेकिन वे वित्तीय विषयों का विशेषतः कोषों के विनियोग का विशेष ज्ञान और अनुभव रखते हों।

(iii) अन्य समितियाँ—निगम ऐसी अन्य समितियों को बना सकता है जिसे वह अपने कार्यों को पूरा करने के लिए उचित समझे।

इन समितियों के अतिरिक्त निम्न अधिकारीगण अधिनियम द्वारा नियुक्त किये जा सकते हैं :—

(i) प्रबन्ध संचालक (*Managing Director*)—निगम एक या अधिक व्यक्तियों को प्रबन्ध संचालक नियुक्त कर सकता है। प्रत्येक प्रबन्ध संचालक निगम का पूर्णकालिक अधिकारी होगा और उन सभी अधिकारों और कर्त्तव्यों का पालन करेगा जो कार्यकारिणी समिति और निगम द्वारा सौंपे या प्रत्यायुक्त (Delegate) किये जायेंगे।

(ii) क्षेत्रीय प्रबन्धक (*Zonal Managers*)—निगम क्षेत्रीय कार्यालय के कार्य और व्यापार का अधीक्षण और निर्देशन एक या अधिक व्यक्तियों को, जो निगम के सदस्य हों या नहीं और जो क्षेत्रीय प्रबन्धक के रूप में जाने जाते हैं, को सौंप सकता है। क्षेत्रीय प्रबन्धक निगम के उन तमाम कार्यों को पूरा करेगा जो उसे क्षेत्रीय कार्यालय के कार्यक्षेत्र में प्रत्यायुक्त (Delegate) किये गये हैं। इस प्रबन्धक को सलाह देने के लिए एक परिषद् (Board) की नियुक्ति की जा सकती है। कर्मचारियों और अभिकर्ताओं के कल्याण के लिए प्रत्येक क्षेत्रीय कार्यालय में कर्मचारी और अभिकर्ता सम्बन्ध समिति (Employees and Agents Relations Committee) बनायी जायेगी।

(iii) अन्य कर्मचारी—निगम अपने कार्यों को पूरा करने के लिए जितने कर्मचारी उचित समझे, नियुक्त कर सकता है। ये कर्मचारी भारत में कहीं भी सेवा के लिए भेजे जा सकते हैं। धारा 47 के अनुसार इन कर्मचारियों द्वारा परम सद्विश्वास के आधार पर किये गये कार्य के लिए निगम जिम्मेदार होगा।

7. संगठन (*Organisation*)—निगम के विभिन्न कार्यालयों के प्रबन्ध और कार्यों को संगठन के अन्तर्गत बताया जायगा।

(अ) केन्द्रीय कार्यालय :

(i) निगम का केन्द्रीय कार्यालय नीतिनिर्धारक और समन्वयकारी अंग है। इसकी कार्यकारिणी की जिम्मेदारियाँ बहुत सीमित हैं। मुख्य रूप से यह सभी क्षेत्रीय कार्यालयों की गतिविधियों (Activitites) को समन्वित (Co-ordinate) करती है और उनके अन्तर्क्षेत्रीय विषयों के निर्देशन और निर्णय पर विस्तृत नीति निर्धारित करता है।

(ii) विनियोग नीति निर्धारण और उसके अनुसार कोष का विनियोग इस कार्यालय की एकमात्र जिम्मेदारी है।

(iii) अभिगोपन (Underwriting) स्तर और नीति बनाने के अतिरिक्त यह अधिक रकम के प्रस्ताव को या उप-प्रमाप जीवन (Sub-standard lives) जो विभागीय कार्यालय के प्राधिकार (Authority) के बाहर है, को अभिगोपित करता है।

(iv) वैधानिक आवश्यकताओं के अनुसार निगम के कार्य विवरण को प्रस्तुत करने की एकमात्र जिम्मेदारी इस कार्यालय की है।

(v) प्रक्रम या कार्यविधि (Procedures) और रूपपत्र या प्रपत्र (Forms) का

प्रमापीकरण, प्रविवरण (Prospectus) को तैयार करना, प्रव्याजि (Premium) दर, बीमापत्र की दशाएँ और पुनर्बीमा का प्रबन्ध करना इस कार्यालय की जिम्मेदारी है।

(vi) राष्ट्रीय स्तर पर विस्तृत रूप से बीमा प्रचार की जिम्मेदारी इस कार्यालय की है।

(vii) शाखा, विभागीय और क्षेत्रीय कार्यालय का निरीक्षण एवं वित्तीय आन्तरिक अंकेक्षण इस कार्यालय द्वारा किया जाता है।

(viii) विस्तृत रूप से विशेष स्तर पर शोध (Research) करने के लिए शोध और सांख्यिकी विभाग की स्थापना इसके अन्तर्गत की गयी है।

अधिकारीगण और उनके कार्य

(1) अध्यक्ष (*Chairman*)—सामान्य रूप से नीति निर्धारण का निर्णय अध्यक्ष करता है। वह निगम का सर्वोच्च अधिकारी है।

(2) प्रबन्ध संचालक प्रथम (*Managing Director I*)—इसके अन्तर्गत जीवनांकिकी (Acturial), बहीखाता (Accounts) और वैधानिक (Legal) विभाग आते हैं।

(3) प्रबन्ध संचालक द्वितीय (*Managing Director II*)—यह सामान्य बीमा संगठन और प्रबन्ध, परिमेलन (Integration) और शिकायत, आन्तरिक अंकेक्षण, गृह एवं बन्धक विकास और भवन विभाग के कार्यभार संभालता है।

(4) कार्यकारी संचालक 'विकास' (*Executive Director 'Development'*)—यह विकास, विदेशी व्यापार, विकास कार्यकर्ताओं का प्रशिक्षण और प्रचार विभाग के कार्य प्रत्यक्ष रूप से सँभालता है।

(5) कार्यकारी संचालक 'कर्मचारी वर्ग' (*Executive Director 'Personnel'*)—इसके अन्तर्गत सचिवालय विभाग, कर्मचारी वर्ग, प्रशासकीय कर्मचारियों का प्रशिक्षण, निरीक्षण, संगठन और निरीक्षण शिकायत विभाग हैं। कर्मचारी वर्ग (Personnel) विभाग के अन्तर्गत तीन वर्ग (Section) हैं। प्रथम वर्ग कर्मचारियों का व्यक्तिगत रूप से शंका समाधान करता है, द्वितीय वर्ग कार्यालय सामग्री प्रदान करता है और तृतीय वर्ग वैधानिक एवं परिमेलन के कार्य देखता है।

(6) कार्यकारी संचालक 'सामान्य बीमा' (*Executive Director 'General Insurance'*) —इसके अन्तर्गत गैर-जीवन बीमा व्यापार का प्रबन्ध रहता है।

(7) मुख्य आन्तरिक अंकेक्षक (*Chief Internal Auditor*)—निगम के सभी लेन-देन का लगातार अंकेक्षण करने की जिम्मेदारी मुख्य आन्तरिक अंकेक्षक की होती है।

(8) मुख्य कानून अधिकारी (*Chief Law Officer*)—वैधानिक विभाग के कार्यों की जिम्मेदारी इसी अधिकारी की होती है।

(9) मुख्य अभियन्ता (*Chief Engineer*)—इस अधिकारी की जिम्मेदारी निगम के लिए भवन बनाने की योजना और कार्यविधि तैयार करना है। निगम की भवन सम्पत्ति की देखभाल इसी की जिम्मेदारी है।

(10) मुख्य जीवनांकिक (*Chief Actuary*)—अभिगोपन तरीके और कार्यालयों के स्तरों को निश्चित करने की जिम्मेदारी इस अधिकारी की है।

(11) मुख्य लेखापालक (*Chief Accountant*)—इस अधिकारी के अन्तर्गत केन्द्रीय कार्यालयों के बहीखाता रहते हैं और अन्य कार्यालयों के खातों और हिसाब-किताब का परिमेलन और समामेलन इसी अधिकारी के दायित्व हैं।

(ब) क्षेत्रीय कार्यालय (*Zonal Office*)—प्रत्येक क्षेत्रीय कार्यालय अपने कार्यक्षेत्र के अन्तर्गत विभागीय कार्यालयों के कार्यों का परिमेलन और निगम के निर्णयों को कार्यान्वित करने का उत्तरदायी है। इस कार्यालय का प्राथमिक उत्तरदायित्व कार्यों की एकरूपता और कार्यक्षमता को उच्चतम स्तर पर बनाये रखना है। इस कार्यालय के कार्य निम्नलिखित हैं :—

1. जीवनांकिकी विभाग (*Acturial Department*)—

(i) विभागीय कार्यालयों को अभिगोपन और नवीनीकरण कार्यों पर निर्देशन।

(ii) चिकित्सा परीक्षक की नियुक्ति और निर्देशन तथा चिकित्सा परीक्षण के नियमों का पर्यवेक्षण और नियन्त्रण।

(iii) स्वास्थ्य प्रचार और चिकित्सा सेवा योजनाओं का व्यवहारीकरण।

(iv) सभी मृत्यु अध्यर्थनों (Death Claims) का सांख्यिकीय विश्लेषण।

(v) प्रव्याजि, समर्पित मूल्य आदि के मूल्य-उद्धरण (Quotation) विभागीय कार्यालयों को बताना।

(vi) बीमापत्रधारियों की सेवा-पद्धति और समस्याओं पर विभागीय कार्यालय को प्रावैधिक सलाह।

(vii) मूल्यांकन (Valuation)।

2. बहीखाता विभाग (*Accounts Department*)—

(i) सम्पूर्ण क्षेत्र का समामेलित खाता तैयार करना और उनका अंकेक्षण करवाना।

(ii) क्षेत्रीय कार्यालय के बहीखाते की कार्यविधियाँ।

(iii) क्षेत्रीय कार्यालय की रोकड़ बही (Cash Books) रखना और बैंक खातों का संचालन।

(iv) विभागीय कार्यालयों के बहीखाता सम्बन्धी समस्याओं पर प्रावैधिक सलाह।

(v) विभागीय और शाखा कार्यालयों के वित्तीय प्राधिकारों का नामंकरण।

(vi) विभागीय एवं शाखा कार्यालयों का आय-व्ययक नियन्त्रण (Budgetary Control)।

(vii) बहीखाते की मशीनीकरण क्रियाओं का पर्यवेक्षण।

(viii) विभागीय कार्यालय के बहीखातों के मशीनीकरण की योजना।

(ix) सम्पूर्ण क्षेत्र के लिए भविष्य निधि बहीखाता (Provident Fund Accounts) रखना।

3. विकास विभाग (*Development Department*)—

(a) विकास :

(i) क्षेत्रीय कार्यालय के लिए विकास योजनाएँ और उनका कार्यान्वयन।

(ii) व्यापारिक प्रगति का सामयिक पुनर्निरीक्षण (Periodical Review)।

(iii) शाखा कार्यालय और विकास अधिकारियों का संस्थागत लागत नियंत्रण (Organisational Cost Control)।

(iv) क्षेत्र के सभी वेतन भोगी कर्मचारियों का सेवा-लेखन (Service Records)।

(v) ग्रामीण बीमा विकास के लिए योजनाएँ बनाना।

(b) विकास कर्मचारी वर्ग (Personnel) का प्रशिक्षण :

(i) प्रशिक्षण स्कूलों का पर्यवेक्षण।

(ii) क्षेत्र में सभी प्रकार के प्रचार की व्यवस्थाएँ।

(iii) घरेलू पत्रिकाओं का बहिर्कार्यालय कार्यकर्ताओं (Field Workers) के लिए प्रकाशन।

4. सचिवालय और कर्मचारी वर्ग विभाग (*Secretarial And Personnel Department*)—

(a) कर्मचारी वर्ग : (i) क्षेत्र के सभी कर्मचारियों (Employee) (बहिर्कार्यालय कर्मचारी वृन्द को छोड़कर) का सेवा-लेख रखना।

(स) मण्डलीय कार्यालय (*Divisional Offices*)

(1) नया व्यापार विभाग (New Business Department)—

(i) (a) प्रस्ताव का अभिगोपन; (b) विचाराधीन प्रस्ताव का अनुसरण; (c) सभी प्रस्तावों के पत्र-व्यवहार।

(ii) (a) चिकित्सा परीक्षक की नियुक्ति; (b) चिकित्सा परीक्षक के लेख को रखना; (c) चिकित्सा परीक्षकों में परीक्षण का समान वितरण।

(iii) प्रस्ताव के समय उम्र स्वीकृति।

(iv) बीमापत्र की छपाई और निर्गमन।

(v) (a) प्रस्तावना सूचिका पत्र (Proposal Index Cards), (b) अस्वीकृति सूचिका पत्र (Declined Index Cards), (c) चिकित्सा परीक्षक सूचिका पत्र (Medical Examiners' Index Cards)।

(2) बीमापत्रधारियों का सेवा विभाग (*Policyholders' Servicing Department*)—सभी बीमापत्रों पर बीमापत्र के निर्गमन से अध्यर्थन के भुगतान तक की सेवा इस विभाग से की जाती है; जैसे—(i) प्रव्याजि सूचना जारी करना, (ii) बीमापत्र रजिस्टर का रखना, (iii) बीमापत्र की न्यस्ति (File) और सूचिका (Index) रखना, (iv) नामांकन और अभिहस्तांकन का निबन्धन, (v) बीमाखंडन और पुनर्निर्गमन (Revivals), (vi) परिवर्तन (Alterations), (vii) ऋण और समर्पित मूल्य, (viii) स्वतः अजब्ती (Automatic Non-Forfeiture) सूचनायें और लेख, (ix) उम्र स्वीकृति (बीमापत्र निर्गमन के बाद), (x) अध्यर्थन (Claims)।

(3) नकद एवं बहीखाता विभाग (*Cash and Accounts Department*)—

(i) शाखा रोकड़ आय और पेशगी (Imprest) वितरण का सूक्ष्म निरीक्षण (Scrutiny)।

(ii) सभी खाताबही (Ledger Accounts) का रखना और तलपट का तैयार करना।

(iii) नवीकरण (Renewal) और बोनस कमीशन को तय करना और अभिकर्तृत्व खाते रखना।

(iv) उचन्त (Suspense) खातों पर नियन्त्रण।

(v) बैंक खातों का समाधान (Reconciliation)।

(vi) विभागीय कार्यालय रोकड़ बही को रखना और विभागीय कार्यालय बैंक खाते का संचालन।

(vii) प्रथम एवं नवीकरण प्रव्याजि की रसीद के निर्गमन और वापसी पर नियन्त्रण।

(4) विकास विभाग (*Development Department*)—

(i) सम्पूर्ण विभागीय कार्यालय के लिए विकास कार्यक्रम को कार्यान्वित करना।

(ii) बहिर्कार्यालय (Field) संगठन का पर्यवेक्षण और नियन्त्रण।

(iii) अभिकर्ता विकास अधिकारी और शाखा कार्यालय के व्यापारिक लेख रखना।

(iv) विकास अधिकारियों की नियुक्ति, उनके कार्यों का पुनर्निरीक्षण और शाखा प्रबन्धक की व्यापारिक यात्रा।

(v) संगठनीय लागत नियन्त्रण।

(vi) शाखा कार्यालय के संगठनीय विषयों पर निर्णय और आदेश।

(vii) शाखा संगठन खर्चे पर आय-व्ययक नियन्त्रण।

(viii) जनता द्वारा शिकायतों का समाधान।

(5) प्रतिस्थापन विभाग (*Establishment Department*)—

(i) विभागीय कार्यालय के सभी कर्मचारियों की सेवा-लेख रखना।

(ii) क्षेत्रीय और केन्द्रीय कार्यालयों के निर्देशन पर कर्मचारी वर्ग की समस्याओं का समाधान।

(iii) विभागीय कार्यालय और शाखा कार्यालय के विभिन्न कार्यालयों को लेखन सामग्री और साहित्य देना।

(iv) विभाग के सभी कार्यालयों के लिए फर्नीचर और कार्यालय सामग्री रखना।

(v) आगामी और बहिर्गामी पत्रों को तय करना और अन्य सेवायें करना।

(vi) किराया की वसूली, करों का भुगतान और सम्पत्ति रखना।

(vii) क्षेत्रीय, विभागीय और शाखा कार्यालयों के लिए प्रपत्र और साहित्य की छपाई और उनकी पूर्ति का लेख।

(viii) क्षेत्रीय कार्यालय में सभी कार्यालयों से सम्बन्धित फर्नीचर का पूरा स्टाक (Inventory) रखना, नये फर्नीचर खरीदना और पुराने फर्नीचर की मरम्मत करना।

(ix) सभी कार्यालय वस्तुयें; जैसे टाइप मशीन, गणना मशीनें, पता लिखने की मशीनें, प्रतिलिपिकारक, तालिका मशीनें आदि का क्षेत्रीय कार्यालय में सम्पूर्ण स्टाक रखना; क्षेत्रीय कार्यालय में इन मशीनों की देखभाल करना।

(x) स्कन्ध संहिता (Stores Code) का इस कार्यालय के अन्तर्गत प्रशासन।

(xi) आगामी और बहिर्गामी पत्रों और अन्य इसी प्रकार की सेवाएँ क्षेत्रीय कार्यालय के लिए करना।

5. साकल्यता (*Integration*)—

(a) (i) सभी साकल्य कार्यों की परियोजना और एकीकरण।

(ii) व्यापारिक लेख के हस्तान्तरण और प्राप्ति (Transfer and Receipt) की कार्यविधि और अनुसूचिका (Schedules) की परियोजना (Planning) जो विभागीय और क्षेत्रीय कार्यालयों के अन्तर्गत हों।

(iii) वर्तमान बीमापत्रधारियों के सेवा-लेख (Records for Servicing) का पर्यवेक्षण जो विभागीय कार्यालय के विकेन्द्रीकरण के लिए है।

(iv) साकल्य प्रधान और शाखा कार्यालयों (I.H.O. & I.B.O.) के द्वारा पुराने व्यापार को सम्भालना और सेवा करना।

(v) व्यापारिक इकाइयों (Existing Units) के लिए बहीखाता पद्धति बनाना।

(vi) व्यापारिक खाते तैयार करना जब तक विकेन्द्रीकरण पूरा नहीं होता।

(vii) क्षेत्र के सभी कार्यालयों में सेवा नियमों का प्रयोग।

(viii) क्षेत्रीय कार्यालय के कर्मचारी वर्ग की सभी समस्याओं का समाधान।

(ix) विभागीय कार्यालय के कर्मचारी वर्ग को सभी विषयों पर सलाह और निदेशन।

(x) सम्पूर्ण क्षेत्र के लिए प्रशासकीय कर्मचारी-वृन्द की नियुक्ति।

(xi) लिपिक वृन्द (Clerical Staff) को प्रशासकीय प्रशिक्षण और उच्च-पदोन्नति के लिए विभागीय परीक्षण।

***(b) वैधानिक एवं बंधक** (Legal and Mortgages) :*

(i) सभी वर्तमान बन्धक का पर्यवेक्षण और बन्धक खाते को रखना।

(ii) बन्धक के लिए प्रस्ताव की जाँच (Scrutiny) और उन्हें केन्द्रीय कार्यालय को स्वीकृति के लिए पेश (Submit) करना।

(iii) विभागीय कार्यालय को सभी संदेहयुक्त अध्यर्थन (Doubtful Claims) पर सलाह देना।

(iv) अध्यर्थन के परित्याग सम्बन्धी निर्णय।

(v) क्षेत्र के अन्तर्गत सभी वैधानिक कार्यवाही के लिए वैधानिक सलाह और स्वीकृति।

***(c) प्रतिष्ठान एवं भवन** (Establishment and Building) :*

(i) वर्तमान विनियोग को यथार्थ सम्पत्ति (Real Estate) में रखना।

(ii) किराये की वसूली, कर का भुगतान और इनके बहीखाता रखना।

(iii) निगम के अपने क्षेत्र में स्थित नये भवनों का पर्यवेक्षण।

(iv) यथार्थ सम्पत्ति में विनियोग सम्बन्धी वैधानिक क्रिया।

(v) क्षेत्र में सभी कार्यालयों को लेखन सामग्री (Stationary) भेजना और लेखन सामग्री खरीदने सम्बन्धी विभागीय और शाखा कार्यालय को नियम बताना।

(द) शाखा कार्यालय (*Branch Offices*)—शाखा कार्यालयों के कार्य विभाग के अनुसार निम्नलिखित हैं—

(1) नया व्यापार विभाग—

(i) प्रस्ताव का सूक्ष्म परीक्षण और अनुबन्धन तथा इन प्रस्तावों को निर्णय हेतु विभागीय कार्यालय को भेजना, अपूर्ण प्रस्तावों का अनुसरण (Follow-up)।

(ii) प्रथम प्रव्याजि रसीद का निर्गमन।

(iii) चिकित्सा परीक्षक के अभिलेख रखना और चिकित्सा शुल्क तय करना।

(iv) चिकित्सा परीक्षक के कार्यों के समान वितरण के लिए कार्य करना।

(2) बीमापत्रधारी सेवा विभाग (*Policyholder's Servicing Department*)—

(i) बीमापत्र रजिस्टर और सूचिका रखना।

(ii) प्रव्याजि का एकत्रीकरण, नवीकरण प्रव्याजि रसीद और बाकी सूचनाओं (Default Notices) का निर्गमन।

(iii) जमा में रखी गई रकम का अनुसरण।

(iv) प्रव्याजि आदि पर बीमापत्रधारियों द्वारा पूछे गये प्रश्नों का उत्तर।

(v) भुगतान जो विभागीय कार्यालय से अधिकृत हो।

(vi) उम्र की स्वीकृति, नामांकन और अभिहस्तांकन कार्य, खंडित बीमापत्रों का पुनर्निर्गमन।

(3) बहीखाता विभाग (*Accounts Department*)—

(i) रोकड़ आय बही और रोकड़ का भुगतान बही बनाना।

(ii) पेशगी रोकड़ खाताबही का समाधान (Reconciliation)।

(iii) प्राप्ति बैंक बहीखाता रखना और उसका समाधान।

(iv) अभिकर्ता के कमीशन को प्रथम प्रव्याजि पर तय करना।

(4) विकास विभाग (*Development Department*)—

(i) अभिकर्ता और विकास अधिकारियों के व्यापारिक अभिलेख रखना।

(ii) व्यापारिक विवरण की सामयिक तैयारी और उसे विभागीय कार्यालय को देना।

(iii) अभिकर्ता की नियुक्ति उसके लिए अनुज्ञापन (Licence) प्राप्त करना, विकास अधिकारी और अभिकर्ता के अभिलेख रखना।

(iv) विकास अधिकारियों की व्यापारिक प्रगति का पुनर्निरीक्षण।

(5) प्रतिष्ठान विभाग (*Establishment Department*)—

(i) शाखा कार्यालय के प्रशासकीय कर्मचारीवृन्द के सेवा अभिलेख को रखना।

(ii) आगामी और बहिर्गामी पत्र तथा अन्य सेवाएँ।

(iii) लेखन सामग्री और साहित्य की पूर्ति।

(iv) फर्नीचर और कार्यालय सामग्री का स्टाक रखना।

(v) कर्मचारीवृन्द को छुट्टी की स्वीकृति और छुट्टी के खाते रखना।

(इ) उपकार्यालय (*Sub-Offices*)—उपकार्यालय वहीं खोले जाते हैं जहाँ पर शाखा कार्यालय के लिए पर्याप्त व्यापार नहीं है, परन्तु 75 लाख रुपये से अधिक व्यापार एक वर्ष में है। इन कार्यालयों का मुख्य कार्य व्यापार की प्राप्ति है और ये प्रशासकीय कार्य नहीं करते। सहायक शाखा प्रबन्धक और विकास अधिकारियों के मुख्य कार्यस्थल हैं। कुछ विभागीय कार्यालयों के अन्तर्गत ये शाखा कार्यालय के रूप में कार्य करते हैं।

(फ) विकास केन्द्र (*Development Centres*)—कुछ अविकसित क्षेत्रों में विकास केन्द्र खोले गये हैं जो बीमा व्यापार बढ़ाने के कार्य करते हैं। इन क्षेत्रों में बीमा व्यापार के

विकास होने की पर्याप्त सम्भावना है। इन केन्द्रों से लगभग 50 लाख रुपये प्रतिवर्ष व्यापार मिलने की आशा रहती है।

8. वित्त लेखा एवं अंकेक्षण (*Finance, Accounts and Audit*) (धारा 24 से 29 तक) : **(i) कोष**—निगम अपना कोष रखेगा जिसमें से निगम के सभी भुगतान किये जायेंगे और सभी आय इसी कोष में जमा की जायेंगी।

(ii) अंकेक्षण (*Audit*)—अंकेक्षक जो भारतीय प्रमण्डल अधिनियम (Indian Companies Act) के अन्तर्गत अंकेक्षण करने के योग्य हैं, नियम के बहीखातों का अंकेक्षण करेंगे। ये अंकेक्षक निगम द्वारा केन्द्रीय सरकार की पूर्व अनुमति से नियुक्त किये जायेंगे और वही वेतन प्राप्त करेंगे जो केन्द्रीय सरकार द्वारा निर्धारित किया जायगा।

प्रत्येक अंकेक्षक अपने कर्त्तव्यों का पालन करते समय निगम की किताबों, लेखा और अन्य प्रलेख (Documents) को उचित समय में देख सकते हैं। अंकेक्षक अपनी रिपोर्ट निगम को प्रस्तुत करेंगे और उसकी एक प्रतिलिपि केन्द्रीय सरकार को भेजेंगे।

(iii) जीवनांकिकी मूल्यांकन (*Acturial Valuations*)—निगम को दो वर्षों में कम से कम एक बार अपने व्यापार की वित्तीय स्थिति की परीक्षा जीवनांकिकी से कराना अनिवार्य है। इसमें कुल दायित्वों का मूल्यन भी सम्मिलित है। इस मूल्यांकन की सूचना केन्द्रीय सरकार को देनी पड़ती है।

(iv) वार्षिक रिपोर्ट (*Annual Report*)—प्रत्येक वित्तीय वर्ष के अन्त में निगम गत वर्ष के कार्यकलाप (Activities) का विवरण तैयार करके जैसा केन्द्रीय सरकार निर्धारित फार्म में माँगे, उसे देना अनिवार्य है। रिपोर्ट में अगले वर्ष में किये जाने वाले सम्भाव्य कार्यों का विवरण भी शामिल होना चाहिए।

धारा 29 के अनुसार केन्द्रीय सरकार को अंकेक्षक की रिपोर्ट, जीवनांकिकी मूल्यांकन की सूचना और वार्षिक रिपोर्ट जैसे ही प्राप्त हो वह लोकसभा के दोनों सदनों के सम्मुख प्रस्तुत करना चाहिए।

(v) अतिरेक का वितरण (*Distribution of Surplus*)—धारा 29 के अनुसार यदि जीवनांकिकी मूल्यांकन से कोई अतिरेक विदित होता है तो उस अतिरेक का कम से कम 95% बीमापत्रधारियों के लिए संचारित या विवरित किया जायगा और बाकी 5% अतिरेक केन्द्रीय सरकार द्वारा बताये गये उद्देश्यों के लिए बताये गये तरीकों के अनुसार प्रयोग किया जायगा।

9. बीमा अधिनियम 1938 का लागू होना—बीमा अधिनियम की निम्नलिखित धाराएँ जीवन बीमा निगम पर भी लागू होंगी—

धारा 2, 2बी, 3, 18, 26, 33, 38, 39, 41, 45, 46, 47ए, 50, 51, 52, 110ए, 110बी, 110सी, 119।

उपर्युक्त धाराओं के अतिरिक्त केन्द्रीय सरकार बीमा अधिनियम का किसी भी धारा

को लागू करने के लिए, सरकारी गजट में प्रकाशित करके, निगम को आदेश दे सकती है। इन धाराओं के आधार पर विभिन्न विषयों पर बने प्रावधान निम्नलिखित हैं—

(अ) बीमा नियन्त्रक का नियन्त्रण।

(ब) विनियोग के प्रावधान।

(स) अभिकर्ता के प्रावधान।

(द) विशेष प्रावधान।

(अ) बीमा नियन्त्रक के अधिकार एवं नियन्त्रण—बीमा अधिनियम की धारा 2 बी के अनुसार केन्द्रीय सरकार सरकारी प्रकाशन में सूचना देकर नियन्त्रक की नियुक्ति कर सकती है। उसे उद्योग, व्यापार, बीमा विषय और जीवनांकिकी का विशेष ज्ञान होना चाहिए। यह बीमा व्यवसाय को नियन्त्रित करने वाला सर्वोच्च अधिकारी है। भारतीय जीवन बीमा निगम बीमा नियन्त्रक के अधिकार में आता है। धारा 3 के अनुसार निगम को जीवन बीमा व्यवसाय करने के लिए नियन्त्रक से रजिस्ट्री का प्रमाण-पत्र लेना होता है। संक्षेप में निगम के निम्नलिखित कार्यों पर नियन्त्रक का अधिकार रहता है—

(i) निगम को रजिस्ट्री का प्रमाण-पत्र देना, इसका नवीकरण और इसे रद्द करना। प्रमाण-पत्र और इसके नवीकरण के लिए निगम की सम्पत्ति का एक विवरण, जीवन बीमा कोष में जमा की रकम, अंकेक्षित खाते, प्रविवरण (Prospectus) और अधिकारियों के नाम, पते और अन्य सूचनाएँ नियन्त्रक को देना आवश्यक है।

(ii) प्रत्येक वित्तीय वर्ष के अन्त में उस वर्ष से सम्बन्धित एक चिट्ठा और एक लाभ-हानि खाता क्रमशः प्रथम और द्वितीय सूची के अनुसार बनाना पड़ता है। इन पर निगम के सभापति, एक प्रबन्ध संचालक और अन्य दो सदस्यों के हस्ताक्षर होने चाहिए।

(iii) निगम के कार्यों की प्रत्येक रिपोर्ट जो बीमापत्रधारियों को दी गयी है, प्रमाणित कराके बीमा नियन्त्रक को सौंपना आवश्यक है। (धारा 18)

(iv) अंकेक्षित चिट्ठा और लाभ-हानि खातों का प्रकाशन आवश्यक है तथा इसकी चार प्रतिलिपियाँ 6 माह की अवधि के अन्तर्गत बीमा नियन्त्रक को भेजना अनिवार्य है। जीवनांकिक सूचना का संक्षिप्त विवरण 9 महीने के अन्दर भेजना पड़ता है। इन पर सम्बन्धित अंकेक्षक और जीवनांकिक के हस्ताक्षर होना आवश्यक है।

अधिनियम के अन्तर्गत प्रत्येक दो वर्षों में कम से कम एक बार निगम को अपने व्यवसाय की वित्तीय स्थिति की परीक्षा, देनदारी का मूल्यांकन अधिनियम की चतुर्थ सूची के अनुसार जीवनांकिक द्वारा कराना पड़ता है जिसका उपर्युक्त नियम के अन्तर्गत नियन्त्रक के पास भेजना आवश्यक है।

(v) बीमापत्र रजिस्टर और अध्यर्थन रजिस्टर से सम्बन्धित सूचनाओं को नियन्त्रक प्राप्त कर सकता है। इन रजिस्टरों में बीमापत्रधारियों के हस्तांतरण, सेवाएँ और अध्यर्थन को दिखाया जाता है।

(vi) निगम को बीमा अभिकर्ताओं का रजिस्टर रखना आवश्यक है जिसमें अभिकर्ताओं के नाम व पता, नियुक्ति तिथि तथा प्रसंविदा समाप्त होने की तिथि लिखी जाती है।

(vii) नियन्त्रक को यदि प्रतीत होता है कि कोई विवरण दोषपूर्ण अथवा गलत है तो वह निगम से अधिक सूचना माँग सकता है और किसी अधिकारी से शपथ लेकर परीक्षा ले सकता है, अशुद्ध विवरण को स्वीकार करने से इन्कार कर सकता है। इन परिवर्तनों की पूर्ण सूचना नियन्त्रक को देना आवश्यक है। इन सूचनाओं को नियन्त्रक से निश्चित शुल्क देकर प्राप्त किया जा सकता है।

निरीक्षण सम्बन्धी अधिकार—धारा 33 के अनुसार केन्द्रीय सरकार किसी भी समय लिखित आदेश देकर नियन्त्रक को या उसके पक्ष में किसी व्यक्ति को निगम के कार्यों का निरीक्षण करने के लिए आदेश दे सकती है। नियन्त्रक अपनी सहायता के लिए अंकेक्षक और जीवनांकिक को नियुक्त कर सकता है।

प्रत्येक प्रबन्धक या प्रबन्ध संचालक और निगम के अधिकारी का यह कर्त्तव्य है कि बीमा निगम के खाते, रजिस्टर और अन्य प्रलेख जो उनके प्रतिरक्षण (Custody) में हो, निश्चित समय में निरीक्षण के लिए प्रेषित करे। निरीक्षणकर्ता इन अधिकारियों की शपथ सहित परीक्षा ले सकता है। इस अधिनियम के अन्तर्गत सूचनाओं के प्राप्त होने पर निगम के अधिकारियों को वाद प्रस्तुत करने का अवसर प्रदान करती है और उसके बाद निम्नलिखित आदेश लिखित रूप से दे सकती है—

(अ) निगम को निर्देशित कार्यवाही करने के लिए आदेश दे सकती है।

(ब) नियन्त्रक को रजिस्ट्री का प्रमाण-पत्र रद्द करने का आदेश दे सकती है।

(स) निगम के अवसायन के लिए नियन्त्रक को आदेश दिया जा सकता है कि वह न्यायालय में अवमायन हेतु प्रार्थना दे।

नियन्त्रक के अधिकार और कर्त्तव्यों को अभिकर्तृत्व करना—धारा 110अ के अनुसार नियन्त्रक अपने अधिकार और कर्त्तव्यों को अपने अधीनस्थ व्यक्तियों को सौंप सकता है। ये हस्तान्तरण प्रतिबन्धित और सीमित हो सकते हैं।

धारा 110स के अन्तर्गत नियन्त्रक लिखित सूचना देकर निगम से बीमा व्यापार सम्बन्धी सूचना माँग सकता है। ये सूचनाएँ प्रधान अधिकारी या अंकेक्षक से प्रमाणित होनी चाहिए।

(द) विशेष प्रावधान : (i) अवहार का निषेध—धारा 41 के अनुसार कोई व्यक्ति प्रत्यक्ष या अप्रत्यक्ष रूप से किसी व्यक्ति को जीवन की जोखिम के सम्बन्ध में बीमा कराने या नवीकरण या जारी रखने के लिए अपने कमीशन का पूर्ण या आंशिक अवहार या प्रव्याजि की छूट नहीं दे सकता और न कोई व्यक्ति इस प्रकार की छूट स्वीकार कर सकता है। इस धारा के अनुसार उन छूटों को नहीं लिया जाता जो बीमा संस्था के प्रविवरण अथवा प्रव्याजि तालिका के नियमों के अनुसार बीमादार को दी जा सकती हैं। लेकिन इस धारा के अन्तर्गत बीमा अभिकर्ता को अपने जीवन में निर्गमित बीमापत्र पर कमीशन प्राप्त करने से मना नहीं किया गया। इस धारा के अन्तर्गत अवहार का लेना व देना दोनों अपराध हैं और इस अपराध का दण्ड 500 रुपये तक जुर्माना हो सकता है।

(ii) बीमापत्र का निर्विवाद होना—बीमापत्र के निर्गमन के दो वर्ष बाद निगम इस

बात पर विवाद नहीं उठा सकता कि प्रस्ताव या चिकित्सा अधिकारी की सूचना या निर्देशित व्यक्ति (Referees) या पत्र की सूचना या अन्य प्रपत्र में अशुद्ध और गलत थे जब तक निगम यह सिद्ध न कर दे कि इस प्रकार का विवरण महत्त्वपूर्ण था या बताने के लिए आवश्यक होने पर भी नहीं बताया गया या कपटपूर्ण था और बीमापत्रधारी इसको विवरण देने के समय जानता था।

इस धारा के अन्तर्गत निगम को उम्र के प्रमाण-पत्र प्राप्त करने के लिये मना नहीं किया जा सकता है और कोई भी बीमापत्र बाद में उम्र के प्रमाण-पत्र पर समन्वित होने पर विवाद के अन्तर्गत नहीं माना जायगा।

(iii) भारतीय बीमापत्र पर भारतीय नियम—उन बीमापत्रधारियों को जिनको भारत में बीमापत्र निर्गमित किये गये हैं, भारत में भुगतान प्राप्त करने का अधिकार है। वे भारत के किसी न्यायालय में भुगतान प्राप्त करने के लिए दावा कर सकते हैं। इसी तरह धारा 47अ के अन्तर्गत छोटी रकमों का भुगतान, यानी उन बीमापत्रों का भुगतान जिनकी रकम दो हजार रुपये से अधिक नहीं है निगम और बीमापत्रधारियों के बीच वाद उत्पन्न होने पर बीमा नियन्त्रक द्वारा निर्णय किया जा सकता है। बीमा नियन्त्रक का निर्णय अन्तिम होगा।

(iv) विकल्प की सूचना—निगम उन बीमापत्रों के सम्बन्ध में जिन पर प्रव्याजि का भुगतान करता था, भुगतान नहीं किया गया है, तीन महीने पहले बीमापत्रधारी को विकल्प जो उसे उपलब्ध हों, की सूचना दे सकता है। यदि विकल्प बीमापत्र लिखे गये हैं तो उनकी सूचना देने की आवश्यकता नहीं है। (धारा 50)

(v) प्रस्ताव पत्र की प्रतिलिपियों का मिलना—निगम बीमापत्रधारी द्वारा आवेदन करने पर और एक रुपया शुल्क देने पर, उसे बीमा के प्रस्ताव पत्र तथा डाक्टरी सूचना की प्रतिलिपियाँ उसमें दिये गये प्रश्नों और उत्तरों के साथ देगा। (धारा 51)

(vi) विभाजन आधार पर व्यापार का निषेध—धारा 52 के आधार पर निगम विभाजन सिद्धान्त पर व्यापार नहीं कर सकता, यानी बीमित रकम स्थायी नहीं है किन्तु अध्यर्थन के वितरण के परिणाम पर पूर्णतः या आंशिक रूप से आधारित है और प्रव्याजि की रकम परिणामतः पूर्णरूपेण या आंशिकरूपेण बदलती रहती है। संक्षेप में इस धारा के अन्तर्गत बीमा और प्रव्याजि रकम स्थिर और निश्चित होना चाहिए।

(vii) समर्पण मूल्य—जीवन बीमापत्र जिस पर लगातार तीन वर्ष तक प्रव्याजि का भुगतान किया गया है, समर्पण मूल्य प्राप्त कर लेता है और यह बीमापत्र भविष्य में प्रव्याजि के भुगतान न करने पर खण्डित नहीं होगा, बल्कि प्रदत्त रकम (Paid-up value) तक जीवित रहेगा। (धारा 113)। प्रदत्त बीमापत्र पर भविष्य के अधिलाभांश (Bonus) नहीं दिये जायेंगे।

अभिहस्तांकन (*Assignment*)—धारा 38 के अनुसार जीवन बीमा का अभिहस्तांकन या हस्तान्तरण बीमापत्र या अतिरिक्त कागज पर पृष्ठांकन (Endorsement) करके किया जा सकता है, जो अभिहस्तांकनकर्ता या हस्तांतरणकर्ता या उसके अधिकृत अभिकर्ता द्वारा

हस्ताक्षरित होना चाहिए और कम से कम एक साक्षी (witness) द्वारा प्रमाणित होना चाहिए।

हस्तान्तरण या अभिहस्तांकन पृष्ठांकित और प्रमाणित होने पर तब तक पूर्ण और प्रभावित नहीं होगा, जब तब बीमाकर्ता के प्रति लागू नहीं होगा या अभिहस्तांकिकी या हस्तांतरिती को या उसके प्रतिनिधि को बीमापत्र की रकम प्राप्त करने का अधिकार नहीं देगा, जब तक इस हस्तांतरण और अभिहस्तांकन की सूचना तथा इस पृष्ठांकन और प्रलेख या उसकी हस्तांतरणकर्ता और हस्तांतरिती द्वारा प्रमाणित प्रतिलिपि बीमाकर्ता को न दी जाय। लेकिन जब बीमाकर्ता ही हस्तांतरिती हो तो इस सूचना की आवश्यकता नहीं है।

जिस तारीख को सूचना दी गयी है, उसके अनुसार अभिहस्तांकन और हस्तांतरण की प्राथमिकता निर्धारित की जायगी। जहाँ पर एक से अधिक अभिहस्तांकन और हस्तांतरण हैं, वहाँ प्राथमिकता उनके भेजने की तिथि के अनुसार संचालित की जायगी।

हस्तांतरण और अभिहस्तांकन की सूचना प्राप्त होने पर बीमाकर्ता सूचना की तारीख के साथ, हस्तांतरिती और अभिहस्तांकिकी के नाम तथा अन्य सूचनाओं को अपने यहाँ लिखेगा और अधिक से अधिक एक रुपया वसूल करके सूचना प्राप्ति होने की लिखित स्वीकृति देगा। यह स्वीकृति बीमाकर्ता के लिए निर्णायक प्रमाण होगा।

हस्तांतरण और अभिहस्तांकन की शर्तों और दशाओं के अनुकूल बीमाकर्ता सूचना प्राप्ति होने की तिथि से हस्तांतरिती और अभिहस्तांकिकी को ही बीमापत्र के लाभों को प्राप्त करने का अधिकारी समझेगा। ये व्यक्ति बीमापत्र के दायित्व और प्राप्ति को बिना हस्तांतरणकर्ता और अभिहस्तांकिकी की सम्मति के प्राप्त कर लेंगे।

यदि कोई अभिहस्तांकन इस शर्त पर किये गये हैं कि किसी बीमित व्यक्ति की विशेष जीवन पद्धति में घटना घटित होने पर यह अप्रभावशाली होगा या बीमापत्र का हित किसी अन्य व्यक्ति को हस्तांतरित होगा तो यह मान्य होगा।

नामांकन—धारा 39 के अनुसार बीमापत्रधारी जिसके नाम में जीवन बीमा है, बीमापत्र के निर्गमन के समय या भुगतान के लिए बीमापत्र के परिपक्व होने के पहले किसी भी समय किसी व्यक्ति को नामांकित कर सकता है, जिसको उसकी मृत्यु के समय उस बीमापत्र से सम्बन्धित बीमाराशि मिल जायेगी। लेकिन जहाँ पर नामांकिकी अवयस्क है, यह बीमापत्रधारी के लिए कांनून न युक्त होगा कि वह किसी व्यक्ति को उसकी मृत्यु पर बीमापत्र से सम्बन्धित राशि को प्राप्त करने के लिए निर्धारित ढंग से नियुक्त करे।

कोई भी इस प्रकार का नामांकन जब तक बीमापत्र में लिखा न गया हो बीमापत्र पर पृष्ठांकन करके बीमाकर्ता को बताकर और उसके द्वारा इसको इससे सम्बन्धित लेख में निबन्धित करके किया जायगा। इस प्रकार के नामांकन बीमापत्र पर भुगतान के लिए परिपक्व होने के पहले किसी भी समय निरसित या परिवर्तित किया जा सकता है। लेकिन यदि इस परिवर्तन की सूचना लिखित रूप से बीमाकर्ता को नहीं दी गयी है तो बीमाकर्ता वास्तविक रूप से बीमापत्र में या अभिलेख में वर्णित नामांकिकी के लिए जिम्मेदार नहीं होगा।

बीमाकर्ता नामांकन या परिवर्तन या निरसन के निबन्धन की लिखित स्वीकृति बीमापत्रधारी को देगा और इस परिवर्तन और निरसन के निबंधन के लिये अधिक से अधिक एक रुपया फीस ले सकता है।

धारा 38 के अनुसार हस्तांतरण और अभिहस्तांकन नामांकन को अपने आप रद्द करेगा। लेकिन जब बीमापत्र बीमाकर्ता जो अभिहस्तांकन के समय इस पर जोखिम रखता है, को ऋण देने के प्रतिफल में समर्पित मूल्य तक जमानत के लिए अभिहस्तांकित की गयी है या इस ऋण के भुगतान पर पुनः अभिहस्तांकित की गयी है तब नामांकन निरसित नहीं होगा, किन्तु नामांकिकी के अधिकार को बीमाकर्ता के हित तक प्रभावित करेगा।

जब बीमापत्र बीमित व्यक्ति के जीवन काल में भुगतान के लिए परिपक्व होता है या जब किसी नामांकिकी की मृत्यु बीमापत्र के परिपक्व होने के पहले हो जाती है तो बीमापत्रधारी या उसके उत्तराधिकारी या वैधानिक प्रतिनिधि या उत्तराधिकार प्रमाणपत्र रखने वाले को जैसा भी हो, बीमा की राशि भुगतान की जायगी।

जहाँ पर नामांकिकी, एक से अधिक हों तो एक या एक से अधिक नामांकिकी उस व्यक्ति, जिसके जीवन पर बीमा लिया गया, की मृत्यु पर जीवित रहते तब बीमापत्र द्वारा सुरक्षित राशि इन जीवित व्यक्ति या व्यक्तियों को भुगतान किया जा सकता है।

इस धारा के प्रावधान उस बीमापत्र पर लागू नहीं होंगे जिस पर विवाहित स्त्री सम्पत्ति अधिनियम 1874 (Married Women's Property Act 1874) की धारा 6 लागू होती है।

□□□

अध्याय 44

सामुद्रिक बीमा अधिनियम, 1963

सामुद्रिक बीमा अधिनियम, 1963 के द्वारा सामुद्रिक बीमा व्यवसाय को संचालित एवं प्रबन्धित करने का कार्य किया जाता है।

परिभाषा

धारा 3 के अनुसार सामुद्रिक बीमा को परिभाषित किया गया है। सामुद्रिक बीमा प्रसंविदा एक ऐसा समझौता है जिसके अन्तर्गत बीमाकर्ता बीमित व्यक्ति को सामुद्रिक हानियों से निर्धारित ढंग और निश्चित सीमा तक भुगतान करने का वादा करता है। सामुद्रिक बीमा के अन्तर्गत सामुद्रिक जोखिम से होने वाली हानियों का भुगतान किया जाता है।

धारा 2(स) के अनुसार सामुद्रिक जोखिम (Marine Adventure) के अन्तर्गत बीमित सम्पत्ति से सम्बन्धित सामुद्रिक जोखिम, भाड़ा, कमीशन, लाभ, जमानत, दायित्व आते हैं। सामुद्रिक जोखिम के अन्तर्गत समुद्र सम्बन्धी जोखिम, अग्नि, युद्ध, डाकू, चोरी पकड़ा जाना, जेटीसन, बैरेटरी आते हैं।

बीमायोग्य हित

(Insurable Interest)

धारा 6 से धारा 17 तक बीमायोग्य हित के सम्बन्ध में नियम बनाये गये हैं। धारा 6 में यह स्पष्ट रूप से बताया गया है कि बिना बीमायोग्य हित के सामुद्रिक बीमा प्रसंविदा जुए का प्रसंविदा होगा। धारा 7 के अनुसार प्रत्येक व्यक्ति जो सामुद्रिक जोखिम (Marine Adventure) में हित रखे बीमा योग्य हित रखता है। एक व्यक्ति सामुद्रिक जोखिम में तभी हित रखता है जब वह जोखिम या बीमित सम्पत्ति से कानूनी और न्यायपूर्ण ऐसा सम्बन्ध रखता है कि बीमित सम्पत्ति के सुरक्षित रहने या पहुँचने पर उसे आर्थिक लाभ और उसके नष्ट होने या क्षति होने या रोकने पर उसे आर्थिक हानि या दायित्व उत्पन्न हो। धारा 8 के अनुसार सामुद्रिक बीमा में बीमायोग्य हित हानि के समय होना आवश्यक है। बीमा प्रसंविदा के समय बीमायोग्य हित होना जरूरी नहीं है। 'नष्ट या नष्ट नहीं' वाक्यांश के अन्तर्गत बीमायोग्य हित की आवश्यकता नहीं होती है। जब हानि के समय हित नहीं है तो उसके बाद वह किसी भी प्रकार से हानि के समय हित नहीं रख सकता है।

धारा 11 से 16 तक—एक बीमाकर्ता बीमा प्रसंविदा के अन्तर्गत बीमायोग्य हित रखता है और बीमित वस्तु का बीमा करा सकता है। वटोमरी या रेसपोन्डेन्सिया के सम्बन्ध

में ऋण देने वाले ऋणदाता का ऋण के सम्बन्ध में बीमायोग्य हित होता है। जहाज के नाविक और मास्टर अपने वेतन तक बीमा योग्य हित रखते हैं। अग्रिम भाड़ा भुगतान करने वाला भी भाड़े के सम्बन्ध में बीमायोग्य हित रखता है। बीमित व्यक्ति बीमा से सम्बन्धित खर्चे में बीमायोग्य हित रखता है। बन्धक पर रखी गयी वस्तु के सम्बन्ध में बन्धककर्ता वस्तु के मूल्य तक और बन्धकी बन्धक से सम्बन्धित ऋण तक बीमायोग्य हित रखता है। बीमित सम्पत्ति के सम्बन्ध में बीमित व्यक्ति उसके पूर्ण मूल्य तक बीमायोग्य हित रखता है।

धारा 17 : हित का हस्तांतरण—जहाँ पर बीमित व्यक्ति अपने बीमित वस्तु के हित का पूर्ण या आंशिक हित हस्तांतरित करता है, वह अपने अधिकार को तब तक हस्तांतरित नहीं करेगा जब तक इसके लिए स्पष्ट या उपलक्षित समझौता न हो।

बीमायोग्य मूल्य
(Insurable Value)

धारा 18 के अनुसार बीमायोग्य मूल्य का निर्धारण निम्न प्रकार किया जाता है—

1. जहाज—जहाज के सम्बन्ध में बीमायोग्य हित का मूल्य, जोखिम प्रारम्भ होने के समय जहाज का मूल्य तथा उसके फिटिंग, अधिकारी एवं नाविक के लिए प्रावधान, नाविकों के लिए उधार दी गई रकम, जहाज को यात्रा योग्य बनाने के खर्चे एवं बीमा खरीदने के खर्चे के पूर्ण योग्य तक होता है।

वाष्प जहाजों के सम्बन्ध में बीमायोग्य मूल्य में मशीन, बाइलर, कोयला, इन्जन का मूल्य जो बीमित व्यक्ति के स्वामित्व में हो? कोयला के अलावा अन्य शक्ति से संचालित जहाजों के सम्बन्ध में मशीन, ईंधन और इन्जन के सामान के मूल्य और यदि जहाज विशेष व्यापार से सम्बन्धित है तो उसके लिए आवश्यक यन्त्रों और उपकरणों को भी बीमित मूल्य के अन्तर्गत शामिल किया जाता है।

2. भाड़ा—भाड़े के सम्बन्ध में चाहे भाड़ा अग्रिम दिया हो या नहीं, बीमायोग्य मूल्य में जोखिम के समय भाड़े का कुल मूल्य और बीमा के खर्चे शामिल होते हैं।

3. माल—माल या सामान के सम्बन्ध में बीमायोग्य मूल्य बीमित वस्तु की मौलिक लागत जहाजी खर्चे और बीमा खर्चे तक सीमित होता है।

4. अन्य—अन्य बीमित वस्तुओं के सम्बन्ध में बीमायोग्य मूल्य जोखिम की रकम और बीमा खर्च के योग्य तक सीमित होता है।

प्रकटीकरण और प्रत्यावेदन
(Disclosure and Representations)

धारा 19—बीमा प्रसंविदा परम सद्विश्वास पर आधारित प्रसंविदा है। यदि परम सद्विश्वास के पालन किसी पक्ष द्वारा नहीं किया गया तो दूसरा पक्ष इसे निरस्त कर सकता है।

धारा 20 : बीमित व्यक्ति द्वारा प्रकटीकरण—1. प्रसंविदा पूरा होने के पहले

बीमित व्यक्ति सभी महत्त्वपूर्ण बातें जो उसे मालूम हों और जो उसे उस परिस्थिति में मालूम होनी चाहिए, बीमाकर्ता को अवश्य प्रकट करे। यदि बीमित व्यक्ति उन बातों का स्पष्टीकरण न करे, तो बीमाकर्ता प्रसंविदा को निरस्त कर सकता है।

2. प्रत्येक बातें महत्त्वपूर्ण होंगी यदि वे सामान्य बीमाकर्ता के बीमा सम्बन्धी या प्रव्याजि निर्धारण सम्बन्धी निर्णय को प्रभावित करें।

3. निरीक्षण के अभाव में निम्नलिखित बातों को स्पष्ट करने की आवश्यकता नहीं है :—

   (अ) ऐसी बातें जो जोखिम को कम करती हैं।

   (ब) ऐसी बातें जो बीमाकर्ता जानता हो या उसे जाननी चाहिए, बीमाकर्ता को अपने व्यवसाय के सम्बन्ध में कुछ बातें जानना आवश्यक है या जो सामान्य ज्ञान के अन्तर्गत आती हैं।

   (स) ऐसी बातें जो बीमाकर्ता नहीं चाहता है।

   (द) ऐसी बातें जो किसी लिखित या उपलक्षित समाश्वासन के अन्तर्गत स्पष्ट करना आवश्यक नहीं है।

धारा 21 के अनुसार बीमा एजेन्ट को उन महत्त्वपूर्ण तथ्यों को बताना आवश्यक है जिन्हें प्रधान को बताना आवश्यक है। उन महत्त्वपूर्ण बातों को बताना आवश्यक है, जिन्हें एजेन्ट को जानना जरूरी है।

धारा 22 के अनुसार प्रत्येक महत्त्वपूर्ण वर्णन को सही-सही होना आवश्यक है। यदि ये वर्णन असत्य हैं तो बीमाकर्ता प्रसंविदा को निरस्त कर सकता है। ये वर्णन प्रत्यावेदन कहलाते हैं। वे प्रत्यावेदन महत्त्वपूर्ण होते हैं जो बीमाकर्ता के निर्णय या प्रव्याजि को प्रभावित करते हैं। प्रत्यावेदन तथ्य सम्बन्धी या विश्वास सम्बन्धी हो सकते हैं। प्रत्यावेदन सत्य तभी होंगे जबकि वे महत्त्वपूर्ण रूप से सत्य हों। प्रत्यावेदन विश्वास एवं आशा सम्बन्धी तभी सत्य होंगे जब वे परम सद्विश्वास पूर्ण हों। प्रसंविदा पूर्ण होने के पहले प्रत्यावेदन वापस किया जा सकता है। तथ्य एवं प्रसंविदा के अनुसार ही यह तय होता है कि कोई प्रत्यावेदन महत्त्वपूर्ण है या नहीं।

धारा 23 : प्रसंविदा का पूरा होना—प्रसंविदा तभी पूरा हुआ माना जायगा जबकि प्रस्ताव को बीमाकर्ता द्वारा स्वीकार किया जाय चाहे बीमापत्र निर्गमित किया गया हो या नहीं। स्वीकृति का वर्णन स्लिप या कवरिंग नोट (Covering Note) या अन्य किसी प्रकार के किया जाता है।

बीमापत्र

(The Policy)

धारा 24 के अनुसार बीमापत्र में प्रसंविदा सम्बन्धी सभी तथ्य शामिल होते हैं। बीमापत्र में बीमित व्यक्ति का नाम या जो भी व्यक्ति बीमा लेता है उसका नाम, बीमित विषय वस्तु, बीमित जोखिम, यात्रा, बीमा-अवधि, बीमित रकम और बीमाकर्ता के नाम लिखा जाता है। बीमाकर्ता का बीमापत्र पर हस्ताक्षर होना आवश्यक है।

धारा 27 : यात्रा और समय बीमापत्र—जब बीमापत्र किसी एक यात्रा अर्थात् एक स्थान से दूसरे स्थान तक का लिया जाता है, तो उसे यात्रा बीमापत्र कहते हैं। यदि बीमित वस्तु किसी एक निश्चित समय के लिए बीमित हो तो समय बीमापत्र कहते हैं, समय बीमापत्र 12 महीने से अधिक के लिये नहीं होगा। बीमापत्र मूल्यांकित या अमूल्यांकित हो सकते हैं। चल बीमापत्र निर्गमित करके भी बीमा पूरा किया जा सकता है।

दोहरा बीमा
(Double Insurance)

धारा 34 : दोहरा बीमा—(1) जब बीमित व्यक्ति को एक ही जोखिम और हित या उसके अंश के लिए दो या अधिक बीमापत्र लिये जाते हैं और बीमित रकम, क्षति पूर्ति जो अधिनियम के अन्तर्गत देय है, से अधिक होती है तो उसे दोहरा बीमा के नाम से पुकारते हैं। (2) जहाँ पर दोहरा बीमा के कारण अधि बीमा (Over Insurance) होता है, वहाँ पर बीमित व्यक्ति एक तय हुई शर्त के अनुसार क्षतिपूर्ति प्राप्त कर सकता है परन्तु क्षतिपूर्ति अधिनियम में वर्णित क्षति से अधिक नहीं हो सकती है। यदि वह अधिक रकम प्राप्त करता है तो वह बीमाकर्ता के प्रन्यासी के रूप में रहेगा, वह अतिरिक्त रकम बीमाकर्ता को देय होगी।

समाश्वासन
(Warranties)

धारा 35—समाश्वासन एक प्रतिज्ञायुक्त समाश्वासन है जिसके अनुसार बीमित व्यक्ति किसी विशेष कार्य के करने या न करने या कुल शर्तों को पूरा करने या किसी विशेष वस्तु स्थिति के होने या न होने का वचन देता है। समाश्वासन लिखित या उपलक्षित हो सकता है। समाश्वासन प्रसंविदा की आवश्यक शर्तें हैं जिनका पालन होना अत्यन्त आवश्यक है, चाहे विषय वस्तु के सम्बन्ध में महत्त्वपूर्ण हों या न हों।

समाश्वासन में परिवर्तन होने या परिस्थितियों में परिवर्तन होने के कारण समाश्वासन का लागू होना आवश्यक न हो या समाश्वासन का पूरा करना अवैधानिक हो गया हो तो उसको पूरा न करना क्षम्य है। समाश्वासन के टूटने पर बीमित व्यक्ति समाश्वासन की अनावश्यकता को आधार बनाकर प्रसंविदा का लाभ नहीं ले सकता है। बीमाकर्ता समाश्वासन के पालन न करने पर उसे क्षम्य कर सकता है। लिखित समाश्वासन और उपलक्षित समाश्वासन का वर्णन धारा 37 से लेकर धारा 51 तक किया गया है जिसका विस्तृत वर्णन सामुद्रिक बीमा के अध्याय 21 में किया गया है। धारा 41 में सागर योग्यता, धारा 43 में वैधानिक उपक्रम, धारा 44 में जोखिम का प्रारम्भ, धारा 47 में मात्रा में परिवर्तन, धारा 48 में पथ परिवर्तन, धारा 50 में यात्रा में विलम्ब का वर्णन किया गया है।

बीमापत्र का अभिहस्तांकन
(Assignment of Policy)

धारा 52 के अनुसार सामुद्रिक बीमापत्र यदि इसके विपरीत कुछ स्पष्ट वर्णन न हो,

को अभिहस्तांकित किया जा सकता है। इसे हानि के पहले या बाद में अभिहस्तांकित किया जा सकता है।

हानि और परित्यजन

(Loss and Abandonment)

धारा 55—बीमाकर्ता केवल उन्हीं हानियों के लिए जिम्मेदार है जिनके लिए बीमा है, लेकिन उन हानियों के लिए जिम्मेदार नहीं होगी जो बीमित जोखिम के कारण उत्पन्न न हुई हो।

(1) बीमाकर्ता उन हानियों के लिए जिम्मेदार नहीं होगा जो बीमित व्यक्ति के द्वारा जान-बूझकर दुर्व्यवहार के कारण हो लेकिन मास्टर या नाविक की लापरवाही और दुर्व्यवहार के कारण उत्पन्न हानियों का बीमा कराया जा सकता है।

विलम्ब के कारण उत्पन्न हानियों के प्रति बीमाकर्ता जिम्मेदार नहीं होगा यद्यपि कि हानि बीमित जोखिम के कारण हुई हो।

बीमाकर्ता साधारण टूट-फूट और आन्तरिक कमी या बीमित वस्तु के स्वभाव या चूहों या दीमकों या अन्य जोखिम जो बीमित न हो, के कारण उत्पन्न हानि के प्रति जिम्मेदार नहीं होता है। **धारा 56** में आंशिक और कुल हानि का वर्णन है। **धारा 57** वास्तविक कुल हानि का वर्णन करता है। **धारा 60** में रचनात्मक कुल हानि का वर्णन किया गया है जिसमें कुल हानि को बचाने के लिए किये जाने वाला खर्च बचायी गयी सम्पत्ति के मूल्य से अधिक हो तो सम्पत्ति को जान-बूझकर छोड़ देते हैं, जहाँ पर बीमित व्यक्ति जहाज या माल के अधिकार से वंचित रह जाता है और वह जहाज या माल को पुनः प्राप्त नहीं कर सकता है। या जहाज या माल को पुनः प्राप्त करने के लिये उनके मूल्य से अधिक खर्च होता है। जहाँ पर जहाज इतना नष्ट हो गया है कि उसकी मरम्मत का खर्च जहाज के मूल्य से अधिक हो जाता है। **धारा 61** में रचनात्मक हानि का प्रभाव और **धारा 62** में परित्यजन की सूचना का वर्णन है। रचनात्मक हानि घोषित करने के लिए **धारा 62** के अनुसार परित्यजन की उपयुक्त सूचना देनी चाहिए। **धारा 63** में परित्यजन के प्रभाव का वर्णन किया गया है। इनका वर्णन इस पुस्तक के अध्याय 24 में विस्तृत रूप से किया गया है।

आंशिक हानियाँ, औसत और विशेष खर्चे

(Partial Losses, Average and Paticular Charges)

धारा 64 के अनुसार विशेष औसत हानि बीमित वस्तु की आंशिक हानि है जो बीमित जोखिम के कारण होती है। बीमित वस्तु की सुरक्षा या संधारण के लिए जो खर्चे बीमित व्यक्ति द्वारा या उसके लिए किये जाते हैं और जो सामान्य औसत और सालवेज खर्चे नहीं हैं विशेष व्यय (Particular Charges) के अन्तर्गत आते हैं। विशेष व्यय को विशेष औसत के अन्तर्गत शामिल नहीं किया जाता है। **धारा 65** में सालवेज व्यय, **धारा 66** में सामान्य औसत हानि, **धारा 67** में बीमाकर्ता के दायित्व की सीमा, **धारा 68** में कुल हानि, **धारा 69 से 71** तक आंशिक हानि, **धारा 72 से 75** तक सामान्य औसत का वर्णन

किया गया है। **धारा 76** से **धारा 78** तक विशेष औसत के विषय में बताया गया था। इनका विस्तृत वर्णन अध्याय 24 में किया गया है।

बीमाकर्ता द्वारा भुगतान पर अधिकार

(Rights of Insurer on Payment)

धारा 79 से लेकर धारा 81 तक बीमाकर्ता द्वारा भुगतान पर अधिकार का वर्णन किया गया है। इनका वर्णन अध्याय 21 में विस्तृत रूप से किया गया है।

प्रव्याजि की वापसी

(Return of Premium)

धारा 82 से लेकर धारा 84 तक प्रव्याजि की वापसी का वर्णन किया गया है। इसका विस्तृत वर्णन अध्याय 25 में किया गया है।

□□□

अध्याय 45

सामान्य बीमा व्यवसाय (राष्ट्रीयकरण) अधिनियम, 1972

धारा 9 के अनुसार केन्द्रीय सरकार कम्पनी अधिनियम के प्रावधानों के अनुसार सरकारी कम्पनी की स्थापना की। जिसे भारतीय सामान्य बीमा निगम कहते हैं जो सामान्य बीमा व्यवसाय के पर्यवेक्षण, नियन्त्रण और संचालन का कार्य करता है। इस निगम की अधिकृत पूँजी 7.50 करोड़ रुपये है जो 7.50 लाख पूर्ण प्रदत्त अंशों में विभाजित है जिसमें से 5 करोड़ रुपया प्रारम्भिक प्रार्थित पूँजी है। यह निगम एक सीमित कम्पनी है जो कम्पनी अधिनियम 1956 के अन्तर्गत स्थापित सरकारी कम्पनी है। चूँकि इसके अन्त में 'निगम' लिखा है, इसलिए 'सीमित' लिखना आवश्यक नहीं है।

धारा 10—समस्त भारतीय बीमा कम्पनी जिनके अंश केन्द्रीय सरकार के अधीन हो गये थे। इस निगम द्वारा ले लिया जायगा। निगम उन कम्पनियों का अंशधारी होगा जो चार सहायक कम्पनियाँ सामान्य बीमा व्यवसाय करने के लिए स्थापित की गयी हैं।

सामान्य बीमा निगम के कार्य

(Functions of General Insurance Corportation of India)

धारा 18 के अनुसार सामान्य बीमा निगम के कार्य निम्न हैं—

1. सामान्य बीमा व्यवसाय को पूर्ण या आंशिक रूप से कार्य करना।
2. प्राप्य कम्पनी (सहायक कम्पनी) की सहायता करना या सुझाव देना और बीमापत्रधारियों की कुशल सेवा करना।
3. कमीशन और अतिरिक्त खर्चे को नियन्त्रित करने की सलाह देना।
4. सहायक कम्पनियों को विनियोग सम्बन्धी सुझाव देना।
5. सामान्य बीमा व्यवसाय सम्बन्धी निर्देशन देना, और
6. सहायक बीमा कम्पनियों को प्रतिस्पर्धापूर्ण व्यापार करने के लिए निर्देशन देना।

धारा 19 : अधिकृत कम्पनियों (सहायक कम्पनियों) के कार्य—(1) केन्द्रीय सरकार के नियमों के अनुकूल प्रत्येक अधिकृत कम्पनियों को सामान्य बीमा व्यवसाय करने की जिम्मेदारी है।

(2) प्रत्येक अधिकृत कम्पनियाँ को सामान्य बीमा व्यवसाय को जन-हित में वृद्धि करने का कार्य करना।

(3) अपने हितों की रक्षा के लिए निगम और अधिकृत कम्पनियाँ पुनर्बीमा का कार्य कर सकती हैं।

धारा 20 : लाभ का विभाजन—खर्चे घटाने, ह्रास और अशोध्य ऋण का प्रावधान करने के बाद लाभ को लाभांश के रूप में वितरित किया जायगा। निगम द्वारा अर्जित लाभ और निगम को दिये गये लाभांश का प्रयोग एक निर्धारित ढंग से किया जायगा।

धारा 23—केन्द्रीय सरकार निगम के कार्यों के लिए जनहित के लिए संचालित करने के लिए समय-समय पर निर्देशन दे सकता है जिसका पालन करना निगम के लिए जरूरी है।

धारा 24—सामान्य बीमा व्यवसाय को चलाने का एकमात्र अधिकार सामान्य बीमा निगम और अधिकृत कम्पनियों को है। जीवन बीमा निगम को जीवन बीमा व्यवसाय, पूँजी-शोधन और वृत्ति निश्चित व्यवसाय करने का अधिकार है और इस पर इस धारा से कोई प्रभाव नहीं पड़ेगा।

धारा 25—कोई भी बीमाकर्ता जिसका प्रधान कार्यक्षेत्र भारत के बाहर भारत में सामान्य बीमा व्यवसाय नहीं कर सकता है।

धारा 33—केन्द्रीय सरकार के आदेश के अलावा अन्य किसी नियम के अन्तर्गत निगम का समापन नहीं हो सका है।

धारा 35—बताये गए अपवादों के अलावा, बीमा अधिनियम के सभी प्रावधान इस निगम पर लागू होते हैं।

□□□

अध्याय 46

बीमा विनियामक और विकास प्राधिकरण अधिनियम, 1999

एक ऐसी प्राधिकरण की स्थापना, जो पॉलिसी धारक के हितों की रक्षा करना, बीमा उद्योग का क्रमबद्ध विनियमन, संवर्द्धन तथा संबधित व आकस्मिक मामलों पर कार्य करे तथा बीमा अधिनियम 1938 जीवन बीमा अधिनियम 1956 तथा साधारण बीमा व्यवसाय (राष्ट्रीयकरण) अधिनियम 1972 में संशोधन।

भारत की संसद द्वारा गणतन्त्र के पचासवें वर्ष में बनाया गया अधिनियम इस प्रकार है:

अध्याय-I

परिभाषा

1. संक्षिप्त नाम, विस्तार तथा प्रारंभ—(1) इस अधिनियम को बीमा विनियामक और विकास प्राधिकरण अधिनियम 1999 कहा जायेगा।

(2) यह अधिनियम सम्पूर्ण भारत पर लागू होगा।

(3) यह अधिनियम सम्पूर्ण भारत में लागू होगा तथा केन्द्रीय सरकार द्वारा सरकारी गजट में अधिसूचित तिथि से लागू होगा। इस प्रतिज्ञा से कि अधिनियम के विभिन्न प्रावधानों के लिए अलग अलग दिनांक से यह लागू किये जायेगें।

2. परिभाषाएँ—(1) इस अधिनियम में जबकि संदर्भ की अन्यथा आवश्यकता न हो:

(ए) निर्धारित दिन का अर्थ है वह तिथि जिस दिन इस अधिनियम के अन्तर्गत प्राधिकरण की स्थापना धारा 3 की उपधारा (1) के अन्तर्गत की गई।

(बी) 'प्राधिकरण' बीमा विनियामक विकास प्राधिकरण जिसकी स्थापना धारा 3 की उपधारा (1) के अन्तर्गत की गई।

(सी) 'अध्यक्ष' से आशय प्राधिकरण के अध्यक्ष से है।

(डी) 'निधि' धारा 16 की उपधारा (1) के अन्तर्गत बीमा विनियामक विकास प्राधिकरण की निधियाँ।

(ई) 'अन्तरिम बीमा प्राधिकरण' से अभिप्रायः केन्द्र सरकार द्वारा ज्ञापन संख्या 17(2)/94 आईएनएस वी दिनांक 23, जनवरी 1996 द्वारा स्थापित बीमा विनियामक प्राधिकरण।

(एफ) 'मध्यवर्ती अथवा बीमा मध्यवर्ती जिसमें शामिल हैं बीमा दलाल, पुनर्बीमा दलाल, बीमा सलाहकार, सर्वेयर तथा हानि निर्धारक।

(जी) 'सदस्य' में शामिल है प्राधिकरण के पूर्णकालिक सदस्य तथा अंशकालिक सदस्य तथा अध्यक्ष।

(एच) 'अधिसूचना' से अभिप्राय है कि एक अधिसूचना जो आधिकारिक गजट में प्रकाशित की गई।

(आई) 'विहित' से अभिप्रायः इस अधिनियम के अन्तर्गत बनाये गये नियम से है।

(जे) 'विनियमन' से अभिप्रायः प्राधिकरण द्वारा बनाये गये अधिनियम से है।

(2) शब्द दथा उक्ति जिसका प्रयोग किया गया है तथा उनकी परिभाषा इस अधिनियम में नहीं की गई है लेकिन बीमा अधिनियम (4 का 1938) 1938 में परिभाषित है अथवा जीवन बीमा निगम अधिनियम 1956 (1956 की 31) अथवा साधारण बीमा व्यवसाय (अधिसूचना) अधिनियम 1972 (1972 का 57) में परिभाषित अर्थ को लिया जायेगा।

अध्याय-II

बीमा विनियामक और विकास प्राधिकरण

3. प्राधिकरण की संरचना तथा निगमन—(1) उस दिनांक से जैसा कि केन्द्रीय सरकार, अधिसूचना नियुक्त करेगी यह स्थापित हो जायेगा इस अधिनियम के प्रयोजन के लिए प्राधिकरण जिसे 'बीमा विनियामक और विकास प्राधिकरण' कहा जायेगा।

(2) यह प्राधिकरण एक निगमित संस्था होगी जो चिर उत्तराधिकार तथा सार्वमुद्रा की शक्ति रखेगी। जिसको इस अधिनियम के प्रावधानों के अनुसार परिसंपत्ति खरीदने रखने एवं बेचने तथा कोई अनुबंध करने का अधिकार होगा। वह अपने नाम से किसी अन्य पर अभियोग चला सकेगी या इस पर अभियोग चलाया जा सकेगा।

(3) प्राधिकरण का प्रधान कार्यालय ऐसे स्थान पर होगा जहाँ समय समय पर केन्द्र सरकार निर्धारित करेगी।

(4) प्राधिकरण अपने कार्यालय भारत में अन्य स्थानों में स्थापित कर सकेगी।

4. प्राधिकरण की संरचना—प्राधिकरण के निम्न सदस्य होगें अर्थात :

(क) अध्यक्ष

(ख) पांच की संख्या तक पूर्ण कालिक सदस्य

(ग) चार की संख्या तक अंश कालिक सदस्य

इनकी नियुक्ति केन्द्र सरकार द्वारा उन लोगों में से चयन कर होगी जो योग्य है, ईमानदार है तथा सम्मानित हैं। जिनको जीवन बीमा, साधारण बीमा, वित्त अर्थशास्त्र, विधि लेखा कार्य प्रशासन अथवा अन्य कोई विद्या, जो केन्द्रीय सरकार के विचार से प्राधिकरण के लिए उपयोगी सिद्ध होगी, का ज्ञान अथवा अनुभव है।

अध्यक्ष तथा पूर्णकालिक सदस्य की नियुक्ति के समय केन्द्रीय सरकार को यह सुनिश्चित करना अनिवार्य है कम से कम एक व्यक्ति जीवन बीमा, साधारण बीमा तथा बीमांकन विज्ञान का अनुभव रखता हो।

5. अध्यक्ष एवं अन्य सदस्यों के कार्यालय की अवधि—(1) अध्यक्ष तथा प्रत्येक पूर्ण कालिक सदस्य का कार्यकाल उसके अपने पद ग्रहण करने के पांच वर्ष तक का होगा लेकिन यह पुन प्रतिनियुक्ति के योग्य होगा। कोई भी व्यक्ति 65 वर्ष की आयु प्राप्त करने पर अध्यक्ष पद पर नहीं बना रह सकता तथा कोई व्यक्ति 62 वर्ष की आयु प्राप्त करने पर पूर्ण कालिक सदस्य नहीं रह सकता।

(2) अंश कालिन सदस्य पद ग्रहण करने के बाद अधिकत्तम पांच वर्ष से अधिक के लिए पद पर नहीं रह सकता है उस दिनांक से जिस दिन से उसने कार्यालय में सदस्य के रूप में प्रवेश किया हो।

(3) तथापि उपधारा

(1) अथवा उपधारा

(2) के अनुसार एक सदस्य

(क) कोई भी सदस्य केन्द्र सरकार को कम से कम तीन महीने का लिखित नोटिस देकर अपना पद छोड़ सकता है।

(ख) निम्न प्रावधानों के अनुसार उसे पद से हटाया जा सकता है।

6. पद से मुक्त करना—(1) केन्द्रीय सरकार किसी भी व्यक्ति को उसके पद से मुक्त कर सकती है जो किः

(क) दिवालिया है या घोषित किया गया हो।

(ख) शारीरिक अथवा मानसिक रूप से सदस्य बने रहने के अयोग्य हो।

(ग) किसी अपराध के लिए दोषी करार दिया जा चुका जिसमें केन्द्रीय सरकार की दृष्टि में अनैतिक आचरण हो।

(घ) ऐसे वित्तीय अथवा अन्य हित प्राप्त कर लिए है जिनके कारण वह अपने सदस्य में रूप में कार्यों में पक्षपात करता है।

(ङ) जिसने अपने पद का इतना दुरुपयोग कर लिया है कि उसका पद पर बने रहना सार्वजनिक हितों के विरुद्ध होगा।

(2) किसी भी सदस्य को उपवाक्य (घ) अथवा (ङ) के अन्तर्गत उसको सफाई देने के उचित अवसर दिये बिना हटाया नहीं जायेगा।

7. अध्यक्ष तथा सदस्यों के वेतन तथा भत्ते—(1) अंश कालिक सदस्यों को छोड़कर अन्य सदस्यों का वेतन तथा भत्ते एवं अन्य सेवाशर्तें वही होगी जिनको निर्धारित किया जायेगा अंश कालिक सदस्यों को निर्धारित भत्ता मिलेगा। किसी भी सदस्य के वेतन, भत्ते एवं अन्य सेवाशर्तों में ऐसा फेरबदल नहीं किया जायेगा जिससे नियुक्ति पश्चात् उसे कोई हानि रहे।

8. सदस्यों की भविष्य की नियुक्ति पर रोक—अध्यक्ष तथा पूर्ण कालिक सदस्य अपने पद से मुक्त होने की तिथि से दो वर्ष तक बिना केन्द्रीय सरकार की पूर्व अनुमति के स्वीकार नहीं करेंगे।

(क) केन्द्रीय सरकार अथवा किसी भी राज्य सरकार के अधीन किसी भी प्रकार का रोजगार अथवा

(ख) बीमा क्षेत्र कह किसी भी कंपनी में कोई नियुक्ति

9. अध्यक्ष के प्रशासनिक अधिकार—अध्यक्ष को प्राधिकरण के प्रशासनिक मामलों के सामान्य अधिक्षण एवं निदेशक के अधिकार होंगे।

10. प्राधिकरण की बैठकें—(1) प्राधिकरण की बैठकें पूर्व निर्धारित नियमों के अनुसार निर्धारित समय एवं स्थान पर होगी तथा सभा में कार्यवाही (कोरम सहित) के सम्बन्ध में निर्धारित नियमों एवं प्रक्रिया का पालन करेगी।

(2) अध्यक्ष किसी कारण वश उपस्थित नहीं है तो उपस्थित सदस्य अपनों में से ही किसी एक को चुन लेंगे जो कि मीटिंग की अध्यक्षता करेगा।

(3) प्राधिकरण की किसी भी मीटिंग में जो भी प्रश्न उठेंगे उनका निर्णय उपस्थित सदस्यों के द्वारा मत डालकर बहुमत से किया जायेगा। मतों के बराबर होने पर अध्यक्ष अथवा अध्यक्षता कर रहे व्यक्ति का दूसरा अथवा निर्णायक मत होगा।

(4) प्राधिकरण अपनी बैठकों की कार्यवाही के लिए नियमों को भी तय कर सकती है।

11. रिक्त पद इत्यादि प्राधिकरण की कार्यवाही की वैधता को समाप्त नहीं कर सकते—प्राधिकरण को कोई कार्य अथवा कार्यवाही केवलः

(क) प्राधिकरण की कार्यवाही में अनियमितताएँ लेकिन जो मामले की गुणवत्ता को प्रभावित न करती हो।

(ख) प्राधिकरण के सदस्य की दोष पूर्ण नियुक्ति अथवा

(ग) प्राधिकरण की कार्यवाही में अनिमितताएँ लेकिन जो मामलें की गुण्वत्ता को प्रभावित न करती हो के कारण अवैध नहीं होगी।

12. प्राधिकरण के अधिकारीगण एवं कर्मचारी—(1) प्राधिकरण ऐसे अधिकारी एवं कर्मचारियों की नियुक्ति कर सकती है जिन्हें वह इस अधिनियम के अन्तर्गत अपने कार्यों को कुशलता से इस अधिनियम के अन्तर्गत चलाने के लिये आवश्यक समझती है।

(2) प्राधिकरण के अधिकारियों तथा कर्मचारियों की सेवा शर्तें इस अधिनियम के अन्तर्गत बनाये गये विनियमों के द्वारा शासित होगी।

अध्याय-III

आन्तरिक बीमा विनियामक प्राधिकरण की परिसंपत्तियों देयताओं आदि को प्राधिकरण को हस्तान्तरित करना

13. आन्तरिक बीमा विनियामक प्राधिकरण की परिसंपत्तियों देयताओं आदि को प्राधिकरण को हस्तान्तरित करना निर्धारित दिन—(क) आन्तरिक बीमा विनियामक प्राधिकरण की सभी परिसंपत्तियों देवतायें प्राधिकरण को स्थानांतरित है अथवा प्राधिकरण में व्याप्त है।

स्पष्टीकरण—आन्तरिक बीमा विनियामक प्राधिकरण की सभी पंरिसंपत्तियों देयतायें प्राधिकरण को स्थानांतरित है। और चल तथा अचल सम्पति जिसमें शामिल है नकद शेष, जमा तथा अन्य हित तथा अधिकार अथवा सभी लेखा पुस्तकें तथा दस्तावेज जिनका इससे सम्बन्ध है। ऐसी सम्पत्तियाँ जो आन्तरिक बीमा विनियामक प्राधिकरण के अधिकार क्षेत्र में हैं तथा अन्य सभी लेखा बहियाँ तथा अन्य सम्बन्धित दस्तावेज तथा दायित्व में शामिल माना जायेगा सभी ऋण तथा किसी भी प्रकार के दायित्वः

(ख) धारा (क) के बिना किसी पूर्वाग्रह के सभी ऋण, देयता, तथा दायित्व जो व्यय किया गया सभी समझौते जिनमें शामिल हुए हो तथा सभी मामले जो किये जाने का समझौता आन्तरिक बीमा विनियामक प्राधिकरण द्वारा हुआ है उस दिनांक से पहले जो विनियामक प्राधिकरण के उद्देश्य के लिया था, ऐसा माना जायेगा कि यह हुआ है अथवा जिसको प्रयुक्त होना है प्राधिकरण के साथ अथवा उसके लिए।

(ग) आन्तरिक बीमा विनियामक प्राधिकरण को देय सभी राशि उस दिनांक से पूर्व प्राधिकरण को देय मानी जायेगी। तथा

(घ) सभी दावे तथा अन्य वैधानिक प्रक्रियाएँ जिनको प्रारंभ किया गया अथवा जो कि प्रारंभ की जा सकती थी आन्तरिक बीमा विनियामक प्राधिकरण के द्वारा अथवा इसके विरुद्ध उस दिनांक के तुरन्त पहले, वह जारी रहेंगी।

अध्याय-IV

प्राधिकरण के दायित्व, अधिकार व कार्य

14. इस अधिनियम एवं वर्तमान में लागू अन्य किसी कानून के प्रावधानों के अनुसार प्राधिकरण का बीमा व्यवसाय एवं पुनर्बीमा व्यवसाय के नियमन, प्रवर्तन एवं नियमित विकास को सुनिश्चित करने का दायित्व है। प्राधिकरण के अधिकार एवं कार्यो में सम्मिलित है;

(1) इस अधिनि्यम के प्रावधानों के विषय में तथा किसी अन्य विधान जो अभी लागू हो, प्राधिकरण का यह कर्तव्य है कि वह विनियमन करें, प्रोत्साहन करें तथा बीमा तथा पुनर्बीमा के क्रमबद्ध विकास को सुनिश्चित करें।

(2) साधारणतः उप धारा (1) के प्रावधानों से बिना पूर्वग्रह के, प्राधिकरण की शक्तियों तथा कार्यो में शामिल होगा।

(ए) आवेदक की पंजीकरण प्रमाणपत्र जारी करना, उसे नवीकृत करना, सुधारना, आहरित करना, सुधारना, मुअत्तल करना, रद करना।

(बी) पालसीधारक के हितों की रक्षा उन मामलों में जहाँ पालिसी का समनुदेश किया जाता है, बीमा हित बीमा दावों की विवरणिका, पालिसी की अभ्यर्पण मूल्य, तथा बीमा समझौते की अन्य निबंधन और शर्ते

(सी) बीमा मध्यवर्ती, मध्यवर्ती तथा ऐजेन्टों के लिए आर्हता, आचरण संहिता विनिर्दिष्ट करना।

(डी) सर्वेयर तथा हानिनिर्धारकों के लिए आचरण संहिता विनिर्दिष्ट करना।

(ई) बीमा व्यवसाय में कुशलता को प्रोत्साहन देना।

(एफ) बीमा तथा पुनर्बीमा से सम्बन्धित व्यवसायिक संघटनों का विनियमन तथा प्रोत्साहन देना।

(जी) अधिनियम के प्रयोजनों के लिए शूल्क तथा अन्य प्रभार लगाना।

(एच) उपक्रमों के निरीक्षण, पूछताछ तथा जॉच पड़ताल जिसमें लेखा परीक्षा शामिल है, मध्यवर्तियों, बीमा मध्यवर्तियों तथा अन्य संस्थाओं जिनका सम्बन्ध बीमा व्यवसाय से है की सूचना प्राप्त करना।

(आई) दरों निवृत्ति लाभ, निबंधन शर्तो, तथा प्राशुल्क सलाहकार समिति द्वारा बीमा अधिनियम 1938 (1938 के 4) के अन्तर्गत धारा 64 यू के अनुसार शर्ते जो साधारण बीमा व्यवसाय के अन्तर्गत नियंत्रित नहीं की जाती पर उन पर नियंत्रण तथा उनका विनियमन,

(जे) वह फार्म तथा प्रकार विशिष्ट करना जिसके अन्तर्गत लेखा पुस्तकों को रखा जाना है तथा लेखा की विवरणी को बीमाकर्ता तथा अन्य बीमा मध्यवर्तियों द्वारा सुपुर्दगी किया जाना है।

(के) बीमा कंपनियों की निवेश निधि को विनियमित करना।

(एल) शोधन-क्षमता को बनाये रखने को विनियमित करना।

(एम) बीमा कंपनियों तथा मध्यवर्तियों अथवा बीमा मध्यवर्तियो के मध्य विवादों पर अधिनिर्णय प्रदान करना।

(एन) प्राशुल्क सलाहकार समिति के कार्यो का पर्यवेक्षण करना।

(ओ) खण्ड "एफ" में उल्लेख किये गये व्यावसायिक संस्थाओं को विनियमित तथा प्रोत्साहित करते हुए प्रिमियम आय के प्रतिशत को बीमाकर्ता की वित्तीय योजनाओं के लिए विनिर्दिष्ट करना।

(पी) बीमाकर्ता द्वारा सामाजिक तथा ग्रामीण व्यवसाय के लिए जीवन बीमा व्यवसाय तथा साधारण बीमा व्यवसाय के लिए प्रतिशत विनिर्दिष्ट करना। तथा

(क्यू) ऐसी शक्तियों का प्रयोग जिनको निर्धारित किया गया है।

अध्याय-V
वित्त, लेखे तथा अंकेक्षण

15. केन्द्रीय सरकार का अनुदान—इस सम्बन्ध में संसद द्वारा अधिनियम विनियोजन द्वारा केन्द्रीय सरकार प्राधिकरण को अनुदान धनराशि, जैसे सरकार ठीक समझे इस अधिनियम के प्रयोजन के लिए होगा।

16. निधि का गठन—(1) एक निधि का गठन "बीमा विनियामक और निकास प्राधिकरण निधि" के नाम से किया जायेगा। तथा उसके लिए जमा ऋण होंगे :

(ए) प्राधिकरण द्वारा अनुदान, फीस, तथा शुल्क की प्राप्ति।

(बी) उन सभी स्त्रोतों से प्राप्त की गई सभी धनराशि जिसका निर्णय केन्द्रीय सरकार द्वारा किया जायेगा।

(सी) बीमाकर्ता से प्राप्त प्रिमियम आय का प्रतिशत।

(2) निधि का उपयोग उपादानों के लिए होगा:

(ए) प्राधिकरण के अधिकारी/ कर्मचारी, सदस्यों का वेतन, भत्ते तथा अन्य पारिश्रामिक

(बी) प्राधिकरण के कार्य को करने के तथा इस अधिनियम को अनुपालित करने के लिए अन्य खर्च।

17. प्राधिकरण उचित खाते एवं अन्य आवश्यक अभिलेख तैयार करेगा तथा केन्द्रीय सरकार द्वारा भारतीय महा लेखा नियंन्त्रक एवं अंकेक्षक से परामर्श कर निर्धारित स्वरूप में खातों का वार्षिक वितरण तैयार करेगा। प्राधिकरण के खातों का अंकेक्षण भारत का महालेखाकार के द्वारा निश्चिय समय अंतराल पर किया जायेगा तथा इस सम्बन्ध में हुए खर्चों का भुगतान प्राधिकरण करेगा। भारतीय महालेख नियंत्रक एवं अंकेक्षक के खातों के अंकेक्षण के सम्बन्ध में नियुक्त अन्य व्यक्ति के अंकेक्षण के सम्बन्ध में वही अधिकार एवं विशेषाधिकार होंगे जो महालेखा नियन्त्रक एवं अंकेक्षक के सामान्य सरकारी खोतों के अंकेक्षण के सम्बन्ध में होते हैं। विशेष रूप से उसे लेखा पुस्तकों, सम्बन्धों एवं अन्य दस्तावेजों तथा प्रलेखों को माँगने तथा प्राधिकरण के किसी भी अधिकारी की जांच करने का अधिकार है। भारतीय महालेखा नियन्त्रक एवं अंकेक्षक अथवा उसके नियुक्त व्यक्ति के द्वारा प्राधिकरण के खातों को अंकेक्षण रिपोर्ट के साथ प्रति वर्ष केन्द्रीय सरकार को भेजा जायेगा जिसे सरकार संसद् के दोनों सदनों के पटल पर रखेगी।

अध्याय-VI
विविध

18. केन्द्रीय सरकार को मार्गदर्शन जारी करने के अधिकार—(1) प्राधिकरण इस अधिनियम के अन्तर्गत अपने अधिकारों के उपयोग एवं कार्यों के निष्पादन में तकनीकी एवं प्रशासनिक मामलों को छोड़कर समय-समय पर केन्द्रीय सरकार द्वारा दिये नीतिगत निर्देशों का पालन करेगी।

लेकिन जहाँ तक संभव हो इस प्रकार के निर्देशों को देने से पहले प्राधिकरण के विचार भी जान लेने चाहिये।

(2) मामला चाहे नीति संबन्ध है अथवा नहीं केन्द्रीय सरकार का निर्णय अन्तिम होगा।

19. केन्द्रीय सरकार का प्राधिकरण के अधिक्रमण का अधिकार–(1) किसी भी समय यदि केन्द्रीय सरकार का यह अनुमान है किः

(क) परिस्थितियों के प्राधिकरण के नियन्त्रण के बाहर होने के कारण यह अधिनियम द्वारा अथवा उसके प्रावधानों के अन्तर्गत सौंपे कार्यों अथवा कर्तव्यों का पालन करने में असमर्थ है, अथवा

(ख) इस अधिनियम के अन्तर्गत प्राधिकरण सतत रूप से किसी निदेश को जो कि केन्द्रीय सरकार ने अधिनियम के अन्तर्गत प्रदान की है को लागू करने में चूक करती है अथवा अपने कार्य का निष्पादन करने में अथवा कर्तव्यों के कार्य संपादन के लिए जो कि इन अधिनियमों के प्रावधानों से मिला है तथा ऐसी वित्तीय स्थिति तथा ऐसी कठिनाइयों के परिणामस्वरूप अभाव में प्राप्त की गई वित्तीय स्थिति अथवा प्राधिकरण के प्रशासन पीड़ित होता है अथवाः

(ग) ऐसी परिस्थितियाँ पूर्ववर्ती होती है जो इसे आवश्यक बनाती है कि सार्वजनिक हित में ऐसा किया जाए, केन्द्रीय सरकार अधिसूचना तथा कारण जिन्हें अधिसूचना में स्पष्ट किया गया हो तथा एक व्यक्ति की नियुक्ति बीमा नियन्त्रक की धारा 2 बी बीमा अधिनियम 1938 का 4 कर सकती है।

परन्तु ऐसी किसी अधिसूचना को जारी करने से पहले केन्द्रीय सरकार एक युक्ति-संगत अवसर प्राधिकरण को प्रतिवेदन देने के लिए देगी, यदि कोई हो, प्राधिकरण के द्वारा।

(2) प्राधिकरण द्वारा सह-धारा (1) के अन्तर्गत अधिसूचना जारी करने पर अधिक्रमण करने से पहले

(ए) अध्यक्ष तथा अन्य सदस्य अधिक्रमण की दिनांक से अपने कार्यालय को खाली करेंगे।

(बी) सभी शक्तियों कार्य, तथा कर्तव्य जो हो अथवा अधिनियम के प्रावधान के अनुसार प्रयोग की जायेगी अथवा प्राधिकार द्वारा या उसके नाम पर जब तक कि प्राधिकरण का पुनर्गठन सहधारा (3) के अनुसार नहीं होता का प्रयोग बीमा नियन्त्रक द्वारा वहन किया जायेगा।

(सी) प्राधिकरण द्वारा सभी संपित्तियाँ स्वामित्व तथा नियंत्रण में, जब तक कि प्राधिकरण का पुनर्गठन सह-धारा (3) के अनुसार नहीं होता। केन्द्रीय सरकार के पास रहेगी।

(3) प्राधिकरण अधिक्रमण की अवधि को अथवा उससे पहले जिसे अधिसूचना में जिसे सह-धारा (3) में विनिदिष्ट किया गया है, केन्द्रीय सरकार प्राधिकरण के नये अध्यक्ष तथा अन्य सदस्यों की नियुक्ति द्वारा प्राधिकार का पुनर्गठन करेगी और ऐसे मामले में जिस व्यक्ति ने धारा (ए) के अन्तर्गत सह-धारा (2) द्वारा कार्यालय रिक्त किया हो वह पुनर्नियुक्ति के लिए योग्य नहीं होगा।

(4) सह-धारा (1) के अन्तर्गत प्राप्त अधिसूचना की एक प्रति केन्द्रीय सरकार तथा किसी कार्यवाही की पूर्ण रिपोर्ट जल्द संसद के पटल पर रखेगी।

20. केन्द्रीय सरकार को विवरणी इत्यादि देना—(1) प्राधिकरण केन्द्रीय सरकार को ऐसे समय में तथा इस प्रकार से जैसा कि बताया गया है अथवा केन्द्रीय सरकार निर्देशित करती है ऐसे आँकड़े और विवरण प्रस्तुत करने के लिए तथा अन्य विवरण जिसका सम्बन्ध किसी प्रस्तावित से है अथवा पूर्ववर्ती कार्यक्रम जिसका सम्बन्ध बीमा उद्योग के प्रोत्साहन तथा विकास से है जिसकी आवश्यकता समय-समय पर केन्द्रीय सरकार को होगी।

(2) सह-धारा (1) से बिना पूर्वाग्रह प्राधिकरण वित्तीय वर्ष समाप्त होने के 1 माह के भीतर, केन्द्रीय सरकार को एक रिपोर्ट सत्य तथा पूर्ण लेखा अपनी गतिविधियों का जिसमें बीमा व्यवसाय का विकास तथा प्रोत्साहन पिछले वर्ष के लिए शामिल है का विवरण दिया जाये।

(3) सह-धारा (2) के अन्तर्गत प्राप्त की गई रिपोर्ट की प्रतिलिपि जैसा ही वह प्राप्त होगी संसद के प्रत्येक सदन के पटल पर प्रस्तुत की जायेगी।

21. अध्यक्ष, सदस्य अधिकारी तथा प्राधिकरण के अन्य अधिकारी सार्वजनिक सेवक अध्यक्ष सदस्य अधिकारी तथा प्राधिकरण के अन्य कर्मचारी सम माने जायेंगे जब वह अधिनियम के प्रयोजन के लिए कार्य करेंगे, जोकि भारतीय दंड संहिता (1860 का 45) धारा 21 के अन्तर्गत माना जायेगा।

22. परम सद्भाव में की गई कार्रवाई को संरक्षण-कोई मुकदमा, कार्यवाही अथवा वैधानिक कार्यवाही किसी केन्द्रीय सरकार अथवा केन्द्रीय सरकार के कर्मचारी अथवा कोई सदस्य सरकार के कर्मचारी अथवा कोई सदस्य प्राधिकरण के अधिकारी अथवा कर्मचारी पर नहीं होगी यदि परम सद्भाव में की गई कार्यवाई अथवा ऐसा करने की नीयत इस अधिनियम के अनुसार अथवा इसके अन्तर्गत बनाये गये नियमों तथा विनियमों के अनुसार होः

परंतु इस अधिनियम में कुछ भी छूट नहीं देता किसी व्यक्ति को किसी मुकदमें अथवा अन्य क्रियाविधि जो अधिनियम के अतिरिक्त उसके विरुद्ध किया जाए।

23. शक्तियों का प्रत्यायोजित—(1) प्राधिकरण लिखित रूप में साधारण अथवा विशेष आदेश द्वारा अध्यक्ष को प्रत्यायोजित कर सकती है अथवा अन्य कोई सदस्य अथवा प्राधिकरण का कार्यालय उन शर्तों के साथ यदि कोई हो जो कि आदेश में विनिर्दिष्ट की जाए ऐसी शक्तियाँ तथा कार्य जो इस अधिनियम के हैं जोकि आवश्यक समझे जाए।

(2) प्राधिकरण लिखित रूप में साधारण अथवा विशेष आदेश द्वारा सदस्यों की समिति का गठन करेगी और उनको प्राधिकरण की शक्तियाँ तथा कार्य प्रत्यायोजित करेगी जैसा कि प्राधिकरण के विनियमों में विर्निदिष्ट किया गया है।

24. नियम बनाने की शक्तियाँ—(1) केन्द्रीय सरकार एक अधिसूचना द्वारा नियम बना सकती है जिससे इस अधिनियम के प्रावधानों को लागू किया जा सके।

(2) विशिष्ट रूप से तथा साधारण रूप से शक्तियों को छोड़ते हुए बिना पूर्वग्रह उत्पन्न किये ऐसे नियम सभी के लिए तथा अधोलिखित मामलों में लागू होंगे मुख्यतः

(ए) सह-धारा (1) धारा (7) के अन्तर्गत वेतन तथा भत्ते देय होंगे, तथा अन्य सेवा शर्ते, सदस्यों के लिए अंश कालिक सदस्यों को छोड़कर।

(बी) सह-धारा (2) धारा 7 के अन्तर्गत अंश कालिक सदस्यों को दिये जाने वाले भत्ते।

(सी) भाग 14 धारा 7 सह-धारा (2) वाक्यांश (क्यू) के अन्तर्गत प्राधिकरण द्वारा प्रयोग की गई शक्तियाँ।

(डी) धारा 17 की उपधारा (1) के अन्तर्गत प्राधिकरण द्वारा वार्षिक लेखा के लिए बनाए रखने वाले फार्म।

(ई) धारा 20 की उपधारा (1) के अन्तर्गत फार्म तथा किस समय में जिसके अन्तर्गत विवरणिया तथा केन्द्रीय सरकार को भेजे जाने हैं।

(एफ) धारा 25 की उपधारा (5) के अन्तर्गत मामले जिसमें बीमा सलाहकार समिति प्राधिकरण को सलाह प्रदान करती है।

(जी) अन्य कोई मामला जिसके लिए आवश्यकता है अथवा हो सकती है वर्णित हो, अथवा उसके सम्बन्ध में प्रावधान नियमों के अन्तर्गत बनाये गये।

25. बीमा सलाहकार समिति की स्थापना—(1) प्राधिकरण अधिसूचना के द्वारा एक समिति का गठन करेगी जिसे बीमा सलाहकार समिति के नाम से जाना जायेगा जो उसके अनुसार ही प्रभावी होगा।

(2) बीमा सलाहकार समिति 25 सदस्यों से अधिक नहीं होगी जिसमें पदेन सदस्य शामिल नहीं हैं। जो व्यापार, उद्योग परिवहन कृषि उपभोक्ता मामले, सर्वेयर, ऐजेंट, मध्यवर्ती, संगठन जो सुरक्षा तथा हानि नियन्त्रण में लगे है, अनुसंधान संस्थाएँ तथा बीमा उद्योग के कर्मचारी संगठन का प्रतिनिधित्व करते हो।

(3) बीमा सलाहकार समिति के लिए प्राधिकरण के अध्यक्ष तथा सदस्य क्रमशः पदेन अध्यक्ष तथा पदेन सदस्य होंगे।

(4) बीमा सलाहकार समिति का उद्देश्य धारा 26 के अन्तर्गत विनियमन बनाने में प्राधिकरण को परामर्श देना है।

(5) सह-धरा (4) के प्रावधानों के बिना पूर्वाग्रह के बीमा सलाहकार समिति, प्राधिकरण को परामर्श दे सकती है ऐसे सभी मामलों में जो नीयत किये जायें।

26. विनियमन बनाने कि शक्तियाँ—(1) प्राधिकरण बीमा सलाहकार समिति से परामर्श लेते हुए, अधिनियम के समनुरूप तथा उसके नियमों के अन्तर्गत जो कि इस अधिनियम के प्रायोजन के लिए जरूरी हो की अधिसूचना जारी कर सकती है तथा विनियमन बना सकती है।

(2) विशेष रूप से, तथा बिना पूर्वाग्रह तथा साधारणतः पूर्ववर्ती शक्तियों के ऐसे विनियमन निम्नलिखित सभी के लिए अथवा किसी के लिए उपलब्ध करवायेंगे मुख्यतः—

(ए) प्राधिकरण की बैठक के समय तथा स्थान तथा उसमें अपनायी जाने वाली प्रक्रिया जिसमें शामिल है कोरम, व्यवसाय को धारा 10 की सह-धारा (1) के अन्तर्गत संव्यवहार करने के लिए।

(बी) धारा 10 की सह-धारा (4) के अन्तर्गत बैठकों का संव्यवहार करने के लिए।

(सी) धारा 12 की सह-धारा (2) के अन्तर्गत प्राधिकरण के अधिकारियों तथा अन्य कर्मचारियों तथा अधिकारियों की सेवा की अन्य शर्तें।

(डी) धारा 23 की सह धारा (2) के अन्तर्गत समिति के सदस्यों को निहित की गई शक्तियाँ।

(ई) कोई अन्य मामला जिसकी आवश्यकता हो, अन्यथा विनियमन में विर्निदिष्ट हो अथवा इस सम्बन्ध में बनाये जाने वाले विनियमों के प्रावधान प्राप्त हैं।

27. नियम तथा विनियम जिन्हें संसद के समक्ष रखा जाना है—इस अधिनियम के अन्तर्गत बनाया गया कोई भी नियम अथवा विनियमन जैसे ही उसे बनाया जाता है संसद के दोनों साधनों के पटल पर प्रस्तुत किया जायेगा, जबकि संसद के सत्र जारी हो, 30 दिनों की अवधि के लिए जोकि समाविष्ट होगा एक अधिवेशन अथवा अनुक्रमिक अधिवेशन में तथा यदि अधिवेशन समाप्ति के बाद तुरन्त अधिवेशन समाप्ति के बाद तुरन्त अधिवेशन समाप्त होने पर सदन इस पर सहमत होता है कि नियम विनियमन न बनायें जाये तो उसके बाद इन नियमों विनियमों का परिवर्तित रूप से या बिना प्रभाव के होगा जैसा भी मामला हो, इसलिए कोई भी ऐसा परिवर्तन अथवा बिना पूर्वग्रह के बाधित होगा जो कुछ भी पहले किया गया हो नियमों तथा विनियमों के अन्तर्गत।

28. उन अधिनियमों को लागू किया जाना जो कालातीत नहीं हुए है—इन अधिनियमों के प्रावधान उन अन्य अधिनियमों के अतिरिक्त तथा असंगत नहीं होंगे जो उस समय लागू होंगे।

29. कठिनाइयों को दूर करने की शक्तियाँ—(1) यदि इस अधिनियम के प्रावधानों को प्रभावशाली बनाने में कोई कठिनाई आती है, केन्द्रीय सरकार आदेश द्वारा एक राजपत्र प्रकाशित कर सकती है, वह प्रावधान बना सकती है जो इस अधिनियम के असंगत नहीं होंगे जो उन कठिनाइयों को दूर करने के लिए आवश्यक समझे जाये।

(2) इस अनुच्छेद के अन्तर्गत बनाये गये सभी आदेश को बनाने के बाद संसद के दोनों सदनों के पटल पर रखना होगा।

30. अधिनियम 1938 के 4 में संशोधन—जीवन बीमा अधिनियम 1938 में संशोधन पहली अनुसूची में विनिर्दिष्ट के अनुसार होगा।

31. अधिनियम 1956 के 31 में संशोधन—भारतीय जीवन बीमा निगम अधिनियम 1956 में संशोधन दूसरी अनुसूची में विर्निदिष्ट के अनुसार होगा।

32. अधिनियम 1972 के 57 में संशोधन साधारण बीमा व्यवसाय (राष्ट्रीयकरण) अधिनियम 1972 में संशोधन तीसरी अनुसूची में विनिर्दिष्ट के अनुसार होगा।

अध्याय 47

बीमा नियमन विकास प्राधिकरण, 2002

बीमापत्रधारियों के हितों की रक्षा के लिए अप्रैल 2002 में यह नियमन पारित किया गया। इसके अन्दर निम्न प्रावधान हैं :—

1. बीमाकर्ता बीमापत्र के लाभों को स्पष्ट बतायेगा। इसकी समस्त शर्तों और समाश्वासनों का लिखित वर्णन होगा।
2. किसी भी दशा में बीमापत्र को लाभ का 30 प्रतिशत से अधिक प्रीमियम नहीं होगा।
3. बीमाकर्ता या इसके अभिकर्ता सभी महत्त्वपूर्ण तथ्यों को स्पष्ट बतायेंगे।
4. प्रस्ताव पत्र के सभी वाक्यांश प्रस्तावक को स्पष्ट रूप से अभिकर्ता बतायेगा।
5. निर्धारित व्यवहार नियमों का पालन किया जायगा।
6. प्रस्ताव के 30 दिन के अन्दर बीमापत्र निर्गमन करना जरूरी है।
7. ओम्बुडस्मैन की सुविधा होगी जिससे ग्राहक बीमाधारक और अनुलाभप्राप्तकर्ता अपनी शिकायत दर्ज करा सकता है।
8. लाभ में भागीदारी की शर्त की स्पष्ट व्याख्या की जानी चाहिए।
9. प्रदत्त मूल्य, समर्पण मूल्य, गैर-जब्ती और पुनर्चालन वाक्यांशों का पूर्ण वर्णन करना होगा।
10. गैर बीमित जोखिम का लिखित वर्णन होगा।
11. बीमा अध्यर्थन का समय से भुगतान होगा।
12. 30 दिन के अन्दर भुगतान न होने पर देय रकम पर ब्याज देय होगा, जो बैंक दर से 2 प्रतिशत अधिक होगा।

□□□